शिवमूर्ति

शिवमूर्ति का जन्म 11 मार्च, 1950 को सुल्तानपुर, उत्तर प्रदेश के गाँव कुरंग में एक सीमान्त किसान परिवार में हुआ। उन्हें अल्प वय में ही आर्थिक संकट तथा असुरक्षा से दो-चार होना पड़ा। इसके चलते मजमा लगाने, जड़ी-बूटियाँ बेचने जैसे काम भी किए। उनकी प्रकाशित कृतियाँ हैं—'केसर कस्तूरी', 'कुच्ची का कानून' 'प्रतिनिधि कहानियाँ' (कहानी-संग्रह); 'त्रिशूल', 'तर्पण', 'अगम बहै दरियाव' (उपन्यास); 'कसाईबाड़ा' (नाटक); 'सृजन का रसायन' (सृजनात्मक गद्य); 'मेरे साक्षात्कार' (सं. सुशील सिद्धार्थ)।

कथा-लेखन के क्षेत्र में प्रारम्भ से ही प्रभावी उपस्थिति दर्ज करानेवाले शिवमूर्ति की रचनाओं में निहित नाट्य-सम्भावनाओं ने दृश्य-माध्यम को भी प्रभावित किया। 'कसाईबाड़ा', 'तिरिया चरित्तर', 'भरतनाट्यम' तथा 'सिरी उपमाजोग' पर फिल्में बनीं। 'तर्पण' उपन्यास पर बनी फीचर फिल्म दो फिल्म-उत्सवों में पुरस्कृत हुई। 'तिरिया चरित्तर' तथा 'कसाईबाड़ा' के हजारों मंचन हुए। कहानियाँ अनेक देशी-विदेशी भाषाओं में अनूदित हुईं। कहानी 'तिरिया चरित्तर' को 'हंस' पत्रिका द्वारा सर्वश्रेष्ठ कहानी के रूप में पुरस्कृत किया गया।

उन्हें 'आनन्दसागर स्मृति कथाक्रम सम्मान', 'लमही सम्मान', 'सृजन सम्मान', 'अवध भारती सम्मान', 'अमरावती सृजन पुरस्कार', 'श्रीलाल शुक्ल स्मृति इफको साहित्य सम्मान' और 'अगम बहै दरियाव' के लिए 'आजतक साहित्य जागृति सर्वश्रेष्ठ रचना सम्मान 2024' से सम्मानित किया गया है।

ई-मेल : shivmurtishabad@gmail.com

शिवमूर्ति

अगम बहै दरियाव

राजकमल पेपरबैक्स

इस उपन्यास के कुछ अंश पूर्व में विभिन्न पत्रिकाओं में 'आखिरी छलाँग', 'पगडंडियाँ', 'पाँड़े की पकड़' और 'संतोखी की विपत्ति' के नाम से प्रकाशित हुए हैं।

राजकमल पेपरबैक्स में
पहला संस्करण : सितम्बर, 2023
तीसरा संस्करण : अप्रैल, 2025

राजकमल पेपरबैक्स : उत्कृष्ट साहित्य के जनसुलभ संस्करण

राजकमल प्रकाशन प्रा. लि.
1-बी, नेताजी सुभाष मार्ग, दरियागंज
नई दिल्ली-110 002
द्वारा प्रकाशित

शाखाएँ : अशोक राजपथ, साइंस कॉलेज के सामने, पटना-800 006
पहली मंजिल, दरबारी बिल्डिंग, महात्मा गांधी मार्ग, प्रयागराज-211 001
1, अनमोल सोराबजी संतुक लेन, धोबी तलाव, मरीन लाइंस, मुम्बई-400 002
वेबसाइट : www.rajkamalprakashan.com
ई-मेल : info@rajkamalprakashan.com

विकास कंप्यूटर एंड प्रिंटर्स
ट्रॉनिका सिटी-201 102
द्वारा मुद्रित

मूल्य : ₹699

AGAM BAHAI DARIYAV
Novel by Shivmurti

ISBN : 978-93-95737-97-5

अपनी दुनिया के ऊसर-जंगल,
नदी-ताल, खेत-खलिहान,
पशु-पक्षी और लोग-लुगाइयों को
तथा
उस कालखंड को
जिसकी दुनिया से मेरी निर्मिति हुई

Literature that is not the breath of contemporary society, that dares not transmit the pains and fears of that society, that does not warn in time against threatening moral and social dangers—such literature does not deserve the name of literature.

Aleksandr Solzhenitsyn

कथाक्रम

फौरन से पेश्तर दफा हो जा

पूरे महीने जेठ तपा और आषाढ़ ने उसका भी कान काट दिया। लू के बवंडर धरती-आसमान एक करते रहे। बरसती आग में परिंदे उड़ना भूल गए। नीम के पेड़ से चिपकी चुहचुइया लगातार कई दिनों तक क्री-ईं-ईं...की तीखी झनकार से वातावरण में बेचैनी भरने के बाद जब खोखली होकर गिर पड़ी तब पाँच-छह दिन पहले आषाढ़ की पहली बारिश हुई और हुई तो ऐसी हुई कि रात-भर में सारे ताल-तिराई भर गए। प्यास से बेहाल धरती के कलेजे में ठंडक पहुँची।

आज भी संतोखी की नींद बादलों की गड़गड़ाहट से ही टूटी। वे आँख मींजते हुए उठे। उजाला हो गया था और पूरब के आसमान से काले-भूरे बादलों के पहाड़ उमड़ते-घुमड़ते चढ़े आ रहे थे। मन्द-मन्द बहती पुरवा में मिट्टी की सोंधी गन्ध समाई हुई थी।

बादल इतने नीचे आ गए थे कि लगता था पहाड़ी के जंगल से निकले आ रहे हैं। चील का एक जोड़ा बादलों को छूता हुआ पंख फैलाए तैर रहा था। मोर प्या-ओं...प्या-ओं...करते खेतों में उतर आए थे और जगह-जगह पंख फैलाए नाच रहे थे। तीतरों की टिलो-टिलो से दिशाएँ गूँज रही थीं। बादलों के घटाटोप से फिर अँधेरा छाने लगा। कौवे, किलहँटी, पपीहे, पेंड़की और तोते शोर मचाते हुए इधर-से-उधर उड़ने लगे।

संतोखी ने लम्बी साँस खींचकर मिट्टी की गन्ध को फेफड़ों में भरा और बादलों के बीच बनने-मिटनेवाली आकृतियों का सन्धान करने लगे! इसमें उन्हें बचपन से मजा आता है। सूँड़ उठाकर दौड़ता आ रहा हाथी रूप बदलकर कूबड़वाला ऊँट बन जाता है। धुआँ उगलता रेल का इंजन भैंसा बन जाता है।

भैंसे की याद आते ही संतोखी को अपनी दादी की याद आ गई। मरने के पहले इन बादलों में उन्हें भैंसे पर चढ़कर आते यमराज दिखने लगे थे। वे अचानक चिल्लातीं—आइ गवा रे जमरजवा। अब परान बचब मुश्किल।

चारपाई से उतरकर जँभाई लेते हुए उन्होंने दूर तक नजर दौड़ाई। खेतों में लोग

ही लोग थे। लोग और उनके रात-दिन के साथी बैल! कोई जुताई कर रहा था। कोई मेंड़ बाँध रहा था। कोई खाद डाल रहा था। उन्होंने भी शाम को सोचा था कि सबेरे चार बजे उठेंगे और जजमानी में निकलने के पहले बीस-पचीस खेप खाद खेत में डाल देंगे। क्या पता था कि यह पुरवा पोर-पोर में इतना आलस भर देगी कि...

पहली खेप लेकर वे खेत पर पहुँचे तो देखा, दो जोड़ी बैल उनका खेत जोत रहे हैं। संतोखी ने पहचाना—छत्रधारी सिंह के हलवाहे थे। संतोखी ने सोचा कि भूल से ऐसा हुआ होगा। संतोखी के खेत के दो तरफ छत्रधारी के ही खेत थे। उन्होंने अगले हलवाले महादेव के पास पहुँचकर पूछा—"मेरा खेत क्यों जोत रहे हो महादेव?"

"लम्मरदार ने हुकुम दिया है।"

संतोखी की धुकधुकी तेज होने लगी। किसी का खेत जोतने का मतलब हुआ खेत पर कब्जा करना। लेकिन क्यों? छत्रधारी से उनका कोई झगड़ा या बिगाड़ तो है नहीं! उन्होंने खाद का झौवा खेत में पटका और बैलों के आगे आकर दोनों हाथ उठाकर चीखे—"रोको। रुक जाओ।"

बैल रुक गए। पेशाब करने लगे।

महादेव पास आकर संतोखी को समझाने लगे—"रोकने से क्या होगा भाई? जोत ही तो रहे हैं, लेकर भाग तो जा नहीं रहे हैं। जाकर लम्मरदार से समझ लीजिए कि क्या मामला है?"

संतोखी थोड़ी देर तक दुविधा में बैलों के आगे खड़े रहे। फिर छत्रधारी के घर की ओर लपके। किसी अनहोनी की आशंका से उनका मुँह सूखने लगा।

छत्रधारी सिंह घर से सटी अपनी फुलवारी में फूल तोड़ रहे थे। संतोखी समझ गए कि पूजा पर बैठने वाले हैं। बैठ गए मतलब दो-ढाई घंटे से पहले बात नहीं हो पाएगी। लपककर सामने पहुँचे। हाथ जोड़कर पूछा—"मेरा खेत क्यों जोतवा रहे हैं राजा?"

"अब तुम्हारा कहाँ रहा संतोखी?" आवाज एकदम शान्त थी।

"हम समझे नहीं राजा।"

"तुम्हारे बाप हमें बैनामा लिख गए हैं।"

"वे तो मर चुके हैं।"

"मरने के पहले ही लिखा। मरने के बाद थोड़े। तुम्हें नहीं बताया कभी?"

संतोखी पल-भर उनका मुँह ताकते रहे फिर बोले—"मुझसे कोई भूल-चूक हुई हो तो दस जूता मार लीजिए सरकार लेकिन इतना बड़ा दंड मत दीजिए। तीन पीढ़ी से आपकी सेवा कर रहे हैं। हमारे बाप खेत कैसे बेच देंगे? कुल उतना ही तो खेत है हमारे पास।"

"अरे भाई, कर्ज नहीं चुका सके तो सोचा कि मरने के पहले खेत लिखकर ही उऋण हो जाएँ। खुद आकर बोले कि चलिए लिख दें। मैं थोड़े गया था उन्हें बुलाने।"

"कर्ज कैसा मालिक?"

"कर्ज भी तुम्हें नहीं बताया! पन्द्रह-सोलह साल हो गए। मेरे बाबूजी के साथ हरिद्वार नहाने गए थे तो वहाँ मन्दिर में दान करने के लिए बाबूजी से पचास रुपये उधार लिये थे। इतने दिन बीत गए लौटाने की नौबत आई नहीं। मूल-सूद जोड़कर तीन हजार से ऊपर पहुँच गया था। फिर आठ-नौ साल पहले जब मैं बाबूजी का पिंडदान करने 'गया जी' गया था तो भी वे मेरे साथ गए थे। वहाँ बोले कि कुछ पैसा उधार दे दीजिए तो मैं भी अपने पुरखों का तर्पण कर दूँ। तब मैंने सौ रुपये दिए थे। वह भी बढ़कर हजार से ऊपर हो गया। कर्ज और मर्ज तो रात-दिन के हिसाब से बढ़ता है। वापसी की कोई राह नहीं सूझी तो खेत लिख दिए।"

"लेकिन मालिक वे तो आपके बाबूजी और आपके हुकुम से साथ में गए थे। आप लोगों की सेवा-टहल करने, नहलाने-धुलाने, मालिस करने, बनाने-खिलाने, जूठे बर्तन और गीली धोती धोने, सामान ढोने के लिए। उनकी खर्चा, खोराकी, किराया, भाड़ा तो आप लोगों के ही जिम्मे था।"

"उसकी रकम हम कहाँ जोड़ रहे हैं। लेकिन जो उधार लिया था उसकी देनदारी तो बनती है।"

"यह सब झूठ है मालिक। इतना अन्याय मत कीजिए। आपकी परजा हूँ। एक-दो घर तो डाइन भी छोड़ देती है। मुझसे लड़ाई करके आप ही की मरजाद घटेगी।"

"लड़ाई? तू लड़ाई करेगा मुझसे?"

"आपसे नहीं राजा, अन्याय से लड़ूँगा। लड़ूँगा नहीं तो दुनिया को कौन-सा मुँह दिखाऊँगा?"

छत्रधारी की तिलमिलाहट उनके चेहरे पर उतर आई। मुँह लाल हो गया। दाँत पीसकर बोले—"तेरी इतनी मजाल? जिसके पेशाब से इलाके में चिराग जलता है उससे लड़ाई करके तू पार पा जाएगा?"

"मेरे घर का चिराग किसी के पेशाब से नहीं इराक के तेल से जलता है ठाकुर।...और पार पाऊँगा कि डूब जाऊँगा इसे समय बताएगा।"

कुछ पल दोनों लोग एक-दूसरे को घूरते रहे फिर छत्रधारी पूजा-घर में घुस गए।

संतोखी को लगा कि दुनिया घूम रही है। ताव में आकर वे कुछ भी कह दें लेकिन दुनिया जानती है कि छत्रधारी छत्रधारी हैं।

कदम मन-मन भर के हो गए थे, जिन्हें एक-एक कर उठाते हुए वे पगडंडी पकड़कर चले आ रहे थे तो देखा, थोड़ी दूर, मेंड़ पर खड़े बोधा भाई काँख में

छाता दबाए, हाथ में लाठी लिये भैंस चरा रहे हैं। बोधा भाई दो टूक बोलने वाले आदमी हैं। किसी से दबते नहीं हैं। इस समय तो जो मिल जाए उसी का कन्धा पकड़कर रोने का मन कर रहा है।

संतोखी बोधा भाई की ओर मुड़ गए। कुछ दूर थे तभी दोनों हाथ जोड़कर सिर झुकाया—"राम राम भइया।"

"राम राम संतोखी भैया। इधर कहाँ से?"

"क्या बताएँ भइया। हमको तो नाग ने डस लिया। उधर देखिए—छत्रधारी हमारे खेत पर कब्जा कर रहे हैं। मेरे खेत में उन्हीं के हल चल रहे हैं। मैं पूछने गया था कि मेरे साथ ऐसा क्यों कर रहे हैं?"

संतोखी ने सारी बातचीत दोहराई।

"उन्होंने वही किया जो अब तक करते आ रहे हैं। किसी का खेत कर्ज की एवज में हड़पा, किसी का रेहन की एवज में। फर्जी दस्तावेज तैयार करने और जाली दस्तखत बनाने में उनको कितनी देर लगती है? तलाशी हो जाए तो पचासों साल पहले के हाकिमों की मुहरें और स्टाम्प पेपर उनके घर से बरामद हो जाएँगे। लेकिन उन्होंने तुम्हारे साथ ऐसा घात क्यों किया! अकेले यही ऐसे शख्स होंगे जिनकी दाढ़ी आप आज तक बिना नागा हफ्ते में दो दिन बनाते आ रहे हैं। उससे भी पहले आपके बाप उनके बाप की बनाते रहे। आपके साथ ऐसी घटियारी कर डाले!"

"अब क्या करूँ, कुछ समझ में नहीं आ रहा है।"

"ताकतवर होते तो कहता कि उनको जोतने-बोने दीजिए, फसल पक जाए तो काटकर अपने खलिहान में ढो लाइए। लेकिन आप यह भी नहीं कर पाएँगे।—थाने पर जाने से भी क्या होगा? वे बैनामे और खारिज दाखिल के कागज पेश कर देंगे। पुलिस के हाथ बँध जाएँगे। सिविल मामले में पुलिस को कोई पावर थोड़े है दखलंदाजी का।"

"तो संतोख करके घर बैठ जाएँ?"

"घर न बैठिए। कानूनी लड़ाई लड़िए लेकिन यह जान लीजिए कि मगरमच्छ के जबड़े में फँस चुके हैं। उस आदमी ने सारे प्वाइंट मजबूत कर लिये होंगे। लम्बी लड़ाई लड़नी पड़ेगी।"

"लड़ूँगा। लड़ूँगा नहीं तो क्या मुँह छिपाकर बैठ जाऊँगा? बस आप राह सुझाइए कि करना क्या होगा? मेरी बाँह गह लीजिए।"

"आपकी बाँह गहने में बहुत खतरा है। आपके साथ घूमते देख लिया तो छत्रधारी खुली दुश्मनी मान लेंगे। वैसे भी मैं उन्हें फूटी आँखों नहीं सुहाता। पिचाली आदमी हैं। उनसे दुश्मनी मुझे महँगी पड़ जाएगी।"

कहने को तो कह गए लेकिन फिर मन-ही-मन पछताने लगे कि यह क्या कह दिया। दुखी आदमी को और दुखी कर दिया। उनकी भैंसें चरते-चरते आगे निकल गई थीं। वे मेंड़ पकड़कर आगे बढ़ने लगे। संतोखी भी उनके पीछे-पीछे चले। बड़ी देर तक कोई कुछ नहीं बोला, फिर संतोखी ने ही मौन भंग किया—"इस गाँव में अगर आप ही हमारा साथ नहीं देंगे तो कौन देगा? मैं मँझधार में डूब जाऊँगा। मुझे उबारिए। मुझे हिम्मत दीजिए।"

बोधा भाई मन-ही-मन सोच रहे थे—'छत्रधारी ठाकुर हैं। वे दिल से कभी भी मेरे जैसे पिछड़ी जाति के आदमी के सच्चे दोस्त नहीं बन सकते। मुँह से चाहे जितना मीठा बोलें, मन में तोले-भर की गाँठ हमेशा रहेगी। संतोखी के साथ खड़े होने पर दुनिया कम-से-कम यह तो कहेगी कि सच्चे का साथ दिया। मर्द मरै नाम का, नामर्द मरै रोटी का।...और हमें साथ भी क्या देना है। एक-दो बार तहसील-कचहरी जाना होगा। फिर तो सारी राह उन्हें खुद ही सूझ जाएगी।'

उन्होंने पीछे मुड़कर पूछा—"क्या ऐसा हो सकता है कि कभी धोखे से छत्रधारी तुम्हारे बाप को पकड़कर तहसील ले गए हों और अँगूठा लगवा लिये हों?"

"ऐसा नहीं हो सकता। साल-भर से ज्यादा उनको मरे हो गए और मरने के छह महीना पहले से चारपाई से लग गए थे।"

"कल तहसील चलिए। रेकार्ड का मुआयना करने पर सही बात का पता लगेगा।"

अगले पूरे दिन तहसील और रजिस्ट्री ऑफिस में भटकने और रेकॉर्ड का मुआयना करने के बाद पता चला कि चौबीस मई दिन बुधवार को रजिस्ट्री हुई है। यानी चौदह महीना पहले।

...मैं रमेसर सुत दुखी साकिन...अपने पूरे होश-हवास में, बिना किसी जोर-दबाव के अपनी जमीन गाटा नम्बर 327 रकबा सत्रह बिस्वा तीन धूर सिरीमती मनराज कुँवरि जौजे छत्रधारी सिंह को मुबलिग सात हजार दो सौ रुपये में, जिसका आधा तीन हजार छह सौ होता है...रकम पूरी वसूल पाया।

शाम को बोधा भाई संतोखी को लेकर अपने परिचित वकील चन्द्रिका बाबू के घर गए। सारी बात सुनकर चन्द्रिका बाबू ने पूछा—"तुम्हारे बाप दस्तखत करते थे या अँगूठा लगाते थे?"

"अँगूठा लगाते थे?"

"कैसे साबित किया जाएगा कि बैनामे पर लगा अँगूठा रमेसर का नहीं है? कोई ऐसा डाक्यूमेंटरी प्रूफ, माने दस्तावेजी सबूत पेश करना होगा, जिससे तुम्हारे

बाप की अँगूठा निशानी प्रमाणित होती हो। उसी के आधार पर बैनामे में लगे अँगूठा निशान को चैलेंज किया जाएगा। पोस्ट ऑफिस या बैंक की पासबुक हो जिसमें उनका अँगूठा निशान लगा हो?"

संतोखी ने इनकार में सिर हिलाया।

"किसी बैनामे में कभी गवाह बने हों?

"किसी के जमानतदार बने हों?

"कभी कोटेदार की दुकान पर चीनी-राशन या किरासन लेने गए हों? वहाँ से भी अँगूठे के निशान का मिलान एक्सपर्ट के पास भेजकर कराया जा सकता है।"

हर सम्भावना के जवाब में इनकार।

"आपके बाप मरे किस तारीख को?"

"यह भी नहीं याद। साल-भर से ज्यादा मरे हुए हो गए। इतना याद है कि जिस दिन मरे उस दिन शनिवार था।"

"मरने की तारीख पता होना तो जरूरी है। अगर बैनामे की तारीख से पहले मर गए हों तब तो बहुत अच्छा। मरने का दस्तावेजी सबूत जुटाइए। अगर गाँव के परिवार रजिस्टर में मरने की तारीख का इन्दराज हुआ हो तो उसकी नकल लीजिए। न हुआ हो तो करवाइए। अपने गाँव के पंचायत मंत्री से मिलिए।"

"मेरे गाँव में तो कोई पंचायत मंत्री ही नहीं है।"

"होगा। हो सकता है चार-पाँच गाँव के लिए एक ही आदमी हो। परिवार रजिस्टर रखने की नई नियमावली लागू हो गई है। पता करिए।...दो मुकदमे दायर करने होंगे। एक तो बैनामा मंसूखी का...जमीन का रकबा कितना है?"

"सत्रह बिस्वा तीन धूर।"

"इसकी मालियत बनेगी छह-सात हजार, तो यह मुंसिफ कोर्ट में दायर होगा। पचीस हजार तक की पावर मुंसिफ कोर्ट को है। ...दूसरा मुकदमा तहसीलदार की कोर्ट में दायर होगा। दाखिल खारिज हो चुका है तो वाद दायरा। रिकाल एप्लिकेशन देनी होगी। दोनों मुकदमे एक साथ चलेंगे।"

बोधा भाई बोले—"जो भी करना है, आपको ही करना है। बहुत सीधे और गरीब आदमी हैं। बहुत घबराए हुए हैं।"

"खसरा-खतौनी की नकल लाइए। बैनामे की नकल लाइए। यहाँ तहसीलदार की कोर्ट में तो मैं ही दाखिल कर दूँगा। मुंसिफी के लिए जिले का कोई वकील कर लेना।"

वकील साहेब का मुंशी अन्दर से तीन कप चाय ले आया। बोधा भाई को अच्छा लगा। इसका मतलब कि पुरानी पहचान भूले नहीं हैं वकील साहब।

संतोखी का मन चाय पीने में नहीं लग रहा था। गरम चाय पीने से उनकी जीभ जल जाती है। वे उसे फूँक-फूँक कर ठंडी कर रहे थे। देर तक झिझकने के बाद उन्होंने पूछा—"मुकदमे का फैसला कितने दिन में होगा?"

वकील साहब ने सिर उठाकर संतोखी की ओर देखा लेकिन कुछ बोलने के बजाय चाय का घूँट लेने लगे।

बोधा भाई बोले—"खिलाफ पार्टी बहुत सरहंग है वकील साहेब। कैसे पार लगेगा?"

"चाहे जितनी सरहंग हो," वकील साहब की आवाज गम्भीर हो गई, "कानून भी तो कोई चीज है...कानून बाघ को बिल्ली बना देता है। आप बस गवाही-सबूत जुटाकर लाइए, फीस जमा करिए, बाकी हम पर छोड़िए।"

वकील के घर से निकले तो दोनों लोग इसी चिन्ता में थे कि सबूत कहाँ से लाएँगे। संतोखी को इस बात की झेंप थी कि साल-भर पहले मरने वाले बाप के मरने की तारीख तक याद नहीं थी। आज तक कभी किसी के मरने की तारीख की जरूरत ही नहीं पड़ी।

शाम को पत्नी ने बहुत आग्रह किया कि एक रोटी खा लें लेकिन भूख एकदम रूठ गई थी। बड़ी बेचैनी थी। थोड़ी देर लेटते फिर उठकर बैठ जाते। अँधेरे को घूरने लगते। चित्त एक जगह स्थिर ही नहीं हो रहा था। आखिर रात के पिछले पहर अचानक याद आया कि जिस दिन उनके बाप मरे उसी दिन भूसी भगत के बेटे का विवाह था। जब वे दाह-संस्कार के लिए भूसी के पास लकड़ी माँगने गए थे तो बारात की तैयारी हो रही थी। नगाड़ा बज रहा था। मरने की खबर पाकर भूसी ने नगाड़े का बजना बन्द करवाया था। यह भी याद आया कि भूसी की पत्नी ने भूसी को मना किया था कि विवाह जैसे शुभ कार्य के लिए रखी गई लकड़ी दाह-संस्कार जैसे अशुभ कार्य के लिए मत दीजिए। लेकिन भूसी नहीं माने। बोले, जितना शुभ कार्य विवाह है उतना ही शुभ कार्य दाह-संस्कार भी है और आम की लकड़ी का एक मोटा बोटा दे दिया था। भूसी भगत को अपने बेटे के विवाह की तारीख जरूर याद होगी।

वे भूसी के दरवाजे पर पहुँचे तो अभी ठीक से उजाला भी नहीं हुआ था। पता चला कि भूसी पास के गाँव में अपनी भेड़ों के साथ हैं। रात में भेड़ें खेत में ही बैठाई जाती थीं। वहाँ पहुँचे तो भूसी भेड़ी का दूध गारते (दुहते) हुए मिले। संतोखी को देखकर चौंके—"इतने सबेरे? खैरियत तो है?"

"खैरियत ही तो नहीं है भइया। छत्रधारी सिंह ने भारी मुसीबत में डाल दिया।

मेरे इकलौते खेत का बैनामा अपने नाम करा लिया। परसों खेत पर कब्जा भी कर लिया।"

भूसी पल-भर उनका मुँह ताकते रहे फिर बोले—"इतनी ज्यादती! क्या करेंगे इतनी जगह-जमीन हड़पकर? लगता है साथ ले जाने का इन्तजाम कर लिये हैं।"

दूध का बर्तन रखकर भूसी ने हाथ धोया फिर संतोखी के पास आकर पूछा—"मुझसे कुछ काम? रुपया-पैसा?"

"रुपया-पैसा अभी नहीं चाहिए भइया। जरूरत पड़ी तो आपके ही पास आएँगे। आज तो यह पूछने आए हैं कि पिछले साल आपके बेटे का विवाह किस तारीख को था? वही मेरे बाप के मरने की भी तारीख है। आपको याद होगा, भौजी के मना करने के बावजूद आपने दाह-संस्कार के लिए आम का एक बोटा दिया था।"

भूसी थोड़ी देर सोचते रहे फिर बोले—"याद है। तिलक पन्द्रह मई दिन सोमवार को थी। उस दिन अक्खातीज (अक्षय तृतीया) थी और विवाह बीस मई को था। दिन था शनिवार और तिथि थी अष्टमी।"

"बस भइया, बस।" संतोखी ने हाथ जोड़ लिया—"इसी तारीख की जरूरत थी। बहुत अच्छा हुआ कि आपको याद रह गई।"

बोधा भाई ने सुना तो खुश हो गए। बोले—"बड़े काम की बात पता लग गई। इसका मतलब रमेसर दादा के मरने के चार दिन बाद रजिस्ट्री हुई है। साफ है कि रजिस्ट्री फर्जी है। लेकिन इसे साबित कैसे करोगे? कोर्ट को तो सबूत चाहिए कि तुम्हारे बाप रजिस्ट्री से चार दिन पहले मर चुके थे। अब पता करो कि पंचायत मंत्री ने मृतक रजिस्टर में रमेसर के मरने की कौन-सी तारीख दर्ज की है। दर्ज भी की है या नहीं? नहीं की तो करवाओ और गलत दर्ज की हो तो सही कराओ। उसकी नकल लो।"

बोधा भाई को एक और प्वाइंट सूझा। बोले—"तुम फिर भूसी के पास जाओ। उनसे बचन ले लो—समय आने पर कोर्ट में गवाही दें कि उनके बेटे का विवाह बीस मई को था और उसी दिन रमेसर मरे थे। उन्होंने दाह-संस्कार के लिए आम का बोटा दिया था।"

"लेकिन छत्रधारी के खिलाफ वे गवाही क्यों देंगे? कोई भी नहीं देगा। जबान खाली जाएगी।"

"ऐसा नहीं है। भूसी दूसरी मिट्टी से बने हैं। उनके अन्दर दया-मया ज्यादा है। जानते हो, वे मधु नहीं खाते। कहते हैं कि आदमी कितना जालिम है जो मधुमक्खी जैसे नन्हे प्राणी का न सिर्फ मेहनत से जुटाया गया भोजन छीन लेता है, बल्कि

उनके अंडे-बच्चों को भी जलाकर मार देता है। अगर तुम्हारी चिरौरी-बिनती से वे पसीज गए, हामी भर ली तो समझो काम फतेह।"

संतोखी उलटे पाँव भूसी के घर पहुँचे।

भूसी नहा-धोकर नीम के पेड़ पर जल चढ़ा रहे थे।

उन्होंने इशारे से पूछा—"अब कैसे?"

"भइया, आप ही मेरी विपत्ति में मददगार हो सकते हैं। हम छत्रधारी के खिलाफ मुकदमा दायर कर रहे हैं। बैनामे की तारीख चौबीस मई है जबकि मेरे बाप आपके बेटे के विवाह वाले दिन बीस मई को ही मर गए थे। यानी बैनामे के चार दिन पहले। हम चाहते हैं कि जब जरूरत पड़े तो कोर्ट में चलकर आप यही कह दें कि रमेसर बीस मई को मरे थे। आपने दाह-संस्कार के लिए लकड़ी दी थी।"

भूसी थोड़ी देर खड़े सोचते रहे फिर बोले—"बात तो सही कह रहे हो पर तुम तो जानते हो, भेड़ें लेकर रोज मुझे सौ लोगों की मेंड़ से होकर गुजरना पड़ता है। जानवर हैं, कभी कुछ नुकसान भी कर देते हैं। मेरे गवाही देते ही सारी ठाकुर बिरादरी मुझसे बैर ठान लेगी। मेरी भेड़ों का रास्ता बन्द हो जाएगा।"

संतोखी का मुँह लटक गया लेकिन सोचा कि एक कोशिश और करके देख लें। बोले—"लेकिन मैं और किसके पास जाऊँ भइया? मेरे बाप की मौत के मामले में केवल आप ही गवाह हो सकते हैं।"

भूसी नीम के पेड़ के नीचे खड़े-खड़े सोचते रहे। जल चढ़ाने से खाली हुआ लोटा उनके हाथ में था और धोती का आधा हिस्सा उनके कन्धे से झूल रहा था।

"बड़ा उपकार होगा भइया।" संतोखी हाथ जोड़कर भूसी के सामने आ गए—"मेरे मुकदमे में जान पड़ जाएगी। मैं दुनिया में रह जाऊँगा।"

भूसी मूर्ति की तरह निश्चल थे।

"सच ही बोलना है भइया। झूठ तो बोलना नहीं है।" संतोखी की आवाज में दीनता थी।

"सच बोलने में ही तो सारी आफत है संतोखी।" भूसी के मुँह से ये शब्द अटक-अटक कर निकले। वे थोड़ी देर खड़े सोचते रहे। संतोखी को इन्तजार का एक-एक पल एक युग के बराबर लग रहा था। अन्ततः सिर उठाया भूसी ने और निश्चय के स्वर में बोले—"लेकिन, जाओ, मैं दूँगा गवाही।"

छत्रधारी सिंह महाराणा प्रताप को अपना आदर्श मानते हैं। अपनी बैठक में उन्होंने महाराणा प्रताप की एक बड़ी सी फोटो फ्रेम में मढ़ाकर टाँग रखी है। हाथ में लम्बा भाला, कमर में तलवार, पीठ पर ढाल, चौड़ा चेहरा, लम्बी-घनी ऐंठी हुई मूँछें। चेतक पर सवार।

सामने की दीवार पर उन्होंने घोड़े पर सवार, हाथ में तलवार लहराते अपनी एक फोटो भी लगा रखी है। जब लगभग सारे राजपूत राजा मुगल शासन के सामने नतमस्तक हो गए थे, अकेले महाराणा प्रताप थे जिन्होंने राजपूतों का मान-सम्मान कायम रखा। उन्हें बहुत अफसोस है कि वे महाराणा प्रताप के समय में नहीं पैदा हुए। होते तो लड़कर उन्हें उनका राज्य वापस दिलाकर मानते। नौजवानी में वे घोड़े पर चलते थे। उन्होंने भी अपने बादामी रंग के घोड़े का नाम चेतक रखा था। पहले इलाके में शादी-ब्याह या भोज-भात होता था तो घुड़दौड़ होती थी। हाथ में पानी भरा गिलास लेकर छत्रधारी दौड़ते हुए घोड़े की पीठ पर खड़े हो जाते थे और घोड़े की चाल इतनी सम रहती थी कि एक बूँद भी पानी नहीं छलकता था। चेतक मरा तो छत्रधारी सिंह ने घर के बगल में ही उसकी पक्की कब्र बनवाई।

छत्रधारी सिंह ने अपने पक्के एकमंजिले मकान का नाम 'इन्द्राणी महल' रखा है। इंदिरा उनकी पत्नी का 'पुकारू' नाम है। वे समझती हैं कि यह उनके नाम पर रखा गया है लेकिन छत्रधारी कांग्रेस पार्टी के सपोर्टर हैं और बाहर के लोग मानते हैं कि यह उनकी नेता के नाम पर रखा गया है।

फर्जी दस्तावेज तैयार करने के लिए छत्रधारी सिंह पूरे इलाके में मशहूर हैं। बनारस जिले में कोई औरत है जो किसी भी हाकिम की फर्जी दस्तखत बनाने में माहिर है। बस एक बार उसको असली दस्तखत दिखा-भर दीजिए। यहाँ उस औरत का पता सिर्फ छत्रधारी सिंह को मालूम है। उसके पास जाते समय किसी को साथ नहीं ले जाते। उनके पास फर्जी दस्तावेज तैयार कराने वालों का जमघट लगता है। जाने कहाँ-कहाँ से लोग आते हैं। रात में बैठक का दरवाजा बन्द करके गैस बत्ती की रोशनी में सारी कार्यवाही होती है। रेहननामे, बैनामे, इकरारनामे और वसीयत के कागज तैयार किए जाते हैं। नया स्टाम्प पेपर पुराना दिखने लगे, इसके लिए उसका 'स्मोक ट्रीटमेंट' किया जाता है। साल-भर पुराना कागज स्मोक ट्रीटमेंट के बाद पचीस साल पुराना दिखने लगता है।

एक बार तो कोर्ट में सबूत दाखिल करने के लिए इतना कम समय था कि आलू की मोहर बनाकर लगाना पड़ा। पर अभी तक एक बार छोड़कर कभी फँसने की नौबत नहीं आई। उस बार भी मामला बिगड़ा फर्जी मोहर बनाने वाले की

नादानी से। उसने मोहर में Deputy को Diputy लिख दिया था। लेकिन जेल जाने से उस मामले में भी बच गए थे।

छत्रधारी सिंह खुद के क्षत्रिय कुल में पैदा होने पर गर्व करते हैं। उनका कहना है कि ऊँची जाति में पैदा हुआ हूँ तो तुम्हें मुझको सम्मान देना ही पड़ेगा। अगर निचली पिछड़ी जातियों को सम्मान की इतनी ही भूख थी तो वे भी ऊँची जाति में पैदा हो जाते। किसने रोका था?

छत्रधारी सिंह बचपन से दबंग रहे हैं। एक बार किसी के खेत में चोरी से गन्ना तोड़ने के लिए घुसे। तब तक खेत के मालिक ने आकर पकड़ लिया।

"अब पता चला कि कौन रोज-रोज मेरा गन्ना चुराता है।"

"मैं कोई कंगाल का बेटा हूँ जो गन्ने की चोरी करूँगा।"

"तो मेरे खेत में क्यों घुसे?"

"घुसा था टट्टी करने।"

"कहाँ किया है टट्टी? दिखाओ।"

कहाँ दिखावें? टट्टी किए हों तब तो दिखावैं।

उन्होंने इधर-उधर खोजकर एक पुरानी सूखी टट्टी दिखाया—"यह रही।"

"यह तो सूखी है।"

"ठाकुर हूँ। चाहे ओद हगूँ चाहे झूर।"

खेत के मालिक ने भविष्यवाणी की कि यह लड़का बहुत आगे जाएगा।

छत्रधारी सिंह का मानना है कि मत्स्य-न्याय ही प्राकृतिक है। कमजोर हमेशा बलवानों का आहार बनता है। ठाकुर न पूजा-पाठ, कथा-भागवत बाँचकर ब्राह्मण की तरह आजीविका प्राप्त कर सकता है, न वैश्य की तरह व्यापार करके। खेती में हाड़तोड़ मेहनत करके आजीविका कमाना भी उसके वश में नहीं है।

नाम में 'सिंह' लगाने का क्या मतलब? सिंह तो पशु है। कोई आदमी होकर अपने नाम के साथ पशु का नाम क्यों नत्थी करता है? इसका मतलब कि हम शिकार करके खाने में विश्वास करते हैं। शेर भी सबसे कमजोर शिकार पर हमला करता है। जिसमें ताकत भी कम लगे और प्रत्याक्रमण का खतरा भी कम रहे। संतोखी के खेत के बैनामे से हुई बदनामी को छत्रधारी बदनामी नहीं मानते। अखाड़े में प्रतिद्वंद्वी की पीठ लगाने के लिए पहलवान कल, बल, छल तीनों का सहारा लेते हैं। सिर्फ देह की ताकत से कुश्ती नहीं जीती जाती। एहसानमन्द होना अच्छी बात है लेकिन कभी-कभी एहसानफरामोश होना वक्त की जरूरत बन जाता है।

कहते हैं—

ठग, ठाकुर औ बीग, सोनार।
धाए धूपे करैं अहार।

अर्थात ठग, ठाकुर, भेड़िया और सोनार दौड़-धूप कर ही अपना आहार प्राप्त करते हैं। इन चारों की सफलता में छल का योगदान होता है। इसमें धर्म-अधर्म विचारणीय नहीं होता। उद्‌देश्य होता है लक्ष्य की प्राप्ति। महाभारत क्या है? अधर्म के सहारे धर्म की स्थापना की गाथा। कृष्ण ने द्रोण को, भीष्म को, कर्ण को अधर्म से ही तो मरवाया। जुए में अपनी पत्नी को हार जाने वाला धर्मराज कहा गया। पांडव पांडु के पुत्र तो थे नहीं। फिर उनका उत्तराधिकार का हक कैसे बन सकता था? लेकिन कृष्ण ने लड़ाकर दिलाया। उसी तरह हमने दाँव लगाया है। जीते तो ठीक, हारे तो ठीक। *कर्मण्येवाधिकारस्ते...*। इसमें नेकनामी-बदनामी सोचने का क्या मतलब?

गाँव का नाम बनकट है जो कल्याणी नदी के किनारे बसा है। कल्याणी की धारा पश्चिम से आती है और गाँव के उत्तर से निकलती है। थोड़ा आगे बढ़कर पूरब की पहाड़ी से टकराती है और दक्षिणमुखी हो जाती है। पूरब से दक्षिण की ओर मुड़ने से जो आकृति बनती है उससे लगता है कि कल्याणी ने इस गाँव को गोद ले लिया है। थोड़ा आगे बढ़ने के बाद पहाड़ी का दक्षिणी छोर पकड़कर यह फिर पूरब की ओर बढ़ जाती है।

जंगली पेड़ों और झाड़ियों से भरी यह पहाड़ी पूरब की ओर कुछ दूर जाकर जमीन में समा जाती है।

लम्बे समय तक हुए पत्थरों के अवैध खनन ने इस पहाड़ी के चेहरे पर चेचक के दाग जैसे गड्ढे बना दिए। पहले उत्तर की तरफ फैली इसकी ढलान और तलहटी में हिरनों के झुंड चरा करते थे। अन्धाधुंध शिकार के कारण अब वे विलुप्त हो गए हैं। अब इसमें जंगली सूअर, नीलगाय, साही, गीदड़, लोमड़ी और खरगोश बसते हैं। कभी-कभार किसी बछड़े या भेड़ को अजगर पकड़ लेता है तो उसकी मौजूदगी भी दर्ज हो जाती है।

कल्याणी की बालू गुलाबी रंग की और मोटे दाने वाली होती है। अब पहाड़ी

के पत्थरों के साथ-साथ कल्याणी के बालू की खुदाई पर भी रोक है। पत्थर की खुदाई तो रुक गई है लेकिन बालू की खुदाई चोरी-छिपे बलुआ घाट के आसपास से अभी भी होती है। ज्यादातर रात में, ट्रैक्टर या ट्रक की रोशनी में।

जैसे आज कल्याणी के पूर्वी घाट की पहाड़ी पर जंगल है उसी तरह पश्चिम की घाटी में भी था। घाटी की जमीन समतल थी और कल्याणी उसे हर साल मिट्टी लाकर उपजाऊ बनाती रहती थी। फिर कुछ लोग कहीं से बहते-बिलाते आए। जंगल काटकर बस्ती बनाई, खेत बनाए और बस गए। आते रहे, बसते रहे। वन को काटकर बनाई गई बस्ती का नाम पड़ा बनकट। दो ब्राह्मण परिवार आए और बस्ती के उत्तर, थोड़ी दूर पर बस गए। इस टोले का नाम पड़ा बनकट खुर्द या बभनान। माठा बाबा को 'बनकट' नाम बिलकुल पसन्द नहीं। कहते हैं—जैसे जाहिल-जंगली लोगों का गाँव, किसी को बताते हुए झेंप लगती है। पता नहीं क्यों आजा-पुरखा लोगों ने यह नाम रखा।

पक्की सड़क और मुख्य गाँव के बीच पुरातन धार्मिक स्थल भी हैं। उत्तर तरफ महामाई की चौरी और दक्षिण तरफ मठिया का स्तूप। चौरी बरगद और पाकड़ के पुराने विशालकाय पेड़ों के बीच में है। इन पेड़ों पर सावन में झूले पड़ते हैं और औरतें तीज-त्योहार पर महामाई को लपसी, सोहारी या टिकरी चढ़ाती हैं। मठिया का स्तूप कब किसने बनवाया इसकी जानकारी नहीं है। तंत्र पूजा करने वाले, मंत्र सिद्ध करने वाले यदा-कदा रात में स्तूप पर अंडे फोड़ जाते हैं या सिन्दूर लगा जाते हैं।

स्तूप बाँस और बबूल के जंगल से घिरा हुआ है। महामाई और स्तूप में बसे देव के कोप के डर से दोनों स्थलों को मिलाने वाली पट्टी का जंगल आज भी कटने से काफी कुछ बचा रह गया है। महामाई से सटा हुआ ही पक्की सड़क के किनारे चिखुरी साह का बनवाया हुआ पक्का सागर है।

गाँव वालों को पहाड़ी के जंगल में जाने की जरूरत कम ही पड़ती है। किसी जड़ी-बूटी के लिए, जलौनी लकड़ी के लिए या घास के लिए। कभी-कभी भूसी चौधरी को फारेस्ट गार्ड की मेहरबानी से इसमें अपनी भेड़ चराने का मौका मिल जाता है।

कल्याणी पार करके पहाड़ी के जंगल में जाने के लिए आज भी कोई पुल नहीं है। एक छोटी डोंगी घाट पर खूँटे से बँधी रहती है। आइए, डोंगी लेकर पार जाइए और दूसरे किनारे के खूँटे से बाँधकर चले जाइए। यही व्यवस्था इस गाँव के लिए पूर्वी घाट पर और यही दक्षिण के गाँवों के लिए बलुआ घाट पर। डोंगी की जरूरत भी बरसात के दिनों में ही पड़ती है जब कल्याणी की धारा गहरी और चौड़ी हो

जाती है। बाकी दिनों में पानी उथला हो जाता है तब लोग इसे पैदल पार करते हैं।

पक्की सड़क गाँव के बीचोबीच से उत्तर-दक्षिण जाती है और रेलवे लाइन इसी के समानान्तर गाँव के पश्चिम से। आजकल इस सड़क की मशहूरी 'राम वनगमन पथ' के रूप में है। पश्चिम से एक नहर भी आती है जो गाँव के दक्षिण से होती हुई नदी के समानान्तर पूरब की ओर बहती है। नहर से दक्षिण सड़क पर बाजार है। रेलवे लाइन के पश्चिम आम और महुए का बहुत बड़ा बाग है जिसे बड़की बगिया कहा जाता है। इसी बाग में हर वर्ष छत्रधारी सिंह, नागपंचमी के दिन कुश्ती और लम्बी कूद की प्रतियोगिता करवाते हैं।

गाँव के पश्चिम से लेकर रेलवे लाइन के उस पार तक बड़ैला ताल है। पहले इसका विशाल आकार इसके नाम को सार्थक करता था। उन्नीस सौ सोलह में इसके बीचोबीच से रेलवे लाइन गुजरी जिसने इसे दो हिस्सों में बाँटकर इसकी महिमा घटा दी। ताल के दक्षिण-पूरब के हिस्से में सिंघाड़ा होता है और बाकी में श्वेत कमल खिलते हैं। रेलवे लाइन के पश्चिमी हिस्से में नरई होती है। जिस साल बरसात कम होती है उस साल ताल के किनारे के खेतों में पिछैती किस्म का धान लगाया जाता है जिसे जड़हन कहते हैं।

एक-दो अपवाद छोड़ दें तो प्रति परिवार खेती की जमीन बहुत कम है। ठाकुरों-ब्राह्मणों के पास तीन-चार एकड़ से पाँच-छह एकड़ तक। मध्यवर्ती जातियों के पास एक-डेढ़ एकड़ से ढाई-तीन एकड़ तक। अपवाद के रूप में छत्रधारी सिंह और उनके भाई तिलकधारी उर्फ करिया सिंह हैं जिनके पास पन्द्रह एकड़ और दस एकड़ जमीन है। इसका कारण यह है कि छत्रधारी के पिता ने भी छीन-झपट कर अपनी खेती में विस्तार किया और छत्रधारी सिंह ने भी। पारस सिंह के पूर्वज तिहैता रहे हैं यानी मौजे की कुल जमीन के एक-तिहाई के मालिक। और पारस सिंह अपने पिता के एकमात्र उत्तराधिकरी। लेकिन अब उनके पास केवल आठ एकड़ के करीब जमीन बची है, बाकी शराब का रूप धरकर पेट में चली गई। जमीन के खंड-खंड होते चले जाने का कारण हर बीस-पच्चीस वर्ष में पिता की मृत्यु के बाद बेटों के मध्य जमीन का बँटना है। एक पिता के चार बेटे हो गए तो हर एक के पास एक ही पीढ़ी में जमीन घटकर एक-चौथाई हो गई।

बनिया परिवार गाँव में पहले एक ही था। उसी से चौदह घर हुए। गाँव में रहना उनके लिए दिनोदिन कठिन होता गया। ठाकुर टोले के जवान हो रहे लड़कों में से दो-चार हमेशा उद्दंड निकलते। वे अपने नाम में 'सम्राट' या 'टाइगर' लगाते। पैंट की जेब में कड़कड़ाकर खुलने वाला रामपुरी चाकू रखते। कोई-कोई देशी कट्टा रखता। सौदा उधार खरीदकर भूल जाते और फिर उधार लेने पहुँच जाते।

पैसा माँगने पर मारपीट पर आमादा हो जाते। तगादे से शाम के झुटपुटे में वापस लौटता कोई सेठ महामाई के जंगल में लुट जाता। ये लड़के चार-पाँच साल तक तपते, जब तक पुलिस की पिटाई से ठंडे न पड़ जाते या कलकत्ता, बम्बई न भाग जाते। इस बीच नई पीढ़ी जवान होकर उनकी जगह ले लेती।

कुछ इनसे त्रस्त होकर और कुछ व्यापार की नई सम्भावनाओं की तलाश में कुछ लोग गाँव के घर में ताला लगाकर बाजार में रहने लगे हैं और कुछ जाने की सोच रहे हैं।

दलित बस्ती बड़ैला ताल के दक्षिणी भीटे पर बसी है। पहले इसकी झाड़ियों के बीच लोमड़ी, खरगोश और नेवले बिल बनाकर रहते थे। शाम को सियारों का झुंड जंगल से निकलकर भीटे पर जुटता और 'हुआँ हुआँ' का सामूहिक उद्घोष करने के बाद जिस गन्ने-मक्के या फूट के खेत को निशाना बनाना तय होता उस पर धावा बोलता। तब इस भीटे को सियरहवा भीटा कहते थे। वैसे तो सियार हमेशा जोड़े में रहते थे पर कभी-कभी खासकर जाड़े के महीने में जब धूप खिली हो, कोई अकेला सियार किसी लोमड़ी से छूट लेने की कोशिश करते देखा जा सकता था। तब लोमड़ी के नखरे देखने लायक होते थे।

रेलवे लाइन आने पर तब के सियारों को शायद काले-कलूटे इंजन का विकराल रूप, उसकी धमक और सीटी की कर्कश आवाज रास नहीं आई। उन्होंने भीटे का त्याग कर दिया। तब इस पर दलित जातियों ने कब्जा करना शुरू किया। वे इधर-उधर से आकर बसने लगे। टोले का नाम पड़ा—सियरहवा टोला। अब रहते तो दलित हैं लेकिन नाम सियारों का ही चल रहा है।

दलित परिवार लगभग पूरी तरह भूमिहीन हैं। सरकार ने समय-समय पर उन्हें जिस जमीन का पट्टा दिया उस पर कभी उनका कब्जा नहीं हो पाया। वे मजदूरी करते हैं या बटाई पर खेती करते हैं।

अपवाद छोड़ दें तो यहाँ सबल मानी जाने वाली जातियों के नाम में 'राम' आगे-आगे चलते हैं यथा रामप्रताप, रामकुमार, रामबहोर, रामअधार, रामबरन, रामकरन, रामजियावन, रामलुटावन, रामचरन, रामबचन आदि और दलित समुदाय के नाम में 'राम' पीछे से सहारा देते हैं। यथा तुलसीराम, सीताराम, कोदईराम, भगेलूराम, जीतनराम, गनपतराम, विदेशीराम, परदेसीराम आदि। अभिवादन के लिए ब्राह्मणों को पैलगी के अलावा सारे समाज में 'राम-राम', 'सीता-राम', 'जै राम' प्रचलित था। अब नमस्ते, नमस्कार, जब-तब जय भीम, नमो बुद्धाय, राधे-राधे, जय श्रीकृष्ण जैसे सम्बोधन भी प्रचलन में आ गए हैं। गाँव के नामों में परिवर्तन करने की आकांक्षा भी इधर सिर उठाती दिख रही है। पड़ोसी गाँव का एक समुदाय

अपने गाँव का नाम अब भी पहले से प्रचलित गनीपुर बनाए रखना चाहता है तो दूसरे समुदाय के कुछ लोग इसे 'ज्ञानीपुर' कर देना चाहते हैं।

गाँव में चकबन्दी हो रही है।

चकबन्दी का समय दबंगों और दलालों के लिए चाँदी काटने का समय होता है। उनकी खेती का रकबा और रुतबा ड्योढ़ा हो जाता है। जबकि एक बड़ी आबादी के लिए यह महामारी जैसा होता है। अपने और पराए दोनों से लड़ना पड़ता है। अपनों से अपने हक-हिस्से के लिए और परायों से उनकी उपजाऊ जमीन हड़पने या अपनी बचाने के लिए। खसरा-खतौनी के पेट से इतने सन्दर्भ निकल आते हैं कि भाई-भाई का दुश्मन बन जाता है। तय करना मुश्किल हो जाता है कि कौन अपने बाप का असल बेटा है और कौन दोगला?

चकबन्दी का दल बाजार में भोला बनिया के मकान में डेरा डाले है। उसी में ऊपर आवास और नीचे दफ्तर। कुल बारह-तेरह लोग। रामनाथ कुशवाहा ने सुन रखा है कि चकबन्दी वाले जीते-जी खाल खींचते हैं। इन लोगों से शुरू से ही रब्त- जब्त बनी रहे इसलिए अपने दूर के रिश्तेदार लड़के को इन लोगों के साथ लगा दिया है। वह खाना बनाने, कपड़ा-बर्तन धुलने से लेकर तेल मालिश तक का काम करता है। इनके लिए रोज सुबह-शाम अपने खेत से मुफ्त सब्जी देते हैं। बीच-बीच में खुद भी साहेब सलामत करने के लिए हाजिर होते रहते हैं।

एक दिन शाम को लड़का सब्जी लेने आया तो जो बताया उससे रामनाथ बेचैन हो गए। एसीओ और कानूनगो के बीच होने वाली बातचीत का जो अंश उसने सुना उससे जाहिर होता था कि उनके खानदान का चक उनकी मूल जोत से दूर फेंका जा रहा है।

रामनाथ कुशवाहा का परिवार गाँव के खाते-पीते किसानों में माना जाता है। कभी उनके परिवार के पास गोंयड़ की सोलह आने मालियत वाली आठ बीघे जमीन थी। परिवार बढ़ा और बँटा, एक से पाँच घर हुए तो हरेक के हिस्से में कमोबेश डेढ़ बीघा आया। लेकिन उसी में पूरा परिवार रात-दिन डटा रहता है। साल-भर में सब्जी-भाजी की तीन-चार फसल लेता है। बाजार में सब्जी की स्थायी दुकान है

इसलिए गुजर-बसर हो जाती है। किसी से कर्जा-ऋण लेने की नौबत नहीं आती। यही परसन्तापियों की नजर में खटकता है।

कई दिन सुबह-शाम चकबन्दी ऑफिस का चक्कर लगाने के बाद भी रामनाथ जान नहीं सके कि उनके साथ क्या होने वाला है। परिवार भले बँट गया है लेकिन बाहरी मामलों के लिए अब भी रामनाथ ही सबके अगुआ हैं। काम बिगड़ा तो अपयश उन्हीं के मत्थे आएगा। पर्चा कट जाने के बाद पता चला तो क्या फायदा।

रामनाथ ने एक बकरा पाला है। मांसाहारी नहीं हैं, सिर्फ शौक के लिए। चितकबरे रंग का, बड़े-बड़े कान वाला जमुनापारी। उसका नाम चित्तू रखा है। खूब मोटाया हुआ है। रामनाथ ने उसके गले में घूँघर पहना दिया है। उनके आगे-पीछे दौड़ता है तो घूँघर की आवाज बहुत कर्णप्रिय लगती है। वह दोनों पैर उठाकर रामनाथ से सींग लड़ाने का खेल खेलता है तो मन मुदित हो जाता है। उसका एक ही काम है, जरूरतमन्द बकरियों का गर्भाधान। उसे इसी काम से फुरसत नहीं मिलती।

रामनाथ को पता है कि छत्रधारी अपने ताल से अक्सर चकबन्दी दल के लिए मछलियाँ भेजवाते हैं। खासकर एसीओ साहब मीट-मछली के शौकीन हैं। रामनाथ को सबसे ज्यादा खतरा छत्रधारी सिंह की तरफ से ही लगता है। इसकी काट चित्तू ही हो सकता है लेकिन वह उन्हें प्राणों से ज्यादा प्रिय है। क्या करे क्या न करे? बहुत सोच-विचार के बाद एक शाम चित्तू का पगहा पकड़कर वे एसीओ के सामने हाजिर हुए और हाथ जोड़कर बोले—"साहब, आपके लिए यह बकरा लाए हैं। घर का पला हुआ बकरा है, समझिए मेरे बेटे के समान है। आप लोग इसे मारकर खा लें और हमारे खानदान का चक हमारी मूल जोत पर ही रहने दें। कहीं दूर फेंक देंगे तो हमारा सब्जी-भाजी का पुश्तैनी रोजगार छिन जाएगा।"

पाँच बज रहे थे। भीड़-भाड़ नहीं थी। एसीओ साहब कुछ देर तक बारी-बारी उन्हें और चित्तू को देखते रहे, फिर कहा—"उधर पेड़ से बाँध दो।"

रामनाथ चित्तू को पेड़ से बाँधकर लौटने लगे तो एसीओ ने कहा—"इसका तेल-मसाला कौन देगा? दो किलो प्याज, एक किलो सरसों का तेल और गरम मसाला भी दे जाओ।"

घंटे-भर बाद रामनाथ तेल-मसाला लेकर पहुँचे तो उनकी आहट पाकर चित्तू की चिल्लाहट तेज हो गई। वे उसके पास जाकर उसका माथा सहलाते हुए समझाने लगे—"थोड़ी देर और भूख-प्यास सँभालो बाबू। अभी घंटे-दो घंटे में पशु योनि से मुक्त हो जाओगे।"

चित्तू समझ रहा था कि मालिक उसे लेने आए हैं। वे मुड़कर जाने लगे तो

वह आर्त स्वर में और तेज-तेज अल्लाने लगा। रामनाथ अपने कानों में उँगली डालकर भागे।

लेकिन घर पहुँचने के बाद भी चित्तू की चिल्लाहट उनका पीछा करती रही। सारी रात करती रही। पौ फटने के बाद वे पता नहीं क्यों फिर उसी जगह पहुँचे जहाँ चित्तू को बाँध गए थे। वहाँ चित्तू की लेंड़ी बिखरी पड़ी थी। थोड़ी दूर की जमीन उसके पेशाब से गीली और हल्की पीली थी। उसका पगहा थोड़ी दूर पर पड़ा था। रामनाथ ने पगहे को उठा लिया। सूँघा और माथे से लगा लिया। आश्वस्त हुए कि शैतान ने उनकी भेंट कबूल कर ली। अब उनका चक बिगड़ने से बच जाएगा।

माठा बाबा कितना पढ़े हैं यह तो कोई नहीं जानता लेकिन यह सभी जानते हैं कि बाबा वेद पढ़ने काशी गए थे। उनके मुँह से सुनी गई धार्मिक कहानियों और श्लोकों के आधार पर इलाका उनको विद्वान मानता है। बाबा को बचपन से माठा बहुत प्रिय है। तब हर घर में दुधारू जानवर होते थे। बाबा खेलते-खेलते जिसके भी दरवाजे जाते, दूध, दही या माठा पीने का आग्रह किया जाता। बाबा केवल माठा स्वीकार करते। इस इलाके में युवा ब्राह्मण को भी सम्मान देने के लिए बाबा कहा जाता है। धीरे-धीरे वे माठा बाबा के नाम से मशहूर हो गए। उम्र के आधार पर बाबा कहे जाने के पात्र तो बाद में हुए। उनके पिता उनसे कहते कि भाग्यशाली हो कि सर्वोत्तम देश आर्यावर्त की सर्वोत्तम जाति 'ब्राह्मण' के कुल में पैदा हुए हो। साथ ही गौरांग और सुदर्शन कायाधारी भी हो। यह दोनों भी बहुत बड़ी सम्पत्ति हैं। त्रिपुंड लगाकर जिस समाज में पहुँच जाओगे सम्मानित आसन मिलेगा। सत्यवादी बनो और चरित्र-बल पैदा करो। माठा बाबा ने प्रतिज्ञा की कि वे हरिश्चन्द्र की तरह सत्यवादी और जबान के पक्के बनेंगे।

लेकिन झटका भी घर से ही लगा। पन्द्रहवें वर्ष में प्रवेश करते ही पिता ने विवाह तय कर दिया। जनेऊ और तिलक एक दिन के अन्तर पर रखा गया। जनेऊ के समय कौपीन लँगोटी पहनाई गई और मंत्रोच्चार के बीच पुरोहित ने कहा, "लाठी लेकर दो कदम चलो और बोलो—'मैं विद्याध्ययन के लिए काशी जा रहा हूँ।'"

बाबा ने आदेश का पालन किया।

"कहो, 'पचीस वर्ष तक ब्रह्मचर्य का पालन करूँगा।'"

बाबा चुप।

"बोलो।"

"लेकिन कल ही तो मेरा तिलक है और एक महीने बाद शादी।"

"उससे क्या? यह जनेऊ की परिपाटी है।"

"वेदमंत्रों की गवाही में झूठ बोलने के लिए क्यों बाध्य कर रहे हैं? या तो ब्रह्मचारी रहने की प्रतिज्ञा कराइए या विवाह करिए। दोनों कैसे निभेगा?"

उनके पिता आए। डाँटा—ज्यादा काबिल मत बनो। जैसा कहा जा रहा है वैसा करो।

उन्होंने प्रतिज्ञा दोहरा दी।

पत्नी ब्याह कर आई। बाबा ने पहली ही रात में उन्हें बता दिया कि मुझे पचीस वर्ष की उम्र तक ब्रह्मचारी रहना है। प्रतिज्ञा करा दी गई है।

फिर पढ़ने के लिए काशी भी गए। डेढ़-दो साल वहाँ रहे। कहाँ रहे, क्या पढ़े यह तो किसी को पता नहीं। बहू के मायके से दबाव पड़ने पर पिता उन्हें खोज-मनाकर वापस लाए।

उस जमाने में बाबा को दहेज में साइकिल मिली थी लेकिन बाबा कभी साइकिल चलाना नहीं सीख पाए। उन्होंने दालान की दीवार में सिर की ऊँचाई पर डेढ़ हाथ के अन्तर पर दाएँ-बाएँ दो मजबूत खूँटियाँ गाड़ीं और साइकिल को उन्हीं पर टाँग दिया। महीने में एक बार कन्धे पर लादकर नदी तक ले जाते और धो-पोंछ कर वापस लाकर फिर खूँटी पर टाँग देते। ससुराल की निशानी थी इसलिए बेच भी नहीं सकते थे। बड़े होकर बेटे ने उसे चलाना चाहा तो वह अचल हो चुकी थी।

पचीस वर्ष की उम्र प्राप्त होने के बाद बाबा ने पत्नी के नजदीक जाना चाहा तो वह अड़ गई। बोली, मैं भी पचीस की होने तक ब्रह्मचारिणी रहूँगी। इस तरह बाबा को सत्ताईस वर्ष तक ब्रह्मचारी रहना पड़ा। उसके दो वर्ष बाद उनके माता-पिता ने पोते का मुँह देखा।

गाँव की औरतों का विश्वास है कि माठा बाबा के पास दैवी सिद्धियाँ हैं। बोधा बहू को माठा बाबा अपने गोरे रंग, दोहरी काया, चाँदी जैसे चमकते बाल, खटपट करते खड़ाऊँ, सफेद वस्त्र और हाथ उठाकर आशीर्वाद देने की मुद्रा से देवपुरुष लगते हैं। वे तीज-त्योहार पर बेटे के हाथों कभी पाव-आध पाव घी, कभी दही, कभी दूध उनके घर भेजवाती रहती हैं। घर के सामने से गुजरते हैं तो बिना माठा पिलाए जाने नहीं देतीं। वे अक्सर उन्हें अपनी भैंस का टोना झारने के लिए बुलाती हैं। कोई टोनही औरत टोना लगा देती है तो भैंस का दूध घट जाता है। बाबा मंत्रावेषित सरसों उसके ऊपर फेंकते हैं तो टोना झर जाता है। दूध बढ़ जाता है।

बाबा पत्तरा देखकर गाँव की औरतों को व्रत-त्योहार की जानकारी देते हैं। गाँव की गृहिणियों की स्थायी विपत्ति का एक कारण होता है कँड़ौर (उपलों के स्तूप) में चूहों का लगना। बरसात में जब सारा जलावन भीगा रहता है तो कोठरी में रखे यही उपले चूल्हे के काम आते हैं। चूहे लग गए तो उपलों को कुतरकर मिट्टी कर देते हैं। बाबा उपलों को कोठरी में रखने के लिए ऐसी साइत (शुभ मुहूर्त) बताते हैं जिससे इनमें चूहे न लगें।

बोधा भाई के पास एक बैल था जो बहुत जूमता था। खड़े-खड़े पागुर करता रहता और जूमता रहता। बोधा बहू को किसी ने बताया कि बैल के जूमने से दोख होता है। उन्होंने बाबा को बुलाकर बैल को झरवाया।

एक पड़ोसन ने सुना तो कहा—"बाबा, मेरा आदमी भी बहुत जूमता है। बस जूमता ही है, बाकी...तो क्या बताएँ!" कहकर हँसने लगी।

बाबा जान गए कि मजाक कर रही है। बोले—"जिस समय जूम रहा हो उसी समय झराओ तभी फलेगा।"

पड़ोसिन हँसते हुए पिछड़ गई—"आप तो मजाक करते हैं बाबा।"

एक बार दलित टोले की इमरती ने खेतों के बीच पगडंडी पर बाबा की राह रोककर कहा—"बाबा, चार दिन से पानी बरस रहा है। कहीं मजदूरी करने नहीं जा सके। बच्चे उपवास कर रहे हैं। दस रुपया दीजिए तो बाजार से राशन लाएँ।"

बाबा अचकचाए तो हँसते हुए बोली—"दीजिए नहीं तो अभी गोहार लगा दूँगी कि बाबा मुझे अरहर के खेत में घसीटे लिये जा रहे हैं।"

बाबा भी हँसने लगे। बोले, "जब घसीटने लायक थे तब तो कभी तुमने याद नहीं दिलाया, आज जले पर नमक छिड़क रही हो!"

और बंडी की जेब से दस रुपये का नोट निकालकर दे दिया।

लोगों को विश्वास है कि बाबा बरहे का पानी बाँध सकते हैं, लगी हुई आग को फैलने से रोक सकते हैं। किसी की कोख बाँध सकते हैं और बँधी हुई कोख खोल सकते हैं। नंगे होकर जाड़े की रात में पियरा परोर दें तो फसल में चूहों का प्रकोप बन्द हो जाता है। मारण मंत्र का जाप करना निषिद्ध मानते हैं क्योंकि जाप करने वाले को भी हत्या का पाप लगता है पर कोई भारी खर्च करने को तैयार हो तो कर सकते हैं।

बनिया टोले की औरतें उनसे अक्सर कोई न कोई अनुष्ठान कराती रहती हैं। वहाँ दक्षिणा भी अच्छी मिलती है।

दलित टोले की औरतें बाबा को पैलगी तो करती हैं लेकिन किसी काम से बुलातीं नहीं। शायद बाबा भी उनके घर न जाना चाहें।

दलित टोले के लड़के कहते हैं—हमारे बाबा दूसरे हैं। नीला कोट पहनने और लाल टाई लगाने वाले।

अपनी जवानी में बाबा ने अपनी रोजी भी अनोखी ढूँढ़ी। प्रयागराज से पिपिया में गंगाजल भरकर रेल से दक्षिण भारत की ओर निकल जाते। वहाँ किराए पर एक हाथी लेते। उसके हौदे पर एक टोंटीदार ड्रम में पानी भरकर बाँधते। ड्रम में अपनी पिपिया से थोड़ा गंगाजल मिलाकर बाँटने निकल पड़ते। दक्षिण के लोगों को घर बैठे गंगाजल मिल जाता, उनके लिए इससे ज्यादा खुशी की बात क्या हो सकती थी। मरणासन्न बुजुर्ग के मुँह में दो बूँद गंगाजल टपकाना तो सबसे बड़ा पुण्य का काम है श्यामरंग जजमानों के बीच गौरांग, त्रिपुंडधारी श्वेत वस्त्रावृत ऋषि की उपस्थिति! दक्षिण भारत के लोग कितने श्रद्धावान होते हैं यह कोई बताने की बात है! उस पर काशी, अयोध्या या प्रयाग से आया ब्राह्मण! इतनी आवभगत होती, इतना चढ़ावा चढ़ता कि हर पन्द्रहवें दिन मनीऑर्डर आता। इतना बड़ा पक्का मकान उसी की देन है। गाँव में सबसे पहला पक्का मकान नर्तकी कलाधरी ने बनवाया था, दूसरा माठा बाबा ने। छत्रधारी का इन्द्राणी महल तो बहुत बाद का है। उम्र बढ़ने के बाद दक्षिण की यात्रा बन्द कर दी। पर अब भी उधर की याद आती है तो बाबा भावुक हो जाते हैं। भक्त तो उधर ही बसते हैं, इधर तो ठग और पापी रहते हैं।

आज माठा बाबा की घरैतिन कथा सुनेंगी। माठा बाबा चरणामृत बनाने के लिए गाय का दूध लेने बोधा भाई के दुआर पर पहुँचे तो वहाँ तीन-चार बच्चे पहले से भदेली लेकर माठा लेने पहुँचे थे। घर के अन्दर से माठा मथने की आवाज आ रही थी—घलर...घलर...घलर।

माठा बाबा ने देखा कि बोधा जुआठ लेकर बैलों के आगे खड़े हैं तो आवाज लगाते-लगाते रुक गए। बोधा के जाने तक इन्तजार कर लेना ठीक रहेगा। उनकी गैरहाजिरी में बोधा बहू के हाथ अधिक उदार हो जाते हैं।

वे बोधा भाई की ओर बढ़ गए।

जवान बैल तो जुआठ देखकर खुद ही खड़ा होकर नधने के लिए तैयार हो गया, बूढ़े मकरे को उठाने के लिए वे टिटकारने लगे।

मकरा उठने के लिए तैयार नहीं था।

"अब यह बूढ़ा हो गया बोधा। हड्डियाँ निकल आई हैं।"

"इतना बूढ़ा भी नहीं है बाबा। हड्डियाँ तो इसलिए निकल आई हैं कि ससुरे को मूत पीने की लत लग गई है।"

"कुछ भी हो, अब इसको पेंशन दे दो।"

"बाबा, किसान और बैल की किस्मत में मरने के दिन तक खटना लिखा रहता है। भगवान ही इनको पेंशन देते हैं, अपने पास बुलाकर।"

...लेकिन चित्तू का बलिदान व्यर्थ गया।

पर्चा मिला तो रामनाथ को पता चला कि उनके पूरे खानदान का चक धनहर की निचली जमीन पर फेंक दिया गया। रामनाथ ने चकबन्दी अधिकारी के समक्ष आपत्ति दायर की। आज उसी की सुनवाई हो रही है।

रामनाथ को लगता है कि उनका वकील ढंग से उनका पक्ष नहीं रख पाया। कहीं विपक्षी के हाथों बिक तो नहीं गया? वे हाथ जोड़कर कहते हैं—"हुजूर, लगता है हमारे वकील साहब फाइल पढ़कर नहीं आए हैं। इजाजत हो तो अपनी मुसीबत मैं खुद अर्ज करूँ।"

"हाँ-हाँ बोलो।" काला कोट पहने अकड़े बैठे अफसर ने कहा।

"हुजूर, मैं जाति का कोइरी हूँ। पाँच घरों के हमारे खानदान में हरेक के पास कमोबेश डेढ़ बीघा खेत है। दो-चार बिस्वा छोड़कर सारी जमीन गोंयड़ की, सोलह आने मालियत वाली उँचास है और हमारे घर के पास है। उसी में साग-भाजी उगाकर हम अपना परिवार पालते आए हैं। कायदन हमें हमारी मूल जोत से हटाया नहीं जा सकता लेकिन हम सबको चार आने मालियत वाली धनहर की निचली जमीन पर फेंक दिया गया है जहाँ चार महीने पानी भरा रहता है और अगहनी धान की सिर्फ एक फसल होती है। बाढ़ आ जाए तो वह भी डूब जाती है। हमारे साथ भारी जुल्म हुआ है। हमें इस जुल्म से बचाया जाए। हमारा चक हमारी मूल जोत पर दिया जाए नहीं तो फाँसी लगाने के अलावा हमारे पास दूसरा कोई चारा नहीं है।"

बात पूरी करने के पहले ही बूढ़े रामनाथ के होंठ थरथराने लगे।

इजलास में सन्नाटा छा गया।

जब तक रामनाथ बोलते रहे, अफसर मुँह में कलम दबाए उनकी बात सुनता रहा, फिर बोला—"ठीक है, जाओ।"

लेकिन रामनाथ यह भी जानते थे कि सिर्फ मुसीबत गा देने से कुछ नहीं होने वाला। छत्रधारी उनकी छाती पर कुंडली मारकर बैठ चुके हैं।

रात में पाँचों परिवार इकट्ठा बैठे। सोच-विचार के बाद तय हुआ कि एक मोटी रकम सीओ साहब को देना जरूरी है।

अगली शाम अपने क्वार्टर पर हाजिर रामनाथ को सीओ साहब ने आश्वस्त किया—"देखो दादा, ईमानदार तो नहीं हूँ। रोज ही घूस लेता हूँ, लेकिन इतना बेगैरत भी नहीं हूँ कि मुर्दे के शरीर से कफन खींच लूँ। तुम्हारे साथ अन्याय हुआ है। मैं तुम्हें न्याय दूँगा और बिना कुछ लिये-दिये दूँगा। जाओ।"

घर लौटते रामनाथ एक पल खुश होते और अगले ही पल सशंकित हो जाते। अब तक तो वे यही देखते आ रहे हैं कि अफसर घूस भी खा जाते हैं और मनमाफिक काम भी नहीं करते। बिना लिये-दिये कैसे कर देगा? ऐसा तो नहीं कि छत्रधारी ने इसे भी पूज लिया हो!

वे चलते-चलते पीछे मुड़े। चार कदम चले, रुके, फिर पीछे मुड़े। दो बार ऐसा हुआ। कहाँ जाएँ? क्या करें?

छत्रधारी भी परेशान हैं। हरामजादा सिफारिश न माने लेकिन घूस खाने को भी तैयार नहीं है। सारे रास्ते बन्द पाकर वे माठा बाबा की शरण में जाते हैं। उन्हें माठा बाबा की बुद्धि पर भरोसा है। उन्हें विश्वास है कि वे कोई न कोई रास्ता निकाल लेंगे। पहले भी माठा बाबा की बुद्धि ने उन्हें फतेह दिलाई है।

लालटेन के मन्द प्रकाश में चारपाई पर दोनों लोग आमने-सामने मुँह करके बैठे हैं। बाबा मुँड़वारी और छत्रधारी गोड़वारी। छत्रधारी जानते हैं कि महाभारत की लड़ाई में अर्जुन जब कृष्ण से सहायता माँगने गए तो उनकी गोड़वारी बैठे थे।

सारी बात सुनकर बाबा उन्हें समझाने की कोशिश करते हैं—"यह तो कोइरी लोगों का पेट काटने के बराबर होगा। कहा गया है कि मूँड़ भले काट लीजिए लेकिन पेट मत काटिये। साग-सब्जी उगाकर किसी तरह गुजर-बसर कर रहे हैं। जमीन घर के पास है तो रखवाली कर लेते हैं। जंगली सूअर और नीलगाय से बचा लेते हैं। धनहर वाली जमीन में फेंकना तो उन्हें भूखों मारना हुआ।"

"धनहर में भी तो उनके थोड़े-बहुत खेत हैं ही।"

"कितने हैं, पेट काटकर किसी ने चार-छह बिस्वा खरीद लिया तो उसी की आड़ में उन लोगों को सोलह आने मालियत से चवन्नी की मालियत पर ढकेल देंगे? नीचे वालों से नहीं तो ऊपर वाले से तो डरिए।"

"कोई नीचे-ऊपर नहीं। जो कमजोर वह नीचे। जो सहजोर वह ऊपर।"

"यह भी सोचिए कि आप अपनी अठन्नी वाली मालियत से उठकर सोलह आने मालियत पर आ रहे हैं तो आपकी जमीन भी तो घटकर आधी हो रही है।

उगाना आपको धान, गेहूँ ही है। सड़क के किनारे आने से फसल का नुकसान होगा सो अलग। फायदा क्या हुआ?"

फायदा तो छत्रधारी जैसे बनिया बुद्धि के लोग ही जानते हैं। समय आ रहा है कि सड़क के किनारे की जमीन फुट के रेट से बिकेगी। दस गुने बीस गुने महँगे रेट से।

बाबा एक बार फिर समझाते हैं—"कोइरी लोगों को कमजोर मत समझिए। वे लड़कर ले लेंगे। यहाँ से नहीं तो ऊपरी अदालत से। आप पचा नहीं पाएँगे।"

"आप दिलाइए। मैं पचा लूँगा।"

"ठीक है। उस अधिकारी का नाम-पता दीजिए। साथ में किराया-भाड़ा और अँचला-कमंडल-खड़ाऊँ का खर्च। कोशिश करते हैं।"

बैताली पाँड़े की नौटंकी कम्पनी में भर्ती हो गया।

कई साल से, जब से पाँड़े ने नौटंकी कम्पनी खोली, उनकी नजर बैताली पर थी। कई बार उन्होंने जंगल में उसका आलाप सुना था। कई बार वे खुद चलकर बैताली के पास आए लेकिन बैताली तैयार नहीं हुआ।

तैयार इसलिए नहीं हुआ कि वह जन्मजात बैताल है। बचपन से लेकर आज तक उसने कभी किसी की हलवाही-चरवाही या मजदूरी नहीं की। उसकी माँ को इस गाँव के कालू हरिजन उढ़ारकर लाए तो साथ में दो साल का बैताली भी था। नए पिता ही नहीं, माँ और बाद में पैदा हुए सौतेले भाई-बहनों से भी उसकी दूरी बनी रही। उसकी माँ ने उसे स्कूल भेजा लेकिन एक ही बार मार पड़ी तो गिट्टी से मास्टर का सिर फोड़कर वहाँ से भी भाग आया।

बचपन से उसका ज्यादा समय जंगल में ही बीतता रहा है। पहले उसके हाथ में गुलेल रहती थी। बाद में भाला भी जुड़ गया। तीतर, बटेर, साही और खरगोश का शिकार करना और मधु निकालकर बेचना ही उसका रोजगार रहा है। उसके भाले का निशाना इतना पक्का है कि छलाँग लगाते खरगोश पर दस-बारह गज दूर से फेंके गए भाले का निशाना कभी खाली नहीं जाता। मधुमक्खियों के डंक से बचने के लिए उसने सुतली के बारीक बाध से ऐसा जालीदार लबादा बना रखा है

जिसको ओढ़ लेने से डंक शरीर तक पहुँच ही नहीं पाता।

लम्बी-चौड़ी गठी हुई देह, चौड़े चेहरे और ऊँची नाक के नीचे की घनी-लम्बी मूँछें उसके चेहरे को रोबीला बनाती हैं। उसकी इन्हीं मूँछों, आवाज में बिजली-सी कड़क और जंगल में एकाध बार सुने गए उसके सुरीले आलाप पर रीझकर ही पाँड़े उसे अपनी नौटंकी कम्पनी में भर्ती करने के लिए पीछे पड़े।

बैताली ने साफ इनकार कर दिया—"मैं बानर, भालू और भिश्ती, राक्षस का 'पाट' करने के लिए नहीं बना। बादशाह की जिन्दगी जीता हूँ बादशाह जैसा 'पाट' ही करूँगा। देना हो तो बताओ?"

मान गए पाँड़े—"तुम्हें राजा, डाकू, हवलदार, सेनापति जैसे रोल ही देंगे। चलो।"

जिस गूलर के पेड़ पर दस हाथ दूर से भाला फेंककर वह निशाना लगाने का अभ्यास किया करता था उसी गूलर के नीचे बैठकर एक-एक अच्छर जोड़कर वह अपने डायलॉग याद करता है।

कभी-कभी कोई ऊटपटाँग शब्द उसका पैर छान लेता है। आज वह 'फौरन से पेश्तर दफा हो जा' का मतलब समझने की कोशिश में पसीने-पसीने हो रहा है।

माठा बाबा को बिलकुल अच्छा नहीं लग रहा है कि वह गरीबों का गला काटने के लिए चकबन्दी अधिकारी के घर जाएँ। लेकिन छत्रधारी की बात...आगे-पीछे की बहुत सारी बातें सोचनी पड़ती हैं।

आखिरकार एक दिन शुभ साइत विचार कर निकलते हैं।

चकबन्दी अधिकारी के गाँव के प्रवेश मार्ग पर एक भुँजइन लाई भून रही थी। सहसा उसके कानों में आवाज पड़ी—'सेत्ताराम बच्चा।' भुँजइन ने नजर उठाकर देखा तो तेज से उसकी आँखें चुँधिया गईं।

गेरुआ वस्त्र, सफेद-लम्बी दाढ़ी-मूँछ, जटाजूट, माथे पर त्रिपुंड, गौरवर्ण, मझोला कद, मध्यवय दोहरा शरीर, रतनारी आँखें, गले में रुद्राक्ष की माला, पैर में खड़ाऊँ, कन्धे पर जोगियों जैसा झोला, दाएँ हाथ में कमंडल! भुँजइन ने दोनों हाथ जोड़कर प्रणाम किया और पुआल की गोल आसनी बैठने के लिए आगे करते हुए बोली—"बैठिए बाबा। हाथ खाली होने दीजिए।" भुँजइन भिक्षा देने लगी तो बाबा ने इशारे से मना करते हुए चार आने का सत्तू खरीदा। इस बीच उसे ध्यान

से देखते हुए बोले—"तुम्हारा माथा देखकर पता चलता है कि तुम जिसके साथ नेकी करती हो वही बदी देता है।"

"क्या करें बाबा। मेरी तकदीर ही फूटी है।"

"तुम मन की बहुत निश्छल हो और लोग इसी का फायदा उठाकर तुम्हें ठग लेते हैं।"

"एकदम सही बाबा। जो भी मिले ठगने वाले ही मिले। एकदम कच्ची उम्र की थी तब से ठगी जा रही हूँ।"

बाबा को इस संवाद में उम्मीद की झलक मिली लेकिन मन को बलात् अपने उद्देश्य पर केन्द्रित करते हुए झोली से एक पुड़िया निकाली और उसे देते हुए बोले—"इसको तावीज में भरवाकर पहन लेना। कल्याण होगा।"

फिर पूछा—"यह सामने पक्का मकान किसका है?"

"परधान जी का।"

"और वह दूसरा?"

"चकबन्दी के साहेब का।"

"धन-धान्य, बाल-बच्चों से सुखी लगते हैं।"

"सुखी तो थे बाबा लेकिन भगवान से इनका सुख देखा नहीं गया। पिछले साल आठ साल का इकलौता बेटा इसी तालाब में डूबकर मर गया। पता ही नहीं चला कि घर से इतनी दूर तालाब तक कैसे पहुँचा? कैसे डूबा? अब तीन बेटियाँ ही रह गईं।"

चलने के पहले बाबा पैसा देने लगे लेकिन भुँजइन ने हाथ जोड़ लिये—"नहीं बाबा। बड़े भाग से घर बैठे पुन्न लेने का मौका मिला।"

सूर्यास्त हो रहा था, जब सीओ साहब के दुआर पर जाकर बाबा ने हुंकार लगाई—'अ-ल-ख नि-रं-ज-न।'

सीओ साहब की पत्नी तुलसी के चौरे पर शाम का दीया जलाकर लौट रही थीं। बाबा को देखकर उनकी आँखें उत्सुकता, सम्मान और संकोच से उठीं और झुक गईं। हाथ जुड़ गए। बाबा ने दाएँ हाथ के कमंडल को बाएँ हाथ में लिया और दाहिने हाथ को आशीर्वाद की मुद्रा में उठाकर कहा—"पुत्रवती भव। बेटा आएगा।"

सीओ साहब की पत्नी की आँखों में आँसू उमड़ आए। कंठ अवरुद्ध हो गया। संयत हुईं तो कहा—"आए तो थे बाबा। धोखा देकर भाग गए।" कहकर फफक पड़ीं।

"मालूम है, मालूम है। खुद नहीं भागा। भगाया गया। लेकिन उसी कोख से

फिर अवतार लेना चाहता है। जरा हथेली फैलाओ।"

खुली हथेली पर भभूत रखते हुए बाबा ने कहा—"मुट्ठी बन्द कर लो।"

बाबा ने मंत्र पढ़कर आकाश की ओर तीन बार फूँक मारी फिर कहा—"मुट्ठी खोलो।"

खुली मुट्ठी में गुलाब की पंखुड़ी निकली। सीओ बहू आश्चर्यचकित।

बाबा ने कहा—"खुल गई कोख। गुलाब जैसी आभा वाला बेटा आएगा। नाम रखना अलख निरंजन। अब चलता हूँ।"

खड़ाऊँ की खटर-पटर।

सीओ बहू आतुर होकर बोलीं—"रुकिए बाबा। कुछ जलपान करके जाइए।"

"अभी नहीं। अलख निरंजन की बरही में आऊँगा तब जलपान करूँगा।"

"बाबा रुक जाइए। मैं अम्मा को बुलाती हूँ।"

बढ़ते कदम रुक गए। बहू ने पास की चौकी को झाड़कर उस पर चादर बिछाई और बाबा को बैठाकर अन्दर गई। सास को सारी बात बताई। बूढ़ी हाथ जोड़े हुए निकली और बाबा के चरणों में झुक गई।

उठी तो आँचल के टोंक में बँधे रुपये खोलकर बाबा की ओर बढ़ाए।

"सोना-चाँदी, रुपये-पैसे, धन-दौलत का दान नहीं लेते माताराम।"

"तो क्या सेवा करें बाबा? आपने इतना बड़ा वरदान दिया है।"

"सेवा करना चाहती हो तो मेरे भक्त का कष्ट दूर करवाओ। मेरे एक भक्त पर तुम्हारा सीओ बेटा कुपित है। उसका अनिष्ट करना चाहता है। अपने बेटे से कहकर उसका संकट टालो।"

"जरूर कहेंगे बाबा। क्यों नहीं कहेंगे।"

बाबा ने अँचले की लम्बी जेब से एक पुर्जी निकालकर बूढ़ी के हाथों में पकड़ाई—"इसमें सब कुछ लिखा है। इन्हीं नम्बरों पर मेरे भक्त का चक बैठवाना है।"

बूढ़ी ने सिर झुकाकर दोनों हाथों में पुर्जी को रोपा।

"अब मुझे एक सीधा (चावल-दाल-नमक) देकर विदा करिए। इतना ही मैं किसी गृहस्थ से ग्रहण करता हूँ।"

बूढ़ी ने बहू को सीधा लाने का संकेत किया। फिर बाबा से बोली—"आज की रात यहीं बिताइए बाबा। अँधेरा हो रहा है।"

"नहीं माताराम। हम बस्ती में रात्रि-विश्राम नहीं कर सकते। करतल भोजन तरुतल वास। बर्तन में भोजन भी नहीं करते। हथेली पर रखकर भोजन करते हैं और पेड़ के नीचे रात्रि निवास करते हैं।

"...और सुनो माताराम। अगर मेरे भक्त का काम न हो पाए तो ये चूड़ियाँ रख लीजिए। डेढ़ साल बाद बहू के काम आएँगी।"

बूढ़ी ने देखा। चाँदी की दो चूड़ियाँ।

सिहर गई बूढ़ी—'हे भगवान! पोते की बरही पर आने के लिए भी कहा और चाँदी की चूड़ी भी दे दिये।' बूढ़ी का मुँह सूख गया।

बहू की थाली का सीधा झोली में रोपकर बाबा ने अलख जगाई—"कल्याण हो। बरही में आऊँगा।"

दोनों स्त्रियाँ बाबा को अँधेरे में विलीन होते देखती रहीं फिर एक-दूसरे को देखा। बहू की आँखों में उम्मीद और चमक थी लेकिन सास का मुँह उतरा हुआ था।

"क्या हुआ अम्मा?"

"कुछ नहीं।" बूढ़ी ने मन की बात छिपा ली।

बहू रसोई में घुसी तो बूढ़ी दालान में लेटे पति के पास गईं। फुसफुसाईं—"सुनते हो जी, एक बाबा जी आए थे। बता रहे थे कि चन्दू फिर अपनी माँ की कोख से पैदा होना चाहता है। कहकर गए हैं कि वे पोते की बरही के समय फिर आएँगे।"

बुढ़ऊ मुस्कराए। पूछा—"कितना ठगकर ले गया?"

"एक पैसा नहीं। बहुत मनुहार करने पर बोले कि भिक्षा या दान करना ही चाहती हो तो अपने बेटे से कहकर मेरे एक भक्त का संकट दूर करा दो। यही मेरी भिक्षा है।"

"संकट क्या है?"

"इस पुर्जी में सब लिखा है।" बूढ़ी ने पुर्जी पकड़ाई—"बाबा के भक्त का चक सही करवाना है।"

"नो, नो। मैं बेटे के सरकारी काम में दखलंदाजी नहीं कर सकता।"

"करना पड़ेगा। बात ही कुछ ऐसी है। पोता होने का आशीर्वाद देने के साथ-साथ वे बहू के लिए दो चाँदी की चूड़ियाँ भी दे गए हैं। मतलब नहीं समझे? चाँदी की चूड़ियाँ किसी औरत को कब पहनाई जाती हैं? जब दूसरी चूड़ियाँ तोड़नी पड़ती हैं। अब भी नहीं समझे? अगर बाबा के भक्त का काम नहीं हुआ तो...यह पुर्जी सँभालकर रख लीजिए और सबेरा होते ही बेटे के पास रवाना हो जाइए।"

संतोखी को पंचायत मंत्री के कमरे पर हमेशा ताला ही लटकता मिला पर अन्ततः एक बार भेंट हो गई।

संतोखी के हाथ में घी की मटकी देखकर उसने आवाज में नरमी लाकर कहा—"मामला पुराना हो गया। अब यह मेरे हाथ से निकल गया, अब एस.डी.एम. साहब के आफिस में जाकर दरखास्त दें। वहाँ से लौटकर मेरे पास आएगी तब मैं रिपोर्ट लगा दूँगा।"

संतोखी एस.डी.एम. आफिस के बड़े बाबू से मिले। उन्हें दरखास्त दी। बड़े बाबू ने वापस करते हुए कहा—"प्रोफार्मा में भरकर लाओ।"

प्रोफार्मा में भरकर ले गए तो कहा—"एफिडेविट के साथ ले आओ।"

संतोखी ने एफिडेविट का मजमून पता किया। टाइप कराया। नोटरी कराया। ले जाकर बड़े बाबू को दिया और पूछा—"कब तक मिल जाएगा?"

"अभी देते देर नहीं हुई, जल्दी मच गई। फाइल जाँच में जाएगी, रिपोर्ट लगेगी, आर्डर होगा तभी तो मिलेगा। पता लगाते रहना।"

संतोखी पता लगाते रहे। कब फाइल ब्लॉक में गई? कब ए.डी.ओ. की रिपोर्ट लगी? कब एस.डी.एम. के ऑर्डर हुए? वे निरन्तर आवाजाही करते रहे। दरखास्त आगे बढ़ती रही। काम हफ्ते-भर का था लेकिन सवा साल लग गए।

यही क्या कम है कि हो गया, न होता तो क्या कर लेते!

गवाह तो उनके हाथ में पहले से ही था। अब सबूत भी आ गया। संतोखी ने संतोष की साँस ली।

जिस साल बोधा भाई आठवीं में थे उसी साल फागुन में उनका गौना आया और जेठ में फेल हो गए।

उनके बाप लाठी उठाकर मारने दौड़े—"सरऊ, कौन पढ़ाई पढ़ रहे थे?"

पड़ोसी ने हँसते हुए कहा—"कौन-कौन पढ़ाई पढ़े बेचारा? बित्ता-भर की पोथी पलटे कि नौ गज की साड़ी?"

बोधा के बाप ने लाठी फेंक दी।

बोधा का बस्ता खूँटी पर टँग गया।

जब यह किस्सा लिखा जा रहा है तो उनका विद्रोही नाम स्वीकृत हो चुका है। छोटे थे तो बुधई कहकर पुकारे जाते थे। स्कूल में नाम लिखाया गया था—'रामबोध'। अब सिर्फ छत्रधारी खुन्नस में कभी-कभी 'बुधइया' कहते हैं लेकिन सामने नहीं। आमने-सामने पड़ने से दोनों लोग बचते हैं। बोधा भाई को बचपन से फरवाही नाच देखने का शौक चढ़ा। फरवाह की नीली जाँघिया, उसमें गुँथे पचासों घुँघरुओं की रुनझुन, दोनों कन्धों से एड़ी तक लटकते नीले पट्टे, नर्तक की गठी हुई थिरकती युवा देहयष्टि और बाँसुरी की लम्बी मीठी तान उन्हें मुग्ध कर देती थी। बाप के लाख मना करने के बावजूद वे नाच देखने दूर-दूर तक चले जाते और लौटने पर बाप की मार खाते। उन्हें सैकड़ों लोकगीत याद हो गए। गाय-गोरू चराने जाते तो नाचने-गाने का अभ्यास करते। उस समय उनके इलाके में कन्हई फरवाह का बड़ा नाम था। वे कन्हई की तरह नाम कमाने की तमन्ना रखते थे।

गौना आए साल-भर ही हुआ था। उनकी पत्नी मायके गईं तो वहाँ हैजा फैला और उनकी पत्नी को लील गया। पढ़ाई छूट ही गई थी। अब बोधा भाई पूरी तरह नाच को समर्पित हो गए।

तब यही सोचते थे कि जब तक जिएँगे, नाचते-गाते रहेंगे। जितना अच्छा नाचते-गाते और लीला करते थे उतनी ही अच्छी बाँसुरी बजाते थे। उनके नगाड़े की टंकार सुनकर दर्शकों का मेला लग जाता था। महफिल लूट लेते थे। अब तक कन्हई फरवाह का 'नखरा' इलाके में मशहूर था। बोधा भाई उनसे भी आगे निकले जा रहे थे। जनता उन्हें दूसरा कन्हई कहने लगी थी। चार-पाँच साल इलाके में धूम मचाए रहे लेकिन जब दिलजानी को भगाकर लाए तो दिलजानी के दोनों भाई उनकी जान के पीछे पड़ गए। छिपना पड़ा। दिलजानी को लेकर परदेस भाग गए। साल-भर अज्ञातवास में रहे। बच्चा पेट में आया तो वापस लौटे।

जान तो बच गई लेकिन नाचना छूट गया। अब गुजारा कैसे हो? खेती बहुत कम थी। परदेस जाकर कमाने के अलावा और कोई चारा नहीं था। बाप से किराया माँग नहीं सकते थे। बाप की चोरी-चोरी घर का गल्ला बेचने के लिए पत्नी को विश्वास में लेना चाहा तो वे सिरे से इस योजना की विरोधी हो गईं।

एक बार दिलजानी ने अपनी भाभी को कहते सुना था—'परदेसी का मिलना कोई मिलना नहीं होता। साल-दो साल में दस-पाँच दिन की छुट्टी पर आते हैं तो अकुताए रहते हैं। सँभाल नहीं पाते। छुआते ही चू जाते हैं। अभी उन्होंने आदमी का कौन-सा सुख जाना है!'

रात में बोधा भाई की देह में तेल मालिश करते हुए वे कातर स्वर में बोलीं—"इस घर में न सास है, न ननद, न देवरानी, न जेठानी। अपने अधपगले बाप के भरोसे छोड़कर जा रहे हो। दरद उठेगा तो वही दौड़कर सहारा देंगे क्या? ऐसे समय में तो गौरैया का मरद भी खाना-पीना बिसार कर घोंसला बनाने के लिए दौड़-दौड़ कर तिनका जुटाता है। एक आप हैं कि मझधार में छोड़कर...आप ही तो गाते थे—

जेठवा न सामी छाया बखरिया
अदरा न बोया धान
चढ़त जवनिया भग्या परदेसवा
तीनों तरक गई मारि

यानी—हे स्वामी अगर आपने बरसात आने के पहले जेठ के महीने में अपना घर नहीं छा लिया, आद्रा नक्षत्र में धान नहीं बो दिया और चढ़ती जवानी में (पत्नी को छोड़कर) परदेस भाग गए तो समझिए कि आपने तीनों मौके (तरक) खो दिए। ये तीनों अवसर खोने वाले दुनिया के सबसे बड़े अभागे माने जाते हैं।"

सही कहा—रहने को घर नहीं, खाने को अन्न नहीं और साथ सोने को जोरू नहीं। अभागा और किसे कहेंगे?

उनके गुरु कन्हई फरवाह एक गीत गाते थे—

अँखिया कै कजरा माँग कै सेनुरा
जाइ के जमुनवा मा धोइ डरबै
चलि जाब्या विदेसवा त रोइ मरबै

नायिका कहती है कि अगर आप विदेश गए तो मैं रो-रोकर मर जाऊँगी। जमुना जी में जाकर आँख का काजल और माँग का सिन्दूर धो डालूँगी यानी खुद को विधवा मान लूँगी।

श्रोताओं में उपस्थित आधी से ज्यादा स्त्रियों के पति परदेस गए होते थे। इस गीत का इन विरहिणी स्त्रियों पर ऐसा असर होता कि उनके आँसू रोके न रुकते। उनकी सामूहिक सिसकी से वातावरण बोझिल हो जाता।

रात में बोधा बहू ने बोधा भाई को एक पल के लिए भी अपने से अलग नहीं किया। हाथ-पाँव से उन्हें लपेटे रहीं।

बोधा भाई भी भावुक हो गए। बोले—"तब गुजारा कैसे होगा?"

उत्तर में बोधा बहू ने नाक की कील और कान की तरकी निकालकर उनके हाथ पर रख दीं। बोलीं—"बाप के घर से भागकर आए इसलिए न मायके से कोई गहना मिला न ससुराल से कोई चढ़ावा चढ़ने की नौबत आई। यही दोनों गहने मेरे पास हैं। इन्हें बेचकर पाँड़े बाबा के मेला जाइए और अच्छा 'लच्छन' देखकर तीन-चार पँड़िया लाइए। साल-भर तक खिला-पिलाकर उन्हें पठिया बना लूँगी। खूँटा सह गया तो तीन-चार साल में दुख-दलिद्दर दूर हो जाएगा।"

तबसे बोधा भाई दूध के धन्धे में उतरे।

बोधा भाई क्या, सच पूछिए तो बोधा बहू उतरीं। चारा, पानी, गोबर, कंडा, साफ-सफाई, दुहना-बिलोना सब तो वही करती थीं। बोधा भाई का काम तो बाजार तक दूध पहुँचाना भर था।

बहुत हिम्मती जनाना हैं बोधा बहू। लम्बी-चौड़ी कद-काठी वाली देह, दूध-घी में कितनी सीझी हुई है यह उनके कल्ले ही बता देते हैं। घूँघट उठाने की जरूरत नहीं। भैंस के पीछे भागने पर आमादा, मस्ताए भैंसे का पगहा इन्हीं कल्लों से खींच लेती हैं तो भैंसे को मुड़ जाना पड़ता है। इनके दोनों बड़े भाई अपने इलाके के नामी चोर थे। वैसे चोर नहीं, फसल चोर। बोधा बहू के मायके में खेत बहुत कम थे। भयानक गरीबी थी। ज्यादातर घरों में रबी में पैदा अनाज धान की फसल पककर घर आने के पहले ही खत्म हो जाता था। फाके की नौबत आ जाती थी। बोधा बहू के दोनों भाई दिन के समय इलाके में घूम-घूम कर धान की ऐसी फसल का सन्धान करते थे जो पकने-पकने को हो और अपने गाँव से दूर भी हो। रात में हँसिया, रस्सी लेकर उसे काटने निकलते। तब बोधा बहू भी मरदाने कपड़े पहनकर भाइयों के साथ जातीं। पहर रात रहते तीनों लोग तीन बोझ धान लाकर आँगन में पटक देते। आदमी का पेट भी भरता जानवर का भी।

सत्रह साल की उम्र में तो भाग ही आईं, उसके पहले जब सिर्फ सोलह साल की थीं तो उन्हें देखकर एक लड़का गाने लगता—

तोर कजरवा दिलजानी गजब करै।

उन्होंने एक बार बरजा, दो बार बरजा, नहीं माना तो एक दिन गली में उठाकर ऐसा पटका कि...

ससुराल में भी उनका लोहा सारा गाँव मानता है। अपने सामने किसी को सेंटती नहीं। बोधा भाई से ज्यादा धाक बोधा बहू की है। गाँव के लोग तो इसे मानते ही थे, अब सरकारी हाकिम-हुक्काम भी मानने लगे हैं।

उस दिन जैसे ही बोधा भाई बाजार में दूध देकर लौटे, उनके पीछे-पीछे

एक जीप आई। जीप में बैठे-बैठे ही नायब साहब बोले—"रामबोध जी, आपके लिए खुशखबरी है। जिले में सबसे बड़ी गोभी पैदा करने के लिए आपको प्रथम पुरस्कार दिया जाना है। ढूँढ़ा गया तो तहसील में आपका इंट्री फार्म ही नहीं मिला। तहसीलदार साहब ने कहा कि आप खुद जाइए और रामबोध जी को लाकर फार्म दाखिल कराइए। चलिए तैयार हो जाइए। आज ही आखिरी तारीख है।"

खुश हो गए बोधा भाई। उनका गाँव गोभी पैदा करने के लिए इलाके में सरनाम है। पिछले जाड़े में उनका गोभी का एक फूल तौलने पर सवा आठ किलो का हुआ था। अब जाकर इनाम की घोषणा हुई। वे तो यह बात भूल ही गए थे। बोधा बहू भी खुश हो गईं। उन्होंने न-न करने के बावजूद नायब के साथ-साथ लेखपाल और ड्राइवर को भी गाढ़े दही का सिखरन पिलाया। बोधा भाई ने नायब के बच्चों के चूसने के लिए जीप में आठ-दस गन्ने रख दिए।

जीप बाजार में पहुँचकर रुकी तो पटरी पर खड़ा चपरासी भी आकर जीप में बैठा। चपरासी बिरादरी का था और परिचित था। बोधा भाई ने आँखों-आँखों में उसका स्वागत किया लेकिन चपरासी की आँखों में हमेशा झलकने वाला स्वागत भाव आज नदारद था। थोड़ी देर में उसने अपने जूते से बोधा भाई के जूते को दबाया और अपनी दोनों हथेलियाँ जीप के फर्श के पास धोती की आड़ में ले जाकर एक तर्जनी पर दूसरी को चाकू की तरह रगड़ा।

बाप रे! इतना बड़ा धोखा? बोधा भाई की समझ में नहीं आया कि क्या करें? चलती जीप से कूद जाएँ?

खोपड़ी में सन्न-सन्न की आवाज होने लगी। थोड़ी देर में अगला बाजार आया। बोधा भाई ने प्रेमपूर्वक आग्रह किया—"साहेब, एक-एक पान हो जाए मेरी तरफ से।"

"नहीं, देर हो जाएगी।"

"साहेब, आप हमें इतना मान-सम्मान दे रहे हैं तो क्या मुझे एक बीड़ा पान खिलाने का मौका भी नहीं देंगे?...मैं बीड़ी भी खरीद लूँगा। देर से अमल लगी है।"

जीप से उतरते ही बोधा भाई की घबराहट गुस्से में बदल गई। नायब के बगल आकर कहा—"भलमनसी इसी में है कि चुपचाप चले जाइए। उल्लू समझते हो? सरकारी आदमी न होते तो ऐसा पटक-पटक कर धोता कि पैंट पिछवाड़े से पीली हो जाती।"

नायब साहब चुपचाप शिकार को हाथ से निकलते देखते रहे। वे जानते थे कि चारों लोग मिलकर भी बोधा भाई पर काबू नहीं पा सकते। अब रुके हुए इंक्रीमेंट का क्या होगा?

बोधा भाई यह तो देख रहे थे कि छत्रधारी ब्लॉक और तहसील के स्टाफ के खैरख्वाह बने हुए हैं। अपने भट्ठे के मुंशी गजाधर और हलवाहे महादेव को प्रेरक बनाकर या उनसे मुखबिरी करवाकर गाँव के लोगों को नसबन्दी के लिए पकड़वा रहे हैं। लेकिन सीधे-सीधे उनके ऊपर जाल डलवा देंगे, यह नहीं सोचा था।

बोधा भाई के सही-सलामत बचकर निकल आने पर बोधा बहू उनके ऊपर नए सिरे से रीझीं। तृप्ति और प्रशंसा की नजरों से उनके नंगे बदन को बार-बार निहारा और सहलाया।

कोई भी सही-सही नहीं जानता था कि नसबन्दी होने के बाद क्या-क्या होगा और क्या-क्या नहीं होगा। कोई कहता कि सूखे की बीमारी पकड़ लेती है। कोई कहता कि आदमी औरत के काम का नहीं रह जाता।

"बताइए भला, भगवान की दी हुई शौक-मौज की चीज में भी आफत!"

"तभी तो इसका नाम आफत काल है। आफत में जैसे भी हो जान बचाइए।"

बोधा बहू ने इस आफत से बचने का नायाब रास्ता निकाला। उन्होंने बोधा भाई की चारपाई कोठे पर चढ़वा दी। वहीं खाना, वहीं सोना। बेटे की कसम धरा दी कि जब तक यह आँधी-तूफान खतम नहीं हो जाता वे देहरी के बाहर कदम नहीं रखेंगे। दिशा-मैदान के लिए बड़े सबेरे मुँहअँधेरे और शाम को एक घंटा रात बीतने के बाद कोठरी का ताला खोलती थीं।

जिसको इस इलाके के बखरी कहे जाने वाले घरों की बनावट की जानकारी न हो वह एक बार घर में घुस भी जाए तो खोज न सके।

पड़ोस तक के लोग पता नहीं लगा पाए कि बोधा भाई अचानक कहाँ अन्तर्धान हो गए।

दलसिंगार के आँगन से उसकी औरत झनाका के रोने की आवाज आ रही है। रोने की, डाँटने की और सरापने की।

पास-पड़ोस की औरतें जुट आई हैं। आँगन में दस-दस रुपये के पाँच-छह नोट बिखरे हैं। एक कंबल पड़ा है। झनाका सिंगारे के बाल पकड़कर झिंझोड़ते हुए पूछ रही हैं—"तेरे मुँह से बोल नहीं फूटा कि अभी हमारे कोई बाल-बच्चा नहीं

है। घर में ही बड़का पहलवान बना फिरता है रे मौगड़ा।"

सिंगारे के बाल छोड़कर वह अपनी छाती पीटने लगती है—"अब हमारा 'बंस' कैसे चलेगा रे रमवा? मरद रहते बाँझिन बनकर जिन्दगी काटनी पड़ेगी? जहर खा लूँ कि फाँसी लगा लूँ?"

सिंगारे सबेरे वाली गाड़ी से दूध पहुँचाने शहर गए थे। वापसी में बेटिकट पकड़ लिये गए। बेटिकट तो रोज ही चलते थे। टीटी से सामना हो जाता था तो दो गुना किराया दे देते थे। लेकिन इस बार मजिस्ट्रेट चेकिंग थी। पचीस लोग पकड़े गए। पुलिस ने सबको घेरकर बस में बैठाया और सीधे अस्पताल ले गई। शाम तक सबकी नसबन्दी कर दी गई। आज तीसरे दिन लौटे हैं।

सिंगारे अभी मुश्किल से बीस-इक्कीस साल के हैं। बाँके-साँवले जवान हैं। वास्तव में जिस दल में रहते हैं उसके शृंगार बनकर रहते हैं। दो साल पहले गौना आया। झनाका कमासुत और तेज औरत थीं। गौने में मायके से भैंस लेकर आई थीं। एक गाय भी खरीदी और दूध के कारोबार की शुरुआत कर दी। ठीक-ठाक कमा-खा रहे थे कि यह विपत्ति फट पड़ी। अब इसमें कोई क्या कहकर तसल्ली दे?

खबर सिंगारे की ससुराल तक पहुँची। सिंगारे का साला बहन की विदाई कराने आ गया। बोला—"माँ ने कहा है, मेरी बेटी का अकेले रो-रोकर बुरा हाल होगा। कुछ दिन यहाँ अपनों के बीच रहेगी तो मन पोढ़ा करने की ताकत मिलेगी।"

भेजने के साथ सिंगारे ने ताकीद की—"दस-पन्द्रह दिन में भाई के साथ लौट आना। मैं अकेले क्या-क्या करूँगा? गाय-भैंस सँभालूँगा कि खेती-बारी? रोटी बनानी आती नहीं। खिचड़ी कितने दिन खाऊँगा?"

इस घटना से ऐसी दहशत फैली कि लोगों ने कहीं आना-जाना बन्द कर दिया। तब केस पकड़ने के लिए गाँवों में जीप घूमने लगी। जैसे जंगली जानवरों के शिकार के लिए हाँका लगाया जा रहा हो। लोग भागकर गन्ने और अरहर के खेतों में छिपते। नदी पार करके जंगल में चले जाते। जाड़े की रात, आसमान से टप-टप टपकती ओस और कोहरे की बूँदें। ओढ़ने के लिए किसी के पास फटा-पुराना कंबल, किसी के पास वह भी नहीं। रात दस बजे के बाद ही वे ठिठुरते-काँपते घर लौटते। सबेरे फिर भागकर खेत और जंगल की शरण। काम-धाम सब ठप्प। कुछ के गन्ने खेत में ही खड़े रह गए। पेराई नहीं कर पाए। कुछ सिंचाई नहीं कर पाए।

कोठे पर छिपकर अज्ञातवास की अवधि काटते बोधा भाई आकाश-पाताल का चिन्तन कर रहे थे। दूध से धन तो पैदा किया जा सकता है लेकिन मान-सम्मान?

ब्राह्मण, ठाकुर, कायस्थ और बनिया को बहुत कुछ मान-सम्मान और हैसियत उनकी जाति के कारण मिल जाती है लेकिन ऊँची जाति का बनना तो अपने हाथ में है नहीं। कोई ऐसा कानून होता कि सरकारी खजाने में रुपया जमा करके ऊँची जाति की सनद मिल जाती तो दूध-घी का पैसा काम आ सकता था। जो थोड़ा-बहुत सम्मान मिलता है, वह कद-काठी और लाठी के जोर से मिलता है। सम्मान पाने का एक रास्ता पढ़ाई थी लेकिन पढ़ने के समय पर बाप ने गौना ला दिया। पढ़ाई भी गई। पोशाक से भी इज्जत मिलती है। धोती-कुर्ता तो वे कहीं आने-जाने पर पहनते ही हैं। सोच रहे हैं कि एक काली जाकिट खरीद लें। कहीं आना-जाना हो तो दाढ़ी बनाकर जाएँ। मुश्किल यह है कि उन्हें अपने हाथ से दाढ़ी बनाना आता नहीं और संतोखी हफ्ते-हफ्ते पर बनाने आते हैं।

वे कोठे पर रहते-रहते ऊब गए हैं। कभी-कभी किचकिचाते हैं कि इस तरह डरकर छिपे रहने से अच्छा है कि लाठी लेकर पकड़ने वालों पर पिल पड़ें। जो होगा देखा जाएगा। जेल-हवालात भी तो मर्दों के लिए ही बनी है। बोधा बहू बहुत चिरौरी-विनती करके उनका गुस्सा शान्त करती हैं। कभी-कभी हँसते हुए कहती हैं—अब हमेशा इसी तरह ताले में बन्द करके रखूँगी। जितना संग-साथ हम लोगों का इन दिनों रहा उतना तो जब से ससुराल आए तब से अब तक नहीं रहा। बाद के दिनों में तनिक लजाते हुए पड़ोसिनों से बतातीं कि उनका छोटा बेटा बुल्लू उसी दौरान उनकी कोख में आया था।

"माठा चाही ये मलकिन।" दहबंगा ने खाली भदेली का पेंदा बजाकर आवाज लगाई। बोधा बहू आवाज से ही दहबंगा को पहचान गईं। जल्दी-जल्दी कोठे से उतरकर बाहर आईं।

दहबंगा आवाज धीमी करके बोली—"वे लोग मेरे आदमी के पीछे भी पड़े हैं। दो बार तहसील का चपरासी पूछने आ चुका है। पहले तो ऐसा कभी नहीं सुना। नस काटकर उन्हें क्या मिल जाएगा?"

बोधा बहू बोलीं—"सारे साहब-सूबा हम लोगों को राँड़ करने पर उतारू हैं। कहते हैं रानी का हुकुम है।"

"क्यों है रानी का हुकुम? भगवान ने उनका शौक-मौज हर लिया तो उनसे हमारा भी शौक-मौज नहीं देखा जा रहा है। कभी-कभी मन करता है कि जो हमें राँड़ बनाने पर तुले हैं उन्हें पकड़कर बधिया कर डालें। जैसे बछड़े को बधिया करते हैं लोढ़े से कूँच-कूँच कर।"

खुश हो गईं बोधा बहू। जैसे उनके मन की बात कह दी गई हो। ऐसा हो जाए तब तो रोज-रोज का गरह कट जाए। फिर चाहे जेल ही काटना पड़े।

फिर दोनों औरतों में खुसुर-फुसुर हुई।

तीन-चार दिन बाद जब गाँव में हल्ला हुआ कि पकड़ वाली जीप गाँव में घुसी है तो बोधा बहू घास की खाँची लिये दहबंगा के घर के सामने से गुजर रही थीं। शोर सुनकर दहबंगा भी भीतर से निकली। दोनों की आँखें चार हुईं। दहबंगा ने आवाज देकर अपनी जेठानी और कुछ अन्य औरतों को बुला लिया। बोधा बहू ने घास की खाँची एक तरफ पटकी और गली के नुक्कड़ पर सबने मिलकर जीप को घेर लिया। नायब आगे बाएँ किनारे ही बैठा था। बीस-पचीस दिन पहले उसी को बोधा बहू ने दही का गाढ़ा सिखरन पिलाया था। बोधा बहू ने एक झटके में उसे नीचे खींचा और उसका पोता पकड़कर दोनों हाथों से ऐंठते हुए दहाड़ीं—"तुम दुनिया की नसबन्दी करते घूम रहे हो। आज हम तुम्हारी कर देते हैं।"

वह चिल्लाया—"बाप रे! प्राण निकल जाएगा। रहम-रहम!"

"फिर दिखाई पड़ोगे गाँव में?"

"नईऽईऽईऽ।"

नायब लड़खड़ाकर नीचे गिरा। बोधा बहू उसके ऊपर। दहबंगा ने गली में भागते कानूनगो को दौड़ाकर पकड़ा और तीन-चार औरतें उससे जूझ गईं। वह पैर झटककर दाँव काटकर किसी तरह खुद को छुड़ाकर भागा। उसका कोट दहबंगा के हाथ में रह गया। चपरासी, ड्राइवर और दोनों सिपाही पहले ही भागकर छत्रधारी सिंह के दालान में छुप गए थे। अन्दर से सिटकिनी बन्द कर ली थी।

तीन घंटे बाद फोर्स आई तब वे छत्रधारी के दालान से बाहर निकले। कानूनगो भागते-भागते जाकर मदरहवा गाँव में छिपा था। नायब को अस्पताल में होश आया।

दूसरे दिन अखबार में प्रमुखता से खबर छपी थी—

बनकट गाँव की औरतों ने घेरकर कर दी नायब तहसीलदार की नसबन्दी।

पुलिस कई दिन तक दहबंगा के पति शेरू और उसके जेठ विक्रम की तलाश में घूमती रही। उसे क्या पता कि दोनों उसी रात सूरत भाग गए हैं।

जो लोग 'रंकेडीह' गाँव की बहादुरी का बखान करते हैं—चलिगै रंकेडीह मा गोली। जनता खेली खून की होली...वह तो इसके बाद की घटना है। शुरुआत इसी गाँव की औरतों ने की थी।

बोधा बहू एक बार उस नायब की जनाना से मिलना चाहती हैं। जानना चाहती हैं कि नायब के पास उस बेचारी के काम लायक कुछ बचा रह गया कि...

"उस बेचारी का क्या दोष!"

इस साल जेठ के दशहरे के दिन दलित जातियों ने इलाके की महापंचायत करके तय किया है कि अब वे सात पाव या दो सेर की मजदूरी पर काम नहीं करेंगे। तीन किलो मजदूरी चाहिए।

देश में सेर-पसेरी-मन की जगह किलो-कुंटल आए जमाना हो गया लेकिन इस इलाके के गाँवों में अभी भी सेर-पसेरी के बटखरे चल रहे हैं। यहाँ पसेरी माने सात पाव।

दो अहम फैसले और लिये गए। न अब कोई दलित किसी के घूरे की खाद अपने सिर पर ढोएगा, न चमड़े की एवज में मरे हुए जानवर उठाएगा। जानवर उठाने के लिए नगद भुगतान करना होगा।

न बातचीत न चिरौरी-विनती! एकतरफा फैसला सुना दिया! बाद के दोनों फैसलों के बारे में तो बाद में सोचा जाएगा लेकिन खेत में काम न करने का फैसला! अचानक, जब आषाढ़ सिर पर चढ़ आया है। तीन किलो मजदूरी देने का सवाल ही नहीं है। जो आज तक नहीं हुआ वह अब कैसे हो जाएगा? तो क्या खेत परती रह जाएँगे? परती रह गए तो खाएँगे क्या? मजदूर हों चाहे किसान। पिछड़ी मेहनतकश जातियों के किसान तो ज्यादा चिन्तित नहीं हैं। वे औरतों-बच्चों के साथ खेती के काम में जुटते हैं। मजदूरी देकर काम कराने के बजाय एक-दूसरे के काम में हाथ बँटा लेते हैं। उनको मजदूरों की जरूरत साल में चार-छह दिन ही पड़ती है। खासकर धान की लगवाही में। लेकिन सवर्ण किसानों का तो सारा काम ही मजदूरों के भरोसे रहता है। उनके घर की औरतें कभी खेत तक गईं नहीं। अपने और पराए खेत की पहचान तक नहीं कर सकतीं। उनके बच्चों को काम करने की आदत नहीं। वे खुद हल जोत नहीं सकते। दोख लगेगा। अचानक यह विपत्ति!

अचानक तो नहीं कह सकते। इसकी आहट तो लम्बे समय से सुनाई पड़ रही थी। खेतिहर मजदूरों का दर्द उनके गीतों में मुखर होता रहा है—

बाबू कै बखार भरी कइके हलवाही
बिटिया बहिन मिलि करैं लगवाही
कइसे गुजारा होये दुइ अँजुरी मा?
दलित सतावा जाँय एहि नगरी मा॥

पिछली रात पानी बरसना शुरू हुआ तो दोपहर तक बरसता ही रहा। खेत, बाग, ताल, तिराई भर गए। खुद हल जोतने वाले हल-बैल लेकर निकल पड़े। जिनके लिए खुद हल की मुठिया थामने की मनाही है वे हलवाहों का इन्तजार करने लगे। उन्हें मनाने-धमकाने लगे। इतनी जल्दी दबाव में आना भी ठीक नहीं। एक बार दबा ले गए तो हर साल बढ़ाकर माँगेंगे।

दो दिन गुजर गए। खेत का पानी सूख गया तो क्या होगा? धमकाने से वश में नहीं आ रहे हैं तो मनाओ। अपनी गरज है।

हलवाहे को बुलाने के लिए दलित टोले में खुद चलकर जाना अच्छा नहीं माना जाता। अपने दरवाजे से ही जोर से आवाज दे देना काफी है। लेकिन आवाज का जवाब मिले तब न। बेचैन होकर पारस सिंह अपने हलवाहे झूरी के दुआर पर पहुँचते हैं। झूरी झोंपड़ी के बाहर चारपाई पर नंगे बदन बैठे हैं। पारस सिंह को देखकर खड़े हो जाते हैं। राम-राम करते हैं। उनके बैठने के लिए अँगोछे से नंगी चारपाई को झाड़ते हैं। पारस सिंह बैठते तो नहीं लेकिन आवाज में मिठास और अपनापन घोलकर कहते हैं—"का हो काका। भूखों मारोगे क्या? हल नाधने क्यों नहीं आए?"

"आएँगे क्यों नहीं राजा? लेकिन तभी तो आएँगे जब भूखों मरने से बचेंगे। सात पाव की मजूरी में पेट नहीं भरता।"

"उतनी ही मजूरी में तुम्हारे बाप-दादा गुजर-बसर कर गए। क्या वे सब भूखों मर गए?"

"वे एक जून खाकर अपने दिन काट गए राजा। अब के बच्चे दोनों जून रोटी माँगते हैं।"

झूरी पैंतीस-छत्तीस साल से पारस सिंह की हलवाही कर रहे हैं। पारस के पिता के जमाने से। तब पाँच-छह साल के पारस हल जोतते झूरी के कन्धे पर बैठने की जिद करते थे। कन्धे पर बैठकर, हाथ में पैना लेकर बैलों को हाँकने का खेल खेलते थे।

पारस सिंह की समझ में नहीं आ रहा है कि झूरी को कैसे मनाएँ? अन्ततः झूरी का हाथ पकड़कर उन्हें जमीन पर बैठाते हैं और उनके सामने बैठकर फुसफुसाते हैं—"देखो काका। हमें अकेले फैसला लेना होता तो आज से ही बढ़ा देते लेकिन सारे गाँव की मरजी के बाहर नहीं जा सकते। आप रात में आकर मन-दो मन धान बखार से ढो लाइए। तीन किलो के हिसाब से काट लीजिएगा। बस किसी से कहिएगा नहीं।"

"यही तो नहीं हो सकता राजा। जो आपकी मजबूरी है वही हमारी है। आप

दो किलो ही दीजिए, लेकिन चार आदमी के सामने कह दीजिए कि तीन किलो दे रहे हैं।"

कुछ देर तक दोनों तरफ मौन पसरा रहा।

"जिद मत करिए काका। खेत परती पड़े रह गए तो क्या हम खाएँगे क्या तुम खाओगे।"

"यही तो तय करना मुश्किल है राजा कि कौन जिद कर रहा है।"

"बाप-दादा के जमाने से चले आ रहे रिश्ते पर एक किलो धान के लिए पानी मत फेरो।"

"यही तो मेरा भी कहना है बाबू।"

सब अपनी-अपनी झोंपड़ी से झाँकते हुए झूरी और पारस सिंह के बीच होने वाली बातचीत सुनने की कोशिश कर रहे हैं। सबको डर है कि झूरी पंचायत के फैसले के खिलाफ न चले जाएँ। पारस सिंह के जाते ही सारा टोला आकर झूरी को घेर लेता है।

पारस सिंह भी अपने टोले में घिर गए हैं—कर आए सरेंडर? हो गई धोती ढीली? क्या जरूरत थी उन ससुरों के टोले में जाने की? बिरादरी की हेठी करा दिए। यह इलाका हमारा अभयारण्य है। यहाँ हमारा हुकुम चलता आया है। ब्रिटिश राज तक में चला है तो अब ए ससुरे पिद्दी हमें चैलेंज करेंगे? ये दर-हरामी हैं। इन्हें दाने-दाने को मोहताज करना पड़ेगा।

"ऐसा नहीं है पारस सिंह कि हमारे भीतर दया-माया नहीं है। लेकिन मामला जिन्दा रहने का है। जैसे बछड़े के हिस्से का दूध दुह लेना हमारी मजबूरी है वैसे ही मजदूरों का पेट काटना भी मजबूरी है। गाँव का जीवन-संघर्ष दो पहलवानों की कुश्ती जैसा है। जो पहलवान नीचे पड़ गया वह तब तक ऊपर नहीं आ सकता जब तक ऊपर वाले पहलवान की पकड़ ढीली नहीं पड़ जाती। ढीली पड़ते ही नीचे वाला उसे पलटकर उसकी छाती पर सवार हो जाएगा। दलितों को हम इसीलिए दबाए रखने को मजबूर हैं कि वे हमारी छाती पर सवार न हो जाएँ। जिन्दा रहने भर को ही मजदूरी देना भी उन्हें दबाए रहने का एक दाँव है।"

"लेकिन यह तो अन्याय हुआ। हमें उनके साथ कम-से-कम ऐसा व्यवहार तो करना चाहिए जैसा अपने बैलों के साथ करते हैं। उन्हें काबू में रखने के लिए उनकी नाक में नथ पहनाते हैं। लेकिन उन्हें भरपेट खिलाते भी हैं। उन्हें मोटा-ताजा देखकर खुश होते हैं।"

"तो जाकर पहनाइए नथ। बिना मोटाए ही काबू के बाहर हो रहे हैं।"

"यही नीति ठीक रहेगी। इतना दीजिए कि मरें भी न और मोटाएँ भी न।"

अपने दालान में आकर पारस सिंह पीना शुरू करते हैं। देर तक पीते रहते हैं। सोते हैं तो सपना देखते हैं कि उनके खेतों में छाती बराबर घास उग आई है। सुबह उठकर बासी मुँह फिर दो पेग लगाते हैं और लाठी लेकर झूरी के घर की ओर चल पड़ते हैं। आधे रास्ते आकर ठिठकते हैं। कुछ सोचते हैं और वापस लौट पड़ते हैं। लेकिन दो-चार कदम चलकर फिर मुड़ते हैं।

झूरी अपनी झोंपड़ी के सामने जमीन पर कथरी बिछाये अभी भी सोए पड़े हैं। पारस लाठी के हूरे से झूरी के पेट में कोंचते हुए कहते हैं—"सरऊ अभी तक सो रहे हो? बहुत मोटाई छाई है?"

झूरी हड़बड़ाकर उठते हैं।

"तुरन्त चलो। टट्टी-पेशाब जाने की मोहलत नहीं मिलेगी।"

झूरी पारस के बात करने के तेवर से नहीं, दारू के झोंके से आतंकित होते हैं।

"आपकी जबान काटना हमें अच्छा नहीं लग रहा है मालिक लेकिन मजबूर..."

"जबान! तू पारस सिंह लम्मरदार की जबान काटेगा रे...?" जोर से चीखते हैं—"मैं गाँव का तिहैता हूँ और तू साले छत्रधारी को ही ठाकुर समझता है जो नाऊ-धोबी और रंडी की जगह-जमीन और लेई-पूँजी हड़पकर जमींदार बना है। जबान काटा तो मूँड़ काट लूँगा।"

पारस सिंह लाठी के हूरे का निशाना झूरी के मुँह में लगाने की कोशिश कर रहे हैं लेकिन हाथ काँपने से लाठी का हूरा दाएँ-बाएँ हो जा रहा है।

सारा टोला इकट्ठा हो रहा है। बाप की उमर के आदमी के साथ ऐसी बदसलूकी! लेकिन ठाकुर-ठकार का मामला है। किसी की कुछ बोलने की हिम्मत नहीं पड़ रही है।

झूरी के दोनों जवान बेटे विक्रम और शेरू झोंपड़ी में सो रहे थे। सूरत की साड़ी फैक्टरी में काम करते हैं। गाँव में नसबन्दी का आतंक शुरू हुआ तो दोनों अपने काका परमेसरी के पास भाग गए थे। हफ्ते-भर पहले आए हैं। गाली-गलौज सुनकर उनकी पत्नियों ने उन्हें जगा दिया। गुस्से से उनके नथुने फूल रहे हैं।

झूरी बात को सँभालना चाहते हैं। कहते हैं—"आप घर पहुँचिए मालिक। मैं खुद उधर आ रहा हूँ।"

"इधर-उधर क्या होता है मादरचो...। चूतिया समझता है? उट्ठ।"

पारस सिंह झूरी की बाँह पकड़कर घसीटने का प्रयास करते हैं और असफल होकर लात से मारने लगते हैं।

बहनचो...बेटीचो...नमकहराम।

"मारो साले को," विक्रम शेरू को ललकारता है।

एक अद्धा आकर पारस सिंह की खोपड़ी में लगा। वे लहराकर गिर पड़े और गिरने के साथ विक्रम और शेरू की लाठियाँ उन्हें सनई की तरह पीटने लगीं।

पाँच मिनट के अन्दर पारस सिंह पिचके कनस्तर की तरह जमीन से चिपक गए। उनके आगे के ऊपर वाले दाँत बाहर निकल आए थे और ताजी खिली धूप में चमक रहे थे। खूनोखून! जीभ थोड़ी-सी बाहर निकल आई थी।

यह क्या हुआ? पूरे टोले पर आतंक छा गया। भागो! भागो!!

जब तक गाँव से ठाकुरों का रेला हरहराता हुआ पहुँचता टोले के औरत, मर्द, बूढ़े, बच्चे नदी-पार भाग गए। केवल झूरी पारस सिंह के सिरहाने सिर झुकाए बैठे थे। उनके मुँह से रह-रह कर निकलता—'मालिक। मालिक।'

भीड़ ने उन्हें दो-चार लात दो-चार डंडे जड़े।

आवाज आई—"फूँक दो। फूँक दो।"

भीड़ उन्हें घसीटकर उनकी झोंपड़ी में फेंकती है और बाहर से टटरा बन्द करके आग लगा देती है।

फिर टोले की हर झोंपड़ी में आग लगाने की शुरुआत होती है।

भीड़ का एक हिस्सा जंगल की ओर लपकता है—"पकड़ो सालों को। भागकर कहाँ जाएँगे?"

जंगल की ओर लपकते लोहा तिवारी मना रहे हैं—'हे भगवान, उन्हें और किसी से मतलब नहीं। बस जुगनी उनके हाथ लग जाए।'

हाँड़ी की तरह टूट-फूट गए पिता के चेहरे पर हाथ फेरते हुए पारस सिंह का बेटा रो रहा है—"बाबू यहाँ आना नहीं चाहते थे। एक बार आधे रास्ते से लौट पड़े थे। उनकी मौत ही उन्हें यहाँ खींच लाई।"

दहपेल का झुनझुना

भूसी भगत संतोखी के मुकदमे में गवाही देने जा रहे हैं। कन्धे पर लाठी, लाठी में टँगा लोटा-डोरी। सिर पर अँगोछा, पैर में पनही। सड़क की पटरी पकड़े चले जा रहे हैं। मुँहअँधेरे निकले हैं और दस बजे तक नायब की इजलास पर पहुँचकर ही दम लेंगे। गाँव से तहसील तक की करीब बीस किलोमीटर की दूरी वे चार-साढ़े चार घंटे में नाप लेते हैं। रास्ते में किसी कुएँ पर रुकते हैं। लोटा-डोरी से पानी भरकर हाथ-पैर और मुँह धोते हैं। जी-भर पानी पीते हैं। खैनी मलकर खाते हैं। और फिर चल पड़ते हैं।

आज चौथी बार जा रहे हैं।

पहली बार गवाही की तारीख आई तो संतोखी उन्हें शाम को बता गए। पर सबेरे भी उनका मन नहीं माना। याद दिलाने के लिए सूरज निकलने के पहले-पहले पहुँच गए। देखा, भूसी लोटा-डोरी लाठी में लटकाए चलने के लिए तैयार हैं।

"इतनी जल्दी क्यों तैयार हो गए? नहा-खा लीजिए। नौ-साढ़े नौ बजे टेम्पो पकड़ा जाएगा।"

भूसी ने स्पष्ट किया—"हम गवाही देने जरूर चलेंगे संतोखी लेकिन आपके किराए-भाड़े से नहीं। अपने पैरों से चलकर।"

"यह क्या कह रहे हैं?"

संतोखी ने अभी तक यही देखा है कि मुवक्किल अपने साथ अपने किराए-भाड़े से गवाह को कचहरी ले जाता है। राह में चाय-पानी पिलाता है। दोपहर में मनपसन्द खाना खिलाता है और शाम को घर तक पहुँचाता है। ऐसे कितने पेशेवर गवाहों के किस्से सुने गए हैं जिनकी एक ही दिन में तीन-तीन गवाहियाँ लगी रहती हैं। वे किसी मुवक्किल से पाव-भर पेड़ा खाते हैं, किसी से आधा किलो लड्डू। शाम को पीने के लिए देशी का पौवा और तीनों से अलग-अलग किराया। यहाँ ये पैदल चलने की जिद कर रहे हैं।

संतोखी ने समझाने की कोशिश की—"इस उमर में इतनी दूर पैदल? थकान...।"

"कैसी थकान? रात-दिन साँस लेते हैं तो क्या थकान लगती है? हम तो सारी जिन्दगी जाड़ा, गर्मी, बरसात दिन-रात भेड़ों के पीछे चलते ही रहते हैं। चलना हमारे लिए साँस लेने जैसा है।"

बड़ी देर बाद संतोखी उन्हें मना पाए कि इस बार उनके साथ टेम्पो से चलकर नायब की इजलास देख लें। आज गवाही गुजर गई तो बात खतम। न गुजरी तो संतोखी अगली बार उन्हें टेम्पो से ले चलने की जिद नहीं करेंगे।

तहसील कम्पाउंड में बरगद का एक पुराना छतनार पेड़ है। बीघे-भर में अपना डाल-पात फैलाए। इसके नीचे एक हिस्से में वकीलों के तख्त पड़े हैं और दूसरा हिस्सा 'पुकार' का इन्तजार करते मुवक्किलों से आबाद रहता है। यहाँ कान की गूँजी निकालने वालों, आँख का माड़ा निकालने वालों और मालिश करने वालों की आवाज गूँजती रहती है। भूसी वहीं एक पत्थर से टेक लगाकर बैठते हैं और पैर फैलाकर शरीर को ढीला छोड़ देते हैं। थोड़ी देर बाद संतोखी भी वहीं पहुँचते हैं। यह जगह नायब की इजलास के सामने पड़ती है। 'पुकार' यहाँ तक साफ सुनाई पड़ती है। अभी नायब साहब की कुर्सी खाली है।

भूसी जेब से गँजही चिलम और मूँज के पुराने बाध की गाँठ निकालते हैं। दूसरी जेब से तम्बाकू की थैली निकालते हैं। तम्बाकू चिलम में रखकर मुँह से लगाते हैं तो संतोखी माचिस की तीली से मूँज की गाँठ में आग लगाकर चिलम के ऊपर रख देते हैं। भूसी तीन-चार लम्बे कस खींचकर आग की लपट निकाल देते हैं—लप्प-लप्प। दोनों लोग बारी-बारी इत्मीनान से पीते हैं, फिर राख उलटकर भूसी चिलम जेब में डाल लेते हैं।

संतोखी फिर नायब कोर्ट की ओर जाते हैं। हाकिम की कुर्सी अभी भी खाली है। पता लगता है कि किसी जाँच में गए हैं। कभी भी आ सकते हैं।

वे लौट आते हैं। तय होता है कि तब तक पेट-पूजा ही कर ली जाए। संतोखी झोले से सत्तू की पोटली और नमक की पुड़िया निकालते हैं। भूसी अपना अँगोछा गीला करके निचोड़ते हैं और दोनों हाथों के बीच फैला देते हैं। अँगोछे में नमक और सत्तू मिलाकर डालने के बाद संतोखी थोड़ा-थोड़ा पानी डालते हैं और भूसी उसे सानते रहते हैं। अँगोछे में सत्तू सानने में एक ही बात की सावधानी रखनी पड़ती है कि पानी इतना ज्यादा न पड़ जाए कि सत्तू गीला होकर अँगोछे से चूने लगे। दोनों लोगों को अँगोछे में सत्तू सानने का अभ्यास है। भुँजइन की दुकान से थाली लीजिए तो दस पैसे किराया देना पड़ेगा। पत्तल भी लीजिए तो दस पैसे

लगेंगे। इसलिए अँगोछे से ही थाली का काम ले लेते हैं।

भूसी भगत बाहर किसी का बनाया खाना नहीं खाते। होटल में खाने की तो सोच भी नहीं सकते। इसलिए उन्होंने खुद सत्तू साना। सानकर उसके दो गोले बनाए। एक संतोखी के लिए, दूसरा अपने लिए। संतोखी ने झोले से दो हरी मिर्च निकालीं। एक भूसी भगत के गोले में खोंसी दूसरी अपने। फिर एक प्याज निकालकर घुटने और हथेली के बीच दबाकर दो हिस्से किए। एक भूसी के गोले में खोंसा दूसरा अपने। फिर एक छोटी शीशी निकाली। ढक्कन खोला तो चारों तरफ सिरके की महक फैल गई। गोले के ऊपरी हिस्से में छोटी कटोरी जैसे गड्ढे बनाए गए। उनमें थोड़ा-थोड़ा सिरका उड़ेला गया। यह रहा करपात्री इन्तजाम। थाली-कटोरे की जरूरत नहीं। लगे बाबा जी का भोग। सिरका मिल जाने से मामला और गँठ गया।

सत्तू खाकर और अँगोछा धोकर दोनों लोग अपने-अपने झोले सिरहाने रखकर लेट गए। जल्दी ही भूसी की नाक बजने लगी। संतोखी थोड़ी-थोड़ी देर बाद सिर उठाकर देख लेते हैं कि पुकार शुरू हो गई या नहीं।

लेटे-लेटे दोपहरी ढल गई तो संतोखी उठकर फिर नायब की इजलास की ओर गए। पता चला कि साहब जाँच में नहीं, अपने घर गए हैं।

पेशकार ने कहा—"जाओ। दस-पन्द्रह दिन बाद आकर तारीख नोट कर लेना।"

"अरे साहब, फिर मत दौड़ाइए। आज ही कोई तारीख बता दीजिए।"

"अपने मन से कौन सी तारीख दे दूँ। साहब लौटेंगे तो उनसे पूछकर 'जनरल डेट' लगाई जाएगी। आकर पता कर लेना।"

संतोखी भूसी के पास आकर बोले—"चलो भइया। साहब लौटे ही नहीं।"

"कहाँ गए हैं?"

"उनकी बिटिया राँड़ हो गई है। मैयत में गए हैं।"

भूसी संतोखी के उतरे हुए चेहरे को देखते हुए बोले—"इनकी बिटिया-दामाद को कुछ नहीं होगा भइया। दुनिया की सारी आफत-विपत भगवान ने हमीं लोगों के हिस्से में डाल रखी है।"

भूसी चलते-चलते याद करते हैं—इस बार तो साहब ही नहीं बैठे। पिछली बार आए थे तो किसी की मौत होने के कारण कचहरी बन्द हो गई थी। उसके पहले वकीलों और कर्मचारियों में मारपीट हो जाने के चलते हड़ताल हो गई थी। उसके पहले...

भूसी की समझ में यह नहीं आता कि इतने दिन बीत गए, हाकिम उनके लिए पाँच मिनट का समय क्यों नहीं निकाल पा रहे हैं? इतना ही तो पूछना है

कि क्या तुम्हारे बेटे के विवाह और संतोखी के बाप के मरने की तारीख एक ही थी? मैं कह दूँगा—जी हजूर। वे पूछेंगे—कौन सी तारीख थी? तुम्हें तारीख कैसे याद है? मैं कह दूँगा—बीस मई की तारीख थी। मैंने उनके दाह-संस्कार के लिए लकड़ी दिया था, इसलिए याद है। बस, इतनी जरा-सी बात के लिए इतनी बार दौड़-दौड़कर आना पड़ रहा है।

पुलिस दोपहर में पहुँची। पहली गिरफ्तारी झूरी की हुई।

झूरी जले नहीं थे। छप्पर उठाकर पिछवाड़े कूद गए थे और कीचड़ में बेहोश पड़े थे।

रात में एक कम्पनी पीएसी आ गई।

अनाज से भरे घड़े गर्मी पाकर फट गए हैं। अधजला अनाज जमीन पर बिखरा है। उसमें से अभी भी धुआँ निकल रहा है। जली हुई झोंपड़ियों के बीच एकाध अधजली लकड़ी अभी भी सुलग रही है। नंगी दीवारें काली पड़ गई हैं। गाय और भैंस खूँटा उखाड़कर भाग गईं लेकिन चार बकरियाँ और एक पँड़िया खूँटे पर बँधी-बँधी मर गईं। उनकी लाश फूलने लगी है। कपड़े-लत्ते, कथरी-गुदरी, सूप-दौरी राख हो गए। छप्पर में खोंसे कागज-पत्तर और रुपये भी। बर्तन काले और टेड़े-मेढ़े हो गए।

ठाकुरों की आपात बैठक हुई। तय हुआ कि दलित टोले के सारे आदमियों के खिलाफ नामजद रिपोर्ट की जाए। सबको जेटो। बारह-तेरह साल के बच्चों तक को। सँपोले हैं। आज नहीं तो कल डसेंगे।

आसपास के गाँवों के सवर्ण मुँह बिचका रहे हैं—कितने शर्म की बात है कि एक ठाकुर को उसी के गाँव के दलितों ने पीट-पीटकर मार डाला और दलित जिन्दा बचे हुए हैं। बड़ी किरकिरी हो रही है। दलितों का नरसंहार तो सुना था। होता ही रहता है, लेकिन ठाकुर का संहार!

आगजनी के लिए किसी के खिलाफ मुकदमा दर्ज नहीं हुआ है। किसी झोंपड़ी के अन्दर जलते चूल्हे से उड़ी चिनगारी ने छप्पर पकड़ लिया होगा। पारस सिंह के बेटे की ओर से दर्ज रिपोर्ट के आधार पर टोले के बारह लोग पकड़कर जेल भेजे गए हैं। झूरी की बिरादरी के खुद झूरी, उनके दोनों बेटे विक्रम और शेरू, उनके

दोनों पोते बदरी और तूफानी। उनका भतीजा बिरजू और जगेसर तथा झगरू की बिरादरी के झगरू, कोदई, संपत, बिपत और पहाड़ी।

डरकर भागे दलितों को प्रशासन जंगल से खोज-खोज कर टोले में ला रहा है। झोंपड़ी बनाने के लिए सहायता की घोषणा हुई है। राशन बाँटा जा रहा है। लेने वाले ही नहीं रहेंगे तो सहायता दी किसे जाएगी?

जंजाली बहुरूपिया है। गाँव में बहुत कम रहता है। कभी साधू बनकर, कभी काली माई बनकर भीख माँगता है। पाँड़े की नौटंकी कम्पनी में गुजरिया का पार्ट करता है। बैताली भी पाँड़े की कम्पनी में नाचता है। घटना की पिछली रात ये दोनों गाँव से दस कोस दूर नाचने गए थे।

पूरी ठकुरैया चाहती थी कि बैताली को हर हालत में जेल भेजा जाए और हाथ-पैर तुड़वाने के बाद भेजा जाए क्योंकि वह किसी को सेंटता नहीं...लेकिन पाँड़े ने सट्टा दिखाकर और गवाही दिलाकर दोनों का चालान होने से बचा लिया। अच्छा पैसा खर्च किया। दोनों जेल चले जाते तो पाँड़े की कम्पनी ही लँगड़ी हो जाती।

गजाधर के छोटे भाइयों, दुलारे और कुमारे, का नाम खुद छत्रधारी ने तफ्तीश के दौरान निकलवा दिया। दोनों की ओर से दो-दो हजार रुपये थाने पर जन्माष्टमी का चन्दा दिलवाया। खुद ही दिया जिसे दोनों की मजूरी से काट लेंगे। दोनों ने पूरे सीजन भट्ठे पर पथाई करके पैसा पटाने का वचन दिया है।

सवर्णों के खेतों में धान की रोपाई नहीं हो पाई। परती पड़े हैं। ऊँची-ऊँची घास उग आई है।

मुकदमे की पैरवी कौन करेगा? सब तो अन्दर हैं। चिट्ठी लिखकर झूरी के छोटे भाई, परमेसरी, को सूरत से बुलाया गया है।

झूरी के खानदान की औरतों ने तय किया है कि चाहे जितनी मजदूरी दें, वे ठाकुरों-बाभनों के खेत में मजदूरी करने नहीं जाएँगी। बाकी बिरादरी के लोग तीन किलो देंगे तो जाएँगी। वे बाजार चली जाती हैं। गल्ला व्यापारियों की दुकान पर अनाज साफ करने, झाड़ने-पछोरने का काम मिल जाता है। उनकी औरतों की तेलमालिश का काम मिल जाता है। हफ्ते में दो दिन बरदाही बाजार लगता है। गाय, बैलों के खाने के लिए घास छीलकर बेच आती हैं। वहाँ से गोबर उठा लाती हैं। उसके उपले-कंडे पाथकर बेच देती हैं। सुतली खरीद लाती हैं और उसका बाध कातकर बेच देती हैं। एक राह बन्द होती है तो दूसरी राह खुल जाती है।

परमेसरी कहते हैं कि सरकार उनको दलित कहती है, कहे। जिसको दलित कहलाने में फायदा दिखता हो, कहलाए। लेकिन वे खुद को दलित नहीं मानते।

"हमारी बिरादरी में राजा-महाराजा हुए हैं। हम झुक नहीं सकते। ठन गई तो

ठन गई। दूसरी जगह खटकर खा लेंगे। उनके दरवाजे ताजिन्दगी नहीं जाएँगे। जिनके बाप-दादा सवर्णों की पनही उठाते आ रहे हैं वे जाकर उठावें।"

सबसे पहले छत्रधारी सिंह तीन किलो मजदूरी देने को राजी हुए। उन्होंने अपने भट्ठे के मुंशी गजाधर को मिलाकर टोले की चमार बिरादरी की स्त्रियों को काम करने के लिए राजी कर लिया। क्वार-कार्तिक तक इलाके में तीन किलो मजदूरी आम हो गई।

लोग कहते हैं—"पारस सिंह गए लेकिन मजदूरों की मजदूरी बढ़वाकर गए।"

संतोखी जानते थे कि तहसील और कलेक्टरी में महीने-डेढ़ महीने लम्बी तारीख पड़ती है। पेशकार ने भी दस-पन्द्रह दिन बाद आकर पता करने के लिए कहा था। लेकिन संतोखी से रहा नहीं गया। वे सातवें दिन ही पहुँच गए। पेशकार थोड़ी देर तक उनकी अनदेखी करता रहा फिर उठकर कहीं चला गया। लौटा तो संतोखी को फिर सामने खड़ा पाया। उसने केस डायरी चेक करके बताया—"तुम्हारा केस पिछली तारीख में ही एक्सपार्टी डिसाइड हो गया। तुम हाजिर क्यों नहीं हुए?"

"क्या कहते हैं साहब। मैं तो उस दिन शाम तक साहब के इन्तजार में अपने गवाह के साथ यहीं बैठा था। साहब इजलास पर बैठे ही नहीं।"

"बड़े बेवकूफ हो। बैठे नहीं तो फैसला कैसे कर दिए? भागो बाहर।" पेशकार ने गुस्से से आँखें तरेरीं।

"क्यों आँख में धूल झोंक रहे हो बाबू? सरकारी आदमी हो। कुछ तो शरम-लिहाज करो।"

पेशकार फिर उठकर कहीं चला गया।

संतोखी की आँखें डबडबा गईं। लगा पूरी दुनिया घूम रही है। शाम तक वे कई बार पेशकार के सामने हाजिर हुए और पेशकार हर बार उनसे आँखें चुराता और डाँटकर भगाता रहा।

सड़क के किनारे टाइप मशीन लेकर बैठे अर्जीनवीस ने संतोखी की बात सुनकर कहा—"या तो तुम्हारे विपक्षी ने फैसला खरीद लिया या किसी मंत्री, विधायक से तगड़ा दबाव डलवा दिया।"

"कल मैं सीधे साहब से जाकर पूछूँगा कि मेरे साथ ऐसा अन्याय क्यों किया?"

वह हँसने लगा। कहा—"पूछना है तो यह पूछो कि कितने में बिके? रेट का खुलासा हो जाएगा तो दूसरों के काम आएगा।"

संतोखी अपने वकील से मिले। बताया कि अँधेर हो गया। हमने चार बार गवाह पेश किया। कभी गवाही नहीं ली गई। तारीख-दर-तारीख टलती रही और आखिर में गैरहाजिर हाकिम ने मुझे ही गैरहाजिर दिखाकर मुकदमा खारिज कर दिया।

वकील साहब के चेहरे पर कोई दुख, गुस्सा या आश्चर्य नहीं प्रकट हुआ। उन्होंने तसल्ली देने के लिए इतना ही कहा—"यह कचहरी है संतोखी। थाना-कचहरी में कुछ भी हो सकता है। यहाँ तो मरे हुए लोग आकर गवाही दे जाते हैं। इतना बिलबिलाने की जरूरत नहीं है। फैसले की नकल ली जाएगी। अदम पैरवी में खारिज हुआ है। रेस्टोरेशन की दरखास्त पड़ेगी। नकल की फीस मुंशी को देकर जाइएगा।"

"तीन साल का दौड़ना बेकार गया। फिर वही गीत गाना पड़ेगा।"

"फिर गाने का मौका दिया जाएगा, यही क्या कम है।"

"नहीं वकील साहब। यह नायब अन्यायी है। इससे न्याय की उम्मीद नहीं। अब सीधे डिप्टी साहेब की इजलास पर अपील करिए। लरिका हाकिम हैं। घूसखोर नहीं होंगे।"

"काफी कुछ पता करके आए हो, लेकिन उससे कोई काम नहीं बनेगा। एक्सपार्टी फैसले की अपील रिमांड होकर सुनवाई के लिए फिर उसी कोर्ट में लौट आएगी।"

महुए की सूखी पत्तियाँ बटोरकर वे गड़ही के किनारे मछलियाँ भून रहे थे। दलित बस्ती के छोटे-बड़े आठ-दस लड़के-लड़कियाँ। सात-आठ साल से लेकर साल-डेढ़ साल तक के दिगम्बर। बड़े भाई-बहनों के टेंट पर लदे नंगे-अधनंगे काले कीचड़ पुते शरीर। चमकते दाँत। कमर में काले धागे की करधन। चीकट बालों में बँधे बदरंग रिबन। घिसे फ्रॉक, फटे जाँघिए। आग के चारों ओर गोल घेरा बनाए।

उतरते अगहन की साँझ में बढ़ती ठंड से बच्चों के हाथ-पैर के रोएँ खड़े हो गए हैं। रोयों में चिपके सूखे कीचड़ के झुनझुने हिल रहे हैं।

भुनती हुई मछलियाँ सूँ-सूँ कर रही हैं। इनका अगुआ आठ साल का कलुआ

धुँआती पत्तियों में फूँक मार रहा है। बच्चों से थोड़ा पीछे हटकर कुत्ते बैठे हैं—अगले पैरों पर थूथन टेके। आँख-कान सतर्क। कभी-कभी उनमें से कोई बेचैन होकर उठता है। कूँ-कूँ करके घेरे का एक चक्कर लगाता है और घेरे के और नजदीक आकर बैठ जाता है। महुए की सबसे निचली डाल पर इधर से उधर फुदकते हुए भुनती मछलियों पर नजर जमाए काँ-काँ करते कौए की ओर से भी ये सतर्क हैं। ये आश्वस्त हैं कि इन्हें भी शिकार में हिस्सेदार माना जाएगा।

यह इन बच्चों की दिन-भर की कमाई है। गड़ही के घुटने भर पानी में ये दोपहर से पहले उतरे। गीली मिट्टी की मेंड़ बनाकर गड़ही के पानी को चार हिस्सों में बाँटा। चुल्लू-चुल्लू उलीचकर एक-एक हिस्से को सुखाया। सेतु-बन्ध और समुद्र-मंथन साथ-साथ। तब हाथ आईं चार-चार, छह-छह अंगुल की डेढ़-दो किलो खपटी, डिड़ई, सौरी, सहरी और चेल्हवा। छटपटाती-उछलती मछलियों को पटक-पटक कर शान्त करना। कुत्तों की सतर्क रखवाली के बावजूद झपट्टा मारकर दो मछलियाँ चील ले उड़ी।

नन्हा मुनुआ अधीर होकर रोने लगता है। वह भी दोपहर तक पानी उलीचने और शाम तक पाती बटोरने में शामिल था लेकिन अभी तक उसके हिस्से में एक भी मछली नहीं आई। पूरी तरह लुट गया वह तो।

अचानक उसकी नजर सड़क की ओर से आती बड़ी बहन जुगनी पर पड़ती है। वह दौड़ पड़ता है। जुगनी नन्हे भाई को गोद में उठा लेती है। दिदिया की कोंछ में यह क्या है? शकरकंदी! खुश हो गया मुनुवा। अभी दम-भर में खाँची-भर पाती जुटाता है। भुनी हुई शकरकंदी से ज्यादा मीठी कोई चीज हो सकती है दुनिया में?

सूरज डूबने के साथ टोले में जिन्दगी लौट रही है। कूटने-पीसने की आवाज आने लगी है। चूल्हों से धुआँ उठने लगा है।

संतोखी आज फिर खुश हैं।

बैनामा मंसूखी के लिए उन्होंने जो मुकदमा मुंसिफ कोर्ट में दायर किया है उसमें प्रतिपक्षी पर नोटिस की तामीली हो गई। कोर्ट इसका प्रयास पिछले तीन वर्ष से कर रहा था।

नोटिस तामीली के लिए कानून में पुख्ता इन्तजाम किया गया है। पत्रवाहक नोटिस लेकर प्राप्तकर्ता के दिए गए पते पर जाता है। प्रतिपक्षी नोटिस लेने का इच्छुक नहीं होता। वह मुकदमे की कार्यवाही यथासम्भव लटकाना चाहता है इसलिए सामने नहीं आता। कहला देता है कि प्राप्तकर्ता कहीं गए हैं, पता नहीं कब आएँगे। कभी-कभी स्वयं ही प्रकट होकर पत्रवाहक को 'खुश' कर देता है और कहता है, रिपोर्ट लगाकर वापस कर दो—नहीं मिले।

पत्रवाहक 'नहीं मिले' की रिपोर्ट लगाकर नोटिस वापस कर देता है। दो-चार महीने बाद वह फिर नोटिस लेकर आता है। अगर उसके बार-बार अथक प्रयास के बावजूद नोटिस तामील नहीं हो पाती तो कोर्ट पंजीकृत डाक से नोटिस भेजता है। डाकिए को बताया जाता है कि प्राप्तकर्ता बाहर गए हैं। डाकिया दो-दो दिन के अन्तराल पर हफ्ते-भर लिफाफे पर रिपोर्ट लगाता है—'घर वालों ने बताया कि बाहर गए हैं' और रजिस्ट्री वापस कर देता है। तब कोर्ट नोटिस को अखबार में गजट करने की कार्यवाही करता है। गजट में दी गई तारीख पर तामीली मान ली जाती है। संतोखी इस बात से खुश हैं कि दायर करने के तीन साल बाद उनका मुकदमा गजट की कार्यवाही तक पहुँच गया। अब छत्रधारी सिंह को अपना जवाब लगाना पड़ेगा।

संतोखी को अनुभवी लोगों ने बताया है कि जवाब लगाने की कार्यवाही भी सालों टलती है। टालने के जाने कितने बहाने हैं। जवाब लगाने के लिए सीपीसी में अभी तक कोई समय-सीमा निर्धारित नहीं की गई है।

"लेकिन जब नोटिस तामीली जैसा कठिन काम हो गया तो जवाब देने से कितने दिन भागेंगे छत्रधारी? ज्यादा से ज्यादा साल-दो साल। उसके बाद गवाही और फैसला। बस गवाही होने तक भूसी की जिन्दगी कायम रहे, यही भगवान से मनाते हैं।"

पहले जब-जब तारीख आगे बढ़ती थी, संतोखी अन्दर से बेचैन हो जाते थे। मुकदमा एक कदम भी आगे नहीं बढ़ता और तारीख पर तारीख। छत्रधारी सालों-साल उनके खेत की फसल काट रहे हैं और उनके हिस्से आता है वकील, पेशकार का मेहनताना देना और तारीख नोट करना। लेकिन धीरे-धीरे समझ में आ गया है कि छटपटाने से कुछ नहीं होगा। मन को समझाते रहते हैं। धीरज धरना सीख रहे हैं।

धीरे-धीरे रे मना, धीरे सब कुछ होय।

लेकिन धीरज कब तक!

दोपहर बारह बजे तक कोहरा छँट जाता है और गुनगुनी धूप खिल जाती है। तब टोले की औरतें मैदान में उपले पाथने के लिए जुटती हैं। गोबर पर पड़ती हथेली की थप-थप के साथ देश-दुनिया का हाल-हवाल।

आज हाल-हवाल लेने-देने के लिए उनके बीच माठा बाबा पहुँच गए हैं। बता रहे हैं कि आखिर इंदिरा जी ने उनकी सलाह मान ली।

"सबको बधिया कराने की सलाह आप ने ही उनको दी थी क्या बाबा?"

"नहीं रे, मैंने चिट्ठी लिखकर कहा कि नसबन्दी फौरन बन्द कराइए वरना चीन से फिर लड़ाई हुई तो लड़ने के लिए कोई मर्द न मिलेगा। वे फौरन समझ गईं। तुरन्त बन्द कराया। अब तो चुनाव का ऐलान भी कर दिया। गाय-बछड़े का निशान याद कर लो सब लोग।"

माठा बाबा को कांग्रेस के पक्ष में जनमत जुटाने का काम मिला है लेकिन औरतें उनकी बात सुनने को तैयार नहीं।

"तो क्या फिर उनको जिताएँ ताकि जिनकी कटने से बच गई है, उनकी भी कट जाए।"

"एक बार बेटे की वजह से चूक हो गई। अट्ठाईस साल का लड़का लड़कपन कर गया। अब उन्होंने बेटे को डाँटकर घर बैठा दिया है।"

माठा बाबा इंदिरा जी की तुलना सीताजी से करते हैं—"दोनों का दुख एक समान है। सीताजी को बचपन में माँ का सुख नहीं मिला। जवानी में जंगल-जंगल भटकना पड़ा, और पति सुख का समय आया तो फिर बनवास। बुढ़ापे में बेटे भी उन्हें जंगल में मरने के लिए अकेली छोड़कर अयोध्या लौट गए। कैसी हृदयविदारक मौत हुई। अपनी इंदिरा जी का भी वही हाल है। बचपन में माँ मर गईं। जवानी में पति से अलगाव हो गया। ग्रह-नक्षत्र की मानें तो पुत्र सुख में भी बाधा दिख रही है इसलिए पुरानी बातें भूलकर दुखियारी का साथ दीजिए। औरत का दुख औरत से ज्यादा दूसरा कौन समझेगा?"

"चुप रहौ बाबा। जाने कितनी औरतों की मांग सूनी करवा डालीं औ कहते हो कि..."

"मांग सूनी होने का मतलब पता है?"

"खूब पता है। जब नीचे से ही कट गई तो ऊपर सिन्दूर लगाने से क्या होगा? चलौ माठा पियौ औ घर जाओ। अबकी मोहर 'चक्रहलधर' पर लगेगी।"

पिछड़ी और दलित जातियों तथा मुसलमानों की कांग्रेस से नाराजगी तो बहुत थी लेकिन उनका गुस्सा अब तक अन्दर-अन्दर ही धधक रहा था। चुनाव की घोषणा ने उसे मुखर कर दिया। बोधा भाई का गाँव दिल्ली के राजकुमार के संसदीय क्षेत्र में पड़ता था। ठकुरैया और बभनौटी कांग्रेस के पक्ष में दिख रही थी लेकिन जब जनता पार्टी का टिकट ठाकुर उम्मीदवार को मिल गया तो सारे ठाकुर जनता पार्टी में आ गए। बोधा भाई ने भी एक लम्बा हरा बाँस काटकर उसमें 'चक्रहलधर' के निशान वाला झंडा फहराया और नीम के पेड़ से ऊँचाई पर बाँधकर अपना पक्ष जाहिर कर दिया। हम जनता और हमारी पार्टी 'जनता पार्टी'। अधिकांश पिछड़े और दलित बिना बुलाए उनके समर्थन में आ गए। उनके या जनता पार्टी के समर्थन में नहीं बल्कि कांग्रेस के विरोध में।

दिल्ली के राजकुमार ही नहीं, सूबे में कांग्रेस के सारे उम्मीदवार हार गए। तीन महीने बाद ही विधान सभा का चुनाव आया। इसमें कांग्रेस के उम्मीदवार स्थानीय राजकुमार थे और जनता पार्टी का टिकट बोधा भाई की जाति के नेता को मिला। एक दिन जनता पार्टी के उम्मीदवार दलबल के साथ बोधा भाई के घर आए। उन्होंने बोधा भाई को खींचकर गले लगाया और कहा—"आप लोगों के भरोसे ही तो टिकट मिला है। जाति-भाई की मदद जाति-भाई नहीं करेगा तो कौन करेगा? अब चुनाव तक मेरे प्रचार में साथ रहिए।"

बोधा भाई उसी दिन से चुनाव-प्रचार में लग गए।

बहुत दिनों के बाद पोलिंग से एक दिन पहले नहर में पानी आया था। जेठ तप रहा था। बोधा भाई की ईख पानी के बिना सूख रही थी। पोलिंग के दिन सुबह-सुबह उठकर बोधा भाई ने नहर का पानी अपनी ईख के खेत में मोड़ दिया और तय किया कि बारह बजे तक ईख सींच उठेगी तब नहा-धोकर धोती-कुर्ता पहनकर वोट डालने जाएँगे। लेकिन दस बजे के लगभग उधर से गुजर रहे एक पड़ोसी ने बताया कि दोनों राजकुमार दलबल के साथ बूथ कैप्चरिंग करने पहुँचने वाले हैं।

बोधा भाई को झटका लगा। उनकी पार्टी के साथ उनकी जाति के उम्मीदवार की इज्जत दाँव पर थी। वे तुरन्त कन्धे पर फावड़ा रखे पोलिंग बूथ की ओर लपके। पैर घुटने तक कीचड़ में लिपटे थे। शरीर पर कपड़े के नाम पर केवल पटरे का जाँघिया था। वे पोलिंग बूथ के सामने पहुँचे ही थे कि कई गाड़ियों का काफिला आकर रुका। दिल्ली के राजकुमार, स्थानीय राजकुमार, पुलिस की गाड़ियाँ, पत्रकारों की गाड़ियाँ। आगे-आगे दोनों राजकुमार, पीछे-पीछे अन्य लोग। सब पोलिंग बूथ की ओर बढ़े।

बोधा भाई पर जैसे पहलवान बीर बाबा की सवारी आ गई। वे आगे बढ़ते

दिल्ली के राजकुमार के सामने पहुँचकर चिल्लाए—"खबरदार, आप अन्दर नहीं घुस सकते। केवल उम्मीदवार के अन्दर जाने का कानून है।"

एक सुरक्षा गार्ड ने दौड़कर बोधा भाई से फावड़ा छीना और उन्हें पीछे खींच लिया। पल-भर में बोधा भाई खाकी वर्दी से घिर गए।

दिल्ली के राजकुमार रुक गए। सब रुक गए। दिल्ली के राजकुमार थोड़ा-सा दाहिने चलकर नीम की छाया में आ गए। स्थानीय राजकुमार भी उनके पास आ गए।

"कौन हो तुम? पुलिस का बड़ा अफसर गुर्राया।"

"मैं 'जनता' की जीभ हूँ।" बोधा भाई ने बुलंद आवाज में कहा—"पटरे की जाँघिया पहने कन्धे पर फावड़ा रखकर सीधे खेत से बूथ पर आए इस काले-कलूटे आदमी की जीभ से जनता बोल रही है।"

"बाकी जनता गूँगी है क्या?"

"जनता ने अपनी जीभ मुझे दे दी है।" बोधा भाई ने अपनी जीभ निकालकर ऊपर-नीचे घुमाई—"हम बूथ कैप्चरिंग नहीं होने देंगे।"

"हम माने कौन-कौन?"

"हम माने हम। अकेले दम।" बोधा भाई ने अपने सीने पर मुक्का मारा।

एक दारोगा अफसर के कान में फुसफुसाया—"सर, इस इलाके में 'हम' को मैं की तरह प्रयोग करते हैं।"

अब तक दिल्ली वाले राजकुमार के पीछे-पीछे पूरा काफिला गाड़ियों की ओर चल पड़ा था। काफिला चला गया। पुलिस की एक जीप रुक गई।

"फावड़ा लेकर बूथ पर क्यों आए? पता नहीं कि बूथ पर हथियार लेकर आना कानूनन जुर्म है।" पुलिस इन्सपेक्टर गुर्राया।

"यह हथियार नहीं औजार है। किसान का 'सिंबल' है। जैसे सरकार का सिंबल लाल-नीली बत्ती है। पुलिस का सिंबल खाकी वर्दी है। वकील का सिंबल काला कोट है।"

"बहुत बोलते हो। और कोई तो नहीं बोल रहा है।"

"सबकी कट गई है। मेरी बच गई है।"

"चलो, गाड़ी में बैठो।" इन्सपेक्टर बोधा भाई की बाँह पकड़कर खींचने लगा। बोधा भाई ने उसका हाथ झटक दिया।

"पहले वोट डालूँगा फिर जहाँ ले चलोगे, चलूँगा। किसी के बाप से डरता हूँ क्या?"

बोधा भाई मुड़कर बूथ के अन्दर जाने लगे।

वोट डालकर बाहर आए तो पुलिस की जीप जा चुकी थी। उन्हें अन्दर से ताकत

महसूस हुई। दूर पड़ा फावड़ा उठाकर कन्धे पर रखा और खेत की राह पकड़ी। थोड़ी दूर चलने के बाद गला खखारा और कान में उँगली डालकर गाने लगे—

अबकी सन् सतहत्तर बारी
सैंया जाब्या वोट मा हारी
रोवैं कंगरेसियन की नारी
घरे दुखड़वा नाऽऽऽ

सबेरे अखबारों में बोधा भाई की बहादुरी का समाचार फोटो सहित छपा—'किसान ने बूथ कैप्चरिंग का प्रयास विफल किया'।

एक दिन में जाने कहाँ-कहाँ तक मशहूर हो गए बोधा भाई।

पार्टी के जिलाध्यक्ष ने उनकी पीठ ठोंकी और उनका हाथ ऊपर उठाकर सबसे परिचय कराया—"देखिए, यही हैं बोधा भाई। डंके की चोट पर किसी ने मर्दानगी दिखाई तो बोधा भाई ने। यह हैं असल विद्रोही। आज से इनका तखल्लुस हुआ विद्रोही। कैसा रहेगा?"

सबने एक स्वर से समर्थन किया। बोधा भाई ने सिर झुकाकर स्वीकार किया। जीतने के बाद एक दिन विधायक जी चार-पाँच गाड़ियों में समर्थकों के साथ उनके दरवाजे पर धन्यवाद देने आए। बोधा बहू बताती हैं कि उस दिन उन्होंने दस कम सौ कप चाय पिलाई थी। कुम्हार के घर से सौ कुल्हड़ खरीदकर मँगवाई थीं। उनमें से दस बचे।

सबने कहा कि अब उन्हें गाँव की परधानी अपने कब्जे में कर लेना चाहिए। वे डंके की चोट पर जीतेंगे। छत्रधारी सिंह परधानी में बहुत आग मूते इस बार। इनके चलते सारा गाँव जाड़े में गन्ने, अरहर के खेतों और जंगल में लुकाता फिरा। जैसे सारे देश में जनता का राज आया वैसे ही गाँव में भी आना चाहिए।

"जो पंचों का हुकुम।" बोधा भाई उर्फ विद्रोही जी ने दोनों हाथ जोड़कर आसमान की ओर उठाए।

बाद में विद्रोही जी ने बहुत याद करने की कोशिश की लेकिन याद नहीं आया कि किसने उनसे कहा था—'यदि इस बार कांग्रेस की सरकार बनी होती तो तुम्हारा इनकाउंटर पक्का था।'

आज दक्खिन टोले के लोग मुलाकात के लिए जेल जा रहे हैं। आठ महीने से ज्यादा हो रहे हैं टोले के लोगों को जेल गए। पहले तो उम्मीद थी कि दो-चार महीने में जमानत हो जाएगी। छूटकर आ जाएँगे। मुकदमा चलता रहेगा। लेकिन जमानत का खर्चा ही नहीं जुट पाया। वकील की फीस, जामिनदार तैयार करना। कचहरी का चक्कर।

मर्द के नाम पर टोले में सत्तर साल के परमेसरी बैताली और महीने में बीस दिन गाँव के बाहर घूमता रहने वाला जंजाली ही बचे हैं।

जमानत न होने का मतलब है कि अब या तो बरी होकर जेल से बाहर आ सकते हैं या सजा काटकर।

जंजाली ने इतना जिम्मा लिया है कि वह सबको ले चलकर मुलाकात करा लाएगा। यह भी बता दिया है कि लाई-चना, गुड़, अचार, बीड़ी, तम्बाकू, खैनी, घी वगैरह दे सकती हो अपने कैदी को। प्याज-मिर्चा वगैरह भी। बस गाँजा, भाँग, शराब, अफीम वगैरह नहीं। जो देना चाहो, पहले से इन्तजाम कर लो।

अपने परानी से कौन नहीं मिलना चाहेगा? पता नहीं भरपेट खाना मिल रहा है कि नहीं? मारे-पीटे तो नहीं जा रहे होंगे! सुनते हैं चक्की पीसनी पड़ती है। सही खबर तो मिलने पर ही पता चलेगी। लेकिन डर भी लगता है कि मिलने गए और हमें भी पकड़कर अन्दर कर दिया तब क्या होगा? यहाँ बाल-बच्चे, बिना दाना-पानी के मर जाएँगे।

जंजाली कई दिन से इन औरतों का भय दूर करने की कोशिश कर रहा है—जो भी मारपीट होती है, थाने में होती है। चालान होने से पहले। चक्की पीसना पुरानी बात हो गई। अब बिजली से अनाज पिसता है। खाने-पीने का सुख घर से ज्यादा। पता है, आठ-आठ रोटियाँ मिलती हैं खाने को।

सबका मुँह अचरज से खुल जाता है।

"और ज्वार-बाजरे की नहीं। गेहूँ की नरम-नरम, गरम-गरम।"

"और सुनो। अभी जाड़े की बदरी-बूँदी में पूरे टोले ने चूते छप्पर के नीचे बिना ओढ़ना-बिछौना के ठंड से काँपते दिन काटा है। वहाँ सीमेंट का पक्का छह फुटा चबूतरा रहता है सोने को। कीचड़-काँदो वहाँ कहाँ रहेगा? पूरी बैरक की फर्श पक्की। और ओढ़ने के लिए दो-दो कंबल। मोटे इतने जैसे गलैचा। गरम इतने कि माघ में भी पसीना छूटे।"

परमेसरी बोले—"यहाँ पूरे टोले में चार-छह कंबल निकल आवै तो धन्नि भाग। नसबन्दी कराने वालों को जो कंबल मिले थे, वही काम आ रहे हैं।"

"अभी पता लगाया जाए तो टोले में दो-चार तवे, दो-चार थाली फूटी मिल

जाएँगी। वहाँ जाते ही चमाचम थाली-कटोरी-गिलास मिल जाता है। जेल में ही अस्पताल है। डाक्टर-कम्पाउंडर मुस्तैद। बीमार पड़ो तो चट भरती हो जाओ। खाने में इसपेसल डाइट मिलने लगेगी—दूध, अंडा, फल, डबलरोटी, लोहे की गोली।"

"डबल रोटी क्या?"

"डबल रोटी माने 'डबल फूली हुई'...क्या स्वाद होता है! एक बार मैंने स्टेशन पर खाया था।"

लोहे की गोली? औरतों की समझ में नहीं आता। लोहे की गोली क्यों खाएगा कोई? और खा लिया तो पचाएगा कैसे?

खैर, जंजाली की बात का विश्वास करना पड़ेगा। वह खुद दो बार जेल जा चुका है। जंजाली कहता है कि उसको जेल भेजने वाला कौन पैदा हुआ है! दोनों बार अपनी मर्जी से जेल गया है। जाड़े के मौसम में। बेटिकट रेल यात्रा में चालान कराकर। बाकी समय चाहे जहाँ रहो लेकिन जाड़े में जेल चले जाओ। डाक्टर को दस रुपये देकर स्पेशल डाइट लिखवा लो।

"एक गजब की बात बताएँ? जेल में कई पक्कों से मेरी जान-पहचान हो गई है। बता रहे थे कि राजस्थान का कोई इलाका है जहाँ की भीख माँगने वाली औरतों को जब गर्भ रह जाता है तो वे छोटी-मोटी चोरी-चकारी करके जेल चली जाती हैं। जेल में उन्हें इसपेसल डाइट मिलती है और वहीं अस्पताल में नर्स-दाई बच्चा पैदा करवाती हैं। अपने टोले में तो रमझरिया की दादी ही दाई-नर्स सब कुछ है। पेट गूँथ डालती है। जियो या मरो तुम्हारी किस्मत।...एक वे औरतें हैं, कितनी दिमागदार और एक तुम लोग हो कि मुलाकाती बनकर चलने में भी डर के मारे पसीना छूट रहा है।"

"लेकिन सुनते हैं कि बीच-बीच में पगली घंटी बजाकर कंबल ओढ़ाकर पिटाई करते हैं।"

"पगली घंटी? घंटी भी पागल हो जाती है जेल में!"

औरतें हँसती हैं।

"पगली घंटी बजती है जब कोई भागने की कोशिश करता है। मारपीट भी उसके साथ होती है जो झगड़ा-बदमाशी करता है। कायदे से रहने पर जेल में ही लोग हवलदार-जमादार तक बन जाते हैं।"

"तब लोग जेल जाने से इतना डरते क्यों हैं?"

"बेकार डरते हैं। अरे जेल जाने से वे डरें जो महलों में रहते हैं। दूध-मलाई, मिठाई-रबड़ी चाभते हैं। मोटरगाड़ी पर चलते हैं। सूट-बूट पहनते हैं। पिक्चर-सिनेमा देखते हैं। जिनको खाने के लिए रोज मुर्गा, पीने के लिए दारू और सोने के लिए

मेहरारू चाहिए। हम क्यों डरें? बस एक ही बन्धन है कि घर नहीं आ सकते।"

"घर?" परमेसरी बोल पड़े—"यह घर है कि नरक कुंड। मेरा मतलब जेल के मुकाबले, जहाँ आठ-आठ रोटियाँ हैं। पक्की फर्श है, कंबल है, अस्पताल है। वह तो हम लोगों जैसे अतातपंखी गरीबों के लिए सोझै बैकुंठ है। बैकुंठ तो उनको मिलता है जो बहुत पुन्य का काम करते हैं।"

"बस यह है कि बाहर कोई बन्धन नहीं है। कहीं भी आने-जाने के लिए सुतंत्र हो।"

"यहाँ हम लोग सुतंत्र हैं भूख और बीमारी से मरने के लिए। जाड़े में बोरा ओढ़कर रात काटने के लिए। दबंगों की गाली खाने और आँसू पीने के लिए। कोई पूछने नहीं आता कि पेट में अन्न का दाना पड़े कितने दिन हो गए।"

"और वहाँ सुबह पाँच बजे ही पचासा लगाकर जगाया जाता है। मतलब पचास बार घंटा बजाया जाता है। चाहे जितनी गहरी नींद हो, टूट जाएगी। जैसे ही दिशा-मैदान से फारिग हुए नाश्ते के लिए चना बँटने लगता है। नौ बजते ही चाय। ग्यारह बजे फिर पचासा। खाने की छुट्टी। और सुनो। जो मेहनत करोगे उसकी मजदूरी मिलेगी। यहाँ मजदूरी माँगने पर ही तो जेल जाना पड़ा न! वहाँ बिना माँगे मिलती है। दरी, गलैचा, टाट, नेवाड़, चटाई-कपड़ा बुनो तो उसकी मजदूरी तुम्हारी पासबुक में जमा होती रहेगी। छूटो तो दो-चार हजार पासबुक में लेकर निकलो।"

आखिर औरतों में मुलाकात करने की हिम्मत आई।

"सब लोग चलो। एक कैदी से तीन लोग मिल सकते हैं। अपने बारह कैदी हैं। ...इतना सबेरे निकलो कि नौ-साढ़े नौ तक जेल के फाटक तक पहुँच जाएँ। ग्यारह बजे के बाद पर्ची नहीं लगती।"

आठ औरतें, जुगनी, मुनवा, सितिया और दो गोद के बच्चे। कुल बारह कैदी हैं और जंजाली व परमेसरी को लेकर पन्द्रह मुलाकाती। बूढ़ियाँ और गेनवा टोले में ही रह गईं। गेनवा को अपनी बकरी के खाने-पीने के इन्तजाम के लिए और टोले की रखवाली के लिए छोड़ दिया गया। उसकी माँ तो जा ही रही है। बिपत और पहाड़ी की औरतें सगी बहनें हैं। वे मायके गई हैं। चनरी की बिदाई हो गई है। आठ-दस साल वाले चारों लड़के नहीं जा रहे हैं। उन्हें रबी की कटी फसल वाले खेतों में बाल बीननी है। बाल से दाना निकालकर बेचना है और उससे चाकू खरीदना है। चारों चाकू की बहुत जरूरत महसूस कर रहे हैं। बाल बीनने के बाद मछली मारने के लिए नदी में कटिया लगाना है। मिलने जाने से क्या होगा?

इतना ऊँचा फाटक पहली बार देखा टोले की औरतों ने। मुनवा की जिज्ञासा शान्त नहीं हो रही है। वह जानना चाहता है कि क्या जैसे तोते को पिंजड़े में बन्द

किया जाता है, उसी तरह उसके पापा भी बन्द होंगे?

गेट के बाहर एक लाइन में खड़े हुए सारे मुलाकाती।

पहले औरतें फिर आदमी।

जेल का एक सिपाही एक मोटे कुर्ताधारी मुलाकाती को समझा रहा था—लाई- चना तो जरूर ले लीजिए। असमय में भूख लगने पर यही काम आता है। सुर्ती खाते हों तो वह भी।

कुर्ताधारी ने अपने लड़के को मोटरसाइकिल से दौड़ाया—दौड़कर पाँच-छह पुड़िया सुर्ती ले आ।

एक औरत का नम्बर नहीं लग पाया। बारह कोस दूर देहात से तीन सवारियाँ बदलकर पहुँची थी। देर हो गई। वह सिपाही से चिरौरी कर रही थी। सिपाही झिड़क रहा था। आखिर थोड़ी देर बाद दस रुपया लेकर सिपाही ने उसका नम्बर भी लगवा दिया।

फाटक खुला। मुलाकाती अन्दर जाने लगे।

माँ की उँगली पकड़कर चल रही शेरू की बेटी सितिया पूछती है—"अम्मा, अब हम पापा से मिलने चल रहे हैं?"

दहबंगा अचकचाई हुई है। कहती है—"चुप रहो, नहीं तो सिपाही पकड़ लेगा।"

जेल के साथियों ने समझाया था—दिल को कड़ा करके मुलाकात करने जाओ। हँसने-मुस्कराने की कोशिश करना। रो पड़े तो घरवालों का दिल छोटा हो जाएगा। लेकिन आमना-सामना हुआ तो दोनों ओर से आँसुओं की बरसात होने लगी। देर तक कोई बात नहीं। सिर्फ औरतों की सिसकियाँ।

तूफानी बाद में आया। माँ के नजदीक आते हुए शरमा रहा है। दहबंगा उसे कलेजे से लगा लेती है।

ज्वार थमा तो शेरू ने बेटी को गोद में उठा लिया और एक हाथ में बिस्कुट और दूसरे में टाफी का पैकेट पकड़ा दिया। बेटी खुशी से झूम उठी।

"यह कहाँ मिला?"

"सब मिलता है। अन्दर कैंटीन है।"

कहने के साथ दहबंगा का हाथ पकड़कर उसकी मुट्ठी में पचास-पचास के दो नोट दबा दिए।

सारी औरतों को यह देखकर राहत हुई कि उनके आदमी खुश और तंदुरुस्त लग रहे हैं।

थोड़ी देर बाद जगेसर की औरत ने शंका-निवारण करना चाहा—"मारते-पीटते भी हैं अन्दर?"

“बस एक बार एक डंडा।” मुस्कराया जगेसर—“आने पर काम मिला था गायों को चारा देने का। भूसे का बोरा उठा ही रहे थे कि पीछे से एक ‘पक्का’ आया। बोला, जल्दी उठा बे साले। और तड़ से चूतड़ पर एक डंडा मार दिया। बहुत खला। अभी तक कभी बाप ने भी डंडा नहीं मारा था। लेकिन बाद में तो वह पक्का दोस्त बन गया। कालीचरन नाम है। बिरादरी का ही है। वह भी कतल करके आया है। खूनी-कतली की यहाँ बड़ी इज्जत है। हम लोग कतल करके आए हैं और दर्जन भर हैं इसलिए कोई आँख नहीं दिखा सकता।”

झगरू ने बताया—“पक्के साले महाहरामी। अन्दर जाते ही ‘नंगाझोरी’ तलाशी लिये। धोती खोलकर फेंक दिया और जाँघिए के नाड़े में छिपाकर रखा दस रुपये का नोट निकाल लिया। लेकिन बाद में जब उसे महाराजा बिजली पासी और लाखन पासी का नाम बताया तो सिकुड़कर बटेर हो गया।”

विक्रम ने जुगनी को देखा तो उसे लगा आठ महीने में ही बेटी सयानी हो गई है। उसके अन्दर डर की लहर दौड़ी। पत्नी से पूछा—“ठाकुरों के लड़के टोले में ऊधम मचाने आते होंगे?”

“शुरू में एक-दो बार आए। हमने मिलकर चहेंटा तो भाग खड़े हुए। अब नहीं आते।”

“देखना जुगनी की माँ। अब तुम्हीं इसकी माँ हो तुम्हीं बाप। सयानी होती बेटी को सँभालकर रखना और आते अगहन गौना देकर विदा कर देना। जुग-जमाना बहुत खराब है। मैं कुछ रुपयों का जुगाड़ यहाँ से कर दूँगा।”

“आप हमारी चिन्ता करके अपनी देह न गलाइएगा। हमारी बेटी बहुत समझदार है। कोई आँख दिखाएगा तो उसकी आँख निकाल लेगी।”

बिरजू ने चार महीने की बेटी को गोद में उठाकर चूमा तो वह मुस्कराने लगी। बिरजू जेल में आया तो यह माँ के पेट में थी। बिरजू बहू बोलीं—“पहचान ले। बप्पा हैं।”

तूफानी ने सबसे पहले अपनी माँ से अपने पिल्ले झबुआ के बारे में पूछा। वह जेल आया तो झबुआ चार महीने का था। ठीक से आँख भी नहीं खुली थी जब उसे माठा बाबा के दालान से जाड़े में चुराकर लाया था।

“टोला छोड़कर चला गया कि अभी है?”

“चला तो गया लेकिन कभी-कभी चक्कर लगा जाता है।”

“मैंने दो बार उसे सपने में देखा माई। बहुत दुबराया हुआ था। आए तो उसे कुछ खाने को दे दिया करो।”

“अपना ही पेट पालना भारू है। कुत्ते को कहाँ से खिलाएँगे बेटा।”

तूफानी उदास हो गया।

बेटी को वापस पत्नी की गोद में देते हुए बिरजू ने कौशल से पत्नी की दूध भरी दाहिनी छाती को दबा दिया। आँसू से डबडबाई आँखों वाली पत्नी के होंठों पर झीनी मुस्कराहट उभर आई।

मुनवा बाप की गोद से उतरने को तैयार ही नहीं।

"मैं बप्पा के साथ रहूँगा।"

उसे फुसलाया गया—बप्पा ढेर सारा बिस्कुट और केला खरीदकर शाम को घर आएँगे।

दोनों तरफ से कुछ न कुछ दिया गया। कुछ न कुछ लिया गया। चलो अब। समय खतम।

फिर आँसुओं की बरसात। मुड़-मुड़कर देखते वापस होते मुलाकाती। फाटक के अन्दर से विदा देतीं कई जोड़ी आँखें। पूछ नहीं सकते कि फिर कब आना होगा। होगा कि नहीं?

होली बीत गई। चैत भी आधा बीत गया। झनाका गई तो मायके से लौटने का नाम नहीं ले रही है। मटर और सरसों तो दलसिंगार ने अकेले काटा। आलू भी अकेले खोदा। अब गेहूँ भी काटने लायक हो गया है। उसे समझना चाहिए कि अपनी गृहस्थी बिगड़ गई तो मायका कितना काम आएगा?

कभी-कभी दलसिंगार को उस पर तेज गुस्सा आता है—अब आई तो उससे डंडे से बात करेंगे।

नहीं रहा गया तो एक दिन पड़ोसी के जिम्मे गाय-भैंस छोड़कर वे ससुराल गए।

पता लगा कि वह किसी रिश्तेदारी में न्योता खाने गई है। सास ने कहा—"वापस आते ही भेज देंगे।"

लेकिन दलसिंगार की समझ में यह नहीं आया कि दोपहर में खाना खिलाते समय सास ने उनकी दाल में घी क्यों नहीं डाला? बिना घी की दाल उन्हें एकदम बेस्वाद लगती है। पन्द्रह दिन और बीत गए। झनाका नहीं लौटीं। दलसिंगार का गुस्सा काबू के बाहर हो गया। तय किया कि इस बार वे उसका झोंटा पकड़कर घसीटते हुए लाएँगे।

लेकिन इस बीच खबर मिली कि झनाका की बिदाई कहीं और कर दी गई है।

दलसिंगार जैसे पेड़ से गिरे। जो मिलता उसी को पकड़कर रोने लगते। सभी समझाते कि यह दुख एक-दो दिन रोने से नहीं चुकने वाला।

दलसिंगार को पक्का यकीन था कि वह अपने मन से नहीं गई होगी। जा ही नहीं सकती। उसे जबरदस्ती भेजा गया होगा। वह इतनी सीधी है कि इनकार नहीं कर पाई होगी। मिलने का मौका लगने की देर है। देखते ही न दौड़ी चली आए तो कहना।

लेकिन उसकी नई ससुराल का पता लगाने में दलसिंगार को डेढ़ साल लग गए। आज वे झनाका से मिलने उसकी नई ससुराल आए हैं।

दलसिंगार का परिचय और मंशा जानकर वहाँ झमेला खड़ा हो गया। झनाका का नया पति मारपीट पर उतारू हो गया।

"तुम होते कौन हो उससे मिलने वाले? अब वह मेरी घरवाली है। क्यों मिले तुमसे? भागो यहाँ से।"

लेकिन दलसिंगार बिना मिले लौटने को तैयार नहीं हैं—"एक बार मिला दीजिए, बस, हम लौट जाएँगे।"

दोपहर से शाम हो गई। न झनाका की झलक मिली न दलसिंगार ने दुआर छोड़ा। अँधेरा होने पर दो लोग दलसिंगार को जबरदस्ती खींचकर नीम के पेड़ तक ढकेल आए। दलसिंगार वहीं बैठ गए। बिना कुछ खाए-पिये पड़े हैं। झनाका सोच रही है कि अपने घर में होते तो खाने के लिए अब तक महाभारत मचा देते।

आधी रात के बाद भादों की झड़ी शुरू हो जाती है। झनाका का मन बार-बार पसीज रहा है—भीग रहे होंगे। वह कसमसाती है।

"क्या हुआ रे? फिर पुराने भतार के साथ सोने की अमल लगी है क्या?"

वह कुछ बोलती नहीं। कुनमुनाते बेटे के मुँह में छाती लगा देती है।

सबेरे देखती है—दलसिंगार नीम के पेड़ से पीठ टिकाए ऊँघ रहे हैं।

वह पति से कहती है—"इतना जिद ठाने हैं तो मिल ही आती हूँ।"

छह-सात महीने के बेटे को गोद में लेकर झनाका आती है। दलसिंगार उठकर खड़े हो गए हैं। बोलना-चालना कुछ नहीं। बस, एकटक देख रहे हैं।

"क्या हालचाल है?"

"हालचाल तो देख ही रही हो।"

देख तो रही थी। देह खंखड़ हो गई थी। आँखें धँस गई थीं।

दोनों लोगों की समझ में नहीं आ रहा था कि आगे क्या बात की जाए।

"कोइली पँड़वा बियाई कि पँड़िया?"

"कोइली को बेच दिए। सबको बेच दिए। बस दोनों बैल बचे हैं।"

फिर अबोला।

"मैं तुम्हारे गहने लेकर नहीं आई। चारों थान काँड़ी के डेढ़ हाथ नीचे गड़े हैं। खोदकर सँभाल लेना।"

थोड़ी चुप्पी के बाद—"उस दिन धान बेचने से जो चालीस रुपये मिले थे उसे एक कपड़े में लपेटकर ओसारे की छाजन में खोंस दिया है। निकाल लेना। बिंदा ओझा की मलकिन एक किलो घी उधार ले गई थीं। उसका पैसा माँग लेना।"

"तुम क्या सोचती हो कि मैं रुपये-पैसे का हिसाब लेने आया हूँ। मन तुम्हारे ऊपर टँगा था तो देखने चला आया।"

गोद का बच्चा दूध पीने के लिए उतावला हो रहा था। बीच-बीच में रोना शुरू कर देता था।

"इसका क्या नाम रखा?"

"दहपेल।" तनिक हँसकर झनाका ने बताया।

दहपेल के गाल में उँगली धँसाते हुए दलसिंगार बोले—"बहुत सुन्दर है।"

आते समय पता नहीं क्या सोचकर वे बाजार से एक झुनझुना खरीद लाए थे। जेब से निकालकर उन्होंने उसे दो बार बजाया और बच्चे के हाथ में पकड़ा दिया।

"अब जाइए। यहाँ के लोग बहुत गुस्सैल हैं। अपने खाने-पीने का ध्यान रखना। समझ लेना कि बस इतने दिन का ही साथ बदा था।"

कहने के साथ झनाका मुड़कर चल पड़ीं। दहपेलवा झुनझुना बजाते हुए मुड़-मुड़कर देख रहा था।

दुखवा की गठरी उठावा परमेसरी

अभी मुँहअँधेरा ही था कि परमेसरी माथे पर चोट खाकर उठ बैठे। कथरी के ऊपर हाथ फैलाकर टटोला। देशी आँवले के आकार के ओले। छप्पर के फूस को छेदते हुए बिस्तर पर गिर रहे थे।

परमेसरी ने बाहर झाँका। सफेद ओलों से धरती पटी जा रही थी।

आज पानी बरसने का आठवाँ दिन था। तेज हवा और पानी। बादल जमीन के इतने नजदीक आकर बरस रहे थे जैसे आषाढ़ के बादल हों। बिजली एक तरफ से कड़कड़ाती हुई दूसरी तरफ गुजर जाती।

जाड़े में इतनी बरसात!

झोंपड़ी के एक कोने में बकरी बँधी थी। उसके पेशाब और लेंड़ी से कोना गीला हो गया था। पेशाब की गंध पूरी झोंपड़ी में भरी थी। बकरी के दोनों मेमने रह-रह कर उसका दूध पीते और उनके धक्के से बकरी के पिछले पैर हवा में उछल जाते। ओलावृष्टि बन्द हुई तो परमेसरी बाहर निकले। बच्चे शोर कर रहे थे—"दासू का छप्पर सड़क की ओर भागा जा रहा है।"

अरे, छप्पर के कोई हाथ-पाँव हैं जो भागा जा रहा है?

देखा—छप्पर के अन्दर साँड़ घुसा हुआ था। ओले पड़ने लगे तो चोटिल होने से बचने के लिए सिर झुकाकर घुस गया होगा। लेकिन छप्पर की ऊँचाई इतनी कम है कि वह साँड़ की पीठ पर टिक गया है। अब साँड़ बाहर निकलना चाहता है तो उसके साथ छप्पर भी चल रहा है।

परमेसरी दिशा-मैदान के लिए जाने लगे तो लग्गी साथ लेते गए। बकरी के खाने के लिए महुए की पाती लेते आएँगे।

थोड़ी देर में फिर झड़ी शुरू हो गई।

औरतें तो मुँहअँधेरे ही निपट आती हैं। लड़के-लड़कियाँ बोरा ओढ़कर या भीगते हुए जा रहे हैं। बूढ़े भीग गए तो निमोनिया पकड़ लेगा। पूरे टोले में बाँस का एक ही छाता है, ढाक के पत्तों की छाजन वाला। बूढ़े उसी को लेकर बारी-बारी जा रहे हैं। यह ऐसी जरूरत है जिसे बहुत देर तक रोक नहीं सकते।

माघ-पूस का जाड़ा खेतिहर मजदूरों के लिए काल बनकर आता है। कटाई-बोवाई का काम कार्तिक-अगहन तक समाप्त हो जाता है। केवल सिंचाई करना बाकी रहता है। जाड़े में बरसात हो गई तो सिंचाई का काम भी खतम। जहाँ किसान भगवान से पानी बरसाने की मनौती करता है, वहीं मजदूर न बरसाने की चिरौरी करता है। पानी नहीं बरसेगा तभी तो सिंचाई के लिए मजदूरों की जरूरत पड़ेगी। दलित टोला रोज कमाकर खाने वाला टोला। दो-चार दिन से ज्यादा राशन किसी के पास नहीं। वर्षा-बूँदी में मजदूरी बन्द तो खाएँ क्या?

कलुआ की दादी बताती हैं—माघ के आखिरी और फागुन के शुरुआती छह दिन मिलाकर बारह दिन का 'चमरबरहा' लगता है। इसमें थोड़ी-बहुत बरसात हर साल होती है। किसान इस बरसात को सोने की बरसात कहते हैं लेकिन इस बार तो 'चमरबरहा' लगने के कई रोज पहले से ही बरसने लगा। ठंड बढ़ गई है। पुरानी कथरी से कितना जाड़ा कटेगा? बगल की झोंपड़ी से रिरियाती हुई बूढ़ी की आवाज आती है—"सर्दी हाड़ छेद रही है रे बहुरिया। तप्ते में कहीं से लाकर कुछ डालती क्यों नहीं?"

"क्या डालूँ? अपना हाथ-पाँव डाल दूँ? सारा जलावन तो भीग गया।"

भीगने के डर से घर में बैठे रह गए तो बच्चों के मुँह में क्या डालेंगे? तीन औरतें बोरा ओढ़कर बाजार जाने के लिए निकलीं। शायद कोई काम मिल जाए या उधार ही।

दोपहर बाद फिर बरसात रुकी तो परमेसरी की बूढ़ी बोली—"जाकर कहीं से मन-दो मन अनाज कर्ज ले आइए। नहीं तो पूरा टोला उपवास करेगा। छोटे बच्चों का रोना नहीं सुना जा रहा।"

"किसके घर जाएँ? बड़ी बखरी वालों (सवर्णों) से तो रार ही ठनी है।"

काफी सोच-विचार के बाद वे एक मैली चादर लेकर भूसी चौधरी के घर की ओर चले।

बाप रे, गेहूँ की फसल तो एकदम लोट गई है। अरहर और सरसों की शाखाएँ कतरकर जमीन पर बिछ गई हैं। एकदम बूँची। मटर, टमाटर, बैगन और फूलगोभी का सत्यानाश हो गया है। ओले की चोट से कटकर गिरी हरी पत्तियों से बाग पट गया है। ठंड से भीगे काँपते बन्दर डालों पर पीठ से पीठ सटाए बैठे किंकिया रहे हैं। जगह-जगह मरी हुई गौरैया, किलहटी, तोते और पंडुक उलटे पड़े हैं। एक कौआ भी। भीगे टूटे-अधटूटे डैने। फैले छितरे पंख। खुली आँखें, बन्द चोंच। एक लोमड़ पूँछ अन्दर दबाए एक मरे हुए लाल महोख को नोचकर खा रहा था। उसका बच्चा काँपते हुए भी एक पंडुक की लाश से खेल रहा था। मुँह में भरता। झटककर दूर

फेंकता। फिर दौड़कर पंजों से दबोच लेता। लोमड़ रह-रह कर उस पर गुर्रा रहा था कि ससुर, पेट नहीं भर लेता, खिलवाड़ सूझ रहा है।

भूसी चौधरी ओसारे में तप्ता तापते हुए पगहा बर रहे थे। परमेसरी कीचड़ सने टायर के चप्पल दरवाजे के बाहर उतारकर घुसे, 'राम-राम' किया और बैठकर हाथ सेंकने लगे।

"क्या हाल है परमेसरी?"

"क्या हाल बताएँ, चौधरी! बहुतै खराब है। आजा-पुरखा कहते आए हैं कि भादों में सुग्गा उपवास करते हैं, माघ में मजूर। उस पर यह आठ रोज की बदरी-बरसात। मजूरी-धतूरी एकदम ठप्प। दोनों जून उपवास हो रहा है।"

"अब तो सभी का उपवास होगा परमेसरी। सारी फसल चौपट हो गई।"

बात कट गई। अब कहाँ से शुरू करें परमेसरी। थोड़ी देर चुप्पी रही फिर भूसी ने पूछा—"अभी किसी की भी जमानत नहीं हुई?"

"खर्चा-बर्चा ही नहीं जुटा सके चौधरी। सारे कमाने वाले तो अन्दर हैं।"

थोड़ी देर की चुप्पी के बाद फिर परमेसरी ने हिम्मत की—"भइया हमारा पूरा टोला दो दिन से उपवास कर रहा है। छोटे बच्चों का रोना कलेजा फाड़ रहा है। ठाकुरों-बाभनों के घर माँगने जा नहीं सकते। माँगें भी तो मिलेगा नहीं। आपके पास बहुत आशा लेकर आए हैं। आप उबार लेंगे तो जी जाएँगे। दो-तीन मन धान मिल जाए तो जान बच जाए। चैत में सवाई के साथ लौटा देंगे।"

"चैत में कहीं से खजाना मिल जाएगा क्या?"

"तो क्या सब दिन ऐसे ही रहेगा भइया?"

भूसी चुपचाप रस्सी बरते रहे। परमेसरी रह-रहकर तप्ते में फूँक मारते रहे।

"जाओ, मलकिन से मिल लो। जो दे सकें ले जाओ।" फिर कुछ जोर से बोले—"सुनती हो, परमेसरी आए हैं।"

चौधराइन सरिया में जानवरों के नीचे का कीचड़ सुखाने के लिए पइया, पुआल डाल रही थीं। परमेसरी पैलगी करके बोले—"कुछ मदद के लिए आए हैं भौजी। बाल-बच्चों का उपवास हो रहा है।"

तभी पीछे से किसी के हँसने की आवाज आई—"अरे होने दे उपवास। पेट में गर्मी बढ़ जाती है तो उपवास बहुत 'फैदा' करता है। तुम लोगों के तो दिमाग तक गर्मी चढ़ी हुई है।"

लोहा तिवारी थे। काला छाता लगाए, लाठी लिये खेतों की ओर जा रहे थे।

"तू तो इहै मनावत होइहौ तेवारी कि सारी दुनिया उछिन्न होइ जाय तौ तू बिना मेहरारू-लरिका के अकेले जुग-जुगाधि तक राज करौ।"

"सारे, बड़ी लम्बी जीभ हो गई है तेरी। मेरे मेहरारू नहीं है तो क्या? मैंने तेरी बहन-बेटी कभी रगड़ी हो तो बोल।"

"जब से उपधिया से तेवारी बने हो, तुम्हारा बरम्ह तेज ज्यादा उधिरा गया है लेकिन इतना जानि लेव कि बहिन-बिटिया रगड़ने का जमाना चला गया। जो ऐसा सोचेगा वह खुद रगड़ जाएगा।"

पचास-साठ साल से भी ज्यादा हुए होंगे जब दो घर 'उपाध्याय' इस गाँव में आकर बसे थे और खुद को 'तिवारी' कहने लगे थे। परमेसरी उसी ओर इशारा कर रहे हैं। तेवारी ने इस इशारे को जान-बूझकर अनसुना किया।

"हम तो भगवान से बीसो 'नह' जोरि के मनावत हैं कि ऐसे ही दस दिन और झड़ी लगाए रहो ताकि चमार-पासी सारेन की गर्मी निकल जाए।"

"भगवानौ तोहरै सुनिहैं। हमार थोरै सुनिहैं।"

"तै का समझता है भगवान अन्धे हैं? आँख में आँख डालकर गचर-गचर बोल रहा है। न पैलगी न आसिरबाद। तो का होगा?"

"तू आपन आसिरबाद अपने पल्ले रखौ तिवारी। बिना पैलगी के ही इतना आसिरबाद दै डारे। अबहीं पैलगी खातिर मरते हो।"

"अरे आओ तेवारी, हाथ सेंकि लेव।" भूसी ने आवाज लगाई। तेवारी उधर बढ़ गए। पैलगी का आसिरबाद दिया और खुश हुए। पैर का तलुआ सेंकते हुए बोले—"इसको कुछ देना नहीं चौधरी। उपवास तौ ई सारे अपनी करनी से कर रहे हैं। आखिर तीन किलो मजूरी ले मरे।"

"क्या गलत किए तेवारी? आप उनको सात-आठ पाव धान की मजूरी देते रहे। उसको कूटने पर पाँच पाव चावल निकलता है। उससे कितने लोगों का पेट भरेगा? नोन-तेल, दाल-दलहन, कपड़ा-लत्ता और दवाई-दरमस की तो बात ही छोड़ दीजिए। मजूरी तो कम थी ही।"

"आखिर वही मजूरी तो इनके बाप-दादों, आजा-पुरखों तक को मिलती आई थी। उनका काम कैसे चलता था? क्या वे सब बिना खाए मर गए?"

"तेवारी, तब मर्द-मेहरारू, बाल-बच्चे सब अपना पेट लेकर दिन-भर खटते रहते थे। पढ़ाई-लिखाई तो छोड़िए, कपड़े-लत्ते तक की कोई नहीं सोच पाता था। अब वे भी चाहते हैं कि उनके बच्चे चार अच्छर पढ़ें। आखिर पैदा तो उन्हीं के जाँगर से होता है। तब मजूरी माँगने को गलत कैसे कहोगे?"

"जाँगर तो सबसे ज्यादा बैलों का लगता है चौधरी। आपसे भेंट हो जाए तो बैल भी पैदावार में अपना हिस्सा माँगने लगें। कहो, खाने के लिए भूसे की बजाय गेहूँ की रोटी और धान का भात माँगने लगें।"

हँसने लगे चौधरी।

"इन लोगों को आप अभी बैल ही मान रहे हैं। अब तो आदमी मान लीजिए।"

तिवारी को शायद अच्छा नहीं लगा। उठ गए।

परमेसरी चौधराइन के पीछे-पीछे बखार के पास तक गए। धान निकालकर तौला। एक मन।

"इतना ही दे पाएँगे भगत। अपना भी साल-भर का इन्तजाम देखना है। आप तो हमारे घर आ गए। हम किसके घर माँगने जाएँगे?"

टोले में पहुँचते-पहुँचते शाम हो गई। परमेसरी ने हर घर को बराबर-बराबर धान बाँट दिया। आज का काम चले। कल की कल देखी जाएगी। मुरझाये चेहरे खिल गए। हर झोंपड़ी से धान कूटने की आवाज आने लगी। चूल्हे से धुआँ उठने लगा। भात पकने की महक हवा में तैरने लगी। सबसे पहले थूथन हवा में उठाकर कुत्तों ने सूँघा। पूँछ हिलाते झोंपड़ियों के द्वार तक आए और लद्द से बैठ गए।

शाम से बूँदा-बाँदी फिर शुरू हुई।

आधी रात के करीब टोले के चार लड़के बोरा ओढ़कर सिंवार की ओर निकले। आठ-नौ साल के चोर। खुरपा-कुदाल-बोरी लेकर। सबने देखा, समझा, लेकिन टाल गए। दिन-भर के उपवास के बाद शाम को दो-दो कौर भात मिला है। किस मुँह से पूछें कि कहाँ जा रहे हो?

फिर जुगनी और गेनवा निकलीं। गेनवा की माँ ने मना किया—"मत जा रे बेटी। वे लोग जल्लाद हैं। पकड़ पाए तो जान निकाल लेंगे।"

"इस समय आधी रात को बरसते पानी और ठंड में कौन खेत में बैठा होगा काकी?" जुगनी ने प्रतिवाद किया—"घर में बैठकर परान कैसे बचेंगे?"

लोहा तिवारी दस बजे रात तक काला छाता लगाए अपने खेत की मेंड़ पर बैठे भगवान से मना रहे थे कि जुगनी को उनके खेत में मटर की चोरी करने भेज दें। उसकी सूरत उनकी नजर में गड़ी है। वह नदी में नहाने जा रही होती है तो वे मेंड़ पर खड़े-खड़े उसकी लहराती लाल ओढ़नी पर ओझल होने तक नज़र गड़ाए रहते हैं। वे तो खुद चाहते हैं कि उसकी झोंपड़ी राशन-पानी से भर दें लेकिन...वे देर तक जुगनी से होने वाले संवाद की कल्पना करते रहे। उसका दूध दुहते रहे। अभी तो बच्ची ही है। पहले उसकी इच्छा पूरी करेंगे फिर अपनी।

उस दिन दसौंधी हँसते हुए कह रहे थे—"अगर पट नहीं रही तो पटको।"

लोहा ने शान्त स्वर में समझाया था—"पटने और पटकने में जमीन-आसमान का फर्क होता है दसौंधी। पटना माने बार-बार। पटकना माने एक बार। बदनामी अलग। ऐसे मामले में धीरज से काम बनता है। अकुताने से नहीं।"

लेकिन नहीं बना काम। आधी रात होने को आई तो निराश होकर लौट पड़े लोहा।

घंटे-भर में दोनों लौट आईं। एक-एक कहुना मटर का जेंगर और चार-चार गन्ने लेकर। भीगती-काँपतीं। करीब दो घंटे बाद लड़कों की गोल लौटी। आलू, शकरकंदी, गोभी, मटर और गन्ना लेकर। कीचड़ से लथपथ।

—अरे आग जला रे माई। चाहे मँड़हे की थूनी ही आग में डाल दे। ठंड कलेजे में घुस गई है। हाथ-पैर एकदम सुन्न।

सारी चीजें रातों-रात बँट गईं। मगर खबरदार जो सबेरे किसी की झोंपड़ी में गोभी, मटर या गन्ने का कोई चिह्न मिला। छिलका, पत्ते, जेंगर, खोइया सुबह होने से पहले ले जाकर नदी में फेंक आना होगा।

सबेरे नौ बजे के करीब पानी बन्द हुआ तो रात के चोर नदी में कटिया लगाने निकल गए। नन्हा मुनुवा भी उनके पीछे-पीछे। थोड़ी देर में पप्पू सिंह की अगुआई में ठकुराने के चार-पाँच लड़के टोले में आए। आते ही लगे गाली देने—कौन साला रात में मेरी शकरकंदी खोद लाया रे? बिस्वा भर आलू। बोझ-भर गन्ना। पाँच बिस्वा मटर। बाप की जागीर समझ लिया है हरामजादो। निकलो बाहर। गाँड़ में डंडा डाल देंगे।

उन लोगों ने एक-एक झोंपड़ी में झाँका। न मटर का एक छिलका, न गन्ने की एक खोइया। —कहाँ घुसेड़ लिया ससुरों ने।

जुगनी को बाल्टी भरकर आते देखा तो वे फिर फूहड-फूहड़ गालियाँ देने लगे।

जुगनी गुर्राई—"रास्ते में खड़े होकर किसे गरियाते हो? जिसको चुराते पकड़ा हो उसके सामने जाकर गरियाओ।"

"चोप्प। चली जाओ छिनरौ नहीं तो यह डंडा देख रही हो कितना मोटा है। नीचे से डालेंगे तो मुँह से निकलेगा।" पप्पू दहाड़ा। बाकी लड़के हँसने लगे।

"मोटा-पतला ले जाकर अपनी बहिन को दिखा। उसके पास डालने की जगह नहीं है क्या? सारा गाँव डाल-डाल कर थक गया। तेरी ही कसर रह गई है।"

जुगनी ने बाल्टी नीचे रख दी और दोनों हाथ कमर पर रखकर मुकाबले के लिए तैयार हो गई।

बहन का प्रसंग आने से पप्पू निष्प्रभ हो गया। नजर बचाकर आगे निकल गया। उसके पीछे सारे लड़के।

बूढ़ा परमेसरी बाहर निकल आया।

"कौन गरियाता है जी?"

"तेरे बाप हैं चोरकट साले। अँगरेजी भूँकता है?" कहने के साथ सोलह-सत्रह

साल के पप्पू ने लपककर पचहत्तर साल के परमेसरी की पीठ पर दनादन दो-तीन डंडे घपघपा दिए।

बूढ़ा बाँ-बाँ चिल्लाने लगा। झोंपड़ियों से पाँच-छह औरतें निकलीं और गारी-सराप देते हुए लड़कों की ओर बढ़ीं तो वे वापस भाग चले। जाते-जाते धमकाते गए—फिर जरा घुसकर देखना। पकड़ पाए तो ऐसा मारेंगे कि 'बिया' मारोगी।

बूढ़ा परमेसरी हाय-हाय करता उन्हें जाते देखता रहा।

चनरी की माँ ने अपने जलाने के लिए बूँदा-बाँदी के पहले कुछ उपले झोंपड़ी के कोने में रख लिये थे। तीन औरतें उपलों से भरी खाँची लेकर बाजार में बेचने निकलीं। बाकी चार उनके साथ। बनियों के घर कुछ न कुछ काम मिल ही जाएगा।

शाम होने के साथ बूँदा-बाँदी फिर शुरू हुई।

एक भुनी शकरकंदी और कौर-भर साग की खिचड़ी खाकर परमेसरी दासू की टूटी झोंपड़ी में एक कथरी बिछाए और दूसरी को ओढ़े चारपाई पर अँधेरे में लेटे हैं। पतोहू सूअर का तेल गरम करके पीठ की चोट पर मालिश कर गई है। एक घूँट दारू और एक रोटी मिल गई होती तो ठंड से लड़ना आसान होता। वे कुछ देर तक हू-हू करके कराहते रहते हैं फिर सूअर के तेल की गर्मी से उनकी पलकें झपक जाती हैं।

क्या देखते हैं कि एक ताजी सिंकी, भाप से फूली हुई गर्म रोटी कटी पतंग की तरह लहराती आसमान से उनकी ओर चली आ रही है। उसकी महक उनके नथुनों में समाने लगी है। वे एक झपट्टे में उसे पकड़ते हैं लेकिन भाप से हाथ जल जाता है और रोटी छूटकर पहिए की तरह दरवाजे की ओर लुढ़कने लगती है।

"ठहर बदमाश।" वे उसे पकड़ने के लिए लपकते हैं और लद्द से जमीन पर गिर पड़ते हैं।

थोड़ी देर तक अँधेरे में कुछ समझ नहीं पाते। फिर उठकर चारपाई पर आते हैं। जरा-सी चूक हो गई नहीं तो ताजा सिंकी रोटी का स्वाद मिल जाता। सपने में ही सही। लेटे-लेटे कोशिश करते हैं कि जितनी जल्दी हो सके फिर नींद आ जाए। फिर रोटी दिखे। लेकिन नहीं आती। निराश होकर उठ बैठते हैं।

कथरी ओढ़े आँखें बन्द किए दुखी मन कुछ देर बिसूरते हैं फिर गुनगुनाने लगते हैं—

दुखवा कै गठरी उठावा परमेसरी
लइ चला धोबिया दुआऽऽर
धोबिया सयनवा तू अस कुछ धोउत्या
कि जागि जातै हमरौ लिलाऽऽर

ऐ परमेसरी! अपने दुखों की गठरी उठाकर धोबी के दुआर पर ले चलो।
ऐ सयाने धोबी भइया, तुम हमारे दुखों को कुछ इस तरह धो डालो कि
हमारी तकदीर भी जग जाय।

जब जीप पक्की सड़क से भट्ठे की कच्ची लीक पर मुड़ी तो गजाधर तखत पर बैठे कल की पथेरी का हिसाब मिला रहे थे। एक नौजवान पथेरे ने चिल्लाकर आगाह किया—"गजाधर काका! कौनो साहेब आवत हैं।"

गजाधर जब तक सावधान हों, जीप भट्ठे पर पहुँच गई। वे कागज-पत्तर हाथ में लिये उठ खड़े हुए—भागें कि न भागें?

पहले बिक्रीकर विभाग की जीप ही भट्ठे पर आती थी। जाँच करने, कि भट्ठा कितने चक्कर चला? कितनी बिक्री हुई? बिक्री के अनुसार टैक्स जमा किया कि नहीं? वे हमेशा असली यानी एक नम्बर के बही-खातों की तलाश में रहते थे। तब भट्ठे पर काम करने वाले हर आदमी को हिदायत रहती थी कि जीप देखते ही फौरन चिल्लाकर बताओ। मुंशी को हिदायत थी कि नगदी का झोला चाहे पकड़ जाय लेकिन खरीद-बिक्री और स्टॉक का असली हिसाब-किताब किसी भी दशा में उन लोगों के हाथ में नहीं पड़ना चाहिए। वरना इतना टैक्स लद जाएगा कि भट्ठा बैठ जाएगा।

तब जीप देखते ही मुंशी बही-बस्ता लेकर सरपट भागता था। अगर पीछा किया गया तो भले सब कुछ लेकर नदी-नाले में कूद जाओ। बह जाने दो, गल जाने दो लेकिन...। पकड़ में आ जाने पर कितने ही मुंशियों को भट्ठा मालिकों द्वारा पेड़ से बाँधकर मारने के किस्से इलाके में मशहूर हैं।

लेकिन तब केवल मुंशी को भागना पड़ता था और भागने के पहले कुछ सोचने की जरूरत नहीं पड़ती थी। फिर ईंट की सरकारी खरीद के लिए पी.डब्लू.डी. और सिंचाई विभाग के अधिकारियों और ठेकेदारों की गाड़ियाँ भी आने लगीं। तब पहचानकर तय करना पड़ता था कि आने वाले का स्वागत करना है या भागना है। फिर आफतकाल माने इमरजेंसी का जमाना आया। तब नसबन्दी की पकड़ के लिए ए.डी.ओ., बी.डी.ओ., तहसीलदार और डिप्टी साहबों की छापामारी शुरू हुई। भट्ठे के लेबर पथेरे आसान शिकार होते थे। तब न दिन देखना था, न रात।

न बूढ़ा न जवान। सभी भागने लगे। जीप भट्ठे की ओर मुड़ी नहीं कि भागो।

फिर वे बातें, किस्सा-कहानी बन गईं। राज बदल गया। हाकिम बदल गए। अब यह जीप...।

जीप के पीछे से उतरने वाले चपरासी ने हाथ के इशारे से गजाधर को बुलाया। गजाधर ने हाथ के कागजों को पास खड़े एक नौजवान झोंकवा को पकड़ाया और कुछ खुसर-पुसर की। झोंकवा लपककर पास की झोंपड़ी में घुसा और एक मोटा लाल बस्ता लेकर पीछे पथेरों की खंती में उतरकर गायब हो गया।

जीप के पास आते हुए गजाधर को लगा कि वे इस चपरासी को कुछ-कुछ पहचान रहे हैं। तब तक जीप के आगे लगे बोर्ड पर नजर गई—तहसीलदार।

तब किस बात का डर! इमरजेंसी के दौरान खुद नायब और तहसीलदार मालिक के पास नसबन्दी का केस माँगने आते थे। ड्राइवर के बगल में बैठा अकेला आदमी कपड़े-लत्ते और चेहरे की चिकनाई से हाकिम जैसा लग रहा था। गजाधर ने उसे नमस्ते किया।

उसने बिना नमस्ते का जवाब दिए पूछा—"भट्ठा मालिक कहाँ हैं?"

"हुजूर, कोयला लाने गए हैं।"

"तुम कौन हो?"

"हुजूर, मुंशी हूँ।"

जीप के अन्दर से किसी ने हाकिम से कुछ कहा। तब हाकिम ने गजाधर से उसका नाम वल्दियत सकूनत पूछा। फिर कहा—"असली भट्ठा मालिक तो तुम्हीं हो।"

"काहे मजाक करते हैं हुजूर।" गजाधर ने फिर हाथ जोड़े।

"जब छत्रधारी नहीं हैं तब तो तुम्हीं मालिक हुए।" जीप के अन्दर बैठे आदमी ने बात सँभाली। गजाधर ने जीप के अन्दर बैठे व्यक्ति को झाँककर देखा। वह इलाके का अमीन था। कभी-कभी बाजार में वसूली के लिए बैठता था। मालिक एक-दो बार उसके पास चावल, दाल, मुर्गा वगैरह भेजवा चुके हैं।

उसी ने फिर कहा—"बाजार में डिप्टी साहब आए हैं। छत्रधारी को बुलाया है। वे नहीं हैं तो तुम्हीं चलकर सुन लो।"

"हुजूर, भट्ठे पर और कोई है नहीं।"

"सुनकर तुरन्त लौट आओ। दिन-भर थोड़े लगेगा।"

दुविधा में पड़े गजाधर के कन्धे पर हाथ रखकर चपरासी उन्हें जीप के पीछे ले गया। गजाधर सीट पर बीच में बैठ गए। उनके दोनों ओर दो लोग बैठे। जीप चल पड़ी।

पूरा बाजार पार हो गया पर जीप नहीं रुकी तो गजाधर घबराए—"हुजूर कहाँ ले चल रहे हैं। बाजार तो पीछे छूट गई।"

कोई कुछ नहीं बोला। गजाधर को लगा कि उनके साथ धोखा हुआ है। घबराए। मन में आया कि चलती गाड़ी से कूद पड़ें। लेकिन उनके हिलते ही उनके बगल बैठे दोनों लोगों ने उनके कन्धे दबा दिए।

क्यों पकड़े जा रहे हैं उसे? कहीं फिर तो जबरिया नसबन्दी नहीं शुरू हो गई? इमरजेंसी के दौरान छत्रधारी के इशारे पर खुद उसने कई लोगों को इसी तरह धोखे से हाकिमों की जीप पर बैठाया था। तब तहसील और ब्लॉक के कर्मचारी छत्रधारी की चिरौरी करते थे—"बाबू साहेब, कहीं से एक ठो केस दिलाइए। तनखाह रुक गई है।"

गजाधर ने बताया—"हुजूर, मेरी कई साल पहले कट चुकी है, चाहें तो निशान देख लें।"

कहने के साथ गजाधर धोती खोलने को उद्यत हुए। हँसते हुए अमीन बोला—"चलो वहीं डिप्टी साहेब को दिखाना।"

भट्ठे का पथेरा गजाधर बहू को बता गया कि गजाधर भइया को नसबन्दी वाले पकड़कर ले गए। गजाधर बहू घबरा गईं। मालिक बाहर गए हैं और टोले का कोई आदमी साथ नहीं देगा। उलटे सब हँस रहे होंगे कि अच्छा हुआ पकड़े गए। सबका मानना है कि उस दौर में टोले के जितने लोगों की जबरिया नसबन्दी हुई थी, उनको पकड़वाने में गजाधर ने ही मुखबिरी की थी। बिरादरी वालों ने तो गजाधर का नाम ही रख दिया था—भिभीखन। पियारे तो मुँह पर ही कहता—'भिभीखन भइया, दो-चार कंबल तुम्हारे हाथ भी लगे कि सब छत्रधारी सिंह ही दबाकर बैठ गए। हो तो एकाध हमें भी दें। जाड़े में काम आएगा।'

बिना असली 'नस' काटे, पहुँच के बल पर फर्जी चीरा लगवाकर मालिक ने अस्पताल के रजिस्टर में नाम चढ़वा दिया था। रात को सोते समय इसकी चर्चा करके जंगू के बाबू कितना हँसते थे। उसके पेट में गुदगुदी लगा-लगा कर हँसाते थे—"देख लिया मेरी चालाकी।" अब सारी चालाकी पकड़ में आ जाएगी।

बहुत देर तक बिसूरने के बाद गजाधर बहू विद्रोही जी के घर जाती हैं। दूसरा है कौन जो आफत-विपत में किसी के साथ खड़ा हो।

विद्रोही जी उन्हें समझाते हैं कि जिस बात के लिए डर रही हो वैसी कोई बात अब नहीं है—"छत्रधारी को खोजते हुए हाकिम आया होगा। वे नहीं मिले तो गजाधर को ले गया। भट्ठे का टैक्स वगैरह बाकी होगा। छत्रधारी आकर छुड़ा लेंगे। जेल नहीं, तहसील की हवालात में ले गए होंगे। पता कर लेना, छत्रधारी

नहीं लौटे रहेंगे तो मैं सबेरे तुम्हें ले चलकर गजाधर से भेंट करवा लाऊँगा।"

जीप सीधे हवालात के सामने रुकी। अमीन और चपरासी ने गजाधर के कन्धे दोनों तरफ से थामे। दूसरे चपरासी ने लोहे की सलाखों वाले फाटक का ताला खोला और गजाधर को अन्दर ठेलकर बन्द कर दिया। मक्खियों के रेले ने भनभनाकर उड़ते हुए गजाधर का स्वागत किया। गजाधर ने मुड़कर पुकारना चाहा—'हुजूर, बात तो सुनी जाय।' लेकिन आवाज उनके मुँह में ही रह गई। जीप आगे बढ़ रही थी।

बहुत नाम सुनते थे 'जेल-हवालात' का। आज वहीं पहुँच गए। गजाधर को लगा, वे रो पड़ेंगे। लगा, पेट से निकलकर ढेर सारा पित्त मुँह में आ जाएगा। चक्कर सा आ रहा है। कै होगी क्या? दोनों हाथों से सलाखों को पकड़कर उन्होंने माथे को सलाखों से टिका दिया। कुछ देर उसी तरह खड़े रहे फिर कमजोरी महसूस हुई तो बैठ गए। पूरे शरीर पर मक्खियाँ छोप उठी थीं लेकिन उन्हें इसका एहसास नहीं हो रहा था।

बड़ी देर बाद उन्होंने सिर उठाकर कोठरी पर एक नजर डाली। फर्श पर धूल ही धूल। एक तरफ पुआल बिछा था। कोठरी के बीचोबीच फर्श पर शायद गन्ने का रस गिरा होगा जिस पर मक्खियाँ भिनभिना रही थीं। पास में ही उबले हुए आलू के छिलकों की छोटी-सी ढेरी थी। दीवार और छत पर लटकते लम्बे काले जाले। ऊपर झरोखे का शीशा टूटा हुआ था। झरोखे में कबूतरों के जोड़े ने अपना घोंसला बनाया था। झरोखे के नीचे फर्श पर तिनके, पंख और कबूतरों की बीट गिरी हुई थी। बीट और पेशाब की मिली-जुली बदबू से साँस लेना मुश्किल हो रहा था। कमरे के दाहिने कोने पर दीवार और फर्श की सन्धि पर एक छेद था। इस कोने का उपयोग पेशाब करने के लिए किया जा रहा था। बदबू इसी कोने से उठ रही थी। गजाधर ने थोड़ा-सा पुआल झाड़कर गेट के सामने बिछाया और बदबू से बचने के लिए गेट की ओर मुँह करके बैठ गए। कबूतरों का जोड़ा अभी तक उन्हें चुपचाप देख रहा था। अब वह भी गुटरगूँ करने लगा।

सामने नीम के तने से पूँछ उछालती चट-चट करती गिलहरी नीचे उतरकर जमीन से कुछ ढूँढ़कर खाती और ऊपर की डाल पर बैठा एक कौआ उस पर झपट्टा मारने के अन्दाज में उतरता तो चटचटाती हुई नीम के पेड़ पर चढ़ जाती। गजाधर बार-बार दुहराई जा रही यह क्रिया देखते रहे। फिर उनकी नजर कोठरी की

सामने वाली दीवार पर गई। ईंट के टुकड़े या गेरू से कुछ लिखा हुआ था। पढ़ने के लिए वे उठकर पास गए। —नरकबास में तीन दिन। फिर तीन को काटकर उसके आगे चार और चार को भी काटकर पाँच लिखा था। यानी उनकी तरह कोई और यहाँ पाँच दिन बन्द था।

उन्हें अपना सिर भारी होता लगा। जान गए कि यह बीड़ी की 'तलब' है। याद आने के साथ बेचैनी बढ़ने लगी। सामने सड़क पर इक्का-दुक्का पैदल जाने वाले दिखाई पड़ जाते थे। बीड़ी माँगने के लिए उन्होंने एक-दो बार आवाज लगाई—ए भइया। हे भाय! पर आवाज देना निष्फल रहा। भूख और प्यास दोनों लग आई थीं। सबेरे एक लिट्टी खाकर एक लोटा पानी पी लिये थे। तब से मुँह में न एक दाना अन्न गया था न एक बूँद पानी। भूख-प्यास और बीड़ी की तलब भूलने के लिए वे दोनों पैर सिकोड़कर पुआल पर लेट गए और अँगोछा ओढ़ लिया। थोड़ी देर में आँख लग गई।

जगे तो अँधेरा हो गया था। मच्छरों की भनभनाहट बढ़ गई थी। वे कान में गा-गाकर काट रहे थे। बड़ी देर बाद एक हाथ में टॉर्च और दूसरे हाथ में एल्यूमीनियम का लोटा लेकर चपरासी आया। एक जेब से लाई-चने का लिफाफा और दूसरे से काँच का एक गिलास निकालकर गजाधर को पकड़ाते हुए बोला—"तुम्हारे घर से कोई खोज-खबर लेने नहीं आया? अपने खाने-पीने का खर्चा भी सरकार के जिम्मे डालोगे? लोटा तो तुम्हें छुवा नहीं सकते। गिलास पकड़ो तो मैं ऊपर से पानी डाल दूँ, पी लो।"

वह जाने को मुड़ा तो गजाधर ने पूछा—"भइया हमें किस वजह से पकड़कर लाए हो? कब तक यहाँ बन्द रखोगे?"

"भट्ठे का बकाया नहीं जमा और किसलिए?"

"भट्ठा तो छत्रधारी का है। हम तो नौकर हैं।"

"कौन मालिक है, कौन नौकर है यह तो तुम्हीं दोनों लोग जानो।" चपरासी ने गोलमोल बात की। —"बाकी, छूटोगे तभी जब बकाया टैक्स जमा हो जाएगा।"

चपरासी जाने लगा तो गजाधर ने कहा—"भइया बीड़ी की तलब लगी है।"

"बीड़ी पीकर कहोगे झाड़े फिरना है।"

"फिरना तो है भइया। दोनों जून जाने की आदत है।"

"दोनों जून जाने का नियम नहीं है। सबेरे एक जून दिशा-मैदान के लिए निकाला जाएगा जब दो लोग मौके पर रहेंगे। अभी रात-भर दबाकर बैठे रहो।" कहने के साथ वह आगे बढ़ गया।

सबेरे पहर दिन चढ़े गजाधर ने सफेद कुर्ता-धोती पहने लहीम-सहीम छह फुटे

विद्रोही जी को आते हुए दूर से देख लिया था। पीछे-पीछे जंगबहादुर की अम्मा थीं। उस समय तक गजाधर दिशा-मैदान से निबट चुके थे।

"इज्जत चली गई भइया।" गजाधर ने सलाखों के पीछे से विद्रोही जी की ओर देखते हुए कहा। कहने के साथ ही उनकी आँखें डबडबा गईं।

"कौनो मेहरारू हो का जो इज्जत चली जाएगी।"

गजाधर को सलाखों के पीछे बन्द देखकर गजाधर बहू रोने लगीं। उनकी कल्पना में था कि गजाधर को खूब मार पड़ी होगी। हाय-हाय करते पड़े होंगे। रोने के साथ वे गजाधर के शरीर के घावों को देख लेना चाहती थीं। घावों पर लेप करने के लिए वे एक शीशी में सरसों के तेल में हल्दी पकाकर लाई थीं। बोधा भाई शायद चपरासी को बोलते हुए आए थे। वह एक बाल्टी, मग और झाड़ू लेकर आ गया। हवालात का ताला खोलते हुए कहा—"सामने हैंडपम्प पर नहा सकते हो। बस भागने की मत सोचना।" गजाधर बाहर निकले तो विद्रोही जी ने गजाधर बहू से कहा कि पुआल एक कोने में करके कोठरी में झाड़ू लगा दें। गजाधर बहू कोठरी की सफाई में जुट गईं। झाड़ू लगाने और जाले साफ करने के बाद बाल्टी से पानी ढो-ढोकर पूरी कोठरी धो-पोंछकर साफ कर दी।"

नहा-धोकर कपड़े बदलकर गजाधर कोठरी के फर्श पर बैठकर घर से लाई गई रोटी और कोंहड़े की सब्जी खाने लगे तो गजाधर बहू की आँखें तृप्त हुईं।

चपरासी भी खुश था। ऐसी पकड़ आती रहे जिसकी जनाना आकर हवालात की साफ-सफाई कर दे तो इससे अच्छा क्या है।

गजाधर ने देख लिया—छत्रधारी से कम रोबदाब नहीं है यहाँ विद्रोही भैया का। जो चपरासी शाम को दिशा-मैदान ले जाने के लिए तैयार नहीं था उसी ने विद्रोही जी के कहने से हैंडपम्प पर नहाने की छूट दे दी।

"चपरासी कह रहा था कि बकाया जमा होगा तब छोड़ेंगे। हमसे बकाया का क्या मतलब?"

"ऐसा नहीं है गजाधर। मैंने अमीन से आर.सी. लेकर पढ़ा है। उसमें 'राना ईंट भट्ठा' फर्म के मालिक का नाम गजाधर पुत्र परसादी दर्ज है। इसका मतलब छत्रधारी ने कागजों में भट्ठे का मालिकाना तुम्हारे नाम दर्ज कराया है। चार साल का बकाया छप्पन हजार रुपये।"

"ऐसा क्यों?"

"टैक्स नहीं जमा करना चाहते होंगे। बकाया निकलने पर मालिक के तौर पर तुम पकड़े जाओ वे बचे रहें, इसलिए। तुमको और सरकार, दोनों को धोखा देना चाहते होंगे।"

गजाधर की समझ में कुछ नहीं आया।

विद्रोही जी ने फिर समझाया—"छत्रधारी आवैं। बकाया जमा करें और तुम्हें छुड़ावैं। फिर किसी दिन सेलटैक्स के दफ्तर में जाकर सही बात का पता लगाओ। सिर्फ छत्रधारी की बात पर यकीन करके मत बैठ जाना। मामला गम्भीर है। बकाया नहीं जमा होगा तो तुम्हारे ही घर की कुर्की होगी।"

विद्रोही जी के जाने के घंटे-भर बाद ही छत्रधारी सिंह आ गए। वे गजाधर के लिए नई धोती और गंजी लाए थे। उन्होंने हवालात के अन्दर एक चटाई के साथ नया घड़ा और गिलास रखवाया। सामने के ढाबा मालिक के पास छह वक्त के खाने का एडवांस जमा करके कह दिया कि सबेरे का चाय-नाश्ता और सुबह-शाम का खाना समय पर पहुँचाता रहे। नाई बुलाकर दाढ़ी-मूँछ बनवा दी और चपरासी से कह दिया कि सुबह-शाम दोनों टाइम समय से दिशा-मैदान कराता रहे। छह बंडल बीड़ी, सौ ग्राम खैनी, दो माचिस और एक चुनौटी गजाधर के हाथ पर रखकर कहा कि कहीं कुछ लिखा-पढ़ी की गड़बड़ी हुई होगी। एक-दो दिन में कागज-पत्तर दुरुस्त करवाकर बाहर ले चलेंगे।

गजाधर बहू से बोले—"तुम यहाँ क्यों दौड़ी आईं? बुधइया के पास रोने-जाने की क्या जरूरत थी? हम लौटकर न आते क्या? घर चलो। शाम को बखरी पर आकर महीने-भर का राशन ले जाना। ये दो-तीन दिन में आएँगे। इसमें रोने-गाने की क्या बात?"

गजाधर का आठ साल का बेटा जंगू अपनी माँ के साथ मालिक के घर से गेहूँ-चावल की गठरी सिर पर लादकर लौटते हुए खुश है कि आज गेहूँ की रोटी खाने को मिलेगी। इससे भी ज्यादा इस बात से खुश है कि उसकी हमजोली शकुन्तला ने उसे बुलाकर तीन 'कम्पट' दिए। नारंगी रंग की खटमिट्ठी गोलियाँ। गजब का स्वाद है।

उसके बप्पा सरकार के घर में बन्द हैं। कहलाया है—बीस तक पहाड़ा पूरा याद कर लेना। लौटकर सुनूँगा।

वह मन-ही-मन पहाड़ा दोहराने लगा। कब तक पूरा याद होगा? कब लौटेंगे बप्पा? कल ही न लौट आवैं!

विद्रोही जी बैलों को लेकर खेत की ओर निकलने ही वाले थे कि सन्देशवाहक ने बहन का सन्देश दिया—"तुरन्त आओ। छोटू को पुलिस पकड़ ले गई है। तुम्हारे जीजा दो दिन पहले बैल खरीदने निकले हैं।"

विद्रोही जी जाने की तैयारी करने लगे तो विद्रोही बहू को अच्छा नहीं लगा। पूरे गाँव की धान की बेरन पड़ गई। आज उनकी पड़ने वाली थी तो यह अड़ंगा!

विद्रोही जी ने उन्हें समझाया—"बहन की पुकार पर भाई दौड़कर नहीं जाएगा तो कौन जाएगा? नाते-रिश्तेदार और होते किस दिन के लिए हैं?"

क्या पता चालान हो जाए तो जमानत लेने की जरूरत पड़ सकती है, यह सोचकर खतौनी की नकल जेब में डाली। पत्नी से कहा कि सौ-पचास रुपये हों तो दे दो।

थाने पर पता चला कि बहन के गाँव के पाँच लड़कों को यूरिया खाद लूटने के आरोप में पकड़ा गया है। हीरा सेठ ने खाद लूटने की रिपोर्ट लिखाई है। जो खाद कल रात लड़के बाजार से खरीदकर लाए थे उसे भी पुलिस उठा लाई है।

लड़कों की लगातार माँग पर थोड़ी देर पहले उन्हें हथकड़ी पहनाकर बारी-बारी थाने के पीछे बोये गए मक्के के खेत में शौच करा दिया गया था। अब वे बाजार से लाया गया लाई-चना हवालात के फर्श पर बैठकर चबा रहे थे।

थाना इंचार्ज बारह बजे अपनी कुर्सी पर बैठा तो सब उसकी हुजूरी में पेश हुए।

इंचार्ज हड़काने लगा—"कैसे गार्जियन हैं आप लोग कि पढ़ाने-लिखाने की उम्र में बच्चों को लूटमार करना सिखा रहे हैं।"

"नहीं साहब, कुछ गलतफहमी हुई है। ए बच्चे बी.ए., एम.ए. कर रहे हैं। लूटमार क्यों करेंगे?"

"लूट का माल बरामद होने के बाद भी ऐसी बात? फिर ए यूरिया की बोरियाँ जो तुम लोगों के घर से बरामद हुई हैं, कैसे तुम लोगों के घर पहुँचीं?"

"बरामद होना सही है लेकिन लूटा जाना सही नहीं है।"

"आधी रात को पाँचों लड़के गिरोह बनाकर सेठ की गोदाम पर पहुँचे, यह सच है कि झूठ?"

"सच है, लेकिन..."

"जितना पूछा जाए उतना बताइए। गोदाम के बाहर खड़ी मेटाडोर के ड्राइवर से गाड़ी की चाभी छीनी, यह सच है कि झूठ?"

"छीनी साहब, लेकिन इसकी वजह..."

"वजह तो साफ है। चौकीदार को धमकाकर गोदाम खोलवाया कि नहीं? बीस बोरी यूरिया पल्लेदारों को धमकाकर मेटाडोर पर लादकर भागे कि नहीं? अभी तो

दस बोरी ही बरामद हुआ है। बाकी दस किसको बेचा यह अभी पुलिसिया हाथ पड़ते ही बकुर देंगे।"

पुलिसिया हाथ की धमकी सुनकर जनार्दन मास्टर उबल पड़ते हैं। वे उत्तेजना से हकलाते हुए कहते हैं—"झूठ का पहाड़ मत खड़ा करिए दारोगा जी। यह यूरिया नगद खरीदी गई है। लुटेरा और ब्लैकिया तुम्हारा वह हीरा सेठ है। सारी दुनिया को पता है।"

"मुझे नहीं पता कि कौन ब्लैकिया है, कौन शरीफ।"

"हिस्सा मिलता है तो क्यों पता होगा। एक दूध के धुले तुम, एक दूध का धुला हिरवा। और हिरवा जिसको कह दे वही लुटेरा।"

"अरे, इतनी गर्मी चढ़ गई तेरी खोपड़ी में बुड्ढे," वह कुर्सी से उठकर खड़ा हो जाता है। थाने के क्वार्टरों से सात-आठ सिपाही बाहर निकल आए हैं। कोई लुंगी-बनियान में, कोई सिर्फ जाँघिये में, कोई शर्ट की बटन बन्द करते हुए। बात बिगड़ती देख बोड़ी पंडित बात का सूत्र अपने हाथ में ले लेते हैं—"मैं बताता हूँ दारोगा जी, क्या है असली बात।" वे थाना इंचार्ज के थोड़ा पास पहुँच जाते हैं—"इस समय खुले बाजार में खाद की कितनी किल्लत चल रही है यह किसी से छिपा नहीं है। दस दिन में धान की लगवाही शुरू होने वाली है। हीरा सेठ ही बाजार में अकेला खाद का लाइसेंसी है। वह सौ बोरी बाँटता है तो चार सौ ब्लैक करता है। कल खाद बँटने की सूचना पर हमारे लड़के भी सबेरे सात बजे से उसकी गोदाम पर लाइन में लगे। पाँच बजे तक डेढ़-पौने दो सौ बोरियाँ ही बँट पाईं और बोला—'अब कल बँटेगी।' पचास बोरी और बँट जाती तो हमारा भी नम्बर आ जाता। जो दो सिपाही खाद बँटवाने की ड्यूटी पर लगे थे वे दोपहर से ही गायब हो गए थे।"

थाना इंचार्ज को ध्यान से सुनते देखकर नरपत लम्बरदार बात का सिरा अपने हाथ में ले लेते हैं—"बाँटना बन्द होते ही सबकी समझ में आ गया कि अब हीरा सेठ का कल कभी नहीं आने वाला। बाकी बची बोरियाँ कहीं और ले जाकर ब्लैक में बेची जाएँगी। इसलिए हमारे लड़कों ने तय किया कि खाना-पीना करके रात दस बजे से गोदाम पर पहरा दिया जाए ताकि बोरियाँ गायब न की जा सकें और सबेरे पाँच बजे से ही लाइन लगा ली जाए। ये लोग सामने की झाड़ियों में छिपकर बैठ गए।"

"और वही हुआ।" पूर्व ग्रामप्रधान जैकरन यादव बोल पड़ते हैं—"ठीक बारह बजे गोदाम का शटर खुला। मेटाडोर पहले ही गोदाम के सामने लाकर खड़ी की गई थी। गली के खम्भे पर लाइट जल रही थी। पल्लेदारों ने मेटाडोर में बोरियाँ

लादनी शुरू कीं तो लड़के पहुँच गए। शोर मचाने लगे—'हीरा चोर बाहर आओ।' चौकीदार शटर गिराने लगा तो लड़कों ने उससे चाभी छीन ली। ड्राइवर मेटाडोर स्टार्ट करने लगा तो उससे मेटाडोर की चाभी छीन ली।"

"यही तो गलत किया। जब ब्लैक की आशंका थी तो पुलिस को विश्वास में लेते। वहीं बाजार में दो सिपाही गस्त करते हैं रात-भर। मौके पर पुलिस भी साथ रहती। थाने पर भी खबर हो जाती।"

"क्या बात करते हैं साहब। पुलिस को तो तब विश्वास में लेते जब पुलिस का विश्वास होता। आप क्या समझते हैं कि अगर आपके सिपाहियों को हमारी इस्कीम का पता चल जाता तो वे पहले हीरा सेठ को सावधान करते कि आपको सूचना देने आते?"

"तो मेटाडोर की चाभी छीनी और स्टार्ट करके भागे?"

"अरे, इनमें से तो किसी को मेटाडोर चलाना भी नहीं आता। भागते कैसे और क्यों? हुआ यह कि हल्ला-गुल्ला बढ़ गया तो आसपास के लोग आ गए। सेठ खुद आ गया। उसने लोगों को समझा दिया कि अहिबरनपुर के लफंगे हैं। बवाल करके फिरी में खाद लेना चाहते हैं। सब व्यापारी ही तो बसते हैं बाजार में। चोर-चोर मौसेरे भाई। सेठ का इशारा समझकर वे लड़कों को ही बुरा-भला कहते हुए लौट गए। लड़कों ने तो कालाबाजारी रोकने का काम किया जो पुलिस को करना चाहिए और आपने उलटे उन्हीं लड़कों को पकड़कर हवालात में डाल दिया।"

"तो आप लोगों के घर से बोरियाँ कैसे बरामद हुईं?"

"मैं बताता हूँ साहब। लड़के जोर देने लगे कि जितनी बोरियाँ बची हैं, इसी समय बाँटना शुरू करो। सेठ बोला—'तुम लोगों को जितनी जरूरत हो ले जाओ। एक के बजाय दो बोरी ले जाओ। बाकी सबको सबेरे बाँट देंगे।' लड़के मान गए। उनके पास एक-एक बोरी खरीदने भर के पैसे थे। एक लड़का गाँव आकर सबके घर से दूसरी बोरी का दाम ले गया। नगद दाम देकर खरीदे हैं साहब और अपनी-अपनी साइकिलों पर लादकर लाए हैं।"

"दाम देकर खरीदा है तो खरीद का कैश मेमो दिखाइए। हीरा सेठ ने तो दो बजे रात में यही तहरीर दी कि अहिबरनपुर के फलाँ-फलाँ लड़के गैंग बनाकर आए। मेटाडोर के ड्राइवर और गोदाम के चौकीदार के हाथ-पैर बाँधे, गोदाम और मेटाडोर की चाभियाँ छीनीं और खाद लूटकर ले गए।"

"लड़कों ने बताया कि सेठ ने नाम वल्दियत और पता पूछकर अपनी डायरी में नोट किया था। कहा था कि सबेरे मुनीम आएगा तो पर्ची काटकर स्टॉक रजिस्टर में दर्ज करेगा। रात में न सेठ ने पर्ची काटी न उन लोगों ने पर्ची के लिए जोर डाला।

दाम नकद दे ही चुके थे। पर्ची का क्या अचार डालना था!"

"यही तो पेच फँस रहा है। खरीदा है तो खरीदने का सबूत चाहिए। सेठ ने लूट का केस दर्ज कराया है। मौके पर माल बरामद हुआ है। सीधे-सीधे दफा 392/411 का केस बन गया है। खाद इसेंसियल कमोडिटी है।"

थानेदार कुर्सी से उठते हुए बोला—"इन लड़कों की क्राइम हिस्ट्री पुरानी है। सेठ ने लिखकर दिया है कि इन्हीं लड़कों ने पिछले साल भी उसकी दुकान पर बवाल किया था। सही है कि गलत?"

"अरे साहब, उसे बवाल कहेंगे? हाँ, शिकायत करने जरूर गए थे। हमारे लड़के ही नहीं, आसपास के गाँव के पचासों लोग। सेठ ने नकली डाई बेंची थी। बोरी में डाई के साथ उड़द के आकार के पत्थर के गोल दाने मिलाए गए थे। सबसे महँगी खाद होती है डाई। उसके बदले नगद खरीदकर हमने अपने खेत में पत्थर बोये थे। उपजाऊ करने की कौन कहे हमने अपने खेतों को पथरीला बना लिया उसकी मिलावटी खाद डालकर। उस समय सेठ के खिलाफ थाने पर भी शिकायत की गई थी। कृषि विभाग में भी लिखकर दिया गया। उस नकली खाद का नमूना लिया गया था। एक दिन अखबार में पढ़ा कि अभी लेबोरेटरी से उस नमूने की जाँच रिपोर्ट ही नहीं आई। मौके पर जो दो-चार गालियाँ और दो-चार थप्पड़ हीरा को पब्लिक से मिले वही उसकी सजा हुई।"

"एक बात बताइए, क्या हीरा सेठ ने अपने घर में खाद बनाने का कारखाना लगा रखा है? वह वही माल तो बेचेगा जो उसे फैक्टरी से मिलेगा। रात में वह इसी बात का तो रोना रो रहा था कि गलत माल फैक्टरी वाले भेजते हैं और परेशान खुदरा व्यापारी होता है। सैम्पल खुदरा दुकान से भरा जाता है। एफ.आई. आर. खुदरा दुकानदार के खिलाफ लिखी जाती है। चोर खुदरा व्यापारी को कहा जाता है। गलती बड़ी मछलियाँ करती हैं, फँसाया छोटी मछलियों को जाता है।"

"लेकिन हम बड़ी मछलियाँ पकड़ने कहाँ जाएँ दारोगा जी। जिससे खरीदा है उसी को तो पकड़ेंगे।"

"बड़ी मछलियों को तुम तो क्या, कोई भी नहीं पकड़ सकता।" दारोगा आप्त वचन बोलने लगा—"अंग्रेज ठंडे मुल्क के रहने वाले थे। उन्होंने ठंडे दिमाग से जो कानून इंडिया के लिए बनाया वह इंडिया जैसे गरम मुल्क में उलटी तासीर देता है। यहाँ बड़ी मछलियाँ ऐसे कानून का जाल एक झटके में फाड़ती हैं और वापस पानी में कूद जाती हैं। फँसती हैं छोटी मछलियाँ। वे जाल में उलझकर रह जाती हैं। इन छोटी मछलियों का दुख मुझसे देखा नहीं जाता। अफसोस की बात यह है कि हमारे हलके में सब की सब छोटी मछलियाँ हैं। बड़ी मछलियाँ तो यहाँ

सूँघने को भी नहीं मिलतीं।" दारोगा के स्वर में निर्वेद आ गया। बोला—"जाइए, जमानत का इन्तजाम करिए। सबेरे चालान कर दूँगा।"

सबका मन छोटा हो गया। बनिये ने कागज से मार दिया। फुसलाकर हरामजादे ने नाम-पता नोट कर लिया था।

तभी द्वारका यादव के एक परिचित पत्रकार की मोटरसाइकिल थाने के परिसर में घुसी। द्वारिका लपककर उसके पास गए और सारा घटनाक्रम बताकर कहा—"किसी तरह यहीं से मामला सलटा दीजिए भइया। जेल न जाना पड़े। एक लड़के का तो कल रेलवे का इम्तहान है। बड़ी तैयारी किया है बेचारे ने।"

पत्रकार ने तनिक हिचकिचाते हुए इंचार्ज के क्वार्टर का दरवाजा खटखटाया और भीतर प्रवेश कर गया। गया तो अन्दर का ही होकर रह गया। घंटे-भर बाद निकला तो सबको फाटक के पास लाकर समझाने लगा—"आप लोगों का मामला टेढ़ा फँस गया है। हीरा सेठ को आप लोगों ने बाजार का मामूली बनिया समझ लिया। वह शराब माफिया अनन्तराम सेठ का समधी है। दारोगा अगर कुछ ले-देकर छोड़ देगा तो कल तक खुद उसी की रवानगी पुलिस लाइन के लिए हो जाएगी। आप तो जानते ही हैं कि पूरी सरकार ही शराब और खनन माफिया के चलाए चल रही है। जाइए, लड़कों के लिए खाना-पानी भेजवाइए। कल कोर्ट से छुड़ाइएगा।"

सबका मुँह लटक गया। एक मुट्ठी लाई के अलावा सबेरे से किसी के मुँह में कुछ गया नहीं था।

तय हुआ कि वकील की फीस तथा जमानतदारों के नाम-पते और प्रॉपर्टी के सबूत लेकर वकील के घर कल नौ बजे हाजिर होना है। अगर वह किसी दूसरे केस में उलझ गया तो जमानत के पेपर तैयार होने में शाम हो जाएगी।

लेकिन सारी जल्दबाजी बेकार गई। थाने से एफ.आई.आर. की कॉपी ही एक बजे दिन में मिली, जब मुल्जिमों का चालान कटा। खसरा-खतौनी की नकलें लेते-लेते दो बज गए।

सब वकील के पीछे-पीछे घूम रहे थे। सबका जोर था कि जैसे भी हो आज जमानत करा लेनी है। बच्चों को जेल जाने की नौबत नहीं आनी चाहिए। हमेशा के लिए दाग लग जाएगा।

पाँच बजे के करीब केस के सुनवाई पर आने की उम्मीद बनी तो वकील ने पूछा—"हर हाल में आज ही जमानत चाहिए?"

"बिलकुल। हर हाल में।"

"किसी भी कीमत पर?"

"क्या मतलब? कीमत तो हम दे ही चुके। पाँच हजार, एडवांस में।"

"अरे वह तो मेरी फीस हुई, मुकदमा दाखिल करने की, बहस करने की। लेकिन अगर विपक्ष के वकील ने बहस में कह दिया कि हुजूर, ए पुराने क्रिमिनल लगते हैं। जमानत पर विचार करने के पहले थाने से इनकी क्रिमिनल हिस्ट्री मँगा ली जाए, तो मामले में तारीख पड़ सकती है।"

"ऐं!" यह नई मुसीबत। —"तो फिर!"

"इसीलिए पूछ रहे हैं। आज ही श्योर शाट जमानत चाहिए तो सेंटिग करनी पड़ेगी। उसके लिए अलग से खर्च करना पड़ेगा।"

"किससे सेटिंग करनी पड़ेगी? विपक्षी वकील से, कि जज से?"

"उतनी दूर तक क्यों जा रहे हैं? आम खाने से मतलब कि पेड़ गिनने से?"

सब सोच में पड़ गए। जिसने सुना उसने कहा कि खड़े-खड़े जमानत हो जानी है, तुरन्त। सेटिंग का क्या मतलब? समझ में आ गया कि वकील और पैसा फूसने के लिए लासा फेंक रहा है। वे सेटिंग करना भी चाहें तो नहीं कर सकते। किसी की जेब में सौ-दो सौ से ज्यादा नहीं बचे होंगे।

तब तक पुकार हो गई।

सबने कहा—"आप जोर लगाकर बहस करिए वकील साहब। बाकी जैसी इन बच्चों की तकदीर।"

और वही हुआ। जज ने थाने से क्रिमिनल हिस्ट्री मँगवाने का आदेश करके पाँच दिन आगे की तारीख दे दी। यानी आज जेल जाना पक्का। लड़कों का चेहरा देखकर लग रहा था जैसे फाँसी की सजा सुना दी गई हो।

छत्रधारी चौथे दिन गजाधर को छुड़ा लाए। रास्ते-भर उसे समझाते रहे—"टैक्स मेरे नाम पर चढ़े या तुम्हारे नाम पर, क्या फर्क पड़ता है। तुम्हारे पास है क्या जो कोई तुमसे वसूलेगा। बकाया दस-पाँच साल पड़ा रहेगा फिर 'ज्वाइंट इन्क्वायरी' में चला जाएगा। 'राइट ऑफ' हो जाएगा। जो न देना चाहे उससे कोई कैसे ले लेगा? सरकारी टैक्स देना कोई धर्मादे का काम तो है नहीं। यह तो सरकारी गुंडा टैक्स है।—सरकारी गुंडई का नमूना बताएँ?...सोना-चाँदी की खरीद-बिक्री पैसे वाला करता है तो उसकी बुलियन पर सरकार टैक्स वसूलती है, एक रुपया सैकड़ा और ईंट के रोजगार से गरीब देहाती मजदूर की रोजी-रोटी चलती है

तो उस पर सरकार टैक्स वसूलती है, आठ रुपया सैकड़ा। अमीर की तुलना में गरीब से आठ गुना ज्यादा। यह गुंडई नहीं तो और क्या है? तो छत्रधारी गुंडा टैक्स देंगे?"

गजाधर को पता है कि मालिक के हाथ-पाँव बहुत लम्बे हैं लेकिन मलिकाना में उनका नाम डालना तो ठीक नहीं हुआ। इनकी मंशा अभी भी टैक्स जमा करने की नहीं दिखती। यानी फिर उन्हीं को पकड़ा जाएगा। उन्हें सबसे ज्यादा डर अपने एक बीघा खेत को लेकर है।

पन्द्रह साल तक मुंशियाना करके, पाई-पाई जोड़कर उन्होंने एक खेत खरीदा है। उनका खेत नीलाम हो सकता है। अभी तो खेत खरीदने की बात किसी को पता भी नहीं है। संतू बनिया का वही खेत वह सात-आठ साल से बटाई पर जोतते थे। उसी को खरीद लिया। संतू से हाथ जोड़कर कहा कि खरीदने की बात वह अपने तक ही रखें। ऊँची जाति के लोगों को उसका खेत खरीदना फूटी आँख नहीं सुहाएगा। वह पहले की तरह जोतते-बोते रहेंगे, किसी को पता नहीं चलेगा। पेट काटकर खरीदा गया खेत छत्रधारी के पिचाल की भेंट तो नहीं चढ़ जाएगा?

पत्नी का कहना है—जितनी जल्दी हो सके, इस जालिया की संगत छोड़ दीजिए।

लेकिन भट्ठे का काम क्या इतनी आसानी से छोड़ा जा सकता है? छत्रधारी सिंह ने गुजारे के लिए दो बीघा खेत दिया है। एक महीने बाद खेत में तीन-चार बोरा अनाज मिलेगा। अभी काम छोड़ दिया तो इस अनाज से हाथ धो लेना होगा। चार प्राणी का पेट भरना है। कैसे होगा? फिर काम छोड़ते ही यह आदमी दुश्मनी ठान लेगा। जालिम आदमी है। जीने नहीं देगा।

भट्ठे से लौटकर वे देर रात छिपकर विद्रोही जी के घर जाते हैं। चाहते हैं कि विद्रोही जी साथ चलकर सेलटैक्स के दफ्तर से कागज-पत्तर की जाँच कराकर उनकी बचत का कोई रास्ता निकालें।

गजाधर के जाने के बाद बोधा बहू विद्रोही जी के सिर में तेल मालिश करते हुए उन्हें सावधान करती हैं—"यह मत सोचिए कि जिस आदमी के लिए आप गाँव के ठाकुर से वैर मोल लेने जा रहे हैं वह मौके पर आपके साथ खड़ा होगा। जरूरत पड़ने पर कटी उँगली पर मूतने भी नहीं आएगा।"

विद्रोही जी मानते हैं कि वे सही कह रही हैं लेकिन जब कोई मदद के लिए पुकार रहा है तो वे पीठ कैसे फेर लें!

वे समझाते हैं—"जैसे दोस्ती को जतन से पोसा जाता है वैसे ही किसी-किसी दुश्मनी को भी पोसना चाहिए। सारा इलाका छत्रधारी सिंह को बेईमान और जालिया मानता है। उनसे तनातनी रखने पर इलाके में इज्जत बढ़ेगी। वे हमारे 'नेचुरल एनिमी' हैं। कभी दोस्त नहीं बन सकते। मौका आने पर दाँव दे देंगे। देखती नहीं हो, गजाधर

कब से उनकी गाँड़ धो रहा है लेकिन खुद को बचाने के लिए उसे डस लिया कि नहीं। इसलिए उनके साथ तनातनी फायदेमन्द रहेगी, दोस्ती नुकसान करेगी।"

बोधा बहू अपने आदमी को बहुत समझदार नहीं मानतीं लेकिन यह बात उन्हें भी जँच रही है। खासकर 'नेचुरल एनिमी' शब्द जो उनकी समझ में बिलकुल नहीं आया, उन्हें प्रभावित कर गया है।

विद्रोही गजाधर की मदद करने के लिए राजी हो गए।

गजाधर सारी कार्यवाही छत्रधारी सिंह से छिपाकर करना चाहते हैं और शहर जाने के लिए छुट्टी भी उन्हीं से लेना है। बहुत सोचने-विचारने पर उन्हें एक कारगर बहाना सूझा। उन्होंने छत्रधारी सिंह से कहा कि किले के हनुमान मन्दिर पर रोट चढ़ाने जाना है। जब हवालात में बन्द थे तो मानता माना था कि हनुमान सामी मुझे इस कालकोठरी से मुक्त करिए तो मैं आपको तीन मंगल रोट चढ़ाऊँगा।

गजाधर जानते थे कि हनुमान जी को रोट चढ़ाने के नाम पर माँगी गई छुट्टी देने से छत्रधारी इनकार नहीं कर सकते। इस तरह उन्होंने एक ही बार में तीन-तीन मंगल की छुट्टी का इन्तजाम कर लिया। तय हुआ कि दोनों लोग गाँव से अलग-अलग निकलेंगे और शहर के बड़े चौराहे पर मिलकर वकील के घर चलेंगे।

शहर आते-जाते विद्रोही जी ने एक मकान के बाहर 'एडवोकेट सेल्स टैक्स इनकम टैक्स' का बोर्ड लगा देखा है। वकील घर पर मिल गए। विद्रोही जी ने विस्तार से सारी बात बताई। वकील साहब ने कहा—"ऐसे मामले होते रहते हैं। घबड़ाने की बात नहीं। फाइलों का मुआयना करने के बाद पता चलेगा कि सही पोजीशन क्या है?"

"बहुत गरीब आदमी हूँ साहेब। फर्जी फँसा दिया गया हूँ।" गजाधर ने रोनी सूरत बनाकर कहा।

"गरीब आदमी हो तो मुकदमा लड़ने क्यों निकले हो?" वकील ने मुस्कराते हुए उनकी ओर देखा। फिर बोले—"फँसाया तो हमेशा गरीब और सीधा आदमी ही जाता है। वैसे कितनी चल-अचल सम्पत्ति है तुम्हारे पास।" गजाधर की ओर देखते हुए पूछा वकील ने। लगता है गजाधर समझ नहीं सके।

"मतलब कितनी खेती-बारी, बाग-बगीचे हैं?"

"खेती-बारी तो एक धूर नहीं है साहेब। मुंशीगीरी करके बच्चे पाल रहा हूँ।"

वकील साहेब हँसे—"तब क्यों डरते हो? कोई तुम्हारा क्या बिगाड़ लेगा? भट्ठा मालिक से मोटी रकम वसूलो और साल में एक बार चौदह दिन के लिए हवालात में बन्द हो जाया करो।"

"अरे नहीं साहब। लाख रुपये की इज्जत तो है।"

वकील साहेब फिर हँसे—"हो हो हो! लाख रुपये की?"

"अरे साहब, इज्जत तो बराबर ही होती है। गरीब की हो, चाहे अमीर की।"

"अच्छा?" वकील साहब फिर हँसे। इस बार गजाधर और विद्रोही जी भी मुस्कराए।

दोनों लोग मान गए कि काफी दिलखुश आदमी हैं वकील साहब।

"चलिए, ऑफिस चलकर फाइल का मुआयना कर लेते हैं। मुआयने और ऑफिस खर्चे की फीस दो सौ निकालिए।"

गजाधर तो दफ्तर जाने के नाम पर घबड़ा रहे थे। वहाँ फिर कोई पकड़-धकड़ न होने लगे। लेकिन विद्रोही जी साथ चलने को तैयार हो गए—'दफ्तर की दुनिया भी देख ली जाए।'

गजाधर ने जेब की डायरी से निकालकर दो सौ रुपये दिए। वकील साहेब ने समझाया—'वहाँ आप लोगों को कुछ बोलने की जरूरत नहीं है। बस साथ रहिए। देखते-सुनते जाइए। लीजिए, वकालतनामे पर दस्तखत कर दीजिए।"

वकील साहब की कार में बैठकर तीनों लोग दफ्तर आए। दफ्तर के अन्दर घुसते हुए गजाधर को थोड़ी घबराहट हुई।

वकील साहब ने खातापाल को खुश किया और बिना औपचारिक दरखास्त दिए ही गोपनीय पत्रावली से सर्वे का विवरण नोट कर लिया। फिर असेसमेंट की फाइलों को देखा। चार वर्षों में एक्सपार्टी कर निर्धारण आदेश पारित किए गए थे। किसी वर्ष में दो नक्शे दाखिल थे किसी में तीन। टैक्स भी बहुत कम जमा था। नक्शों पर हस्ताक्षर की जगह गजाधर लिखा था। हस्ताक्षरकर्ता की प्रास्थिति 'स्वामी' दर्ज थी।

फिर बड़े बाबू के पास गए। उनको ख़ुश करके फार्म 14 (पंजीयन) की प्रविष्टियाँ देखी गईं। भट्ठे में 25 हजार की पूँजी लगाना दिखाया गया था। भट्ठे पर गजाधर का पूर्ण स्वामित्व दर्ज था।

वापस लौटकर वकील साहब ने बताया—"रजिस्ट्रेशन फार्म और नक्शों पर मालिक की जगह तुम्हारे ही नाम का हस्ताक्षर बनाया गया है लेकिन यहवकालतनामे पर किए गए तुम्हारे हस्ताक्षर से भिन्न है। एक सर्वे पर जिसमें गजाधर की उपस्थिति दर्ज है उसमें भट्ठा मालिक का नाम छत्रधारी बताया गया है। इस पर तुम्हारा हस्ताक्षर है और यह हस्ताक्षर वकालतनामे पर किए गए हस्ताक्षर से मिलता है। रजिस्ट्रेशन में दर्ज तुम्हारे स्वामित्व को इसी सर्वे के विवरण के आधार पर चैलेंज किया जाएगा।"

दोनों लोग सिर हिलाते रहे लेकिन समझ में किसी की कुछ नहीं आया।

"चारों फैसले एक्सपार्टी हैं। यह स्थिति हमारे हक में है। चारों फैसलों की नकल लेकर अपील करनी पड़ेगी। यह बताओ, कोयले की खरीद के पर्चे किसके नाम से हैं?"

"छत्रधारी के नाम से ही होंगे। कोयला खरीदने वही जाते थे।"

"पर्चे कहाँ रखे जाते हैं?"

"भट्ठे पर बनी झोंपड़ी में।"

"तो जाकर कोयला खरीद के पर्चे ढूँढ़ लो फौरन। जो परचे छत्रधारी के नाम हों उन्हें सँभालकर अपने पास रख लो। भट्ठे का स्वामित्व साबित करने में काम आएँगे।"

थोड़ा रुककर वकील साहब ने फिर पूछा—"ईंटों का मार्का सर्वे में RANA और PRATAP दर्ज है। ये नाम इनके बेटों के हैं क्या?"

"नहीं, राजस्थान के बहुत बड़े राजा थे न, राणा प्रताप। उनके नाम पर रखा है। उनको बहुत मानते हैं।"

"यानी छत्रधारी ठाकुर हैं?"

गजाधर ने स्वीकार में सिर हिलाया।

"और तुम किस जाति के हो?"

गजाधर अचकचा गए। बोले—"मैं तो चमार हूँ।"

"बहुत बढ़िया, बहुत बढ़िया।"

गजाधर समझ नहीं सके कि उनका चमार होना बहुत बढ़िया कैसे हो गया? वकील साहब ने समझाया—"यह प्वाइंट हमारे पक्ष में जाएगा। जाहिर है कि राणा प्रताप किसी चमार के आदर्श नहीं हो सकते। वे किसी ठाकुर के ही आदर्श होंगे जो छत्रधारी हैं। कुछ समझ में आया?"

"बिलकुल आ गया।" विद्रोही जी ने सिर हिलाते हुए कहा—"बहुत दमदार प्वाइंट निकाला आपने।"

"बस, दफा 30 की दरखास्त देने की भी जरूरत नहीं है। फालतू का खर्च क्यों बढ़ाएँ। हम चारों एक्सपार्टी फैसलों की अपील करेंगे। सर्वे दिनांक 26 मई, 1973 में मौके पर मौजूद मुंशी गजाधर ने बताया है कि भट्ठे के मालिक छत्रधारी सिंह हैं। यह सर्वे हमारे बड़े काम का है। इससे दोनों तथ्य प्रमाणित होते हैं। एक, कि भट्ठा-मालिक छत्रधारी सिंह हैं। दूसरा, कि गजाधर भट्ठे के मुंशी हैं। 'प्रेयर' करेंगे कि यह डाइरेक्शन देते हुए केस रिमांड कर दिया जाए कि प्रस्तुत सबूतों के आधार पर ओनरशिप का विवाद 'डिसाइड' करें।"

हाथ की कलम मेज पर रखते हुए वकील साहब ने दोनों के चेहरे को तौला फिर बोले—"सारी गवाही-सबूत तभी काम आएँगे जब सही जगह पर सही समय पर 'खर्चा' पहुँचाया जाएगा। सबूतों के ऊपर खर्चे का वजन रखा जाएगा। हर चीज का 'खर्चा' तय है। रिमांड का खर्चा, रिमांड विद फेवोरेबल डायरेक्शन का खर्चा। खर्चा नहीं पहुँचा तो चाहे जितना तगड़ा ग्राउंड हो, अपील खारिज हो सकती है या ऑर्डर 'गोल-मोल' हो सकता है।"

"बिना लिये-दिये कोई काम नहीं होता?"

"होता है लेकिन बहुत कम। एकाध सिरफिरे अफसर ऐसे मिल जाते हैं जो लेते-देते नहीं। लेकिन उनकी बेटियों की शादी या तो चंदा करके होती है या कुँवारी रह जाती हैं।"

वकील साहब ने छोटा-सा विराम लिया, फिर आगे बढ़े—"चारों फैसलों, चारों सर्वेक्षणों, फार्म 14 और 15 की प्रमाणित प्रतियाँ लेनी होंगी। इन सबका खर्चा जमा कर दीजिए और चार-पाँच दिन बाद आइए तो अपील दाखिल कर दी जाए।"

गजाधर ने आगे की जेब से सौ रुपये का एक नोट निकाला और वकील साहेब के हाथ पर रखते हुए कहा—"हम फिर अगले मंगल को आ पाएँगे वकील साहब।"

"कम है।" नोट पकड़ते हुए वकील ने कहा।

गजाधर थोड़ी देर उनका मुँह देखते रहे फिर कुर्ते की दाईं बगल की जेब से पचास का एक नोट निकालकर देते हुए बोले—"इतना ही है। अब सिर्फ किराए भर के लिए बचे हैं।"

"कोई बात नहीं। उस दिन तैयारी से आइएगा। अपील की कोर्ट फीस जमा करनी होगी। टाइपिंग का खर्चा, एफिडेविट का खर्चा, दाखिले का खर्चा, अहलमद का खर्चा, मेरे आने-जाने का खर्चा। खर्चे से नहीं पिछड़ोगे तो केस हमें जीतना ही जीतना है।"

बाहर आकर दोनों लोगों ने एक-दूसरे की ओर देखा। फिर विद्रोही जी बोले—"अच्छी बात यह है कि वकील साफ बात करने वाला है। ऐसा कौन करता है आजकल? अँधेरे में रखते हैं और खटमल की तरह धीरे-धीरे चूसते रहते हैं। पैसे का लालची जरूर लगता है लेकिन लालची कौन नहीं है। यही तो इनकी खेती-बारी है।"

चलते-चलते गजाधर रुक गए। बोले—"अभी तीन ही बजे हैं। अगर हनुमानजी को रोट भी चढ़ाते चलें तो कैसा रहेगा? मैंने सचमुच तो मानता नहीं माना लेकिन छत्रधारी सिंह से यही बहाना करके छुट्टी लिया है। यह बात हनुमानजी को पता चल ही गई होगी। कहीं नाराज न हो जाएँ?"

नौटंकी की दुनिया में बैताली के काम को सराहा जाता है। राजा या डाकू की भूमिका वह इतना डूबकर करता है कि सीधे उस युग में पहुँच जाता है जहाँ सब कुछ तलवार या तमंचे से तय होता था। जितनी देर सम्भव हो वह उसी दुनिया में रहना चाहता है। चाहता है, रात कभी ढले नहीं, खेला कभी रुके नहीं। सपनों की इसी दुनिया में उम्र कट जाए।

राजा या डाकू के रूप में उसकी इतनी माँग है कि दूसरी नौटंकी कम्पनियाँ भी कभी-कभी उसे मुँहमाँगी कीमत पर बुला लेती हैं। उसके नाम पर पब्लिक दौड़ पड़ती है।

घनी मूँछों के बीच फूटती उसकी मारू मुस्कान पर औरतें इस कदर मोहित होती हैं कि घेर लेती हैं। साथ ले चलने की मिन्नत करती हैं।

एक लड़की बार-बार समझाने पर भी नहीं मानी—पीछे-पीछे चली आई।

"मुझे क्या दो औरतों की जोड़ी बनाकर हल में नाधना है।"

"मैं बड़ी की टहलुई बनकर रह लूँगी।"

बड़े दिन बाद एक दिन राह में दहबंगा मिली तो हँसते हुए बैताली को सुनाया—

दुइ दुइ नारि अकेले बलमा की
एकई कहै मैं सेज लगाइउँ
दुसरी कहै आज ओसरी हमार
हो अकेले बलमा की...

बैताली को क्या पता था कि गीत की आशंका एक दिन हकीकत में बदल जाएगी।

अब दोनों रात-दिन लड़ती हैं। दोनों की उम्र में बीस साल का अन्तर है। छोटी आए दिन बड़ी को पटककर मारती है। उसका कहना है कि अगर तू अकेले उन्हें दुह पाती तो वे मुझे क्यों लाते? मेरे आने के पहले तू अकेले पन्द्रह साल उनके साथ सोई है। अब पन्द्रह साल मैं भी सो लूँ तभी तो तेरी बारी आएगी।

इस किच-किच से बचने के लिए बैताली दोनों को दूर-दूर रखना चाहता है। अगर परधान जी उसे भीटे पर एक झोंपड़ी बनाने की जगह दे दें तो दोनों दो जगह रहने लगें। वह ओसरी (पारी) बाँध लेगा। चार दिन नई के साथ सोएगा, दो दिन पुरानी के साथ। एक रात फिरी।

इसी के साथ एक और समस्या का हल हो जाएगा। उसने छोटी के लिए बकरियाँ पाल दी हैं। तीन बकरियों से पचीस-तीस हो गई हैं। चरने के लिए सुबह-शाम जाते-आते वे गाँव की गली से गुजरती हैं तो किसी के सुखवन में मुँह डाल देती हैं। दलित की बकरियाँ भी दलित हुईं। दलित बकरी के जूठा करने से सुखवन अखाद्य हो गया। आए दिन झगड़ा होता है। वैसे तो छोटी झगड़ने से पीछे नहीं हटती। बकरियाँ घर आ जाती हैं और वह झगड़ने वाली को बिना मैदान छुड़ाए नहीं लौटती पर रोज-रोज का झगड़ा अच्छी बात तो नहीं। बकरियाँ गाँव के बाहर रहने लगेंगी तो यह झमेला भी खत्म हो जाएगा।

बैताली को अपने दरवाजे पर आया देख छत्रधारी खुश हो गए। पहली बार बैताली उनके दरवाजे पर कुछ माँगने आया है। यह बड़ी बात है। अब तक हर बार परधानी के चुनाव में वही उसके दरवाजे पर वोट माँगने जाते थे। फिर चुनाव आ गया है। दलित वोटरों पर उसकी पकड़ है। ऐसे में समझो भगवान ने ही मदद के लिए उसे भेजा है।

छत्रधारी सिंह ने सुनते ही कहा—"जाओ, भीटे पर गूलर के पेड़ के उत्तर तरफ झोंपड़ी बनाकर रहना शुरू कर दो। पाँच हजार का इन्तजाम कर लो तो उसी जमीन का पट्टा कर देंगे।"

विद्रोही जी ने परधानी लड़ने का मन बना लिया है।

उनके पहले की पीढ़ी ने कभी परधानी लड़ने का सोचा ही नहीं। निर्विरोध मिले तो भी लेने को तैयार नहीं। किसको अपने काम से फुरसत है कि दूसरे के झगड़े की पंचायत करने जाए। यह उनका काम है जिनकी घर-गृहस्थी का काम करने के लिए हलवाहे-चरवाहे हों या जिन्हें दलाली खाने की लत लग गई हो।

देश स्वतंत्र होने के पहले नदीपार पहाड़ी के उत्तर का सारा भूभाग परती था। जानवरों को खूँटे से मुक्त करने भर की जरूरत थी कि वे खुद नदी पार करके चरने के लिए परती में पहुँच जाते थे। वहाँ हिरनों के छौने बछड़ों और मेमनों के साथ मिलकर खेलने का इन्तजार करते थे।

विद्रोही जी के बाबा अपनी गाय-भैंसों को परती में छोड़कर सारे दिन पेड़

लगाने, नदी से घड़े में पानी लाकर उनकी सिंचाई करने तथा उन्हें काँटे की बाड़ बना रूँधने के काम में लगे रहते। जमींदार इस बात से खुश रहता कि उसकी जमीन पर गाय-गोरू चरते हैं जिसका पुण्य उसे मिलता है और इस बात से भी कि चरवाहे उसकी जमीन को हरा-भरा बनाने में जुटे रहते हैं।

जब सन् 1952 में जमींदारी टूटने की खबर फैली तो जमींदार ने सोचा कि जमीन हाथ से निकल जाए इसके पहले जिस भी दाम में बिके बेच डाला जाए। उसके कारिन्दे गाँव-गाँव घूमकर खरीदार खोजने लगे। साठ रुपये बीघे का रेट है, पचास ही दीजिए। पूरा पैसा नहीं है तो जितना है उतना ही दीजिए। बाकी बाद में दे दीजिएगा। बाद में कौन माँगने आता है?

तब पशुपालक जातियों को आसन्न संकट का आभास हुआ। परती बिक गई तो उनके जानवर कहाँ चरेंगे?

विद्रोही जी के बाबा, पट्टीदार, यहाँ तक कि किशोर भूसी भी बाँस में लाल झंडा बाँधकर गाँव-गाँव घूमने और लोगों से मिन्नत करने लगे कि पट्टा मत लीजिए। जानवरों का चरागाह मत छीनिए। पाप लगेगा।

लेकिन लेने वालों ने लिया। सारी परती बिक गई। अब उसी जमीन पर गेहूँ की फसल लहलहाती है। विद्रोही जी को अपने पूर्वजों की बुद्धि पर तरस आता है। मूक जानवरों के साथ रहकर उनके पूर्वज भी मूक रह गए। अपने हित की बात सोचना और कहना नहीं आया। वरना दूध-घी का पैसा उस समय जमीन में लगा देते तो आज राजा होते।

ग्राम प्रधान ही अब नए जमाने का राजा है। यह नया राजा अब रानी की कोख से नहीं, बैलेट बॉक्स की कोख से पैदा होता है। उन्हें नए जमाने का राजा बनना है।

छत्रधारी की नींद उड़ गई है।

इस बार परधानी हाथ से जाती लग रही है। उनके सूत्रों ने बताया है कि अधिकांश पिछड़े और दलितों ने एकमत होकर विद्रोही को समर्थन देने का मन बनाया है। वे खुद दो साल पहले संसद और विधानसभा के चुनाव में कांग्रेस की लुटिया डूबते देख चुके हैं।

दलित टोले को ठाकुर टोले से सबसे ज्यादा नाराजगी उनके ग्यारह कमासुत लोगों को जेल भिजवा देने से है। अब सभी लोग जमानत पर छूटकर गाँव आ चुके हैं। जमानत कराने में थरिया-लोटा तक बिक गया। वे लोग कैसे छत्रधारी को या किसी ठाकुर को जीतने देंगे!

विद्रोही जी दरवाजे-दरवाजे कहते घूम रहे हैं—गाँव के हजार लोगों की वोटर लिस्ट में औरतों की आधी आबादी और बाकी में सौ बूढ़ों को बाद कर दीजिए

तो बचते हैं चार सौ। चार सौ में तेरह लोगों की नसबन्दी। यानी सौ में तीन से ज्यादा। और एक भी ठाकुर, बाभन, बनिया, लाला नहीं। सबके सब पिछड़े या दलित।

"तो भाइयो आप खुद विचार करके देखिए अगर गाँव के लोग भाग-भागकर खेत और जंगल में न छिपे होते तो छत्रधारी पूरे गाँव के पिछड़ों और दलितों की नस कटवा देते। कांग्रेसियों को तो सबक मिल गया। अब छत्रधारी को सबक सिखाने की बारी आ गई है।"

साल-भर पहले गजाधर के साथ किए गए धोखे से भी दलित नाराज हैं। गजाधर खुलकर छत्रधारी के विरुद्ध नहीं बोलता लेकिन अन्दरखाने वह भी अपने टोले के लोगों को छत्रधारी के खिलाफ भड़का रहा है।

पोलिंग के दिन विद्रोही ने जिस तरह ललकारकर दिल्ली के राजकुमार को वापस लौटने के लिए मजबूर किया था उसने भी गाँव के लोगों का दिल जीता है। विद्रोही डरपोक नहीं हैं। साफ दिल के और दो टूक बोलने वाले हैं। गाँव को ऐसे ही परधान की जरूरत है।

छत्रधारी जोड़-घटाव करके देख चुके हैं। इस बार परधानी मिलना किसी तरह सम्भव नहीं। लेकिन परधानी तो चाहिए। किसी भी कीमत पर चाहिए।

काफी सोच-समझकर वे माठा बाबा की शरण में जाने का फैसला करते हैं। भादों की अँधेरी रात, टप-टप होती बूँदा-बाँदी और झकोरती पुरवा उनकी राह नहीं रोक पाती। छाता लगाए, टॉर्च लुपलुपाते, अकेले बाबा के दालान में घुसते हैं।

बाबा खा-पीकर लेट चुके हैं। टॉर्च की लाइट देखकर चौंक जाते हैं—"कौन?"

"मैं हूँ बाबा। छत्रधारी। वे बाबा का पैर छूकर पैताने बैठते हुए कहते हैं।"

"इतनी रात को? क्या हो गया?" बाबा पाँव सिकोड़कर बैठते हुए पूछते हैं। छत्रधारी जलती हुई टॉर्च का मुँह ऊपर की ओर करके उसे अदवाइन के बीच फँसा देते हैं।

"इज्जत दाँव पर लग गई है बाबा। बुधइया ने पूरे गाँव को अपनी ओर मिला लिया है। पूरा गाँव सवर्ण और गैर-सवर्ण के खेमे में बँट गया है। उन लोगों ने एक मत से बुधइया को अपना परधानी का उम्मीदवार तय कर दिया है। तीन-चौथाई वोट तो उन्हीं लोगों के हैं। एक पिछड़े से हारना मेरे लिए डूब मरने के समान है।"

"तो क्या सोचा है?"

"मुझे कुछ सूझ नहीं रहा बाबा। एक मन करता है कि दस-पाँच लाठी मरवाकर हाथ-पैर तोड़ दें। पर्चा दाखिला के लिए जाने लायक ही न रह जाए।"

"ठाकुर हो न। लाठी, गोली के आगे कैसे सोच पाओगे? लेकिन उससे क्या

होगा? परधानी भी जाएगी और दफा 307 के मुलजिम भी बन जाओगे। विद्रोही टूटी टाँग के बल पर जीत जाएगा।"

"तब क्या करें?"

"अकल की लाठी से मारो। अकल की चोट किसी पोस्टमार्टम रिपोर्ट में नहीं आएगी।"

"अकल लेने ही तो आपकी शरण में आए हैं बाबा।"

"पिछड़ों-दलितों के बीच से तीन-चार पर्चे दाखिल करा दीजिए। वोट बँट जाएगा। अपने आप जीत जाओगे।"

"कोशिश करके देख लिया। मुश्किल है। मुझसे सब जलते भी हैं। डरते भी हैं। मेरा डर दिखाकर बुधइया ने सबको एकजुट कर लिया है।"

छत्रधारी अभी तक विद्रोही को बुधइया ही कहते हैं। रामबोध या बुधई भी नहीं।

बाबा बैठे सोचते रहे। बरसते पानी का संगीत बजता रहा।

"थोड़ा पहले चेत गए होते तो विद्रोही और उनके पट्टीदारों के बीच मारपीट कराई जा सकती थी। अब तो उसका भी समय नहीं है। अच्छा यह बताइए, आपके भाई तिलकधारी आपके पक्ष में हैं कि विपक्ष में?"

"वैसे तो हम दोनों के बीच बँटवारे का मुकदमा चल रहा है। यह बात सारा गाँव जानता है। लेकिन जहाँ मामला सवर्ण और गैर-सवर्ण के बीच पक्ष लेने का होगा वहाँ उन्हें अपने पक्ष में मना लूँगा। लाठी मारने से काई थोड़े फटती है।"

"आप दोनों भाई और विद्रोही का घर तो एक ही वार्ड में है न?"

"हाँ।"

"तो ऐसा करिए, कल दोनों भाई आपस में झगड़ा कर लीजिए। घर में नहीं, गाँव के चौराहे पर। सिर्फ तू-तू मैं-मैं नहीं, पकड़ा-पकड़ी कर लीजिए। पटका-पटकी कर लीजिए तो और अच्छा रहेगा।"

"यह क्या कह रहे हैं?"

"ठीक कह रहे हैं। आप दोनों भाइयों के झगड़े की खबर पाकर विद्रोही जरूर समर्थन माँगने तिलकधारी के पास पहुँचेंगे। न पहुँचे तो तिलकधारी खुद विद्रोही के घर पहुँच जाएँ। उनसे कहें, पुस्तैनी हिस्सा हड़पने के लिए छत्रधारी बीस साल से मुकदमेबाजी में उलझाए हुए हैं। इन्हें धन का अहंकार हो गया है। मुझे इनका अहंकार चूर करना है। इसलिए इस बार डंके की चोट पर तुम्हे परधानी जिताऊँगा।"

"इससे क्या होगा?"

"इसी से जय होगी। कैसे होगी, इसे बाद में बताऊँगा। समझो तुम्हें ब्रह्मास्त्र दे रहा हूँ।"

"लेकिन इससे पिछड़े और दलित वोट मुझे कैसे मिलेंगे?"

"पिछड़ों-दलितों के वोट की जरूरत ही नहीं पड़ेगी। विजय आपकी हो जाएगी।"

"लेकिन कैसे?"

"जाइए, जितना कहा है, अभी उतना कीजिए।"

अगले दिन गाँव के चौराहे पर ठीक बारह बजे दिन में दोनों भाइयों के बीच जो भयानक झगड़ा हुआ कि लोगों ने दाँतों तले उँगली दबा ली। बाद में हल्की बारिश भी शुरू हो गई। भीगने की परवाह न करते हुए आधा गाँव तमाशा देखने जुट गया। लेकिन झगड़ा शान्त कराने कोई आगे नहीं आया। नागनाथ और साँपनाथ लड़ रहे हैं तो किसी तीसरे के बोलने का क्या काम? दोनों भाई कीचड़ में सन गए। छत्रधारी तो कीचड़ में गिर पड़े। दोनों ने एक-दूसरे की धोती खींच ली। गालियाँ तो इतनी गन्दी-गन्दी कि सुनकर कान के कीड़े झड़ जाएँ।

थककर हाँफ गए तो दिखावे की सहानुभूति में बुजुर्गों ने उन्हें अलग किया। तिलकधारी वहाँ से सीधे विद्रोही जी के दुआर की ओर बढ़े। विद्रोही भी दूर से तमाशा देख रहे थे। उन्हें आता देखकर आगे बढ़कर हाथ जोड़कर स्वागत किया।

"विद्रोही भाई।" विद्रोही के दोनों हाथों को अपने हाथ में लेते हुए तिलकधारी सिंह ने कहा—"भले दुनिया मुझे विभीषण कहे, लेकिन मैं आज से खुले खजाना तुम्हारे पक्ष में आ गया हूँ। रावण जैसे भाई ने मुझे लात मारी है। जैसे राम की विजय के लिए विभीषण निमित्त बने थे, मैं तुम्हारी विजय का बनूँगा। खुद पर्चा दाखिल कराने ले चलूँगा। खुद प्रस्तावक बनूँगा। साथ-साथ 'कन्वेसिंग' करूँगा और विजयी होने पर पूरे गाँव को भोज दूँगा।"

चौराहे की भीड़ यहाँ पहुँच गई।

तिलकधारी ने भीड़ के सामने दोनों भुजाएँ आसमान की ओर उठाकर प्रण किया—"इस गाँव के रावण छत्रधारी कान खोलकर सुन लो। मैं तुम्हारी 'लंका' जलाकर रहूँगा।"

वापस जाने के पहले तिलकधारी विद्रोही जी से उसी आतुरता से गले मिले जैसे चित्रकूट में भरत राम से मिले थे।

पूरे गाँव में हर्ष की लहर दौड़ गई।

उसी दिन से राम और विभीषण का रात-दिन का साथ हो गया। साथ खाना तो नहीं लेकिन साथ पीना और साथ-साथ कैनवैसिंग करना। तिलकधारी सिंह अपनी मोटरसाइकिल पर बैठाकर विद्रोही जी को पर्चा दाखिल कराने ले गए। साथ में सपोर्टरों की पूरी फौज। खुद प्रस्तावक बने। पर्चा दाखिले के बाद खुद सबसे पहले उन्हें गेंदे की माला पहनाई।

छत्रधारी सिंह का दरवाजे-दरवाजे दौड़ते बुरा हाल हो गया। सबसे हाथ जोड़कर यही कहते—'सगा भाई दगा कर गया। अब आप लोगों का ही भरोसा है।'

छत्रधारी सिंह तो खुद ही ऊँची खोपड़ी के आदमी थे। बाबा के सुझाने-भर की देर थी। दुबारा उन्हें बाबा के पास मंत्र लेने जाने की जरूरत नहीं पड़ी।

पर्चा वापसी की आखिरी तारीख पर शाम को तिलकधारी सिंह ने ब्लॉक पर जाकर प्रस्तावक के रूप में अपना नाम वापस ले लिया। विद्रोही का पर्चा खारिज हो गया। छत्रधारी निर्विरोध प्रधान घोषित हो गए।

छत्रधारी के दरवाजे पर गोले दगने शुरू हुए तो गाँव को इसकी जानकारी हुई।

विद्रोही धड़ाम से गिरे। उनके घर पर समर्थकों का मेला लग गया। सब हक्का-बक्का थे। आधी रात के बाद जब भीड़ छँटी तो विद्रोही बहू आईं और पति का हाथ पकड़कर अन्दर अपनी कोठरी में ले गईं। पत्नी से नजर मिली तो उनकी आँखें डबडबा आईं। उन्होंने कसकर पत्नी को दोनों भुजाओं में भरा और कन्धे पर सिर रखकर फफक पड़े। पत्नी ने उन्हें चारपाई पर लिटाया। लोटे में पानी लाईं। चेहरे पर छींटे मारे और आँचल गीला करके पोंछा।

सिरहाने बैठ पति का सिर गोद में लेकर दबाती रहीं। फिर बगल में लेट गईं और अपने गुलगुले भरे-भरे वक्ष का तकिया बनाकर पति का सिर उनके बीच में रख लिया। विद्रोही जी को राहत महसूस हुई।

खून का दौरा धीरे-धीरे तेज हुआ। एकाकार हुए। उस दौरान पति की गीली होती आँखें वे आँचल से पोंछती रहीं। ज्वार विसर्जित हुआ तो चित्त शान्त था। धीरे-धीरे नींद आ गई।

इस झटके के बाद विद्रोही जी को लगा कि सिर्फ बाहुबल, पैसा या हिम्मत ही इन दगाबाजों से मुकाबला करने के लिए काफी नहीं है। 'बुद्धि' बढ़ानी होगी। दाँव-पेंच सीखना होगा। उन्होंने 'हिन्दी-अंग्रेजी' शिक्षक किताब खरीदी, डिक्शनरी खरीदी। डायरी खरीदी जिसमें अखबारों में पढ़ी या रेडियो पर सुनी जानकारियाँ, नियम-कानून नोट करने लगे। तब बहुत दिनों बाद उनकी भेंट—'पीन पयोधरा' जैसे शब्द से हुई और यह जानकर उन्हें गर्व महसूस हुआ कि जिसका इतना माहात्म्य है, इतना गुणगान होता है ऐसी पीन पयोधरा तो खुद उनकी पत्नी हैं जिन्होंने खुद आगे बढ़कर उनका वरण किया था।

प्यारी कंगाल किसको समझती है तू

छत्रधारी ने माठा बाबा को भी डस लिया। सब जानते हैं कि छत्रधारी और माठा बाबा बाल सखा हैं। इन्हें कृष्ण और अर्जुन की जोड़ी भी कहा जाता है। गाढ़े वक्त पर माठा बाबा ने कई बार छत्रधारी को उबारा है। अब मदरहवा गाँव की चकबन्दी के दौरान जलचढ़ी वाली जमीन को माठा बाबा के पक्ष में बयान करने का मौका आया तो मुकर गए।

छत्रधारी के बाबा गजराज सिंह सवाई-डेढ़ी पर अनाज कर्ज देते थे। गरीबी का जमाना था। बहुत कम घर ऐसे थे जिनके पास साल-भर खाने के लिए अन्न पैदा होता था। ज्यादातर घरों का अनाज अगली फसल तैयार होने के पहले खत्म हो जाता था। भुखमरी से बचने के लिए कर्ज का ही सहारा होता था। अगर पाँच-छह महीने बाद वापस किया जाता तो लिये गए अनाज के वजन का डेढ़ गुना वापस करना होता और तीन महीने के अन्दर वापस किया तो सवा गुना। वापस न कर पाने पर हर छमाही ब्याज मूल में जुड़ जाता था। यही दर पूरे इलाके में लागू थी।

दक्खिन गाँव के माताबदल दूबे ने खाने के लिए उनसे एक मन अनाज कर्ज लिया था। सूखा पड़ जाने के कारण वे तीन साल तक वापस नहीं कर सके। तीन साल में अनाज और सूद मिलकर पन्द्रह गुने से ज्यादा हो गया। तब गजराज सिंह ने दबाव बनाया कि कर्ज के बदले वे अपनी एक बीघा जमीन उनके नाम बैनामा कर दें। माताबदल तैयार नहीं हुए। एक दिन गजराज सिंह अपने बेटे इन्दर सिंह के साथ उनके घर गए और कहा कि या तो आज पूरा अनाज वापस करो या खेत का बैनामा करने चलो। न मानने पर बाप-पूत उन्हें मारने-गरियाने लगे। इन्दर सिंह बूढ़े माताबदल को पटककर उनकी छाती पर चढ़ बैठे। माताबदल ने मुँह से खून फेंक दिया और हफ्ते-भर में मर गए। सारे ब्राह्मण एकमत हो गए। मामला पुलिस में गया। तीन महीने पहले ही छत्रधारी की माँ धनराज कुँवरि ब्याहकर आई थीं। खान दारोगा ने गजराज सिंह से कहा कि अपनी बहू को अंग्रेज कप्तान के पास भेज दो तो मैं तुम्हारे बेटे को कत्ल के केस से बचा लूँगा वरना फाँसी चढ़ना तय समझो।

बचने की कोई राह न पाकर गजराज सिंह अनारा की नानी कलाधरी के पास गए। पगड़ी उतारकर सामने रखते हुए चिरौरी की—'इज्जत बचा लो कलाधरी बाई।'

कलाधरी ने सोलह-सत्रह साल की अपनी बड़ी बेटी चमेली को मेहँदी-महावर लगाकर, दुल्हन की तरह सजाकर अंग्रेज कप्तान के पास भेजा। अभी उस लड़की की नथ भी नहीं उतरी थी। लड़की दस दिन बाद लौटाई गई।

चार साल कथा-भागवत कराने के बाद धनराज कुँवरि को बेटा पैदा हुआ जो आगे चलकर छत्रधारी के नाम से मशहूर हुआ। धनराज कुँवरि धार्मिक प्रवृत्ति और साफ दिल की स्त्री थीं। वे पहले से डरी हुई थीं कि उनके इस ड्योढ़ी में कदम रखते ही ब्रह्महत्या हुई है। इस पाप की अमंगल छाया उनके परिवार का अहित कर सकती है। अपने नवजात बेटे को किसी अनिष्ट से बचाने के लिए जिस दिन उनके पुत्र की बरही थी, उन्होंने माठा बाबा के पिता को बुलाकर अपने परिवार की ओर से रोज शंकर भगवान को जल चढ़ाने की जिम्मेदारी सौंपी और इसके एवज में हाथ में कुश और जल लेकर पूरब दिशा की ओर मुँह करके, सूर्य भगवान को गवाह बनाकर मदरहवा गाँव की दो बीघा जमीन उन्हें 'संकल्प' दी। इसकी लिखा-पढ़ी का न कोई रिवाज था न उभयपक्ष इसकी जरूरत समझता था। माठा बाबा के पिता गाँव के शिवाले में स्थापित शंकर भगवान को जल चढ़ाते रहे और संकल्पित खेत जोतते-बोते रहे। कालान्तर में जमीन उत्तराधिकार के रूप में छत्रधारी सिंह दोनों भाइयों के नाम आ गई।

अब मदरहवा गाँव की चकबन्दी के समय छत्रधारी को बयान देना था कि जमीन भले ही रेकॉर्ड में हमारे नाम पर है लेकिन मौके पर पैंतालीस साल से माठा बाबा ही इस पर काबिज रहे हैं इसलिए इस पर हमारा नाम काटकर माठा बाबा का नाम दर्ज कर दिया जाए। हमें कोई एतराज नहीं है।

लेकिन छत्रधारी मुकर गए। उन्हें इसमें कोई बेईमानी नहीं दिखाई देती। वे कहते हैं—'अगर माठा के पिता ने समय रहते इन खेतों पर अपना नाम दर्ज नहीं करवाया तो इसमें उनका क्या दोख? जब तक वे जल चढ़ाते रहे, खेत जोतते-बोते रहे। अब न धनराज कुँवरि इस दुनिया में हैं न माठा बाबा के बाप हैं। न शिवालय रहा, न शंकर भगवान। जब जल चढ़ाना ही बन्द हो गया तो जलचढ़ी का खेत माठा बाबा के पास रहने का क्या औचित्य?'

माठा बाबा गाँव-भर में कहते घूम रहे हैं कि ब्राह्मण को दान दी गई वस्तु को वापस लेने का क्या नतीजा होता है, मालूम है? छत्रधारी को राजा नृग की तरह गिरगिट योनि में जाना पड़ेगा। नृग से तो अनजाने में अपराध हुआ था। छत्रधारी तो होशोहवास में ऐसा कर रहे हैं।

जाते-जाते बाबा फिर मुड़ते हैं—"और सुनो, रामायण में खुद शंकर भगवान ने क्या कहा है—

इन्द्र कुलिस मम सूल विशाला। काल दंड हरि चक्र कराला॥
जो इन्ह कर मारा नहिं मरई। विप्र द्रोह पावक सो जरई॥

अर्थात् जो इन्द्र के वज्र से, मेरे त्रिशूल से, काल के दंड से और विष्णु के चक्र सुदर्शन के मारने से नहीं मरता वह भी ब्राह्मण से दुश्मनी कर ले तो उसी की आग में जलकर भस्म हो जाता है। छत्रधारी ने वही कर लिया तो अब कितने दिन खैर मनाएँगे!"

पिछड़े टोले में कोई पूछ बैठता है—

"आप तो त्रिकालदर्शी हैं बाबा। अक्सर मसल कहते थे—करिया बाभन गोरिया सूद, कंजा तुरुक भुअर रजपूत; जिसकी छाती नाहीं बार, वहिकी बात का ना एतबार—तो आप छत्रधारी का विश्वास क्यों किए?"

"अन्धलोचन हो गया था, बच्चा; और क्या कहें।"

"हमें तो लगता है कि आपका पाप फलित हुआ है बाबा।"

दूसरा स्वर कहता है—"छत्रधारी सिंह को मनचाही जमीन पर चक दिलाने के लिए आपने गाँव के चार घर कोइरी लोगों का चक खराब करवा दिया। आपको उन परिवारों की हाय लगी है।"

"सही कहते हो, बच्चा। मैं इसका प्रायश्चित करूँगा। दुर्योधन का पक्ष छोड़कर तुम लोगों, पिछड़ों के पक्ष में रहूँगा। महाभारत की अगली लड़ाई यानी परधानी के चुनाव में खुलकर तुम लोगों का साथ दूँगा। चाणक्य का वंशज हूँ। यह देखो, अपनी चुटिया खोल दी। अब यह छत्रधारी के नाश के बाद ही बँधेगी।"

"कहीं इसमें भी हम लोगों के खिलाफ आपकी कोई चाल न छिपी हो, बाबा?"

विद्रोही जी को सूबे की राजधानी से बुलौवा आया है। लोकदल के जनरल सेक्रेटरी ने लिखा है—'विद्रोही जी को मालूम हो कि प्रदेश के किसानों को उनकी उपज का उचित मूल्य देने की माँग को लेकर पार्टी ने सात दिसम्बर को पूरे प्रदेश में

धरना-प्रदर्शन और घेराव का कार्यक्रम बनाया है। आप अपने इलाके के जागरूक किसान हैं। जिला पार्टी अध्यक्ष से मिलकर निर्धारित योजना के अनुसार कार्यक्रम में अपना सहयोग सुनिश्चित करिए।'

चिट्ठी के साथ एक लाल रंग का पर्चा भी है। पर्चे में सरकार से माँग की गई है कि धान का मूल्य 150/—कुंटल, गन्ने का मूल्य 30/—कुंटल और आलू का 125/—कुंटल देना सुनिश्चित किया जाए। यह भी चेतावनी दी गई है कि यदि किसानों की माँगें न मानी गईं तो गन्ने की आपूर्ति बन्द कर दी जाएगी।

विद्रोही जी नहाने जा रहे थे। कुएँ की जगत पर बैठकर पर्चा पढ़ने के साथ चेहरे पर खुशी छाने लगी। खुशी इस बात की कि अब सूबे की राजधानी से सीधे उनके नाम चिट्ठी आने लगी है।

"अब कौन सी रामायन बाँचने बैठ गए? नहाते क्यों नहीं?"

"रुको जी। जरूरी चिट्ठी है। किसान पार्टी ने भेजा है। सहयोग माँग रहे हैं।"

कैसे करें? काम तो इस समय बहुत है खेती में। लेकिन जब उन्हें सहयोग लायक माना गया है तो सहयोग देना उनका फर्ज बनता है। बाहर हेल-मेल बढ़ेगा तभी गाँव में भी इज्जत बढ़ेगी।

आज फिर नायब की इजलास पर गवाही देने जा रहे हैं भूसी। छत्रधारी ने सुबह-सुबह फिर कहलवाया, 'संतोखी के पक्ष में गवाही देने मत जाओ। दो लोगों के झगड़े में तीसरे का क्या काम?'

भूसी ने सन्देशवाहक से कहलवाया—'बेबस हूँ राजा। जबान से बँध चुका हूँ। आप ही बताइए, मर्द की जबान एक कि दो?'

इजलास में घुसने से पहले उनके वकील ने भूसी को ढाढ़स बँधाया—"डरिएगा नहीं, बेधड़क बोलिएगा।" भूसी मुस्कराए—"डरूँगा क्यों? मैंने उनका कर्जा खाया है क्या?"

जिन्दगी-भर सिर्फ भेड़ चराते रहे हैं तो क्या हुआ, बिरादरी की पंचायत में वे भी चालीस साल से मामला सुनते और फैसला सुनाते आ रहे हैं।

विपक्षी वकील ने शुरुआत में ही दबोचने की कोशिश की।

"कितनी गवाही दे चुके हो अब तक?"

"एक भी नहीं। जिन्दगी में पहली बार इजलास की ड्योढ़ी लाँघ रहा हूँ और मनाता हूँ कि फिर कभी यहाँ आने की रोजी न हो।"

"झूठी गवाही देने के लिए कितना रुपया लिये?"

"पैसा लेकर झूठ बोलना मेरा पेशा नहीं है वकील साहब। इसका लाइसेंस तो सरकार ने आप लोगों को दे रखा है।"

"आने-जाने का किराया तो लिया होगा? दुनिया लेती है।"

"दुनिया की दुनिया जाने। मैं तो साढ़े छह कोस पैदल चलकर आया हूँ और पैदल ही चलकर जाऊँगा। सवारी से चलता ही नहीं तो किराया किस बात का लूँगा? और पहली बार नहीं आज सातवीं बार आया हूँ।"

बयान दर्ज करता पेशकार और फाइल पढ़ते नायब, दोनों ध्यान से भूसी को देखने लगे।

"जब पेशेवर गवाह नहीं हो तो छत्रधारी से क्या दुश्मनी है जो उनके खिलाफ गवाही देने चले आए?"

"गलत मत बोलिए वकील साहेब। मैं छत्रधारी के खिलाफ नहीं, सच्चाई के पक्ष में गवाही देने आया हूँ। संतोखी के बाप के मरने की तारीख की तसदीक करने आया हूँ।"

"किस तारीख को मरे थे संतोखी के बाप?"

"बीस मई सन् उन्नीस सौ बहत्तर।"

"दिन कौन-सा?"

"शनिवार, सबेरे नौ बजे के करीब।"

"समय कैसे जाने?"

"संतोखी दस बजे के करीब आए। बताए कि एक घंटा पहले बप्पा का देहान्त हो गया है। लाश जलाने के लिए लकड़ी चाहिए।"

"तिथि क्या थी?"

"बैसाख उजाले पाख की अष्टमी।"

"इतनी पुरानी बात कैसे याद रह गई?"

"उसी दिन मेरे बेटे की बारात जा रही थी। उसी तिथि के लिए हफ्तों से रिश्तेदारों को न्योता देता रहा था। 'गमी' हो जाने के चलते उसी समय मैंने दरवाजे पर बजता नगाड़ा बन्द करवाया था।"

"लेकिन संतोखी लकड़ी माँगने आपके ही पास क्यों गए? आप तो इनकी जाति-बिरादरी के भी नहीं हैं। इसका मतलब आप दोनों में दाँत-काटी रोटी वाली दोस्ती है।"

"दोस्ती-दुश्मनी की बात नहीं है वकील साहेब। मेरे खानदान का यह 'नेम' है, आज से नहीं, जमाने से, कि गाँव में किसी की मौत होती है तो लाश जलाने के लिए मेरी बाग से एक सूखी डाल और 'तिखती' बनाने के लिए कोठ से दो बाँस कोई भी काट सकता है। बिना पैसे के। इसलिए संतोखी लकड़ी और बाँस माँगने आए थे। मैंने विवाह के लिए काटी गई लकड़ी से उन्हें एक मोटा बोटा दिया था।"

"वाह, इतनी तगड़ी याददास्त। तो जरा अपने बाप के मरने की तारीख भी बताइए।"

"मेरे बाप की मौत का इस मुकदमे से क्या ताल्लुक है?"

"ताल्लुक है? दूसरे के बाप के मरने की तारीख रटे हुए हो और अपने बाप के मरने की तारीख पता नहीं?"

"पता क्यों नहीं? लिखिए 13 सितम्बर, 1942"

"सबूत?"

"सबूत चाहिए तो बेल्हा कचेहरी चले जाइए। वहाँ सन् 42 में अंग्रेजों की गोली से मरने वाले जिन शहीदों के नाम खम्भे पर खुदे हुए हैं उनमें मेरे बाप का नाम भी तीसरे नम्बर पर दर्ज है।"

इसी के साथ बहस खत्म हो गई।

बाहर निकले तो संतोखी के वकील ने हँसते हुए कहा—"वाह भूसी भगत। आपने तो विपक्षी वकील की भूसी छुड़ा दी।"

शाम को भट्ठे से लौटकर गजाधर जंगू को पढ़ा रहे थे। ओसारे में बिछे बोरे पर बाप-बेटे आमने-सामने बैठे थे। बीच में लालटेन रखी थी।

जंगू पढ़ने में तेज है। बीस तक का पहाड़ा तो दर्जा दो में ही याद कर लिया था। गजाधर उसे गुणा-भाग सिखा रहे हैं। वे खुद नहीं पढ़ सके। जिस साल दर्जा छह में गए उसी साल बाप का देहान्त हो गया। छत्रधारी के बाप ने उन्हें बाप की जगह हलवाही करने के लिए पकड़ लिया। पढ़ाई छूट गई। उन्होंने तय किया है कि जंगू को आखीर तक यानी सोलहों दर्जे पढ़ाएँगे।

बाहर से आवाज आई—"गजाधर।"

गजाधर ने आवाज से पहचान लिया, माठा बाबा हैं। वह हक्का-बक्का। आज क्या हो गया? आज तक तो बाबा कभी उसके दरवाजे आए नहीं। उसने खड़े होकर पायलागी की। कहा—"हुकुम करें बाबा। कहाँ बैठाएँ आपको?"

"बैठने नहीं आया बच्चा। तुम्हें एक 'ब्रह्मास्त्र' देने आया हूँ। मैं जानता हूँ कि तुम परेशान हो। उस दिन चट्टी पर तुम्हें विद्रोही के साथ बस से उतरते देखा था। दुनिया जानती है कि छत्रधारी अन्यायी हैं। जिस पत्तल में खाते हैं उसी में छेद करते हैं। लेकिन तुम तो उनके रात-दिन के साथी थे। तुम्हारे साथ उन्हें ऐसा नहीं करना चाहिए था।"

उन्होंने बंडी की जेब से कागज निकालते हुए कहा—"यह ऐसा दस्तावेज है जिससे तुम्हारे गले में पड़ा भट्ठे के टैक्स का फंदा निकलकर छत्रधारी सिंह के गले में कस जाएगा।"

गजाधर ने दोनों हथेलियों की अँजुरी बनाकर कागज को उसमें रोपा और सिर से लगाया।

बाबा मुड़े और अँधेरे में अन्तर्धान हो गए।

गजाधर थोड़ी देर अँधेरे में खड़ा सोचता रह गया। माठा बाबा को उसने बहुत बार कहते सुना है—शूद्र उपकार ब्रह्म हत्या। अर्थात शूद्र का उपकार करने पर उतना ही पाप लगता है जितना ब्राह्मण की हत्या करने पर लगता है। तो फिर आज बिना माँगे मुझ पर यह उपकार क्यों?

वे तुरन्त विद्रोही जी के घर पहुँचे। विद्रोही जी ने दस्तावेज पढ़कर बताया—"अरे, यह तो बड़े काम की चीज दे दिया बाबा ने। यह भट्ठा-मालिक के रूप में छत्रधारी और जमीन-मालिक के रूप में माठा बाबा के बीच छह साल पहले हुआ ईंट पाथने के लिए मिट्टी खोदने का एग्रीमेंट है। उन्हीं वर्षों के लिए जिनके लिए भट्ठा-मालिक मानते हुए तुम्हारे ऊपर टैक्स लगा है। वकील के पास जाकर इसको तुरन्त अपनी फाइल में लगवा दो। अब समझो तुम्हारा ग्रह कट गया।"

"लेकिन माठा बाबा ने छत्रधारी के खिलाफ मेरे जैसे आदमी की मदद क्यों की?"

"उन्होंने तुम्हारी मदद नहीं की। तुम्हारी आड़ में छत्रधारी पर चोट की है।"

इस बार विद्रोही जी के बेटे बद्री पहलवान भी रामगंज के मेले में अपना लाल लँगोटा लहराना चाहते हैं। गाँव में नागपंचमी के दिन होने वाले दंगल में तो वे बारह साल की उम्र से ही भाग लेते रहे हैं। छत्रधारी सिंह के हाथ से कितनी तौलिया, बनियान और साबुन की बट्टियाँ इनाम के रूप में जीत चुके हैं। पिछले दो वर्षों से वे इलाके में लम्बी कूद के चैम्पियन भी बन रहे हैं। पर रामगंज के मेले में...

रामगंज का मेला इस इलाके के सांस्कृतिक जीवन में खास महत्त्व रखता है। चारों तरफ से दो-ढाई कोस दूर तक के लोग इस मेले में आते हैं। पहले तो, तीन-चार दिन पहले से दुकानदार बैलगाड़ियों पर सामान लादे पहुँचने लगते थे। विशाल आम के बाग के बाहरी वृत्त पर सैकड़ों बैलगाड़ियाँ 'पार्क' हो जाती थीं। उनके विशाल डील-डौल और बड़े-बड़े सींगों वाले बैल बोरे पर दाना-भूसा खाते कितने भव्य लगते थे! अब बैलगाड़ियों की संख्या घटी है। उनकी जगह ट्रक और टेम्पो आने लगे हैं।

यह मेला वर्षों से बिछुड़ी सहेलियों और पूर्व प्रेमी-प्रेमिकाओं का मिलन-स्थल है। बचपन की सहेलियाँ अलग-अलग दिशाओं में ब्याह दी गईं या विवाह के बाद प्रेमी पीछे छूट गए। सम्भव है इस मेले में उनसे मुलाकात हो जाय। विशाल बाग के बाहरी हिस्से में हर गाँव के लोगों ने अपनी जगह तय कर रखी है, आम या महुए के उसी खास पेड़ के नीचे वे सुस्ताने के लिए इकट्ठे होंगे। वर्षों से ऐसा है और सबको इसकी जानकारी है। नए-नए प्रेमी-प्रमिका बने और साथ जीने-मरने की कसम खा चुके जोड़े भी इस मेले का इन्तजार करते हैं। यहीं से शाम सात बजे वाली गाड़ी पकड़कर बम्बई-सूरत भाग चलेंगे। पुराने जमाने के प्रेमियों के किस्से तो कराची-काबुल और रंगून तक भगा ले जाने के हैं। कभी-कभी वहाँ से उनकी दूसरी पीढ़ियाँ ही लौटती थीं।

दो दिन के इस मेले के तीन प्रमुख आकर्षण हैं। एक है, पहले दिन शाम को होने वाला झाबर का खेल। दूसरा है, रात में होने वाली नौटंकी और तीसरा, अगले दिन दोपहर से होने वाली कुश्ती का दंगल।

पहले यह मेला खास दशहरे के दिन ही लगता था। उन दिनों धान 'छिटुआ' बोया जाता था। फसल का बचना या सूखना वर्षा की मात्रा पर निर्भर करता था। सिंचाई के साधन नहीं थे। धान ही इस इलाके की मुख्य फसल थी। इसलिए अगैती किस्में बोई जाती थीं। जो जल्दी पक जाएँ और कम वर्षा होने पर सूखने का खतरा कम रहे, जैसे 'तिनपखिया' अर्थात् तीन पखवारे में तैयार होने वाली प्रजाति। 'साठी' यानी साठ दिन में तैयार होने वाली प्रजाति। तब दशहरे तक कट-पिटकर धान घर आ जाता था। बाद में उन्नतिशील प्रजातियाँ बोयी जाने लगीं जिनकी बेरन डालकर

रोपाई की जाती थी। यह एक सौ पन्द्रह से एक सौ तीस दिन में पकती थी और दशहरे तक फसल घर नहीं आ पाती थी। जब फसल ही घर तक नहीं पहुँची, हाँड़ी, गगरी, डेहरी, कुचुरी, छूँछी लुढ़की पड़ी हैं तो क्या लेकर मेला देखने जाएँ?

उन दिनों किसी विरहिणी ने अपनी बेबसी का रोना रोया होगा—

क्वार दसमी कै मेला
घर मा पइसा ना अधेला
बालम कइ गए अकेला
मेला होइगा सपना।

दशमी का मेला आ गया। घर में पैसा तो छोड़िए एक अधेला तक नहीं है। बालम उसे अकेली छोड़कर परदेस विराज रहे हैं। ऐसे में मेला उसके लिए सपने जैसा है।

विरहिणी की इस वेदना को मेला आयोजकों ने गम्भीरता से लिया और मेले की तिथि दशहरे के दो हफ्ते बाद पड़ते रविवार को निर्धारित कर दी गई। तब तक धान भी घर आ जाता है और हवा में सर्दी की हल्की सिहरन भी महसूस होने लगती है।

इस मेले की झाबर में शामिल होने के लिए दूर-दूर के खिलाड़ी आते हैं। ऐसे खिलाड़ी जो अपने गाँव में सरनाम होते हैं। वे खुद को दूसरों के मुकाबले आजमाने की तमन्ना लेकर आते हैं। ऐसे खिलाड़ियों के साथ उनके चाहने वाले भी आते हैं जो मेंड़ से चिल्ला-चिल्लाकर अपने चहेते खिलाड़ी को खेलने का दाँव बताते और उसका उत्साहवर्धन करते हैं। चारों तरफ मेंड़ पर इतनी भीड़ जुटती है और इतना शोर होता है कि किसी को कुछ समझ में नहीं आता। ये समर्थक अपने साथ लाठी लेकर आते हैं। सौ-दो सौ समर्थक, तो उतनी ही लाठियाँ। बेईमानी की कोशिश तो हर खेल में होती है और निर्णायक फैसला हमेशा से लाठी ही करती आई है। हर दूसरे-तीसरे साल लाठी चल जाती है और दो-चार लोगों के सिर फूट जाते हैं। इस दुर्घटना को भोक्ता यादगार घटना के रूप में अपने बच्चों को बताता है।

झाबर स्थानीय खेल है। इस खेल को सारे खेलों का राजा कह सकते हैं। न इसमें समय का कोई बन्धन होता है, न खिलाड़ियों की संख्या का। दिन में खेलिए, चाहे रात में। उजाली रात हो तो बहुत अच्छा लेकिन अँधेरी रात में खेलने का अपना अलग ही रोमांच है। परछाईं की तरह दिख रहे खिलाड़ी पर दाँव लगाने का रोमांच। इसे दो लोग खेलें चाहे सारा गाँव खेले। न किसी मैदान की जरूरत, न कोई बैट, न बल्ला, न जूता, न नेट, न गेंद। बस एक जुता हुआ खेत भर मिल जाए। एकदम फकीरी खेल। जाहिर है कि ऐसा खेल उसी इलाके की ईजाद हो

सकता है जहाँ अधिकांश लोग फकीरी जीवन जीते हों। शायद इसीलिए यह इस इलाके के आठ-दस जिलों में ही खेला जाता रहा है।

इस खेल के नायकों का किसी अखबार में नाम या फोटो नहीं छपता। वे अनाम नक्षत्र की तरह उदित होते हैं, दो-चार साल तक चमकते हैं फिर अस्त हो जाते हैं। गृहस्थी के कोल्हू में नधकर मिट्टी के धूसर रंग के साथ एकरंग हो जाते हैं। राह-बाट में चलते हुए कभी किसी की आँखों में पहचान की चमक उभर आने मात्र से उनका मन तृप्त हो जाता है।

बहुत जमाने से इस मेले की 'सिग्नेचर ट्यून' गीत की यह कड़ी है—'चोटही जलेबी लाल-लाल, रामगंज का मेला।'

इस गीत की पुरातनता इसी बात से सिद्ध है कि इसमें चोटही जलेबी का उल्लेख है। चोटा की चाशनी में सिझाई गई जलेबी। पहले चीनी मिलों से बाई-प्रोडक्ट के रूप में चोटा निकलता था, सीरे से ज्यादा मीठा और पौष्टिक। उसकी एक खास 'मदाहिन' गन्ध होती थी। मनमुदित कर देने वाली। आदत पड़ जाए तो आदमी बार-बार सूँघना चाहे। यह 'मदाहिन' गन्ध चोटही जलेबी में उतर आती थी। सूँघिए भी, खाइए भी।

इस चोटे से कुछ कम गुणवत्ता वाले चोटे से हुक्के की तम्बाकू सानी जाती थी। जिस कोठरी में इस तम्बाकू की हाँड़ी रखी होती थी वह 'मदाहिन' गन्ध से महकती रहती थी। बच्चे बार-बार उस गन्ध को सूँघने जाते थे। चोटे का जमाना तो चला गया लेकिन मेले में जलेबी छानने वाले अब भी एक पंक्ति में बैठकर गुड़ की जलेबी छानते हैं। कालेपन की सीमा तक पहुँचती लाल जलेबी के छत्ते।

इस बार भगवत पाँड़े की नौटंकी का सट्टा हुआ है। कहते हैं पाँड़े की कम्पनी अब चनुआडीह की कम्पनी के कान काटने लगी है।

ऐलान हो रहा है कि 'सुल्ताना डाकू' का खेला होगा। जगह-जगह पोस्टर चिपकाए गए हैं। सुल्ताना के रूप में पाँड़े और उसकी प्रेमिका फूलकुँवरि के रूप में अनारा का फोटो।

इसका मतलब सुल्ताना का पार्ट पाँड़े खुद करेंगे। सच पूछिए तो सुल्ताना के रोल में बैताली ज्यादा जमता। उसकी लम्बी मूँछों और चमकती आँखों का जवाब नहीं। आवाज में कितनी तड़प है। लेकिन पाँड़े बैताली को ऐसे किसी खेला में हीरो का रोल देने से बचते हैं जिसमें अनारा हीरोइन का रोल कर रही हो। अन्दर से डरते हैं। दोनों हमउम्र हैं, जवान हैं और जवानी अन्धी होती है।

पश्चिम में सूरज का गोला लाल होते ही रावण का दगना शुरू होता है।

मेला समाप्ति की घोषणा।

आठ बजते-बजते नगाड़े पर चोट पड़ने लगती है। देखते-देखते आधे से ज्यादा सेन्दुरिया बाग का मैदान दर्शकों से भर जाता है। अभी से आगे की जगह छेकानी होगी।

भगवत पाँड़े लम्बा कुर्ता पहने, तहमद लपेटे, सिर पर रंगीन राजस्थानी पगड़ी बाँधे स्टेज पर आते हैं और माइक टेस्टिंग के बाद ऐलान करते हैं—

गाँव बनकटा खुर्द के कह भगवत नि:शंकाऽऽऽ
आज सेन्दुरिया बाग में बजे फतेह का डंकाऽऽऽ
कड़ कड़ कड़...धड़ाम! धड़ाम!

पाँड़े ने अपना तखल्लुस 'नि:शंक' रखा है। अपने गाँव का नाम सुनकर बनकटा गाँव के लोगों का सीना गर्व से चौड़ा हो जाता है। पाँड़े की नौटंकी कम्पनी इलाके में गाँव का नाम मशहूर कर रही है।

सामूहिक वन्दना करने और दो-तीन छुट्टा छपरहिया गानों के बाद खेला शुरू करने की आवाज उठने लगती है। रुको भाई। एकाध छपरहिया और सुनने दो। 'अइलीं-गइलीं' वाली बोली के गानों को इधर 'छपरहिया' गीत कहते हैं। इनमें रस ज्यादा होता है। छपरा, भागलपुर की ओर से आने वाली कम्पनियों ने इसका स्वाद जगाया है।

अब फूलकुँवरि अपना मुजरा शुरू करती हैं। सुनने वालों में हर उम्र और हैसियत के लोग दिख रहे हैं।

जरा ठहरो बलम, रात बहुतै परी।

"लगता है बलम अपना काम निकालकर भागना चाहता है।"

"वह भी क्या करे? हमने भी झेला है। सबके सोने के बाद चोर की तरह घर में घुसते थे। उसी समय कोई खाँस या छींक देता तो चिहुँक जाते। जल्दी-जल्दी पार उतरते और दबे पाँव वापस। यह भी पता लगाने की कोशिश नहीं करते कि जोड़ीदार भी पार उतर पाया कि नहीं?"

"यही बात है। रुकने की मनुहार इसीलिए कर रही है।"

"अरे, एक बार तो अपने ही गाँव में ऐसा हुआ कि बाप और जवान बेटा दोनों लोग घर के अन्दर चले गए। बाहर दोनों की चारपाई सूनी। कोई उधर से गुजरा।

उसे मजाक सूझा। उसने बाहर से किंवाड़ में कुंडी लगा दी।"

"तब?—कौन थे? कैसे निकले?"

"छोड़ो। किसी को बेपर्द करने से क्या फायदा?"

ऊपर वाले ने जैसा रूप दिया है वैसा ही गला भी। क्या कोयल की तरह कूक रही है! कमर की लचक देखिए!

फिरकी की तरह नाचती फूलकुँवरि के हरे घाघरे के छत्राकार घेरे की भँवर में दर्शकों का मन गोते लगा रहा है।

उमरिया बारी बीती जाय,
बलम घर नाहीं आए मोर!

"आए हैं, आए हैं। इधर बैठे हैं। कई दिशाओं से आवाज आती है।"

सुल्ताना भी भेष बदलकर मुजरा सुनने वालों के बीच बैठा है। दो ही गाने में वह प्रेमबाण से घायल हो गया लेकिन मूर्च्छित नहीं होता। खड़ा हो जाता है। सारे दर्शक पहचानकर हर्ष-ध्वनि करते हैं—यही है सुल्ताना।

लेकिन फूलकुँवरि नहीं पहचानती।

सुल्ताना ठुमक-ठुमककर कदम बढ़ाते हुए गाता है—

मोसे नैना लड़ाइ ले गुजरिया
मोसे नैना लड़ाइ ले

"क्या मिलेगा तुमसे नैना लड़ाकर नौजवान? क्या है तुम्हारी झोरी में? मैं तो सिपहिया से नैना लड़ाऊँगी जो मुझे सोने के महल में रखेगा। चाँदी के बरतन में खिलाएगा। चंदन के पलंग पर सुलाएगा।"

"मैं तुम्हें अपने दिल में रखूँगा रानी। अपने हाथ से खिलाऊँगा। अपनी गोद में सुलाऊँगा।"

"हा-हा-हा-हा! नादान नौजवान। दुनिया दिल से नहीं, दौलत से चलती है।" फिर दर्शकों की ओर मुड़कर कहती है—"कैसे-कैसे कंगाल चले आते हैं मजनूँ बनकर।"

"ऐसी गुस्ताखी।" तड़प उठता है नौजवान।

प्यारी कंगाल किसको समझती है तू
मेरी दौलत जमा है अमीरों के घर
जब कहेगी मैं जाकर के ढो लाऊँगा।

हीरे-मोती से भर दूँगा मैं तेरा घर।
कड़कड़ कड़कड़ धड़ाम! धड़ाम! धड़ाम!

एक दर्शक दूसरे से पूछता है—"काका, सोने की कीमत ज्यादा होती है कि हीरे की?"

काका कहते हैं—"अपनी-अपनी पसन्द! मेरी माँ तो जब तक जिन्दा रही सोने का ही गुन गाती रही।"

फूलकुँवरि का लहजा नरम पड़ जाता है। सिर झुकाकर आदाब बजाते हुए कहती है—"कनीज की गुस्ताखी माफ करें हुजूर। अपनी पहचान जाहिर करना चाहेंगे?"

"वक्त आने पर।" नौजवान एक झटके से नेपथ्य में जाने को मुड़ता है।

"सुनो हुजूर, सुनो...

आज आए हो औ कल चले जाओगे
यह सितम मुझको दिलबर गवारा नहीं
उम्र-भर का सहारा बनो तो बनो
चार दिन का सहारा सहारा नहीं"

नौजवान एक बार मुड़कर देखता है। दोनों की नजरें चार होती हैं।

दम्म! दम्म! दम्म! दम्म!

नगाड़ा देर तक दमदमाता रहता है।

फूलकुँवरि ने भले न पहचाना हो लेकिन मुखबिर ने न सिर्फ पहचान लिया, बल्कि फौरन यह खबर पुलिस अफसर यंग के पास पहुँचा दी।

नौजवान के नेपथ्य में अदृश्य होते ही मंच की दूसरी तरफ से यंग प्रवेश करता है।

"ऐ लड़की, सुल्टाना टेरे कोटे पर आटा है। उसे पुलिस से गिरफ्टार कराना माँगटा।"

"नहीं हुजूर। सुल्ताना को पहले मैं गिरफ्तार करूँगी।" दोनों बाँहों का घेरा बनाती है, नीचे का होंठ दाँत से दबाती है और आँख मारकर कहती है—"...फिर पुलिस..."

"ओके, ओके, फूलकुँवर टुम बहोट चंट है। टुमको बहोट इनाम डेगा।"

अब खेला जमेगा। भीड़ ठसाठस है। लघुशंका लगी है? दबाकर बैठे रहो। निकले तो लौट नहीं पाओगे।

सुल्ताना के गिरफ्तार होते-होते आधा घंटा दिन चढ़ आया है लेकिन मजाल है कि भीड़ टस से मस हुई हो।

"कमाल का पार्ट करती है अनारा!"

"इलाके की शान है।"

दंगल का तासा बूढ़ा फिरंगी हेला बजाता है। ठीक बारह बजे वह एक पौवा देसी चढ़ाकर, पान खाकर, सिर में लाल पगड़ी बाँधकर आ जाता है। अखाड़े की गोड़ाई शुरू! पहले फावड़े से, फिर कुदाल से। मिट्टी मैदे की तरह महीन और मुलायम होनी चाहिए। जरूरत हो तो पानी का छिड़काव कर लीजिए।

इस साल मेला कमेटी ने बाहर से दो पहलवान बुलाए हैं। एक बनारस से, भुंडा पहलवान। दूसरा इलाहाबाद से, गूँगा पहलवान। विजेता को ग्यारह सौ रुपये का इनाम और उपविजेता को हजार रुपये का। बद्री पहलवान संकोची हैं। उनका नाम लड़ने वाले पहलवानों की सूची में कैसे शामिल हो?

पहले जूनियर कुश्ती शुरू होती है। फिर सीनियर।

जीते या हारे, हर प्रतिभागी के लिए कोई न कोई पुरस्कार है। पैंट-शर्ट के कपड़े, तौलिया, बनियान से लेकर कलम, कलर बॉक्स, स्कूल बैग और पटरी, पेंसिल तक।

दोनों बड़े पुरस्कारों के बाद स्थानीय विजेताओं के लिए तीन साइकिलें हैं। लकड़ी के तीन खम्भों में अखाड़े के बगल उन्हें ऊँचाई पर टाँगा गया है। एकदम चमचमाती हुई। पैडल उलटा घुमाइए तो 'फिरी' की चनचनाहट दूर तक सुनाई देती है।

फिरंगी के सिर का पसीना चेहरे पर बह रहा है। कुर्ता पसीने से भीग गया है। वह एक और 'पौवे' की माँग कर रहा है।

दोनों नुमाइशी पहलवान एक से बढ़कर एक हैं। कह नहीं सकते कि कौन बाजी मारेगा।

आधे घंटे से तो एक-दूसरे का हाथ ही छटका रहे हैं। भिड़ने की नौबत ही नहीं आई। भीड़ अखाड़े में घुसी पड़ रही है। रेफरी की सीटी बार-बार बज रही है।

अचानक गूँगे पहलवान ने पता नहीं कौन-सा दाँव लगाया कि भुंडा आसमान में पलटी खाकर पीठ के बल गिरा। शोर मच गया।

भुंडा एक बार और भिड़ना चाहता है पर गूँगा मैदान से बाहर निकल गया

है। तभी बद्री पहलवान हाथ जोड़कर अखाड़े में आते हैं। क्या कह रहे हैं? वे भी लड़ना चाहते हैं? किससे? चैम्पियन से?

अब गूँगा को मैदान में लाया जाता है।

विद्रोही जी बेटे का हौसला देखकर खुश हो जाते हैं। वे अखाड़े में आकर खुद पहलवान का साफा और कुर्ता उतारकर पीठ ठोंकते हैं। पहलवान लुंगी उतारकर बाप को पकड़ाते हैं। लगता है लाल लँगोटा अभी-अभी सिलवाया है। एकदम नया। कितना जम रहा है। शरीर में चर्बी का नामोनिशान नहीं।

लेकिन उमर कम है।

रेफरी ने दोनों के हाथ मिलवाए। थोड़ी देर में दोनों भैंसे की तरह हाँफने लगे हैं। कोई किसी से उन्नीस नहीं लगता। बार-बार उठकर खड़े होते हैं और भिड़ते हैं। लगता है, गूँगा थक रहा है। वह बच-बच कर समय बिता रहा है। एक कुश्ती पहले लड़ चुका है न! अचानक पहलवान ने लंगी मारी। गूँगा अपने भारी शरीर का सन्तुलन खो बैठा। पलक झपकते धड़ाम।

गाँव के लोगों ने पहलवान को आसमान में टाँग लिया। अखाड़े के चारों ओर नाचने लगे। विद्रोही खुद नाचने लगे।

माला पहनाने और इनाम देने की होड़ लग गई।

विद्रोही जी बेटे के गले से माला निकाल-निकाल कर अँगोछे में बाँध रहे हैं। ले चलकर पत्नी को दिखाएँगे।

पहलवान अपनी लुंगी रोपकर घूमने लगे। एक, दो और पाँच के नोटों की झड़ी लग गई। कुछ दस के भी। उसे गठरी की तरह बाँधकर उन्होंने विद्रोही को पकड़ाया।

मेला कमेटी ने माइक पर घोषणा की—पहलवान के लिए स्पेशल इनाम—इक्कीस सौ रुपये का।

बाजार की सेठानियाँ भी पड़ोसी गाँव के उस पहलवान को देखना चाहती हैं जिसने बाहर के पहलवान को पटकनी दे दी। इसके लिए गुड़ मंडी के छोटे मैदान को कनात से घेरा जाता है। बीच में एक तखत रखा जाता है। यहाँ पुरुषों का आना वर्जित है। दस साल तक के बच्चे आ सकते हैं।

ढीला-ढाला कुर्ता पहने लुंगी बाँधे पहलवान दोनों हाथ सिर के ऊपर जोड़े प्रवेश करते हैं। अगल-बगल खड़ी प्रौढ़ाओं के पैर छूकर आशीर्वाद लेते हैं। तखत पर खड़े होकर दोनों हाथ उठाते हैं तो शागिर्द उनका कुर्ता उतारता है। वे खुद लुंगी खोलकर नीचे गिरा देते हैं। लाल लँगोट वाले चमकते शरीर को महिलाएँ आखों से पीने लगती हैं। नजदीक से देखने की होड़ लग जाती है। अनुभवी स्त्रियाँ इसका हल निकाल लेती हैं। गोद के बच्चे पर फूँक मरवाने के लिए वे पहलवान के नजदीक

घिर आती हैं। पहलवान के पेट, पीठ और जाँघों पर वे चुटकी काट रही हैं।

कुछ स्त्रियों ने 'नेहछू' के रूप में रुपये देना शुरू किया। शागिर्द ने फौरन लुंगी फैला दी। पहलवान दोनों हाथों से नोट लेकर माथे से छुवाते हैं और लुंगी के खोंइचे में डालते जाते हैं।

घर की छतों पर खड़ी होकर देखने वाली महिलाओं को लगता है कि वे ठगी गई हैं। उन्हें यह दूरी अखर रही है। शागिर्द देखता है, दंगल में मिले इनाम में एक, दो और पाँच के नोट ज्यादा थे। यहाँ दस से कम का एक भी नहीं। कुछ पचास और सौ के भी।

कार्तिक एकादशी! दलिद्दर खेदने का त्योहार।

घर में पीढ़ियों से जड़ जमाकर बैठे दलिद्दर को भगाने के लिए किसान का पूरा परिवार रात-दिन खेत में खटता है, लेकिन भगा नहीं पाता। इसलिए कार्तिक एकादशी की भोर में हर गृहिणी घर से दलिद्दर के भागने और इस्सर* के आने का आह्वान करती है।

कैसे पड़ी होगी दलिद्दर खेदने की परम्परा!

हरित क्रान्ति आने के पहले पीढ़ियों से ऐसा था कि गाँव के सौ में से नब्बे लोगों को दोनों जून भोजन नहीं मिलता था। खरीफ की फसल पकने के पहले रबी का अनाज खत्म हो जाता था। सावन-भादों के इन महीनों में सुग्गे भी उपवास करते थे क्योंकि इस मौसम में न कोई फल मिलता था, न कोई फसल तैयार होती थी। जिस गृहस्थ के घर इस दुर्दिन में अनाज खत्म हो गया उसके लिए एक ही उपाय था—गम खाना। इससे बचने के लिए किसान स्टेपनी फसल का इन्तजाम करता था। साँवा, कोदो, मकरा बोता था जो भादों के अन्त तक तैयार होता था। उसके पीछे ज्वार, बाजरा, मक्का। तब तक क्वार में धान तैयार हो जाता था। पेट का दुख दूर हुआ, लेकिन पेट भरने से ही तो गुजारा नहीं होगा। घर से दलिद्दर तो तभी भागेगा जब नगदी आए और नगदी आएगी गन्ने से। तो हे गन्ने में वास करने वाली लक्ष्मी, इस साल इतनी नगदी दीजिए कि गृहलक्ष्मी को हँसुली गढ़ाई जा सके।

* ऐश्वर्य

तो घर से दलिद्दर को भगाने और ऐश्वर्य के आने की आकांक्षा से यह त्योहार मनाया जाने लगा होगा।

विद्रोही जी भी पीतल की थाली में कंडी की आग, हँसुली, गुड़, तेल, अक्षत और सिन्दूर लेकर गन्ना पूजने जा रहे हैं। पीछे-पीछे आधी बाल्टी पानी, लोटा और गँड़ासा लेकर पहलवान।

गन्ने के एक थान को हँसुली पहनाकर विद्रोही जी तेल और सिन्दूर का टीका करते हैं। कंडे की आग पर गुड़ और अक्षत की अगियार करते हैं। पिता-पुत्र सिर झुकाते हैं।

पहलवान एक बोझ गन्ना काटकर बाँधते हैं। अगियार सुलगकर खत्म हो जाती है तो बाल्टी के पानी से आग अच्छी तरह बुझाकर बाप-पूत लौटते हैं।

गन्ना तो पहले कल्याणी की तराई में भी बढ़िया होता था, लेकिन तब सियार बहुत थे। जंगल से झुंड के झुंड निकलकर आते और सत्यानाश कर देते। चूसते कम, तोड़ते ज्यादा। तब लोगों ने गाँव के पश्चिम और उत्तर के खेतों में बोना शुरू किया। यहाँ से जंगल दूर था और बीच से रेलवे लाइन गुजरती थी। तबके सियार रेलवे की सीटी से डरते थे। इस पार नहीं आते थे। इधर नहर का पानी भी इफरात मिलता है।

दूध की कमाई से कुछ पूँजी इकट्ठी हुई तो विद्रोही बहू ने भी इधर की सिंवार में गन्ना बोने के लिए एक बीघा खेत खरीदा।

कार्तिक एकादशी से ही गन्ना चूसने और पेरने की शुरुआत होती है। दलिद्दर भी गन्ने के डंडे से पीटकर भगाया जाता है। हर घर को गन्ने की जरूरत पड़ती है।

इसलिए जिस पड़ोसी ने गन्ना नहीं बोया या जो पड़ोसी भूमिहीन है उसके घर गन्ना पहुँचाने की जिम्मेदारी गन्ने वाले पड़ोसी की बनती है। विद्रोही बहू ने भी पहलवान से कहा कि ऐसे हर पड़ोसी के घर पाँच-पाँच गन्ने दे आओ।

कार्तिक एकादशी की शाम विद्रोही बहू चना-दाल की पूड़ी और सूरन की सब्जी बनाती हैं। साथ में रसियाव या मीठा चावल। विद्रोही जी भुने जीरे से सुवासित दाल पूड़ी खाकर मँड़हे में सोए तो भोर में चारों तरफ से आती ढप्प-ढप्प की आवाज से उनकी नींद टूटी।

घर की एक-एक कोठरी, भंडार घर, रसोई, और हर कोने-अँतरे से भगाने के बाद विद्रोही बहू किंवाड़ खोलकर बाहर आईं और गन्ने से सूप को पीटती तथा 'इस्सर आवै दलिद्दर जाय' का आह्वान करती पिछवाड़े की ओर चली गईं। यही आह्वान इस समय गाँव की हर गृहिणी कर रही है।

दलिद्दर के प्रतीक पुराने सूप का हाथ-गोड़ तोड़कर उसे ऐसे गहरे गड्ढे में दफन कर देना है जहाँ से वह वापस न लौट सके।

खटिया पर बैठे गदोरी पर सुर्ती मलते विद्रोही जी सोच रहे हैं कि जाने कितने युग बीत गए किसान को अपने घर से दलिद्दर भगाने की जुगत करते हुए लेकिन दलिद्दर ऐसा गोड़ तोड़कर घर में बैठा है कि बाहर जाने का नाम नहीं ले रहा है। उन्हें लगता है कि शायद गुसाईं जी ने किसानों के लिए ही लिखा है—

सकल करम करि थकेउँ गोसाईं...

अब खबर है कि इलाके में गन्ना मिल लग रही है। गन्ना काटकर सेंटर तक पहुँचाना होगा। तीसरे दिन पैसा हाथ में आ जाएगा। इससे अच्छी खबर भला और क्या होगी! दिन-भर कोल्हू हाँकने और रात-भर भट्ठी झोंकने से फुरसत मिल जाएगी।

लगे तो पता चले कि कितने फायदे की चीज है!

आज छत्रधारी के पक्ष में उनके हलवाहे महादेव गवाही के लिए पेश हैं। छत्रधारी ने सबूत के तौर पर सरकारी अस्पताल के रजिस्ट्रेशन का पर्चा दाखिल किया है। यह पर्चा 26 मई, 1972 को रमेसर, पुरुष, उम्र 70 वर्ष के नाम बनाया गया है। उनका तर्क है कि अगर रमेसर 20 मई को मर गए होते तो 26 मई को इलाज कराने अस्पताल कैसे पहुँच जाते? उन्होंने खुद अपने हलवाहे के साथ रमेसर को अस्पताल भेजा था।

संतोखी के वकील महादेव से जिरह कर रहे हैं।

"छत्रधारी की हलवाही कितने दिन से कर रहे हो?"

"बीस साल से हुजूर।"

"रमेसर को किसके कहने पर अस्पताल लेकर गए थे?"

"बाबू छत्रधारी सिंह के।"

"रमेसर के बेटे संतोखी क्यों नहीं ले गए?"

"रमेसर अपना खेत बाबू साहेब की मेहरारू के नाम बैनामा कर दिए। इस बात पर बाप-बेटे में झगड़ा हो गया। संतोखी ने अपने बाप को बहुत मारा। पटक-

पटक कर मारा। रमेसर मुँह से खून फेंक दिए। उनका पेट पिराने लगा। वे रोते हुए बाबू साहेब के पास आए। बाबू साहेब ने मुझसे कहा कि ले जाओ, अस्पताल से दवा दिला लाओ।"

"लेकिन संतोखी तो कहते हैं कि उनके बाप मरने के छह महीना पहले से खटिया पकड़ लिए थे। टट्टी-पेशाब सब बिस्तर पर ही हो रहा था।"

"हमको नहीं पता।"

"अच्छा यह गले में क्या पहने हो?"

"कंठी है। राम-राम सुनकर भगत हो गए हैं।"

"ओ, तब तो मांस-मछली खाना भी छोड़ दिए होंगे?"

"एकदम। दस साल से।"

"और क्या-क्या छोड़े हो?"

"और क्या छोड़ेंगे?"

"जैसे झूठ बोलना छोड़े कि नहीं?"

"झूठ क्यों बोलेंगे?"

"हम तो इसलिए पूछ रहे हैं कि एक कहावत है—

कंठी पहिरै काठ की, तिलक देइ ठढ़ियाय।
औ खेती काटै आन की, का कंठी चिल्लाय।"

"हमने भी सुना है।"

"तो हम जानना चाहते हैं कि अगर भगत आदमी किसी की फसल चुराने लगे या झूठ बोलने लगे तो यह कंठी चिल्लाती है कि नहीं?"

छत्रधारी का वकील टोकता है—"इस मुकदमे से इस सवाल का क्या मतलब? मेरे गवाह को इमोशनली ब्लैकमेल किया जा रहा है। मुझे सख्त एतराज है। इसे रोका जाय हुजूर।"

"अच्छा छोड़िए, यह बताइए कि जिस डाक्टर ने अस्पताल में दवा लिखी थी वह आदमी था कि औरत?"

"बहुत दिन की बात हो गई। याद नहीं।"

"डाक्टर को दवाई का दाम और फीस दिए थे कि नहीं?"

"यह भी याद नहीं।"

"डाक्टरी का पर्चा तो बनवाए होगे। तुम बनवाए थे कि रमेसर?"

"यह भी याद नहीं। उमर हो गई है।"

"पेशकार साहब, सब दर्ज करते चल रहे हैं न?"

"किस अस्पताल में गए थे? जिला अस्पताल में कि ब्लाक के अस्पताल में?"

"यह भी याद नहीं।"

"अब कुछ याद ही नहीं? अच्छा! किस सवारी से गए थे?"

चुप रह जाते हैं महादेव। आसपास निगाह दौड़ाते हैं। पीछे खड़े छत्रधारी से निगाह मिलती है। उनकी आँखें अंगार हो रही हैं। महादेव को झुरझुरी छूटने लगती है।

"याद कर लीजिए। बस से गए थे कि इक्के से।"

"इक्के से। इक्के से।"

"कितना किराया दिए थे?"

"चार-चार आना।"

"अच्छा भगत, जिला अस्पताल तो पक्की सड़क पर है। उस पर कई सालों से इक्का चलना बन्द हो गया है। ब्लॉक वाली सड़क कंकड़ की है। उस पर अभी इक्का चलता है। इस पर भी अब सिर्फ दो इक्के ही चलते हैं। एक दुर्गापुर के छोटई यादव का और दूसरा भावापुर के अली मियाँ का। तो आप किसके इक्के से गए थे?"

"छोटई यादव के इक्के से।"

"कितने बजे अस्पताल पहुँचे थे?"

"घड़ी तो हम बाँधे नहीं थे हुजूर। ग्यारह-बारह बज रहा होगा।"

"बस, हुजूर।" संतोखी के वकील नायब की ओर देखकर कहते हैं।

"वकील साहेब," महादेव कहते हैं, "यह तो पूछे ही नहीं कि हम रमेसर को किस तारीख को अस्पताल ले गए थे?"

"इसकी याद है? बताइए।"

"छब्बीस मई, दिन शुक्करवार।"

सभी मुस्कराते हैं। साथ में महादेव भी।

संतोखी के वकील नायब की ओर मुड़ते हैं—"हुजूर मुझे एक ही बात कहनी है। इसे खासतौर से नोट किया जाए। गवाह का कहना है कि वह 26 मई, 1972 दिन शुक्रवार को इक्के पर बैठाकर रमेसर को ब्लॉक अस्पताल ग्यारह-बारह बजे लेकर गया था और छत्रधारी सिंह ने रमेसर, पुरुष, उम्र 70 वर्ष के नाम बना ओपीडी रजिस्ट्रेशन का जो पर्चा सबूत के तौर पर दाखिल किया है, वह 26 मई, 1972; को जिला अस्पताल से 11 बजकर 35 मिनट पर बनाया गया है। मतलब कि जिस समय और तारीख में जिला अस्पताल में रमेसर के नाम का पर्चा बन रहा था, उसी तारीख में लगभग उसी समय गवाह ब्लॉक अस्पताल में रमेसर को लेकर पहुँचने का दावा कर रहा है। इस बात पर भी ध्यान दिया जाए हुजूर कि

जिला अस्पताल और ब्लॉक के बीच की दूरी 40 किलोमीटर है। जाहिर है कि प्रतिवादी द्वारा अपने पक्ष में प्रस्तुत सबूत और गवाह ही एक-दूसरे के तथ्यों को काट रहे हैं। झूठ को सच काटे, ऐसा तो बहुत देखने को मिलता है, लेकिन झूठ भी झूठ को काटता है ऐसा पहली बार देख रहा हूँ।"

गजाधर घंटे-भर पहले भट्ठे से लौटे थे और ओसारे में भैंस के लिए चारा काट रहे थे। चारा मशीन की आवाज लयबद्ध बज रही थी—खचर खच्च! खचर खच्च! थोड़ी दूर जंगू बोरे पर बैठा लालटेन के प्रकाश में पढ़ रहा था। रोशनी चारा मशीन से लेकर दुआर के सामने वाले हिस्से तक पड़ रही थी। घर के अन्दर से पकती हुई रोटी की महक आ रही थी।

बाहर से आवाज आई—"गजधराऽऽ..."

चारा मशीन की आवाज में गजाधर को साफ सुनाई नहीं दिया तो वह आदमी ओसारे में झाँकते हुए चिल्लाया—"कहाँ छिपा है, बे?"

गजाधर ने पहचाना। भट्ठे पर ट्रैक्टर चलाने वाला मालिक का भतीजा दुर्गेश इस तरह क्यों बोल रहा है? वे बाहर निकल आए। बाहर दो आदमी और खड़े थे।

"क्या है बाबू?"

"तू आज की बिक्री का कैश लेकर क्यों भाग आया?"

"कैश लेकर क्यों भागेंगे? बत्तीस सौ की ईंट बिकी थी। तेरह सौ पथाई बाँट दिया। बाकी बक्से में रखे हैं। मालिक ने चाभी मँगवाई हो तो ले जाइए।"

"साले झूठ बोलता है? बक्से में तो एक पैसा नहीं है। ताला तोड़कर देख लिया।"

"बेईमान मत बनाइए बाबू। एक-एक पैसे का हिसाब देता हूँ। मालिक शाम को कहीं चले गए थे तो किसको देता? बक्से में बन्द कर दिया। ताला क्यों तोड़ दिया?"

"साले जबान लड़ाता है। बेईमान! नमकहराम! तेरी यह मजाल कि चाचा के खिलाफ मुकदमा दायर कर दिया!"

दुर्गेश ने मारने के लिए हाथ उठाया तो गजाधर ने बीच में ही पकड़ लिया। दुर्गेश छुड़ा नहीं पाया तो चिल्लाया—"साले चमरपिल्ली, तेरी यह मजाल!...छोटकन बाबू, पीछे से कमर पकड़कर लंगी मारिए।"

तीनों ने मिलकर गजाधर को चित गिराया। छोटकन गजाधर के पैरों पर बैठ

गया और दुर्गेश ठेहुने से छाती पर हुमचने और मुँह पर घूँसा मारने लगा। गजाधर चिल्लाया और मुँह से भल्ल से खून फेंक दिया।

जंगू पास पड़ा डंडा लेकर दौड़ा। तीसरे आदमी ने उसके हाथ से डंडा छीनकर उसकी पीठ पर चार-पाँच डंडे जमाए। फिर सिर से ऊपर तक उठाकर तीन बार पटका। बच्चे की आँखें आतंक से फैल गईं। घिग्घी बँध गई।

चिल्लाहट सुनकर गजाधर की औरत और बेटी अन्दर से दौड़ी आईं और बाप-बेटे को मार खाता देख उनके ऊपर लेट गईं।

दुर्गेश और छोटकन ने लड़की के दोनों हाथ दोनों तरफ से पकड़े और खींचकर खँडहर की ओर ले चले। तीसरा आदमी उनके पीछे चला।

लड़की छटपटाते हुए चिल्लाने लगी—"छोड़ो। छोड़ो।"

"बहुत फड़फड़ाती हो? अभी ठंडा करते हैं।"

माँ अँधेरे में बेटी की आवाज की दिशा में दौड़ी।

"अरे, छोड़ दो बाबू! बड़मनई होकर ऐसन काम न करौ। तोहार बहिन लगैगी।"

"क्या है? कैसा शोर है?"

"शायद गजाधर भट्ठे का पैसा चुरा लाया है। दुर्गेश मार रहा है।"

दुर्गेश का नाम सुनकर पास आते लोग ठिठक गए। जब केवल गजाधर के कराहने की आवाज रह गई तो लोग एक-एक कर आए।

गजाधर को उठाकर बैठाया गया। उसके मुँह से फिर खून का थक्का निकला। जंगू का एक पैर जमीन पर थम नहीं रहा था।

"लगता है, टूट गया।"

गजाधर की औरत बेटी को सहारा देती रोते हुए लौटी।

"इसी कसाई के कहने से पूरे टोले से बैर ठाना था। मुखबिरी की थी, नहीं तो उन लोगों को क्या पता चलता कि कौन सुअरबाड़े में छिपा बैठा है, कौन खँडहर में। उसका फल यह मिल रहा है।"

"टूटी हड्डी का बैठाया जाना बहुत जरूरी है नहीं तो पैर छोटा हो जाएगा।"

बाजार के बगल तालाब के किनारे जो कंजड़ों का टोला है वहाँ का सोपारीदीन हड्डी बैठाने में माहिर है। तुरन्त एक खटोले को डोली की शक्ल दी गई। जंगू को कथरी ओढ़ाकर उसमें लिटाया गया। जाड़े की अँधियारी रात। जंगू की माँ लालटेन लेकर आगे-आगे और डोली कन्धे पर उठाए दो लोग पीछे-पीछे।

आवाज देने की नौबत नहीं आई। सोपारीदीन के कुत्तों ने ही उसे जगा दिया। वह तुरन्त आया। पैर को हिला-डुलाकर समझा, फिर खींचकर बैठाया और पुराने कपड़े का प्लास्टर चढ़ा दिया।

सावधान किया कि हफ्ते-भर हिलना नहीं है और महीने-भर इस पैर को जमीन पर नहीं रखना है। सुअर का तेल प्लास्टर के ऊपर से लगाते रहना है।

छत्रधारी सिंह ने अगले दिन टोले के अपने जासूसों से पता कर लिया कि थाना पुलिस में जाने की कोई चर्चा नहीं है।

गजाधर की छाती का दर्द नहीं जा रहा था तो जंगू की माँ बाजार से डॉक्टर खान को बुला लाईं। उन्होंने आला लगाया। इंजेक्शन लगाया। खाने के लिए गोलियाँ दीं और कहा—"बोलचाल तो रहे हैं। कहीं कटा-फटा भी नहीं है, लेकिन सरकारी अस्पताल ले जाकर छाती का एक्सरे करवा लेना ठीक रहेगा।"

लेकिन सरकारी अस्पताल लेकर जाए कौन? आज तक इस टोले से कभी कोई सरकारी अस्पताल गया नहीं।

"मेरे खयाल से तो हल्दी-तेल गरम करके सारी देह में लगाइए और वही हल्दी मट्ठे के साथ पिलाइए। दस दिन में उठकर खड़े हो जाएँगे।"

लेकिन नहीं खड़े हो सके। मार खाने के तेरहवें दिन मर गए।

सबेरे गजाधर के दाह-कर्म के समय ही तूफानी एक और डरावनी खबर लाया—"कानपुर के एक गाँव में फूलन नाम की एक डकैतिन ने बीस-बाईस लोगों को लाइन में खड़ा करके गोली मार दी जिसमें ज्यादातर ठाकुर थे।"

सुनकर सबके होश उड़ गए।

"किस बिरादरी की है फूलन? हम लोगों की बिरादरी की होगी तो बिना गुनाह हमारा कतल हो जाएगा।"

अभी तक सबके चेहरों पर गजाधर की अकाल-मृत्यु का दुख और दुर्गेश की निर्दयता का गुस्सा था। अब उसकी जगह भय व्याप्त हो गया।

एक-दो रातें टोले के बाहर बिताना ही ठीक रहेगा।

संतोखी बहुत खुश हैं। नायब कोर्ट का मुकदमा जीत गए।

वकील ने बताया तो लगा शरीर में खून का दौरा तेज हो गया है। देह फूल की तरह हल्की लगने लगी। किसी को बाँहों में भरकर चूम लेने का मन हुआ। लेकिन किसे? आसपास सब अजनबी थे। वकील साहब को चूम नहीं सकते थे। अदालत

के पीछे जो नीम का पेड़ है, संतोखी उसे ही बाँहों में भरकर चूमने लगे। उन्हें याद आया, चार साल पहले यही मुकदमा एकतरफा खारिज हुआ था तो वे इसी पेड़ से सिर टिकाकर देर तक सिसकते रहे थे। उनकी आँखें डबडबा गईं।

सच पूछा जाए तो उन्हें उम्मीद नहीं थी कि वे छत्रधारी जैसे जंडैल और दंदी-फंदी आदमी के खिलाफ लड़कर जीत पाएँगे। लेकिन आज मान गए कि छत्रधारी कोई तुर्रम खाँ नहीं हैं। सुनवाई तो महीने-भर पहले ही पूरी हो गई थी। तब से वे आए दिन तहसील के चक्कर लगाते और नायब साहब के सामने पड़कर उन्हें झुककर सलाम बजाते। पर पता न चलता कि वे उन्हें पहचानते भी हैं या नहीं।

देर से ही सही, इन्तजार का फल मीठा मिला तो सारा मलाल दूर हो गया। काम का इतना बोझ रहता है उन लोगों पर कि देर-सबेर हो ही जाती है। एक कदम इजलास में तो एक कदम बाहर। कभी दौड़कर रेवेन्यू बोर्ड जाओ तो कभी हाई कोर्ट। कभी पैमाइश, कभी हदबन्दी, कभी मीटिंग। अकेला आदमी कहाँ-कहाँ पहुँचे? हजार रूप तो धर नहीं सकता!

आदमी अच्छे हैं साहब। पहले वाला तो एक नम्बर का 'घुसहा' था। घुसहा और जातिवादी दोनों।

वकील साहब ने समझाया—"पीछे पड़कर नामान्तरण बही में नाम चढ़वाओ और उसकी नकल ले लो। उसी को अटैच करके थाने पर कब्जा दिलाने की दरखास्त लगा दो।"

"छत्रधारी अपील भी तो करेंगे।"

"अपील करेंगे तो अपील भी लड़ी जाएगी। हमारा केस इतना मजबूत है कि स्टे नहीं पा सकते।...मेरी फीस निकालो।...चाहो तो इसी फैसले के आधार पर विपक्षी के खिलाफ चार सौ बीसी की रिपोर्ट लिखा सकते हो। सजा हो जाएगी।"

"अब और खर्च का रास्ता मत दिखाओ, वकील साहब। मुझे अपने खेत पर कब्जा मिल जाय, यही बहुत है।"

वे फीस देकर चल पड़े।

आज पत्नी की बहुत याद आ रही है। दो महीने से मायके गई हैं। उनकी माताजी बीमार थीं। आज ससुराल ही चलते हैं। बेटा आया होगा तो उससे भी भेंट हो जाएगी।

बेटा चार साल से ननिहाल में रहकर पढ़ रहा था। इस साल बी.ए. करने शहर गया है। बेटा आठवीं क्लास में फर्स्ट पास हुआ तो संतोखी डर गए। इस गाँव में रहेगा तो डाही लोगों की आँखों की किरकिरी बन जाएगा। दुश्मनी चल

ही रही है। कोई फर्जी केस में फँसाकर जेल भिजवा देगा तो जिन्दगी बरबाद हो जाएगी। ननिहाल भेजने के साथ ही हिदायत दे दी थी कि कभी भूलकर भी गाँव लौटने की न सोचे।

उसके मामा ही उसकी पढ़ाई का खर्च उठाते रहे। संतोखी तो ठीक-ठीक यह भी नहीं बता पाते थे कि वह किस क्लास में पढ़ रहा है।

दोनों तरफ का किराया घटाने के बाद आधा किलो लड्डू खरीदने भर के पैसे बच रहे थे। लड्डू खरीदकर उन्होंने बस पकड़ी और खिड़की से टेक लगाकर आँखें बन्द कर लीं।

अब पहले की तरह जजमानी से काम नहीं चल सकता। पहले खुद दुआर-दुआर घूमकर गाँव-भर का बाल बनाइए, फिर छह महीने बाद पत्नी घर-घर घूमकर अनाज इकट्ठा करे। आधा मिले, आधा उधार हो जाए। जो मिले उससे छह महीने का खर्च चलना भी मुश्किल।

बेटे की पढ़ाई का खर्च भी अपने जिम्मे लेना होगा। कब तक ननिहाल के गले पड़ा रहेगा। मुंसिफी वाला मुकदमा कब तक चलेगा, पता नहीं। पैसा तो कदम-कदम पर चाहिए।

तहसील या कचहरी में बैठने की जगह ढूँढ़नी होगी। किस्बत अपने पास है ही। गुमटी किराए पर लेना खर्चीला होगा लेकिन कुर्सी तो चाहिए ही, भले काठ की हो। ईंट या पत्थर पर बैठकर तो अब कोई बाल कटाने से रहा। लेकिन कुर्सी खरीद लें तो रात में उसे रखेंगे कहाँ?

गजाधर बहू क्या करें? दुर्गेश हाथ धोकर उनकी बेटी के पीछे पड़ गया है। रात में दारू पीकर आ जाता है और घर में घुसना चाहता है। उसकी देखा-देखी दूसरे लड़के भी उनके घर के आसपास मँडराने लगे हैं।

गजाधर बहू रात में दरवाजे के बाहर खटिया बिछाकर सोने लगीं तो एक रात दुर्गेश खपरैल पर चढ़कर आँगन में कूद गया। बेटी चिल्लाई तो पता चला।

गजाधर बहू दुर्गेश के घर ओरहन लेकर गईं—"अपने बेटे को काबू में रखिए ठकुराइन। हम गरीबों की कोई इज्जत नहीं होती क्या?"

जवाब दुर्गेश की बुआ ने दिया—"किसके लिए बछेड़ी पालकर रखी हो?

ससुराल भेजो।" फिर मुस्कराकर बोली—"ठाकुर के लड़के हैं। देखकर ललचाएँगे तो कौन रोक लेगा?"

पास-पड़ोस के लोग भी दुर्गेश के नाम से डरते हैं। गोहार लगाने पर कोई दौड़कर आने वाला नहीं।

सगी जेठानी तो कहती थी कि लड़की ही छिनार है, खुद बुलाती होगी। काम निबट जाने के बाद चिल्लाएगी तो कोई पहुँचकर क्या कर लेगा? जेठानी को यह बात आज तक नहीं भूली है कि उसके आदमी को नसबन्दी के लिए गजाधर ने ही पकड़वाया था।

"ऐसी बात बोलते हुए इस हरजाई के मुँह में कीड़े भी नहीं पड़ते।" गजाधर बहू रो-रोकर सरापती हैं—"चौदह-पन्द्रह साल की बच्ची के लिए ऐसे कुबोल!"

गजाधर बहू ने मान लिया कि अब इस गाँव में उनका गुजारा सम्भव नहीं है। उन्होंने अपने भाई को बुलवाया। जाँत, चकरी, मूसल, नाँद और चारा-मशीन रात में अपने एक पड़ोसी के घर रखकर भोर में चारों लोग निकले। चार नहीं, भैंस को लेकर पाँच। जंगू के मामा और माँ के सिर पर अनाज की बोरी और रजाई। बेटी के सिर पर बर्तन की बोरी और हाथ भें बाल्टी, बाल्टी में झाड़ू, लोटा, गिलास। कथरी, कपड़े, पढ़ाई का बस्ता जंगू के सिर पर। मामा भैंस का पगहा पकड़कर आगे-आगे और जंगू संटी से भैंस को हाँकता पीछे-पीछे। टोले का कुत्ता झबुआ गाँव के बाहर तक इन्हें पहुँचाने आया। कुछ देर रुककर अँधेरे में इन्हें जाते देखता रहा।

ग्राम समाज की एक खाली पड़ी जमीन पर ग्राम प्रधान ने गजाधर बहू को झोंपड़ी बनाने की जगह दे दी। जंगू के मामा ने उस पर झोंपड़ी खड़ी कर दी। मुख्तार साहब के घर में सुबह-शाम गाय-बैल को चारा-पानी देने, गोबर काढ़ने-पाथने और झाड़ू लगाने का काम मिल गया। दिन में जहाँ मिले, माँ-बेटी मजदूरी करने जाएँ।

मुख्तार साहब की पत्नी साल-भर पहले गुजर गईं। बेटा कानूनगो है। बाल-बच्चों के साथ बाहर रहता है। खाना पकाने और चौका-बर्तन का काम बूढ़ी महरिन किसी तरह निपटा देती है।

गृहस्थी का काम करने वाली का जुगाड़ हो गया तो खुश हो गए।

मुख्तार साहब तो चाहते थे कि जंगू भी उन्हीं के घर रहे। जानवरों को चरा लाए और खेती-बारी के काम में मदद करे। लेकिन गजाधर बहू राजी नहीं हुईं। जंगू के बप्पा जंगू को पढ़ाना चाहते थे। वे उसकी पढ़ाई नहीं बन्द करा सकतीं। हाँ, जब तक गर्मी की छुट्टियाँ हैं, वह गाय-बैलों की देखभाल कर लेगा।

स्कूल खुलने पर जंगू की माँ जंगू को लेकर गईं और बड़े पंडित जी को एक रुपया देकर दर्जा पाँच में नाम लिखवा दिया।

हाथ जोड़कर कहा—"बिना बाप का बच्चा है। दू अच्छर सीख लेगा तो आपका गुन गाएगा।"

दक्षिणा पाकर पंडित जी प्रसन्न हुए। साँवला है तो क्या हुआ, लड़का सुन्दर है। स्वस्थ भी। दाँत कैसे चमक रहे हैं। पंडित जी ने बीच-बीच में कई बार जंगू की माँ की ओर देखकर मिलान किया। माँ तो गोरी है। इसका मतलब लड़का रंग में अपने बाप पर और गढ़न में माँ पर गया है।

पहलवान की बारात निकल रही है।

जब से रामगंज मेले के दंगल में पहलवान ने गूँगा पहलवान की पीठ लगाई, उनके घर बरदेखुओं का ताँता लग गया। एक जाता तो दो आ धमकते। विद्रोही बहू उन्हें हँसकर बतातीं कि उनके बेटे का बियाह तो उसके पैदा होने के पहले से तय हो गया है। लोग हँसते। कहते, "बियाह भले न मानिए लेकिन इनकारी का कोई कायदे का बहाना तो खोज लीजिए।" जबकि विद्रोही बहू झूठ नहीं कहती थीं। जब विद्रोही उनको लेकर भागे तो अपने घर नहीं गए। वहाँ पकड़े जाने का डर था। उन्हें लेकर अपने एक मित्र के घर गए और बम्बई जाने के पहले उन्हीं के घर दस-पन्द्रह दिन छिपे रहे। इस बीच दोनों स्त्रियों में बहनापा हो गया और दोनों ने तय किया कि यदि उनमें से एक को बेटा और दूसरी को बेटी हुई तो दोनों को ब्याह दिया जाएगा। ऐसा ही हुआ। विद्रोही बहू को बेटा और उनके परिचित को बेटी हुई। आज वहीं बारात जा रही है।

नगड़ची बज रही है। परछन हो रही है। काँड़ी की परछन, मूसल की परछन, सूप और जाँत की परछन, अन्त में कुएँ की परछन।

पीला जोड़ा-जामा पहने, पाँव में महावर और आँखों में काजल लगाए, मौर बाँधकर सजे-धजे पहलवान को लेकर औरतों का दल गीत गाता हुआ विद्रोही बहू की अगुवाई में कुआँ पूजने जा रहा है—

सुनु सुनु कारे भँवरवा
नेवता लइ जाउ

होय मोरे पूत के बियहवा
नेवता दइ आउ

ऐ काले भँवरे, सुनो! मेरे बेटे का विवाह हो रहा है। जाकर सबको नेवता दे आओ।

इस गीत को पहली बार तेल-पूजन के मौके पर गाया जाता है और उसी दिन से रिश्तेदारी में नेवता भेजने की शुरुआत होती है—

अरजन नेवतेउ परजन नेवतेउ
नेवतेउ न बीरन भाय
कि जेसे मैं रूठि गइउँ।

आर्यजन को न्योतना, प्रजाजन को न्योतना। सबको न्योतना। एक मेरे बीरन भइया को मत न्योतना, जिनसे मैं रूठी हुई हूँ।

गीत में बहन अपने बीरन से क्यों रूठी हुई है, इसका खुलासा गीतकार नहीं करता। लेकिन विद्रोही बहू के भाइयों को न न्योतने का कारण उनका अपना नहीं, भाइयों का नाराज होना है।

जब से वह विद्रोही जी के साथ भागीं, मायके से बोलचाल तक नहीं है। ऐसा न होता तो सबसे पहला न्योता दूल्हे के मामा के पास ही भेजे जाने का रिवाज है।

इस गीत के बोल विद्रोही बहू के उत्साह को शिथिल कर देते हैं।

कुएँ की परछन के बाद विद्रोही बहू कुएँ में दोनों पैर लटकाकर बैठ जाती हैं। घर वापस लौटने को तैयार नहीं। क्या करेंगे घर लौटकर? अभी तक जो बेटा उनके कब्जे में था, कल से वह बहू के कब्जे में चला जाएगा। तब उनको एक टूका रोटी तक के लिए तरसना पड़ेगा। बहू की टहलुई बनकर रहने से अच्छा है कि कुएँ में कूद जाएँ।

दूल्हा आगे आता है। माँ की काँख में पीछे से हाथ डालकर उठाते हुए वचन देता है—बहू के आने से तुम्हारी हैसियत कम नहीं होगी, अम्मा। मैं पहले तुम्हें खिलाऊँगा, तब खुद खाऊँगा। घर चलो।

विद्रोही बहू गाती हुई औरतों के साथ वापस लौट रही हैं—

अरजन आए, परजन आए,
नाहीं आए बिरना हमार
मैं काको धरि भेंटउँ हो

आर्यजन-प्रजाजन सब आए। नहीं आए तो केवल हमारे भइया। मैं किसको पकड़कर भेंटूँ!

इस गीत का दर्द विद्रोही बहू के कलेजे में बर्छी घोंप देता है। भाई-भतीजों के शामिल हुए बिना सारी खुशी अधूरी है। उनके पैर थर-थर काँपने लगते हैं। वे बीच रास्ते में बैठ जाती हैं। आँचल से मुँह ढककर सिसकने लगती हैं। सम्पूर्ण चराचर उनके आँसुओं की बाढ़ में डूब जाता है।

टोले के सारे मर्द बारात चले गए। आज रात भर औरतों का रतजगा होगा। नाटक, स्वाँग, नृत्य, गायन। मनोरंजन और टोले की रखवाली भी। पड़ोस के तिरबेनी बाबा से चला नहीं जाता। गठिया ने जकड़ रखा है। रतौंधी भी होती है। उन्हें टोले की रखवाली के लिए छोड़ दिया गया है। तिरबेनी बाबा को खिला-पिला कर उनकी पतोहू ने मँड़हे में सुला दिया है। उनको नींद नहीं आ रही है। विद्रोही ले गए होते तो वे भी बारात जाते। पता नहीं कि इस बारात में रंडी भी गई है नाचने के लिए कि नहीं? बहुत पहले एक बार ऐसा नाच देखा था। त्रिभुवन सिंह के बेटे की बारात में दो बहनें गई थीं। बड़ी लैला, छोटी लैला। बड़की लैला थोड़ी मोटी हो गई थी, लेकिन छोटकी तो गजबै थी। उस बारात में वे बोझवा बनकर गए थे। तीस पूड़ी खाए थे। दोनों बहनों का कमर लचकाते हुए छमाछम नाचना। एक बार तो छोटी वाली इतने नजदीक से गुजरी कि उसकी साड़ी का पल्लू उनके चेहरे से छू गया। महक का एक झोंका आया और कपड़ा-लत्ता सब मह-मह! उनकी आँखें बन्द हो गईं। आज एक बार फिर वैसा ही नाच देखने का चानस मिल सकता था। शायद इस जिन्दगी का आखिरी चानस, लेकिन...यह रतौंधी भी अच्छी चीज है। बाहर की दुनिया जितनी धुँधली दिखती है, पुतलियों के अन्दर दिखने वाली दुनिया उतनी ही चटक! रंडी का नाच जो अभी बारात में शुरू भी नहीं हुआ होगा, तिरबेनी को साफ दिख रहा है। लचकती कमर, छमछम बजते घुँघरू, उड़ता पल्लू, दाँतों की बतीसी; वाह, वाह, वाह!

करेजऊ करेजऊ करेजऊ
एगो चुम्मा देहले जाया हो करेजऊ

नाचते-नाचते दोनों बहनें एक-दूसरे में गड्डमड्ड हो रही हैं। आँखें बन्द कर लीजिए तो बहुत ही साफ दिखाई देता है। बुढ़ऊ का सिर धीरे-धीरे हिल रहा है।

"ए बुढ़ऊ। उठो!"

"अरे, छोटी लैला आई है कि बड़ी?"

दुआर पर जल रहे बल्ब की कटी-फटी रोशनी मँड़हे में आ रही है।

"उठ बे साले, बेहनचो..." रोबीली, भारी आवाज!

सिहर जाता है बुड्ढा। जिसका डर था वही हुआ। बहुत बार ऐसा हुआ है। सारे नौजवान बारात चले जाते हैं और पीछे से डाकू आकर पूरा गाँव लूट लेते हैं। मर्दों से सूना गाँव। विरोध करने वाला कोई नहीं। कितने मजे से लेटे-लेटे दोनों बहनों के नाच का मजा ले रहे थे। अब जान बच जाए तो गनीमत समझो।

डंडे की नोक धोती से आधा बाहर झाँक रहे उनके अंडकोष पर चुभती है तो वे चिहुँक जाते हैं—'बाप रे, बन्दूक की नाल। जाने कब फायर झोंक दें। अब तो उठने में ही कल्याण है।'

वे कराहते हुए उठते हैं। टॉर्च की तेज लाइट आँखों पर पड़ती है। वे दोनों हाथों से आँख मींच लेते हैं। उँगलियों के बीच से देखने की कोशिश करते हैं। टॉर्च बुझने के बाद भी देर तक आँखों को कुछ नहीं सूझता। कई लोग हैं। आगे का मोटा आदमी काले पतलून में। उसके बगल का, पुलिस की पतलून में। सिर पर छतरीदार गोल टोपी। जैसे अंग्रेज बहादुर पहनता था। रात में भी काला चश्मा? मतलब लुटेरे पहचान छिपा रहे हैं। पड़ोस के ही होंगे। वे आँखें मींजे-मींजे ही कहते हैं—"जो कुछ लूटना-पाटना हो लूट-पाट लो, राजा। बस, जान बक्स दो।"

"हम डाकू नहीं, बैंक के मैनेजर हैं। तुम्हें पकड़ने के लिए दारोगा जी को साथ लेकर आए हैं। तुम्हारे बेटे ने भैंस का लोन नहीं अदा किया।"

चलो, जान बची। कँपकँपाते बुढ़ऊ की हिम्मत बढ़ती है—"बेटे के लोन के लिए बाप को क्यों गिरफ्तार करेंगे, साहेब?"

"तुम जामिनदार बने हो कि नहीं? नीचे उतरो।"

"हमें कुछ दिखाई नहीं दे रहा साहब। रतौंधी होती है।"

दारोगा जी आगे आकर भारी आवाज में गरजते हैं—"अबे सीधे-सीधे उतरेगा कि हथकड़ी लगाऊँ?" बुढ़ऊ असहाय महसूस करते हैं। उतरना ही पड़ेगा। जमीन पर पैर टिकाने के साथ ही उन्हें कुछ सूझता है। उन्होंने अपने बचपन में देखा था, मालगुजारी वसूल करने वाले आते थे तो बिना दस-पाँच रुपये लिये मानते नहीं थे। वे अपनी पतोहू को आवाज लगाते हैं—"हे रे, पपुआ की माई! ये लोग तो जान के पीछे पड़ गए हैं रे! जरा दस रुपैया तो देना। ले-देकर दफा करें।"

“नहीं सुनेगी पपुआ की माई। वह तुमसे कम तंग है क्या? यह बताओ, जब वह कुएँ पर नहाती है तो तुम ओसारे में बैठे-बैठे उसे टकटकी लगाकर ताकते क्यों हो?”

“ऐ साहेब, आपको कैसे मालूम यह बात?”

“उसने थाने पर शिकायत किया है। दारोगा जी आगे बढ़कर गरजते हैं।”

“नहीं साहेब। चाहे कुछ भी हो जाय, वह ऐसा नहीं कर सकती। खानदानी बहू है।”

“चाहे कुछ भी हो जाए? इतनी खानदानी? लेकिन तुम तो नम्बरी बदमाश हो। इससे अच्छा है कि तुम खुद शादी कर लो।”

“नहीं, सरकार। वह मेरी बहू है।”

“अबे, उससे नहीं; किसी दूसरी औरत से।”

“क्या कहते हैं सरकार, मेरी अब शादी की उमर रह गई?”

“उमर को क्या हुआ? तुम्हारी घरवाली मर गई है तो कर सकते हो। एक लाख का लोन पास कर देंगे।”

बूढ़ा अवाक्!

“क्यों मजाक करते हैं, साहेब? शादी के लिए लोन।”

“क्यों नहीं? रँड़ुआ हो गए तो लोन के लिए सुपात्र हो गए।”

“तो दे दें हुजूर। बड़ी मेहरबानी होगी। अब आप से क्या-क्या बताएँ, जबसे मेरी बुढ़िया मरी...बहू को चार बार आवाज लगाओ तो एक बार बोलती है। एक बूँद पानी के लिए तरसा देती है।”

“और किस-किस चीज के लिए तरसाती है?” भीड़ में हँसी की लहर...

“जी हुजूर? कान से थोड़ा कम सुनाई पड़ता है।...कहती है कि इतने प्यासे हो तो वहीं खटिया के बगल में कुआँ खोदवा लो।”

“छोड़ो। अब किसी चीज के लिए तरसने की जरूरत नहीं रहेगी।”

“अरे हुजूर, वहीं बैठे-बैठे कहती है कि आ तो रहे हैं। क्या उड़कर आ जाएँ?”

“उड़ना चाहती है तो दिक्कत क्या है?”

“जी हुजूर, थोड़ा कम सुनाई पड़ता है।”

“लोन कैसे वापस करोगे?”

“अरे हजूर। एक बीघा खेत बेंच देंगे। अभी तो सब मेरे नाम ही दर्ज है। नहीं तो जितना कहिए बैंक के नाम रेहन कर देते हैं।”

“ठीक है। लो इस कागज पर अँगूठा लगा दो।”

एक कजरौटे में बूढ़े का अँगूठा रगड़कर कागज पर छाप लगाई जाती है।

बूढ़ा अँगूठे में लगी कालिख सफेद बालों में पोंछते हुए पूछता है—"हजूर, लड़की...माने औरत का इन्तजाम भी बैंक वाले करेंगे?"

"क्या बकते हो? लड़की खुद खोजो। बैंक केवल चेक देगा। कोई लड़की है तुम्हारी नजर में?"

"है तो हुजूर। एक औरत इसी गाँव में है। बहुत ही सीधी है। उसके साथ कोई बाल-बच्चा भी नहीं है। वह मान भी जाएगी। लेकिन मेरा बेटा नहीं मानेगा।"

"तो बेटे से अलग हो जाना।"

"वही करना पड़ेगा, हुजूर। इतने दिन तक साथ रहकर अघा गए। कोई किसी का नहीं होता।"

"देख रे, पपुआ की माई। तेरे ससुर ने ब्याह रचाने के लिए खेत रेहन रख दिया। अब तू पता लगा कि इस गाँव में तेरी सास बनने वाली औरत कौन है?"

सामूहिक हँसी। भीड़ में पीछे खड़ी पपुआ की माँ भी हँसती है।

बुढ़ऊ को कुछ-कुछ माजरा समझ में आ रहा है। ये तो गाँव की औरतें हैं। उन्हें बुद्धू बना दिया! वे पहचानने की कोशिश करते हैं। टुकड़े-टुकड़े में हँसते हैं और गरियाते हैं—"हरजाइयो, मैं ही मिला तुम लोगों को मजाक करने के लिए।"

औरतों का झुंड हँसते-खिलखिलाते एक-दूसरे को ठेलते बाहर चला जाता है।

कौन विश्वास करेगा कि रात-दिन घर-गृहस्थी के काम में खटने वाली इन स्त्रियों के अन्दर इतनी नाट्य-क्षमता है। ठह-ठहकर खड़ी बोली बोलती हैं, जिसका कभी अभ्यास नहीं किया। साहबी हाव-भाव और पुलिसिया रौब-रुतबे की हूबहू नकल।

यह सारी रात चलेगा। गायन, वादन, नृत्य। नीम के नीचे जाजिम बिछ गया है। ढोल बजने लगा है। औरतों का झुंड आता जा रहा है। बिजली के बल्ब के अलावा दो गैस बत्तियाँ भी दो कोनों पर नीम की डाल में लटका दी गई हैं। विद्रोही जी की भारी-भरकम शरीर वाली बड़ी बहन जो नाटक में दारोगा के रोल में उतरी थी, सबको कटी हुई गरी, छुहारा और लौंग-इलायची बाँट रही हैं। मैनेजर बनी चटकीला भौजी सबको भाँग की ठंडाई का गिलास दे रही हैं। जिसको ज्यादा नशा चढ़ने का डर हो, उसके लिए सादी ठंडाई। नाउन सबको पान लगाकर दे रही हैं। दो नई बहुएँ सुनरा अइया को लेकर आती हैं। सुनरा अइया अपनी लाठी एक बहू को पकड़ाकर झुंड के बीच में बैठती हैं। औरतें झुक-झुक कर उनके पैर छू रही हैं। उनके आने से महफिल में रौनक आ गई है। सुनरा अइया गाँव की सबसे बुजुर्ग महिला हैं। दो साल पहले तक उनके बिना गाँव के किसी शादी-ब्याह का उत्सव पूरा नहीं माना जाता था। गाने, बजाने, नाचने, हँसी, मजाक हर काम में बेजोड़। गृहस्वामिनी पान-सुपाड़ी देकर, पैर छूकर न्योता दे आतीं तो वे लाठी

टेकते हुए जरूर पहुँचतीं। इधर दो साल से पैर साथ नहीं देते, लेकिन जब विद्रोही बहू ने तीन बार पैर छूकर इसरार किया और आँचल के कोने में सुपारी-लौंग बाँध दिया तो बोलीं—"उस दिन तक जीते रह गए तो जरूर आएँगे।"

ससुराल आने पर सुनरा अइया को गाँव की स्त्रियों ने उनकी सुन्दरता के आधार पर पहले सुनरा (सुन्दरी) गोसाइन का सम्बोधन दिया फिर उम्र बढ़ने के साथ क्रमश: सुनरा भौजी और सुनरा अइया कहाईं। विवाह के दस-बारह बरस बाद तक उन्हें कोई बाल-बच्चा नहीं हुआ। एक बार पड़ोसिन के बेटे का विवाह पड़ा। उन्हें भी तेलवाई की रस्म पर बुलाया गया। दूसरी औरतों को तो पड़ोसन ने दो परी तेल दिया, उन्हें केवल एक परी दिया। कारण पूछने पर बताया—आपके घर से तो तेल की वापसी होनी नहीं है, इसलिए।

मतलब कि आपके घर कोई बाल-बच्चा तो है नहीं कि उसके ब्याह की तेलवाई में मैं आऊँ और आज दिए गए तेल की वापसी पाऊँ।

सुनरा अइया के कलेजे में यह बात 'धक' से लगी। इसके पहले उन्हें अपने नि:संतान होने का इतना दुख कभी नहीं हुआ था। वे दुखी मन घर लौटीं और पीछे पड़कर अपने पति को दूसरा विवाह करने के लिए राजी किया। खुद लड़की देखने गईं। जैसे कोई माँ अपने बेटे का ब्याह रचाए, ऐसे उत्साह के साथ। अपनी सौत को वे छोटी कहकर पुकारतीं। पति और छोटी के खानपान का विशेष ध्यान रखतीं।

विवाह के दो साल बाद छोटी को बेटा हुआ। उन्होंने धूमधाम से उसकी 'बरही' का उत्सव मनाया। नवजात बच्चे के स्वास्थ्य का ध्यान रखते हुए उन्होंने साल-भर के लिए पति और 'छोटी' के मिलने (साथ सोने) पर रोक लगा दी। और कुदरत का करिश्मा देखिए कि उसी साल-भर की बन्दिश के बाद खुद सुनरा अइया को भी बेटा पैदा हुआ।

सुनरा अइया बयालीस साल की उम्र में ही विधवा हो गईं। तब खुद को पति की जगह रखकर पूरे परिवार की देखभाल की। छोटी को पहले से भी ज्यादा इसलिए मानती थीं कि उसी की गोड़ी ड्योढ़ी में पड़ने के बाद उनकी कोख खुली थी।

बड़े बेटे के विवाह की तेलवाई में सुनरा अइया ने पड़ोसन को नौ परी तेल का नेग दिया। पड़ोसन को अचम्भित देखकर बताया—"नौ परी इसलिए कि आपके ताना मारने से मेरा वंश डूबने से बच गया। न आप मुझे निरबंसिन होने का ताना मारतीं न मैं अपने बुढ़ऊ (आदमी) का दूसरा ब्याह कराती, न मेरा वंश जागता। आपका ताना मेरे लिए वरदान बन गया। दूसरे बेटे के ब्याह में भी नौ परी दूँगी।"

पड़ोसन उनका मुँह देखती रह गई।

पहले बेटियाँ नाचने उतरीं। फिर उन्होंने एक-एक करके अपनी भाभियों को

बाँह पकड़कर खींचा। भाभियों ने अपनी सासों को और सासों ने अपनी ननदों को। आधी से ज्यादा रात बीत गई।

अब एक गीत आपका हो जाय अइया, जो रसदार हो।

"कैसा हो?"

"जिसके पोर-पोर में रस भरा हो।"

पान की गिलौरी पोपले गाल के किनारे दबाकर मुस्कराती हैं अइया—"दाँत-भाँड़ है नहीं, गाऊँगी क्या?"

विद्रोही बहू आगे आईं—"बार-बार तो मेरे बेटे का ब्याह होगा नहीं अइया। एक गीत तो गाना ही होगा। एक ताव नाचना भी।"

अन्य महिलाओं का भी इसरार।

"पैर साथ नहीं देते, नाचूँगी क्या?"

"चाहे एक ही ठुमका लगा दीजिए। लीजिए, ठंडाई पी लीजिए। ताकत आ जाएगी।"

"क्या है?"

"भाँग है। ज्यादा कड़ी नहीं है।"

"भाँग? न, न, न। मुझे बहुत चढ़ती है। जमाना हुआ, एक बार पिये थे तो लग रहा था कि आकाश में उड़े जा रहे हैं।"

"आज फिर उड़िए, अइया।"

एक बहू उनके मुँह से गिलास लगा देती है। वे आधा गिलास पीती हैं, फिर दो बहुओं का सहारा लेकर खड़ी होती हैं। औरतें पीछे हटकर उनके नाचने के लिए गोलाकार जगह बनाती हैं।

अइया दाएँ-बाएँ देखते हुए ताली बजाना शुरू करती हैं। ढोल की सम ध्वनि तड़-तड़-धम, तड़-तड़-धम से लय मिलाते हुए सिर को दाएँ-बाएँ घुमाती हैं। पैर साधकर दो कदम आगे जाती हैं, फिर पीछे आती हैं। बाएँ जाती हैं फिर दाएँ आती हैं। फिर रुककर विद्रोही बहू से कहती हैं—"सुनो, दुलहा की महतारी। अगर नेग में साड़ी पहनाना कबूल करो तो मैं आज लाख टके का एक गीत सुना दूँ।"

"लाख टके का? बिलकुल सुनाइए, अम्मा। मैं साड़ी के साथ बिलाउज, पेटीकोट और जोड़ा चप्पल भी कबूलती हूँ।"

मुस्कराती हैं अइया। पान से लाल मुस्कराहट। बायाँ हाथ कमर पर रखकर और दायाँ धरती के समानान्तर उठाकर, थोड़ा बाएँ झुके-झुके, वृत्ताकार घेरे में नाचना शुरू करती हैं।

तालियाँ! तालियाँ! आह वाह का शोर!

वे कढ़ाती हैं—

आज तुमड़ी मा भाँग घोटाउ रसिया
आज तुमड़ी मा...

ओ हो हो! 'रसिया' शुरू किया अइया ने।

अब कहाँ बचे रसिया गाने वाले।

अइया संकेत से सबको पुरवाने (दोहराने) के लिए कहती हैं। महिला समूह दोहराता है—

आज तुमड़ी मा...

गति आ गई है अइया के पैरों में!

मातल मदन रैन अँधियारी
रैन अँधियारी, रैन अँधियारी
टोउ न टाउ सोझै डाउ रसिया
आज तुमड़ी मा
आज तुमड़ी मा भाँग...

हा-हा-हा-हा...दोहराना भूल गईं सब। हँसते-हँसते, लोट-पोट।

"अरे, देखो; चक्कर आ गया क्या?"

दो बहुओं ने लपककर गिरने-गिरने को हुई अइया को पकड़ा।

—सँभालकर बैठाओ। घुमरी (चक्कर) आ गई है। दम फूल रहा है। सीपी जैसे होंठ के दोनों कोरों पर पान की लाल धार ठुड्डी तक बह आई है।

अइया को पंखा झला जाता है। गरमागरम चाय दी जाती है। नाच-गाना तो सारी रात चलेगा, लेकिन चाय पीने के बाद अइया घर जाना चाहती हैं। दो बहुएँ उन्हें पहुँचाने जाती हैं।

रात में सोई अइया को सबेरे पड़पोते की बहू जगाने गई तो उनके प्राण-पखेरू उड़ चुके थे। वह बताती है—मुँह देखकर लगता था, जैसे हँस रही हैं।

जाते-जाते अगली पीढ़ी को लाख टके का गीत सौंप गईं। खुद भी मुक्त हो गईं, गीत को भी मुक्त कर दिया।

बलम बिन गुइयाँ नैन तलफैं हो

जंगू को ननिहाल अच्छा लगने लगा है। इसलिए कि उसे बड़े पंडित जी बहुत मानते हैं। दर्जा पाँच को वही पढ़ाते हैं। अब सबेरे की प्रार्थना जंगू ही करवाता है। वह सही उतार-चढ़ाव के साथ बावन सेकेंड में राष्ट्रगान गा लेता है। बड़े पंडित जी कहते हैं—"जंगबहादुर तेज लड़का है। पढ़ने में ही नहीं, सेवाभाव में भी।"

वे साइकिल से उतरते बाद में हैं, जंगबहादुर उनकी साइकिल का हैंडिल पहले थाम लेता है। दोपहर की छुट्टी में उसकी सफाई भी कर देता है। वे कहते हैं—"इतने सेवाभावी लड़के का नाम जंगबहादुर किसने रखा? इसका नाम तो सेवादास होना चाहिए।" कभी-कभी वे सोचते हैं कि जरूर यह किसी ऊँची जाति के बीज से पैदा हुआ है। छोटी जाति में इतनी बुद्धि कैसे हो सकती है? तब पंडित जी को जंगबहादुर पर दया आती है कि इस बेचारे को छोटी जाति में पैदा होने का अपमान जिन्दगी-भर झेलना पड़ेगा और इसका असली बाप मजा मारकर किनारे हो गया।

बड़े पंडित जी बहुत समझाकर और पूरी मेहनत से पढ़ाते हैं। गणित तो इतनी अच्छी तरह समझाते हैं कि हिन्दी से भी आसान लगता है। पंडित जी बताते कि गणित में जो सबसे महत्त्वपूर्ण अंक है उसका आविष्कार हमारे आर्यावर्त में हुआ। उस आविष्कार से पहले दुनिया की गणित लँगड़ी थी। बताओ क्या है वह अंक? वह अंक है शून्य। शून्य खुद में कुछ नहीं है लेकिन जिस गिनती के दाहिने विराज जाता है उसका मान दस गुना बढ़ा देता है।

पंडित जी अंग्रेजों का दिया हुआ बस एक सिद्धान्त नहीं मानते कि पृथ्वी बिना किसी सहारे के अधर में लटकी हुई है। जब छोटी से छोटी चीज भी बिना सहारे के हवा में नहीं लटक सकती तो इतनी बड़ी पृथ्वी कैसे लटकी रहेगी? उन्हें उनके गुरुजी ने बताया था कि हमारे धर्मग्रन्थों की इस मान्यता को झूठा सिद्ध करने के लिए कि पृथ्वी शेषनाग के फन पर टिकी हुई है, अंग्रेज ऐसी निराधार बातें प्रचारित कर गए हैं। बच्चों को गुरुजी की बात में दम नजर आता है लेकिन यह सोचकर डर भी लगता है कि शेषनाग एक दिन बूढ़े होंगे और मरेंगे भी। तो उस दिन पृथ्वी

लुढ़ककर कहाँ जाएगी? हम लोगों का क्या होगा?

रसखान के सवैये पढ़ाते हुए पंडित जी बताते कि मुसलमान होते हुए भी वे कृष्ण भगवान की भक्ति में इतने डूब गए थे कि भगवान से वरदान माँगा—

मानुष हौं तो वही रसखान बसौं ब्रज गोकुल गाँव के ग्वारन।

यानी अगर अगले जन्म में मुझे मनुष्य बनाकर पैदा करिए तो गोकुल गाँव के ग्वालों के बीच में पैदा करिए।

भगवान ने उनकी प्रार्थना सुन ली और अगले जनम में उन्हें गोकुल में ग्वाला बनाकर पैदा किया। फिर असलम की ओर देखते हुए कहते—"सुन रहे हो?"

असलम मन्द-मन्द मुस्कराते हुए सिर हिलाता।

पंडित जी ध्रुव, प्रह्लाद, अजामिल, गजराज आदि की कहानियाँ सुनाकर बताते कि भगवान अपने भक्त की पुकार सुनकर उसे संकट से बचाने के लिए नंगे पाँव दौड़कर आते हैं। भगवान को पुकारने का अभ्यास बच्चों में बना रहे इसके लिए वे स्कूल में कई प्रार्थनाएँ करवाते थे। एक महीने 'निर्बल के प्राण पुकार रहे जगदीश हरे जगदीश हरे' तो अगले महीने 'भगवान मेरी नैया उस पार लगा देना' गाई जाती।

एक रात जंगू ने सपना देखा—चौड़े पाट की उमड़ी हुई नदी की बीच धारा में वह एक छोटी डोंगी में बहा चला जा रहा है। नाव सँभाले नहीं सँभल रही है। अब डूबी कि तब। वह आसमान की ओर देखते हुए भगवान को पुकार रहा है, लेकिन भगवान का कहीं अता-पता नहीं है। आसमान में बस एक चील टिंहकारी भरती पंख पसारे उड़ रही है।

वह घबराकर जगा तो पाया कि पसीने से लथपथ है और साँस तेज चल रही है। उसने असलम को बताया तो वह धीरज बँधाने लगा—"तुम्हें पीर बाबा की मजार से एक ताबीज दिलवा दूँगा। ऐसे सपने आने बन्द हो जाएँगे।"

पढ़ाई में तेज होने के चलते बड़े पंडित जी ने जंगू को अगली पंक्ति में बैठा दिया है, कक्षा मॉनीटर कौशलेन्द्र के ठीक बगल में। छोटी जाति के बच्चे को मिला यह सम्मान ऊँची जाति के लड़कों को पसन्द नहीं आया। भले मुँह से कुछ न कह सकें, लेकिन जंगू को इसकी वजह से मिलने वाली उपेक्षा और गुस्से का आभास होता रहता है। स्कूल आते-जाते 'लँगड़वा' सम्बोधन तो उसे शुरू से मिलने लगा था, पर अब वे उसे सुनाकर चिढ़ाते हैं—

लंगड़ भचंगड़ अठारह रोटी खाय।
चार तसला पानी पियै तबौ न अघाय।

इन लड़कों को उकसाता कौशलेन्द्र है, लेकिन खुद कुछ नहीं कहता। वह जंगू से बोलता ही नहीं।

जंगू माँ से बताता है तो माँ उलटे उसी को समझाती है—"हम लोगों के गिरानी के दिन हैं बेटवा। ठाकुर-बाभन लड़कों के साथ लड़ाई-झगड़े से बचो। उनसे राह बचाकर चलो। सिर झुकाकर आओ-जाओ। किसी तरह दिन काटो। पढ़-लिख लोगे तो कभी अपना समय भी बदल जाएगा।"

एक दिन इमला में कौशलेन्द्र का 'आस्ट्रेलिया' गलत और जंगू का सही हो गया तो बड़े पंडित जी ने कौशलेन्द्र को सावधान किया—"अपनी मॉनीटरी सँभालो कौशलेन्द्र। अगर बोर्ड से पहले की तैयारी परीक्षा में जंगबहादुर के नम्बर तुमसे ज्यादा आए तो कक्षा की मॉनीटरी जंगबहादुर को मिल जाएगी।"

कौशलेन्द्र को यह बात खल गई। उसकी गोल के सारे लड़कों को खल गई। नम्बर कम-ज्यादा होने से क्या होता है? उन्हें बिलकुल बर्दाश्त नहीं होगा कि एक चमार उनका मॉनीटर बने।

उस शाम स्कूल से वापसी के समय कौशलेन्द्र के गोल के एक लड़के ने पीछे आ रहे जंगू को चिढ़ाया—

जंगू चमाऽऽर
हर जोतैं हमाऽऽर

बाकी लड़कों ने कोरस में गाया—

जूता परै तो
लगावै गोहाऽऽर
झमकोइया मोरे लाऽऽल

जंगू बस्ता फेंक उस लड़के पर पीछे से चढ़ बैठा और सड़क की कँकरीली पटरी पर रगड़ने लगा। सब बच्चे भाग खड़े हुए। असलम ने दोनों को अलग किया।

अगले दिन सबेरे रास्ते में कौशलेन्द्र का आठवीं में पढ़ने वाला भाई सुरेन्द्र हाथ में डंडा लेकर खड़ा मिला। जंगबहादुर पास से गुजरा तो उसने बुलाया—"अबे लँगड़े, इधर आ।"

जंगू रुका। मुड़कर देखा। फिर चल पड़ा।

"अबे, सुना नहीं! साले, दूसरी टाँग भी तोड़नी पड़ेगी क्या?"

उसने दौड़कर जंगबहादुर को आगे से घेरा। बाएँ हाथ की पहली उँगली तथा अँगूठे को मिलाकर गोला बनाया। फिर दाहिने हाथ की पहली उँगली को उसमें

डालकर अन्दर-बाहर करते हुए कुटिल मुस्कान के साथ कहा—"एक बात बता। जब मुख्तार चाचा तेरी माँ पर चढ़ते हैं तो तुझे घचर-घचर की आवाज सुनाई पड़ती है?"

जंगू को गिनगिनी छूट गई। अपमान से चेहरा लाल हो गया। वह चल पड़ा। सुरेन्द्र ने पीछे से उसकी पीठ पर दो डंडे जमा दिए। अब जंगबहादुर की आँखों में खून उतर आया। उसने रुककर अपने से दूनी कद-काठी के लड़के को नजरों-नजरों में तौला और कन्धे से बस्ता उतारकर भिड़ गया।

साइकिल से गुजरते एक आदमी ने उतरकर दोनों को अलग किया और पूछा—"क्या बात है? क्यों मारा इतने छोटे लड़के को?"

"बुला रहा था तो साले ने सुना नहीं।"

"क्यों बुला रहे थे? उसने कोई गलती की थी?"

"सुना नहीं, यह गलती नहीं है? मेरे बाबा कहते हैं, सालों को बचपन से ही मारते-गरियाते रहना चाहिए। तभी इनके अन्दर डर बैठेगा। बिना गुनाहन चार गोदाहन। यानी चार डंडे तो बिना किसी गलती के ही मारने का नियम है, इनको कंट्रोल में रखने के लिए।"

"यही पढ़ने जाते हो स्कूल में?"

"स्कूल में विद्या पढ़ने जाते हैं कि ठकुरई छोड़ने?"

"कहाँ घर है? किसके लड़के हो?"

"आप तो अपने रास्ते जाओ।" कहने के साथ सुरेन्द्र वापस मुड़ा और डंडा झुलाते चल पड़ा।

जंगू का साथ देने के कारण अब बाकी लड़कों ने असलम से भी किनारा कर लिया है। जंगू और असलम दोनों बाकी लड़कों से अलग आते-जाते हैं। उस दिन स्कूल से निकलकर दोनों सड़क पर आए तो मिलिटरी के हरे-हरे ट्रक गुजर रहे थे। पीछे हरी वर्दी पहने टोप लगाए जवान बैठे थे। असलम ने झट बस्ता नीचे रखा और सावधान की मुद्रा में खड़े होकर सैल्यूट करने लगा—"जय हिन्द।"

सैनिक मुस्कराए। सैल्यूट का जवाब दिया।

थोड़ा आगे चलने वाले कौशलेन्द्र की गोल के लड़के भी सैल्यूट कर रहे थे।

जंगू के लिए यह नई बात थी। अपने गाँव में उसने कभी मिलिटरी के ट्रक नहीं देखे थे। आखिरी ट्रक गुजर जाने के बाद उसने पूछा—"इनको जय हिन्द क्यों कर रहे थे?"

"ये मिलिटरी के जवान हैं। देश की रक्षा करते हैं। इनको जय हिन्द किया जाता है। मैं भी बड़ा होकर मिलिटरी में भर्ती होऊँगा।"

"किसलिए?"

"दुश्मनों से लड़ने के लिए।"

"कौन हैं दुश्मन?"

"अरे, पाकिस्तान, चीन; और कौन। तुम्हारे पहले वाले स्कूल में कुछ बताया ही नहीं गया? कक्षा में बड़े पंडित जी की कुर्सी के पीछे दीवार पर क्या लिखा है—

मुझे तोड़ लेना वनमाली उस पथ में देना तुम फेंक।
मातृभूमि पर शीश चढ़ाने, जिस पथ जावें वीर अनेक।

वही वीर हैं ये लोग। मुझे भी वही बनना है। हवाई जहाज से उड़ते हुए सूँ-ऊँ-ऊँ से गए और दुश्मन की फौज पर बम बरसाकर यूँ वापस।"

"लेकिन उनसे हमारी दुश्मनी क्या है?"

"वे हमारी जमीन पर कब्जा करना चाहते हैं।"

"लेकिन मेरे पास तो जमीन ही नहीं है।"

"अपनी नहीं, देश की जमीन। भारत माता की जमीन। हम सीमा पर उन्हें नहीं रोकेंगे तो वे भीतर घुसकर सब कुछ लूट लेंगे।"

"लेकिन मेरे पास क्या है जो लूटेंगे। तुम्हारे पास भी सिर्फ मुर्गियाँ हैं। पैसा तो मेरे गाँव के छत्रधारी जैसे लोगों के पास है। उनके बच्चे जाएँ लड़ने। मेरे असली दुश्मन तो छत्रधारी और उनका भतीजा है। उन लोगों ने मेरे बप्पा को मार दिया। मेरा पैर तोड़ दिया। हमें गाँव छोड़कर भागना पड़ा। मुझे मौका मिलेगा तो मैं इनका पैर तोड़ूँगा।"

"ओहो। तुम्हारे तो पैर ही खराब हैं। तुम मिलिटरी में भर्ती ही नहीं हो सकते।"

"मैं दारोगा बनूँगा। उसमें पिस्तौल मिलती है। छत्रधारी के बेटे दारोगा हैं। घर आते हैं तो कमर में पिस्तौल बाँधे रहते हैं।"

"न-न-न! तुम दारोगा भी नहीं बन पाओगे।"

"लेकिन पिस्तौल खरीदूँगा।"

"कानपुर में मिलती है।"

"तुम्हारे भाई के पास है क्या?"

"है तो, लेकिन छूने नहीं देते।"

आज भूसी को मुंसिफ कोर्ट में गवाही देने जाना है। दो बार बिना गवाही दिए लौटना पड़ा।

पुराने खिलाड़ी हैं छत्रधारी। चार साल में तो उन पर नोटिस तामील हो पाई। फिर चार साल लगा दिया जवाब दाखिल करने में।

भूसी की पत्नी महीने-भर से बीमार चल रही हैं। साँस फूलती है। सुई-दवाई सब हुई। पानी भी चढ़वाए, लेकिन कल से घटका लग गया है। घर्र-घर्र की आवाज के साथ उलटी साँस चल रही है।

नदी पर नहाने जाने से पहले भूसी एक बार पत्नी की चारपाई तक जाते हैं। उनके माथे पर हाथ रखते हैं—'भगवान जल्दी मुक्ति दें।'

नहाकर लौट रहे थे, तभी घर से औरतों के रोने की आवाज सुनाई पड़ी।

लोग जुटने लगे। जमीन पर पुआल बिछाकर लाश रखी गई।

संतोखी को पता चला तो उनका जी धक् से हो गया। आज फिर टली गवाही।

बाँस कटकर आ गया। टिकठी बनने लगी। चादर का पर्दा करके औरतें लाश को नहलाने लगीं।

"बहुत नेक इंसान थीं बूढ़ी। किसी का दुख नहीं देख सकती थीं। भगवान भी नेक लोगों को जल्दी बुला लेते हैं।"

"सुबह-सुबह गई हैं। सरग का फाटक खुला मिलेगा।"

बिरजू यादव की पत्नी ने 'निरगुन' शुरू किया—

सैयाँ आए अनवार, लइके डोलिया कहार
मुँह ढाँके चली जाबै हम चदरिया से

औरतों का रुदन गायन में बदल गया।

"अच्छा भगत, आप दाह-संस्कार निपटाइए। मैं तो घाट तक नहीं चल सकूँगा। तारीख पर जाना होगा। यहीं से भौजी को प्रमाण करता हूँ।" संतोखी ने कहा।

"चलिए, हमें भी तो चलना है।"

"अब आप कैसे चलेंगे। दाह-संस्कार तो आपको ही करना होगा।"

लेकिन भूसी मँड़हे में चले गए। कपड़ा पहनकर झोला लेकर निकले। पत्नी के सिरहाने जाकर उकड़ूँ बैठ गए। उनका चेहरा दोनों हथेलियों में भरा, थोड़ा झुककर उनके माथे को चूमा और बोले—"मेरा जाना बहुत जरूरी है रघुवंश की अम्मा। जबान हार चुका हूँ। तुम भी नहीं चाहोगी कि मेरी जबान कट जाय। तकदीर वाली हो। दोनों बेटे मौजूद हैं। लुटावन को भी बुलवा लेते हैं। उनके कन्धों पर जाओ। हमें माफ कर देना।"

फिर रघुवंश से पूछा—"लुटावन को खबर भेजे कि नहीं?"

लुटावन भूसी बहू के बेटे थे, लेकिन भूसी के बेटे नहीं थे।

एक स्त्री ने सिंदूर की डिबिया खोलकर उनकी ओर बढ़ाते हुए कहा—"अच्छा, अपने हाथ से सिंदूरदान तो करते जाइए।"

भूसी ने एक चुटकी सिंदूर निकालकर बूढ़ी की मांग भर दी। उठे, हाथ जोड़े और लाठी उठाकर चल पड़े।

माँ को कन्धा देने लुटावन भी आए।

लुटावन अर्थात जो लूटे गए। अपनी माँ के साथ लुटावन भी लूटे गए थे। भूसी के बाप थे सुराजी गड़ेरिया। और सुराजी के बाप थे बन्धन गड़ेरिया। बेल्हा शहर के दक्षिण पाँच कोस पर उनका गाँव था। जैसे सुराजी का असली नाम सुराजी नहीं था, वैसे ही बन्धन का असली नाम बन्धन नहीं था।

बन्धन का असली नाम बल्ली था। एक बार जेठ के महीने में जमींदार के घर किसी उत्सव में उन्हें पाँच किलो दही पहुँचाने का हुकुम हुआ। वे दही लेकर पहुँचे तो मैनेजर ने उसे सूँघकर कहा—"इसकी महक तो अजीब है।"

"यह भेड़ के दूध का है।"

मैनेजर ने गुस्से में कमोरी पटक दी—"गाय-भैंस का लाना था तो भेड़ का क्यों लाया?"

"गाय-भैंस मेरे पास है ही नहीं, बाबू।"

बल्ली का हाथ-पैर बाँधकर कचहरी उठने तक धूप में डाल देने की सजा मिली लेकिन कचहरी बन्द होते समय कारिंदे उनका हाथ-पैर खोलना भूल गए और बल्ली अगली दोपहर तक बिना दाना-पानी के वहीं बँधे पड़े रहे। तबसे गाँव वालों को बल्ली के बजाय उनका बन्धन नाम सार्थक लगा और धीरे-धीरे बन्धन ने बल्ली को विस्थापित कर दिया।

कचहरी से लौटते हुए उन्हें इस बात का दुख कम था कि बिना किसी गलती के चौबीस घंटे बँधे पड़े रह गए और इस बात का दुख ज्यादा था कि सात-आठ साल की सेई-पखेई, सीझी-कमाई 'कमोरी' पटककर तोड़ दी गई। उन्हें लगा, जैसे उन्हें ही पटककर चकनाचूर कर दिया गया। अब वे अपनी माँ को क्या जवाब देंगे?

धूप में सिर झुकाए चले आ रहे थे तभी उन्हें एक आदमी मिला। बल्ली की उदासी का कारण जानकर कहा—"अगर एक रुपया खर्च करने को तैयार हो तो मैं तुम्हें ऐसे देश भेज सकता हूँ, जहाँ सोने के पहाड़ हैं। वहाँ मजदूरी में सोना मिलता है। जितना खोदो, उतनी कमाई। आधा सोना खोदने वाले का, आधा पहाड़ मालिक का। तीन-चार साल में इतना सोना लेकर लौटोगे कि सात पुस्तें बैठकर खाएँगी।"

बल्ली कहीं भी जाने को तैयार थे, बस ऐसे निर्दयी जमींदार के राज में न रहना पड़े। सवाल एक रुपये का था।

इसके लिए उस आदमी ने महीने-भर का समय दिया। तय हुआ कि बाजार के दिन चौथे रविवार को वे गुड़मंडी के कुएँ पर ठीक बारह बजे मिलेंगे।

बल्ली जानते थे कि पत्नी को बताएँगे तो शायद वे न जाने दें। इसलिए चोटा और नमक खरीदने की बात कहकर बाजार जाने के लिए निकले और बाजार में मिले एक पड़ोसी से कहा कि मेरे घर बता देना, मरीच देश जा रहे हैं। कमा-धमाकर तीन-चार साल में लौटेंगे।

बल्ली की पत्नी लम्बी-चौड़ी कद-काठी की बलिष्ठ महिला थीं। उन्होंने कोई खास चिन्ता नहीं की। मरद मानुष तो देश-परदेस जाते ही रहते हैं। मेहरारू के लूगा में घुसकर बैठने से कैसे काम चलेगा? घर में सास हैं, ससुर हैं। जैसे भी होगा, सब मिलकर छेड़-भेड़ सँभाल लेंगे।

उस समय सुराजी उनके पेट में थे।

सुराजी का बचपन का नाम पड़ा—भुलई। यानी भूल जाने वाला। खेलने के लिए टोले में निकलते तो वापस अपने घर नहीं लौटते, कहीं और निकल जाते। सब समझते कि लड़का अपने घर का रास्ता भूल जाता है। भूलने वाले का भुलई से ज्यादा सटीक नाम और क्या होगा!

पाँच-छह साल तो भुलई की माँ को पति की चिन्ता नहीं हुई। वे खुद ही तीन-चार साल बाद लौटने के लिए कह गए थे। लेकिन फिर दुखी रहने लगीं। सोचतीं कि अब उन्हें लौट आना चाहिए। जितना कमा लिया होगा उतना बहुत है। अपने परानी के साथ रहने का भी तो सुख होता है। उमर निकल जाएगी तो धन देने से लौट आएगी क्या?

सोना खोजन पिउ गए, मामा मरीच के देस।
सोना मिला न पिउ मिले, सित भये कारे केस।

वे लौटने के लिए चिट्ठी भी लिखाएँ तो किस दर-मुकाम पर? उनको तो यहाँ का दर-मुकाम पता है। फिर वे अपनी हाल-खबर क्यों नहीं लिखते? कुछ

लोग कहते थे कि वहाँ की औरतें जादूगरनी होती हैं। रूप बदल लेती हैं, मोहित कर लेती हैं। औरत की गन्ध को तरसता आदमी उनके पीछे-पीछे चल पड़ता है। वे अपने सिर में ऐसा गजरा गूँथती हैं, जिसे सूँघते ही आदमी सुध-बुध खो देता है।

लेकिन उन्हें अपने आदमी पर विश्वास था। उनका आदमी ऐसा नहीं है कि परायी औरत का गजरा सूँघने के फेर में पड़े। बहुत ही सुधवा है। भर आँख किसी औरत की ओर नजर उठाकर देख तक नहीं सकता।

फिर लौटकर आते क्यों नहीं?

कहते हैं कि मरीच देश से यहाँ तक आने में जहाज को तीन महीने लगते हैं। रास्ते में सोना लूटने वाले डाकू मिलते हैं।

लेकिन ऐसा कुछ होता तो उन्हें सपने में पता चल जाता। वे तो इतने निर्मोही हैं कि सपने में भी नहीं आते।

गौर माता से पूछने के अलावा अन्य कोई उपाय नहीं था। बहुत सुध आती तो कभी-कभार काम-धाम से फुरसत पाकर वे गौर उठाने बैठतीं।

गौर गोबर की शंक्वाकार आकृति होती। उसे मौनी के बीच में रखकर पूछतीं—"हे गौर माता, क्या इस दशहरे पर भुलई के बप्पा अपने खेत में बीज डालने लौट आएँगे?" और मौनी जमीन पर पलट देतीं। मौनी हटाने पर अगर गौर खड़ी दशा में मिलती तो इसका मतलब होता कि आ जाएँगे। वे खुश हो जातीं। दिन-भर गुनगुनाती घूमतीं। अगर गौर पट मिलती तो इसका मतलब नहीं आएँगे। तब वे मौन हो जातीं। आँखों से आँसू बहने लगते। बड़ी देर बाद गुनगुनाना शुरू करतीं तो उसमें उदासी का गाढ़ा पुट होता—

बाग बुढ़ाने, बगइचा बुढ़ाने
अरे डरिया लटकन लागीं
घरे कब अउब्या?
मथुरा के रहवइया घरे कब अउब्या?

खुद को गोपी और पति को कृष्ण मानते हुए वे गातीं कि यदि यह शरीर पेड़ है और शरीर पर उगे यौवन के चिह्न उसकी डालें तो ये डालें अब बूढ़ी होकर लटकने लगी हैं। आप घर कब आएँगे?

वे कामना करतीं—

मघवा न आवैं, पुसवा न आवैं
आवैं फगुनवा मा, रंग बरसै
परदेसिया न आवैं, नयन तलफैं

वे माघ-पूस के जाड़े में न आएँ, कोई बात नहीं, लेकिन फागुन में, जब चारों ओर रंग बरस रहा हो तो जरूर आ जाएँ। परदेसी आ नहीं रहे हैं और उनको देखने के लिए नैन तड़प रहे हैं। जेठ में न आएँ, अषाढ़ में न आएँ, कोई बात नहीं लेकिन जब सावन में चारों तरफ मेह झर रहा हो तो जरूर आ जाएँ।

बलम बिन गुइयाँ नैन तलफैं हो।

ऐ सखी, बलम को देखे बिना आँखें तड़प रही हैं।

लेकिन साल-दर-साल बीतते चले गए। न बलम आए न उनका इन्तजार करती आँखें थकीं। उनकी रोशनी मन्द हो गई लेकिन उनमें बसी बलम की सूरत कभी धुँधली नहीं हुई।

स्कूल के हैंडपम्प ने पानी उठाना बन्द कर दिया है। बच्चे कुएँ से पानी भरकर पीते हैं। दलित बच्चों को लोटा-बाल्टी छूने की मनाही है क्योंकि इसी लोटे से बड़े पंडित जी भी पानी पीते हैं। इंटरवल में दलित बच्चे कुएँ के पास पंक्ति में खड़े हो जाते हैं और गैर-दलित जाति का कोई बच्चा लोटे से उनके चुल्लू में पानी उड़ेलकर पिलाता है।

जंगबहादुर पानी पीने के लिए पंक्ति में खड़ा था तभी कौशलेन्द्र आया और पानी पिलाने वाले लड़के के हाथ से लोटा लेते हुए कहा—"ला, मैं पिलाता हूँ।"

जंगू ने चुल्लू रोपा। कौशलेन्द्र पानी गिराने लगा। अचानक उसने लोटा नीचे करके जंगबहादुर की उँगलियों से छुआ दिया और चिल्लाया—"जंगबहादुर ने लोटा छू लिया।"

बड़े पंडित जी के सामने जंगबहादुर की पेशी हुई।

"नहीं, पंडित जी। कौशलेन्द्र ने खुद लोटा नीचे करके मेरी उँगलियों से छुआया। मेरी कोई गलती नहीं है।"

"यह झूठ बोलता है।" कौशलेन्द्र की गोल के लड़के चिल्लाए।

"नहीं, पंडित जी। मैं झूठ नहीं बोलता।"

पंडित जी कड़ी सजा देने से बचना चाहते थे। बच्चा है। छू गया होगा। लेकिन कुछ तो करना होगा। तुलसी बाबा ने कहा है—

जौ नहिं दंड करौं खल तोरा। भ्रष्ट होइ श्रुति मारग मोरा॥

बाकी बच्चे दंड के इन्तजार में हैं।

"मुर्गा बन जा। आइंदा ऐसा न करना।"

लेकिन जंगू मुर्गा बनने को तैयार नहीं है। कहाँ तो मॉनीटरी मिलने वाली थी और कहाँ मुर्गा बनने का अपमान। वह भी बिना गलती के।

"मैंने कोई गलती नहीं की।" वह पंडित जी की आँख से आँख मिलाते हुए मिनमिनाया।

"हुकुम अदूली?" पंडित जी के नथुने फूलने लगे।

छड़ी लपलपाते हुए बोले—"नहीं बनेगा? हथेली रोप।"

जंगू हथेली रोपने के लिए भी तैयार नहीं।

पंडित जी का क्रोध उबाल खा गया। उसकी पीठ और चूतड़ पर सरासर छड़ी बरसाने लगे।

जंगू न रोया, न हिला। हर चोट पर पीठ टेढ़ी करने के साथ कहता रहा—"मैं झूठ नहीं बोलता। मैं झूठ नहीं बोलता।"

इतना जिद्दी। पंडित जी की आँखों से चिनगारी निकलने लगी।

"उठा बस्ता और भाग यहाँ से। कल लोटे का दाम लेकर ही आना, नहीं तो खाल खींच लूँगा।"

जंगू ने बस्ता उठाया और बिना किसी की ओर देखे चल पड़ा।

शाम को अपनी गोल के लड़कों के साथ लौटते समय हँसते हुए कहता है कौशलेन्द्र—"मानीटर बनने चले थे सरऊ।"

जंगू दो दिन स्कूल नहीं गया तो उसकी माँ ने टोका।

"अब मैं स्कूल नहीं जाऊँगा।"

"क्या हुआ?"

"ऊ पंडित जी कसाई हैं। बिना गलती के मारते हैं।"

"तो क्या मैं तेरे लिए दूसरा मास्टर पैदा करूँगी?"

"मैं मोटर बाइंडिंग का काम सीखूँगा। असलम के बड़े भाई मतीन से बात हो गई है। छह महीने बाद दस रुपये रोज देगा।"

"नहीं बेटा। तेरा बाप तुझे पढ़ाना चाहता था। तू स्कूल जा। बिना गलती के मार-गाली खा ले। जान से थोड़े मार देंगे। समझ ले, परसाद है। गुन करेगा।"

"मुझे नहीं खाना ऐसा परसाद।"

जंगू चार-पाँच दिन स्कूल नहीं आया तो बड़े पंडित जी चिन्तित हुए। उन्हें लगा कि बच्चे को ज्यादा सजा दे दी। वह कहाँ से लोटे का दाम लाएगा?

उन्होंने दर्जा पाँच के दो लड़कों को जंगू को बुलाने के लिए भेजा। खोजते-खोजते जंगू असलम की दुकान पर मिला। जानना चाहा—"क्यों बुलाया है?"

"हमें क्या पता।"

"मैं नहीं जाऊँगा।"

"कैसे नहीं चलोगे? हम टाँगकर ले चलेंगे।"

लेकिन जंगबहादुर ज्यादा सावधान निकला। वह तेजी से दुकान के पिछवाड़े की ओर भाग निकला।

भुलई जवान हो रहे थे तो इलाके में बाबा रामचन्द्र का किसान आन्दोलन चर्चा में था। आए दिन जगह-जगह बटोर होता। जमींदार और अंग्रेज के अत्याचार के खिलाफ भाषण होता। भुलई ने बाजार के दिन एक-दो सभाओं में उनका भाषण सुना तो उनसे जुड़ाव महसूस करने लगे। वे लगान की बढ़ोतरी से तो परेशान नहीं थे। उनके पास सिर्फ एक खेत था। लेकिन जमींदार के कारिंदे आए दिन उनकी भेड़ उठा ले जाते थे। धमकाते अलग थे कि चराने नहीं देंगे। गाँव से निकाल देंगे। कभी-कभार इलाहाबाद में कांग्रेस की या गांधी बाबा की सभा की खबर मिलती। वे हर जगह पहुँचने की कोशिश करते। उस समय तक उनकी पत्नी भी आ गई थीं। वे भेड़ चराने का जिम्मा अपनी माँ या पत्नी को सौंपते और चल पड़ते।

माँ के पूछने पर उन्हें समझाते—"जमींदार हमारे बकरे, भेड़ें उठा ले जाते हैं। जंगल में भेड़ चराने का नजराना माँगते हैं। रामचंदर बाबा, गांधी बाबा इसे खतम कराने में लगे हैं। उनका साथ देना जरूरी है।"

सन् 1920 के क्वार महीने में बेल्हा की कचहरी घेरने का बुलावा आया तो भुलई भी गए। गए तो हफ्ते-भर लौटकर नहीं आए। खबर फैली कि कचहरी में चली गोली में भुलई भी मारे गए। सास-बहू का रोते-रोते बुरा हाल हो गया। लेकिन दसवें दिन जिस रोज उनके क्रियाकर्म का 'बार' बनना था, वे लौट आए।

अब तक उनके 'सुराजी' हो जाने की खबर जमींदार के कानों तक पहुँच गई थी। उसके लिए बहुत अपमान की बात थी कि उसकी कोई रियाया खुद उनके

और अंग्रेजों के विरुद्ध चलने वाले आन्दोलन में शामिल होती है। यह जानकारी उनके प्रति अंग्रेजों की नाराजगी का कारण भी बनेगी कि अपनी रियाया पर इनकी पकड़ कमजोर है।

भुलई की वापसी के दो-तीन दिन बाद जमींदार के कारिंदे आए। भुलई को पटक-पटक कर मारा और उनके आगे के ऊपर वाले तीन दाँत तोड़ दिए। कहा कि रातों-रात गाँव छोड़कर भाग जाओ नहीं तो छेड़-भेड़, थरिया-लोटा सब जब्त कर लेंगे।

भुलई की माँ ने हाथ जोड़-जोड़कर किसी तरह उन्हें मनाया, लेकिन भुलई का सभा-सम्मेलन में जाना बन्द नहीं हुआ। वे गांधी टोपी लगाने लगे और इलाके में सुराजी के नाम से मशहूर हो गए।

भुलई की माँ को इसी बात का सन्तोष था कि बेटा घूम-घाम कर देर-सबेर लौट तो आता है। उसका बाप तो जब से गया, मुड़कर पता भी नहीं किया कि हम लोग जिन्दा हैं या मर-खप गए।

लेकिन सन् 42 के आन्दोलन में निकले भुलई तो लौटकर नहीं आए। कचहरी में हुए गोली कांड में पाँच अन्य लोगों के साथ वे भी शहीद हो गए। शहीदी खम्भे पर उनका भी नाम तीसरे नम्बर पर दर्ज हो गया। उनका असली नाम किसी को पता नहीं चला होगा तो दर्ज हुआ—सुराजी गड़ेरिया, उम्र 42 वर्ष।

तीसरे दिन जमींदार के कारिंदे गाँव में आए तो सुराजी की शहादत की जानकारी मिली, लेकिन सुराजी की माँ और पत्नी को रोने का मौका भी नहीं मिला। कारिंदों ने उनकी झोंपड़ियाँ उजाड़ दीं। चावल, आटे, ज्वार से भरी तीन-चार हाँड़ी, गगरी जब्त कर लीं और तुरन्त गाँव छोड़कर भागने का फरमान सुना दिया। भेड़ों को हाँककर ले जाने लगे। दोनों औरतें रोते-रोते उनके पीछे दूर तक गईं—"हे बाबू, छोड़ि देओ, जाइ देओ, हमार रोजी न छीनो।" लेकिन वे नहीं माने। गाली दे-देकर दोनों का मुँह बन्द कर दिया। दोनों रोते-रोते लौट आईं।

एक सौ आठ में से सत्रह भेड़ें रात में लौट आईं। बाकी कारिंदों या सियार, कुत्तों के पेट में चली गईं या भटक गईं।

सुराजी की माँ ने दो गाड़ीवानों को तैयार किया। एक बैलगाड़ी पर सत्रह भेड़ें और उनको सँभालने के लिए तेरह बरस के भूसी सवार हुए और दूसरी पर घर-गृहस्थी का सामान—जाँत, काँड़ी, मूसर, सूप, सिल, लोढ़ा, खटिया, मचिया, कथरी, गुदरी, बर्तन-भाँड़े और उनको सँभालतीं दोनों औरतें। डर था कि कारिंदे आकर लौटी भेड़ों को फिर न हाँक ले जाएँ इसलिए जितनी जल्दी निकल जाएँ, उतना अच्छा।

लेकिन निकलकर जाएँ कहाँ? सुराजी की माँ की एक रिश्तेदारी—छोटी बहन

की ससुराल—उत्तर दिशा में थी और सुराजी बहू की एक बुआ दक्षिण दिशा में ब्याही थीं। इस विपत्ति की घड़ी में किसके पास चलना ठीक रहेगा? एक जमींदार द्वारा भगाए गए असामी को दूसरा जमींदार शरण दे भी सकता है और नहीं भी दे सकता। परिवार पर 'सुराजी' होने का कलंक लग गया था। इसको छिपाना जरूरी था, लेकिन कलंक को कपड़े से तो नहीं ढका जा सकता। देर-सबेर यह भेद खुलेगा ही। तब शरणदाता रिश्तेदार के लिए भी मुसीबत खड़ी हो सकती है।

पगडंडी से अब बैलगाड़ियों को पक्की सड़क पकड़नी थी। आगे का गाड़ीवान पूछ रहा था—"बाएँ मुड़ें या दाहिने?"

दोनों स्त्रियाँ कोई जवाब सोच पातीं तब तक आगे वाली बैलगाड़ी के बैल दाहिने यानी उत्तर दिशा में मुड़ गए। दरअसल, बेल्हा का बाजार करने के लिए वे आए दिन दाहिने मुड़ते थे। इस तरह इस उखड़े परिवार की भविष्य की दिशा दोनों बैलों ने तय की।

छोटी बहन ने खुले मन से बड़ी बहन को स्वीकार किया। दोनों बहनें देर तक गले लगकर रोती रहीं।

बहन के बेटों ने जमींदार को दस रुपये नजराना देकर पास के भीटे पर उनकी झोंपड़ी बनाने की इजाजत ले ली। अगले दिन बाँस-फूस की दो झोंपड़ियाँ खड़ी हो गईं। पूरब दिशा में नदी पार करने के बाद जंगल था। भेड़ों के चरने के लिए आदर्श जगह। बहन धान और बाजरा ले आई। सुराजी की माँ चूल्हा तैयार करने लगीं। सुराजी बहू ने काँड़ी-जाँत गाड़ा और धान कूटने लगीं।

भूखे पेट की सबसे प्रिय आवाज धान कूटते मूसल, अनाज पीसते जाँत या चावल से भूसी फटकते सूप के अलावा और क्या हो सकती है! सबसे प्रिय महक पकते चावल या सिंकती रोटी की।

चूल्हे का धुआँ छप्पर फाड़कर आसमान की ओर बढ़ चला...

पारस सिंह हत्याकांड में फैसला आ गया।

झूरी के दोनों बेटों—विक्रम और शेरू को आजीवन कारावास की सजा मिली और झूरी को सात साल की। बिरजू, पहाड़ी और जगेसर को दस-दस साल की। पचास

साल से ऊपर की उम्र वाले संपत, बिपत, झगरू तथा अठारह साल से कम उम्र वाले बदरी और तूफानी को पर्याप्त साक्ष्य के अभाव में बरी कर दिया गया।

पूरे टोले ने माना कि बचाव पक्ष के वकील ने बहस बहुत जोरदार की—

...पोस्टमार्टम रिपोर्ट में मृतक के शरीर पर लाठी की छह चोट पाई गईं। मौके पर दो लाठियाँ बरामद हुईं। दूसरा कोई हथियार बरामद नहीं हुआ। तब ग्यारह लोग हत्यारोपी कैसे हो सकते हैं? दो लाठियाँ हैं तो मारने वाले भी दो ही हो सकते हैं। ऐसा तो नहीं हो सकता कि एक आरोपी एक लाठी मारने के बाद लाठी दूसरे आरोपी को पकड़ा दे कि ले अब तू मार। ऐसा भी नहीं हो सकता कि दो या तीन लोग मिलकर एक ही लाठी से वार करें। सरकारी वकील से मेरी गुजारिश है कि वे कोर्ट के सामने दृश्य प्रस्तुत करें कि ग्यारह लोगों ने मिलकर छह वार कैसे किए?

...जाहिर है कि मृतक को कहीं और मारा गया और लाश दलित टोले में रखकर, झूठे गवाहों की फौज खड़ी करके निरपराध लोगों को फँसाया गया। ...न हत्यारोपियों से मृतक की कोई पुरानी रंजिश सिद्ध होती है, न हत्या का कोई 'मोटिव' प्रमाणित होता है।...

उनके वकील ने कोर्ट रूम के बाहर झुंड में बैठकर रोती औरतों को भी समझाया—"जैसे पाँच को यहाँ से छुड़ा लिया वैसे ही बाकी को हाई कोर्ट से छुड़ा लेंगे। हौसला रखो।"

पैरोकारों को समझाया—"कभी-कभी जज साहबान के हाथ भी बँध जाते हैं। उन लोगों ने गवाहों की फौज खड़ी कर दी। जाओ, अब अपील का खर्चा-बर्चा जुटाओ।"

"खर्चा-बर्चा कहाँ से जुटाया जाय? बच्चे पालना मुश्किल है। गाय-गोरू, सूअर-बकरी तो सेसन लड़ने में ही बिक गए। जगह-जमीन है नहीं कि उसी को बेच दें!"

संतोखी आज फिर खुश हैं।

पिछले डेढ़-दो साल से रामलीला मैदान के एक कोने में वे अपना सैलून चलाते हैं। नीम के पेड़ के मोटे तने में कील ठोंक दी है। उसी में लाकर दो बित्ता लम्बा शीशा टाँग देते हैं। शीशा खरीदना नहीं पड़ा। सड़क के किनारे-किनारे जा रहे थे। अचानक आँखों में तेज चोंधा लगा। देखा, सड़क के किनारे मलबे के ऊपर टूटा शीशा पड़ा था। उन्होंने अन्दाजा लगाया कि इसे कटवाने पर सवा फीट लम्बा टुकड़ा निकल आएगा। उठा लाए। कुर्सी खरीद चुके थे। शीशे की ही कमी थी। कटवाकर फ्रेम में मढ़ा लिए। क्रीम की एक ट्यूब खरीदकर लाए हैं। इसमें खुशबू भी आती है और झाग भी बढ़िया बनता है।

पहले ग्राहक कम मिलते थे। बाद में उन्होंने देखा कि सामने ही वह रास्ता है जिससे होकर कचहरी से लौटे मुकदमेबाज रेलवे स्टेशन और बस स्टेशन जाते हैं। तब उन्होंने आदरसूचक और नजदीकी प्रदर्शित करने वाले सम्बोधन के साथ आवाज देना शुरू किया—"भइया, बाबा, दादा, दाढ़ी बहुत बढ़ गई है। खराब लग रही है। आइए, बना दें।"

ग्राहक रुक जाता है। मुड़कर देखता है तो संतोखी कहते हैं—"पैसों की चिन्ता मत करिए। जो मरजी, दे दीजिएगा। जेब खाली हो, वकील-पेशकार ने सब झाड़ लिया हो तो अगली तारीख पर दे दीजिएगा।"

रात को जाते समय कुर्सी उसी पेड़ में जंजीर से बाँधकर ताला लगा देते हैं। शीशा और किस्बत सामने के ढाबे में रख देते हैं। शहर के बाहर भट्‌ठे पर काम करने वाले एक परिचित मिल गए हैं। खाना उन्हीं के साथ भट्‌ठे की आँच पर पक जाता है। कोई ऊपरी खर्चा है नहीं। जो कुछ कमाते हैं, बेटे की पढ़ाई और दोनों वकीलों का घर भरने में खर्च होता है।

आज सैलून पर उनका मन नहीं लग रहा था। मुंसिफ कोर्ट में जिरह-बहस पिछली तारीख पर ही पूरी हो गई थी। फाइल 'जजमेंट' में रखी गई थी। पूरी उम्मीद थी कि आज फैसला सुनाया जाएगा। मन में धुकुर-पुकुर हो रही थी। सैलून बन्द करके वे बारह बजे ही कचहरी आ गए। लंच के बाद फैसला सुनाया गया। यहाँ भी वे जीत गए।

फैसला सुनकर उनके शरीर में झुरझरी-सी छूटी। हाथ-पैर के रोयें खड़े हो गए। इस वक्त वे छत्रधारी सिंह का चेहरा देखना चाहते थे। कैसा धुआँ-धुँआँ सा हो गया होगा। पर छत्रधारी कहीं दिखाई नहीं दिए। उनके वकील पाँच मिनट के लिए आए और चले गए। फिर उनकी खुशी यह सोचकर घट गई कि छत्रधारी इसके खिलाफ भी स्टे ले लेंगे।

यह 'स्टे' सबसे बड़ा रोग है।

आज भी उनके वकील साहब ने सलाह दी कि इस फैसले के आधार पर प्रतिपक्षी के विरुद्ध कूट रचित दस्तावेज प्रस्तुत करने के लिए दफा 420 में मुकदमा लिखा सकते हो।

संतोखी चुप रहे तो उन्होंने फिर समझाया—"इसमें इतना आगा-पीछा सोचने की क्या बात है? वे तुम्हें पदा रहे हैं तो तुम भी उन्हें पदाओ। लड़ने के लिए तो मैं हूँ ही।"

"खर्च के डर से पिछड़ रहा हूँ, वकील साहेब। एक मुकदमे का खर्च और बढ़ जाएगा। जितनी मेहनत भागने वाले को पड़ती है, उतनी ही खदेड़ने वाले को।"

वकील साहब पल-भर उन्हें ताकते रहे। फिर बोले—"जैसी तुम्हारी मरजी। जाओ, मुंशी से मिलकर नकल की दरखास्त दिला दो।"

बस स्टेशन के पास पहुँचने वाले थे तो देखा, घाट की ओर जानेवाली पगडंडी के सामने लाश ढोनेवाली लारी से कोई लाश उतारी जा रही थी। फूलों से सजी हुई। ध्यान से देखा तो अपने गाँव के कुछ लोग दिखे। पास जाने पर पता चला कि चम्पाबाई की लाश है। तीन-चार महीने से बीमार थीं।

थकान तो बहुत थी। दिन-भर खड़े-खड़े ही बीता था। लेकिन गाँव-जवार का मामला था। जब मौके पर मौजूद हैं तो दस कदम साथ चलना फर्ज बनता है। वे भी पीछे-पीछे चल पड़े।

चम्पा और कलाधरी माँ-बेटी को भी कम नहीं नोचा छत्रधारी ने। जिसकी बेटी के लहँगे में डेढ़-दो साल सोये उसी को विश्वास में लेकर मूँड़ लिया।

शवयात्रा में सबसे पीछे चलते हुए उनकी स्मृति में बूढ़ी कलाधरी बाई का झुर्रियों से भरा चेहरा कौंध गया। छत्रधारी द्वारा ठगे जाने पर उनकी ज्योतिहीन आँखों से आँसू की बरसात हो रही थी और चम्पा उन्हें ढाढ़स बँधा रही थीं।

उन दिनों वे छत्रधारी के हमराह ही चलते थे। छत्रधारी ने उन्हीं को कलाधरी के पास यह पता लगाने के लिए भेजा था कि इन लोगों का इरादा कोर्ट-कचहरी जाने का तो नहीं है। ऐसा हो तो उन्हें समझा-बुझाकर या डरा-धमकाकर रोका जाए।

उन्हें याद है कि छत्रधारी की नजर चम्पा की बड़ी बेटी कामिनी पर तभी गड़ गई थी जब वह पूरी तरह सयानी भी नहीं हुई थी। वे अक्सर उसके दुआर से होकर आने-जाने लगे। कलाधरी को नानी और चम्पा को मौसी कहने लगे। आए दिन इस बात का एहसान जताने लगे कि अगर ऐन मौके पर उन्होंने मदद न की होती तो हमारे खानदान की नाक कट जाती। नानी और मौसी का सम्बोधन सुनकर

माँ-बेटी को मानना पड़ा कि ठाकुर का लड़का तहजीब वाला है। वे छत्रधारी को दरवाजे पर बैठाने और पान-सुपारी खिलाने लगीं।

कलाधरी बाई की बहुत दिनों से इच्छा थी कि अपने दरवाजे पर एक शिवाला बनवाएँ। छत्रधारी को पता लगा तो उन्होंने शिवाला बनवाने का जिम्मा अपने कन्धों पर ले लिया। सुझाव दिया कि इसके लिए ईंट का एक भट्ठा खोलना ठीक रहेगा। आपकी पूँजी रहेगी। मेरी जमीन रहेगी। साझे में शुरू कर देते हैं। जितनी ज्यादा पूँजी उतना ज्यादा मुनाफा। एक ही सीजन में पूँजी खाली हो जाएगी। फिर मुनाफा-ही-मुनाफा।

उस जमाने में भट्ठा खोलने के लिए पचीस-तीस हजार रुपए की पूँजी काफी थी, लेकिन छत्रधारी ने कलाधरी से एक लाख रुपए लगवाए। अब छत्रधारी आए दिन भट्ठे का हिसाब-किताब समझाने कलाधरी के घर जाते और कामिनी से मुलाकात का मौका मिलता। चम्पा बाई ने दुनिया देखी थी। बेटी पर बंदिशें लगाना चाहा, लेकिन जब फूस और चिनगारी मिल गए तो जलने से कब तक बचते।

दो ही सीजन में घाटा दिखाकर छत्रधारी ने सारी पूँजी हड़प ली। कलाधरी के हाथ में बस दस हजार ईंटें आईं जो शिवाले की नींव डालने के लिए छत्रधारी ने पहले सीजन में भिजवाई थीं।

संतोखी को आश्चर्य होता है कि सारी दुनिया को चरा चुकी दोनों औरतें छत्रधारी के मन में पल रहे पाप की झलक कैसे नहीं पा सकीं? फिर सोचते हैं कि छत्रधारी के मन की थाह वे खुद ही कहाँ पा सके।

इलाके के ज्यादातर लोग इस बात के लिए छत्रधारी की बुद्धि का लोहा मानने लगे कि जिस कामिनी की नथ उतारने के लिए बनवारी सेठ ने नगद पचीस हजार और पाँच थान सोने के गहने चढ़ाए, उसी नथ को सेठ से भी पहले छत्रधारी ने उतार लिया, उलटे उसकी नानी से एक लाख रुपए 'दहेज' लेकर।

बहुत कम लोगों ने उस समय इस बात पर एतराज जताया होगा कि बूढ़ी कलाधरी को ठगकर छत्रधारी ने घटिया काम किया। किसी ने कहा भी तो छत्रधारी ने उलटे उसी को डपट दिया—"हुँह! बूढ़ वेश्या तपस्विनी। शिवाला बनवाने से पाप कटेगा? आखिर उस बुढ़िया के पास इतना मालमत्ता आया कहाँ से? हमारे पुरखों से ही तो नाच-गाने से रिझाकर ठगा! उसमें से थोड़ा-सा हम ठग लिये तो कौन-सा पहाड़ टूट पड़ा। अपना ही लूटा गया माल तो वापस लाए।"

संतोखी सोच रहे हैं कि अगर उस दिन उन्होंने कलाधरी माँ-बेटी को छत्रधारी के खिलाफ मुकदमा दर्ज करने की सलाह दे दी होती तो शायद छत्रधारी इतने मनबढ़ न होते कि उनके साथ धोखा करने की सोचते।

पूर्णिमा का चाँद दो बाँस ऊपर चढ़ आया है।

जंगू और असलम देर से पुलिया पर बैठकर गप कर रहे हैं। कितना कुछ है दुनिया में जो उन्हें जानना है। जिज्ञासा का अन्त नहीं। समाधान भी खुद ही तलाशना है। किसी और को कहाँ फुरसत है जो उनका समाधान करे। इसलिए बहुत सारे ऐसे प्रश्नों के उत्तर जो उन्हें खुद नहीं पता, आपस में एक-दूसरे को पूरे आत्मविश्वास से बताते हैं।

"प्रह्लाद की कहानी तो बिलकुल झूठी लगती है मुझे। भगवान उसे कहाँ मिल गए? उसके बप्पा से भगवान की क्या दुश्मनी थी?"

"और कैसा लड़का था ध्रुव जो माँ को अकेली छोड़कर जंगल में निकल गया! तपस्या से वरदान क्या मिला? एक जगह अचल हो जाने का। हाथ-पैर सलामत रहते एक जगह बैठे-बैठे जिन्दगी काटो। यह वरदान हुआ कि सराप?"

बात काम-धन्धे की चल पड़ी। जंगू ने बताया कि आज उसने पहली मोटर की 'बाइंडिंग' अकेले की। पंखों की वायरिंग तो बहुत पहले से कर रहा है। उसने उम्मीद जताई कि इस साल अलग दुकान खोल लेगा तो माँ को दाढ़ी बाबा के घर काम करने से मना कर देगा।

नई पीढ़ी मुख्तार को दाढ़ी बाबा कहती है।

दाढ़ी बाबा के सामने पड़ना उसे बिलकुल अच्छा नहीं लगता। वे उसे हमेशा 'अबे' या 'रे' कहकर बुलाते हैं। कभी-कभी माँ की गाली दे देते हैं। एक बार कह दिया कि इसकी आँखें देखकर लगता है कि यह नामी चोर होगा।

माँ के कहने से वह कभी-कभार उनकी खेती-बारी का काम कर देता है, लेकिन दाढ़ी बाबा के घर से लाया खाना वह छूता तक नहीं।

"क्यों? वहाँ भी तो अब मैं ही बनाती हूँ।"

वह बिना बोले माँ के सामने से हट जाता है।

सिंवार में लगे सरकारी ट्यूबवेल के बाहर टँगा बल्ब जल उठा।

"अरे, बिजली आ गई।" जंगू खड़ा होते हुए बोला—"आज एक हफ्ते बाद आई है। मुझे दाढ़ी बाबा के गन्ने की सिंचाई करनी है। ऐसा करो असलम भाई, तुम आपरेटर के पास पहुँचकर मेरा नम्बर लगवाओ। मैं दौड़कर फावड़ा लाता हूँ।"

ओसारे से फावड़ा लेकर वह दालान के सामने से गुजरा तो उसे अपनी माँ

की फुसफुसाहट सुनाई पड़ी—"हटिए, छोड़िए। आप एकदम्मै बउरा गए हैं क्या? अपनी उमर देखिए।"

जंगू छूहे के पास से भीतर झाँकने लगा। भीतर हल्का उजाला था। दाढ़ी बाबा उसकी माँ को खींचकर चारपाई पर ढकेलने की कोशिश कर रहे थे। उसकी माँ बार-बार उनका हाथ झटकती और उसकी चूड़ियाँ बज उठतीं।

जंगू के तन-बदन में आग लग गई। वह पलटकर अन्दर घुसा। पैरों की धमक सुनकर जब तक दाढ़ी बाबा सँभलते, जंगू का फावड़ा उनके सिर का निशाना लेकर चल चुका था। लेकिन दाढ़ी बाबा के झुकने और हाथ उठाकर वार रोकने के कारण फावड़े का घाव सिर पर न लगकर दाहिने कन्धे पर पड़ा। चिल्लाने के साथ दाढ़ी बाबा भहरा पड़े। जंगू की माँ भी चिल्लाई और दाढ़ी बाबा के बचाव में उनके ऊपर झुक गई।

जंगू दूसरा वार नहीं कर पाया। भागा।

ऑपरेटर पहली नींद में सोया था। कई आवाज देने पर उठा। उठने के बाद भी असलम को ताकता जम्भाई लेता रहा।

तब तक जंगू हरहराता हुआ प्रकट हुआ और असलम का हाथ पकड़कर खींचते हुए बोला—"चल भाग। मैंने 'दढ़िया' को काट दिया।"

आधा गाँव मुख्तार साहब के दुआर पर जुट गया। जंगू की माँ ने खूँटी से लालटेन उतारकर जला दी।

तब तक ऑपरेटर ने आकर बताया कि मारने वाला इसी औरत का बेटा जंगू था।

किसी ने कहा—"तीन-चार लड़के जाकर उस लौंडे को पकड़ो।"

मुख्तार थोड़ी देर तक कराहने के बाद बेहोश हो गए थे। उलट-पलटकर घाव देखा गया। वार ओछरा गया था। इसलिए घाव गहरा नहीं था, लेकिन खून बह रहा था। उसमें लोहबान और कड़ुआ तेल मिलाकर भरा गया।

जंगू की माँ बताते-बताते थक चुकी थी कि वह दालान में 'बाबू' के लिए पीने का पानी रखकर मच्छरदानी लगा रही थी कि उनकी नीयत बद हो गई। उन्होंने मुझे पकड़ लिया और जबरदस्ती करने पर आमादा हो गए। तभी किसी ने हमला किया। पता नहीं कौन था? मैंने तो उसकी परछाईं भी नहीं देखी। मेरा बेटा था तो रहा होगा। उससे नहीं देखा गया होगा। मार दिया। मारने का काम ही कर रहे थे ये!

"अब जितनी जल्दी हो, इन्हें थाने ले चलिए। थाने के बाद अस्पताल ले चलना होगा।" मुख्तार साहब के छोटे भाई, लाला बोले—"चार-छह लोग साथ चलने के लिए तैयार होकर आ जाइए।"

“पहले यह तो तय कर लीजिए कि रिपोट में लिखाना क्या है? बलात्कार का मामला सामने आने पर तो सारा केस ही पलट जाएगा। वह औरत अपनी इज्जत बचाने के लिए चिल्लाई। उसके बेटे ने माँ की इज्जत बचाने के लिए हमला कर दिया। इसमें तो उलटे मुख्तार साहब ही नप जाएँगे।”

“तब? मामले को दबा दिया जाय?”

“दबाया न जाय, ट्विस्ट किया जाय।” बीस साल तक मुहर्रिरी कर चुके लाला बोले—“सब लोग साथ दें तो नई कहानी गढ़ ली जाय। जंगुआ के साथ मियाँ टोले का असलम भी था। मियाँ टोला हम लोगों के लिए कितना खतरनाक है, यह हम सबको पता है। जितना खतरा हिन्दुस्तान को पाकिस्तान से है, उससे ज्यादा खतरा हमारे टोले को मियाँ टोले से है। ये न तनिक डरते हैं, न ओहम मानते हैं। इनके चलते हमारी बेटियों की इज्जत हमेशा दाँव पर लगी रहती है। मौका पाते ही ये हमारी लड़कियों की ‘मति’ फेर देते हैं। आप सबकी राय हो तो इस मौके का फायदा उठाकर इनके लौंडों को ऐसा नाथा जाय कि दस-पाँच साल तक के लिए अमन-चैन हो जाय।”

पड़ोसी दुर्गा सिंह बोले—“इससे अच्छा क्या होगा? थाना-कचेहरी का खर्चा तो मुख्तार साहब खुद ही झेलेंगे। सबेरे इनके बेटे को बुलाने के लिए किसी को भेज दिया जाएगा। लेकिन गवाही तो हमीं लोगों को देनी पड़ेगी।”

“दी जाएगी। इस्कीम बनाइए।”

“मैं जो सोच रहा हूँ, सुनिए।” लाला बोले—“पास आ जाइए। बात यहाँ से शुरू करते हैं...यह औरत बेसहारा थी। मुख्तार साहब ने शरण दिया। जानवरों का सानी-गोबर करती थी। घर का सारा भेद जान गई तो इसकी नीयत डोल गई। अपने बेटे और गाँव के जरायमपेशा लोगों से साँठ-गाँठ करके डकैती डलवा दिया। रात के दस बजे थे। सारा गाँव गहरी नींद में सो रहा था...”

लाला लोगों की प्रतिक्रिया जानने के लिए रुके। तभी मुख्तार जी होश में आ गए। हू-हू करके कराहने लगे। सबने उन्हें घेर लिया—“कैसी तबीयत है? कैसे हुआ यह सब?”

वे बस कराहते रहे।

सब लोग फिर कोने में आ गए।

“...एक बदमाश ने सोए हुए मुख्तार साहब का मुँह दबा रखा था, एक ने पैर। दो बदमाश घर में घुसे थे। दो बाहर पहरा दे रहे थे। मुख्तार साहब छटपटाए। झटककर मुँह छुड़ाया और चिल्लाए तो हम लोग शोर मचाते हुए दौड़कर आए। हमें देखकर बाहर खड़े बदमाश ने कट्टे से फायर किया। हम बचने के लिए

दालान की ओर भागे तो देखा कि जंगुआ की माँ मुख्तार साहब की कमर पीछे से पकड़कर लटकी है और जंगुआ कुल्हाड़ी से उन पर वार कर रहा है। ठीक उसी समय लूट का माल लेकर दो बदमाश घर से बाहर निकले और सब भाग गए। यह औरत नहीं भाग पाई और पकड़ी गई। तब मामला बनेगा, डकैती विद इरादा-ए-कत्ल धारदार हथियार से हमला। दफा 395, इसी के साथ नत्थी हो जाएगी आई.पी.सी. की तीन दफाएँ 147, 148 और 149, इसमें आप मियाँ टोले के सारे बदमाश लड़कों को नाथ सकते हैं। पैसा खर्च करें तो जितने लड़कों को चाहें, हाथ-पैर तुड़वा सकते हैं। चाहें तो दौराने-गिरफ्तारी किसी का इनकाउंटर करवा सकते हैं। जितना गुड़ डालेंगे, उतना मीठा होगा।"

"घटना के गवाह कौन बनेंगे? रिपोर्ट लिखाते समय ही उनका नाम भी देना होगा।"

दुर्गासिंह का लड़का अजय उनके पीछे ही खड़ा था। बोला—"बेगुनाह लोगों को फँसाना तो अच्छी बात नहीं है।"

"बेगुनाह कोई नहीं है, बेटा। सब जहर के पेड़ हैं। मौका मिला है तो इनका इलाज हो जाना चाहिए।"

पहला गवाह बनने के लिए धुन्नी सिंह को राजी किया गया। धुन्नी सिंह मुख्तार के पक्के दोस्त हैं। ठीक पीछे घर है। उनका सबेरा मुख्तार साहब के दुआर पर ही होता है। पहली चाय यहीं पीते हैं। शाम को गाँजे की चिलम भी साथ-साथ चटकाते हैं। यहाँ नेवासा पर आए हैं। गाँव के ठाकुर उन्हें असली ठाकुर नहीं मानते। कहते हैं, बाँदा जिले के पटेल हैं। उन्होंने ललकार कर कहा—"मैं दूँगा गवाही। डंके की चोट पर दूँगा। बस, हमें यह समझा दीजिए कि कहना क्या है।" उन्होंने चारों तरफ नजर दौड़ाई। सारा गाँव देख ले कि उनकी रगों में असली ठाकुर का खून बह रहा है।

"...धुन्नी सिंह ने टॉर्च जलाई तो देखा कि जंगू की माँ मुख्तार की कमर पकड़कर लटकी हुई थी और जंगू कुल्हाड़ी से..."

"पहले तो आपने कहा कि मुख्तार लेटे हुए थे।"

"अरे भाई, लेटने से काम नहीं चल रहा है।"

"फिर से सुनिए..."

दूसरा गवाह बनने के लिए असरफी साह पर दबाव बनाया गया। असरफी साह का घर ठीक सामने है। साइकिल से गाँव-गाँव घूमकर चाँदी और गिलट के गहने बेचते हैं। गहनों की सफाई भी करते हैं। तीन-चार महीना पहले धंधा करके शाम के झुटपुटे में गाँव पहुँच रहे थे कि दो नकाबपोश लड़कों ने उन्हें साइकिल

से गिराकर गहनों वाला झोला लूट लिया था। पक्का था कि यह मुसलमान टोले के लड़कों की करामात है लेकिन रंजिश बढ़ जाने के डर से असरफी साह ने रिपोर्ट नहीं लिखवाई। आज मौका है...

लेकिन असरफी साह गवाही देने के लिए कोटि जतन तैयार नहीं हैं। कहते हैं—"हम कारोबारी आदमी हैं। हमारी साख खराब हो जाएगी। हम साख की ही रोटी खाते हैं।"

"छोड़िए, पड़ोसी गाँव के पुदई सुकुल का नाम डाल दीजिए। पेशेवर गवाह हैं। पैसा लेंगे और ठहकर गवाही देंगे।" मुख्तार के भाई लाला ने सुझाव दिया।

"लेकिन अगर पूछा गया कि वे रात में यहाँ क्यों आए थे?"

"आए थे मुख्तार से कर्ज लेने। भागवत कथा कराने वाले हैं। लौटते-लौटते अँधेरा हो गया। रतौंधी होती थी तो यहीं रुक गए।"

"गजब कह रहे हो? रतौंधी होती थी तो रात में वारदात कैसे देख लिया?"

"यह भी ठीक कह रहे हो। रतौंधी हटा दो। रात ज्यादा हो गई थी तो रुपया लेकर लौटने में छिन जाने का डर था इसलिए रुक गए।"

"लेकिन यह जमेगा नहीं। पुदई हर पेशी पर मोल-भाव करेंगे। अरे, आप खुद क्यों नहीं देते? सगे भाई हैं। बगल में रहते हैं।"

लाला ने बेमन से स्वीकार किया—"ठीक है।"

"अब किसे-किसे नामजद करना है, यह तय करिए।"

"पहला नाम तो तौफिकवा उर्फ मोटू का लिखिए। हीरो बना घूमता है। आज तक किसी को दुआ-सलाम तक नहीं किया। ग्रिल और रेलिंग की वेल्डिंग से कितनी कमाई हो जाती है कि इतने घमंड में रहता है। बाडी दिखाता है। उसका एक घुटना तुड़वाना है ताकि जिन्दगी-भर लाठी के सहारे चले।"

दूसरा नाम फैजुलवा का आया—"सउदिया की कमाई से तीन बीघे खेत खरीद लिया। कैसे-कैसे विभीषण हैं गाँव में कि जरा-सा ज्यादा पैसे की लालच में इन देशद्रोहियों को खेत बेचकर राजा बना रहे हैं। सबने मिलकर मसजिद बनाने के लिए जमीन खरीदा है। अब इस गाँव में मसजिद बनेगी?"

"मतिनवा दोनों भाइयों को फँसाना ही है। एक का चार माँगता है। पूरे इलाके को लूट रहा है। एक बार मेरी जली मोटर की बाइंडिंग किया था। एक पैसा कम करने को राजी नहीं हुआ। बोला—'मेहनत की माँग रहे हैं कि हराम की?'"

सबके अपने-अपने दर्द थे। सबका इलाज जरूरी था।

"बेटा अजय, एक कागज-कलम ले आओ। जैसा बोलें, लिखते जाओ। नाम, वल्दियत, सुकूनत, उम्र, असलहा, माल क्या-क्या लुटा? बक्से, बरतन, गहने, रुपये।"

"अब पैसे का इन्तजाम।" लाला के इशारे पर धुन्नी सिंह मुख्तार को हिलाने-डुलाने लगे—"उठिए महराज। सारी रात बेहोश ही रहेंगे? बक्से की चाभी दीजिए।"

कोई हलचल न देख सबने फिर असरफी साह को घेरा।

"देखिए साह जी, रुपया-पैसा तो मुख्तार साहब रखे ही होंगे, लेकिन अभी बेहोश हैं। थाने पर ढाई-तीन हजार का खर्च तो होना ही है। इस गाढ़े वक्त में तुम्हें ही भामासाह बनना होगा। भामासाह को जानते हो न?"

"हमारे बप्पा जानते होंगे। हमारे खानदान में तो एक नामासाह हुए हैं। पहलवानी करते थे।"

"पहलवानी? अच्छा छोड़ो। जल्दी जाओ। कम-से-कम तीन हजार लेकर आओ।"

असरफी दोनों हाथ मलते हुए काँखने लगे।

धुन्नी सिंह गरजे—"कान खोलकर सुन ले 'बानिया।' तुलसी बाबा ने सबेरे-सबेरे तुम लोगों का मुँह देखने से मना किया है। दोख लगता है। तब भी हम तुम्हें बीच गाँव में बसाकर पाल रहे हैं तो किस दिन के लिए? तू न गवाही देने को तैयार है न रुपये निकालने को तो तुझे हम तेल लगाकर चाटें क्या?"

लाला का लड़का घर से पिपिया में डीजल लेकर आया और ट्रैक्टर स्टार्ट करके ट्राली जोड़ने लगा। असरफी साह आधे घंटे में हजार रुपये लेकर लौटे। धुन्नी सिंह के हाथ पर रखते हुए कहा—"इतना ही घर में निकला।" फिर कहा—"आप सबकी मातबरी का खयाल करके दे रहे हैं बाबू साहब। खुदा न खास्ता मुख्तार साहब को कुछ हो-हवा गया तो मेरा रुपया डूबना नहीं चाहिए।"

"मुख्तार साहब को कुछ नहीं होने जा रहा है, असरफी। वे तेरे मरने के बाद ही मरेंगे।"

गद्दा बिछाकर मुख्तार साहब को ट्राली में लिटाया गया।

थाने के अन्दर-बाहर घुप्प अँधेरा था। थाने के मुंशी तेवारी जी परिसर के बीच बने छप्पर के ऑफिस में मेज के बगल बिछी नंगी चारपाई पर सो रहे थे। नाक-मुँह दोनों बज रहे थे। करवट बदलने पर तीसरी आवाज भी निकल जाती थी। पहरे के सिपाही को पटाकर उन्हें जगाने की कोशिश की गई, लेकिन तेवारी जी उजाला होने के बाद ही उठे।

—डकैती? कितने लोग थे? अच्छा, दो को छोड़कर सारे मुसलमान? सारे के सारे गाँव के? दो नाबालिग भी? एक डाकू पकड़ा भी गया? अच्छा, पकड़ी गई! कहाँ की है, पहचाना? वह भी गाँव की? घर की ही? क्या मतलब? घर की औरत ने घर में ही डाका डाल दिया? अच्छा, जानवरों का सानी-गोबर करती थी!

—चोट कैसे लगी? उसी औरत के बेटे ने मारा? कुल्हाड़ी से? रात में? कितने लोग थे घर में? वह औरत और मुख्तार, बस दो! मुख्तार की बीबी? मर गई। दस साल पहले। कितनी उमर है मुख्तार की? पैंसठ।

—तो अब क्या समझने को रह गया? तुम लोग पुलिस को एकदम चूतिया समझते हो क्या? सारा मामला आईने की तरह साफ है। सिर्फ गोबर-पानी कराकर बुड्ढा मानने वाला नहीं था। बुढ़ापे में आशिकाना भिड़ाने लगा तो मारा नहीं जाएगा? पन्द्रह-सोलह साल के लड़के को बच्चा समझते हो? फर्जी रिपोर्ट लिखाने की सजा मालूम है?

इतनी मेहनत से लिखी गई दरखास्त तेवारी जी ने हवा में उड़ा दी और कान पर जनेऊ चढ़ाते हुए पेशाब करने के लिए एक कोने की ओर बढ़ गए।

ऐसे में असरफी साह ने हिम्मत दिखाई। दरखास्त उठाकर तेवारी जी के पीछे-पीछे गए और वापसी में उन्हें राह में रोककर कहा—"जरा सुनिए, महराज। बहुत अच्छा किया जो इतना कड़ा रुख अपनाया। पैसे वाली पार्टी है। हजार लेकर आए हैं। दरखास्त रख लीजिए। रिपोट की नकल लेने आएँगे तो फिर देंगे। सुबह-सुबह बोहनी के समय आई लक्ष्मी को ठुकराने से पाप लगेगा।"

मामला सुलझ गया। कुछ देर की लिखा-पढ़ी के बाद तेवारी जी ने सिपाही को पर्चा पकड़ाते हुए कहा—"घायल को ब्लाक अस्पताल ले जाओ।"

आठ बजने वाले थे। अभी सब बासी मुँह थे। चट्टी पर ट्रैक्टर रोका गया। अब तक मुख्तार साहब भी होश में आ गए थे। दातून-कुल्ला हुआ। जलेबी छनवाई गई। पकौड़ी तलवाई गई। दूध की स्पेशल चाय बनी। पान-बीड़ी? बीड़ी नहीं, आज सिगरेट।

मुख्तार साहब भी हू-हू करते लेटे-लेटे एक पाव जलेबी खा गए। चाय पीने के लिए उठाकर बैठाना पड़ा।

मुल्जिम खुराक लेने से मुनकिर हैं

एक दिन सुराजी की माँ की छोटी बहन ने आशंका जाहिर की कि सुराजी के बाप के लौटकर न आने के पीछे कहीं तुम्हारे कुल-देवताओं की नाराजगी तो नहीं है। जबसे सुराजी के बाप गए, देवताओं को पूजा नहीं मिली। कनूरी नहीं हुई। देवता नाराज हो जाते हैं तो राह से भटका देते हैं। आदमी घर लौटना भी चाहे तो लौट नहीं पाता। राह भूल जाता है।

सुराजी की माँ को खुद ऐसा लग रहा था। वरना दुनिया देस-परदेस जाती है और देर-सबेर लौट आती है। वे क्यों नहीं लौटे?

उसी रात उन्होंने सपना देखा कि बड़े पुरुख और गाजी मियाँ आए हैं। बर्तनों को उलट-पुलटकर पूछ रहे हैं—"मेरा मलीदा कहाँ है?"

अब तो पक्का हो गया कि सुराजी के बप्पा के न लौटने का कारण देवताओं की नाराजगी ही है। इनकी नाराजगी दूर करना जरूरी है। जवानी तो गुजर गई। बुढ़ापे में ही मुलाकात हो जाए।

पूजा की तैयारी की गई। पास के गाँव से लाल मोहम्मद, दीन मोहम्मद दोनों मुजावर भाई बुलाए गए। वे डफ्फ, खड़ताल, चँवर और दो मोटे बाँसों में बड़ी-बड़ी रंगीन पताकाएँ बाँधकर आए। साथ में उनकी बहन जहना आईं। दरवाजे के कोने में गड़ी साँग की धुलाई-पोंछाई हुई। कुर्बानी देने के पहले बकरे के माथे पर लाल तिलक लगाया गया। कटे सिर से बहते खून को साँग के सामने जमीन पर टपकाया गया। लोहबान के धुएँ और मीठे जाउर की महक से सारा घर महकने लगा। बाजे बजने लगे। लाल मोहम्मद ने बड़े पुरुख, सती आमिना, करिया गोरिया और गाजी मियाँ की नाराजगी दूर करने के लिए उनकी अजमत का 'पचरा' शुरू किया—

देवता का जगाइ लउबै होऽऽ
सोउती निंदियाऽऽ

बड़े पुरुख औ करिया गोरिया
संग जोधा परिहार रे भाई
संग जोधा परिहार

जहना अपनी पतली आवाज में दोहराने लगीं—

पाँच भाय की बहिन आमिना
हुलसि रचैं जेवनार, रे भाई
हुलसि रचैं जेवनार
अंधा जावै आँखी पावै
कोढ़ी सुबरन होय
जाय बझिनिया बेटा पावै
नाम पीर का होय, रे भाई
नाम पीर का होय
पीर का मनाय लउबै होऽऽ
सोउती निंदियाऽऽ

तब वली मोहम्मद ने बखान शुरू किया। गद्य और पद्य का मिला-जुला रूप—

सरजू नदिया कहर घाघरा
अगम बहै दरियाव, रे भाई
अगम बहै दरियाव

उस दरियाव में अठीले और बरहना नाव खेते थे। कहते हैं—

सत्तर मन का सोंटा बहत्तर की जंजीर,
लपटत चलैं बरहना पीर।

बरहना एक बार अपनी गुदड़ी झटकते तो उसमें से एक लाख बरहना झड़ते। किशोर भूसी एक लाख बरहना की बात सुनकर दहशत में आ गए। उनके दरवाजे पर इतनी जगह कहाँ है कि एक लाख बरहना की आवभगत कर सकें।

देवता को अपनी डील पर उतारने की तैयारी में सुराजी की माँ ने साड़ी का कछाड़ मारा (साड़ी की काँछ पीछे कमर में खोंसी)। खिचड़ी बाल खोलकर बिखराए और आँचल से कमर को कसा।

लोहबान का धुआँ सूँघकर दोनों हाथों को कन्धे से गोल-गोल भाँजते हुए हस्स हस्स की आवाज निकालने लगीं। बाजे की गति तेज हो गई।

दोहाई बन्दीछोर
दोहाई करिया गोरिया
दोहाई गाजी मियाँ

वे अभुवाने लगीं। उनकी आँखें बड़ी लगने लगीं। मुखमंडल का तेज बढ़ गया। लगा कि उनकी डील पर देवता की सवारी आ गई। देवता ने हाथ उठाकर शान्त होने का इशारा किया।

बाजे बन्द हो गए।

देवता ने पहला सवाल दागा—"मेरी कनूरी क्यों बन्द हुई?"

सुराजी की माँ की आवाज मर्दानी और मोटी हो गई।

लाल मोहम्मद ने हाथ बाँधकर कहा—"आपकी सवारी देशावर चली गई, साहेब। लौटी ही नहीं।"

"दूसरी सवारी का इन्तजाम क्यों नहीं हुआ?"

"दूसरी सवारी एकदम बच्चा थी। सयानी हुई तो फिरंगी की गोली से शहीद हो गई।"

"पूरा खानदान शहीद हो गया?"

"नहीं, साहेब। औरतें बची थीं, लेकिन उन्हें भी घर छोड़कर भागना पड़ा। इसी से चूक हो गई।"

"चूक की सजा भुगतनी होगी।"

"रहम साहेब, रहम। आगे चूक नहीं होगी।"

देवता के 'परगट' होने की खबर पाकर अड़ोस-पड़ोस के लोग उमड़ आए। खासकर औरतें। आँगन भर गया। देवता के पास हर समस्या का समाधान रहता है, हर सवाल का जवाब। सबके पास सवाल हैं। अनसुलझे रहस्यों से परदा हटवाना है। समाधान पूछना है। किसी की भैंस खो गई है। उसे ढूँढ़ने के लिए किस दिशा में जाएँ? किसी की बाल्टी चोरी हो गई है। चोर की शिनाख्त चाहिए। किसी की गाय ने दूध झन्न कर लिया है। किसी के कटहल की बतिया सूखकर गिर रही है। जितने घर उतनी मुसीबतें। देवता सबका समाधान करते हैं। किसी-किसी को डाँट भी देते हैं। दूर आँगन के कोने में घूँघट काढ़कर बैठी दुल्हन को भी समाधान चाहिए, लेकिन इतने लोगों के सामने लाजवश अपनी पूरी बात नहीं कह पा रही है। इतना ही कहती है—देवता को तो सब मालूम ही है। कोई राह सुझाएँ।

देवता भी हक्के-बक्के हैं।

तब उसकी बूढ़ी सास मदद के लिए आगे आती है—"यह मेरी बहू है, साहेब।

इसका आदमी, मतलब मेरा छोटा बेटा जूड़ पड़ गया है। (ठंडा पड़ गया है। संसर्ग में अक्षम हो गया है।) उसे काम लायक बना दीजिए।"

देवता थोड़ी देर तक मौन खड़े रह जाते हैं, फिर कहते हैं—"लासा फेंक, लासा।"

कहने के साथ फिर अभुवाने लगते हैं।

तुरन्त किसी की समझ में नहीं आता कि 'लासा फेंक' का मतलब क्या हुआ? फिर बड़ी-बूढ़ियाँ कानाफूसी करने लगती हैं।

देवता अभुवाना बन्द करके दुहाई देते हैं—"दोहाई बन्दीछोर! दोहाई करिया गोरिया! दोहाई बड़े पुरुख! दोहाई गाजी मियाँ।"

फिर पूछते हैं—"कुछ चाहिए?"

सुराजी की माँ ने अपनी बहन से कह रखा था कि देवता 'परगट' हों तो उनसे 'माँगन' माँगना कि सुराजी के बप्पा को लौटा लावैं।

बहन कहती है—"हम चाहते हैं कि सुराजी के बप्पा लौट आवैं ताकि आपको हर साल पूजा मिलती रहे।"

"लौटेगा। लौटेगा।"

"कब लौटेंगे? वहाँ किसी जादूगरनी ने उनको भेड़ा बनाकर बाँध तो नहीं लिया है?"

देवता इनकार में सिर हिलाते हैं—"नहीं, नहीं।"

"तो अब तक लौटे क्यों नहीं? मेरी बहन उनका इन्तजार करते-करते बूढ़ी हो गई। उनकी जवानी अकारथ हो गई।"

इस प्रश्न से सुराजी की माँ की थिरकन शिथिल होने लगी है। आँखें कातर होने लगी हैं। अचानक उनका शरीर थर-थर काँपने लगता है। वे चीख पड़ती हैं। यह चीख स्त्री स्वर में होती है। वे खड़े से सीधे जमीन पर गिरती हैं, जैसे कटा पेड़ गिरता है। दोनों हाथ आगे की ओर जमीन पर पट पड़ जाते हैं। सिजदा।

इसका मतलब देवता वापस चले गए। देवता की इस तरह अचानक वापसी सबको अचरज में डाल देती है। इस तरह तो नहीं जाते। उन्हें जाने के लिए भी मनाना पड़ता है। बाजा बजाकर, उनकी अजमत का पचरा सुनाकर खुशामद करनी पड़ती है। जब वह मस्त होकर झूमने लगते हैं तब कहा जाता है—महराज अब अपने थाने-पवाने लौटिए।

आज अचानक क्यों चले गए?

देवता की सवारी जाने के बाद बहुत कमजोरी महसूस होती है। सुराजी की माँ सिर दबाती छोटी बहन से लेटे-लेटे पूछती हैं—

"देवता से पूछा नहीं कि सुराजी के बप्पा लौटेंगे कि नहीं?"

"पूछा था। बोले, लौटेंगे।"

"इसी तरह साफ-साफ कहा?"

"हाँ दीदी, और क्या हम झूठ बोलेंगे?"

सुराजी की माँ ने यही सवाल अलग-अलग समय पर अपनी बहू और भूसी से पूछा। फिर जैसे अपने आपको आश्वस्त किया—'जब देवता ने बचन दे दिया तो लौटना ही पड़ेगा।'

मरने के साल-भर पहले उनका दिमाग फिर गया। तब वे कभी-कभी दिवंगत सुराजी के बचपन का नाम लेकर कहतीं—"भुलई बेटवा, ई देखो, तुम्हारे बप्पा तो लौट आए! जरा पानी-ओनी लाओ। खटिया बिछा दो।"

फिर सुराजी के बाप को सम्बोधित करते हुए कहतीं—"आओ, लेकिन आज तुम्हें घर में नहीं घुसने देंगे। उहाँ भरपेट भात मिलने लगा तो हम सबकी सुध भूल गए?"

छोटे दारोगा तफ्तीश के लिए आए हैं।

चौकीदार सबेरे ही आकर कह गया था कि खास-खास लोग मौका-ए-वारदात पर हाजिर रहें। मुख्तार साहब अभी जिला अस्पताल में हैं। लाला ने दालान के सामने पानी छिड़कवाकर कुछ कुर्सियाँ और चारपाइयाँ डलवा दी हैं। दारोगा जी के लिए अलग कुर्सी-मेज लगी है। बैठने के पहले वे दालान का निरीक्षण करते हैं और कागज पर नक्शा बनाते हैं। कच्चे फर्श की खून सनी सूखी मिट्टी को चौकीदार से खुरचवाकर रखते हैं और खून सनी चादर को अपनी अभिरक्षा में लेते हैं।

फिर पूछते हैं—"वह औरत कहाँ है जिसे नामजद किया गया है?"

जंगू की माँ हाथ जोड़कर हाजिर होती है।

"क्यों रे? जिसका नमक खाया उसी को लुटवा दिया।"

"ई झूठ है, सरकार।"

"बुड्ढे को घाव कैसे लगा? किसने मारा?"

"हम पहचान नहीं पाए, सरकार।"

"तू उस समय कहाँ थी?"

"हम मुख्तार साहब की मच्छरदानी लगाने और रात में पीने के लिए पानी रखने आए थे। लेकिन उनकी देह में आग लगी थी। वे मुझे पकड़कर गिराने लगे। हम मना करने, समझाने लगे। तब तक कोऊ पीछे से मार दिहिस।"

"चश्मदीद गवाह धुन्नी सिंह कौन है? आगे आइए। आप मौके पर कब पहुँचे, क्या देखा?"

"रात ग्यारह का बखत रहा होगा सरकार। मेरा घर ठीक सामने है। मुख्तार साहब का चिल्लाना सुनकर दौड़ा। क्या देखता हूँ कि इस औरत ने उनको कमर से पकड़ रखा है और..."

"आगे से पकड़ा था कि पीछे से?"

"पीछे से सरकार। और इसका लड़का मारने के लिए कुल्हाड़ी उठाए हुए है। मेरे रोकते-रोकते मार भी दिया।"

"आगे से कि पीछे से?"

"पीछे से सरकार।"

"पीछे से तो इस औरत ने पकड़ रखा था। तब तो चोट इस औरत को लगनी चाहिए।"

"तब आगे से पकड़ा होगा।"

"आपने यह सब कैसे देखा?"

"अपनी टॉर्च जलाकर, हुजूर।"

"और क्या देखा?"

"उसी समय शोर सुनकर मुसलमानों के तीन लड़के घर का बर्तन-भाँड़ा, सन्दूक वगैरह लेकर निकले। मैंने उन पर टॉर्च मारी तो बाईं ओर मुड़कर भागे। इस औरत का बेटा भी उन्हीं के पीछे भागा। दो बदमाश बाहर निगरानी पर खड़े थे। वे भी भागे। बस यह औरत नहीं भाग पाई। पकड़ी गई।"

"ई सब झूठ है, सरकार। हम काहे भागेंगे?" जंगू की माँ ने तीखा प्रतिवाद किया—"घर में तो बाबू साँझ से ही ताला लगा देते हैं। कोई कैसे घुसेगा? ऊ देखौ, अबहीं भी ताला लटकि रहा है। चाभी बाबूजी के जनेऊ में बँधी रहती है।" फिर धुन्नी सिंह की ओर उँगली उठाकर बोली—"और टारच-ओरच इनके पास कुछ नहीं है। हमसे माचिस माँग के तौ बीड़ी लेसत हैं। कहाँ है इनकी टारच, दिखावैं।"

"आप अपनी टॉर्च लाइए। सबूत के तौर पर जमा करना होगा।"

धुन्नी सिंह अपने घर आ गए। लेकिन टॉर्च कहाँ से लावें।

दारोगा जी ने पीछे से चौकीदार को भी भेज दिया। किसी से माँगने का मौका भी नहीं मिल रहा है।

"दूसरे गवाह?"

लाला चाय-पानी के इन्तजाम में लगे थे। उन्हें उनके घर से बुलाया गया।

"हुजूर, मेरा नाम शिउबरन लाल है। सब लाला-लाला कहते हैं। मुख्तार साहब का छोटा भाई हूँ। बगल में ही मेरा घर है।"

"आप कब पहुँचे? क्या देखा?"

"मैं, भइया की चीख सुनकर पहुँचा तो देखा कि यह औरत आगे से भइया की कमर पकड़कर लटकी है और इसका बेटा पीछे से कुल्हाड़ी से वार कर रहा है।"

"कैसे देखा? अँधेरा था कि उजाला?"

"हुजूर, बाहर पूर्णिमा की टह-टह चाँदनी फैली थी जिससे दालान के अन्दर भी हल्का उजाला था। ठीक उसी समय धुन्नी सिंह भी पहुँचे और टॉर्च जला दी। एकदम दगादग हो गया।"

"यह बताइए, मुख्तार साहब घाव लगने के पहले चिल्लाए कि बाद में?"

"हुजूर, घाव लगने पर ही चिल्लाए होंगे।"

"और घाव तुम्हारे सामने लगा। तो तुम किसकी चिल्लाहट सुनकर दौड़े?"

"हुजूर, पहले भी चिल्लाए होंगे, तभी तो मैं दौड़ा।"

"इसका मतलब दोनों भाई बहुत बुद्धिमान हो।"

"बुद्धि की ही रोटी खाते आए हैं, हुजूर। और हम लोगों के पास है क्या? दस साल मुहर्रिरी कर चुका हूँ।"

"कुल्हाड़ी कहाँ है जिससे मारा?"

"कुल्हाड़ी लेकर भाग गया सरकार।"

"डाक्टरी रिपोर्ट कहती है कि एक ही घाव लगा है और वह घाव पाँच इंच लम्बा है।"

"सही लिखा है, सरकार।"

"तुम्हारे गाँव में पाँच इंच के फाल वाली कुल्हाड़ी बनती है? पाँच इंच का फाल तो कुल्हाड़े का भी नहीं होता।"

चौकीदार आकर बताता है कि धुन्नी सिंह की टॉर्च नहीं मिल रही है।

"हाँ, सरकार। लगता है उसी भीड़-भाड़ में कोई चुरा ले गया।"

"यह सब छोड़िए।" लाला कहते हैं—"बड़े भाग हमारे जो हमारे दरवाजे पर आपका आगमन हुआ। कुछ चाय-पानी पीजिए।"

"पानी पीने लायक गाँव है आपका?"

“अरे, हम लोग कोई अछूत हैं क्या?” लाला की आवाज में ऐंठ आ जाती है। “इतनी देर से सारी जिरह खुद ही किए जा रहे हैं। कुछ वकील और जज के लिए भी छोड़ दीजिए।”

दारोगा जी के नथुने फूलने लगे हैं।

धुन्नी सिंह अन्दर से थोड़ा घबराए हुए हैं। बात बिगड़नी नहीं चाहिए। कहते हैं—“मुख्तार साहब के बेटे भी सरकारी आदमी हैं। कानूनगो हैं। उनको मालूम है कि सरकारी काम कैसे होता है। आ जाएँ तो थाने पर ही जाकर आपसे मिल लेंगे। तब तक मुख्तार साहब भी अस्पताल से डिस्चार्ज हो जाएँगे। हम लोग तो अनपढ़-गँवार हैं...”

“गँवार?” दारोगा जी झटके से खड़े होते हैं—“कि कोबरा नाग? गाँव को रंगमहल बना लिया है तुम बुड्ढों ने। इतना फर्जीफिकेशन? मैंने सब पता लगा लिया है।”

“क्या असली और क्या फर्जी।” दारोगा जी के बगल-बगल चलते हुए कहते हैं धुन्नी सिंह—“सब कुछ आप ही के हाथ में है। हम लोग आपसे बाहर नहीं जाएँगे। थोड़ा इन्तजार कर लीजिएगा।”

आँख तरेरते दारोगा जी एक किक में मोटरसाइकिल स्टार्ट करते हैं—भड़-भड़ भड़...

कुछ देर तक सन्नाटा रहता है।

“आपने उसे चिढ़ा दिया।”

“वह चिढ़ा-चिढ़ाया आया था।”

“कौन जाति का होगा?”

“नेमप्लेट पर तो जी. प्रसाद लिखा था।”

“तो होगा कोई गोबर गांडू परसाद। कोई खानदानी आदमी ऐसी तफतीस करेगा?”

“सेंकेड अफसर की क्या औकात? भतीजे को आने दीजिए, पोलिटिकल प्रेसर डालकर जाँच अधिकारी ही बदलवा दिया जाएगा। इतने कमजोर थोड़े हैं। जब एक बार कूद पड़े हैं तो वारा-न्यारा करके रहेंगे।”

वे चार थे। आम के बाग में लीक के किनारे बैठकर गाँजा पी रहे थे। फागुन का महीना था। जाड़ा बीत गया था लेकिन बाग की छाया में हल्की सिहरन थी। सूखी टहनियों और पत्तियों से छोटा-सा अलाव जला लिया गया था।

दूर से एक डोली आती हुई दिखी। पास आने पर डोली ढोने वाले कहारों के बोल स्पष्ट हुए—'हूले रहु-दाबे रहु।' इस तरह के बोल थकान मिटाने और नई ऊर्जा प्राप्त करने के लिए तो टॉनिक का काम करते ही थे, साथ ही दुल्हन के मानस को राग-रंग के लिए उद्दीप्त करके पति मिलन की पूर्व-पीठिका तैयार करते थे। कहारों को गाँजे की गन्ध दूर से ही मिल गई थी। चारों में से किसी ने कहा—'दम लगाते जाओ जोड़ीदारो। पसीने से लथपथ हो रहे हो।'

इस निमंत्रण ने कहारों के पैर छान लिये। खींचकर दो कस लगाने को मिल गया तो सारी थकान भाग जाएगी। डोली थोड़े फासले पर रखकर कहार अलाव के पास आ गए। विदाई कराकर ला रहे दोनों अनवार भी पास आ गए।

"किस गाँव से बिदाई कराई?...ओ, तब तो दो कोस की मंजिल मार लिये। किस बिरादरी की बिदाई है?...अच्छा, अच्छा।"

चिलम की राख उलटकर नया माल बोझा गया। लप्प-लप्प चिलम से लपक निकलने लगी। धुआँ आसमान की ओर छोड़ा जाने लगा। सबने माना कि माल कड़क है।

अचानक नजर पड़ी कि दुल्हन डोली के बाहर खड़ी है। फिर वह घूँघट काढ़े सिर झुकाए विपरीत दिशा की ओर बढ़ने लगी। क्या बात है? पेट तो नहीं खराब हो गया?

तभी झाड़ी की आड़ से तीन आदमी प्रकट हुए। एक दुल्हन को कन्धे पर लादकर भागा। बाकी दोनों लट्ठबाज उसके पीछे सुरक्षा घेरा बनाकर दौड़ने लगे।

दुल्हन की लूट! पकड़ो-पकड़ो।

बिदाई कराने गए दोनों आदमियों और कहारों ने लुटेरों का पीछा किया।

तब अलाव के पास बैठे चारों आदमी इत्मीनान से डोली के पास आए। उनमें जो सबसे ज्यादा ताकतवर, महामानव जैसा था, उसने ओहार हटाकर दुल्हन को बाँहों में उठाया और कन्धे पर लाद लिया। दूसरे ने झट पीछे से दुल्हन का मुँह दबा दिया। पलक झपकते वे पास के सूखे नाले में उतर गए।

"घबराओ नहीं, छटपटाओ नहीं। हम चोर-डाकू नहीं हैं। तुम्हारा गहना-गुरिया, इज्जत-आबरू लूटने नहीं आए हैं। तुम्हारी असली ससुराल के आदमी हैं। तुम्हें वहीं ले चल रहे हैं।"

थोड़ी दूर तक पीछा करके पहली दुल्हन के लुटेरों को घेर लिया गया। मामूली

झड़प के बाद दुल्हन छीन ली गई। लेकिन इस छीना-झपटी में दुल्हन की साड़ी खुल गई और उसके अन्दर से पन्द्रह-सोलह साल के संतोखी प्रकट हुए। सब हक्का-बक्का। लुटेरे भी, लुटने वाले भी। संतोखी ने बताया कि मुझे बीस रुपये देकर साड़ी पहनाकर तीनों आदमी यहाँ लाए थे। उन्हीं के कहने से मैं डोली के पास आया था। बाकी बात मैं नहीं जानता।

दो-चार झापड़ खाकर संतोखी रोते हुए चल पड़े। बाकी लुटेरे पहले ही खिसक लिये थे।

विदा कराने गए लोग परेशान कि उनके साथ आखिर ऐसा धोखा क्यों किया गया? अब वे खाली डोली लेकर अपने घर जाएँ कि असली दुल्हन की बिदाई कराने दुल्हन के मायके जाएँ?

भूसी का विवाह पाँच वर्ष की उम्र में हो गया था। विवाह के नौवें वर्ष में गौना माँगा गया। लड़की का बाप आया। घर-दुआर देखा। घर क्या था, दो झोंपड़ियाँ थीं। साठ-सत्तर भेड़ें थीं। दो बीघे ऊसर जमीन का पट्टा था, लेकिन उसमें अभी कुछ पैदा नहीं होता था। गाँव के बाहर भीटे पर बसावट थी और पीने के लिए पानी फर्लांग भर दूर कुएँ से भरकर लाना पड़ता था। सबसे चिन्ता की बात कि लड़के का बाप अंग्रेज की गोली खाकर मरा है। इसकी वजह से इस परिवार पर कोई मुसीबत तो नहीं आ जाएगी? उसने तो खाता-पीता परिवार देखकर बेटी का ब्याह किया था।

वह यह कहकर गया कि लड़की अभी कमजोर है। ठीक से सयानी हो जाए तो ग्यारहवें वर्ष में गौना देंगे। लेकिन बाद में पता चला कि उसकी बिदाई कहीं और कर दी गई।

भूसी की दादी दुखी हुईं। रोईं कि जवानी में पति हाथ से गया। बुढ़ापे में बेटा हाथ से गया। अब मरने के दिन आए तो पोते की बहू हाथ से गई। भगवान बार-बार उन्हीं की परीक्षा क्यों ले रहे हैं? इस परायी जगह में मेरा पोता कुँवारा ही रह जाएगा क्या? किसकी बेटी इस उम्र तक कुँवारी बैठी होगी जिसके आगे जाकर वे हाथ जोड़ें। मरते-मरते भी इसका बाप खानदान की जड़ खोद गया।

लेकिन उनकी बियही बहू को कोई दूसरा कैसे ले जा सकता है? वह हमारे खानदान की इज्जत है। ब्याह में उनका पलरी-भर रुपया खर्च हुआ है। गहने गढ़ाकर दिये गए हैं। गाँव के लोगों को भी इसमें पूरे गाँव की बेइज्जती नजर आई।

जिस गाँव में भूसी की ससुराल थी उसी गाँव में भूसी की बड़ी मौसी ब्याही गई थीं। उन्हीं की अगुवाई में भूसी का ब्याह हुआ था और उन्हीं से दूसरी जगह

बिदाई की खबर मिली। भूसी की दादी ने उनके पास सन्देश भेजा कि रिवाज के अनुसार बहू गोड़ी फेरने के लिए मायके आएगी ही। मायके से दुबारा बिदाई की जो साइत पंडित बताएँ उस दिन की जानकारी वे समय रहते उनके पास पहुँचा दें।

नाले के पेट में कुछ दूर चलने के बाद दुल्हन को जमीन पर उतारा गया।

'महामानव' चलते-चलते मसखरी करने लगे—"इतनी दूर तुम्हें ढोकर ले आए लेकिन आज के बाद फिर कभी तुम्हें छू भी नहीं सकेंगे। इसलिए कि पद में हम तुम्हारे 'जेठ' लगते हैं। आज छूना पड़ा इस दोष से मुक्त होने के लिए पूरे टोले में गुड़ बाँटना पड़ेगा। पर तीन लोगों के सामने इतना बचन आज ही दे दो कि तीज-त्योहार पर पूड़ी-पकवान खिलाती रहोगी।"

महामानव का नाम भीम था। जिस काम में बैल या घोड़े जैसी ताकत की जरूरत होती थी, उसमें भीम को जोता जाता था। भीम को एक ही बात का दुख था। उनका विवाह नहीं हुआ था। विवाह तो हुआ था। दुल्हन भी आई थी, लेकिन कमजोर थी। ज्यादा दिन टिकी नहीं। सुबह उठकर अपनी सास से शिकायत करती कि पेट में दर्द हो रहा है। उसकी सास ने तो भीम को पैदा ही किया था। पाला-पोसा था। वे पेट-दर्द का कारण समझ जाती थीं, लेकिन क्या बोलें? चुपचाप बहू का मुँह ताकने लगती थीं।

एक सुबह बहू पैदल ही अपने मायके के लिए भागी। गाँव के बाहर खेतों के बीच उसे रोका गया, लेकिन वह वापस होने के लिए कोटि जतन तैयार न हो। बूढ़े पीपल के नीचे बैठ गई। सब जुट गए। रामउदार सिंह भी खेत घूमने निकले थे। पूछा—"आखिर तुझे ससुराल में किस बात का दुख है? खाना नहीं मिलता, कि कपड़ा नहीं मिलता? क्यों भाग रही है?" वह कुछ बताने को तैयार नहीं। बहुत कुरेदने पर बोली—"मेरे बाप ने मुझे आदमी के साथ ब्याहा था, घोड़े के साथ थोड़े।" कहकर वह उठी और मायके की राह पर बढ़ गई। फिर कोई उसे रोकने के लिए आगे नहीं बढ़ सका। भीम की माँ जब तक जिन्दा रहीं, सबके आगे हाथ जोड़ती रहीं कि उनके बेटे के लिए कहीं से एक रोटी पोने वाली का इन्तजाम करवा दे कोई। पर तब तक भीम की ख्याति चारों तरफ इतनी फैल चुकी थी कि कोई अपनी बेटी देने को तैयार नहीं हुआ।

भूसी की दादी ने भीम से मदद माँगने के साथ-साथ वचन दिया था कि जब तक जिन्दा रहेंगी उन्हें हर तीज-त्योहार पर पूड़ी पकवान का न्योता देती रहेंगी। भीम दादी की जिन्दगी के बाद भी इसका बन्दोबस्त आज ही कर लेना चाहते थे।

लूटी गई दुल्हन के मायके या ससुराल पक्ष के लोग कोई बखेड़ा खड़ा करते,

इसके पहले भूसी की दादी लाठी टेकते हुए गईं और पीढ़ियों से सुरक्षित रखी एक मोहर नजराने में देकर थाना पूज लिया।

लूट के चौथे महीने लुटावन पैदा हुए। लुटावन की माँ ने दो साल तक भूसी को पास नहीं आने दिया। कहा तो यह कि मेरा बेटा दो साल तक माँ का दूध पिएगा। उसे मैं दुधकट्टू नहीं होने दूँगी। लेकिन शायद उन्हें यह उम्मीद रही हो कि किसी दिन उनके पिता या पति उन्हें लेने आ जाएँ। दो साल बाद जब उनके पिता ने आकर बताया कि उनके पति ने दूसरा विवाह कर लिया है और अब इसी घर को वे अपनी ससुराल मानें तब उन्होंने भूसी को अपना पति स्वीकार किया।

भूसी बहू भी भीम बाबा को मानती-जानती रहीं। तीज-त्योहार पर पूड़ी-पकवान खिलाती रहीं, लेकिन शिकायत भी करती रहीं कि उन्हीं के कारण उनके 'लुटावन' बिना बाप के हो गए।

भीम बाबा पहले चले गए। होते तो भूसी बहू को अन्तिम बिदाई देने वे भी जरूर आते।

अब मुख्तार साहब को लगता है कि उनके सगे भाई लाला ने ही उन्हें उलझा दिया। वे तो उस समय कुछ सोचने-समझने की हालत में थे नहीं। भाई ने जो चाहा लिखकर दे दिया। मामले को इतना तूल देने की जरूरत क्या थी? मेरी कौन सी बहन-बेटी गाँव में रहती है जिसकी इज्जत दाँव पर लगी थी। जिन्दगी-भर दूसरों को लड़ाते रहे, आखिर में खुद ही अरझ गए।

लेकिन लाला ने एक बात सही सोची। उसकी राय मानकर अगर इन्क्वायरी अफसर न बदलवाया होता तो जी. परसदवा उलटे हमीं लोगों को फँसा देता। यह भी उसी की राय थी कि आमने-सामने बैठकर तय-तमाम कर लिया जाए कि हम पुलिस से क्या चाहते हैं और पुलिस हमसे क्या चाहती है?

थानाध्यक्ष ने हवा में उँगली से लिखकर एक 'इनकाउंटर' की जो रकम बताई थी वह टोले के लोगों को बहुत ज्यादा लगी। टोले के लोगों ने जितना कबूला, उसे सुनकर थानाध्यक्ष हो-हो करके हँसने लगे—"इससे तो इनकाउंटर की जाँच करने वाले मजिस्ट्रेट का ही पेट नहीं भरेगा।" अन्ततः तय हुआ कि किसी के इनकाउंटर की जरूरत नहीं है। सब कमाएँ-खाएँ, जिन्दा रहें। बस, इनका गुर्राना

बन्द हो जाए। डरकर रहें, आँखें नीची करके चलें। हम जल्लाद थोड़े हैं। हाँ, मोटू का ऐसा इलाज कर दें कि बिना लाठी का सहारा लिये चल न सके। और जंगुआ के मामा को अन्दर करना इसलिए जरूरी है कि बाहर कोई जमानत कराने वाला न रह जाए। चाहे जितना रूँधो, यह साला हर साल मेरा कटहल तोड़ ले जाता है।

चालान तो करना ही पड़ेगा, लेकिन चालान से भी ज्यादा जोर 'तुड़ाई' पर रहे। चालान कोई कारगर इलाज नहीं है और कभी-कभी तो उलटा पड़ जाता है। बुराई करिए, भलाई हो जाती है। गाजीपुर जिले के एक गाँव के मुसहरों को सबक सिखाने के लिए उनके गाँव के एक ब्राह्मण देवता ने सन् 1942 में डकैती के फर्जी केस में फँसा दिया। पूरे टोले को फँसा दिया। कोई जमानत कराने वाला तक नहीं बचा। साल-भर जेल में ही सड़ते रह गए बेचारे। बाद में उन सबको स्वतंत्रता सेनानी की पेंशन मिलने लगी। सारे मुसहर पेंशन लेने जाते तो उन ब्राह्मण देवता को भी माला पहनाकर रिक्शे पर बैठाकर साथ ले जाते। लड्डू खिलाते। ये भी जेल जाएँ तो कहीं ज्यादा बदमाश होकर निकलें। भेजना भी हो तो किसी दूसरे मामले में भेजें, ताकि हम लोगों को दौड़-दौड़कर कचहरी जाने की जहमत न उठानी पड़े।

थाने का पूरा खर्च गिरफ्तारी के पहले एडवांस जमा कराने की शर्त पूरी की गई। पुलिस अपोजिट पार्टी का गला दबाकर जो निचोड़ ले वह उसकी अतिरिक्त कमाई होगी।

मुख्तार साहब जंगू की माँ को दोषमुक्त कराकर वापस ले जाने के लिए आए, तब थानाध्यक्ष को लगा कि वह कितने काम की चीज थी। इतने बड़े थाना-परिसर में पहली बरसात के बाद उग आए झाड़-फूस को छील-काटकर कितना साफ-सुथरा बना दिया इसने। इसका तो थाने पर ही रहना अच्छा है।

"नहीं, हुजूर। इसके बिना काम नहीं चल रहा है।"

"महीने-भर भी काम नहीं चल पाया?" थानाध्यक्ष मुस्कराए।

"अरे हुजूर, एक दिन भी चलना मुश्किल है। जानवर बिना चारा-पानी के मरे जा रहे हैं।"

"आप तो नहीं मरे जा रहे?"

"कोई दूसरी औरत काम करने को राजी नहीं हो रही है। कोई बूढ़ी-ठेली तक नहीं।"

जंगू की माँ ने सिर को धरती से टिकाकर थानाध्यक्ष को सलाम किया और आँचल की टोंक से आँसू पोंछते हुए मुख्तार साहब के पीछे-पीछे चल पड़ी।

महीने-भर में सारे मुल्जिम पकड़ लिये गए।

जंगू की झोंपड़ी की तलाशी के लिए पुलिस जंगू को साथ लेकर आई। खूँटी पर टँगे एक झोले में काफी रेजगारी और नोट मिले। अठन्नी और रुपये के सिक्के और एक, दो, पाँच, दस के नोट। बड़ी सफलता कही जाएगी। पुलिस पार्टी खुश हो गई। इतना अनाड़ी अपराधी कि इसको छिपाने तक की नहीं सोच पाया। गिनने पर 2,620 रुपये निकले।

"बाकी रकम कहाँ गई? मुख्तार के घर से पाँच हजार की नगदी लुटी है।"

"यह लूट की रकम नहीं है। मेरे मेहनताने का पैसा है।"

"इतना मेहनताना?"

"चार साल में मिला है। पहली साल छः महीने के बाद दस रुपये महीना, दूसरी साल पचास, तीसरी साल साठ और चौथी साल सौ रुपये।"

"बड़ा हिसाबी-किताबी है तू तो रे।"

दो पुलिस वालों ने थोड़ी देर तक जोड़ने की असफल कोशिश की फिर बोले—"तब भी तो इतनी रकम नहीं बनती, रे।"

"हर साल उस्ताद ईदी देते थे। मुख्तार साहब बाजार से दारू मँगाते थे तो अठन्नी देते थे। मैं कभी-कभी मछली मारकर बेचता था तो दो-चार रुपये मिल जाते थे। सब अपनी दुकान खोलने के लिए जमा कर रहा था।"

"वाह! अच्छी कहानी गढ़ लेता है। गुलशन नन्दा का बाप लगता है। चल, पहले इसे तीन हजार पूरा कर।"

दहबंगा का सपना पूरा हुआ। तूफानी वकील बन गया।

कत्ल का मुकदमा लड़ने के दौरान दहबंगा ने महसूस किया कि परिवार में एक वकील का होना बहुत जरूरी है। उन्हें यह देखकर अजीब लगा कि आप अपनी बात सीधे हाकिम से नहीं कह सकते। आप वकील को बताइए और वकील हाकिम को बताएगा।

बहुत खुशी की बात है कि अब उनका बेटा भी काला कोट पहनकर रोज कचहरी जाएगा।

लेकिन खुशी मनाने की बात पर वे राजी नहीं हुईं। एक तो इसलिए कि उनका परिवार सजा काट रहा है, दूसरे इसलिए कि खुशी मनाने से गाँव वालों के पेट में दर्द होगा। वे हमारे दुख से खुश और सुख से दुखी होते हैं। इसलिए अपनी खुशी और अपना गम अपने मन में दबाकर रखना ही ठीक होगा।

प्रैक्टिस शुरू करने के थोड़े समय बाद मिली एक चिट्ठी ने तूफानी की जिन्दगी में छोटा-मोटा तूफान ला दिया। मान्यवर की छोटी-सी चिट्ठी—

> ...पता चला कि आप दलित समाज के जागरूक नौजवान हैं। कानून की पढ़ाई किया है। हम चाहते हैं कि आप इस पढ़ाई का उपयोग अपनी रोजी-रोटी कमाने के साथ-साथ दलित-शोषित समाज को जागरूक बनाने में करें। हमारे साथ, हमारी पार्टी के साथ जुड़ें।

मान्यवर के संगठन और उद्देश्य की जानकारी तूफानी को है। उसे यह जानकर अच्छा लगा कि मान्यवर उसके बारे में जानते हैं। मान्यवर के साथ जुड़ने की बात सोचकर उसे बार-बार रोमांच हो रहा है। वह दिन में कई बार जेब से चिट्ठी निकालकर पढ़ता है। चिट्ठी पर 17 सितम्बर, 1986 की तारीख पड़ी है।

चिट्ठी पढ़कर तूफानी बेचैन है। कैसे मान्यवर को बताए कि वह उनके साथ तुरन्त जुड़ने को तैयार है। चिट्ठी भेजे तो किस पते पर? मिलने जाए तो कहाँ?

जहाँ होंगे वहीं जाएगा और अभी जाएगा।

थाना परिसर के पिछले हिस्से में है यह गोल कमरा। अंग्रेजों के जमाने का टॉर्चर रूम। लकड़ी की मोटी काली कड़ियों पर लाल टाइल की छाजन। गिरफ्तार सारे मुल्जिम तीन दिन से इसी में नंगे करके बन्द किए गए हैं। इनके पेट का पानी निकालने का दौर जारी है। टॉर्चर के एक्सपर्ट दोनों सिपाही रामायण और जालिम बारी-बारी ड्यूटी कर रहे हैं। मदद के लिए दो मुस्टंड मुखबिर। बीच-बीच में थाना इंचार्ज खुद भी बेल्ट लेकर जुटते हैं।

छत की कड़ी में बँधी रस्सी से उलटा लटकाकर पैर के तलवों पर रबर की बेल्ट से पिटाई का दौर गुजर चुका है। अब इनका चल सकना तो दूर, खड़े रह पाना भी मुश्किल है। मुँह में बार-बार गरम पानी डालने से जीभ और गाल जल गए हैं।

जंगू ने बेल्ट की पिटाई पर ही कबूल लिया कि दाढ़ी बाबा को उसी ने मारा। फावड़े से मारा। फावड़ा गन्ने के खेत में फेंक दिया है। बरामद करा देगा। पर साथियों का नाम नहीं बताता। कहता है—"अकेले मारा।"

"किसके कहने से मारा?"

"अपने मन से।"

"क्यों?"

जंगू चुप।

"इसके पेल्हर में दो ईंट बाँधकर लटकाओ। और इसके भी।" थानाध्यक्ष फैजुल्ला की ओर इशारा करते हैं।

इकहरी हड्डी और बयालीस किलो वजन वाला असलम बेल्ट की पिटाई से ही बेहोश हो गया था। उलटा लटका है। आँखें बन्द हैं। गरम पानी फेंकने पर शरीर में कँपकँपी छूटती है।

कुंटल-भर वजन वाले तौफीक उर्फ मोटू पर पिटाई और गरम पानी का बहुत कम असर पड़ा है। दाँत भींचकर और आँखें मीचकर सब झेल गया है।

"इसकी गाँ...में डंडा घुसेड़ो।"

पन्द्रह-बीस साल पहले यहाँ एक थानेदार आए थे—डंडा गुरू। जुर्म कबुलवाने के लिए मुल्जिमों के पीछे लाल मिर्च की बुकनी में सना डंडा डालना उनका आजमाया हुआ नुस्खा था। इसको ऑपरेट करने के लिए मुल्जिम को नब्बे डिग्री पर झुकाना पड़ता है। डंडा गुरू ने टॉर्चर रूम की दीवार और फर्श की संधि पर लोहे के चुल्ले जड़वाए। मुल्जिम के दोनों हाथ चुल्ले में डालकर फँसा दीजिए फिर वह चाहे जितना छटपटाए, उसे पकड़ने-सँभालने की जहमत खत्म।

डेढ़-दो इंच डंडा अन्दर जाते-जाते मोटू का शरीर फन कुचले नाग की तरह ऐंठने लगा है। जैसे दर्जनों चाकू उसे अन्दर से छील रहे हों। थोड़ा और धँसाते ही वह बाँ-बाँ करके चीखने लगता है।

उसका लिंग ढीला होकर नीचे लटक आया है। रामायण कुछ देर तक एकटक उसे अचरज से ताकता रह जाता है—हथियार कितना बेढब पाया है हरामजादे ने!

"मेरी जान क्यों ले रहे हैं, साहब?" मोटू गिड़गिड़ाने लगा है—"मैंने किसका क्या बिगाड़ा है?"

"मैं जान ले रहा हूँ कि ड्यूटी कर रहा हूँ बे? तू क्या समझता है कि हराम की तनखा लेता हूँ। इतनी ही जान प्यारी है तो कबूल क्यों नहीं कर लेता?"

"क्या कबुलवाना चाहते हैं?"

"डकैती। मुंशी के बर्तन तेरे घर से बरामद हुए कि नहीं?"

"वे सब तो मेरे बर्तन हैं। उनमें बधना है, सनहगी है। ये हिन्दुओं के घर में थोड़े मिलते हैं।"

"तो इतने बर्तनों से क्या दुकान खोलनी थी।"

डंडे का दबाव बढ़ने के साथ मोटू कलपता है—"या अल्लाह! सीधे गोली ही क्यों नहीं मार देता जालिम?"

"जालिम ड्यूटी पर आए तो उससे कहना।"

वह मतीन मिस्त्री की ओर बढ़ता है।

मतीन पर मिर्ची डंडा पहले ही ऑपरेट किया जा चुका है। उसका शरीर दर्द से ऐंठ रहा है। रामायण को आता देख चिल्लाता है—"रहम! रहम!"

सीताराम को उतान लिटाकर हाथ-पैर में रस्सी कसकर चारों दिशाओं में बाँधा गया है। लिंग में बिजली का झटका देने पर गले से घरघराहट के साथ ऐसी चीत्कार निकलती है जैसे जमीन पर पटककर लोहे की गरम सलाख से दिल छेदे जाने पर सुअर चिल्लाता है।

"बेकसूर पर जुलुम करके क्या पाएँगे, सरकार?"

"हरामजादे, कसूर-बेकसूर का फैसला तू करेगा कि पुलिस? तू समझता है कि बिना कबूले जिन्दा बच जाएगा?"

"क्या कबूलना है?"

"यह भी तू ही बताएगा। अभी तू मुझे ठीक से जानता नहीं। एक कत्ल का जुर्म मैं पाँच अलग-अलग मुल्जिमों से कबुलवा चुका हूँ। हर एक ने कसम खाकर कबूला कि कत्ल उसी ने किया और अकेले किया।"

थाना इंचार्ज आकर मुआयना करते हैं। चीख-चिल्लाहट के मारे बात करना मुश्किल। मोटू बेहोश होकर फर्श पर गिर पड़ा है। हाथ चुल्ले में फँसे हैं।

"इसको झटका देकर होश में लाओ और पैरों पर बेलन चलाओ। एक घुटना लेना है।"

"और इसका क्या हुआ?" थाना इंचार्ज कोने में पैर फैलाकर खड़े कराहते फैजुल्लाह की ओर इशारा करते हैं।

फैजुल्लाह की हाय-हाय तेज हो जाती है। वह पसीने से सराबोर है। दिल की धड़कन बढ़ी हुई है। आँखें लाल हैं।

इंचार्ज के जाने के बाद रामायण उसकी जुल्फी पकड़कर सिर दीवार से टकराता है—"तेरी गाँड़ में मिर्ची डंडा डालना पड़ेगा?"

"हजूर, मैं एकदम बेकसूर हूँ। मैं तो डेढ़ साल से सउदिया में था। मुख्तार साहब की वारदात के दस दिन बाद मुलुक लौटा हूँ। मेरा पासपोर्ट देख लीजिए।"

"देख लिया। दूसरा सबूत दे।"

"दूसरा क्या दें, सरकार?"

"डेढ़ साल सउदिया कमाकर लौटा है और देने के नाम पर सिर्फ पासपोर्ट है? हम कैसे मानें कि सउदिया से लौटा है? तेरे दिमाग में सिर्फ गोबर भरा है?"

रामायण की ड्यूटी खत्म। अगली ड्यूटी पर जालिम आ रहा है। तब तक डेढ़-दो घंटे की राहत।

जालिम आते ही मोटू पर बेलन चलाने का इन्तजाम करता है। पीठ के बल लिटाकर दोनों पैरों के अँगूठे एक साथ बाँधे जाते हैं। लकड़ी का लम्बा गोल बेलन पैरों पर आड़ा रखा जाता है। उस पर एक चौड़ा पटरा रखकर दोनों सिरों पर दोनों मुखबिर चढ़ जाते हैं। बेलन को आगे-पीछे सरकाते ही भयानक चीत्कार गूँजती है। हड्डियाँ करकरा जाती हैं।

"अब बोल, एम.एल.ए. साहब की मोटर चुराया?"

"चुराया सरकार, चुराया। जान बख्स दीजिए।"

"अब तक कितनी मोटरें चुराया? दस?"

"हाँ, सरकार।"

"कि बीस?"

"बीस सरकार, बीस।"

"किसको बेचा?"

"जिसको कहें, सरकार।"

"मतीन मिस्त्री को।"

"हाँ, सरकार।"

"सीतारमवा को?"

"हाँ, सरकार। या अल्लाह! जान निकल जाएगी।"

"कितनी मोटरें?"

"जितनी कहें सरकार।"

"पाँच मतिनवा को? पाँच सीतारमवा को?"

"जी, सरकार।"

"मजिस्ट्रेट के सामने भूल तो नहीं जाएगा?"

"कब्भी नहीं, सरकार।"

"कहाँ-कहाँ से चुराया?"

"जहाँ से कहें, सरकार।"

"हरामजादे, सब कुछ मैं ही बताऊँगा? कब कहाँ से किसकी मोटरें चुराई गई

हैं, यह बताना तेरा काम है कि मेरा? मतिनवा की दुकान से कितनी मोटरें बरामद हो सकती हैं?"

"तीन-चार, सरकार।"

"चल, अब वह बताएगा कि बाकी किसे-किसे बेचा?"

जंगू को फिर धमकाया जा रहा है कि डकैती नहीं कबूलेगा तो तेरी बहन को नंगा करके उस पर तुझी को चढ़ाएँगे।

असलम होश में आ गया है। उसे रस्सी से उतारकर फर्श पर लेटाया जाता है। वह थोड़ी-थोड़ी देर में चीख उठता है। उसकी सारी देह थरथरा जाती है। पसीने से नहाया हुआ है।

"याद कर, तूने दो बार कचेहरी में बम विस्फोट किया था। उस समय तेरे साथ और कौन-कौन थे?"

"अल्ला कसम, मैंने न कभी बम देखा, न कचेहरी।"

"अब हर महीने देखेगा।"

थानाध्यक्ष के कमरे में जाकर जालिम लम्बी सैल्यूट मारता है—"जै हिन्द, सर। सर, मोटू और मतीन दोनों टूट गए। मोटू ने मोटर चोरी करके बेचना कबूल कर लिया और मतीन ने कबूल लिया कि पिछले साल रेलवे स्टेशन के बाहर कुएँ में जो लाश मिली थी उसे सीताराम के साथ उसी ने मारकर कुएँ में फेंका था। जिस कुल्हाड़ी से हत्या की थी, उसे उसी कुएँ में डाल दिया था। निकालकर बरामद करा देगा।"

"लेकिन उस लाश की पोस्टमार्टम रिपोर्ट में तो मौत का कारण 'बुलेट इंजरी' लिखा है।"

जालिम पल-भर को हिचकिचाता है, पर ढिठाई से कहता है—"ये डाक्टर भी न सर...दारू के नशे में जो न लिख दें।...आज के जमाने में जुर्म कबुलवाना कितना 'टफ' है।"

"पुलिस की ड्यूटी है ही टफ। यह बताओ कि किसी से काम की बात भी कबुलवा पाए?"

"हाँ, सर।" जालिम टेबल पर तनिक झुक जाता है—"वह सउदिया वाला लौंडा भी टूट गया। फिरौती की पूरी रकम देने को राजी है। कह रहा है कि मेरे अब्बा से बात करा दो।"

"करा दो। गेट के बाहर पूरा खानदान बैठा है।"

"करा दिया। उसका बाप कल शाम तक की मोहलत माँग रहा है।"

"नहीं। आज रात बारह बजे तक की मोहलत है। कल आना है तो पोस्टमार्टम

हाउस पर कफन और ताबूत के साथ आवै।"

रात बारह बजने में दस मिनट बाकी थे जब फैजुल्लाह के अब्बा उसे 'दोष मुक्त' कराकर ले गए।

मुख्तार साहब के घर पड़ी डकैती की वारदात घूमते-घूमते बिजली मोटर चोरी की वारदात में तब्दील हो गई।

तेवारी मुंशी बाकी मुल्जिमों की गिरफ्तारी दिखाने और उनके चालान के कागज तैयार करने में लग गया।

उधर ऑफिस में जी. प्रसाद की बिदाई पार्टी चल रही थी।

इधर टॉर्चर रूम में मोटू कराहते हुए 'पानी-पानी' बुदबुदा रहा था।

उसी समय जी.डी. में दर्ज हुआ—मुल्जिम खुराक लेने से मुनकिर हैं।

लूट और फूट का मुकम्मल इन्तजाम : वर्णवाद

जंगू की कल्पना की जेल पहले ही बहुत भयानक थी। इतना विशाल फाटक देखा तो उसकी कँपकँपी छूट गई। जब थाने में ही देह का भुरकुस निकल गया तो जेल में क्या गति होगी?

वह जेल वाहन से लँगड़ाते हुए उतरा। चला नहीं जा रहा था। तलवों में सूजन थी। छोटी-छोटी कंकड़ियाँ काँटे की तरह गड़ रही थीं। पूरा शरीर दुख रहा था।

गेटकीपर ठोंक-बजाकर देर तक एक-एक मुल्जिम का मुआयना करता और रजिस्टर में दर्ज करता रहा—'कोई बाहरी चोट? कोई अन्दरूनी चोट? कहीं कटा-फटा? कोई नया-पुराना घाव?'

जंगू के सारे साथी अन्दर हो गए तो थाने का दारोगा और सिपाही तौफीक को दोनों तरफ से सहारा देते हुए लाए। तौफीक के पैर उठ नहीं रहे हैं, घिसट रहे हैं। आँखें खुल नहीं रही हैं। सिर एक तरफ को लटका जा रहा है।

"छोड़ो-छोड़ो। उसे अपने पैर पर खड़ा होने दो।"

छोड़ते ही वह औंधे मुँह गिरने लगा तो सिपाही ने थाम लिया।

"जेल को कब्रिस्तान समझ लिया है क्या?" गेटकीपर तौफीक को लेकर आए दारोगा से आँख मिलाता है।

"तुझे यह कब्रिस्तान ले जाने लायक लग रहा है?"

सिपाही है तो क्या! दारोगा के नाजायज दबाव में थोड़े आ जाएगा। उतने ही टेढ़े ढंग से कहता है—"जब तक वहाँ पहुँचकर कब्र खोदोगे तब तक हो जाएगा। एक भी हड्डी सलामत छोड़ी है क्या? पैर लोड ले रहा है? अपनी बला हमारी खोपड़ी पर पटकना चाहते हो?"

दारोगा को ऐसे टूटे-फूटे मुल्जिम जेल के मत्थे मढ़ने का पुराना अनुभव है। वह नरमी से काम लेता है—"दीवान जी, दौराने-गिरफ्तारी, चोट-चपेट लगती ही है। घबड़ाकर छत से कूद पड़ा तो हाथ-पैर में चोट लगनी ही थी। छह महीने जेल की रोटी खाएगा तो साँड़ हो जाएगा। आप भी नौकरी करिए और हमें भी करने दीजिए।"

लेकिन गेटकीपर इस नरमी से पसीजने वाला नहीं है। जेल प्रशासन छाँटकर

सबसे तेज-तर्रार सिपाही की ड्यूटी गेटकीपर के रूप में इसीलिए लगाता है कि वह दारोगा तो क्या डी.एस.पी. के अर्दब* में भी न आए।

"इसकी गाँड़ से अभी तक खून रिस रहा है। चूतड़ की लुंगी भीग रही है। मक्खियाँ भिनक रही हैं और आप मुझे नौकरी करना सिखा रहे हैं! ले जाइए पहले सरकारी अस्पताल में इसका इलाज कराइए, फिर वारंट के साथ डॉक्टर का पर्चा नत्थी करके लाइए।"

दारोगा गुस्से से किलकिला उठता है—"और जेल का अस्पताल किसलिए है? यहाँ इलाज नहीं होता? सिर्फ अंडा, दूध और दवाई ब्लैक होती है?"

"बैल जैसी आँखों से डराने की कोशिश मत करो। मैं तुम्हारे थाने का चौकीदार नहीं हूँ। जो कह दिया सो कह दिया।"

गुस्से से बिलबिलाता दारोगा तौफीक का कन्धा पकड़कर वापस मुड़ते हुए फुफकारता है—"मादरचो...कहीं का।" दूर जाते दारोगा को सुनाने के लिए गेट कीपर तनिक ऊँची आवाज में कहता है—"पूरे इलाके को अपनी शिकारगाह बना रखा है। लच्छन बता रहे हैं कि एक दिन इसी जेल रजिस्टर में तुम्हारी आमद भी मुझे दर्ज करनी पड़ेगी।"

अपनी थाली, कटोरी, गिलास, कंबल लेकर असलम के साथ बच्चा बैरक में पहुँचते-पहुँचते जंगू का डर काबू में हो गया। कहीं से रोने-चिल्लाने की आवाज नहीं आ रही थी। सोने के लिए सीमेंट से बनी पक्की चौकी। बैरक के फर्श पर चाहे जितना पानी गिरे, कीचड़ नहीं हो सकता। बच्चा बैरक में चार-पाँच अधबूढ़े कैदी भी थे जो शोर मचाने और झगड़ने वाले लड़कों को डाँट-डपट रहे थे। थाने में एक बार भी ढंग का खाना नहीं मिला। कभी जोन्हरी का लावा मिला, कभी फूट (भादों में पकने वाली ककड़ी)। एक रात केवल एक-एक सूखा गन्ना मिला था। नौ दिन की भूख जमा थी। असलम तो पाँच रोटी ही खा पाया, वह आठों खा गया। कुम्हड़े की सब्जी कितनी स्वाद वाली थी।

नींद देर से आई। अचानक बैरक में शोर हुआ। एक अठारह-बीस साल का लड़का 13-14 साल के लड़के के साथ मुराही करता हुआ पकड़ा गया। छोटा

* दबाव

लड़का चिल्लाया तो अधबूढ़े कैदियों ने दोनों को अलग किया।

जिला अस्पताल के इमरजेंसी वार्ड में ऊँघ रहे डॉक्टर को आधी रात में ड्यूटी नर्स ने जगाया!

डॉक्टर ने आकर तौफीक की छाती थपथपाई। आला लगाकर हार्टबीट सुनने की कोशिश की। फिर निराश स्वर में कहा—"डेड।"

"नहीं, नहीं। अभी तो बोल रहा था डाक्टर साहब।" दारोगा डॉक्टर के साथ 'साहब' नहीं कहना चाहता था। आज तक किसी डॉक्टर को साहब नहीं कहा था, लेकिन आज मुँह से निकल गया।

"ट्राई करो। कोई इंजेक्शन लगाओ। कोई गोली खिलाओ।"

"मुर्दा गोली निगल लेगा?" डॉक्टर ने तनिक रुखाई से पूछा।

दारोगा के कठोर चेहरे पर पसीने की नन्ही-नन्ही बूँदें उभरीं।

"एडमिट करिए सर। पर्चा तो बनाइए।"

डॉक्टर ने पर्चे पर लिखा—"Brought Dead."

पाँच बजे पचासा का घंटा बजने लगा तो जंगू को लगा जैसे यह सपने में बज रहा है। सात बजे वे दोनों भी नाश्ते की लाइन में खड़े हो गए। नाश्ते में मिला चना कितना स्वादिष्ट! जेल इतनी खराब जगह तो नहीं लग रही है।

मुलाहिजा के बाद जंगू की ड्यूटी गायों का गोबर साफ करने और असलम की, मैदान की घास साफ करने में लगी। जंगू के साथ एक पुराना कैदी भी लगाया गया। वाह! बहुत पली हुई गायें हैं ये तो। जर्सी और फ्रीजियन। लाल, काली और चितकबरी। जैसे उसके ननिहाल के बाबा की कुटी पर हैं।

दर्द के मारे जंगू से झुका नहीं जा रहा था। वह उकड़ूँ बैठकर तसले में गोबर भरने लगा। दूसरा कैदी गदोरी पर खैनी मलता रहा। जंगू को उसका चेहरा पसन्द नहीं आया—उजड्ड और सूखा।

"जल्दी कर! घंटे-भर में सारा गोबर फेंक देना है।"

"तुम क्या खड़े-खड़े जमादारी करने आए हो? तीन गाय का मैं फेंकूँगा, तीन का तुम।"

"ए साले!" उसने आँखें निकालीं—"कल ही अन्दर हुआ और आज ही कानून बूकने लगा। ऐसी लात पड़ेगी कि...मादर..."

"ए, गाली काहे देते हो?"

"चोप्प साला! कौन जात है रे?"

"जाति? बहन के लिए दुलहा खोजने निकले हो क्या?"

अगले पल दोनों गुत्थमगुत्था थे। दूसरा कैदी पचास-पचपन साल का हट्टा-कट्टा जवान था लेकिन उसका पैर गोबर के छोत पर पड़कर फिसल गया। वह गोबर-भरे तसले पर गिरा और चिल्लाया। आसपास काम कर रहे कैदियों ने दौड़कर दोनों को अलग किया। पुराने कैदी के समर्थक ज्यादा थे। वे जंगू को पीटने लगे। तब तक जंगू का मामा पहुँच गया। वह जंगू को अपनी अँकवार में छिपाते हुए कहने लगा—"जाने दीजिए। बच्चा है।"

"बच्चा है कि सँपोला? किस जुर्म में आया है?"

"अरे, ए तो गजाधर भइया के साले हैं।" —शेरू ने पहचाना। विक्रम भी आ गया।

परिदृश्य बदल गया।

उसी दिन से जंगू के लिए जेल घर जैसी हो गई, जहाँ झूरी बाबा हैं। शेरू और विक्रम चाचा हैं। बिरजू, जगेसर और पहाड़ी भइया हैं।

वहीं सीताराम को वकील साहब मिल गए। धवल या ऐसा ही कुछ नाम है। किसी इम्तहान का पर्चा आउट कराने के जुर्म में बन्द हैं। रोजी-रोटी तलाशने के क्रम में उसने कई साल पहले उनकी कोठी पर पाँच-छह महीने मालीगिरी की थी। यहाँ सीताराम उनकी छोटी-मोटी सेवा कर देता है।

जंगू की जान-पहचान गोबरधन मास्टर से हो गई। अभी पैंतीस-चालीस साल से ज्यादा के नहीं होंगे। बहुत पढ़े-लिखे। बहुत विद्वान, बहुत निडर। उसी की बिरादरी के हैं। 302 में उम्रकैद की सजा काट रहे हैं। जंगू की जिन्दगी के बारे में जानकर उसको बहुत मानने लगे। जंगू को जब भी मौका मिलता है, उनके पास बैठकर दुनिया-जहान की बात पूछता है। उनके पास जंगू के हर सवाल का जवाब है। मास्टर जी की बताई पहली बात जो जंगू को सबसे ज्यादा पसन्द आई—"नेताजी कहते थे, आदमी का धरम है कमजोर की ओर से लड़ना।"

"नेताजी कौन हैं?"

"हैं नहीं, थे। बताऊँगा किसी दिन। उन्हीं की हत्या के जुर्म में तो मैं उम्रकैद काट रहा हूँ।"

असरफी साह को लगी हजार रुपये की चोट भुलाए नहीं भूलती। अजगर के मुँह में गया मांस बाहर आए, सवाल ही नहीं पैदा होता।

वे कई दिन से सोच रहे हैं कि जाकर थाना प्रभारी को अकल दे आएँ—"जब मोटू थाने की पिटाई से मर गया तब तो यह इनकाउंटर से हुई मौत मानी जाएगी। ऐसे में गाँव वालों का फर्ज बनता है कि वे इनकाउंटर का 'रेट' दें। मुख्तार को बुलाकर चाँपिए, हुजूर।"

"लगता नहीं कि आपके हाथों किसी की हत्या हो सकती है।"

"सही कह रहे हो। लेकिन संसार की गति बहुत विचित्र है। नेताजी का मैं बहुत आदर करता था। वे मेरे मार्गदर्शक थे। मैं सोच भी नहीं सकता था कि एक दिन उनके हत्यारे के रूप में मुझे उम्रकैद काटनी पड़ेगी।"

"कैसे हुआ यह सब?"

"नेताजी का एक संगठन था—खेतिहर मजदूर संघर्ष मोर्चा। संगठन मेरी तहसील के कुछ गाँवों में मजदूरी बढ़ाने के लिए आन्दोलन चला रहा था। मेरी रुचि भी सामाजिक कामों में थी। उसी साल मैंने बी.ए. किया था। मेरे गाँव में भी पारम्परिक रूप से मिलने वाली मजदूरी बहुत कम थी। नेताजी से मिलकर मैंने भी उन्हें अपने और आसपास के गाँवों में आन्दोलन चलाने के लिए राजी किया। मजदूर तो कम मजदूरी से त्रस्त थे ही। साथ आ गए। तय हुआ कि तीन किलो प्रति दिन मजदूरी मिलेगी तभी काम करेंगे।

"इलाके में ज्यादातर बड़े किसान सवर्ण थे। वे इतनी मजदूरी देने को राजी नहीं थे। घुड़की-धमकी देकर हड़ताल तोड़ने की कोशिश करने लगे। लेकिन सफलता नहीं मिली। मजदूरों के अभाव में उस साल अषाढ़ में गाँव के आधे से ज्यादा खेत परती पड़े रह गए। कुछ सवर्ण स्त्रियाँ और बच्चे अपने खेतों में काम करने के लिए पहली बार उतरे। यह तुम्हारे गाँव में मजदूरी बढ़ाने के लिए हुई हड़ताल से दो या तीन साल पहले की बात है।

" 'यह नेता कहाँ से पैदा हो गया हमारे लिए मुसीबत बनकर?'—उन लोगों ने नेताजी के घर का पता लगाया। असली नाम मंगल सिंह। जाति राजपूत। जिला... गाँव...ओ! यह तो बिरादरी का ही निकला। यहाँ से डेढ़ सौ कि.मी. दूर का। उनके घर गए। यहाँ नेताजी के गाँव में भी उसी पुरानी दर से मजदूरी दी जा रही है। और इनके सपूत हमारी खोपड़ी पर क्रान्ति करने पहुँच गए।

" नेताजी के बाप ने कहा—'मैं उसका बाप जरूर हूँ लेकिन वह कपूत निकल गया। हम लोगों के लिए बह गया। मर गया। बस, उसका किरिया-करम नहीं किया हमने इसलिए कि उसकी मेहरारू चूड़ियाँ तोड़ने और मांग का सिन्दूर पोंछने को राजी नहीं हुई।...हम भला उस कुल-कलंकी के पास सिफारिस करने चलेंगे?'

" तब उन लोगों ने एक रात नेताजी को शहर की उनकी कोठरी पर घेरा। मैं भी उस रात नेताजी की कोठरी पर ही रुका था। उन लोगों को आया देख मैं पीछे के बरामदे में चला गया।

" 'आप तो अपने जाति भाई ही निकले। आप भी सिंह, हम भी सिंह।'

" 'मैं सिंह नहीं हूँ। सिंह तो जानवर होता है। मैं आदमी हूँ। जानवर को आदमी बनने में लाख बरस लगे हैं। आप फिर जानवर क्यों बन रहे हैं?'

" 'ऐसी बातें हमारी समझ से बाहर हैं। हम बिरादरी समझकर आपके सामने रोने आए हैं। बिरादरी के आगे रोने में कैसी शर्म? हमारी कमर मत तोड़िए। हम अपनी पगड़ी आपके पैर पर रखते हैं।'

" 'पगड़ी नहीं ऐंठ त्यागिए, बाबू साहब। गरीब को भी जीने-खाने का हक है। उसको जानवर नहीं आदमी समझिए।'

" 'गरीबी-अमीरी सनातन से रही है बिरादर। हमारे आपके मिटाने से नहीं मिटने वाली। उन्हें उठाने के चक्कर में आप हमें मिटा दे रहे हैं। आपकी शह पाकर ये नान्ह नीच लोग आँखों में आँखें डालकर, गुरेरकर ताकना सीख गए हैं। ऐंठकर बोलना सीख गए हैं। बस लात-जूता मारना बाकी है। आपकी ऐसी ही किरपा रही तो एक दिन वह भी...'

" नेताजी चुप रहे। पीछे के बरामदे में खड़े-खड़े मैं डरने लगा कि कहीं नेताजी सरेंडर न कर दें।

" 'उस टोले में आपकी ससुराल तो है नहीं। आपके उस टोले में जाने से बिरादरी की बदनामी होती है। दुनिया में हर काम करिए, लेकिन परदे में। कहिए तो आपकी इसी कोठरी में किसी जवान औरत का इन्तजाम कर दिया जाय।'

" 'या कहिए तो चार-छह सौ रुपये चंदा-फंदा जुटा दिया जाय। दुनिया बहुत

बड़ी है। कहीं और अपनी नेतागिरी चमकाइए। नहीं तो जो छूत का रोग आप फैलाने में लगे हैं, पूरा इलाका बरबाद करके रख देंगे।'

"'आखिर आप किसी की मेहनत की सही मजदूरी नहीं देंगे?'

"'कौन भँड़वा देगा और कौन माई का लाल दिलाएगा! यह जरूर है कि इसके चलते जो नहीं होना चाहिए वही होकर रहेगा।'

"'हम तो ज्यादा पढ़े-लिखे नहीं हैं बाबू, लेकिन सुना है, मनु महराज ने बहुत पहले बरजा है कि न शूद्राय मतिं देहि। शूद्र को बुद्धि देने से दशवर्त नर्क में जाना पड़ता है।'

"'और शूद्र की बहन-बेटी पर कुदृष्टि डालने पर तो किसी नरक का विधान होगा नहीं? उनका पेट काटने पर तो एकदम नहीं?'

"लोग उठकर खड़े हो गए।

"'अब नहीं रुक सकते। बिरादरी से हाथी जैसा व्यवहार करना चाहिए ठाकुर, कुत्ते जैसा नहीं। इसीलिए कहा जाता है कि मरा हुआ हाथी भी सवा लाख का होता है और जो कुत्तागिरी करता है उसे कुत्ते की मौत मरना पड़ता है।'"

संतोखी आज फिर खुश हैं।

आज वे एसडीएम कोर्ट से भी मुकदमा जीत गए। अब उनको यकीन हो गया कि सत्य की विजय होकर रहती है। इसीलिए हर इजलास पर लिखा रहता है—सत्यमेव जयते।

जब दो महीने तक छत्रधारी कमिश्नरी से स्टे नहीं ला पाए तो संतोखी अपने दीवानी के वकील के पास गए।

सारी बात सुनकर वकील ने कहा—"नायब कोर्ट में जीतने के बाद ही छत्रधारी के खिलाफ चार सौ बीसी की रिपोर्ट लिखा देते तो अब तक उसके जेल जाने की नौबत आ जाती।"

संतोखी चुप रह गए।

"अब भी दुविधा में हो क्या?"

वकील साहब ने एक दरखास्त लिखी और उसे संतोखी को देकर बोले—"थाना रिपोर्ट लिखने में टालमटोल कर सकता है, बल्कि करेगा ही; तो घबराना नहीं।

हम किस दिन के लिए हैं? आ जाना। सीजेएम कोर्ट में दफा 156(3) सीआरपीसी में दरखास्त देकर आदेश करा देंगे तो थाना क्या, थाने का बाप भी दर्ज करेगा।"

घबराहट तो उन्हें अभी से हो रही है। आज तक वे कभी थाने के अन्दर नहीं घुसे। सामने से गुजरते हुए ही दिल की धड़कन बढ़ जाती है। लेकिन वकील की ललकार सुनकर उनमें हौसला आया। वही प्रभाव पड़ा जो गाँव में चटचटाकर बजती ढोल के साथ आल्हा सुनने पर होता है।

कई लोग आते-जाते रहे। वे मुंशी की चौकी से थोड़ी दूर पेड़ के नीचे खड़े देर तक इन्तजार करते रहे कि मुंशी या दारोगा कोई फुरसत में दिखे तो वे अपनी बात कहें। अन्त में मुंशी ने ही घुड़ककर पूछा—"क्या है?"

संतोखी तेजी से आगे बढ़े। दरखास्त उसके हाथ में पकड़ा दी। मुंशी ने सरसरी तौर पर पढ़ा फिर उसे वापस करते हुए कहा—"इंचार्ज साहब लौटें तो उन्हें डायरेक्ट देना। आज सहादत में गए हैं।"

तीन बार जाना पड़ा तब इंचार्ज साहब से भेंट हो पाई। उन्होंने मुंशी को आवाज देकर कहा—"ले लो।"

मुंशी ने दोनों कॉपियाँ रख लीं।

"वकील साहब ने कहा था कि एक कागज पर थाने की मोहर लगकर वापस मिलेगी। सबूत के तौर पर।"

"निरा गदहा ही है क्या रे? थाने पर सबूत लिया जाता है कि दिया जाता है? चल भाग।"

"कब लिखेंगे साहब?"

"लिख लेंगे। कोई आफत आई है क्या?"

"हम पता करने कब आएँ?"

"जब मरजी आओ। कोई काम न हो तो रोज ही आओ।"

"लेकिन वकील...मेरी बात तो सुनें, हुजूर।"

"पुलिस सुनती नहीं, सिर्फ धुनती है। धुनें?"

पन्द्रह दिन बाद डरते-डरते फिर गए तो मुंशी ने कहा—"फैसले की कॉपी लाओ।" फैसले की कॉपी लेकर गए तो कहा—"गजटेड अफसर से प्रमाणित कराकर लाओ।" वे समझ ही न सके कि इसका मतलब क्या हुआ? समझे तो कई दिन तक गजटेड अफसर की खोज में दौड़ते रहे।

गजटेड अफसर के पेशकार ने समझाया—"यह नकल तो खुद कोर्ट से प्रमाणित है। प्रमाणित को प्रमाणित कराने का क्या मतलब? कुछ अकल-सहूर है?"

"अरे भइया, आदमी से नहीं, पुलिस से पाला पड़ा है। वहाँ अकल-सहूर क्या

करेगा? आप भी अपने साहब की मोहर ठोंक देते तो काम बन जाता।"

पेशकार ने कागज उनके मुँह पर फेंक दिया।

माघ का सूरज निस्तेज होकर पश्चिम में लटक गया है। संतोखी सूनी सड़क की पटरी पकड़े उदास मन थाने की ओर चले जा रहे हैं। बड़बड़ा रहे हैं—'क्यों मेरी जिन्दगी नरक कर दिए छत्रधारी? आदमी से न सही भगवान से तो डरते।' फिर अचानक उनकी आवाज ऊँची हो जाती है—

तोहरे पाप से धरती हाली
हंकार से आसमान
बहुत दिना ले बाबू हमका सताया
अबै सुनत नाही ना भगवान
कभौ बिलाइ जाब्या ना
राम का अइहैं जौ दरेगवा
बाबू बिलाइ जाब्या ना।

तुम्हारे पाप से धरती और अहंकार से आसमान हिलने लगा है। बहुत दिनों से मुझे सता रहे हो। अभी भगवान सुन नहीं रहे हैं, लेकिन जिस दिन राम को दरेग आ गया, तुम मिट जाओगे।

बगल के खेत में आलू की खुदाई कर रहा बूढ़ा खड़ा होकर पूछता है—"कौन है राम के दिल में दरेग आने की उम्मीद करने वाला भाई? संतोखी हो क्या? राम तुम्हारे खानदानी हैं कि छत्रधारी के? उनके दिल में तुम्हारे लिए दरेग पैदा होगा कि छत्रधारी के लिए? राम के भरोसे रहोगे तो खुद बिला जाओगे।"

संतोखी सन्न! हिम्मत नहीं पड़ी कि नजर उठाकर बूढ़े की ओर देख लें। सिर झुकाए चलते चले गए।

छत्रधारी को संतोखी की दरखास्त का पता चल गया है। वे संतोखी पर कील्हे हुए हैं। छत्रधारी का कामकाज करने वाले लोग संतोखी को सावधान करते हैं—'तुम्हारी जान को खतरा है। रात-बिरात रास्ता चलने से बचो। जान है तो जहान है।'

कभी संतोखी का दिल बैठने लगता है। कभी सोचते हैं कि जो होना हो, हो जाए। वे पीछे नहीं हटने वाले।

इधर दौड़-धूप बढ़ जाने से उनका सैलून बन्द चल रहा था। एक दिन गए तो मैदान एकदम साफ था। पूछने पर पता चला कि सारी दुकानें गैरकानूनी कब्जा करके खोली गई थीं। नगरपालिका ने खाली करा लिया।

वे होटल मालिक को कहाँ ढूँढ़ते? संयोग से वह नगरपालिका गेट पर ही भटकता मिल गया। बताया कि कुर्सी तो नगरपालिका वाले लाद ले गए थे। किस्बत और शीशा उसके पास सुरक्षित है। पास की दुकान पर ले जाकर चाय पिलाया और बताया—"नगरपालिका वालों को पटाकर दूसरी जगह पाने की कोशिश कर रहा हूँ। मिल जाए तो फिर शुरू करें। वही जगह देते हैं, वही उजाड़ देते हैं। शहर में नोचने वाले भी तो दर्जनों हैं। पुलिस को अलग दीजिए, नगरपालिका को अलग दीजिए, नम्बर दो से बिजली की कटिया लगाने के लिए अलग दीजिए, फूड चेकिंग वालों को अलग दीजिए। लेकिन क्या किया जाय। गाँव में रहकर तो पेट भर नहीं सकता इसलिए सब कुछ झेलकर भी यहीं रहना मजबूरी है।"

किस्बत और शीशा लेकर संतोखी शाम को लौट आए।

वे भादों के आखिरी दिन थे। मैं नेताजी के साथ आखिरी बस से नदी के पुल पर उतरा तो रात के दस बज रहे थे। चाँद सिर के ऊपर चमक रहा था। बन्धा पकड़कर हम दोनों लोग नदी के किनारे-किनारे आगे बढ़े। ओस पड़ने लगी थी। दस कदम चलते ही पैर के नीचे की घास पुचुर-पुचुर करने लगी। बार-बार पैर झाड़ना पड़ता, खर-पतवार, कीचड़, मिट्टी। किसी मेढक के नदी के पानी में छलाँग लगाने या मछली के उछलने से नीरवता भंग हो जाती, अभी आधा किलोमीटर बन्धे पर चलना था। फिर ढलान उतरकर एक किलोमीटर पगडंडी, तब अपना टोला। बीच में बरगद का बूढ़ा पेड़। पेड़ पार हो जाए तब कोई डर नहीं। हालाँकि मैं भूत-प्रेत नहीं मानता, पर बचपन से इस पेड़ के भूतों की इतनी कथाएँ सुन चुका था कि... पीछे से हल्के-हल्के दौड़ते पैरों की आवाज आने लगी। दो आदमी हाथ में लाठी लिये दौड़ते हुए बिलकुल पास आ गए। मैंने नेताजी का हाथ पकड़कर तनिक किनारे खींच लिया। दोनों हमें ताकते हुए आगे निकल गए।

"कौन थे?"

"पता नहीं। बाहर के लगते हैं।" मैंने कहा—"हमें आज शहर में ही रुक जाना चाहिए था।"

"क्यों?"

"गाँव में इतनी 'तनातनी' चल रही है। सँभलकर आना-जाना चाहिए।"

"तुम्हीं तो बजिद थे लौटने के लिए।"

नेताजी सही कह रहे थे। देर होने लगी तो उन्होंने अपने कमरे पर रुकने के लिए कहा था। मेरे न मानने पर वे भी साथ चल पड़े थे। मेरे न मानने का कारण था। मेरी पत्नी का गर्भकाल पूरा हो चुका था। उसके पास मेरा होना जरूरी था।

हम लोग हड़ताल से बेरोजगार हुए गाँव के मजदूरों के लिए रोजगार की व्यवस्था करने निकले थे। पहले किराए पर रिक्शा चलवाने वाले एक सेठ से टोले के आठ नवयुवकों को रिक्शा दिलवाया गया, फिर जिलाधिकारी से मिलकर बाकी लोगों के लिए नई-नई बन रही चीनी मिल में काम करने का इन्तजाम किया गया। इसी में देर हो गई।

पीछे से मोटरसाइकिल की आवाज आई। उसकी रोशनी हमारी पीठ पर पड़ने लगी। दो मोटरसाइकिलें हमारे बगल से आगे गईं। दोनों पर दो-दो आदमी। मुझे आशंका हुई। थोड़ा डर लगा। हम किसी के निशाने पर तो नहीं हैं? मुझे लगा कि दोनों मोटरसाइकिलें बरगद के पेड़ तक तो गईं, लेकिन उसके आगे जाती नहीं दिखीं। मैं तो दाएँ-बाएँ भागकर, छिपकर बच सकता हूँ लेकिन नेताजी तो जरा-सा लीक से बेलीक हुए तो भहरा पड़ेंगे। पगडंडी के दोनों ओर धान के कीचड़-पानी वाले खेत थे। सामने सौ मीटर पर बरगद था।

हम लोग रुक गए। क्या किया जाए? बरगद के नीचे पूरी तरह सन्नाटा और घना अँधेरा था। पगडंडी के अलावा गाँव में जाने का दूसरा रास्ता नहीं था। हिम्मत करके आगे बढ़े। जैसे ही बरगद के नीचे पहुँचे, पीछे से टॉर्च की तेज रोशनी और बगल से लाठी का सधा वार पड़ा। सिर पर पड़ती लाठी फिसलकर मेरे कन्धे पर पड़ी। मैं पीछे मुड़ा, कावा काटा, झटका दिया, लेकिन बेकार। कई बलिष्ठ हाथों ने मुझे पटक दिया। मैं चीखा—गोहार लागाऽऽऽ...लेकिन तभी अचानक कोई मुँह दबाते हुए छाती पर चढ़ बैठा।

पहले मुँह में कपड़ा ठूँसा गया फिर अँगोछे से आड़ा-बेड़ा बाँधा गया; आँख, नाक, ठुड्डी सहित। तब एक बोरे में उकड़ूँ बैठाकर बोरे का मुँह ऊपर से बाँध दिया गया। साँस खींचने में कितनी ताकत लगानी पड़ रही थी।

मोटरसाइकिलें स्टार्ट हुईं। चार हाथों ने मुझे उठाकर मोटरसाइकिल के कैरियर पर रख दिया। कैरियर का प्रेसर राड झटके से आकर रीढ़ की हड्डी से टकराया। लगा, कमर टूट गई। बाँध भी रहे हैं। शायद साइकिल की ट्यूब से। कहाँ ले जाएँगे?

भाई जी के साथ भी यही सब हुआ होगा! मोटरसाइकिलें चल पड़ीं। कैरियर का प्रेसर राड रीढ़ की हड्डी को रगड़ता रहा। समझ गया कि यह मेरी जिन्दगी की आखिरी रात है। पत्नी इन्तजार कर रही होगी। उसे क्या पता कि उसका आज

का इन्तजार अब कभी खत्म न होगा। अभी किसी नदी, कुएँ या तालाब में जीते जी फेंक दिया जाऊँगा और टोले के लोगों को पता चलेगा चार-पाँच दिन बाद, जब लाश सड़, फूलकर उतराएगी, बोरा फटेगा, बदबू फैलेगी...

सबेरे घर से चला तभी पत्नी के पेट में हल्का-हल्का दर्द उठ रहा था। हो सकता है, उसकी गोद में इस समय कोई नवजात रो रहा हो या जिस समय किसी ताल-पोखर में मेरा दम निकल रहा हो, मेरी झोंपड़ी में कोई शिशु पहली-पहली बार रोने का अभ्यास शुरू करे।

कैरियर का प्रेसर राड कमर को जिस जगह दबा रहा था, उसके नीचे खून का दौरा बन्द हो गया था। एकदम सुन्न। कन्धे पर लगी लाठी का दर्द फोड़े की तरह पक रहा था। रास्ते की धूल बोरे में भरती जा रही थी। साँस लेना असम्भव होता जा रहा था। बेहोशी आएगी क्या?

सहसा मुझ पर प्राणों का मोह तारी हो गया। मृत्युभय से मैं अन्दर तक हिल गया। आज यह दुनिया छूट जाएगी। मुझे अपना बचपन याद आने लगा। प्राइमरी स्कूल, स्कूल से थोड़ी दूर पर जंजीर में बँधा झूमता धूल उड़ाता हाथी, साथी लड़के, घर के पास का इमली का पेड़, बाप की उँगली पकड़कर स्कूल जाता मैं, रोटी देती अन्धी माँ। कुत्ते के नवजात पिल्ले, धान के खेत, सियारों के बिल, उड़ते हुए तोते, बहती नदी, तैरते बादल, नवजात शिशु, पत्नी...

मोटरसाइकिलें रुकीं। मुझे उठाकर जमीन पर पटका गया तो पल-भर को चेतना लौटी। असम्बद्ध ध्वनियाँ। कोई अर्थ नहीं। कोई लय नहीं। जैसे नीले पानी की अतल ठंडी गहराई में डूबता जा रहा होऊँ...

यही है मरना? यही है अन्त?

जा रे छूटती दुनिया, मैं तुझे कितना देख पाया!
चेतना में सफेद बादलों के फाहे उड़ने लगे...

"तो कैसे बच गए?"

"बच गए इसलिए कि उम्रकैद काटनी थी।...मेरी मूर्च्छा टूटी तो पाया कि सड़क की पटरी के किनारे पड़ा हूँ। धूप निकल आई थी। कन्धे में भयानक दर्द था और कमर के नीचे के हिस्से में लगता था, जान ही नहीं है। हरकत देख आवाज आई—'जिन्दा है'। कुछ लोग पास आ गए। सहारा देकर बैठाया, फिर खड़ा किया। कुछ दूर तक चलाया, तब पैरों में जान आई। समझ नहीं पाया कि उन लोगों ने मुझे जिन्दा क्यों छोड़ दिया। इसका मतलब नेताजी भी कहीं आसपास होंगे। चलते-चलते मैं सड़क के दोनों ओर देखता रहा। जेब में हाथ गया तो वहाँ

मेरी डायरी नहीं थी, लेकिन बस का टिकट और पाँच रुपये का नोट मौजूद था। जितनी खुशी खुद को जिन्दा पाकर हुई थी उतनी ही खुशी पाँच का नोट पाकर हुई। उससे घर तक पहुँचना आसान हो गया।

टोले के लोग हमारे न लौटने से चिन्तित थे। पिछली रात मेरा चिल्लाना सुनकर वे बरगद के पेड़ के नीचे तक पहुँचे थे। वहाँ नेताजी का चश्मा और तीन चप्पलें मिली थीं। उन्हें आशंका थी कि कुछ अनहोनी घटित हुई है। मुझे देखकर सबकी जान में जान आई। माना गया कि नेताजी को भी छोड़ दिया गया होगा।

लेकिन तीसरी रात पुलिस मुझे गिरफ्तार करके ले गई। जिस जगह नेताजी की लाश फेंकी गई थी उसी जगह मेरी डायरी मिली थी। और मेरे ही अँगोछे से नेताजी के हाथ पीछे बँधे थे। पुलिस ने मुझे हत्यारोपी बनाया और हत्या का कारण मेरी पत्नी से नेताजी का नाजायज सम्बन्ध बताया। नेताजी की मृत्यु लाठी की चोट या दम घुटने के कारण हो गई होगी। तब मुझे मारने के बजाय नेताजी का हत्यारा सिद्ध करना उन्हें ज्यादा ठीक लगा होगा। एक हफ्ते बाद मजदूरी आन्दोलन की अगुआई करने वाले टोले के तीन अन्य लड़कों को भी पुलिस ने पकड़ा और कई दिन तक पिटाई करने के बाद नेताजी की हत्या में सहअभियुक्त बनाकर जेल भेज दिया। एक तीर से दो शिकार नहीं, उन लोगों ने तीन शिकार किए और आन्दोलन को पूरी तरह कुचल दिया।

चिट्ठी मिलने के ठीक उन्नीस महीने बाद मान्यवर जनजागरण यात्रा करते हुए उसके क्षेत्र में आए हैं। तूफानी अब मान्यवर से पूरी तरह जुड़ चुका है। उसे मान्यवर के हर कार्यक्रम की जानकारी रहती है। मान्यवर की आसपास के गाँवों की साइकिल-यात्रा का कार्यक्रम उसने खुद ही बनाया है। कड़ी धूप में सिर पर तूफानी का गमछा लपेटकर नौजवानों के साथ साइकिल चलाते मान्यवर खुद किसी नौजवान से कम नहीं लगते।

आज शाम कार्यकर्ताओं की सभा और रात्रिभोज तूफानी के घर पर ही है।

भोजन करते हुए मान्यवर, परोस रही दहबंगा से कहते हैं—"अपने बेटे को समाज के लिए दान कर दीजिए, बहन जी। समाज को इसकी जरूरत है।"

दहबंगा तुरन्त कुछ नहीं बोलीं। मान्यवर की थाली में एक रोटी और डाल देती हैं।

मान्यवर सिर उठाकर उन्हें ताकते हैं।

"दे तो देते साहेब, लेकिन अभी हमारी गृहस्थी बहुत कच्ची है। आप तो गृहस्थी के जंजाल से मुक्त हैं, हम इसमें फँस चुके हैं। हमारा पूरा परिवार जेल में है। इसी लड़के के सिर पर सारा भार है।"

पता नहीं, मान्यवर को परिवार के जेल में होने की जानकारी थी कि नहीं। वे कुछ बोले नहीं। चुपचाप खाते रहे।

दहबंगा ही फिर बोलीं—"आधा-आधा बाँट लेते हैं साहेब। आधा समय अपनी रोजी-रोटी कमाने में लगाएँ, आधा आपका हुकुम बजाने में।"

जाते हुए मान्यवर ने तूफानी को संगठन मजबूत करने, जनजागरण करने और दीवारों पर पार्टी के नारे लिखने की जिम्मेदारी सौंपी।

—"साधन और सहयोगी जुटाओ और हर गली-कूचे की दीवारें पार्टी के नारों से भर दो।"

जंगू की जिज्ञासा का अन्त नहीं। ऐसे-ऐसे सवाल जो गोबरधन के मन में भी नहीं उठे। जंगू गोबरधन को 'मास्टर जी' कहता है।

"मास्टर जी, हम चमार हैं तो इसमें हमारी क्या गलती है?"

"गलती हमारी नहीं उनकी है, जिन्होंने जाति का यह शिकंजा बनाया। खुद को बड़ा और दूसरों को छोटा बताया।"

"तो हम बड़ी जाति वाले कैसे बन सकते हैं?"

"नहीं बन सकते। यह ऐसा मकड़जाल है जिससे निकलने की राह खोजना अभी बाकी है।"

"चौदह साल पढ़कर भी आप इससे छूटने की राह नहीं खोज पाए तो हमें पढ़ने के लिए इतना जोर क्यों देते हैं?"

"राह जब भी निकलेगी, पढ़ाई से ही निकलेगी।"

"मास्टर जी, ऐसी कोई पढ़ाई हो जिसके पढ़ने से मन का डर खत्म हो जाय तो मैं पढ़ने को तैयार हूँ।"

गोबरधन उसका मुँह ताकता रह जाता है।

"मैं छोटी जाति का बनकर एक दिन भी नहीं रहना चाहता। बड़ी बेइज्जती

लगती है। मैं हर हाल में बड़ी जाति का बनना चाहता हूँ। क्या करूँ?"

गोबरधन निरुत्तर है।

"मास्टर जी, हमारे शरीर में ऐसी कौन-सी चीज घुसी हुई है जिससे वह हमें छूने से परहेज करते हैं।"

"हमारे शरीर में नहीं, उनके दिमाग में घुसी हुई है। उसका नाम है नफरत। अपने अलावा सबसे नफरत। अकारण नफरत। अपार नफरत। दिमागी बीमारी जो यहाँ के अलावा और कहीं नहीं मिलती।"

"और सारे खेत-बाग भी उन्हीं लोगों के पास हैं, क्यों? हमारे हिस्से के खेत-बाग कहाँ गए?"

"हमारे हिस्से की भी सारी सम्पत्ति हमारे पैदा होने के पहले इन्हीं लोगों द्वारा हड़पी जा चुकी है। आज जो कुछ उनके पास है, उसमें हमारा भी हिस्सा है।"

"तो उनसे हमारा हिस्सा वापस कब मिलेगा?"

"वे नहीं देंगे। उनमें दूसरे का दुख देखकर पसीजने वाला दिल नहीं है। उन्हें दूसरे का हिस्सा हड़पकर ही तसल्ली होती है। हिस्सा न देना पड़े इसीलिए वे कहते हैं कि हम नीच हैं, हमें सम्पत्ति रखने का अधिकार नहीं है।"

"अगर हम इतने नीच हैं, खराब हैं, तो हमें भगवान ने पैदा ही क्यों किया?"

"भगवान ने किसी को नहीं पैदा किया। खुद इन्हीं ठगों-लुटेरों ने अपने खाने-कमाने के लिए भगवान को पैदा किया। भगवान जैसी कोई चीज नहीं होती।"

"भगवान नहीं हैं तो यह दुनिया किसने बनाई?"

"किसी ने नहीं? अपने आप बनी।"

जंगू थोड़ी देर गोबरधन का मुँह ताकता रहता है फिर कहता है—"तो कुछ नहीं हो सकता? कोई रास्ता नहीं?"

"रास्ता पढ़ाई से ही सूझेगा, जंगू। केवल गिनती-पहाड़ा ही पढ़ाई नहीं है। वह तो शुरुआत है। असली पढ़ाई आगे है। तुम्हारे सवालों के जवाब इतने छोटे नहीं हैं। मुझे भी कहाँ सारे जवाब पता हैं। लेकिन मुझे लगता है कि तुम इन सवालों के जवाब खोज सकते हो। तुम्हारे अन्दर अम्बेडकर जैसी प्रतिभा है।"

"किसके जैसी!"

"एक हुए हैं अम्बेडकर बाबा। वे भी दलित थे। उन्होंने बहुत मुश्किलें झेलीं, लेकिन पढ़े। बिलायत जाकर पढ़े। बहुत सारे सवालों के जवाब खोजे। तुम भी अगर पढ़-लिख लो तो उन्हीं की तरह विद्वान बन सकते हो। जो राह खोजनी बाकी रह गई है उसे खोज सकते हो।"

"मुझे उनके बारे में बताइए। वे कहाँ रहते हैं?"

पचासा बजने लगा।

"चलो खाने का घंटा बजने लगा। किसी दिन फुरसत में बताऊँगा।"

इस बार विद्रोही जी साल-भर पहले से परधानी की फील्ड बनाने में लग गए हैं। पिछली बार मिले धोखे के बाद खुद को हर प्रकार से सही कैंडीडेट साबित करना चाहते हैं। विधायक जी ने उन्हें मंत्र दिया है कि हर जगह 'वेश' की पूजा होती है। चोर-डाकू भी साधू का बाना धर लेते हैं तो सम्मान पाने लगते हैं। नेता बनना है तो नेता का बाना धारण करिए। हर जगह पटरे वाली जाँघिया पहनकर जाने से बचिए। जाँघिया हल जोतने, धान निराने और दूध दुहने तक ही ठीक है। कहीं आइए-जाइए तो खद्दर का कुरता-पाजामा पहनिए।

पाजामा तो अब इस जनम में वे क्या पहनेंगे! हाँ, धोती-कुरता ठीक है। खादी की धोती-कुरता, ऊपर से सदरी और पम्प जूता।

हिन्दी-अंग्रेजी डिक्शनरी, हिन्दी-अंग्रेजी शिक्षक और डायरी तो उन्होंने पिछली बार चुनाव में मिले धोखे के बाद ही खरीद लिया था, पर घर-गृहस्थी के काम के बोझ के चलते पढ़ाई नहीं हो सकी। अब पहलवान घर-गृहस्थी सँभालने लगे हैं तो फिर से पढ़ना शुरू किया है।

बोलते समय बीच-बीच में अंग्रेजी शब्दों का पुट देने से धाक जम जाती है। जो समझता है उस पर तो जमती ही है, जो नहीं समझ पाता उस पर और ज्यादा जमती है।

जब से अध्यक्ष जी ने उन्हें विद्रोही की पदवी दी, वे हर जगह 'विद्रोही' लिखकर ही दस्तखत करते थे। फिर जल्दी ही समझ गए कि दस्तखत और साइन करने में जमीन-आसमान का फर्क होता है। तब अंग्रेजी में साइन करने लगे। पहले V से शुरू करते थे। लेकिन लगा कि V से वह बात नहीं पैदा होती जो B का मुकाबला कर सके। अब B से शुरू करते हैं और आखिरी I की पूँछ नीचे से बाईं ओर लाकर B के ऊपर से आखिरी I तक तम्बू जैसा तान देते हैं। इसको कहते हैं चिड़ियाउड़ान दस्तखत या फ्लाइंग बर्ड साइन। बहुत अभ्यास के बाद यह सेट हुआ है।

विधायक जी के साथ उठते-बैठते उन्हें यह भी समझ में आ गया है कि बहुत

सारी चीजों के बीच बहुत सारा फर्क होता है। जाति-जाति का फर्क, देहाती-शहराती का फर्क, गोरे-काले का फर्क, कद-काठी का फर्क, हिन्दू-मुसलमान का फर्क, हिन्दी-अंग्रेजी का फर्क। किसी से बात करते समय इस फर्क का ध्यान रखना चाहिए। यह नहीं कहना चाहिए कि आप हमारे लिए क्या कर सकते हैं। वह तो पाँच साल में एक बार चुनाव के समय कहना है। उसके पहले और बाद में यह पूछना चाहिए कि हम आपके लिए क्या कर सकते हैं।

विद्रोही जी जानते हैं कि माठा बाबा इस गाँव के जहरमोहरा हैं। जहर चढ़ाने-उतारने में माहिर हैं। वे हाथ जोड़कर कहते हैं—"इस बार तहेदिल से आशीर्वाद दे दीजिए बाबा। एक बार आपने कहा था कि अब आप हम लोगों के शुक्राचार्य बनेंगे। उसका समय अब आ गया है। कल एक दुधारू गाय लाकर खूँटे पर बाँध जाऊँगा।"

वैसे तो बाबा को विद्रोही जी की अक्खड़ता थोड़ी खलती है। वे साइत-सुदिन में विश्वास नहीं करते। पोथी-पत्तरा को कुटियाते हैं। पैर नहीं छूते। दूर से हाथ जोड़ते हैं। पैर छूने और हाथ जोड़ने में जमीन-आसमान का फर्क होता है। लेकिन विद्रोही बहू की श्रद्धा-भक्ति बाबा के इस दंश पर मरहम का काम करती है। इसके अलावा किसी-न-किसी के पक्ष में तो दिखना ही चाहिए। छत्रधारी के पक्ष में जाने का रास्ता खुद छत्रधारी ने बन्द कर दिया।

वे कहते हैं—"लेकिन गाय को चारा-भूसा देने वाला कौन है मेरे घर। हम बूढ़े-बूढ़ी के लिए पाव-आध सेर दूध भिजवा दिया करना, यही बहुत है।"

"ठीक है। आज शाम से बेटा दे जाएगा। प्रणाम।"

"खुश रहो। जाओ। मेरा तप तुम्हारे साथ है।"

माठा बाबा के साथ आ जाने से पूरे विप्र समाज में अच्छा सन्देश जाएगा। उनके साथ छत्रधारी द्वारा की गई दगाबाजी कोई भूलने की चीज है!

गजाधर की पिटाई, मृत्यु और उसके परिवार के निष्कासन से दलित टोला भी छत्रधारी से नाराज है। पूरा टोला गजाधर की मृत्यु को हत्या मानता है। विद्रोही तो शुरू से इसे हत्या कहते आए हैं। वे आश्वासन दे रहे हैं—"आप लोगों ने परधान बना दिया तो सबसे पहले हरिजन टोले के रास्ते पर खड़ंजा लगवाऊँगा। बरसात के तीन महीने पूरा टोला टापू बन जाता है। पूरे टोले को घुटने-भर कीचड़ में घुसकर आना-जाना पड़ता है। इस नरककुंड से गुजरने का यही आखिरी साल होगा।"

जब से दलितों की अलग पार्टी बनी है, तूफानी की अगुआई में दलित लड़के सक्रिय हो गए हैं। उन लोगों ने खुद विद्रोही जी से वचन लिया है—"चाचा, आपको

डंके की चोट पर जिताएँगे, लेकिन एक शर्त पर। जीतने के बाद गाँव में बाबा साहब की मूर्ति लगवानी होगी।"

"कौन बाबा?"

"बाबा साहब अम्बेडकर, जिन्होंने इस देश का संविधान बनाया है। हमें जीने का अधिकार दिया है। हमारे देवता वही हैं।"

"मंजूर। जीतने के छह महीने के अन्दर लगवा दूँगा।"

बैताली छत्रधारी का आदमी है। है नहीं, था। छत्रधारी ने उसे पारस सिंह हत्याकांड में जेल जाने से बचाया था और बैताली ने पिछले दोनों परधानी के चुनाव में अपने खानदान का सारा वोट छत्रधारी को दिलवाया था।

छत्रधारी ने पट्टा देने के लिए बैताली से नौ साल पहले पाँच हजार रुपये लिये थे लेकिन पट्टा आज तक नहीं दिया।

इधर कहने लगे हैं कि इस बार जिताओ तब पट्टा करेंगे।

बैताली दुखी है लेकिन खुलकर छत्रधारी के खिलाफ कुछ बोल नहीं सकता।

विद्रोही समझाते हैं—"खुलकर कुछ बोलने की जरूरत ही नहीं है। वोट तो ओट में दिया जाता है। छत्रधारी पुराने धोखेबाज हैं। जिसने उनकी मदद की उसे ही धोखा दिया। जब वेश्या तक को नहीं छोड़ा जिसके लहँगे में सोलह-सत्रह साल की उम्र से सोते रहे, ब्राह्मण को नहीं छोड़ा जिसके पैर छुए तो तुमको छोड़ देंगे? अभी और चूसना चाहते होंगे। मुझे जिताओ तो मैं महीने-भर के अन्दर उसी जमीन का पट्टा कर दूँगा, बिना एक धेला खर्च कराए।"

दुआर पर औरतों के सामने इस तरह की बात करना ठीक नहीं। तुरन्त गाँव-भर में फैला देंगी। इसलिए दोनों लोग टोले से दूर खेतों के बीच अँधेरे में फुसफुसा रहे हैं।

इमरजेंसी में विद्रोही बहू ने दहबंगा के साथ मिलकर नायब को पटका था। तबसे दोनों में बहनापा है। विद्रोही ने अपनी पत्नी को दहबंगा से हेलमेल बढ़ाने के लिए कहा है।

"उसको साथ लेकर दलित टोले की सारी औरतों से खुद जाकर मिलो।"

पहलवान को पढ़ाना-लिखाना काम आ रहा है। सरकारी दफ्तर की भागा-दौड़ी उन्हीं के जिम्मे है। वे अभी से वोटर लिस्ट में अपने लोगों के नाम जुड़वाने में लग गए हैं। पुराने नामों की जाँच भी जरूरी है। पता नहीं, कब किसका नाम लिस्ट से गायब हो जाए। ऐसा भी हो सकता है कि वोट काटने के लिए खिलाफ पार्टी उन्हीं की बिरादरी का कोई कैंडीडेट खड़ा कर दे। कभी-कभी उनके मन में डर की एक लहर दौड़ जाती है कि फिर कोई ऐसा धोखा न हो जाए, जहाँ तक उनका दिमाग न पहुँच रहा हो।

पिछली बार का धोखा अभी भी कलेजे में काँटे की तरह करकता है। इस बार वे छत्रधारी की पीठ लगाकर रहेंगे।

गोबरधन के एक-एक शब्द को जंगू प्यासे की तरह पीता है।

"जो ताकतवर है वह कमजोर का हिस्सा हड़पेगा ही। यह जीव मात्र की प्रवृत्ति है। अगर तुम आगे पढ़ते तो जानते कि पूरी दुनिया में बलवानों और चालाक लोगों ने अपने-अपने तरीके से कमजोर और भोले लोगों को लूटा है। लेकिन इस लूट को मुकम्मल करने का पुख्ता इन्तजाम हिन्दू या कहिए, ब्राह्मण धर्म में ही हुआ है। वैसा स्थायी इन्तजाम दूसरे धर्म नहीं कर सके। दूसरे लोगों की हर पीढ़ी आमने-सामने लड़कर छीनती-लूटती रही। इसमें हर पीढ़ी के दोनों पक्षों को नुकसान उठाना पड़ता था। हमारे यहाँ के लोग ज्यादा चतुर निकले। उन्होंने शरीर को नहीं, सीधे दिमाग को काबू में करने का इन्तजाम किया। वर्ण-व्यवस्था दुनिया की सबसे ज्यादा अन्यायी, शातिर और स्थायी व्यवस्था है। दिमाग को ही बन्धक बना लो। पैदा होने के दिन से। हाथ-पैर बाँधने की जरूरत ही न रहे। अगली पीढ़ी को आमने-सामने लड़ने का खतरा भी न रहे। क्या समझे?"

"समझने की कोशिश कर रहा हूँ, मास्टर जी। इस तरह समझाने वाला पहले कोई मिला नहीं।"

"देखो, अगर सबसे ज्यादा अन्याय, सबसे ज्यादा क्रूरता किसी धर्म में आदमी आदमी पर करता है तो वह हिन्दू धर्म है। वर्ण-व्यवस्था बनाई ही गई है इस बदनीयती से कि दूसरों का हक मारकर और दूसरों की मेहनत लूटकर मौज की जाए। पूरी दुनिया में बहुसंख्यक अल्पसंख्यकों का हिस्सा हड़पते हैं, लेकिन हिन्दुस्तान में अल्पसंख्यक सवर्ण बहुसंख्यक कमेरी जातियों का हिस्सा हड़पते हैं, इसी वर्ण- व्यवस्था के हथियार से।

"इस व्यवस्था ने हमारे समाज को जाति के नाम पर छह हजार टुकड़ों में तोड़ दिया। जब यही बात कहिए तो कहते हैं कि तुम तो समाज को तोड़ने की बात करते हो। अरे बाबा, हम तो बता रहे हैं। तोड़ा तो तुमने है।

"भेदभाव की इस व्यवस्था को बनाने वालों का न कभी पेट भरता है न

कभी अन्याय करते हुए उनका दिल पसीजता है। अन्याय पर टिकी ऐसी व्यवस्था से न्याय की उम्मीद कैसे कर सकते हैं? यह धर्म मानवता के खिलाफ है, संविधान के खिलाफ है, कानून के खिलाफ है लेकिन इसे समझने के लिए कानून पढ़ना पड़ेगा, संविधान पढ़ना पड़ेगा। संविधान लिखा-पढ़ी में दर्ज की गई वह व्यवस्था है जिसके हिसाब से इस देश के हर आदमी को चलना है। इसमें हर आदमी को बराबर की जगह दी गई है। न कोई छोटा है न बड़ा, न कोई ऊँचा है न नीचा।"

"तो ऐसा होता क्यों नहीं?"

"होता इसलिए नहीं कि इस संविधान से जिनका हक-हिस्सा बँट रहा है वे इसे लागू नहीं करना चाहते और जिन्हें उनका हक-हिस्सा मिलना है उन्हें इसकी जानकारी ही नहीं है। पाँचवीं तक पढ़ने से तो इसका ज्ञान नहीं हो सकता। तुम खुद को ही देखो। देश में जुवेनाइल एक्ट लागू हो चुका है। तुम्हारी उम्र अठारह साल से कम है इसलिए कायदे से तुम्हें इस जेल में लाने के बजाय बाल सुधार गृह में भेजना चाहिए। तुम्हें पता होता तो तुम इसकी माँग कर सकते थे।

"और जानते हो, जिन अम्बेडकर बाबा की चर्चा मैंने उस दिन की थी उन्होंने ही यह बराबरी देने वाला संविधान बनाया है। उन्हें भी जाति के कारण अपमान झेलना पड़ा। क्लास के बाहर बैठकर पढ़ना पड़ा। लेकिन सारा अपमान झेलकर बिलायत तक पढ़ने गए और इतने काबिल माने गए कि देश के लिए कायदा बनाने का काम उन्हीं को सौंपा गया। तभी हमें उसमें बराबरी की जगह मिली। लेकिन जब तुम्हें पता ही नहीं रहेगा कि तुम्हारा अधिकार क्या है, तुम्हारा हक-हिस्सा क्या है तो लोगे कैसे? बिना माँगे, बिना छीने किसी को कुछ मिलता है क्या?"

जंगू को लगता है कि वह भूल-भुलैया में फँसता जा रहा है। बस, एक बात पल्ले पड़ी—बिना लड़े, बिना छीने किसी को कुछ नहीं मिल सकता।

"लेकिन छीन वही सकता है जो ताकतवर हो। ऊँची जातियों के लोग छोटी जातियों को उभरने ही नहीं देते। उनकी ताकत घटाने, उनका मनोबल तोड़ने के लिए निरन्तर उन पर अत्याचार करते हैं। उनके घर फूँकते हैं। उनकी बहन-बेटियों से बलात्कार करते हैं। और चूँकि पुलिस से न्यायालय तक उन्हीं के लोग भरे हैं इसलिए उन्हें सजा भी नहीं होती। पुलिस के स्तर से नहीं छूटते तो न्यायालय के स्तर से छूट जाते हैं क्योंकि अपने यहाँ जाति देखकर सजा होती है। हिन्दू धर्म में जाति के अनुसार सजा का प्रावधान पहले से है। ऊँची जाति के लोग आज भी उसी को सही मानते हैं। तुम अभी बच्चे हो, नहीं जानते होगे। पिछले वर्षों में गरीबों-दलितों की इतनी सामूहिक हत्याएँ हुईं, पचीस-पचास लोगों की हत्या! उन्हें

नरसंहार कहा गया। सामूहिक नरसंहार! शायद ही किसी मामले में हत्यारों को सजा हुई हो। निचली अदालत से हो भी गई तो ऊपर की अदालतों से बरी हो गए। कहते हैं कोई प्रत्यक्षदर्शी नहीं। सन्देह का लाभ देकर बरी कर दिया। अरे भाई, पचास हथियारबन्द लोग मुँह बाँधकर रात के अँधेरे में आए और पूरा टोला साफ कर दिए तो प्रत्यक्षदर्शी गवाह कहाँ से आएँगे? कत्लेआम हुआ तो किसी-न-किसी ने तो किया। वे सन्देह से परे लोग कौन हैं? उन्हें खोजने की जिम्मेदारी किसकी है? जो मर गए वे खोजने आएँगे क्या? लेकिन वही अपराध करने वाले, वही पकड़ने वाले, वही सजा सुनाने वाले तो सजा होगी कैसे? दूसरी बात यह कि अगर नीचे सबूत ही नष्ट कर दिया गया तो कोई न्यायी पुरुष सजा देना भी चाहे तो कैसे दे देगा? और मुझे देखो, बिना किसी की हत्या किए हत्या की सजा काट रहा हूँ। पता करो, मेरे जैसे जाने कितने हैं! जेलें भरी हैं निरपराध लोगों से और असली अपराधी मूँछ पर ताव देकर बाहर घूम रहे हैं।"

"तब फायदा क्या हुआ बराबरी वाला कानून बनाकर?"

"फायदा तब होगा जब हम खुद पढ़-लिखकर उन जगहों पर बैठेंगे। पुलिस में घुसेंगे। अदालतों में घुसेंगे। अभी तो हाई कोर्ट और सुप्रीम कोर्ट जो देश की सबसे ऊँची अदालतें हैं, उनमें सौ में नब्बे वही लोग जमे बैठे हैं जिनके बारे में अंग्रेज कहते थे कि उनमें न्यायिक चरित्र ही नहीं होता। तो वे हमें न्याय क्या देंगे? उनमें न्यायिक चरित्र होता तो हम लोगों को भी उसमें जगह देते। जजों के कंडक्ट पर हमारे देश में कोई प्रभावी कानून ही नहीं बना! राजनीतिक पार्टियों पर भाई-भतीजावाद का आरोप लगता है लेकिन वे चुनाव जीतकर तो आते हैं। ऊँची अदालतों में तो पूरी तरह भाई-भतीजावाद है। चाचा, ताऊ, जीजा, फूफा, साले, बहनोई ज्यादातर रिश्तेदार ही काबिज हैं। जो जजों को चुनने के लिए जिम्मेदार हैं उन्हें अपने रिश्तेदारों से ज्यादा काबिल कोई नजर ही नहीं आता। हर जगह नौकरी पाने के लिए इम्तहान देना पड़ता है और सिफारिश को अयोग्यता माना जाता है, वहाँ सिफारिश से ही नौकरी दी जाती है। इम्तहान की कोई जरूरत ही नहीं समझी जाती। मुझे नहीं लगता कि दुनिया के किसी दूसरे देश में इतनी अन्धेर होगी! अदालतों में डाइवर्सिटी का सिद्धान्त लागू होता तो वहाँ हमारी भी भागीदारी होती। तब हमें भी सचमुच का न्याय मिलता।"

"हमारे लोग वहाँ तक कैसे पहुँचेंगे?"

"पढ़-लिखकर और आवाज उठाकर।"

"उसमें तो बहुत दिन लग जाएँगे।"

"लगेंगे ही। लेकिन रास्ता यही है।"

"तुरन्त का रास्ता क्या है?"

"तुरन्त का कोई रास्ता नहीं है।"

"तो हम खुद न्याय करें। खुद फैसला सुनाएँ। खुद सजा दें।"

गोबरधन कुछ देर तक जंगू का मुँह ताकता रह गया। फिर समझाने की मुद्रा में कहने लगा—"इस सोच से पार नहीं पा सकोगे। उनसे लड़कर नहीं जीत सकते। खत्म कर दिए जाओगे। कितने खत्म कर दिए गए। कितने किसी-न-किसी बहाने से रोज खत्म किए जा रहे हैं। जिन्दा रहने के लिए लड़ना जितना जरूरी है उतना ही लड़ने के लिए जिन्दा रहना जरूरी है। जो लोग मरने-कटने के लिए ललकारते हैं वास्तव में वे हमारी जान की कीमत पर अपनी गोटी लाल करना चाहते हैं। राजा-महाराजा तो हजारों साल से यही करते रहे हैं। तुम बन्दूक लेकर सरकार से लड़ने निकलोगे, वह तुम्हें थ्री नाट थ्री से उड़ा देगी। सरकार से लड़ना है तो ऐसे हथियार से लड़ना होगा जो सरकार के पास न हो। यूनिवर्सिटी में हम एक नारा लगाते थे—'पढ़ो लड़ाई करने को। लड़ो समाज बदलने को।' पढ़ाई से ही सही-गलत की पहचान कर सकोगे। पढ़ाई से ही मिथ और इतिहास का सम्बन्ध जान सकोगे। जान सकोगे कि कहाँ इतिहास मिथ का चोला पहनकर बैठा है और कहाँ मिथ इतिहास का। और चोला बदलने के पीछे मंशा क्या है? मिथ के जयद्रथ और इतिहास के वृहद्रथ में क्या सम्बन्ध है? दोनों का सिर युद्धभूमि में काटा गया और दोनों का धोखे से काटा गया। असल में दोनों दो नहीं, एक ही हैं। यह सब समझने के लिए पढ़ना बहुत जरूरी है। पढ़ाई से ही जान सकोगे कि किससे लड़ना है, क्यों लड़ना है और कैसे लड़ना है। पढ़ने से ही लड़ाई के ज्यादा कारगर तरीके मिलेंगे।"

"मास्टर जी, आप इतने दिनों बाद क्यों मिले? वह भी जेल में! जो थोड़ा-बहुत पढ़ा-लिखा था वह भी छह-सात साल में भूल गया।"

"फिर शुरू करो। भूला हुआ याद आ जाएगा। मुझसे पढ़ो। जेल में इतनी बड़ी लाइब्रेरी है, उससे पढ़ो।"

"अम्बेडकर बाबा वाली किताब भी यहाँ होगी, जिसमें बराबरी वाला कानून लिखा है?"

"होनी चाहिए। खोजेंगे।"

विद्रोही जी जानते हैं कि बिना दलित टोले का वोट पाए जीतना मुश्किल है। मुश्किल यह है कि मुँह पर हाँ-हाँ कर लेंगे, लेकिन रात में सौ रुपये और एक पाउच दारू पर बिक जाएँगे। तूफानी होता तो काफी मदद मिलती, लेकिन वह मान्यवर के साथ साइकिल यात्रा में भाग लेने पंजाब गया हुआ है। इसलिए बगल के गाँव से दलितों के चौधरी को बुलाया है। रात में दलित टोले के नीम के नीचे जुटान हुआ है। चौधरी जमीनी ढंग से जमीनी बात करते हैं। समझा रहे हैं—"जाति व्यवस्था हमारे पैर का छनउर है। छनउर तो आप सब जानते ही हैं। गधे या घोड़े के अगले दोनों पैरों को आपस में रस्सी से बाँध देते हैं ताकि न वह खुलकर चल सके न चर सके। दौड़ना तो दूर। वह दिन-भर कूद-कूद कर चरता है, लेकिन पेट नहीं भरता। उसी तरह जैसे दिन-भर खटने के बाद आपका पेट नहीं भरता। आपके परधान जी के पास पचीस बीघे खेत हैं और आपके पास एक धूर नहीं। आपके खेत किसके पेट में गए?—उन्हीं के पेट में तो? आपको पता ही नहीं है। विद्रोही जी को जिताओगे तो ये जमीन का पट्टा देकर आपके पैर का छनउर काटेंगे।

"जाति व्यवस्था धोखा है। जाति पेड़-पौधों में होती है। जानवरों-पक्षियों में होती है। आदमी में नहीं। फल-फूल या पत्ती से पहचान जाते हैं कि यह कौन पेड़ या पौधा है। आम, अमरूद, जामुन, कटहल, गेहूँ, चना। जानवरों में शक्ल से, रंग से, बोली से, पैरों के निशान से या टट्टी से पहचान हो जाती है कि हाथी बोल रहा है या बैल, बकरे की लेंड़ी है या ऊँट की, बैल का गोबर है या घोड़े की लीद। आदमी की टट्टी देखकर बता सकते हैं कि यह ठाकुर की टट्टी है कि चमार की? पैर के निशान से या बोली से? तब कैसे कह सकते हो कि आदमी में जाति-भेद होता है। यह हमारे शोषण का शिकंजा है। इससे मुक्त होने के लिए कोई दवाई खाने की जरूरत नहीं है। जरूरत है, छानने वालों से परहेज करने की। लेकिन आप अपनों से परहेज करते हैं। अहिर कहता है, हमको चमार से एलर्जी है। चमार कहता है, हमको अहिर से एलर्जी है। लेकिन बाभन-ठाकुर से दोनों को एलर्जी नहीं है, जो बारी-बारी दोनों की मारते हैं। वे कब से परधानी की कुर्सी पर काबिज हैं। क्या दिए? अपनी कोठी खड़ी कर लिये। अगर फिर उन्हीं को जिताए तो किसी कागज पर मुहर लगवाने के लिए उनके दरवाजे पर दोपहर तक बैठकर हिनहिनाओगे। कहेंगे—जरा चैला फाड़ दो। भूसा रख दो। बैलों को पानी पिला दो। तुम्हें पानी के लिए नहीं पूछेंगे। इसलिए इस बार उनसे परहेज करना है। इस बार अपने विद्रोही भइया को जिताइए। ये पानी भी पिलाएँगे। दादा, भइया कहकर बुलाएँगे भी और बेंच-कुर्सी पर बैठाएँगे भी। आपके गाँव की बहादुरी का किस्सा

पन्द्रह साल की उम्र से सुनते आए हैं। इस बार फिर बहादुरी दिखाइए और इतिहास बदल दीजिए।"

जब से विद्रोही जी बोट क्लब पर महेन्द्र सिंह टिकैत द्वारा आहूत धरने में भाग लेकर लौटे हैं, वहाँ का बखान करने से नहीं थकते—"बाप रे, लाखों की भीड़! एक आदमी के आवाहन पर। केवल खद्दर पहनना परधानी जीतने के लिए काफी नहीं है। बल्कि आजकल तो जो खद्दर पहनने लगता है उससे आदमी चौकन्ना हो जाता है। बोट क्लब पर तो एक भी खद्दरधारी नहीं था। लोगों का दिल जीतने की कला सीखनी होगी कि कैसे एक आदमी के पीछे लाखों की भीड़ चल पड़ती है।"

बाउर पंडित से ज्यादा काबिल दूसरा कौन है जो दिल जीतने की कला सिखा सके। वे मास्टर रहे हैं जो गधे को भी ठोंक-पीटकर आदमी बना देता है। 'कबी' भी हैं। अपने पुस्तकालय का उद्घाटन कराने के लिए श्याम नारायण पांडेय 'कबी जी' को दुर्गापुर बाजार से गाँव तक हाथी पर बैठाकर लाए थे। जब 'मार ले साथी जाने न पाए' गीत लिखने पर गँजेहड़ी के शायर मजरूह सुल्तानपुरी को जेल हो गई तो उनसे अपना समर्थन जताने के लिए बम्बई तक गए थे। दिल के साफ हैं इसलिए दिल जीतने की कला सीखने विद्रोही जी उन्हीं की शरण में गए।

'बाउर जी' ने समझाया—"दिल जीतने के लिए बात बनाने की कला सीखनी होगी। कहा गया है—बातन हाथी पाइए, बातन हाथी पाँव। यानी बातों से खुश करके आप राजा से इनाम में हाथी पा सकते हैं और बात से नाराज करके हाथी के पाँव तले कुचले जा सकते हैं। इसलिए भाषण देना सीखिए। अब्राहम लिंकन का नाम सुना है? भाषण की बदौलत अमेरिका के राष्ट्रपति बन गए। जंगल में जाकर पेड़ों को सुनाकर बोलने का अभ्यास किया करते थे। आप भी नदी पार जंगल में जाइए।"

कई दिन के अभ्यास के बाद आज विद्रोही जी अपनी भाषण-कला का इम्तहान देने आए हैं। सुनकर पंडित जी खुश होते हैं—"बहुत बढ़िया। बहुत बढ़िया। क्या बुलन्द आवाज है! छोटा-मोटा सुधार करना होगा। बोलते समय हाथ भी उठाइए। चेतावनी की तरह तर्जनी भी दिखाइए। दाएँ-बाएँ देखते भी रहिए। ...और यह जो बोले—'जलेंगे हर बरस मेले!' ऐसा नहीं, 'लगेंगे हर बरस मेले', कहा जाता है।"

"लेकिन मेले में रावण जलता तो है।"

"रावण जलेगा, लेकिन मेला लगेगा।"

विद्रोही जी स्वीकार में सिर हिलाते हैं।

"और 'वे सुनकर कूद उठे' नहीं, 'कूद पड़े' या 'उछल पड़े'।"

"लेकिन कूदने पर तो आदमी ऊपर उठेगा ही उठेगा। 'कूद पड़े' कहने पर तो लगता है कि कूदते ही गिर पड़ा।"

"गिरे चाहे पड़े, लेकिन बोलना वही पड़ेगा जो बोलने की परम्परा है।"

पंडित जी की आवाज में क्रोध का रंग झलका। विद्रोही जी उनका स्वभाव जानते हैं, इसलिए फौरन स्वीकार में सिर हिला दिया।

"और सुनो, तुमने कहा—उनके साथ सिर्फ कुछ चन्द्र लोग हैं। यहाँ 'चन्द्र' नहीं, 'चन्द' होगा, जिसका मतलब गिने-चुने या थोड़े होता है। चन्द्र का मतलब तो चन्द्रमा हुआ। 'कुछ' और 'चन्द' दोनों साथ नहीं बोले जाएँगे। दोहराव हो जाएगा।"

विद्रोही जी सिर हिलाकर समझने की कोशिश कर रहे हैं।

"हम अपनी मेजारिटी प्रूफ कर देंगे नहीं, 'प्रूव' कर देंगे, कहना होगा। एक जगह कहा—'छत्रधारी हम तुम्हारा मटियामेट मिटा देंगे।' यह भी गलत है।"

"गलत नहीं, सही कह रहा हूँ। मिटाकर रहूँगा।"

"जरूर मिटाइए। मैं मना थोड़े कर रहा हूँ, लेकिन मटियामेट के साथ नहीं। ऐसे कहिए कि 'छत्रधारी, मैं तुम्हारा मटियामेट कर दूँगा।'"

"और एक जगह कहा, 'क्या हम इतने गए-गुजरे भी नहीं हैं कि...।' ऐसा कहने से तो पूरा अर्थ ही उलट गया। इसमें 'क्या' की क्या जरूरत है? कहिए कि 'हम इतने गए-गुजरे भी नहीं हैं कि...'"

"इसका मतलब बहुत गलत बोल गए। और कोई गलती?"

"बस, एक चीज और। तुमने कहा—'विधायक जी का ड्राइवर अपनी गाड़ी पीछे बैक करने' लगा। इसमें 'पीछे' और 'बैक' दोनों एक साथ नहीं कहेंगे। या तो कहो, पीछे करने लगा या बैक करने लगा।"

"अब बस करिए, पंडी जी।" विद्रोही जी ने हाथ जोड़ दिए—"नहीं तो पहले दिन ही मेरी हिम्मत टूट जाएगी।"

"बस, एक चीज और जान लो। जरूरी है। तुम जो बोले कि उस दिन मेरे सिर में बहुत 'हेडेक' हो रहा था, यह भी गलत है।"

"गलत नहीं पंडी जी, यह तो एकदम सच्ची बात है। उस दिन..."

"सुनो तो। हेडेक तो कहते ही हैं सिर दर्द को। पैर में थोड़े हेडेक हो सकता है। या तो कहो मुझे सिरदर्द था या कहो हेडेक था।"

लौटते हुए विद्रोही जी सोच रहे हैं—'एक ही भाषण में इतना लफड़ा। सही-गलत के चक्कर में पड़ना ही गलत है।'

मास्टर जी जंगू की क्लास ले रहे हैं—"पाप, अन्याय या अत्याचार करने के लिए मन मजबूत किया जा सके और धोखा देते, ठगी करते, हत्या या बलात्कार करते हुए अपनी आत्मा खुद को ही धिक्कारने न लगे इसके लिए उन लोगों ने पूरी तैयारी की है। अपने भगवान, अपने देवता और अपने पूर्वज ऋषि-मुनियों को बलात्कारी, हिंसक, ठग और धोखेबाज बनाया है। वे कभी बाभन बनकर ठगते हैं, कभी साधू बनकर तो कभी मोहिनी सुन्दरी बनकर। जब इनके भगवान, देवता और ऋषि-मुनि ही ऐसे हैं तो इनको पूजने वालों को ऐसा बनने में पाप-बोध क्यों होने लगा? जब इनके आराध्य को ही ऐसा करते हुए कोई शर्म या डर महसूस नहीं होता तो इन्हें क्यों महसूस होगा? तभी तो जो इनके खेतों में काम करते हैं, जो इनके लिए अन्न उपजाते हैं, उन्हीं की बहन-बेटियों को भोगना आज भी ये अपना विशेषाधिकार समझते हैं। दलित टोला को ये ससुराल टोला कहते हैं।"

"इनके द्वारा कल्पित ऋषि-मुनि अपने राजा तक को डराकर रखते हैं। उन्हीं के महल में अतिथि बनकर उन्हीं की कुँवारी कन्याओं को गर्भवती करते रहे हैं। कौरव-पांडव का नाम तो सुना होगा। राजा लोग थे। पांडवों की माता का नाम कुन्ती था। वे भी राजा की बेटी थीं। जब वे कुँवारी थीं तभी किसी ऐसे ही कुकर्मी ने उन्हें गर्भवती कर दिया और प्रचार कर दिया गया कि यह सूर्य की करतूत है। सोचो, आग का गोला सूर्य! ये कितनी लन्तरानी हाँक सकते हैं इसकी कोई सीमा नहीं है।"

"इनके कल्पित देवता इतने जालिम और लँगोट के कच्चे हैं कि अपनी सगी बेटी और गुरुआनी तक के साथ बलात्कार कर देते हैं। तब इन्हें दूसरों की बहन-बेटियों के साथ ऐसा करते कितनी देर लगेगी? इसीलिए रोज किसी-न-किसी दलित, गरीब या कमजोर की बहन-बेटी इनका शिकार बनती है। इन्होंने दलित जातियों पर जितना अत्याचार किया है उसके लिए इन्हें शर्म से डूब मरना चाहिए। लेकिन इनकी सोच अब भी नहीं बदल रही है।"

"इस देश में इतना भ्रष्टाचार, इतनी घूसखोरी क्यों है? क्योंकि इन्होंने अपने कल्पित भगवान को ही घूसखोर बना दिया है। उन्हें पूड़ी-मिठाई खिलाकर और

भेंट-पूजा चढ़ाकर अपने दुश्मन का सत्यानाश करने के लिए उकसाते रहते हैं।"

"विदेशियों ने यहाँ की लड़ाइयाँ जितनी लड़कर नहीं जीतीं, उससे कई गुना ज्यादा घूस देकर, गद्दारी करवाकर जीतीं। रोज देखने को मिलता है कि बड़े नेता पैसे या पद की लालच में कैसे पलक झपकते इस पार्टी से उस पार्टी में छलाँग लगा जाते हैं। ऐसा करते हुए न उन्हें कोई शर्मिंदगी महसूस होती है न उनके समर्थकों को, क्योंकि ऐसी गद्दारी के लिए उनके मानस को हजारों साल से अनुकूलित किया गया है। गद्दारी करने और घूस खाकर पाला बदलने में ये लोग शायद दुनिया में नम्बर एक पर होंगे।"

"इनकी सबसे नायाब व्यवस्था तो यह है कि जघन्य से जघन्य पाप या अपराध करिए और किसी नदी में स्नान करके, किसी मंत्र या स्तोत्र का जाप करके या ब्राह्मणों को भोजन कराकर पाप मुक्त हो जाइए।

"एक कथावाचक एक चौपाई सुना रहे थे। वह चौपाई मुझे बहुत खास लगी तो नोट कर लिया। उस चौपाई में इनके भगवान कहते हैं—

सनमुख होइ जीव मोहि जबहीं। जन्म कोटि अघ नासहिं तबहीं॥

यानी भगवान की शरण में जाते ही, सिर्फ एक जन्म के नहीं, करोड़ों जन्मों के पाप नष्ट हो जाते हैं।"

अब बताइए कि पाप या अपराध करने के लिए इससे बड़ा प्रोत्साहन या उकसावा दूसरा हो सकता है क्या? तब क्यों न हमारा समाज ऐसा बनता जैसा आज है?

"यह तो कहिए कि इस देश में अंग्रेज आ गए तो हम जैसे जुगों-जुगों से दबे-कुचले लोगों को आदमी माना जाने लगा। वरना क्या छोड़ा था इन्होंने हमारे पास! न धन-दौलत रख सकते थे, न पढ़-लिख सकते थे। जानवर बनकर रहते थे। कहते हैं कि अंग्रेज देश की दौलत लूट रहे थे इसलिए उन्हें भगाना जरूरी था। लेकिन कौन-सी दौलत? वही जो हम गैर-सवर्णों से इन लोगों ने हजारों साल में लूटी थी। उसका लूटा जाना हमें क्यों अखरता? हमें तो उलटे अच्छा ही लगेगा कि जो हमें लूटकर कंगाल किये थे अब वे खुद कंगाल हो रहे हैं। अंग्रेजों ने 1795 में कानून बनाकर हमें धन-सम्पत्ति रखने का अधिकार दिया। 1813 में कानून बनाकर पढ़ने-लिखने का अधिकार दिया। पहले ब्राह्मण अवध्य होता था और शूद्र को मामूली अपराध के लिए भी अंग-भंग की सजा दी जाती थी। 1860 में समान दंड संहिता बनाकर इससे मुक्ति दिलाई और भी जाने क्या-क्या दिया। समझिए कि हमें जानवर से फिर आदमी बनाने की शुरुआत की। उनका हम लोगों पर यह मामूली उपकार नहीं है। अफसोस यही है कि वे देर से आए और जल्दी चले गए। और

सौ साल तक रह जाते तो हमारे जैसे लोगों का और भला कर जाते। हमारे लिए और राहें खोल जाते। अब तो डर लगने लगा है कि कहीं यह वर्णवादी मनुवादी विचारधारा हमारे संविधान को ही न निगल ले।"

"लेकिन नेताजी तो ऊँची जाति के थे जो दलित-मजदूरों की ओर से लड़ रहे थे।"

"सही कह रहे हो। ऐसे लोग हैं और वे हमारे लिए हमारी जान से भी ज्यादा कीमती हैं लेकिन उनकी संख्या बहुत कम है और ज्यादातर उनका वही हश्र होता है जो हमारे नेताजी का हुआ।"

परधानी जीत गए विद्रोही।

आसानी से नहीं जीते। छत्रधारी ने अच्छी टक्कर दी। पाँड़े परिवार पहले से अन्दरखाने विद्रोही के पक्ष में था। माठा बाबा ने भी बाँह गहे का धरम निभाया। उनके प्रयास से पोलिंग से एक दिन पहले ब्राह्मण विद्रोही के पक्ष में एकजुट हो गए और विद्रोही तीन सौ तिरपन के मुकाबले तीन सौ पचासी वोट पाकर विजयी रहे।

विद्रोही जी के दुआर पर देर तक गोले दगते रहे। छुरछुरिया-अनार छूटते रहे। विद्रोही को माला से लादकर उनके समर्थक उन्हें कन्धे पर बैठाकर नाचते रहे। विधायक जी भी देर रात दल-बल के साथ बधाई देने आए। पीठ ठोंकी। इस समय भूतपूर्व हैं, लेकिन चुनाव के आसार बन रहे हैं। विद्रोही जी से अपना साथ देने का वादा लेकर गए।

विद्रोही जी ने सारे गाँव के सामने साफ कर दिया—"सारे गाँव ने मिलकर परधान बनाया है। मैं सारे गाँव को साथ लेकर चलूँगा। सारे गाँव का काम करूँगा।"

छत्रधारी हँसे। बोले—"काम तो तब करेंगे जब मैं करने दूँगा। बुधई से जाकर कह देना—जीत भले गए हैं लेकिन परधानी नहीं करने पाएँगे।"

सुनकर लोग हँसे—"जैसे इनके बाप की है परधानी!"

चार्ज देने में दो महीने तक हीला-हवाली की छत्रधारी ने।

जीत का जश्न खत्म भी नहीं हो पाया था कि बैताली ने उनके हाथ में एक कागज पकड़ाया। बताया कि वह सुल्ताना का किला देखने नजीबाबाद गया था। लौटा तो 'छोटकी' ने यह कागज दिया। बताया कि तहसील का एक आदमी दे गया है।

विद्रोही जी ने पढ़कर बताया—"तुम्हारे साथ भी दगाबाजी कर गए छत्रधारी। दफा 122B का मुकदमा कायम करवा दिया जाते-जाते। यानी ग्राम समाज की जमीन पर अवैध कब्जा करने का मुकदमा। लगता है उनको विश्वास हो गया कि इस बार तुमने उनको वोट नहीं दिया।"

"लेकिन मुझसे तो इसी जमीन का पट्टा करने के लिए दस साल पहले पाँच हजार ले चुके हैं। जब भी मैंने उन्हें पट्टे की याद दिलाई, हमेशा हँसकर कहा कि मेरे रहते चिन्ता क्यों करते हो। तीन हजार बाद में भी लिये। और अब यह नोटिस!"

विद्रोही जी ने बैताली को आश्वस्त किया—"अब मैं हूँ न। सब ठीक कर दूँगा।"

विद्रोही लेखपाल से पूछते हैं—"सड़क के किनारे कोई साफ-सुथरी जमीन बताइए। कोई टंटा न हो। बाबा साहब की मूर्ति लगवानी है।"

कुछ न समझते हुए लेखपाल पूछता है—"अपने बाबाजी की मूर्ति लगाना चाहते हैं कि किसी साधू बाबा की?"

"नहीं भाई, बाबा साहब अम्बेडकर की मूर्ति।"

"अभी से फालतू के चक्कर में क्यों पड़ गए?" लेखपाल समझाने लगा—"आदमी पहले अपने लिए सोचता है कि फालतू के काम...पहले दो-चार पट्टा ऐसे लोगों को दीजिए जहाँ से हाथ में दो पैसा आवै।"

"नहीं, नहीं। मैंने वादा किया है।"

लेखपाल ने तजवीज कर, दो दिन बाद बताया—"है तो सवा बिस्वा का एक टुकड़ा। सड़क के किनारे ही है।"

"ठीक है। उसी का प्रस्ताव बनाते हैं।"

और महीने-भर बाद उन्होंने तूफानी को बताया—"बाबा साहब के लिए जमीन आबंटित हो रही है। मूर्ति का इन्तजाम कर लो।"

"अरे चाचा, मूर्ति का इन्तजाम भी आपको ही करना पड़ेगा। बाबा साहब अकेले हमीं लोगों के थोड़े हैं। आपके भी उतने ही सगे हैं। पूरे गाँव, पूरे देश के सगे हैं।"

सच बात तो यह है कि विद्रोही खुद भी बाबा साहब के बारे में ज्यादा नहीं जानते। लेकिन स्वीकार में सिर हिलाते हैं—"सही बात, सही बात।"

और पाँच सौ का नोट देते हुए कहते हैं—"जाकर मूर्ति का बयाना दे आओ।"

बैरक का कोई कैदी खाना नहीं खा रहा है। सत्रह वर्ष जेल काटने के बाद आज शौकत अली बाइज्जत बरी कर दिये गए। उन पर कचहरी में बम फोड़ने का आरोप सिद्ध नहीं हुआ। शाम को फैसले की जानकारी बैरक में आई तो लोग खुशी का इजहार करने लगे। शौकत अली को घेर लिया। 'रिहाई मुबारक' का शोर मच गया।

लेकिन शौकत जहाँ बैठे थे वहीं बैठे रह गए। गुमसुम।

जेल की दुनिया में हर दिल अजीज थे शौकत। हँसते-हँसाते रहने वाले। उनके पास लोट-पोट कर देने वाले किस्सों का खजाना था। वे जेल की जरूरत भी बन गए थे। बिजली का काम, प्लंबिंग का काम, गंडा-ताबीज देकर दुखिया का दुख घटाने का काम। वे तो भूल ही गए थे कि जेल के बाहर भी उनकी कोई दुनिया है। बड़ी देर बाद उनके अन्दर की बर्फ पिघली तो आँखें बरसने लगीं। फूट-फूट कर रोने लगे। रोते ही रहे।

"खुश होने के बजाय रो क्यों रहे हो?"

"किस बात के लिए खुश होऊँ भाई? इसलिए कि बरी होने के पहले मैं उस जुर्म से ज्यादा की सजा काट चुका जो मैंने किया ही नहीं। पूरी तरह मूँछें नहीं उगी थीं जब जेल में दाखिल हुआ था। चार-चार बार मेरी जमानत अर्जी खारिज हुई। अब बाहर जा रहा हूँ तो दाढ़ी-मूँछ के बाल पूरी तरह पक चुके हैं। गंजा हो चुका हूँ। माँ-बाप मर चुके हैं। जेल आने के छह महीने पहले शादी हुई थी। चार साल तक इन्तजार करने के बाद बीवी ने दूसरा शौहर कर लिया। अब छूटकर किस घर जाऊँ? अदालत ने इज्जत तो लौटा दी, जवानी कौन लौटाएगा? मेरी खोई हुई दुनिया कौन वापस करेगा?"

शौकत का कलपना देखकर पूरी बैरक का माहौल गमगीन हो गया है।

जंगू गोबरधन से पूछता है—"जिनके जिम्मे फैसला देना है वे इतने सुस्त क्यों हैं?"

"अपने यहाँ कानून लागू करने की शुरुआत गरीब से और न्याय देने की शुरुआत अमीर से होती है। शौकत अमीर होता तो कब का छूट जाता और ऊँची जाति का हिन्दू होता तो फर्जी केस में फँसाया ही न गया होता।"

"तो जिन्होंने बेकसूर आदमी को फँसाया था उनको अब सजा होगी?"

"उनको सजा होती तो इस समय जेल के आधे सजायाफ्ता पुलिस वाले ही होते। सरकार सबसे बड़ी अन्यायी है। सबसे बड़ी अन्यायी और सबसे ज्यादा ताकतवर। जो उसके लिए काम करता है उसका सात खून माफ रहता है।"

"जहाँ इतना अन्याय है उसके लिए स्कूल में क्यों गाया जाता है—'सारे जहाँ से अच्छा हिन्दोस्ताँ हमारा।'"

"कुछ लोगों के लिए यह हिन्दोस्ताँ सचमुच सारे जहाँ से अच्छा है, लेकिन सबके लिए नहीं। सरकारों की जिम्मेदारी है कि सब सुख-शान्ति से रहें, लेकिन सुख और शान्ति का बँटवारा कर दिया गया है। वे सुख से बाहर रह सकें इसके लिए हम जैसे लोगों को शान्ति से रहने के लिए अन्दर कर दिया जाता है।"

एक बूढ़ा कैदी कहता है—"देखो भइया, सही बात तो यह है कि कमजोर लोगों के लिए बाहर की दुनिया भी जेलखाना ही है। इसलिए कमजोर बाहर की जेल में रहे या अन्दर की, बात एक ही है।"

"नहीं दादा, एक अन्तर है।" जंगू कहता है—"अन्दर की जेल में हम अपनी मरजी नहीं चला सकते लेकिन बाहर की दुनिया में चला सकते हैं।"

"जाना तो चलाकर देखना। अव्वल तो ऊपर भेज दिये जाओगे। बच गए तो फिर लौटकर यहीं आओगे।"

तरसै जियरा मोर
तरसै जियरा मोर
बालम मोरा लरिकवा...

विद्रोही जी के दुआर पर फगुआ जमा है। होली नजदीक है। खेती-बारी का काम निबटाकर फगुआ शुरू होता है तो बारह बजे रात तक ढोल तड़तड़ाती है। ढोलक की थाप बीमार आदमी के मन में भी थिरकन पैदा कर देती है। पहले गाँव में फगुआ की एक ही गोल थी। वे खास-खास लोगों के दरवाजे पर जाकर गाते और पान- सुपारी खाते। ठंडाई पीते। नशा बढ़ाने के लिए ठंडाई में ताँबे का पैसा रगड़कर या धतूरे का बीज पीसकर डाला जाता। किसी-किसी को भाँग का नशा इतना चढ़ता कि दो-तीन दिन तक न उतरता।

कुछ वर्षों से सवर्णों और पिछड़ों की अलग गोल बन गई है। दलित पहले भी श्रोता की भूमिका में थे, अब भी श्रोता की भूमिका में हैं। मुकदमेबाजी में फँसने के पहले संतोखी फगुआ भी अच्छा गाते थे और ढोलक भी मस्त बजाते थे। फिर सब छोड़ दिया था। आज विद्रोही जी ने उन्हें बुलाकर ललकारा—"हर अदालत

से जीतते जा रहे हो तब क्यों मुरझाये रहते हो। लो, पान खाकर मुँह लाल करो और ढोलक सँभालो।"

छत्रधारी को हराकर परधानी सँभाला है विद्रोही ने। बहुत उत्साह में हैं। जो जितनी चाहे ठंडाई पिये या भाँग की गोली खाए। कोई रोक-टोक नहीं।

विद्रोही जी की मनुहार भला संतोखी कैसे नजरअन्दाज कर दें। उनकी उँगलियाँ ढोलक पर थिरक रही हैं—

बूढ़े मरद संगे हम न सुतबै
बिना मरद बरु जीबै हो।

जो जहाँ है वहीं इस बोल पर झूम रहा है। ढोलक की ठनक पूरे गाँव के कान में मधुरिमा घोल रही है। अचानक हल्ला होता है—आग! आग! दौड़ो।

गाने वाली गोल को सबसे बाद में पता चलता है। तब तक आधा गाँव बाल्टी, गगरा लेकर आग बुझाने में जुट गया था। आग संतोखी के घर में लगी थी। फूस का ओसारा जल चुका था। काठ के किवाड़ जल रहे थे। आग खपरैल के टोटे को पकड़ चुकी थी। संतोखी भी दौड़कर पहुँचे और आग की विकरालता देख ठिठक गए। न रोये, न चिल्लाए, न आग बुझाने में जुटे। उन्हें इस बात का संतोष था कि उनकी पत्नी दो दिन पहले अपनी माँ की तेरही में शामिल होने मायके चली गई थीं।

"लेकिन आग लगी कैसे?"

छत्रधारी का हलवाहा महादेव आगे बढ़ आया। उसके हाथ में लोटा था। बोला—"मैं लोटा लेकर दिशा-मैदान के लिए आया था। अभी लोटा जमीन पर रखकर धोती की काँछ खोल ही रहा था कि संतोखी के ओसारे पर आग की लपट दिखाई पड़ी। मैं गोहार लगाता हुआ दौड़ा।"

"किसी को देखा नहीं? आखिर आग अपने आप तो लगी न होगी?"

महादेव चुप हो गया। नीचे देखने लगा।

"बोलो। चुप क्यों हो गए?"

"अब क्या बोलूँ? रँगे हाथ तो पकड़ नहीं पाया। नया लौंडा था। हाथ में आते-आते सड़ से निकल गया।"

"चेहरा तो देखा होगा? टह-टह चाँदनी फैली हुई है।" पीछे से छत्रधारी के भाई करिया सिंह की आवाज आई—"पहचाना है तो बेधड़क बता। आगजनी तो गोहत्या से भी बड़ा पाप है। कोढ़ फूटता है।"

"मैं गरीब आदमी हूँ, लम्मरदार। किसी से दुश्मनी नहीं लेना चाहता।"

करिया सिंह ने लपककर महादेव के गाल पर एक झापड़ मारा, "ऐसा कौन

है गाँव में जो हम लोगों के रहते तुझसे दुश्मनी साधेगा? हम लोग मिलकर उसका घर नहीं फूँक देंगे। माना कि संतोखी से हमारे खानदान की मुकदमेबाजी है, लेकिन है तो वह हमारे गाँव का। आज उसका घर फूँका है तो कल किसी दूसरे का भी फूँका जा सकता है। बेधड़क बोल!"

"मुझे तो लगा जैसे बोधा भाई का बड़ा लड़का है।"

"यह झूठ है।" संतोखी तड़पे और महादेव के सामने आकर पूछा—"तुम आधा गाँव पार करके इधर दिशा-मैदान के लिए कैसे आ गए? और तो कभी नहीं आते?"

"इधर आने की मनाही है का? देखो, लोटा अभी तक हमारे हाथ में है।"

"मनाही तो नहीं है लेकिन..." सहसा संतोखी ने महादेव के हाथ से लोटा ले लिया।

"माठा बाबा, जरा चोरबत्ती की रोशनी लोटे में मारिए।"

लोटे में झाँकने के साथ संतोखी चिल्लाए—"जरा देखो पंचो; बाबा, आप भी देखिए, सब लोग देखिए। कहते हैं कि इधर लोटा लेकर दिशा-मैदान के लिए आए थे। सब लोग दिशा-मैदान जाते हैं पानी लेकर और महादेव आए थे आग लेकर। देखिए आप लोग। राख अभी तक लोटे के पेंदे में दिख रही है।"

महादेव घबराकर बोला—"राख तो मैंने अभी यहीं लोटे में डाला है। लोटा मटियाने के लिए।"

"सुनो पंचो, मेरे जले ओसारे की राख फूस की है। इसको इसमें उपले की राख कहाँ से मिल गई? देखिए लोटे में। माठा बाबा, जरा फिर लैट मारिए... देखिए आप लोग। उपले की राख और वह भी सूखी। सौंचने के बाद लोटे में राख डाली गई होती तो कुछ न कुछ राख गीली होकर पेंदी में चिपकती कि नहीं? देख लीजिए सब लोग।"

संतोखी घूम-घूम कर टॉर्च की रोशनी में लोटा दिखाने लगे।

लोग अवाक्।

"एक बात पर और गौर कीजिए। सारी दुनिया लोटा मटियाती है निबटान के बाद और ये मटियाते हैं निबटान के पहले। अभी आप लोगों के सामने इसने कहा कि लोटा जमीन पर रखकर धोती की काँछ खोल रहा था तो लपट देखा और गोहार लगाते हुए दौड़ा। मतलब कि ये निबटान के लिए धोती भी नहीं खोल पाए थे। निबटान तो पीछे छूट गया और ये लोटा लेकर दौड़े। सौंचने की तो नौबत ही नहीं आई तो लोटा मटियाने की जरूरत क्यों पड़ गई? और सौंचे तो ऐसा सौंचे कि लोटे में पानी की बूँद तक नहीं बची, पेंदी का गीलापन तक सूख गया।

तभी तो उसमें डाली गई राख सूखी की सूखी रह गई। अब क्या जानना-पूछना बाकी रहा?"

इस बीच करिया सिंह कब खिसक गए, कोई देख नहीं पाया। महादेव खिसकने लगा तो लोगों ने घेर लिया—"पकड़ो साले को।"

"पेड़ से बाँधो। मुँह में कालिख पोतकर सबेरे गाँव-भर में घुमाया जाए।"

संतोखी बोले—"नहीं भाई, नहीं। यह तो ढेला है। ढेला कूटने से क्या मिलेगा? आगे किसी का घर न जले, इसके लिए उस हाथ को पहचानना जरूरी है जिसने यह ढेला चलाया। जिसने एक तीर से दो शिकार करना चाहा। मेरा घर भी फुँकवाया और हमारे हितुआ, हारे-गाढ़े हमारी मदद करने वाले विद्रोही जी के लड़के का नाम लेकर उनसे बिगाड़ करा देने की तिकड़म भी लगाया।"

फिर तनिक रुककर बोले—"महादेव को छोड़ दीजिए। सारी गलती तो हम लोगों की है। हम इतने नासमझ हैं कि शातिर लोग बड़ी आसानी से हमें अपना ढेला बना लेते हैं।"

धवल वकील साहब सीताराम की सेवा-टहल से खुश थे। कहते थे, मुझे बाहर निकलने दो। मैं तुम दोनों की जमानत करा दूँगा। जब धवल साहब को बाहर निकले महीने-भर हो गया और असलम दोनों भाइयों की जमानत भी हो गई तो सीताराम निराश हो गए। उन्होंने सोच लिया कि अपने कपड़े-लत्ते धुलवाने और सिर में चम्पी कराने के लिए ही वकील साहब उसे जमानत कराने का चारा दिया करते थे। कोई और तो बाहर उनकी पैरवी करने वाला है नहीं। अन्दर ही सड़ना होगा।

पर उसका सोचना गलत निकला। बाहर जाने के दो महीने के अन्दर उन्होंने मामा-भानजे की जमानत करा ली। बड़े लोगों की सोच भी बड़ी होती है।

जेल से बाहर निकलते हुए जंगू भावुक और उदास था। विक्रम, शेरू, बिरजू जगेसर, पहाड़ी—समझिए पूरा परिवार ही बस गया था जेल के अन्दर। गोवर्धन से गले लगते हुए जंगू के आँसू बह चले।

"फिर मिलेंगे।"

कुछ भी हो, रहेगा तो चमार ही

मिशन के काम में भूत की तरह लगा है तूफानी। चार-साढ़े चार बजे कचहरी से निकलने के बाद आधी रात तक सिर्फ पार्टी का काम। चार-पाँच नाट्य-मंडलियाँ बनाकर बाबा साहब और मान्यवर का सन्देश गाँव-गाँव पहुँचाता है। इसके लिए खुद ही छोटे-छोटे नाटक लिखे हैं जो आधे घंटे में खेले जा सकते हैं। इनमें दलित समुदाय के विरुद्ध होने वाले अत्याचारों को विषय बनाकर अन्याय और अत्याचार के विरुद्ध संगठित होने और प्रतिरोध के लिए आगे आने का आह्वान किया जाता है। इन नाटकों की भाषा इतनी बेधक, संवाद इतने मुखर और सन्देश इतना उत्तेजित करने वाला होता है कि सवर्ण और दलित समुदाय के बीच अक्सर मारपीट की नौबत आ जाती है। पार्टी के झंडे-पताके नोचकर फेंक दिये जाते हैं। पर्चे फाड़ दिये जाते हैं। दीवार पर लिखे नारों पर कोलतार पोत दिया जाता है।

इसलिए इधर ज्यादा जोर गोपन बौद्धिक क्लास पर दिया गया है। तूफानी अपने दो-चार साथियों के साथ किसी दलित टोले में शाम को अँधेरा होने के बाद पहुँचता है। इनके खाने के लिए टोले के हर घर से एक-एक रोटी आती है। टोले के लोग एक जगह इकट्ठा होते हैं। इन्हें राजनैतिक रूप से जागरूक किया जाता है। सवर्ण समाज को इसकी भनक नहीं लगने पाती। सुबह होने से पहले सब अपने-अपने रास्ते चले जाते हैं।

> *...मान्यवर का कहना है कि शिक्षित बनो, संगठित बनो। संगठित होने से सत्ता मिलेगी। तब, जो लोग आज आपसे लात-जूते से नीचे बात नहीं करते वही आपके जूते के फीते खोलने के लिए लपकेंगे।*

क्लास की समाप्ति पर उद्बोधन गीत होता है—

राजनीति अब समुझै औ समुझावै का परी।
बहुजन फँसल बाटें जाल मा, छोड़ावे का परी॥

गीत के बाद प्रतिज्ञा—तूफानी खड़ा होकर पढ़ता है और सब दोहराते हैं—

"मैं ब्रह्मा-विष्णु-महेश में कोई विश्वास नहीं करूँगा।
"मैं राम और कृष्ण में कोई आस्था नहीं रखूँगा।
"...और न ही उनकी पूजा करूँगा।
"मैं गौरी गणपति और हिन्दुओं के अन्य देवी-देवताओं में आस्था नहीं रखूँगा।
"...और न ही उनकी पूजा करूँगा।
"मैं भगवान के अवतार में विश्वास नहीं..."

तभी शोर हुआ और एक भीड़ गाली देती दौड़ती हुई आई और डंडे भाँजते हुए ललकारा—"रुको, ससुरो। जूते का फीता तो जब खोलेंगे, तब खोलेंगे। पहले तो तुम्हारी खोपड़ी खोलेंगे, हरामजादो!"

जरूर क्लास में कोई भेदिया रहा होगा जिसने जूते का फीता खोलने की बात बाहर पहुँचाई।

डंडे पड़ने लगे। अँधेरे में जिसको जिधर राह सूझी, भागा। कई लोगों की खोपड़ी फूटी। तूफानी भागते-भागते एक सूखे कुएँ में गिर पड़ा। अच्छा हुआ, गिर पड़ा। दम साधे पड़ा रहा। मारे जाने से बच गया।

कलाई में फ्रैक्चर हो गया था इसलिए महीने-भर गले में पट्टा लटकाए घूमना पड़ा।

उस दिन भी थानेदार नहीं मिले, लेकिन थानेदारिन मिल गईं। दरअसल, थानेदार की गाय रँभा रही थी। चुप होने का नाम नहीं ले रही थी। संतोखी से देखा नहीं गया। थानेदारिन को बताने चले गए कि गाय गरम है इसे क्रास करा दीजिए।

थानेदारिन के चेहरे पर थोड़ी शर्म की लाली फैली।

बोलीं—"समझ रही हूँ। कल से चोंकड़ रही है। सुई से दो-दो बार क्रास करा चुके, नहीं ठहरी। अब साँड़ से कराना पड़ेगा, लेकिन भेजवाएँ किससे? साँड़ वाले ग्वाले को कहलवाया गया कि साँड़ को लेकर यहीं चले आओ, लेकिन उसका पैर टूटा है। 'ये' आज बाहर गए हैं।"

संतोखी को पता था कि आसपास एक ही कायदे का साँड़ है। अच्छी डील-डौल वाला और जवान। पड़ोस के गाँव के जोखू का। आसपास के गाँव वाले अपनी गाय उसी के पास बरदवाने ले जाते हैं। वह थोड़ी देर में ही काम निबटा देता है। लोगों को फुरसत मिल जाती है। जबकि दूसरे साँड़ कभी-कभी मामले को घंटों लटका देते हैं। असली काम छोड़कर चरने लगते हैं। जोखू के साँड़ की बस यही एक लत है कि जब तक जोखू उसे अपने हाथ से एक भेली गुड़ न खिला दें, वह गाय के नजदीक नहीं जाता।

एक दिन हुआ ऐसा कि सबेरे-सबेरे कोई अपनी गाय लेकर आया। जोखू ने साँड़ को खोल दिया, लेकिन गाय के पास जाने के बजाय वह अपनी जगह पर ही खड़ा रह गया। उस दिन संयोग से गुड़ खतम हो गया था। साँड़ गुड़ का इन्तजार कर रहा था। जोखू उसके नजदीक गया तो उसने गुस्से में सींग पर उठाकर जोखू को पटक दिया। कूल्हे की हड्डी टूट गई।

संतोखी खुशी-खुशी गाय को साँड़ के पास ले जाने को तैयार हो गए। थानेदारिन चाह लेंगी तो थानेदार साहब को उनकी रिपोर्ट लिखनी ही पड़ेगी।

थाने पर रहने वाली गाय जैसी होनी चाहिए, वैसी ही थी। हायल, मरकही और लापी। लेकिन संतोखी ने बाँस का डेढ़ हाथ का डैना उसके गले में पहनाकर काबू में किया और अकेले क्रास करा लाए।

थानेदारिन खुश हो गईं। बोलीं—"एक गिरहकट दो महीने से इसका चारा-पानी कर दिया करता था। अभी अपराध उन्मूलन पखवारा चला तो तुरन्त और किसी का इन्तजाम न हो पाने के चलते उसका चालान करना पड़ा। ऐसा नहीं हो सकता कि जब तक कोई नहीं मिलता, तुम ही इसे सँभाल दो?"

संतोखी का घर जल चुका था। उसकी मरम्मत नहीं करा सके और बरसात आ गई। मिट्टी की दीवार पानी की बौछार से कट-कट कर गिर रही थी। पत्नी और बेटा ससुराल में थे। अन्दर-अन्दर छत्रधारी से डर भी लगता था। उनके खिलाफ रिपोर्ट भी लिखानी थी। संतोखी मान गए।

तब से थाने पर ही रह रहे हैं।

थाने की पुरानी खपरैल इमारत ढह गई थी। पीछे की ओर बनी कुछ रिहाइशी कोठरियों का खपरैल बचा रह गया था। उन्हीं में से बिना किवाड़ वाली एक कोठरी को संतोखी ने अपना आशियाना बनाया है। दरवाजे की जगह रस्सी के ऊपर धोती टाँग देते हैं तो एकान्त भी हो जाता है। ट्रांसफर पर जाने वाला एक सिपाही उनके लिए अपना तखत छोड़ गया है।

किस्बत उनके साथ ही है। थाने के स्टाफ, हवालातियों से मिलने आए

मुलाकातियों, थाने के दलालों और मुखबिरों के बाल काटकर दो पैसा भी कमा लेते हैं।

थाने पर रहने से रोज नई-नई बातें पता चलती हैं। भाँति-भाँति के जुर्म, धोखे, फरेब और दरिंदगी। पता चलता है कि दुनिया किस तरह रसातल में जा रही है। यहाँ रहकर पता चलता है कि थानेदार की 'पावर' क्या होती है।

गाय और थानेदारिन का सहारा मिल गया है तो देर-सबेर छत्रधारी के खिलाफ 420 का मुकदमा दर्ज हो ही जाएगा।

अम्बेडकर बाबा की मूर्ति बनकर आ गई। लकड़ी के मजबूत चौखटे में पैक होकर आई है। विद्रोही ने अपना वादा पूरा किया। लेखपाल को बुलाकर मूर्ति के लिए आबंटित जमीन की पैमाइश करा दी।

आज तूफानी की अगुआई में दलित टोले के पाँच लड़के उस जमीन पर उगी घास-फूस की सफाई कर रहे हैं। पहले बाउंड्री और गेट बनेगा, फिर बीच में चबूतरा बनाकर मूर्ति की स्थापना होगी।

अचानक ठाकुर टोले के पाँच-छह लड़के लाठी लेकर शोर मचाते दौड़े आए। दलित टोले के लड़के फावड़ा उठाकर मुकाबले के लिए खड़े हो गए। तूफानी ने सिर के ऊपर फावड़ा तानकर ललकारा—"खबरदार! जिसको अपनी जान प्यारी न हो वही आगे बढ़े। मरेंगे तो मारकर मरेंगे।"

दलित टोले के दर्जनों आदमी-औरतें शोर मचाते हुए दौड़े। ठाकुर टोले के बुजुर्गों ने कुछ सयानों को अपने लड़कों के पीछे भेजा—"जाकर सँभालो। खून-खच्चर नहीं होना चाहिए। बाद में बहुत झेलना पड़ता है। डरा-धमकाकर जितना काम बने, बना लीजिए।"

"यह जमीन सैकड़ों साल से ठाकुरों के कब्जे में है। हमारे टोले का कोई गया-जगन्नाथ जी जाता है तो इसी जमीन पर पहला पिंडदान करता है। प्रथम ग्रास निकालता है। यहीं से सारे तीर्थयात्री बस में आरूढ़ होते हैं। इसी जमीन को बुधइया ने चोरी-चोरी पट्टा कर दिया! हमारे टोले से सटी जमीन पर चमार की मूर्ति कैसे लग जाएगी?"

"चमार क्यों कहते हैं? वे हमारे संविधान-निर्माता हैं।"

"निर्माता है तो क्या? रहेगा तो चमार ही। बाभन तो नहीं हो जाएगा! मूर्ति लग गई तो सबेरे उठकर उसी का मुँह देखना पड़ेगा। अपनी मूर्ति ले जाकर अपने टोले में लगाओ। मूर्ति ही लगानी होगी तो यहाँ महाराणा प्रताप की लगाएँगे।"

दलित टोले के बूढ़ों और औरतों को समझ में नहीं आ रहा है कि झगड़ा किस बात का है? किसकी मूर्ति लगा रहे हैं? उससे क्या मिलेगा? मूर्ति दूध देगी क्या? बारह-तेरह साल पहले ठाकुरों से लड़ाई हुई थी तो सारा टोला फूँक दिया गया था। टोले के पाँच लोग अभी तक सजा काट रहे हैं। फिर वही रार शुरू कर रहे हैं।

विद्रोही के विरोधियों ने कहना शुरू किया कि केवल दलितों का काम करने के लिए तो परधान बनाया नहीं गया। हम लोगों ने किसी दूसरे गाँव के आदमी को वोट दिया है क्या?

जमीन विवादित करार देकर और फिर से जमीन की पैमाइश कराने का मुद्दा पेश करके लोगों ने झगड़ा शान्त करा दिया। ठाकुर टोले के लड़के जाते-जाते धमकी दे गए कि दुबारा इस जमीन पर पैर रखा तो पैर काटकर हाथ पर रख देंगे। अपने टोले के नौजवानों से घिरा तूफानी कह रहा है—"मूर्ति लगेगी तो यहीं लगेगी। डंके की चोट पर लगेगी। ये लोग बड़के लँड़ऊ हैं क्या जो हम डर जाएँगे!"

विद्रोही जी शाम को ब्लॉक की मीटिंग से लौटते हैं तो सारी बात सुनकर कहते हैं—"इन लोगों को असली जलन मुझसे है। मेरे हर काम का विरोध करना है। मूर्ति यहीं लगेगी। ऐसे नहीं लगने पाएगी तो पुलिस प्रोटेक्सन में लगेगी।"

ब्राह्मण और बनिया टोले को भी अम्बेडकर की मूर्ति का लगना पसन्द नहीं आया। बनिया टोला शंकर भगवान की मूर्ति लगाने के पक्ष में है और ब्राह्मण टोले के कुछ लोग परशुराम की। विद्रोही जी की चलती तो वे अपनी बिरादरी के उस लड़के की मूर्ति लगवाते जो सन् 1971 में बांग्ला देश की लड़ाई में शहीद हुआ था। अम्बेडकर की मूर्ति लगवाने के लिए तो पूरा देश पड़ा है। हजारों लगी हैं और हजारों आगे लगेंगी, लेकिन यह बात वे अपने मुँह से नहीं कह सकते।

स्वजातीय पूर्व विधायक जी ने विद्रोही जी को सलाह दी कि अभी कुछ दिन चुप बैठना ठीक होगा। आम चुनाव होने के आसार बन रहे हैं। देखना पड़ेगा कि किसका किसके साथ गठबन्धन हो रहा है। मनमाफिक सरकार आ गई तो मामला दो घंटे में हल हो जाएगा। वैसे भी अब आपका फायदा मामले को हल करने के बजाय उसे लटकाकर रखने में है। दलितों और सवर्णों के बीच जितनी तल्खी बढ़ेगी, उतना ही आप फायदे में रहेंगे।

इस बार का चुनाव तो गजबै है! समझ में नहीं आ रहा है किसका हाथ पकड़ा जाए। इस गाँव का ठाकुर, बाभन टोला सदा से कांग्रेसी रहा है। सन् 1977 में छिटका था, फिर लौट आया। लेकिन इस बार पेंच यह फँस गया है कि दिल्ली में ठाकुर राजा ने कांग्रेस से बगावत करके 'जनता दल' बना लिया है। उसी में ठाकुर, यादव, जाट, कुर्मी सभी घुस गए हैं। इस गाँव के लोगों को समझ में नहीं आ रहा है कि ठाकुर और यादव जाति एक ही पक्ष से कैसे लड़ सकती हैं? तब लड़ाई का मजा ही क्या रहेगा?

ठाकुरों के बीच प्रचार हो गया है कि 'जनता दल' जीता तो प्रधानमंत्री की कुर्सी राजा को ही मिलेगी। अभी तक कभी कोई ठाकुर इस देश का प्रधानमंत्री नहीं बना। अब मौका आया है तो चूकना नहीं चाहिए। कहा गया है कि 'जिस देश-जाति में जन्म लिया, बलिदान उसी पर हो जाएँ।' यहाँ बलिदान नहीं देना, सिर्फ वोट देना है; और वह भी आड़ में। क्षत्रिय महासभा ने सारे ठाकुरों से 'जनता दल' के झंडे के नीचे इकट्ठा होने का आह्वान किया है। यह भी तय हुआ है कि हर ब्लॉक से एक दर्जन लोगों का जत्था अपने संसाधन से राजा के चुनाव क्षेत्र में उनके लिए प्रचार करने जाएगा।

जोर से बोलो—

राजा नहीं फकीर है।
भारत की तकदीर है।

यादव गण धर्मसंकट में फँस गए हैं।

—"कहते हैं कि यही राजा जब मुख्यमंत्री थे तो चुन-चुन कर यादव डाकुओं का इनकाउंटर करवाए थे।"

जनता दल ने घोषणा की है कि सत्ता में आने पर वह मंडल आयोग की रिपोर्ट लागू करेगा। विद्रोही जी इतने दिन में जान गए हैं कि 'मंडल' का मिलना बहुत बड़ी बात है। कांग्रेस बहुत चालाक पार्टी है। कितने साल से मंडल आयोग की सिफारिश दबाए बैठी है। इस बार लागू न हुई तो कभी नहीं होगी। गाँव की जनता के लिए सांसद से ज्यादा काम की चीज विधायक होता है। सौ में नब्बे कामों के लिए उन्हीं की सिफारिश की जरूरत पड़ती है। लेकिन मंडल लागू करवाने के लिए दिल्ली में राजा की सरकार बनवाना भी जरूरी है।

दिल्ली की गद्दी राजा को मिले और राजा मंडल लागू करें। असली समस्या विधायकी में आ रही है। पहले तो यहाँ से विधायकी का टिकट जनता दल ने पूर्व विधायक यादव को देने का मन बनाया था, लेकिन आखिरी समय में ठाकुर राजकुमार को मिल गया। अब पूर्व विधायक यादव कांग्रेस के टिकट पर खड़े हो गए हैं। उन्हीं के लिए सन् 1977 में विद्रोही जी ने पोलिंग बूथ पर जान की बाजी लगाई थी। अब मुश्किल यह है कि पार्टी का दामन पकड़ते हैं तो जाति हाथ से छूटती है और जाति पकड़ते हैं तो पार्टी। वोट और बेटी जाति में देने का रिवाज रहा है। ठाकुर को जिताने का मतलब होगा, इलाके में फिर दो-चार कतल!

गाँव में वोट माँगने के लिए सबसे पहले ठाकुर राजकुमार ही आए—दलबल के साथ, और सबसे पहले विद्रोही जी के दरवाजे पर। उनके कन्धे पर हाथ रखकर बोले—"आपके रहते मुझे इस गाँव में आने की जरूरत ही नहीं है। मैं निश्चिन्त हूँ कि आप सब सँभाल लेंगे।"

अगले दिन ठीक यही बात कांग्रेसी यादव उम्मीदवार कहकर गए। उन्होंने अपनी पुरानी रिश्तेदारी की भी याद दिलाई, जिसका विद्रोही को आज तक पता ही नहीं था।

ब्राह्मणों को तय करना है कि बानर-भालुओं की सेना बटोरकर 'ब्राह्मणी' सत्ता को चुनौती दे रहे ठाकुरों का पिछलग्गू बनना कितना सही और कितना फायदेमन्द रहेगा।

दलितों के सामने कोई धर्मसंकट नहीं है। वे हमेशा कांग्रेस को ही वोट देते आए थे। इमरजेंसी की प्रताड़ना झेलने के बाद पहली बार छिटके। अब तो मान्यवर साहब ने खुद अपनी पार्टी खड़ी कर ली है—खास दलितों की पार्टी। फिर किसी और का पिछलग्गू बनने की क्या जरूरत है?

तूफानी अब कचहरी में बहुत कम बैठ रहा है। पूरे समय पार्टी का काम देखता है। रोज कहीं-न-कहीं कार्यक्रम लगाए रहता है। उसकी लोकनाट्य मंडलियाँ जगह-जगह दलितों को जागरूक कर रही हैं। पहली बार उसी के मुँह से गाँव के दलितों ने नारा सुना—

तिलक तराजू औ' तलवार।
इनको मारो जूते चार।

"जूते मारने का मतलब सचमुच जूते मारना नहीं। इसका मतलब, इनको त्यागो। इनकी संगत मत करो। इनके बहकावे में मत आओ। अब खुद गद्दी पर बैठने का समय आ रहा है।"

खुद गद्‌दी पर बैठने का रोमांच ऐसा है कि इसके लिए कुछ भी किया जा सकता है।

"मान्यवर साहब के हाथ मजबूत करो।"

"हाथ नहीं, हाथी।"

पहलवानिन कई बार अपनी सास से आग्रह कर चुकी हैं कि वे किसी दिन अपने भागने का किस्सा सुनावें। कभी मनमाफिक फुरसत ही नहीं मिली। आज विद्रोही जी राजनीति का रंग-ढंग समझने राजधानी गए हैं। दोनों जनी फुरसत में हैं और नीम के नीचे बोरा बिछाकर बैठी पहलवानिन सास के सिर से जुआँ निकाल रही हैं। सास की पीठ पतोहू के आगे। पहलवानिन जुआँ पकड़कर सास की हथेली पर रखती हैं और वे उसे दोनों अँगूठों के नाखून के बीच दबाकर कुचल देती हैं।

पहलवानिन आज इसी शर्त पर सास के सिर से जुआँ निकालने को तैयार हुई हैं कि वे उन्हें अपने भागने का पूरा किस्सा सुनाएँगी।

"धत्। अब इस उमर में वह किस्सा!"

"उमर को अभी क्या हुआ है, अम्मा? आपके मुँह से सुनना अच्छा लगेगा। कैसे कर लीं इतनी हिम्मत?"

"हिम्मत क्या, नादानी कहो। वह उमर ही ऐसी होती है। तब और कुछ नहीं सूझता।"

"कहाँ भेंट हुई थी आप दोनों की?"

"मैं अपनी बुआ के घर गई थी। वहाँ भात (भोज) पड़ा था। पहले गया-जगन्नाथ जी का भात बहुत पड़ता था। लोग पितरों का तर्पण करने के लिए गया, जगन्नाथ जी या चारों धाम जाते और लौटकर बिरादरी को खिलाते। हजार-हजार लोगों को। चार-छह साल की कमाई भोज में खर्च कर देते। कर्ज तक लेकर खिलाते। फिर कई साल तक कर्ज भरते रहते।"

"तो बुआ के घर क्या हुआ?"

"हट्! बहुत अकुता रही हो।" कहते हुए वे तनिक मुस्कराईं—"बुआ के घर भोज के मौके पर फरवाही नाच हो रही थी। नाचने वाले थे यही तुम्हारे ससुर।

तब इनका नाच इलाके में सरनाम था। खासकर अहीर और गड़ेरिया बिरादरी में। इनके बारे में मशहूर था कि मौके के अनुसार गीत की कड़ी तुरन्त गढ़कर गा देते हैं। जैसे ही लोगों को पता चलता कि फलाने गाँव में बोधा फरवाह की नाच हो रही है, भीड़ उमड़ पड़ती। धत्तेरे की...मैंने तो इनका नाम ले लिया! औरतों की भीड़ ज्यादा उमड़ती। बारहों बरन की औरतें। रोके से न रुकतीं। कहतीं—'बोधा का नखरा न देखा तो कुछ न देखा।'

"फागुन बीतने वाला था। पाँच-छह दिन बाद होली थी। आम की घनी बाग में दुपहरिया में नगड़ची टंकारने लगी। दो-कछी धोती के ऊपर घुँघरू गुँथी जाँघिया चढ़ाए गोल घेरे में ठुमक-ठुमक कर ये नाचने लगे। दोनों कन्धों से होकर एड़ी तक लटकते दोनों नीले पट्टे फहराने लगे। नगड़ची और नगाड़ा मिलकर ताल लगाने लगे—

तघुड़ी घुड़ी मा...जाय।
तघुड़ी घुड़ी मा...जाय।

"साथ में गूँजती बाँसुरी की टेर।

"खासकर औरतों पर तो जैसे किसी ने मंतर मार दिया। सुध-बुध भूल गईं। जो कहते हैं न कि 'बंसी बाजी श्याम की, तीनि लोक गए मोहि।' तो मैं क्या तीन लोक से न्यारी थी? मैं औरतों के झुंड में अपनी सखी के साथ आगे ही बैठी थी। इनकी नई-नई उगी भूरी-काली नरम मूँछों के नीचे झरती मीठी मुस्कान और नगाड़े पर पड़ती चोट मेरे दिल की धड़कन बढ़ा रही थी। साथ में कलेजे के पार उतरती रागिनी—'केकर जिया मरबू चुनरिया रँगाइ के'—रँगी हुई चुनरी पहनकर किसकी जान मारना चाहती हो?—चुनरी पहनकर बैठी औरतें भीतर-भीतर पसीजने लगीं।"

"आप भी चुनरी पहने थीं?"

"नहीं, मैं पियरी पहने थी। तब औरतों के पहनने के लिए दो अंगुल चौड़ी किनारी वाली सफेद जनानी धोती आती थी जिसे घर में ही रँगकर पहना जाता था। आजकल की तरह छपैली साड़ी नहीं मिलती थी। पीले रंग में रँगी धोती पियरी कहलाती थी।

"...मुझे लग रहा था कि नाचते-गाते हुए वे मुझे ही देखते जा रहे हैं। मैं भी एकटक उन्हें देख रही थी।

"उन्होंने गाया—

पियरी रँगाइउ आँखी कजरा लगाइउ
माथे बुनुकवा दइके नाऽऽ
लूटिउ बोधा कै इमनवा
माथे बुनुकवा दइके नाऽऽ

पियरी मैंने पहन ही रखा था। आँखों में काजल लगा ही रखा था। माथे पर लाल रंग की बिन्दी भी लगी थी। जाहिर है कि यह गीत खास मेरे लिए ही गाया जा रहा था। तो क्या सचमुच मैंने इनका ईमान लूट लिया? हमारी आँखें कई बार मिलीं। मैं पसीने से भीग गई।"

"भीड़ इनाम देने लगी। किसी ने एक रुपया दिया, किसी ने दो। थोड़ी ही देर में पचासों रुपये झर गए।"

"आपने क्या दिया?"

"मैं क्या देती? मेरे पास तो चवन्नी भी न थी। और होती भी तो कैसे देती? मैं पद में उस गाँव की बेटी जो ठहरी। लेकिन मन में आया कि दौड़कर जाऊँ और उनका साँवला चेहरा अँजुरी में भरकर चूम लूँ। उनके होंठों का लाल रंग मेरे होंठों में भी लग जाय।...तब मेरी उमर ही क्या थी, सोलह-सत्रह साल। लरिकाईं की बुद्धि। अगले एगहन में मेरा गौना जाने वाला था।"

"फिर?"

"फिर उन्होंने सुभद्रा-हरण का बिरहा शुरू किया। तभी पता चला कि सुभद्रा को अर्जुन ने नहीं भगाया था। वह खुद अर्जुन के साथ भागी थीं। अर्जुन के रथ के घोड़े वही हाँक रही थीं। तो क्या सुभद्रा की कथा मेरे लिए ही गाई जा रही है? क्या यही हैं मेरे अर्जुन?

"आधे घंटे के करीब दिन बाकी था जब सब भोजन के लिए उठे। नाच देखने वालों की भीड़ छितराने लगी। मैंने बगल में बैठी अपनी सखी से कहा—'जैसे भी हो, इस फरवाह से मुझे मिलाने का जतन करो। कह दो कि झुटपुटा होते ही बाग के पश्चिमी सिरे पर कुएँ के पास मुझसे मिलें।'

"सन्देश सुनकर उन्होंने पूछा—'मूँड़ कटवाने की नौबत तो नहीं आएगी?'

"मेरी सखी ने हँसकर पूछा—'क्या मूँड़ कटवाने का इससे अच्छा मौका जिन्दगी में फिर मिलेगा?'

"वे मुस्करा दिए।

"कुएँ के छूहों की आड़ में मिलकर उनके रूप को आँखों से पीते हुए मैंने

कहा—'मैं आप पर मोहित हूँ। आपके बिना नहीं जी सकती। आपके साथ भागने को तैयार हूँ।'

"वे कुछ देर खड़े सोचते रहे, फिर बोले—'अभी तो मेरे साथ कई लोग हैं। बाद में आऊँगा। कहाँ भेंट होगी?'

"मैं बुआ के घर आई हूँ। अभी तीन दिन रहूँगी। रोज सबेरे नदी की तराई में घास छीलने जाती हूँ।

"ठीक है। कल नहीं, परसों यानी बुधवार को पहर दिन चढ़े भेष बदलकर नदी के घाट पर आऊँगा। तुम वहीं मिलो।

"बुआ का गाँव एक ऊँचे टीले पर नदी के कंठ पर बसा है। आगे दस-बारह पोरसा (सत्तर-अस्सी फीट) नीचे दोनों किनारों पर तिराई और बीच में हँसिया की तरह मुड़कर बहती नदी। नदी का नाम है मझुई। बरसात में इसका पानी पूरी तिराई में फैल जाता है। जाड़े में यह अपने पेटे में सिमट आती है। घाट पर जामुन का एक पुराना छतनार पेड़ था। इसके सामने नदी कुछ उथली थी। यहीं से लोग नदी पार करते थे।

"उस दिन मैं घाट के आसपास घास छीलते हुए रह-रह कर घाट की ओर ही देखती रही। कई मुसाफिर आए-गए, लेकिन जिसका इन्तजार था वे नहीं दिखे। आएँगे कि नहीं? झूठा वादा कर गए क्या? मुझे रोना आ रहा था। मेरी सखी मुझे धीरज बँधा रही थी। काफी देर हो गई तो हम दोनों सखियाँ नदी के दह में उतरकर नहाने लगीं। थोड़ी देर में एक आदमी गाँव की ऊँचाई से नदी की ओर उतरते हुए आता दिखा। सफेद कुर्ता, पीली धोती, पीली पगड़ी। पास आने पर देखा, हाथ में पोथी, गले में माला, माथे पर लाल रोली का टीका। यह तो कोई बाभन है।

"जामुन के नीचे पहुँचकर वह इधर-उधर देखने लगा। हम लोगों पर नजर पड़ी तो गाने लगा—

ऐ गोरी अंग-अंग रस बोरी
करौ गंगा स्नान
तोहरी गोदिया मा दुइ नौरंगिया
द्‌या बभना का दान

ऐ पोर-पोर रस से भरी, गंगा-स्नान करने वाली गोरी, (स्नान के बाद ब्राह्मण को दान देने का विधान है) तुम्हारी गोद में दो नारंगियाँ हैं। उन्हें ब्राह्मण को दान कर दो।

"आवाज से पहचान गई। वही थे। आसपास किसी को न देखकर मेरी सखी ने जवाब दिया—

ऐ बाभन के छोकरे
का पढ़ि लिखि भये नदान
जाकी लागी लाख रुपैया
तेहू न किए नवान्न

ऐ ब्राह्मण के पुत्र, इतना पढ़-लिखकर भी नादान क्यों बने रह गए? ब्याह करने में जिस (पति) का लाख रुपैया खर्च हो गया, अभी तो उसने भी नवान्न नहीं किया।"

"जवाब सुनकर उनकी झिझक खत्म हुई। आगे बढ़ आए। पहचाना। मुस्कराए। फिर गाया—

चार महीना चौमस जोतै
गेहूँ बोवै किसान
पहिल बालि सुगना लै भागै
पीछे पावै किसान

चार महीना चौमासा जोतने के बाद किसान गेहूँ बोता है, लेकिन फसल पकती है तो पहली बाली काटकर सुग्गा ही ले जाता है। किसान को तो बाद में मिलता है।"

"वैसे तो देर करना ठीक नहीं था, लेकिन मेरी सखी को यह सवाल-जवाब अच्छा लग रहा था। बिना जवाब दिए कैसे जाने दे? उसने जवाब देने के लिए मुँह खोला ही था कि गाँव की ओर से एक अधेड़ औरत दोनों हाथों से लरकोरी-कथरी थामे आ पहुँची। कथरी को धोने के लिए पानी में फेंकते हुए उसने तट पर खड़े नौजवान ब्राह्मण को घूरकर देखा और गुर्राकर बोली—'का महराज, कैसे बाभन हैं? नहाती हुई बहिन-बिटिया को खड़े-खड़े घूर रहे हैं। लाज-शरम सब धोकर पी गए हैं क्या?'

"'नहीं माताराम, दूर राह चलकर आ रहे हैं। दम मारने के लिए रुक गए थे।'

"औरत अपनी कथरी को पानी में उलटते-पुलटते हुए गुर्राई—'दम मारने के लिए रुके हो कि आँख मारने के लिए? लड़कियों को गीले कपड़े बदलने हैं। भागो नहीं तो इसी पेड़ में बँधवा दूँगी।'

"ये सचमुच डर गए। तुरन्त पैर का चमरौधा निकालकर एक हाथ में पकड़ा। किताब वाले हाथ से धोती ऊपर उठाई और नदी में हिल गए। पानी घुटने से थोड़ा ऊपर था। हम दोनों के पास से गुजरते हुए सुनाकर कहा—'कल सबेरे-सबेरे फिर इसी राह लौटना है। जाएँगे नहीं तो क्या यहीं बस जाएँगे? माताराम तो ऐसे बिगड़ रही हैं जैसे हम कोई चोर-उचक्के हैं।'

"औरत बोली—'लच्छन तो चोर-उचक्कों के ही लगते हैं। सबके मुँह से लार चूती है, तुम्हारी आँखों से चू रही है।'

"फिर हम लोगों को डाँटने लगी—'तुम लोग दोपहर तक नहाती ही रहोगी? घर में कोई काम-धन्धा नहीं है? निकलो, अपने-अपने घर जाओ।'

"मुड़कर देखा। नौजवान मरी हुई चाल से आगे बढ़ रहा था। बालू में उसके पैर धँसे जा रहे थे। बहुत दुख हुआ। बहुत गुस्सा आया। बहुत रोना आया। तसल्ली थी तो यही कि कल आने को कहकर गए हैं। कल नहीं आ पाए तो? परसों तो मुझे लौट जाना है।

"दूसरे दिन मैं और मेरी सखी सूरज निकलने के पहले ही खाँची-खुरपा लेकर निकल पड़े। दूसरी घास छीलने वालियों से दूरी बनाकर, घाट से थोड़ा हटकर मेंड़ पर घास छीलने लगे। तिराई में गेहूँ-जौ की अधपकी फसल खड़ी थी। बैठ जाने पर दूर से दिखाई नहीं देता था। हम दोनों थोड़ी-थोड़ी देर बाद उझककर घाट की ओर देख लेते थे। एक घंटा से ज्यादा दिन चढ़ आया। कहाँ रह गए? जिन्दगी में फिर कभी इतनी बेचैनी नहीं हुई।

"एक आदमी नदी पार करके इस पार आया। सफेद धोती-कुरता। इधर-उधर देखने लगा। वही होंगे। मैं उतावली में उठकर मेंड़ पर खड़ी हो गई कि मेरी पियरी पर उनकी नजर पड़ जाय। पड़ गई। उन्होंने सिर खुजलाया और नदी के किनारे-किनारे हमारी ओर बढ़े।

"पास में बबूल का एक पेड़ था। हम दोनों अपनी खाँची-खुरपा लेकर उस पेड़ के नीचे आकर बैठ गए। थोड़ी देर बाद वे भी वहीं आकर सामने बैठे। चारों ओर खड़ी फसल के बीच हम छिप गए। मेरा दिल धड़-धड़ करने लगा। उछलकर बाहर न आ जाय।

"सखी ने बात शुरू की—'मेरी सखी तुम्हें दिल हार गई है। तुमसे नाता जोड़ने में माँ-बाप, भाई-बन्धु, कुल-परिवार, सबसे नाता टूट रहा है। ले जाने के पहले हमारी दुविधा दूर करिए। अपने जवाब से लाजवाब कर दीजिए तो ले जाइए। इसे तुम्हारे साथ क्यों जाना चाहिए?'

"इसलिए कि मैं इनके रूप-गुण की कदर करूँगा। यह रूप घास छीलने के

लिए नहीं बना है। बैसाख-जेठ की धूप में यह कुम्हला जाएगा।

"मेरी ओर देखकर वे दबे स्वर में गाने लगे—

लाख टका कै गोरी तोहरी सुरतिया
कुम्हिलाई जइहैं ना
लागे जेठवा कै घमवा
कुम्हिलाई जइहैं ना

"हर कोई इनकी कदर नहीं कर सकता। मैं रतन पारखी हूँ। इनकी कीमत जानता हूँ।

घमवा औ सिथिया परै न देबै देहियाँ
अरे जोगइ के राखब ना
अपनी पुतरी की छहियाँ
तोहैं जोगइ के राखब ना

मैं तुम्हारी देह पर धूप और शीत नहीं पड़ने दूँगा। तुम्हें अपनी पुतलियों की छाया में सँभालकर रखूँगा। पान के पत्ते की तरह फेरूँगा। रोज सबेरे महोबिया पान खिलाऊँगा।"

"लेकिन पान-पत्ता खिलाने का चाव कितने दिन रहेगा?

चार दिना ले राजा पनवा खिअउब्या
फिर उतारि देब्या ना
जैसे गोड़वा की पनहिया
राजा उतारि देब्या ना

चार दिन तक पान खिलाओगे फिर जैसे लोग पैर की पनही उतार देते हैं, चित से उतार दोगे, तब? शादी-ब्याह होता है तो उसमें नाई, बाभन गवाह रहते हैं। मेरी सखी की ओर से कोई गवाह नहीं है। आपके घर में इनका दर्जा क्या होगा? चेरी का कि रानी का?"

"इनका यह लाख टके का जोबन क्या चेरी बनाकर रखने लायक है? मैं इस उमड़े जोबन पर अपना धन-धरम न्योछावर कर दूँगा।"

"'लेकिन जोबन तो हमेशा एक जैसा नहीं रहेगा। आज उमड़ा है तो कल ढलक जाएगा।'

उठत जोबनवा बिकाय लखटकवा
अरे गिरे पै जोबना
माटी मोलवा ना बिकइहैं
अरे गिरे पै जोबना

उठते हुए जोबन की कीमत लाख रुपैया होती है, सही। लेकिन ढलक जाने पर तो माटी के मोल भी नहीं बिकेगा। और एक दिन ढलकेगा जरूर। मेरी सखी को तो जिन्दगी-भर साथ निभाने का वचन चाहिए। घर में और कौन-कौन है?"

"अगर डर रही हो कि मेरे घर में इनकी कोई सौत बैठी है तो ऐसा नहीं है। मेरी बियही गौना आने के साल-भर बाद ही हैजे से मर गई। घर में बाबूजी और एक छोटी बहन है। बस इन्हीं की कमी है। सब कुछ इनके हवाले कर दूँगा।

"कहने के साथ वे उठकर पास आ गए। मेरी बाँह पकड़कर उठाते हुए बोले—'अब उठो। चलकर अपना राज-पाट सँभालो।'

"मुझ पर तो पहले से ही जादू हो गया था। उठकर खड़ी हो गई। सखी ने मुझे गले से लगाते हुए कहा—'जाओ। जहाँ रहो, सुखी रहो।'

"मैंने कहा—'मेरी खाँची-खुरपा घर लेती जाना।'

"'खाँची-खुरपा ले गई तो मारी नहीं जाऊँगी? क्या बताऊँगी कि तू कहाँ गई? यहाँ की फिकर छोड़। अब मैं दो घंटे बाद ही घर जाऊँगी। तब तक तू दूर निकल जाएगी।'

"ये मेंड़ पर आगे-आगे और उनसे दूरी बनाकर चलती मैं।

"एक कोस चलने पर सड़क आई। इन्होंने झोले से निकालकर एक लाल चादर दी। चादर ओढ़कर घूँघट निकालकर मैं सड़क की ओर पीठ करके पेड़ के नीचे बैठ गई।

"थोड़ी देर में घुँघरू के बजने और घोड़े के टाप की आवाज सुनाई पड़ी। मैं खड़ी हो गई। इक्का पास आकर रुक गया। लाल कलंगी वाले ऊँचे कत्थई घोड़े ने फड़र्र फड़र्र करके नथुने साफ किए और गर्दन हिलाकर घुँघरू बजाया। समझो वही मेरी बिदाई में बजने वाला बाजा था।

"इक्के पर बैठते ही मुझे रुलाई आ गई।

"कितना सही हो रहा है, कितना गलत?

"मुझे रोता देखकर इक्केवान समझाने लगा—'एक दिन सबकी बिदाई होती है बिटिया। चुप हो जाओ।'

"घोड़े ने रफ्तार पकड़ी तो इक्केवान हवा में संटी घुमाते हुए गाने लगा—

गोरी नइहरे मा कइ दिना गुजार होये
जाना ससुरार होये ना।

" मुझे और तेज रुलाई आ गई। हिचकी ले-ले कर रोने लगी।

" फिर खयाल आया—इक्केवान मेरे सादा पैरों को देखकर क्या सोच रहा होगा? यह कैसी बिदाई है कि पैरों में आलता-महावर तक नहीं लगा है। मैंने घबराकर पियरी से पैर ढक लिये।

" घोड़े की टाप एक लय में बजती रही—

टप् टप् टप् टप्...
घुँघरू—घन घन घन घन..."

कचहरी जा रहे रघुवंश को रास्ते में रोककर माठा बाबा कहते हैं—"मेरे एक सवाल का जवाब देकर जाओ। भारत के संविधान-निर्माता का दर्जा ऊँचा माना जाएगा या भारत देश के निर्माता का?"

सवाल रघुवंश की समझ में नहीं आया।

माठा बाबा पास आ जाते हैं।

"भारत के संविधान-निर्माता कौन हैं?"

"बाबा साहब भीमराव अम्बेडकर।"

"और भारत देश के निर्माता?"

"...नहीं पता?"

"वकील बन गए हो। जानना तो चाहिए।"

"बाबा, मुझे कचेहरी पहुँचने में देर हो रही है। शहर से कुछ लाना हो तो बताइए।"

"अरे बेटा, पूरी बात तो सुनो।"

बाबा चाभी घुमाकर मोटरसाइकिल का इंजन बन्द करके कहते हैं—"जरूरी बात है। ध्यान से सुनो। चन्द्रगुप्त मौर्य का नाम सुना है? उसने छोटे-छोटे राज्यों को जीतकर जो देश बनाया वही आज का भारत है। और वह तुम्हारी जाति का

था। जंगल में भेड़ चरा रहा था, जब चाणक्य ने उसके तेज को पहचाना और साथ ले गया। चरवाहे से राजा बना दिया, सम्राट!"

रघुवंश उत्सुकता से बाबा का चेहरा देखने लगता है।

"अंग्रेज खुद चन्द्रगुप्त मौर्य को भारत राष्ट्र का निर्माता मानते हैं। दिल्ली में संसद भवन के पाँचवें गेट के सामने उसकी काँसे की मूर्ति लगी है। जानते हो उसके स्तम्भ पर अंग्रेजी में क्या लिखा है? 'सेफर्ड ब्वाय चन्द्रगुप्त मौर्य, भावी भारत की कल्पना में डूबा।' अब बताओ, इस गाँव में अम्बेडकर की मूर्ति लगनी चाहिए कि चन्द्रगुप्त मौर्य की? जाओ, सोचो।"

रघुवंश सोचते हुए जा रहा है। बाबा द्वारा दी गई जानकारी और सुझाव उसे गुदगुदा रहे हैं। पर बहुत सोचने के बाद भी वह समझ नहीं पा रहा है कि इस सुझाव के पीछे बाबा का असली मकसद क्या है?

बाबा साहब! अमर रहें!!

कल बाबा साहब को भारतरत्न देने की घोषणा हुई है। तूफानी इस खुशी में आज जुलूस निकाल रहा है। देर से ही सही, इस देश के नेताओं को बाबा साहब की याद तो आई।

जुलूस रामगंज और दुर्गापुर बाजार के बीच सड़क से गुजरेगा। सबसे आगे रंग-बिरंगी ड्रेस में बैंड बाजा वाले। उनके पीछे नाचते हुए स्त्रियों-पुरुषों का समूह। फिर झंडा-बैनर से सजी एक ट्रैक्टर ट्राली। ट्राली पर चौकी रखकर उस पर बाबा साहब के प्रतिरूप को बैठाया गया है। तूफानी ने अपने छोटे भाई को बाबा साहब की पोशाक पहनाकर बैठाया है। काला कोट, लाल टाई। एक हाथ की ऊपर तनी तर्जनी खबरदार करती हुई। दूसरे हाथ में संविधान की प्रति। कोट का रंग नीला होता तो और फबता, लेकिन काला भी चलेगा।

ट्रैक्टर के पीछे दस रिक्शे चल रहे हैं। सबमें बाबा साहब की फ्रेम में मढ़ी फोटो माला पहनाकर स्थापित की गई है—

जब तक सूरज चाँद रहेगा,
बाबा तेरा नाम रहेगा।

गैर-दलित बिरादरी से अभी केवल विद्रोही जी आए हैं। तूफानी ने उन्हें अपनी मोटरसाइकिल के पीछे बिठा लिया है। आगे-पीछे चलते हुए तूफानी जुलूस को नियंत्रित कर रहा है। रास्ते में बाजार की ओर जाते माठा बाबा मिल जाते हैं। तूफानी उनसे अपने जुलूस में शामिल होने का अनुरोध करता है।

"क्यों नहीं, क्यों नहीं। बाबा साहब अकेले तुम्हारे ही थोड़े, पूरे देश के हैं।"

दोनों लोग मिलकर बाबा को एक रिक्शे पर बिठाते हैं। बाबा रिक्शे पर बैठकर बाबा साहब की फोटो दोनों हाथों में पकड़ लेते हैं।

तूफानी ने आसपास के पाँच-छह गाँवों से ही सौ के करीब ऐसे कार्यकर्ता तैयार कर लिये हैं जो उसके एक सन्देश पर कहीं भी धरना-प्रदर्शन करने के लिए इकट्ठे हो जाते हैं। इनमें दस-बारह तो रिक्शाचालक हैं। ये खुद तो आते ही हैं, दूसरे लोगों को भी बिठाकर लाते हैं।

बाजार के बनियों को इतना सजा-धजा, नाचता-गाता जुलूस देखकर आश्चर्य होता है। आए दिन किसी-न-किसी बात को लेकर ये दलित आन्दोलित होते रहते हैं। खाने को भरपेट नहीं मिलता लेकिन जुलूस के नाम पर काम छोड़कर भाग आते हैं। और एक हमारे बाजार के लोग हैं! माले चाचा शाखा में आने के लिए बुलाते रहते हैं, लेकिन कभी भी आठ-दस लोगों से ज्यादा इकट्ठा नहीं होते।

लड़के नाचते-नाचते पसीने से सराबोर हैं। सारी देह ऐंठे डाल रहे हैं। कमर तो लगता है, रबर की है सबकी। नाचते-नाचते सड़क पर लेट जा रहे हैं। रूमाल को दाँत से पकड़कर बीन बजा रहे हैं। मुँह में उँगली डालकर सीटी बजा रहे हैं। सड़क के दोनों तरफ लोग इकट्ठे होते जा रहे हैं।

"ए बुझावन, किस बात का जुलूस निकाल रहे हो?"

"हमारे नेता को भी सरकार ने सरदार मान लिया, इसी बात का।"

कई लोग फोटो खींच रहे हैं। इसका मतलब कल अखबार में भी छपेगा।

लाले बनिया को चिन्ता है कि जुलूस में शामिल रिक्शे वाले आज का किराया नहीं देंगे। ज्यादा बोले तो रिक्शा दुकान के सामने खड़ा करके कह देंगे—अपना रिक्शा अपनी...में डाल लो। दुनिया में काम की कमी है क्या? जब से यह तूफानी वकील इन लोगों का नेता बना है, तब से ये बड़े सरकश हो गए हैं। धंधे के लिए गम खाना पड़ेगा।

लेकिन इनके साथ सबसे अच्छी बात यह है कि ये मेहनती और ईमानदार होते हैं। समय से किराया देते रहते हैं। अभी किसी ऊँची जाति के आदमी को पकड़ा दो तो हफ्ते-भर में रिक्शा बेचकर भाग जाएगा। उसके दरवाजे जाओ तो लाठी लेकर मारने दौड़ेगा। बनिया आदमी क्या कर लेंगे? लाठी तो चला नहीं सकते।

धूप तेज होने लगी है। नाचने वाले लड़कों ने पसीने से सराबोर बनियान-कमीज निकालकर फेंक दिये हैं।

"तूफानी भइया, जिन्दाबाद!"

भोला की दुकान पर दो किलो चीनी, दो लीटर दूध और चाय का पैकेट देकर उसे जुलूस में शामिल लोगों को चाय पिलाने के लिए राजी किया गया है। बड़े से देग में पानी गर्म हो रहा है।

बुझावन कहते हैं—"चाय तो भोले बाबू की एवन होती है, लेकिन कुल्हड़ बहुत छोटा है। घूँट-भर भी नहीं अमाता।"

तूफानी तो चाहता है कि जुलूस में शामिल हर आदमी को छोले-समोसे का नाश्ता भी कराए, लेकिन...

वह दिन भी कभी-न-कभी जरूर आएगा।

अम्बेडकर जयंती को चार दिन रह गए थे, जब पीएसी के एक सेक्शन जवानों को लेकर पीला ट्रक सुबह-सुबह गुर्राता हुआ गाँव में घुसा। जवानों ने मूर्ति लगाने की जगह को चारों तरफ से घेर लिया।

तूफानी ने चूल से चूल भिड़ा रखा था। थोड़ी देर में लेखपाल ने आकर जमीन की चौहद्दी चिह्नित करके खूँटा गड़वा दिया। नींव की खुदाई शुरू।

एक ट्राली पर ईंट और दूसरी पर मोरंग, सीमेंट आ गया।

लेकिन यह सब इतनी आसानी से नहीं हो गया। इसके लिए तूफानी को रात-दिन एक करना पड़ा। जिस दिन बाबा साहब को भारतरत्न दिये जाने की घोषणा हुई, उसी दिन तूफानी ने समझ लिया था कि मूर्ति-स्थापना के लिए इससे अच्छा मौका फिर नहीं आएगा। इस समय मुख्यमंत्री की कुर्सी विद्रोही जी की बिरादरी के कब्जे में है। उनके शपथ-ग्रहण समारोह में वह भी विद्रोही जी के साथ राजधानी गया था।

विद्रोही जी ने भी पूरा साथ दिया। चार-पाँच दिन मुख्यमंत्री आवास से लेकर तहसील मुख्यालय और थाने तक भागदौड़ की। यह सब उसी का नतीजा है, वरना क्या रेवेन्यू और पुलिस विभाग के कानों पर इतनी जल्दी जूँ रेंगती!

अच्छी पकड़ बना ली है विद्रोही जी ने।

उनकी लम्बी-चौड़ी काया अपना असर तुरन्त दिखाती है। गलमुच्छों वाले साँवले चौड़े चेहरे पर बड़ी-बड़ी रतनारी आँखें देखने वाले की नजर बाँध देती हैं।

आशंका के विपरीत मौके पर विरोध करने कोई नहीं आया। सब या तो अपनी-अपनी गली से झाँकते रहे या तमाशबीन बनकर आए। विद्रोही जी सुबह से दोपहर तक मौके पर हाजिर रहे। ईंट की जुड़ाई शुरू हो गई तब दाना-पानी करने गए। पूजा-पाठ करने के बाद माठा बाबा भी चक्कर लगाने आए। बोले, "एक संक्षिप्त ही सही, पूजा होनी चाहिए। शुभ कार्य हो रहा है।"

विद्रोही जी की तो पूरी कोशिश थी कि मूर्ति का अनावरण मुख्यमंत्री जी के कर कमलों से हो, लेकिन कार्यक्रम ही नहीं मिल पाया। चौदह अप्रैल को राजधानी में ही उनके कई कार्यक्रम लगे थे। तब विधायक जी को राजी किया गया।

पत्थर पर अनावरणकर्ता के नाम को छोड़कर सब कुछ पहले से ही खुदवा लिया गया था। पथरकट ने आकर मौके पर ही विधायक जी के नाम की खुदाई कर दी और अनावरण होते-होते पत्थर जड़ भी दिया गया।

अनावरण के समय तक आधा गाँव उमड़ आया। तूफानी ने बाउंड्री वॉल की रेलिंग तक को गेंदे के फूलों की लड़ियों से सजा दिया।

माठा बाबा ने तूफानी से कहा था कि कार्यक्रम की शुरुआत मंगलाचरण के श्लोक पढ़कर और मूर्ति पर अक्षत फेंककर वे खुद करेंगे, लेकिन विधायक जी पहले ही, बिना जूता उतारे माला लेकर आगे बढ़ गए। यह तो शुभ नहीं हुआ।

दहबंगा को तूफानी का और विद्रोही बहू को विद्रोही जी का भाषण सबसे अच्छा लगा। विधायक जी को ऐन मौके पर अपनी पुर्जी ढूँढ़े नहीं मिली। जाने किस जेब में रख दिया था। उसी में भाषण के प्वाइंट नोट करके लाए थे। इसलिए बहुत संक्षिप्त और अटक-अटक कर बोले और उदास हो गए। किसी क्लास में अम्बेडकर के बारे में कभी पढ़ाया ही नहीं गया तो उनकी क्या गलती?

तूफानी ने भाषण के साथ-साथ सूचना दी कि शाम को बाबा साहब के जीवन पर आधारित नाटक का मंचन होगा। सभी से अनुरोध है कि...

फिर मुट्‌ठी हवा में तानकर नारा लगाया—

जब तक सूरज चाँद रहेगा,
बाबा तेरा नाम रहेगा।

उत्पाती तत्त्व मूर्ति को नुकसान न पहुँचाएँ इसलिए कुछ दिनों के लिए दो सिपाहियों की ड्यूटी लगा दी गई।

दलित टोले के खड़ंजे का काम शुरू हो गया।

पता नहीं कब इस टोले तक कच्ची पगडंडी बनी थी। इसका जो हिस्सा तालाब के किनारे-किनारे जाता है, वहाँ की दो-चार अंगुल मिट्टी हर बरसात में कटकर ताल में समाती रही। नतीजा यह हुआ कि कुछ दूरी तक तो दो-ढाई फीट गहरी कटान हो गई है। इसमें मिट्टी की भराई-कुटाई होगी, तब खड़ंजा लग पाएगा। बरसात के पहले-पहले यह काम हो जाना है। विद्रोही जी ने टोले के लोगों को आश्वस्त किया है—"अब कीचड़-काँदों में घुसकर आने-जाने से फुरसत समझो। इस बरसात में साइकिल पर बैठे-बैठे टोले में घुसोगे।"

खेती-किसानी का काम करने वाले मजदूर फावड़ेबाजी नहीं कर सकते। धूप में दस मिनट फावड़ा चला लें तो छाँह खोजने लगते हैं। मिट्टी का काम इन अधेड़ों और औरतों के वश का नहीं है। नौजवान चाहिए।

लेकिन दूसरे टोले के जवान दलित टोले के खड़ंजे पर काम करने के लिए तैयार नहीं। अपमान लगता है। दलित टोले के पाँच-छह नौजवान 'मटिहा' गैंग में काम करते हैं। मटिहा गैंग मिट्टी काटने के काम में माहिर होता है। टीले काटना, गड्ढे पाटना, तालाब की खुदाई करना। जेठ-बैशाख की कड़ी धूप भी इन्हें विचलित नहीं कर पाती। लाल चींटों की तरह काम में जुट गए तो जल्दी साँस नहीं लेते। ये लड़के मटिहा गैंग के अपने साथियों को लेकर आ गए हैं। इनको देखकर काम भागता है।

ईंट बैठाने के पहले गगरी-गगरी पानी डालकर और दुरमुट से कुटाई करके मिट्टी बैठाई गई ताकि एक ही बरसात में ताल के पेट में न चली जाए।

लेकिन शिकायत हो गई।

शिकायत हो गई कि फर्जी मस्टररोल भरकर सरकारी धन का गबन कर लिया गया। अमानत में खयानत।

जाँच का आदेश हो गया। एक नायब तहसीलदार और एक इंजीनियर की टीम जाँच करने आई। टीम ने पाया कि जिन मजदूरों का नाम दर्ज किया गया है उनमें से पाँच-छह मजदूर ही इस गाँव के निवासी हैं। बाकी दूसरे गाँव के हैं।

"फर्जी नाम क्यों लिखा?"

"फर्जी नहीं है साहेब। एक भी नाम फर्जी नहीं है। मैं आपके सामने उनकी परेड करा देता हूँ।"

सचमुच परेड करा दी विद्रोही जी ने।

"लेकिन ये सब तो बगल के गाँव के हैं। आपको पता नहीं है कि जवाहर रोजगार योजना में गाँव के मजदूरों से ही काम कराने की शर्त है।"

"मालूम तो बाद में मुझे भी हो गया था साहब, लेकिन इसमें दो पेंच फँस गए। एक तो दलित टोले के लिए बन रहे खड़ंजे में काम करने को गाँव के गैर-दलित मजदूर तैयार नहीं थे। दूसरे यह भी शर्त थी कि एक मजदूर प्रतिदिन 100 घन फीट मिट्टी जरूर खोदकर फेंकेगा। इतनी मिट्टी खोद पाना हर आदमी के वश का नहीं है। बहुत मेहनती और जवान आदमी ही कर सकता है। इसलिए मिट्टी खोदने में एक्सपर्ट मजदूरों को लगाया गया। तब भी डेढ़-दो हजार रुपये अपनी जेब से खर्च हो गए।"

"अपनी जेब से क्यों?"

"साहब, काम अधूरा छूट जाता तब भी तो ठीक नहीं था। चाय-पानी कराना पड़ा। सुर्ती, सुपाड़ी खिलानी पड़ी। अपना काम समझकर कराया।"

"यही तो गलत किए। सरकारी धन और अपने धन को एक समझ लिया।"

"तो गलत क्या किया, साहब? न तो एक भी मजदूर ज्यादा दिखाया गया। न किसी को कम मजदूरी दी गई, न मौके पर काम कम हुआ। आप खुद नाप कर देख लें।"

"नाप लेंगे। लेकिन काम की शर्तों का उल्लंघन तो कर दिया।"

"साहब, ऐसी शर्त लगानी ही नहीं चाहिए जो सम्भव न हो। गाँव के लोगों से काम कराने की शर्त तो ठीक है बशर्ते कि गाँव में इसके लिए मजदूर मिलें। लेकिन 100 घन फीट मिट्टी खोद डालने की शर्त? जरूर यह शर्त किसी ऐसे अफसर ने रखी होगी जिसने अपनी जिन्दगी में कभी एक घंटे भी मिट्टी नहीं खोदी होगी।"

"लेकिन इन्हीं शर्तों पर दूसरे गाँव के लोग कैसे काम करवा रहे हैं?"

"वे या तो मजदूरों की संख्या बढ़ाकर दिखाते होंगे या काम क़म कराते होंगे।"

"तो आपको ऐसा करने से किसने रोका था?"

"हम ऐसा करते तो जे.ई. को खुश करना पड़ता। हम यह काम नहीं करना चाहते थे।"

दोनों जाँच अधिकारी जोर से हँसे। कुछ देर हँसते रहे। हँसते हुए ही बोले—"क्यों नहीं खुश करना चाहते थे? दूसरे की खुशी नहीं देख सकते? दूसरे को खुश करना बुरी बात है?"

आज बाजार का दिन है। सड़क की दोनों पटरियों पर दुकानें लग गई हैं। भीड़-भाड़ है। एक सिरे से एक खुली जीप धीरे-धीरे आगे बढ़ रही है। जीप में आठ-दस युवा बैठे हैं। एक लड़का हाथ में माइक पकड़कर चीख रहा है—

राजा नहीं है, रंक है,
देश का कलंक है।

जीप के दोनों तरफ बैनर बँधा है जिस पर आरक्षण-विरोधी नारे लिखे हैं।

जीप के आगे-आगे आठ दस गधों का झुंड दुलकी चाल से दौड़ रहा है। गधों की पीठ के दोनों तरफ भी कपड़े का बैनर लटक रहा है जिन पर गाढ़ी नीली स्याही से एक-एक नारा लिखा है—

मैं गद्दार हूँ—वीपी सिंह
मैं मानसिंह की औलाद हूँ—प्रधानमंत्री
मैं जयचंद का वंशज हूँ—राजा माँडा

तीन गधों के बैनर पर पिछड़े वर्ग के तीन प्रसिद्ध नेताओं के अलग-अलग चित्र बने हैं और नीचे लिखा है—मंडल का गधा।

जीप के पीछे पन्द्रह-बीस मोटरसाइकिलें चल रही हैं। उनमें डंडों से बँधी तख्तियों पर भी प्रधानमंत्री वी.पी. सिंह और आरक्षण के विरुद्ध नारे लिखे हैं।

नारेबाजी जारी है—

मंडल कमीशन : हाय हाय!
वी.पी. सिंह : गद्दी छोड़ो!

अब तक सबको पता चल गया है कि प्रधानमंत्री वी.पी. सिंह ने सवर्णों और पिछड़ों के बीच सरकारी नौकरी का बँटवारा कर दिया है जिससे सवर्ण लड़के क्रोधित हैं। अखबारों में छपी खबरें बताती हैं कि दिल्ली और दूसरे बड़े शहरों में वे आगजनी और तोड़-फोड़ कर रहे हैं। दो लड़कों ने अपने शरीर में आग लगा ली है।

दुकानदार नारा लगाते इन लड़कों को पहचानते हैं। साल-भर पहले यही लड़के नारा लगा रहे थे—

राजा नहीं फकीर है,
देश की तकदीर है।

सब आसपास के गाँव के हैं। अक्सर झगड़ा करते हैं। सामान खरीद लेते हैं, पैसा नहीं देते।

आज भी कुछ-न-कुछ उपद्रव जरूर करेंगे। धीरे-धीरे वे अपनी दुकानें बन्द करने लगे हैं।

बाजार के दूसरे सिरे तक जाकर जुलूस फिर लौटता है। सबसे पहले गधों को हाँकने वाला लड़का आगे से उन्हें दोबकर लौटाता है, उसके पीछे जीप और मोटरसाइकिलें।

डेढ़-दो घंटे नारेबाजी चलती है। हवा में उमस है। क्वार की धूप तेज है। लड़कों का गला सूख गया है। वे एक हलवाई की दुकान के सामने रुकते हैं। कोई लस्सी का ऑर्डर दे रहा है, कोई दूध का, कोई कोल्ड ड्रिंक का। एक दाढ़ी वाला लड़का लड्डू की ट्रे उठाकर अपने पीछे खड़े लड़कों की ओर बढ़ा देता है।

दुकानदार हा-हा करके रोकने की कोशिश करता है, फिर शटर गिराने लगता है। लूट मच जाती है।

पुलिस की जीप का साइरन सुनाई पड़ता है। फिर ऐलान—"दफा 144 लागू हो गई है। उल्लंघन करने वालों के विरुद्ध कठोर कार्रवाई..."

जीप दुकान के सामने धीमी होती है, पर रुकती नहीं। सब भाग रहे हैं। कुत्ते हलवाई की बन्द दुकान के बाहर बिखरी मिठाइयाँ चाभ रहे हैं। आगे तक जाकर, जब तक जीप वापस आती है, सड़क खाली हो चुकी है। सिर्फ गधों का झुंड पीठ पर बैनर सँभाले, सिर झुकाए एक किनारे शान्त खड़ा है।

दो होमगार्ड उनकी पीठ पर टँगे बैनर उतारते हैं और जीप आगे बढ़ जाती है।

विद्रोही जी गिरफ्तार हो गए।

रात भनक मिली कि उनके प्रधान पद के सारे वित्तीय और प्रशासनिक अधिकार जब्त कर लिये गए हैं। सारी रात करवट बदलते रहे। नींद नहीं आई। कहाँ जाएँ? क्या करें?

विधायक जी के पास जाने का इरादा उन्होंने बदल दिया। विधायक जी उन्हें बहादुर और निडर आदमी मानते हैं। घबराया हुआ चेहरा देखकर क्या सोचेंगे? अच्छा यह रहेगा कि पहले खबर की सत्यता की जाँच कर लें।

अभी उन्हें मन के भावों को छिपाने में महारत नहीं हासिल हो पाई। पत्नी सबेरे चेहरा देखकर पीछे पड़ गई—"बताइए, क्या छिपा रहे हैं?"

"कुछ नहीं, भाई।" उन्होंने दृढ़ता से कहा।

कहाँ से पता करना ठीक रहेगा? ब्लॉक से या ए.डी.एम. प्लानिंग के दफ्तर से? आगा-पीछा सोचते-सोचते चौराहे पर पहुँचकर उन्होंने साइकिल ब्लॉक ऑफिस के रास्ते पर मोड़ दी। जरूरत हुई तो उधर से ही विधायक जी के गाँव जा सकते हैं।

थाने के गेट के सामने से गुजर रहे थे तो वहाँ खड़े सिपाही ने हाथ हिलाकर उन्हें रुकने का इशारा किया और आगे बढ़कर साइकिल के हैंडिल पर हाथ रख दिया—"इंचार्ज साहब बुला रहे हैं।"

विद्रोही जी को आश्चर्य हुआ—"उनको कैसे पता चला, मैं आ रहा हूँ?"

सिपाही मुस्कराया—"पता नहीं रहेगा तो इंचार्ज कितने दिन रह पाएँगे?"

थाना इंचार्ज दबंग हैं। विधायक जी के खास बनते हैं। जानते हैं कि विधायक जी से मेरा भी हेलमेल है। इसलिए हँसकर प्रेम से मिलते हैं। प्रेम से तो आज भी मिले। सामने की कुर्सी पर बैठाया। हाल-चाल पूछा, लेकिन विद्रोही जी बेचैन थे। जाने की इजाजत माँगी तो बोले—"रुकिए। आपके खिलाफ रिपोर्ट दर्ज हुई है—सरकारी धन के गबन की। आपको अरेस्ट करना मजबूरी हो गई है।"

विद्रोही जी को पसीना छूटने लगा। लेकिन उनको भी दुनिया कम दबंग नहीं मानती।

"आप, और मजबूरी! अच्छा मजाक कर रहे हैं। जब चाहिएगा, अरेस्ट कर लीजिएगा। हम कहीं भागे जा रहे हैं। अभी बहुत जरूरी काम से जा रहे हैं। जब कहिएगा, हाजिर हो जाएँगे।"

विद्रोही जी खड़े हो गए।

"नहीं-नहीं, भागने की कोशिश मत करिए। अब आप कस्टडी में हैं। यहीं आराम से बैठिए। हवालात में नहीं डाल रहा हूँ। घंटे-भर में चालान कर देता हूँ। शाम तक जमानत करवा लीजिएगा। मैं चाय भेजवाता हूँ।"

इंचार्ज अपने क्वार्टर की ओर चले गए।

भागकर तो मैं अभी भी निकल सकता हूँ। थाने की छह फीट ऊँची बाउंड्री को कूदना कौन मुश्किल है! इंचार्ज साहब दौड़ाकर पकड़ लें तो जानूँ। लेकिन...

वही सिपाही चाय लेकर आ गया जिसने गेट पर रोका था। बोले—"फँसा दिया न! तनिक भी इशारा अगर कर देते...सारी जान-पहचान दुआ-सलाम गई तेल लेने...चालान कर रहे हैं! इसीलिए कहते हैं, पुलिस की दोस्ती अच्छी न दुश्मनी। कूकुर काटे तो भी खतरा, चाटे तो भी खतरा।"

"ऐसा नहीं है, परधान जी। कहाँ पुलिस, कहाँ कूकुर। और चालान करना जरूरी थोड़े है। निजी मुचलका लेकर छोड़ सकते हैं। आप कोई चोर-बदमाश हैं कि फरार हो जाएँगे। रसूखदार आदमी हैं।"

"ओ! अच्छा प्वाइंट बताया। ये तो खुद ही छोड़ सकते हैं।"

"बिलकुल। लेकिन थोड़ा जोर लगाकर कहना पड़ेगा। ये आनाकानी करेंगे लेकिन आपको डटे रहना होगा। छत्रधारी के बेटे भी तो दारोगा हैं। पिछली बार छुट्टी आए थे तो इंचार्ज साहब से मिलने आए थे। और सबसे बड़ा कनेक्शन तो जाति-बिरादरी का होता है। अभी आपकी बिरादरी का कोई इंचार्ज होता तो आपको कुछ कहने की जरूरत पड़ती? इतने सटहे केस में चालान होता?"

"अच्छा, एक काम करिए। कहीं से विधायक जी को फोन करके सारी बात बताइए और कहिए कि जितनी जल्दी हो सके, थाने पर आ जायँ।"

"रखा तो है मेज पर फोन। खुद मिला लीजिए। आइए।"

फोन के छेद को घुमाती उँगली काँप रही थी। तीन बार पूरी घंटी गई। चौथी बार में उठा। खुद विधायक जी ने उठाया था। विद्रोही जी ने जल्दी-जल्दी सारी बात बताई।

"आ जाइए, नहीं तो यह जेल भेजकर मानेगा।"

"इंचार्ज से मेरी बात कराइए।"

"अभी क्वार्टर पर गया है।"

"आए तो कहिए, बात करे।"

इंचार्ज लौटे तो विद्रोही जी ने विधायक जी का सन्देश दिया। इंचार्ज फोन मिलाने लगे, "डायल टोन ही गायब है।"

"कोई बात नहीं। आ ही रहे होंगे। मेरा कहना यह है कि मैं कोई चोर-बदमाश तो हूँ नहीं! जनता का प्रतिनिधि हूँ। इज्जतदार हूँ। मुझे जेल भेजकर आपको क्या मिलेगा? मेरी इज्जत जरूर चली जाएगी। आप खुद निजी मुचलका लेकर छोड़ सकते हैं। कहिए तो मेडिकल सर्टीफिकेट बनवा लाऊँ।"

"इतना आसान नहीं है। इसमें अपोजिट पार्टी स्टेट है। ऊपर से मानीटरिंग हो रही है।"

"उससे क्या! आप मौके के हाकिम हैं। आपको पावर है।"

"पावर तो है लेकिन मेरे हाथ बँधे हैं।"

विद्रोही जी का स्वर ऊँचा हो गया—"किसने बाँध दिये आपके हाथ? आपके जातिभाई ने कि उसके दारोगा बेटे ने?"

इंचार्ज की आँखों में लाल डोरे उभर आए। उन्होंने मुंशी को आवाज लगाई—"क्या महाभारत लिख रहे हो? मुझे जाने नहीं दोगे?"

विद्रोही जी उनकी आँखों में आँखें डालकर बोले—"क्या समझते हैं कि जहाँ भेज रहे हैं वहाँ से लौटकर नहीं आ पाऊँगा? लेकिन आप जाएँगे तो पक्का है कि नहीं लौट पाएँगे।"

"मुझे जातिवादी बता रहे हो और खुद जातिभाई के बल पर धमका रहे हो? पहले जहाँ मैं भेज रहा हूँ, वहाँ जाओ। लौटना तो मुझे भेजना।"

मुंशी ने रवानगी के कागजों पर दस्तखत कराए और विद्रोही जी के पहले इंचार्ज साहब की मोटरसाइकिल थाने के बाहर निकली। दो सिपाही विद्रोही जी को लेकर कचहरी रवाना हुए। इनमें वह सिपाही भी था जिसने उन्हें निजी मुचलके का रास्ता बताया था।

उसने फिर रास्ता बताया—"चाय वाले सेठ के पास एक जीप है। दो सौ रुपया लेगा। आप लोगों की नजर में आने से भी बच जाएँगे और जल्दी पहुँच भी जाएँगे। कुछ खा-पी लेंगे। चाहें तो किसी से मिल भी लेंगे। ठीक समझें तो उससे बात कर लें।"

"ठीक है। घर से बेटे को भी ले लेंगे।"

जीप पर बैठ ही रहे थे कि साइरन बजाते हुए विधायक जी भी आ गए। पूरी बात सुनकर बोले—"नमकहराम। इंचार्ज़ी लेनी थी तो कितने दिन पीछे-पीछे घूमा था!"

रास्ते में विद्रोही जी ने सिपाही से निराश स्वर में पूछा—"आखिर इंचार्ज साहब इतनी तेजी से गए कहाँ?"

"कहाँ गए यह तो नहीं बता सकता, लेकिन क्यों गए यह बता सकता हूँ।"

विद्रोही जी ने उसके मुँह की ओर ताका।

"इसलिए कि विधायक जी का सामना न करना पड़े।"

"और फोन का डायल टोन कैसे चला गया?"

"थाने के फोन का डायल टोन भी इंचार्ज के इशारे पर आता-जाता है।"

सीजेएम कोर्ट से तो जमानत की अर्जी खारिज ही होनी थी। सेसन कोर्ट में कल दरखास्त लगेगी।

जेल फाटक की साढ़े चार फीट ऊँची खिड़की में विद्रोही जी ने सिर झुकाकर

प्रवेश किया तो लगता है, इसकी खबर सबसे पहले छत्रधारी को ही लगी। अभी अँधेरा नहीं उतरा था, जब छत्रधारी के दुआर पर गोले दगने शुरू हुए। अगली सुबह विद्रोही बहू ने देखा कि उनके दुआर पर कोई सूअर के लेंड़ से भरी गगरी पटककर फोड़ गया था।

नेल्सन मंडेला कौन जाति हैं

विश्व हिन्दू परिषद के कुछ लोग हफ्ते-भर पहले आए थे। दिन-भर गाँव में घूम-घूम कर अयोध्या चलने के लिए प्रेरित कर गए। उनके द्वारा दिए गए नारे बच्चों की जबान पर चढ़ गए हैं—

बच्चा-बच्चा राम का।
जन्मभूमि के काम का॥

और

रामलला हम आएँगे।
मन्दिर वहीं बनाएँगे॥

पचीस-तीस साल पहले तक गाँव से तीर्थयात्रियों का मेला हर साल अयोध्या पहुँचता था। औरतें भी, बच्चे भी। तीर्थयात्रा के पुण्य के साथ-साथ औरतों को श्रृंगार-पटार और रसोई के काम की चीजें मिल जाती थीं। शीशा, कंघी, चोटी, चौका, बेलन, तावा, चिमटा, कड़ाही, कठौता। भक्तों को रेहल, रुद्राक्ष, सुमिरनी, कंठी, चंदन, शंख, मुर्दा शंख। पढ़ने के लिए रामायण-महाभारत, प्रेमसागर, सुखसागर, ब्रह्मानन्द भजनमाला, लावनी मनमोहनी, देवताओं की आरतियाँ, हनुमान चालीसा। नौजवानों के लिए ढोल-मजीरा, हारमोनियम, बाँसुरी, आल्हा, नौटंकी, फाग और बिरहा की किताबें। कोई-कोई सबकी नजर बचाकर पीली पन्नी में लिपटी गुप्त किताबें भी खरीदते। सबसे ज्यादा माँग रहती 'जो चाहोगे वही मिलेगा' की गारंटी देने वाली चमत्कारिक तांत्रिक अँगूठी की। इसमें गारंटी रहती थी कि माशूका सात समुन्दर लाँघकर, सात ताले तोड़कर आ मिलेगी। माठा बाबा ने एक बार मनीराम और अलगू को ऐसे सुरमे के बारे में बताया था, जिसे आँख में आँज लीजिए तो कपड़े के नीचे भी सब कुछ साफ-साफ दिखाई पड़ता है। बाबा ने बताया था कि उस सुरमे का जिक्र बाबा तुलसीदास

ने रामायण में 'सुअंजन' के नाम से किया है, जिसका उपयोग 'साधक सिद्ध सुजान' लोग करते रहे हैं।

दोनों लोग उस सुरमे की तलाश में कई बार अयोध्या गए। कई दिन खोजा। मिला भी, लेकिन असली नहीं मिला। उससे कोई काम नहीं बना। बाबा ने सांत्वना दी—"मिलावट ने ही तो दुनिया को बर्बाद किया है।"

तब खरीफ में उँचास की जमीन पर थोड़ा-बहुत ज्वार-बाजारा होता था, लेकिन मुख्य फसल धान की ही होती थी जो क्वार के अन्त तक या कार्तिक में कटती थी।

चारकोसी परिक्रमा के समय गाँव में कोई काम नहीं रहता था। गाँव के दमड़ी सेठ ने सन् 1940 के आसपास अयोध्या में दो मंजिल की धर्मशाला बनवा दी थी। गाँव के लोग जाते तो स्नान करने और मेला घूमने के बाद उसी में रात्रि-विश्राम करते। सबेरे हनुमान गढ़ी का दर्शन करके वापस लौटते थे।

अब धान और बाजरे की खेती करके तो गुजारा होने वाला नहीं है। ज्वार-बाजरा गाँव से पूरी तरह गायब हो गया। प्लास्टिक आने के बाद सनई भी बोने की जरूरत नहीं रही। अब सितम्बर की शुरुआत में ही गोभी लगाई जाती है। अक्टूबर में आलू बोने की मारामारी रहती है। गोभी की निराई-गुड़ाई के लिए मजदूर पूरे नहीं पड़ते। किसको फुरसत है अयोध्या जाने की!

पहले कहा जाता था—'तेरह कातिक तीन अषाढ़' यानी किसान के लिए कार्तिक महीने के तेरह दिन और आषाढ़ महीने के तीन दिन सर्वाधिक व्यस्तता के होते हैं। अब वह बात नहीं रही। अब करना चाहें तो बारहों मास काम है।

पिछड़ी जाति के लोगों का मानना है कि मुख्यमंत्री की कुर्सी पर पिछड़ी जाति के एक आदमी को बैठा देखकर ऊँची जाति के लोगों की छाती फट रही है। मंडल आयोग की रिपोर्ट लागू करके प्रधानमंत्री अपने ही लोगों की नजर में गद्दार बन गए हैं। अब इनका कुर्सी पर रहना उन लोगों को फूटी आँख नहीं सुहा रहा है तो उत्पात मचा रहे हैं। ये लोग हमेशा धर्म की आड़ में अधर्म करते आए हैं। फिर करेंगे। उसी के उस्ताद हैं। इनको और आता क्या है!

तूफानी अपने लोगों को समझा लेता है—"हमें मन्दिर से क्या काम। मन्दिर हमें रोटी देगा क्या?"

लेकिन गाँव के रिश्ते में तूफानी के बाबा लगनेवाले फेरई दास जाना चाहते हैं। इस बार मन्दिर की नींव पड़नी है। चाहते हैं कि उनके हाथ से भी एक मुट्ठी बालू नींव में पड़ जाए।

फेरई दास ने साल-भर पहले ही कंठी ली है और मांस-मछली खाना छोड़

दिया है। इस साल एक बालक को अपना चेला भी मूँड़ा है। उसी को साथ लेकर जा रहे हैं।

"चलो, कारसेवा करने चलो।"

"कारसेवा का मतलब क्या हुआ?"

"कार माने काम और सेवा माने सेवा। दिन-भर मन्दिर के निर्माण में काम करिए और रात में संतों की सेवा करिए। संतन को भोग लगै भक्त करैं सेवा।"

मनोकामना तो उनकी भी है कि अयोध्या में रहने के लिए एक अखाड़े का इन्तजाम हो जाए। वे भोग लगाएँ और उनके भक्त सेवा करें। लेकिन दलित साधुओं को वहाँ के महंत टिकने नहीं देते। बड़े चाईं होते हैं। सात पुश्त की जनमपत्री बाँच लेते हैं।

फेरई गुरु-चेला निकले तो रास्ते में अनारा का बूढ़ा तबलची अलबेला मिल गया। उसने बताया, "परिक्रमा पर तो सरकार ने रोक लगा दी है। रास्ते में पुलिस लगी है। अयोध्या जाने से मना कर रही है। सबको मार-मार कर भगा रही है।"

फेरई दास दाढ़ी के बाल खुजलाते हुए कुछ देर तक सोचते रहे फिर बोले—"जो होगा, देखा जाएगा।"

अलबेला भी साथ हो लिया।

कारसेवकों के गुम्बद पर चढ़ने और पुलिस द्वारा लाठी-गोली चलाने की खबर अखबारों में पढ़-पढ़कर तूफानी चिन्तित होता रहा। कुछ भी हो, फेरई दास रिश्ते में उसके बाबा लगेंगे। जब तक सुरक्षित लौट न आवैं, चिन्ता तो होगी ही।

लेकिन दस दिन बाद लौटा भी तो अकेले फेरई दास का चेला मतोले। उसने बताया कि पुलिस को चकमा देकर खेत-बाग से होते हुए वे लोग अयोध्या पहुँच गए थे। तीस तारीख को इतनी भीड़ हो गई थी कि अपनी जगह से हिलना मुश्किल। तभी लाठीचार्ज हो गया और भगदड़ मच गई। गुरुजी का हाथ छूट गया। तब से अब तक उन्हें खोज ही रहा था। भीड़ छँटी तो 'खोया-पाया' के तम्बू में दोनों लोगों का नाम लिखाकर पुकार कराई, लेकिन कुछ पता नहीं चला।

महीने-भर बाद जब शहीद हुए कारसेवकों के अस्थिकलश गाँव-गाँव घुमाये जाने लगे तो इस गाँव में भी आए। लोगों ने पढ़ा एक अस्थिकलश पर फेरई उर्फ रामफेर, ग्राम बनकट का भी नाम था। शोर मच गया। पूरे टोले के लोग उस अस्थिकलश पर फूल चढ़ाने के लिए उमड़ पड़े। माठा बाबा ने कहा—"धन्य हैं फेरई दास, जिन्होंने इस गाँव का नाम भी 'श्रीराम' के रजिस्टर में शहीदी गाँव के रूप में दर्ज करा दिया।"

अब प्रश्न उठा कि उनका क्रिया-कर्म किस रीति से किया जाए? कंठी ले

चुके थे इसलिए साधुओं के तौर-तरीके से या गृहस्थ के? चूँकि अभी गृहत्यागी नहीं हुए थे इसलिए गृहस्थी के नियम से चलना ही ठीक माना गया। मृत्यु का पता आज चला तो आज के तेरहवें दिन तेरही होनी चाहिए।

लेकिन फेरई दास तीसरे दिन ही साँझ के धुँधलके में प्रकट हो गए। खाली हाथ। तुमड़ी, चिमटा कहाँ गया? उन्होंने बताया कि भगदड़ हुई तो वे भीड़ के नीचे दबकर बेहोश हो गए थे। होश आया तो अस्पताल में थे। आठ दिन बाद अस्पताल से छूटे तो हनुमान गढ़ी से लेकर सरजू के घाट तक कई दिन तक मतोले और अलबेला को खोजते रहे।

"दो दिन पिछड़ गए, बाबा।" किसी लड़के ने कूट किया—"नहीं तो अपने अस्थिकलश पर खुद भी फूल चढ़ाकर पुन्नि कमाते।"

"लेकिन तेरही का खर्च बचा लिया।" दूसरा बोला।

विद्रोही जी कचहरी से जेल के लिए रवाना हुए तभी उन्हें आभास हो गया था कि इस बार उनकी दीवाली जेल में ही बीतेगी। सी.जे.एम. कोर्ट से जमानत की अर्जी खारिज हो गई। सेशन कोर्ट से भी खारिज ही होनी है। 419, 420, 467 और 468 जैसी गैरजमानती दफा लगी हों तो अक्सर यही होता है। दो दिन बाद ही दीवाली है। इसके बाद गोवर्धन पूजा और भाईदूज की छुट्टियाँ। उसके बाद ही हाईकोर्ट में सुनवाई हो पाएगी।

कोई बात नहीं। रास्ते-भर वे अपने मन को मजबूत करते रहे—'जेल भी तो मर्दों के लिए ही बनी है।'

लेकिन जेल के अन्दर घुसते ही उनकी खोपड़ी भाँय-भाँय करने लगी। उसके बाद कब उनकी आमद दर्ज हुई, कब थाली-कटोरी-गिलास मिला, कंबल मिला, क्या खाया, क्या पिया—कुछ याद नहीं। जैसे सब कुछ सपने में खुद-ब-खुद होता चला गया। सारी रात आँखों में कट गई। पूरी तरह होश में आने में चौबीस घंटे लग गए। और होश में भी कैसे आए? सिर झुकाए बैठे थे तो किसी ने पीछे से कन्धे पर हाथ रखते हुए पूछा—"रामबोध भाई हैं क्या?" विद्रोही जी ने सिर उठाकर देखा, 'पक्के' की पीली वर्दी में छोटी-छोटी पकी दाढ़ी-मूँछ वाला चेहरा, इकहरा शरीर, चमकती आँखें।

"नहीं पहचाने?" पूछने के साथ वक्त की मार खाया हुआ चेहरा मुस्कराया तो विद्रोही जी की आँखों में चमक आ गई।

"अरे, माजिद भाई!"

विद्रोही जी उठकर माजिद के गले लग गए।

जूनियर हाई स्कूल में माजिद उनसे एक दर्जा आगे थे।

"आप यहाँ कैसे?"

माजिद ने बताया कि वे अपने दामाद का कत्ल करके जेल आए हैं। गोली मारनी पड़ी, इसलिए कि बदचलन हो गया था। ससुराल आता तो खानदान की बहू-बेटियों से गलत हरकत करता। कई बार समझाया। अल्टीमेटम दिया कि सुधर जाओ वरना गोली मार दूँगा; पर नहीं सुधरा। एक बार ऐसी ही गलत हरकत करने पर पीछा करते हुए उसके गाँव तक गया और गोली मार दी। उसके गाँव के लोगों ने कहा—"गलती की माफी माँग लो तो हम लोग गवाही नहीं देंगे। छूट जाओगे।"

मैंने कहा—"माफी नहीं माँगूगा। सजा भुगत लूँगा।"

बाप रे! ऐसे दिलेर लोग भी हैं दुनिया में!

सुबह-सुबह अखबार मिल जाए तो विद्रोही जी को और कुछ नहीं चाहिए। कैदियों तक अखबार एक दिन बाद पहुँचता है। दीवाली की शान्त सुबह में वे एक दिन पुराना अखबार बैरक के बाहर बने चबूतरे पर फैलाकर पढ़ने बैठे हैं। उनकी आदत हर खबर को आदि से अन्त तक पढ़ने की है। एक ही बात से उन्हें उलझन होती है। आधी खबर पहले पन्ने पर छापकर कहते हैं कि बाकी पढ़ने के लिए फलाने पेज पर जाओ। उनकी दूसरी आदत अखबार को बोलकर पढ़ने की है। मन-ही-मन पढ़ने से पूरी तसल्ली नहीं होती। बोलकर पढ़ते हैं तो दूसरे कैदी भी सुनने आ जाते हैं।

'नेल्सन मंडेला को भारतरत्न सम्मान'—एक बड़े फोटो के साथ पहले पेज पर प्रमुखता से खबर छपी है। फोटो में एक दरमियाने कद का बूढ़ा, राष्ट्रपति से मेडल प्राप्त कर रहा है।

विद्रोही जी आगे पढ़कर बताते हैं—"यह अपने देश का सबसे बड़ा सम्मान है जो पहली बार गैर-देश के किसी आदमी को दिया गया है।"

"ऐसा क्या किया इन्होंने?"

"इन्होंने अपने देश से गोरों का आतंक खत्म कराया। इसके लिए सत्ताईस-अट्ठाईस साल जेल काटी।"

"ओ! फोटो में बहुत बूढ़े और कमजोर लग रहे हैं।"

"शक्ल-सूरत से छोटी जाति के लगते हैं। बड़ी जाति के होते तो कनेक्शन भिड़ाकर पहले छूट जाते। इतने दिन जेल में न रहना पड़ता।"

"कौन जाति हैं?"

"उनके देश में जाति नहीं होती।" विद्रोही जी ने स्पष्ट किया।

"क्यों नहीं होती?"

"इसलिए कि जाति बनाने वाले वहाँ तक पहुँच ही नहीं पाए। उस समय अपने यहाँ समुद्र-यात्रा वर्जित थी।"

दो-चार दिन में ही चित्त स्थिर हो गया। चौदहवें दिन बाहर निकले तो इतना हेल-मेल, हौसला और नियम-कानून की जानकारी लेकर निकले जितना बाहर रहकर चौदह महीने में भी न होती। लेकिन असली लड़ाई तो अभी बाकी है। वित्तीय और प्रशासनिक अधिकारों की बहाली के लिए दूसरी रिट दाखिल करनी होगी। पैसा चाहे जितना खर्च हो जाए, पावर वापस चाहिए। पैसा पावर से बढ़कर थोड़े है!

सवा महीने बाद हाई कोर्ट से वापस लौटे तो पावर बहाली का आदेश साथ लेकर।

हाई कोर्ट ने विद्रोही जी के इस तर्क में बल पाया कि उनके विरुद्ध निर्णय लेने के पहले उन्हें अपना पक्ष प्रस्तुत करने का अवसर नहीं दिया गया जो प्राकृतिक न्याय के सिद्धान्त के विरुद्ध है।

> *...इसलिए जिलाधिकारी द्वारा पारित आदेश का प्रभाव और क्रियान्वयन अग्रिम आदेश तक स्थगित किया जाता है। याची अपने पद व दायित्वों का निर्वहन पूर्ववत करता रहेगा। ...जाँच की प्रक्रिया चलती रहेगी।*

दस बजने वाले हैं। धूप तेज हो गई है। हवा में गरमी आ गई है। एक बूढ़ी झुकी कमर को लाठी के सहारे साधती सड़क की पटरी पकड़े चली जा रही हैं। उनके दूसरे हाथ में एक झोला है। पैरों में घिसी हुई हवाई चप्पल है।

इस ऊसर वाले इलाके में सड़क के किनारे इक्का-दुक्का पेड़ हैं। दोनों तरफ खरीफ की फसल कटने से खाली हुए खेतों का पीलापन और वीरानी फैली है।

ये बूढ़ी सियादुलारी हैं। उम्र पचहत्तर के आसपास होगी। फर्जी वसीयत का

मुकदमा लड़ने तहसील जा रही हैं। एक दबंग ठेकेदार ने तहसीलकर्मियों को मिलाकर कागजों में उन्हें मृत दिखा दिया है और सड़क के किनारे की दो बीघा जमीन पर अपनी वसीयत दर्ज कराकर कब्जा कर लिया है। उस पर मोरंग-बालू की दुकान खोल दी है।

सियादुलारी बीस वर्ष पहले विधवा हो गईं। अकेली हैं। उनकी एकमात्र संतान, एक बेटी अपने परिवार के साथ बम्बई में रहती है। बेटी ने इस जालसाजी की खबर सुनी तो पति के साथ दौड़ी आई। दौड़-धूप कर मुकदमा दर्ज कराया। दो-तीन तारीख पर खुद भी आई। लेकिन इतनी दूर से कोई कितनी बार दौड़-दौड़कर आ सकता है। ढीली पड़ गई। दूसरे-तीसरे महीने सौ-दो सौ रुपये का मनीऑर्डर भेज देती थी। अब वह भी करीब-करीब बन्द हो गया है। मुकदमे का यह सातवाँ साल है। अभी सिर्फ तारीख पड़ रही है।

सियादुलारी को आँख से कम दिखाई देता है। कान से कम सुनाई देता है। तारीख वाले दिन वे घंटा-भर रात रहे उठती हैं। अपनी गाय-बछिया को चारा देती हैं। उनके पीने के लिए हौदी में पानी भरती हैं। इनकी देख-रेख का जिम्मा पड़ोसिन को सौंपकर रात की बनी रोटी झोले में रखकर निकल पड़ती हैं। धूप तेज होने के पहले जितना रास्ता कट जाए, उतना अच्छा।

तेरह किलोमीटर की दूरी वे चार-साढ़े चार घंटे में तय करती हैं। थोड़ी देर सुस्ताकर पेशकार के सामने हाजिर होती हैं। तारीख पड़ चुकी होती है तो आँचल के खूँट से दो रुपये का नोट निकालकर पेशकार की ओर बढ़ाती हैं। पेशकार फुसफुसाकर और पंजा पूरा फैलाकर पाँच रुपये देने का संकेत करता है। वे हर बार चिरौरी करती हैं—“कहाँ से लाएँ, साहेब। हमारे यहाँ कौन कमाने वाला बैठा है!”

पहले ‘बेटवा’ कहती थीं। फिर उन्हें लगा कि बेटवा कहने से चिड़चिड़ा जाता है पेशकार, तो ‘साहेब’ कहने लगीं।

पेशकार दो रुपया लेने का इच्छुक नहीं दिखता। सियादुलारी फिर चिरौरी करती हैं—“राँड़-रेवा हूँ, साहेब। तुम्हारे लिए ही तो इसे बचाकर लाती हूँ। किराए में नहीं खर्च करती। पैदल आती हूँ। दो दिन तक पैर दर्द से चिलकते हैं।”

पेशकार बेमन से दो रुपये का नोट पकड़ता है और एक पुर्जी में अगली तारीख नोट करके बूढ़ी को पकड़ा देता है। सियादुलारी पुर्जी को आँचल के टोंक में दो गाँठ लगाकर बाँधती हैं और कमर में खोंस लेती हैं।

बाहर निकलकर सियादुलारी पप्पू की चाय की दुकान के सामने आम के पेड़ के नीचे आती हैं। झोले से गिलास निकालकर सामने हैंडपम्प से पानी लेती हैं और पास पड़े पत्थर पर बैठती हैं। झोले से सूखी रोटियाँ निकालकर उनके टुकड़े

गिलास के पानी में भिगोकर नरम करती हैं, फिर देर तक चुभलाती हैं। बिना दाँत का पोपला मुँह लोहार की भाथी की तरह ऊपर-नीचे चलता है। इतने दिनों से आते-जाते आसपास के दुकानदार भी सियादुलारी को पहचानने लगे हैं। कभी-कभी सत्तू की दुकान वाली सहुआइन महुए के पत्ते पर चटनी रखकर दे जाती हैं। पप्पू चाय का गिलास दे देता है। पहली बार पप्पू चाय देने आया तो बूढ़ी ने घबड़ाकर हाथ जोड़ दिए—"नहीं, बेटवा! मेरे पास पैसा नहीं है।"

"कोई बात नहीं। पी लीजिए।"

देर तक असमंजस में रहीं सियादुलारी। पी लेने के बाद पैसा माँगने लगा तो?

सियादुलारी का चेहरा पप्पू को अपनी नानी से मिलता हुआ लगता है। नानी के घर से उनके दो थान गहने चुराकर भागा था पप्पू। उन्हीं को बेचकर यह दुकान खोली है। उसे लगता है, वह अपनी नानी को चाय पिला रहा है।

रोटी निगलकर बूढ़ी आम के पेड़ के नीचे घंटे-दो घंटे आराम करती हैं। तीन बजे वापस लौटती हैं।

नदी के पुल पर बैठे दो लोग दूर से आती बुढ़िया को देख रहे हैं। सूरज अस्त होने जा रहा है।

एक-दूसरे को बताता है—"यही है वह बुढ़िया, जिसके खेत ठेकेदार ने हड़प लिये। मुकदमे की तारीख से लौट रही है।"

दूसरा, बुढ़िया की उम्र और परेशानी देखकर द्रवित है—"इस बेचारी को लूट लिया! इतना जालिम! जालिम का इलाज जरूरी है।"

और दस दिन बाद ठेकेदार को एक चिट्ठी मिलती है—

सियादुलारी के खेत वापस कर दो वरना अंजाम के लिए तैयार रहो।

—जंगू

ठठाकर हँसा ठेकेदार। "यह जंगू कौन है साला?"

एक महीने बाद मोरंग की दुकान पर शाम के धुँधलके में पता नहीं किधर से तीन लोग प्रकट हुए। ठेकेदार ने बोतल-गिलास और नमकीन स्टूल पर जमाया ही था कि 'पकड़' हो गई। पटककर तुरन्त मुँह में कपड़ा ठूँसा गया फिर पास के महुए के पेड़ की जड़ में डालकर उसके दोनों पैरों को आगे की ओर उलटकर घुटनों को तोड़ दिया गया।

"मेरा ही नाम जंगू है। फिर कभी इधर दिखाई मत पड़ना।"

बाद में खुद को जनसेवक कहने वाले जंगू की यह पहली जनसेवा थी।

बहुत सुन्दर बछिया पैदा हुई, सफेद और खैरे रंग की चितकबरी। संतोखी ही दुहते थे। थानेदारिन उन्हें एक पाव दूध चाय के लिए देती थीं। लेकिन थानेदार साहेब का ट्रांसफर हो गया। थानेदारिन तो चाहती थीं कि संतोखी भी उनके साथ चलें लेकिन साहेब का ट्रांसफर कप्तान साहब के दफ्तर में हुआ है। अभी तो यही समस्या है कि गाय कहाँ रखेंगे।

इतना अच्छा हुआ कि जाते-जाते साहेब छत्रधारी के खिलाफ चार सौ बीसी की रिपोर्ट दर्ज करते गए।

नई थानेदारिन भी अच्छी हैं। सुन्दर भी हैं। साहेब के जाने के बाद बाल झारने के लिए मचिया पर बैठती हैं तो...बाप रे, कितने लम्बे बाल! बालों में जो तेल लगाती हैं उसकी महक संतोखी की कोठरी तक आती है। पूर्णमासी के चाँद की तरह गोल और गोरा मुखड़ा। देखिए तो देखते ही रह जाइए। पतली आवाज में प्रेम से बोलती हैं। पुरानी थानेदारिन परिचय करा गई हैं। इनके साथ गाय-गोरू का झंझट भी नहीं है।

केस दर्ज होने के बाद अगला काम है तफ्तीश। थाने पर रह जाएँगे तो तफ्तीश कराना आसान होगा। नहीं तो ऐसे मामले की तफ्तीश सालों धूल फाँकती है। रोज हाथ जोड़कर खोपड़ी पर खड़े रहेंगे तो कितने दिन टालेंगे? आखिर ढाई साल में रिपोर्ट लिखवा ही लिये।

नई थानेदारिन उनके बीवी-बच्चों का हाल पूछने लगीं। बता दिया—"एक ही बेटा है, साहेब। माँ के साथ ननिहाल भेज दिया था। सोलह किताब पढ़ लिया। इस साल बैंक की नौकरी पा गया है।"

"मेरा बेटा तो लगता है, पढ़ नहीं पाएगा।" पतीली में चायपत्ती डालते हुए थानेदारिन कहती हैं।

"ननिहाल न भेजते तो क्या करते? छत्रधारी से बहुत खतरा था। मेरा घर फुँकवा दिया। दुबारा छवा नहीं पाए।"

"बचपन में पढ़ने में बहुत तेज था, फिर सोहबत बिगड़ गई।"

"फिर छवाते, वे फिर फुँकवा देते। सरहंग आदमी हैं। हम कितनी बार छवाते?"

"सोहबत का बहुत असर पड़ता है। साहेब को कभी इतनी फुरसत नहीं मिली कि उसकी कॉपी-किताब चेक करते।"

"मेरे एक मामले की तफतीस साहेब के पास लटकी है।...उसी को अगर आप..."

थानेदारिन चुपचाप चाय छानने लगीं। इसका मतलब इस समय आगे की 'रामकहानी' सुनाने से कोई फायदा नहीं।

"साहेब को चाय दे आओ।"

एक दिन संतोखी को नींद का पहला झोंका ही आया था कि गेट के अन्दर घुसती कार की हेडलाइट से उनकी कोठरी पल-भर के लिए उजाले से भर गई। 'पहरा' के रोकते-रोकते गाड़ी बीच अहाते में आकर रुकी।

कप्तान साहब औचक मुआयने पर आ गए क्या? लुंगी खोलकर फेंकने और वर्दी चढ़ाने में एक मिनट भी नहीं लगा साहेब को। जब तक संतोखी उठकर अपनी कोठरी के कोने से झाँकते, साहेब सेल्यूट मारने के लिए लपके, लेकिन गाड़ी देखकर रुक गए।

दहाड़े—"कौन?"

गाड़ी से हाथ जोड़ते हुए एक अधेड़ निकला।

"हुजूर, मैं कानपुर का साबुन व्यापारी हूँ, सुगनामल सिन्धी। तगादा करके लौटते-लौटते रात हो गई तो पीछे बदमाश लग गए। जान-माल की सलामती के लिए आपकी शरण में आया हूँ।"

साहेब ने कोने से झाँक रहे संतोखी से मुड़कर कहा—"इनको एक चारपाई दे दो। उधर बिछाकर सो जायँ।"

घंटे-डेढ़ घंटे बाद नीमअँधेरे में तीन परछाइयाँ साहेब के आवास की खिड़की के बाहर झलकीं। खिड़की के आर-पार से बात हुई। परछाइयों ने बताया कि चारपाई पर सोए सेठ के पास मोटी रकम है। माल आधा-आधा बाँटने का सौदा हुआ। यह ताकीद भी की गई कि थाना परिसर के अन्दर खून-खराबा नहीं होना चाहिए। गला घोंटो और लाश गायब कर दो।

संतोखी को कुछ अनहोनी की आशंका हुई। उन्हें सेठ के सूखे मुँह और डरी आँखों की याद आई। परछाइयाँ गायब हुईं तो संतोखी दबे पाँव सेठ की चारपाई के पास आए। सेठ जगा था। अपना बैग पकड़े चारपाई पर बैठा था।

उसके कान में फुसफुसाए—"तुम्हारे सिर पर काल मँडरा रहा है। इस आम के पेड़ पर चढ़ जाओ। दम साधकर बैठे रहना। खाँसना-खखारना नहीं।"

उसको ठेलकर पेड़ पर चढ़ाया और बैग उसको पकड़ा दिया।

दो-ढाई बजे के करीब फिर थानेदार साहब की खिड़की के बाहर परछाइयाँ झलकीं।

"हुजूर, माल तो नहीं मिला।"

"गाड़ी में देखो।"

"देख लिया।"

थानेदार साहेब बाहर आए। टॉर्च जलाई तो देखा, उनका जवान बेटा चारपाई पर मरा पड़ा था। थोड़ी-सी जीभ दाँतों के बीच से बाहर निकल आई थी।

लड़का आधी रात में पिक्चर देखकर लौटा तो बाहर बिछी चारपाई खाली देखकर उसी पर सो गया। बदमाशों ने सेठ समझकर अँधेरे में उसी का गला घोंट दिया। साहेब चीखकर इकलौते बेटे की लाश पर गिर पड़े। सारा थाना जग गया।

सबेरा होते-होते थाना खाकी वर्दी से भर गया।

सेठ कहाँ गया? खोज शुरू हुई तो पेड़ के ऊपर से आवाज आई—"मैं यहाँ हूँ, सरकार।"

शाम तक साहेब निलम्बित होकर गिरफ्तार हो गए। जाँच बैठ गई। संतोखी को थाने की हवालात में बन्द करके तीन दिन तक पूछताछ की गई।

जाँच अधिकारी ने पहले ही निष्कर्ष निकाल लिया था कि ड्राइवर के साथ-साथ संतोखी के तार भी अपराधियों से जुड़े हैं। इसी को कबुलवाने के लिए उनको निशाने पर लेकर सख्ती की जा रही थी। वे तीन दिन में तीन बार बेहोश हुए। लेकिन 'तार' होते तब तो जुड़ते। चौथे दिन सबेरे उन्हें छोड़ा गया तो बदहवास लँगड़ाते हुए गेट की ओर बढ़े। गेट पर संतरी की नजरों से पता चला कि वे अलफ नंगे हैं। अब न उनसे आगे जाते बने, न पीछे। यहीं उन्हें यह भी पता चला कि उनके हाथ उन्हीं के अँगोछे से पीछे बँधे हैं।

घंटे-भर बाद टॉर्चर रूम से उनकी धोती वापस मिली और हाथ खोल दिए गए। वे धोती कमर में लपेटते, लँगड़ाते हुए बाहर भागे।

खुद को ब्राह्मण और क्षत्रिय मानने वाली कुछ जातियों को मंडल आयोग की सिफारिश पर 'अन्य पिछड़ी जाति' की सूची में शामिल किया गया है। एक से सामाजिक प्रतिष्ठा मिल रही है, दूसरी से आर्थिक मजबूती मिलेगी। वे पिछड़ी जाति का प्रमाणपत्र तो बनवा रही हैं लेकिन यह भी कोशिश है कि यह बात जितनी ढँपी-तुपी रहे उतना अच्छा।

लेकिन कुछ घरों की औरतें इसका मुखर विरोध कर रही हैं। पीढ़ियों के प्रयास के बाद तो सवर्ण माने गए थे, अब फिर शूद्र बन जाएँ? गाँव में कहीं मुँह दिखाने लायक नहीं रहेंगे।

"चोप्प ससुरी, जिन्दगी-भर भकचोन्हर ही बनी रहेगी?"

पार्टी ने प्रचार के लिए तूफानी की ड्यूटी बगल के विधानसभा क्षेत्र में लगाई है। रामवादी पार्टी ने यहाँ से शिक्षा माफिया चन्द्रकान्त ओझा को उम्मीदवार बनाया है। मान्यवर की पार्टी ने उनके मुकाबले में लोटनराम वर्मा को खड़ा किया। लोटनराम साइकिल से कचहरी आने-जाने वाले वकील हैं और शुरू से ही पार्टी से जुड़े हैं।

दो मंडलियाँ लेकर तूफानी लोटनराम के प्रचार के लिए आया है। लोटनराम ने बाजार में दो कमरों का एक मकान दिला दिया है। पीछे बड़ा-सा आँगन है। उसी में खाना बनता है। तूफानी खाना बनाने के लिए अपने गाँव से दो लड़के ले आया है। लोटनराम ने बोरे में आटा, चावल, दाल और आलू पहुँचा दिया है। मिर्च-मसाले-तेल-नमक के लिए पाँच सौ रुपये दे गए हैं। जलावन देने के लिए पास की आरा मिल को सहेज दिया है। लड़के शाम को लिट्टी-चोखा बनाते हैं और सबेरे खिचड़ी। खिचड़ी खाकर और शाम को बनी दो-दो लिट्टी जेब में डालकर नाट्य-मंडली प्रचार के लिए साइकिल पर निकल पड़ती है। वर्षों से वही नाटक करते-करते अभिनेता अपने रोल में मँज गए हैं। ढोल-मजीरे और झाँझ-हारमोनियम का संगीत भीड़ को तुरन्त खींच लेता है।

शिक्षा माफिया को लग रहा है कि इन नाट्य-मंडलियों का सन्देश जनमत को उनके विरुद्ध कर रहा है। एक-दो बार उनके समर्थकों की इन मंडलियों के साथ झड़प हुई, लेकिन खुलेआम इससे ज्यादा कुछ करना खतरे से खाली नहीं है। चुनाव आयुक्त शेषन का आतंक दिनोदिन बढ़ता जा रहा है। लोग कहने लगे हैं कि टी.एन. शेषन अपने नाश्ते में रोज दो नेता खाते हैं। तब कैसे इन नाटक-नौटंकी वालों से निपटा जाए?

रात दो बजे का समय रहा होगा। पूरा बाजार अँधेरे में डूबा था। दिन-भर प्रचार कार्य से थककर चूर लड़के बरामदे से आँगन तक फैलकर बेसुध सोए थे। तभी दो ट्रकों में पचास-साठ लोग आए।

ट्रक का इंजन थोड़ी दूर पहले बन्द कर दिया। सोए पड़े इक्कीस लोगों के सिरहाने-पैताने दो-दो मुस्टंडे खड़े हो गए। उन्हें गीली रूमाल सुँघाई गई और मुँह, हाथ, पैर बाँधकर ट्रक में लादा जाने लगा। आँगन के कोने में जूठे बर्तनों के बीच जमीन पर सोया एक लड़का जग गया। उसने बगल सोए अपने साथी को हिलाकर जगाया और दोनों आँगन की चहारदीवारी फाँदकर पिछवाड़े कूद गए।

सबेरे लोगों ने देखा कि ढोल, हारमोनियम अपनी जगह सुरक्षित हैं। साइकिलें भी खड़ी हैं, लेकिन आदमी एक भी नहीं दिखता। गली के कुत्ते पतीले में रखी लिट्टी निकालकर इधर-उधर बैठे खा रहे हैं।

पोलिंग के आठ दिन बचे थे। पता ही नहीं चला कि इतने लोग अचानक कहाँ गायब हो गए! उनके साथ क्या हुआ? धरती निगल गई कि आसमान?

दोनों लड़के गिरते-पड़ते अगले दिन शाम को गाँव पहुँचे तो इतना ही बता पाए कि रात के अँधेरे में एक भीड़ अन्दर घुस आई थी।

जहाँ-जहाँ लावारिस लाश मिलने की खबर मिलती, दहबंगा पहचान करने पहुँच जातीं। उनके घर के दो लोग गायब थे—तूफानी और उसका चचेरा भाई बदरी।

पोलिंग के तीसरे दिन उन्नीस नाट्यकर्मियों को आधी रात में बगल के जिले की सीमा पर छोड़ा गया और तूफानी दोनों भाइयों को मरणासन्न हालत में दूसरे जिले की सीमा पर सड़क के बगल की बाँस की कोठ में फेंका गया। सबेरे दिशा-मैदान के लिए जाती गाँव की औरतों ने कराहने की आवाज सुनकर लोगों को बताया।

अस्पताल में तूफानी दोनों भाइयों की देख-रेख के लिए अकेले झूरी थे। दहबंगा दौड़-भागकर चिन्ता से बीमार पड़ गई थी। अभी पार्टी का कोई आदमी उनकी हाल-खबर लेने नहीं पहुँचा। अस्पताल में ही तूफानी को अखबार से पता लगा कि लोटन वर्मा को शिक्षा माफिया ने तेईस हजार से ज्यादा वोटों से हराया है। रामवादी पार्टी को पूर्ण बहुमत मिल गया था।

जिस दिन तूफानी को अस्पताल से छुट्टी मिली, उसी दिन शिक्षा माफिया चन्द्रकान्त ओझा ने शिक्षामंत्री की शपथ ली।

थाने पर रिपोर्ट लिखाने की जिद पर अड़े तूफानी को थाना इंचार्ज देर तक समझाता रहा कि चुनावी हिंसा को हिंसा नहीं माना जाता। जिसको जहाँ पहुँचना था पहुँच गया। तुम भी अपनी कचहरी सँभालो।

हाथ काँपने के कारण संतोखी को 'कटिंग' का काम छोड़ना पड़ा। दाढ़ी बनाते समय कभी-कभी ग्राहक के गाल पर छुरे का कट लग जाता था। अब वे कचहरी और बस अड्डे के बीच घूम-घूम कर लाई-चना बेचते हैं। पत्नी को बेटे के पास से लिवा लाए हैं। ठोंगा बनाने और नमक की पुड़िया तैयार करने का काम वही करती है। लाई-चने से ज्यादा उनके 'हरे नमक' को प्रसिद्धि मिली है। हरी मिर्च, हरी धनिया और लहसुन के साथ पिसा हुआ नमक—हरा नमक। कुछ लोग तो उसी का स्वाद लेने के लिए लाई खरीदते हैं। कई वकील, मुंशी और बेंडर नियमित ग्राहक बन गए हैं। कभी-कभी जज लोग भी चपरासी भेजकर मँगवाते हैं।

लाई का दाम, नमक इनाम—लाई-चना बेचने के साथ वे छत्रधारी द्वारा अपने साथ की गई ज्यादती और छल का किस्सा भी गाकर सुनाते हैं। इलाके में प्रचलित पारम्परिक लोकगीतों की धुन और पंक्तियों तथा अवधी बोली के स्थानीय कवियों की उपयोगी लगने वाली पंक्तियों को लेकर, जरूरत के अनुसार अपनी ओर से कुछ जोड़कर लम्बा पँवारा गढ़ लिया है। हर जगह से घूमकर कचहरी के अन्दर विशाल बरगद की छाया में आते हैं। वहाँ कई बेंचें रखी हैं। इन पर पुकार का इन्तजार करते मुकदमेबाज बैठे रहते हैं। उन्हें संतोखी का इन्तजार रहता है। इनके बीच पन्द्रह-बीस ठोंगे आराम से बिक जाते हैं।

संतोखी कन्धे से टँगा लाई-चने का झोला खाली बेंच पर रखते हैं और पँवारे की शुरुआत करते हैं। शुरुआत वे छत्रधारी सिंह के पिता इन्दर सिंह के कारनामों के उल्लेख से करते हैं—

इन्दर सिंह कै बखान
पंचौ सुनो लगा के कान
जेकरे पपवा से धरती रही गरुआन।

उन इन्दर सिंह उर्फ इन्द्रपती सिंह का बखान सुनिए जिनके पाप से धरती बोझ महसूस करने लगी थी।

संतोखी ने दाढ़ी-मूँछ रख ली हैं। सिर के लम्बे बालों ने जटा का रूप ले लिया है। सफेद लम्बे चोंगे और लुंगी में वे किसी कबीरपंथी साधु की तरह लगते हैं। गाते-गाते गला भी खुल गया है—

खेत कटाएन हर गंगा,
फरवार लुटाएन हर गंगा।
बहिनी बिटिया सुन्दर देखेन,
राल चुआएन हर गंगा।

किसी कमजोर का खेत जबरदस्ती कटवा लेना, किसी का खलिहान लुटवा लेना, दूसरे की सुन्दर बहू-बेटियों पर कुदृष्टि डालना ही उनका काम था।

लम्बा कुरता करिया जाकिट
एक-एक मा चार-चार पाकिट
केह्या भरोसा भया हलाल
कौनी घरी दगा दै जायँ, हर गंगा...

भरोसा किए नहीं कि हलाल हुए। पता नहीं कब दगा दे दें। खैराती डाकू ने भरोसा किया और हलाल हो गया।

खैराती डाकू का किस्सा नहीं जानते?

वे खैराती डाकू का किस्सा सुनाने में इतना रम जाते हैं कि लाई का ठोंगा देने के बाद ग्राहक से पैसा लेना भूल जाते हैं।

बहुत पुरानी बात है। खैराती इस इलाके का खूँखार डाकू था और दमड़ी साह इस गाँव के मशहूर सेठ। गहना और खेत गिरवी रखकर कर्ज देने का कारोबार करते थे। धरम-करम में यकीन करते थे। अयोध्या और चित्रकूट में धर्मशाला बनवाई थी। एक पक्का सागर बनवाया था। अकाल पड़ा तो गाँव के पश्चिम में तालाब खुदवाया और तीन महीने तक मजदूरी में खिचड़ी बाँटते रहे।

लेकिन इन्दर सिंह से खटक गई। उनका कहना था कि मोटा ब्याज भी लेते हो और कर्जदार को वापस करते समय चाँदी की जगह गिलट के गहने लौटाते हो। पूरे इलाके का धन लूट रहे हो। मैं गाँव का लम्मरदार हूँ। सुरक्षा देता हूँ—तो इस लूट में मेरा भी हिस्सा बनता है। अकेले नहीं खाने दूँगा।

दमड़ी साह नहीं माने। वे थाने पर पाँच सौ रुपया सालाना जन्माष्टमी का चन्दा देते थे। इन्दर सिंह ने खैराती को बुलाकर डाका डलवा दिया। तलघर की एक कोठरी गिरवी रखे गहनों से भरी थी। नगदी होती तो खैराती बाँध ले जाता। इतने गहने कब तक ढोये और रातों-रात कहाँ लेकर जाय? इन्दर सिंह ने सारा माल अपने घर रखवा लिया, लेकिन बात छिपी नहीं। पुलिस को खबर हो गई। कप्तान ने दबाव बनाया कि खैराती को पकड़वाओ नहीं तो लूटे गए माल की बरामदगी तुम्हारे घर से दिखाकर जेल भेज देंगे। इन्दर सिंह ने खैराती को माल बाँटने के बहाने बुलाया और खाने में जहर दे दिया। पुलिस मरणासन्न खैराती को उठाकर ले गई और मुठभेड़ में मारा जाना दिखा दिया। लूटा गया माल आधो-आध बाँटा गया या सारा पुलिस वाले ले गए, पता नहीं चला।

ओनकर पूत भये छत्तर सिंह
जिनकर पाप रहा गरुआय
उज्जर दाढ़ी टेढुआ कुबरी
गोलुआ तिलक लिलारे पार

तो सफेद दाढ़ी फहराने वाले, माथे पर गोलुआ तिलक लगाने वाले और हाथ में टेढ़ी कुबरी लेकर चलने वाले छत्रधारी उन्हीं दगाबाज बाप के बेटे हैं, जिनके पाप से यह धरती दबी जा रही है।

संतोखी के गले में ऐसा जादू है कि वही किस्सा बार-बार सुनकर भी श्रोताओं का मन नहीं भरता। उन्हें सुनने के लिए भीड़ जुट जाती है। बीच-बीच में लाई-चने की बिक्री भी चलती रहती है। गीत की धुन और पंक्तियों में थोड़ा-बहुत बदलाव करके वे नवीनता बनाए रखते हैं।

हमरे साथ किए घटियारी
जगह जमीन लिखाए सारी
कहे रमेसर करजा लइके
गवा रहे हरिद्वार नहाय, हर गंगा...

संतोखी का आगे का नीचे वाला एक दाँत टूट गया है। गाते समय उस झरोखे से लुपलुपाती जीभ की झलक मिलती रहती है।

अयोध्या में राम मन्दिर का मुद्दा गरमाने के बाद पिछले साल से छत्रधारी अपना भट्ठा 'राम मन्दिर निर्माण समिति' के नाम से चला रहे हैं। समिति की सचिव उनकी पत्नी मनराज कुँवरि उर्फ इन्द्रावती हैं और मैनेजर दुर्गेश। वही सारा काम देखता है। अभिलेखों में समिति का उद्‌देश्य 'राम मन्दिर निर्माण' के लिए ईंट का उत्पादन करना है। समिति का कोई व्यापारिक उद्‌देश्य नहीं है। अर्थात ईंटों की खरीद-बिक्री नहीं की जाएगी। बिक्री ही नहीं तो टैक्स की देनदारी भी नहीं। निजी प्रयोग में ली गई ईंटों पर तो टैक्स है नहीं।

भट्‌ठे पर चार-पाँच लम्बे बाँसों में भगवा ध्वज फहराता रहता है। धार्मिक

प्रवचन के कैसेट रात-दिन बजते रहते हैं। मन्दिर के लिए चलने वाले भट्ठे पर हाथ डालने की जुर्रत कोई पागल अफसर ही करेगा। और करेगा तो भुगतेगा।

अब भट्ठे पर RANA, PRATAP आदि पुराने मार्के की ईंटें खोजने पर भी नहीं मिलेंगी। नई ईंटों के मार्के 'जय श्रीराम', 'रामशिला' और 'रामलला' हैं। अयोध्या जाने वाला कोई भी श्रद्धालु यहाँ से एक रामशिला दानस्वरूप ले जा सकता है। सबको सख्ती से समझा दिया गया है कि ईंटों की बिक्री से सम्बन्धित कोई हिसाब-किताब, पुर्जी तक भट्ठे पर नहीं मिलनी चाहिए। किसी बाहरी आदमी के सामने यह स्वीकार नहीं किया जाना है कि यहाँ ईंटों की बिक्री होती है।

लेकिन इधर एक नया झमेला पैदा हो गया। छत्तीसगढ़ी लड़कियों की सुन्दरता के क्या कहने! दुर्गेश एक छत्तीसगढ़ी लड़की को भगा ले गया। सारे मजदूरों ने काम ठप्प कर दिया है। उनकी माँग है कि या तो दुर्गेश उस लड़की से शादी करे या उसे लौटाए और हर्जाना दे।

ऐसे गाढ़े समय में छत्रधारी को महादेव की याद आई। महादेव ने चालीस साल तक छत्रधारी की हलवाही की है। उनके बाप के जमाने से। जब छत्रधारी ने ट्रैक्टर खरीद लिया तब महादेव की हलवाही छूटी।

मालिक का बुलावा आया, महादेव लाठी टेकते हुए पहुँचे।

"बड़ी दिक्कत आ गई, भगत। उधर दुर्गेशवा को वह लड़की फँसाकर भगा ले गई। इधर मजदूरों ने भट्ठे का काम बन्द कर दिया।"

महादेव ने सोचा कि उनसे समाधान पूछा जा रहा है। बोले—"गलती तो दुर्गेश बाबू कर ही बैठे। अमीर हो चाहे गरीब, इज्जत सबकी बराबर होती है। दुर्गेश बाबू को बुलवा लीजिए। माफी माँग लें। लड़की के बाप को कुछ दे-दिला दीजिए। इज्जत तो लौटने से रही।"

"महादेव, ताली एक हाथ से नहीं बजती। वह लड़की राजी न होती तो क्या दुर्गेश उसे कन्धे पर लादकर भाग जाता!"

आवाज की तुर्शी से महादेव थोड़ा सहम गए।

"मजदूरों की छोड़ो। उन सालों से मैं निपट लूँगा। तुम्हें इसलिए बुलाया है कि अपने बेटे को चिट्ठी लिखकर सूरत से बुला लो। आकर दुर्गेश की जगह भट्ठे की मैनेजरी सँभाले।"

"वह नहीं आएगा, बाबू।"

"कैसे पता?"

"मैं उसका मन जानता हूँ।"

"जितना पैसा वहाँ पाता है, उतना दूँगा।"

"बात सिर्फ पैसे की नहीं है, मालिक। अपनी पसन्द से खाने-पहनने की है। यहाँ गाँव में साफ कपड़ा पहन लीजिए तो लोगों की आँख फूटती है। हम लोग सह ले गए। आज की पीढ़ी इसे नहीं सह सकती। वहाँ फैक्टरी में सुपरवाइजर लगा है। बाल-बच्चों को पढ़ा-लिखा रहा है। इज्जत की जिन्दगी जी रहा है। यहाँ लौटकर क्यों आएगा?"

छत्रधारी की खोपड़ी गरम हो गई—"यहाँ उस बेटीचो... को किसी ने बेइज्जत किया है क्या?"

"यही तो है! जब चाहा बहन-बेटी को नंगा कर दिया। यह भी नहीं सोचा कि मैंने इसी ड्योढ़ी पर चालीस साल तक अपनी जवानी रांगा किया है।"

"रांगा किए हो तो मुफ्त में किए हो कि नमक खाए हो! और आज मौका पड़ा तो नमकहरामी पर उतारू हो।"

"नमक खाए हैं तो हराम का नहीं खाए हैं। खटकर खाए हैं। पसीना बहाकर खाए हैं। कचेहरी की ड्योढ़ी पर चढ़कर ईमान का सौदा तक कर डाले हैं, जो नहीं करना चाहिए था। उसी का सिला दे रहे हो। बेटी की इज्जत तौल रहे हो।"

ठकुराइन लपककर बाहर आईं। यहाँ तक बात नहीं बढ़नी चाहिए थी। लोग कान पारकर सुन रहे हैं। घेरकर महादेव को आँगन में ले गईं।

"जाने दीजिए, भगत। आप घर के बूढ़-पुरनिया जैसे हैं। भतीजे की करतूत से इनका दिमाग बावचंची* हो गया है। लीजिए, चाह पीजिए।"

वापस लौटते हुए महादेव सोच रहे हैं कि ठकुराइन के पुण्य-प्रताप से ही छत्रधारी फल-फूल रहे हैं। जैसी बड़े खानदान की हैं, वैसा ही स्वभाव मिला है। छत्रधारी तो शुरू से ही 'बिखधर' हैं। जिस दारोगा बेटे के बल पर बम-बम करते घूमते हैं, उसका ओहदा भी धोखा देकर हासिल किया है।

महादेव तेरह-चौदह साल पुरानी बात याद करते हैं। उनका बेटा दारोगा भर्ती की नाप-जोख में पास हो गया था। एक रात वह घर लौटा और बताया कि दस हजार देने पर भर्ती पक्की हो जाएगी। सीधे आर.आई. से बात हो गई है। दो दिन का समय है।

इतनी मोटी रकम! घर में तो दस रुपया निकलना मुश्किल। सबेरे बेटे को लेकर पहुँचे छत्रधारी सिंह के पास। छत्रधारी ने सारी जानकारी हासिल की। अफसर का नाम, ओहदा। रकम डूबने का खतरा तो नहीं? फिर कहा—"अभी तो तारीख पर कचहरी जा रहा हूँ। लौटकर इन्तजाम करता हूँ।"

---

* सनक

छत्रधारी का बेटा भी फिजिकल पास कर चुका था। सिफारिश का सूत्र खोज रहे थे। घूस का सूत्र तो अचूक होता है। उसी दिन जाकर पन्द्रह हजार दे आए। यह भी कह आए कि सेलेक्शन नहीं हुआ तो भी पैसा वापस माँगने नहीं आएँगे।

लेकिन अगर उनके बेटे के साथ-साथ गाँव के एक चमार का, खास उनके हलवाहे का बेटा भी दारोगा हो गया तो उनकी अहमियत ही क्या रह जाएगी?

वे तीन दिन तक टालते रहे और अन्त में हाथ खड़े कर दिए। फिर सुझाव दिया कि बेटे को आई.टी.आई. करा दो। वजीफा भी मिलेगा और कर्जदार होने से भी बच जाओगे।

—'बेटा तो इनकी शकल तक नहीं देखना चाहता और ये चाहते हैं कि वह लगी-लगाई नौकरी छोड़कर फिर इनकी गुलामी करने लौट आए!'

विद्रोही बहू पहली बार मायके जा रही हैं। पैंतालीस साल पहले वे विद्रोही जी के साथ भागीं तो उनके दोनों भाई खानदान की नाक कटाने वाली बहन का मूँड़ काटने के लिए महीनों खोजते रहे। नहीं पकड़ पाए तो ऐलान किया कि दिलजानी हमारे लिए मर गई। उसका मुँह देखना पाप है।

एक दिन पन्द्रह-सोलह साल का एक लड़का भरी दोपहरी में दुआर पर आया तो विद्रोही बहू ही बाहर मिलीं।

"कहाँ से आ रहे हो, बच्चा?"

अपने मायके के गाँव का नाम सुनकर चिहुँक गईं। फिर सँभलकर पूछा—

"रामनरेश भइया के बेटे हो?"

"नहीं, उनके पोते हैं।"

"अरे, हाँ।" वे झेंप गईं। गुजरे समय का भान ही नहीं रहा उन्हें।

लड़के का कोमल चेहरा धूप से लाल हो रहा था। होंठ पपड़िया गए थे। चेहरे पर धूप में सात कोस साइकिल चलाकर आने की थकान थी।

वे लड़के को आँगन में ले गईं। हाथ-पैर-मुँह धुलवाया। फिर अपनी कोठरी में ले गईं। खाने के लिए गुड़ दिया। भरपेट मट्ठा पिलाया।

"चारपाई पर थोड़ी देर आराम कर लो तो खाना खाओ।"

लड़का लेटने के लिए तैयार नहीं हुआ। बैठा ही रहा। वे मायके का कुशल

समाचार पूछती रहीं—अपनी माँ का, भाइयों का, भाभियों का, बच्चों का। फिर पूछा—"कैसे हम लोगों की याद आ गई, लल्ला?"

"दादी ने न्योता देने भेजा है। मेरी बड़ी बहन का विवाह है।"

दादी माने विद्रोही बहू की बड़ी भाभी।

कहने के साथ लड़के ने विवाह का निमंत्रण पत्र उनके हाथ में पकड़ाया और दादी के मौखिक सन्देश को दुहराया—'पुरानी बातों को भूल जाओ, बचिया। हम चाहते हैं कि टूटा नाता फिर से जुड़ जाए। विवाह में पूरे परिवार के साथ आओ।'

विद्रोही बहू की आँखें बरसने लगीं।

लड़के ने बताया—"बड़की दादी (परदादी) ने भी कहलाया है कि बुचिया से कहना, एक बार आकर सबको देख-दिखा जाए। जिन्दगी का क्या ठिकाना।"

स्मृतियों का आवेग इतना बढ़ा कि विद्रोही बहू को लगा, उनकी चीख निकल जाएगी।

अब तक अड़ोस-पड़ोस की औरतों से आँगन भर गया था। सब खुश थीं और उनका मत था कि देर से ही सही, मायके से बुलौवा आया है तो उनको जाना चाहिए।

"लेकिन जिनके लेखे हम मर गए और जिनको हमारा मुँह देखने से पाप लगेगा, उनके दरवाजे पर जाना ठीक रहेगा? हमारे बच्चे ननिहाल देखने को तरस गए!"

"अब यह सब मत सोचो। उस माँ के लिए जाओ जिसकी कोख से जनम लिया है।"

गृहस्थी का इतना काम फैला है कि सब कैसे जा सकते हैं! बुल्लू की हाईस्कूल की परीक्षा समाप्त हो चुकी थी। गर्मी की छुट्टियाँ चल रही थीं इसलिए उनके साथ विद्रोही बहू मायके के लिए निकलीं।

मायके के सिवान पर पहुँचने के साथ उनकी आँखें फिर भर आईं। वे गाँव के एक-एक पेड़-पौधे को पहचान लेना चाहती थीं। उनके समय का कौन-सा पेड़ बचा रह गया, कौन नहीं है।

वे मना रही थीं कि दरवाजे पर दोनों भाइयों में से कोई न मिले। एकदम से सामने नहीं पड़ना चाहती थीं। संयोग से दरवाजा सूना था। वे घर के अन्दर चली गईं।

बारी-बारी दोनों भाभियों को अँकवार में भरकर भेंटती रहीं, रोती रहीं। फिर अन्य औरतों-बच्चों से मिलीं, पहचाना।

अपनी कोठरी में चारपाई पर बैठी माँ दोनों बाँहें फैलाए आवाज लगाती रहीं—बुचिया को मेरे पास लाओ।

विद्रोही बहू ने माँ को अँकवार में भरा और कारन करके रोने लगीं। सारा माख, सारा गिला-शिकवा पद्यबद्ध होकर करुण विलाप के रूप में बहने लगा—

या मोरी माई

हमरी सुधिया भुलाइउ मोरी माई

जो जहाँ था वहीं ठिठक गया और इस करुण विलाप के ताप में मक्खन की तरह पिघलने लगा। एक लड़की दिया जलाकर ले आई। बुल्लू मोहार के पास कोठरी की दीवार की टेक लेकर चित्रलिखित-से खड़े रहे। समय जैसे रुक गया।

पता चला कि बड़के भइया लौट आए हैं। दालान में बैठे हैं। विद्रोही बहू भाई से मिलने के लिए चलीं, लेकिन बाहरी ड्योढ़ी के पास आकर ठिठक गईं। पता नहीं भाभी ने भइया की मरजी से उनके पास न्योता भेजा था कि सिर्फ माँ के कहने से? अचानक सामने पड़ने पर पता नहीं भइया का क्या रुख रहे! क्या पता, वे अभी भी मेरा मुँह देखना पाप समझते हों।

भाभी से समझ-बूझ लेने के बाद ही सामने पड़ना ठीक रहेगा।

वे लौट पड़ीं।

लौटकर देखा, बुल्लू अपनी नानी की गोद में सिर रखकर लेटे हैं। नानी उनके बाल और पीठ सहला रही हैं और पोपले मुँह से उनके गाल चूम रही हैं।

ढिबरी रह-रहकर भुकभुका रही है।

"माँ, तूने गली के कुत्ते से भी सन्देश भेज दिया होता तो मैं दौड़ी चली आती।"

सूरदास को पंचर बनाने का लोन

नए ग्रामसेवक भारती जी बहुत हँसमुख और मजाकिया हैं। रोते आदमी को हँसाने वाले। जब से लोन का लाभार्थी चुनने का अधिकार ग्रामप्रधान को मिला है, भारती जी की विद्रोही जी से काफी पटने लगी है। वे विद्रोही जी को काका कहते हैं।

उस दिन कहने लगे—"आईआरडीपी में लोन की इतनी स्कीमें चल रही हैं, कुछ अपने लिए भी सोचिए।"

"न भाई, न। लोन लेने से बहुत डर लगता है।"

"मैं लोन लेने की नहीं, लोन की स्कीम से फायदा लेने की बात कर रहा हूँ।"

"क्या मतलब?"

"यह तो पता है कि इस स्कीम में अब भैंस पर लोन की राशि बढ़कर नौ हजार रुपये हो गई है। भैंस आपके पास पहले से है। खरीदने की जरूरत ही नहीं है। लेकिन पिछड़े वर्ग को मिलने वाली एक-तिहाई यानी तीन हजार रुपये की सब्सिडी अपनी ही भैंस पर घर बैठे मिल जाएगी। न कुछ बेचना, न खरीदना। नौ हजार लेकर तीन हजार अपनी जेब के हवाले करिए और छह हजार की रकम वापस बैंक के खाते में डाल दीजिए। सरकार के आँकड़े में एक गिनती की बढ़ोतरी हो गई। बैंक को उसकी रकम वापस मिल गई और आपको तीन हजार का शुद्ध लाभ।"

"अब बुढ़ौती में हमें यही छल-छंद सिखाओगे?"

"छल-छंद? इससे साफ-सुथरा सौदा और क्या होगा, काका? छल-छंद तो बाकी दुनिया कर रही है। किसी की मरी हुई भैंस के दोनों कान काटकर जमा कर दे रही है और कह दे रही है कि हमारी भैंस मर गई, बीमे की रकम चाहिए... मुझे मालूम है कि आप ऐसा नहीं कर सकते, लेकिन सही रास्ते से जो मिल सकता है उसे क्यों छोड़ा जाय? मुकदमे में इतना खर्च कर चुके हैं। कुछ तो भरपाई होनी चाहिए।"

दुविधा में पड़ गए विद्रोही जी। न 'हाँ' करते बन रहा है, न 'ना'।

"अपने नाम से न लेना चाहें तो बेटे के नाम से ले लीजिए। दस-पाँच बिस्वा

खेत भी उसके नाम से हो तो काम बन जाएगा। उसी की खतौनी लगा दीजिए। फाइल मैं तैयार करके ले आया हूँ। इस पर दस्तखत करवा दीजिए, बस।"

उनकी मलकिन ने दूध की बिक्री से मिला पैसा बचाकर कई साल पहले दोनों बेटों के नाम एक जमीन का बैनामा लिखाया था।

विद्रोही जी दोनों बेटों को बुलाकर दस्तखत करवा देते हैं।

कई दिन बाद एक शाम सौ-सौ के तीस नम्बरी नोट विद्रोही जी के हाथ में देते हुए भारती जी पूछते हैं—"स्कूल के मद में आया पैसा निकालने से क्यों डर रहे हैं?"

"निकालने से नहीं डर रहा हूँ। सोच रहा हूँ कि पहले इस्टिमेट बन जाय तब जितनी जरूरत हो उतनी रकम निकाली जाय। मैं चाहता हूँ कि दो पैसा अपनी जेब का भले खर्च हो जाए पर विद्या माई के नाम से आए पैसे में से एक बीड़ा पान का भी खर्च अपने ऊपर न हो।"

"क्या महराज! इसके लिए तो हमारे ऋषि-मुनि बहुत पहले कह गए हैं—विद्या धनं सर्व धनं प्रधानम्; अर्थात विद्या यानी स्कूल के मद में आया सारा धन परधान का होता है।"

हँसते हुए भारती जी विद्रोही जी के कन्धे पर हाथ मारते हैं—"आदमी परधान बनता है घर भरने के लिए कि घर लुटाने के लिए! छत्रधारी पूरा गाँव बेचकर खा गए और एक आप हैं कि..."

बुल्लू के मामा के घर मामी के भाई की बेटी सोना भी आई है। सोना ने इस वर्ष आठवीं की परीक्षा दी है। बहुत हँसमुख, सुन्दर और चंचल। बातचीत में हाजिरजवाब। अलग-अलग रिश्तेदारियों से आई चार-पाँच लड़कियों का झुंड बन गया है। ग्यारह-बारह वर्ष से पन्द्रह-सोलह वर्ष तक की लड़कियों का झुंड। वे जहाँ रहती हैं एक साथ रहती हैं, हँसतीं-खिलखिलातीं। समीज-सलवार पहनकर आई सोना को मामी ने जान-बूझकर साड़ी पहना दी। साड़ी में अपनी उम्र से ज्यादा सयानी और आकर्षक लगेगी। हो सकता है, विवाह में आई किसी लड़के की माँ को जँच जाए तो उसका विवाह आसान हो जाए। लड़कों के लिए यह झुंड आकर्षण का केन्द्र बन गया है।

किसी बात पर हँस-हँस कर दोहरी हो रही सोना की नजर अचानक बुल्लू की

नजर से टकराई तो उसकी हँसी हठात् रुक गई। अधखुले होंठ स्थिर हो गए। वह बड़ी-बड़ी आँखों से बुल्लू को पीने लगी।

इतना रूप, इतनी सुन्दरता, इतनी चंचलता, ऐसी घुँघराली लटें, उजाला फैलाने वाली ऐसी हँसी देखकर बुल्लू भी सिहर गए। उनके रोयें खड़े हो गए। अगले ही पल सचेत होकर सोना झुंड के साथ भाग गई, लेकिन सोना की हरी साड़ी और सफेद दंतपंक्ति बुल्लू की पूरी चेतना पर छा गई। बाद में लड़कियों का झुंड जिधर-जिधर गया, बुल्लू की मोहित नजरें उधर-उधर घूमती रहीं।

दोपहर में लड़कियों का झुंड नहाने के लिए नदी पर गया तो पीछे-पीछे लड़कों का झुंड भी गया। लड़कियाँ पानी में उतरीं तो लड़के घाट पर हँसी-ठिठोली करते उन्हें नहाते देखते रहे।

सहसा पानी से सोना की आवाज आई—"एऽऽ, हमें कपड़े बदलने हैं। तुम लोग पीछे मुँह करके खड़े हो जाओ और जब तक हम न कहें, सामने मत देखना।"

कोई पीछे मुड़ने को तैयार न था लेकिन जब उसी कंठ ने ललकारा—"बेशरम हो क्या तुम लोग? चलो, पीछे घूमो।" तो कुछ लड़के पीछे घूम गए। एकाध चलते-चलते दूर जाने लगे। बुल्लू को भी इस तरह पीठ दिखाना अच्छा नहीं लग रहा था, लेकिन हुकुम देने वाली आवाज के जादू में बँधे-बँधे पीछे घूम गए।

लड़कियों का झुंड नहाकर चला तो लड़के भी आगे-पीछे घूमते हुए लौटे। बुल्लू की नजरें एक बार फिर सोना से मिलीं। बुल्लू का बहुत मन था कि कुछ बातचीत हो जाए, लेकिन समझ में नहीं आ रहा था कि शुरुआत कैसे करें? इधर नदी से घर तक की आधा किलोमीटर की दूरी लगातार कम होती जा रही थी।

आखिर बुल्लू ने हिम्मत की—

"आप कहाँ से आई हैं?"

"अपने घर से।"

"कहाँ है आपका घर?"

"जहाँ से आए हैं।"

समूहिक हँसी।

"कभी हमारे गाँव आइए।"

"जरूर आएँगे।"

"पूछ तो लीजिए कि हमारा गाँव कहाँ है।"

"जब आने लगेंगे तो पूछ लेंगे।"

"कब आएँगे?"

“जब आप बुलाएँगे।”

हँसी।

“हम तो कहते हैं, अभी चलिए।”
“आपके यहाँ इसी तरह बुलाते हैं?”

फिर हँसी।

“तो क्या बैंड-बाजे के साथ लेने आएँ?”
“हाँ जी आइए?”
“पक्का?”
“पक्का जी, पक्का।”
“फिर पीछे तो नहीं हट जाएँगी?”
“ना जी, ना। पीछे हटने वाले लोग नहीं हैं हम।”

अब क्या बोलें? बुल्लू चुप।

सोना ही बोली—“आप घाट तक आकर भी नहाए नहीं!”
“मुझे नदी से डर लगता है।”
“इतना डरते हैं! तब तो अभी तक अम्मा जी की गोद में ही सोते होंगे?”

फिर हँसी। बुल्लू झेंप गए।

“भाई-बहन एक ही साथ सोते हैं?”

शरमा गए बुल्लू। सिर झुक गया। चाल धीमी हो गई।

“मुझे ले चलेंगे तो सुलाएँगे कहाँ? अम्मा जी के पास?”

सब बुल्लू का जवाब सुनने को बेताब हो गए, लेकिन बुल्लू का सिर तो उठा ही नहीं। हँसी की लहर आई और उनके कदम रुक गए।

“अच्छा आइए, अब कुछ नहीं पूछेंगे।”

घर के पास पहुँचकर सोना ने हाथ में पकड़ी गीली साड़ी का एक सिरा बुल्लू की ओर बढ़ाते हुए कहा—“दोनों कोने पकड़कर तानिए और झटका दीजिए तो इसे सूखने के लिए धूप में डाल दें।”

बुल्लू पानी-पानी हो गए।

“साड़ी छूने में भी डर लगता है।” सोना हँसी।

"औरतों की साड़ी-बिलाउज मैं नहीं छूता।"

"कसम खा चुके हैं?"

"हाँ।"

"कब टूटेगी यह कसम?"

"कभी नहीं।"

"अब समझ में आया कि अपने घर बुलाने के बजाय अपने गाँव आने का न्योता क्यों दे रहे हैं।"

लड़कियों का झुंड हँसता-खिलखिलाता आगे बढ़ गया। बुल्लू वहीं खड़े रह गए। लड़के उन्हें चिढ़ाने लगे—"हार गए भाई, हार गए। बुल्लू भइया हार गए!"

दुआर पर गड़े माड़व के नीचे दोपहर से औरतों का झुंड पूड़ी बेल रहा है। कड़ाह चढ़ गया है। शाम को बरात आने वाली है। अँधेरा होते-होते बरात द्वार-पूजा पर लग जाती है। औरतों को सिर पर कलश में दीप सजाकर विवाह-गीतों से बरातियों का स्वागत करना है। बीरा मारना है, भर-नजर दूल्हे को देखना है। उससे पहले खुद सजना है। यह तभी होगा जब कम-से-कम एक घंटा दिन रहते पूड़ी बेलने का काम समाप्त हो जाए। औरतों के समूहगान से वातावरण उत्सवी हो गया है। तनिक ढीली डोरी वाली अकेली बूढ़ी ढोलक उनका साथ दे रही है—धंग धप्प! धंग धप्प!

कड़ाह ताव पर है। तली जाती पूड़ियों की महक हवा में तैर रही है।

घराती पुरुष नीम के पेड़ के नीचे बैठकर लकड़ी के पटरे पर आटे की लोइयाँ गूँध रहे हैं। बुल्लू जैसे तीन-चार किशोर इन लोइयों को पूड़ी बेलने वाली स्त्रियों के झुंड तक पहुँचा रहे हैं। वहाँ बेली गई पूड़ियों को कड़ाह तक पहुँचा रहे हैं। इसी क्रम में उन्हें बार-बार लड़कियों के पास तक जाने और बात करने का मौका मिल रहा है। आटा जितना ज्यादा गूँधा जाएगा और उसमें जितना कम पानी खपाया जाएगा, उतना ही वह कम घी सोखेगा और उससे बनी पूड़ियाँ उतनी ही मुलायम होंगी। इसलिए लोई को बिना ज्यादा गीला किए गूँधने के बल पर मक्खन की तरह नरम बनाना जरूरी है। लोई ठीक तरह गूँधी गई है या नहीं, इसके फैसले का अधिकार बेलने वाली औरतों का है।

बुल्लू एक तैयार लोई लेकर, झुंड के बीच में बैठकर गाती, हरी साड़ी में

दमकती, हरी चूड़ियाँ खनकाती, पीढ़े पर बेलन के नीचे पूड़ी नचाती सोना के सामने पेश हुए। सोना ने आँख उठाकर पहले भर नजर उनको देखा, लोई में उँगली धँसाकर परखा, फिर गोल-गोल आँखें नचाते हुए मुस्कराकर कहा—"पास।"

बुल्लू रीझ गए, गद्गद हुए और सोना के पीढ़े के पास लोई रखकर मुदित मन वापस हुए।

वे अगली लोई लेकर आए। पास। फिर अगली लाए। पास। तब दूसरे लड़के भी अपनी लोइयाँ बुल्लू के मार्फत पास कराने लगे।

अचानक सोना ने अगली लोई परखकर कहा—"फेल।"

बुल्लू को ऐसा झटका लगा जैसे सालाना इम्तहान में फेल कर दिए गए हों। उनका मुँह लटक गया। अगली लोई लाए। फिर फेल।

लड़के ठठाकर हँसे।

एक स्त्री स्वर—"कैसे गूँध रहे हैं। कलाई में जोर नहीं है?"

दूसरा स्वर—"अम्मा का दूध पीने का मौका नहीं मिला क्या?"

पास बैठी बुल्लू की मामी को मजाक का मौका मिल गया। आखिर बुल्लू की माँ उनकी ननद लगेंगी। बोलीं—"कहाँ मिला मौका बेचारू को। खड़ी चूँची तो इनके बड़के भइया पीकर पहलवान बन गए। इनकी बारी तक तो लतरी हो गई।"

"ओ! दुधकट्टू हैं बेचारे।"

हँसी की लहर दौड़ रही है। गीत की कड़ी टूट गई है।

बुल्लू झेंपते हुए सफाई देते रहे—"मैंने थोड़े गूँधा है! मैं तो पहुँचाने आया था।"

लेकिन उनकी सफाई औरतों के हँसी-ठट्ठे में डूब गई। वे झेंपते हुए बाहर जाने लगे।

एक औरत ने सोना की ओर आँखें तरेरकर कहा—"इतने सिधवा लड़के को बार-बार फेल कर रही हो! उसी से ब्याह दी गईं तो सारी कसर एक ही रात में निकाल लेगा।"

फिर हँसी का फौवारा।

"अरे, यह बड़ी छतीसी है। पहली ही रात में भेड़ा बना लेगी।"

"मैं अभी सुलह कर लेती हूँ, अइया।" सोना हँसते हुए बोली—"क्या पता, आपकी बात सही हो जाय! ...चल रे गुलबिया, शुरू कर।"

ओई बुल्लू हमारे मने भावत हैं।
जौन मड़वे मा दौड़ि-दौड़ि आवत हैं।

मेरे मन को वही बुल्लू भा गए हैं जो दौड़-दौड़कर मड़वे में आ रहे हैं।

हा-हा-हा-हा! हा-हा-हा-हा!!

बाहर जाते बुल्लू के कदम रुक गए।

अगले दिन सबेरे लड़कियों का झुंड कुएँ के पास जूठे बरतन माँज रहा है। बुल्लू और एक-दो लड़के आसपास मँडरा रहे हैं। सोना बुल्लू की ओर देखकर कहती है—"माँजने के लिए जरा एक टोकरी भूसी ला दो।"

बुल्लू को एक ही साथ अच्छा और बुरा दोनों लगा। पहले बुरा, फिर अच्छा। पूछा—"कहाँ है भूसी?"

"दालान की कोठरी में।"

बुल्लू वहीं से एक जूठी परात लेकर दौड़ गए। लेकिन यहाँ तो दो कोठरियाँ हैं। एक दाएँ, एक बाएँ। अन्दर नीमअँधेरा भी है। एक कोठरी में झाँककर वे दूसरी कोठरी में घुसे। तब तक पीछे से आती सोना की आवाज आई—"नहीं खोज पाए? अँधेरे से डरते हो क्या?" वह बुल्लू के हाथ से परात लेकर कोने की ओर बढ़ गई। बुल्लू का मन हुलसा कि इस अँधेरे का फायदा उठाकर वे सोना को चूम लें। वे आगे बढ़े। सोना परात में भूसी भरकर मुड़ी—"डरपोक कहीं के!" वह हँसी।

बुल्लू ने आगे बढ़ती सोना के आँचल का टोंक पकड़ लिया। सोना पलटी, मुस्कराई, पूछा—"क्या चाहिए, भूख लगी है?" बुल्लू के मुँह से आवाज नहीं निकली। बस, आँचल थोड़ा और खींच लिया। सीना धड़धड़ाने लगा।

"कल तो कह रहे थे कि किसी की साड़ी-बिलाउज न छूने की कसम खा चुके हो! इतनी जल्दी टूट गई कसम? बिना पाए के परहेजी हो क्या?"

बदले में बुल्लू और नजदीक चले गए। आसपास की हवा में कितनी महक है!

"किसी का आँचल पकड़ने के लिए बड़ी हिम्मत चाहिए। है हिम्मत?"

बुल्लू ने आँख मिलाते हुए कहा—"बहुत हिम्मत है।"

"हिम्मत है तो अपने बप्पा से कहो। डरते हो तो अपनी अम्मा से कहो। छोड़ो।"

न आँचल छूटा, न कोई हिला। एक-दूसरे की मुस्कान पर रीझते रहे।

छोड़ु छोड़ु जदुपति आँचर रे मैं तो बारी कुँवारि।
जौ मोरे बपई संकल्पैं हो तब होबै तोहारि॥

मैं बारी कुँवारी हूँ, कान्हा। मेरा आँचल छोड़ दो। जब मेरे बप्पा मुझे तुमको संकल्प देंगे तभी तुम्हारी होऊँगी।

शादी सही-सलामत निपट गई। सबेरे सारे रिश्तेदार अपने-अपने रास्ते चले जाएँगे। शाम को एकान्त पाकर बुल्लू शरमाते हुए अपनी मामी से कहते हैं—"मैं सोना से शादी करूँगा मामी।"

मामी सुनकर हँसती हैं।

कहती हैं—"इतनी पसन्द आ गई है मेरी भतीजी? लेकिन बड़ी नखरीली है। उसका नखरा झेल पाओगे?"

बात तुरन्त फैल जाती है।

सोना की माँ हँसते हुए कहती हैं—"जानें बुल्लू की अम्मा। मुझे क्या?"

विद्रोही बहू भी हँसती हैं—"अच्छा तो है। दीये की तरह उजियार करने वाली बहू मिल जाएगी।"

आज संतोखी फिर खुश हैं। वे जिला और सत्र न्यायालय से भी जीत गए।

फैसले की नकल देते हुए वकील साहब ने कहा—"लो, यहाँ भी दिला दी विजय। अब कब्जा लो और जोतो-बोओ।"

"कब्जा कैसे लेंगे?"

"इजरा कराना होगा। मतलब इस फैसले को एक्जीक्यूट कराने की दरखास्त लगानी होगी। मुकदमा कायम होगा। इजरा नम्बर एलाट होगा। दोनों पार्टियों को नोटिस जाएगी। सुनवाई होगी। तब दोनों पार्टियों की मौजूदगी में मौके पर लिखा-पढ़ी करके कोर्ट कब्जा दिलाएगी। जरूरत हुई तो पुलिस भी मौजूद रहेगी।"

"जीतने के बाद भी एक और मुकदमा?"

"यही प्रोसीजर है।" फिर स्पष्ट किया—"जीते भले जिला न्यायालय से हो लेकिन इजरा की कार्यवाही मुंसिफ कोर्ट से ही होगी।"

"इसमें कितने साल लग जाएँगे?"

"साल नहीं, तीन-चार महीने लग सकते हैं।"

संतोखी ने अपने मन की दुविधा बताई—"अभी तो इस फैसले के खिलाफ वे हाई कोर्ट जा सकते हैं।"

"जा तो सकते हैं, लेकिन पाएँगे क्या? फैसला इतना कम्पैक्ट है कि स्टे तक

तो पाएँगे नहीं। मैंने बहस में कोई प्वाइंट छोड़ा है क्या? फीस में रियायत करने का यह मतलब थोड़े कि 'लड़ने' में रियायत कर दूँ।"

संतोखी को दुविधा में पड़ा देखकर कहते हैं—"सुप्रीम कोर्ट की दर्जनों नजीरें हैं कि लोवर कोर्ट की 'कान्करेंट फाइंडिंग' हो तो हाई कोर्ट 'रेयरेस्ट आफ द रेयर केस' में ही 'इंटरफियर' करेगा।" फिर दस मिनट तक समझाने के बाद कहते हैं—"हाई कोर्ट की मजाल है कि सुप्रीम कोर्ट की गाइडलाइन घोलकर पी जाय?"

"इस दाखिले के लिए आपको अलग से फीस तो नहीं देनी होगी?"

"इजरा बिलकुल अलग कार्यवाही है। फीस तो देनी ही होगी।"

"मेरी हालत बहुत खराब है। समझिए, पूरी तरह बर्बाद हो गया हूँ।"

"मालूम है, भाई। यहाँ तक आते-आते सभी बरबाद हो जाते हैं। नीचे के लोग तिल से सारा तेल निकाल लेते हैं। हमारे हिस्से में तो खली में बचा-खुचा तेल ही आता है।"

संतोखी मौन हो गए।

"हिरासोगे तो कैसे काम चलेगा?" वकील साहब जुबान से सहलाने लगे—"इजरा ही नहीं होगा, कब्जा ही नहीं लोगे तो जीतने का क्या मतलब?...जाओ, पचास रुपये कम दे देना। जितनी जल्दी आओगे उतनी जल्दी दाखिला होगा।"

संतोखी को पक्का यकीन है कि छत्रधारी हाई कोर्ट गए बिना नहीं मान सकते लेकिन क्या इस डर से वे कब्जे की कार्यवाही छोड़ दें! अब तक लड़ने का फिर मतलब ही क्या हुआ?

छत्रधारी को गजाधर का भूत अभी तक सता रहा है। जिन चार वर्षों के लिए भट्ठे का मालिकाना उन्होंने गजाधर के नाम दर्ज करवाया था उन वर्षों के लिए कई बार टैक्स एक्सपार्टी लगा और मालिकाने के बिन्दु पर जाँच करने के निर्देश के साथ रिमांड हुआ।

अब फिर जाँच आने वाली है।

बरसात शुरू हो जाने के साथ भट्ठा बन्द हो चुका है। मजदूर जा चुके हैं। छत्रधारी को ऐसे आदमी की जरूरत है जो देखने में भोंदू लगे, लेकिन भीतर से खुर्राट हो। जिसे जो सिखा दिया जाए, वही जाँच अधिकारी के सामने ज्यों-का-त्यों

बयान कर दे। महादेव होस्टाइल हो गए, वरना उनको तो कुछ सिखाने-पढ़ाने की जरूरत ही नहीं थी।

नया मुंशी अपने गाँव से खोजकर एक बूढ़े को ले आया है। छत्रधारी उसे उसकी ड्यूटी समझा रहे हैं।

"तुम्हारा काम है, भट्ठे के पास खेत में बने माचे पर सुबह से शाम तक मौज करना। दो-चार दिन में कुछ साहब-सूबा जैसे लोग जीप से भट्ठे पर आएँगे। तुम टहलते-टहलते उनके पास पहुँचना। बताना कि यहाँ अपने खेत की रखवाली करने आया हूँ। वे गजाधर और उनके भट्ठे के बारे में पूछेंगे। बता देना कि पहले कई साल यही भट्ठा गजाधर चलाए थे। वे मर गए। उनकी औरत किसी के साथ भाग गई।...यह मत कह देना कि तुम यहाँ मेरी नौकरी बजा रहे हो।"

मुंशी ने छत्रधारी को आश्वस्त किया—"निश्चिन्त रहें, मालिक। मेरा पूरा गाँव दंदी-फंदी है। वहाँ एक से एक पाजी बसते हैं। मेरे एक पड़ोसी पशु मेले में अपना पँड़वा बेचने ले गए। खरीदार को पास खड़ी पँड़िया दिखाकर सौदा कर लिया। रवन्ना लिखवाया पँड़िया का और अँधेरे में पगहा पकड़ा दिया पँड़वा का। खरीदार को धोखे का पता तब चला जब आधे रास्ते जाने के बाद पँड़वा पेशाब करने लगा।...यह बुढ़ऊ भी कम पाजी नहीं हैं। एक बार जंगल से 'कौआ का मामा'* तोड़कर लाए और शहर की मंडी में 'कुनुरू' कहकर बेच दिए। इनकी उमर और गले में लटकी कंठी देखकर लोग आसानी से विश्वास कर लेते हैं। ये सब सँभाल लेंगे।

बुढ़ऊ इस तरह प्रतिक्रियाहीन थे, जैसे ये बातें किसी और के बारे में कही जा रही हैं।

इंटरवल में बुल्लू खेल के मैदान के कोने में बनी पानी की टंकी पर पानी पीने जा रहे थे। सामने से चार-पाँच छात्राओं का झुंड पानी पीकर लौट रहा था। बुल्लू की नजर बीच वाली लड़की पर पड़ी। उन्हें लगा कि उस लड़की की आँखों में स्वागत और पहचान का भाव है। वे एक-दूसरे के बगल से गुजरे। अरे, यह तो वही लड़की है जो मामा के घर शादी में मिली थी। बुल्लू ने पीछे मुड़कर देखा।

* एक अखाद्य फल

वह भी मुड़कर देख रही थी। समीज-सलवार के यूनिफॉर्म में वह अपनी ही छोटी बहन लग रही थी। मामा के घर साड़ी में देखा था तो कितनी बड़ी लग रही थी। तो यहीं एडमीशन लिया!

मामा के घर तीन दिन कैसे बीते पता ही नहीं चला। बुल्लू को ठगा-सा छोड़कर हँसते-खिलखिलाते वह अपने पिता की साइकिल के कैरियर पर बैठकर लौट गई। बुल्लू की पूरी चेतना पर उसकी हँसी ने कब्जा कर लिया था। नदी की ओर एकान्त में जाकर वे सोना की याद में दोनों हाथों से चेहरा ढाँपकर सिसक-सिसक कर रोये थे। फिर खुद ही अपनी लानत-मलामत की—एक लड़की के लिए इस तरह रो रहे हो। दो दिन का परिचय। क्या लगती है वह तुम्हारी?

बाद में कई बार मन किया कि सोना के गाँव जाकर उससे एक बार मिल आएँ। फिर खुद ही अपनी इस बेताबी पर लजाए थे।

बुल्लू का सातवाँ पीरियड खाली था। टहलते हुए उन्होंने नाइंथ के सारे सेक्शंस में झाँक-झाँक कर सोना का पता लगाया। फिर छुट्टी के समय थोड़ा पहले आकर गेट के बाहर इन्तजार करने लगे। सोना साइकिल लेकर निकली तो थोड़ा दूरी बनाकर उसके पीछे-पीछे चले। शहर के बाहरी हिस्से में आने पर अगल-बगल चलने का मौका मिला।

"आखिर ढूँढ़ ही लिया मैंने तुम्हें..."

"ढूँढ़ रहे होते तो कब के पा जाते। चार महीने हो गए एडमीशन को।"

"तुमने बताया नहीं!"

"बिना मिले ही बता देती?"

फिर ढेर सारी बातें। मामी का हाल। घर का हाल। पढ़ाई का हाल।

कोई भी बात हो, बस बात होती रहनी चाहिए, चहक-चहक कर। कॉलेज से बड़े चौराहे तक दोनों का रास्ता एक ही था। जिस दिन दोनों की आखिरी क्लास साथ-साथ छूटती, उस दिन बड़े चौराहे तक का रास्ता कितनी जल्दी कट जाता, कुछ पता ही नहीं चलता। बड़े चौराहे से सोना आगे बढ़ जाती, बुल्लू दाहिने मुड़ जाते।

पानी की टंकी के उत्तर करौंदे की झाड़ियाँ थीं। वहीं आसपास लोहे की बेंच पड़ी थी। इंटरवल में बच्चों के बैठने या खेल देखने के लिए। एक दिन बुल्लू पानी की टंकी के पास खड़े थे। लड़कियों का झुंड पानी पीने के लिए टंकी के पास आया तो बुल्लू ने इशारे से सोना को बुलाया और करौंदे की झाड़ियों की तरफ ले गए। बेंच पर बैठने को कहा। फिर बेंच पर बैठी सोना के सामने जमीन पर उकड़ूँ बैठकर उसके दाहिने पैर में पायल पहनाने लगे। सोना का चेहरा लाल हो गया—"क्या करते हो? कोई आ जाएगा।"

जीवन में पहली बार पायल पहना रहे थे। पायल का हुक सँकरे मुँह वाले कुंडे में फँस नहीं रहा था। घबराहट में हाथ काँपने लगे। तभी कोकिल कंठी सामूहिक हँसी गूँजी। सोना की तीनों क्लासमेट सामने खड़ी थीं।

बुल्लू के हाथ से सोना का पाँव छूट गया। सोना ने सलवार नीचे करके पायल को छिपाने का प्रयास किया लेकिन एक लड़की ने सलवार फिर ऊपर उठा दिया।

बुल्लू धीरे-से खिसक लिये।

बच्चा-बच्चा राम का।
जन्मभूमि के काम का॥

रामलला हम आएँगे।
मन्दिर वहीं बनाएँगे॥

सड़क मार्ग से अयोध्या जा रहे रामभक्तों के नारे दिन-रात सुनाई पड़ते हैं। पैदल, बस से, टेम्पो से भी। पता नहीं, कहाँ-कहाँ के लोग, जाने कौन-कौन सी भाषा बोलने वाले! माथे पर पीला पटका या रामनामी अँगोछा बाँधे हुए। पुरुष अधिक, लेकिन स्त्रियाँ भी कम नहीं। स्त्रियों के माथे पर पीला चंदन या भभूत पुती हुई। किसी-किसी युवा के हाथ में त्रिशूल की अनुकृति। इस बार उन्हें कोई रोकने-टोकने वाला नहीं है। पता नहीं, अयोध्या में तिल रखने की जगह बचेगी या नहीं?

लेकिन इस बार इस गाँव के किसी आदमी में अयोध्या जाने का उत्साह नहीं दिख रहा है। एक तो कार्तिक-अगहन के काम की व्यस्तता; दूसरे, पिछली बार फेरई दास का भीड़ द्वारा कुचला जाना। किसी तरह जान बची थी। अलबेला तबलची तो अभी तक लौटकर नहीं आया। दलित टोले से तो किसी के जाने का सवाल ही नहीं है।

तूफानी कहता है—"6 दिसम्बर को ही बाबा साहब का परिनिर्वाण दिवस है। हम उनके मिशन को पूरा करने की सामूहिक शपथ लेंगे। उन लोगों ने जान-बूझकर यही तारीख चुनी है।"

फेरई दास का मन तो इस बार भी जाने के लिए ललक रहा था, लेकिन तूफानी ने सख्ती से मना कर दिया।

जब शाम को पाँच बजे के करीब खबर आई कि मसजिद ढहा दी गई तो गाँव के आधे लोग खेतों में ही थे। आसपास कोई मुस्लिम बस्ती नहीं थी लेकिन जहाँ होंगे वहाँ वे लोग क्या सोच रहे होंगे? क्या कह रहे होंगे? सन्नाटा पसर गया। कहीं कोई आवाज नहीं। सबको लगा कि बहुत बुरा हुआ। दिन जल्दी ढल गया। कुहासा तेजी से छा गया।

अँधेरा होने के बाद स्त्रियाँ रोज की तरह निवृत्त होने बाहर निकलीं तो आपस में संवाद हुआ।

"किसी के भगवान का घर गिराना अच्छी बात तो नहीं।"

"इतनी बड़ी दुनिया बनाकर दे दिया भगवान ने और तुम्हें उनका घर बनाने की जगह ही नहीं मिली! दूसरे के भगवान का घर ढहाना पड़ा।"

माठा बाबा मौन रहे।

रात रेडियो में बांग्लादेश, पाकिस्तान और देश के कुछ हिस्सों में दंगा फैलने की खबर आई।

सबेरे लोगों ने देखा, अम्बेडकर की मूर्ति स्तम्भ के पीछे की ओर गिरी थी। मूर्ति के गले में रस्सी का एक टूटा हिस्सा अभी भी कसा था। पास में ट्रैक्टर के टायरों के निशान थे।

दलित टोले में कोहराम मच गया। अफवाह फैलने लगी कि यह मसजिद गिरने की प्रतिक्रिया है।

तूफानी ने प्रतिवाद किया—"टाटी की आड़ से शिकार खेलने वाले हमको इतना बेवकूफ न समझें। मूर्ति फिर लगेगी और यहीं लगेगी।"

आनन-फानन में पुलिस मूर्ति को थाने ले गई।

एक दिन बुल्लू ने सोना के सामने फिल्म देखने का प्रस्ताव रखा—"बहुत अच्छी फिल्म है, 'एक दूजे के लिए'।"

"ना बाबा, ना! देर से घर पहुँचने पर क्या जवाब देंगे?"

"मैटिनी शो देखेंगे। इंटरवल के बाद की क्लास गोल कर देंगे। घर समय से पहुँच जाओगी।"

"किसी ने देख लिया तो?"

"तो क्या? हम लोग तो एक-दूजे के होने ही वाले हैं।"

"धत्!" फिर कुछ रुककर बोली—"जब होंगे तब देखेंगे।"

जब मथुरा सिंह ने मोटरसाइकिल पक्की से गाँव की पगडंडी पर मोड़ी तो अँधेरा छाने लगा था। पगडंडी के दोनों ओर सरपत की झाड़ियाँ थीं। हल्की पुरवाई बह रही थी। आम के बौर की सुगन्ध पुरवाई के साथ बहकर पूरे सिवार को गमका रही थी। आगे पगडंडी बाईं ओर मुड़ती थी।

मुड़ते ही देखा—सामने आम की एक सूखी डाल ने आर-पार रास्ता रोक रखा था। रुकना पड़ा। भय से दिमाग झनझना गया। दोनों पैर जमीन पर टिकाकर उन्होंने कन्धे पर टँगी बन्दूक हाथ में लेनी चाही। तब तक किसी ने पीछे से एक झटके में बन्दूक छीन ली। चार हाथों ने उन्हें खींचकर मुँह के बल गिरा दिया और उनके हाथ पीछे बाँध दिए। उन्होंने चिल्लाना चाहा। लेकिन मुँह से आवाज नहीं निकली। किसी ने गिरी हुई मोटरसाइकिल का इंजन बन्द कर दिया। मुँह में कपड़ा भरकर उन्हें बाग में ले आए। महुए की एक मोटी जड़ जमीन से निकलकर दूर तक गई थी। उनका दाहिना पैर जमीन और जड़ के बीच की खाली जगह में, आगे की ओर मुँह रखते हुए, घुटने तक घुसाया गया फिर मुँह के बल उलट दिया गया। घुटने की हड्डी टूटने के साथ उनका चीत्कार मुँह बँधा होने के कारण गों-गों के रूप में निकला। वे जमीन पर लोटने-छटपटाने लगे।

जंगू ने दो महीने के अन्तराल पर दो बार फरमान भेजा था, लेकिन वे नहीं झुके। इलाके में उनका दबदबा था। जंगू की घुड़की से डरने का मतलब मूँछ नीची हो जाना। वे सावधान हो गए। बाहर निकलना कम कर दिया। जहाँ भी रहते अँधेरा होने के पहले घर आ जाते। आज महीनों बाद बाजार गए थे। उन्हें बकरे की रान और पुट्ठे का मांस पसन्द था। किसी और का खरीदा उन्हें पसन्द नहीं आता था। बाजार में एक परिचित के मिल जाने के कारण लौटते-लौटते अँधेरा हो गया।

"जोखू को फिरी करने की खबर भेजी थी। मिली कि नहीं?"

उन्होंने स्वीकार में सिर हिलाया। गों-गों!

"तो क्या उसका खून चूसकर अभी तक पेट नहीं भरा?"

गों-गों की आवाज के साथ सिर पूछने वाले के पैरों की ओर झुक गया।

"इसी शर्त पर जान बक्स रहे हैं कि पहले घर जाकर जोखू से उऋण बोलिए। उसे उसके घर भेजिए, फिर अस्पताल जाइए।"

"गों-गों।"

"तुम्हारी बन्दूक अभी जमानत के तौर पर हमारे पास रहेगी।"

बहुत देर तक मथुरा सिंह को विश्वास न हुआ कि वे लोग चले गए। जब हुआ तो घुटने में दर्द शुरू हुआ। पीछे बँधा हाथ महुए की कनखी में फँसाकर खोला, फिर मुँह से कपड़ा निकाला।

सबेरे तक पूरे इलाके में खबर फैल गई—मथुरा सिंह का फैसला भी हो गया।

"बहुत अच्छा!" पूरे इलाके की आवाज।

मथुरा सिंह के गाँव में जोखू नाम का एक कोल आदिवासी युवक था। बीस-पचीस साल पहले उसने मथुरा सिंह से सौ रुपये कर्ज लिया था। कर्ज क्या लिया था, मथुरा सिंह ने उसकी तरफ से थाने पर नजराना दिया था।

हुआ ऐसा कि जोखू के पड़ोसी नजीर डफाली की दो मुर्गियाँ गायब हो गईं। नजीर को शक हुआ कि जोखू ने ही उसकी मुर्गियाँ चुराई हैं। मथुरा सिंह उसी साल गाँव के नए प्रधान बने थे। नजीर ने उन्हें वोट दिया था। इसलिए वह उनके पास फरियाद लेकर गया। मथुरा सिंह उसे लेकर सीधे थाने गए और जोखू के खिलाफ मुर्गी चोरी की शिकायत दर्ज करा दी।

अगले दिन जोखू को बुलाने थाने से सिपाही आया। जोखू भी मथुरा सिंह का ही आदमी था। उसने भी उनको ही वोट दिया था। इसलिए वह भी अपनी मदद के लिए मथुरा सिंह को साथ ले गया।

जोखू को थाने के फाटक के बाहर बैठाकर मथुरा सिंह अन्दर गए। देर तक बातचीत हुई, फिर उन्होंने लौटकर जोखू को डराया कि जेल जाना पड़ेगा क्योंकि नजीर थाने पर मोटी रकम चढ़ा गया है।

"लेकिन मैंने उसकी मुर्गी नहीं चुराई।"

"जानता हूँ, लेकिन उससे क्या? थाने पर तो उसी की बात मानी जाती है जो रुपये चढ़ाता है।"

जोखू के पास पैसा तो क्या, पैसा रखने की जेब ही नहीं थी। कमर में मैली लुंगी लपेटे हुए वह थाने आया था।

लेकिन मथुरा सिंह के सामने उनका अपना आदमी जेल चला जाए, यह भी तो वे नहीं देख सकते थे। उन्होंने जोखू की ओर से थाने पर सौ रुपये देकर उसे जेल जाने से बचा लिया। रुपये इस शर्त पर दिए कि जब तक जोखू यह कर्ज नहीं चुका देगा, वह उनकी हलवाही-चरवाही करता रहेगा। उसकी इस मेहनत के बदले में वे इस कर्ज पर ब्याज नहीं लेंगे। ब्याज की रकम मजदूरी के रूप में मुजरा होती रहेगी। जिस दिन जोखू मूल धन लौटा देगा, वे उसे उऋण कर देंगे।

जोखू की औरत दूसरों की मजदूरी करके बच्चे पालती रही और जोखू ब्याज की एवज में मथुरा सिंह के घर खटते रहे। दस वर्ष बीते, बीस वर्ष बीते। जोखू की दिनचर्या नहीं बदली। मथुरा के बन्धन से मुक्ति नहीं मिली। एक-दो बार उसने मुक्त करने की याचना की तो उसे उसकी शर्त की याद दिलाई गई। सौ रुपये की देनदारी तो ज्यों-की-त्यों खड़ी थी, इस बीच दस साल पहले उसे बेटी का गौना देने के लिए फिर साठ रुपये कर्ज लेने पड़े, इस पर भी ब्याज की देनदारी थी। मथुरा सिंह तो बूढ़े नहीं हुए लेकिन जोखू बूढ़ा हो गया। दम पकड़ने लगा। साँस फूलने लगी। एक बार बिना बताए घर चला गया और दो दिन नहीं आया तो मथुरा सिंह का बेटा उसे जूते से पीटते, घसीटते हुए वापस लाया।

पूरे इलाके ने कहा कि यह अन्याय की हद है, लेकिन नंगा खुदा से बड़ा। बोले कौन! तब लोगों ने उसकी औरत को सलाह दी—तू जंगू के पास जाकर रो। वही चाहेगा तो तेरे आदमी का उद्धार होगा।

अब जंगू मिले कहाँ? उसका आतंक चारों तरफ हवा में तो व्याप्त है, लेकिन वह रहता कहाँ है, कोई बताने वाला नहीं। पता चला कि पतीपुर के वीराने में जो अकेला नीम का पेड़ खड़ा है, उसकी डाल से मिट्टी का एक घड़ा लटकता रहता है। जंगू से भेंट नहीं हो रही तो कोई बात नहीं। अपनी विपत्ति लिखकर उस घड़े में डाल दीजिए, वह जंगू को मिल जाएगी।

वही हुआ। घड़े में विपत्ति-गाथा डालने के तीन महीने के अन्दर जंगू ने फैसला सुना दिया। जंगू द्वारा किए जा रहे त्वरित न्याय में एक कड़ी और जुड़ गई। सबने देखा, जोखू अपने घर के पास हैंडपम्प पर रगड़-रगड़कर देह और आत्मा की गुलामी छुड़ा रहा था। पचीस साल की गुलामी!

दिन के दो बज रहे होंगे, जब सूरे की मोटी खरखराती आवाज खेलावन के दुआर पर गूँजी—"भौजी, पायलागी।" प्रत्युत्तर में नीम के पेड़ की छाया में बँधे बैल के गले का घुंघरू घनघनाया और एक नवजात पिल्ला भूँकते हुए सूरे की ओर बढ़ा। सूरे ने लाठी ठकठकाई तो रुक गया और भूँकना बन्द करके गुर्राने लगा।

"काहे सूरे की खोज में दूत पर दूत भेज रही थीं भौजी? लीजिए, हाजिर हैं।" इस बार सूरे की आवाज इतनी ऊँची थी कि आसपास के लोगों को साफ सुनाई पड़ जाए। गीले हाथ आँचल में पोंछती घर से निकलीं खेलावन की अम्मा और हँसते हुए बोलीं—"बुढ़वा हो गए, लेकिन पुरानी आदत नहीं छूटी सूरे? कहाँ इस उमर में गाँव-गाँव सूँघते घूमते रहते हो?"

सूरे ने आवाज के अनुमान से मुँह खेलावन की अम्मा की ओर घुमाया और नाराजगी दिखाते हुए बोले—"बाकी जो गाली चाहिए, दे लीजिए भौजी, लेकिन बुढ़वा मत कहिए। सीधे करेजे पर लगती है।"

"आय हाय..." वे जोर से हँसीं, "जैसे अभी गबरू जवान ही बने हुए हो!" फिर तनिक रुककर बोलीं—"दाहिने हाथ पर चौकी है, बैठ जाओ।"

फिर बहू को आवाज दी—"सूरे के लिए कुछ पानी-दाना ले आ रे बहुरिया।"

लाठी से टटोलकर सूरे चौकी पर बैठ गए। फिर लाठी को चौकी की टेक देकर टिकाते हुए ज्योतिहीन आँखों को खेलावन की अम्मा की ओर उठाते हुए बोले—"गबरू जवान न सही, लेकिन साठ पार भी नहीं हूँ। कहो तो किसी दिन खेलावन बेटा से पंजा लड़ाकर दिखा दूँ।"

फिर आवाज को फुसफुसाहट में बदलते हुए बताया—"इस लगन में तुम्हारे लिए देवरानी लाने वाला हूँ। जेठानी नहीं देवरानी।"

कहकर जोर से हँसे सूरे। सात-आठ दिन की बढ़ी हुई दाढ़ी-मूँछ की श्वेत-श्याम खूँटियों के बीच खुले मुँह के अन्दर ऊपर-नीचे मिलाकर पाँच-छह पीले दाँतों की छटा। आँखों के मटमैले ढेंढ़र जमीन से साठ अंश का कोण बना रहे थे।

ऐसे ही हैं सूरे। साठ के पेटे में पहुँचने को हैं, फिर भी चालीस से सत्तर तक की गृहिणियों को भौजी कहते हैं। इससे नीचे की हैं तो दुलहिन और ऊपर पहुँच गईं तो काकी।

"इतना मत बौराइए सूरे। अब मेरी देवरानी नहीं, अपनी कबर की जमीन खोजिए। गाँव के लड़कों को बिगाड़ने का इन्तजाम मत करिए।"

"हमें सब पता है भौजी। देवरानी से आपको गाँव के लड़कों का नहीं, हमारे खेलावन के बप्पा के बिगड़ने का डर सता रहा होगा। और कबर में जाने के लिए अभी बहुत टैम है। तब तक तो हमारे बेटे पैदा होकर जवान भी हो जाएँगे। कबर में नहीं, सीधे प्रयागराज ले जाएँगे।"

हँसने लगीं खेलावन की अम्मा—"जा सूरे! आँख-दीदा नहीं है तब तो इतना उड़ते हो। होता तो पता नहीं क्या करते।"

बहू एक मौनी में गुड़ की ढेली और लोटे में मट्ठा लेकर आई और चौकी पर सूरे के दाहिने हाथ की ओर रखते हुए बोली—"पैर पड़ती हूँ, बाबा। लेओ, मट्ठा पियो।"

"जियति रहो बच्चा, जियति रहो।"

पायल की दूर जाती रुनझुन से सूरे आश्वस्त हुए तो बोले—"आँख-दीदा होता तो आपको लेकर कबके कलकत्ता, रैमून भाग गए होते भौजी।"

"मुझको लेकर क्यों भागते? तुम्हारी छब्बी कहाँ गई? उसको लेकर क्यों नहीं भागे?"

"छब्बी की याद न दिलाओ भौजी। उसे तो जैसे जमीन निगल गई।"

फिर कुछ देर आसमान की ओर देखकर बोले—"लेकिन जिन्दा होगी तो कभी मिलने जरूर आएगी।"

छब्बी सूरे की जिन्दगी की 'ट्रेजेडी क्वीन' है। उसी ने एक बार सूरे की जान बचाई थी और उसी के कारण सूरे की आँखें सूजा घोंपकर फोड़ी गई थीं।

अब तक आसपास की औरतें और बच्चे सूरे की आवाज सुनकर जुट आए थे। सूरे ने गुड़ खाकर मट्ठा पी लिया तो खेलावन की अम्मा काम की बात पर आईं।

"दूत पर दूत इसलिए भेज रहे थे कि दोनों बाल्टियाँ दो दिन के अन्दर कुएँ के पेट में समा गईं।"

"भइया ने आँगन में हैंडपम्प लगवा दिया है, तब भी कुएँ में झाँकना बन्द नहीं कर रही हैं।"

"हैंडपम्प बार-बार पानी छोड़ रहा था। जानवर प्यासे थे तो बहू ने सोचा, जल्दी से कुएँ से भरकर पिला दें। कुएँ से पानी भरने की आदत तो छूट गई है। भरी बाल्टी झटके से खींची तो पुरानी रस्सी टूट गई।"

सूरे ने नकली गुस्सा दिखाते हुए फुसफुसाकर कहा—"जवान पतोहू को गौना करके घर में बैठा दिया और बेटे को रुपया कमाने परदेस भेज दिया। ऐसे में बहू रस्सी नहीं तोड़ेगी तो क्या करेगी?"

"जा सूरे, तोहें तो हमेशा मजाक सूझता है!"

"मजाक नहीं भौजी, उन बाल्टियों में पतोहू की हाय समाई है। इन्हें एक ही शर्त पर निकालूँगा।"

सारा जनसमूह शर्त जानने को उत्सुक हुआ।

"शर्त यह है कि बेटे को तार मारकर होली के पहले परदेस से बुलवा लीजिए। हाँ, अगर चाहती हैं कि आपकी आँखों के सामने भइया पतोहू के साथ होली खेलना शुरू करें तो दूसरी बात है।"

खेलावन की अम्मा ने गुस्सा दिखाना जरूरी समझा—"हमारे घर में आग न लगाओ सूरे। बाल्टी निकालो और अपना रास्ता पकड़ो।"

लेकिन सूरे को, ओसारे के भीतर किवाड़ की आड़ में खड़ी पतोहू की चूड़ियों की खनक बीच-बीच में सुनाई पड़ रही थी। सूरे उठकर चौकी पर खड़े हो गए। ज्योतिहीन आँखों को जमीन से साठ अंश पर स्थिर किया और दाहिना हाथ कनपटी पर रखकर गाने लगे—

रुपिया पइसवा भउजी फिरि-फिरि अइहैं
अरे जवनिया जौ गई,
फिर से आए ना लवटि के
अरे जवनिया जौ गई...

हे भौजी, क्या कह रहा है बिरहिया, कि रुपिया-पैसा तो जिन्दगी में बार-बार आएगा-जाएगा। लेकिन पतोहू की जवानी जो गई तो फिर लौटकर नहीं आने वाली। शर्त मंजूर हो तो मैं कपड़े उतारूँ।

"वाह सूरे, वाह।" उपस्थित जनसमूह ने एक स्वर में सूरे का समर्थन किया। खेलावन की अम्मा भी हँसने लगीं।

सूरे ने अँगोछा-बंडी उतारकर चौकी पर रखा। धोती को समेटकर लँगोट की तरह कसकर बाँधा और उबहन का सिरा कुएँ की जगत के छूहों में लगे लोहे के एंगिल में बाँधते हुए बोले—"कल दोपहर के खाए हुए हैं भौजी, कीरतपुर के परधान के घर।" फिर उबहन की गाँठ की मजबूती परखते हुए बोले—"आज आलू-गोभी की तरकारी और पूड़ी खाने का मन कर रहा है भौजी।"

यह जानकर कि चौबीस घंटे से सूरे की अन्न से भेंट नहीं हुई है खेलावन की अम्मा द्रवित हो जाती हैं। वे मुड़कर बहू से कहती हैं—"जल्दी से कड़ाही चढ़ा दे।" फिर एक लड़के से कहती हैं—"दौड़कर मेरे खेत से गोभी का एक फूल काट ले आ बाबू।"

अब तो कुएँ से पानी भरने का रिवाज ही खत्म हो चला है। कुएँ की जगह हैंडपम्प ने ले ली है। सात-आठ साल पहले तक सूरे की जीविका कुएँ में गिरे गगरे, बाल्टी निकालने से ही चल रही थी। अब भी आसपास के पाँच-छह गाँवों को मिलाकर इस तरह का चार-छह काम महीने में मिल जाता है। गगरा, बाल्टी निकालने की मजदूरी पहले भी सूरे मुँह खोलकर नहीं माँगते थे, अब भी नहीं माँगते। जिसने जो दे दिया, ले लिया। हाँ, कुछ खाते-पीते घरों से पैसा या अनाज नहीं लेते थे। कहते थे—जिस दिन चौके में कोई खास व्यंजन बने, दालपूड़ी, फरा*, कटहल, महुआ के कोवा या आलू-गोभी की तरकारी, पना, बरा, रिकवँछ या सहिना, उस दिन बुलाकर भरपेट खिला दीजिएगा। ऐसी मजदूरी ज्यादातर उधार रह जाती है, क्योंकि आए-दिन तो किसी के घर ये व्यंजन बनते नहीं और बने तो सूरे को बुलाने की याद न रहे।

सूरे अक्सर हँसकर कहते हैं—'इलाके के सारे बड़े-बड़े लोग हमारे कर्जदार हैं। हैबतगढ़ के शंकर सिंह कितने बड़े जोतदार हैं। ट्यूबवेल, ट्रैक्टर, फटफटी, क्या नहीं है। लेकिन पाँच साल से हमारी दो खुराक के कर्जदार हैं। रामगंज के दल्लू सेठ की कितनी बड़ी कोठी है। कितने टरक, ईंट का भट्ठा। वे भी दो साल से एक खुराक के कर्जदार हैं।'

सूरे की खुराकी का कर्ज सीधे घर की मालकिन के नाम चढ़ा माना जाता है। गरीब घर की हों, चाहे अमीर घर की; कोई भी गृहस्थिन नहीं चाहती कि सूरे का कर्ज अदा किए बिना इस दुनिया से जाए।

जिस गृहस्थ के घर सूरे को मनपसन्द भोजन मिल जाता है, उसकी तारीफ सालों करते हैं। रामगंज बाजार की झुमका सेठानी के भोजन का बखान आसपास के आठ-दस गाँव के लोग कई बार सुन चुके हैं। सूरे के मुँह से सुनिए तो आपके मुँह में भी पानी आ जाए—'कनकजीर के अरवा चावल का भात। देशी घी में जीरा से बघारी अरहर की गाढ़ी पीली दाल। महमह महकती हुई।'

सूरे बताते हैं—'सेठानी की छोटी-सी बटुली। न वे परसने से पिछड़ीं, न हम खाने से। बटुली भर भात अकेले खा गए। उस महकती दाल-भात का स्वाद अभी तक जीभ पर ज्यों-का-त्यों बना हुआ है।'

* चावल के आटे का

सेठानी की चाभियों का गुच्छा कुएँ में गिर गया था। सेठानी चाहती थीं कि सेठ को इसकी जानकारी न होने पाए। सूरे ने जाड़े की रात में चाभी का गुच्छा निकाला था।

सूरे को पता है कि क्यों उन्हें ही दो-तीन दिन से इस काम के लिए खोजा जा रहा है। कोई छोटा-मोटा कुआँ होता तो खेलावन की अम्मा किसी भी राह चलते छोकरे को उतारकर बाल्टियाँ निकलवा लेतीं लेकिन इस कुएँ में उतरना आजकल के लौंडों के वश की बात नहीं है। यह कुआँ खेलावन के बाबा ने बनवाया था। बीस हाथ की तो इसकी मुनरी* है। गर्मी में भी पानी की गहराई आठ-दस हाथ रहती है। आजकल के लौंडों के फेफड़े में इतना दम नहीं है कि दस-पन्द्रह हाथ नीचे जाकर बाल्टी खोजने के लिए साँस बाँध सकें। बीस साल से तो इसकी सफाई ही नहीं हुई है। कमर भर गाद भरी होगी पेटे में। क्या समझते हैं कि काँटा डालकर टटोलवाया न होगा, लेकिन कीचड़-गाद में धँसी बाल्टी काँटे की पकड़ में कैसे आ सकती है?

उबहन पकड़कर कुएँ में लटकने के बाद आँखें बन्द करके कुछ बुदबुदाते हैं सूरे, फिर पानी में कूदते हैं। झम्मऽऽऽऽऽ...की आवाज के साथ अदृश्य हो जाते हैं। ऊँचाई से कूदने पर तलहटी तक पहुँचने में समय कम लगता है। सारा खेल तो समय का ही है। एक-डेढ़ मिनट में काम करके पानी की सतह पर आ जाना पड़ता है। कुएँ की मुंडेर से बीसों सिर अन्दर झाँक रहे हैं।

पहले बुलबुले ऊपर आए, फिर सूरे। लेकिन खाली हाथ...

"नहीं मिली?" नीचे झाँकते छोटे-बड़े कई चेहरों ने एक साथ पूछा। लम्बी साँस छोड़कर और चेहरे का पानी दाहिने हाथ से पोंछकर मुँह ऊपर उठाकर बोले सूरे—"वरुन देवता नीचे धँसने ही नहीं दे रहे हैं। भौजी से कहो, भेली चढ़ानी होगी।"

सब जानते हैं, गुड़ खाने का यह पुराना हथकंडा है सूरे का। भेली आती है। सूरे रस्सी के सहारे ऊपर तक आते हैं और गुड़ की भेली मुँह में दबाकर पानी की सतह पर लौट जाते हैं। भेली फोड़कर थोड़ा गुड़ वरुण देवता को अर्पित करते हैं। बाकी गुड़ इत्मीनान से खाकर फिर डुबकी लगाते हैं। इस बार पानी की सतह पर उतराते हैं तो उनके दाएँ हाथ में बाल्टी दिखती है। पानी में उलट-पुलट कर उसका कीचड़ साफ करते हैं और रस्सी के छोर से बाँधकर कहते हैं—खींचो। रस्सी बाहर खींचकर बाल्टी खोल ली जाती है और रस्सी फिर कुएँ में वापस।

---

* रिंग, परिधि

अभी एक बाल्टी और है।

"ऐ, कौन उतरा है कुएँ में? सुरवा है क्या?" एक कड़क आवाज आई। वे तीन थे। धीरे-धीरे चलकर कुएँ के पास आ गए। औरतों ने उत्तर देने के पहले मामला समझना चाहा, लेकिन बच्चों ने सहज ही स्वीकार में सिर हिला दिया। पानी में डूबने को तैयार सूरे के कान खड़े हो गए।

"वही है, साहब।" चपरासीनुमा व्यक्ति ने पैंट-बुशर्ट पहने नौजवान से कहा।

सूरे को अपना नाम सुनकर ठंड लगने लगी। पाँच दिनों से वे इधर-उधर से सुन रहे थे कि तहसील का अमला उन्हें खोज रहा है। क्यों भला? वे समझ नहीं पा रहे थे, लेकिन डरते जा रहे थे। सरकारी आदमी उनकी तलाश में हैं, डरने के लिए इतना ही काफी है। इसी डर के चलते तीन दिन से अपने गाँव नहीं लौट रहे थे। आसपास के गाँवों में रात गुजार रहे थे।

पहले कहाँ डरते थे? न डरने के चलते ही उनकी आँखें सूजा धँसाकर फोड़ी गई थीं। पैंतीस साल पहले। न डरने के चलते ही तो एक झटके में जाल में फँस गए थे, सत्रह साल पहले। वे छटपटाते-चिल्लाते सफाई देते रह गए कि साहब, अभी से हमारी क्यों काट रहे हैं? अभी तो हमारा बियाह भी नहीं हुआ है। फिर हमारे बच्चे कैसे हो सकते हैं?

एक मसखरे चपरासी ने मजाक किया था—"तब तो तुमसे सारे पड़ोस को खतरा है। पता नहीं, कहाँ पैदा कर दो।"

छह महीने बाद ही फिर पकड़ लिये गए। भाग भी तो नहीं सकते थे, आँख-दीदा वालों की तरह। वे चिल्लाते रह गए—साहेब, हमारी कट चुकी है। लेकिन किसी ने नहीं सुना। पहली कटान सूरे के नाम से। दूसरी ललई उर्फ लालचंद के नाम से। दो बार कटने की निशानी—दो कंबल। सूरे ने साँस खींचकर फिर डुबकी लगाई, लेकिन एक मिनट भी नीचे नहीं रह सके। सूरे इन्तजार कर रहे थे कि बाहर की रौ-भौ मिले, लेकिन बाहर एकदम सन्नाटा था।

फिर डूबने की ताकत नहीं रही। कुछ पानी की ठंडक और कुछ आगत का डर। वे काँपने लगे। लगा कि थोड़ी देर और अन्दर रह गए तो बाजुओं में इतनी ताकत और पंजों में इतनी पकड़ नहीं रह जाएगी कि रस्सी के सहारे बाहर निकल सकें।

"अरे, बाहर भी निकलेगा कि कुएँ में ही सो गया।"

सूरे कुछ देर तक दुविधा में रहे, फिर रस्सी के सहारे धीरे-धीरे बाहर आकर कुएँ की जगत पर खड़े हुए। जो पाँच-छह दाँत बचे थे, कटकटा रहे थे। एक लड़के ने पास रखा उनका अँगोछा उन्हें पकड़ाया। वे शरीर का पानी पोंछने लगे।

"दूसरी बाल्टी कहाँ है?"

"दूसरी नहीं मिली। बहुत ठंड है। फिर किसी दिन निकालेंगे।"

"सूरे उर्फ ललई वल्द रामदास तुम्हारा ही नाम है?"

"हाँ भइया, लेकिन हम पहचाने नहीं।"

"हम लोग तहसील के वसूली स्टाफ हैं। तुम्हारे नाम से बकाया है। तहसील चलना होगा।"

"मेरे नाम से बकाया कैसे होगा, साहेब? मेरे पास तो एक धूर जमीन भी नहीं है। और इस गाँव में दो-चार बूढ़ों को छोड़कर ललई के नाम से मुझे कोई जानता भी नहीं है!"

"यही तो तुम्हारी कारस्तानी है। नाम छिपाकर सोचा था कि सरकार की आँख में धूल झोंक दोगे।"

"हम समझे नहीं, सरकार!"

"चलो, वहीं सब समझ जाओगे।" वह आदमी सूरे की बाँह पकड़कर जगत के नीचे खींचने लगा। सूरे के चेहरे पर बेचारगी फैल गई। एक बार तो मन किया कि बाँह छुड़ाकर फिर कुएँ में कूद जाएँ। लेकिन कुएँ में कितनी देर रहेंगे? अचानक सूरे ने झटके से बाँह छुड़ाई। बोले—"सरकार, हम सब समझ गए। यह तीसरी बार है, जब आप हमारी कटवाने के लिए पकड़ रहे हैं। इससे तो अच्छा है कि समूचा ही काट ले जाइए। बस, हमें बख्श दीजिए।"

तीनों हँसने लगे—"अरे बेवकूफ, कटने-काटने का काम कब का बन्द हो गया!"

"तो हमें किस जुर्म में बाँध रहे हैं, सरकार?"

"कर्ज लेकर खा गए। मूल-सूद सब हजम। लौटाने की नीयत नहीं तो बाँधे नहीं जाओगे? चलो, वहीं हवालात में बैठकर निरगुन गाओ।"

"अरे सरकार, हमने कभी कोई कर्जा नहीं लिया। हमें क्या जरूरत है कर्जा लेने की?"

खेलावन की अम्मा आगे बढ़कर बोलीं—"सूरे के न जगह, न जमीन, न मेहरारू, न लरिका। ये काहे कर्जा लेंगे?"

"यह सब वहीं तहसील में फरियाएगा।"

एक नई दुल्हन घूँघट की आड़ से पतली आवाज में बोली—"आप लोग झूठ बोल रहे हैं। सारा कर्जा तो तीन साल पहले वी.पी. सिंह माफ कर गए। फिर यह नया कर्जा कहाँ से आ गया? कब कर्जा लिया? किस काम से लिया? पहले बताया जाए। बेकसूर आदमी को जब मर्जी टाँग ले जाओगे?"

अमला थोड़ा ठिठका। फिर पतलून वाले ने एक रजिस्टर पलटकर देखा और बोला—"सन् 1981 में ललई वल्द रामदास के नाम से डेढ़ हजार का लोन लिया गया है। पंचर जोड़ने का सामान खरीदने के लिए। एक-तिहाई सब्सिडी माफ हो गई। बाकी मूल और सूद की देनदारी बनती है। बेकसूर को क्यों पकड़ेंगे?"

"सूरे को रस्ता तो सूझता नहीं। ये पंचर कैसे जोड़ लेंगे?"

यह सवाल कई दिशाओं से उभरा।

"इसका मतलब लोन देने वाले खुद अन्धे थे।"

"और फिर सन् 1990 में जब बड़े-बड़े बकाए माफ हो गए, यह क्यों माफ नहीं हुआ?"

"सन् 1990 में कृषि ऋण माफ हुआ था। यह बिजनेस लोन है, धन्धे के लिए।"

"धन्धे के लिए कि धाँधली के लिए? यह लोन फर्जी है। हम सूरे को नहीं जाने देंगे।"

कहने के साथ पाँच-छह औरतें जीप के आसपास घिर आईं।

पुलिस प्रशासन की नजर में यह गाँव थोड़ा बवाली माना जाता है। यहाँ का पोलिंग बूथ चुनाव के अभिलेखों में अति संवेदनशील दर्ज है। औरतों के मुँह लगना तो और खतरनाक होगा। युक्ति से काम लेना पड़ेगा। देर हुई तो वे लोग घिर सकते हैं।

खेलावन की अम्मा भी सोच में पड़ गई हैं। उन्हीं के काम से आए थे सूरे। उन्हीं के दरवाजे पर पकड़े जा रहे हैं। संयोग ऐसा कि इस समय कोई मर्द टोले में नहीं है।

तीनों ने समझाना शुरू किया, "देखिए, हम भी समझ रहे हैं कि अन्धा आदमी पंचर नहीं जोड़ सकता। जरूर कहीं धाँधली हुई है। उस समय एक नई योजना शुरू हुई थी—आईआरडीपी। इसका मतलब लोगों ने निकाला—आई रकम डकारो प्यारे। सूरे के नाम से रकम निकालकर डकार ली गई होगी। लेकिन सूरे चलकर तहसीलदार साहेब के सामने यही बात कहें। कहें कि यह बकाया फर्जी है। उन्होंने कभी कोई लोन नहीं लिया। दरख्वास्त दें कि इसे माफ किया जाए। बट्टे खाते में डाला जाए। हम भी सूरे की ओर से कहेंगे, लेकिन अपनी बात कहने के लिए चलना तो पड़ेगा।"

इस बीच ड्राइवर धीरे-धीरे जीप सूरे के पास तक ले आया। एक आदमी ने जीप के पीछे का फाटक खोला और सूरे को पकड़कर अन्दर खींच लिया। सूरे पीछे की ओर मुँह करके जीप के फर्श पर उकड़ूँ बैठ गए। दो लोगों ने सूरे के दाएँ-बाएँ की लम्बी सीटों पर बैठकर उनका एक-एक कन्धा पकड़ लिया। पैंट-शर्ट वाला आदमी आगे बैठने लगा तो खेलावन की अम्मा जीप के ठीक सामने खड़ी

हो गईं और बोलीं—"सूरे कल से कुछ खाए नहीं हैं। मैंने उनके लिए पूड़ी-सब्जी बनवाई है। पहले इन्हें खा लेने दीजिए, फिर ले जाइए।"

उन्होंने वहीं से अपनी पतोहू को आवाज दी—"ला रे दखिनाही।"

अचानक सूरे को याद आया—"मेरी लाठी।"

"लाठी क्या करोगे? तहसीलदार साहब से लाठी चलाओगे?"

"अरे सरकार, वही तो मेरी आँख है।"

एक लड़के ने तख्त से टिकी लाठी उठाकर सूरे की ओर बढ़ाई। चपरासी ने उसे जीप के फर्श पर तिरछा करके व्यवस्थित किया। सूरे उसे टटोलकर सन्तुष्ट हुए। फिर बोले—"गीली धोती भी नहीं बदलने दिये, सरकार। दाद हो जाएगी।"

"धोती बदलकर क्या पहनते?"

"यही अँगोछा, सरकार।"

"इसमें तो बहत्तर छेद हैं।"

"बहत्तर छेद तो जिन्दगी में भी हैं सरकार, लेकिन काम तो इसी से चल रहा है।"

खेलावन की दुलहिन एक पुराने पत्तल पर दस-बारह पूड़ियाँ और उसके ऊपर आम के अचार की एक फाँक रखकर ले आई।

घूँघट के अन्दर से पतली आवाज में बताया—"सब्जी पकने में अभी देर है।"

खेलावन की अम्मा ने आगे बढ़कर पत्तल ले लिया और जीप के पीछे आकर बोलीं—"अँजुरी रोपो, सूरे।"

सूरे ने दोनों हथेलियाँ जोड़कर फैलाईं और पत्तल थाम लिया।

"बस, ठीक है। इसी में बैठे-बैठे खाते रहो।" एक सरकारी आदमी बोला। खेलावन की अम्मा के हटने से जीप के आगे का रास्ता साफ हो गया था। जीप चल पड़ी।

पगडंडी से जीप मुख्य सड़क पर दाईं ओर मुड़ी तो सूरे का सन्तुलन गड़बड़ाया। हाथ में पूड़ियाँ थीं, इसलिए टेक भी नहीं ले सके। बाईं करवट उलट गए, लेकिन पूड़ियाँ सुरक्षित थीं। केवल अचार की फाँक नीचे गिर गई, पर सूरे को इसका पता नहीं चला। वे चूतड़ के बल बैठ गए। अँजुरी मुँह के पास लाए। साँस खींचकर सूँघा और पूड़ी का पहला कौर काट लिया...

हम लड़ि लड़ि भाय बिलाइ गए

एक कान से दूसरे कान तक होते-होते बात संतोखी के कान तक पहुँच गई—तो यह है मुझे डसने वाला असली करैत। पुरखे सही कहते थे, पाप खुद चिल्लाता है। उन्होंने तुरन्त महादेव के खिलाफ थाने में तहरीर दी—कूट रचना और 420 के मामले में महादेव का नाम भी शामिल किया जाए।

दो-तीन महीने बाद एक शाम महादेव की बूढ़ी जलते चूल्हे के सामने बैठी आटा गूँध रही थी। चूल्हे पर पकती दाल में पड़ी खटाई की महक घर भर में फैल रही थी। बूढ़ी ने आवाज लगाई—"रोटी सेंक रही हूँ। हाथ-पाँव धोकर आइए। गरम-गरम खा लीजिए।"

बाहर गड़े बिजली के खम्भे पर जल रहे बल्ब की रोशनी का एक चकत्ता अन्दर तक आता है। बुढ़िया उसी चकत्ते में बुढ़ऊ के बैठने के लिए पुआल का बीड़ा रखती है।

अभी पहला कौर तोड़ ही रहे थे कि झुककर अन्दर घुसते सिपाही की टोपी पर नजर गई।

"महादेव तुम्हीं हो?"

"हाँ, सरकार।" महादेव अन्दर तक हिल जाते हैं। खड़े होकर हाथ जोड़ते हैं।

"बदमाश! चल थाने।"

"हमने क्या किया, सरकार?"

"तूने बारह साल पहले रमेसर बनकर संतोखी का खेत छत्रधारी की औरत के नाम बैनामा किया था न? संतोखी ने तेरे खिलाफ तहरीर दी है। तेरे नाम वारंट है।"

"अरे सरकार, ऐसा जुलुम मत करिए। किसी तरह बचा लीजिए।"

सिपाही थोड़ी देर तक सोचने का नाटक करता रहा। फिर महादेव को कोने में ले जाकर कुछ फुसफुसाया। फिर सामान्य स्वर में बोला—"देख, जाति-बिरादरी का है इसलिए इतना कर सकता हूँ कि कुछ दिन की मोहलत दे दूँ, लेकिन थानेदार पूरा कसाई है। उसका पेट बहुत बड़ा है। हजार से कम पर न मानेगा।"

"इतना पैसा गरीब की झोंपड़ी में कहाँ से आएगा, सरकार?"

"तो चल। सिपाही बाँह पकड़कर खींचता है—"बिना हाथ-पाँव तुड़वाए अकल नहीं आएगी।"

"नहीं-नहीं हाकिम।" पीछे खड़ी सारी बात सुन रही बूढ़ी घबराकर कहती है—"इन्हें न पकड़ो। पैसा मैं देती हूँ। कल ही घेंटा* बिका है। उसके आठ सौ रखे हैं।

नोट गिनते सिपाही से जानना चाहती है बुढ़िया—"अब तो कोई खतरा नहीं है, साहेब?"

हँसता है सिपाही—"खतरा? खतरा तो तब तक है जब तक बुड्ढा जिन्दा रहेगा।"

बाहर आकर मुस्कराता है सिपाही। इसी तरह दौड़-धूपकर आहार खोजना पड़ता है, वरना सिपाही को कौन पूछता है!

चूल्हे की आग बुझ गई है।

बुढ़िया पूछती है—"सिपहिया जो कह रहा था वह सही है?"

महादेव सूनी आँखों से उसे देखते हैं। फिर बुदबुदाते हैं—"क्या बताएँ! गुस्से में आकर खुद ही अपने गले में फाँसी का फंदा डाल लिया।"

"तुम्हारी अकल पर पत्थर पड़ा था क्या?"

बुढ़िया चूल्हे में फूँक मारने लगी।

"तुम खा लो। मुझे भूख नहीं है।" महादेव बाहर जाने के लिए मुड़ते हैं।

"अरे, अन्न से क्या दुश्मनी है! आओ, बैठो।"

टोले में सिपाही क्यों आया, टोले के लोग जानना चाहते हैं। एक-एक करके लोग अन्दर आते हैं।

महादेव रोटी नहीं कूच पा रहे हैं। वे गरम दाल में रोटी भिगो देते हैं। बोलने से बचने का अच्छा बहाना है—खाते समय बोलना 'दोख' है।

जेल जाने का डर महादेव की पूरी चेतना पर छा गया है। सोते-जागते, उठते-बैठते—जेल। कैसी होती है जेल? मार-मारकर हाथ-पाँव तोड़ देते हैं क्या? संतोखी मिलते तो उनसे माफी माँग लेते। कहते कि मेरे कुछ कहने-करने से तुम्हारा बिगड़ा काम बनता हो तो बना लो। बस, बुढ़ापे में जेल मत भेजवाओ।

आखिर उस दिन बाजार में सुर्ती की दुकान पर संतोखी से सामना हो ही गया। संतोखी की आँखें उन्हें देखकर अंगार हो गईं। लपककर सामने आए और महादेव

* सूअर का बच्चा।

की बाँह पकड़कर पूछा—"छत्रधारी ने तो लालच में आकर मेरा मूड़ काटा, तुम उनके सथुआ क्यों बने? कितना रुपया दिया था छत्रधारी ने?"

"हम छत्रधारी का एक पैसा नहीं जानते भैया। कसम खिला लो, अगर मजदूरी के अलावा कभी सेर-भर अनाज भी बेसी दिया हो। उन्होंने फुसलाकर मेरी बुद्धि का नाश किया। मेरी मति फेर दी। मुझे माफ कर दो।"

"माफ? जब से पता चला है कि मेरे महाभारत के सकुनी तुम्हीं हो, तुम्हारी सूरत आँखों के आगे आती है तो सूती-भर खून सूख जाता है।"

संतोखी लपककर महादेव का बायाँ अँगूठा पकड़ते हैं और उसे अपनी आँखों के आगे लाते हुए कहते हैं—"इसी अँगूठे ने मेरी दुनिया में आग लगाया है न? अब यही तुम्हें जेल भी भेजवाएगा।"

संतोखी हाथ झटककर चल देते हैं। काँप गए हैं महादेव। काँपते हाथों के साथ उनके हाथ की लाठी भी काँपने लगी है।

रास्ते-भर संतोखी की आवाज महादेव के कानों में गूँजती रही—अब यही अँगूठा तुम्हें जेल भी भेजवाएगा। अब यही...वे चलते-चलते रुक जाते हैं। अपना बायाँ अँगूठा आँखों के सामने लाकर देखते हैं—"अब यही..."

"सुनो जी, सुनती हो। गँड़ासा कहाँ रखा है?"

"क्या होगा गँड़ासा?" बूढ़ी चूल्हे में फूँक मारते हुए पूछती है।

"बताओ न!" महादेव बेताबी से पूछते हैं।

बुढ़िया गँड़ासा ढूँढ़कर लाई।

"क्या काटना है?"

महादेव काठ के बोटे पर बायाँ अँगूठा रखकर कहते हैं—"इस तरह साधकर मार कि एक ही वार में अँगूठा जड़ से अलग हो जाय।"

"पगला गए हो क्या?"

"मार, मार। बहुत जरूरी है।"

बुढ़िया गँड़ासा लेकर वापस लौटने लगती है तो महादेव लपककर गँड़ासा उसके हाथ से छीन लेते हैं और काठ पर अँगूठा रखकर एक ही झटके में—खचाक!

अँगूठा छिटककर दूर जा गिरा है।

वे गँड़ासा फेंकते हैं। लपककर अँगूठा उठाते हैं और रसोई में जाकर चूल्हे में डाल देते हैं—स्वाहा!

"क्या डाला?"

"सबूत!" वे अकड़कर पत्नी की ओर देखते हैं—"गरह काट डाला।"

कच्चे फर्श पर टप्-टप् टपकता खून देखकर बुढ़िया घबरा जाती है। घाव पर बाँधने के लिए चिथड़ा खोजने लगती है।

सारी बात सुनकर वकील साहब सिर पीट लेते हैं—"तुम गाँव वालों को कब अकल आएगी? अरे, माफी माँग रहा था तो पुचकारकर यहाँ ले आते। कोर्ट में बयान करा देते। अँगूठा निशान दिलाकर मिलान के लिए भेजवा देते। काम फतेह हो जाता। अपनी करनी से अपनी तकदीर गोड़ लिये।"

संतोखी से पछताए नहीं चुक रहा है।

आज संतोखी को अपने खेत पर कब्जा मिलेगा। पूरे इक्कीस साल बाद। वे भाग्यशाली हैं, वरना कितने लोगों की जिन्दगी में यह दिन आता है? बाबा मुकदमा दायर करता है तो पोता जजमेंट सुनता है। मिल तो जाता एक फसल पहले, लेकिन नोटिस की तामीली में ही बहुत समय लग गया। कब्जा दिलाने का आदेश होने के बाद भी पन्द्रह दिन लग गए। डर था, छत्रधारी ऐन मौके पर कोई नया बखेड़ा न खड़ा कर दें। इसलिए पुलिस प्रोटेक्शन लेना जरूरी था। इस बीच मोहर्रम का त्योहार आ गया। उसके बाद फोर्स मिली। यह भी अच्छा ही हुआ। अषाढ़ लग गया है। एक बारिश हो चुकी है। कब्जा लेने के साथ ही जुतवाकर धान बो देंगे।

संतोखी ने कल शाम को ही बीज पछोरवाकर तौलकर भिगो दिया है। शहर जाने के पहले पत्नी को सहेज दिया था कि दोपहर में जब हम लोगों को खेत पर देखो तो बीज लेकर आ जाना। वे जानते हैं, छत्रधारी से बिगाड़ के डर से गाँव का कोई आदमी उन्हें अपना खेत जोतने के लिए हल-बैल नहीं देगा। इसलिए बगल के गाँव के कल्लू कसाई के पास गए। कल्लू हँसकर बोला—"मैं किसी से डरता हूँ क्या?" वह अपना ट्रैक्टर भेजने को तैयार हो गया। बात पक्की करने के लिए संतोखी उसे डीजल भराने के नाम पर पचास रुपये बयाना दे आए।

कोर्ट अमीन ने कल ही बता दिया था कि कुल सात आदमी रहेंगे। इसलिए जीप लेकर आना और डीजल भरवाकर ठीक नौ बजे मेरे क्वार्टर पर पहुँच जाना।

संतोखी ठीक समय पर पहुँच गए। चपरासी वहाँ पहले ही पहुँच गया था।

पुलिस प्रोटेक्शन के लिए एक दारोगा और दो सिपाहियों की एक दिन की तनख्वाह कोर्ट में जमा कराने का नियम है। इसे दो दिन पहले जमा करके उन्होंने रसीद ले ली थी। अमीन और चपरासी को कब्जा दिलाने के लिए आने-जाने का खर्च तो सरकारी खजाने से मिलता है। यही कानून है। लेकिन संतोखी जानते हैं कि अगर वे अमीन को इस कानून की याद दिलाएँगे तो वह ऐसा 'कानून' बता देगा कि उनके कब्जे की कार्यवाही हमेशा के लिए लटक जाएगी।

संतोखी सोचते हैं कि जज साहबान के प्रोटेक्शन के लिए उनके बँगले पर रात-दिन जो पुलिस लगी रहती है, क्या उसकी तनख्वाह भी जज साहब को सरकारी खजाने में जमा करानी पड़ती है? ऐसा होता होगा तब तो जज साहबान की पूरी तनख्वाह इसी में खतम हो जाती होगी! कुछ देर ऊभ-चूभ होने के बाद इस नतीजे पर पहुँचते हैं कि ऐसा नहीं होता होगा। उनके लिए दूसरा कानून होगा, पब्लिक के लिए दूसरा।

अमीन साहब दस बजे अन्दर से निकले। काला चश्मा लगाकर आगे बैठे और सिगरेट सुलगा ली।

थाने से फोर्स लेने में दो घंटे लग गए। दारोगा जी तब तक नहाए ही नहीं थे।

बाजार में पहुँचकर चपरासी ने संतोखी के कान में मुँह सटाकर पूछा—"डुग्गी?" संतोखी ने उसे आश्वस्त किया और बाजार के सिरे पर पहुँचकर ड्राइवर से गाड़ी रुकवाई। चपरासी ने भी अपनी जिम्मेदारी संतोखी को सौंप दी थी, डुग्गी वाले को बुक करने की। डुग्गी बजाकर इलाके के सारे आम-ओ-खास को कब्जा दखल की जानकारी देने के लिए।

सब सामने की चाय की दुकान पर चाय पीने के लिए उतर गए।

राजेश कोठरी के अन्दर बैठा सूप बुन रहा था। संतोखी ने उसे बीस रुपये का नोट पकड़ाते हुए कहा—"चलो भाई।"

"कितना दे रहे हो, चाचा?"

"बीस रुपये। यही तो कल तय हुआ था।"

"यह तो मेरा मेहनताना हुआ। नगड़ची का किराया?"

"नगड़ची का अलग से लेते हो क्या? कल तो नहीं बताया?"

"कल आपने नगड़ची का पूछा ही नहीं था? नगड़ची की आवाज ही तो दूर-दूर तक जाती है। मैं कितना चिल्लाऊँगा?"

"लो, दस और पकड़ो। जल्दी चलो। पहले ही देर हो चुकी है।"

"चाचा, नगड़ची के तीस होते हैं। और बीस रुपये का देसी का एक पौवा लाइए सामने के ठेके से। देख रहे हैं, धूप कितनी तेज है। सीधे आग बरस रही है। खोपड़ी टनक जाएगी।"

"इतना रखो। बाकी लौटकर दे देंगे।"

"आज तक कोई लौटा है बाकी देने के लिए?"

संतोखी ने दूसरी जेब में हाथ डाला। उसे राजी करके लौटे।

चाय वाले को चाय-समोसे का भुगतान किया। सबके लिए पान लगवाया। अमीन तथा दारोगा के लिए एक-एक पैकेट सिगरेट खरीदा।

राजेश ने जीप के पास खड़े-खड़े देसी का पाउच खाली किया। नगड़ची पर तीन-चार चोप मारकर उसे कन्धे से टाँगा और जीप के पीछे पायदान पर लटक गया।

जीप से उतरकर सब खेत की ओर चले तो राजेश की नगड़ची टनटनाने लगी। आवाज सुनकर बाग में खेल रहे बच्चे दौड़े। कल्लू कसाई का लाल ट्रैक्टर संतोखी के खेत के पास बबूल की छाँह में खड़ा था। सब लोग बबूल की छाँह में खड़े होकर छत्रधारी के आने का इन्तजार करने लगे।

संतोखी की पत्नी सिर पर धान के बीज की दौरी लेकर घर से निकलीं।

इन्तजार लम्बा खिंच रहा था। लेकिन छत्रधारी को बुलाने कौन जाए? दारोगा चाहता था कि अमीन का चपरासी जाए। अमीन चाहता था कि सिपाही जाए।

कल्लू कसाई का ड्राइवर बेचैन हो रहा था। वह बारह बजे ही आ गया था और अब चार बज रहे थे। उसने ट्रैक्टर स्टार्ट किया और ले जाकर खेत के बीचोबीच खड़ा कर दिया।

आखिर छत्रधारी आते दिखाई दिए। लम्बा कुर्ता लहराते, सिर पर मोटा तौलिया डाले। टेढ़ुआ कुबरी लपका-लपका कर आगे रखते हुए। उनके पीछे उनके भानजे और भतीजे, कन्धे पर दोनाली बन्दूक टाँगे हुए।

पास आकर छत्रधारी ने हवा को सलाम ठोंका और एक कागज अमीन के हाथ में पकड़ाया, दूसरा दारोगा के।

The effect & operation of judgement & decree dated...
remain stayed till further order...

"हाई कोर्ट का स्टे!"

संतोखी के कान में 'स्टे' शब्द पड़ा और लगा कि दुनिया घूमने लगी है। गिरने

से बचने के लिए उन्हें बबूल के पेड़ का सहारा लेना पड़ा।

अमीन ने एक क्षण कागज को देखा। उसके चेहरे पर अप्रसन्नता और खीज का भाव आया।

"स्टे था तो घर में क्या अचार डालने के लिए रखे थे अब तक?"

"परसों ही तो स्टे हुआ। आज सुबह कॉपी लेकर आए। कल आकर आपकी कोर्ट में जमा करेंगे।"

'हाई कोर्ट' और 'स्टे'—इन दो शब्दों में इतना वजन था कि सारा किया-धरा इनके नीचे दब गया।

सब लौट पड़े।

कल्लू कसाई के ड्राइवर ने पीछे से संतोखी का कुर्ता खींचा—"मेरा पेमेंट?"

"जोताई तो हुई नहीं भइया? डीजल का पैसा पहले ही दे दिए हैं।"

"अकाज तो हुआ!"

"कल्लू भाई से कहना, मैं दो-एक दिन में आकर मिलूँगा।"

पीछे-पीछे चलते हुए सोच में पड़े हैं संतोखी। वकील साहब तो कह रहे थे कि सुप्रीम कोर्ट की दर्जनों नजीरें हैं कि लोअर कोर्ट की कान्करेंट फाइंडिंग है तो हाई कोर्ट से 'स्टे' मिल ही नहीं सकता। फिर यह कैसे हुआ?

संतोखी बहू ने नतीजा निकाला कि पुलिस-दारोगा भी छत्रधारी की बन्दूक देखकर भाग खड़े हुए।

वे बीज की दौरी सिर पर रखकर वापस लौटीं।

तीन-चार दिन तक तो संतोखी को जैसे होश ही नहीं था। पस्त होकर पड़े रहे। पत्नी हाथ-पैर दबाती रही। सिर में तेल ठोंकती रही। फिर बुखार आ गया। दस दिन बुखार में तपते रहे। बुखार उतरा तो वे विद्रोही जी के पास गए कि चलकर हाई कोर्ट में उनकी अपील दायर करा दें। विद्रोही जी ने मजबूरी बताई। एक तो परधानी के काम से ही फुरसत नहीं है, दूसरे चुनाव की घोषणा कभी भी हो सकती है। पूर्व विधायक जी उन्हें एक दिन के लिए भी छोड़ने को तैयार नहीं हैं। जनसम्पर्क में उन्हें साथ-साथ रखते हैं। उन्होंने संतोखी को उस वकील का पता दे दिया जिसने परधानी के मुकदमे में उन्हें विजय दिलाई थी। संतोखी ने समझ लिया

कि विद्रोही जी के मुँह में परधानी का खून लग गया है।

थोड़ा लाई-चना झोले में बचा था। पत्नी ने थोड़ा सत्तू बाँध दिया। उन्होंने इलाहाबाद की राह पकड़ी।

सुना था कि पियारे हरिजन का बेटा नन्हे सिविल लाइन में चाट का ठेला लगाता है। पता करते-करते उसके पास पहुँचे। वह दारागंज में गंगा के ऐन पेटे में एक कोठरी किराए पर लेकर रहता था। शाम को वह अपनी कोठरी पर लाया। यह जानकर कि दादी ने उसके लिए सत्तू भेजा है, खुश हुआ।

सबेरे संगम नहाने और बन्धे पर तोते से भाग्य बिचरवाने के बाद संतोखी विद्रोही जी के बताए पते को खोजते हुए चले। नहाने और तोते द्वारा बताए भविष्य से शरीर में ताकत महसूस हो रही थी।

लेकिन उन वकील साहब का हाव-भाव संतोखी को पसन्द नहीं आया। जैसे भिखारी समझ लिया हो। पहले ही अपनी गरीबी का रोना रोने लगे, यही गलती हो गई। दिन-भर निरुद्देश्य भटकते रहे। तगड़े-तगड़े साँड़ पूरे शहर में घूम रहे थे। अगर इन्हें खुनाकर हल में जोता जाए तो कितने काम के हैं! क्या खाकर इतना मोटाए हैं, यह नहीं समझ सके। शाम को नन्हे के ठेले के पास आकर बेंच पर बैठ गए। नन्हे ने एक प्लेट दही-बड़ा बनाकर उन्हें पकड़ा दिया। यह जानकर कि विद्रोही बाबा द्वारा बताए गए वकील से काम नहीं बना, उसने सिर हिलाया।

काला कोट पहने एक वकील साहब आए। मीठी चटनी के साथ डबल टिकिया का ऑर्डर दिया। अक्सर आते थे। नन्हे ने उनसे चर्चा की। उन्होंने प्यार-भरी नजर संतोखी पर डाली। थोड़ी देर उनकी रामकथा सुनी, फिर अपना कार्ड देते हुए अपने चैम्बर की लोकेशन समझाई। बोले—"आठ बजे आओ।"

नन्हे ने उन्हें 'चैम्बर' के पास छोड़ते हुए सचेत किया—"वकील साहब को मेरी जाति न बताइएगा, बाबा। मैंने अपने ठेले पर 'शर्मा चाट भंडार' लिखवाया है। असली जाति जान गए तो हो सकता है मेरी बिक्री घट जाय। ठेला भी हटवाया जा सकता है।"

संतोखी ने स्वीकृति में सिर हिलाकर आश्वस्त किया। उन्होंने खुद देखा था, नन्हे पेशाब करने जाने लगता था तो ठेले के पास से ही कान पर जनेऊ चढ़ाने लगता था।

वकील साहब को सारी बात बताने के बाद संतोखी ने यह कहकर बात समाप्त की कि बुढ़ापे में भटकना बदा था।

"आप क्यों भटक रहे हैं? घर में कोई जवान हो तो उसे दौड़ाइए।"

संतोखी ने सावधानी बरती—"और कौन है? हमीं दो परानी हैं। वही एक बीघा खेत था। अब घूम-घूम कर लाई-चना बेचता हूँ। समझिए, भीख ही माँगता हूँ। पत्नी इस उमर में मजदूरी करती है।"

वकील थोड़ा-सा खिन्न हुए, फिर समझाने लगे—"फिरी में तो यहाँ कोई काम करेगा नहीं। मामला पेचीदा हो चुका है। उनको स्टे मिल चुका है। इजरा की कार्यवाही में उलझने के बजाय पहले आपको यहाँ आना चाहिए था। कैवियेट दाखिल हो जाता तो बिना हमें सुने स्टे नहीं मिल सकता था। उसी समय सारा जोर लगाकर स्टे अपोज करते।...अब काम बढ़ गया। स्टे वैकेसन की दरखास्त लगानी होगी। जवाबदेही दाखिल करनी होगी। अर्ली फिक्सेसन कराकर स्टे खारिज कराना होगा। लफड़ा बढ़ गया।"

संतोखी समझ नहीं पा रहे थे कि और क्या पूछें।

वकील साहब ने फिर बताना शुरू किया—"यहाँ की कम-से-कम फीस है ग्यारह हजार रुपये। एकमुश्त। किसी से पूछ लीजिए। अगर कोई कम पर तैयार होता है तो समझिए ठग रहा है। भाग खड़ा होगा।...फीस दीजिए। पेपर दीजिए। वकालतनामा और एफिडेविट पर साइन कीजिए और अपने घर जाइए। आगे की जिम्मेदारी हमारी।"

फीस का बन्दोबस्त करके एक महीने में आने का वादा करके लौट आए संतोखी।

बेटे को चिट्ठी लिखवाई—"अभी तक तुम्हें दिया ही दिया, लिया एक धेला नहीं। पर अब गाड़ी फँस गई है। बारह हजार चाहिए ही चाहिए। लड़ाई हाई कोट पहुँच गई है।"

संतोखी ने पहले खुद बेटे को दूर-दूर रखा। अब नौकरी पा जाने के बाद उसने दूरी बना ली है। बिना राय-सलाह लिये ऊँची जाति की लड़की से शादी कर ली है। संतोखी का मानना है कि अगर पत्नी बेटे से कहें तो वह मदद करने से पीछे नहीं हटेगा, लेकिन पत्नी कहती हैं कि वे कहकर अपनी जबान खाली क्यों करावें? बेटा तो मान जाए, लेकिन बहू नहीं मानने देगी। बहू से वे इतनी नाराज हैं कि उसका छुआ हुआ खाना खाने को राजी नहीं हैं। कैसी बहू जो पैर छूकर आशीर्वाद तक लेने नहीं आई। आती तो क्या वे भगा देतीं?

संतोखी ने ताकत बटोरी। लाई-चने का झोला उठा लिया। सबेरे सात बजे ही घर छोड़ देते हैं। कचहरी बन्द होने के बाद देर तक बस स्टेशन और टैक्सी स्टैंड पर गा-गाकर बेचते हैं।

हम लड़ि लड़ि भाय बिलाइ गए।
दौड़त दौड़त बउराय गए।
जौ बीस साल मा जीते तौ
फिर झाम फँसायेन, हर गंगा।

"कैसा झाम फँस गया, संतोखी?"

हम कहे खेत अब हम जोतबै
इजरा लगवाए कब्जा का,
वे लइके कुबरी पहुँचि गएन
'इस्टे' देखलाएन, हर गंगा।

"रो-रोकर खूब लूट रहे हो, बुढ़ऊ।" एक वकील साहब व्यंग्य करते हैं—"कहाँ रखते हो इतनी कमाई?"

"लूट-लूटकर आप ही का घर तो भर रहे हैं सरकार। तब भी तो आपको पूरा नहीं पड़ता।"

हा-हा-हा-हा!

इस बार का विधानसभा चुनाव ग्रामीण मानस को झकझोर रहा है।

मसजिद ढहाकर रामवादी पार्टी ने समाज में जो उत्तेजना फैलाई थी, उसे कायम रखने का सतत प्रयास कर रही है। 'मन्दिर वहीं बनाने' और 'बच्चा बच्चा राम का' जैसे नारे जीवित रखे जा रहे हैं। बाजार, चौराहों और मन्दिरों में साम्प्रदायिक तनाव फैलाने वाले साधु-साध्वियों के कैसेट बजाए जा रहे हैं। धर्मभीरु हिन्दुओं पर राम का जादू सिर चढ़कर बोल रहा है।

इससे पार पाने के लिए चुनाव आते ही पिछड़ों और दलितों की पार्टी ने चुनावी गठबन्धन कर लिया है। उन्होंने जो नारा गढ़ा है, उसका आशय है कि पिछड़ों और दलितों के मिल जाने से अब 'जै श्रीराम' हवा में उड़ जाएँगे।

यह नारा बवंडर की तरह उठा है और मन्दिर-निर्माण से जुड़े नारों को कड़ी टक्कर दे रहा है।

माठा बाबा पुराने कांग्रेसी रहे हैं, लेकिन अब उन्हें कांग्रेस का सूरज अस्त होता नजर आ रहा है। रामवादी पार्टी के ग्रह-नक्षत्र प्रबल लग रहे हैं, लेकिन छत्रधारी ने पहले ही अपने दरवाजे पर रामवादी पार्टी का झंडा गाड़ लिया है; और वे उस धोखेबाज का मुँह तक नहीं देखना चाहते। तब किधर जाएँ?

पिछड़े वर्ग के उम्रदराज लोग इस समय पुराने संस्कार और नई राजनीति के दोहरे पाट में फँसा महसूस कर रहे हैं। राम की सत्ता से कैसे इनकार किया जा सकता है। वे तीनों लोकों के मालिक हैं। दुनिया के पालनहार हैं। उनसे बैर करके तो रावण भी उच्छिन्न हो गया। कुल में कोई रोने वाला नहीं बचा।

एक लख पूत सवा लख नाती।
तेहि रावण घर दिया न बाती॥

विद्रोही जी मानते हैं कि बूढ़ों को समझाना महामुश्किल, लेकिन नई पीढ़ी मानती है कि राम के नाम पर, धर्म के नाम पर ब्राह्मण समुदाय हजारों साल से बहुसंख्यक समुदाय को ठग रहा है। सत्ता की मलाई खा रहा है। हम धर्म की अफीम चाटकर हजारों साल तक सोते रहे हैं। और कब तक सोएँगे? 'जै श्रीराम' को लेकर चाटना है क्या? दलित तो चेत गए। हम कब चेतेंगे? हमें मन्दिर नहीं; स्कूल, अस्पताल, उद्योग चाहिए। रोजगार चाहिए। इसके लिए हमें सत्ता चाहिए। खजाने की चाभी चाहिए। उनके पास कल-छल-बल सब है। वे मायावी हैं, धूर्त हैं, ठग हैं, हमेशा से बाँटते और राज करते आए हैं। अब हमें बँटना नहीं है। अकेले-अकेले उनसे पार नहीं पाएँगे, मिलकर पछाड़ेंगे। हाथी, लाठी, सात सौ छियासी—यानी दलित, पिछड़े और मुसलमानों का एका।

"मुसलमानों का विश्वास करना ठीक रहेगा?"

"आप बताइए, ब्राह्मण बात के ज्यादा धनी मिले हैं कि मुसलमान? सीताजी को चुराकर ले जाने वाला रावण ब्राह्मण था कि मुसलमान?"

दलित टोला पूरी तरह जागरूक है। तूफानी पूरी तरह राजनीति में धँस चुका है। जेल जाने और आए दिन धरना-प्रदर्शन में भाग लेने के लिए सूबे की राजधानी में आते-जाते वह भाषण देना भी सीख गया है। टोले के लड़के उसकी अगुवाई में सक्रिय हो गए हैं।

जब अपनी पार्टी बन गई है तो कहीं और देखने की क्या जरूरत! उम्मीदवार का नाम जानने की भी क्या जरूरत? इस बार अपने क्षेत्र की सीट हाथी के हिस्से में आई है। जहाँ हाथी का निशान दिखे, वहीं मोहर ठोंक देना है।

कोई बूढ़ा शंका करता है—"पिछड़ों के साथ मिलकर खजाने पर कब्जा

करना तो ठीक है लेकिन कब्जे के बाद पिछड़े ही पूरा खजाना हड़प गए तो? मोटे हो जाने पर दबंग पिछड़े दलितों के लिए ठाकुर, ब्राह्मण से ज्यादा खतरनाक हो जाते हैं।"

"उन सब पुरानी बातों को अब भुलाना होगा, दादा।"

"हम तो भूल जाएँगे, लेकिन वे भूल जायँ तब न! दगा कर गए, हमारा ले लिये, अपना नहीं दिये तब?"

"यह हमें बाँटकर रखने के लिए ऊँची जातियों द्वारा फैलाया गया झूठ है, दादा। अब हमें उनके झाँसे में नहीं आना है।"

इलाहाबाद विश्वविद्यालय से बी.ए. कर रहा रघुनन्दन राय का बेटा राजेश्वर गाँव आया है। गाँव के पढ़ाकू लड़के हर मामले में उसकी ओर ताकते हैं। वह कहता है कि आधे से ज्यादा विधायक और सांसद जनता की नाजायज संतान हैं।

"नाजायज कि नालायक?"

"लायक-नालायक तो बाद की बात है। नाजायज इसलिए कि जनता ने उन्हें पैदा ही नहीं किया। वे बूथ कैप्चरिंग करके, नोट बाँटकर या जातिवाद और साम्प्रदायिकता का नशा पिलाकर वोट लूटते हैं। इन सबके मूल में पूँजी है। पूँजी ही नाना रूप धारण करके हमें ठगती है। वह बड़ी मायाविनी है। कभी जातिवाद का रूप धरती है, कभी साम्प्रदायिकता का। और दोनों को आपस में लड़ा देती है। जातियों का गठबन्धन करके या धार्मिक उन्माद फैलाकर जो भी सत्ता में आएगा वह पूँजी का ही चेला बनेगा। इससे जातिवाद और साम्प्रदायिकता दोनों मजबूत होंगी। पूँजी रेफरी बनकर दोनों के बीच कुश्ती कराती रहेगी।"

श्रोता युवकों की पकड़ में नहीं आ रहा है कि राजेश्वर ठीक-ठीक कहना क्या चाहता है? उन्हें उत्सुक देखकर वह आगे बढ़ता है—"देखिए, लोकतांत्रिक व्यवस्था दुनिया की अब तक खोजी गई सबसे अच्छी व्यवस्था है, लेकिन उसके भविष्य को पूँजी दिनोदिन निगलती जा रही है। जो व्यवस्था अमीरों को अकूत धन इकट्ठा करने की छूट देती हो, वह जनकल्याणकारी कैसे रह पाएगी? जितने समय में गरीब की आमदनी एक रुपया बढ़ती है, उतने ही समय में अमीर की आमदनी एक सौ अस्सी रुपये बढ़ जाती है। इस देश के ऊपर के आधे लोगों के पास देश की कुल सम्पत्ति का 98 प्रतिशत है और नीचे के आधे लोगों के पास सिर्फ 2 प्रतिशत। इस देश के सबसे अमीर आदमी के पास इतनी दौलत है कि वह प्रतिदिन एक करोड़ रुपये खर्च करे तो भी उसे खत्म करने में चार सौ साल से ज्यादा लग जाएँगे। इस व्यवस्था से जनकल्याण कैसे होगा? रामवादी हों चाहे जातिवादी, जो भी चुनकर आएँगे, उसी पूँजी के जाल में खुशी-खुशी फँस जाएँगे।

वह जैसे चाहेगी, नचाएगी। जिसको फँसाने से इनकार करेगी, वह रोने लगेगा।"

लड़कों को लग रहा है कि वे खुद राजेश्वर की बातों में फँसते जा रहे हैं।

"तो रास्ता क्या है?"

"जरूरत है एक ऐसी जनकल्याणकारी लोकतांत्रिक व्यवस्था की, जिसे पूँजी निगल न सके। जिससे समतामूलक समाज बनाने का सपना पूरा हो सके। आदमी के लोभ पर नियंत्रण किया जा सके। धन रखने की सीमा निर्धारित करनी पड़ेगी।"

किसी की समझ में ज्यादा नहीं आया, फिर भी सब सहमति में सिर हिलाने लगे। लेकिन इतना सब समझ गए कि यूनिवर्सिटी पहुँचते ही लड़कों का दिमाग उड़ने लगता है।

दलित टोले की महिलाएँ रंग-बिरंगी साड़ी पहनकर झुंड में वोट देने निकली हैं। उन्हें बताया गया है कि पहले वोट देने जाओ। लौटो तो दाना-पानी करो। देर करोगी तो वोट की चोरी हो जाएगी।

चला सखी वोट दइ आई।
मोहर हाथी पै लगाई॥

"ऐ! रुको-रुको।" सामने से आ रहे रामनेवाज मुंशी ने उन्हें रोका—"कहाँ जा रही हो तुम लोग?"

"वोट देने।"

"किसे दोगी?"

"तुम्हें नहीं देंगे।" पीछे से आवाज आई। सब हँस पड़ीं।

"सुनो, इधर देखो।" रामनेवाज ने जेब से एक पर्चा निकालकर, समूह में सबसे प्रौढ़ दिख रही दहबंगा को दिखाया—"यह कमल निशान है न, इसी पर मोहर लगाना।"

"कमल हमारी पार्टी नहीं है। हमारी पार्टी हाथी है।"

"सुनो तो। कितनी जनी हो तुम लोग? एक, दो, तीन...आठ। यह लो सौ रुपये, सुर्ती-सोपारी खाने के लिए। आपस में बाँट लेना।"

"हमारा वोट बिकाऊ नहीं है।"

"तो वापस लौटो।" वे गुर्राए—"समझो, तुम्हारा वोट पड़ गया।"

"कैसे पड़ गया? बिना हमारे डाले पड़ गया?"

"हम डाल देंगे। जैसे अब तक डालते थे।"

दहबंगा को रामनेवाज की बात में झाँस नजर आई। गाली दे रहा है बुड्ढा! गाली और धमकी दोनों।

"पहले की बात भूल जाओ। अब हम खुद डालना सीख गए हैं। रास्ता छोड़ दो।"

"बहस करती हो? गाँव में रहना है कि नहीं? वापस जाओ?"

"पकड़ रे...पकड़।" दहबंगा ने ललकारा।

सारी औरतों ने घेरकर उन्हें पटक दिया। वे छूटने के लिए छटपटाने-चिल्लाने लगे। सबने उनकी दाहिनी तरफ की आधी मूँछ उखाड़ ली। बड़े-बड़े अधपके बाल। भस्स-भस्स उखड़ गए।

औरतों का झुंड आगे बढ़ गया तो रामनेवाज उठे। खुल गई धोती को फिर से बाँधा। मूँछ छूकर देखा। किसी को दिखाने-बताने लायक नहीं। अँगोछे से नाक-मुँह ढककर अपने घर की ओर भागे।

बुल्लू परेशान थे। सोना कई दिन से कॉलेज नहीं आ रही थी। बुल्लू रोज उसके सेक्शन का चक्कर लगाते। सोच रहे थे कि एक दिन उसके गाँव जाकर पता लगाएँ। तभी एक दिन इंटरवल में दिखी। उदास!

बुल्लू लपककर उसके पास पहुँचे।

"कहाँ थीं इतने दिन?"

सोना ने बताया कि उसकी बड़ी बहन की मृत्यु हो गई। पहिलौठी बेटी पैदा हुई थी। बेटी तो जीवित है, लेकिन बहन प्रसूति में ही मर गई। बहन का पति फौज में है। बहन की सास अन्धी है। और कोई घर में नहीं जो बच्ची को पाल सके। इसलिए फौजी नवजात बच्ची को हमारे घर डाल गया। उसी को सँभालने में माँ की मदद कर रहे थे।

जंगू का एक कांड फिर चर्चा में है।

राघोपुर के एक दलित मजदूर ने बेटी के ब्याह के लिए पड़ोसी गाँव के एक सूदखोर से पाँच सौ रुपये कर्ज लिया था। ब्याज की दर टकासी थी। एक रुपये का एक महीने का ब्याज दो पैसे। साल-भर बाद ब्याज की बकाया रकम मूलधन का हिस्सा बन जाती थी। मजदूर तीसरे और चौथे साल में कुल हजार रुपये लौटा पाया था। एक दिन सूदखोर का बेटा तगादा करने आया तो उसकी नजर मजदूर की जवान बेटी पर पड़ गई। वह मजदूर पर सारा बकाया एकमुश्त वापस करने का दबाव बनाने लगा। उसके हिसाब से मजदूर पर अभी हजार रुपये की देनदारी बाकी थी।

मजदूर के चिरौरी करने और मोहलत के लिए घिघियाने पर बोला—"एक महीने की मोहलत देता हूँ। उसके बाद आऊँगा। या तो उस दिन सारा कर्ज चुका देना या गाँव छोड़कर भाग जाना। अगर गाँव में मिल गया और कर्ज नहीं चुकाया तो तेरी इस बेटी का रेप कर दूँगा और मान लूँगा कि कर्ज पट गया।"

मजदूर घबरा गया। हजार रुपये कहाँ से लाए? उसके लिए हजार रुपये लाख रुपये के बराबर थे। सूदखोर का लड़का जालिम था। कुछ भी कर सकता था। वह भागा-भागा थाने गया। थाने पर कहा गया—"धमकी ही तो दिया है। रेप किया तो नहीं। जब कर दे तो बताना।"

अब क्या हो? लोगों ने सलाह दी कि इसकी दवाई सिर्फ जंगू के पास है। उसी से गुहार लगाओ।

जंगू ने सुना तो सूदखोर के घर चिट्ठी भेजी—"तेरे हजार रुपये तुझे मिल जाएँगे। खबरदार, जो बहन-बेटी पर हाथ डाला। अंजाम बुरा होगा।"

लेकिन एक महीने बाद सूदखोर का बेटा कन्धे पर दुनाली टाँगे अपने दो साथियों के साथ आ गया। कर्जदार घर पर नहीं था। उसने दो हवाई फायर किए और तीनों ने लड़की के साथ बलात्कार किया। बन्दूक के डर से कोई बचाने नहीं आया।

लड़की का बाप लड़की को लेकर थाने गया। दारोगा ने उसे हड़काया—"तू तो जंगू को ही थानेदार मानता है। तो उसी के पास जा।"

फिर लड़की से भद्दे-भद्दे सवाल पूछने लगा! लड़की रोने लगी तो दोनों को डाँटकर भगा दिया।

लड़की ने रात में पेड़ से लटककर फाँसी लगा ली। सबेरे बाप ने उसे लटके हुए देखा तो वह भी फाँसी लगाने लगा। टोले के लोगों ने रोका। समझाया कि फाँसी लगाना कोई इलाज नहीं है। इलाज जंगू के पास है। उसको फिर खबर करो।

जंगू को पहले ही खबर लग चुकी थी। महीने-भर बाद वह अपने तीन साथियों को लेकर घंटा-भर दिन रहते साहूकार के घर आ धमका। लड़का उन लोगों को देखकर घर के भीतर भाग गया और दरवाजा बन्द करके आँगन से हवाई फायर करने लगा। जंगू ने ललकारा—"हथियार डालकर सरेंडर कर दे और माफी माँग ले तो नाक, कान काटकर जान बख्स देंगे।"

बदले में लड़का जंगू को, उसकी माँ-बहन और उसकी जाति को लेकर गालियाँ देने लगा।

शुरुआत में जंगू के नाम से डरी-सहमी दूर खड़ी भीड़ उसे देखने के लालच में धीरे-धीरे पास आती गई। सूदखोर के बेटे के कृत्य से सभी नाराज थे। हरामजादे ने नालायकी का काम करके गाँव की बदनामी करा दी।

लड़के की माँ गाँव में कहीं गई थी। लौटी तो वह भी रो-रोकर आवाज लगाने लगी—"निकलकर माफी क्यों नहीं माँग लेता रे मुद्दैया। नाक तो पहले ही कटवा चुका आजा-पुरखा की!"

अँधेरा हो गया तो जंगू ने गाँव वालों से दरवाजे के सामने अलाव जलाने को कहा और ऐलान किया—"दस मिनट का समय सरेंडर करने के लिए दे रहा हूँ। जिनको-जिनको जान प्यारी हो दोनों हाथ ऊपर उठाकर बाहर निकल आएँ। दस मिनट बाद बाहर से साँकल लगाकर घर में आग लगा दी जाएगी।"

साहूकार, उसकी बहू और दो बच्चे हाथ ऊपर उठाए बाहर निकल आए।

पता चला कि कारतूस खत्म होने के बाद लड़का पिछवाड़े कूद गया। भीड़ ने थोड़ी दूर दौड़ाकर उसे दबोच लिया।

जंगू ने लड़के को अलाव के पास नीम के पेड़ से बँधवाया और उसके एक साथी ने जेब से चाकू निकालकर उसकी नाक काट ली। इतनी चीख-पुकार और खूनम-खून हुआ कि कान काटना भूल ही गया।

गाँव की परधानी दलित महिला के लिए आरक्षित हो गई। गजब हो गया! पहले

कभी कोई सोच सकता था कि ठाकुर-बाभन के रहते दलित गाँव की परधानी करेगा। लेकिन कांग्रेस ने वह भी कर दिया। जो थोड़ी-बहुत इज्जत गाँव में सवर्णों की बची रह गई थी, उसे भी मटियामेट कर दिया।

इसका मतलब यह हुआ कि कांग्रेस ने खुद अपनी लुटिया डुबोने का इन्तजाम कर लिया। विनाश काले विपरीत बुद्धि! लेकिन इसका मतलब यह थोड़े हुआ कि हम हार मानकर बैठ जाएँ। इसकी काट खोजी जाएगी। ऐसा कैंडिडेट खड़ा कराओ जो अपनी मुट्ठी में रहे। दलित टोला एक मत से तूफानी की माँ दहबंगा को खड़ा कर रहा है। वह तेज-तर्रार है। अभी किसी को नहीं सेंटती तो जीतने के बाद किसी के कब्जे में कैसे रह सकती है। उसको हराना बहुत जरूरी है। इसके लिए सबसे अच्छा रहेगा कि नदी पार जंगल में रहने वाले गोसैंया की औरत को जिताया जाए। गोसैंया की बिरादरी ने अपनी पदवी बनमानुस से बदलकर 'बनराज' कर ली है। गोसैंया पूरा वाक्य नहीं बोल पाता। हर बात में 'हाँ बाबू', 'जौन मरजी, राजा' कहता है। उसकी औरत चटक-मटक है, गढ़न अच्छी है और तेज भी है। सजा-बजाकर, सिखा-पढ़ाकर मीटिंग में बिठा दो तो जम जाएगी। उमर चालीस से ज्यादा नहीं है। साल-भर में उड़ने लगेगी। पकड़ में भी रहेगी।

बनराज लोगों का पुश्तैनी काम शादी-ब्याह, भोज-भात में दोना-पत्तल पहुँचाना है। जंगल की लकड़ी बेचकर भी कुछ आमदनी कर लेते हैं।

बनराज के पास एक साबुत कमीज तक नहीं थी। बड़े लोगों ने चन्दा करके उसे एक जोड़ी कुर्ता-धोती और हवाई चप्पल खरिदवा दिया है। चप्पल कभी पहना नहीं। दो कदम चलते ही वह पैर से निकलकर आगे भाग जाती है। गोसैंया उसे कुर्ते की दोनों जेबों में डाल लेता है। मौके पर पहुँचता है तो निकालकर पहन लेता है।

दो ही दिन गाँव में घूमने को मिला और उसकी बोली खुल गई। कहता है—"मुझे जिता देंगे तो मैं पूरे पाँच साल गाँव को फिरी में दोना-पत्तल पहुँचाता रहूँगा। राजा की जुबान है, कट नहीं सकती।"

तूफानी लोगों को आगाह कर रहा है कि गोसैंया के लड़ने से एतराज नहीं है, लेकिन उसके जीतने का मतलब होगा, परधानी फिर सवर्णों के हाथ में पहुँच जाएगी। फिर उन्हीं के टोले में नाली-खड़ंजा बनेगा। उन्हीं को शौचालय और इन्दिरा आवास का पैसा मिलेगा। उन्हीं की सुहागिनों को विधवा पेंशन मिलेगी। परधानी की मुहर और बस्ता ठाकुर टोले में रखा जाएगा।

ठाकुर टोले के लोग हर तरह से अपनी जीत सुनिश्चित कर लेना चाहते हैं। गाँव में तीन जाति के दलित हैं। उन्होंने हर जाति से दो-दो उम्मीदवार खुद पैसा

खर्च करके उतरवा दिए हैं। ये आपस में लड़कर बुझ जाएँगे और गोसैंया की औरत को सवर्णों के वोट से जिता लिया जाएगा।

तूफानी पिछड़ों को समझाने निकला है—"एका का नतीजा सामने है। पिछड़ी और दलित पार्टी ने मिलकर चुनाव लड़ा तो 'सिरीराम' हवा में उड़ गए कि नहीं? न मिलते तो पिछड़ी जाति का मुख्यमंत्री गद्दी पर बैठ पाता? इस बार हमारे कोटे में आई है परधानी तो हमें जिताइए। अगली बार आपके कोटे में आएगी तो हम आपको जिताएँगे।"

बहुत लोगों को दहबंगा सही उम्मीदवार लगती है। दबंग है। लम्बी-चौड़ी है। ललकारकर बोलती है। पिछले चुनाव में उसने रामनेवाज मुंशी को पटककर उनकी मूँछ उखाड़ ली थी। इमरजेंसी में कानूनगो को जीप से खींचकर बधिया कर दिया था। उसका पति शेरू पारस सिंह हत्याकांड में आजीवन कारावास की सजा काट रहा है। उससे अच्छा उम्मीदवार कौन हो सकता है?

माठा बाबा को दहबंगा अच्छी लगती है। शुरू से अच्छी लगती है। उसका रूप, गुण, स्वभाव। उसका मुखमंडल उन्हें श्रीलंका की प्रधानमंत्री रही सिरीमाओ भंडारनायके जैसा लगता है। वे तो अपना वोट उसी को देंगे।

लेकिन दलित टोले के बूढ़े-बुजुर्गों के मन से अभी भी ठाकुर टोले का भय गया नहीं है। उनका कहना है कि देवासुर संग्राम में अभी तक तो देवता लोग ही जीतते आए हैं। इनके मुकाबले हमारा कितना जोर चलेगा। ये अकल की ही रोटी खाते हैं। कोई-न-कोई पेंच खोजकर फिर बाजी मार ले जाएँगे।

उनकी आशंका निर्मूल नहीं है। वोटिंग के पहले की रात सारा ठाकुर टोला गाँव में टहल रहा है। भइया, बाबू, दादा, काका, बाबा जो कहने से कोई पिघलता हो, पिघलाइए। बूढ़े-पुराने लोगों का पैर पकड़ने से परहेज मत करिए। अब तक जिस पैर को तोड़ते रहे, गरज पड़ी है तो उसको पूजिये। एक वोट के पीछे पाँच सौ दीजिए और कहिए, आपका सारा काम गोसैंया से कराने की गारंटी हम देते हैं। विधवा पेंशन, बुढ़ापा पेंशन, राशन, खाते में नगदी, सब मिलेगा। घर बैठे मिलेगा। 'हाँ' कह दीजिए, तभी हम जाएँगे।

गाँव के सीधे-सरल लोग। पिंड छुड़ाने के लिए 'हाँ' कह देते हैं। पाँच सौ का नोट भी दिल का बोझ बढ़ा देता है।

उनके जाने के बाद तूफानी का तूफानी दौरा होता है। वह समझाता है—"जो कुछ मिले, लेते जाइए। वोट तो ओट में पड़ता है। आप इतने नासमझ तो हैं नहीं कि अपना हित-अनहित न बूझें।"

रात-भर में बहुत सारे समीकरण बने-बिगड़े। कसम धराई गई और कसम

तोड़ी गई। किसी को किसी पर विश्वास नहीं रहा। निरक्षर, भोली बूढ़ियों से भी पता लगा पाना असम्भव हो गया कि उन्होंने किसको वोट दिया।

"दोनों तरफ तो अपनी ही बहुएँ हैं, बाबू। यह भी मीठी, वह भी मीठी। दे दिया, जहाँ समझ में आया।"

...और दहबंगा बाईस वोट से जीत गई।

सोना चारपाई पर औंधी पड़ी है। उसकी माँ उसके बाल सहलाते हुए पुचकार रही है—"तू नहीं पालेगी बहन की औलाद तो क्या सौतेली माँ पालेगी? सौतेली माँ आएगी तो बच्ची की जिन्दगी में अँधेरा भर देगी, बिटिया!"

"तो तू मेरी जिन्दगी में अँधेरा भरेगी?"

"तेरी जिन्दगी में अँधेरा क्यों भरेगा? फौज की नौकरी है। दस बीघे खेत है। उमर भी इतनी ज्यादा नहीं है। राज करेगी।"

"राज नहीं करना मुझे। मुझे उसी लड़के से शादी करनी है जो फूफा के घर ब्याह में मिला था। तू तो उसकी माँ से 'हाँ' भी बोल चुकी है।"

"बोल दिया था, लेकिन क्या करें, जब भगवान ने ही बिगाड़ दिया।"

"मेरा तो न बिगाड़ो माँ।" सिसकती है।

"दिल बड़ा कर, बिटिया! औरतों को करना पड़ता है।"

पुलिस के आने की खबर सबसे पहले टोले के कुत्तों को लगी। साइरन की आवाज सुनकर वे भौंकते हुए दौड़े।

एक जीप और दो मोटरसाइकिलें आकर जंगू की झोंपड़ी के सामने रुकीं। जीप के पीछे से उतरे दो बन्दूकधारी सिपाहियों ने विपरीत दिशा की ओर मुँह किया और बन्दूक तानकर खड़े हो गए। अपराधी है, खतरा कर सकता है।

एक-एक कर गाँव के लोग, औरतें, बच्चे आते गए और सुरक्षित दूरी पर घेरा बनाकर खड़े होते गए।

सबसे पहले दारोगा जी ने प्रधान को बुलवाया। इस समय दुर्गा सिंह ही गाँव के प्रधान हैं। वे आए तो दारोगा जी ने बताया—"जंगू के खिलाफ नानबेलेबुल वारंट पहले से जारी है। वह कोर्ट में हाजिर नहीं हो रहा है। आज उसकी प्रापर्टी कुर्क होगी। दो गवाह, दो मजदूर मय फावड़े के बुला लीजिए।"

दुर्गा सिंह ने एक आदमी 'लाला' को बुलाने के लिए भेजा। मुख्तार साहब घर में ताला बन्द करके बेटे के पास चले गए हैं, नहीं तो उन्हीं को बुलाया जाता। डकैत की पैदाइश की जड़ में तो उन्हीं का खानदान है।

जंगू की झोंपड़ी की दीवारें मिट्टी की और छाजन-फूस की हैं। किवाड़ की जगह बाँस का टटरा लगा है। टटरे के कुंडे में एक छोटा-सा ताला लटक रहा है। सामने कुछ दूरी पर थूनियों के सहारे खड़ा दूसरा छप्पर है, जिसमें जंगू की माँ अपनी दोनों बकरियाँ बाँधती है। जंगू की माँ थोड़ी देर पहले बकरियाँ चराने ले गई थी। छप्पर सूना है।

प्रधान जी ने दारोगा जी के बैठने के लिए एक चारपाई मँगवा दी।

"पिछली बार कब आया था जंगू गाँव में? गाँव का कौन-कौन आदमी उसके गिरोह में शामिल है? कौन-कौन उसके लिए मुखबिरी करता है? लूट का माल किसके घर रखता है?"

दुर्गा सिंह ने दबी आवाज में उनको समझाया कि इन सवालों का जवाब खुलेआम देने में खतरा है। आप तो उजाले-उजाले में लौटकर थाने में बन्द हो जाएँगे। वह रात के अँधेरे में दनदनाता हुआ आएगा तो कौन बचाएगा?

फिर ऊँची आवाज में बताया—"जंगू गाँव में नहीं आता। गाँव के लोगों ने सालों से जंगू का चेहरा नहीं देखा। उसकी मुखबिरी करने वाला भी गाँव में कोई नहीं है।"

दारोगा ने चारपाई पर बैठते हुए हवा में माँ की गाली दी, तब उसे जंगू की माँ की याद आई।

"उसकी माँ कहाँ गई?"

दुर्गा सिंह ने टोले के लोगों से जानना चाहा। सब चुप थे। दुर्गा सिंह ने बताया—"कहीं मजूरी-धतूरी करने गई होगी।"

दारोगा ने उठकर टटरे में लगे ताले का निरीक्षण किया फिर एक मजदूर से कहा—"इसे तोड़।"

मजदूर ने उलटे फावड़े से ताला तोड़ दिया।

"अन्दर का सामान बाहर निकाल।"

सबसे पहले चारपाई निकाली गई। दीवान उसी पर बैठकर इनवेंटरी बनाने लगा—

1. बाँस की चारपाई
2. जंग लगा लोहे का बक्सा, कुंडा टूटा हुआ, खाली
3. किताब-कॉपी से भरा एक स्कूली बस्ता
4. दो कथरियाँ, एक पुरानी पैंट, दो जनानी धोती, एक ब्लाउज।
5. एल्यूमीनियम की दो थाली, दो गिलास, एक लोटा, एक कलछुल, एक पतीली, एक तवा, एक चिमटा
6. एक गगरी में दो किलो चावल
7. एक गगरी में एक किलो आटा
8. एक गगरी आधी महुए से भरी
9. एक सूप
10. एक मूसल
11. एक जाँत, दोनों पल्ले
12. एक चकरी, दोनों पल्ले
13. तीन कच्चे टमाटर, एक बैगन
14. एक छोटी शीशी—आधी सरसों तेल से भरी
15. थोड़ा नमक, हल्दी, मिर्च

अन्त में सिपाही बेहद सावधानी और उत्सुकता के साथ एक पुरानी कार बैटरी निकालकर लाया। दारोगा जी भी उसे देखकर उछले—"बम बनाने का सामान तो नहीं? ठीक से खोजो। बारूद भी होना चाहिए।"

एक औरत ने समाधान किया—"साहेब, इसी में बल्ब लगाकर जंगू झोंपड़ी में उजाला करता था। मिट्टी का तेल तो मिलता नहीं।"

उसी औरत ने फिर कहा—"कथरी भी 'जपत' करेंगे क्या, साहेब? बुढ़िया जाड़े में ठिठुरकर मर जाएगी। वह तो चोर-डकैत है नहीं।"

"चोर-डकैत तो नहीं है, लेकिन चोर-डकैत बिआई तो है।"

इससे कौन इनकार कर सकता है!

प्रधान जी के घर से चाय बनकर आ गई। चाय लाने वाले ने ही बताया कि 'लाला' कहीं गए हैं।

"कहीं नहीं गए हैं।" दुर्गा सिंह भुनभुनाए—"छिपकर बैठ गए होंगे। जंगू के मामले में पड़ने से बच रहे हैं।"

चाय पीकर दारोगा जी झोंपड़ी के अन्दर घुसे। दोनों मजदूरों को बुलाया और कहा—"पूरी झोंपड़ी की फर्श कमर भर गहराई तक खोदो। कुछ न कुछ माल गाड़कर जरूर रखा होगा हरामजादे ने।"

फिर होमगार्ड से कहा—"तुम लगातार मजदूरों पर नजर रखो। ऐसा न हो कि माल मिले और ये ससुरे वहीं के वहीं दाब दें। इनको तो अन्दाजा होगा ही कि पुलिस वालों से मजदूरी नहीं मिलनी है।"

जंगू की माँ को खबर लगी तो वह बकरियों को दूसरे के खूँटे पर बाँधकर आई और भीड़ का हिस्सा बनकर कुर्की की कार्यवाही देखने लगी। उसे देखकर दुर्गा सिंह को पसीना आने लगा। जंगू तक यह बात जरूर पहुँचेगी कि पुलिस पार्टी को पीने के लिए उन्हीं के घर से चाय बनकर आई थी। उन्हें वक्त और परिस्थिति की पहचान है। मुख्तार तो बेटे के पास भाग गए। वे भागकर कहाँ जाएँगे? और इस गाँव में तभी रह सकते हैं जब जंगू के कोप से बचे रहें।

वे थोड़ी ऊँची आवाज में कहते हैं—"वैसे एक बात गौर करने लायक है दारोगा जी कि बैटरी और बस्ता छोड़ दें तो यह सारा सामान जंगू की माँ की कमाई का है, और जहाँ तक मुझे पता है, बर्तन-भाँड़े, राशन-पानी, कपड़े-लत्ते को जब्त करने का कानून नहीं है।"

कोई कुछ बोलता नहीं, लेकिन इतने से ही दुर्गा सिंह का मकसद पूरा हो जाएगा। जंगू के पास यह खबर पहुँच जाएगी कि प्रधान जी ने जंगू के पक्ष में दारोगा से जोरदार बहस की थी।

एक होमगार्ड खड़खड़ा लेकर आया।

झोंपड़ी की फर्श खोदते-खोदते दोनों मजदूर पसीने से लथपथ हो गए, लेकिन टूटे खपड़े और ईंट के टुकड़ों के अलावा एक छेदहा पैसा तक नहीं मिला।

दारोगा ने गहदाला लेकर खुद कच्ची दीवार में जगह-जगह खोदकर सन्धान किया। बेनतीजा।

"बड़ा काइयाँ निकला, साला। कहाँ छिपाया होगा सारा माल?"

उन्होंने चिढ़कर हुकुम दिया—"टटरा उखाड़ो।"

उखड़ने के बाद यह भी 'अचल' से 'चल' सम्पत्ति बन जाएगा।

दारोगा थोड़ी देर तक बर्तनों के ढेर और तीनों गगरियों को देखता रहा, फिर हुकुम दिया—"कूच डालो इनको।"

दुबारा कहने पर मजदूरों ने हिचकिचाहट छोड़कर बर्तनों पर फावड़े का उलटा पासा चलाना शुरू किया। ठन-ठन की आवाज के साथ बर्तनों की शक्ल चपटी

होने लगी। सूप तो एक ही वार में चिथड़ा हो गया। जाँत और चकरी के पत्थर भी फूट गए। गगरियों से निकलकर आटा, चावल और महुआ धूल में मिल गया।

जंगू की माँ से अनाज की यह बर्बादी बर्दाश्त नहीं हो रही थी। उसका मन कर रहा था कि दौड़कर जाए और धूल में मिल रहे अन्न को आँचल में समेट ले। लेकिन बस आह भरती रह गई। वह आह भी कुर्की दल के कान तक नहीं पहुँची।

दीवान दूसरी इनवेंटरी बनाने लगा—

1. एक बँसखट चारपाई
2. जंग लगा, टूटे कुंडे वाला लोहे का पुराना बक्सा
3. पुरानी किताब-कॉपी से भरा एक स्कूली बस्ता
4. पुरानी निष्प्रयोज्य बैटरी
5. पुराना पैंट
6. बाँस का पुराना टटरा

कुल छह नग। अनुमानित कीमत नब्बे रुपये मात्र।

दुर्गा सिंह ने पहले खुद गवाह के रूप में अपना हस्ताक्षर किया फिर भीड़ से जंगू के मामा को बुलाकर उसका अँगूठा लगवा दिया। कुर्क सामान लादकर खड़खड़ा थाने रवाना हुआ। दुर्गा सिंह को शर्म आ रही थी कि जिस डाकू के चलते दुनिया-भर में उनके गाँव का नाम मशहूर हुआ उसके घर से कुर्की-जब्ती में सौ रुपये का माल भी बरामद नहीं हुआ।

फूटी गगरियों से निकला चावल, आटा और महुआ, गगरी के लाल टुकड़ों के साथ मिलकर दारुण दृश्य प्रस्तुत कर रहा था।

जंगू की माँ धूल से चावल और महुआ अलग करती और पिचके बर्तनों को ठोंक-पीट कर उन्हें उनके मूल रूप में लाने का प्रयास करते हुए खुश थीं कि उन्होंने अपनी चतुराई से बकरियों को कुर्क होने से बचा लिया।

मोरी बारी उमर मोहें लागे शरम

मोटरसाइकिल की आवाज सुनकर प्रभाकर बहू ने बाहर झाँका। उनके भैया आए हैं। वे बाहर निकलीं। ओसारे में खड़ी चारपाई को बिछाकर भाई को बैठाया। पैर पकड़कर भेंटा। फिर मायके का हाल-चाल लेने लगीं।

"प्रभाकर जीजा कहाँ हैं?"

"कहीं निकले हैं?"

प्रभाकर बहू को भाई के आने से जितनी खुशी हुई, उतनी ही घबराहट भी। दरअसल प्रभाकर आज पहली बार खुद हल जोतने गए हैं। हलवाहे नगेसर हफ्ते-भर से बुखार में पड़े हैं। वृद्ध तो थे ही। कुआरी बुखार* की चपेट में आ गए। बुआई के लिए आलू कोल्ड स्टोरेज से निकाली जा चुकी है। खेत की पटाई हो चुकी है। जुताई होनी है। आलू में बड़े-बड़े अँखुए निकल आए हैं। तुरन्त बोना जरूरी है।

दूसरा कोई हल जोतने वाला मिला नहीं। दलितों की नई पीढ़ी तो हल जोतना जानती ही नहीं। ऐसे में प्रभाकर ने मन को पोढ़ किया और खुद ही हल-बैल लेकर जोतने निकल गए। इसमें पिता का भी मौन समर्थन रहा। पहले भी प्रभाकर शौकिया आड़े-ओटे हल की मुठिया थाम लेते थे।

प्रभाकर बहू नहीं चाहती थीं कि उनके भाई को प्रभाकर के हल जोतने की बात पता चले और उनके मायके वालों को कहने का मौका मिले कि पाठक का दामाद 'हरजोता' है। इस इलाके में किसी सवर्ण का हल की मुठिया थामना बहुत बुरा माना जाता है। यह काम जमाने से मेहनतकश जातियों के जिम्मे है।

प्रभाकर जाँघिया-बनियान पहनकर हल जोतने गए थे। भाई को लाई-चना देकर प्रभाकर बहू ने पड़ोस के एक लड़के को पिछवाड़े बुलाकर उससे प्रभाकर का धोती-कुर्ता और चप्पल खेत में भिजवाते हुए भाई के आने की जानकारी देने को कहा।

---

* क्वार महीने का बुखार।

प्रभाकर सावधान हो गए। बैलों को दूसरे के खूँटे पर बाँधा और नहर में नहाकर धोती-कुर्ता पहन घर लौटे। बाद में पड़ोस का एक लड़का बैलों को लाकर बाँध गया। पर शायद प्रभाकर के साले को इसका आभास हो गया। शाम को बातचीत का मुद्दा यही रहा कि अब जोताई के लिए हलवाहे नहीं मिलेंगे। सिंचाई भी अब पुड़ या रहट से नहीं हो रही है जिसमें बैलों की जरूरत पड़े। ऐसे में रबी और खरीफ की एक-एक महीने की जुताई के लिए बैलों को साल-भर बिठाकर खिलाने का क्या मतलब, सिर्फ गोबर के लिए?

बात तो सही है। दिन तेजी से बदले हैं। जबसे इस गाँव की प्रधानी पर दहबंगा बैठी है दलितों का व्यवहार कुछ ज्यादा ही बदल गया है। सूबे के मुख्यमंत्री के पद पर दलित महिला के बैठने के बाद तो इनका दिमाग सातवें आसमान पर चढ़ गया है। तीन महीने के अन्दर दो-दो उबाल। कैसे पचे?

प्रभाकर ने अपने कान से सुना था। दहबंगा किसी औरत को बता रही थी कि सूबे की सबसे ऊँची कुर्सी अपनी बिरादरी की औरत को मिली है। जब से दुनिया बनी है, पहली बार ऐसा हुआ है। अब छोटी-बड़ी हर जाति के आदमी को उनका हुकुम मानना पड़ेगा। सामने पड़ने पर डीएम, एसपी तक को हाथ जोड़ना पड़ेगा।

समझने वाली कुछ समझ नहीं पा रही थी। कुरसी तो देखी है, लेकिन कितनी ऊँची? सूबे का तो नाम भी नहीं सुना कभी, देखने की कौन कहे?

धान लगाने वाली मजदूरिनों ने नारा दिया है—

आठ बजे आना। पाँच बजे जाना। चालीस रुपैया, रस दाना।

यानी धान लगाने के लिए खेत में आठ बजे पैर रखेंगे और पाँच बजे निकल जाएँगे। दोपहर में रस और दाना-चबेना भी देना होगा।

अब अनाज लेने को कोई तैयार नहीं और नगद भी बीस रुपये से बढ़ाकर सीधे चालीस रुपये। गरज हो तो दीजिए नहीं तो—

अबकी बारी भादों में। गोरी कलाई काँदो में।

यानी हमें चालीस रुपये नहीं देना है तो आपके घर की गोरी कलाई वाली बहुओं को धान लगाने के लिए कीचड़-काँदो में धँसना पड़ेगा।

झख मारकर चालीस रुपये दिया लोगों ने! वे मजदूरों से टकराने का हश्र उन्नीस साल पहले देख चुके थे। तब तीन किलो मजदूरी माँगने के विवाद में कत्ल हो गया था और आज चालीस रुपये देना पड़ रहा है, जिससे वे साढ़े तेरह किलो

धान खरीद सकते हैं। तब तो मजदूरों पर कुछ दबाव भी रहता था, अब तो जमाना बिलकुल ही पलट गया है।

प्रभाकर के साले समझा रहे हैं—"अब ट्रैक्टर का ही जमाना आ रहा है। उसी से जुताई, उसी से सिंचाई, उसी से मड़ाई! अपनी भी और दूसरे की भी। ट्रैक्टर जब चलेगा, तभी तेल खाएगा। बैलों को तो रोज खिलाना है। चलें चाहे बँधे रहें।" फिर हँसते हुए तर्क देते हैं—"हल की मुठिया थामने की मनाही की है पुरखों ने। ट्रैक्टर की स्टेयरिंग पकड़ने की मनाही थोड़े है!"

पाँड़े ही नहीं, हर किसान जानता है कि खेती में जितना नगद खर्च करने से बच सकें, उतना सुखी रहेंगे। इसलिए कि खेती से तो लागत भी नहीं निकलती। पाँड़े का यह भी मानना है कि बैलों की जगह ट्रैक्टर नहीं ले सकता। ट्रैक्टर तेल पीता है जिसमें नगदी लगती है जबकि बैल चरी-भूसा खाता है जो खेत में पैदा होता है। यह जरूर है कि हलवाहों के भरोसे खेती का जमाना गया। तो खुद जोतिए। जमाने के साथ चलिए। अपने हाथ से खाते हुए नहीं लजाते तो अपने हाथ से जोतते हुए क्यों लजाते हैं?

पाँड़े का दूसरा तर्क है कि जितनी जमीन उनके पास है उसे तो ट्रैक्टर एक ही दिन में जोत डालेगा। तब बाकी समय में क्या करेगा?

"काम की कमी नहीं रहेगी, बाबू।" प्रभाकर के साले ने आश्वस्त किया—"साथ में ट्राली ले लीजिए और भट्ठे पर ईंट की ढुलाई में लगा दीजिए तो बारहों महीने काम रहेगा। अब गाँव में कच्चे मकान तो बन नहीं रहे हैं। सभी पक्का बनवा रहे हैं। गिट्टी, मिट्टी और मोरंग बालू पहुँचाने का काम पूरे साल लगा रहेगा। दिवाकर इधर-उधर घूमते हैं। साथ लग जाएँ। महीने-दो महीने के लिए एक ड्राइवर रखकर दोनों भाई चलाना सीख लें। आठ-आठ घंटे दोनों भाई चलावें। सोलह घंटे रोज चलेगा तो पैसा ही पैसा बरसेंगा।"

ट्रैक्टर की जोत जलाकर चले गए प्रभाकर के साले। प्रभाकर भी ट्रैक्टर खरीदने के पक्ष में हो गए।

"देखो भाई, अपने टेंट में पैसा होता तो जरूर खरीद लेते। लोन लेकर खरीदने में तो पूरी सीर* की खतौनी गिरवी रख उठेगी। अभी तक इस घर की सूप-चलनी भी गिरवी नहीं रखी गई। क्या यह रवायत मेरे ही हाथों खतम होनी है?"

"तो क्या लकीर के फकीर बने रहेंगे?"

"देखो बेटा, पुरखे कहते आए हैं कि कर्ज लेने से खेत ही गिरवी नहीं होता, कर्जदार की देह भी गिरवी हो जाती है। तेज मर जाता है। वह सारी दुनिया से नजर

* कुल जोत।

बचाता चलता है। आधी रोटी कम खाकर गुजारा कर लो, लेकिन कर्ज-रेहन के डाँड़े मत जाओ।"

राजधानी में पार्टी की महारैली आयोजित है। अपने समाज की ताकत, संख्या-बल और एकजुटता प्रदर्शित करने का सबसे कारगर तरीका। तूफानी को अपने ब्लॉक से दो बस लाने का जिम्मा दिया जा रहा था। बड़ी मुश्किल से वह इसे एक पर ला पाया।

रैली में भाग लेने वालों का टोटा नहीं है। शहर देखने का लालच ही ग्रामीणों को, खासकर औरतों को रैली में शामिल होने के लिए पर्याप्त है। चाहे चार बस भर लीजिए। दिक्कत खर्चे की है। दलित समाज में बस-मालिक तो कोई है नहीं। सवर्ण समाज के बस-मालिक दलितों की रैली के लिए बस देने को जल्दी तैयार नहीं होते। हमारी ही बस में चढ़कर हमारे ही खिलाफ नारा लगाने जाओगे? लौटने के बाद हफ्ते-भर तक बस गँधाती रहेगी अलग। बहुत चिरौरी करने पर राजी होते हैं तो ड्योढ़ा पैसा माँगते हैं। सारा पैसा एडवांस पेमेंट करके जाओ। लौटकर आने के बाद खीस निपोर दिए तो?

एडवांस के बाद भी डर है कि ऐन मौके पर धोखा न दे दें। कहा था कि रात ग्यारह बजे तक गाँव के सामने सड़क पर बस लग जाएगी। एक बज गए हैं, बस का कहीं पता नहीं। अब सचमुच तूफानी को चिन्ता व्याप रही है।

तूफानी को अब दीवारों पर नारे लिखवाने के लिए या स्थानीय रैली में झंडा-बैनर लगवाने के लिए चिन्ता नहीं करनी पड़ती। जो पढ़े-लिखे हैं वे तो उसकी बात समझते ही हैं, जो अँगूठाछाप हैं वे और ज्यादा समझते हैं। खास उसके बाबा झूरी और बगल के गाँव के उनके एक साथी रात-दिन के सिपाही हैं। पार्टी द्वारा रैली और सभाओं में प्रयोग की जाने वाली नीली झंडियों का रखरखाव इन्हीं लोगों ने सँभाल रखा है। कार्यक्रम के पहले झंडियों से कार्यक्रम स्थल को सजाना और बाद में उन्हें समेटकर वापस लाना।

नई पीढ़ी के चेहरे पर भी नए सबेरे की आशा झिलमिलाने लगी है। लेकिन आशा और उल्लास से ही तो रैली नहीं हो सकती। तूफानी नहीं मान सकता कि पैसा हाथ का मैल है। मैल है तो कुछ मैल हमें भी दे दीजिए भाई। अप-डाउन का डीजल नगद भराना है।

गाँव में चन्दा देने वाला कौन है? किसी की जेब से चवन्नी निकलना मुश्किल। बाजार के बनिये पाँच रुपया देने के पहले घंटे-भर दिमाग चाटते हैं। कैडर के जो लोग नौकरी-चाकरी से लगे हैं, वे भी जेब में हाथ डालने के पहले दस बार काँखते हैं।

उसके वकालत के साथी समझाते रहते हैं कि शुरुआत में प्रैक्टिस को गम्भीरता से नहीं लोगे तो पूरे कैरियर में उसका खमियाजा भोगना पड़ेगा। सही कहते हैं, लेकिन 'मिशन' को भी तो कम गम्भीरता से नहीं लिया जा सकता! एक ही तो जीवन मिला है। उसी में जीना भी है और समाज के गले का फंदा भी काटना है।

सबेरे तीन बजे बस ने हॉर्न बजाकर आने की सूचना दी तो तूफानी की जान में जान आई।

"जगो, उठो। दिशा-मैदान से निपटकर बस के पास पहुँचो।"

वैसे तो सभी ने दिन में खाने के लिए शाम को ही मोटी-मोटी रोटियाँ बनाकर रख ली हैं। दो दिन तक खाने की चिन्ता से मुक्त। लेकिन तूफानी ने भी एहतियातन एक बोरा लाई, चना, नमक, हरी मिर्च और पाँच किलो प्याज बोनट के पास रखवा लिया है।

"आगे के गाँवों से भी सवारी लेनी है, इसलिए सारे मर्द अभी से बस की छत पर चढ़ जाएँ। अन्दर सिर्फ औरतें बैठेंगी।"

"ए सुमेरा, तुम क्यों चलने को लबलबाई हो? तुम्हारी गोद का बच्चा कितने महीने का है? तीन महीने का? तब? आगे मुश्किल होगी।"

"क्या मुश्किल होगी? मैंने दो दिन के लिए झोले में रोटियाँ रख ली हैं।"

"अरे, मैं इस बच्चे की बात कर रहा हूँ।"

"बच्चे के लिए तो मेरा दूध है ही।"

"कुछ समझो तो। उतनी भीड़ में बच्चा। नीचे उतरो।"

पर सुमेरा नीचे उतरने को तैयार नहीं। वह अपनी नेता को नजदीक से एक नजर देखना चाहती है। उनकी बोली सुनना चाहती है। अपने बच्चे के सिर पर उनका हाथ रखवाना चाहती है। किसी देवी-भवानी से कम थोड़े हैं वे।

बैनर और नीली झंडियों से सजी बस पेट्रोल पम्प से चली तो नारे गूँजने लगे—

बाबा साहब अमर रहें...

हमारा नेता कैसा हो?
तूफानी भइया जैसा हो।

और एक दिन बैंक मैनेजर तिवारी जी घर आ गए। साथ में उनके फील्ड अफसर रस्तोगी जी। दूर से ही हाथ जोड़कर पैलगी किया पाँड़े को। ऋण न लेने के पाँड़े जी के तर्क, प्रभाकर उन्हें बता चुके थे।

हँसते हुए कहा—"किस दुनिया में रहते हैं, चाचाजी। टाटा-बिड़ला हों कि अम्बानी, किसने नहीं लिया है लोन? जो जितना बड़ा आदमी उस पर उतना बड़ा लोन। कोई अपने पैसे से थोड़े बड़ा आदमी बनता है! सब सरकारी पैसे से बनते हैं। उद्योगपति लोग लोन के बल पर एक से दो, दो से चार फैक्टरियाँ खड़ी करते चले जाते हैं और आप दो-चार लाख लोन के लिए इतना आगा-पीछा सोच रहे हैं। खुद भारत सरकार ने विश्वबैंक से अरबों-खरबों का लोन ले रखा है।"

पाँड़े को अपने तर्कों पर कायम देख तिवारी जी के माथे पर पसीना आ गया। चाय पीने के बाद फिर समझाया—"देखिए, बेटी की शादी या मकान बनाने के लिए तो लोन ले नहीं रहे हैं। प्रोडक्टिव काम यानी दो पैसा कमाने के लिए ले रहे हैं तो कैसे नहीं वापस कर पाएँगे? सात-आठ साल के बजाय पूरे दस साल की किस्त बाँध देंगे। किस्त की रकम कम हो जाएगी। दो-दो जवान और लायक बेटे हैं। पढ़े-लिखे, समझदार हैं। जब वे खटने को तैयार हैं तो आपको चिन्ता करने की जरूरत क्या है? दोनों भाई कन्धे से कन्धा मिलाकर खटेंगे तो छमाही किस्त की रकम महीने-भर में कमा लाएँगे।"

जब खुद मैनेजर साहब कह रहे हैं तब तो डरने की बात नहीं होनी चाहिए। लेकिन मैनेजर साहब को क्या गरज पड़ी थी जो खुद चलकर आए? प्यासा कुएँ के पास जाता है कि कुआँ प्यासे के पास?

पाँड़े जी की शंका जानकर हँसे तिवारी जी—"जमाना बदल रहा है, महराज! हमीं कुएँ हैं और हमीं प्यासे हैं। किसान देश का अन्नदाता है। सरकार चाहती है कि किसानों की माली हालत सुधरे। उसने लोन बाँटने का हमारा कोटा फिक्स कर रखा है। नहीं बाँट सके तो नौकरी पर बन आएगी। हम भी ऐसा आदमी खोजते हैं जो मानिंद हो। रसूखदार हो। शराबी-कबाबी न हो। जिसको लोन दिया जाए तो डूबने का खतरा न हो, ऐसा अच्छा आदमी हमें आपसे बढ़कर कौन मिलेगा? खतौनी की नकल हो तो लेकर कल बैंक आ जाइए।"

प्रभाकर ने बताया—"उसमें थोड़ी समस्या है। हमारे बाबा पिछले माघ में अर्धकुम्भ स्नान के लिए प्रयागराज गए थे। लौटकर नहीं आए! बहुत खोजा गया।

नहीं मिले। अब बप्पा के नाम जगह-जमीन की वरासत करा रहे हैं। वही हो जाय तो आते हैं।"

"कराकर आइए। हमारी तरफ से कोई देर नहीं होगी।"

आखिर तिवारी जी की मुस्कान और उनके आत्मीय व्यवहार के आगे पाँड़ेजी ने घुटने टेक दिए। यह बात तो सही है कि अब हलवाहे-चरवाहे नहीं मिलेंगे। मिले भी तो हम उतनी मजदूरी नहीं दे पाएँगे। अगर अपने हाथ से हल की मुठिया पकड़ने से बच भी जाएँ और काम भी न रुके तो इससे अच्छा क्या होगा?

बोले—"ठीक है। जानें प्रभाकर-दिवाकर दोनों भाई। ये अपने बल पर लेना चाहते हैं तो शौक से लें। मुझे जहाँ कहिएगा, दसखत कर देंगे।"

कॉलेज में लड़कियों का हॉकी मैच चल रहा है। सोना भी टीम में है, इसलिए बुल्लू मैच देखने पहुँचे हैं। खेल खत्म होने पर बुल्लू सोना के पास आकर शाबासी देते हैं—"बहुत अच्छा खेलती हो।"

"थैंक यू!" सोना खिलखिलाती है।

"लेकिन मुझे डर लग रहा है।"

"क्यों? किससे?"

"तुम्हीं से। हारने से।"

"हारना-जीतना तो तब होगा, जब साथ खेलने की नौबत आएगी।"

"वह तो आएगी ही।"

"मुझे तो नहीं लगता।"

"क्यों?"

सोना चुप रह गई। बुल्लू की इच्छा हुई कि सोना का कन्धा पकड़कर झकझोरें। वह ऐसा क्यों बोल रही है?

"माँ मेरी शादी मेरे जीजा के साथ पक्का कर चुकी हैं। साथ खेलना है तो अपने बप्पा को बात करने के लिए मेरे बप्पा के पास भेजो।" फिर उदासी ठेलकर मुस्कराई—"नहीं तो चिड़िया उड़ जाएगी। मेरे बच्चे जिन्दगी-भर तुम्हें मामा कहेंगे।"

पहलवान भोर में चार बजे ही गन्ना गोड़ने चले गए थे। पहर दिन चढ़े जलपान करने घर आए। फिर कुदाल उठाकर चलने वाले थे कि देखा सामने से कोई उनके घर की सीध में चला आ रहा था। मेहमान?

इस समय मेहमान का आना उन्हें अच्छा नहीं लगा। गोड़ाई का काम टल जाएगा। मेहमान का स्वागत करने के लिए कम-से-कम घंटे-भर तो रुकना ही पड़ेगा।

नाते-रिश्तेदार तो सभी के हैं, लेकिन पहलवान के घर मेहमान कुछ अधिक ही आते हैं। उनके बाप विद्रोही जी एक कहावत कहते हैं—

एक तौ बड़े बड़न में नाँव
दूजे सड़क किनारे गाँव
तीजे भये वित्त से हीन
पंचौ हमका विपदा तीन

यानी, एक तो बिरादरी के चौधरी हैं। बड़े-बड़े लोगों में नाम है। भेंट-मुलाकात है, उठना-बैठना है। दूसरे, सड़क के किनारे गाँव होने के कारण कोई भी आसानी से घर तक पहुँच जाता है, इसलिए आए-दिन मेहमान पहुँचते रहते हैं। स्वागत-सत्कार करना पड़ता है। यह सब न खलता, अगर साधन-सम्पन्न होते। लेकिन वित्त से हीन हैं। तंगी है। इसलिए यह तीनों संयोग विपत्ति की तरह उन्हें घेरे रहते हैं।

पास आने पर पहचाना। यह तो उनकी बड़ी बेटी के ससुर हैं। लगता है, भोर में ही चले हैं। पहलवान ने कुदाल रख दी और आगे बढ़कर राम-जोहार किया। ओसारे से चारपाई निकालकर नीम की छाँह में लाए और उस पर दरी बिछाते हुए कहा—"बैठिए। सब कुशल-मंगल तो है?"

"कुशल-मंगल ही तो नहीं है।" पाटी से लाठी टिकाकर बैठते हुए समधी बोले।

सुनकर पहलवान थोड़ा चौंके। देखा, समधी के घुटनों तक धूल अटी पड़ी है। होंठ पपड़ियाए हैं। मूँछ के बालों तक पर धूल के कण हैं।

पूछा—"क्या हुआ?"

"बहुत बुरा हुआ। मेरी खतौनी लगाकर किसी ने ट्रैक्टर निकलवा लिया।"

"क्या मतलब?"

"मतलब कि किसी ने तहसील से मेरी खतौनी निकलवाई और उसे बैंक में बंधक रखकर ट्रैक्टर खरीदने के लिए लोन निकलवा लिया।"

"ऐसा कैसे हो सकता है? बिना आपकी मरजी के?"

"वही तो मैं भी नहीं समझ पा रहा हूँ, लेकिन परसों एक आदमी घर आया। बोला—'आजाद ट्रैक्टर के डीलर ने आपके नाम पर ट्रैक्टर बेचा है। आपकी खतौनी बंधक है। पता करिए नहीं तो किसी दिन खेती-बारी नीलाम हो जाएगी।' मेरा तो खून सूख गया। पूछा—'भइया आप कौन हैं? आपको कैसे पता?'

'यह सब जानकर क्या कीजिएगा। मुझे पता चला तो आपको बताना अपना फर्ज समझकर चला आया।' जिस समय वह आदमी बता रहा था, हमारी मलकिन और बहू भी मौजूद थीं। उस शाम चिन्ता के मारे चूल्हा ही नहीं जला। हमारी मलकिन ने कहा कि पहलवान को लेकर जाइए, पता लगाइए कि क्या मामला है?"

ऐसा कैसे हो सकता है? और अगर हुआ है तो उन्हीं को क्या पता कि क्या करना पड़ेगा? कहाँ जाना पड़ेगा? यह जरूर पक्का हो गया कि अब दो-चार दिन का अकाज होगा। बेटी के ससुर हैं, इसलिए साथ-साथ दौड़ना तो पड़ेगा।

अन्दर से पहलवानिन निकलीं। पहचानकर आधा घूँघट निकाला और बेटी, नाती, समधिन का हाल-चाल पूछने लगीं। फिर अन्दर गईं और हाथ-पैर धोने के लिए एक बाल्टी पानी और लोटा लाईं। जब तक समधी ने हाथ-पैर-मुँह धोए, वे मट्ठे का शिखरन बना लाईं।

गन्ने की गुड़ाई बहुत जरूरी थी। दो दिन की भी देर हो गई तो खेत ठनक जाएगा। गन्ने की पत्तियाँ गुड़ाई करने वाले के हाथ-पैर आरी की तरह चीरती हैं, इसलिए गन्ने की गुड़ाई के लिए मजदूर आसानी से नहीं मिलते। पहलवान ने समधी से कहा कि वे लम्बा रास्ता चलकर आए हैं। थोड़ा आराम करके नहा-धो लें। तब तक एक-दो घंटा गुड़ाई करके आते हैं तो खाना-पीना किया जाए और सोचा जाए कि क्या करना होगा।

गुड़ाई करते-करते पहलवान सोचते हैं कि जिस डीलर से ट्रैक्टर खरीदा गया है उसी से पूछने पर खरीदने वालों का पता लग सकता है।

शहर जाना पहलवान को बिलकुल पसन्द नहीं है। शहर की सीमा में पहुँचने के कोस-भर पहले ही उन्हें शहर की बदबू महसूस होने लगती है। जब तक शहर में रहते हैं, यह बदबू उनका पीछा नहीं छोड़ती। इसलिए शहर जाने के नाम पर ही उन्हें जूड़ी चढ़ जाती है।

साथ चलने के लिए कोई तेज-तर्रार आदमी मिल जाए जो शहराती खुर्राटों से आँख में आँख डालकर बात कर सके तो अच्छा रहेगा, वरना सीधे-सादे आदमी को तो शहर के लोग पट्टी पढ़ा देते हैं।

सोचते-सोचते उन्हें रामनेवाज की याद आई। कहने को मुंशी हैं, लेकिन

छोटे-मोटे वकीलों को खुद कानून पढ़ाते हैं। केस की मिसिल खुद तैयार कर लेते हैं। दायर कर देते हैं। बातचीत में उस्ताद हैं। उन्हें साथ लेकर चलना ठीक रहेगा। वहीं कचहरी में मिल भी जाएँगे।

आजाद ट्रैक्टर का डीलर पीठ पर हाथ ही नहीं रखने दे रहा था। कहता था—"हमें क्या पता, कौन असली रामलाल है कौन नकली! बैंक ने हमें ड्राफ्ट दिया, हमने ट्रैक्टर दिया। असली-नकली पता करना मेरा काम थोड़े है!"

रामनेवाज ने उसे हड़काया—"आपको सब पता है। आपके दलाल ही लोनिंग के असामी खोजकर लाते हैं। वही बैंक में फाइल तैयार करवाते हैं। दोनों तरफ से कमीशन खाते हैं, इसलिए आप हमें नकली रामलाल की असलियत कभी न बताएँगे, लेकिन यह तो बताइए कि रामलाल के नाम से ट्रैक्टर बिका कि नहीं? बिका तो कब बिका? किस बैंक का, किस ब्रांच का ड्राफ्ट मिला? ताकि हम बैंक तक पहुँचें। अपनी फाइल का मुआयना करें। असली मुल्जिम तक पहुँचने की राह खोजें। अगर आप यह भी नहीं बताते तो इसका मतलब हुआ कि मेरे खिलाफ साजिश में आप खुद शामिल हैं। एफ.आई.आर. में आपको भी मुल्जिम बनाना पड़ेगा। पुलिस का लट्ठ पड़ेगा तो चिल्ला-चिल्लाकर बताएँगे।"

तब उसने बताया कि रामलाल के नाम से डेढ़ साल पहले ट्रैक्टर बिका है। कांटीनेंटल बैंक की सिविल लाइन शाखा से चार लाख का ड्राफ्ट मिला है। क्रेता का पता वही है जो असली रामलाल का पता है।

इतनी जानकारी करते-करते दोपहर से साँझ हो गई। दूसरे दिन दोनों समधी रामनेवाज को साथ लेकर दस बजे ही बैंक पहुँच गए। पहलवान की लम्बी-चौड़ी कद-काठी, चौड़ा चेहरा, लम्बी मूँछें और लम्बा कुर्ता-धोती देखकर मैनेजर का ध्यान गया। शायद सोचा हो कि कोई लोनार्थी होगा जो पहली बार बैंक आकर अचकचाया है। उसके इशारे पर दोनों लोग अन्दर गए। पहलवान ने टुकड़े-टुकड़े में सारी बात बताई और कहा—"फाइल निकालिए तो पता चले कि कागजों में किसकी दस्तखत है, किसका फोटो है।"

"लेकिन थर्ड पार्टी को तो रेकार्ड दिखाने का कानून नहीं है।"

"अरे साहब, यही तो असली रामलाल हैं। इन्हीं की खतौनी बंधक रखकर

आपने लोन दिया है। यह थर्ड पार्टी कैसे हुए? और कानून की बात करते हैं तो बताइए कि चार लाख का लोन आपने बिना जाँच-पड़ताल किए फर्जी आदमी को दे दिया, इसका कानून है? दस परसेंट पा गए तो आँख-कान सब बन्द हो गए! तब कानून चला गया तेल लेने। आपका फील्ड अफसर मौके की जाँच करने जाता है। लोन पास करने के पहले भी जाता है, ट्रैक्टर की डिलिवरी के बाद भी जाता है। उसकी पकड़ में यह जालसाजी नहीं आई? मोटी गड्डी पा गया तो घर बैठे आँख मूँदकर रिपोर्ट लगा दिया। नकली रामलाल को असली मान लिया और असली को कह रहे हो थर्ड पार्टी।"

मैनेजर कुछ ढीला पड़ा। पूछा—"हम कैसे मानें कि असली रामलाल यही हैं।"

"मत मानिए, लेकिन अपने रेकार्ड से मिलाकर चेक तो कर लीजिए कि क्या इन्हीं का फोटो आपके कागजों में लगा है। इनका नहीं लगा तो किसका लगा है? क्या पता, फोटो देखकर पहचान में आ जाय कि जालसाजी करने वाला कौन है?"

लाभार्थी की फोटो देखी गई। फोटो किसी तीस-पैंतीस साल के नौजवान की थी और बहुत धुँधली थी। नाम, वल्दियत, सुकूनत रामलाल की दर्ज थी। रामलाल अँगूठा निशान लगाते थे। फाइल में दस्तखत थी। खतौनी रामलाल की थी। उसमें गाटा संख्या और रकबा रामलाल के खेतों का ही था। अभी लोन की कोई किश्त जमा नहीं थी। कायदे से अब तक नॉन पेमेंट का नोटिस भी जारी हो जानी चाहिए थी।

साफ हो गया कि ट्रैक्टर कोई भी ले गया हो, लेकिन भुगतान की जिम्मेदारी उन्हीं पर आएगी। इसलिए जितनी जल्दी हो इस जालसाजी के खिलाफ थाने में रिपोर्ट लिखा दी जाए।

पहलवान के समधी ने तो आज तक कभी थाने का मुँह तक नहीं देखा। पहलवान की पहलवानी भी थाने जाने के नाम पर पानी हो जाती है। सिपाही-चौकीदार तक गुर्राकर बोलते हैं। थाने के हाते में पैर रखते ही शरीर का बल आधा हो जाता है। किसी वजनी आदमी को साथ लेकर चलना ठीक रहेगा। उनके पास खेलावन सेक्रेटरी के अलावा वजनी आदमी कौन है? लेकिन सेक्रेटरी ने कहा कि कल तो उनकी मीटिंग है। परसों रविवार के दिन चल सकते हैं।

शाम को देर तक बैठकर, थाने में देने के लिए दरखास्त का मजमून बनाया गया था, लेकिन आधी दरखास्त पढ़ते ही थाने का मुंशी उसे हवा में उड़ाते हुए गुर्राया—"यह क्या लिखकर लाए हो, किसी आदमी ने मेरी खतौनी लगाकर...। किसी आदमी से क्या मतलब? यह कोई दंगा-बलवा का केस है कि अज्ञात के खिलाफ रिपोर्ट लिखी जाएगी। जो ज्ञात है उसे तो पकड़ नहीं पा रहे हैं!"

"मुंशी जी, खोजने का काम तो पुलिस का ही है। पुलिस के हाथ-पाँव

कितने लम्बे होते हैं, यह क्या आपको बताना पड़ेगा?" सेक्रेटरी ने मुंशी को ठंडा करना चाहा।

"कैसी बात करते हो? कोई तुम्हारी मार ले गया और तुम्हें पता नहीं चला तो हमें कैसे पता चलेगा? पता करके बताओ तो पुलिस चूतड़ पर चार डंडा मारकर अन्दर कर देगी। जिस मैनेजर ने बिना आईडी वेरीफाई किए लोन दे दिया, वह 'अज्ञात' है? जिस फील्ड अफसर ने झूठी रिपोर्ट दी वह 'अज्ञात' है? वे सब 'फोर्जरी' में बराबर के जिम्मेदार हैं। उनकी मिलीभगत है। उनके खिलाफ नामजद रिपोर्ट लिखाओ। उन्हें पकड़कर अन्दर भेजा जाएगा, तब न असली मुल्जिम का पता बताएँगे। 'किसी ने' को कहाँ खोजेंगे। तफतीस दस साल पेंडिग पड़ी रहेगी।"

खेलावन सेक्रेटरी को भी लगा कि मुंशी सही राय दे रहा है।

दूसरी तहरीर लिखी गई। मुंशी ने पढ़कर रख ली और कहा—"जाइए।"

"रिपोर्ट की नकल भी तो चाहिए।"

"नकल का क्या अचार डालना है?"

"अरे साहब, हमारे हाथ में मुकदमा लिखाने का सबूत तो रहना चाहिए।"

"जाइए, एक महीने बाद आकर पता कर लेना।"

"अरे मुंशी जी, दुबारा न दौड़ाइए। दौड़ते-दौड़ते थक चुके हैं।"

"तो अर्जेंट नकल चाहते हो?"

"अर्जेंट ही समझ लीजिए।"

"हमको थोड़े समझना होगा कि अर्जेंट नकल का क्या दस्तूर है? अभी हमें आधा दर्जन रिपोर्ट लिखनी हैं। सब कुछ छोड़कर तुम्हारी रिपोर्ट..."

"समझ गए, लेकिन आप कुछ इशारा तो करें। हम लोग पहली बार आए हैं। जो भी नजराना-शुकराना..."

नजराना-शुकराना का दस्तूर निभाने में एक घंटा लग गया। मुंशी खुश हुआ। बोला, "आज जाओ। एक हफ्ते बाद ले जाना।"

एक हफ्ते बाद रामलाल रिपोर्ट की नकल लेकर लौटने वाले थे कि एक सिपाही ने आकर कहा—"उधर छोटे दारोगा बैठे हैं। उनसे मिलते हुए जाना।"

रामलाल डरे। उधर भी कुछ नजराना-शुकराना?

उन्होंने मुंशी की ओर देखा।

"वही तुम्हारे केस के जाँच अधिकारी बने हैं। तुम्हारा बयान लेंगे। दफा 161 CRPC में वादी का बयान होता है।"

जाँच अधिकारी के पास एक ही कुर्सी थी जिस पर वह बैठा था, इसलिए रामलाल को खड़े-खड़े ही बयान देना पड़ा।

"कब पता चला कि तुम्हारे साथ फोर्जरी हो गई? किसने बताया? किसी आदमी ने? फाइल में 'किसी आदमी' की आवाज थोड़े नत्थी होगी? डाकूमेंटरी इविडेंस चाहिए।"

रामलाल उसका मुँह ताकते रहे।

"तुम्हारी खतौनी बंधक होगी तो तहसील के रेकार्ड में इसका इन्दराज होगा। किस बैंक के कितने रुपये लोन के लिए किस गाटा नम्बर का कितना रकबा बंधक है? तहसील से अपनी खतौनी की पक्की नकल निकलवाकर जितनी जल्दी हो सके, दे जाना।"

कई दिन बाद एक शाम रामनेवाज पहलवान के घर पहुँचे।

शाम को मुंशी शहर से ही 'टुन्न' होकर लौटते हैं। टुन्न होने पर उनकी बुद्धि और ज्यादा खुल जाती है। उन्होंने कहा कि "रिपोर्ट लिखा दिया, यह तो ठीक है। लेकिन अब बैंक भी एक्टिव हो जाएगा। किस्त जमा नहीं हुई है इसलिए वह वसूली की कार्यवाही कर सकता है। खेत नीलामी की कार्यवाही कर सकता है। इससे कैसे बचोगे? इसके लिए हाई कोर्ट में रिट दायर करके वसूली और कुर्की नीलामी के खिलाफ स्टे लेना होगा। ऐसा आदेश कराना होगा कि जब तक लोवर कोर्ट में दाखिल मुकदमे का फैसला न हो जाय, बैंक वसूली की कार्यवाही न करे। इलाहाबाद चले जाइए। मेरे एक परिचित वकील हैं, मैं उनके नाम चिट्ठी लिख देता हूँ। पता लिख देता हूँ। ग्यारह हजार फीस लगेगी। स्टे करा देंगे। स्टे लेकर चैन से घर बैठिए।"

"इसका मतलब थाने पर बेकार ही हम लोग नजराना-शुकराना दिए। सीधे हाई कोर्ट जाते।" पहलवान ने अफसोस जाहिर किया।

"नहीं, नहीं। सबकी अलग-अलग पावर है। जो पावर पुलिस को है, वह जज को थोड़े है। कोर्ट भी पुलिस की आँखों से देखती है। अगर जज के फैसले पर पुलिस रिपोर्ट लगा दे कि इसका अनुपालन करने से दंगा-बलवा हो जाएगा तो कोर्ट के आदेश का अनुपालन रुक जाएगा। कोर्ट मुल्जिम को पकड़ने थोड़े जाती है! पुलिस चाहे तो चौबीस घंटे में मुल्जिमों को पकड़कर सीखचे के पीछे कर दे।

न चाहे तो पाँच साल लटका दे। फाइनल रिपोर्ट लगा दे। आप हाई कोर्ट किस आधार पर जाएँगे। रिपोर्ट की नकल ही तो रिट दायर करने का आधार बनेगी! नकल साथ लेकर जाइएगा।"

"एक वकील साहब की जानकारी तो मुझे है, जिन्होंने मेरे बप्पा का परधानी वाला केस लड़ा था।"

"हर वकील हर तरह का केस नहीं सँभाल सकता। मैं जिनका नाम बता रहा हूँ, वे फ्राड केस के एक्सपर्ट हैं।"

कागज के एक टुकड़े पर वकील का नाम-पता लिखकर मुंशी जी ने पहलवान को थमाया और लड़खड़ाते हुए अपने घर की राह पकड़ी।

दहबंगा परधानिन गाँव की दस-बारह औरतों के साथ फूलन को देखने जा रही हैं। बहुत दिनों से—पन्द्रह साल से—उनके मन में यह जानने की इच्छा है कि जिस लड़की के साथ सोलह-सत्रह बरस की उम्र में ही सबकुछ हो गया और जिसने इतने लोगों को लाइन में खड़ा करके भून दिया, वह देखने-बोलने में कैसी है?

इधर जब से उन्हें पता लगा कि फूलन मिर्जापुर से चुनाव लड़ रही है, उन्होंने दो बार तूफानी से कहा कि मोटरसाइकिल पर बैठाकर उन्हें दिखा लाएँ। चुनाव की सभा में आसानी से देख भी लेंगी, सुन भी लेंगी।

संयोग से पाँड़े बाबा ने जो ट्रैक्टर खरीदा है, उसे लेकर विंध्याचल देवी को नारियल-चुनरी चढ़ाने जा रहे हैं। पंडित टोले की तीन-चार औरतें भी देवी-दर्शन करने जा रही हैं।

तूफानी ने प्रभाकर से बात की और एक तरफ का डीजल खर्च देने की शर्त पर वे तैयार हो गए। औराई के पास, जहाँ फूलन की सभा होनी है, वे सबको उतारकर गंगा पार करके विंध्याचल चले जाएँगे और वापसी में सबको लेते हुए लौट आएँगे।

सबेरे चलकर वे ग्यारह बजे सभास्थल पर पहुँच गए।

ट्राली से उतरती दहबंगा से माठा बाबा की बूढ़ी बोलीं—"मुझे भी उतार ले, दहबंगी।"

प्रभाकर की अम्मा ने पूछा—"यहाँ क्यों? देवी-दर्शन करने नहीं चलोगी?"

“आज काली का दर्शन करने का मन हो रहा है।”

कुआँ है। बाग के किनारे आड़-भर का झाड़-झंखाड़ भी है। सुबिहित हो लो। हाथ-मुँह धो लो। सभा दो घंटे बाद शुरू होगी। तब तक साथ लाई रोटियाँ खा लो।

फिर पता चला कि एक घंटे में ही पहुँच रही है फूलन। इसलिए कि जिस गाँव में यहाँ से पहले वाली सभा होनी थी, उस गाँव तक फूलन पहुँच न पाए इसलिए उस गाँव तक जाने वाली सड़क के आर-पार लोगों ने गहरी खाई खोद डाली। उस गाँव तक जाने का और कोई रास्ता नहीं है, इसलिए फूलन को बीच रास्ते से वापस लौटना पड़ रहा है।

भीड़ जुटने लगी। आदमी से ज्यादा औरतें। लगभग सभी कमेरी जाति की। कुछ लोग दो तख्त लेकर आए। एक रिक्शे पर बैटरी और माइक आ गया। तख्त जोड़ दिए। मंच बन गया। माइक फिट हो गया—“हेलो-हेलो। टेस्टिंग।”

एक सफेद पुरानी अम्बेसडर कार आकर मंच के पास रुकी। लाल प्रिंट की साड़ी और लाल ब्लाउज पहने बत्तीस-पैंतीस साल की फूलन कार के पिछले गेट से बाहर आई और भीड़ को हाथ जोड़ते हुए मंच पर चढ़ गई। भीड़ कम होने के कारण औरतों को पास से देखने का मौका मिल गया। वे आँखें फाड़-फाड़ कर देखने लगीं।

साँवला रंग, मझोला कद, बुझी-बुझी आँखें, धुआँ-धुआँ चेहरा ऐसा पथराया हुआ जैसे बचपन से सौतेली माँ का त्रास झेलती किसी नाजुक और शरमीली बच्ची का हो।

> बहनो और भाइयो,
>
> ...मैं मुसीबत की मारी हूँ। चार साल जंगल में भटकी हूँ और ग्यारह साल जेल काटी है।

फूलन रुक-रुककर बोल रही है। जैसे अगला वाक्य बोलने के पहले सोचना पड़ता हो। दाएँ-बाएँ देखती है, जैसे किसी खतरे की आशंका हो। मुस्कराने की कोशिश करती है, लेकिन विषाद की काली छाया तुरन्त उसके चेहरे को ढक लेती है।

> ...मेरा कसूर यही है कि मैं झोंपड़ी में पैदा हुई। दबी-कुचली जाति में पैदा हुई। ऊँची जाति के ‘सामंतशाही’ लोग हमें कीड़ा-मकोड़ा समझते हैं। उन अत्याचारियों ने मुझ बेबस पर जो जुलुम ढाया उसे बयान नहीं किया जा सकता।

फूलन की आवाज भर्रा जाती है। वह रुककर थूक घोंटती है। श्रोता औरतों के बीच से सिसकने और आँचल से आँसू पोंछने का दृश्य उभरता है।

...जेल में मुझे यह कहकर पागलों के बीच रखा गया कि यह भी तो पागल है।

देखना और सुनना दोनों एक साथ हो ही नहीं पा रहा है औरतों से। सुनने लगिए तो दिखाई पड़ना बन्द हो जाता है और देखने लगिए तो सुनाई पड़ना।

...रावण ने सीता को चुराया तो उसे आज तक जलाया जाता है। आज के रावणों ने मेरे साथ उससे ज्यादा जुलुम किया। उस समय तक तो मैं बालिग भी नहीं थी। मैंने कई दफे सोचा कि फाँसी लगाकर जान दे दूँ। फिर सोचा कि उससे क्या होगा? फाँसी तो सैकड़ों लड़कियाँ रोज लगाती हैं। उनके रावणों को कहाँ कोई जलाता है।

सन्नाटा। निश्चल और निःशब्द भीड़। चिड़ियों ने भी बोलना बन्द कर दिया है।

...जिन्होंने हमें सताया था, हमने उन्हें सबक सिखाया। हमने कोई गलत काम नहीं किया। हमने दबी-कुचली-सताई हुई औरतों का संकट दूर करने का 'संकल्प' लिया है। हमारा साथ दीजिए। हमारी 'पाटी' को वोट दीजिए।

कुछ क्षण चुप रहकर देखने के बाद फूलन हाथ जोड़ती है और तख्त से नीचे उतर जाती है। भीड़ अभी भी स्थिर है।

वापसी में ट्रैक्टर के शोर के बीच सब चुप हैं। बीच-बीच में कोई फूलन की किसी बात को दोहराकर सबको रोमांचित कर देती है।

दोनों समधी हाई कोर्ट से स्टे लेने निकले। रेलवे स्टेशन पर उतरते ही रिक्शेवालों से घिर गए—कहाँ चलेंगे? आइए, आइए।

एक रिक्शेवाला कुछ सीधा दिखाई पड़ रहा था। पहलवान की नजर उससे मिली तो मुस्कराया और 'जैराम' भी किया। सीट झाड़ते हुए बोला—"आइए, बैठिए।"

पहलवान बोले—"रविंदर बाबू वकील की कोठी पर चलना है। हाई कोर्ट के वकील हैं। जानते हो?"

"रविंदर बाबू को कौन नहीं जानता? पूरा इलाहाबाद जानता है। बैठिए, अभी दन्न से पहुँचाते हैं।"

"पहले किराया बताओ, नहीं तो बाद में झंझट करोगे।"

"रविंदर बाबू की कोठी दूर है। बीस रुपये दे दीजिएगा।"

"हमको देहाती भुच्च समझते हो क्या? दस रुपये देंगे।"

"आप तो पहले भी गए होंगे, दादा। सोचिए, कितनी दूर है।"

"पहले गए होते तो पैदल न चले जाते। इतना जानते हैं कि चैथम लाइन में है। दस रुपया लगता है।"

"बोहनी का समय है, खुद ही समझकर दे दीजिएगा। बैठिए।"

चलते-चलते रिक्शेवाले ने जानना चाहा—"किस जिले से आए हैं आप लोग?"

पहलवान का जवाब सुनकर बोला—"तब तो अपने ही जिला-जवार के ठहरे। बीस साल से यहाँ रिक्शा चला रहा हूँ। एक-एक वकील को जानता हूँ। बहुत सही वकील पकड़े हैं आप लोग। रविंदर बाबू और भास्कर तिवारी से बड़ा कोई वकील नहीं है इलाहाबाद में। ऐसी बहस करते हैं कि..."

बात पूरी होने के पहले ही वकील की कोठी आ गई।

"अरे, ये कौन-सी जगह ले आए?" गेट के बाहर भास्कर तिवारी एडवोकेट का बोर्ड देखकर पहलवान बोले।

"यही कोठी है, साहब। इसी में दोनों लोगों का चैम्बर है।"

चैम्बर नाम पहलवान ने पहले भी सुन रखा है। जहाँ बैठकर वकील लोग मुवक्किल से मिलते हैं।

रिक्शेवाले ने लपककर चैम्बर का दरवाजा खोला और कहा—"आइए, अन्दर बैठिए।" फिर जोर से आवाज लगाई—"मुंशी जी, मुवक्किल आए हैं।"

पहलवान ने जेब से निकालकर दस रुपये का नोट रिक्शेवाले को दिया और तनिक हिचकिचाते हुए आगे बढ़े। उन्हें लग रहा था कि गलत जगह पर आ गए हैं। आखिर गेट पर रविंदर बाबू का नाम क्यों नहीं लिखा? चैम्बर के अन्दर जाने का मन नहीं हुआ। तब तक मुंशी बाहर आ गया। बोला—"आइए-आइए। अन्दर बैठिए।" लगभग घेरकर वह दोनों लोगों को अन्दर ले गया।

"हम रविंदर बाबू के पास अपना मुकदमा लेकर आए हैं। रामनेवाज मुंशी ने भेजा है।"

"समझ गए, समझ गए। बैठिए।"

मुंशी बाहर रिक्शेवाले के पास गया। उसके हाथ में कुछ रखकर वापस लौटा और बताया—"मुंशी जी अपने खास-खास लोगों के मुकदमे यहीं भेजते हैं। बताइए, क्या मामला है?"

पहलवान ने आदि से अन्त तक सारी कहानी सुनाई।

"कोई बात नहीं। जब यहाँ पहुँच गए हैं तो चिन्ता-फिकर करने की कोई जरूरत नहीं है। लीजिए, वकालतनामे पर दस्तखत कर दीजिए। वकील साहब की फीस इक्कीस हजार है। मुंशी का खर्चा हजार रुपये अलग। रामनेवाज ने भेजा है तो हजार कम करके इक्कीस हजार जमा कर दीजिए।"

"मुंशी जी ने तो मय खर्चा ग्यारह हजार बताया था।"

"इस मामले में तुरन्त स्टे लेना है, इसलिए दो वकील बहस करेंगे।"

"लेकिन इतना तो हम लाए नहीं हैं।"

"कितना लाए हैं?"

पहलवान ने कुछ सोचकर कहा—"दस हजार।"

"कोई बात नहीं। दस जमा कर दीजिए, बाकी एक हफ्ते बाद एडमीशन के दिन दे दीजिएगा। एडमीशन के साथ उसी दिन लगे हाथ स्टे की बहस भी करा देंगे।"

समधी जी दस हजार रुपये और रिपोर्ट की कॉपी मुंशी को देने लगे।

मुंशी ने कहा—"रखिए। वकील साहब आ रहे हैं। उन्हीं को दीजिए।"

तब तक काला कोट पहने वकील साहब आ गए। मुंशी ने उन्हें सारी बात बताई।

वकील को देखकर पहलवान को संशय हुआ। रामनेवाज मुंशी ने रविंदर बाबू को नौजवान वकील बताया था। यह तो साठ से कम के नहीं होंगे।

पूछा—"आप ही रविंदर बाबू हैं।"

"हमको और रविंदर बाबू को अलग मत समझिए। रविंदर बाबू आज बहस करने लखनऊ बेंच में गए हैं। आपके मामले में हम दोनों लोग मिलकर बहस करेंगे।"

"लेकिन वकील साहब, इतनी फीस हम नहीं दे पाएँगे। हम तो ग्यारह हजार जानकर आए थे।"

मुंशी बीच में बोल पड़ा—"इन्हें रामनेवाज मुंशी ने भेजा है। हमने बताया कि दो लोग बहस करेंगे। फीस रियायत करके बीस हजार बताया है। दस हजार लाए हैं।"

"चलिए, रामनेवाज का मामला है तो आपके लिए दो हजार और कम कर देते हैं। आठ हजार अगले हफ्ते दे जाइएगा।"

मुंशी बोला—"काम आपका हो जाएगा, यह पक्का समझिए। वकील साहब जज साहब के साथ रोज चिड़िया खेलते हैं।"

पहलवान ने दस हजार रुपये की गड्डी और रिपोर्ट की कॉपी वकील साहब के हाथ में दे दी।

रिपोर्ट पढ़ने के बाद वकील साहब ने कहा—"बैंक से आपको कोई नोटिस नहीं मिली?"

"बैंक से तो कोई नोटिस नहीं मिली।"

"जाकर बैंक से अपने नाम एक नॉन पेमेंट की नोटिस जारी करवा लीजिए। उसकी कापी लेकर अगले हफ्ते आइए। नोटिस रहने पर स्टे मिलने में आसानी होगी।"

चैम्बर से बाहर निकले तो दोनों लोग सन्तुष्ट दिखे। वकील तेज-तर्रार लग रहा है। अनुभवी है। काम कराएगा। दो वकील बहस करेंगे तो फीस ज्यादा लगेगी ही। फिर भी चालाकी से चार हजार कम करा लिया गया। बस रविंदर बाबू से भेंट नहीं हो सकी।

बारह बज गए और मुँह में पानी की बूँद तक नहीं गई। भूख-प्यास दोनों लग आई थी। एक चाय की दुकान पर बैठकर दोनों लोगों ने दो-दो समोसे खाकर पानी और चाय पिया तो जान में जान आई।

मोरी बारी उमर मोहे लागे शरम
मोहे मारो न तिरछी नजरिया बलम

माठा बाबा की कोठरी के कपाट बन्द हैं और भीतर से गुलाब बाई की स्वर-लहरी प्रसरित हो रही है।

सबेरे-सबेरे बाबा दूध लेने गुरु टी स्टाल पर गए थे। दूध लेने के साथ टहलना भी हो जाता है और एक नजर अखबार पर भी डाल लेते हैं।

अखबार उठाते ही नजर पड़ी—नौटंकी की मलिका गुलाब बाई का निधन।

माठा बाबा के कलेजे से हाय निकल गई। लिखा है कि कई महीनों से बीमार चल रही थीं। उन्हें पछतावा होने लगा। कानपुर है ही कितनी दूर! कभी भी जाकर भेंट कर आते। गुलाब बाई अपने समय में पूरे हिन्दीभाषी समाज के दिल पर राज करने वाली कलाकार थीं। यही होता है। जब तक आदमी जीवित रहता है, हम

सोचते हैं कि कभी भी चलकर मिल आएँगे। लेकिन वह 'कभी भी' आता नहीं और जाने वाला चला जाता है तो पछतावे के सिवा कुछ हाथ नहीं आता।

बाबा दुखी मन लौट आए और पत्नी को बता दिया कि आज वे उपवास करेंगे।

अख्तरी बाई और गुलाब बाई को सुनने के लिए ही धन्नू बाबा ने सन् 1950 में रेकॉर्ड प्लेयर खरीदा था। सन् 1970 में जब पाँड़े ने नौटंकी कम्पनी खोली तो उसका उद्घाटन गुलाब बाई से कराना चाहते थे। तब कलाधरी बाई की सिफारिशी चिट्ठी लेकर माठा बाबा ही पाँड़े बाबा को गुलाब बाई से मिलवाने कानपुर गए थे।

बेटा हमेशा के लिए जाकर ससुराल में बस गया तो उनका मन वीतरागी हो गया। तब उन्होंने रेकॉर्ड और रेकॉर्ड प्लेयर गट्ठर में बाँधकर टाँड़ पर चढ़ा दिया था।

दूध लेकर लौटे तो आज कई साल बाद धोती घुटने तक चढ़ाकर, सीढ़ी लगाकर टाँड़ पर रखे रेकॉर्ड प्लेयर का गट्ठर नीचे उतारा। उस पर पड़ी धूल और जाले साफ किये। जाँचने पर चार-पाँच गाने इस हालत में मिले जिन्हें प्लेयर पर सुना जा सकता था—

नदी नारे न जाओ...मोहे मारो न तिरछी नजरिया...नजरिया तोसे लागी...
*अकेली डर लागे...*और *बनारस राजा जइहो।*

धन्नू बाबा उन्हें अदल-बदलकर सुनते रहे। धीरे-धीरे पूरे गाँव में खबर फैली। गुलाब बाई की कला की दीवानी तो पूरी पुरानी पीढ़ी थी। सब धीरे-धीरे माठा बाबा के दुआर पर जुटने लगे। पाँड़े बाबा आए। अनारा आईं। भूसी आए। विद्रोही आए। धौताल करिंगा आए। चारपाई, मोढ़े, तख्त, कुर्सी जो भी था—बाहर निकाला गया।

सब गम की दुनिया में डूब गए।

पाँड़े बाबा बता रहे थे कि सबसे पहले, जब वे दर्जा तीन में पढ़ते थे तो माठा बाबा के साथ ही सुल्तानपुर के चौक बाजार में गुलाब बाई की नौटंकी 'शाही लकड़हारा' देखने गए थे और लौटकर पिता की मार खाए थे। "यह सन् 1954-55 की बात होगी। नौटंकी के प्रति आकर्षण मेरे मन में उसी समय पैदा हुआ था। जिसने भारी विरोध के बावजूद मुझसे नौटंकी कम्पनी खुलवाई।"

सूरज की किरण रामलाल के दुआर पर बाद में पहुँची, जाँच अधिकारी की मोटरसाइकिल पहले पहुँच गई।

रामलाल ने मँड़हे से झाँककर देखा। वे चारपाई लेकर बाहर निकले और बिछाते हुए बोले—"बैठिए, हुजूर।"

दारोगा जी बैठे नहीं। चाभी उँगली पर नचाते हुए कहा—"आखिर पकड़ में आ गया मुल्जिम। बहुत घाघ है। मुखबिर लगाया। सटीक सुरागरसी हुई तब भी दो महीने लग गए।"

खुश हो गए रामलाल। बोले—"बैठिए, हुजूर। हम 'चाह' बनवाते हैं।"

"चाय छोड़ो। हम तुम्हें यह बताने आए हैं कि ट्रैक्टर की लोकेशन पंजाब के भटिंडा जिले में मिली है। मुल्जिम ने रामपुर जिले के आदमी को बेचा था। उसने छह महीने बाद भटिंडा के आदमी को बेच दिया। चार्जशीट लगाने के लिए दस दिन ही बचे हैं। मुल्जिम और फोर्स के तीन आदमी, कुल चार लोगों का भटिंडा जाने-आने का किराया-भाड़ा और खुराकी खर्चा के साथ ट्रैक्टर में हजार किलोमीटर के लिए डीजल भी भराना होगा। कुल दस हजार का इन्तजाम करो।"

'साहेब', 'हुजूर' की रट लगा रहे रामलाल रुपये की बात सुनकर अचकचा गए। पूछा—"रुपये मुझे देने होंगे, सरकार?"

"और कौन देगा? वादी ही तो तफतीस का खर्च उठाता है। लाओ, मुझे फौरन रवाना होना है।"

"सरकार, ट्रैक्टर से हमें क्या लेना-देना? न हमने खरीदा, न हमने बेचा, न हमें उसकी जरूरत। हमें तो अपनी खतौनी छुड़ाने से मतलब है।"

"कैसी बात करते हो?" दरोगा बिगड़ गया—"ट्रैक्टर ही तो तुम्हारे मुकदमे का असली सबूत है। उसकी बरामदगी न होगी तो फोर्जरी कैसे साबित होगी? और फोर्जरी साबित नहीं हुई तो मुल्जिम छूट जाएगा। मुल्जिम छूट गया तो तुम्हारी खतौनी कैसे रिलीज होगी? या तो मुल्जिम छूटेगा या तुम्हारी खतौनी छूटेगी।"

रामलाल की समझ में नहीं आ रहा है कि क्या करे? पहले पता होता तो किसी से राय-मशविरा कर लेते।

"क्या बताएँ, सरकार! हाथ एकदम खाली है।"

"क्या बकते हो? बेटा हर महीने मनीआर्डर भेजता है कि नहीं? अन्दर जाओ। घरवाली से बोलो।"

रामलाल अन्दर जाते हैं तो अन्दर के ही होकर रह जाते हैं। बाहर निकलने का मन ही नहीं हो रहा है। मनीऑर्डर की बात इसे किसने बताई? मनीआर्डर आया, यह तो सही है, लेकिन इधर आया और उधर वकील के घर पहुँच गया। कल ही

तो उनके पास से स्टे की कॉपी लेकर लौटे हैं।

पत्नी सारी बात किवाड़ की आड़ से सुन रही थीं। वे जानना चाहती हैं कि आखिर हम लोगों ने ऐसा कौन-सा खून-कतल कर दिया है जो दुनिया हमें नोचने में लगी है। उधर वकील ने फिर पाँच हजार ठगा, इधर दस हजार के लिए सबेरे-सबेरे यह आ गया दुआर छेंकने।

देर होने लगी तो दारोगा ने आवाज लगाई—"भीतर जाकर सोने लगा क्या?"

फिर किवाड़ की कुंडी खड़खड़ाने लगा।

रामलाल कुर्ते की जेब से स्टे ऑर्डर निकालते हैं और बाहर आकर दारोगा को पकड़ाते हुए कहते हैं—"देखिए, इससे काम चल जाय तो चलाइए साहब।"

दारोगा ध्यान से पूरा आदेश पढ़ता है फिर वापस करते हुए कहता है—"यह जो स्टे मिला है, वह एफ.आई.आर. के चलते ही मिला है। इसके बल पर बहुत मत कूदो। स्टे ही मिला है, खतौनी नहीं छूटी। स्टे तभी तक है जब तक जिला अदालत का फैसला नहीं आ जाता। फैसला तभी आएगा जब हम चार्जशीट लगाएँगे। चार्जशीट तभी लगेगी जब तुम जेब ढीली करोगे। जेब ढीली नहीं करोगे तो हम फाइनल रिपोर्ट लगा देंगे। फाइनल रिपोर्ट लग गई तो स्टे खतम, वसूली शुरू। फिर स्टे का कागज लेकर चाटते रहना।"

रामलाल की बुद्धि में कुछ घुस नहीं रहा है। जितने लोग उतनी तरह की बातें। वे घबरा गए हैं। दीनता से कहते हैं—"साहेब, रिश्ते-नातेदारों से समझने-बूझने की मोहलत दीजिए। विधायक जी भी रिश्ते में आते हैं। उनसे भी थोड़ा समझ लें।"

"देखो, नेतागिरी किए कि काम बिगड़ा। विधायक जी मेरा क्या कर लेंगे? ज्यादा से ज्यादा ट्रांसफर करा देंगे। तब भी अगर मैंने रवानगी के पहले फाइनल रिपोर्ट लगा दी कि 'ट्रैक्टर कबाड़ में कट गया। बरामदगी मुमकिन नहीं' तो विधायक तो छोड़ो, हमारा कप्तान भी कुछ नहीं कर पाएगा।"

रामलाल के हाथ-पैर ढीले हो जाते हैं। हाथ जोड़कर कहते हैं—"बस, चौबीस घंटे की मोहलत दीजिए, साहेब। हम आपकी हुकुमअदूली नहीं करना चाहते, पर मजबूरी है। घर में इस समय सौ रुपये भी नहीं हैं।"

"ठीक है।" दारोगा नथुने फुलाकर कहता है—"चौबीस घंटे में जितना कहा है, उतना लेकर हाजिर नहीं हुए तो तुम जानो तुम्हारा काम जाने।"

असफलता की खीज उसके चेहरे पर उतर आई है। वह मोटरसाइकिल धड़धड़ाते हुए निकल जाता है।

फौजी महीने-भर की छुट्टी आया है। विवाह के समय तो सिर्फ दस दिन की छुट्टी मिली थी। ठीक से पत्नी का मुँह भी नहीं देख पाया था।

सोना चाहती है कि जितने पकवान वह बनाना जानती है, इस महीने-भर की छुट्टी में बनाकर पति को खिला दे।

फौजी अपनी बेटी को गोद में लेकर दुलार रहा है।

सोना डायरी से पढ़-पढ़कर डोसा बनाने की तैयारी कर रही है। फौजी बेटी को गोद में लेकर वहीं पहुँच जाता है। सोना की डायरी को उलटता-पलटता है। सोना ने इसमें नाना प्रकार के व्यंजन बनाने की विधि, शेर-शायरी, गीत, लोकगीत लिख रखे हैं। मेहँदी लगाने का डिजाइन बना रखा है। फौजी की नजर एक पन्ने पर पड़ती है—

दिल में तुम्हें बसा के, कर लूँगी मैं बन्द आँखें।
पूजा करूँगी तेरी, हो के रहूँगी तेरी।

"अरे, वाह! बहुत अच्छा गीत है। किसके लिए लिखा है?"

"आपके लिए, और किसके?"

"उल्लू मत बनाओ। मैं तब कहाँ था? पाँच साल पहले की तारीख पड़ी है इस पर।"

"जरूरी है कि कोई हो ही। होने वाले के लिए भी तो लिखा जा सकता है।"

"वही तो। कौन है वह होने वाला?"

"लिखते समय कहाँ पता था कि कौन है? गीत अच्छा लगा और लिख लिया। अब पता चला कि कौन था।"

"कौन था?"

"जो पूछ रहा है।"

"बुद्धू बना रही हो! फौजी की नजर बड़ी तेज होती है। अँधेरे में भी गन्ध से दुश्मन का पता लगा लेती है।"

"और दुश्मन न हो तो काल्पनिक दुश्मन भी खड़ा कर लेती है।"

सोना ने गरम डोसे की प्लेट सामने रखते हुए कहा—"चखकर बताइए, कैसा बना है। दुश्मन के बारे में बार्डर पर सोचा करिए।"

"बढ़िया।" फौजी खाते हुए कहता है।

फौज में जाकर वह छुरी-काँटे से खाना सीख गया है।

शाम को खा-पीकर लेटने के बाद फौजी कहता है—"तुम्हारी बहन ने एक बार बताया था कि तुम्हारी शादी की बात तुम्हारी बुआ के भानजे से चल रही थी।"

"हो सकता है। मुझे नहीं पता।"

"तुम भी तो उसे जानती हो। बाद में तो तुम्हारे साथ ही पढ़ता था।"

"मेरे साथ नहीं, मेरे कालेज में।"

"तब तो रोज ही भेंट होती रही होगी?"

"रोज कैसे होगी? वे दो साल सीनियर थे। उनकी क्लास अलग। उनका ब्लाक अलग।"

"तो कैसे मिलते थे?"

"मिलने की जरूरत क्या थी?"

"मैंने तो सुना है, वह तेरे पीछे पागल था।"

"..."

"अच्छा, एक बात बताओ। तुम्हें मेरी कसम। सच-सच बताना। तुम्हारे मन में भी उसके लिए कुछ था?"

"बच्चों जैसी बातें क्यों कर रहे हैं? मेरे मन में क्या था, क्या नहीं था, उसको जानने से क्या फायदा?"

"कुछ तो रहा होगा?"

"बहुत कुछ रहा हो तो क्या? जहाँ आना था, आ गए। किस्मत में तो तुम थे, दूसरा कैसे मिल जाता?"

"मेरे साथ खुश हो न?"

"यह भी कोई पूछने की बात है!"

"दुख तो जरूर होगा, मन का साथी न मिलने का? दुहाजू के साथ ब्याहे जाने का। दूसरे की औलाद पालने का।"

"दुख होता तो मैं शादी ही क्यों करती! कोई जबरन थोड़े ब्याह देता।"

फौजी थोड़ी देर तक चुप रह गया। फिर बोला—"अच्छा यह बताओ..."

सोना ने फौजी के मुँह पर हाथ रख दिया—"अब पूछना-बताना बन्द।" फिर उसके पेट के निचले हिस्से में गुदगुदी लगाते हुए बोली—"मरे मुहूरत का किस्सा बाँचना बन्द। आपके दिमाग में जो चल रहा है, वह हमारा सुख-चैन उजाड़ देगा। कौन है आपके मन में शंका का भूत खड़ा करने वाला? वही बहादुर न? वह ठीक आदमी नहीं है।"

"अच्छा, बस एक बात..."

"अब कोई बात नहीं। इतने दिन बाद चार दिन की छुट्टी पर आए हो तो कुछ मन लगने वाली बात करो।"

सोना ने इस बार फौजी की काँख में गुदगुदाया।

फौजी के दिमाग पर युवा स्त्री-देह की गंध ने पकड़ बनाई। वह सोना को भुजाओं में जकड़कर चूमने लगा।

ये बहुजन की जय भीम बोली

संतोखी की स्टे वैकेशन की दरखास्त पड़ गई। काउंटर एफिडेविट लग गया, लेकिन छत्रधारी के वकील ने रिज्वाइंडर दाखिल करने में एक साल लगा दिया। अब केस सुनवाई पर लगा है।

चान्स की बात है कि लंच से पहले पुकार हो जाए। एक तो ऐसा बहुत कम होता है और हो गया तो रेस्पॉन्डेंट का वकील सुनवाई से भागता है। कभी उनका जूनियर आकर कहता है कि वकील साहब सुप्रीम कोर्ट गए हैं, कभी कहता है, लखनऊ पीठ गए हैं। कभी कहता है, आज तबीयत खराब है। तारीख आगे बढ़ जाती है। आगे न बढ़े तो बढ़वाना पड़ता है। उनके वकील कहते हैं कि मुकदमा पैरवी माँगता है। आओ, पैरवी करो। तारीख लगवाओ। दो बार उनकी फाइल कोर्ट तक पहुँची ही नहीं। वकील साहब ने कहा कि मिसप्लेस है। वे इसका मतलब ही नहीं समझ पाए।

धीरे-धीरे सब पता लग रहा है। जल्दी सुनवाई के लिए लिस्टिंग अप्लिकेशन देनी पड़ती है। सेक्शन से फाइल भिजवाने में खर्चा लगता है। अगर चाहते हैं कि पेशकार ही फाइल पर अगली तारीख लगा दे तो उसमें भी खर्चा होता है। कदम-कदम पर पैरवी, कदम-कदम पर खर्चा। हर जगह पैसे का ही खेल है। इसी में कभी वकीलों की हड़ताल हो जाती है। कभी शहर में कर्फ्यू लग जाता है। एक बार तो वकीलों की हड़ताल तीन महीने चली थी। यही सब होते-हवाते तीन साल गुजर चुके हैं।

कहने वाले तो यह भी कहते हैं कि यहाँ मुकदमे का फैसला कानून और केस के तथ्यों के आधार पर उतना नहीं होता जितना इस आधार पर कि मुकदमे में वकील कौन है और केस सुनवाई के लिए किस बेंच में लगा है। फेवरेबल कोर्ट में केस की लिस्टिंग कराने या मनमाफिक अर्ली डेट दिलाने के लिए यहाँ फिक्सर काम करते हैं। लेकिन इसका खर्च आम आदमी की औकात से बाहर होता है।

संतोखी हौसला और धीरज बनाए रखने की कोशिश करते हैं, लेकिन पुराने

मुकदमेबाजों के अनुभव सुनकर कभी-कभी दिल बैठने लगता है। बताते हैं कि स्टे वैकेशन की सुनवाई ही दस-दस साल तक लटकती है। मेरिट पर सुनवाई कब पूरी होगी, इसे भगवान भी नहीं बता सकते। पचीस-छब्बीस साल पहले दाखिल मुकदमे अब सुनवाई पर आ रहे हैं।

इस बीच छत्रधारी द्वारा कमिश्नरी में दाखिल अपील भी जीत गए संतोखी, पर पहली बार ऐसा हुआ कि इस जीत से बस नाम मात्र की खुशी हुई। इतने दिनों की मुकदमेबाजी से वे जान गए हैं कि जब तक टाइटिल सूट का फैसला 'स्टे' है, समरी प्रोसीडिंग की जीत का कोई मतलब नहीं है। छत्रधारी इस फैसले के खिलाफ हाई कोर्ट में रिट दायर करेंगे ही। टाइटिल सूट के स्टे के आधार पर उन्हें इसमें भी आसानी से स्टे मिल जाएगा। कैविएट लगाने का भी कोई फायदा नहीं है, सिवा पैसे की बर्बादी के। पैसा हाथ में है ही कहाँ? वे बेटे के सामने दुबारा हाथ नहीं फैलाना चाहते। उन्हें पता है कि बेटा उनकी मुकदमेबाजी से खुश नहीं रहता। ठीक भी है। वह अपने बाल-बच्चे पाले, पढ़ावे-लिखावे, यही बहुत है।

माघ मेले में हर साल दूर-दूर से श्रद्धालु संगम क्षेत्र में कल्पवास करने आते हैं। इस बार घर में ताला लगाकर संतोखी दोनों परानी भी आ गए हैं।

माठा बाबा के परिचय से एक बाबाजी के आश्रम में टेंट मिल गया है। बड़े सबेरे दोनों परानी गाँठ जोड़कर संगम में स्नान करते हैं। भंडारा जगह-जगह चल ही रहा है। किसी भंडारे में खा लेते हैं। घूम-घूम कर प्रवचन सुनते हैं। संतोखी बहू का मन तो हर जगह लग जाता है। संतोखी के मन को कहीं चैन नहीं मिलता।

संगम क्षेत्र के लेटे हुए हनुमान जी का बड़ा माहात्म्य है। उनका 'प्रसाद' देने के बहाने संतोखी बीच-बीच में जाकर वकील साहब की दर पर मत्था टेक आते हैं। वकील साहब प्रसाद तो बड़ी श्रद्धा से लेते हैं, लेकिन स्वागत का जो भाव उनके चेहरे पर पहले रहा करता था, वह धीरे-धीरे तिरोहित होता जा रहा है।

कल्पवास खत्म करके दोनों परानी गाँव लौटे तो संतोखी बहू ने पाया कि कोई उनके सारे उपले ही उठा ले गई। गोबर बीन-बीन कर उन्होंने उपले पाथे थे। अन्दाजा तो है कि कौन ले गई लेकिन पकड़ा नहीं तो कहें कैसे? नई-नई ब्याहकर आई थीं तो इतनी तीखी गालियाँ देती थीं कि शरीर से चिपक जाती थीं और छुड़ाए

नहीं छूटती थीं। उम्र के साथ उनका तीखापन घटा है, लेकिन व्यंजना बढ़ गई है। उसी सन्दिग्ध के घर की ओर मुँह करके सराप रही हैं—"ले गई अपना बेटा-बेटी भूँजने के लिए। उसके 'उसमें' कितना अमाता है कि पूरा 'भिटहुर' भर लिया। अब मैं चूल्हे में क्या जलाऊँगी, उसके बेटा-बेटी का हाथ-गोड़?"

गृहस्थी के काम निपटाने के साथ उनका गरियाना-सरापना जारी है।

तूफानी ने देर रात लौटकर सबको बताया कि कल दोपहर से रात तक टोले में उत्सव मनाया जाएगा। डेढ़ मन का घेंटा* कटेगा और झिलमिट कम्पनी का नाच होगा। जो भी अपने किसी नाते-रिश्तेदार को भोज खाने के लिए न्योता भेजना चाहे, भेज सकता है।

दिलदार आदमी हैं तूफानी।

फुलेसरी दोनों बहनों ने आज टीड़ी सिंह की सरसों काटने के लिए हामी भरी थीं। वे सबेरे-सबेरे दोनों को समय से खेत में पहुँचने के लिए ताकीद करने टोले में पहुँचे तो नीम के पेड़ में बँधा लाउडस्पीकर गा रहा था—

ये बहुजन की जयभीम बोली
ऐसी वैसी ये बोली नहीं है।
दुश्मनों की गरज और तड़प से
ये हाली या डोली नहीं है।

सुनकर टीड़ी सिंह भुनभुनाए—"रोज किसी-न-किसी बहाने ससुरों का गाजा-बाजा चलता रहता है।"

"फुलेसरा बिटिया!"

आवाज सुनकर छोटी बहन निकली और सपाट जवाब दिया—"आज काम पर नहीं जाना। त्योहार मनाएँगे।"

"आज कौन-सा त्योहार है? होली तो परसों है।"

"आपको कुछ पता है? हमारी बिरादरी की नेता को दुबारा मुख्यमंत्री की कुर्सी मिली है। उसी का जशन।"

---

* नर सूअर

"वाह-वा! यह तो बहुत अच्छी बात है। लेकिन जशन तो दिन में होगा। अभी धूप होने के पहले चलकर दो-तीन घंटे काट लो। धूप में तो वैसे भी नहीं काट सकते। हँसिये का झटका खाकर आधी सरसों खेत में ही झड़ जाएगी।"

लेकिन बात पूरी होने के पहले ही लड़की अन्दर चली गई।

अब क्या करें? चार दिन पहले काम करने की हामी भरी और ऐन मौके पर इनकार। दो साल पहले मजदूरी चालीस रुपये रोज थी। अब साठ रुपये हो गई। सबेरे तीन घंटे काम करके तीस रुपये नकद लेकर चली आएँगी। धान साढ़े तीन रुपये किलो बिक रहा है। तीस रुपये में साढ़े आठ किलो से ज्यादा हुआ। दोपहर भर में। यह अन्धेर है कि नहीं? कौन दे पाएगा इतनी मजदूरी! बावजूद इसके जब चाहा, काम करने से इनकार कर दिया!

औरतें सबेरे से ही टोले के दोनों हैंडपम्प पर नहाने-धोने के लिए भीड़ लगाए हैं। चार-पाँच नौजवान जीवित घेंटे के पैर बाँस में बाँधकर उलटा लटकाए आग में भून रहे हैं और सलाख लाल करके छेद रहे हैं। उसकी चीत्कार मील-भर दूर तक वातावरण में थरथरी पैदा कर रही है।

दोपहर होते-होते झिलमिट बाबा अपनी धज में आकर खड़े हुए।

मृदंग, कसावर और चिमटे से समाँ बँध गया। घुँघरू गुँथा रंगीन घाघरा पहन नर्तकी ने कमर लचकाना शुरू किया—

कइसन आवा है जमाना
अरे बाप, रे बाप!
जोन्हरी होइगै साबूदाना
अरे बाप, रे बाप!

सही बात। सही बात। साबूदाना के भाव जोन्हरी बिकने लगी, इससे ज्यादा महँगाई और क्या होगी?

तभी तूफानी लपकता आया और बाबा पर चढ़ बैठा—"हर मौके पर रोने-कलपने वाला गाना ही रहता है आपके पास। खुशी का मौका है। खुशी का गीत गाइए।"

खुशी का मौका? आज किस खुशी का मौका है? उन्हें तो किसी ने बताया नहीं। जिन्दगी-भर गमी का गीत गाते रहे। वही कंठ पर चढ़ा हुआ है।

लेकिन तूफानी को आज इतनी फुरसत कहाँ कि बैठकर खुशी की खबर सुनाए। अभी तक शामियाना ही नहीं आया।

लड़कों ने झिलमिट को बताया कि कल अपनी बिरादरी की नेता फिर से

मुख्यमंत्री की कुरसी पर बैठी हैं। उसी का जश्न है। याद है, पिछली बार बनी थीं तो कैसे डीएम, एसपी, कलक्टर, कमिश्नर तक को पानी पिला दिया था। उन्हीं की महिमा का कुछ बखान करिए।

झिलमिट बाबा ऐसा कोई गीत याद करने लगे। यह सब बात पहले से पता होनी चाहिए। गीत-गौनई कोई जेब में पड़ा पैसा तो है नहीं कि निकालकर खर्च कर दिया।

लेकिन अँगूठाछाप हैं तो क्या हुआ, आशु कवि तो हैं। इतना हुनर तो आता ही है कि मौके के अनुसार गीत में जोड़-घटाव करके काम बना लें।

"बजाओ भाई, बजाओ।"

नर्तकी ने फिर शुरू किया—

रानी जल्दी थामा यूपी कै ससनवा
परनवा सबकै गाढ़े मा परा

"थाम लिया भाई, कल ही थाम लिया।"

"मालूम है। अब तो सबको ठीक ही कर देंगी। जब नहीं थामा था तब क्या हो रहा था, वह सुनिए—

सगरे रक्षक बने थे भक्षक
थाना बेचेन पुलिस अधीक्षक
जब से त्याग किहिउ शासन कै
डीएम होइगे अपने मन कै
एसपी पबलिक का पिटवाएन बिना करनवा
परनवा सबकै गाढ़े मा परा

क्या बात है! अब फिर सारे डीएम, एसपी को सही कर देंगी।"

"दारोगा और सिपाही को भी सही करें। यही तो ज्यादा आग मूतते हैं। एक बार चौराहे पर मुझे बिना बात के ही एक डंडा मार दिया था।"

नदीपार पहाड़ी का जंगल पलाश के फूलों से लाल हो गया है। नदी की धारा पतली और पानी पारदर्शी हो गया है। नीम, महुआ और पीपल अपने पुराने पत्ते

झाड़ चुके हैं। नीम फूल रहा है। महुआ कूच रहा है और आम के बौर की खुशबू पूरे इलाके में फैल रही है।

करिया सिंह के दुआर पर टीड़ी सिंह की मंडली फगुआ गा रही है। ढोल की तड़तड़ाहट और झाँझ की झैंयक-झैंयक माइक से कई गुनी होकर पूरे गाँव में विस्तारित हो रही है। आधा गाँव करिया सिंह के दुआर पर उमड़ आया है।

रहिया कै चलना जुलुम होइगा दइया
नारि नीक देखि राह रोकैं कन्हइया
डारैं गलियवा मा डाऽकाऽ
अरे, डारैं गलियवा मा डाका कन्हइया
डारैं गलियवा मा डाऽकाऽ

टीड़ी सिंह की आवाज इस उम्र में भी चाँड़ है। पिछले पचास साल से होली पर फगुआ गाते आ रहे हैं। वसंत पंचमी से फगुआ गाना शुरू होता था और होली के दूसरे दिन तक गाया जाता था। ब्राह्मण, ठाकुर, कायस्थ और बनियों के दरवाजे पर घूम-घूम कर मंडली गाती थी। जिसके दरवाजे पर मंडली पहुँचती वह पान, सुपारी, बीड़ी से स्वागत करता था। अब भी कुछ लोग अपने दरवाजे पर मंडली का स्वागत करते हैं।

करिया सिंह की बात और है। पूरे गाँव को पता है कि करिया सिंह के दुआर पर छोटे-बड़े हर आदमी का स्वागत होता है। आइए, गुझिया खाइए। भाँग का गोला खाइए या ठंडाई पीजिए। पान, सुपारी, बीड़ी जितनी बार चाहें! दोपहर में ही सबके स्वागत के लिए जाजिम बिछ जाता है।

इस मामले में वे अपने पिता की परम्परा को कायम रखे हैं। सच पूछिए तो असली ठाकुर करिया सिंह ही हैं। छत्रधारी सिंह तो भट्ठा खोलने के बाद पूरे बनिया हो गए।

अपने टोले के चार-पाँच नौजवानों के साथ तूफानी भी पहुँचा है। वे लोग जाजिम पर बैठने जा रहे थे, तब तक करिया सिंह की नजर पड़ गई।

"अरे, उधर कहाँ तूफानी? इधर आओ, कुर्सी पर बैठो। हमारे ग्राम प्रधान हो।" फिर अपने छोटे बेटे को बुलाकर कहा—"इन लोगों को गुझिया खिलाओ, फिर ठंडाई, पान, सिकरेट।"

इतनी मस्त फगुए की धुन!

तूफानी दाएँ-बाएँ सिर हिलाकर इस धुन का आनन्द लेता है और कुर्ते की ऊपरी जेब में रखे टेपरेकॉर्डर का बटन दबा देता है। जज साहब को सुनाएगा।

वकालत की प्रैक्टिस तो उसकी ठीक-ठाक चल ही रही है, दलित राजनीति भी करता है। अब परधानी का काम भी उसके जिम्मे आ गया है। उसके पास तो मूतने तक की फुरसत नहीं है, फिर भी परधानी की कुर्सी निष्कंटक बनी रहे इसके लिए सारे गाँव से रिश्ता बनाकर रखना जरूरी है। ऐसा नहीं कि तूफानी इन लोगों के मन की बात नहीं बूझता। बखूबी बूझता है। सबको तो नहीं कह सकता, लेकिन इस टोले के ज्यादातर लोगों को उसकी माँ का प्रधान की कुरसी पर बैठना पच नहीं रहा है। शपथ लेते देर नहीं हुई कि शिकायतों का अम्बार लगा दिया। रोज घंटे-भर तो उसका जवाब लिखने में ही लग जाता है।

मान लो, हम लूट भी रहे हैं तो आप किस मुँह से शिकायत कर सकते हैं! आप तो सन् सैंतालीस से लूटते आए हैं। अब हमारी बारी है तो क्यों छरछरा रहा है? क्यों आँख फूट रही है? लेकिन यह कहने की बात थोड़े है। जो सामने मीठा बोल रहा है, उससे तो मीठा बनकर ही मिलना होगा। हो सकता है, अगली परधानी दलित पुरुष के कोटे में आ जाए। इस नजरिए से भी हर छोटे-बड़े से व्यवहार बनाकर रखना होगा।

वह हँसकर गुझिया खाता है और दो भुरका ठंडाई पीता है।

कौन नहीं पहुँचा इस दरवाजे पर! पाँड़े आए, तिवारी आए, भूसी आए, खेलावन आए। सभी आए। सिर्फ विद्रोही का परिवार नहीं आता इन दोनों भाइयों के दरवाजे पर, जब से परधानी में धोखा खाया।

कलिकाऽऽल! कलिकाऽऽल! कलिकाऽऽल!

अनोखा ढंग है फगुआ उठाने का। टीड़ी सिंह पर भाँग का असर हो गया है।

अरे, कलिकाल कठिन दुख डाऽराऽ
भलमनई कै नाही ना गुजारा
चमइनी के माऽराऽ
चमइनी के मा-आ-आ-राऽ

ऐं! यह क्या गाने लगे? यह तो गाली देना हुआ। तूफानी उठकर मंडली के पास पहुँच गया।

"आप लोग फगुआ गा रहे हैं कि गाली दे रहे हैं?"

गाना-बजाना रुक गया।

"इसमें गाली क्या है?"

"बिलकुल गाली है। हमारी जाति को गाली। हमारी औरतों को गाली। हमारी

बिरादरी की मुख्यमंत्री को गाली। बाजा बजाकर गाली दे रहे हैं आप लोग।"

टीड़ी सिंह कहते हैं—"यह फगुआ तो हम पचास साल से गा रहे हैं।"

"पचास साल पहले हम पैदा नहीं हुए थे तो गाते रहे होंगे। हमारे सामने नहीं गा सकते। अपने दरवाजे पर बुलाकर गाली देंगे?"

"अबे, भाग भोसड़ी के," करिया सिंह का बड़ा बेटा दुर्गेश आकर तूफानी से भिड़ गया—"किसने बुलाया तुझे। भाग मेरे दरवाजे से।"

धरा-धरी हो गई। लोग बीच-बचाव करने लगे। करिया सिंह ने दुर्गेश को खींचकर अलग किया और तूफानी से बोले—"तुम बैठो तूफानी, गलत काम मेरे दरवाजे पर कैसे होगा?"

पर तूफानी रुका नहीं। पैर पटकता साथियों के साथ चल पड़ा।

करिया सिंह मंडली के पास जाते हैं—"का बाबू टीड़ी सिंह, जुग-जमाना ऐसा चल रहा है कि अगर वे मुँह पर गाली दे रहे हों तब भी नजर बचाकर हट जाने में भलाई है और आप हैं कि..."

उनको दुर्गेश के खून की इतनी गरमी पसन्द नहीं। लगता है, इस पर छत्रधारी सिंह की छाया पड़ गई है।

तूफानी टीड़ी सिंह को पहचानता है। जब उसने मोटरसाइकिल खरीदी तो यही टीड़ी सिंह कहते थे—"लगता है, तुफनिया की मोटरसाइकिल सड़क पर नहीं, मेरी छाती को रौंदते हुए दौड़ती है।...मैं इनको सबक सिखाकर रहूँगा।"

तूफानी काला कोट पहनकर तीन मोटरसाइकिलों पर गाँव के अन्य पाँच युवकों के साथ थाने पहुँचा है। आठ लोगों के खिलाफ तहरीर देकर हरिजन उत्पीड़न की दफा लगाकर रिपोर्ट लिखने और गिरफ्तारी करने की माँग पर अड़ा हुआ है।

थाना इंचार्ज समझा रहे हैं कि इसमें हरिजन-उत्पीड़न की दफा कैसे लगेगी? न मारपीट हुई, न कोई रेप हुआ। गाली-गलौज तक तो हुई नहीं।

"अरे, क्या कहते हैं! चमाइन कहना, जातिसूचक शब्द से अपमानित करना नहीं है? यह हमारी जाति का, हमारी औरतों का, हमारी नेता का अपमान है। हमारी बिरादरी का मुख्यमंत्री की कुर्सी पर बैठना इन लोगों को पचा नहीं तो फगुआ

की आड़ में सौ लोगों के सामने खुल्लमखुल्ला अपमान किया! यह नान बेलेबल अफेंस है।"

"कोई गवाही है?"

"जितने कहिएगा, हाजिर कर दूँगा। पाँच लोग तो साथ ही आए हैं। गवाह ही नहीं, सबूत भी दूँगा। डाकूमेंटरी प्रूफ। नानी याद दिला दूँगा।...मुझे कचेहरी भी जाना है। एफ.आई.आर. की कॉपी दिलवाइए।"

बड़ी मुश्किल से थानाध्यक्ष ने तूफानी को इस बात पर सहमत किया कि कचहरी निपटाकर शाम को लौटो तो इधर से कॉपी लेते जाना। तब तक दर्ज हो जाएगी।

तूफानी के जाते ही थानाध्यक्ष ने छत्रधारी के पास खबर भिजवाई कि आपके गाँव के वकील तूफानी सिंह अम्बेडकर ने आठ लोगों के खिलाफ दलित अत्याचार निवारण अधिनियम में मुकदमा दर्ज करने के लिए तहरीर दी है। सँभाल सकें तो सँभाल लीजिए, नहीं तो मुश्किल होगी।

छत्रधारी सिंह ने सन्देशवाहक से पूछा कि तहरीर में उनके भाई करिया सिंह या भतीजे का नाम है कि नहीं? यह जानकर उन्हें निराशा हुई कि उन दोनों का नाम नहीं है। लेकिन प्रगट में बोले—"यह सब चमार-पासी को खोपड़ी पर चढ़ाने का नतीजा है। इंचार्ज साहब से कहना जो समझ में आए करें। हमें बीच में नहीं पड़ना।"

लेकिन टोले में खबर पहुँच गई और सारे आरोपित सोर्स-सिफारिश लेकर शाम तक थाने पहुँच गए।

उस शाम तो क्या, अगले दो दिन तक रिपोर्ट नहीं लिखी गई। तूफानी बीसों वकील और उतने ही सफेद कुर्ता-पायजामा वाले युवकों को लेकर पुलिस अधीक्षक के आवास पर पहुँचा।

"हमारी ही सरकार है और हमारी ही रिपोर्ट नहीं लिखी! इतनी अन्धेर?"

"जो भी न्यायोचित कार्यवाही होगी, की जाएगी।"

"आप कुछ नहीं करेंगे। कुछ कर ही नहीं सकते। जब उसने नीलामी में थाना खरीद रखा है तो वह आप से क्यों डरेगा? थाना बेचना बन्द करिए या बोरिया-बिस्तर बाँधकर 'कोल्ड स्टोरेज' में जाने के लिए तैयार हो जाइए। बताइए भला, सिटिंग मुख्यमंत्री की बेइज्जती की गई और आप कह रहे हैं कि देखेंगे। अभी तुरन्त एफ.आई.आर. नहीं लिखी गई और गिरफ्तारी नहीं की गई तो हमारा प्रतिनिधिमंडल रिजर्व टैक्सी लेकर मुख्यमंत्री से मिलने के लिए निकल पड़ेगा।"

इस मुख्यमंत्री का जलजला पिछले टेन्योर में ही सारी ब्यूरोक्रेसी देख चुकी है। एस.पी. साहब की स्पष्ट धारणा है कि औरतों के हाथ में पावर आती है तो वे पुरुषों से कई गुना ज्यादा मुँहफट और जालिम हो जाती हैं।

एफ.आई.आर. लिखने का आदेश देना पड़ा।

उसके बाद का घटनाक्रम तेजी से घटित हुआ। तीन दिन में आठों आरोपितों को गिरफ्तार करके जेल भेज दिया गया। लोवर कोर्ट और सेशन कोर्ट से तो जमानत खारिज ही होनी थी। हाई कोर्ट में जमानत अर्जी लगाने पर दस दिन बाद की सुनवाई की तारीख मिलेगी और जमानत मंजूर होने के बाद दो दिन रिहाई आदेश बनने में लग जाएगा। यानी कदम-कदम पर मदद करने वाले खड़े हैं, फिर भी अठारह-बीस दिन जेल की रोटी खानी ही खानी है। तूफानी ने तूफान खड़ा कर दिया।

जेल के कैदी चाहते हैं कि जिस फगुआ के गाने के चलते उन लोगों को जेल आना पड़ा, उसे यहाँ भी सुना जाए। पर टीड़ी सिंह इसके लिए कोटि जतन तैयार नहीं हो रहे हैं। एक बार गाए तो तुफनिया ने यहाँ तक भिजवा दिया। दुबारा गाएँ तो पता नहीं कहाँ पहुँचा दे। सुनते हैं, तूफानी ने उनकी आवाज को मशीन में कैद कर लिया है। कितने खतरनाक हो गए ये ससुरे!

पाँड़े का ट्रैक्टर पलट गया। आज ट्रैक्टर लेकर दिवाकर निकले थे। दुर्गा यादव के खेत से छह इंच मिट्टी खोदने का काम मिला था। यह मिट्टी बाजार में बिक भी जाती है। दोनों तरफ से पैसा मिल जाता है। गन्ने की गोड़ाई भी करनी थी। दिवाकर का मन खेती के काम में कम लगता है, इसलिए पाँड़े ने कहा कि तुम ट्रैक्टर लेकर चले जाओ। प्रभाकर मेरे साथ गन्ने की गोड़ाई करा लेंगे।

नहर की पटरी से नीचे उतरते समय ढाल पर ब्रेक लगी तो ट्राली लहराकर दाहिनी तरफ पलट गई। सजीवन के दोनों लड़के राधे और बबलू ट्राली पर मिट्टी के ऊपर बैठे थे। ट्राली लहराई तो राधे बाईं ओर कूदा और बबलू दाईं। बबलू के कूदते ही उसके ऊपर ट्राली पलट गई। नहर की पटरी पर घास छीलती औरतें चिल्लाईं तो खेतों में काम कर रहे लोग दौड़े।

बबलू के एक हाथ का पंजा मिट्टी के ढेर के बाहर निकला छटपटा रहा था। दिवाकर का दाहिना पैर ट्रैक्टर के नीचे दबा था। दोनों को निकाला गया। बबलू बेहोश हो गया था। पाँड़े और प्रभाकर भी दौड़कर पहुँचे।

सड़क से गुजरती एक जीप को रोका गया। सजीवन और प्रभाकर के साथ पाँड़े दोनों घायलों को लेकर अस्पताल भागे। दिवाकर की बहू को बहुत देर से

खबर मिली। उसे लगा कि दिवाकर अब इस दुनिया में नहीं हैं और उससे यह बात छिपाई जा रही है। वह पागलों की तरह बाल छितराए रोते-चिल्लाते सड़क की ओर भागी। सास-जेठानी उसे रोकने के लिए उसके पीछे-पीछे दौड़ीं।

दोनों घायलों को बेड मिल गया। मरहम-पट्टी हो गई। बबलू होश में आ गया है, लेकिन बोल नहीं पा रहा है। दिवाकर के पैर में कितना फ्रैक्चर है, यह सबेरे एक्सरे के बाद पता चलेगा।

अस्पताल में भाग-दौड़ करते पाँड़े एक ही चिन्ता में डूबे जा रहे हैं कि दिवाकर के पास ड्राइविंग लाइसेंस नहीं है। केस चला तो सजा हो सकती है। वे पुलिस या फौज में भर्ती होने के लिए हाथ-पैर मार रहे हैं। उनका सपना चूर हो जाएगा। फ्रैक्चर ज्यादा हुआ, पैर में भचक रह गई तब तो पुलिस-फौज में भर्ती की उम्मीद ही खतम। जिन्दगी बेकार हो जाएगी।

ट्रैक्टर का इन्श्योरेंस भी नहीं है। क्लेम अपनी जेब से देना पड़ जाएगा।

सोना ने सात माह के बेटे की फोटो फौजी के पास भेजी थी।

फोटो देखकर फौजी को लगता कि इस बच्चे की शक्ल हूबहू बुल्लू से मिलती है। छुट्टी पर आने के बाद जब भी बेटे को गोद में लेता है, उसका चेहरा गौर से देखता है।

सोना की ससुराल का एक लड़का बुल्लू के साथ ही बी.ए. कर रहा है। एक दिन उसी ने बुल्लू से कहा—"तुम्हें सोना भाभी ने बुलाया है।"

"सोना ने बुलाया है?"

"नहीं उसके आदमी—फौजी ने। कहा कि बुल्लू से कहना कि तुमको सोना ने मिलने के लिए बुलाया है।"

वैसे तो वह सोना के घर के सामने से होकर ही रोज कॉलेज जाता है। कॉलेज जाते समय सड़क के किनारे बाईं पटरी पर सोना का घर है। कभी-कभी सोना की अन्धी सास बरामदे में चारपाई पर बैठी दिख जाती है। उसकी नजर रोज ही उधर जाती है कि शायद कभी सोना दिख जाए—बरामदे में, ऊपर दालान की छत पर या बगल के कुएँ से पानी भरते हुए लेकिन कभी दिखी नहीं।

मिलने के लिए बुलाया है, वह भी तब जब उसका आदमी घर आया हुआ है और सन्देश भी उसका आदमी भेज रहा है! सोना से उसकी आखिरी मुलाकात कॉलेज में उसी समय हुई थी जब उसने अपना विवाह तय होने की खबर दी थी। तब से न कोई भेंट, न सन्देश। सोना के विवाह में भी सिर्फ फ़ौजी से भेंट हुई थी। शायद सन्देश लाने वाले लड़के ने मजाक किया हो। वापसी में वह दूर से ही सोना के घर पर नजर गड़ाए हुए गुजरा, लेकिन कोई दिखा नहीं। उसने रुकना या आवाज लगाना ठीक नहीं समझा।

अगले दिन लड़के ने फिर कहा—"तुम आए नहीं। आज फिर बुलाया है।"

आखिर फ़ौजी मुझे क्यों बुला रहा है? आज रुककर पूछ ही लेता हूँ।

बुल्लू के गाँव का लड़का मोतीलाल भी उसी कॉलेज से एम.ए. कर रहा है। अक्सर दोनों साथ-साथ आते-जाते हैं।

सोना के घर के सामने पहुँचकर बुल्लू ने साइकिल धीमी की और मोतीलाल से कहा—"जरा रुकना।" फिर दस-पन्द्रह कदम आगे पहुँचकर एक पैर जमीन पर रखकर दोनों खड़े हो गए। सोना के घर के बाहर नीम के पेड़ के नीचे दो प्लास्टिक की कुर्सियाँ पड़ी थीं। बरामदे में सोना की बूढ़ी अन्धी सास चारपाई पर बैठी थी। घर के किवाड़ बन्द थे।

मोतीलाल ने पूछा—"क्या बात है?"

बुल्लू कुछ बोला नहीं। सोना के घर की ओर देखते हुए वह सोच रहा था कि मुड़कर सोना के दरवाजे पर चले या आगे बढ़ जाए, तभी सोना के घर का दरवाजा खुला और आगे-आगे सोना का फौजी पति और उसके पीछे एक अन्य नौजवान बाहर आया। फौजी आगे बढ़ते हुए हाथ के इशारे से बुल्लू को बुलाने लगा—"आओ, आओ।"

इशारे के साथ-साथ दोनों की चाल तेज हो गई। तभी बुल्लू की नजर छत पर गई। वहाँ खड़ी सोना हाथ के तेज इशारे से भाग जाने का संकेत कर रही थी।

बुल्लू को खतरे का आभास हुआ। उसने साइकिल बढ़ा दी। साथ का लड़का भी भागा। फौजी और उसका साथी ललकारते हुए दौड़े।

बुल्लू ने तुरन्त स्पीड बढ़ाने के लिए बाएँ पैर का सारा भार जैसे ही पैडिल पर डाला, कट की आवाज के साथ चेन उतर गई। पकड़ से बचने के लिए बुल्लू साइकिल फेंककर खेतों की ओर भागा। खेतों में धान की फसल खड़ी थी। दोपहर में शायद बरसात हुई थी। बुल्लू की चप्पलें कीचड़ में धँस गईं। बुल्लू जान छोड़कर भाग रहा था कि सामने नाला आ गया। दस-ग्यारह फीट चौड़े पानी भरे नाले को बुल्लू ने एक छलाँग में पार किया। दूसरे किनारे के कीचड़ में गिरा और

फिर उठकर भागा। सामने दो-तीन चरवाहे उसका भागना और दो लोगों द्वारा पीछा किया जाना देख रहे थे।

फौजी चिल्ला रहा था—"चोर-चोर। पकड़ो-पकड़ो।"

चरवाहे उसे घेरने के लिए दौड़े। बुल्लू ने कावा काटकर रास्ता बदला, तब तक पीछे से कूदकर फौजी उसके ऊपर सवार हुआ और पैर में लंगी मार दी। दोनों दो-तीन पलटा खाए। तब तक फौजी का साथी भी पहुँच गया। दोनों ने मिलकर बुल्लू को दो-तीन बार पटका, ठेहुने से पेट में हुमचा, मुँह पर कई घूँसे मारे। बुल्लू पस्त हो गया तो दोनों उसे खींचते हुए लेकर चले।

"बहुत इशकबाज बनते हो भोसड़ी के। अभी तुम्हारी सारी इशकबाजी तुम्हारी गाँड़ में घुसेड़ता हूँ।"

"क्या कहते हो, भइया? मैंने ऐसा कुछ नहीं किया।" बुल्लू मुँह से खून थूकते हुए गिड़गिड़ाया।

दरवाजे पर बैठी फौजी की बूढ़ी अन्धी माँ बार-बार पूछ रही थी—"कौन रो रहा है? किसको मार रहे हैं?"

फौजी ने डाँटा—"चुप कर।"

दोनों ने बुल्लू को दरवाजे से अन्दर खींचा और भीतर से कुंडी लगा ली। दूर खड़ा देख रहा बुल्लू का सहपाठी भाग चला। आसपास कई लोग इकट्ठा हो गए, लेकिन किसी ने दरवाजा खटखटाने की हिम्मत नहीं की।

आँगन में लाकर फौजी ने पैंट की जेब से चाकू निकाला। खटका दबाया तो उसका लम्बा फाल बाहर आ गया। चाकू देखकर बुल्लू की आँखें फटी की फटी रह गईं। मुड़कर उसने पीछे से जकड़ने की कोशिश कर रहे फ़ौजी के साथी के पेट में जोर की लात मारी। साथी पीठ के बल दूर जा गिरा। बुल्लू वापस मुड़ा और फौजी की चाकू वाली कलाई को बाएँ हाथ से ऊपर उठाकर दाहिने हाथ से उसकी नाक और चेहरे पर घूँसे बरसाने लगा। फौजी की नाक से खून बहने लगा। वह दर्द से तड़प उठा। तब तक फौजी के साथी ने बुल्लू को पीछे से जकड़कर खींचा तो फौजी की कलाई पर बुल्लू की पकड़ ढीली पड़ गई। फौजी हाथ छुड़ाकर लपका, लेकिन बुल्लू की लात की सधी चोट खाकर पीछे जा गिरा। खम्भे से टकराने से उसका सिर फट गया। इधर फौजी के साथी ने बुल्लू को झटका देकर पीछे गिरा लिया। नीचे साथी, ऊपर बुल्लू। दोनों चित। फौजी क्रोध में अन्धा होकर चाकू लहराते हुए दौड़ा। बुल्लू ने साथी की कलाई पर किचकिचाकर दाँत काटा और खुद को उसकी पकड़ से मुक्त कर लिया। लेकिन इसके पहले कि वह ठीक से खड़ा हो पाता, फौजी के हाथ का चाकू उसके पेट में घुस चुका था।

बुल्लू के मुँह से घुटी-घुटी चीख निकली और उसने फौजी के चाकू वाले हाथ को पकड़ना चाहा। फौजी ने उसे पीछे ढकेल दिया और उतान गिरे बुल्लू के पैरों पर बैठते हुए साथी को ललकारा—"बहादुर, खींच इसके दोनों हाथ पीछे। साला गामा पहलवान बन रहा है।"

बहादुर ने बुल्लू के दोनों हाथ पीछे खींचे। फौजी ने दाँत किटकिटाते हुए फिर चाकू भोंका और बाएँ से दाएँ खींचकर पूरा पेट फाड़ दिया। बुल्लू के गले से एक करुण चीख निकली। सीढ़ियों के रास्ते छत से उतरती सोना चिल्लाई—"सुनीता के बाबू, यह क्या कर डाला?" वह फौजी और बुल्लू के बीच में समा जाने के लिए लपकी।

फौजी गरजा—"भाग साली, हट पीछे। खबरदार जो आगे बढ़ी। इसी के साथ तुझे भी जिबह कर दूँगा।"

उसने खून सना चाकू सोना की ओर लहराया। छटपटाते बुल्लू और फैलते खून को देखकर सोना की आँखें विस्फारित हो गईं। उसे चक्कर आ गया। वह सिर थामकर बैठ गई।

बुल्लू ने दोबारा उठने की कोशिश की, लेकिन ढह गया। पेट पर दबाव पड़ने से गुलाबी अँतड़ियों का संजाल बाहर निकल आया। बुल्लू खून के कीचड़ में पड़ा एड़ियाँ रगड़ता रहा। खून की एक पतली धारा ढलान पर बहती हुई जाकर नाबदान के कीचड़ से मिल गई।

सोना का बेटा जग गया और चारपाई पर बैठकर आँख मींज-मींज कर रोने लगा।

धीरे-धीरे फौजी पर घबराहट तारी होने लगी...यह क्या हो गया...वह तो सिर्फ डराना चाहता था...चाहता था कि बुल्लू इस राह से आना-जाना बन्द कर दे। अब?

बूढ़ी अभी भी बाहर बैठी जानना चाहती थी कि कौन रो रहा था? कौन मार रहा था?

बुल्लू की कराह मन्द पड़ने लगी। बड़बड़ाहट शुरू हो गई। फौजी और बहादुर बाहर आ गए। किवाड़ की साँकल बाहर से चढ़ाकर दोनों ने हैंडपम्प पर हाथ-पैर में लगा खून धोया और साइकिल पर बैठकर निकल गए।

सचेत होते ही सोना बुल्लू के पास आ गई। बुल्लू की आँखों की पुतलियाँ गतिमान थीं। वह कुछ बुदबुदा रहा था। सोना को लगा, पानी माँग रहा है। वह गिलास में पानी लाई। सिरहाने पालथी मारकर बैठी और बुल्लू का सिर अपनी गोद में रखकर गिलास उसके मुँह से लगा दिया, पर केवल होंठ खुले। दाँती लग गई थी। उसने अपने आँचल से मुँह में लगे खून, थूक और गाज को साफ

किया। उँगली से ऊपर-नीचे के दाँतों के बीच थोड़ी जगह बनाई और पानी पिलाने की कोशिश करने लगी। बुल्लू की हिलती पुतलियाँ स्थिर हुईं और आँखें कुछ ज्यादा खुल गईं।

"मेरी कोई गलती नहीं है। मैंने कुछ नहीं कहा।"

पुतलियाँ सोना के चेहरे पर स्थिर हुईं। फिर हिलीं—मानो कह रही हों—जानता हूँ।

"मैंने कोई सन्देश नहीं भेजा।"

सोना को लगा, बुल्लू सब सुन और समझ रहे हैं।

उसने झुककर बुल्लू के होंठों को चूमा। एक बार, दो बार, तीन बार। बुल्लू की पलकें बन्द होने लगीं। उसका मन विगत में विचरने लगा। मामी के घर, नदी के किनारे, कॉलेज में, खेल का मैदान, झुरमुट में सोना के पैर में पायल पहनाने की कोशिश...फिर बचपन में पीछे...और पीछे...

फौजी के जाने के बाद वहाँ जुटे लोग दरवाजे तक आ गए। क्या हुआ उस लड़के का जिसे पीटते हुए दोनों घर के अन्दर ले गए थे? किवाड़ की झिरी से झाँकने पर कुछ पता नहीं चला तो एक औरत ने साँकल उतारकर किवाड़ चौपट खोल दिए। भीड़ ने देखा कि बुल्लू का सिर सोना की गोद में है। सोना का बेटा रोये जा रहा है। सोना भी बुल्लू के चेहरे पर हाथ फिराते हुए रो रही है। भीड़ को समझते देर न लगी कि माजरा क्या है!

फौजी अपने साथी के साथ वापस लौटकर घर में घुसा। किवाड़ की कुंडी अन्दर से बन्द की और आँगन में आ गया। लोगों ने फिर किवाड़ की झिरी में आँख लगाई। उन्हें एक और चीख उभरने का इन्तजार था।

अब तक सोना ने बुल्लू का सिर अपनी गोद से उतारकर नीचे रख दिया था और बगल में बैठकर अपने बच्चे को आँचल से ढककर दूध पिलाने लगी थी। वह किसी से आँख मिलाने को तैयार नहीं थी।

फौजी उसके ऐन सामने आकर खड़ा हुआ और समझाने के स्वर में बोला—"देख, जो होना था वह हो गया। अच्छा तो नहीं हुआ। तुझे भी अच्छा नहीं लगा, जानता हूँ। लेकिन अब आगे का सोचना होगा। तभी जान बचेगी, मेरी भी तेरी भी। इसलिए मैं थाने जाते-जाते लौट आया कि पहले तुझे समझा दूँ। तुझे पुलिस के सामने यही बयान देना होगा कि इस आदमी की मुझ पर बुरी नजर थी। बहुत पहले से। मेरे मायके से ही। सोचा था कि अब मेरा ब्याह हो गया है तो इससे पिंड छूट जाएगा, लेकिन आज मैं आँगन में बैठी अपने बेटे को दूध पिलाते हुए सब्जी काट रही थी कि यह धड़धड़ाते हुए अन्दर घुस आया। मेरे बेटे को

छीनकर बगल की चारपाई पर फेंका और मुझे घसीटकर कोठरी में ले जाने लगा तो मैंने अपनी इज्जत बचाने के लिए हाथ का चाकू उसके पेट में भोंक दिया। फिर भी नहीं छोड़ा तो फिर भोंका।"

"मैंने भोंका! क्या कह रहे हो? उसकी मुझ पर कभी बुरी नजर नहीं थी। आप पर शंका का भूत सवार है जो बेगुनाह की जान ले ली।"

"वह सब छोड़ो। जेल जाने से बचने के लिए यही कहानी काम आएगी वरना जेल में औरतों की क्या गत बनाते हैं, मालूम है? एक उतरा नहीं कि दूसरा चढ़ जाता है।"

"मैं क्यों जेल जाऊँगी?"

"तो मैं जाऊँगा। दिन-दहाड़े का मर्डर है। किसी-न-किसी को तो जाना ही पड़ेगा।"

सोना चुप हो गई। फौजी भी थोड़ी देर खड़ा सोचता रहा फिर बुल्लू के पास तक चला आया। बुल्लू का मुँह खुल गया था। उसके मुँह पर और बाहर निकल आई अँतड़ियों पर मक्खियाँ भिनक रही थीं। आँगन में शाम उतरने लगी थी। फौजी वापस मुड़कर बोला—"अच्छा, जाने दे। जो मैंने किया, उसे अपने सिर लेता हूँ। तुझे बस यह कहना होगा कि मैं आँगन में बैठी सब्जी काट रही थी, तभी यह बुरी नीयत से घर में घुसा और मुझे पकड़ लिया। मैं घबराकर चिल्लाई तो शोर सुनकर मेरा आदमी दौड़कर अन्दर आया और मुझे उसकी पकड़ से छुड़ाने के लिए उससे भिड़ गया। काबू नहीं कर पा रहा था तो अपने बचाव के लिए थाली में रखा चाकू उठाकर उस पर चला दिया। इसमें तो तुझे कोई दिक्कत नहीं है?"

"लेकिन आपने ऐसा किया क्यों? एक बेगुनाह की जान ले ली। अब मुझसे झूठ बुलवाओगे।"

"आज पहली बार झूठ बोलेगी क्या?" फौजी दहाड़ा—"मुझसे तूने कम झूठ बोला है? ज्यादा सती-सावित्री बनने की कोशिश की तो अभी इसी वक्त तुझे भी गोदकर इसी के बगल में सुला दूँगा।"

बहादुर फौजी को शान्त करने लगा। वह समझ गया कि इस झमेले में उसका भी फँसना तय है। फौज में भर्ती कराने का जो सपना फौजी ने दिखाया था, वह सपना ही रह जाएगा।

फौजी धीरे-धीरे आगे बढ़ा। खून में सना चाकू बुल्लू के पैरों के पास पड़ा था। फौजी ने उसे उठाकर अपने पैंट की जेब में डाला फिर लपककर रसोई में घुसा। प्याज की टोकरी में रखा चाकू लेकर बाहर आया। चाकू के फाल को बहते हुए

खून में उलट-पलटकर साना और बुल्लू के बगल में फेंक दिया। थोड़ी देर कुछ सोचता रहा फिर शान्त आवाज में बोला—"चल, यह सारा झूठ मैं अपने जिम्मे लेता हूँ। तेरे बोलने की नौबत नहीं आएगी। बस, तू इसी दम गूँगी बन जा। इतना खून-खराबा देखकर तेरे अन्दर दहशत समा गई। तुझे इतना सदमा लगा कि तेरी बोलती ही बन्द हो गई। तेरे मुँह से वाक् ही नहीं फूट रहा है। आगे मैं देख लूँगा, ठीक! अब तू जल्दी से अपनी साड़ी बदल ले। हाथ-पैर में लगा खून धो डाल और दोनों बच्चों को लेकर बहादुर के साथ मायके निकल जा। समय बिलकुल नहीं है। और वहाँ भी ध्यान रखना कि तू गूँगी हो गई है, हमेशा के लिए...

...बहादुर भाई, तुम इसे लेकर फौरन निकल लो।"

सोना के निकलते ही पुलिस आ गई।

बुल्लू की हत्या की खबर सुनते ही विद्रोही बहू चीखते हुए दौड़ीं।

"अरे या मोरे भइया...कौनी कोठरिया लुकान्या मोरे पुतऊ..."

दस कदम पर ही लड़खड़ाकर गिरीं और बेहोश हो गईं। तब से अब तक अपने पैरों पर खड़ी नहीं हो पाईं। किसी के सहारे उठती-बैठती हैं। सिसकते-सिसकते अचानक जोर से रोने लगती हैं। वातावरण गमगीन हो जाता है।

एक पंक्ति में बैठकर तिलांजलि देने के बाद परिवार और खानदान की सारी औरतें समूह में सिर से सिर जोड़कर मृतक के गुण, रूप और स्वभाव को याद करते हुए विलाप करती हैं।

उस दिन कॉलेज जाते समय बुल्लू ने उनसे किसी काम के लिए दस रुपये माँगे थे। संयोग से उनका हाथ खाली था। बोलीं—"कमाकर दिए हो क्या? जाओ अपने बाप से माँगो।"

बुल्लू की उसी समय की छवि उनकी आँखों में बसी है। और इसी बात को याद कर-करके उनकी रुलाई फूट निकलती है। उनकी बड़ी साध थी, गया-जगन्नाथ जी दर्शन करने जाने की, पर जानती थीं कि विद्रोही जी का तीरथ-व्रत में विश्वास नहीं है। वे लेकर नहीं जाएँगे। बुल्लू कहते थे—"मैं पढ़-लिखकर कमाने लगूँ तो खुद साथ चलकर आपको सारे तीरथ करा लाऊँगा।"

वही बात अब रुदन में फूट पड़ती है—

तू त कह्या दुखवा घटाउब
दुखवा बढ़ाइ भाग्या पुतऊ
कह्या जगन्नाथ जी पठाउब
बहियाँ छोड़ाइ भाग्या पुतऊ

रुपये न पाकर निराश मन कॉलेज जाने और बाँह छुड़ाकर भागने का बिम्ब बुल्लू की माँ के कलेजे को बार-बार मथता है और उनकी हिचकियाँ बँध जाती हैं।

"तुम मँझधार में छोड़कर चले गए, बाबू। हम रोते-रोते आँधर हो जाएँगे।"

मृत्यु के दसवें दिन सारे नाते-रिश्तेदार और परिवार के पुरुष, शोक प्रगट करने के लिए पंक्तिबद्ध होकर मुंडन करा रहे हैं। सिर, मूँछ, दाढ़ी और बूढ़े लोगों के भौंह के बाल तक। शोक के मूर्तिमान रूप। पहलवान और विद्रोही की लम्बी-लम्बी मूँछों के कटने के बाद वीरान हुआ चेहरा और भावशून्य आँखें शोक की दुखान्तिकी रच रही हैं। यह दृश्य देखकर बुल्लू की माँ का विलाप फिर शुरू हो जाता है—"क्या सुख मिला मेरे बेटे को? रामफल की बेटी मेरे बेटे को खा गई।"

"ऐसा मत कहो माँ। उस बेचारी का क्या दोख?"

ट्रैक्टर के केस में पाँड़े को राहत मिल गई। पैसा तो पुलिस ने अच्छा निचोड़ा लेकिन सजीवन को अर्दब* में लेकर समझौता भी करा दिया। पुलिस के अलावा वह ससुरा किसी और के काबू में आ ही नहीं सकता था। बार-बार एक ही रट कि एक लाख से कम नहीं लेंगे। टाँग टूटी है बेटे की। आप अपने बेटे की टाँग तुड़वा लीजिए। एक लाख देने को मैं तैयार हूँ।

कुछ भी हो, अभी भी पुलिस बड़मनई का साथ देती है। बबलू से लिखवा लिया कि वह केस नहीं लड़ना चाहता। ट्राली से कूदने के कारण वह घायल हुआ। इसमें उसकी ही गलती है। उसे ट्रैक्टर मालिक से कोई शिकायत नहीं है। ट्रैक्टर मालिक उसके इलाज व दवा का खर्च दे रहे हैं और आगे भी देंगे।

केस चलता तो कुछ भी हो सकता था। सजा भी हो सकती थी। सरकारी नौकरी

---

* दबाव

का सपना, सपना ही रह जाता। खुशी की बात है कि दिवाकर साफ बच गए।

लेकिन यह खुशी थोड़े दिन ही रही। खर्च हुए रुपयों का दर्द इस खुशी पर हावी हो गया। चालीस हजार गल गए। ट्रैक्टर की मरम्मत और दवा का खर्च अलग। ट्रैक्टर महीने-भर थाने में खड़ा रह गया। छूटा भी तो उसकी बैटरी बदली हुई थी। धक्का मारकर स्टार्ट करना पड़ा।

समझौते के लिए बाजार के संतलाल बनिया से चालीस फीसदी सालाना ब्याज पर कर्ज लेना पड़ा।

दिवाकर अभी कुछ दिन ट्रैक्टर नहीं चला पाएँगे। प्रभाकर को खेती के काम से ही फुरसत मिलना मुश्किल है। इसलिए ट्रैक्टर चलाने के लिए किसी ड्राइवर का इन्तजाम करना पड़ेगा। सबसे ज्यादा परेशानी की बात यह है कि जून में देय किस्त का भुगतान रुक गया।

बुल्लू की हत्या ने विद्रोही जी को अन्दर से तोड़ दिया है। उसकी सूरत रह-रहकर आँखों के आगे कौंध जाती है। किसी काम में मन नहीं लगता। जहाँ बैठ जाते हैं, बैठे ही रह जाते हैं।

विद्रोही जी ने सोच रखा था कि खेती-बारी का काम पहलवान सँभाल ही लिए हैं, वे बुल्लू को पढ़ा-लिखाकर अफसर बनाएँगे। जिस दिन बुल्लू चार चक्के की गाड़ी पर चढ़कर दुआर पर आएँगे, उनकी आत्मा जुड़ा जाएगी। लेकिन विधाता को मंजूर नहीं था।

ऐसे में एक दिन आठ-दस लोग उनके दुआर पर आए। बताया कि गन्ने का बकाया भुगतान करने के लिए मिल मालिकों पर दबाव बनाने के उद्देश्य से सूबे की राजधानी में धरने का कार्यक्रम बनाया गया है। आपको चलना है।

"अब मेरा मन कहीं जाने का नहीं करता।"

"आपका दुख हम समझते हैं; लेकिन भाई, मरने वाले के साथ कोई मर थोड़े जाता है! जब तक जिन्दगी रहेगी, जिन्दा रहने का धरम निभाना पड़ेगा। गन्ना किसानों का बकाया बढ़ते-बढ़ते दो अरब सत्तर करोड़ हो गया है। बिना माँगे मिलता तो हम क्यों दौड़ते? आप तो हमेशा आगे-आगे चले हैं। चलिए, हम लोगों का हौसला बढ़ाइए।"

बाँह पकड़कर उठाए गए तो विद्रोही जी उठकर खड़े हो गए। और राजधानी गए तो जैसे वहीं के होकर रह गए। दस दिन बाद वापसी हुई।

इस बार चुनकर आए विधायकों में से कई ऐसे थे, जिन्होंने पहली बार विधानसभा का मुँह देखा था। उनमें आम जन से जुड़ाव की चाहत अभी शेष थी।

उनको आवंटित आवास के हॉल में बिछी दरी पर जो चाहे आकर रात में सो जाए। चाहे जहाँ नहा-धो ले। परिचित विधायक से कूपन लेकर रियायती दर से खाना खा ले।

अब विद्रोही जी राजधानी आते हैं तो अपने परिचित विधायक के फ्लैट में डेरा डालते हैं। विधायक जी अपने लिए एक कमरा बन्द रखते हैं और बाकी क्षेत्र की जनता के लिए खुला छोड़ दिया है। रहते-रहते विद्रोही जी की आसपास के लोगों से काफी जान-पहचान हो गई है। जाने कितने संगठनों के कार्यालय हैं। किसानों के संगठन, जातियों के संगठन, राजनीतिक संगठन। रोज किसी-न-किसी धरना-प्रदर्शन या सभा-जुलूस में शामिल होने का न्योता मिलता है। इतनी गहमा-गहमी, इतनी जानकारी, इतनी उत्तेजना, इतने सपने कि गाँव की जिन्दगी यहाँ की तुलना में एकदम रेंगती हुई-सी लगती है।

शुरू में विद्रोही बहू कुढ़ती थीं कि इतने जतन से पाल-पोसकर इनको आदमी बनाया और अब ये हाथ से निकले जा रहे हैं। घर-गृहस्थी का इतना जंजाल फैलाने के बाद बार-बार भागते हैं। तब एक बार उन्होंने पत्नी को समझाया—"देखो पहलवान की अम्मा, सबसे बड़ा दुख—जवान पुत्र की मौत—हम लोग झेल चुके हैं। लेकिन इसके अलावा जो गृहस्थ जीवन के पाँच महादुख हैं, उनमें से एक भी हमें नहीं व्यापे। घाघ कवि कहते हैं कि—

नसकट पनही, बतकट जोय।
जौ पहिलौंठी बिटिया होय॥
गादर बैल बौरहा भाय।
घाघ कहैं दुख कहाँ समाय॥

"गृहस्थ का एक महादुख यह है कि उसकी पनही एड़ी काटती हो, दूसरा, उसकी पत्नी उसकी बात काटती हो। तीसरा, उसकी पहली संतान बेटी हो जाय। बेटा होता तो उनकी चालीस-पैंतालीस की उम्र होते-होते वह जवान हो जाता और हल की मुठिया थाम लेता। बेटी तो हल जोतेगी नहीं। जब तक बाद में पैदा होने वाला बेटा जवान नहीं होगा, बाप को ही लम्बी उम्र तक हल जोतना पड़ेगा। उसका चौथा महादुख यह है कि उसका बैल गादर निकल जाए। हल जोतने के काम ही न

आ सके और पाँचवाँ कि उसका भाई बौरहा—मन्द बुद्धि—हो जाय। मैं इन पाँचों महादुखों से बचा हुआ हूँ। मेरा बेटा लायक है और जवान हो गया है। गृहस्थी का बोझ सँभाल लिया है। अब मुझे मुक्त कर दो कि समाज के काम आऊँ।"

विद्रोही बहू ने देखा कि जब से विद्रोही जी बाहर आने-जाने लगे, उनके चेहरे पर छाई विषाद की कालिमा धीरे-धीरे छँट रही है। चेहरे की उजास लौट आई है। उन्हें और क्या चाहिए! जहाँ भी रहें, खुश रहें।

विधायक निवास के पास चक्कर काटते हर आदमी के पास ऐसी आत्मकथा है, जिसे सुनकर मन द्रवित हो जाए। विद्रोही जी धैर्यवान श्रोता हैं, इसलिए उन्हें ऐसी कहानियाँ राह चलते मिलती रहती हैं। यहाँ आकर पता चलता है कि दुनिया में कितनी तरह के दुख हैं। किसी बूढ़े सुराजी को बेटे-बहू ने घर से निकाल दिया है। वह अपनी पेंशन बहाल कराने के लिए अपने क्षेत्र के विधायक को खोज रहा है। कोई किसी अफसर का स्थानान्तरण कराने आया है। कोई नौकरी की खोज में आया है।

यहाँ एक कोपभवन भी है। इसमें 'भवन' जैसा कुछ नहीं है। विधायक आवास से सचिवालय को जोड़ने वाली जो आधा किलोमीटर लम्बी सर्पिल सड़क है, जिसके दोनों ओर अशोक, अमलतास, गुलमोहर के ऊँचे घने पेड़ हैं, उन्हीं के नीचे पूरे प्रदेश के दुखियारे धरने पर बैठे रहते हैं। यही दुखियारों का कोपभवन है। अपनी-अपनी विपत्ति-गाथा अपने पीछे टँगे बैनर में लिखकर न्याय पाने की आशा में जाड़ा, गर्मी, बरसात, रात-दिन किसी मुक्तिदाता का इन्तजार करते रहते हैं। किसी बूढ़ी विधवा के जवान बेटे का कत्ल हो गया। अपराधी पकड़े नहीं गए। किसी की बेटी का अपहरण हो गया। बलात्कार और हत्या हो गई। रिपोर्ट नहीं लिखी गई। किसी की बेटी जलाकर मार डाली गई। कहीं सुनवाई नहीं हो रही। ये महीनों से, कोई-कोई सालों से इस उम्मीद में बैठे हैं कि एक दिन सरकार इनकी सुनेगी। सारे विधायक और मंत्री इसी रास्ते से विधानसभा जाते हैं। कभी तो इन पर नजर पड़ेगी।

ये भिखारी नहीं हैं, लेकिन चूँकि न्याय माँगने आए हैं और कुछ भी माँगने वाला भिखारी हो जाता है इसलिए इन्हें भिखारी मान लिया गया है। कभी-कभार पुलिस मारपीट कर भगा देती है। एक-दो दिन बाद ये फिर अपनी जगह पर बैठे दिखाई देते हैं। कभी कोई पत्रकार इनकी व्यथा-कथा अखबार में प्रकाशित करता है। तब ये अखबार की उस कटिंग की इनलार्ज फोटो कॉपी कराकर बैनर में चिपका देते हैं।

अपने पीछे जमीन खोदकर और ईंट जोड़कर इन्होंने चूल्हे बना लिये हैं। शाम को यह सड़क धुएँ वाली गली में बदल जाती है।

वैसे तो ये लम्बी लड़ाई का हौसला सँजोकर बैठे हैं, लेकिन कभी-कभी हिम्मत हार जाते हैं। गुलमोहर की मोटी डाल पर फंदा डालकर लटक जाते हैं। तब दो-चार दिन तक इन्हें अखबार के पन्ने पर जगह मिल जाती है। सरकार ने इन आत्महत्याओं के लिए गुलमोहर के पेड़ को दोषी मानते हुए उसे काटने का आदेश दे दिया था, लेकिन कोपभवन के दुखियारों द्वारा इसका मुखर विरोध करने पर इस आदेश में संशोधन करते हुए केवल उस डाल को काटना पर्याप्त माना गया जिस पर आत्महत्या करने वाले फंदा डालते थे।

कितनी सरकारें आईं-गईं, लेकिन कोपभवनवासियों का दुख कम नहीं हुआ। विद्रोही जी इनके दुख से दुखी होते हैं। आखिर सरकारें इनका दुख क्यों नहीं सुनतीं?

कई महीने बाद आज हाई कोर्ट जा रहे हैं संतोखी।

मई में तारीख थी, लेकिन नहीं जा सके। तीन दिन पहले एक रिश्तेदार के बेटे की बारात गए थे। वहाँ कलेवा में रात की बासी दाल खिला दी गई। शायद वह खराब हो गई थी, इस कारण या जेठ की तपती धूप में दुपहरिया-भर पश्चिम दिशा में पैदल चलते रहे इसके कारण, घर पहुँचते-पहुँचते उनका मुँह-पेट दोनों चलने लगे। संतोखी बहू तीन दिन तक भुने आम के पने का घोल पिलाती और सारी देह में लेपती रही, तब जाकर चेतना लौटी। इसी में तारीख निकल गई। फिर गर्मी में कोर्ट की बन्दी हो गई।

इधर सोच रहे थे कि किसी दिन चलकर अगली तारीख का पता करें। अगली तारीख पड़ी भी कि नहीं? नहीं पड़ी होगी तो चलकर लगवानी पड़ेगी। यह तो पता है कि होना-हवाना कुछ नहीं है। पड़नी तारीख ही है; जैसे सात साल से पड़ रही है, लेकिन तारीख पड़ती रहे इसके लिए भी पैरवी करते रहना होगा। तारीख पड़ती जा रही है यानी मुकदमे की साँस चल रही है। मुकदमा जिन्दा है। तभी रक्षाबंधन पर नन्हे गाँव आया। उसने बताया कि एक दिन वकील साहेब छोले-टिक्की खाने आए थे तो पूछ रहे थे कि तुम्हारे बाबा कहाँ चले गए, उनको बुलाओ।

"कुछ बताया नहीं कि क्या बात है?"

"नहीं, उन्होंने बताया नहीं और झूठ क्यों बोलूँ, मैंने पूछा भी नहीं।"

ट्रेन दो घंटे लेट हो गई, इसलिए वकील साहब से हाई कोर्ट में ही भेंट हो सकी। देखते ही पूछा—"थक गए लड़ते-लड़ते?"

"बीमार पड़ गए थे, सरकार।"

"तीन महीने से स्टे वैकेट कराकर बैठे हैं। तुम गए तो लौटे ही नहीं।"

यह क्या सुन रहे हैं! सपना है कि हकीकत? उनकी आँखों से झारोझार आँसू बहने लगे। उन्होंने दोनों हाथ जोड़कर सिर झुकाया और वकील साहब के पैरों पर रख दिया।

वकील साहब ने उन्हें उठाकर खड़ा किया और पीठ थपथपाकर आगे बढ़ते हुए कहा—"मुंशी जी को खर्चा देकर नकल ले लो और जाकर कब्जा लेने की कार्यवाही कराओ। अब चाहे बीस साल बाद फैसला हो।"

संतोखी को लगा कि उनके पूरे शरीर में हाथी का बल प्रवेश कर रहा है। सिर और भुजाओं के पके-अधपके बाल परपराकर खड़े होने लगे। कमर सीधी हो गई। आँखें दीप्त।

मुंशी ने कहा—"ऐसे ही मिल जाएगी नकल? पहले जाकर हाई कोर्ट वाले हनुमानजी को लड्डू चढ़ाओ देशी घी का। फिर एक किलो हम लोगों के लिए लाओ।"

"बिलकुल, बिलकुल।" संतोखी चल पड़े। यह तो अच्छा हुआ कि तारीख लगवाने के लिए पैसे का इन्तजाम करके घर से निकले थे, नहीं तो आज आँख चुरानी पड़ती।

वापसी में दो-तीन स्टेशन पार होने के बाद याद आया कि लेटे हुए हनुमानजी का दर्शन करना तो छूट ही गया। फिर यह सोचकर दिल को तसल्ली दी कि हाई कोर्ट में तो हाई कोर्ट वाले हनुमानजी का ही ज्यादा जोर चलता होगा।

अगले दिन सबेरे-सबेरे दीवानी वाले वकील साहब के घर पहुँचे। फैसला पढ़कर उनका मुँह खुला का खुला रह गया। बोले—"सचमुच आसमान से तारे तोड़कर ले आए, संतोखी!"

"असली काम तो अब आपको कराना है, सरकार। जितनी जल्दी हो, कब्जा दिलाइए। मेरे प्राण उसी में अटके हैं। क्या फिर से इजरा की कार्यवाही करानी होगी?"

"बिलकुल करानी होगी। अगर मजिस्ट्रेट इसके लिए तैयार हो जाए। आजकल हाई कोर्ट का नाम जुड़ा देखकर मजिस्ट्रेट टालना चाहते हैं।"

"आप हैं तो सब करा देंगे। साहब लोगों के लंच की व्यवस्था तो आप ही करते हैं।"

वकील साहब ने संतोखी को घूरकर देखा—"तुम्हें कैसे पता?"

"सबको पता है। जिस भड़भूँजे की दुकान से लंच का लाई-चना आता है, वही कह रहा था। उसी की दुकान से तो मैं भी लाई-चना खरीदता हूँ।"

वकील साहब और कुछ न पूछने लगें, इसलिए तुरन्त हाथ जोड़े—"मैं चार-छह दिन में आपकी फीस का इन्तजाम करके लौटता हूँ।"

लौटते हुए संतोखी सोच रहे थे कि इतनी जल्दी हजार रुपये का इन्तजाम कहाँ से होगा। कल पाँच सौ लेकर गए थे। इस समय जेब में चालीस रुपये बचे हैं। भड़भूँजे का तीन दिन का उधार भी चुकाना है। विद्रोही जी स्टे वैकेशन की खबर पाकर खुश होंगे। उनसे उधार मिल सकता है।

उनके अन्दर बार-बार आवाज उठ रही है—"गजब हो गया। गजबै हो गया। कैसे हो गया? जिसकी कोई उम्मीद नहीं थी, वह हो गया। हे प्रभू!"

थाना मा बैठे दु:शासन

पहलवान बाजार से लौट रहे थे। अभी भीड़ से बाहर निकले ही थे कि एक काला रोयेंदार हाथ उनकी साइकिल के हैंडिल पर पड़ा।

पहलवान दोनों पैर जमीन पर टिकाकर रुक गए।

पूछा—"क्या है, चैतू?"

"अमीन साहब बुला रहे हैं।" चपरासी ने उँगली से इशारा किया।

अमीन उन्हीं की ओर ताक रहा था। वे साइकिल से उतरकर चपरासी के साथ चल पड़े।

इस बकाया के लिए दो साल से वसूली आई है। पहले साल तो पहलवानिन ने ही डाँटकर चपरासी को भगा दिया था—"कोई बकाया नहीं हमारे ऊपर। जाओ, सही आदमी का पता लगाओ।"

दूसरे साल फिर चपरासी पीछे पड़ा तो वे पता लगाने निकले। पता चला कि कई साल पहले भैंस खरीदने के लिए लोन लिया गया था। उसका छह हजार रुपये अदा नहीं किया गया। वह रकम ब्याज जोड़कर दूनी हो गई है।

उन्हें ऐसे किसी कर्ज की याद नहीं थी। उन्होंने बाप से पूछा। विद्रोही जी को याद करने में दो दिन लग गए। बताया कि छह हजार रुपये भारती ग्रामसेवक को जमा करना था। लगता है धोखा दे गया।

फिर यह भी पता लगा कि उसके चार्ज में चार गाँव थे। हर गाँव से ऐसे कांड की जानकारी मिल रही है।

पहलवान समझ तो गए कि बिना जमा किए इससे मुक्ति नहीं मिलने वाली लेकिन इन्तजाम ही नहीं हो पा रहा है। एक पैसा आए, उसके पहले दो पैसे का खर्च सिर पर सवार हो जाता है।

चैतू ने रास्ते में ही बता दिया कि बिना बेबाकी के आज छूटना मुश्किल है। अमीन साहब भी क्या करें? बेबस हैं। तहसीलदार साहब सारे वसूली स्टाफ को डंडा किए हुए हैं। अमीन साहब की नियुक्ति सीजनल है। पूरी तरह अस्थायी। हर

महीने वसूली का टारगेट फिक्स है। टारगेट पूरा न करने वाले का बस्ता रखवा लिया जाता है। बड़ी मरन है।

अमीन लाले बनिया की चक्की के बाहर बने टिनशेड के नीचे बड़ा-सा रजिस्टर खोले चारपाई पर बैठा था। साइकिल स्टैंड पर खड़ी करके पहलवान ने उसे नमस्कार किया। अमीन ने सिर उठाया।

"तीन साल से आपकी आर.सी. घूम रही है। आज बेबाकी करने के बाद ही घर जा सकते हैं।"

"बेबाकी तो करेंगे ही। गाँव छोड़कर भाग थोड़े जाएँगे।"

"हम तुम लोगों की नस-नस पहचानते हैं। जब तक एक ही कोठरी में खाना-हगना साथ-साथ नहीं कराया जाएगा, बेबाकी नहीं करोगे।"

"ऐसा नहीं है, अमीन साहब! बस दस-पाँच दिन की मोहलत दीजिए। इन्तजाम कर रहे हैं।"

"मोहलत तो तहसीलदार साहब ही देंगे। अभी आने वाले हैं। बैठो उधर। भागना नहीं।"

पहलवान बैठने के लिए आसपास देखने लगे। कोई बेंच, तखत, पत्थर-पटिया? कुछ नहीं। तो आगे बढ़कर कुएँ की जगत की धूल अँगोछे से झाड़कर बैठे।

सारे बाजार में हल्ला हो गया—पहलवान पकड़े गए। लोगों ने पहलवान को लाल लँगोटा पहने अखाड़े में घूम-घूम कर कुश्ती का जोड़ा खोजते देखा था। विपक्षी को चित करने के बाद अँगोछा फैलाकर दर्शकों से इनाम की राशि बटोरते देखा था। लम्बी कूद का चैम्पियन बनने के बाद माला से मालामाल होते देखा था। पकड़कर बैठाए गए बेबस श्रीहीन पहलवान को देखने का पहले कोई मौका नहीं मिला था। कैसे लगते होंगे? देखने के लिए भीड़ उमड़ी चली आ रही थी।

पहलवान सिर झुकाकर बैठे थे।

अमीन तहसील के उत्तरी क्षेत्र से बदलकर जल्दी ही इधर आया था। वह पहलवान की लोकप्रियता से परिचित नहीं था। भौचक था कि एक बकाएदार को बैठा लेने भर से इतनी भीड़ क्यों उमड़ी आ रही है!

तब तक भीड़ को चीरकर सफेद तहमद लपेटे एक नौजवान प्रकट हुआ। उसके पीछे अपनी भारी-भरकम गद्देदार कुर्सी को दोनों हाथों से सिर के ऊपर उठाए पास के हेयर कटिंग सैलून का नाई था।

पहलवान ने पहचाना—पड़ोस के गाँव के लल्लन पहलवान, जिन्हें बचपन में उन्होंने कुश्ती के दाँव सिखाए थे।

लपककर पहलवान का पैर छूते हुए नौजवान ने कहा—"हम लोगों के रहते

आप जैसे उस्ताद को इस तरह पकड़कर बैठाना पूरे इलाके की हतक है। अमीन साहब को शायद पता नहीं कि आपकी हस्ती क्या है!"

उसने अपने अँगोछे से कुर्सी को झाड़ते हुए कहा—"आइए, विराजिए।"

और पहलवान के 'न-न' करते हुए भी कई हाथों ने उन्हें उठाकर कुर्सी पर बिठा दिया।

भीड़ में जोरदार ताली बजी।

अमीन को यह बात अच्छी नहीं लगी। उसने लल्लन पहलवान को पास बुलाकर कहा—"यह आदमी सरकारी बकाएदार है। सरकारी हिरासत में है। हिरासत के आदमी को जहाँ बैठाया जाएगा, वहीं बैठना पड़ेगा। जिसको कुर्सी या सिंहासन पर बैठाना हो, वह बेबाकी के बाद अपने घर ले जाकर बैठाए।"

"क्या बात करते हैं! बकाएदार कोई चोर-डकैत होता है कि आप उसकी तौहीन करेंगे? आपको सिर्फ बकाया वसूलने का अधिकार है, बेइज्जत करने का नहीं। हमको नहीं पता कि पहलवान कितने के कर्जदार हैं, लेकिन ये इजाजत दें तो अभी इसी बाजार में इनके नाम पर चार-छह हजार मिनटों में झड़ जाएँगे।"

"अरे, ऐसी बात क्यों कर रहे हैं लल्लन बाबू!" पहलवान उन्हें रोकते हुए बोले—"पब्लिक से इनाम-इकराम लेना दूसरी बात है लेकिन कर्जा चुकाने के लिए चन्दा माँगना तो कफन के लिए चन्दा जुटाने जैसा होगा।"

"नहीं, एक बात कह रहे हैं।" फिर अमीन की ओर देखकर कहा—"जिसे पकड़कर गामा पहलवान बन रहे हो, वो अभी पाद दे तो उड़ जाओगे। मूत दे तो उसी की धार में बह जाओगे। कहीं हाथ डालने के पहले समझा-बूझा जाता है।"

अमीन की समझ में नहीं आया कि क्या बोले।

बकाएदार को जमीन पर बिठाने या खड़ा रखने का उद्देश्य उसे उसकी हीनदशा महसूस कराना रहता होगा। जमींदारी के जमाने में तो जेठ की धूप में मुर्गा बनाया जाता था। कोड़े से पिटवाया जाता था। बकाएदार को कुर्सी पर बिठाना! जबकि खुद अमीन को मामूली-सी चारपाई पर बैठकर अपनी अमीनगिरी की इज्जत बचानी पड़ रही हो। उस पर ऐसी लगने वाली बात! बर्दाश्त से बाहर। अमीन की समझ में नहीं आ रहा है कि क्या करना चाहिए।

पप्पू की अम्मा को खबर लगी तो परेशान हो गईं। लपककर खेलावन के घर गईं। लेकिन वे ड्यूटी पर गए थे। अब किसके पास जाएँ? कौन है जो पहलवान को छुड़ा सके? सामने से पी.सी.एस. आता हुआ दिखा। पप्पू की अम्मा ने आवाज देकर उसे रोका। बताया।

पी.सी.एस. ने दिलासा दिया—"मैं अभी जाकर देखता हूँ।"

"मैं भी चलूँ?"

"क्या जरूरत है!"

"मन नहीं मान रहा है। अच्छा, पप्पू के बाबू के कान में धीरे से कहना कि मेरे पास चार सौ रुपये रखे हैं। चाहें तो किसी को भेजकर मँगवा लें।"

भीड़ ने चारों तरफ से अमीन की चारपाई को घेर लिया है। एक आदमी कहता है—"पकड़कर बैठाने से क्या होगा? किसान कोई सेठ-साहूकार है कि तिजोरी से नोट निकालकर बेबाकी कर देगा।"

गाँव-गाँव पैदल घूमकर चून-पान बेचने वाला बगल के गाँव का बूढ़ा सम्पत भीड़ से निकलकर एकदम अमीन के मुँह से तर्जनी सटाकर बमकता है—"बड़ी-बड़ी मिलों, फैक्ट्रियों पर सिर्फ बिजली का ही लाखों का बकाया है, उनसे वसूलने की हिम्मत तुम्हारे बाप की भी नहीं है। सारा कानून किसानों-मजदूरों के लिए है?"

फिर एक हाथ से कान ढककर और दूसरी तर्जनी अमीन की ओर उठाकर गाने लगता है—

जेकर लाख रुपैया बाकी
ओकर लाँड़ अमिनवा चाटी
सौ-सौ रुपया वाले खेवैं बन्दीखनवा
परनवा सबकै गाढ़े मा परा।

ऐसी गाली! अमीन को लगा कि उसे नंगा कर दिया गया। उसने डाँटना शुरू किया—"क्या चाहते हो तुम लोग? बलवा करने का इरादा है? कानून अपने हाथ में लोगे? लेते समय मीठा लगता है, चुकाते समय तीता? अभी तहसीलदार साहब फोर्स लेकर आ रहे हैं। उन्हीं को दिखाना यह फुटानी।"

लेकिन अन्दर-ही-अन्दर वह डर गया। बकाए का रजिस्टर मोड़कर झोले में डाल लिया। भीड़ का क्या ठिकाना! रजिस्टर ही छीनकर जला दे। उसकी निगाहें अपने चपरासी को खोज रही हैं। पता नहीं कहाँ गायब हो गया! आज कुछ हुआ तो इसको खड़े-खड़े बर्खास्त करवाएँगे।

"पहलवान की बेज्जती इलाके की बेज्जती है।" भीड़ से आवाज आती है।

पहलवान कुर्सी से उतरते हैं और हाथ जोड़कर भीड़ से कहते हैं—"इसमें कैसी बेइज्जती, भाइयो! खाए हैं तो चुकाना ही पड़ेगा। बस थोड़ी मोहलत चाहिए।"

प्रकट होने के पहले एक मिनट तक पीछे रुककर माहौल का जायजा लेता है पी.सी.एस.।

सदैव प्रथम श्रेणी में पास होने वाला लड़का रहा है राजेश्वर उर्फ पी.सी.एस.। एम.ए. में फिलॉसफी में टॉप किया है। उसके बाप रघुनन्दन राय का अरमान था कि आई.ए.एस. नहीं तो गाँव के दूसरे लड़कों की तरह पी.सी.एस. तो बने उनका बेटा। लेकिन पता नहीं किस कु-घड़ी में उसे छात्र-राजनीति का रोग लग गया। सरकारी नौकरी सरकार की गुलामी लगने लगी। अब वह दुनिया-जहान को दुख, अन्याय और भ्रष्टाचार के समुन्दर से उबारने की तमन्ना लिये भटकता रहता है। उसका एक पैर गाँव में रहता है तो दूसरा दिल्ली, लखनऊ, इलाहाबाद में। शुरू में मजाक में लोगों ने उसे पी.सी.एस. कहना क्या शुरू किया, अब गाँव में उसका यही नाम चल पड़ा है।

"हटिए सब लोग, एक किनारे। क्या बात है?" वह धड़धड़ाकर भीड़ के केन्द्र में पहुँचता है और अमीन की आँख में आँख डालकर पूछता है—"लैंड रेवेन्यू एरियर की वसूली का प्रोसीजर तो पढ़ाया गया होगा ट्रेनिंग में? कि बिना ट्रेनिंग के ही बस्ता पकड़ा दिया गया? एकबारगी कैसे पकड़ लोगे? पहले साइटेशन नोटिस जारी करोगे कि नहीं? हफ्ते-दस दिन की मोहलत दोगे कि नहीं? कब दिया नोटिस? किसको दिया? काका, आपको कोई नोटिस मिली है?"

पहलवान से कुछ बोलते नहीं बना। उन्होंने धीरे से इनकारी में सिर हिलाया।

"पहले साइटेशन नोटिस दिखाइए। फिर अरेस्ट वारंट दिखाइए। तब पकड़ने की बात सोचिए।"

अमीन भीड़ देखकर ही डर रहा था। अब यह कानूनी भतीजा भी आ गया। नोटिस जारी करने का कानून तो बना दिया अफसरों ने, लेकिन नोटिस देने की कार्यवाही कहाँ तक कर सकता है कोई! बड़ी मुश्किल से तो बकाएदार पकड़ में आता है। कब, कहाँ, कौन पकड़ में आ जाए, तब उसे पकड़ेंगे कि नोटिस जारी कराने भागेंगे। लेकिन बात फँसती है तो ऊपर के अधिकारी सारी गलती मातहतों की ही निकालते हैं। वक्त की नजाकत को देखकर वह स्थिति को सँभालने की कोशिश करता है—"आप तो पढ़े-लिखे आदमी लगते हैं। आप ही बताइए कि...।"

"बता तो रहा हूँ।" राजेश्वर रुखाई से बोलता है—"हिन्दुस्तान सन् 1947 में आजाद हो चुका है। आप अंग्रेजों के नहीं, हिन्दुस्तानी अवाम के नौकर हैं। अवाम के नौकर होकर अवाम को गैरकानूनी तरीके से परेशान करेंगे?"

"इसमें गैरकानूनी क्या है? कर्ज लिये हैं, यह सच है कि झूठ? हमारा हरकारा एक दर्जन बार दरवाजे तक जाकर तगादा कर चुका है। यह सही है कि झूठ? फिर भी हम कहते हैं कि हवालात में बन्द करने का हमें कोई शौक नहीं है। आज बेबाकी नहीं कर सकते तो अभी तहसीलदार साहब खुद आ रहे हैं। उनके सामने दो आदमी जमानत ले लें कि हफ्ते-दस दिन में मूल-सूद अदा हो जाएगा तो छोड़ देंगे।"

"अरे, जब पकड़ ही गैरकानूनी है तो जमानत देने और छोड़ने की बात कहाँ से पैदा हो गई?" पी.सी.एस. ने पहलवान की बाँह पकड़कर उठाते हुए कहा—"चलिए, काका।"

पहलवान सुनते आए थे कि कानूनी जोर के आगे शरीर का जोर काम नहीं आता। कानून की माया अपरम्पार होती है। इसलिए डर रहे थे। लेकिन पी.सी.एस. को कानून से ही अमीन को परास्त करते देख उठ खड़े हुए। जाते-जाते अमीन से बोले—"बकाया तो देना ही है, अमीन साहब। जुगाड़ नहीं लग पाया। खर्चे पर खर्चा लगा रहा। इसलिए अदा नहीं कर पाए। अब आगे कहना नहीं पड़ेगा। जैसे भी होगा पहले सरकारी कर्जा पटाएँगे।"

पहलवान चले तो पब्लिक ने हर्षनाद किया—"बोलो, सियावर रामचन्द्र की जै।"

पहलवान को अपने शरीर में इतनी ताकत नहीं महसूस हो रही थी कि साइकिल पर बैठ पाते। पैदल ही पैर घसीटते, साइकिल का सहारा लिये हुए गाँव तक पहुँचे। पहलवानिन सड़क के मोड़ पर ही इन्तजार करती खड़ी थीं। पहलवान का चेहरा स्याह और सूना था। पानी पीने के, पप्पू की अम्मा के आग्रह को अनसुना करके वे मड़हे में पड़ी चारपाई पर गिर पड़े।

पप्पू की अम्मा को उन्होंने इशारे से बता दिया कि उन्हें चुपचाप पड़े रहने दें।

वे जानते कि इस तरह बेइज्जत होने की नौबत आ जाएगी तो पत्नी का एकाध थान गहना बेचकर ही अदा कर देते। इधर तीन-चार साल में ऐसा कोई साल नहीं गुजरा, जब वे किसी बड़े खर्चे की चपेट में न आए हों। यह कर्ज तो जबरन गले पड़ गया। बाप की सिधाई और ग्रामसेवक की ठगी से।

उनके पिता विद्रोही अपने पिता के बारे में बताते थे। पचास-साठ साल पहले की घटना कि एक बार बाबा आँगन के ओसारे में बैठकर दोपहर का भोजन कर रहे थे तो दादी के मना करते-करते पिता के छोटे भाई ने अन्दर आकर बताया—मालगुजारी वसूलने वाले आए हैं। बाबा के हाथ का कौर छूटकर थाली में गिर

गया। आगे खाया नहीं गया। उठ गए। हाथ-मुँह धोया और वहीं ओसारे में पड़ी चारपाई पर पड़ गए।

दादी ने पहले बेटे को डाँटा—"यही समय था ऐसी खबर देने के लिए। दो कौर चैन से खा लेने दिये होते।" फिर कहा—"कोई पूछने आए तो कह देना, नहीं हैं। रिश्तेदारी गए हैं। कब आएँगे, पता नहीं।"

बाबा शाम तक, जब तक पता नहीं चल गया कि जिलेदार वापस चला गया, बाहर नहीं निकले।

बताते थे कि चार-छह रुपये ही देना होता था, लेकिन इतनी छोटी रकम भी नहीं जुटती थी। गाली-गुफ्ता, मारपीट सुनना-सहना पड़ता था। वह जमींदारी का जमाना था। आज इतने दिनों बाद भी किसान की जिन्दगी में बहुत कुछ नहीं बदला।

औंधे मुँह पड़े पहलवान करवट हुए तो सामने छूहे की खूँटी पर टँगी अपनी फोटो पर नजर पड़ी। रामनगर मेले के दंगल में हरियाणवी पहलवान को चित करने पर विधायक जी ने इनाम में उन्हें चाँदी की यह गदा भेंट की थी। उसी गदा को विधायक जी के हाथ से प्राप्त करते हुए खींची गई फोटो। उनकी रानें, जंघाएँ, कितनी मजबूत थीं! सीना कितना चौड़ा था! आज उन्हें उनसे एक हाथ छोटे मरियल-से अमीन ने ऐसा चित किया कि वे कराह भी नहीं पा रहे हैं। अखाड़े में सीखे सारे दाँव जिन्दगी के रणक्षेत्र में बेकार साबित हो गए!

पड़े-पड़े शाम हो गई। चिड़ियों की चहचहाहट मन्द पड़ गई। अँधेरा घिर आया। पहलवान के मन में घिरा अँधेरा बाहर के अँधेरे से भी ज्यादा घना था। उन्हें लगा कि चारपाई नाव बन गई है और धीरे-धीरे डोल रही है। चारपाई ही डोल रही है या मड़हा भी?

साल-भर के अन्दर कब्जा दिलाने का आदेश हो गया।

आज फिर कब्जा लेने जा रहे हैं संतोखी—चार दिन कम आठ साल बाद। सबेरे नौ बजे जीप लेकर कोर्ट अमीन के क्वार्टर पर पहुँच गए। चपरासी फतेह मोहम्मद वहीं हैं। अमीन बदल गए हैं। फतेह मोहम्मद ने बताया कि जब तक अमीन साहेब

तैयार हो रहे हैं, दौड़कर पानी की चार सीलबन्द ठंडी बोतलें ले आओ। ये वाले अमीन गाँव-देहात का खुला पानी नहीं पीते।

थाने से फोर्स लेकर बाजार में राजेश डुगडुगी बजाने वाले को लेने के लिए रुके। संतोखी ने सबसे चाय पीने का आग्रह किया। बताया कि आगे कुछ नहीं मिलेगा।

संतोखी को देखकर राजेश उठकर खड़ा हो गया—"राम-राम, चाचा। इस बार बहुत गल गए हैं!"

"गलेंगे नहीं तो क्या अब पैरा से डाभी होंगे बच्चा! तुम्हें कितना देना होगा?" उन्होंने कुर्ते की जेब में हाथ डाला।

"इस बार आपसे पैसा नहीं लेंगे, चाचा। आप हाथी की पीठ लगा दिए, मामूली बात है? पिछली बार आपको जानता नहीं था।"

"अरे नहीं भाई, जो वाजिब हो वह तो देना ही है।"

ठीक यही बात कल कल्लू कसाई ट्रैक्टर मालिक ने कही थी—"आपने पहाड़ पछाड़ दिया। इस बार डीजल का पैसा भी मत दीजिए।"

जीप से उतरकर सब खेत की ओर चले तो चार बजने वाले थे।

ढन-ढनाढन ढन-ढनाढन ढन...

तासे की आवाज सुनकर गाँव के लोग निकलने लगे। उसी बबूल के पेड़ के नीचे कल्लू का लाल ट्रैक्टर खड़ा था। आज आसमान में बादल छाये थे। बीच-बीच में धूप खिल जाती थी। बरसात अच्छी हुई थी। पुरवा हवा झूमकर चल रही थी।

खेतों में थोड़ी-थोड़ी दूर पर हल चल रहे थे।

बाग के उस पार एक ट्रैक्टर भड़भड़ा रहा था। पास के एक खेत में आठ-दस औरतें रंग-बिरंगी साड़ी पहने गाती हुई धान लगा रही थीं—

जाबै बद्दिरीनाथ,
डोरिया लगाया हो रामा!

कहते हैं, पहले बद्रीनाथ की चढ़ाई बहुत खड़ी, बहुत कठिन थी। यात्रा पैदल थी। चक्कर खाकर कोई गहरी खाई में न गिर जाए इसलिए खाई की ओर रास्ते के समानान्तर डोरी बाँध दी जाती थी। सहारा भी, सुरक्षा भी। पीढ़ियों बाद पैदा हुई मैदानी स्त्रियों के कंठ पर वह गीत आज भी सुरक्षित है।

छत्रधारी सिंह के आने का इन्तजार किया गया। देर होने लगी तो राजेश ने तासा बजाकर तीन बार खेत पर संतोखी को कब्जा देने का ऐलान किया—

"हर आम-ओ-खास को मालूम हो कि..."

तभी दूर से छत्रधारी के भतीजे अकेले और खाली हाथ आते दिखे। उन्होंने आकर बताया कि चाचा जी को बुखार है। मुझे भेजा है। जहाँ कहिए, दस्तखत कर दूँ।

ट्रैक्टर ड्राइवर ने खेत की जुताई शुरू की।

संतोखी बहू ने कह रखा था कि इस बार वे पहले से बीज लेकर नहीं आएँगी। जब जोताई होने लगेगी तो लाएँगी। वे पीली साड़ी पहने सिर पर बीज की बोरी लेकर आईं। संतोखी खेत की मिट्टी माथे से लगाकर बीज छीटने लगे।

फाइल पर हस्ताक्षर करके छत्रधारी का भतीजा लौट गया तो संतोखी ने कब्जा पार्टी को जीप तक पहुँचाकर विदा किया। गाँव के हर घर में संतोखी के कब्जे की चर्चा थी—महाबली की पीठ लगा दी बहादुर ने। बुखार-उखार कहीं कुछ नहीं। शरम के मारे नहीं निकले। क्या मुँह दिखाने आते?

सुबह होते ही संतोखी अपने खेत पर पहुँच जाते हैं। तभी उन्हें लगता है कि यह सपना नहीं, हकीकत है। अट्ठाईस साल बाद उन्होंने अपना खेत खुद बोया है। कब धान में अंकुर निकले, कब डाभी हरियराई, इसके एक-एक क्षण की गवाह उनकी आँखें हैं। हफ्ते-भर में उन्होंने चारों तरफ की मेंड़ से अन्दर की ओर लटकी घास को छील दिया। पौधे चार-पाँच अंगुल के होते ही निराई शुरू कर दी। इतने छोटे पौधों के बीच बैठकर निराना तो सम्भव न था। पौधे दब जाते। इसलिए वे झुके-झुके निराते रहे। इस उम्र में घंटे-भर भी झुके रहना कितना मुश्किल काम है, लेकिन उन पर जुनून सवार था। हफ्ते-भर में पूरा खेत निरा डाला।

वैसे तो संतोखी 'छिटुआ' बोना ही नहीं चाहते थे। बेरन लगाना चाहते थे। लगाने पर छिटुआ बोने की तुलना में ड्योढ़ा पैदावार होती है। निराई की जरूरत भी नहीं रहती। पर इस साल सरकारी अमले के सामने बो लेना जरूरी था। अगली साल बेरन लगाएँगे।

वे सोचते हैं कि स्टे खारिज न होता तो क्या पता, फैसले के समय तक वे जीवित भी रहते कि नहीं? फैसला होने में पन्द्रह-बीस साल तो लग ही जाएँगे। इस साल वे सत्तर पार कर गए हैं। उनके समौरी एक-दो लोग तो ऊपर भी चले गए। बिना कब्जा लिये मर जाते तो मरकर भी चैन न मिलता।

वे सोच रहे हैं कि धान काटने के बाद खेत के एक-तिहाई हिस्से में मटर बोएँगे।

हरी मटर का निमोना इस इलाके का खास व्यंजन है। उसमें थोड़ी कोहँड़ौरी और एकाध आलू काटकर डाल दीजिए तो मामला और गँठ जाता है। जाड़े के डेढ़-दो महीने हर गृहस्थ रोज निमोना खाने का सपना पालता है। खरीदकर मटर खाने की तो समवाई है नहीं। उसी के साथ दो क्यारी धनिया और दो क्यारी लहसुन। और अगर गुंजाइश बने तो दो क्यारी गोभी भी लगाएँगे।

आज वे बाजार आए हैं, यूरिया और जिंक खरीदने। यूरिया पड़ जाने से पौधों में हरियाली आ जाएगी। बाढ़ भी तेज हो जाएगी। जिंक डाल देने से रोग नहीं लगेगा। कब्जे की कार्यवाही में फँस जाने के कारण महीने-भर से लाई-चना बेचने भी नहीं निकल पाए। हाथ एकदम खाली है। आज शाम खाद डाल दें तो कल से निकलें।

घर से तो निकले थे आठ बजे ही, लेकिन जो भी मिलता है, उनकी दास्तान सुनना चाहता है। संतोखी भी बार-बार बताने से नहीं ऊबते। बस उन्हें संक्षेप में बताने की कला नहीं आती इसलिए देर लग जाती है। लौटते-लौटते ग्यारह बज गए। अभी घर तक पहुँचे भी नहीं थे कि खबर मिली—छत्रधारी ने आपका खेत उलट दिया। अब उसमें अपना धान लगवा रहे हैं।

संतोखी को एकबारगी समझ में ही नहीं आया कि क्या कहा जा रहा है। समझे तो फसल के बीच से अपने खेत की ओर दौड़े। उनके खेत में पानी चमक रहा था। छत्रधारी का ट्रैक्टर बबूल की छाया में खड़ा था। झारखंड की भट्ठे वाली सात-आठ पथेरनें एक पंक्ति में झुकी हुई धान लगा रही थीं। दो आदमी बेरन ढोकर ला रहे थे। छत्रधारी की ट्यूबवेल से अभी भी खेत में पानी आ रहा था। छत्रधारी का भतीजा दुर्गेश कन्धे पर एक नाली बन्दूक टाँगे मेंड़ पर खड़ा था। उनका भानजा लाठी लेकर दूसरे कोने पर खड़ा था। संतोखी बहू खबर पाकर पहले पहुँच गई थीं। उनके तेज-तेज बोलने की आवाज आ रही थी।

"यह क्या कर रहे हैं, लम्मरदार? इतनी सरहंगई? कोर्ट-कचेहरी का आडर भी नहीं मानेंगे?" संतोखी थोड़ी दूर थे, तभी बोलने लगे। दौड़ने के कारण वे हाँफ रहे थे।

"भाग, साले।" दुर्गेश ने बन्दूक उठाकर इस तरह फायर किया कि संतोखी निशाने पर भी न आएँ और डर भी जाएँ।

फायर की आवाज सुनकर संतोखी ठिठक गए। बारूद की गन्ध हवा में तैरने लगी। नाल से धुआँ निकल रहा था।

सबको लगा कि अब कुछ अघटनीय घटकर रहेगा। कई लोग चारों तरफ से बीच-बचाव के लिए दौड़े। पहलवान भी अपने खेत पर थे। वे भी लपके।

दुर्गेश ने बन्दूक लहराते हुए ललकारा—"यह बन्दुखिया देख रहा है? यह सारी

कोर्ट-कचेहरी के ऊपर है। भागता है कि गाँड़ से धुआँ निकालूँ तेरे?"

वह नाल तोड़कर दूसरा कारतूस भरने लगा। संतोखी को जैसे दौरा पड़ गया। खेत में घुसकर तुरन्त-तुरन्त रोपी गई बेरन को उखाड़कर इधर-उधर फेंकने लगे। छत्रधारी के भानजे ने पीछे से जाकर उनके चूतड़ पर इतने जोर से लात मारी कि वे औंधे मुँह कीचड़ में गिर पड़े।

तब तक पहलवान पहुँच गए। एक-दो लोग और पहुँच गए। उन्होंने संतोखी को उठाया और वहाँ से चले चलने के लिए खींचने, मनाने लगे।

संतोखी का चेहरा, दाढ़ी, बाल, कुर्ता, धोती सब कीचड़ में सन गए थे। वे खेत से हटने के लिए तैयार नहीं थे। संतोखी को खींचकर ले जाते हुए पहलवान दुर्गेश को लक्ष्य करके बोले—"यह काम अच्छा नहीं हुआ। अगर कोर्ट-कचेहरी का फैसला नहीं माना जाएगा तब तो जंगलराज आ जाएगा, जो किसी के लिए अच्छा नहीं होगा।"

दुर्गेश उन्हें घूरता रहा। बोला नहीं।

संतोखी के मुँह से 'हाय-हाय' जैसी आवाज निकल रही थी। वे खींचकर आगे ले जाए जा रहे थे और मुड़-मुड़ कर पीछे देख रहे थे। अचानक वे पागलों की तरह चीखने और हाथ-पैर झटकने लगे।

उन्हें लाकर मड़हे में बिछी चारपाई पर लिटा दिया गया। वे आँखें बन्द करके निस्पंद लेट गए। बहुत लोग आए-गए, पर न उनकी आँख खुली, न उन्होंने करवट बदली। दोपहर से शाम और शाम से रात हो गई। शरीर और कपड़ों में पुता कीचड़ धीरे-धीरे सूख गया।

संतोखी बहू चारपाई के बगल में जमीन पर कथरी बिछाकर लेट गईं। आधी रात के बाद संतोखी उठे और पत्नी को जगाते हुए बोले—"सुनती हो? चलो, यही यूरिया घोलकर दोनों लोग पी लें। 'मुक्ती' मिल जाय।"

संतोखी बहू कच्ची नींद में झझककर जगी थीं। तुरन्त कुछ समझ नहीं पाईं। समझीं तो कहा—"यूरिया काहे पी लेंगे? क्या जिनके पास एक धूर खेत भी नहीं है, वे सब यूरिया पी लेते हैं?"

वे उठीं और यूरिया की गठरी ले जाकर गड़ही में फेंक आईं।

संतोखी उठे अगले दिन, घंटा-भर दिन चढ़ने के बाद। संतोखी बहू उन्हें लेकर कुएँ पर गईं। कीचड़ सने कपड़े उतरवाकर बाल्टी भर-भरकर उनके सिर पर डालती रहीं। साबुन का एक टुकड़ा घर में कहीं पड़ा था, लेकिन आज खोजने पर मिला नहीं। मिल जाता तो दाढ़ी-बाल की मिट्टी अच्छी तरह साफ हो जाती। छाती-पीठ मल-मल कर उन्होंने साफ किया।

संतोखी ने अरहर दाल की खिचड़ी खाने की इच्छा व्यक्त की। कहा कि उसमें एक खटाई भी डाल देना। संतोखी बहू को झोंपड़ी के कोने में एक आलू मिल गया। उन्होंने एक प्याज भी खोज निकाला। चोखे का इन्तजाम हो गया।

संतोखी खिचड़ी खाकर फिर सोए तो अगली सुबह ही उठे। परसों लात की चोट बहुत तेज लगी थी। कमर में हल्का-हल्का दर्द अभी भी महसूस हो रहा था। वे समझ नहीं पा रहे थे कि कहाँ जाएँ? क्या करें?

वे दीवानी के अपने वकील के पास गए। सारी बात सुनकर उन्होंने कहा—"उनका भतीजा ठीक कह रहा था। आज भी बन्दूक सारी कोर्ट-कचेहरी से ऊपर है। इसी को नीचे रखने के लिए थाना-पुलिस बनाई गई है। फिर थाने जाओ। वहाँ सुनवाई न हो तो डिप्टी कलेक्टर के पास जाओ। मुकदमा कायम कराओ।"

"जजी से कुछ नहीं होगा?"

"जजी से आपको कब्जा दिला दिया गया। प्रकरण समाप्त हुआ। फाइल कन्साइन हो गई।"

संतोखी थाने जाने से बचना चाहते थे। उसी शाम तहसील के वकील साहब के घर पहुँचे। वे संतोखी को देखकर खुश हुए। कई साल बाद देख रहे थे। यह जानकर और भी खुश हुए कि उन्होंने कानूनी तरीके से कब्जा हासिल कर लिया था।

"लेकिन वकील साहब, हम तो फिर वहीं पहुँच गए जहाँ से अट्ठाइस साल पहले चले थे।" उन्होंने पूरी घटना बताई। फिर पूछा—"इस जबरदस्ती का क्या इलाज है?"

"इसका असली इलाज तो थाने के पास ही है। वहाँ सुनवाई न हो तो आओ, एसडीएम की कोर्ट में मुकदमा दर्ज कराया जाएगा।"

"फिर मुकदमा? मुकदमा लड़ते-लड़ते तो बेदम हो गए हैं। कचेहरी में पैर रखने का मन नहीं करता।"

"बात तो ठीक कहते हो। पहले एक बार थाने जाओ। विधायक जी के किसी परिचित को साथ लेकर उनसे भी फोन कराओ। मैं दो दरखास्त लिख देता हूँ। एक सीधे थानाध्यक्ष को दे आओ। दूसरी विधायक जी को दे दो कि अपनी सिफारिश लिखकर मुहर लगाकर एस.पी. को भेज दें। दरअसल, असली ताकत तो पुलिस

के पास ही होती है और पुलिस हमेशा ताकतवर के पक्ष में खड़ी होती है। पीड़ित हमेशा कमजोर होता है। हम लोग तो रोज ही यह सब देखते हैं। लगता है, अन्याय के अलावा दुनिया में और कुछ हो ही नहीं रहा है।"

"गजब बात है। इसका मतलब कोर्ट, कचेहरी, थाना, पुलिस सब बेकार बनाए गए हैं।"

"इतनी जल्दी हिम्मत मत छोड़ो। ये दरखास्तें लेकर जाओ।"

वकील साहब ने उन्हें आश्वस्त किया—"इससे काम न बने तो फिर आना। कुछ और सोचा जाएगा।"

अगले दिन बड़े सबेरे संतोखी विधायक जी के घर पहुँचे। विद्रोही जी के घर पर कई साल पहले मुलाकात हुई थी। बताते ही पहचान गए। चाय पिलाई। दरखास्त लेकर पढ़ी। उस पर कुछ लिखा। मोहर लगवाई। फिर बोले—"मैं इसे एस.पी. को भेजवाता हूँ। वहाँ से थाने जाएगी। मेरे क्षेत्र में इतनी नाइंसाफी थोड़े चलेगी। जाओ।"

संतोखी उनका पैर छूकर लौट आए। कई दिन इन्तजार किया कि थाने से कोई आएगा। नहीं आया तो एक दिन हिम्मत करके थाने गए।

अच्छा संयोग था। सीधे थानाध्यक्ष से सामना हो गया। कहीं जाने को तैयार थे। वर्दी पहन चुके थे। टोपी सही कर रहे थे। एक होमगार्ड उनकी बुलेट पोंछ रहा था। संतोखी हाथ जोड़कर सामने खड़े हो गए।

"अब क्या हुआ?"

"सरकार, छत्रधारी ने मेरी फसल उलटकर अपना धान लगवा दिया।"

"अभी तो छोटे दारोगा कब्जा दिलाकर आए थे।"

"हाँ सरकार, उसके दस दिन बाद।"

थानाध्यक्ष मोटरसाइकिल पर बैठ गए।

"सरकार हम हर अदालत से जीते हुए हैं। वे नाजायज कर रहे हैं। एक बार हमारे ऊपर और दया करें, हुजूर।"

"ताकि वह फिर उलट दें तो हम फिर कब्जा दिलाने चलें। बस यही करते रहे साल-भर?"

"नहीं सरकार। इस बार अगर वे न माने तो हम अपने ऊपर मिट्टी का तेल डालकर उसी खेत में जल मरेंगे।"

"तो अभी इसमें क्या दिक्कत आ रही है?"

होमगार्ड ने उन्हें सामने से खींचकर बगल में किया। बुलेट हड़हड़ाई और धक-धक करती गेट के बाहर निकल गई।

थाने से निकलकर संतोखी फिर विधायक जी के घर पहुँचे। पता चला कि

विधायक जी मानसून सत्र में भाग लेने राजधानी गए हैं। आज रात आएँगे। संतोखी विधायक जी के घर के बाहर रखी बेंच पर लेटकर उनका इन्तजार करने लगे।

रात में विधायक की पत्नी ने नौकर के हाथ से चार रोटी और उस पर आलू-बैगन की सूखी सब्जी भिजवा दी थी। वही सब्जी इन लोगों के घर पहुँचकर कितनी स्वादिष्ट बन जाती है। कितनी दूर से महक रही है। ...लेकिन बड़े लोग कितना कम खाते हैं। जैसे-जैसे बड़े होते जाते हैं, खुराक घटती जाती है। दो रोटी और मिल गई होती तो पेट भर जाता।

सबेरे जनता से मिलने के लिए विधायक जी निकले तो संतोखी भी हाथ जोड़कर खड़े हो गए।

"दारोगा तो कह रहा था कि छत्रधारी ने तुम्हारे खेत पर कब्जा करने की बात को झूठ बताया है। कह रहा था कि वह तो कब्जा देने के बाद उधर मूतने भी नहीं गया।"

"अरे सरकार, मुझे पागल कुत्ते ने थोड़े काटा है कि हम झूठ-मूठ गली-गली रोते घूमेंगे।"

"चलो, इस बार हम एस.पी. से बात करेंगे।"

"सरकार, एक बार आप हमें लेकर थाने पर चले चलते तो बात बन जाती।"

"क्या चाहते हो, विधायक जी तुम्हारा परसनल झगड़ा अपने सिर ले लें? तुम्हारे दो वोट के लिए उनके पचास वोट से हाथ धो लें?" विधायक जी की बगल में बैठा एक दाढ़ी वाला युवक गुर्राया।

"नहीं-नहीं, यह बात नहीं है। बात चलने से नहीं, लिखा-पढ़ी से बनेगी। वह मैं करूँगा। तुम्हें जानता हूँ। थोड़ा धीरज रखो।"

निराश होकर फिर तहसील वाले वकील साहब के पास गए संतोखी। वकील साहब ने दो-तीन घंटे की मेहनत से एक बड़ी दरखास्त तैयार की। उसमें अलग-अलग लोगों को सम्बोधित किया—जिलाधिकारी, कमिश्नर, मुख्यमंत्री, प्रधानमंत्री, राष्ट्रपति, चीफ जस्टिस सुप्रीम कोर्ट, चीफ जस्टिस हाई कोर्ट, पुलिस महानिदेशक, मानवाधिकार आयोग, जिला जज और पुलिस कप्तान। इनमें सारे फैसलों की नकल और हाई कोर्ट के स्टे वैकेशन के आदेश की नकल नत्थी करके लिफाफे में भरकर पता लिखकर संतोखी को दिया कि कल रजिस्ट्री से भेज दें। ऊपर से आख्या माँगी जाएगी तो जरूर कुछ-न-कुछ होगा।

जेब में जितना पैसा था, सब रजिस्ट्री करने में खत्म हो गया।

रजिस्ट्रियाँ भेजने के बाद संतोखी फुरसत में हो गए। अब वे कहाँ भटक रहे हैं, किससे मिल रहे हैं, कब सो रहे हैं, कब जग रहे हैं—उन्हें होश ही नहीं रह गया।

कार्तिक में धान काटकर छत्रधारी ने गेहूँ बो दिया। एक दिन संतोखी की बुलाहट थाने पर हुई। उन्हें देखते ही इंचार्ज साहब फुफकारने लगे। उनके हाथ में एक मोटी फाइल थी। उसे मेज पर फैलाते हुए उन्होंने संतोखी से जानना चाहा कि यह सब क्या है? संतोखी ने देखा, उनके द्वारा अफसरों को भेजी गई दरखास्तें थीं।

"क्या करूँ इस कूड़े का? अचार डालूँ? सभी ससुरों को तो आख्या देने के लिए थाना ही दिखाई देता है। तू एक दरखास्त और लिख, कप्तान साहेब के नाम कि सिर्फ तुझे कब्जा दिलाने के लिए एक थाना और खोलवा दें।" फिर एक कागज मेज पर रखते हुए बोले—"कर, यहाँ दस्तखत कर। ले, कलम पकड़।"

"कैसी दस्तखत, साहेब?"

"थाना खोलवाने के लिए।"

"इस पर तो कुछ लिखा नहीं है।"

"तू लिखेगा।"

"लिखूँगा नहीं, लेकिन सादे कागज पर दस्तखत भी नहीं करूँगा।" संतोखी पिछड़ते हैं।

"तू भी एक ही हरामी है। हाथ-पैर तोड़ना पड़ेगा क्या?"

"गरीब के लिए आप लोगों के बाजू में जोर बहुत बढ़ जाता है।" कहकर संतोखी लौट पड़ते हैं। मुड़-मुड़कर पीछे देख लेते हैं कि कोई पकड़ने तो नहीं आ रहा।

भूसी चौधरी महुए के पेड़ के नीचे कमरी बिछाकर बैठे हैं। थोड़ी दूर पर गोंइठा के अहरे पर खिचड़ी पक रही है। धुआँ उठ रहा है। पकती खिचड़ी की सुगन्ध आसपास हवा में तैर रही है। भूसी का कुत्ता गोंइठे से थोड़ी दूरी पर बैठा खिचड़ी की महक सूँघकर आनन्दित हो रहा है। खिचड़ी की सुरक्षा का भार उसी पर है। किसी बन्दर ने आकर खिलवाड़ में गोंइठे को खींच लिया तो खिचड़ी की भदेली पलट सकती है।

भेड़ें दूर तक फैलकर चर रही हैं। दो भैंस थोड़ी दूरी पर खड़ी हैं। एक भैंस के सींग पर बैठा कौआ उसकी बरौनियों से किलनी निकाल रहा है। भैंस ने मुदित होकर पलकों को हल्के से झपका लिया है। आनन्द से उसकी पूँछ तनिक उठ गई है।

भूसी उन्हीं को एकटक देख रहे हैं।

कौआ कूदकर दूसरी भैंस के सींग पर बैठ गया। पहली भैंस थूथन उठाकर कौए के पास ले गई और नाक से दो बार सूँ-सूँ किया। यानी फिर मेरे पास आ जा। इस पर दूसरी भैंस ने गुस्से की मुद्रा बनाई और कान खड़े कर दिए, ताकि कौआ वापस न जाकर कान की किलनियाँ निकाले।

भूसी जोर से हँसे।

"अरे, अकेले-अकेले हँसे जा रहे हैं।"

माठा बाबा पास आ गए थे।

"आइए महराज, आइए।" भूसी हाथ जोड़कर कमरी से नीचे उतर आए।

"पहले बताइए कि आपका गामा तो आसपास नहीं है?"

"गामा तो कब का बैकुंठ सिधार गया, महराज!" फिर तनिक हँसकर पूछा—"गामा अभी तक याद है आपको?"

"मरने के दिन तक नहीं भूलेगा, ससुरे ने प्राण ही ले लिया था।"

बहुत पहले की बात है। अपनी जवानी में भूसी ने एक सिंघाड़ा भेड़ा पाला था। उसी का नाम था गामा। मेले-ठेले और भोज-भात के जुटान में उसे लड़ाने का शौक था। एक बार बाबा चकरोड पकड़े जा रहे थे। गामा पास के खेत में भेड़ों के झुंड में चर रहा था। अचानक उसे जाने क्या सूझा कि बेखबर चले जा रहे बाबा के पीछे दौड़कर एक ठोकर मार दी। सिंदूर और कड़ुवे तेल से सिझाए गए उसके मुर्रीदार काले सींग पूरे फौलाद थे। बाबा मुँह के बल गिर पड़े। गामा चार कदम पीछे खड़ा उनके उठने का इन्तजार करता रहा। जैसे ही उठे, फिर एक ठोकर मारी। बाबा आतंकित हो गए। पता नहीं उठना भूल गए कि डर के मारे नहीं उठे। लेटे-लेटे ही जान बचाने के लिए गुहार लगाते रहे।

उसी की याद आ रही है बाबा को।

"आइए, बिराजिए। आज जंगल में कैसे चरण पड़े?"

कमरी पर पालथी मारकर बिराजते हुए बताया बाबा ने—"आज औरतें महामाई के थान पर कड़ाही चढ़ाएँगी। हमारी पंडिताइन ने हुकुम दिया कि पूड़ी छानने के लिए आम की सूखी लकड़ी और दोना-पत्तल के लिए ढाक के पात चाहिए। तब हमें आपकी याद आई।"

भूसी ने आवाज देकर रेवड़ के दूसरे सिरे पर खड़े लड़के को बुलाया और उसे लकड़ी और पत्ते लाने को कहा।

"तब तक कुछ 'सतसंग' सुनाइए महराज।" भूसी सामने सूखे पत्तों पर बैठते हुए बोले।

"क्या सुनेंगे?"

"कुछ ज्ञान-ध्यान-भगवान की बात। सुख-दुख की बात।"

माठा बाबा थोड़ी देर सोचते रहे फिर बोले—अच्छा सुनिए, भगवान का दुख सुनिए—

पुर ते निकसीं रघुबीर बधू
धरि धीर दिए मग में डग द्वै।

यानी जंगल में चलते-चलते थककर सीता महारानी रामजी से पूछती हैं कि अभी और कितनी दूर चलना पड़ेगा। आज पर्णकुटी कहाँ बनाएँगे?

"आह! भगवान को भी इतनी विपत्ति।" शाम होने से पहले बाँस-काँस काटकर झोंपड़ी खड़ी करें तभी आराम कर सकते हैं। भूसी हाथ जोड़कर आँखें मूँद लेते हैं—"इसी से आप हमारी विपत्ति का अन्दाजा लगाइए, महराज! भगवान तो चौदह बरस भटककर छुट्टी पा गए। हमारी भटकन तो जिन्दगी-भर के लिए है।"

"वाह, चौधरी वाह। अच्छा जोड़ा। खैर, चरवाही का काम भी कम कठिन नहीं है।"

हरवाही से भी कठिन है चरवाही। कहते हैं—

हर जोते घर बारह कोस।
पैना गिरे अठारह कोस।

यानी हल जोतने के बाद खेत से घर तक की दूरी बारह कोस लगती है। और अगर हाथ का पैना गिर जाए, उसे झुककर जमीन से उठाना पड़े तो लगेगा कि पैरों में अठारह कोस चलने की थकान भर गई। चरवाही में तो दिन-भर चलते ही रहना है। अब तो फिर भी कुछ आसान हो गया। इलाके से भेड़िए खतम हो गए नहीं तो रात-दिन रखवाली भी करनी पड़ती थी।

भूसी अतीत में चले गए।

"जब मैं जवान था तो इस जंगल में एक बिगवा* था, जिसका नाम था—खैरा। खैरा बाईं आँख का काना था और अकेला था। मेरी तरह उसकी जोड़ीदार भी नहीं थी। उसे अकेले शिकार करना पड़ता। वह इतना चालाक था कि कुत्ते, चरवाहे सबको गच्चा दे देता। पहले वह अँधेरे में भेड़ों के झुंड के पास सामने से प्रकट होता। उसके पैर की हड्डियों से निकलती चट-चट की आवाज से चरवाहे सतर्क हो जाते। कुत्ते भूँकते हुए दौड़ते तो भाग खड़ा होता। अभी कुत्ते उसी दिशा में भूँके जा रहे हैं, तब तक वह पीछे से प्रकट होता और भेड़ का बच्चा मुँह में दबाकर सुरक्षित निकल जाता। कुत्ते इस धोखे को बर्दास्त न कर पाते। अपनी हार

* भेड़िया

पर शर्मिन्दा होते और देर तक उसी दिशा में मुँह उठाकर भूँकते रहते।"

"सुनते हैं, तब आप इतने तेज दौड़ाक और हिम्मती थे कि बिगवा के मुँह से भेड़ का बच्चा छीन लाए थे। उसी खैरे के मुँह से?"

"वह बच्चा लेकर भागा, हम पीछा किए। वह शिकार लेकर कभी नाक की सीध में नहीं भागता था। पीछा करने वाले को गच्चा देने के लिए कावा काटकर भागता था। मैं उसका ठीहा जानता था। पता था कि यह शिकार लेकर वहीं पहुँचेगा। मैं सीधे दौड़कर उससे पहले वहाँ पहुँचा और जैसे ही आकर उसने शिकार जमीन पर रखा, मैंने जोर से डाँटा—'धर सारे!' और लाठी तानकर दौड़ा तो वह पीछे हट गया।

"मैंने पास जाकर देखा। बच्चे के गले पर दाँत धँस गए थे। उसे मर ही जाना था। खैरा दस कदम दूर खड़ा ताक रहा था। मैंने सोचा कि इसने इतना जोखिम उठाकर अकेले दम शिकार किया है। इसके मुँह का कौर छीनना ठीक नहीं। बच्चे को छोड़कर लौट आया।"

भूसी थोड़ी देर तक खैरा की याद में खोये रहे। फिर बोले—"सब खतम हो गए। वे भी होते तो दुनिया और सुन्दर होती।"

"आपकी दुनिया अभी भी सुन्दर है, चौधरी! छल-कपट से दूर, पेड़-पौधों की छाँव में, मूक निश्छल पशुओं के बीच। समझिए, जीते-जी स्वर्ग में हैं।"

भूसी, माठा बाबा की आँखों में सीधे झाँकते हुए मुस्कराए—"स्वर्ग में?"

"और क्या! एक कवित्त सुनाता हूँ, किसी आप जैसे चरवाहे ने लिखा होगा कभी कि स्वर्ग क्या है—

कालउ कंबलु अवनी चट्टु।
छाछहिं भरियउ दीवड़ पट्टु॥
रेवड़ पड़ियउ नीलइ झाड़ि।
अवर कि सरगह सिंग निलाड़ि॥

मतलब, चट्ट पथरीली जमीन पर बिछाकर बैठने के लिए काला कंबल हो। वह आपके पास है ही। पीने के लिए छाछ यानी मट्ठे से भरा हुआ बर्तन हो। वह है ही। रेवड़ हरी-हरी झाड़ियों में चर रहा हो। वह चर ही रहा है। तो यही स्वर्ग है। और क्या स्वर्ग के सींग-पूँछ होती है! सब कुछ जैसे आपके लिए ही लिखा गया है।"

हँसे भूसी—"यानी भगवान जंगल में भटकें तो विपत्ति और भूसी भटकें तो स्वर्ग। वाह महराज!"

थोड़ी देर बाद निराश स्वर में बोले—"स्वर्ग तो थी दुनिया, लेकिन छत्रधारी जैसे लोग इसे नरक बनाए हुए हैं। कचेहरी में जाकर देखा, 'झूठ' दारोगा बनकर 'सच' को आँख दिखाता है। पैसा उसे कठघरे में बन्द कर देता है...अगर हमें भगवान कहीं मिल जाएँ तो उनसे पूछूँ कि सारे, तोहरे भगवान भये से का फायदा, अगर गरीब-दुखिया के गाढ़े में काम नहीं आते?"

"बड़े-बड़े बुता गए, छत्रधारी भी बुता जाएँगे। तुलसी बाबा कहि गए हैं—जो फरा, सो झरा, जो बरा, सो बुताना।"

"बुताएँगे जरूर, लेकिन इतनी जल्दी नहीं। न खल मरै, न खँडहर गिरै।"

"नहीं, भूसी भगत। खल भी एक दिन मरते ही हैं। खँडहर भी एक दिन गिरते ही हैं। तुम्हें कवि परधान का एक पद सुनाता हूँ, कि कैसे-कैसे लोग बुता गए—

जिनकी दुनिया में चलीं हुकमें
महिमंडल में न अड़ी कहुँ आड़ी
सोने औ चाँदी की कौन कहै
घर में मुक्ता मणि माणिक गाड़ी
भाखैं परधान पयान समै
घर के गज बाजि रहे सब ठाढ़ी
चाँदी के बासन गाड़े पड़े
मरे पीपर टाँगी छदाम की हाँड़ी

सोने-चाँदी के बर्तन घर में गड़े पड़े रह जाएँगे, लेकिन मरने पर पानी पीने के लिए पीपल के पेड़ में जो घंट बाँधा जाएगा, वह मिट्‌टी का ही होगा।"

"बात तो सही है, लेकिन आदमी वक्त रहते समझने को तैयार नहीं होता।"

"जो वक्त से नहीं समझते, उनको बाद में वक्त ही समझाता है।" कहते हैं—

नर तन पाइ के तू अति न करौ ऐ भाय।
अति के करैयन की होत बुरी गति है।

लड़का, लकड़ी का गट्‌ठर और पलाश के पत्ते लेकर आ गया।

"वाह बेटा, वाह!" माठा बाबा लड़के को शाबासी देते हुए उठ खड़े हुए।

भूसी उनको जाते देखते रहे और सोचते रहे कि ज्ञान की इतनी बड़ी-बड़ी बातें करते हैं और गाँव के कोइरी लोगों के खेत पर छत्रधारी का चक बैठवाने के लिए मामा मारीच की तरह छल करने से नहीं चूके। यही बात मुँह पर कह देते तो बोलचाल बन्द हो जाती।

संतोखी निराशा में डूब गए हैं। पस्त हिम्मत। किसी के सामने पड़ने में घबराहट होती है। घर के बाहर नहीं निकलते। सुबह-शाम अँधेरा रहते दिशा-मैदान हो आते हैं। फिर अँधेरी झोंपड़ी में पेट के बल पड़े रहते हैं। उजाले से बचना चाहते हैं।

जाड़े में घुटने गठिया की जकड़ में आ गए। हाथ से धरती का सहारा लिये बिना उठ नहीं पाते। लाठी के सहारे चलने लगे हैं। उसी समय कोई बता देता कि कोर्ट-कचहरी करने से हाथ कुछ नहीं आने वाला तो आधी जिन्दगी माटी क्यों करते? आसपास कोई नहीं रहता, तब भी कभी उन्हें जोर से हँसने की आवाज सुनाई पड़ती है, कभी बन्दूक दगने की।

संतोखी बहू ने बेटे के पास चिट्ठी भिजवाई थी। बेटे ने पाँच सौ रुपये भेजे और चिट्ठी में लिखा कि अम्मा, आप बप्पा को समझाइए। क्यों प्राण दे रहे हैं? हर जगह छत्रधारी जैसे लोग ही बैठे हैं। कुछ हासिल नहीं होने वाला। आप दोनों लोगों के खाने-भर का पैसा मैं भेज दिया करूँगा।

दुनिया देख चुके पड़ोसियों ने संतोखी बहू को समझाना शुरू किया—नंगा खुदा से बड़ा होता है। संतोखी को समझाओ कि संतोख कर लें। छत्रधारी को ही राजा बन जाने दें। लगता है वे जमीन साथ लेकर जाएँगे।

संतोखी बहू संतोखी के कान तक एक-एक बात पहुँचाती हैं, लेकिन संतोखी का मन संतोख करने को तैयार नहीं हो पाता। यह जबरदस्ती उनके कलेजे में रह-रह कर हूल मारने लगती है। बेटे की कमाई पर गुजर करना भी उन्हें मंजूर नहीं है।

संतोखी बहू अपने स्तर से संतोखी की हिम्मत बढ़ाने की कोशिश करती हैं। वे चाहती हैं कि संतोखी कुछ कमाकर लाएँ चाहे न लाएँ, पर दस आदमी के बीच उठें-बैठें। हँसें-बोलें। दो आदमी का पेट तो मजदूरी करके वे पाल ही लेंगी।

जाड़े की डेढ़-दो महीने की पस्ती के बाद एक दिन संतोखी बड़े सबेरे उठे। नहाया, धोया, खाया और लाई-चने का झोला कन्धे पर टाँगकर निकल पड़े।

लम्बे समय बाद लोगों ने देखा, मजमा वाले चौराहे पर संतोखी फार* बजा-बजाकर गा रहे हैं—

जेकर नोट वही कै शासन
थाना मा बइठे दुस्सासन

---

* वाद्ययंत्र

मारैं डाका पीटि के ढोल
गाँव देश के रंगमंच पै
छत्तर नाचैं धोती खोल,
हर गंगा!

तूफानी उर्फ तूफान सिंह को अपनी माँ दहबंगा की कद-काठी मिली है। चार हाथ लम्बे, दोहरे बदन पर बन्द गले का काला कोट बहुत जँचता है। तूफानी को लगता है कि अगर चेहरा थोड़ा और भर जाता तो उनका मुखमंडल बिलकुल बाबा साहब जैसा लगने लगता।

कचहरी में उनका तख्ता जिस आम के पेड़ से सटाकर रखा गया है, वहाँ जरूरत पड़ने पर आठ-दस कुर्सियाँ रखने की जगह बन जाती है। उनके बस्ते पर आने वालों में जितनी संख्या मुवक्किलों की होती है, उससे ज्यादा पार्टी कार्यकर्ताओं की होती है। वकालत भी ठीक-ठाक चलने लगी है। दो जूनियर रख लिये हैं, दो मुंशी हैं। कचहरी परिसर में घुसते ही सामने आम के तने पर कील ठोंककर लगाई गई नेम प्लेट दूर से ही ध्यान आकर्षित करती है—एडवोकेट तूफान सिंह, बी.ए., एल.एल.बी. (फौजदारी और सिविल मामलों के एक्सपर्ट)।

यह बहुत अच्छी बात है कि मान्यवर और बहन जी, दोनों उन्हें बहुत मानते हैं। उन्हें जिला को-आर्डिनेटर बनाया है। पास-दूर की हर रैली में वे पहुँचते हैं। पहले तो दूर की रैली में कई लोगों के साथ जाना होता था तो बस के बजाय ट्रक से जाते थे। ट्रक में बस का आधा किराया लगता था। बाकी आधे से चाय-पानी का काम चल जाता था। अब एक पुरानी एम्बेसडर कार खरीदकर उसी को सफेद रंग से पेंट करा लिया है। खरीदना भी नहीं पड़ा। एक दिन देसी शराब के ठेकेदार राधेलाल की कोठी पर चन्दा लेने गए थे। बाहर निकले तो देखा कोठी के कोने में एक धूल-धूसरित ढाँचा खड़ा है।

पूछा—"सेठ जी, इसे बेचना है।"

"बेचना क्या है, चाहें तो ले जाइए। डेंट-पेंट कराकर चढ़िए। टायर-ट्यूब बदलवाना होगा।"

वही किया। आज सूबे की राजधानी अपनी उसी कार से जा रहे हैं। साथ में

पार्टी के जिला अध्यक्ष, एक जूनियर और एक मुंशी। कार की साइड में पार्टी का नीला झंडा लग जाने पर उसकी शान ही और हो जाती है। मोटरसाइकिल पर झंडा लगाने से वह बात नहीं आती।

इधर अम्बेडकर पार्क में 'पेरियार' की मूर्ति लगाने के मुद्दे पर राजनीति गरमाई हुई है। पार्टी मूर्ति लगाने पर अड़ी है और रामवादी पार्टी कह रही है कि रावण लीला करने वाले रामद्रोही की मूर्ति लगी तो उनकी पार्टी समर्थन वापस ले लेगी। तूफानी के पास निर्देश पहुँचा है कि कल सुबह राजधानी में मौजूद रहना है। इसका मतलब कल मूर्ति लग सकती है।

बाबा साहब अम्बेडकर के बारे में तो वे वकालत की पढ़ाई के दौरान जान गए थे, लेकिन महात्मा फुले और पेरियार के बारे में सच पूछिए तो वे अब तक नहीं जानते थे। और जानते कैसे? कभी इनका नाम ही सुनने को नहीं मिला। दर्जा छह, सात और आठ में 'हमारे पूर्वज' नाम की जो किताब चलती थी, उसमें भी राम, कृष्ण, भीष्म, ध्रुव और प्रह्लाद का पाठ तो था, लेकिन इन लोगों का नहीं। पहली बार पार्टी की सरकार बनने पर मान्यवर ने पेरियार मेले का आयोजन किया था लेकिन तब भी पेरियार के बारे में ज्यादा कुछ वे नहीं जान पाए। इधर फिर नाम चर्चा में आया तो उन्हें लगा कि उनके बारे में कुछ जान लेना चाहिए। नहीं तो कार्यकर्ता पूछेंगे तो वे क्या बताएँगे? मान लीजिए मूर्ति स्थापना के समय उनसे भी 'दो शब्द' बोलने को कहा गया तो क्या बोलेंगे?

जल्दी-जल्दी में जितना पता लग पाया, उसके अनुसार ई.वी. रामास्वामी नायकर, जिन्हें आदर से पेरियार—पूज्य—कहा जाता है, तमिलनाडु के रहने वाले राजनीतिज्ञ और क्रान्तिकारी विचारों वाले समाज सुधारक थे। वे नास्तिक थे। भगवान का अस्तित्व नहीं मानते थे। उनका मानना था कि ईश्वर को धूर्तों ने बनाया, गुंडों ने चलाया और मूर्ख उसे पूजते हैं। वे जातिवाद, ऊँच-नीच और छुआछूत के विरोधी थे और जाति प्रथा को जड़ से समाप्त करना चाहते थे। उनका कहना था कि जो धर्म तुम्हें नीच ठहराता है, तुम उसे लात मार दो। सामाजिक परिवर्तन के लिए उन्होंने लम्बे समय तक आन्दोलन चलाया था।

पेरियार के विचारों को जानने के बाद तूफानी को वे अपने सगे लगने लगे। उन्होंने यह भी पता किया कि पेरियार ने तमिल भाषा में एक किताब लिखी, जिसका अंग्रेजी अनुवाद 'रामायण : ए ट्रू रीडिंग' के नाम से हुआ और जिसका हिन्दी अनुवाद उत्तर भारत के पेरियार कहे जाने वाले ललई सिंह यादव ने 'सच्ची रामायण' के नाम से किया है। इस पर सरकार ने रोक लगा दी थी जिसे हाई कोर्ट ने खत्म कर दिया और सरकार पर तीन सौ रुपये हरज़ाना लगाया था। सुप्रीम कोर्ट

ने भी इस आदेश का समर्थन किया था। इधर कई दिनों से तूफानी 'सच्ची रामायण' खोज रहे हैं। पढ़ा तो जाए कि उसमें क्या लिखा है? पर एक भी किताब कहीं मिल नहीं पाई। लौटकर आते हैं तो फिर खोजेंगे। उनका पूरा साहित्य पढ़ना है।

समय से पहुँच गए तो शाम को, नहीं तो सबेरे विद्रोही जी से भी मिलने की कोशिश करेंगे। हो सकता है उनसे ही 'सच्ची रामायण' की जानकारी मिल जाए।

विद्रोही जी अब किसान यूनियन के दफ्तर में रहने लगे हैं। विधायक जी का फ्लैट तो न छोड़ते, लेकिन वहाँ आने वाली भीड़ से परेशान हो गए थे। देहात से आने वाली भीड़ निबटान के बाद कभी-कभी फ्लश खींचने तक की जरूरत नहीं समझती थी। एक बट्टी लाइफबाय साबुन से वे आराम से साल-भर नहाते थे, लेकिन यहाँ साल-भर में तीन बट्टी साबुन चोरी हो गया। गोमती के किनारे से महीने-भर के लिए बबूल की दातून तोड़कर लाते थे। भीड़ आ जाती थी तो एक दिन में खतम कर देती थी। कोई सन्दूक या अलमारी तो थी नहीं कि ताले में बन्द करके रखते। लोग खूँटी पर टँगे झोले से चबेना निकालकर चबा जाते थे। सूखने के लिए धूप में डाला गया लँगोट तक गायब हो जाता था।

किसान यूनियन के लोगों से जान-पहचान बढ़ी तो उन लोगों ने अपने दफ्तर में आकर रहने का न्योता दिया। यूनियन के ऑफिस में पर्चा छपवाने, खबर देने, चिट्ठी लिखने और फोन करने का काम सँभालते हैं। रहने के लिए दफ्तर के आँगन की एक कोठरी मिल गई है। बिजली का हीटर है। बिजली का बिल यहाँ किसी को देना नहीं पड़ता। अक्सर तो बाहर ही खाना-पीना हो जाता है। वक्त-जरूरत कुछ पका भी लेते हैं।

तूफानी इधर एक साल से चिड़ियाघर के सामने बने एक लॉज में ठहरते हैं। चिड़ियाघर के सामने चाय की दुकान चलाने वाले मोहन सिंह ने दुकान के ऊपर ही दूसरी मंजिल पर चार कमरे बनवा दिए हैं—अमन लॉज। पश्चिम के रहने वाले हैं और अपनी बिरादरी के हैं। उन्होंने कहा, "आप महीने-दो महीने में एक बार ही तो आते हैं। हमारे गेस्ट हाउस में ही ठहर जाया करिए। पैसा क्या लेंगे आपसे? सबेरे की एक चाय भी मेरी ओर से।"

कमरे में एक डबल बेड पड़ा है जिस पर आड़े-तिरछे होकर चार लोग अच्छे से अँट जाते हैं। जरूरत पड़े तो चार-पाँच लोग फर्श पर भी सो सकते हैं।

सबेरे चाय पीते-पीते तूफानी की नजर अखबार के पन्ने पर पड़ी तो उनका जी धक्क से हो गया। मोटे अक्षरों में शीर्षक था—

'पेरियार प्रतिमा लगाने का कोई इरादा नहीं'

मुख्यमंत्री की ओर से कहा गया था कि सरकार का पेरियार की प्रतिमा लगाने का कोई इरादा नहीं है। यह गलतफहमी मीडिया की वजह से हुई है।

सबका मन खट्टा हो गया। इतनी निराशा छाई कि तूफानी बिना विद्रोही जी से मिले वापस लौट पड़े। गाड़ी में सब चुप बैठे हैं।

तूफानी को दर्जा आठ में पढ़ा कबीर का एक दोहा याद आ रहा है—

चींटी चाउर लै चली, बीच में मिल गई दाल।
कह कबीर दोउ ना मिलै, एक ले दूजी डार।

मुँह तो चींटी का एक ही है। चावल ले जाना हो तो दाल छोड़नी पड़ेगी, दाल ले जानी हो तो चावल।

विचारधारा और कुर्सी दोनों में से एक को बचाने के लिए दूसरे की बलि देनी थी। वे तय नहीं कर पा रहे हैं कि उनकी नेता ने सही किया या गलत?

तारीख नोट करके रामलाल अदालत से बाहर निकले तो सोचा कि रामनेवाज मुंशी से मिलते चलें। रामनेवाज उनसे नाराज हैं। हर बार मिलने पर अपनी नाराजगी जाहिर करते हैं। उनकी शिकायत है कि जब उन्होंने हाई कोर्ट से स्टे लेने के लिए रविंदर बाबू के पास भेजा था तो वे लोग भास्कर तिवारी के पास क्यों चले गए? रामलाल हर बार बताते हैं कि ऐसा रिक्शेवाले की धोखाधड़ी के कारण हुआ, लेकिन रामनेवाज कुछ सुनने के लिए तैयार नहीं होते। रामलाल कहते हैं—"वहाँ तो जो होना था हो गया। अब यह बताइए कि यहाँ से कैसे पिंड छूटेगा।"

"रविंदर बाबू के पास गए होते तो यहाँ आकर धूल फाँकने की जरूरत ही न पड़ती। वे खाली स्टे कराकर चुप थोड़े बैठ जाते! बैंक से लोन की फाइल मँगवाकर बन्धक जमीन को रिलीज कराने का आदेश करा देते।"

यह जानते हुए कि आज भी मिलते ही रामनेवाज अपनी नाराजगी जाहिर किए बिना नहीं मानेंगे, रामलाल बिना उन्हें चाय पिलाए वापस नहीं जा सकते। वे जानते हैं कि ऐसे गुनी आदमी से मेल-जोल बनाए रखेंगे तो कभी भी कोई काम का पॉइंट मिल सकता है।

रामलाल के पड़ोस के गाँव के एक पंडित जी बहुत परेशान थे। एक बार

गाँव में बाढ़ आई और दलितों के घर ढह गए तो पंडित जी ने अपने हलवाहे और उसके दो भाइयों को अपने बाग में झोंपड़ी बनाने की इजाजत दे दी। माना जा रहा था कि बाढ़ उतर जाने के बाद वे अपने टोले में वापस चले जाएँगे। लेकिन वापस जाना टलता रहा और धीरे-धीरे बाग में चार से बढ़कर दस झोंपड़ियाँ हो गईं। तब दलितों ने बाग छोड़कर जाने से इनकार कर दिया और गरमागरमी बढ़ी तो उनकी हलवाही भी छोड़ दी।

पंडित जी ने बाग खाली कराने के लिए मुकदमा दायर कर दिया, लेकिन वकीलों की राय थी कि ऐसा करा पाना सम्भव नहीं होगा, क्योंकि जिस जमीन पर कोई दलित काबिज है उसे हटाया नहीं जा सकता। लेकिन रामनेवाज ने कहा कि अगर आप पाँच बोतल अंग्रेजी दारू दे जाएँ तो उसके एक महीने बाद वे ऐसा नुक्ता बता देंगे जिससे उन्हें सफलता मिल जाएगी।

दारू पाने के एक महीने बाद रामनेवाज ने पंडित जी को हाई कोर्ट की एक रूलिंग दी जिसमें होल्ड किया गया था कि उपरोक्त प्रतिबन्ध बाग की आराजी पर लागू नहीं होगा।

पंडित जी का बाग खाली हुआ तो उन्होंने फिर रामनेवाज को पाँच बोतलें लाकर दीं।

रामनेवाज के बस्ते तक पहुँचने के पहले ही रामलाल को संतोखी मिल गए। कुशल-क्षेम की बात चली तो रामलाल ने बताया कि छह साल से सिर्फ तारीख ही पड़ रही है। मुल्जिम जमानत पर बाहर हैं और ट्रैक्टर थाने में सड़ रहा है। छूटने की कोई राह सुझाइए, भइया।

"अब उसे छुड़ाने का क्या फायदा? जंग खाया लोहे का ढाँचा भर बचा होगा।"

"ट्रैक्टर की नहीं, अपने छूटने की राह पूछ रहा हूँ। अब तो पेशी के नाम पर जूड़ी चढ़ जाती है।"

"हम क्या राह सुझाएँगे चौधरी! हम तो खुद ही तीस साल से लड़ते-लड़ते पस्त हो गए हैं। हर जगह से जीतकर हारे हुए हैं। इस भरी दुनिया में कमजोर के साथ खड़ा होने वाला कोई नहीं है। पूरी दुनिया में अन्याय का राज चल रहा है।"

फिर आगे बढ़ते हुए कहते हैं—"जाइए। मेरी बात से निराश होने की जरूरत नहीं है। डटे रहिए। जब तक स्वाँसा, तब तक आशा।"

संतोखी दस बजे रात वाली गाड़ी से उतरते हैं और अँधेरी सड़क पर गाते हुए आगे बढ़ते हैं।

ई कानून लुवट्ठे जाय।
पुलिस प्रशासन भट्ठे जाय॥
निमरा कै केहु ना सुनवइया।
चाहे संसद तक चिल्लाय,
हर गंगा॥

उसी ट्रेन से माठा बाबा भी उतरे हैं। गए थे हाइड्रोसील का ऑपरेशन कराने के लिए। उसका आकार इतना विशाल हो गया है कि चलते समय दोनों जाँघों पर दाएँ-बाएँ डोलता रहता है। ऑपरेशन की तारीख दो दिन बाद की मिली है। संतोखी की आवाज पहचानकर पूछते हैं—"कौन? संतोखी!"

"हाँ बाबा, पायलागी।"

"जियत रहा। जियत रहा। का गावत हो?"

"का गावैं बाबा? अब रोवै-गावै मा हमारे लिए कौनों फरक तौ रहि नहीं गवा। बाकी यही गा रहे हैं कि इतने दिन लड़ने के बाद इस कायदा-कानून से हमें क्या मिला? यह पुलिस प्रशासन गरीबों की रक्षा के लिए नहीं, उनका मांस नोचकर खाने के लिए है। यह सब हमारे ठेंगे पर।"

"बात तो सही कहते हो, संतोखी।"

"हमारे लिए सारे रास्ते बन्द हो गए, बाबा। अब हम कैसे जिएँ?"

"सारे रास्ते तो कभी बन्द नहीं होते, संतोखी।"

"तो क्या रास्ता है, बाबा? आप ही बताइए।"

"रास्ता तो क्या बताऊँगा, एक किस्सा सुना देता हूँ। सभी यह किस्सा जानते हैं।"

थोड़ा रुककर बाबा सुनाना शुरू करते हैं—"समुद्र के किनारे टिटिहरी ने अंडे दिए थे। एक दिन समुद्र की लहर में उसके अंडे बह गए। टिटिहरी को संतोष कर लेना चाहिए था। क्योंकि कोई सोच ही नहीं सकता था कि समुद्र के पेट में गए अंडे वापस भी मिल सकते हैं। लेकिन वह चुप नहीं बैठी। उसने सारे पक्षियों को बुलाकर अपना दुखड़ा सुनाया। सबने गरुड़ पर दबाव बनाया कि वे विष्णु के वाहन हैं। विष्णु से कहकर समुद्र पर दबाव बनावें और टिटिहरी के अंडे वापस दिलावें। विष्णु को ऐसा करना पड़ा। उन्होंने समुद्र पर दबाव बनाकर टिटिहरी के अंडे वापस दिलाए।"

तो क्या छत्रधारी का पेट समुद्र के पेट से भी ज्यादा गहरा है?

थोड़ी देर तक दोनों लोग चुप रहे।

"क्या समझे?"

"मेरी बुद्धि इतनी दूर तक नहीं तैर पा रही है, बाबा। दुख से कुंद हो गई है।"

बाबा ने आवाज धीमी करके कहा—"जब वे नियम-कानून नहीं मान रहे हैं तो तुम्हीं क्यों मानो?"

"लेकिन करें क्या?"

"जंगू का नाम सुना है?" बाबा फुसफुसाए।

"हाँ, बाबा। गजाधर का बेटा!"

"गजाधर का बेटा नहीं—ईं-ईं। मजलूमों का मुक्तिदाता। जिसका डंका तीन लोक चौदहों भुवन में बज रहा है। जिसके डर से नंगे-लुच्चे काँप रहे हैं।"

"बात तो सही कह रहे हैं बाबा।"

"वह पूरे इलाके के गरीब-गुरबों को न्याय बाँट रहा है कि नहीं? आततायियों को सजा दे रहा है कि नहीं?"

"दे रहा है, बाबा।"

"तो तुम्हें नहीं देगा? छत्रधारी के लोगों ने ही उसे लँगड़ा किया। उसके बाप की जान ली। उसे गाँव से भागने पर मजबूर किया। उसे भूल गया होगा?"

"नहीं बाबा। सही कह रहे हैं।"

"जाओ, खोजकर उससे मिलो। अब वही तुम्हें न्याय देगा। लेकिन देखो मेरा नाम कहीं नहीं आना चाहिए।"

पहलवान थककर भोर में लौटे और ओसारे में बिछी नंगी चारपाई पर आड़े-तिरछे लेट गए। घुटने तक कीचड़ में सने होने के कारण पैरों को जमीन पर ही टिके रहने दिया।

धान लगाने के लिए खेत में पानी भरना जरूरी था। बिजली का रोस्टर रात दस बजे से सुबह छह बजे का था। बिजली कई बार आई-गई। चली जाती तो उसके आने का इन्तजार करते। आ जाती तो खेत से ट्यूबवेल पर आकर स्टार्टर का बटन दबाना पड़ता। फिर खेत में जाते। यही आना-जाना रात-भर लगा रहा। आखिरी बार

चार बजे गई तो फिर लौटकर नहीं आई। कुछ देर तक इन्तजार करने के बाद वे घर लौट आए। पसीने से लथपथ बनियान निकालकर निचोड़ा और उसी से छाती के श्वेत-श्याम बाल रगड़कर खुजलाने लगे। छाती के बाल घने तो थे ही, सिर के बालों की तरह लम्बे भी थे। जब गीले रहते थे तो इन्हें रगड़कर खुजलाना बहुत सुकून देता था। चारपाई पर तो यह सोचकर बैठे थे कि बीड़ी पी लें तो हाथ-पैर में लगा कीचड़ धोएँ, लेकिन आँखों में इतनी नींद भरी थी कि खटिया पर पड़े तो कब आँख लग गई, पता ही नहीं चला।

लगता था कि इस साल बरसात ही नहीं होगी। आषाढ़ बीतने वाला था और आसमान के किसी कोने में बादल का एक टुकड़ा तक नहीं दिख रहा था। गर्मी से जीव-जन्तु, पशु-पक्षी सब बेहाल थे। तभी चार दिन पहले शाम को पूरब से काले बादलों के पहाड़ गरजते-चमकते आए और सारे आसमान पर छा गए। रंग बदलकर भूरे हुए और सारी रात झमाझम पानी बरसाते रहे। दुनिया निहाल हो गई। सब सारी रात बरसते पानी का संगीत सुनते रहे। मेढकों ने आधी रात से ही गाना शुरू कर दिया—बीगों-बीगों! टर्र-टर्र!

सबेरे सब कुछ जलमय था। ताल-तलैया आधी भर गई थीं। जिन खेतों की मेंड़ सलामत थी, उनमें लबालब पानी था। जिनकी मेंड़ें टूट गई थीं, पानी बह गया था, उनके मालिक पछता रहे थे। दोपहर तक बादल गायब हो गए और गर्मी से तपी धरती शाम होते-होते सारा पानी पी गई। पहलवान की धान की बेरन तैयार थी। अगली बारिश पता नहीं कब हो, इसलिए जरूरी था कि ट्यूबवेल से खेत भरकर धान लगा दिया जाए। बिजली आने का रोस्टर रात का था तो मजबूरन रात-भर जगना पड़ा।

पहलवानिन ने किवाड़ खोलकर बाहर झाँका। देखा, पहलवान की एक मुट्ठी में बीड़ी का बंडल है। खर्राटे तेज हैं। मूँछ के बाल आती-जाती साँसों से हिल रहे हैं। सूखे कीचड़ के छोटे-छोटे झुनझुने घुटने के नीचे पैर के रोयों से लटक रहे हैं। चारपाई के बगल में कीचड़ सना फावड़ा रखा है।

सामने से पड़ोसी खेलावन आते दिखे तो पहलवानिन दुविधा में पड़ गईं कि जगा दें या सो लेने दें।

तब तक खेलावन की आवाज कान में पड़ी—"बधाई हो, भौजी। भैया से कहिए, अब नोट रखने के लिए तिजोरी खरीद लें।"

पहलवान की नींद इतनी गाढ़ी थी कि उन्हें लगा, खेलावन की आवाज सपने में सुन रहे हैं।

"आज सबेरे-सबेरे कहीं गाँजा-वाँजा पी लिये हैं क्या, अजय के बाबू?"

पहलवानिन ओसारे से निकलते हुए बोलीं—"देश-दुनिया में सूखा पड़ने के लच्छन हैं। ऐसे दुर्दिन में तिजोरी?"

"आपके दुर्दिन अब गए भौजी।" मुँह से दातून निकालकर एक तरफ थूकने के बाद वे बोले—"मुँह मीठा कराइए।"

"पहले बात तो बताइए। बुझौवल काहे बुझा रहे हैं? क्या गन्ने का बकाया मिलने वाला है?"

"बकाया तो साल-दो साल में मिल जाय तो गनीमत।"

"तो क्या नहर में पानी आ गया?"

"उसका भी सपना मत देखिए।"

"तो क्या बिजली की सप्लाई आठ घंटे से बढ़कर बारह घंटे हो गई?"

"अरे नहीं, भौजी। इन सबकी उम्मीद मत करिए।"

"तभी तो कहती हूँ कि जरूर कहीं से गाँजा पीकर आए हैं जो तिजोरी खरीदने की सलाह दे रहे हैं।"

"अपने जोगी इंजीनियरिंग की प्रवेश-परीक्षा दिए थे न, उसमें चुन लिये गए।"

"कैसे पता चला?" पहलवानिन अपनी खुशी छिपाते हुए थोड़ी देर तक खेलावन का मुँह देखती रहीं, फिर ओसारे की ओर मुँह करके बोलीं—"अरे, जोगी के बप्पा! तनी सुना, अजय के बाबू का खबर लाए हैं?"

पहलवान आँखें मींजते हुए बाहर निकल आए।

"रात ही तो रेजल्ट आया। अजय के पास अपने जोगी का रोल नम्बर था। उसी ने लिस्ट देखकर बताया।"

सुनकर पहलवान के चेहरे पर खुशी झलकी।

बोले—"मुँह धो लीजिए तो चाय पिलाकर मुँह मीठा कराते हैं।"

पप्पू को नीम के पेड़ के नीचे चारपाई बिछाने के लिए आवाज देकर पत्नी से बोले—"बाल्टी ले आइए तो भैंस लगा दें।"

चाय पीते हुए खेलावन बोलते रहे—"आज के जमाने में जब गाँव के लड़के आवारा और पियक्कड़ निकल रहे हैं, जोगी ने पहले ही प्रयास में इंट्रेंस निकाल लिया, यह मामूली बात थोड़े है।"

उन्होंने आसपास के कई लड़कों को याद किया जो माँ-बाप के सपनों को पूरा नहीं कर पाए। फिर अपनी निराशा व्यक्त की—"हम भी तो चाहते थे कि हमारे अजय बी.ए., एम.ए. करते, लेकिन वे खुद ही धनुहा-बान रख दिए तो किसे दोष दिया जाय!"

"आप तो उसे कहीं-न-कहीं हिल्ले से लगा ही देंगे।" पहलवान ने तसल्ली

दी—"सुना, सिपाही की भर्ती निकलने वाली थी।"

"अभी निकली तो नहीं, लेकिन हल्ला तेज है। पाँच हजार भर्तियाँ हैं। पी.ए.सी. में अलग डेढ़-दो हजार की वैकेंसी है। निकले तो कुछ जुगाड़ खोजा जाय।"

"जहाँ देखिए, वहीं सुबह-सुबह सड़क किनारे लड़कों के झुंड दौड़ का अभ्यास करते नजर आते हैं। जिसके घर में बेरोजगार जवान लड़का है, उसने हर मंगल हनुमानजी को परसाद चढ़ाना शुरू कर दिया है।"

"हनुमानजी के वश का है कि सेलेक्शन करवा दें? सिर्फ गांधी बाबा की चलेगी। अभी वैकेंसी नहीं निकली और दस दिन के अन्दर घूस की रकम एक लाख से बढ़कर डेढ़ लाख हो गई। खेती की जमीन का रेट माटी के भाव हो गया। जिसे देखिए, वही बेचने को तैयार और खरीदार कहीं ढूँढ़े नहीं मिल रहे।"

चाय पीकर खेलावन चले गए तो पहलवान दोनों परानी ने एक-दूसरे को तसल्ली दी—"ऊपर वाले की मेहरबानी जो इतना होनहार लड़का अपने घर में पैदा हुआ। खेलावन तो नौकरी कर रहे हैं। तीस दिन बीतते ही लक्ष्मी घर में आ जाती हैं। महीने के महीने। न उसमें सूखे का डर, न बाढ़ का। घूस देकर भर्ती करा देंगे। हमें करना पड़ता तो कहाँ से करते? दस हजार भी जुटाना पहाड़ हो जाता।"

थोड़ी देर में सारे गाँव में खबर हो गई। लोग खुशी जताने आने लगे तो पहलवानिन ने पप्पू को भेजकर एक किलो चीनी मँगवाई। पहलवान से बोलीं—"आज दूध बेचने के लिए न ले जाइए। जो भी दरवाजे पर आए, उसे चाय तो पिला ही दिया जाय।"

अगले तीन दिन पहलवानिन किसी-न-किसी काम के बहाने गाँव-भर में घूमीं और औरतों की बोली की मिठास व दिल की जलन की थाह लेकर संतुष्ट होती रहीं।

चिन्ता व्यापी दस दिन बाद जब जोगी इलाहाबाद से आए और बताया कि साल-भर की फीस साठ हजार एडमीशन के समय ही जमा करनी होगी। एडमीशन फीस पाँच हजार और रहने-खाने का खर्च इसके अलावा।

चारों साल इतनी रकम लगेगी? कहाँ से आएगी इतनी रकम? अगर हम साल-भर का पैदा किया हुआ सारा अनाज बेच दें तो भी लागत घटाने के बाद 60 हजार रुपये बच पाना कठिन है।

"कोई उपाय सोचिए।"

"उपाय यही है कि जोगी इंजीनियरिंग पढ़ने का सपना भूल जाएँ। बी.एस-सी. करके कहीं मास्टरी खोजें।"

"जब पढ़ाने की हिम्मत नहीं थी तो इम्तहान देने के लिए क्यों ललकारे?"

"मैं तो यही जानता था कि साल-भर में पाँच-छह हजार फीस लगती है। पहले इतनी ही लगती थी। अब इतनी बढ़ गई, यह कहाँ पता था?"

"लेकिन जब बेटे ने पास करके दिखा दिया तो हम पढ़ाने से कैसे पिछड़ सकते हैं!"

"तो क्या खेत बेचकर पढ़ाएँ?"

"खेत नहीं, मेरे गहने बेच दीजिए। अब गहने पहनने की उमर ही कहाँ है मेरी? शादी-ब्याह में कभी-कभी पहन लेते थे। नहीं पहनेंगे तो क्या छोटे हो जाएँगे?"

पहलवान बिना कुछ बोले उनके सामने से हट गए। पहलवानिन दिमाग दौड़ाने लगीं। गाढ़े समय में नाते-रिश्तेदार ही काम आते हैं। जोगी के मामा जोगी की पढ़ाई- लिखाई में रुचि लेते हैं। अच्छा नम्बर लाने के लिए ललकारते रहते हैं। अभी तीन महीना पहले इंटर की परीक्षा में जोगी फर्स्ट पास हुए तो इतने खुश हुए कि आकर सबको मिठाई खिला गए। इंटर कॉलेज में पढ़ाते हैं।

जोगी की माँ ने जोगी को कहा—"जाकर मामा को यह खुशखबरी दो और उनसे यह भी कहो कि फीस ज्यादा होने के कारण घरवाले इंजीनियरिंग पढ़ाने की हिम्मत नहीं जुटा पा रहे हैं। क्या करूँ?"

मामा ने अगले दिन बैंक से दस हजार निकालकर देते हुए कहा—"पढ़ना हर हाल में है। हिम्मत न हारो।"

फिर पहलवानिन ने जोगी को पहलवान की बुआ के घर भेजा। पहलवान के फुफेरे भाई तीरथ भी अच्छे आदमी हैं। तीरथ ने भी पाँच हजार रुपये यह कहते हुए दिए कि लौटाने की जरूरत नहीं है। जब इंजीनियर बन जाना, कमाने-धमाने लगना तो किसी जरूरतमन्द की मदद कर देना। समझना मुझे वापस कर दिया।

बैठकर हिसाब लगाया गया। अगर क्वार में नई फसल तैयार होने तक के लिए खाने-भर का अनाज रखकर घर का सारा अनाज बेच दिया जाए तो बीस-बाईस हजार रुपये मिल जाएँगे।

दूसरे रास्ते ढूँढ़े गए। छह हजार का बाँस बेचा गया। आठ हजार रुपये में प्रिय गाय लछिमिनिया को बेचना पड़ा जो महीने-भर में बच्चा देने वाली थी।

विद्रोही बहू को पता लगा कि फीस भरने के लिए बेटा पतोहू के गहने बेचने जा रहा है तो वे एक कपड़े की थैली लाईं और पहलवान के हाथ में देते हुए बोलीं—"देखो, इसमें कितना है?" पहलवान ने थैली को एक थाली में उलटकर गिनना शुरू किया। मुड़े-तुड़े नोट, अठन्नी-चवन्नी। कुछ वे सिक्के जो अब चलन में नहीं थे। दो चूरन वाले नोट भी। सारी रकम सात हजार छह सौ बयालीस रुपये हुई।

रात में पहलवानिन ने आश्वस्त किया—अब परेशान न हों। अनाज बेचने के बाद जो थोड़ा-बहुत कम पड़ेगा, वे पूरा कर लेंगी।

पहलवान चुप हो गए। औरतें घर के मुखिया से छिपाकर कुछ-न-कुछ चोरौधा रकम रखती हैं। उसी की ओर संकेत कर रही होंगी। वही चोरौधा रकम उनकी माँ ने दिया। वही ये देंगी। डाँवाँडोल गृहस्थी वाले परिवार में ऐसे ही गाढ़े वक्त पर स्त्रियाँ अन्नपूर्णा की भूमिका निभाती आ रही हैं।

कहाँ खोजें जंगू को?

यह तो सही है कि हवाओं में जंगू का नाम गूँज रहा है। लेकिन उससे मुलाकात कैसे हो? जितने मुँह उतनी तरह के जंगू। उतनी तरह की कद-काठी। चेहरा-मोहरा। रूप-रंग। मिल भी जाय तो पहचानें कैसे?

"क्यों मिलना चाहते हो जंगू से? उसके गैंग में भर्ती होना है क्या?" पूछने वाला मुस्कराता है।

सुनते हैं बालू ठेकेदार से कनेक्शन है जंगू का। ठेकेदार का मेठ माधोसिंह बालू के ट्रकों से जंगू के हिस्से की रॉयल्टी भी वसूलता है। संतोखी की बात सुनकर माधोसिंह हँसने लगा—"पुलिस तो अभी तक जंगू की परछाईं भी नहीं पा सकी। अब तुम निकले हो जंगू को खोजने? वही निहाद है, बाँड़ी बिस्तुइया बाघ से नजारा मारै।"

इस बीच छत्रधारी ने फिर उनके खेत में धान लगा लिया।

संतोखी आज पूरे दिन बेचैन रहे। नहर की पुलिया से बाजार के बीच घूमते रहे। थकने पर कभी पुलिया पर बैठ जाते, कभी गुड़ मंडी के कुएँ की जगत पर। हर रोबीले चेहरे को घूरकर देखते और पहचानने की कोशिश करते।

शाम को निराश-उदास घर लौट रहे हैं। पूरब में पहाड़ी के ऊपर सोने के थाल जैसा पूर्णिमा का चाँद उदित हुआ है। वे रुककर थोड़ी देर टकटकी लगाकर चाँद को देखते हैं, फिर उसी दिशा में चल पड़ते हैं। छाती-भर पानी में घुसकर नदी पार करते हैं और आगे बढ़ जाते हैं।

वर्षा ऋतु में जंगल हरा-भरा हो गया है। गर्मी में नंगी हो चुकी झाड़ियों में नई

पत्तियाँ निकल आई हैं। पथरीले रास्ते पर लाठी ठकठकाते नीमअँधेरे में वे इंसाफ की तलाश में जंगल में धँसते जा रहे हैं। जंगली लताएँ कदम-कदम पर उनके पैर छान ले रही हैं। रात गहराने के साथ उनकी कातर पुकार बियाबान में गूँजने लगी—

जंगू रा-जाऽऽऽ
इंसाफ दोऽऽऽ
जंगल के रा-जाऽऽऽ
इंसाफ दोऽऽऽ

सबेरे बनराज को साथ लेकर जब संतोखी बहू उन्हें खोजते हुए जंगल में घुसीं तो संतोखी एक गूलर के पेड़ की जड़ के पास सोए पड़े मिले। उनके कपड़े अभीतक गीले थे और कुर्ता कँटीली झाड़ियों में फँसकर कई जगह फट चुका था। गूलर के पके फल रह-रहकर उनके शरीर पर टपक रहे थे। एक काली जंगली बिल्ली अपने तीन बच्चों को लेकर थोड़ी दूर पर बैठी थी। वह अपने बच्चों को 'आदमी' दिखाने ले आई थी।

पत्नी सहारा देते हुए उन्हें लेकर घर आईं।

एक हफ्ते बाद। संतोखी नीम के नीचे सोए हैं। घुप्प अँधेरा है। चुहचुइया की सीटीनुमा तेज झनकार हवा में गूँज रही है। कहते हैं, चुहचुइया झनकारना शुरू करती है तो वर्षा बुलाकर ही चुप होती है।

मच्छरों से बचने के लिए संतोखी ने सिर से पैर तक धोती ओढ़ ली है।

एक डबल बैरल बन्दूक की नाल उनके चेहरे से धोती पलट देती है।

"संतोखी बाबा!" एक भारी आवाज।

"कौन?" झझककर उठते हैं संतोखी।

"हम हैं बाबा, जंगू।"

"जंगू?" संतोखी झट चारपाई से उतरकर खड़े हो जाते हैं। उनकी नजर कुछ दूर पर अँधेरे में खड़ी दो अन्य मूर्तियों पर भी पड़ती है।

"बैठो बाबा, बैठो।"

"आप बैठो, भइया।"

जंगू पायताने की ओर पाटी पर बैठ गया तो संतोखी भी दूसरी ओर की पाटी पर बैठे।

"हम बहुत दिन से आपको खोज रहे थे, बाबू।"

"आप हमें कहाँ पाते? इसलिए पता चला तो मैं खुद आ गया। बताइए।"

"बाबू, छत्रधारी का अहंकार पहाड़ से ऊँचा हो गया है। जिसने इनके साथ नेकी की, उसे इन्होंने बदी दिया। आपके बप्पा गजाधर भइया पन्द्रह-सोलह साल इनका भट्ठा सँभाले। बदले में क्या दिया? धोखा! उनकी जान भी ले ली और उनके परिवार को गाँव से खदेड़ भी दिया। हमारा खेत चार सौ बीसी से हड़पा। हम तीस साल तक लड़े। हर अदालत से जीते। वै हर अदालत से हारे। अदालत ने डुग्गी पिटवाकर हमारा कब्जा बहाल किया, लेकिन उनकी नंगई के आगे मेरी हर जीत बाँझ हो गई। मेरी बोई फसल उलट दिया। इनका भतीजा कहता है कि बाँसकोट हाई कोट से ऊपर होता है।"

"तो आपको बाँसकोट से कब्जा दिलाएँगे। अब सोइए। जोहार।"

जंगू अँधेरे में गायब हो गया तो संतोखी बहू पास आ गईं।

"तुम कब आईं?"

"आप चौंककर जंगू का नाम लिये तो मेरी आँख खुल गई। आकर सुनने लगी। अब पछता रही हूँ कि उसको खाने के लिए भी नहीं पूछा। एक मोटी रोटी बची थी।"

"तब याद नहीं आई तो अब पछताकर क्या करोगी?"

"याद तो आई, लेकिन देते किसमें? थाली उसे छुआ नहीं सकते थे और हाथ पर देते हुए अच्छा न लगता।"

संतोखी गुर्राए—"जो मुँह में आता है, गचर-गचर बोल देती हो। दुनिया कहाँ से कहाँ पहुँच गई, तुम जहाँ की तहाँ रह गईं।"

फिर चेतावनी के स्वर में कहा—"खबरदार जो किसी से साँस ली!"

"हमको क्या जरूरत है?"

छत्रधारी के दरवाजे पर जंगू की चिट्ठी मिली। प्लास्टिक की थैली में रखी गई थी। रात कोई फेंक गया। सबेरे कहाइन बर्तन धोने आई तो उसने देखा।

दो दिन तक असमंजस में रहने के बाद छत्रधारी ने उसे टोले के मानिंद लोगों के सामने पेश किया। उनके दालान में बैठकर विचार-विमर्श हो रहा है। सबके चेहरे पर तनाव है। चिट्ठी एक हाथ से दूसरे हाथ में जा रही है। एक लाइन की चिट्ठी—'सुधर जाओ नहीं तो अंजाम बुरा होगा।'

पहले इल्जाम लिखा था। उसको काटकर अंजाम बनाया गया है। नीचे मुहर लगी है—जन सेवक—जंगबहादुर।

"अंजाम? क्या मतलब? डकैती डालेगा या पैर तोड़ेगा?"

संतोखी का नाम नहीं है, लेकिन साफ है कि इशारा उसी तरफ है।

"चिट्ठी यहाँ तक पहुँची कैसे? कोई बाहरी आदमी आधा गाँव पार करके यहाँ तक आता तो किसी-न-किसी की नजर जरूर पड़ती। इसका मतलब जंगू का आदमी गाँव में ही है। सबसे खतरनाक बात तो यही है। वह भेदिया कौन है?"

"कोर्ट के आदेश के बाद कब्जा दे देने में कोई बेइज्जती नहीं थी, लेकिन इस हरामजादे की चिट्ठी के बाद तो बेइज्जती ही बेइज्जती है।"

"क्या पता था कि मामला ऐसा मोड़ ले लेगा।"

"जो भी मोड़ ले, मुझसे उस चमरपिल्ली के सामने सरेंडर करने को मत कहिए।"

"सरेंडर करने को कौन कह रहा है! उसी का तो रास्ता खोजना है कि सरेंडर भी न करना पड़े और संकट भी टल जाए। शत्रु-पक्ष प्रबल है, इसलिए बहादुरी के साथ पीछे हटने में ही बहादुरी है। सुलह-सपाटे का रास्ता निकालकर खतरे को टाला जाय।"

"जंगुआ से सुलह की बात कहाँ आती है?"

"जंगुआ से नहीं, संतोखिया से।"

"वह अब सुलह क्यों करेगा? कोर्ट से जीत चुका है।"

"बुलाकर पुचकारा जाय कि भाई हम भी लड़ते-लड़ते थक गए, तुम भी थक गए। हम तुम्हारे ठाकुर, तुम हमारी परजा। न तुम हारे, न हम जीते। आओ सुलह कर लेते हैं।"

"किस बात की सुलह?"

"उससे कहा जाएगा कि ग्यारह रुपया नजराना लेकर पैरों पर झुक जाओ। उसी से उऋण कर देंगे। मूल-ब्याज सब माफ। शिकवा-शिकायत खतम।"

"मैं तो नहीं कहने जाऊँगा उससे यह सब।"

"आप क्यों कहेंगे? उसे यहीं बुलाकर हम लोग कहेंगे। फिर हम उसी के सामने आपको मनाएँगे। कहेंगे कि आपकी परजा है। दरवाजे पर आया है। आपस

की लड़ाई शोभा नहीं देती। मान जाइए। आप मान जाइएगा। इलाके में प्रचारित कर दिया जाएगा कि संतोखी ने जुरमाना भरकर माफी माँग ली। झगड़ा खतम।"

"देखो भाई, गोली-बन्दूक जान ले सकती है, लेकिन जान बचा नहीं सकती। अहं अच्छा है, लेकिन उतना ही जितने से दबदबा बना रहे। बोझ बन जाने पर तो साँप भी केंचुल छोड़कर भाग खड़ा होता है। अहंकार भी केंचुल है।"

"जुग-जमाना बदल चुका है। इस बात को मान लेने में ही भलाई है।"

"सरकार से तो लड़ सकते हैं, लेकिन डाकू से कैसे लड़ेंगे?"

छत्रधारी अपने को कमजोर नहीं दिखाना चाहते। नहीं तो अभी यहाँ से निकलने के बाद यही लोग बात बनाना शुरू कर देंगे। वे कहते हैं—"बेटे से भी पूछना पड़ेगा कि क्या करना ठीक रहेगा। मैं आज उसके पास यह चिट्ठी भेजवाता हूँ। रही बात डाकू से मुकाबला करने की तो टोले में मेरी बन्दूक शामिल करके पाँच बन्दूकें हैं। इसी चिट्ठी के आधार पर मैं एक राइफल का लाइसेंस भी ले लेता हूँ। सब लोग एक होकर साथ दीजिए। पहली बात तो यह कि जहाँ इतने असलहे हैं, वहाँ कोई बदमाश आने की हिम्मत ही नहीं करेगा। और अगर रात-बिरात आता है तो मुकाबला किया जाएगा। कारतूस खतम हो तो खरीद लीजिए। उसकी कीमत मुझसे लीजिए।"

तय हुआ कि जंगू की चिट्ठी और इस मीटिंग की बात बाहर नहीं जानी चाहिए। लेकिन अगले दिन ही पूरे गाँव को पता चल गया। छत्रधारी को भरोसा नहीं है कि जंगू आ गया तो टोले के लोग बन्दूक लेकर दौड़ ही पड़ेंगे। उनका मानना है कि जितनी गई-गुजरी जाति उनकी है, उतनी कोई दूसरी नहीं। डरपोक हैं सब। चार साल से तो बन्दूक की नाल नहीं साफ किए होंगे।

इन्द्राणी हाउस की दूसरी मंजिल बनकर तैयार है। अमेरिका-इराक युद्ध में अमेरिका के दबदबे से वे इतने प्रभावित हुए हैं कि अपने घर का नाम बदलकर 'ह्वाइट हाउस' रख दिया है। जान-माल की हिफाजत को ध्यान में रखते हुए अब वे नीचे के बजाय ऊपर बनी कोठरी में सोने लगे हैं। कोठरी की दोनों खिड़कियों के पल्ले उखड़वाकर, ईंट की चिनाई कराकर उन्हें बन्द करवा दिया है। पिछवाड़े को जो पतला रास्ता जाता था, जिससे होकर घर की महिलाएँ दिशा-मैदान के लिए जाती थीं, उसे काँटेदार झाँखर से रुँधवा दिया है। अब उधर से रात-बिरात किसी का आना सम्भव नहीं है। सोने की कोठरी में माइक फिट करा लिया है। उसका भोंपू नीम के पेड़ पर काफी ऊँचाई पर बँधवाया है। माइक का स्टैंड ठीक अपने पलंग के सिरहाने रखवाया है। खतरा होने पर लेटे-लेटे भी गोहार लगा सकते हैं—दौड़ो गाँव वालो, जंगू आया!

एक रात माइक की बैटरी ऑफ करना भूल गए तो उनका खर्राटा पूरा गाँव सुनता रहा—फोंय-फुस्स-फोंय! फोंय-फुस्स-फोंय!

जब लछिमिनिया ने रँभाकर अपने लौटने की सूचना दी तो पप्पू की अम्मा भीतर रसोई लीप रही थीं। लछिमिनिया के स्वागत में भैंस और बछिया भी रँभाईं।

घर से थोड़ी दूरी पर थी, तभी उसने झटका देकर पगहा छुड़ा लिया और दौड़ते हुए जाकर अपने खूँटे पर खड़ी हुई। आज उसके हौदे में भीतर की ओर से कजरी भैंस बँधी थी। कजरी की आँखों में स्वागत का भाव था, लेकिन लछिमिनिया ने थूथन मार-मारकर उसका मुँह हौदी से बाहर कर दिया और खाली हौदी चाटने लगी।

मौका पाकर महीने-भर का चितकबरा बछड़ा उसका दूध पीने में जुट गया।

पप्पू की अम्मा बाहर निकलीं तो देखा, दूध पीते बछड़े के मुँह के दोनों किनारों से सफेद झाग के बुन्दे जमीन पर गिर रहे थे और बंशी थोड़ी दूर पर हाथ में डंडा लिये खड़ा था।

"क्या हुआ, बंशी? यह कैसे भाग आई?"

"भाग नहीं आई भौजी, हम खुद ही इसे लौटाने आए हैं। यह दूध चुराती है। इतना खिलाते-पिलाते हैं, लेकिन दुहने जाइए तो दूध 'झन्न' कर लेती है। जब तक इसके पास रहिए, अपने बछड़े तक को मुँह नहीं लगाने देती। हट जाइए तो ओगर जाती है और घंटों उसे चाट-चाट कर पिलाती है। महीने-भर हो गए बच्चा किए हुए, अगर एक दिन भी ढंग से ओगरी हो तो कहिए। पाव-आध सेर दूध दुह पाना पहाड़। हार गए तो आज लौटाने आना पड़ा।"

"अरे भइया, खूँटा बदलता है तो कोई-कोई जानवर 'झनक' जाता है। बैल हल में चलने से इनकार कर देते हैं। भागते हैं या खेत में ही बैठ जाते हैं। मारिए तो सिर नीचे गड़ा लेते हैं। गायें लात मारने लगती हैं या दूध चढ़ाने लगती हैं। खाने-पीने का दुख न रहा तो धीरे-धीरे पुराने गोसैंया को भूल जाते हैं। नए खूँटे पर रम जाते हैं। सब ठीक हो जाता है।"

"खाने-पीने का कोई दुख नहीं है, भौजी। सब करके देख लिया। हार गए तब लेकर आए। नहीं तो कितने शौक से ले गए थे कि बेटा दूध-भात खाएगा!"

"बिलकुल खाएगा। ले जाइए, भाड़ा देकर लगाइए, लगने लगेगी। भाड़ा नहीं जानते? गाँव में रहते हैं और भाड़ा नहीं जानते? जो जानवर अपने-आप नहीं ओगरते उन्हें ओगारने के लिए दुहने के पहले उनकी हौदी में उनकी पसन्द का रातिब देना पड़ता है—चूनी, चोकर, खली, पशु आहार वगैरह। जानवर खुश होकर उसे खाने में जुट जाता है। उसकी तनी हुई नसें ढीली पड़ जाती हैं। उसी समय बछड़े को खोल दीजिए। वह पीने लगेगा तो दूध अपने-आप ओगर आएगा। बछड़े को उसके मुँह के सामने बाँध दीजिए। वह उसे चाटती रहे या भाड़ा खाती रहे। आप हीक भर दुहिए। एक बार पेन्हा गई तब थोड़े वापस खींच पाएगी!"

बंशी दुविधा में पड़ा खड़ा रह गया।

"इतना तो वह भी जानती है कि आप उसके बछड़े का दूध हड़प रहे हैं। थोड़ा पुचकार दीजिए, सहला दीजिए, झूठा ही सही, प्यार जता दीजिए। खुश हो जाएगी। कितनी गायें तो लात मार-मार कर दुहनी फोड़ देती हैं, दुहने वाले का मुँह तोड़ देती हैं। उसके लिए भी तो पुरखे समझा गए हैं कि दुधारू गाय का चार लात सहना पड़ता है। यह दूध ही तो चुराती है। लात तो नहीं मारती।"

बंशी चुप था लेकिन उसके हाव-भाव से लग रहा था कि वह कुछ सुनने को तैयार नहीं है। अब पप्पू की अम्मा ने अपना तेवर कड़ा किया—"जब खरीदकर ले गए थे तो कोई करार हुआ था कि दूध चुराएगी तो वापस लेना पड़ेगा। पैसा तो सब खर्च हो गया। अब कहाँ से लौटाएँ? ले जाइए। हम पहलवान से कह देंगे कि एक-दो दिन खुद जाकर दुह दें। लगने लगेगी।...और नहीं तो जाइए, जब पहलवान घर पर हों तो आकर बात कर लीजिएगा। अभी रिश्तेदारी में गए हैं।"

बंशी के जाने के बाद वे लछिमिनिया के पास आईं। उसने थूथन आगे करके हूँ-हूँ किया तो उसके गले लगकर उसकी ललरी सहलाते हुए बोलीं—"का महरानी! कंगाली में आटा गीला करने के लिए लौट आईं?"

बछड़ा दूध पीकर मस्त हो गया था। दुआर के इस सिरे से उस सिरे तक कुलाँचें मार रहा था।

बोलीं—"किसलिए इतना मगन हो रहे हो बाबू? अब तो तुम्हें कोई माटी के मोल भी पूछने वाला नहीं है। बछिया बनकर आते तो भी कुछ पूछ होती।"

नागपंचमी उर्फ गुड़िया का त्योहार! फीके पड़ते त्योहारों के बीच सावन के शुक्ल पक्ष की पंचमी को मनाया जाने वाला यह त्योहार अभी जीवंत है। पंचमी के चार-पाँच दिन पहले से ही हर टोले में झूले पड़ जाते हैं। आधी रात तक कजरी की तान गूँजती रहती है। ज्यादातर नवब्याहताएँ मायके चली जाती हैं और बेटियाँ अनवारों का इन्तजार करने लगती हैं।

मायके पहुँचना जरूरी है। साल-भर की बिछुड़ी बचपन की सहेलियों से मिलने का यही मौका है।

टोले के अलावा सड़क के किनारे महामाई के थान पर विशाल बरगद की शाखाओं पर भी झूले पड़ते हैं। तीन दिशाओं में जाती शाखाओं पर तीन झूले। मोटी-मोटी रस्सियों के नीचे लम्बे-लम्बे पटरे लगाकर। एक-एक झूले पर झूलने और झुलाने वालों को लेकर पाँच-छह लोग। कोकिल कंठों से झरते कजरी के बोल—

झूला परा कदम की डारी, झूलें राधा प्यारी ना।

आसमान में घटाएँ घिर आई हैं। नदी उमड़ आई है। खेत, बाग, वन—सब हरियाली से लदे हैं।

नागपंचमी के दिन गाँव की सारी स्त्रियाँ महामाई के थान पर ही झूलने के लिए आती हैं। मेला लग जाता है। पुरुष दंगल देखने चले जाते हैं। औरतें ही झूलने वाली, औरतें ही झुलाने वाली। दोपहर से घंटा-भर रात बीतने तक। पश्चिम तरफ गाँव के सीमान्त पर आम के बाग में कुश्ती और लम्बी कूद का दंगल होता है। यहाँ का अखाड़ा सरनाम है। चार-पाँच गाँव के लोग जुटते हैं। हर विजेता को छत्रधारी सिंह इनाम देते हैं। सीनियर कुश्ती विजेताओं को बनियान, अँगोछा या तौलिया और जूनियर विजेताओं को कॉपी, कलम या पेंसिल। जूनियर कुश्ती में सबसे अच्छा प्रदर्शन करने वाले को 'सोहराब' का खिताब और एक सौ रुपये नगद। सीनियर कुश्ती में 'रुस्तम' का खिताब और ढाई सौ रुपये नगद। लम्बी कूद के जूनियर विजेता को एक सौ रुपये और सीनियर विजेता को ढाई सौ रुपये नगद। इनाम के लालच में अनगिनत छोटे बच्चे कुश्ती लड़ने के लिए उतर पड़ते हैं। चार-चार, पाँच-पाँच जूनियर कुश्तियाँ एक साथ लड़ानी पड़ती हैं। तीन बजे से शुरू दंगल अँधेरा होने तक चलता है। नौजवान दर्शक आसपास के आम की डालियों पर जम जाते हैं। सीटी बजा-बजाकर भीड़ और लड़ते जोड़ों को नियंत्रित किया जाता है। छत्रधारी सिंह कई साल से दंगल कराने और पुरस्कार बाँटने का काम करते आ रहे हैं। लोग साल-भर इस दंगल का इन्तजार करते हैं।

सूरज डूबने को है। महामाई के थान पर तीनों झूले आसमान छू रहे हैं। कोकिल-कंठी ध्वनि गूँज रही है। रंग-बिरंगे आँचल हवा में फहरा रहे हैं। जितनी झूलों पर हैं उससे बहुत ज्यादा अपनी बारी की प्रतीक्षा में हैं। मुद्दत बाद मिली सखियाँ अपने दूल्हा और ससुराल का बखान करने में लगी हैं। छत्रधारी सिंह की पोती शकुन्तला भी ससुराल से आई है। सखियों के साथ हँसी-ठिठोली करते हुए वह भी अपनी बारी का इन्तजार कर रही है।

तभी एक मोटरसाइकिल पर सवार दो नवयुवक धीमी रफ्तार से झूलों के पास आते हैं। एक नौजवान थोड़ी दूर खड़ी शकुन्तला के पास आते हुए इशारे से उसे अपने पास बुलाकर पूछता है—"शकुन्तला तुम्हीं हो?"

शकुन्तला के 'हाँ' करते ही वह उसका हाथ पकड़कर खींचता है और उठाकर मोटरसाइकिल पर बिठा लेता है। लड़की चीखती है। मोटरसाइकिल चल पड़ती है। नवयुवक मुड़कर चिल्लाता है—"छत्रधारी से कहना, जंगू के आदमी ले गए।"

जंगू का नाम सुनकर शकुन्तला की घिग्घी बँध जाती है। झूले रुक जाते हैं। भगदड़ मच जाती है।

नदी के घाट तक आकर दोनों अपहरणकर्ता मोटरसाइकिल छोड़ देते हैं और वहाँ बँधी छोटी डोंगी में बैठकर नदी पार जंगल में उतर जाते हैं।

कुश्ती लड़ा रहे छत्रधारी के पास आकर एक आदमी उनके कान में बताता है। उनके हाथ से सीटी छूट जाती है। वे भीड़ को चीरते हुए कीचड़-काँदो भरे खेतों के बीच से महामाई के थान की ओर भागते हैं। पम्प जूते कीचड़ में धँसकर पीछे छूट जाते हैं।

महामाई के जंगल में सन्नाटा है। तीनों खाली झूले धीमे-धीमे हिल रहे हैं। वे बदहवास नदी के घाट की ओर दौड़ लगाते हैं। भीड़ उन्हें नदी में घुसने से रोक लेती है। घर की ओर ले आती है। अँधेरा होने लगा है।

वे अपनी नई खरीदी गई राइफल और कारतूस का पट्टा लेकर ह्वाइट हाउस की छत पर चढ़ जाते हैं। धम-धम करते इधर से उधर दौड़ते हैं। फायर करते हैं। दारोगा बेटे का नाम लेकर चिल्लाते हैं—"रे अपरबला। लानत है तेरे अपार बल पर। तेरी बेटी को गजधरा का बेटा उठा ले गया रे! कूद जा बन्दूक लेकर जंगल में। जंगू चाहिए, जिन्दा या मुर्दा।"

फायर की आवाज से भीड़ छँट गई है। पता नहीं कब राइफल की नाल उनकी ओर मुड़ जाए। सब आड़ से झाँक रहे हैं।

रात-भर चिल्लाते हैं। चिल्लाते-चिल्लाते गला बैठ जाता है। सबेरे उनकी पत्नी समझा-बुझाकर नीचे लाती हैं। रात-भर में उनकी आँखों के नीचे की कालिमा गहरी

हो गई है। आँखों के नीचे सूजन आ गई है। गाल का चमड़ा लटक गया है। जैसे रात-भर में दस साल बूढ़े हो गए हों!

वे पेशाब करने के लिए दीवार का सहारा लेकर पिछवाड़े की ओर जाते हैं। कदम लड़खड़ा रहे हैं। कन्धे लटक गए हैं। उकड़ूँ बैठते हैं। निवृत्त होने के बाद उठने का प्रयास करते हैं, लेकिन उठ नहीं पाते। असहाय होकर इधर-उधर देखते हैं। कोने से झाँक रहे दो लड़के आते हैं। काँख में हाथ डालकर उन्हें उठाते हैं।

दाहिना पैर थम नहीं रहा है। होंठ दाहिनी तरफ खिंच गए हैं और कोने से राल चू रही है। बोली साफ नहीं निकल रही है।

"फालिज मार गया!" कोई कहता है।

उन्हें चारपाई पर लिटाया जाता है।

"फौरन अस्पताल ले चलो।"

न दारू पिया, न जुआ खेला

कहते हैं, हरा रंग आँखों की ज्योति बढ़ाता है। मन को ठंडक पहुँचाता है। पाँड़े के दरवाजे से देखिए तो तीन तरफ फसल ही फसल लहलहाती दिखती है। इस समय भादों लगा है। उँचास के खेतों में कहीं-कहीं गन्ना, मक्का या सनई बोयी गई है, बाकी पूरी सिंवार* में धान ही धान। पाँड़े दिशा-मैदान के लिए गाँव के पश्चिम रेलवे लाइन पार करके बड़ैला ताल के उत्तरी सिरे के भीटे पर आते हैं। भीटे के किनारे-किनारे घनी झाड़ियाँ हैं। इत्मीनान से दिव्य निपटान होता है। हरे-भरे खेतों का दर्शन होता है और टहलना भी। पास में ही मदरहवा वाला खेत भी है।

यह हरियाली ही किसान को जीवित रखती है। फसल तैयार होने में कितनी लागत आई? कितना लाभ होगा? इसका हिसाब वह नहीं लगाता। पीढ़ियों से हिसाब लगाने की परम्परा नहीं है। इसलिए नहीं कि वह हिसाब लगा नहीं सकता। इसलिए कि हिसाब लगाने बैठा तो दुखी हो जाएगा। वह जानता है कि हिसाब में हमेशा घाटा आएगा। खेती है ही घाटे का पेशा। बाप-दादा ऐसा कहते आए हैं। इधर जैसे-जैसे खेती में नगदी पर निर्भरता बढ़ रही है, घाटा भी बढ़ रहा है।

इस साल धान की फसल अच्छी है। हवा के झोंके पर पौधों का लहराना। खुश होने के लिए इतना ही काफी है। इस खुशी के पीछे चोर दरवाजे से जो संकट झाँक रहा है, वह मन को दुखी न करे। कम-से-कम अभी न करे।

अभी मन को इस झूमती हरियाली का सुख ले लेने दो। मेंड़ की घास और धान की पत्तियों पर पड़ी ओस की बूँदों से पैर भीग गए हैं। धोती घुटने के ऊपर तक गीली हो गई है। उस पर अनगिनत तिनके और कीड़े चिपक गए हैं। कहीं-कहीं गड्ढों के सूखते पानी में छोटी-छोटी मछलियाँ झलमला रही हैं। घोंघे के बच्चे गड्ढों से बाहर निकलकर रेंग रहे हैं।

---

* सिवान

निपटान के बाद पाँड़े भीटे के पीपल के नीचे खड़े होकर सूर्योदय देख रहे हैं। लाली आई। पूरा गोला ऊपर आया फिर किरणों के तीर चले। उनके हाथ जुड़ जाते हैं। नजर आसमान की ओर जाती है। आसमान एकदम साफ नीला। अपवाद स्वरूप दो-चार सफेद बादल के टुकड़े। मन में न चाहते हुए भी चिन्ता की लकीर प्रवेश कर जाती है। आठ-दस दिन से एक बूँद पानी नहीं बरसा। आसमान को ढके रखने वाले काले-भूरे बादलों के पहाड़ जाने किस अनजाने देश की ओर उड़ गए! दो-तीन दिन से पछुवाँ बहने लगी है। आसमान में ऊँचाई पर तैरते सफेद बादलों के टुकड़े इस पछुवाँ के साथ उड़ते हुए वापस बंगाल की खाड़ी की ओर भागे जा रहे हैं। बड़े-बूढ़े कहते हैं—पछुवाँ का ररना। माने विलाप करना। क्यों विलाप शुरू कर दिया इस पछुवाँ ने? किस विपत्ति का पूर्वाभास? सूखे का? भादों बीत रहा है। धान की बालियाँ पौधों के गले तक आ गई हैं। इक्का-दुक्का फूटने भी लगी हैं। ऐसे में पछुवाँ!

धान की फसल पककर किसान के घर तक पहुँचे, इसके लिए जरूरी है कि इस समय कम-से-कम एक बार इतना पानी बरसे कि मेंड़ के ऊपर से बह जाए। वरना इस एक पानी के बिना सारी मेहनत पर पानी फिर जाएगा। पछुवाँ की जगह पुरवाई बहने लगे तो बादलों के पहाड़ वापस आ सकते हैं।

जौ पुरवा पुरवाई पावै।
ओरी क पानी बँड़ेरी चढ़ावै।

लेकिन लगता है, इस साल पूर्वा नक्षत्र के लिलार में पुरवाई नहीं लिखी है। पाँड़े को याद पड़ता है, तीस-पैंतीस साल पहले इन्हीं दिनों एक बार नौ दिनों तक लगातार चौबीस घंटे पानी बरसता रहा था। दिशा-मैदान जाने-भर को, घंटे-आधे घंटे के लिए भी बन्द नहीं हुआ। मिट्टी के कितने घर गिर गए थे। जानवर भूखे बँधे रह गए थे। तब इतना पानी बरसता था कि इन दिनों में मेंड़ की ऊँचाई के बराबर पानी भरा रहता था। धान की फसल पककर लेट जाती थी। बालियों का धान खेत में भरे पानी में भीगकर अंकुरित होने लगता था। लेभा छानने* की नौबत आ जाती थी। कटी फसल मेंड़ पर सुखाई जाती थी। कहाँ चले गए वे दिन? कहाँ चला गया सारा पानी?

पाँड़े की नजर ताल की ओर गई। यह पूरा भरा होता तो इसके पानी से चालीस- पचास बीघे धान की सिंचाई हो जाती, लेकिन अभी तो लगता है इसमें घुटने से थोड़ा ही ऊपर पानी होगा। कल तक इसमें रोज के रहने वाले पचास-

---

* पानी भरे खेत में धान काटने

साठ भूरे बगुले ही दिखते थे। एक टाँग पर खड़े, ध्यानावस्थित। धैर्य की मूर्ति! यहीं शिकार किया और यहीं बबूल के पेड़ पर बसेरा ले लिये। जो मिल गया, उसी में संतोष करने वाले। सारसों का कभी एक और कभी दो जोड़ा सबेरे आता था, शाम को उड़ जाता था। लेकिन आज सूरज निकलने के साथ इसमें लम्बी टाँग, पीली लम्बी चोंच और काली पीठ वाली अठारह-बीस चिड़िया और इतने ही सफेद बगुले आ जुटे। इनका भी कोई नियम है क्या? दिन-वार साधकर शिकार के लिए उतरती हैं? आज इस ताल में तो कल उस तलैया में? आज का दिन इस तालाब की मछलियों का आखिरी दिन होगा। पूर्वा नक्षत्र बरस गया होता तो इनको माघ-पूस तक जीवनदान मिल जाता। इनकी दुनिया कुछ दिन और आबाद रहती।

सबेरे सिंवार में निकलते हैं पाँड़े तो अपने सारे खेतों की मेंड़ तक जाते हैं। दूसरे के खेत में अच्छी फसल दिखती है तो वहाँ तक भी जाते हैं। अगर गंगा-स्नान के लिए संगम या हनुमानगढ़ी दर्शन के लिए अयोध्या जाते हैं तो भी रास्ते में पड़ने वाली फसल को देखते और उस पर अपनी राय देते चलते हैं।

नहर महीने-भर से सूखी पड़ी है। धान की लगवाही के समय देर से पानी आया। जब तक बरसात होती रही तब तक नहर भी भरकर बहती रही। अब वह भी पेंदे में बह रही है। इसके पहले कि फसल सूखने लगे, पानी छोड़ने के लिए नहर की कोठी पर सारा गाँव चलकर ओवरसियर की खुशामद करे। लिखा-पढ़ी करके बात ऊपर तक पहुँचाने में ही हफ्ते-दस दिन लग जाएँगे।

दूर कहीं से पम्पिंग सेट चलने की पुक-पुक धुन शुरू हुई। किसी ने बादलों की आशा छोड़कर सिंचाई की शुरुआत कर दी।

आज जल्दी घर लौटने का मन नहीं कर रहा है पाँड़े का। दिवाकर की जिद ने उनके मन का चैन छीन लिया है। मन कर रहा है कि इसी पीपल के नीचे अँगोछा बिछाकर लेटे रहें। दिवाकर ने अपनी माँ के माध्यम से कहा है—"सिपाही की भर्ती होने वाली है। उन्हें भर्ती होना है। इसके लिए एक लाख घूस देना पड़ेगा।"

"तो तुमने क्या कहा?"

"मैंने कहा कि घर की आमदनी तो तुम देख ही रहे हो। घर में एक लाख हो तो खुशी से ले जाओ।"

"फिर?"

"फिर क्या? वे कुछ सुनने को तैयार नहीं हैं। एक ही रट है कि एक लाख चाहिए। खेलावन ने एक लाख में भर्ती कराने के लिए हामी भरी है। अपने बेटे को भर्ती करा रहे हैं।"

"जानती हो, कितना होता है एक लाख?" उन्होंने उलटे अपनी पत्नी से पूछा—"इतना रुपया अपनी आँख से देखा है कभी? सपने में कभी देखा हो तो भी बता दो। पूरे सौ हजार इकट्ठा हों तब बनता है एक लाख। घर का सारा गल्ला बेच डालो तब भी बीस-पचीस हजार से ज्यादा नहीं मिलेगा।"

दिवाकर कभी अपने बाप से सीधे कुछ नहीं कहते। माँ को माध्यम बनाते हैं। माँ-बेटे के बीच कई दिनों से चल रही है यह रस्साकसी। पाँड़े को भी पत्नी के माध्यम से अपना पक्ष रखना निरापद लगता है। आमने-सामने तकरार करने से दोनों लोग बचना चाहते हैं।

"क्या दिवाकर को नहीं पता कि ट्रैक्टर के लोन की किस्त निकालने में कितना नाकों चने चबाना पड़ रहा है। दो किस्त की देनदारी अभी भी खोपड़ी पर चढ़ी है। उसको नहीं सोच रहे हैं! इनको चाहिए कि बड़े भाई के साथ खटें। किस्त भुगतान करने की चिन्ता करें। वह तो नहीं सोचते, ऊपर से एक लाख चाहिए।"

"खट तो रहा ही था। चोट खा गया तो हिम्मत छूट गई। गाँव-देहात में कहाँ इतना काम है कि रातों-दिन ट्रैक्टर चलेगा!"

"नहीं है तो खोजें। जुताई खोजें, मिट्टी ढोएँ। भाड़ा खोजें।"

"आप भी अन्धेर पादते हैं दिवाकर के बाबू! जोताई, मड़ाई, मिट्टी सीजन में मिलेगी कि सावन-भादों में?"

"जब सावन-भादों में चूल्हा जलाना है तो काम भी खोजना होगा। सावन-भादों में बैंक ब्याज लेना बन्द कर देता है क्या? जब तक सीर-भर की खतौनी बैंक में बन्धक है, नींद नहीं आनी चाहिए। सो तो नहीं सोचेंगे। ऊपर से एक लाख नगद चाहिए।"

दिवाकर की अम्मा पाँड़े जी की बात को तुरन्त नहीं काटतीं। उनकी बात के ताप को ठंडा होने देती हैं; फिर आजिजी से, जैसे माफी माँग रही हों, अपनी बात रखती हैं।

"दिवाकर कहते हैं कि जब तक ट्रैक्टर का लोन अदा होगा, तब तक तो उनकी नौकरी पाने की उमर निकल जाएगी।"

"यह क्यों नहीं कहते कि बी.ए. कर लेने के बाद उन्हें बत्ती-पंखे के नीचे छाँहे-छाँहे बैठने के सपने आने लगे हैं।"

"तो इसमें खराबी क्या है? पढ़ा-लिखा है तो पढ़े-लिखों वाली नौकरी खोजेगा ही।"

"शौक से खोजे, लेकिन उसके लिए हमारे जैसे गरीब किसान से एक लाख रुपये वसूलने की उम्मीद न करें।"

"हम बस यह चाहते हैं कि कोई रास्ता निकले। घर में शान्ति बनी रहे। दिवाकर के जिद्दी स्वभाव से डर लगता है। रूठे हुए हैं। कल शाम से खाना नहीं खाए। शिवाले पर लेटे हैं। जाइए, मना लाइए।"

पाँड़े मनाने गए। समझाया—"आखिर अन्न से क्या बैर?"

"मुझे पैसा चाहिए। खेती करके देख लिया। खेती से गुजारा नहीं हो सकता।"

"सारी दुनिया का गुजारा खेती से ही तो हो रहा है!"

"इसको गुजारा कहते हो? पिछले साल आलू बोया गया दस रुपये किलो का बीज खरीदकर। पैदा होने पर बिका तीन रुपये किलो। बोवाई, खोदाई, खाद और सिंचाई का दाम जोड़ दीजिए तो लागत आती है छह रुपये किलो। कैसे गुजारा होगा? प्याज का बीज खरीदा हजार रुपये किलो। धूप में निराई, गोड़ाई, खोदाई, सिंचाई करते हाँड़ गल गया। लागत आई आठ रुपये किलो और बिका पाँच रुपये किलो। कैसे गुजारा होगा? टमाटर माटी के मोल भी नहीं बिका। दो रुपये किलो भी नहीं। कूड़े की तरह बाजार में फेंककर चले आए। कैसे गुजारा होगा?...खेती में हाड़ गलाना गाँड़ मराने के बराबर है। जिसको शौक हो मरावे। मैं नहीं मराऊँगा।"

पाँड़े पल-भर के लिए चुप रह जाते हैं। फिर कहते हैं—

"मैंने कोई दरखास्त तो दिया नहीं था कि किसान के घर में पैदा करो। किस्मत गाँड़ू थी तो पैदा हो गए। अब भागकर कहाँ जाएँ? तुम्हें कोई गली सूझती हो तो बताओ।"

"हमें पैसा चाहिए, बस।"

"तुम्हीं बताओ, कहाँ से लाएँ?"

"मदरहवा वाला खेत बेच दीजिए।"

"खेत तो सब बैंक के पास बंधक है।"

"मदरहवा वाला बंधक नहीं है। जब लोन लिया गया तो मदरहवा गाँव का रेकार्ड सीज था। खतौनी की नकल जारी नहीं हो रही थी, इसलिए बच गया। हमें सब पता है।"

पाँड़े दिवाकर का मुँह देखने लगे। फिर बोले—"अच्छा घर चलो। तुम्हारी अम्मा परेशान हैं। खेत कोई गाजर-मूली नहीं कि जब चाहा बेच दिया।"

पाँड़े दिवाकर का हाथ पकड़कर दालान तक लाए। दिवाकर वहीं चारपाई पर लेट गए। बाप के साथ खाना खाने नहीं बैठे। पाँड़े खाना खाकर कुछ देर आराम करना चाहते थे, लेकिन दालान में फिर दिवाकर से सामना होगा, यह सोचकर गाँव की ओर निकल गए। दो-एक घरों में जोताई का बकाया था। सोचा, मिले तो वही वसूल लाएँ। लौटे तो अँधेरा उतरने लगा था। गाय-भैंस अभी बाहर ही बँधे

थे। नाँद में झाँककर देखा। खाली थी। अभी तक इनका चारा-पानी नहीं हुआ!

ट्राली के एक पहिए की बेयरिंग फूट गई थी। प्रभाकर उसी को बनवाने बाजार गए थे। चारे-पानी का जिम्मा दिवाकर का था।

दालान और ओसारे के बीच की जगह पर खड़े होकर पाँड़े एक-दो बार खाँसे।

प्रत्युत्तर में छोटी बहू हाथ में लालटेन लेकर निकली और दालान के छप्पर में लटकी लटकन में टाँग दिया। फिर पास से झाड़ू उठाकर पूजा की जगह बुहारने लगी।

तब तक अन्दर से लोटे में पानी लेकर दिवाकर की अम्मा निकलीं। उन्होंने बहू के हाथ से झाड़ू लेते हुए टोका—"तुम्हें हजार बार मना किया बहू कि अँधेरा होने के बाद झाड़ू लगाना दोख है। उजाले में क्यों नहीं लगा लिया?"

बहू बिना कुछ बोले घर के अन्दर चली गई। बहू की पायल की झनकार और बाल्टी की खनक सुनकर हाथ-मुँह धोने जा रहे पाँड़े ने अनुमान लगाया कि बहू बाल्टी लेकर कुएँ की ओर जा रही है। यानी नाँद में उसे ही पानी भरना है।

"दिवाकर कहाँ गए?"

"हम क्या बताएँ।"

"बहू को तो पता होगा?"

"बहू को भी नहीं बताया।"

उनके रहते बहू का नाँद में पानी भरना ठीक नहीं। वे लालटेन लेकर कुएँ की ओर बढ़े। साथ ही बिजली विभाग को भुनभुनाकर कोसने लगे—"रात में दस बजे बिजली देंगे जब सारा गाँव सो जाएगा।"

बहू से कहा—"बाल्टी छोड़ो, जाकर भूसा-खली लाओ।"

जब तक पाँड़े ने नाँद में पानी भरा, सानी चलाई और जानवरों को अन्दर बाँधा—दिवाकर की अम्मा ने संध्या-स्थल पर हवा करके काल्पनिक धूल को उड़ाया। लोटे का पानी लेकर आसपास कच्ची फर्श पर छिड़का। फिर कुशासनी बिछाकर उस पर अगरबत्ती, माचिस, शंख, कमरी आदि छूहे के ताखे से निकालकर रखा। पाँड़े आकर संध्या वंदन करने बैठे, स्त्रोत पढ़ा, शंख बजाया। फिर उसे धोकर कमरी में लपेट दिया। इस बीच पत्नी बिना बोले धैर्यपूर्वक पास में बैठी रहीं। उनके न बोलने से पाँड़े अधीर होने लगे। बैठी हैं तो जरूर कुछ कहने के लिए बैठी हैं। तो कहती क्यों नहीं?

"बोलो।" पाँड़े ने इशारे से कहा।

"सोच रहे हैं कि कोई रास्ता निकालना होगा। बेटा पराया न हो जाय। कहीं भागे-छाँड़े नहीं।"

"भागना चाहेंगे तो कोई बाँधकर थोड़े रख लेगा! बच्चे तो हैं नहीं।"

पत्नी उनका मुँह देखती रहीं।

"कहीं नहीं भागेंगे। और भागे तो फिर लौटकर यहीं आएँगे। जैसे दो बार भागकर लौटे हैं। कहीं ठेकाना लगा? बाभन के लड़के को कहीं ठेकाना नहीं लगेगा। उसके लिए बभनाहट भूलना पड़ता है।"

"आप तो दुश्मन की तरह बोलते हैं।...एक सूरत और निकल सकती है। बहू कह रही थी कि अगर आप उसके बाप से चर्चा चलाएँ तो वे कुछ मदद कर सकते हैं। नौकरी मिलने पर धीरे-धीरे वापस कर दिया जाएगा।"

"लेकिन मैं उनसे किसी कीमत पर ऐसा नहीं कह सकता। जब विवाह तय करते समय मैंने अपना मुँह नहीं खोला तो अब खोलूँगा? और वापसी की बात भी झूठ है। बेटी के घर गया पैसा कहीं वापस आता है! बहू अपने बाप से कहना चाहे तो कहे, मैं नहीं कह सकता और न चाहूँगा कि दिवाकर वहाँ माँगने जाएँ।... और तुम भी गजब हो, दिवाकर की अम्मा! जैसा सुन लेती हो, वैसा गाने लगती हो। अरे, घूस देकर नौकरी वह खरीद सकता है जिसके घर में घूस का पैसा आता हो। खेलावन सरकारी आदमी हैं। उनकी कमाई के दस रास्ते होंगे। वे एक क्या, दो लाख देकर अपने बेटे को भर्ती करा देंगे। तुम्हारा बेटा उनके बेटे की बराबरी कैसे कर सकता है?"

"देने वाले तो खेत बेचकर भी दे रहे हैं।"

"जो मुँह में आवै, वही नहीं बोल देना चाहिए। बाप-दादा की सम्पत्ति बढ़ा तो पा नहीं रहे हैं, उसे बेचने की कैसे सोच सकते हैं, चाहे फाँसी लगने की ही नौबत क्यों न आ जाय! मान लो, मुझे किसी जुर्म में फाँसी की सजा हो जाय और वकील कहे कि सब बेच-बाँच कर लाओ, ऊपर से छुड़ा लूँगा, तो क्या मैं फाँसी से बचने के लिए खेत बेच दूँगा?"

सन्नाटा लम्बा खिंचता है...

आखिर इसे पाँड़े ही भंग करते हैं।

"मेरे लिए घूस खाना और खिलाना गुह खाने के बराबर है।"

"दुनिया तो उसी को खाने के लिए लपकी जा रही है।"

"जिसको खाना हो, वह लपके। मेरी तो न खाने की औकात है, न खिलाने की।"

उस रात जंगल में छोटी पहाड़ी के ढाल पर बने छपरे में बैठी शकुन्तला रोटी की थाली परे ठेलते हुए कहती है—"मुझे रोटी नहीं, गोली खानी है। मुझे गोली मारो।"

"खा लो। बहुत दूर से बनकर आई है।"

"नहीं, जंगू भइया को बुलाओ।"

आखिर जंगू सामने आता है।

"मुझे क्यों उठाकर लाए जंगू भइया? बेइज्जती करोगे? कब की दुश्मनी निकाल रहे हो?"

"दुश्मनी तुमसे नहीं, तुम्हारे बाबा छत्रधारी से है। अब उन्हें पता चल रहा होगा कि बेइज्जती झेलना, जुल्म सहना कितना खलता है।"

"तो क्या छत्रधारी मर गए कि गाँव छोड़कर भाग गए जो मेरी जिन्दगी नरक करने की सोच लिये? जंगू की पकड़ में एक औरत के रात गुजारने का मतलब जानते हो? मेरी दुनिया—नैहर, ससुराल दोनों जगह अँधेरी हो जाएगी। यही सोचकर रुक गए होते कि बचपन में जाने कितनी बार तुम्हें खाने के लिए कुछ-न-कुछ देती रही हूँ। जब मेरे टोले के लड़के तंग करते थे तो मैं ही छुड़वाती थी। दीदी-दीदी कहते पीछे-पीछे घूमते थे, दीदी कहने की ही लाज रखते!"

जंगू को सब याद है। बचाव भी और जब-तब खाने को मिला कुछ-कुछ फल और पकवान भी। सबसे ज्यादा तो उस कम्पट के स्वाद की याद है जो उसने जिन्दगी में पहली बार खाया था।

जंगू सोच में पड़ जाता है—बाप का बदला बेटी से! यह तो मर्द का काम नहीं।

"सुना था कि किसी लड़की की बेइज्जती करने पर तुमने अपराधी की नाक काट ली थी। अब खुद उसी राह पर उतर आए।"

वह तनिक हटकर साथियों से बातचीत करता है, फिर लौटकर कहता है—"पास के गाँव में तुम्हारी केवला बुआ ब्याही हैं। चलो, तुम्हें उनके घर पहुँचा देते हैं।"

अगले दिन दस बजे खबर फैलती है कि शकुन्तला ने जंगू के गिरोह को धता बताकर खुद को छुड़ा लिया। एक तो ठकुराइन, दूसरे दारोगा की बेटी। जरा-सी गफलत में देखा तो झट एक डाकू की बन्दूक छीनकर गिरोह पर तान दी। सबकी सिट्टी-पिट्टी गुम। बोली, खबरदार जो किसी ने पीछा किया। झम्म से नदी में कूदी और उस पार। जंगुआ हाथ मींजता रह गया। इसी बात पर डाकुओं के बीच लड़ाई हो गई। सबसे कमाल की बात कि इज्जत-आबरू बचाकर सही-सलामत लौट आई।

लेकिन किसी को इस कहानी पर विश्वास नहीं हो रहा है। बेइज्जत नहीं करना था तो क्या डाकू उसे पूड़ी छनवाने के लिए ले गए थे?

दिवाकर शाम से ही खेलावन सेक्रेटरी के दालान में बैठकर उनका इन्तजार कर रहे हैं।

बैठे-बैठे सोच रहे हैं कि खेती-किसानी करने की उपमा गाँड़ मराने से देकर उन्होंने अपने बाप का मुँह बन्द कर दिया।

अब वे जरूर उनके लिए कुछ सोचेंगे। यह उपमा उन्होंने अपने बचपन में सुनी थी। धौताल चमारों के नाच में करिंगा* का पार्ट करते थे। वे दर्शकों से एक सवाल पूछते। पूछने के पहले कहते—"एक भद्दा सवाल पूछना पड़ रहा है। सिर्फ खेतिहर मर्दों से पूछना है। वही यह सवाल सुनें। बहन-बेटियों और बच्चों के सुनने लायक नहीं। वे अपने कान में उँगली डाल लें।"

पूछते—"चौधरी लम्बरदार लोग, पाँड़े-तिवारी लोग, यादव-पटेल लोग जिन्होंने दुनिया देखी है; बताएँ—गाँड़ मराने से ज्यादा घटिया काम क्या है दुनिया में?"

दिवाकर उस समय बच्चे थे। कान में उँगली डाल लेते थे, लेकिन उतनी ही जितने से सुनाई पड़ता रहे।

करिंगा एक बार फिर अपना सवाल दुहराते। सब चुप। फिर खुद ही कहते—"नहीं मालूम? मैं बताता हूँ। गाँड़ मराने से ज्यादा घटिया काम है खेती-किसानी करना।"

सारे अनुभवी बुजुर्ग हँसते हुए सिर हिलाकर समर्थन करते—"ठीक बात! ठीक बात!"

तब साथी नर्तकी पूछती—"तो ऐसा घटिया काम क्यों करते हो, उस्ताद?"

"क्या कहती हो, लौंडिया? हम ऐसा घटिया काम कर सकते हैं? कोई मुफ्त में दस बीघे दे दे, तब भी न करें।"

"तुम तो मजदूरी करते हो, खेती-किसानी से भी घटिया काम।"

"क्या बकती हो! मजदूरी, खेती-किसानी से लाख दर्जे अच्छी है। दिन-भर चाहे जहाँ खटो, रात में जोरू से चिपककर सुख की नींद सोओ। और किसानी?

* मसखरा

बिजली आती है रात में। जाड़े-पाले की रात में सिंचाई में नधो। नीलगाय खेत बरबाद करने आते हैं रात में। रात-भर चौकीदारी करो। दँवाई, मड़ाई, ओसाई सब रात में। जन-बच्चों सहित सालों-साल रात-दिन खटकर भी मजदूरी के बराबर न पाओ। ऐसा बेलज्जत काम करें ये चौधरी, ये लम्बरदार, ये यादव जी, ये पंडित जी। मैं क्यों करूँ?"

"ठीक बात! ठीक बात!"

खेलावन लौटते हैं दस बजे रात। दिवाकर उन्हें आश्वस्त करते हैं—"रुपये का इन्तजाम हो रहा है, चाचा। आप मेरा नाम अपनी डायरी में दर्ज रखिए। इस बार पुलिस की वर्दी पहनने का जुगाड़ लगा दीजिए।"

घर लौटने का मन नहीं हो रहा है दिवाकर का। वे अपने चक की ओर निकल जाते हैं। अँधेरी रात में तारों-भरे आकाश के नीचे वे खेत की मेंड़ पर खड़े हैं। सहसा दोनों हाथ आसमान की ओर उठाकर चिल्लाते हैं—"सुनो गाँव वालो, सुनो। मेरा मदरहवा का खेत बिकाऊ है। बयाना एक लाख अभी। बैनामा भगवत पाँड़े की मौत के फौरन बाद। सुनो गाँव वालो, सुनो।"

बत्तीस साल बाद आज संतोखी अपने खेत पर काबिज हो रहे हैं।

पोती के अपहरण से पहले छत्रधारी इसमें धान लगवा चुके थे। इलाज के लिए बेटे के पास गए तो अभी लौटकर नहीं आए। धान पककर खेत में ही झड़ गया। दोनों फरीकों में से कोई काटने नहीं गया। संतोखी खेत पर कब्जा करने की सोचते फिर ठंडे पड़ जाते। महीने-भर आगा-पीछा करने के बाद उन्होंने अपना मन पोढ़ा किया और कल्लू कसाई का लाल ट्रैक्टर फिर आकर खेत के बीचोबीच खड़ा हुआ।

यह अजगुत देखने आधा गाँव उमड़ आया। कुछ लोग दूर से और कुछ एकदम मेंड़ तक आकर अपनी बातों से संतोखी की पीठ ठोंकते रहे।

संतोखी बहू ने संतोखी के हाथ से कुदाल ले ली और खुद कोन गोड़ने में जुट गईं।

आधे खेत में मटर बोयी गई और आधे में गोभी लगाई गई। लहसुन-धनिया बोने के लिए जगह छोड़ना भूल गए।

संतोखी देर तक खेत की मेंड़ पर बैठे बीड़ी पीते रहे। घर जाने का मन ही नहीं कर रहा था। जैसे डर रहे हों कि उधर वे घर जाएँ और इधर छत्रधारी के आदमी उनका खेत ही लेकर भाग जाएँ तो?

पाँड़े बाजार जाने के लिए निकले थे।

बड़ी ब्रहू ने बताया कि खली-चूनी दोनों खतम हैं। प्रभाकर ट्रैक्टर लेकर कहीं निकले थे। बहू ने दिवाकर को बताया तो वे मुँह घुमाकर कहीं चले गए। पाँड़े को पता है कि खली-चूनी न मिली तो भैंस लात उठा देगी यानी दूध देने से मना कर देगी। इसलिए साइकिल के कैरियर पर बोरी दबाकर निकले।

आधे रास्ते पहुँचे थे कि सामने से मोटरसाइकिल पर रघुनन्दन आते दिखे। रुकने का इशारा किया। पाँड़े साइकिल से उतर गए।

मोटरसाइकिल खड़ी करके रघुनन्दन पास आए। पैर छुए, फिर फुसफुसाकर कहा—"ट्रैक्टर की किस्त रुक गई है क्या, चाचा? मैनेजर ने सन्देश देने को कहा है। पन्द्रह दिन में किस्त न जमा हुई तो ट्रैक्टर खिंचवा लेगा।"

रघुनन्दन तो कहकर आगे बढ़ गए। लेकिन पाँड़े जहाँ खड़े थे, वहीं खड़े रह गए। ट्रैक्टर खिंच जाने का इतना ही मतलब नहीं होता कि वह उनके दरवाजे से हटकर बैंक या तहसील के अहाते में खड़ा हो जाएगा। इसका मतलब होता है इज्जत-आबरू का लुट जाना, पूरे इलाके में नंगे हो जाना। उन्हें लगा, जैसे बाजार के प्रवेश-द्वार पर ही बैंक मैनेजर उनका इन्तजार करता हुआ खड़ा है। सारे बाजार को पता चल गया है कि पाँड़े का ट्रैक्टर खिंचने वाला है। उनके पैर जड़ हो गए।

उन्हें यह बात ज्यादा खल रही थी कि मैनेजर ने ट्रैक्टर खिंचवाने की धमकी रघुनन्दन के माध्यम से क्यों भिजवाई? भले गाँव के पद से भतीजा लगता है और सामने पड़ने पर पैर भी छूता है, पर मन में तो गाँठ रखता ही है। इस खबर से उसे कितनी खुशी हुई होगी, इसे क्या वे नहीं जानते? अब वह हँस-हँस कर दस जगह इस बात को फैलाएगा।

सामने से एक युवती गोद में बेटा लिये आ रही थी। पास आने पर पहचाना—बस्ती और खेतों की सन्धि पर रहने वाली उनकी पड़ोसन कबुतरी थी। बोली—"ए बाबा। तनी हमरे बेटौना क टोना झारि देव।"

कोई और समय होता तो माँ की कमर पर लदकर नन्ही हथेली से दूध-भरे स्तनों की रखवाली करते, काजल लगाए, राल चुआते बच्चे के गुलगुले गालों में उँगली गड़ाकर, टिटकोरी मारकर वे उसे हँसाते और 'मौज करो' का आशीर्वाद देते, लेकिन इस समय थोड़ा रुखाई से बोले—"इस कुबेला में टोना झारा जाता है क्या? शाम को दिया-बत्ती के समय ले आना।"

कबुतरी आगे बढ़ गई। लेकिन उसे बाबा का व्यवहार अजीब लगा। ऐसे तो नहीं थे बाबा। कितने खुशदिल और मजाकिया थे! गाँव के पद से वे उसके ससुर लगते हैं और उससे मजाक करने का कोई मौका जाने नहीं देते थे।

उसे याद आया, चार-पाँच साल पहले एक दिन वह अपने खेत में उग आई घास काट रही थी तो मेंड़ से गुजर रहे बाबा ने पूछा था—"तेरा खेत अभी तक परती क्यों पड़ा रह गया रे कबुतरी?"

"क्या करें, बाबा? वे परदेस से लौटे नहीं और किसी से चिरौरी करिए तो सुनता नहीं। कहता है, पहले अपना जोतूँ कि तेरा।"

"कोई अभागा ही होगा जो तेरा खेत जोतने से इनकार कर दे। मुझसे कहा होता। मैं नए फार से जोत देता।"

अब तक कबुतरी ने पाँड़े के होंठों पर फैल रही झीनी स्मित रेखा को लक्षित कर लिया था। जान गई कि बाबा उससे मजाक कर रहे हैं। उसने भी मुस्कराते हुए चोट की—"हटिए बाबा। पचास साल पुराने फार को नया बताते हुए मुँह से बास नहीं आती? मेरा खेत जोतना आपके बस का नहीं है।"

साथ ही नहले पर दहला जमाया—"फूफा न लगते तो एक्कौ गति बाकी न लगाती।"

पाँड़े रिश्ते में ससुर हुए तो पाँड़े की बहन उसकी बुआ हुईं। पाँड़े को फूफा कहने का मतलब हुआ कि उसने पाँड़े को उन्हीं की बहन का पति बना दिया। इससे ज्यादा चिपकने वाली गाली किसी मर्द-मानुष के लिए और क्या हो सकती है? कबुतरी के दहले की चोट खाकर पाँड़े खुलकर हँसे—"बड़ी बुद्धिमती है रे तू तो! मैंने नया ट्रैक्टर खरीदा है, पगली। उसकी बात कर रहा था।" फिर बात को हकीकत की जमीन पर लाते हुए बोले—"जब खेत बरक जाय तो बताना। प्रभाकर आकर जोत-बो देंगे। हर्ज-गर्ज बताया करो।"

ऐसे खुशदिल और हँसलोल बाबा का ऐसा रूखा व्यवहार! उसे क्या पता कि

दूसरों का टोना झारने वाले बाबा को खुद टोना लग गया है।

साइकिल मोड़कर पाँड़े एक पेड़ के नीचे आए। साइकिल स्टैंड पर खड़ी करके कैरियर के नीचे दबी दोनों बोरियों को निकालकर पेड़ के नीचे बिछाया और सिर को पेड़ की जड़ से सटाकर लेट गए। चेहरे पर अँगोछा डाल लिया। आँखें बन्द कर लीं।

पहले चाहे जितनी व्यस्तता हो, पाँड़े बाजार जाने का समय निकाल लेते थे। बाजार जाने से लेकर वापस लौटने तक का समय उन्हें दिन का अनमोल समय लगता था। रास्ते में, फिर बाजार में 'बाबा गोड़ धरूँ', 'पाँड़े पाँय लागी' जैसे अभिवादन सुनकर आत्मा तृप्त हो जाती थी। प्रत्युत्तर में 'खुश रहौ, बच्चा', 'मौज करौ, लम्मरदार', 'जियति रहौ, मलकिन', 'पसेरी भर कै बेटवा होय, दुलहिन' जैसे आशीर्वाद मुक्त कंठ से लुटाते चलते थे। लगता, अपने आशीर्वाद से दुनिया भर को सुख-चैन बाँटते चल रहे हैं।

पाँड़े कहते हैं कि पैलगी मिलने पर जिस परमानन्द की अनुभूति होती है और आत्मा पर उसका जो नशा चढ़ता है, वह गाँजा-भाँग के नशे से बहुत ऊपर, बहुत ऊँचे पाये का होता है। जब दस-बारह साल के ब्राह्मण लड़के को पचास साल का अधेड़ गैर-ब्राह्मण 'पाँय लागूँ' कहता है तो उस ब्राह्मण लड़के को लगता है कि जरूर उसमें देवता का अंश है। बचपन से इसकी लत लग जाती है। यही कारण है कि जब ब्राह्मण बालक अपने इलाके से बाहर जाता है और उसको मिलने वाली प्रणाम-पाती बन्द हो जाती है तो वह कुम्हलाने लगता है। पाँड़े अपने बेटे प्रभाकर का उदाहरण देते हैं कि दो-दो बार लुधियाना और सूरत गए, लेकिन कहीं जम नहीं पाए। बैरंग लौट आए। जबकि इसी गाँव के पिछड़ों और दलितों के लड़के उन्हीं शहरों में कमा-कमा कर घर भर दे रहे हैं।

पहले पाँड़े बाजार जाते थे तो बैंक जरूर जाते थे। तब बैंक मैनेजर तिवारी जी थे। उम्र में उनसे छोटे थे। उन्होंने ही ट्रैक्टर का लोन दिया था।

अपनी कुर्सी से उठकर हाथ जोड़कर प्रणाम करते थे और केबिन में बैठाते थे। बिना चाय पिलाए आने नहीं देते थे। जबकि पाँड़े जी को चाय पिलाने में झंझट थी। वे या तो मिट्टी के भुरके में चाय पीते थे या धातु के गिलास में। प्लास्टिक या चीनी मिट्टी के कप या काँच के गिलास में नहीं पीते थे। उन्हें अशुद्ध मानते थे। यह संयोग ही है कि उधर नया मैनेजर आया और इधर इनकी किस्तें रुकीं। नया मैनेजर ब्राह्मण भी नहीं है। नाम में 'कुमार' लगाता है। पता नहीं चलता कि किस जाति का है। ब्राह्मण होता तो नाम के साथ जाति जरूर लगाता। पाँड़े एक बार मिलने गए तो प्रणाम भी नहीं किया। यद्यपि पाँड़े बिना प्रणाम का इन्तजार

किए ही हाथ उठाकर आशीर्वाद देने लगे—कल्याण हो, मंगल हो। लेकिन उसकी आँखों में स्वागत का भाव न पाकर बुझ गए। बैठने तक के लिए नहीं कहा। समझो, जबरदस्ती बैठे।

पेड़ के नीचे लेटे-लेटे पता नहीं कब उन्हें नींद आ गई! जगे तो शाम उतर रही थी। वे वहीं से घर लौट पड़े।

छत्रधारी सिंह की चाल में थोड़ी-सी लड़खड़ाहट बची रह गई है, लेकिन छड़ी के सहारे चलने लगे हैं। बोली अभी पूरी तरह साफ नहीं निकलती, लेकिन ध्यान से सुनने पर बात समझ में आ जाती है। डॉक्टर ने कह दिया है कि अब वे घर जा सकते हैं। दवाई खाते रहना होगा।

बहू भी चाहती है, जितनी जल्दी हो, वे चले जाएँ। उनका कहीं भी खखारकर थूक देना, घिन से गिनगिना देता है।

मन तो छत्रधारी सिंह का भी भट्ठे में ही अटका है। भट्ठा बन्द पड़ा है, लेकिन क्या मुँह लेकर जाएँ? अवाँ अनल इव दहकै छाती। उनका बैरी अभी तक जिन्दा है।

"उसका इन्तजाम हो रहा है, बाबू।"

"कब होगा इन्तजाम? मेरे मरने के बाद? तुम खुद ही राइफल लेकर जंगल में क्यों नहीं कूद जाते? मुझे जंगू का कटा हुआ सिर चाहिए, जिसे मैं अपने जूते की ठोकर से उछाल सकूँ।"

"ऐसा ही होगा, बाबू।"

सत्ताधारी पार्टी के सारे ठाकुर विधायकों ने मुख्यमंत्री से मिलकर दबाव बनाया है कि जंगू का सफाया जल्द से जल्द किया जाए।

सिपाही भर्ती की सूची जारी हो गई। दिवाकर को कई दिन से इन्तजार था। आधी

रात में जारी हुई और थोड़ी देर बाद ही उन्हें खबर मिल गई। वे साइकिल लेकर शहर की ओर भागे।

परेड ग्राउंड की चारदीवारी पर कई पन्नों की सूची दूर तक चिपकाई गई थी। अभी पूरी तरह उजाला नहीं हुआ था। लड़के टॉर्च या लाइटर जलाकर अपना नाम खोज रहे थे। अपना नाम पढ़कर मारे खुशी के दिवाकर की आँखों से आँसू निकल आए। आँसू पोंछकर एक बार फिर पढ़ा। फिर जोर से पढ़ा। देखते-देखते भीड़ बढ़ गई। धक्का-मुक्की होने लगी। वे बचते-बचाते भीड़ से बाहर आ गए। उनकी साइकिल गायब थी। ताला तो मारा था। चाभी उनकी जेब में थी। खोजते-खोजते परेशान हो गए। ऐसा कैसे हो सकता है? पुलिस लाइन में दिन-दहाड़े चोरी।

सगुन के साथ-साथ असगुन!

दिवाकर का मन हुआ कि लौटने के पहले एक बार अपना नाम फिर पढ़ लें। लेकिन अब तक लिस्ट चिन्दी-चिन्दी हो चुकी थी। बाद में आए लड़के दूसरी लिस्ट चिपकाने के लिए शोर मचा रहे थे।

चयन सूची जारी होने के साथ ही उसकी निष्पक्षता पर सवाल उठने लगे। पहले भागकर ज्वाइन करो। बहुतेरे ऐसे थे जिन्होंने लेन-देन किया था, लेकिन चयन सूची में उनका नाम नहीं था। वे बदहवास थे। हल्ला-गुल्ला कर रहे थे। रकम तो गई अजगर के पेट में।

खेलावन राहत की साँस ले रहे थे। उन्होंने जितने लोगों का जिम्मा लिया था उन सबका नाम चयन सूची में शामिल था। किसी का रह गया होता तो वह उनकी खोपड़ी का एक-एक बाल नोच लेता।

पाँड़े परिवार प्रसन्न हो गया। बहुत दिन बाद परिवार में खुशी का मौका आया है। सारा गाँव दबाव डाल रहा है कि खुशी में भागवत कथा कराइए या अखंड रामायण पाठ।

भागवत कथा में तो कई दिनों की फसंत हो जाएगी। अखंड रामायण पाठ यानी रामचरितमानस का अखंड पाठ कराना ही ठीक रहेगा।

उसके बाद ज्यादा नहीं तो कम-से-कम अपने नाते-रिश्तेदारों और जवार के ब्राह्मणों का भोज।

आजकल शुद्ध और अखंड पाठ करने वालों की टोली मिल जाती है। आठ लोग रहते हैं और ठीक चौबीस घंटे में पाठ पूरा कर देते हैं। चार हजार रुपये और अंगवस्त्र देना पड़ता है।

पहलवान सरकारी क्रय-केन्द्र पर धान बेचने निकले हैं। मड़ाई तो कई दिन पहले हो गई थी। ट्राली आज मिल पाई।

केन्द्र से एक किलोमीटर पहले बाजार का सेठ नथमल काँटा लगाकर खड़ा है। ट्रैक्टर देख पटरी के पास आकर रुकने का इशारा करता है।

"राम राम, पहलवान भइया। धान बेचने निकले हैं? लाइए, हमें ही दे दीजिए।"

नथमल पहलवान का मिडिल स्कूल का सहपाठी है। पहलवान ने इंटरवल में नथमल की दालपूड़ी कई बार खाई है। क्लास में भगवंत-जसवंत जुड़वाँ भाई थे। महा बदमाश। क्लास में उसे तंग करते थे। उसके फूले-फूले, नरम, गोरे गालों को बेरहमी से मसल देते थे। तब पहलवान उसके रक्षक बनते थे। अकेले दोनों भाइयों से भिड़ जाते थे। उसकी माँ की बनाई नरम गुलाबी पूड़ियों का स्वाद अभी तक याद है। भुने हुए जीरे की खुशबू!

"नहीं सेठ, सेंटर पर देंगे। कहते हैं, बनिया लूटै जाने का, ठग लूटै अनजाने का। तुम रेट में भी लूटोगे, तौल में भी। वैसे तुम क्या रेट खरीद रहे हो?"

"दुनिया के लिए चार सौ सत्तर, आपके लिए दस रुपये बढ़ाकर।"

"यानी सरकारी रेट से सीधे-सीधे नब्बे रुपये कम?"

"सरकारी रेट तो दिखाने के दाँत हैं, पहलवान भइया। हमारे यहाँ न कोई कटौती है, न घटतौली। पैसा फौरन नगद नारायण।"

"अब आप जैसे बिचौलियों से नहीं लुटवाना, नथमल। बहुत लूट चुके।"

"अच्छा, एक बात बताइए, पहलवान! गेहूँ के साथ हर साल खेत में गेहूँ का मामा जमता है न? गेहूँ के हिस्से का खाद-पानी लेता है न? आप बचपन से उससे पीछा छुड़ाने में लगे हैं। —छुड़ा पाए? बचपन से अपनी चारपाई के खटमलों को खतम करने में लगे हैं न?—कर पाए? उनकी खुराक ही खून है। वे दूध तो पी नहीं सकते। जिस दिन खटमलों से पिंड छुड़ा लेंगे, उसी दिन नथमल से भी छूटेगा। उसके पहले नहीं।" मुस्कराया नथमल।

"सरकारी खरीद होने लगी है। अब छूट जाएगा।"

"जाइए। वहाँ डाकू मिलेंगे।"

ट्रैक्टर आगे बढ़ा तो नथमल ने पीछे से आवाज लगाई—"आपके लिए पाँच रुपये और बढ़ा देंगे।"

ट्रैक्टर नहीं रुका।

सेंटर पर कई ट्रालियाँ पंक्तिबद्ध खड़ी थीं। सामने मैदान में धान के छोटे-बड़े कई ढेर लगे थे। बरगद के पेड़ की छाया में पन्द्रह-बीस लोग जुटे थे। कहा-सुनी हो रही थी। पहलवान भी ट्रैक्टर लाइन में लगवाकर पेड़ की छाया में आ गए।

कहा-सुनी इस बात पर हो रही थी कि पाँच-छह लोगों का माल खरीदने के बाद तौलाई बन्द क्यों कर दी गई?

कामदार कुबेरे पुराना आदमी है। साँवला-ठिंगना, पचास की उमर वाला। बिगड़ रही बात को सँभालने का अनुभव है। वह कहता है कि बोरे खतम हो गए। टोकन ले लीजिए। बोरे आ जाएँगे तो खरीद शुरू होगी।

"बोरे का इन्तजाम करना किसान का काम है कि सेंटर का? जब महीनों खरीद चलनी है तो बोरे हर चौथे-पाँचवें दिन कैसे खतम हो जाते हैं? हम टोकन लेकर खुले आसमान के नीचे माल गिराकर दिन-रात उसकी रखवाली करें! इतनी फुरसत है किसान के पास? क्वार-कातिक में काम के मारे नाक में दम है।"

"सेंटर बोरा नहीं बनाता। ऊपर से आता है।"

"यह सब किसानों को टरकाने का बहाना है, ताकि हमें मजबूरन अपना माल माटी के मोल आढ़तियों को बेचना पड़े और ये उसी माल को सरकारी रेट पर खरीदकर मुनाफे का आधो-आध बँटवारा करें। जेब कटे किसान की और कोठी खड़ी हो सेंटर इंचार्ज और बिचौलियों की।"

सेंटर इंचार्ज दूर बैठे देर से यह बहस सुन रहे थे। अपना उल्लेख सुनकर उठकर पास आते हुए गुर्राए—"मुँह में लगाम दो। हम इज्जत बेचकर नौकरी करने नहीं आए हैं।"

"इज्जत? खुलेआम लूट रहे हो और इज्जत को मरते हो? सच कहने पर मिर्ची लग रही है। चार दिन पहले पल्लेदारों के न आने से खरीद रोकी गई थी। आज बोरे की कमी बताकर रोक दी गई। एक दिन खरीद होती है तो चार दिन रुकी रहती है। पल्लेदारों को मजदूरी नहीं दोगे तो वे भूखे रहकर कितने दिन काम करेंगे?"

किसानों ने सेंटर इंचार्ज के गिर्द घेरा कस दिया।

"जब सरकार हैंडलिंग चार्ज देती है तो आप किसानों से पल्लेदारी क्यों वसूलते हैं?"

"कितना देती है? पाँच-छह रुपये कुंटल के रेट में कौन ठेकेदार इस महँगाई में पल्लेदार सप्लाई कर सकता है? तौलाई, भराई, बोरे की सिलाई, ट्रक पर लदवाई— मामूली काम है? किसान से वसूला जाता है किसान की सहूलियत के लिए। ताकि पल्लेदार टिके रहें। खरीद बन्द न हो।"

“तब उनका भुगतान क्यों नहीं हुआ? वे भागे क्यों ?”

“और जो दस रुपये कुंटल ‘दस्तूरी’ काटते हैं, वह किसकी सहूलियत के लिए?”

“करिए नेतागिरी।” सेंटर इंचार्ज भुनभुनाते हुए वापस लौट गए।

“क्या किया जाय?” कुछ लोग माल गिराकर टोकन लेने को तैयार हो गए। कुछ माल लेकर वापस जाने लगे। पहलवान इतनी देर तक चुपचाप सारी बातें सुन रहे थे। बड़ी मुश्किल से ट्राली का इन्तजाम हुआ था। सोच नहीं पा रहे थे कि क्या करें?

तभी एक बड़ी-सी ट्राली में लदकर साठ-सत्तर बोरा धान आया। ड्राइवर उतरकर सीधे सेंटर इंचार्ज के पास गया और उसके पैर छूकर सामने की कुर्सी पर बैठ गया। पाँच-छह किसान अभी भी पेड़ के नीचे खड़े थे। उन्होंने अनुमान लगाया कि आने वाला माल आढ़तिये का होगा। देखा जाए कि सेंटर इंचार्ज क्या करता है?

आधे घंटे तक बातचीत होती रही फिर कामदार सेंटर इंचार्ज के पास गया और लौटकर पल्लेदारों को काम पर लगा दिया। तौलाई-भराई शुरू हो गई।

किसानों के दल ने आकर सेंटर इंचार्ज को घेरा—“यह क्या हो रहा है? हमें टोकन देकर टरका रहे हैं। और अभी आए माल की तौलाई शुरू हो गई।”

“अभी तो कहा जा रहा था कि बोरा नहीं है। इनके लिए बोरा भी पैदा हो गया!”

कामदार ने आकर सफाई दी—“इस माल का टोकन पहले से जारी था।”

“क्या मतलब? जब माल अभी आ रहा है तो टोकन पहले कैसे जारी हो गया? क्या बिना माल आए ही टोकन जारी कर देते हैं?”

“ऐसा करते हैं तो बहुत अच्छी बात है। सबके साथ ऐसा करिए। टोकन लेकर जाएँ और जब नम्बर आए तो माल लाकर तौलवा दें। यहाँ माल रखकर चौकीदारी न करनी पड़े। रात-भर मच्छर से कटवाने का शौक किसे है?”

पहलवान गरजे—“हमारी आँखों में धूल मत झोंको, कुबेरे! यह आढ़तिये का माल है। आधे घंटे तक इंचार्ज के साथ मोल-भाव हुआ है। सौदा पट गया, तब तुम्हें अनलोड करने का इशारा हुआ है।”

एक किसान तौले जा रहे धान से एक मुट्ठी धान लेकर आया और मुट्ठी खोलते हुए बोला—“यह किसान का माल हो ही नहीं सकता। देखिए, कितनी किस्में मिली हैं इसमें। लम्बी, छोटी, पतली, मोटी। पंचमेरा।”

“इस तरह पब्लिक को भड़काओगे? अफवाह फैलाओगे? इस पर पाँच किसानों का माल लदा है। पाँचों की खतौनी लगी है।”

“कौन पाँच लोग हैं? कहाँ हैं? किस गाँव के हैं?”

इस बीच जाकिट वाला आदमी कहीं गायब हो गया।

"ऐसा बहुत हो रहा है। सीधे-सादे किसानों को फुसलाकर, उनकी खतौनी लेकर उसी पर अपना माल बेच रहे हैं आढ़ती। किसान इतना गऊ होता है कि अपने खाते में आया आढ़तियों का पैसा ईमानदारी से निकालकर उन्हें सौंप देता है। उसे इतना भी नहीं पता कि वह अपने ही पैर पर कुल्हाड़ी मार रहा है।"

"गऊ है तभी तो जो चाहे उसे दुहने लगता है।"

सेंटर इंचार्ज अन्दर से घबरा रहा है, पर आवाज में दृढ़ता लाकर कहता है—"पहले बता दो कि धान बेचने आए हो कि दंगा करने?"

पहलवान आगे आ जाते हैं।

"अपनी बात कहना दंगा करना होता है? एक तो सरकार समर्थन मूल्य इतना कम तय करती है कि किसान की लागत तक नहीं निकलती। फिर आप मनमानी कटौती करके लूटते हैं। सेंटर जब अपनी जेब भरने के लिए दस रुपये कुंटल हमसे लेता है तो फिर पाँच-छह किलो की कटौती क्यों करता है?"

दस लोगों के बीच मुँह पर सीधा आरोप लगने से सेंटर इंचार्ज का मुँह लाल हो गया।

"कहाँ है जी इनका धान? लाओ, देखते हैं।" उसने एक पल्लेदार को आवाज देकर पहलवान की ट्राली से धान का नमूना लाने के लिए कहा। नमूने के दो-तीन धान दाँत के नीचे दबाकर कूँचा, फिर थू-थू करके बोला—"एक दम पानी। लगता है पानी में भिगोकर लाए हैं।"

"पानी में भिगोकर तो लाता है अढ़तिया। दिन-भर खरीदे गए धान के ढेर पर शाम को पाँच बाल्टी पानी छिड़कवाता है और सबेरे लाकर आपके सेंटर पर तौलवा देता है। उसमें आपको पानी नहीं दिखता, क्योंकि वह आपकी लेंड़ी तर कर देता है।"

"इधर देखिए, इधर।" सेंटर इंचार्ज ने बुरा-सा मुँह बनाया और गदोरी पर रखे धान में ऐसी फूँक मारी कि आधा धान उड़ गया।

"देखो भाई, नेताजी का धान। गाँव-भर की पइया भिगोकर भर लाए हैं और चाहते हैं कि बिना कटौती के खरीद हो जाय। वह भी तुरन्त। कितनी रिकवरी होगी इस पइया से?"

"इतनी तेज फूँक में धान तो क्या, कुत्ते का पिल्ला भी उड़ जाएगा।"

"कहो तो पंखा लगाकर ओसाई करा दूँ। आँख में धूल झोंकना और किसे कहते हैं? सरकार ही मिली है चूना लगाने के लिए! इसमें कुंटल पीछे नौ किलो की कटौती होगी। तैयार हों तो बोलिए, पहले आप ही की खरीद कर लें।"

कहने के साथ इंचार्ज अपनी कुर्सी की ओर बढ़ गया। पहलवान ने इधर-उधर देखा। उनके गाँव के दो दलित भी पल्लेदारों में थे। पहलवान को लगा कि उनको डाँट खाते देख वे मन्द-मन्द मुस्करा रहे हैं।

तभी कुबेरे कामदार ने पीछे से पहलवान का कुर्ता खींचा और उन्हें एक तरफ ले जाकर फुसफुसाया—"इस समय साहब के मुँह लगने से अपना ही नुकसान होगा। आइए, मैं टोकन दे देता हूँ, लेकर जाइए। कल-परसों तक नम्बर लग जाएगा। तब तक मैं साहब को 6 केजी की कटौती के लिए मना लूँगा। साहब नए हैं, लेकिन मैं तो आपको पहचान रहा हूँ।"

पहलवान ने आसपास देखा। उनके गाँव का एक भी किसान यहाँ होता तो अभी वे इस इंचार्ज को पटककर बल-भर कूटते। दूसरे गाँव के लोग बात बढ़ने पर साथ नहीं देंगे।

कामदार टोकन लेने चला गया तो पहलवान आकर चबूतरे पर बैठे और सोचने लगे कि क्या करना ठीक होगा।

टोकन लेकर जाने का मतलब सचमुच का जाना नहीं होता। या तो ट्राली दो दिन खड़ी रखिए तो उसका भाड़ा दीजिए या माल खुले आसमान के नीचे गिराकर उसकी रखवाली कीजिए। एक आदमी दोनों जून घर से खाना लेकर आवै। जितनी मेहनत पैदा करने में नहीं हुई, उससे ज्यादा बेचने में। कुँचाई से लिलाई गाढ़।

इसी बीच कामदार उनके हाथ में टोकन दे गया। पहलवान को सोच में पड़ा देखकर तसल्ली देने लगा—"किसान की कमाई में ही सबका हिस्सा होता है, भइया। चूहा, चिरई, सूअर, सांगड़ी से लेकर प्यादा, हाकिम तक का। यही दुनिया का चलन है।"

पहलवान ने जेब से डायरी और कलम निकालकर हिसाब लगाना शुरू किया।

छह किलो के बजाय अगर पाँच किलो की कटौती ही हो तो कुंटल पीछे 35 रुपये का घाटा होगा। दस रुपये कुंटल दस्तूरी। दस रुपये पल्लेदारी। कुंटल पीछे एक-डेढ़ किलो घटतौली। ट्राली रोककर रखें तो उसका भाड़ा। यानी कुंटल पीछे सत्तर-बहत्तर रुपये की कटौती। एक बार चेक लगाने बैंक में जाएँ, फिर पैसा निकालने। बैंक तो उनके लिए है जिनको लम्बे समय तक बैंक में पैसा रखना हो। यहाँ तो पैसा आता है बाद में और खर्चा मुँह बाए पहले आकर सामने खड़ा हो जाता है।

कई साल से देख रहे हैं, ऐसा कभी नहीं हुआ कि सीजन में पन्द्रह-बीस दिन से ज्यादा कभी खरीद हुई हो। उसमें भी आधे से ज्यादा आढ़ती का माल खरीदा जाता है, फिर दबंग और सिफारिशी का। अगर अलग-अलग जोर लगाने के बजाय

सब मिलकर आवाज उठाते तो मनमानी कटौती और दस्तूरी रोकी जा सकती थी पर अभी तो बनिया नब्बे-सौ रुपये कुंटल कम पर खरीद रहा है। सेंटर की खरीद बन्द होते ही वह भी रेट गिराकर आधा कर देगा।

जेब में डालने के पहले उन्होंने हाथ के टोकन का नम्बर पढ़ा—86, फिर उसे हाथ में ही लिये रह गए।

सब कुछ जोड़ने-घटाने पर उन्हें यही ठीक लगा कि चार सौ पचासी रुपये कुंटल के रेट से नथमल को ही दे दिया जाए। उन्होंने ट्रैक्टर ड्राइवर से कहा—"यह टोकन कामदार को दे आओ। जब मुड़वाना ही है तो खटमल क्या बुरा है! अपना क्लास फेलो है।"

खेलावन ने सबेरे उठते ही बेटे को साइकिल लेकर दौड़ाया—"जाकर सबको याद दिला आओ।"

दो गाँव के दस ट्रैक्टर वाले किसानों को उन्होंने प्रदर्शन के लिए शहर चलने को तैयार किया है। सबको अपनी ट्राली में कम-से-कम पन्द्रह प्रदर्शनकारी लेकर दस बजे तक सगरे पर पहुँचना है। ग्यारह बजे तक प्रदर्शन के लिए शहर कूच कर जाना है।

वे सगरे के भीटे पर झाड़ू लगवा रहे हैं। एक जाजिम बिछा दिया जाए। कूच के पहले घंटे-आधे घंटे की बैठकी करनी होगी। कार्यक्रम की रूपरेखा बनानी होगी।

वैसे तो किसानों की समस्याएँ अनंत हैं—बिजली न मिलने की, पानी न मिलने की, खाद न मिलने की, गन्ने का बकाया न मिलने की, अनाज की सही कीमत न मिलने की, लेकिन यह सनातन समस्याएँ हैं और किसान इनका आदी हो गया है। पर अब तो गिरफ्तारी की नौबत आ गई है। सुनाई पड़ रहा है कि नहर काटने के जुर्म में दोनों गाँवों के पन्द्रह-बीस लोगों के खिलाफ थाने में रिपोर्ट दर्ज करा दी गई है। दबाव बनाकर इसे रद्द कराना होगा या जमानत कराना और मुकदमा लड़ना होगा।

नहर काटने का आरोप सरासर गलत है।

दरअसल, सीजन की शुरुआत में तो नहर में पानी आया नहीं। कुछ बरसात हो

गई थी और कुछ अपने पम्पिंग सेट और ट्यूबवेल से लोगों ने धान की लगवाही पूरी की। करीब दस दिन बाद नहर में पानी आया और आया तो इतनी तेजी से चढ़ा कि नहर की पटरी कट गई। बनकट और मदरहवा दोनों गाँवों की सिंवार रात-भर में डबाडब भर गई। लगाए गए धान की फसल डूब गई। डूबी हुई फसल के नुकसान की भरपाई के लिए सिंचाई विभाग से मुआवजा माँगने की आवाज उठने लगी। उसी माँग की काट के लिए नहर विभाग ने किसानों के खिलाफ नहर काटने का मुकदमा लिखा दिया है।

हुआ यह कि पिछली गर्मी में न तो नहर के पेटे में जमने वाली सिल्ट की सफाई की गई न पटरी की मरम्मत की गई। फर्जी बिल बनाकर पेमेंट ले लिया गया। जब ओवर फ्लो से पटरी कट गई तो अपनी गर्दन बचाने के लिए नहर विभाग गाँव वालों के खिलाफ कार्यवाही कर रहा है।

कई साल पहले सन् 1968 के सूखे के समय फसल बचाने के लिए गाँव वालों ने सचमुच नहर की पटरी काट दी थी। काट क्या दी थी, ज्यादा पानी पाने के लालच में मोटी पाइप डालने के लिए पटरी काटने लगे तो पानी का बहाव इतना तेज था कि सँभाला नहीं जा सका। पानी की धार से पटरी कटती चली गई। उस समय जो मुकदमा गाँव वालों के खिलाफ दर्ज किया गया, वह बीस-बाईस साल चला। तारीख पर तारीख। फिर पूरे गाँव पर सामूहिक जुर्माना हुआ। उस समय तो गाँव वालों की कुछ गलती भी थी। नहर चढ़ी होने के दौरान पाइप डालने का काम नहीं करना चाहिए था। लेकिन इस बार तो नहर विभाग गाँव वालों को फँसा रहा है। सरासर झूठा आरोप लगा रहा है।

इसलिए तय हुआ कि इस ज्यादती के खिलाफ धरना-प्रदर्शन करके ज्ञापन दिया जाए। माँग की जाए कि जल्दी से जल्दी नहर में मौजूद सिल्ट और पटरी की टेक्निकल जाँच कराई जाए, ताकि बिना सफाई-मरम्मत कराए फर्जी भुगतान लेने और फर्जी मुकदमा दर्ज कराने की बात सिद्ध हो सके। वरना फिर पूरे गाँव को बिना कसूर फर्जी मुकदमा झेलना पड़ेगा।

सामूहिक हित के लिए एकजुटता पैदा करने के काम के लिए खेलावन अगुआ की भूमिका निभाने को तैयार रहते हैं। सेक्रेटरी का क्या तो ओहदा और क्या पावर! लेकिन इसी पद पर काम करते हुए वे ब्लॉक, तहसील और जिला स्तर के अधिकारियों, कर्मचारियों से रब्त-जब्त बनाकर रखते हैं। सरकार द्वारा लागू की जा रही योजनाओं—अनुदान, छूट आदि की जानकारी गाँव वालों को देते रहते हैं। सामाजिक आदमी हैं। समाज का काम करके उन्हें खुशी होती है।

लेकिन गाँव के आदमी की सोच निराली होती है। वह सोचता है कि जरूर

इसमें इस आदमी का कोई फायदा है। और नहीं तो यही कि नेता बनना चाहता है। नहीं तो दूसरे के लिए इतनी फाँय-फाँय क्यों करता?

नन्दू अपनी नगड़ची लेकर आए। जाजिम बिछाया गया और नन्दू नगड़ची बजाने लगे।

नन्दू पहले विद्रोही जी के साथ फरवाही नाच में नगाड़ा बजाते थे, फिर पाँड़े की नौटंकी कम्पनी में बजाने लगे। अब बेरोजगार हैं। नगाड़ा फूट गया, लेकिन नगड़ची बचाए हुए हैं। औरतें देवी माँ की पूजा के लिए महामाई के थान तक जाती हैं या शादी-ब्याह में ताल पूजने जाती हैं तो नन्दू नगड़ची बजाते हुए आगे-आगे चलते हैं। किसी वृद्ध की मृत्यु पर भी शवयात्रा में आगे-आगे नगड़ची बजाने का बुलौवा आ जाता है। खेलावन नगड़ची का उपयोग बटोर करने के लिए कर रहे हैं। इसकी आवाज सुनकर लोग घर से निकलेंगे।

नगड़ची के बोल—

तघुड़ी घुड़ी मा जाय...बरदा उखुड़ी मा जाय...

खेलावन सोचते हैं कि निराशा पूरब के किसानों का स्थायी भाव है। ज्यादातर लोग मानते हैं कि धरना-प्रदर्शन से क्या होने वाला है। धान की फसल डूबने का हरजाना माँगने की बात उठी तो दबाव बनाने के लिए नहर काटने का मुकदमा गले में डाल दिया गया। अब और कोई चिल्ल-पों की गई तो फिर कोई मुसीबत गले पड़ जाएगी। पश्चिम का किसान ज्यादा जागरूक है। इतनी बात पर वहाँ अब तक प्रदर्शनकारियों का मेला लग गया होता। एक बार टिकैत के आवाहन पर महीने-भर किसान दिल्ली पर घेरा डाले रहे। सरकार को नानी याद आ गई।

दस बज गए। अभी तक एक आदमी नहीं आया। घंटे-भर नगड़ची बजाकर नन्दू वापस जा रहा है। खेलावन कहते हैं—"घंटे-भर में नहा-खाकर लौट आओ। इस बार प्रदर्शन में भी बजाने चलो।" लेकिन नन्दू डर रहा है। नगड़ची उसे प्राणों से ज्यादा प्रिय है। वहाँ सिपाही होंगे। सिपाही बड़े ऐबी होते हैं। उसकी नगड़ची फोड़ दिये तब?

सबसे पहले मदरहवा के राधेश्याम मास्टर का ट्रैक्टर आया। ट्राली में आठ-दस लोग। फिर राघव प्रजापति का ट्रैक्टर। ट्राली में दस-बारह लोग। फिर लल्लू सिंह आए। बताया, ट्रैक्टर लेकर ड्राइवर आ रहा है। डीजल भराने गया है।

पाँड़े जी का ट्रैक्टर खराब होकर खड़ा है। वे पहलवान के साथ खेतों के बीच से पैदल चलते हुए आए।

"अभी छत्रधारी सिंह का ट्रैक्टर नहीं आया। सबसे ज्यादा जोत वाले किसान

हैं। छत्रधारी तो अभी बेटे के पास से लौटे नहीं। भतीजे को लाना चाहिए था। टाल गया होगा।"

लल्लू सिंह कुढ़कर बोले—"सब साले जनाना पैदा हुए हैं। सिपाही चौकीदार तक से डर जाते हैं।"

"यह दो-चार लोगों का कारण हो सकता है, काका। ज्यादातर ठाकुर-बाभन इसलिए नहीं आए, क्योंकि इस प्रदर्शन का कार्यक्रम मेरे जैसे पिछड़ी जाति वाले की अगुआई में बनाया गया है।"

"अरे, मैं नहीं आया तुम्हारी अगुआई में चलने के लिए?" लल्लू सिंह ने सान्त्वना दी—"ऐसी बात मत सोचो।"

"आपकी बात दूसरी है, काका। दस ट्रैक्टर आने थे, चार ही आए। क्या इसके पीछे कोई राजनीति नहीं है कि ठाकुरों में सिर्फ आपका ट्रैक्टर आया। बाकी तीन नहीं आए। और कुर्मी व प्रजापति के आए। हीरा सिंह के बेटे लल्लन ने तो डीजल भराने के नाम पर कल ही दो सौ रुपये एडवांस ले लिये थे। आज सबेरे कह रहा था कि ट्रैक्टर सीज हो गया तो रिलीज कराने में चार-पाँच हजार खर्च हो जाएगा। दस दिन थाने में बन्द रहेगा। इसका हर्जा-खर्चा कौन देगा? भला बताइए, यह बात सोचनी थी तो एडवांस लेने के पहले सोचते। हम दूसरा इन्तजाम कर लेते।"

"इस तरह की सोच हो तब भी उसको उभाड़ने से कोई फायदा नहीं होगा, खेलावन।" पाँड़े ने समझाया—"फिर सबको जोड़ा जाएगा।"

"जानते हैं, ज्ञापन लिखने का काम शीतला पंडित को सौंपा गया था। पता चला कि उनकी ड्यूटी मतदाता सूची बनाने में लग गई। लग गई तो लग गई। लेकिन भले आदमी को ज्ञापन का मसौदा तो सौंपकर जाना चाहिए था।"

लल्लू सिंह मास्टर कहते हैं—"धरना-प्रदर्शन की जरूरत सभी समझते हैं, लेकिन देश के किसानों को हजारों साल से इतना लूटा और निचोड़ा गया है कि—हूणों-शकों ने लूटा, मुगलों-अंग्रेजों ने लूटा, देसी राजे-रजवाड़ों ने लूटा, जमींदारों-तालुकेदारों ने लूटा। घर खोदकर और फसलें जलाकर लूटा। बहन-बेटियों को लूटा—हमारी छाती पर इन सबका बोझ है। हमारे दिलों में इन सबके घाव हैं। उदासीनता और जड़ता हमारा स्थायी भाव हो गया है। हमें जगाने के लिए बहुत ज्यादा झकझोरने की जरूरत है।"

बारह बज गए। अब तो किसी के आने की उम्मीद नहीं। चार ट्रैक्टर और तीस-बत्तीस आदमी से कौन-सा जुलूस बनेगा? खेलावन सलाह लेने के लिए कहते हैं—"क्या किया जाय काका? नारे लगाने के लिए भी सौ-पचास आदमी चाहिए। चार ट्रैक्टर शहर की भीड़ में कहाँ बिला गए, कुछ पता ही नहीं चलेगा।"

“बात तो सही है।” लल्लू सिंह सहमत होते हैं।

पाँड़े कहते हैं—“आज का कार्यक्रम मुल्तवी करना ही ठीक रहेगा। लोग थोड़ी फुरसत में हो जायँ तो आठ-दस गाँवों की पंचायत बुलाकर प्रदर्शन का प्रस्ताव पास किया जाय। कम-से-कम ढाई-तीन सौ लोग और पन्द्रह-बीस ट्रैक्टर रहें तो कुछ ताकत दिखाई देगी।”

खेलावन के चेहरे पर निराशा उतर आई। बोले—“यह जातिवाद का जहर हमें कदम-कदम पर फेल करेगा, महराज।”

“इस मुद्दे को इतना तूल मत दो, खेलावन। बात सच है तो भी मत दो। नहीं तो यह हमें और बाँटेगा। अगली बार सबको जोड़ा जाएगा। पूरी ताकत दिखाई जाएगी।”

खेलावन महसूस करते हैं कि इतनी पढ़ाई-लिखाई करने और देश-दुनिया घूमने के बाद भी गाँव का आदमी सामूहिक हित के काम के लिए एकमत होने के मुद्दे पर जाति-पाँति की भावना से उबर नहीं पाता। उन्होंने एक अखबार में पढ़ा था कि जिनकी नीतियों और षड्यंत्रों के कारण किसान का जीवन दूभर हो रहा है, उनसे लड़ना तो दूर किसान को उनकी पहचान तक नहीं है। गाँव के लोग झबिया में बन्द उन मुर्गों की तरह हैं जो बेचने के लिए शहर लाए जा रहे हैं। रात होते-न-होते इन्हें किसी-न-किसी मांसाहारी के पेट में समा जाना है, लेकिन इन्हें अपनी जान पर मँडराते इस खतरे का रंचमात्र एहसास नहीं है। छुरी तेज करके इन्तजार में बैठे कसाई के बारे में इन्होंने कभी सुना ही नहीं है। झबिया के भीतर वर्णवाद और नस्लवाद का घमासान चल रहा है। लाल सुनहरे पंख वाले, लम्बी कलंगी वाले उन्नतिशील प्रजाति के मुर्गे, देसी मुर्गों को हेय दृष्टि से देखते हुए उन पर अपनी शक्ति और श्रेष्ठता का रोब झाड़ रहे हैं। उनको लतिया रहे हैं। नोच-खसोट रहे हैं। उनके लेखे झबिया के अन्दर विजय मिल गई तो समझो विश्वविजय कर लिया। एकदम ठीक लिखा था अखबार ने! जातिवादी अलगाव न होता तो कितनी एकता होती गाँव में। फौलाद जैसी एकता!

वे कहते हैं—“अचानक किसी दिन गिरफ्तारी शुरू हो जाएगी। तब सभी अलग-अलग जमानत कराने दौड़ेंगे। दो-चार हजार खर्च करेंगे, लेकिन अभी...”

पहलवान ने चरी का बोझ चारा मशीन के पास पटका तो पास में सोया कुत्ता चौंककर भौंकते हुए भागा। सिर से अँगोछा उतारकर उन्होंने चेहरे का पसीना पोंछना शुरू ही किया था कि ललिया के हुंकारने और चितकबरे के फुफकारने की आवाज एक साथ आई।

"सबर करो। सबर करो।" उन्होंने बैलों की तरफ देखते हुए कहा।

भूखे-प्यासे होने पर दोनों बैल अलग-अलग तरह से ध्यान आकर्षित करते हैं। ललिया थूथन उठाते हुए गले से हू-हू की आवाज निकालता है और चितकबरा गर्दन नीचे झुकाकर नाक से फों-फों की आवाज निकालकर गुस्सा दिखाता है। थोड़ी दूर पर बँधी लछिमिनिया, बछड़ा और भैंस उठकर खड़े हो गए। लछिमिनिया खूँटे के चारों तरफ चक्कर काटने लगी। ओसारे से बाल्टी उठाकर वे कुएँ की ओर जाने लगे तो घर से बाहर आती पत्नी बोलीं—"इतने तड़पे नहीं जा रहे हैं। अभी बिटिया आ रही है तो पिलाएगी। आपको लम्बे रास्ते जाना है। धूप तेज होने से पहले नहा-खाकर निकल जाइए।"

पहलवान ने जैसे सुना ही नहीं। कुएँ के कुंड से पानी निकाल-निकालकर सारे जानवरों को पिलाया, फिर अलगनी से धोती लेकर नहाने चले।

पत्नी महसूस करती हैं कि इधर कुछ दिनों से पहलवान के मन का बोझ धीरे-धीरे बढ़ रहा है। सयानी हो रही बेटी के लिए साल-भर से वर खोज रहे हैं, लेकिन कामयाबी नहीं मिली। पिछले साल तो किसी तरह बेटे की इंजीनियरिंग की फीस भर दी गई। इस साल कोई रास्ता नहीं दिखता। गन्ने का बकाया नहीं मिला। हर दूसरे महीने ट्यूबवेल के बिजली बिल की तलवार सिर पर लटक जाती है। बेटी का विवाह कहीं तय भी हो जाए तो उसके खर्च का इन्तजाम कहाँ से होगा? पहले इनका अट्टहास बीघा-भर दूर से सुना जा सकता था। अब हँसी निकलती भी है तो बेआवाज।

उन्होंने ओसारे से आवाज दी—"खाना तैयार है। नहा लीजिए तो रोटी सेंकें।"

पहलवान खड़े-खड़े कुछ सोचने लगे थे। पत्नी की आवाज से सचेत हुए। लोटे में पानी भर-भर कर सिर पर डालने लगे—

हर-हर गंगा पारबती।
पाप न रहि जाय एक रती।

सुनकर पत्नी मुस्कराईं—जाने किस जन्म में कौन सा पाप किए हैं जो रोज-रोज धोने के बाद भी नहीं छूट रहा है। जो सचमुच रात-दिन ठगी, बेईमानी, घटतौली जैसे पाप-कर्म में लगे हैं, वे भी क्या कभी उसे धोने की सोचते होंगे?

पत्नी ने आँगन में छाँह की तरफ पीढ़ा रख दिया था। वे आकर बैठे। पत्नी ने परसी हुई थाली लाकर उनके सामने रखी। भात के सफेद गोले के ऊपर ताजी सिंकी फूली हुई रोटी देखकर अच्छा लगा। पकी रोटी की सोंधी गन्ध मन मुदित कर गई।

लोटे का पानी हथेली पर उड़ेलकर उन्होंने थाली के चारों तरफ अर्पित किया और तर्जनी के नाखून से लोटे को दो बार बजाया—टन्न! टन्न! पत्नी एक हरी मिर्च और ताजी धुली लम्बी मूली थाली में रख गईं। वे चुपचाप खाने लगे। इधर कुछ दिनों से खाते समय उन्होंने बोलना बन्द कर दिया है। पूछने पर जरूरत के अनुसार हाँ या न में सिर हिला देते हैं।

अगली रोटी के साथ पत्नी एक गिलास मट्ठा भी दे गईं। फिर एक-एक रोटी सेंककर थाली में डालती रहीं। पहलवान सिर झुकाकर खाते रहे। अभी चार-पाँच साल पहले तक घर में कोई न रहे तो ये खाने की थाली हाथ में लेकर चूल्हे तक चले आते थे। उनकी देह से देह सटाकर उकड़ूँ बैठते और उन्हें अपने हाथ से एकाध कौर खिलाने की कोशिश करते। अब धीरे-धीरे पुरखा बनते जा रहे हैं।

एक हाथ में लोटा और दूसरे में कुत्ते के लिए कौरा लेकर पहलवान बाहर निकले। कौरा देकर हाथ धोया और सींक से दाँत खोदते हुए थोड़ी देर तक बेटी को चारा मशीन चलाते हुए देखते रहे। झुककर चरी का घान उठाती और चारा मशीन में ठेलती हुई बेटी उन्हें पहले से ज्यादा हृष्ट-पुष्ट लगी। वे खखारते हुए मड़हे में बिछी अपनी चारपाई पर आकर बैठ गए। पत्नी हुक्का भरकर ले आईं। वे लेटकर हुक्का पुड़काने लगे। पत्नी पायताने बैठकर उनके पाँव दबाने लगीं। नेपथ्य से आती चारा मशीन की खचर-पचर उनकी आँखों में नींद उतारने लगी। पत्नी ने हुक्का पकड़कर दीवार के सहारे खड़ा कर दिया। पहलवान के खर्राटे बजने लगे। पहलवानिन ने लोगों को कहते सुना है कि आदमी चिन्ता में होता है तो नींद गायब हो जाती है। कम-से-कम पहलवान के साथ अभी यह स्थिति नहीं आई है।

अचानक खर्राटे बन्द हो गए। उन्हें जगा जानकर पत्नी बोलीं—"उठिए, नहीं तो देर हो जाएगी।"

पहलवान ने आँखें खोलीं।

पत्नी उठकर अन्दर गईं और एक हाथ में उनका कुर्ता-जाकिट तथा दूसरे में पम्प जूता लेकर लौटीं।

कुर्ता-जाकिट अलगनी पर टाँगकर वे पुराने कपड़े से जूता साफ करने लगीं। आज वे अपने फुफेरे भाई तीरथ के गाँव में बेटी के लिए वर देखने जा रहे हैं।

वे उठे। बंडी पहनी। धोती खोलकर नए ढंग से पहनी। साइकिल निकालकर

पोंछी। दोनों टायर दबाकर हवा का अन्दाज लगाया। कुर्ता-जाकिट पहना। तलवे की धूल झाड़कर जूता पहना। पत्नी ने बालों में तेल लगाकर कंघी पकड़ा दी। उन्होंने बालों में लगा तेल पोंछकर चेहरे और मूँछ पर मला और छूहे में टँगे शीशे में झाँककर कंघी करने लगे। अँगोछा गले में डालकर एक बार फिर शीशे में देखा। खुद को अच्छे लगने लगे। पत्नी को देखा। पत्नी उन्हें ही देख रही थी। मुस्करा दीं। वे मुस्करा तो नहीं पाए, लेकिन आँखों के फैलने से लगा कि उनके अन्दर भी थोड़ी हरियाली उतर आई। उन्होंने कंबल लपेटा और बाहर आकर साइकिल के कैरियर में दबाने लगे। पत्नी भी बाहर निकल आईं। पहले ऐसा नहीं होता था। इतना एकान्त होने पर कहीं जाने के पहले वे उन्हें अवश्य ही बाँहों में भरकर चूमते। शरीर के कोमल अंग पर वे उनके पंजों का दबाव महसूस करतीं।

आँचल के खूँट से दस का नोट खोलकर पति के हाथों में पकड़ाते हुए बोलीं—"रख लीजिए। कहीं पंचर-वंचर हो जाए...और अपने भैया से कहिएगा कि वही समझदारी से सारी बात करें। उन्हीं को बोलने देना। खुद आगे-आगे मत हाँकिएगा नहीं तो बनता काम बिगड़ जाएगा।"

वे भड़क गए—"मैं बिगाड़ लूँगा तो तुम्हीं क्यों नहीं चली जातीं बड़का साफा बाँधकर।"

पत्नी हँसते हुए बोलीं—"मेरा मतलब, बेटी के बाप बनकर जाइए। रुस्तम पहलवान बनकर नहीं। काम बनता है थोड़ा दबकर बोलने से।"

"तो क्या मैं झगड़ा करने जाता हूँ?"

पत्नी को पछतावा होने लगा कि जाते समय क्यों ऐसी बात छेड़ दी! फिर मानो सन्धि-प्रस्ताव किया—"धूप तेज हो गई है। सिर में अँगोछा बाँध लीजिए।"

वे चल पड़े। लम्बा कुर्ता हवा से फरफराने लगा। पत्नी उन्हें जाते हुए देखती रहीं।

चेहरा जरूर सँवरा गया है, लेकिन सज-धज लेते हैं तो अभी भी आँखों में बस जाते हैं। लम्बा शरीर। बोलती आँखें। बड़ी-बड़ी मूँछें! घर-गृहस्थी का जंजाल ही ऐसा है कि बड़े-बड़ों को कजरी-कबीर भूल जाती है। उन्हें अपने बाबा द्वारा गाए जाने वाले गीत की एक कड़ी याद आ गई—

महँगी के मारे बिरहा बिसरि गा, भूलि गई कजरी कबीर।
देखिके गोरिया कै उमड़ल जोबनवा, उठै ना करेजवा मा पीर॥

अर्थात्, महँगाई ने ऐसा मारा है कि कजरी-कबीर भूल गई। अब तो गोरी का उमड़ता यौवन भी कलेजे में पीर नहीं पैदा कर पाता।

बहुत दिनों बाद इस रास्ते पर आना हो रहा है। जब बुआ जीवित थीं तो अक्सर आना-जाना होता था। मकर संक्रान्ति के दिन खिचड़ी पहुँचाना तो उन्हीं के जिम्मे रहता था। बुआ उन्हें देखकर कितनी खुश हो जाती थीं। यह खुशी और वात्सल्य उनके रोम-रोम से प्रकट होता था। कहतीं—"आज सबेरे से ही नीम के पेड़ पर कौआ बोल रहा था, तभी समझ गई कि मेरा दुलरुआ भतीजा आ रहा है।" कितना खिलाती-पिलाती थीं! दो-तीन दिन से पहले आने नहीं देती थीं। फुफेरे भाई तीरथ उनसे दो साल बड़े थे। लाग-डाट में सेरों दूध पिला देती थीं।

जहाँ आज पक्की सड़क है, वहाँ पहले कच्ची लीक थी। बड़े सबेरे पैदल चलने पर कहीं दोपहर तक आठ कोस जमीन तय होती थी। बीच में एक-दो जगह किसी बाग में रुककर सुस्ताते थे या किसी कुएँ-तालाब पर हाथ-पैर धोकर थकान उतारते थे। पानी पीते थे।

यह जो आम और महुए के चार-पाँच बूढ़े पेड़ दिखाई पड़ रहे हैं, जिनकी जड़ों के आसपास की मिट्टी कटकर बह गई है, यहाँ बहुत बड़ा बाग था। बीच में ताल और किनारे-किनारे भीटे पर पेड़। अब ताल भठ गया है। भीटा समतल हो गया है।

यहाँ एक साधु की कुटी थी। पानी पीने के लिए जो भी राहगीर कुटी पर रुकता, बाबा उसे दो बतासे देते थे। कब के मर-खप गए होंगे। कुटी की जमीन सड़क में समा गई है। टूटी छूहियों वाला कुआँ अभी भी पटरी के किनारे तिरस्कृत खड़ा है। यहाँ से शुरू होता था बेलसौना वाला महाऊसर जो शिवगढ़ तक फैला था।

अरे, महुए का वह विशाल छतनार पेड़ भी नहीं है! इस महाऊसर के रास्ते में उस पेड़ के अलावा मील-डेढ़ मील तक दूसरा कोई पेड़ नहीं था। धूप में तपकर आते राहगीर मन-ही-मन तय करते थे कि किसी तरह उस महुए तक पहुँच जाएँ तो उसकी छाया में बैठकर सुस्ताएँ। यहीं एक काला मरकहवा साँड़ रहता था। रास्ते में मिलने पर मारने के लिए दौड़ा सकता था लेकिन महुए के नीचे मिलने पर नजर उठाकर ताकता तक न था। मस्ती में बैठा पागुर करता रहता था। आसपास के गाँव वाले गर्भाधान के लिए अपनी गायें हाँक कर उसके पास लाते थे। कभी वह तुरन्त गाँववालों की मनोकामना पूरी करने लगता, कभी बाल ब्रह्मचारी की तरह बिना गायों की ओर नजर उठाकर देखे उनसे दूर किसी दिशा में चल पड़ता। गाय वाले परेशान हो जाते। पता नहीं, कब कैसे मरा होगा?

नहर की क्रासिंग आ गई। यहाँ से नहर की पटरी पकड़ना था। कच्ची पटरी पर जो सर्पिल लीक बन जाती है, उस पर साइकिल चलाने का अपना अलग ही मजा है। नहर में पानी चल रहा था। इसके किनारे खेतीबारी का काम तेजी पर था। खेत की दशा देखकर ही पता चल जाता है कि इसका मालिक आलसी है या मेहनती। खुद जुटता है या हलवाहों के भरोसे रहता है।

एक किसान खेत हेंगाता* मिला। उसकी घरवाली लाल साड़ी का कछाड़ मारे कुदाल से कोन गोड़ रही थी। उसका तीन साल का नंग-धड़ंग बेटा हेंगा के पीछे-पीछे पैर पटकता-ठुनकता चल रहा था। शायद बाप से हेंगा पर बैठाने की जिद कर रहा था। हेंगा पर बैठने का आनन्द उसके लिए ऐसा ही था जैसे औरों के लिए पहली-पहली बार मोटर, रेल, क्रूज या हवाई जहाज में बैठने का होता है। लेकिन बाप ने उसे सख्ती से डाँट दिया होगा। तनिक-सी असावधानी के चलते हेंगे के नीचे पिस जाने का जोखिम कौन बाप उठाएगा! लड़के की कमर में काले मोटे सूती धागे की करधनी बँधी थी। करधनी की लटकन के सिरे पर लगी लाल भुंडी** उसके बाल-लिंग पर हल्के-हल्के उठ-गिर रही थी। उन्हें बच्चे की माँ की समझदारी पर खुशी हुई। बच्चा छुन्नी की बजाय इस भुंडी को ही खींचता-नोचता रहे, इसकी व्यवस्था।

बैलों के पले शरीर और चमकते रोएँ से झलक रहा था कि यह औरत अपने हाथ से बैलों की सानी-पानी करती होगी। सहसा उन्हें अपने दाहिने बैल की याद आई। उसके पिछले बाएँ खुर में भादों से ही कीड़े पड़े हैं। दो बार कम्पाउंडर बुलवाकर बीस-बीस रुपये फीस देकर उन्होंने दवा डलवाई, लेकिन अभी तक उसका लँगड़ाना पूरी तरह बन्द नहीं हुआ। पता नहीं कैसी दवा डाला? हर चीज में नकल घुस गई है।

सहसा पटरी के किनारे दौरी में रखी यूरिया के झक्क सफेद दानों को देखकर उनकी चिन्तनधारा बदल गई। गेहूँ की बोआई एकदम सिर पर है। उन्हें खाद खरीदने के लिए कम-से-कम दो हजार रुपयों की तुरन्त जरूरत है। इन्तजाम न हो पाने के चलते सरसों और बरसीम तो बिना खाद डाले ही बोना पड़ा। जिस परिवार में बाहर से नगदी की आमदनी नहीं है, उसका आज के जमाने में गुजर होना मुश्किल है। जैसे गड्ढे से खोदी गई मिट्टी उसी गड्ढे को भरने के लिए पूरी नहीं पड़ती, वैसे ही खेती-किसानी की आमदनी खेती-किसानी के खर्चे-भर को भी नहीं अटती। और कहाँ से अटे! डीजल, बिजली, खाद, कीटनाशक, जोताई, मड़ाई, मजूरी—सबका

* पाटा देता

** गोली

रेट तो हर साल दस-पाँच रुपये बढ़ जाता है। नहीं बढ़ता तो किसान की पैदावार का दाम। पहलवान को लगता है कि जैसे नहर के पेटे में सिल्ट भरती है, किसान की तकदीर में भी साल-दर-साल सिल्ट भरती जा रही है।

सोचा था, इस साल वरुणा सरसों बोएँगे। कहते हैं, बड़ी अच्छी पैदावार होती है, लेकिन मौके से हाथ में पैसा न आ पाने के चलते नहीं बो सके। आलू का बीज खरीदने के लिए पैसा जुटाना पहाड़ हो गया। दस रुपये किलो का बीज खरीदकर बोये हैं। डर है कि तैयार होने तक आलू का रेट गिरकर दो रुपये किलो से भी नीचे न चला जाए। आषाढ़ बीतते-बीतते जैसे ही किसान के घर से निकलकर बाजार में पहुँचा, फिर दस रुपये किलो बिकने लगती है। सारे हालात तो मर जाने के हैं। जिन्दा कैसे रहा जाए!

वे मन-ही-मन तत्काल खोपड़ी पर सवार खर्चों का हिसाब लगाने लगे। ट्यूबवेल का बिल सवा चार सौ रुपये। इंजीनियरिंग पढ़ रहे बेटे का मासिक खर्च डेढ़ हजार रुपये। खाद के लिए दो हजार रुपये। बैल का खुर ठीक न हुआ तो ट्रैक्टर से खेत की जुताई के लिए हजार-बारह सौ रुपये। मोटा-मोटी पाँच हजार रुपये। एक तो सरकारी रेट से कम पर नथमल को धान बेचना पड़ा, दूसरे जो मिला उससे ज्यादा का खर्च सामने मुँह बाए खड़ा है। बछड़े को वे जेठ से ही बेच रहे हैं। छह हजार का धन है, लेकिन उन्होंने मन में सोच रखा है कि पाँच हजार से ऊपर जितना भी मिल जाएगा उतने में दे देंगे। अभी न बिका तो फिर जेठ-आषाढ़ तक बैठाकर खिलाना पड़ेगा। बैलों को आजकल पूछता कौन है! लोगों के खूँटे से बैल तेजी से गायब हो रहे हैं। बछड़ा नहीं बिका तो अगले महीने बेटे की खुराकी कहाँ से भेजेंगे?

पता नहीं धूप से, साइकिल चलाने से या खर्चों का हिसाब करने से दिमाग गर्म हो जाने के कारण उन्हें आँखों के आगे लाल-पीले चकत्ते नजर आने लगे। लगा, जैसे चक्कर आ रहा है। थोड़ा आगे पटरी के किनारे ही आम का घना पेड़ था। बगल में ट्यूबवेल चल रहा था। वे छँहाने और पानी पीने के लिए वहीं उतर पड़े। साइकिल स्टैंड पर खड़ी करके जमीन से थोड़ा ऊपर उभरी पेड़ की मोटी साफ जड़ पर बैठ गए। सिर में टक-टक की आवाज हो रही थी। कुर्ता पसीने से भीग गया था। सिर से अँगोछा उतारकर उन्होंने पसीना पोंछा। ट्यूबवेल की पाइप से पानी की मोटी धार गिर रही थी। पानी सामने के खेत में जा रहा था। खरीफ से खाली हुआ खेत रबी की बुआई के लिए भरा जा रहा था। एक आदमी नंगे बदन, धोती को लँगोटी की शक्ल दिये झुककर फावड़े से पानी के आगे बढ़ने की राह आसान कर रहा था। आठ-दस सफेद बगुलों का झुंड उस आदमी के आसपास

दाएँ-बाएँ होता हुआ खेत से निकलते कीड़ों-पतंगों को चुगने में व्यस्त था।

थोड़ी देर सुस्ताने के बाद पहलवान उठकर ट्यूबवेल तक गए। पेट-भर पानी पिया! फिर लौटकर, जड़ के दोनों तरफ घुटने के पास से पैर मोड़कर, अँगोछे का सिरहाना बनाकर लेट गए। धीरे-धीरे बह रही हवा उन्हें सहलाने लगी। थोड़ी देर के लिए आँखें झपीं तो क्या सपना देखते हैं कि तहसील के वसूली अमीन को अपनी तरफ आता देखकर वे भागकर भूसे के ढेर में छिप रहे हैं। अमीन रावण की तरह अट्टहास करता हुआ लाठी के हुरे से जगह-जगह भूसे के ढेर को कोंचता है। अचानक लाठी का हुरा उनके पेट में इतनी जोर से लगता है कि वे दर्द से चिल्ला पड़ते हैं। चिल्लाने के साथ ही वे पेड़ की जड़ से गिरते-गिरते बचे। एक बार फिर पसीने से सराबोर। अँगोछे से पसीना पोंछकर वे उठकर खड़े हो गए। दिल अभी तक धड़-धड़ धड़क रहा था।

चार साल से ज्यादा हो रहे हैं जब अमीन ने उन्हें बाजार में पकड़कर बैठाया था। वह कर्ज उन्होंने जमा भी कर दिया, लेकिन साल-छह महीने में वह अमीन उनके सपने में आ जाता है। अचानक सपने में उसका चेचक के दाग वाला छेनहा चेहरा प्रकट होता है और धीरे-धीरे बड़ा आकार लेने लगता है। लाल आँखें, बड़े-बड़े छितरे दाँत और जमीन से आसमान तक गूँजता उसका भयावह अट्टहास।

पहलवान ने फिर साइकिल सँभाली।

यहाँ से नहर की पटरी छोड़कर खड़ंजे पर उतरना होगा। अपनी पकड़ याद करते-करते कब इतनी दूर निकल आए, पता ही नहीं चला। तीरथ का घर नजदीक आने के साथ-साथ उनका मन फिर घबरा रहा है। पता नहीं कैसे होंगे लड़के वाले! कैसा व्यवहार करें! पत्नी को बात-व्यवहार की उनकी योग्यता पर विश्वास नहीं।

पिछली बार जहाँ लड़के की देखुआरी करने गए थे, वहाँ की असफलता से भी उनका आत्मविश्वास कम हुआ है। लेकिन पिछली बार तो उन्होंने अपनी ओर से ज़ुबान तक नहीं खोली। जो कुछ लड़के वाले पूछते रहे, वे बताते रहे। पता चला था कि लड़के वालों का संयुक्त परिवार है। भट्ठा है, ट्रैक्टर है। खाते-पीते लोग हैं। लड़का भी परिवार के कारोबार में हाथ बँटाता है। बेटी सुखी रहेगी। जाने पर सब लोग बड़े प्रेम से मिले। खूब स्वागत-सत्कार भी हुआ, लेकिन रात में बातचीत के दौरान जब लड़के वालों ने उनकी माली हालत का अनुमान लगा लिया तो सबेरे-सबेरे फैसला सुना दिया। बल्कि सीधे-सीधे फैसला भी कहाँ सुनाया, लड़के के चाचा और बड़े भाइयों के बीच होने वाली कहासुनी के दौरान कान में पड़े शब्दों से ही उन्हें फैसले की जानकारी हो गई।

"क्या है इनके पास जो बाबूजी इस तरह लट्टू हुए जा रहे हैं। न कोई कोटा-परमिट न कोई कालेज-भट्ठा, न कोई टरक-ट्रैक्टर न कोई ठेका-पट्टा। कहाँ से सँभालेंगे पाँच सौ लोगों की हमारी बारात? शादी का बजट कितना है? कौन-सी गाड़ी देंगे? साफ-साफ बात होनी चाहिए।"

सुनकर वे बिना मुँह धोये ही चल पड़े। किसी ने यह भी नहीं कहा कि एक कप चाय पीकर जाइए। गाँव के बाहर चाय की दुकान पर रुके तो पता चला कि भट्ठा तो दो साल से बन्द है। ट्रैक्टर बिक गया। बस, पक्का मकान-भर देख लीजिए। कई साल से कोई मोटी मुर्गी तलाश रहे हैं कि फँस जाए तो हलाल कर डालें।

सुनकर उनका मलाल कुछ कम हो गया था।

यह रहा सामने बुआ का घर। घर के पिछवाड़े वाला गूलर का पेड़ अभी भी जस का तस खड़ा है। बगल वाले घर की लड़की सतनी गिलहरी की तरह इस पर चढ़कर गूलर तोड़ती थी। गूलर को फोड़ने पर अन्दर से सैकड़ों मच्छर निकलते जिन्हें वह फूँक मारकर उड़ाती और अपने हाथ से उन्हें पके गुलाबी गूलर खिलाती थी। पता नहीं अब वह कहाँ और कैसी होगी! कितनी मोह लेने वाली हँसी थी उसकी! मौका मिला तो उसके दरवाजे तक जाएँगे। क्या पता, मायके आई हो तो भेंट हो सकती है!

तीरथ भैया ने मड़हे की जगह पक्का दालान बना लिया है। बैलों की नाँद पक्की करा ली है। बैल शायद खेत जोतने गए होंगे। एक छोटी बछिया बँधी है अर्थात् घर में दूध होता है। दुआर लम्बा-चौड़ा, साफ-सुथरा है। नीम के नीचे सुतली के बाध से बुने दो पलंग पड़े हैं। कोई दिख नहीं रहा। वे साइकिल खड़ी करके पलंग पर बैठ गए।

छोटा भाई कई साल पहले मिलिटरी में भर्ती हो गया था। वही जो यूरिया लूट के फर्जी मामले में पकड़ा गया था। तीरथ खेती-बारी सँभालते हैं। दोनों भाइयों में सुमति है, इसलिए परिवार की मरजाद बनी हुई है। जिस दिन कुमति पैठी, भाई-भाई में फूट पड़ी, सब ढह जाएगा। यही घर-घर का लेखा है।

तीरथ का बेटा अन्दर से निकला। पहचानकर पैर छुए और अन्दर जाकर माँ को बताया। फिर तीरथ बहू निकलीं। एक हाथ में चबैना की मौनी और दूसरे में

लोटा लेकर। लड़का बाल्टी में पानी भर लाया। दुबारा अन्दर जाकर तीरथ बहू कमोरी में सिखरन लाईं। हाथ-मुँह धोकर, चबैना चबाकर उन्होंने एक लोटा सिखरन पिया तो थकावट आधी हो गई। खाने-पीने के बाद रात में दोनों भाई घर-गृहस्थी के झमेलों की चर्चा करते रहे। तीरथ ने बताया कि उनके यहाँ इस समय न डाई मिल रही है, न यूरिया। भादों से ही यही हाल है। आए दिन हल्ला होता है कि आज आ रही है, कल आ रही है। सैकड़ों लोग सबेरे से ही कोऑपरेटिव सोसाइटी के गोदाम के सामने खड़े इन्तजार करते रहते हैं और शाम को खाली हाथ लौट आते हैं। बिना खाद डाले बुआई करनी पड़ी तो पैदावार घटकर आधी हो जाएगी।

लड़के वालों के बारे में बताया कि आदमी तो ठीक-ठाक हैं। खुद ही एक बार मिलने पर बोले थे कि अच्छे खानदान की कोई लड़की हो तो रिश्ता कराइए। पता चला कि इधर कई पार्टियाँ बातचीत करने गईं, लेकिन बात आगे नहीं बढ़ पाई। लड़के के बाप हैं, इसलिए कोई नहीं कह सकता किस करवट बैठेंगे?

बैंक मैनेजर ने पाँड़े को बुलवाया है। तीन किस्तें लगातार रुक गईं। सोलहवीं, सत्रहवीं और अठारहवीं। मैनेजर साहब जानना चाहते हैं कि कमाई का पैसा गया कहाँ?

क्या कहें पाँड़े? यह तो नहीं कह सकते कि कमाई नहीं हुई? कमाये नहीं तो एक लाख घूस कहाँ से दी? भोज-भात में भी कम खर्च नहीं हुआ। लेकिन यह सही है कि उनके हाथ में एक पैसा नहीं आया। दिवाकर कमाए, दिवाकर ही खर्च कर डाले। यह भी कैसे कहें कि घूस देकर गलत किया। न देते तो नौकरी न मिलती। नौकरी आज के जमाने में कितनी अनमोल है! कितने लोगों को तो नौकरी भी नहीं मिली और दी गई रकम भी डूब गई। लेकिन मैनेजर साहब से तो यह सब नहीं कहा जा सकता।

"साहब, आप पूछ रहे हैं कि कहाँ खर्च कर दिया सारा पैसा? कहाँ बताऊँ? इतना जान लीजिए कि न दारू पिया, न जुआ खेला, न रंडीबाजी की।"

मुस्कराने लगे मैनेजर साहब—"उसकी तो अब उमर नहीं रह गई आपकी। फिर किस्त क्यों नहीं दे रहे हैं?"

"हम तो देना चाहते हैं। हमारी नीयत में खोट नहीं है, लेकिन आप ही नहीं चाहते कि हम दें।"

"हम क्यों नहीं चाहेंगे?"

"आप माने सरकार। हमारी नजर में बैंक माने भी सरकार। चीनी मिल माने भी सरकार। हमारे अनाज की एम.एस.पी. न बढ़ाने वाली भी सरकार और जितना तय कर दिया, उस रेट पर खरीद न करने वाली भी सरकार। सरकार अपनी लेनदारी लेना तो जानती है, पर देनदारी देना नहीं जानती। हम आपके देनदार हैं और चीनी मिल के लेनदार हैं। हमें दो साल का गन्ने का बकाया नहीं मिला और आपकी तीन किस्तें रुक गई हैं। हम मिल का कुछ बिगाड़ नहीं सकते, लेकिन आप हमारा ट्रैक्टर नीलाम कर सकते हैं। खेती-बारी कुर्क कर सकते हैं। हम तो चाहते हैं कि एक सरकार दूसरी सरकार से लेन-देन कर ले और हमारा गला छूट जाय। हमारे आलू, गोभी, प्याज, टमाटर का सही रेट मिलता रहता तो भी हमारी किस्त बकाया न रहती, लेकिन वह भी हमें माटी के मोल फेंकना पड़ता है।"

"रेट तो बाजार तय करता है, पाँड़े जी।"

"बाजार भी तो हमारे लिए सरकार से कम निर्दयी नहीं है। तभी तो बाकी चीजों के लिए वहाँ महँगी चल रही है और किसानों की पैदावार के लिए मन्दी। सबके लिए उसके पास सेंसेक्स की रंगीनी है और किसान के लिए सल्फास की गोलियाँ।"

"तो क्या आपको लोन देकर बैंक ने गलती कर दी?"

"बिलकुल कर दी। ट्रैक्टर चार एकड़ की जोत वाले किसानों के लिए है ही नहीं। दस-बारह एकड़ भी न हो तो क्या उससे अपना घर जोतेगा? ट्रैक्टर रखना हाथी पालने से भी ज्यादा कठिन है। हाथी के एक पेट होता है, ट्रैक्टर के दो होते हैं। वह एक साथ दो खुराक खाता है। एक पेट से डीजल-मोबिल खाता है, दूसरे से ब्याज खाता है। ब्याज का मीटर रात-दिन चलता रहता है। वह हनुमान की पूँछ की तरह बढ़ता है।"

"यह सब फिलासफी छोड़िए। किस्त कैसे भरेंगे, यह बताइए?"

"कैसे बताएँ? सितम्बर से, जब से बेटा ट्रेनिंग में गया, ट्रैक्टर दरवाजे पर खड़ा है। हम तो कहते हैं, ट्रैक्टर आप खिंचवा लाइए। हमें मुक्ति दे दीजिए।"

"इतनी आसानी से मुक्ति मिल जाएगी? खुद चलाइए, कमाइए और किस्त भरिए।"

"हमें चलाना आता तो रात-दिन एक कर देते, साहब; लेकिन क्या करें? ऐसे फँसे हैं कि रात को नींद नहीं आती।"

मैनेजर साहब आगे बोलने के पहले अपनी बात को कुछ देर मन-ही-मन तौलते हैं, फिर कहते हैं—"कहना तो नहीं चाहता, लेकिन कहना पड़ रहा है। बेटे की नौकरी मिलने की खुशी में जो हजारों रुपये भोज-भात में खर्च कर दिए, उसे

थोड़ा कम ही करते तो न चलता? वह ट्रैक्टर से कमाया गया पैसा था। उसमें बैंक का भी हिस्सा था।"

"बात तो ठीक कह रहे हैं, साहब लेकिन बेटे ने 'मानता' मान लिया था कि नौकरी मिल गई तो रामायण का अखंड पाठ कराएगा। पाठ के बाद भोज का विधान है। भगवान ने कृपा कर दी तो उनको नाराज करना भी तो ठीक नहीं था। उनके पास और कोई रोजी-रोजगार तो है नहीं! भक्त की कमाई में ही तो उनका भी हिस्सा बनता है!"

मैनेजर साहब बड़ी देर तक पाँड़े का मुँह ताकते रहे। फिर कहा—"भगवान को हिस्सा देना तो याद रहा, लेकिन बैंक को हिस्सा देना भूल गए। बैंक उत्पादक काम के लिए लोन देता है। भगवान को हिस्सा देना उत्पादक काम नहीं है। गाँव भर को ट्राली में भरकर गंगा-स्नान कराने या देवी-दर्शन कराने के लिए ले जाना, भोज-भंडारा करना अनुत्पादक खर्च हैं। इससे पूँजी डूबती है। जब वसूली कार्यवाही होगी, खेती-बारी नीलामी पर चढ़ेगी तो भगवान बचाने आएँगे?"

"चाहेंगे तो जरूर बचा लेंगे। किसको नहीं बचाया? ध्रुव को बचाया, प्रह्लाद को बचाया, गजराज को बचाया।"

"तब क्या चिन्ता! लीजिए, नॉन पेमेंट की नोटिस पर साइन करके घर जाइए।"

बालमा दुई होइ गए रे

सबेरे पहली मुलाकात में तो लड़के के बाप झुन्नू बाबू पहलवान को एखलाकी आदमी लगे। हाथ जोड़कर स्वागत किया। हाल-चाल पूछा, लड़के के मामा से परिचय कराया।

"आपके आने की खबर पाकर यह भी दर्शन करने चले आए। कचेहरी में पेशकार हैं।" फिर बेटे को बुलाया। उसने आकर तीरथ और पहलवान के पैर छुए। "यही हैं हमारे सुपुत्र राकेश कुमार।" झुन्नू बाबू ने बताया। पहलवान मन-ही-मन अपनी बेटी से इस लड़के का जोड़ मिलाने लगे।

अन्दर से हरी धनिया की महक आने लगी। थोड़ी देर में बेटा एक थाली में प्याज की पकौड़ियाँ और चार कटोरियों में धनिया-टमाटर की चटनी ले आया। पकौड़ी खाते हुए झुन्नू बाबू ने बताया, "इन्हीं पेशकार साहब की पैरवी, गंगा माई के आशीर्वाद और लक्ष्मी जी की कृपा से हम भी इसी साल एक बड़ा काम कर डाले। बेटे को नौकरी से लगवा दिया।"

"हाँ, तीरथ भइया बता रहे थे। सबके बूते की बात नहीं है आजकल बाल-बच्चों को नौकरी से लगवाना। सुना कहीं से बहुत सटीक जुगाड़ भिड़ाया।"

"जुगाड़ तो सब इसका है।" झुन्नू बाबू ने अँगूठे और तर्जनी से सिक्का खनकाने का इशारा करते हुए कहा—"दो साल से डेली-वेजेज में खट रहे थे। ऊबकर भागने लगते थे। इनके मामा समझाते थे कि लगे रहिए। काम आएगा। और काम आया। रेगुलर होने का चान्स आया तो तय किया कि पैसे का मोह नहीं करना है। लग तो गए पूरे एक।" उन्होंने तर्जनी उठाकर कहा—"लेकिन जिन्दगी-भर का बन्दोबस्त हो गया।"

लड़के के मामा बोले—"आज के जमाने में सरकारी नौकरी मिल गई तो समझिए जागीर मिल गई।"

"बिलकुल सही," तीरथ भैया ने स्वीकार में सिर हिलाया।

"पाँच हजार रुपये महीने तो पगार ही है। साथ ही ऐसी सीट मिल गई है कि

दो सौ रुपये ऊपर से रोज बरसेगा। जिसकी बेटी बहू बनकर आएगी, समझिए राज करेगी।" झुन्नू बाबू ने खुलासा किया।

तीरथ भैया ने देर तक हामी में सिर हिलाया। फिर बोले—"सो तो है ही। यही सब तो मैंने पहलवान भैया से बताया। जैसे आपका बेटा कमासुत और संस्कारवान है, वैसे ही इनकी बेटी भी रूप-गुण सम्पन्न है। इंटर फाइनल कर रही है इस साल। हाईस्कूल फस्ट डिवीजन पास हुई है। कुल-परिवार, कद-काठी, शील-संस्कार हर लिहाज से हजारों में एक बैठेगी। बड़े-छोटे का आदर-प्रेम करने की शिक्षा दी गई है। आप जैसे संस्कारी घर में आएगी तो सुखी रहेगी और सुखी करेगी। यही सब सोचकर पहलवान भैया आए हैं आपके दरवाजे पर अपनी अरदास लेकर।"

झुन्नू बाबू पहलवान की ओर देखते हुए बोले—"हम तो जो हैं, तीरथ ने बताया ही होगा। खेती-बाड़ी, बाग-बगीचा, मान-सम्मान, घर-दुआर किसी से छिपा तो है नहीं। रही बात रिश्ते की, उसके बारे में हम क्या, कोई भी कुछ नहीं कह सकता। वह तो जहाँ बदा होगा, जहाँ विधाता ने लिखा होगा, वहीं होगा।"

पहलवान देख रहे थे, न घर जैसा घर है न दुआर जैसा दुआर। सौ साल पुरानी कच्ची दीवारों में जगह-जगह दर्रे फट रहे थे। सामने खलिहान में जितना पुआल है, उसी से पता चल रहा है कि मुश्किल से साल-भर खाने-भर का धान पैदा हुआ होगा। दो बैल जरूर सामने खूँटे पर बँधे हैं, लेकिन उनके नीचे मौजूद ओछरा को देखकर तथा जिस तरह वे खूँटे के गिर्द घूम-घूमकर अपनी बेचैनी और परायापन दिखा रहे हैं, उससे लगता है कि किसी दूसरे खूँटे से लाकर आज ही बाँधे गए हैं। अभी एक छोत गोबर तक इस खूँटे पर नहीं किए। लड़का भी उनकी बेटी से हर लिहाज से उन्नीस है, लेकिन सचमुच अगर नौकरी से लग गया तो समझो सब ठीक है।

"बदे की बात तो आखिरी है, लेकिन अपने मन को तो खोलिए। कैसी शादी चाहते हैं? कुछ पता चले तो पहलवान भी अपने आपको तौलें।"

इसी बीच लड़के के मामा एक थाली में रखकर चार कप चाय ले आए। सब लोग चाय पीने लगे। चाय पीते हुए झुन्नू बाबू ने अपने साले की ओर देखा, फिर कुछ सोचने लगे। फिर खखारने लगे।

तीरथ ने फिर प्रश्नवाचक नजर से झुन्नू बाबू को देखा तो झुन्नू बाबू बोले—"पहली बात तो यह है कि लड़की पसन्द आ जाए।"

"मान लीजिए, लड़की पसन्द आ गई। इसके आगे बोलिए? कुछ दान-दहेज पाने का मंसूबा बाँधे हों तो वह भी जाहिर करिए।"

अचानक बहुत गम्भीर हो गए झुन्नू बाबू। जैसे शतरंज का खिलाड़ी अगली चाल चलने के पहले सोचता है, कुछ उस तरह की मुद्रा बन गई। सिर झुक गया। सब उनके सिर उठाने का इन्तजार करने लगे।

धीरे-धीरे सिर ऊपर उठा—"देखिए, हम अपने लिए कुछ नहीं चाहते। हमारे लिए तो लड़की के बाप का एक पैसा भी हराम है। हाँ, लड़के की महतारी मौजूद हैं। लड़के के मामा भी संयोग से आ गए हैं, जिनकी बदौलत बेटा हिल्ले से लगा है। इन लोगों का कोई अरमान हो तो ये लोग बतावें।"

"मामा जी ही बतावें।" तीरथ ने उनकी ओर देखते हुए कहा।

मामा जी बोले—"आपका भी तो कुछ बजट होगा।"

"हमारा बजट ग्यारह हजार का हो तो क्या आप मान जाएँगे? इसलिए आपका खुलासा करना जरूरी है। अटेंगे तो सटेंगे, नहीं तो अपना रास्ता पकड़ेंगे।"

मामा जी ने सिर झुका लिया। फिर धीरे-धीरे ऊपर उठाते हुए बोले—"यह तो जीजाजी का बड़प्पन है जो हमें बीच में डाल रहे हैं। आप लोगों के बीच में मेरा कुछ बोलना शोभा नहीं देता। लेकिन आपका आदेश है तो बोलना ही पड़ेगा।"

मामा जी उठे। आकर तीरथ का हाथ पकड़ा और एक तरफ ले जाते हुए बोले—"हम सब इसी समाज में रहते हैं। सबको सब कुछ पता है। जीजाजी की बात इसलिए थोड़ी अलग है कि बेटे के पीछे हुए खर्चे के कारण थोड़ा दब गए हैं। अचानक एक लाख का निकल जाना भारी पड़ता है। वही आप लोग समझ लेंगे तो इनका बोझ थोड़ा कम हो जाएगा। लड़के को मोटरसाइकिल तो आजकल सभी दे रहे हैं। रही जीजाजी की बात तो अपने मुँह से वे कभी कुछ माँग ही नहीं सकते।"

तीरथ लौटे और पहलवान को थोड़ी दूर ले जाकर बोले—"एक लाख रुपये तिलक और मोटरसाइकिल की माँग है, समझिए।"

सुनकर पहलवान का मुँह लटक गया। दोनों लोग लौटकर चारपाई पर बैठ गए।

थोड़ी देर तक चुप्पी रही। सब एक-दूसरे का मुँह देखते रहे। फिर मामा जी ही बोले—"आजकल तो सड़े-गले बहेल्ला लड़कों का तिलक भी इक्यावन हजार से शुरू हो रहा है, भइया। मोटरसाइकिल के बिना तो बात ही आगे नहीं बढ़ती। वह गाना तो आप लोगों ने भी सुना होगा—

दुलहा क मुँह जैसे फैजाबादी बंडा
चढ़ै क माँगै हीरो होंडा।

जब बंडा जैसे मुँह वाले लड़के हीरो होंडा माँग रहे हैं तो हमारा भानजा तो

लाखों में एक है। जीजाजी के मुँह खोलने की देर है, जो माँगेंगे वही मिलेगा। रोज ही तो कोई न कोई आकर घर घेर रहा है।"

पहलवान को घर घेरने वाली बात अखर गई। हम इनका घर घेरने आए हैं? बातचीत में तनिक भी लिहाज नहीं। मुँह बाए इन्तजार में बैठे हैं कि कौन आकर कितनी बोली लगाता है। समझ गए कि यह दाना उनके दाँत से फूटने वाला नहीं है। तब क्यों न थोड़ा खुला-खुली बात कर ली जाए! तीरथ बता रहे थे कि पिछले साल ही इन्होंने भी अपनी बेटी ब्याही है। घर-दुआर देखकर तो नहीं लगता कि इक्कीस हजार भी तिलक दिये होंगे।

उन्होंने खखारकर शुरू किया—"सुना है, आपने भी पिछले साल बेटी ब्याही है। लगता है, लड़के वालों ने आपको काफी दबाया है।"

"अच्छा रिश्ता पाने के लिए दबना भी पड़े तो खलता नहीं है।" मामा जी बोले—"इकलौती बेटी थी। ऐसे-वैसे घर तो भेज नहीं सकते थे। तभी तो खोजते-खोजते पाँच साल लग गए!"

पहलवान थोड़ी देर चुपचाप सिर हिलाते रहे। फिर पूछा—"क्या करते हैं पाहुन जी? कहीं साहेब-सूबा हैं?"

"साहेब-सूबा तो नहीं हैं, लेकिन हो सकते थे।" झुन्नू बाबू बोल पड़े—"किसी की नौकरी करना उनके खानदान में किसी को पसन्द नहीं। अपना कारोबार है। ठेकेदारी करते हैं। दस-पन्द्रह साल की जमी-जमाई ठेकेदारी है। अगले इलेक्शन में विधायकी लड़ने वाले हैं।"

झुन्नू बाबू ने एक साथ कई रद्दे जमाए। जैसे कह रहे हों कि और पूछो, क्या पूछना चाहते हो।

"किस पार्टी से?" पहलवान ने जानना चाहा।

"किसी भी पार्टी से। सारी पार्टियों में अपने ही आदमी हैं। उस समय जिसकी हवा गरम रहेगी, उसी से लड़ जाएँगे। वे तो निर्दल भी लड़ जाएँ तो सीट निकाल लेंगे। दस-बीस लोग हमेशा आगे-पीछे चलते हैं।" कहकर झुन्नू बाबू पहलवान की आँखों में सीधे देखते हुए मन्द-मन्द मुस्कराने लगे।

"वाह, क्या बात है! दस-पन्द्रह साल से ठेकेदारी! तब तो उम्र भी ठीक-ठाक होगी।" पहलवान ने पेच निकाला।

"ज्यादा नहीं।" झुन्नू बाबू थोड़ा अटके—"चालीस के अन्दर ही हैं।"

"लेकिन आपकी बेटी तो आपके सुपुत्र से छोटी है। सत्रह-अठारह साल से ज्यादा क्या रही होगी!" पहलवान हल्के-हल्के आगे-पीछे सिर हिलाते हुए बोले।

झुन्नू बाबू झिड़की-सी देते हुए बोले—"अरे, मर्द की कहीं उम्र देखी जाती

है! सिर के बाल न झड़े होते तो पच्चीस के भी न लगते।" फिर आवाज को थोड़ा मुलायम बनाते हुए बोले—"शहर गए थे अपने किसी दोस्त के घर। नहाते समय बालों में शैम्पू की जगह भूल से बालसफा लोशन लगा लिया, इसलिए आगे के आधे बाल झड़ गए।"

"बाल तो लबार होते हैं, झुन्नू बाबू।" पहलवान सान्त्वना देने वाले स्वर में बोले—"छोटे-छोटे बच्चों के झड़े-पके जा रहे हैं। असली चीज है कमाई-धमाई। वह है ही। लेकिन दस-बीस लोग साथ लेकर क्यों चलना पड़ता है? कोई खतरे की बात?"

"अरे नहीं, भाई।" झुन्नू बाबू प्रश्न के भोलेपन पर तरस खाते हुए हँसने लगे—"दस-बीस लोग पीछे होने से धाक जमती है। लगता है कि आदमी पावर वाला है। कोई जल्दी उलझता नहीं। दफ्तरों में काम जल्दी हो जाता है। फील्ड में रहना है तो यह सब करना पड़ता है।"

"तब तो राइफल-बन्दूक भी लेकर चलते होंगे। गोली-बारूद वालों के लिए तो लोग दूर से ही रास्ता छोड़ देते हैं।"

बात को भूलभुलैया में उलझते देख लड़के के मामा उठकर घर के अन्दर चले गए।

"वह तो जब चाहें, खरीद लें, लेकिन उनके बाप खरीदने की इजाजत दें तब न! कहते हैं, खतरे वाला सामान साथ लेकर नहीं चलना। लेकिन इधर डी.एम. साहब ने खुद बुलाकर लाइसेंस दे दिया है। जैसे ही बाप की इजाजत मिली, खरीद लेंगे।"

लड़के के मामा थोड़ी देर बाद घर से बाल्टी लेकर निकले और कुएँ पर नहाने चले गए।

पहलवान समझ गए कि मामा मैदान छोड़ गए। बुढ़ऊ कितनी देर झेलते हैं यह देखना है।

"वैसे जमाई बाबू के पिताजी ठीक सोचते हैं। आजकल इज्जतदार लोग बन्दूक-राइफल रखने पर जोर नहीं दे रहे हैं। हाँ, दिन बहुरता है तो आदमी पक्का मकान जरूर बनवाता है। दस-पन्द्रह साल में पक्की हवेली तो बना ही लिए होंगे।"

लगा कि इस तरह के सवालों से झुन्नू बाबू की बेचैनी बढ़ रही है। लेकिन उन्होंने अपने को सँभाल लिया और शान्त स्वर में बोले—"दो लाख ईंट का पँजावा पिछले साल लगवा दिया था। जब चाहेंगे, बनवाना शुरू कर देंगे। बात यह है कि ठेकेदारी का काम इतना फैला लिया है कि और किसी काम के लिए फुरसत ही नहीं मिलती।"

"आप बता रहे थे कि खेती-बारी भी काफी जमाये हुए हैं। हरवाहों-चरवाहों की जैसी किल्लत है, उसको देखते हुए तो ट्यूबवेल, ट्रैक्टर का इन्तजाम बहुत पहले करना पड़ा होगा।"

"ट्यूबवेल की जरूरत तो इसलिए नहीं है कि सारे खेत नहर के किनारे हैं। रही ट्रैक्टर की बात तो उनके बाप लोन लेकर खरीदने के पक्ष में नहीं हैं, और खरीद भी लें तो उसकी देखभाल करने वाला कोई नहीं है। दामाद का ठेका-पट्टा सब शहर में है।"

कहने के साथ ही झुन्नू बाबू उठकर खड़े हो गए। बोले—"मैं घंटे-भर की मोहलत चाहता हूँ। आलू का बीज खरीदने के लिए बाजार जाना बहुत जरूरी है। तब तक आप लोग राकेश के मामा जी के साथ बातचीत करें।"

"बाजार से बीज खरीदने की जरूरत क्यों पड़ रही है? कोल्ड स्टोरेज में अपना आलू नहीं रखवाए थे क्या?" लेकिन झुन्नू बाबू ने लगता है पहलवान की बात सुनी ही नहीं।

पहलवान समझ गए कि उनके सवालों से घबराकर ही बुढ़वा मैदान छोड़कर भाग रहा है।

वे भी उठकर खड़े हो गए और हाथ जोड़कर बोले—"आप इत्मीनान से बाजार करें। मामा जी भी स्नान-ध्यान करें। बातचीत जो होनी थी, हो ही गई है। हमें भी चलने की आज्ञा दीजिए। राकेश की माताजी को बुला दें तो उनसे भी इजाजत ले लें।"

राकेश की माताजी सिर का आँचल थोड़ा आगे खिसकाकर और आँचल का खूँट दाँत से दबाकर एक हाथ में पीढ़ा लिये हुए आईं और पहलवान की चारपाई के आगे थोड़ी दूरी पर पीढ़ा रखकर बैठ गईं।

पहलवान बोले—"आपके दरवाजे रिश्ता लेकर आए हैं। चाहते हैं कि आप भी अपना फैसला सुनाएँ। कुछ सुनकर जाना चाहते हैं।"

"हम क्या बोलेंगे मरद-मानुख के बीच में?" वे लाज दिखाते हुए बोलीं।

"अरे, बेटा आपका है। आपने पैदा किया है। सेया-पखेया है। कुल-खानदान देखकर पतोहू लाएँगी तो हाथ-पैर दबाएगी। सेवा करेगी। सिर की जुआँ निकालेगी। बिना आपके बोले, कैसे काम चलेगा? बहुत लेन-देन करने की हैसियत में तो हम नहीं हैं, लेकिन लड़की आपको गुन-सहूर वाली दे सकते हैं।"

"गुन-सहूर, रूप-रंग, कद-काठी, कुल-खानदान तो चाहिए ही चाहिए भइया। उसमें कैसी कोताही! लेकिन इसके साथ-साथ यह भी देखा जाता है कि कैसी गोड़ी लेकर ड्योढ़ी में परवेस करती है। रुपये-पैसे की लालच हमें एकदम नहीं

है। भगवान ने बहुत दिया है। लेकिन किसी रईस के घर से आएगी तो उसके साथ घर में रईसी आएगी। किसी दरिद्र के घर से आएगी तो इस घर में भी उसके साथ-साथ दलिद्दर की पैसारी हो जाएगी। बस, यही बचाना होगा। बाकी तो सारी बेटियाँ लक्ष्मी का अवतार होती हैं।"

अरे, यह तो अपने भाई-भतार से भी दो कदम आगे हैं। पहलवान का रोयाँ-रोयाँ सुलगने लगा। चिढ़कर बोले—"हुकुम हो तो घर का दुख-दलिद्दर दूर भगाने का एक तरीका हम भी बता सकते हैं। सीधे-सीधे डुगडुगी पिटवाकर बाजार के दिन लड़के को नीलामी पर क्यों नहीं चढ़ा देतीं? झुन्नू बाबू के बाप तो आपकी गोड़ी इस ड्योढ़ी के अन्दर पड़ने से नहीं बचा पाए। दलिद्दर की पैसारी हो ही गई, जिसके चलते आपको अपनी बेटी अधेड़ दामाद के पल्ले बाँधनी पड़ी। कच्चे घर में गुजारा करना पड़ रहा है। दरवाजे पर साबुत बैल तक नहीं हैं। घर की दीवारें दर्रा फाड़े हैं, छाजन बैठी हुई है। तीन लड़के हैं। तीनों को नीलामी पर चढ़ा दीजिए तो घर में सात पुश्त से जड़ जमाकर बैठा दलिद्दर भी भाग जाएगा और पक्की कोठी भी खड़ी हो जाएगी।"

"ऐ भइया, आप तो कुफार बोलने लगे। अरे, बदा होगा तो कोठी भी खड़ी हो जाएगी। बाकी आप तो ऐसी बोली बोल रहे हैं जैसे दीन-दुनिया में रहते ही नहीं। जो हीरा खरीदने आएगा उसे हीरे की कीमत भी देनी पड़ेगी। हमारा बेटा नीचे-ऊपर से मिलाकर सात-आठ हजार पैदा कर रहा है तो यह किसके हाथ में जाएगा! जो बहू बनकर इस घर की ड्योढ़ी लाँघेगी उसी के हाथ में तो! इसमें नाराज होने या बोली बोलने की क्या बात है? हम भी वही कहेंगे जो दुनिया का दस्तूर है।"

पहलवान हाथ जोड़कर चल पड़े। तीरथ पीछे-पीछे। पहलवान बहुत रंज में थे। नौ बजे आए थे। अब दो बजने वाले थे। एक कप चाय पिलाने के अलावा दुबारा पानी के लिए भी नहीं पूछा मक्खीचूसों ने। गाय बियाई थी। एक-एक गिलास मट्ठा ही पिला देता ससुरा! अपनी बेटी का विवाह दूनी उमर के वर से किया है। दामाद की हैसियत क्या है, यह भी साफ हो गया। इसके बावजूद दिमाग सातवें आसमान पर है।

भूख बहुत तेज लगी थी। तीरथ बहू ने खाना बहुत स्वादिष्ट बनाया था। खाते ही सुस्ती ने घेर लिया। बिना कुछ बोले-चाले सो गए। जगे तो शाम उतर रही थी। चलने के लिए तैयार होने लगे तो तीरथ रोकने लगे—"देर हो गई है। सबेरे जाइएगा।" लेकिन पहलवान नहीं माने। बोले—"घंटा-डेढ़ घंटा रात बीतते-बीतते आराम से पहुँच जाएँगे।"

सतनी के घर के पास पहुँचे तो इच्छा हुई कि उसके घर की ओर मुड़ जाएँ। क्या पता, आई हो तो देखा-देखी हो जाए! मन थोड़ा हुलसित हो जाए। लेकिन दुविधा में पड़े-पड़े ही साइकिल आगे बढ़ गई।

फिर मन को समझा लिया कि सतनी भी अब उन्हीं की तरह बिना फूल-पात की हो गई होगी। वह खनखनाती हँसी और आँखों की चमक कब की गायब हो चुकी होगी। उसे देखकर मन में बसी उसकी छवि को धक्का न लग जाए। न मिलना ही अच्छा।

आधे रास्ते आते-आते उन्हें डर लगने लगा। पत्नी ने आते समय सचेत किया था कि खुद आगे बढ़-बढ़कर मत बोलिएगा, तीरथ भइया को बोलने दीजिएगा, लेकिन वे अपनी आदत से बाज नहीं आए। बोलकर काम बिगाड़ लिया। पत्नी ठीक कहती है कि मुझे अपनी जबान पर कंट्रोल नहीं रहता। पहुँचते ही पूछेगी। क्या बताऊँगा?

फिर खुद को तसल्ली देने लगे—उनके बोलने से काम नहीं बिगड़ा। उन्होंने तो काम बिगड़ने के बाद बोलना शुरू किया था।

घर पहुँचते-पहुँचते खवाई-पियाई का समय निकल गया था। माँ-बेटी सोने की तैयारी कर रही थीं। इतनी जल्दी वापस आ जाएँगे, ऐसा तो सोचा ही नहीं था। उन्हें देखकर पत्नी ने बेटी को रसोई का काम सौंपा और खुद एक बाल्टी पानी और लोटा ले आईं। जब तक पहलवान ने हाथ-पैर धोया, वे चाय बना लाईं। पहलवान डर रहे थे कि अब किसी भी समय पत्नी लड़के वालों का प्रसंग छेड़ेंगी, लेकिन पत्नी ने ऐसा नहीं किया। वे तीरथ और उनके परिवार का हाल-चाल ही लेती रहीं। खाने-पीने के बाद पत्नी ने बेटी को अन्दर से दरवाजा बन्द करने के लिए कहा और गरम तेल की कटोरी लेकर मड़हे में लेटे पहलवान के पास आईं। पैर के तलुओं और टखनों में अच्छी तरह देर तक तेल की मालिश करती रहीं, लेकिन लड़के वालों के बारे में कोई बात नहीं शुरू कीं। वे जानती थीं कि कोई उम्मीद की बात होती तो पहलवान से बिना बताए एक पल भी न रहा जाता। कुछ नहीं बता रहे हैं इसका मतलब है कि बताने लायक कुछ नहीं है। ऐसे में पूछताछ उनके अन्दर झुँझलाहट पैदा कर सकती है।

पहलवान की नाक बजने लगी तो वे नीचे उतरने लगीं। इस बीच नाक की आवाज बन्द हो गई और पहलवान ने उनकी बाँह पकड़कर अपनी ओर खींचा। कटोरी ताखे पर रखकर वे धीरे-से बगल में लेट गईं। बिना कुछ बोले दोनों प्राणी सामान्य से अधिक समय तक दाम्पत्य सुख में डूबते-उतराते रहे। पहलवानिन का अनुभव है कि पहलवान जितना ज्यादा उदास होते हैं, उनका स्तम्भन उतना ही

दीर्घ होता है। एक बार आह्लादित होकर पहलवानिन ने पूछा था—"कहाँ सीखी ऐसी विद्या? तुम्हारे जैसा कोई नहीं।"

कुछ देर बाद पत्नी उठीं। पैताने खिसके कंबल को उठाकर पहलवान के शरीर को अच्छी तरह ढका और हल्के से उनकी नाक हिलाकर बाहर निकल गईं।

झुन्नू बाबू के घर से लौटने के बाद पहलवान को लगता है कि उनकी छाती पर कोई बोझ लदा हुआ है। लगता है कि झुन्नू बाबू को चिढ़ाकर उन्होंने अच्छा नहीं किया। हो सकता है, आगे-पीछे बात बन ही जाती। कुछ तो है जिसे देखकर पप्पू की अम्मा कहती हैं कि मेरे बोलने से बनती बात बिगड़ जाती है।

दिन में जो समस्या राई भर लगती है, वही रात में कौंधी तो पहाड़ जैसी लगने लगती है।

वे सबेरे दिशा-मैदान के लिए निकले तो वापसी में खेलावन के घर की ओर मुड़ गए।

खेलावन सेक्रेटरी उनके लिए आधुनिक दुनिया की ओर खुलने वाली खिड़की की तरह हैं। एक तो पड़ोसी, दूसरे मिलनसार, तीसरे, हफ्ते में दो-एक दिन घर पर फुरसत में दिखते हैं। वे खेलावन को व्यावहारिक और दुनियावी सूझ-बूझ वाला आदमी मानते हैं। बाहर की दुनिया का हाल-चाल जानने और किसी समस्या का निदान जानने के लिए वे खेलावन के पास ही आते हैं। खेलावन आजकल अखबार भी मँगाने लगे हैं। पहलवान को अखबार पढ़ने का चस्का है। पहले वे अखबार पढ़ने के लिए गुरू टी स्टाल पर जाते थे। उसके लिए समय भी निकालना पड़ता था और चाय भी पीनी पड़ती थी। अब अखबार पढ़ने के लिए भी खेलावन के दुआर पर चले आते हैं। न रोज सही, रविवार को तो जरूर आते हैं। अखबार में पढ़कर खेती-किसानी में काम आने वाली जाने कितनी जानकारियाँ वे अपनी पॉकेट डायरी में नोट करते रहते हैं।

खेलावन दुआर पर ही मिल गए। मोटरसाइकिल की सफाई कर रहे थे। पहलवान को देखकर स्वागत किया और बेटे को कुर्सी निकालने के लिए कहा। बेटे ने कुर्सी पहलवान के पास रखकर प्रणाम किया तो उसे ध्यान से देखते हुए पूछा—"तुम कब आए, अजय?"

"कल ही आया, चाचा।"

पहलवान ने देखा—अजय का शरीर छह-सात महीने में गबरू जवान-सा निखर आया है। खेलावन ने जुगाड़ लगाकर उसे पुलिस में भर्ती करवा दिया। घूस का रेट एक से सवा लाख के बीच चल रहा था, लेकिन खेलावन ने अस्सी-पचासी हजार में ही काम बना लिया। वही लड़का छह-सात महीने सरकार की रोटी खाने के बाद ड्योढ़ा होकर उनके सामने खड़ा था और रोबीला लग रहा था।

"कहाँ थे? इधर कई दिन से दिखाई नहीं दिए।"

"चले गए थे बेटी के रिश्ते के लिए लड़का देखने। लड़का तो ठीक था। रोजी से भी लगा था, लेकिन बातचीत बेनतीजा रही। आना-जाना डाँड़ हो गया।"

पहलवान देर तक सारी बात विस्तार से बताते रहे फिर बोले—"जो काम लायक लड़के हैं, उनका भाव तो आसमान पर है ही, जो किसी काम के नहीं हैं उनके माँ-बाप भी सीधे मुँह बात करने को तैयार नहीं दिखते।"

"देखो, भइया। लड़के के बारे में जो कुछ आपने बताया उसको सुनकर तो यही कहेंगे कि लड़का हाथ से जाने देने लायक नहीं है। अब रही बात कि मिलेगा कैसे? तो इसके लिए दो उपाय करने होंगे। एक तो यह कि लड़के के घर एक डमी उम्मीदवार भेजा जाय जो लड़के वालों के घर दो दिन तक टिकान करके उसके बाप को घिसे। फिर ग्यारह हजार तिलक और एक स्कूटर की पेशकश करके लौट आवे। दूसरे हफ्ते दूसरा डमी भेजा जाय जो बातचीत के दौरान इस अफवाह की चर्चा करे कि इधर साल-भर के अन्दर जितने भी डेली-वेजेज वालों को रेगुलर किया गया है, उनका मामला हाई कोर्ट में चैलेंज हो गया है और किसी भी समय कोर्ट का फैसला खिलाफ में आ सकता है। तब तो आपका बेटा दो पैसे के लिए भी महँगा हो जाएगा। हम तो यह जानकर आए थे कि रेगुलर सेलेक्शन के थ्रू आए हैं। यह भाव दिखावे कि हमें ऐसा रिस्की रिश्ता नहीं करना है कि कल को बेटी-दामाद दोनों को बैठाकर खिलाना पड़े। तीसरे हफ्ते हम लोग फिर चलेंगे तो एक मोटरसाइकिल और पचास हजार तिलक पर आराम से सौदा पट जाएगा।"

"आपने शायद मेरी बात पर ध्यान नहीं दिया। मैं अपनी बात से लड़के के माँ-बाप और मामा तीनों को चिढ़ा आया हूँ।"

"दहेजू* के लिए कैसा चिढ़ना और कैसा चिढ़ाना? बस, उसकी डिमांड का इन्तजाम करना होगा। तब अगर पाँच जूते भी मारना चाहोगे तो झुन्नू बाबू सिर झुका देंगे।"

"उसके लिए सोच लिये हैं। वह जो पश्चिमी सिवान पर उँचास वाला चक है

---

* दहेज का लोभी।

दस बिस्वा के रकबे वाला, उसी को बेच देंगे। एक तो घर से दूर बहुत है, दूसरे उसमें नहर का पानी नहीं चढ़ता। तीसरे किराए के पम्पिंग सेट से सिंचाई करने में इतना खर्चा आ जाता है कि कोई बचत नहीं होती। पप्पू की पचपन हजार फीस भी भरनी है इस साल की। फीस और विवाह का काम चल सकता है। लेकिन डमी कहाँ मिलेंगे?"

"उसका इन्तजाम मेरे जिम्मे छोड़िए।"

अजय पहलवान को मुँह धोने के लिए लोटे में पानी दे गया। वे दातून चीरकर जीभ साफ किए और कुल्ला करने लगे।

"एक खेत तो पहले से ही रेहन है। यह दस बिस्वा भी बेच देंगे, तब साल-भर की रोटी कैसे चलेगी?"

"आप क्या सोचते हैं, मैंने इस पर कभी सोचा नहीं? हजार दफे सोचा है, लेकिन जितना सोचिए उतना ही आँखों के आगे अँधेरा छाने लगता है। कोई किसान अपनी जमीन बेचने के लिए क्या इतनी आसानी से तैयार होता है! लेकिन दूसरा रास्ता भी तो नहीं दिखता। बेटी ऐसे-वैसे घर में भेज दें? आए दिन रोते-कलपते दरवाजे पर हाजिर रहे वह भी तो नहीं देखा जाएगा।"

"भौजी से सलाह किए हैं?"

"अभी नहीं। सोचा, पहले आपसे चर्चा कर लें, तब उनसे बात करें।"

अजय चाय दे गया। फिर एक कुर्सी और लाया। दोनों लोग आमने-सामने बैठकर चाय पीने लगे।

"भइया खेलावन, एक बात पूछें?" पहलवान चाय का घूँट उतारने के बाद कहते हैं—"इस इलाके में दस-पन्द्रह एकड़ जमीन वाले किसान तो चार-छह गाँव में खोजने पर शायद एकाध ही मिलेंगे। सौ में पचीस-तीस घर एकदम भूमिहीन हैं। चालीस-पचास घरों के पास आधे से एक एकड़ तक जमीन है। हमारे जैसे चार-पाँच एकड़ की जोत वाले किसानों की गिनती ही यहाँ बड़े किसानों में होती है। सोचता हूँ कि जब हमें अपना पाँच-छह लोगों का परिवार पालना कठिन हो रहा है तो बाकी लोगों का गुजर-बसर कैसे होता है? हम पैदा होने के दिन से लेकर मरने के दिन तक क्यों परेशान रहते हैं? हमारी विपत्ति का कारण क्या है?"

"पहलवान भइया, जो बिलकुल अतात-पंखी* हैं, जिनके पास अपनी कहने को एक धूर भी जमीन नहीं है। जिनके नीचे धरती और ऊपर आसमान है, उनके दुखों का भला क्या ओर-छोर? लेकिन जो जगह-जमीन वाले हैं, उनके दुखों का भी कोई एक कारण नहीं है कि झट से बता दें। लेकिन सबसे बड़ा कारण है,

* हर तरह से साधनहीन।

हमारी उपज का सही मूल्य न मिलना। सरकार हमारी फसल का जो समर्थन मूल्य तय करती है वह हमेशा किसान की लागत से कम होता है। इसका मतलब हुआ कि जितनी लम्बी खेती, उतना लम्बा घाटा। जितनी ज्यादा पैदावार, उतना ज्यादा घाटा। इसीलिए कहा जाता है कि किसान दुख की फसल उगाता है। उसका पैदा किया हुआ अनाज-गल्ला व्यापारी के लिए अमीरी पैदा करता है लेकिन खुद उसके लिए गरीबी पैदा करता है।"

"तो सरकारें लागत से कम समर्थन मूल्य क्यों तय करती हैं? वे किसानों को जिन्दा क्यों नहीं रखना चाहतीं? किसानों को मारकर उन्हें क्या मिलेगा?"

"ऐसा है कि किसान व्यापारी वर्ग का आहार है। किसान का हिस्सा खाकर ही आढ़ती और निर्यातक जिन्दा रहता है। निर्यात मूल्य तय करना केवल सरकार के हाथ में नहीं होता, बहुत सारी ताकतें उस पर प्रभाव डालती हैं। लेकिन इसे समर्थन मूल्य से ड्योढ़ा रखना पड़ता है, तभी निर्यातक को पोसाएगा। अगर सरकार समर्थन मूल्य बढ़ा देगी तो निर्यातक का लाभ घट जाएगा। निर्यातक किसान का हिस्सा खाकर मोटा हो जाता है। दूसरे का हिस्सा खाने वाले की आवाज चाँड़ निकलती है। उससे सरकार दब जाती है। इसलिए भी दब जाती है कि उनसे सरकार को मोटा चन्दा मिलता है। किसान मेहनत करके खाता है। मेहनत करके खाने वाले की आवाज कमजोर रहती है। कमजोर आवाज से सरकार को डर नहीं लगता।"

"आखिर सरकार तो हमारे ही वोट से बनती है।"

"सही है, लेकिन उसे नोट और वोट दोनों चाहिए। व्यापारी अपना नोट नहीं देगा तो उसके काम आएगा, लेकिन किसान वोट नहीं देगा तो क्या उसका अचार डालेगा? किसान को पटाकर रखने के लिए सरकारों के पास बहुत सारे लटके-झटके हैं। कभी ब्याज माफ कर दिया, कभी पेंशन दे दिया, कभी मन्दिर के नाम पर ललकार दिया। अधिकांश जनता बेपढ़ी-लिखी और धर्मभीरु है। वह हजारों साल से राजा या शक्ति पुरुष को भगवान का प्रतीक मानती और उसके आगे झुकती आई है। जै-जैकार करने और सिर न उठाने की आदत उसके खून में समा गई है। इसलिए अपने अधिकार या जरूरत के लिए सत्ता के समक्ष तनकर खड़ी नहीं हो पाती। और उधर, अगर निर्यातक कम्पनियों का मुनाफा घटा तो वे सरकार की दाढ़ी का बाल नोचने लगेंगी। सरकार उनसे दब जाती है।"

"तो क्या अपनी दुर्दशा के लिए किसान खुद ही जिम्मेदार हैं।"

"खुद ही तो नहीं कह सकते, लेकिन काफी कुछ खुद भी जिम्मेदार हैं। पूछिए कैसे? सरकार की ओर से बिजली देने के लिए चौदह घंटे का रोस्टर घोषित है। लेकिन भादों-क्वार के सूखे के दिनों में भी कभी चार-पाँच घंटों से ज्यादा बिजली

नहीं आई। कोशिश की गई कि चार-छह गाँव के लोग सब स्टेशन तक चलकर अपना विरोध जताएँ, लेकिन बहुत प्रयास करने पर भी कितने लोग जुटे? ढाई-तीन सौ। नहर विभाग के मुकदमे के खिलाफ प्रदर्शन के लिए उस दिन कितने लोग सगरे पर जुटे? ब्लाक के कर्मचारियों ने गाँव में कम-से-कम आठ लोगों के नाम से बैंक वालों से मिलकर फर्जी लोन कराया है। आए दिन कोई न कोई पकड़कर हवालात में बन्द किया जा रहा है, पर यह नहीं होता कि सारा गाँव मिलकर धरना-प्रदर्शन के लिए निकले। बाजार का दुकानदार मिलावटी यूरिया और डाई बेचता है। यह सबको पता है। लेकिन उसके खिलाफ रिपोर्ट लिखाने, यहाँ तक कि कृषि अधिकारी के दफ्तर में की जाने वाली शिकायत पर दस्तखत करने तक के लिए कोई जल्दी तैयार नहीं होता। इससे सब जान जाते हैं कि ये बिना रीढ़ के केंचुए हैं। इनसे डरने की जरूरत नहीं।"

"बात तो आप ठीक कहते हैं, लेकिन आदमी खेती-किसानी देखे कि लड़ाई करने निकले?"

"लड़ना तो पड़ेगा। जिन्दा रहना है तो अपने मारने वालों के सामने डटना तो पड़ेगा। वरना जैसे हजारों जातियाँ, जन-जातियाँ, पशु-पक्षियों की प्रजातियाँ इस दुनिया से उछिन्न हो गईं, वैसे ही किसान नाम की प्रजाति भी विलुप्त हो जाएगी।"

"जानते हैं, पिछले पैंतीस साल में जमीन सौ गुनी महँगी हो गई। सोना पचहत्तर गुना, डीजल पचास गुना, जबकि गेहूँ सिर्फ सात गुना। सारी मन्दी किसानों के लिए ही है। पिछले दिनों बजट की खबर अखबार में छपी थी, उसमें जो चीजें सस्ती की गई थीं, उसमें थीं कार, कम्प्यूटर, कालीन और कोका कोला; और जो चीजें महँगी की गई थीं, उनमें थीं बीड़ी, माचिस, चाय, बिस्कुट, पोस्टकार्ड। बड़े पूँजीपतियों के कारखाने में बनने वाली और अमीर लोगों के उपयोग में आने वाली चाजें सस्ती हो गईं और कुटीर उद्योग में बनने वाली या गरीब के काम में आने वाली चीजें महँगी। जिस सरकार की नीयत ऐसी गरीब-विरोधी, किसान-विरोधी हो, उसके खिलाफ गरीब नहीं खड़ा होगा, किसान नहीं खड़ा होगा, तो कौन खड़ा होगा?"

"खेलावन भाई, हममें से कितनों को पता है कि बजट किस चिड़िया का नाम है?"

"अरे भाई, बाजार के मिलावटी दुकानदार का तो पता है? चीनी मिल के मालिक का पता तो है। फर्जी मुकदमा लिखाने वाले ओवरसियर का पता तो है? इनका आप क्या उखाड़ ले रहे हैं?"

पहलवान से कुछ कहते नहीं बना। केवल सिर हिलाते रह गए।

खेलावन के घर से लौटते हुए पहलवान ने इतनी हिम्मत जुटा ली थी कि सारे मुद्दे पर इत्मीनान से पत्नी से सलाह-मशविरा कर सकें। लेकिन पप्पू की अम्मा को उनसे बात शुरू करने का मौका तभी मिला, जब नहा-खाकर पहलवान आराम करने के लिए मड़हे में लेटे। हुक्का पहलवान के हाथ में देकर वे कुछ देर तक खड़ी रहीं, फिर पैताने बैठकर पाँव दबाते हुए शुरू किया।

"क्या हुआ जो उस दिन बुआ के घर गए थे? कुछ उम्मीद है कि बेकार ही रहा आना-जाना?"

"मैंने तुमसे इसलिए कुछ नहीं बताया कि सुनकर बेकार ही दुखी हो जाओगी। लड़का तो ठीक है। नौकरी से भी लग गया है, लेकिन उसके माँ-बाप बड़े लालची हैं। एक मोटरसाइकिल और एक लाख तिलक के लिए मुँह बाए हैं।"

"छोड़िए! कहीं और पता लगाइए।"

"लेकिन रिश्ता अच्छा है। यह बताओ, अगर अपना उँचास वाला खेत बेच दिया जाय तो कैसा रहेगा? एक-डेढ़ लाख के करीब मिल सकता है।"

"क्या बोल रहे हैं? आपके दो बेटे हैं। कल को समझदार होंगे तो क्या कहेंगे? खेत बेचना तो उनके मुँह का कौर छीन लेने जैसा होगा। पुरखों ने मर-मरकर खरीदा और आप बेचने की सोचने लगे। और अभी तो अम्मा-बाबूजी जिन्दा हैं। उनके जीते-जी आपने यह बात सोच कैसे ली? उन्हें पता चला तो हजार गारी देंगे।"

"मैं खुद बप्पा से बात करके देखूँगा। आखिर बेटी के लिए अच्छा घर-वर ढूँढ़ना भी तो अपनी जिम्मेदारी है।"

"ऐसा हरगिज न करना। दुनिया में सब लालची ही नहीं हैं। खोजने पर भले लोग भी मिलेंगे। भगवान की बनाई दुनिया से कोई बिरवा खतम नहीं होता।"

जितनी आसानी से पत्नी के मान जाने की उम्मीद थी, उतना आसान नहीं है—पहलवान ने सोचा। हो सकता है, पत्नी का सोचना ही ठीक हो। पहलवान को अपने अनुभव से मालूम है कि जीत हमेशा पहलवानिन की ही होती है। घर-गृहस्थी के मामले में असली पहलवान पहलवानिन ही हैं। इसलिए चुप हो गए। उन्हें इस बात से अन्दर ही अन्दर राहत महसूस हो रही थी कि झुन्नू बाबू और उनकी पत्नी के साथ हुई नोक-झोंक की चर्चा वे बचा ले गए। पत्नी को अगर झुन्नू बाबू के घर पर हुई झिक-झिक का पता चल जाए तो शायद उनकी एक भी गत बाकी न लगाएँ।

मालती के मामा खिचड़ी पहुँचाने आए हैं।

इस इलाके में ससुराल जा चुकी बेटियों-बहनों के घर मकर संक्रान्ति पर 'खिचड़ी' और नागपंचमी पर 'घुँघनी' के नाम से भेंट-उपहार लेकर जाने की परम्परा है। तिथि निश्चित रहने पर साल में कम-से-कम दो बार बहन-बेटियों की हाल-खबर मिल जाती है, नहीं तो कहो, सालों आने-जाने की फुरसत न मिले।

बहन-बेटियाँ बाट जोहती हैं। पास-पड़ोस की सारी बहुओं के मायके से खिचड़ी-घुँघनी आ गई और किसी एक के मायके से नहीं आई तो वह दुखी हो जाती है। इसका मतलब मायके में उसका मानदान घट गया। तब वह खुद ही खुद को पड़ोसिनों की तुलना में 'दूबर' मानने लगती है। यानी अब मायके में माँ की नहीं, भाभी की मरजी चलने लगी।

मामा आए। मामा आए।

भइया आए। भइया आए।

दरी बिछाओ। पानी लाओ।

पंडोही ने मोटरसाइकिल के दोनों तरफ लटके भारी थैले उतारकर जमीन पर रखे तो मालती सारी ताकत लगाकर बारी-बारी उन्हें घर के अन्दर ले गई। देखें तो नानी ने क्या-क्या भेजा है? थैले की चेन खोलते ही ढूढ़ी और तिलवा की महक पूरे घर में फैल गई। प्रभाकर बहू आईं और भाई का पैर पकड़कर कारन करके रोने लगीं। कारन करके रोने का मतलब आशु रचित तुकान्त कविता में अपने दुखों, अपनी मुसीबतों का रोना, अपने गिले-शिकवों का इजहार करना, उलाहना देना कि भइया तुमने बहिन की सुधि बिसार दी। तुमको अपनी गोद में बिठाकर दूध-भात खिलाया है, लोरी सुनाया है, चंदा मामा दिखाया है। तुमने पता लगाने की कोशिश नहीं की कि ससुराल में बहन का पेट भरता है कि भूखे सोना पड़ता है।

अरे या मोरे बिरना।
हमरी सुधिया भुलान्या भइया बिरना।
ऊँची-ऊँची बखरी लोभान्या भइया बिरना।
भितरा कै हलिया न जान्या भइया बिरना।

बहन के लिए रिश्ता खोजने आए तो ऊँची बखरी देखकर ही लट्टू हो गए। अन्दर की असली हालत का पता नहीं लगा पाए।

दुख की बदली छा जाती है। पेड़ों से पीले पत्ते टूट-टूटकर गिरने लगते हैं। अपवाद छोड़ दें तो हर बहन को लगता है कि उसे मायके की तुलना में कमजोर घर में ब्याहा गया है। नहीं लगता तो भी वह मायके के सम्मान में यही शिकायत करती है।

आँसुओं की बरसात थमती है तो माँ-बाप, भाई-भौजाई, भतीजे-भतीजी और रान्ह-परोस का हाल पूछा जाता है। गाय-गोरू, पेड़-पौधे, ताल-पोखर को याद किया जाता है।

गुड़ की डली मुँह में डालते हुए पंडोही की नजर नीम के नीचे खड़े ट्रैक्टर पर पड़ती है। धूल और नीम की सूखी पत्तियों से अटा पड़ा है।

पूछते हैं—"ट्रैक्टर ज्यादा दिन से खड़ा है क्या?"

"कौन चलावे? छोटे नौकरी पर चले गए। मालती के बाबू को खेती के काम से फुरसत नहीं मिलती।"

तब तक मालती की दादी आ गईं। पंडोही ने उठकर उनके पैर छुए। पाँड़े भी कहीं से लौटे। ससुर को देखकर मालती की अम्मा ने घूँघट निकाल लिया। सास के कान में फुसफुसाकर कुछ पूछा और उठकर घर के अन्दर जाने लगीं—चलकर कुछ आग-अदहन करें।

कुशल समाचार के लेन-देन के बाद पंडोही ने फिर ट्रैक्टर की चर्चा छेड़ी—"यह तो खड़े-खड़े सड़ जाएगा।"

पाँड़े ने बताया—"इसे खड़ा देखकर मुझे भी बहुत विरोग होता है, लेकिन क्या करें! कहते हैं कि विपत्ति में विपत्ति आती है।

राजा हरिचंद पै विपति परी।
भूँजी मछरी जल में परी॥

"यह किस्सा तो सुना ही होगा कि राजा हरिश्चन्द्र जब बिकने के लिए काशी जा रहे थे तो कई दिन भूखे रहने से पेट कलकला रहा था। नहीं सहा गया तो एक तालाब में मछली मारने उतरे। राजा थे। मछली मारने की आदत तो थी नहीं। बड़ी मेहनत से एक मछली पकड़ पाए। उसे सूखी पत्तियों की आग में भूना और जब भोग लगाने बैठे तो मछली उछलकर पानी में कूद गई। वही निहाद हमारी है। छोटे के जाने के बाद एक ड्राइवर रखा था। कुछ-न-कुछ कमाकर दे रहा था। लेकिन एक दिन बिना रेडियेटर में पानी डाले ही जोतता रह गया। इंजन सीज हो गया। मारे जाने के डर से खेत में ही इसे खड़ा करके कहीं भाग गया। टोचन करके लाए हैं। तब से खड़ा है। इंजन खोलवाना पड़ेगा। गिरी से गिरी हालत में चार-पाँच हजार का खर्च आएगा।"

फिर कुछ रुककर बोले—“दरअसल, अच्छा ड्राइवर मिलना बहुत ही मुश्किल है।”

“नहीं बाबूजी, हर ड्राइवर अच्छा होता है बशर्ते मालिक उसकी खोपड़ी पर सवार रहे। अकेला छोड़ देने पर अच्छे से अच्छा ड्राइवर खराब हो जाता है। किस्तें कहाँ से दे रहे हैं?”

“दे कहाँ रहे हैं? जून वाली भी नहीं भरी गई। दिवाकर जो कुछ कमाए थे, नौकरी पाने में झोंक दिए। इस महीने दिसम्बर में जो देनी है, वह भी लटक जाएगी।”

दरअसल पंडोही एक महीना पहले ही खिचड़ी लेकर इसलिए आए हैं कि उन्हें कुछ दिनों के लिए ट्रैक्टर की जरूरत है। कई साल से सोच रहे हैं कि उँचास वाले एक बीघे खेत की एक फीट गहरी मिट्टी निकाल दें तो उसमें बहुत बढ़िया धान होने लगेगा। अभी उसमें पानी टिकता ही नहीं। किराए के ट्रैक्टर से सौ-सवा सौ ट्राली मिट्टी ढोना बहुत महँगा पड़ेगा। अपना ट्रैक्टर रहे तो केवल डीजल का खर्च पड़ेगा। उनको अन्दाजा था कि जीजाजी का ट्रैक्टर अक्सर खड़ा ही रहता होगा। इंजन सीज होने की बात सुनकर वे थोड़ा निराश जरूर हुए, लेकिन चार-पाँच हजार खर्च करके भी घाटे में नहीं रहेंगे। टायर सही लग रहे हैं। बगल से फोर लेन सड़क निकल रही है। उसमें मिट्टी की भराई का अथाह काम है। अगर वह काम मिल जाए, तब तो किस्त भी निकल सकती है। लेकिन वे अपनी ओर से ट्रैक्टर के लिए मुँह नहीं खोलना चाहते। बात-बात में कोई राह निकल आए तो...

वे घुमा-फिराकर फिर ट्रैक्टर पर केन्द्रित होते हैं—“दरअसल बाबूजी, ट्रैक्टर की कमाई तभी पोसाती है जब दिन में सोलह नहीं तो कम-से-कम बारह घंटे ड्राइवर के हाथ स्टेयरिंग पर जमे रहें।”

आँगन में आने पर पँड़ाइन पाँड़े से कहती हैं—“जब से आए हैं, ट्रैक्टर की ही चर्चा छेड़े हुए हैं। क्या है इनके मन में? यहाँ खड़े-खड़े दूध तो दे नहीं रहा है। गले की हड्डी ही बना हुआ है। बैंक की नोटिस आ गई है। अगर लोन अदायगी अपने मत्थे ले लें तो शौक से ले जाएँ।”

पंडोही खाना खाने बैठे तो पँड़ाइन उनकी दाल में घी डालते हुए बोलीं—“ट्रैक्टर क्या खरीदा बेटवा, जी का जंजाल खरीद लिया। छोटे तो भागने की राह पाए, निकल भागे। अब ट्रैक्टर को लेकर ही बाप-बेटे में आए दिन खटपट होती रहती है। मैं तो इनसे कहती हूँ कि जो भी मिले, इसे बेच-बाँच कर छुट्टी कीजिए। जिस तरह हो सके, लोन पटा दीजिए। लोन की गर्मी खोपड़ी पर चौबीस घंटे चढ़ी रहती है।”

“बेचने से क्या फायदा होगा, माता राम! पचास हजार मिलना भी पहाड़ हो जाएगा। अच्छा यही रहेगा कि बनवाकर चलाया जाय।”

"कौन चलाएगा, बाबू? हम लोगों के बस का तो नहीं है। तुम चाहो तो ले जाओ। बनवाकर चलाओ। बस, किस्त भरते रहो। अषाढ़-कातिक में जोताई-बोवाई करा देना, यही बहुत है।"

पंडोही आश्वस्त हुए, लेकिन कुछ बोले नहीं। चुपचाप खाते रहे।

शाम को जाते-जाते वे ट्रैक्टर ले जाने को तैयार हो गए। कह गए—एक-दो दिन में ड्राइवर भेजेंगे। टोचन करके ले जाएगा।

पहलवान पति-पत्नी में तकरार हो रही है।

चौवालीस सौ रुपये दाम चढ़ाकर चारखाने की लुंगी लपेटे नीम के नीचे चबूतरे पर बैठा बीड़ी फूँकता बकरीदी पति-पत्नी के एकमत होने का इन्तजार कर रहा है।

पहलवान का कहना है कि सब कुछ जानते-बूझते कटने के लिए कसाई के हाथ कैसे बेच दें? कोई किसान जोतने के लिए खरीदना चाहे तो चाहे सौ-दो सौ रुपये कम दे, तब भी बेच देंगे।

जोगी की अम्मा का कहना है—"इतने दिन से तो इन्तजार कर रहे हैं, कोई आया? एक आया भी था तो पैंतीस सौ के आगे बढ़ा नहीं। दुबारा वह भी झाँकने नहीं आया।"

बकरीदी धुआँ छोड़ते हुए सामने बँधे बछड़े को तौल रहा है—बड़ी-बड़ी चमकती काली आँखें। नुकीली-गठीली काली-मोटी जड़ वाली बित्ते भर की सींग। पुट्ठों पर चर्बी की मोटी परत। गले के नीचे लहराती ललरी। मोटे घने बालों वाली काली लम्बी पूँछ। कन्धे पर उभरती डील और नीचे लटकता वृहद गुलाबी अंडकोष। क्या धजा है! पूरे पाँच हजार गिनना पड़े तब भी घाटे का सौदा नहीं है। बकरीदी आज तीसरी बार आया है इस सौदे के लिए।

जोगी की अम्मा पहलवान को समझा रही हैं—"आखिर आदमी गाय-गोरू पालता क्यों है? मौके पर बेच-बिकिन कर गरज सकारने के लिए ही तो! गरज बावली होती है। बेटे को किराया-खोराकी भेजे बिना काम चलता तो न बेचते।"

बीड़ी खत्म करके बकरीदी ने सिर उठाया और बड़ी हलीमी से बोला—"अच्छा चाचा, कोई किसान आपसे पाँच सौ सस्ते में खरीद ले और अगले दिन मेरे हाथ

पाँच सौ का नफा लेकर बेच दे तो आप क्या कर लेंगे?"

बकरीदी से ज्यादा जोगी की अम्मा पहलवान के उत्तर का इन्तजार करने लगीं। लेकिन पहलवान बिना कोई उत्तर दिए कन्धे पर धोती रखकर नहाने चल पड़े। उन्हें नहाने जाता देख जोगी की अम्मा भी खाने-पीने का इन्तजाम देखने घर के अन्दर चली गईं।

बकरीदी ने दूसरी बीड़ी सुलगा ली।

दो घंटे बाद जब पहलवान खाना खाकर मड़हे में लेट गए और जोगी की अम्मा हुक्का भरकर उन्हें देने गईं तो बकरीदी फिर आकर मड़हे के द्वार पर खड़ा हुआ।

"क्या हुकुम है, चाचा? आखिरी बार बोल दीजिए।"

पहलवान मैदान में आने से डर रहे थे, क्योंकि पहलवानिन विपक्ष में थीं। दोनों के तर्कों का पहलवान के पास कोई जवाब नहीं था।

"चाचा, सारे बछड़े कटने के लिए ही नहीं जाते। लोग बैलगाड़ी में जोतने के लिए भी ले जाते हैं। हल में जोतने के लिए भी। कटते तो वे हैं जो किसी काम के नहीं होते। और अगर उसकी किस्मत में कटना ही बदा होगा तो क्या हम रोक लेंगे?"

कुछ देर तक मौन। फिर बकरीदी बोला—"आखिरी बोली लगा रहा हूँ—पूरे पैंतालीस सौ। इससे ज्यादा कोई नहीं दे सकता। भले छह महीना और बाँधकर खिलाइए।"

पहलवान कुछ बोले नहीं। हुक्का जोगी की अम्मा को पकड़ाकर करवट बदल ली।

बकरीदी ने आँखों-आँखों में जोगी की अम्मा से कुछ पूछा। कुछ समझा। फिर टेंट से रुपये की थैली निकालकर गिनने लगा—"सर्र सर्र सर्र।"

"लीजिए, गिन लीजिए।"

लेकिन पहलवान ने आँखें नहीं खोलीं तो उसने जोगी की अम्मा की ओर हाथ बढ़ाया। जोगी की अम्मा ने इशारे से समझाया कि मेरा पकड़ना ठीक नहीं है। इन्हीं को पकड़ाओ।

बकरीदी ने चारपाई पर पहलवान की कमर के पास नोटों को रखते हुए कहा—"पूरे पैंतालीस सौ रखा है, चाचा। गिन लीजिए और हुकुम कीजिए।"

थोड़ी देर तक पहलवान के बोलने का इन्तजार करने के बाद वह बाहर निकल गया।

"क्या कह रहे हैं? रुपये चारपाई पर रखे हैं।"

"जो चाहो, कहो।"

"मालिक-मुख्तियार आप हैं। मैं क्या कहूँगी!"

कहने के साथ पप्पू की अम्मा रुपये उठाकर गिनने लगीं। दोबारा गिना। फिर आँचल के खूँट में बाँधकर बोलीं—"कह देती हूँ, ले जाए।"

फिर बाहर निकलकर बकरीदी से बोलीं—"गले में बँधा घुँघरुओं का पट्टा खोलकर रख दो और ले जाओ।"

खूँटे से मुक्त होने की खुशी से बछड़ा चार-छह कदम तो तेजी से चला, लेकिन जब पीछे से गाय के होंकड़ने की आवाज आई तो उसे कुछ गड़बड़ होने का अन्देशा हुआ। उसने पैर रोप दिए। खींचने पर एक कदम बढ़ाता, फिर अड़ जाता। पप्पू की अम्मा दुआर पर खड़े-खड़े उसका जाना देख रही थीं। पहले वह पेशाब के बहाने रुका, फिर गोबर करने के बहाने। पप्पू की अम्मा से देखा नहीं गया। वे रुपये रखने के लिए अन्दर चली गईं।

पहलवान लेटे रह गए। इन्तजार कर रहे थे कि बछड़ा कुछ दूर निकल जाए तो उठें। बचपन से ही यह पहलवान से परच गया था। उनके पीछे दौड़ते-कूदते खेतों तक चला जाता था। पप्पू से भी खूब हिला-मिला था। पप्पू ने रामगंज के मेले से खरीदकर इसे घुँघरुओं का एक पट्टा पहना दिया था। दौड़ता तो घुँघरुओं की घनघनाहट मन को मोह लेती। सीधे आँखों में आँखें डालकर देखता था। बड़ी-बड़ी कजरारी आँखें।

अचानक दौड़ने की आवाज आई। पहलवान ने सिर उठाकर देखा—आगे दौड़कर आता बछड़ा, पीछे-पीछे मोटा डंडा लिये बकरीदी। पहलवान उठकर बैठ गए।

"पता नहीं कितना जोर है इसकी देह में! इतना तगड़ा झटका दिया कि मैं औंधे मुँह गिर पड़ा। आप उसका पगहा खुद मेरे हाथ में पकड़ाइए और थोड़ी दूर तक हँकवा दीजिए। इससे जानवर जान जाएगा कि मालिक ने अपनी मर्जी से उसे सौंपा है। तब उसका जोर अपने आप आधा हो जाएगा। तभी उसे ले जा पाऊँगा।"

पहलवान बाँस का डंडा लेकर हाँकने लगे। दो-तीन चोट खाने के बाद जमीन से मुँह लगभग सटाकर वह तीन बार होंकड़ा। शायद कहा हो कि तुमसे ऐसी उम्मीद नहीं थी पहलवान। फिर पीठ खलाकर सुस्त कदम बढ़ाए।

प्रत्युत्तर में उसकी माँ लछिमिनिया और बैलों ने लगातार रँभाना शुरू कर दिया...उन्हें क्या पता चला? बछड़े ने क्या बताया? बताया कि हमेशा-हमेशा के लिए जा रहे हैं? फिर इस जनम में मिलना नहीं होगा!

पप्पू स्कूल से लौटे तो नगरे पर पड़े घुँघरुओं के पट्टे को देखकर बछड़े को खोजने दौड़े।

शाम को चूल्हा जलाने का मन नहीं हो रहा था पप्पू की अम्मा का।

लेकिन पेट न अगवढ़ लेता है न बकाया छोड़ता है।

लछिमिनिया ने लेकिन पूरी तरह उपवास किया और रात-भर रँभाती रही।

खेलावन के बेटे की बरात जा रही है। समधी दारोगा हैं। एस.पी. के रीडर हैं। उन्हीं के कनेक्शन से खेलावन ने कई लड़कों को पुलिस में भर्ती कराया है।

दारोगा जी ने कहा—"बेटे की भर्ती तभी होगी, जब मेरे समधी बनना कबूल करो।"

माठा बाबा, भगवत पाँड़े, करिया सिंह, पहलवान, गाँव के सभी मोतबर लोग बरात चल रहे हैं। खेलावन ने एक-एक आदमी को बरात चलने के लिए मनाया है। छोटे-बड़े सबसे बनाकर रखते हैं। छत्रधारी सिंह इलाज के सिलसिले में बेटे के पास गए हैं, नहीं तो उन्हें भी ले चलते। विद्रोही जी ने भी कहा है कि यूनियन की कोई बहुत अर्जेंट मीटिंग न लगी तो जरूर आएँगे।

पाँड़े जब तक नौटंकी कम्पनी चलाते थे, तब तक ज्यादा छुआछूत नहीं मानते थे। किसी का भी बनाया हुआ खा लेते थे, लेकिन अब 'नेम टेम' से रहते हैं। 'टंट घंट' करते हैं। ठाकुरों-बाभनों के अलावा किसी दूसरी बिरादरी के शादी-ब्याह में जाने से बचते हैं। लेकिन खेलावन के बेटे की शादी में आने से कैसे इनकार कर देते? खेलावन ने उनके बेटे की नौकरी लगवाई है। अठारह हजार रुपये महीने, माने पचीस कुंटल गेहूँ हर महीने का इन्तजाम। लेकिन वे किसी गैर-ब्राह्मण का पकाया हुआ नहीं खा सकते। अपना भोजन खुद पकाएँगे। पक्का भोजन। पूड़ी-सब्जी। हलवाई की बनाई मिठाई खा सकते हैं।

करिया सिंह के बेटे ने अभी-अभी जीप खरीदी है। वह पिछले दो साल से सांसद जी से जुड़ा है। सांसद निधि से होने वाले काम वही करवाता है। करिया सिंह उसी जीप से चल रहे हैं। कन्धे पर दुनाली टाँगकर। पहलवान के पास भी दुनाली है। बाप के जमाने से। लेकिन वे बन्दूक लेकर नहीं चलते। कहते हैं, जब मैं खुद चल रहा हूँ तो बन्दूक का क्या काम?

कहने को तो खेलावन ने तूफानी को भी बरात चलने का न्योता दिया है, पर दोनों जानते हैं कि तूफानी की उपस्थिति वहाँ असहज स्थिति उत्पन्न कर सकती है। तूफानी ने किसी मीटिंग का बहाना बनाकर माँफी माँग ली है।

एक बाई जी, एक बस, दो घोड़े, तीन कार, पाँच जीप, छह बन्दूकें और बीस-बाईस मोटरसाइकिलें। दारोगा जी ने तो खुली छूट दे दी थी—चाहे जितने बराती आइए। लेकिन अपनी भी तो कुछ जिम्मेदारी है। चलने को तो चार सौ बराती हो जाते, लेकिन खेलावन ने रोक लगा दी—"दो सौ से एक आदमी ज्यादा नहीं।"

दारोगा जी 'मरजाद' भी रोकेंगे, यानी बिदाई सबेरे-सबेरे नहीं होगी। दोपहर में 'शिष्टाचार' करने और दोपहर बाद खिचड़ी खिलाने के बाद होगी।

सारे बरातियों ने, खासकर बूढ़ों ने, जिनके गाल की चमड़ी चुचुक गई है, उलटे छुरे से, मतलब नीचे से ऊपर की ओर मुड़ाते हुए दाढ़ी बनवाई है। सिर्फ सीधे छुरे से बनाने पर ढीली खाल में सफेद बाल की खूँटियाँ बची रह जाती हैं। उलटा मूँड़ने पर ही गाल सही-सही चिकनाता है। बालों में तेल, मूँछों में तेल, जूते-चप्पल में पॉलिस। पान, सुपारी, जर्दा से महकता मुँह। हर बराती दूल्हे की तरह सजा हुआ। इसी साज-बाज में तो बरात निकलने में देर हो गई। औरतों ने गा-गाकर बरात विदा की।

क्या सजावट है! पक्की सड़क से जनवासे तक और जनवासे से दारोगा जी की पक्की हवेली तक रास्ते के दोनों ओर रंग-बिरंगी ट्यूबलाइट और बिजली की झालर की चकाचौंध। जनरेटर की भड़भड़। द्वारचार की लाइटिंग देखते ही बनती है। जलते दीपों वाले पीतल के मंगल कलश सिर पर रखे गीत गाती युवतियाँ बरात के स्वागत के लिए तैयार हैं। उनके पीछे स्त्रियों का रेला।

आ गई बरात। बैंड बाजा बजने लगा—

घम्मर घम्मर घम्म घम्म
घम्मर घम्मर घम्म

शहनाई की पिपिहरी जैसी पतली दीर्घ रागिनी।

गोले दगने लगे। बन्दूकों से फायर होने लगे। कौवे काँव-काँव करते आसमान में उड़ने लगे। छुरछुरिया-अनार छूटने लगे। दिन जैसा उजाला और चाँदी जैसे धुएँ का गुबार। दोनों घोड़े दो पैरों पर खड़े होकर नाचने और हिनहिनाने लगे। बरातियों के स्वागत के लिए सूँड़ हिलाता खड़ा हाथी गुलाब का फूल दे-देकर बरातियों का स्वागत करने लगा। खुद गणेश भगवान स्वागत कर रहे हैं—

जौने दिन राम जनकपुर आए होऽऽ
देखन आई सारी दुनिया, हाँ सीताराम को भजो।

दोनों ओर से बीरा मारा जाने लगा। निशाना लगाकर मारो, ठीक सीने पर। बताशे

और पैसे लुटाए जाने लगे। महिलाएँ दूल्हे को एक नजर देखने के लिए उमड़ पड़ीं।

"दूल्हा तो ठीक है। बस, साँवला है।"

"भगवान राम भी तो साँवले थे।"

"बराती कैसे हैं? पके आम जैसे बूढ़े पिलपिले।"

"इनके गाँव में नौजवान नहीं बसते क्या?"

गीत बदल गया—*बराती एक्कौ मने कै नाँय!*

एक भी बराती मन लायक नहीं।

बाई जी छत्राकार घाघरा फैलाकर एक किनारे गोल-गोल नाचते, कमर मटकाते गा रही हैं, लेकिन उनकी आवाज बाजे-तमाशे के शोर में डूब गई है।

नौजवान तो नौजवान, अधेड़ भी बीरा मारती युवतियों के बीच में घुस जाना चाहते हैं। लगता है, झगड़ा होकर रहेगा।

चलो, जनवासे में चलो। जलपान के लिए।

जनवासे का तम्बू कितना बड़ा है! नीचे जाजिम। उसके ऊपर गद्दे, गावतकिए। जलपान करने के पहले चारपाई पर कब्जा करो। अरे कब्जा क्या करना है। सबके लिए चारपाई, गद्दा, चादर और तकिए का इन्तजाम है। अपना दरिद्रपना मत दिखाओ। खाली खेत है, चाँदनी रात है, जिसको जितनी दूर तक फैलकर सोना है, सोओ।

भोजन और जलपान कराने के लिए शहर से वर्दीधारी वेटर आए हैं। जो खाना हो, सामने हाजिर है। भेड़ियाधसान की जरूरत नहीं। पाँच प्रकार की मिठाई, पाँच प्रकार की नमकीन, हलवा, समोसा, ताजी पकौड़ी, कॉफी, चाय, और केसरिया दूध। शहर से हलवाई बुलाया गया है। हलवाई नहीं, कुक। फलाहार करने वालों के लिए तरबूज, खरबूजा, पपीता, केला, खीरा, ककड़ी। जितना खाना हो, खाइए। जितना पीना हो, पीजिए। ध्यान रहे, कहीं पेट न छूट जाए। बगल की झोंपड़ी में दारू-चिखने का इन्तजाम भी है। चुपचाप जाइए, टुन्न होकर चले आइए। बस, होश मत खोइए। डिसिप्लिन में रहिए।

दर्जन-भर होमगार्ड सेवा में लगे हैं। जो चाहिए, हुकुम करिए—चारपाई पर ही हाजिर हो जाएगा। पुलिस वाले हैं तो क्या, दिल खोलकर खर्च कर रहे हैं दारोगा जी। पुलिस भर्ती में करोड़ों पीटे होंगे। नोट रखने की जगह नहीं होगी घर में। थोड़ा खर्च कर दे रहे हैं तो क्या हुआ!

"अच्छा समधियाना लहा लिया सिकरेटरिया ने। जुगाड़ू है।"

इतनी धूमधाम देखकर पहलवान सोच रहे हैं कि बेटे को इंजीनियरिंग पढ़ाने

से अच्छा था कि वे भी लाख-डेढ़ लाख देकर उसे सिपाही में भर्ती करा दिए होते। अब तक इसी तरह उनके बेटे की बरात भी सज गई होती। पाँड़े ने बुद्धिमानी का काम किया।

जलपान के तुरन्त बाद शास्त्रार्थ।

शास्त्रार्थ की परम्परा बन्द ही हो गई थी। जब रात-भर में सारा कर्मकांड निपटाना हो तो शास्त्रार्थ कब हो? दारोगा जी ने अगले दिन का टिकान दे दिया तो शास्त्रार्थ भी होगा।

"हमें तो पहले से पता नहीं था। कन्यापक्ष वाले पिछड़ रहे हैं—आप लोग पहले से तैयारी करके आए होंगे।"

"जब ललकार दिए गए तो पीठ नहीं दिखाएँगे। कर लीजिए शास्त्रार्थ।"

शुरुआत वर पक्ष से होनी है। माठा बाबा शास्त्रार्थ के पुराने खिलाड़ी रहे हैं। सब उन्हीं से शुरुआत का आग्रह करते हैं। जो पक्ष उत्तर न दे सकेगा, वह प्रश्न पूछने का अधिकारी होगा। उत्तर न मिल पाने की दशा में प्रश्नकर्ता अपने प्रश्न का उत्तर बताने के लिए बाध्य नहीं होगा।

माठा बाबा खाँसकर शुरू करते हैं—

केशवं पतितं दृष्ट्वा द्रोणो हर्षमुपागत:
सर्वे कौरवा: रुदन्ति, हा केशव कथं गता

"इसका सामान्य अर्थ तो यह है कि कृष्ण को गिरा हुआ देखकर द्रोण हर्षित हो गए और सारे कौरव रोने लगे कि हाय, कृष्ण कैसे गिर गए? हम जानते हैं कि महाभारत में इस तरह का कोई प्रसंग नहीं मिलता। वास्तव में यहाँ शब्दों का वही अर्थ नहीं है जो भाषित हो रहा है। यहाँ वास्तविक अर्थ छिपा हुआ है। बताइए, वह अर्थ क्या है?"

इतना गूढ़ प्रश्न! सन्नाटा छा गया।

कन्या पक्ष के एक बुजुर्ग खड़े होकर कहते हैं—"भाइयो, यह ब्राह्मण-बनिया की सभा तो है नहीं, जिसके दोनों पक्षों में पढ़े-लिखे विद्वान जुटे हों। यह तो धूर-माटी में खटकर खाने वाले लोगों की बरात है। इसमें पंडिताऊ भाषा किसे आती है? शास्त्रार्थ करना है तो हमारी बोली में करिए।"

"सही बात, सही बात।" कई आवाजें आती हैं—"संस्कृत जानने वाले यहाँ कितने हैं? आप भले चुन-चुनकर संस्कृत के विद्वान बरात में लाए हों, लेकिन हमारे पक्ष में तो देसी बोली बोलने वाले ही हैं।"

दोनों पक्ष देसी बोली में शास्त्रार्थ के लिए सहमत होते हैं। कन्या पक्ष जवाब

नहीं दे सका तो अब उसके पूछने की बारी है। एक बुजुर्ग कहते हैं—"बताइए, यह कैसे हैं—

हर जुवाठ खेत मा, बरदा गाय के पेट मा
हलवाहे कै जनमै नाँय, कलेवा धरा खेत मा।

बैलों को नाधने वाला जुआठ और हल खेत में रखा हुआ है, लेकिन बैल जिनसे जुताई होनी है वे अभी गाय के गर्भ में हैं। हलवाहा, जिसको हल जोतना है वह पैदा ही नहीं हुआ, लेकिन उसका कलेवा खेत में रखा हुआ है।"

"बाप रे! यह तो अपने माठा बाबा की संसकिर्त से भी चार हाथ आगे की चीज है।"

"बूझिए भई, बूझिए।" वर पक्ष के लोग एक-दूसरे की ओर देखकर कहते हैं।

अन्ततः वर पक्ष हार मान लेता है। अब उसके पूछने की बारी है।

पहलवान कहते हैं—"जब देसी कहकूत पूछ सकते हैं तो बताइए—*अड़बंग थाम थूनी। दस गोड़ तीन नूनी।*"

कन्यापक्ष के बुजुर्ग ने बताया—"यह सिंचाई के लिए बैलों द्वारा कुएँ से पानी निकालने का सरंजाम है। इसमें अड़बंग थाम थूनी के तौर पर धुराई और गड़ारी होती हैं। नहन व पुर होता है। दो बैल और एक उन्हें हाँकने वाला आदमी होता है। दो बैलों के आठ और दो उस आदमी के, कुल दस गोड़ यानी पैर होते हैं और दो बैलों की तथा एक हाँकने वाले आदमी की, तीन नूनी होती है।"

वाह बूढ़े दादा, वाह! अकेले मोर्चा सँभाल लिया आपने। कन्या पक्ष की ओर देर तक ताली बजी।

अब वर पक्ष पूछे।

इस बार भगवत पाँड़े पूछते हैं—"*जोबन निकला छाती फोर, एकवा करिया एकवा गोर, एकवा तोर एकवा मोर।*

छाती फोड़कर जोबन निकला है। एक काला है एक गोरा है। एक तेरा है, एक मेरा है। बताओ कैसे?"

अटकल लगाई जा रही है। जोबन निकलता है, सही है। छाती फोड़कर निकलता है, सही है। लेकिन उनमें एक गोरा हो जाए, एक काला, यह कैसे हो सकता है?

हार मान ली कन्या पक्ष ने।

"लेकिन इसका अर्थ जरूर समझा दीजिए, बाबा।"

पाँड़े समझाते हैं—"अरे भाई, जोबन का 'जो' और 'बन' अलग कर दीजिए। सुमित्रा कह रही हैं कौशल्या से कि दुख से हम लोगों की छाती फोड़कर या

फाड़कर जो बन के लिए निकले हैं उनमें से एक काले हैं, एक गोरे हैं। एक तुम्हारे बेटे हैं एक मेरे बेटे हैं।"

"क्या बात है! वाह, पाँड़े बाबा! वाह!"

अब कन्या पक्ष पूछे।

"हम भी पूछ सकते हैं?"

तेल-धब्बों के दाग वाला पैंट-बुश्शर्ट पहने एक दाढ़ी वाला नौजवान पूछता है—"मैं जनरेटर आपरेटर हूँ। कन्या पक्ष का हुआ।"

थोड़ी कहासुनी के बाद उसके पूछने पर दोनों पक्ष राजी हो जाते हैं—"पूछिए।"

सर सर सर सर डावै
चुभुर चुभुर चुभकावै
बूँदै बूँद चुवावै

थोड़ी देर तक सोचकर पहलवान कहते हैं—"यह तो पुड़ से पानी भरना हुआ। नहन में बँधे खाली पुड़ को पानी भरने के लिए कुएँ में डाला जाता है। हाथ में पकड़ी हुई नहन अन्दर जाते हुए सर-सर की आवाज करती है। फिर पुड़ को चुभुर-चुभुर हिलाकर पानी से भरा जाता है। जब पानी से भरा पुड़ ऊपर आने लगता है तो उससे बूँद-बूँद पानी चूता रहता है।"

"सही बात! सही बात!"

अगला प्रश्न फिर कन्या पक्ष की ओर से।

एक टोपी-धोती धारी अधेड़ खड़े होते हैं। बम्बई में कमाते हैं। हँसकर कहते हैं, एक सवाल मेरा है—

चमड़ा गावै चमड़ा बजावै चमड़ा ताल लगावै
जौ चमड़ा मा चमड़ा डावै बड़ी मजा आवै

"छिः, गन्दी बात! यही पढ़ाई पढ़ने बम्बई गए थे?"

"गन्दी बात नहीं, बहुत ऊँची बात है।" प्रश्नकर्ता ललकारते हैं—"पहुँचने की कोशिश कीजिए।"

सब चुप। देर तक चुप्पी। फिर हार स्वीकार कर लेते हैं।

प्रश्नकर्ता मुस्कराकर कहते हैं—"बहुत आसान है। चमड़े की जीभ गाती है। चमड़े के बने तबले, ताशा, ढोल, नगाड़ा, मृदंग बजते हैं और जब चमड़े के जूते में चमड़े का पैर डालकर चलते हैं तो कितना मजा आता है।"

"ओऽऽ, वहाँ तक दिमाग ही नहीं पहुँचा।"

"अब वर पक्ष पूछे।"

करिया सिंह कहते हैं—"एक सवाल मेरा है—

खान पान सम्मान में सदा रह्यो अगुवान
अब कस पिछड़े जात हौ, देखि दसानन बान।"

"बताइए, कौन किससे क्यों कह रहा है?"

कन्या पक्ष चुप!

"हार मान लिया हो तो खुद पूछो।"

बुजुर्ग पूछते हैं—*बालमा दुइ होइ गवा रे।* बताइए, "दो बालम कैसे हुए?"

बैंड बाजे वाला बूढ़ा मुईन कहता है—"मैं बताता हूँ।"

"तुम कैसे बताओगे? वर पक्ष को बताना है।"

"वर पक्ष की ओर से आया हूँ तो बराती हुआ।"

"अच्छा, बताओ।"

"औरतों के बाल के आखिरी सिरे कभी-कभी दो भागों में बँट जाते हैं। दोमुँहे बाल। यानी बाल में दो सिरे हो गए।"

"वाह बहादुर! बहुत बढ़िया। इज्जत रख लिया। और पूछो भाई।"

कन्यापक्ष का हौसला पस्त लग रहा है। पूछने के लिए कोई सवाल नहीं सूझ रहा है।

"वर पक्ष की जीत मान ली जाय?"

नाइन दूल्हे के पैर का धोवन लेने आई थी। उसी से वधू का स्नान होगा। वह भी खड़ी होकर सुन रही थी। क्या सवाल न पूछ पाने के चलते कन्या पक्ष हार जाएगा?

"बरातियो, एक सवाल मेरा। बताइए कैसे—

बिना गाय की बछिया भइया बिना साँड़ बरदान।
तेकरे पेट मा बछरू कूदै मठवा हाट बिकान
चला बेसहि द्या बालमा
बिना बियाने कै गोरसवा
चला बेसहि द्या बालमा

"बिना गाय के यानी बिना माँ के बछिया पैदा हो गई और वह बिना साँड़ के गाभिन हो गई। अभी बछड़ा उसके पेट में ही उछल-कूद कर रहा था कि उसके दूध से बना मट्ठा बाजार में बिकने के लिए आ गया। ओ मेरे बालम, चलिए मुझे वही मट्ठा खरीद दीजिए।"

"बाप रे! यह तो सचमुच बेढब है। क्या पूछ लिया नाउन ने? कन्यापक्ष का पलड़ा भारी कर दिया। दिमाग लगाओ।"

"दिमाग लगाकर थक गए। नहीं पहुँच सकते। हार स्वीकार है।"

"तो अब खुद पूछिए।"

"नहीं, पहले नाउन इसका अर्थ तो बताएँ।"

नाउन कनखी से देखते-मुस्कराते हुए शामियाने से बाहर चली जाती हैं।

"अच्छा बताइए।" दूल्हे के मामा कहते हैं—

दुइ पग चलै चारि लटकाए
तीन मूँड़ दुई नैन सुहाए।

"मैं बताता हूँ।" कन्यापक्ष का एक नौजवान खड़ा होता है—"ये श्रवण कुमार हैं। अपने अन्धे माँ-बाप को काँवरि में बैठाकर तीर्थयात्रा कराने ले जा रहे हैं। श्रवण कुमार के दो पैर चल रहे हैं और माँ-बाप के चार पैर लटके हुए हैं। सिर तीन हैं, लेकिन आँखें सिर्फ दो हैं।"

तभी जनवासे में आकर दो लोग कहते हैं—"भोजन तैयार है। आप लोग भोजन करने चलें।"

"रुकिए। हार-जीत का फैसला तो हो जाने दीजिए।"

"रात आधी से ज्यादा बीत चुकी है। हार-जीत के फैसले में सबेरा हो जाएगा।"

"ठीक बात, ठीक बात। अभी दोनों पक्ष बराबरी पर हैं। दोनों ने पाँच-पाँच सवाल पूछे और दो-दो सही जवाब दिये। इसलिए शास्त्रार्थ का पटाक्षेप होने दीजिए।"

"बोलो, सियावर रामचन्द्र की जै!"

खेत में दूर-दूर तक चारपाइयाँ बिछी हैं। रात-भर के जगे लोग बाँस-भर दिन चढ़ने तक सो रहे हैं।

बरातियों को जगाने के लिए बैंड बजने लगा, जैसे पहले राजा-महाराजा लोगों को जगाने के लिए बजाया जाता था।

शहनाई!

"उठिए, उठिए। जलपान करिए। बारह बजे 'शिष्टाचार' की रस्म शुरू होनी है।"

कटोरी-कटोरी सरसों का तेल देह में पोतकर लोग नहाने में जुट गए। कुछ लोग नदी में नहाने गए हैं। नदी के पाट को तैरकर पार करने की होड़ लगी है। ऐसा निश्चिन्त दिन फिर जिन्दगी में कब आएगा!

बाई जी लाली-पाउडर पोतकर तैयार हो रही हैं। रात में लगाया गया काजल बह गया है। उसकी मोटी लकीर को पतली कर रही हैं।

"रात में कहाँ छुप गई थीं? हीक भर नाचीं नहीं। फिरी में आई हैं क्या?"

"उधर अँधेरे में गई थीं। वहाँ काँटा चुभ गया। अब दिन में रंग जमाएँगी।"

सज-सँवरकर सारे बराती शामियाने में बैठ रहे हैं।

बीच में बाई जी के नाचने के लिए गोलाकार जगह छोड़ी गई है। बरई का लड़का सबको पान की गिलौरी दे रहा है। दूल्हे के मामा सरौते से पाँचों मेवा यानी गरी, छोहारा, काजू, किसमिस और बादाम काट-काट कर बरातियों में बाँट रहे हैं। गंगाजली से लोगों पर केवड़ाजल छिड़का जा रहा है। खुद खेलावन सबके अँगूठे के ऊपर और मूँछों में इत्र लगा रहे हैं। शहनाई बज रही है। आनन्द मंगल है।

लाल साड़ी में सजी, लम्बी मुस्की मारती बाई जी आकर अपने वाद्ययंत्रों की प्रणाम करती हैं, फिर थोड़ा झुककर दाहिने हाथ को ऊपर-नीचे हिलाते हुए लोगों को आदाब बजाती हैं।

"वाह! मोती जैसे चमकते दाँत, लाल होंठ, सुन्दर नासिका, भारी नथ, कजरारी आँखें, बँधी चबुरी के बीच से झरती मुस्कान; बाप रे! वाकई सुन्दर है यार, कहाँ की है?"

"चाँदे बाजार की?"

"चाँदे की बाइयाँ असली सुन्दरी होती हैं। जरूरत-भर की भारी भी है। कितना लेगी?"

"जितना भी ले, है टाप की। रात तो अँधेरे में ठीक से देख ही नहीं पाए।"

एक ताव नाचने के बाद बाई जी ने आलाप लिया—

ओ बलम तेरे नैना हजारी

"बाबाजी, आपको इशारा करके ही 'बलम' कह रही है। जेब ढीली कीजिए।"

ओ बलम तेरी ऊँची अटारी

"ऊँची अटारी तो छत्रधारी सिंह की है, लेकिन वे आए नहीं हैं।"

"तो क्या हुआ? उनके भाई करिया सिंह तो हैं। उसने पहचान लिया है। उन्हीं की ओर देखकर गा रही है।" करिया सिंह ने सौ का नोट मोड़कर दाँतों के बीच

में दबा लिया। आधा नोट मुँह के अन्दर, आधा बाहर। नोट लेने के लिए बाई जी को अपना मुँह करिया सिंह के मुँह के पास लाकर नोट को दाँतों से पकड़ना होगा। इस तरह बाई जी का होंठ करिया सिंह के होंठ से सटेगा और चुम्मा मिल जाएगा। पीढ़ियों से आजमाई गई तरकीब।

सूमों* की जेब से भी माल निकलवाना जानती हैं बाई जी। नाचते-नाचते जाकर किसी गत यौवन रसिक के सामने बैठेंगी और अपना आँचल उसके सिर पर डाल देंगी। दोनों लोगों का मुखड़ा घूँघट में। आँखें चार होती हैं।—इतनी देर से घूर रहे हैं, मुफ्त में। जेब में हाथ कब जाएगा राजा?...और कंजूस से कंजूस आदमी की जेब ढीली हो जाएगी।

लेकिन हरदयाल बाबा ने तय कर लिया है कि वे नहीं पिघलेंगे। पसीने की कमाई रंडी-पतुरिया पर लुटाने के लिए थोड़े है। दस रुपये में तो महीने-भर का सुर्ती का खर्चा चलेगा।

बाई जी के सामने चुनौती खड़ी हो गई। अचानक वे हरदयाल बाबा का पैर पकड़कर भेंटना शुरू कर देती हैं—

अरे या मोरे बपई।
हमरी सुधिया भुलान्या मोरे बपई।

सारी महफिल ताली बजाकर हँसने लगती है। हरदयाल बाबा झेंपकर महफिल से भाग खड़े होते हैं।

बाई जी हँसते हुए आकर पहलवान के सामने बैठती हैं। घूँघट डालने ही वाली हैं कि पहलवान दस रुपये का नोट निकालकर आगे बढ़ा देते हैं। बाई जी नोट पहलवान के सिर के ऊपर गोल-गोल घुमाती हैं, फिर उनकी मूँछों को ऊपर की ओर उमेठ देती हैं।

वाह! बाई जी ने पहलवान की मूँछों को ताव दे दिया। यानी इन मूँछों पर बाई जी फिदा हो गईं। सचमुच सँभालकर रखा है पहलवान ने मूँछों को—घनी, काली, लम्बी।

अरे, ऊँची अटारी वाले बूढ़ों पर ही लुभाई रहोगी क्या? नौजवानों का दिल धुआँ-धुआँ हो रहा है। उनकी जेब में इतना नोट कहाँ है कि घूँघट के अन्दर चुम्मा ले पाएँ। वे कहते हैं—महल अटारी छोड़िए कोई दूसरा गाना गाइए, दिल को हिचकोले देने वाला।

---

* कंजूस

झुलनी झोंकेदार झुलनी झोंकेदार
लइ ल्या बलम तनी चुम्मा...

"वाह वाह! क्या बात है! चुम्मा! चुम्मा!"

हर नौजवान को हवाई चुम्मा मिल गया। नोट और रेजगारी की बरसात होने लगी।

"चलो भाई। खिचड़ी खाने चलो।"

"जरा रुकिए। अभी तो नाच जमी है।"

"एक लहरा और हो जाय। टाप क्लास का!"

हेराइ गए कँगना हेराइ गए कँगना
रात झकाझोर मा हेराइ गए कँगना

"अरे गजब! अब निकाला दिल को झकझोरने वाला गाना।"

जे मोरे कँगना का खोजि ले आवै।
पाँच रुपैया इनाम दूनौ जोबना...
रात झकाझोर मा...

क्या बात है! दूनों जोबना के साथ पाँच रुपैया भी। आने-जाने का किराया-भाड़ा।

बाई जी के इशारे पर नौजवान खड़े होकर उनके साथ कमर लचकाने लगे हैं। बूढ़े दरीनों को भी हाथ पकड़कर खड़ा किया जा रहा है। लचकिए। लचकिए। यह दिन फिर पता नहीं कब आए? कितने दिन जिन्दगी के बचे हैं, कौन जाने?

खिचड़ी की पंगत बैठ गई है। औरतें गारी गाने लगी हैं—

दुलहा की माई बड़ी हरजाई
गली गली खोजैं भतार, हमार केहू का करिहैं
मोरे अँगना में आई बहार, हमार केहू का करिहैं

दूल्हा पत्तल में हाथ नहीं लगा रहा है। कोंहाया हुआ है।

"क्यों नाराज हो भाई? क्या चाहिए?"

दुलहा खिचरी न खइहैं मोहर बिना...

मोहर तो पुराने जमाने की चीज हो गई। नए जमाने की चीज चाहिए। दुल्हे के मामा ठीक दुल्हे के सामने की पंगत में बैठे हैं। कह रखा है कि सिर ऊपर नहीं

उठाना है। जब तक मेरा इशारा न मिले, पत्तल में हाथ नहीं लगाना है।

"बहुत देर हो गई। खाते क्यों नहीं?"

महिलाओं की प्रतिक्रिया आई—

जादू टोना लगाउ दुलहे के।
जेवना न जेवैं भगाउ मड़वे से, ढकेलु मड़वे से।
जा-दू टो-ना...

"क्या चाहिए?"

"बता दिया। हीरो होंडा चाहिए।"

वधू के बाबा आगे आते हैं—"क्यों नहीं, क्यों नहीं! मिलेगा हीरो होंडा। कुम्हार को बुलवाया है।"

"कुम्हार देगा हीरो होंडा?"

"क्यों नहीं देगा। जब वह हाथी, घोड़ा, सिपाही गढ़ देता है तो हीरो होंडा भी गढ़ देगा। आने दीजिए।"

"मजाक मत करिए।" दूल्हे के मामा कहते हैं—"असली वाली चाहिए।"

"अरे भाई, पुलिस की नौकरी दे दिया तो समझो दहेज का पेड़ दे दिया। साठ साल तक पेड़ से दहेज झरेगा। उसके बाद पेंशन अलग से। और क्या चाहिए?"

दुल्हन के बाबा मुस्कराते हैं—"ठीक है भाई। असली वाली भी मिल जाएगी। हम तो मजाक कर रहे थे। खाइए।"

एक आदमी सचमुच की हीरो होंडा ढकेलकर लाता है और दूल्हे के पीछे खड़ी कर देता है। दूल्हा मुड़कर देखता है। दूल्हे को मामा का इशारा मिल गया। वह पत्तल में हाथ लगाता है।

"बोलो, हनुमान सामी की जै।"

भरपेट पकवानों के साथ भरपेट गालियाँ भी मिल रही हैं। नाम ले-लेकर गालियाँ। पेट भर जाने के बाद भी गाली खाने की लालच में लोग पंगत से उठने का नाम नहीं ले रहे हैं। जिसका नाम छूट जाए, वह अभागा। वही बरात याद रह जाती है जहाँ बरातियों को भरपेट गाली खाने को मिली हो।

माठा बाबा की खुराक कुछ ज्यादा है। जवानी में तो छत्तीस पूड़ी खाते थे। मुँह में दाँत नहीं बचे। दोने के मट्ठे में पूड़ी मींजकर, चीनी मिलाकर मलीदा बना दिया है। चुभला-चुभलाकर खा रहे हैं। पूरी पंगत जीम चुकी है, लेकिन जब तक माठा बाबा खा रहे हैं, कोई कैसे उठ जाए?

गारी गाती औरतों को किसी ने माठा बाबा का नाम बता दिया। औरतें अपने

खजाने की अश्लीलतम गालियाँ माठा बाबा पर न्योछावर करने लगती हैं—

कहाँ जाबे भेड़वा अकेलवा रे
तोरी मुली मुली अँखिया
जाबै त जाबै माठा बाबा की
बहिनी की सेजरिया
खाइ का दुइ पूड़ी पउबै
चोदै का मजूरी पउबै
देहरी पर से लाँड़ देखइबै
चला अउबै अपनी बखरिया रे
तोरी मुली मुली अँखिया

माठा बाबा खा भी रहे हैं, हँस भी रहे हैं और नकली गुस्सा दिखाते हुए गाने वालियों को गरिया भी रहे हैं। अचानक उन्हें छिछिनी आ जाती है। वे खाँसते-छींकते दोना लिये उठकर चल देते हैं।

पान खाकर जाइए। यहाँ की बरइन भी बड़ी हँसलोल है। पूछ लेती है—"जर्दा ज्यादा डालें कि कम? इसलिए पूछ रहे हैं कि ज्यादा डाल दूँ तो कहीं बेहोश न हो जाओ।"

"तुम तो बहुत अच्छी बरइन हो। चलो, हमारे देश बसो।" माठा बाबा कहते हैं।

एक घराती वृद्ध ने माठा बाबा के नहले पर दहला लगाया—"आप ही के देश की बिटिया हैं। हम ब्याह कर ले आए हैं। ब्याहने के बाद भी अपनी बहन-बेटियों पर नजर गड़ाने का रिवाज है क्या आपके देश में?"

ठहाके!

तोरे बिरवा मा अजब बहार
बरइन बीरा लगाउ
ऊ बिरवा खाईं दुलहा की माई बहिनिया
काकी पितियनिया, रान्ह परोसिनि
छोटका बड़का
खातै गरभ रहि जाय
बरइनि बीरा लगाउ
तोरे बिरवा मा...

was shot multiple times

गिरोह को खाना आने का इन्तजार है। सबके पेट में चूहे कूद रहे हैं। समय बिताने के लिए वे झाड़ियों के बीच टॉर्च की रोशनी में ताश खेल रहे हैं। बीच-बीच में मच्छर मारने की चट्-चट् आवाज आती है। पूरी पहाड़ी पर जुगनू दिपदिपा रहे हैं।

सरदार नदी में नहाने गया है। गजेन्दर को शाम से दस्त लगे हैं। घंटे-घंटे पर पानी की बोतल लेकर झाड़ियों की ओर भागता है।

ठीक बारह बजे मुच्छड़ महराज का आदमी खाना लेकर आता है। मुच्छड़ महराज अपने आदमी हैं। बालू की रॉयल्टी से आने वाली रकम उन्हीं के पास जमा होती है। आज उनके पोते की बरही है। पहले सारा गिरोह भोज खाने उनके घर जाने वाला था, फिर सरदार ने जाना मुल्तवी करके खाना यहीं मँगवा लिया। उसका सोचना है कि लाख अपने आदमी हैं, फिर भी सावधानी रखनी चाहिए। इस तरह मुन्नी बाई का छप्पन-छुरी डांस देखने का चान्स हाथ से निकल गया।

एक पत्तल पर पूड़ी, सब्जी, चावल, दाल और दोने में खीर परोसकर खाना लाने वाले आदमी को खिलाया जाता है। वह बेझिझक खा लेता है। थोड़ा इन्तजार। वह भला-चंगा है। इसका मतलब इसे खाने में कोई खतरा नहीं है।

गिरोह खाने पर टूट पड़ता है।

गजेन्दर के पेट में फिर मरोड़ उठी।

कोई कहता है—"दाल में तो नमक ही नहीं पड़ा!"

झाड़ियों की ओर पानी का डिब्बा लेकर जा रहा गजेन्दर लौट पड़ता है—"मेरे पास है नमक। वह पैंट की जेब से नमक की शीशी निकालकर सबकी दाल में थोड़ा-थोड़ा डालता है। फिर थोड़ा-सा एक दोने में रख देता है।"

गजेन्दर और जंगू अलग-अलग दिशाओं से लगभग एक साथ लौटते हैं। जंगू हाय-हाय करते और लँगड़ाते हुए लौटा है। उसके दाएँ पैर के अँगूठे में बिच्छू ने डंक मार दिया है।

गजेन्दर कहता है—"सरदार, खाना खा लीजिए तो शंकरगढ़ के समुझ के पास ले चलता हूँ। वह बिच्छू का जहर झारता है।"

"खाने को मारो गोली। तुरन्त चलो।"

"सरदार, खाने से ताकत आ जाएगी।"

"नहीं, उठो। दर्द बढ़ता जा रहा है। मुझे बिच्छू का डंक बहुत चढ़ता है।"

बलुआ घाट पहुँचते-पहुँचते जहर घुटने के ऊपर तक चढ़ गया। पैर जमीन पर पड़ता है तो झनझनाहट सिर तक चढ़ती है।

जंगू एक पत्थर पर बैठते हुए कहता है—"अब चला नहीं जाता। हाय-हाय करते हुए आधी रात को गाँव में घुसना 'सेफ' नहीं है। तुम समुझ को बुलाकर लाओ। मैं यहीं लेटता हूँ।"

गजेन्दर घाट पर बँधी डोंगी खोलकर उस पार चला गया।

खाना खत्म करने के थोड़ी देर बाद ही सभी लस्त होने लगे। चक्कर आ रहा है कि नींद का झोंका?

"धोखा, धोखा! गजेन्दर ने धोखा किया। इस खाने में जहर मिला है। भागो! भागो!

"कैसे भागें? खड़ा तो हुआ नहीं जा रहा।"

जंगू को न बैठे कल है, न लेटे। इतनी देर क्यों कर रहा है गजेन्दर?

पूरब से चाँद निकल आया है।

जंगू लँगड़ाते हुए घाट पर आता है।

नदी के दूसरे पाट पर कुछ आहट होती है। पानी में कुछ परछाइयों की झलक दिखती है। वह चौकन्ना होता है। लगता है, डोंगी पर कई लोग सवार हो रहे हैं।

उसे आसन्न संकट का भान होता है। वह जान छोड़कर नदी के किनारे-किनारे पूरब की ओर भागता है। दोनों पैर बराबर का साथ देने लगे हैं।

काफी दूर भागने के बाद वह एक हाथ से बन्दूक सिर के ऊपर उठाकर पानी में उतरता है और बेआवाज धारा के साथ तैरते हुए दूसरे किनारे पर लगता है।

गिरोह के अड्डे के पास से रह-रहकर फायरिंग की आवाज आने लगी है। उसे कुछ दिनों से शक हो रहा था कि उसका कोई साथी पुलिस का मुखबिर बन गया

है, लेकिन वह गजेन्दर होगा, यह नहीं सोच सका। अभी चार महीना पहले ही तो वह गैंग में भर्ती हुआ था। भर्ती होने के लिए तीन दिन तक जंगल में बिना खाए-पिये पड़ा रहा। कहता था कि बैरी का खानदान मिटाने के बाद ही गाँव वापस लौटेगा।

दोनों घाटों से घुसी पुलिस पार्टियों द्वारा चलाए गए सर्च ऑपरेशन में छह डाकू पकड़े जाते हैं। सभी जमीन पर अर्ध बेहोशी की हालत में पड़े हैं। लगता है अलग-अलग दिशाओं में भागने का प्रयास करते हुए गिरे हैं। खाने के बरतन, पत्तल, प्लास्टिक के पानी भरे केन, चावल, पूड़ियाँ आसपास बिखरी हैं।

कन्धे और पैर की ओर से टाँगकर उन्हें पेड़ के तने के सहारे बिठाया जाता है। वे रह-रहकर चैतन्य होने और खड़े होने का प्रयास करते हैं। आँखें फैलाकर देखना-समझना चाहते हैं और निढाल हो जाते हैं।

सड़क के किनारे खड़ी जीप में दो और 'पकड़' पड़ी हैं। उनके हाथ पीछे बँधे हैं। मुँह में कपड़ा ठूँसा गया है। पैर आपस में बँधे हैं और मुँह नीचे करके जीप के फर्श पर लिटाया गया है। एक 'पकड़' का शरीर ठंडा हो गया है। जिस जगह जीप के फर्श पर उसकी नाक थी, वहाँ खून और नाक का मिला हुआ द्रव फैला है। उसे एक सिपाही घसीटकर लाता है और बबूल के पेड़ के तने से सटाकर बाँधता है।

दूसरी 'पकड़' गायब है। लगता है, अँधेरे का फायदा उठाकर फरार हो गया। लेकिन भागा कैसे? दोनों पैर तो तोड़ दिए थे?

वह जीप से आठ-दस मीटर की दूरी पर एक झाड़ी में छिपा मिलता है।

एक सिपाही उसकी टाँग पकड़कर बाहर खींचता है और चित करके पीछे हट जाता है। दूसरा छाती का निशाना लेकर फायर झोंकता है।

परखना जरूरी था कि 'पकड़' के कान के छल्ले सोने के हैं या पीतल के? इसलिए चेहरे पर टार्च की रोशनी डाली गई। पकड़ की पुतलियाँ गोल-गोल नाच रही थीं। शरीर थरथरा रहा था। जिन्दगी साथ छोड़ रही थी। गरम खून छाती की कमीज रँगकर कमर की ओर बढ़ रहा था।

देखते-देखते पुतलियाँ स्थिर हो गईं।

सुबह स्थानीय अखबार में खबर है—रात चार घंटे तक चली मुठभेड़ में जंगू गैंग के आठ डाकू मारे गए। एक सब-इंस्पेक्टर और तीन सिपाही घायल। घायलों को अस्पताल में भर्ती कराया गया है।

जंगू की माँ को पहचान के लिए बुलाया जाता है। वह एक लाश पर सिर पटक-पटककर रोती है—"अरे, मोरे भइया।" पुलिस वाले क्षण-भर को खुश हो जाते हैं—"लगता है, जंगुआ भी है मरने वालों में।"

जीप में लादकर लाए गए नवयुवकों में से एक की माँ उँगली से बेटे की

आँख खोलने की कोशिश करते हुए कहती है—"उठो बेटवा। घर चलो।...पापियों ने मेरे बेकसूर बेटे को मार डाला। चार दिन पहले टोले से पकड़कर लाए थे। हम गरीब लोग कहाँ से लाते पचास हजार।"

मृत डकैतों से बरामद सात घड़ी, तीन चेन और छह अँगूठियों के बँटवारे को लेकर फोर्स के बीच देर तक झाँव-झाँव होती है। अनुशासन का हवाला देकर सबको शान्त किया जाता है।

जितना दिमाग मुठभेड़ की योजना बनाने में लगाना पड़ता है, उससे ज्यादा एफ.आई.आर. दर्ज करने में लगता है।

...मुखबिर से सूचना मिलने पर कि इलाके के खूँखार डाकू जंगू का गैंग बलुआ पहाड़ी पर इकट्ठा होकर कोई बड़ी वारदात करने की योजना बना रहा है, दो ऑपरेशन ग्रुप बनाकर आगे-पीछे दोनों तरफ से घेरा डाला गया और ललकारकर सरेंडर करने को कहा गया। बदले में डाकू दल ने फायरिंग शुरू कर दी। अतः आत्मरक्षार्थ मुझ थानाध्यक्ष द्वारा पुलिस पार्टी को न्यूनतम जवाबी फायरिंग करने का आदेश देना पड़ा और मेरे द्वारा भी अदम्य साहस और कर्तव्यपरायणता का परिचय देते हुए, जान की परवाह न करते हुए, सिखलाई गई ट्रेनिंग के आधार पर खुद को बचाते हुए तथा माननीय सुप्रीम कोर्ट, हाई कोर्ट और मानवाधिकार आयोग के आदेशों व निर्देशों का निष्ठा से अक्षरशः पालन करते हुए, बिना विचलित हुए बदमाशों की फायरिंग रेंज में घुसकर फायर किया गया।

बदमाशों की ओर से गोलियों की तड़तड़ाहट बन्द होने के बाद सर्च करने पर अलग-अलग आठ डाकू मरे पाए गए। रात का वक्त होने और जंगल व पहाड़ी इलाका होने के कारण मौके पर कोई गवाह नहीं मिला।

अगले दिन थानाध्यक्ष अपनी कुर्सी पर आगे-पीछे झूलते हुए बल्ब की पीली रोशनी में मुठभेड़ में मारे गए बदमाशों की पोस्टमार्टम रिपोर्ट पढ़ रहे हैं—

- ...He was shot multiple times...
- ...Body had two shots in head...
- ...Shot thrice near his heart...
- ...Shot thrice in his skull...
- ...One firearm wound in brain cavity and one wound in the chest...

- ...Close shot results skinburnt around the wound...
- ...Body had four entry exit wounds...

जीप में बाँधकर लाए गए एक लड़के की रिपोर्ट में मृत्यु का कारण लिखा है—"Shock & Hemorrhage due to antemortem injury." पेट में गोली लगी, पर पेट में खून नहीं भरा। यानी मरने के बाद गोली लगी।

"अरे, यह क्या लिख दिया।"

ये डॉक्टर लोग भी न, बिना मारे बिगड़ गए हैं! माना कि कोर्ट-कचहरी जाने की हैसियत इनमें से किसी के परिवार की नहीं है। पोस्टमार्टम रिपोर्ट लेने में ही इनको साल-भर लग जाएँगे, पर अगर इन्क्वायरी बैठ गई तो? आत्मरक्षार्थ चलाई गई गोलियाँ टारगेट के फैटल ऑर्गन्स में ही कैसे लगीं, इसका क्या जवाब दिया जा सकता है? एक बार गोली बन्दूक से छूट गई तो उस पर किसी का कंट्रोल रह जाता है? ट्रेनिंग में बताई गई यह बात वे हमेशा याद रखते हैं कि हमारे कानून और हमारी लचर न्याय व्यवस्था अपराधियों से निपटने में इतनी अक्षम है कि पुलिस को ही जज और जल्लाद दोनों की भूमिका निभानी पड़ती है। अच्छा करने के लिए भी कुछ बुरा करना पड़ता है। पत्रकार तो आसानी से मैनेज हो जाते हैं, पर मानवाधिकार आयोग का कारगर इलाज महकमा अभी तक नहीं ढूँढ़ सका। वह तो कहिए कि इस बार के ऑपरेशन में उन्होंने नई टैबलेट का प्रयोग कराया। इसका कोड 'करामाती' है। पहले खाने में सल्फास की गोली पीसकर मिलाई जाती थी। उसमें कई दिक्कतें थीं। एक तो उसमें हल्की-हल्की गंध आती थी। 'टारगेट' को सन्देह हो सकता था। दूसरे, उसका असर होने में घंटे-डेढ़ घंटे का समय लग जाता था। उल्टी-दस्त होने लगती थी। शरीर नीला पड़ जाता था। मुँह से झाग निकलने लगता था। और कभी-कभी तो इन्काउंटर करने के पहले ही टारगेट दम तोड़ देता था। तब पोस्टमार्टम रिपोर्ट में 'कॉज आफ डेथ' बुलेट इंजरी के बजाय प्वाइजनिंग दर्ज हो जाता था। तब इन्क्वायरी अफसर के सामने सिर्फ हाथ जोड़ने से काम नहीं चलता था। जेब भी ढीली करनी पड़ती थी।

'करामाती' सचमुच 'करामाती' है। पन्द्रह-बीस मिनट में बेहाल कर देती है। न उल्टी, न दस्त। न जान जाती है, न शरीर नीला पड़ता है। खाने में खिलाने का मौका न मिले तो चाय, दूध, लस्सी, छाछ, कोल्ड ड्रिंक—किसी में पिला दीजिए। 'करामाती' की जानकारी ट्रेन में जहरखुरानी करने वाले उनके एक विश्वासपात्र चेले ने दी थी।

कप्तान साहब ने पुलिस पार्टी को नकद इनाम की घोषणा कर दी है। जंगुआ

हाथ से न निकलता तो आउट ऑफ टर्न प्रमोशन पक्का हो जाता। लगता है, गजेन्दर डबल एजेंट बन गया!

अपरबल सिंह मायूस हैं। उन्हें लगता है कि जंगुआ के बच निकलने के पीछे थानाध्यक्ष की मिलीभगत है। पैसा सबका ईमान खरीद लेता है!

दिवाकर अपने बाल-बच्चे साथ ले जाने के लिए आए हैं। यह जानकर घर का माहौल भारी हो गया है।

शाम को पाँड़े संध्या वंदन से निपटते हैं तो पँड़ाइन उनके पास जाकर बैठती हैं। "सुनते हो, दिवाकर अपने बच्चे साथ ले जा रहे हैं।"

"तुमने क्या कहा?"

"हम क्या कहेंगे? हमसे पूछकर थोड़े ले जा रहे हैं!"

"उनसे पूछो कि यहाँ खाना, कपड़ा नहीं मिल रहा है?"

"वहाँ बेटे को अंग्रेजी स्कूल में पढ़ाएँगे।"

"उनसे पूछो कि अखंड रामायण के भोज में बनिये का तेल, घी, मसाले, चीनी का जो उधार कर गए थे, उसे कौन देगा? वह दो बार तगादा कर चुका। साल-भर से तलब उठा रहे हैं तो मेहरी का गहना गढ़ाने में कितना खर्च कर देंगे?"

"तो मुझ पर क्यों गरज रहे हो?"

पाँड़े तनिक अप्रस्तुत हुए। फिर बोले—"तुम्हीं बताओ, कायदे से उन्हें पहले लोन अदा करने की चिन्ता करनी चाहिए थी कि नहीं? भगवान इन लोगों को कब सद्बुद्धि देंगे?"

जिसमें सद्बुद्धि लाने की गरज से पाँड़े गरज रहे थे, उस बहू ने पहले ही अपने कानों में उँगली डाल ली थी।

सबेरे-सबेरे दिवाकर बहू साथ ले जाने वाला सामान इकट्ठा करके बोरे में भर रही हैं। मालती उनकी मदद कर रही है। उसे उम्मीद है कि चाची कभी उसे भी साथ ले गईं तो शहर देखने को मिलेगा।

जो वस्तुएँ दिवाकर बहू को विवाह के समय मायके से मिली हैं उन पर वे अपना निर्विवाद हक मानती हैं। ऐसी वस्तुओं में एक परात भी है जिसे उपयोग में नहीं लाया जा रहा था। सोचा गया कि मालती के विवाह में पाँव पूजने

के काम आएगी। पर अब वे उसे साथ ले जाना चाहती हैं तो खोजने पर मिल ही नहीं रही है। अम्मा या जेठानी को पता होगा लेकिन वे इन लोगों से पूछना नहीं चाहतीं।

चकला-बेलन दो जोड़ी हैं। इसलिए उन्होंने बेझिझक एक जोड़ी बोरे में डाल लिया। दाल परोसने की कलछुल और चिमटा एक-एक ही है। यह सोचकर कि कलछुल के बिना यहाँ का काम नहीं चलेगा और चिमटे की कीमत कलछुल से कम है, उन्होंने चिमटा अपने बोरे में डाल लिया। मालती ने इसे देखा और माँ को बताया। प्रभाकर बहू ने बाहर जाकर इसकी जानकारी नीम के पेड़ पर जल चढ़ा रही सास को दी।

सास को यह बात खल रही थी कि उनसे बिना पूछे बहू अपने मन का करती जा रही है। चिमटा ले जाने की बात सुनकर भड़क गईं। लौटकर बोलीं—"अठारह-बीस साल तक पाल-पोसकर जवान किया बेटा तुम्हें सौंप दिया। मूसल जैसा मनसेधू पाकर तसल्ली नहीं हुई? तुम्हारे भतार को तो हर महीने अँजुरी-भर रुपया मिल रहा है। इससे चिमटा नहीं खरीद पाओगी? हम बुढ़ापे में तवे पर अपनी उँगली जलावें? होना तो यह चाहिए था कि दिवाकर वहाँ अकेले रहकर ड्यूटी करते और दो पैसा बचाकर घर की मदद करते, लेकिन अकल मारी गई है। बनरी नचाने ले जा रहे हैं तो जाओ। लेकिन मुँह फुलाकर मत जाओ, जहर बोकर मत जाओ। हँसी-खुशी जाओ। फिर लौटकर इस घर में नहीं आना है क्या?"

दिवाकर बहू का चेहरा तन गया। दिवाकर के कान तक यह कौवारोर पहुँच गई तो डाँट पड़ेगी कि छोटजतिया औरतों की तरह किचाहिन मचाए बिना तुम लोगों का पेट नहीं भरता?

दिवाकर बहू ने चुपचाप बोरे से चिमटा निकालकर चूल्हे के पास रख दिया, लेकिन इसके साथ ही उनकी परात की तलब और तेज हो गई।

थोड़ी देर बाद वे दालान में दिवाकर के पास पहुँच गईं। प्रभाकर और पाँड़े नहीं थे। शायद दिवाकर को जाते नहीं देखना चाहते थे। इसलिए कहीं डोल गए थे। एकान्त पाकर उन्होंने दिवाकर को बताया कि मेरी माँ द्वारा दी गई परात मिल नहीं रही है। वहाँ आटा गूँधने के काम आती। दिवाकर किसी बात से गुस्से में थे। दाँत पीसकर बोले—"टंटा मत खड़ा कर। मैं तुझे एक के बदले दो परात खरीद दूँगा।"

दिवाकर बहू झट वापस मुड़ गईं।

दिवाकर बहू के जवाब न देने से थोड़ी देर में सास का मन उनके प्रति स्नेहिल हो गया। उन्होंने खुद आगे बढ़कर मालती से एक बोरी में चावल, एक में आटा

और दो डिब्बों में खटाई और अचार रखवाया। फिर अपने हाथ से एक मेटी* में अपका** लगाकर देसी घी भर दिया।

जाते-जाते माहौल तरल हो गया। पुलिस की वर्दी में माँ को बेटा पहले से ज्यादा मोहक लगा।

दिवाकर बहू ने पहले सास के, फिर जेठानी के पैर छुए। आज बहुत दिनों बाद दिवाकर ने माँ के पैर छुए। भाभी के पैर छूने के लिए बढ़े तो वे हँसकर पीछे हट गईं और आशीर्वाद की झड़ी लगा दी। औरतें देर तक आपस में भेंटती और आँसू बहाती रहीं। पोते को चूमते-चूमते प्रभाकर की माँ बिलखने लगीं।

रिक्शा सड़क पर पहुँचने वाला था कि एक मोटरसाइकिल आकर बगल में रुकी। आने वाले ने दिवाकर को एक कागज पकड़ाया। दिवाकर ने रिक्शे पर बैठे-बैठे ही पढ़ा। बैंक द्वारा भेजी गई नोटिस थी। उसे वापस करते हुए पुलिसिया रौब से क़हा—"भगवत पाँड़े के नाम से है तो भगवत पाँड़े को खोजकर दो। ...चलो जी रिक्शा।"

आज फिर बुल्लू मर्डर केस की तारीख है।

पहलवान की अपनी गवाही पिछली तारीख पर हो गई है। कत्ल वाले दिन बुल्लू के सहपाठी मोतीलाल ने उन्हें जो बताया था, वही उन्होंने दोहरा दिया। कायदे से तो चश्मदीद गवाह मोतीलाल ही था। वह आकर गवाही दे देता तो केस में दम आ सकता था, लेकिन उसे नौकरी मिल गई। वह गाँव से बाहर चला गया। उसे बुलाने के लिए पहलवान ने उसके बाप से दो चिट्ठियाँ लिखवाईं, लेकिन उसने साफ लिख दिया कि गवाही देकर मुझे किसी से दुश्मनी नहीं लेनी।

दोनों चरवाहे जो घटना के दिन नाले के पास जानवर चरा रहे थे और फौजी द्वारा बुल्लू को दौड़ाकर पकड़ने और मारते-पीटते हुए घसीटकर लाने के चश्मदीद गवाह थे, वे होस्टाइल हो गए। दोनों ने बयान दे दिया कि हमने कुछ नहीं देखा। पुलिस ने हमारा नाम अपने मन से लिख लिया।

* कलसी

** रस्सी का टँगना

ऐसे में पहलवान के अन्दर तारीख पर जाने का कोई उत्साह नहीं है, लेकिन पहलवानिन ने सबेरे उठकर नेनुआ की सब्जी और रोटी बनाकर खिला दिया तो साइकिल लेकर चल पड़े।

घर के बगल में जो बबूल का पेड़ है, उस पर नेनुआ की लता ऊपर तक चढ़ गई है। इतना फल रही है कि चाहे रोज नेनुआ की सब्जी खाओ। नेनुआ की जड़ तो हर साल बरसात होते ही खुद-ब-खुद पनप जाती है, लेकिन सेम को बोना पड़ता है। पहलवानिन पहला पानी बरसते ही छप्पर के बगल में सेम के बीज गाड़ देती हैं और जाड़ा शुरू होते-होते पूरे छप्पर पर इसकी लता छा जाती है। फिर जो इसके फूलने-फलने का सिलसिला शुरू होता है तो फागुन-चैत तक रोज डेढ़-दो किलो सेम तोड़िए। अड़ोसी-पड़ोसी तक खाकर अघा जाते हैं। घर के पिछवाड़े एक कुनरू की लता है। आठ-दस साल पुरानी होगी। गर्मी में सूख जाती है। केवल पेड़ी जिन्दा रहती है जो बरसात होते ही फिर पनप जाती है। वह भी फागुन-चैत तक खूब फलती है।

घर के तीनों तरफ पहलवानिन सूरन का कंद बो देती हैं। हर दूसरे साल खोदती हैं। यहाँ की मिट्टी में सूरन का कंद दो साल में डेढ़-दो किलो का हो जाता है। सूरन तो चाहे साल-भर खाओ। सड़ने-गलने वाला नहीं। इन छोटी-छोटी व्यवस्थाओं में पहलवानिन बड़ी गुणागर हैं। किसान के घर में इतनी नगदी कहाँ रहती है कि वह खरीदकर सब्जी खाए! अड़ोस-पड़ोस में नेनुआ, कुनरू, सूरन बाँटकर पहलवानिन अच्छी आपसदारी निभा लेती हैं। उनके पेड़ के कटहल की सब्जी तो सब पड़ोसी और रिश्तेदार खाते ही हैं।

निराश दिखते पहलवान को पहलवानिन हौसला देती हैं—"आपका सगा भाई मारा गया है। ऐसे कैसे ढीले पड़ जाएँगे? जो भी नतीजा निकले, लेकिन लड़ना तो आखिरी दम तक पड़ेगा।"

पहलवान अदालत में घुसे तो उनका मुकदमा पेश था। बचाव पक्ष का वकील फौजी से कह रहा था—"हालाँकि अभियोजन ऐसा कोई चश्मदीद गवाह नहीं प्रस्तुत कर सका कि तुमने मृतक को सड़क पर या खेत में दौड़ाकर पकड़ा और घर लाकर मार दिया। मृतक के भाई का इस आशय का बयान भी सुनी-सुनाई बातों पर आधारित है। लेकिन यह भी सच है कि मृतक तुम्हारे घर में मरा पाया गया। तो तुम बताओ कि वह कैसे मरा?"

"हुजूर, मृतक के भाई, पहलवान का बयान तो पूरी तरह मनगढ़ंत और झूठ है। न तो पहलवान मौके पर मौजूद थे और न कोई ऐसा गवाह पेश कर पाए जिसने उनको बताया हो कि मैंने मृतक को सड़क पर या खेत में दौड़ाकर पकड़ा था।

असलियत यह है कि बुल्लू मेरी पत्नी की इज्जत लूटने के इरादे से मेरे घर में घुस आया था। उस समय मेरी पत्नी आँगन में बैठकर सब्जी काट रही थी। बुल्लू मेरी पत्नी की बाँह पकड़कर कोठरी की ओर घसीटने लगा तो वह चिल्लाई। उसकी चीख सुनकर मैं बाहर से दौड़कर अन्दर आया और उसकी पकड़ से पत्नी को छुड़ाने लगा। उसने लपककर थाली में पड़ा चाकू उठाया और जान से मारने के इरादे से मुझ पर हमलावर हो गया। मैं खुद को बचाने की गरज से उससे भिड़ गया। उठा-पटक होने लगी। उसी छीनाझपटी में उसके हाथ का चाकू उसके पेट में धँस गया।

बचाव पक्ष का वकील—"इसका मतलब तुमने बुल्लू को नहीं मारा?"

"कत्तई नहीं मारा।"

"हुजूर, नोट किया जाय।"

जज साहब अभियोजन पक्ष के वकील की ओर देखकर कहते हैं—"नाउ योर विटनेस..."

सरकारी वकील क्षण-भर फौजी को घूरता है। फिर कहता है—"विवेचना-अधिकारी के सामने तो तुमने खुद स्वीकार किया है कि अपनी पत्नी के साथ बुल्लू की हरकत देखकर तुमने उत्तेजना में आकर उसे चाकू मारा!"

"मैंने ऐसा बयान कभी नहीं दिया। पुलिस ने अपने मन से चाहे जो लिख दिया हो।"

"अच्छा यह बताओ, उस समय तुम्हारी पत्नी, बुल्लू और तुम्हारे अलावा मौके पर कोई और भी था?"

"नहीं।"

"विवेचना-अधिकारी ने तो मौके पर तुम्हारे साथी बहादुर का मौजूद होना भी लिखा है।"

"नहीं। यह झूठ है।"

"तो बहादुर फरार क्यों है?"

"इसे बहादुर से पूछिए। मुझसे क्यों पूछते हैं?"

"पोस्टमार्टम रिपोर्ट में बुल्लू के पेट में दो घाव पाया जाना लिखा है। दूसरा घाव कैसे हुआ?"

चुप!

सरकारी वकील की आवाज ऊँची होती है—"तुम फौज के सिपाही हो। देश के रखवाले हो। तुमने सच बोलने की कसम खाई है। सच-सच बताओ कि जब चाकू एक ही बार चला तो घाव दो कैसे हो गए?"

फौजी अपने वकील की तरफ देखता है। वकील अपनी तर्जनी अपने होंठों पर रखता है, जैसे मुँह पोंछ रहा हो।

"इसके अलावा मुझे कुछ नहीं कहना।"

"डाक्टर ने दो घाव कैसे लिखा?"

"इसको डाक्टर से पूछिए," बचाव पक्ष का वकील मुँह बनाकर कहता है—"मेरे मुवक्किल की जानकारी में तो एक ही घाव हुआ था।"

"तो क्या तुम्हारी पत्नी भी बुल्लू को मारने में शामिल थी?"

"नहीं।"

"बहादुर वहाँ मौजूद नहीं था। तुम्हारी पत्नी मारने में शामिल नहीं थी। तुमने एक ही वार किया तो दूसरा घाव कैसे हुआ?"

फौजी अपने वकील की ओर देखता है।

"इस बिन्दु पर तुम्हारी पत्नी ने पुलिस को दिए बयान में क्या कहा है?"

"उसका बयान नहीं हुआ?"

"क्यों?"

"उसकी आवाज चली गई है।"

"मी लार्ड, यह बहुत आपत्तिजनक है कि मुलजिम की पत्नी, जो कत्ल के वक्त मौके पर मौजूद थी, उसका बयान दर्ज नहीं किया गया। अभियुक्त की पत्नी इस हत्याकांड की धुरी है। उसी की वजह से यह अपराध कारित हुआ। उसका पक्ष सामने आना तो बहुत जरूरी है। मैं अभियुक्त की पत्नी को गवाही के लिए बुलाने की दरखास्त करता हूँ।"

बचाव पक्ष का वकील—"जब सारी गवाही गुजर चुकी तो आपको नई बात सूझ रही है! यह दरखास्त आपने पहले क्यों नहीं की?"

"मी लार्ड, जरूरत अब महसूस हो रही है। क्या पता उसकी गवाही से सत्य का कोई और चेहरा सामने आए!"

"कोई फायदा नहीं होगा, हुजूर। इस हादसे का उस पर इतना बुरा असर पड़ा है कि उसी वक्त से वह गूँगी हो गई है।"

"मी लार्ड, बचाव पक्ष के विद्वान अधिवक्ता को शायद मालूम नहीं है कि साक्ष्य अधिनियम की दफा 119 में डम्ब विटनेस का भी प्राविधान है। जरूरत पड़ने पर इंटरप्रेटर बुलाया जा सकता है जो उसके इशारों को शब्दों में बदल देगा। कोर्ट से मेरी पुरजोर गुजारिश है कि अभियुक्त की पत्नी को दफा 311 सीआरपीसी के तहत न्यायालय साक्षी के रूप में हाजिर होने का सम्मन भेजा जाय।"

और सोना को साक्ष्य के लिए बुलाने के आदेश के साथ दो महीना आगे की तारीख पड़ गई।

पहलवान उदास मन लौट रहे हैं। पैडिल पर पाँव रखने भर से साइकिल जितना चल रही है, चल रही है। वे भी सोच रहे हैं कि गूँगी को बुलाने से क्या फायदा? और अगर वह बोल भी सकती तो क्या अपने पति द्वारा गढ़ी गई कहानी के खिलाफ बोलती? मनचाहा बयान तोते की तरह रटा दिया जाएगा। जब चश्मदीद गवाह ही मुकर गए तो बचा क्या!

सूरज डूबने के साथ दो मोटरसाइकिलें धड़धड़ाती हुईं पहलवान के दुआर पर आकर रुकीं। पप्पू की अम्मा सूखने के लिए धूप में डाला गया सुखवन उठा रही थीं। एक तरह से उनके बगल में ही रुकीं। पेट्रोल की गन्ध उनके नथुनों में भर गई। पहलवान बैलों को सानी-पानी दे रहे थे। चार लोगों को मोटरसाइकिल से उतरते देखकर थोड़ा चौंके। एक ने लपककर पप्पू की अम्मा के पैर छुए। फिर दूसरे, फिर तीसरे ने। चौथे जो बुजुर्ग थे, अपनी जगह पर खड़े-खड़े हाथ जोड़ रहे थे।

पप्पू की अम्मा अपने भाई को पहचान गईं। तीनों पैर छूने वालों ने पहलवान के पास जाकर उनके पैर छुए। अब पहलवान ने पहचाना। एक तो पप्पू के मामा थे। दूसरे झुन्नू बाबू के साले थे जो उस दिन झुन्नू बाबू के घर पर मिले थे। हाथ में लगा भूसा-खली रगड़ते-झाड़ते हुए पास आकर पहलवान ने चौथे बुजुर्ग सज्जन को नमस्कार किया। पप्पू के मामा और तीसरे पैर छूने वाले ने लपककर मड़हे से दो चारपाई निकालीं और दुआर पर बिछा दीं। पहलवान ने बुजुर्ग सज्जन से अनुरोध किया—"पधारिए।"

पप्पू के मामा ने परिचय कराया—"ये लाल बाबू हैं। रेलवे में माल बाबू हैं। हावड़ा में नौकरी करते हैं। झुन्नू बाबू के साले साहब के रिश्ते में आते हैं। और इन्हें तो पहचानते ही हैं, झुन्नू बाबू के साले साहब। उस दिन झुन्नू बाबू के घर पर आप लोगों की मुलाकात हुई थी। हम लोग हाईस्कूल में क्लास फेलो थे।"

इस बीच चौथा आदमी माल बाबू के पैरों से जूते निकाल पास पड़े चिथड़े से उन्हें झाड़ने लगा।

पप्पू की अम्मा कुछ देर तक इन्तजार करती रहीं कि उनके भाई पास आवें तो अपने मायके का हाल-चाल पूछें। जब भाई का ध्यान उनकी तरफ नहीं गया तो वे अन्दर आ गईं। पप्पू को गऊदीन की दुकान से दौड़कर मिठाई और नमकीन लाने के लिए और बेटी को लोटा माँजने के लिए कहा।

पहलवान समझ गए कि उनके दरवाजे पर आने वाले माल बाबू रईस आदमी हैं। पर आए क्यों हैं? साथ में झुन्नू बाबू के साले और खुद उनके साले! क्या झुन्नू बाबू ने रिश्ता स्वीकार करने का सन्देश भेजा है? हो सकता है, उनकी बेटी के रूप-गुण की चर्चा सुनी हो। खुद उनकी शोहरत भी इलाके में सिर्फ पहलवान होने के नाते ही नहीं, मानिन्द आदमी के रूप में भी है। लड़की के बाबा गाँव के परधान रहे हैं। नेता हैं।

लेकिन लड़के का बाप खुद सन्देश भेजकर रिश्ता स्वीकार करे, ऐसा क्या इस दुनिया में सम्भव है? खासकर जैसी तीखी बातें बोलकर वे आए हैं, यह तो सूरज के पश्चिम से निकलने जैसा हो जाएगा।

पप्पू प्लेट में मिठाई और नमकीन रख गए। एक बाल्टी पानी और लोटा लेकर आए। आगन्तुकों के पाँव छूकर चले गए। फिर एक मौनी में चबेना और गुड़ रख गए। पानी पीने का आग्रह करने के साथ-साथ पहलवान कुशल-क्षेम पूछने लगे।

आगन्तुकों में इतना इत्मीनान दिख रहा था कि लगा ये लोग चाय-पानी करके विदा होने वाले नहीं हैं। तब सोने के लिए चार अतिरिक्त चारपाइयों की जरूरत पड़ेगी। दो ही अतिरिक्त हैं। पड़ोस से माँगनी पड़ेंगी। फिर याद पड़ा कि रजाइयाँ भी माँगनी पड़ेंगी। दो रजाइयाँ उनके घर में ज्यादा थीं मेहमानों के लिए। लेकिन इस साल एक रजाई बड़ा बेटा लेकर चला गया। छोटा बेटा पिछले साल तक जाड़े में उनके साथ ही सोता था। एक ही रजाई में काम चल जाता था। इस साल दूसरी रजाई लेकर वह अलग सोने लगा है। वे कंबल ओढ़ लेंगे। इस तरह एक रजाई खाली हो जाएगी। पप्पू की अम्मा सास के साथ सो जाएँगी तो उनकी रजाई खाली हो जाएगी। फिर भी दो रजाइयों की जरूरत पड़ेगी।

पहले वे खुद अन्दर गए। फिर आवाज देकर बेटे को भी बुला लिया। बोले—"वैसे तो मोटरसाइकिल से हैं। चाय-पानी करके आराम से आधे घंटे में अपने-अपने घर पहुँच सकते हैं...अरे हाँ, चाय! चाय तो पिलानी होगी। आजकल दरवाजे पर आए मेहमान को अगर चाय नहीं पिलाई तो समझो कोई सत्कार ही नहीं किया। चीनी की चाय। तीन कप तो अभी टूटने से बच गए हैं न! मेरी चाय गिलास में दे सकते हो। जो-जो सामान न हो, दौड़कर दुकान से ले आओ। और हाँ, जो कहने के लिए आया था वह तो कहा ही नहीं। चाय पीने के बाद अगर

वे लोग जाने का नाम नहीं लेते तो जिस समय मैं इन्हें दिशा-मैदान के लिए लेकर बाहर जाऊँ, तुम जाकर किसी के घर से दो चारपाई और दो रजाई माँग लाना और दालान में पाँच बिस्तर लगा देना।"

पप्पू की अम्मा ने मेहमानों के रंग-ढंग से पहले ही अन्दाजा लगा लिया था कि ये टलने वाले मेहमान नहीं हैं। लेकिन वे यह अन्दाजा नहीं लगा पा रही थीं कि ये सब आए क्यों हैं? उनके भाई अभी तक अन्दर नहीं आए। आते तो सबसे पहले यही पूछतीं। उन्होंने बेटी को गगरी का आटा अन्दाजने के लिए कहा और बेटे को पैसा देते हुए बोलीं—"चीनी, चायपत्ती के साथ एक किलो नई आलू भी ले आना। पुरानी बहुत देर में पकती है और हाँ, जाने के पहले खेत से दो गोभी के फूल काटकर दे देना।"

वे जानती हैं कि बेटा रजाई और चारपाई माँगने सिकेटरी के घर ही जाएगा। सिकेटरी तो बात-व्यवहार में ठीक हैं। पप्पू के बाबू से पटती है, लेकिन उनकी घरवाली से पप्पू की माँ की नहीं पटती। इधर काफी गुमान में रहती है। फोन लग गया है। रोज अखबार आता है। बेटे को दहेज में मोटरसाइकिल मिल गई है। घूस देकर बेटे को सिपाही में भर्ती करा दिया है और शादी करके घूस का दुगना वसूल लिया है तो गुमान में नहीं रहेंगी! ब्याहने के लिए कोई बेटी है नहीं तो पैर जमीन पर कैसे पड़ेंगे!

एक दिन-भरसार में बैठे-बैठे उन्हीं को सुनाकर हवा-बतास से कह रही थी कि इंजीनियर बन जाने में ही बड़ाई नहीं है। नौकरी भी मिलनी चाहिए। अखबार में छपा था कि दिल्ली-बम्बई में हजारों बेरोजगार इंजीनियर पेट्रोल पम्पों पर हजार-डेढ़ हजार की नौकरी करके पेट पाल रहे हैं। उन्हें पता है, अभी बेटा खटिया-रजाई माँगने जाएगा तो बिना बोली बोले नहीं रहेंगी—अरे, अब इंजीनियर का घर हो गया, पप्पू। अपनी अम्मा से कहो, हजार-दो हजार गद्दा-रजाई में भी खर्च कर दें।

उनका वश चले तो उस घर से कभी कोई चीज माँगने न भेजें। लेकिन पड़ोस में कोई दूसरा ऐसा घर है नहीं जहाँ जरूरत पड़ने पर यह चीजें माँगी जा सकें। और अब तो जोगी भी कभी-कभार उन्हीं के घर फोन करके कहते हैं—जरा मेरी अम्मा को बुलवा दीजिए, चाची। बात करनी है। झख मारकर जाना पड़ता है। और गईं तो बिना उनका भाखन सुने लौटना मुश्किल। खैर, किसी का गरब-गुमान ज्यादा दिन नहीं चलता। गरब-गुमान ही तो भगवान का आहार है। सोचते-सोचते पप्पू की अम्मा उदास हो गईं।

बेटा, चीनी-चायपत्ती ले आया तो उन्होंने बेटी को चाय जल्दी तैयार करने के लिए कहा। फिर रींधने के लिए भंडारे से चावल-दाल निकाल लाईं। बेटा चाय

लेकर गया तो बेटी को अदहन चढ़ाने के लिए बोलकर खुद भी धुएँ से लाल होती आँखों को मींजती बाहर निकल आईं। आजकल उनकी आँखों में धुआँ लगने पर बहुत जल्दी पानी आने लगता है। बेटी की विदाई के बाद रसोई कैसे कर पाएँगी? कई बार मन में आया कि पप्पू के बाबू से कहें कि कहीं ले चलकर किसी डॉक्टर को दिखाएँ, लेकिन इस डर से कि कहीं डॉक्टर भारी खर्च वाला कोई इलाज न बता दे, वे चुप रह जाती हैं।

माल बाबू का सिर चौथा आदमी दबा रहा था। जेब से छोटी-सी शीशी निकालकर हथेली पर तेल उड़ेलता था, फिर सिर और मूँछों में लगाता था।

इसके पहले कि राशन रींधा जाए, पप्पू की अम्मा खुद अपने कान से सुनकर आश्वस्त हो जाना चाहती थीं कि मेहमानों ने रात उन्हीं के घर बिताने का निर्णय लिया है।

जब सिर दबाने वाले आदमी ने खैनी ठोंककर माल बाबू के आगे हथेली फैलाई और उन्होंने एक चुटकी खैनी उठाकर गाल में दबा ली तो दिशा-मैदान जाना तय हो गया। पप्पू के बाबू ने बताया कि पास में ही बहुत बड़ा तालाब है, उसके भीटे की झाड़ियाँ निपटान के लिए बेहतर हैं, इसलिए लोटे में पानी लेकर चलने की जरूरत नहीं है। उन्होंने यह प्रस्ताव इसलिए भी रखा, क्योंकि घर में कुल तीन लोटे थे। पाँचों लोगों के एक साथ जाने पर लोटे कम पड़ रहे थे। माल बाबू को छोड़कर बाकी लोग बिना लोटे के चलने पर सहमत हुए। हाथ-पैर दबाने वाले ने माल बाबू के लिए लोटा उठा लिया और उनके पीछे-पीछे चला।

पप्पू की अम्मा के सामने स्पष्ट हो गया कि मेहमानों का ठहरना तय है। मेहमानों के लौटने से पहले पप्पू चारपाइयाँ और रजाइयाँ माँग लाया। दालान को बुहारकर बिस्तर लगा दिया। फिर दालान के कोने में अलाव जलाने लगा। पप्पू की अम्मा ने बाहर निकलकर अलाव के चारों तरफ बैठने के लिए पुआल का बीड़ा रखने के लिए कहा और यह भी कि लौटते ही अपने मामा को अन्दर भेज देना।

दिशा-मैदान से लौटकर सब अलाव के गोले में बैठे तो पप्पू के मामा अन्दर आए। माँ-बाप का हाल-चाल पूछने के तुरन्त बाद भाई से पप्पू की अम्मा ने मेहमानों के बारे में पूछा—"कहाँ से आ रहे हैं इतने सारे लोग? कहाँ जाना है? किस काम से निकले हो? तुम्हें तो बिना बुलाए मेरे पास तक आने की फुरसत ही नहीं मिलती!"

पप्पू के मामा बताने लगे—"वे जो साँवले रंग के मूँछ वाले अधेड़ सज्जन हैं, झुन्नू बाबू के साले साहब के दूर के रिश्ते में आते हैं। रेलवे में माल बाबू हैं। पैसे और रसूख वाले आदमी हैं। गाँव और शहर दोनों जगह कोठियाँ हैं। लम्बे कद के चेचक के दाग वाले जो मेरी उम्र के हैं, वे झुन्नू बाबू के साले हैं। वही झुन्नू बाबू

जिनके घर जीजाजी पिछले दिनों लड़का देखने गए थे। तीसरा आदमी माल बाबू का घरेलू नौकर है। साथ लेकर चलते हैं। सोते समय हाथ-पैर दबाता है। उँगलियाँ चटकाता है। नहाने के पहले देह में तेल मालिश करता है। नहाने के बाद गीली धोती पखारता है। पानी भी पीना होता है माल बाबू को तो वही उड़ेलकर देता है। काफी ठाट-बाट से रहते हैं माल बाबू। पैसे वाली पार्टी है।"

फिर आगे बताया—"गए थे अपनी इकलौती बेटी के लिए लड़का देखने। हमेशा बाहर ही बाहर रहे, इसलिए जवार में ज्यादा लोगों को जानते नहीं। जान-पहचान के लिए झुन्नू बाबू के साले को बुलाया था। झुन्नू बाबू का साला मेरे साथ पढ़ा है। मेरे पास मोटरसाइकिल थी तो सुविधा के लिए मुझे भी साथ ले लिया। गए तो हम लोग दो-तीन जगह, लेकिन कोई रिश्ता माल बाबू को अपनी हैसियत के अनुसार नहीं लगा। वापसी में मैंने कहा कि मेरे जीजाजी का घर रास्ते में पड़ता है। जरा हाल-चाल लेते चलें। जीजाजी के बारे में बताया तो बोले—'हाँ-हाँ, पहलवान का नाम तो सुना हुआ है। पहलवानी में दूर-दूर तक नाम किये हैं।' मैंने बताया कि बेटा भी काबिल निकला है। इंजीनियरी की पढ़ाई पढ़ रहा है, तो और खुश हुए। बोले—'चलिए, मैं भी दर्शन करता चलूँ।'"

सुनकर खुश हुईं पप्पू की अम्मा। लेकिन झुन्नू बाबू के साले के बारे में जानकर थोड़ा रंज भी हुआ। पूछा—"यह जो झुन्नू बाबू के साले हैं, तुम्हारे साथ पढ़े हैं? इन्हीं के चलते तो उस दिन झुन्नू बाबू के घर बात नहीं बन पाई। इन्होंने ही तो लम्बी-चौड़ी हाँक कर मामले को उलझा दिया था।"

"अच्छा? मुझे तो जीजाजी ने बताया नहीं। न जाने के पहले, न आने के बाद।"

तभी माल बाबू का नौकर अन्दर आया और एक बार फिर पप्पू की अम्मा का पैर छूकर हाथ जोड़कर बोला—"मेरे लिए भी कोई काम बताइए, मालकिन।" बेटी को लहसुन छीलता देखकर, लहसुन की टोकरी अपनी तरफ खींचकर बैठ गया—"लाइए, यह काम तो मैं ही कर दूँगा।"

"अरे, तुम रहने दो भइया। हम सब कर लेंगे।" पप्पू की अम्मा खुश होकर बोलीं।

पप्पू के मामा बाहर निकल गए। बेटी चूल्हे की मन्द पड़ रही आग तेज करने चली गई। लौटी तो उसकी ओर प्रशंसा-भरी नजरों से देखते हुए नौकर बोला—"रसोई का सारा काम अकेले निपटा रही हैं बिट्टी। वाह-वाह! जैसा रूप है, वैसी ही सुघड़ाई। सोचती होगी, जितने दिन रहें माँ को तिनका भी न छूना पड़े। वाह! ऐसी कुलवन्ती बेटियाँ ज्यादा दिन थोड़े रहने पाती हैं मायके में। किसी पारखी की नजर में पड़ने की देर है, ले जाएगा कोई रतन का पारखी ब्याह कर।"

माँ-बेटी दोनों प्रसन्न हुईं। माँ सोचने लगीं कि कहीं झुन्नू बाबू ने ही तो नहीं भेजा है इन लोगों को कि जाकर चुपचाप लड़की का रूप-रंग, गुण-सहूर देख आओ। हो सकता है उस दिन बेमुरौवती से बोलकर बाद में पछताए हों।

"लहसुन चटनी में डालेंगी क्या बिटिया? अभी और छीलना होगा? किस चीज की चटनी बना रही हैं? हमारे मालिक की बेटी भी इतनी स्वादिष्ट चटनी बनाती है कि हाथ चाटते रह जाओ। बाप को ऐसा चटनीखोर बना दिया है कि खाने में मालिक को चटनी न मिले तो समझो कुछ मिला ही नहीं। जितना रूप, उतना ही गुण। चाहे रोटी-पानी करा लीजिए, चाहे सिलाई-कढ़ाई। अपनी माँ की तो ऐसी आदत खराब कर दी है कि बिना सिर में चम्पी कराए उन्हें नींद ही नहीं आती।"

"इन्हीं की बेटी हैं?" पप्पू की माँ ने उसका बोलना रोकने के लिए पूछा।

"हाँ, मालकिन। देखिए तो देखती रह जाइए। हँसती है तो लगता है, फूल झड़ते हैं। सफेद बत्तीसी खिल जाती है। जिस घर जाएगी, उजाला कर देगी। इसके बावजूद घमंड तो छू तक नहीं गया है। जैसे अपनी ये बिट्टी हैं। देखकर आँख जुड़ाती है।"

इतनी बड़ाई! अपने मालिक की बेटी के साथ-साथ उनकी बेटी की भी। उनके बोलने के लिए कुछ छोड़ ही नहीं रहा है।

सब्जी के लिए मसाला सिल पर रखा बेटी ने तो वह उठकर सिल के सामने बैठ गया—"लाइए, मैं पीस देता हूँ।"

"अरे नहीं भइया, तुम चलो बाहर। मर्दों में बैठो। यहाँ हम माँ-बेटी आराम से सब निपटा लेंगी।"

"बैठकर खाने के लिए थोड़े आया हूँ, मालकिन!" सिल पर लोढ़ा रगड़ते हुए वह हँसने लगा—"बड़े वाले भइया कहाँ हैं? दिखाई नहीं दिए।"

"स्कूल में हैं, बाहर। छुट्टी में आते हैं।"

"मास्टर साहेब बहुत तारीफ कर रहे थे हमारे मालिक से। रास्ते-भर भइया की बात ही हो रही थी। जितने शरीर से लम्बे-चौड़े, उतने ही बुद्धि के भी तेज। इंजीनियरी वाली पढ़ाई पढ़ रहे हैं न?"

"हाँ।" माँ ने गर्व से स्वीकारा और पीढ़ा आगे खिसकाकर कलछुल से दाल का हाल लेने लगीं।

"बहुत काम की पढ़ाई है यह तो! एकदम नगद-नारायण वाली नौकरी मिलेगी। भाग्य के बहुत तेज हैं भइया, समझ लीजिए। हमारे गाँव में एक इंजीनियर हुए हैं। एक बीघे में तो पक्का मकान ही बना है। गाँव में ट्यूबवेल, ट्रैक्टर। सैकड़ों बीघे तो खेत ही खरीद डाले। शहर में भी बहुत बड़ी कोठी, मोटर गाड़ी; कितना पैसा कमाते हैं, कोई थाह ही नहीं!"

"वह तो जब होगा तब होगा भइया, लेकिन अभी जितनी नगद-नारायण फीस देनी पड़ रही है उसी से तिल्ला-तौबा मचा हुआ है।"

कहने को तो एक झटके में कह गईं, लेकिन तुरन्त ही उन्हें लगा कि बाहरी आदमी के सामने यह बात मुँह से नहीं निकालनी चाहिए थी। उन्होंने तुरन्त बात बदलने के लिए पूछ लिया—"किस चीज की चटनी पसन्द है तुम्हारे मालिक को?"

"किसी भी चीज की। टमाटर, आँवला, करौंदा; सब तो रखा है आपके भंडारे में।"

दरअसल चटनी के बारे में उन्होंने सोचा ही नहीं था। अच्छा हुआ, इसने बता दिया। उनका मन हुआ पूछें, खाने में क्या-क्या पसन्द है तुम्हारे मालिक को। लेकिन यह सोचकर पीछे हट गईं कि क्या पता, किसी ऐसी चीज का नाम बता दें जिसका इन्तजाम ही न हो पाए।

पकते चावल के साथ फैलती महक को लम्बी साँस लेकर भीतर खींचा नौकर ने, फिर बोला—"बहुत महकौवा चावल रींधा है। क्या नाम है इस चावल का? अपने खेत का पैदा है? गजब! मोहनभोग? सचमुच मोहनभोग ही है। अरहर की तड़का लगी दाल के साथ इसका स्वाद! हुकुम हो तो कुछ कहूँ, मालकिन? इसके साथ अगर आलू-बैंगन का चोखा भी बन जाय। आलू है ही। बैंगन खेत में देख आया हूँ। आलू-गोभी की सब्जी तो है ही, लेकिन इतना अच्छा चोखा बनाऊँगा अदरक, लहसुन, प्याज, खटाई का मसाला और कड़ुआ तेल डालकर कि हमें उम्र-भर याद करिएगा।"

हँसने लगी मालकिन—"बनाओ भइया, हम क्यों मना करेंगे! सब कुछ तो है घर में।"

"हम बैंगन लेकर आते हैं।" कहकर वह बाहर निकल गया।

उसके जाने के बाद बड़ी देर तक माँ-बेटी चूल्हे के पास बैठकर हँसती रहीं। अचानक पप्पू की अम्मा चुप हो गईं। दो-तीन बार लम्बी-लम्बी साँस खींची। बेटी ने पूछा—"क्या हुआ, माँ?"

"गजब का तेज आदमी है मुआ। गजब की नाक है इसकी। खुफियागीरी करने घुसा है अन्दर? ठीक से बैठो। तुम्हारे पैर टखने तक उघाड़ थे। दाँत चियारकर मत हँसना। किस तरह दाँत की तारीफ कर रहा था। दाँत की बात उसके दिमाग में आई कैसे? कीड़े से काले पड़े दाँत पर तो नजर नहीं पड़ गई?"

बेटी ने हाथ-पैर सिकोड़ लिये। मुँह बन्द कर लिया।

अँधेरे में टटोलकर खेत से बैंगन तोड़ने के बाद वापस आते हुए नौकर की

भेंट लघुशंका के लिए निकले मालिक से रास्ते में हुई तो उसने कहा—"मतलब की एक ही बात निकल पाई, मालिक। बेटे की पढ़ाई की फीस भरना इन लोगों को भारी पड़ रहा है। बाकी तो सब चकाचक है।"

खाना खाने के बाद सब लोग रजाई में पैर डालकर हुक्का गुड़गुड़ाने लगे तो पप्पू के मामा ने बात छेड़ी—"जीजाजी! मैं बता रहा था कि लाल बाबू अपनी बेटी का रिश्ता खोजने के लिए निकले हैं। दो-एक जगह बातचीत की शुरुआत भी हुई है, लेकिन जब से यहाँ आए हैं, सबसे मेल-मुलाकात हुई है, तब से आपका घर-परिवार इनकी नजरों में चढ़ गया है। ये जोगी के साथ अपनी बेटी के रिश्ते का प्रस्ताव रख रहे हैं।"

"जोगी के लिए?" पहलवान चौंके।

"हाँ। इनकी एक ही बेटी है। रूपवान, गुणवान। मैंने तो खुद अपनी आँखों से देखा है। जोगी भइया के साथ बहुत अच्छी जोड़ी रहेगी।"

"सो तो ठीक है मास्टर साहेब, लेकिन जोगी पहले चार साल पढ़ें, पास हों। फिर कहीं रोजी से लगें, तब न शादी की बात सोची जाएगी!"

"जीजाजी, जोगी कोई लाला-बनिया थोड़े हैं कि कमाएँगे नहीं तो खाने का ठिकाना नहीं रहेगा। भगवान का दिया इतना सीर-सायर है..."

"क्या बावलों जैसी बात करते हो, राजपत! इंजीनियरी की पढ़ाई को मामूली समझ रहे हो! बच्चे बारह-बारह घंटे आँख फोड़ते हैं, तब भी बैक आ जाती है। माने किसी-न-किसी पर्चे में लटक जाते हैं। फिर से इम्तिहान देना पड़ता है। अपनी पढ़ाई सँभालेंगे कि जोरू की दिलजोई करने के लिए भाग-भागकर घर आएँगे। शादी की अभी कौन-सी जल्दी पड़ी है! जब समय आएगा तब शादी भी हो जाएगी।"

"शादी तो एक रस्म है।" लाल बाबू ने बात का सूत्र अपने हाथ में ले लिया—"पूरी हो जाती है तो लड़की के बाप को चैन आ जाता है, नहीं तो सोते-जागते, उठते-बैठते बेचैनी रहती है। बाकी, गौना तो तीन या पाँच साल बाद ही होता है, जैसी जरूरत हो। तब तक तो बबुआ पढ़ाई भी पूरी कर लेंगे और कहीं नौकरी-चाकरी से भी लग जाएँगे। हमारे यहाँ रेलवे में ही जगह निकलती रहती है। साहब-सूबा से इतनी जान-पहचान बना रखी है, किस दिन काम आएगी? कहीं न कहीं हिल्ले से लगाया जाएगा। नौकरी-चाकरी पाने के लिए भी आजकल सोर्स- सिफारिश, लेन-देन जरूरी हो गया है।"

पहलवान समझ गए कि ये लोग पहले ही तय करके इसी मतलब से आए हैं। पप्पू के मामा को दबाव बनाने के लिए लाए हैं। पप्पू के मामा को भी देखिए, रिश्तेदार हमारे हैं और वकील उनके बनकर आए हैं।

उन्होंने बात को टालने के लिए कहा—"सयानी बेटी के बाप की बेचैनी हम भी झेल रहे हैं, लेकिन हर चीज का एक समय होता है..." फिर साले से बोले—"मुझसे बात करने के पहले तुम्हें अपनी बहन से बात करनी चाहिए, राजपत।"

"आप अपनी रजामन्दी दे दें। दीदी को मैं मना लूँगा।"

"रजामन्दी कोई अलग-अलग थोड़े होगी। जो भी तय होगा उसमें दोनों की, बल्कि तीनों की रजामन्दी होगी। जिसकी शादी की बात चला रहे हो, उससे भी तो पूछोगे?"

हुक्के की तम्बाकू पूरी तरह राख हो गई थी। सब चुप हो गए।

सबेरे चायपानी से लेकर खाना तैयार होने तक पप्पू के मामा अपनी बहन को समझाते रहे—"तिलक में नगद पचास हजार और एक मोटरसाइकिल तो लाल बाबू खुद अपने मुँह से देने को तैयार हैं। जोर दिया जाएगा तो एक लाख तक दे सकते हैं। मेरे मन में एक बात आ रही है। इधर से नगदी और मोटरसाइकिल लीजिए और उधर झुन्नू बाबू को थमाकर बिटिया को निपटा दीजिए। गौना दो-चार साल बाद जब मर्जी तब लाइए। धन और पहुँच दोनों में हम लोगों से बहुत बढ़-चढ़कर हैं लाल बाबू। ऐसे समर्थ रिश्तेदार रहते हैं तो वक्त-जरूरत काम आते हैं। दुनिया के चलन में यह सब भी देखा जाता है। ऐसा चांस किस्मत से मिलता है। दामाद बना लिये तो नौकरी का जुगाड़ ये खुद लगा देंगे। आप अकेले में जीजाजी को समझाइएगा। झुन्नू बाबू के साले को बीच में डालकर मैं नौकरी दिलाने वाली शर्त भी अभी से तय कर लूँगा।"

ऐसा लासा फेंका उनके भाई ने कि पप्पू की अम्मा सोच में पड़ गईं। बिना खेती-बारी बेचे बेटी के हाथ पीले हो सकते हैं। इससे अच्छी बात क्या होगी?

उन्होंने अपने भाई से कहा—"तुम जाकर जोगी का मन-मुँह लेने की कोशिश करो। मुझे नहीं लगता कि वे तैयार हो जाएँगे। तुम उन्हें तैयार कर लो तो हम लोगों को क्या दिक्कत!"

मेहमानों के जाने के बाद पप्पू की अम्मा को पछतावा होने लगा कि जब लाल बाबू के टहलुए ने उनके पैर छुए तो उसके हाथ पर रुपये-दो रुपये रखने चाहिए थे। पद बनता था। पर भूल गईं। बेचारा क्या सोचते हुए जा रहा होगा!

एकान्त होने पर पप्पू की अम्मा और पहलवान ने एक-दूसरे को देखा। दोनों के ही पास दूसरे से कहने के लिए बहुत कुछ था, लेकिन शुरू कौन करे! पप्पू स्कूल चले गए थे। बेटी खेलावन के घर रजाई वापस करने गई थी। पत्नी बिना कहे हुक्का भर लाईं। पहलवान हुक्का पुड़काते हुए नगरे पर बैठे तो वे भी एक मचिया खींचकर सामने बैठ गईं। जरूरी बातचीत करने के लिए जैसा इत्मीनान और एकान्त चाहिए वह हासिल हुआ तो उन्होंने ही शुरुआत की—"ये लोग और कहीं नहीं गए थे। सीधे अपने घर ही आए थे।"

"ये दोनों कहाँ से इकट्ठे हो गए, झुन्नू बाबू के साले और तुम्हारे भाई? ...अभी तो जोगी बीस के भी पूरे नहीं हुए हैं।"

"बीस कुछ कम थोड़े होता है, गौना आया तब तो आप भी बीस के नहीं थे।"

"तब की बात दूसरी थी भाई! फिर भी देखो, तुम्हारे आते ही मेरी पढ़ाई छूटी थी कि नहीं?"

"तो मेरी वजह से छूटी?"

"अरे, इसमें नाराज होने की क्या बात है? सोचने की बात है। तुम्हीं तो रात में हाथ से किताब छीनकर ढिबरी बुझा देती थीं।"

"अच्छा! मेरा मुँह मत खुलवाओ। पढ़ाई में मन लगता था आपका?"

"तुम्हारी वजह से ही तो नहीं लगता था।"

"छोड़िए! कह रहे थे राजपत कि जोगी को वे तैयार कर लेंगे। जो पैसा और मोटरसाइकिल लाल बाबू से मिलेगी, वही झुन्नू बाबू को देकर बेटी ब्याह सकते हैं। खेत बिकने से बच जाएगा।"

"पैसा तो जब भी बेटा ब्याहोगी, तभी मिलेगा; बल्कि ज्यादा ही मिलेगा।"

"लेकिन तब तक बेटी को तो घर में बैठाकर नहीं रखा जा सकता। और बैठाकर रखा भी जाए तो भी क्या पता, झुन्नू बाबू के लड़के जैसा कमासुत लड़का फिर मिले कि नहीं! अच्छा, एक बात बताओ। झुन्नू बाबू का बेटा दफ्तर का बाबू है तब तो वे एक लाख की माँग कर रहे हैं। अपने जोगी तो इंजीनियर हैं, तब लाल बाबू सिर्फ पचास हजार क्यों देंगे?"

"तुम्हारा बेटा इंजीनियर है नहीं, होगा। फिर नौकरी ढूँढ़ेगा। झुन्नू बाबू का बेटा तो हर महीने चार-पाँच हजार पगार उठा रहा है। इतनी ही ऊपरी कमाई कर रहा है।"

"ऊपरी कमाई कैसे?"

"अरे, कचेहरी में किसी मुवक्किल की नकल निकलवा दी, अर्जी लिख दी। फाइल इधर से उधर करा दी। हम क्या उतनी अन्दर की बात जान सकते हैं! इतना जानते हैं कि सबके जीने-खाने का रास्ता बना रहता है सरकारी दफ्तरों में।"

“यह बात है कि लाल बाबू वाला रिश्ता मान लेने पर खेत भी बेचना नहीं पड़ता और बेटी भी खाते-पीते घर में पहुँच जाती। मेरा मन कहता है कि अगर पप्पू के मामा से कहा जाय तो वे लाल बाबू को जोगी को अच्छी तनखाह वाली नौकरी दिलाने के लिए भी तैयार कर लेंगे।”

“यानी तुम भी बेटे की ऊँची से ऊँची कीमत वसूलने का मनसूबा बाँध रही हो?” पहलवान व्यंग्य से मुस्कराए।

पप्पू की अम्मा चिढ़ गईं—“आखिर कोई रास्ता तो निकालोगे कि हरिश्चन्द्र बनने से काम चलेगा!”

“तुम्हारे सुझाए रास्ते से तो हम सबको राहत मिलेगी, लेकिन पहले आपका बेटा तो माने।”

“बेटा क्यों नहीं मानेगा? वह नहीं देख रहा है कि कैसे हम लोग पेट काटकर, शौक-श्रृंगार त्यागकर उसका खर्च पूरा कर रहे हैं।”

“क्या बात है भउजी, भइया को अकेले पाकर दिन-दहाड़े रगेद रही हो!” खेलावन की आवाज आई। वे कब आकर सामने खड़े हो गए, पता नहीं चला।

“आओ-आओ, खेलावन भाई। हम लोग फिर एक साँसत में पड़ गए हैं।”

खेलावन अन्दर आकर दूसरे नगरे पर बैठते हुए बोले—“विद्या बेटी बता रही थी कि कल थोक के भाव मेहमान आ गए थे।”

“वही तो।” पहलवान मेहमानों के आगमन का उद्देश्य बताने लगे। फिर बोले—“क्या करें? घर की हालत आप जानते ही हैं।”

“लड़की क्या करती है?”

“इसी साल इंटर किया है।”

“जोगी की क्या राय है?”

“अभी उससे कहाँ बात हुई? खुद ही सोच-विचार कर रहे हैं।”

“देखिए, पतोहू से अपनी भी सेवा-पानी करानी हो, उससे सास का पैर दबवाना हो तब तो ऐसी ही बहू ठीक है, लेकिन अगर जोगी का सही जोड़ लगाना हो, उनका हित देखना हो तब तो नहीं ठीक है।”

“इस बहू से बेटे को सुख नहीं मिलेगा, भइया?” पप्पू की अम्मा ने पूछा।

इस बीच खेलावन बहू भी उन्हें खोजते हुए अन्दर आ गईं।

“उतना ही मिलेगा, जितना आप लोगों से हम लोगों को मिल रहा है। चूल्हा-चौका सँभालने, हाथ-पैर दबाने, लरिका-फरिका सौचाने तक का। और पढ़ाई-लिखाई पूरी होने, नौकरी-चाकरी में आने के बाद जोगी की तरह ही तकनीकी पढ़ाई वाली कोई लड़की बहू बनेगी तो बेटे के बराबर ही हर महीने मोटी

पगार लाएगी। आज के जमाने में तो बेटे के लिए ऐसी ही बहू ठीक मानी जाती है।"

"तो आप लोग भी अब हम लोगों को घर से निकालकर तकनीकी बहू लाओ, भइया।" पप्पू की अम्मा हँसते हुए बोलीं। खेलावन बहू भी हँसने लगीं।

"देखिए, पिता को किस बेटे से सुख मिलता है? अपने गाँव में पी.सी.एस., जज, डॉक्टर, इंजीनियर, प्रोफेसर, लेक्चरार मिलाकर करीब दर्जन-भर हैं। साल-भर में कितनी बार गाँव आते हैं? कितनों के माँ-बाप उनके साथ हैं? एक के भी नहीं। फिर लेखपाल, ग्रामसेवक, पंचायत सेक्रेटरी, प्राइमरी और मिडिल स्कूल के अध्यापक, लाइनमैन, पोस्टमैन, पेट्रोलमैन, क्लर्क और एल.आई.सी.-सहारा के एजेंटों की गिनती करिए। यह भी दर्जन-भर से ज्यादा हैं, और दिन-भर काम करके शाम को गाँव आ जाते हैं। उनकी बहुएँ घर का काम सँभालती हैं। माँ-बाप की देखभाल करती हैं। पक्का है कि जोगी भी पढ़-लिख लेने के बाद आप लोगों से दूर चले जाएँगे। फिर भी क्या यह सोचकर आप एक बार भी उन्हें इंजीनियरिंग पढ़ाने से पिछड़ने की सोचे? हर पिता का अरमान रहता है कि उसका बेटा दूर-दूर तक जाकर नाम करे। सिर्फ अरथी में कन्धा लगाने के लिए गाँव में न पड़ा रहे। तब बहू के बारे में इतने दकियानूसी ढंग से क्यों सोचा जाए? हम तो कहते हैं, लड़का नौकरी-चाकरी करने इटली, जर्मनी, आस्ट्रेलिया जाए और वहाँ की सफेद चमड़ी वाली बहू लाए। आगे की नस्लें सुधरें। लेकिन अभी करेंगे, खेतीबाड़ी बेचने से बचाएँगे, तब तो लाल बाबू की इंटर पास बेटी से ही सन्तोष करना पड़ेगा। जोगी भी दो-चार दिन हाथ-पैर पटकेंगे, फिर चुप हो जाएँगे।"

"इंटर पास बहू में क्या खराबी है?" खेलावन बहू भी बातचीत में शामिल हो गईं। "हमारी बहू भी तो इंटर पास है। क्या कमी है? लड़के को कुँवारा तो रखना नहीं है। शादी के तीन या पाँच साल बाद गौना आएगा। इस बीच जितना चाहो, बहू को और पढ़ा लो। बेटे की कमाई से पूरा नहीं पड़ेगा तो बहू की कमाई से पड़ जाएगा? वही निहाद है कि माँ की चूँची से पेट नहीं भरा तो बाप के 'फलान चीन्ह' से भरेगा? हाँ, नहीं तो! मैं तो कहूँगी कि अगर लड़की गुणवती है तो ब्याह मानने में कोई खराबी नहीं है। बेटे का ब्याह मानने से बेटी को भी अच्छा घर-वर मिल रहा है। खेती-बारी बिकने से बच रही है। इससे अच्छा क्या होगा?"

हर साल चैत के महीने में पहलवान को खुश होने का मौका मिलता है। खुशी यह याद करके होती है कि अब चैती की मड़ाई बैलों द्वारा नहीं करनी पड़ती। उनके बचपन में चैत-बैसाख की धूप में महीने-भर बैलों के साथ बैल बन जाना पड़ता था। उनकी पूँछ उमेठकर तेज-तेज चलने के लिए ललकारना और गोबर करने लगें तो उसे नीचे गिरने के पहले ही दोनों हाथों में रोप लेना पड़ता था।

इस साल पहलवान को अठारह-बीस कुंटल गेहूँ बेचना है। बोरा-बन्दी करके रख लिये हैं। रोज पता लगाते हैं कि सरकारी खरीद सेंटर पर खरीद शुरू हुई कि नहीं। पहली अप्रैल से खरीद शुरू हो जानी थी, लेकिन पन्द्रह अप्रैल हो गई, अभी काँटा ही नहीं खड़ा हुआ।

इस साल सरकार ने गेहूँ का समर्थन मूल्य हजार रुपये कुंटल तय किया है। यह बढ़ोतरी पिछले सालों की तुलना में ठीक-ठाक कही जा सकती है। शायद इसका कारण यह है कि पिछले साल के घोषित रेट पर, बोनस देने के बावजूद सरकार टारगेट से बहुत कम खरीद कर पाई थी।

सरकारी खरीद-केन्द्र पर बेचने में समय का बहुत अकाज होता है और बहुत झंझट है। 'दाने पतले हैं' या 'पाला मारे हुए हैं' जैसे कारण बताकर कुंटल पीछे चार-पाँच किलो की कटौती कर लेते हैं। ढोकर ले जाइए। पल्लेदारी दीजिए। चेक लेकर बैंक जाइए। कभी-कभी तो चेक देते समय ही कह दिया जाता है कि भुगतान लेने दस दिन बाद जाइएगा। अभी खाते में पैसा नहीं आया है।

लेकिन और किसे बेचें? आढ़ती तो साढ़े छह सौ रुपये कुंटल से आगे बढ़ने को तैयार नहीं हैं। उनका पेट नकली खतौनी और नकली किसान बही से ही भर जाता है। हर गाँव में आधे किसान ऐसे होते हैं जिनकी पैदावार इतनी ही होती है कि उससे उनकी साल-भर की खुराकी चल सके। उन्हें बेचने की नौबत नहीं आती। आढ़ती अपने आदमी भेजकर ऐसे किसानों की खतौनी की नकल तहसील से निकलवा लेते हैं। फिर उसी किसान के नाम पर अपना खरीदा हुआ गेहूँ सरकारी खरीद-सेंटर पर बेच देते हैं। दोनों की खरीद में अन्तर की राशि आढ़ती और सेंटर के बीच बँट जाती है। भुगतान बियरर चेक से मिलता है। जो चाहे भुगतान ले ले। खुला खेल है। दो साल से चल रहा है। जो चाहे देख सकता है, लेकिन जिन्हें देखना चाहिए वे देखना नहीं चाहते और जो देख-देखकर कुढ़ते हैं वे कुढ़ने के अलावा कुछ कर नहीं सकते।

इस साल सरकार ने प्राइवेट कम्पनियों को भी किसानों से सीधे गेहूँ खरीदने की अनुमति दे दी है। उनके एजेंट गाँव-गाँव, दरवाजे-दरवाजे दौड़ रहे हैं। वे साढ़े सात से आठ सौ तक का रेट दे रहे हैं। दरवाजे पर ही तौलकर उठा ले जाते हैं। नगद

पैसा दे देते हैं। एजेंट पहलवान का गेहूँ देख चुका है—मोटे-मोटे चमकते-सुनहले दाने। कह गया है कि आपको दस रुपये कुंटल ज्यादा दे देंगे।

गृहस्थ के घर में खर्चे का क्या पूछना! एक पैसा आता है तो दस पैसे का खर्च लगा रहता है। खाद विक्रेता को रबी में प्रयोग की गई यूरिया और डीएपी का उधार चुकाना है। वह जल्दी किसी को उधार नहीं देता। पहलवान के स्वभाव से दे देता है। दो महीने बाद फिर उससे यूरिया और डीएपी लेना पड़ेगा।

एजेंट उस दिन कह गया था—"भाड़ा, पल्लेदारी और कटौती घटा दीजिए तो हमारे और सरकारी रेट में बहुत फरक नहीं रह जाएगा, चाचा। अकाज ऊपर से होगा। दिन-भर लाइन लगानी पड़ी तो धूप में खोपड़ी टन-टन बोलने लगेगी।"

खोपड़ी की टन-टन सुनकर पहलवानिन को दरेग आ गया। पिघल गईं। वे खुद देख रही हैं कि पहलवान का चेहरा कैसे दिन पर दिन छुहारा होता जा रहा है। इसी धूप-बतास में दौड़ने के कारण ही तो। बोलीं—"तब दे दीजिए इसी को। कितना कम दे रहा है?"

"यही किलो पीछे सवा-डेढ़ रुपये।"

विद्रोही बहू सारी बात सुन रही थीं। वे अब बहू-बेटे के फैसले में दखल नहीं देतीं। जब घर का मालिकाना सौंप दिया तो वे जानें, उनका काम जाने। लेकिन किलो पीछे सवा-डेढ़ रुपये का नुकसान धूप लगने के डर से कर लेना, यह तो ठीक नहीं। बोल पड़ीं—"किलो पीछे एक-डेढ़ रुपये के नुकसान को कम करके नहीं आँकना चाहिए। एक-एक बाली कीमती होती है। एक बाली में पचास-साठ दाने होते हैं। एक दाने के बनने में पाँच महीने लगते हैं। दाने-दाने को मिलाकर ही राशि बनती है।"

पहलवान ने महसूस किया कि माँ सही कह रही हैं। बप्पा होते तो कहते—किसान के लिए क्या धूप, क्या जाड़ा! किसान को कोई बँधी-बँधाई तनखाह थोड़े मिलती है कि हर पहली तारीख को नोट से मुट्ठी भर जाए। उसे एक-एक पैसा दाँत से पकड़ना होगा। समय के अकाज का क्या सोचना? समय को गठरी में बाँधकर रखना है क्या?

सही कहते थे बप्पा। उन्होंने पप्पू को बुलाकर कहा—"जाकर पता करो, खरीद केन्द्र पर तौलाई शुरू हुई कि नहीं? शुरू हुई हो तो उधर से ट्राली लेकर आओ।"

अच्छा हुआ कि पहलवान ने तुरन्त बिक्री कर दी। महीने-भर में ही सरकारी खरीद बन्द हो गई। चार महीने बाद पहलवान ने अखबार में पढ़ा—सरकार ने गेहूँ का आयात करने का निर्णय लिया है।

जिन प्राइवेट कम्पनियों ने सीजन में साढ़े सात-आठ सौ रुपये कुंटल की दर

से गेहूँ खरीदकर पास के बाजार में किराए के गोदाम लेकर भंडारण कर दिया था, उन्होंने आयात के लिए टेंडर भरा और सरकार ने उनसे वही गेहूँ सोलह सौ रुपये प्रति कुंटल की दर से खरीद लिया। चार-पाँच महीने में ही इन कम्पनियों को सौ प्रतिशत का मुनाफा हो गया।

पहलवान ने खेलावन से जानना चाहा—"सरकार को गेहूँ आयात करने की जरूरत क्यों पड़ गई? जितनी जरूरत थी, किसानों से ही सीधे क्यों नहीं खरीद लिया?"

खेलावन कैसे कहते कि इसका जवाब देना किसी के वश की बात नहीं है। बोले—"शायद डब्ल्यू.टी.ओ. के साथ हर हाल में आयात करने का करार रहा होगा।"

"क्यों किया होगा ऐसा घाटे का करार?"

"यह तो कोई विशेषज्ञ ही बता पाएगा।"

"और प्राइवेट कम्पनियों से सरकार ने इतने महँगे भाव से क्यों खरीदा? हमें तो हमारी लागत भी नहीं देते।"

"यह भी कोई जानकार ही बता सकता है। यहाँ मेरी बुद्धि फेल है।"

इस समय धनकटनी चल रही है।

पूरी सिंवार में धान की फसल करीब-करीब एक साथ पकती है। सबको धान काटकर रबी की बोवाई करने की जल्दी रहती है। इसलिए मजदूरों की लूट मच जाती है। लेकिन मजदूर तो गाँव में जितने हैं उतने ही रहेंगे। जरूरत के अनुसार तो पैदा किए नहीं जा सकते। गरियाने-धमकाने वाला जमाना चला गया। अब बहला- फुस़लाकर उनसे जो जितना काम ले सके, ले ले।

सूबेदार हरदयाल को चार मजदूरनें मिली थीं। वे सबेरे उन्हें सवाचने टोले में पहुँचे तो देखा, सारा टोला सूना पड़ा है। बूढ़े परमेसरी ने बताया कि सब आलू लूटने चले गए।

भोर में किसी ने ऊँची आवाज में बताया कि कोल्ड स्टोरेज से जो जितनी आलू ढोकर ले जाना चाहे, ले जा सकता है। एकदम फिरी।

बस, सब झौवा, पलरी, बोरा-बोरी लेकर दौड़ पड़े।

जाने कौन-सी हवा बही कि आलू का रेट सितम्बर से ही गिरने लगा। अक्टूबर में तो माटी के मोल हो गया!

जितना एक बोरे आलू की कीमत मिलेगी, उससे ज्यादा तो उसका कोल्ड स्टोरेज का किराया लग रहा है। ऐसे में कौन आलू निकालने जाए!

एक नोटिस आई। दूसरी नोटिस आई। लेकिन कोई आलू निकालने कोल्ड स्टोरेज के पास नहीं फटका तो मालिक ने कूलिंग सिस्टम बन्द कर दिया। किराए का नुकसान तो हो ही रहा है। बिजली का बिल ही क्यों बढ़ाया जाए? आलू सड़ने लगा तो ऐलान करवा दिया कि जो चाहे आलू ढोकर ले जाए। कोल्ड स्टोरेज खाली कराने की मजदूरी तो न देनी पड़े! आसपास के गाँव के लोग आलू ढोने में लग गए हैं। कुछ साइकिल पर तो कुछ पीठ पर ही बोरा-बोरी लादे चले आ रहे हैं। जैसे चींटियों की पाँत चली आ रही हो।

शायद ही कोई किसान होगा, जिसने आलू जमा न किया रहा हो। पहलवान खड़े सोच रहे हैं, उन्होंने तो सिर्फ बीस बोरे ही जमा किया है। प्रभाकर ने तो पाँड़े की मरजी के खिलाफ, इस उम्मीद में बाजार से खरीदकर सौ बोरे जमा किया था कि ठीक-ठाक भाव मिल गया तो ट्रैक्टर की एक किस्त देने का इन्तजाम हो जाएगा।

जिसने भी जमा किया था, सबका डूबा। समझिए, महामारी आ गई।

थोड़े संकोच के बाद उन किसानों के लड़के भी आलू की लूट में शामिल हो गए, जिनका अपना आलू यहाँ जमा था। बोने के काम भी आ जाएगी और महीने-भर मुफ्त की सब्जी खाएँगे।

पुराने लोगों को याद है कि आलू की ऐसी ही दुर्दशा कई साल पहले पश्चिमी जिलों में हुई थी। आलू का दाम इतना गिर गया था कि उसको बेचने से इतना भी नहीं मिलना था, जिससे उसकी खुदाई का खर्च निकलता। इसलिए किसानों ने आलू की खुदाई ही नहीं की। कुछ मजदूर खोद ले गए, कुछ खेत में ही सड़ गई।

आज फिर वही दुर्दशा देखने को मिल रही है। सड़े आलू के ढेर सड़क के किनारे ऊँचे होते जा रहे हैं। बदबू फैल रही है। किसी की समझ में नहीं आ रहा है कि हर चार-छह साल में आलू की ऐसी दुर्दशा क्यों हो जाती है। यही हाल प्याज का होता है। कौन-सी ताकतें इसके लिए जिम्मेदार हैं?

पाँड़े का मानना है कि यह संवत् उनके लिए शुभ नहीं है। सूबे में बनी नई सरकार ने पिछली सरकार द्वारा की गई पुलिस की सारी भर्ती रद्द कर दी। सेलेक्शन कमेटी के कई अधिकारी निलम्बित कर दिये गए और उनके खिलाफ जाँच बिठा दी गई।

महीने-भर इधर-उधर दौड़ने-भटकने के बाद जब दिवाकर को लगा कि यह भटकन लम्बी चलने वाली है तो वे अपने बीवी-बच्चों को ससुराल पहुँचाकर घर लौट आए। आए तो हफ्ते-भर तक सोते ही रह गए। पाँड़े बहुत परेशान हैं। लाख रुपैया डुबाकर लड़का फिर बेरोजगार हो गया। अब रोज उनका खून पीता है।

बर्खास्त पुलिसकर्मियों ने अपनी बहाली के लिए हाई कोर्ट में मुकदमा दायर किया है। प्रभावी पैरवी के लिए यूनियन का गठन किया है। हर बर्खास्त पुलिसकर्मी को पाँच हजार रुपये चन्दा देना है। दिवाकर कई दिन से उनसे रुपया माँग रहे थे। वे कहाँ से देते? कहीं से एक पैसे की आमदनी तो है नहीं! दिवाकर नाराज होकर पैर पटकते चले गए। तबसे बोलचाल बन्द कर दी है। बाजार के चौराहे पर ट्रैफिक पुलिस को ड्यूटी में मदद करते हैं। बीस रुपया रोज पाते हैं। कभी किसी ट्रक-ट्रैक्टर वाले से छीन-झपटकर कुछ मिल जाता है तो उसमें भी दस-पाँच रुपया हिस्सा पा जाते हैं। दो-दो, तीन-तीन दिन तक घर नहीं लौटते और लौटते हैं तो सिर्फ अपनी माँ से बोलते हैं। लगातार सोते हैं और वापस लौट जाते हैं।

प्रभाकर बहू अलग नाराज रहती हैं। वह सास के पीछे पड़ी हैं कि जितना रुपया छोटे को घूस के लिए दिया गया, उतना उनकी बेटी के नाम से भी जमा कर दिया जाए। बेटियाँ रेंड़ के पेड़ की तरह बढ़ती हैं। साल-दो साल में ब्याह करना पड़ेगा तो कहाँ से करेंगे?

पाँड़े बस यही मनाते हैं कि बिना किसी झगड़े-टंटे के सबेरे की चाय मिल जाए।

पाँड़े पकड़ लिये गए।

तहसील आए थे। दौलत तिवारी के बैनामे में गवाह बनने। बैनामे के बाद तिवारी उनको तहसील के बाहर हलवाई की दुकान पर लड्डू खिलाने लाए थे। लड्डू खाते-खाते उनकी नज़र कुछ दूर खड़े चाय पी रहे एक आदमी पर पड़ी जो उन्हीं

को गौर से देख रहा था। नजर मिली तो वह पास आ गया।

पूछा—"आप तो बनकट के भगवत पाँड़े हैं न?"

पाँड़े ने स्वीकारा—"हाँ, क्या बात है?"

दुविधा में था तो सोचा, पूछ लूँ। कहने के साथ उसने कुल्हड़ में बची चाय को एक घूँट में खत्म किया और कुल्हड़ फेंकने के लिए बाउंड्री की ओर गया तो लौटा नहीं, उधर से ही तहसील के अन्दर चला गया।

"लीजिए एक लड्डू और।"

पाँड़े ने पाँचवाँ लड्डू उठा लिया, लेकिन उनके मन में सवाल बरकरार था—कौन था वह आदमी? परिचित होता तो प्रणाम-पैलगी जरूर करता। पहचान पक्की करने के बाद गायब क्यों हो गया?

दौलत अपनी मोटरसाइकिल से पाँड़े को बस अड्डे छोड़कर चले गए। पाँड़े बस का इन्तजार करने लगे। तभी वह आदमी आकर सामने खड़ा हुआ। बोला—"पाँड़े, आपको तहसीलदार साहब बुला रहे हैं।"

"क्यों? आप कौन हैं?"

"मैं हलके का अमीन हूँ। मेरा नाम हरिद्वार है। बैंक से आपकी रिकवरी आई है। मैंने तहसीलदार साहब को आपके बारे में बताया तो उन्होंने बुलाने के लिए कहा।"

पाँड़े से तुरन्त कुछ कहते नहीं बना। ट्रैक्टर के लोन की किस्तें रुक गई हैं, यह तो पता है। बैंक से नोटिस भी मिला था। लेकिन बैंक ने तहसील में वसूली भेज दी है, यह नहीं पता था।

उन्होंने लगभग चिरौरी करते हुए कहा—"तहसीलदार साहब के सामने मुझे पेश न करो, भइया। मैं जल्दी ही रुपये का इन्तजाम करके बेबाक कर दूँगा।"

पाँड़े को पता था कि इसके साथ-साथ अमीन की जेब में सौ रुपये भी डाल देने चाहिए, लेकिन जेब में सिर्फ किराए-भर का ही पैसा था। हरिद्वार कुछ देर तक उनका चेहरा पढ़ता रहा। फिर बोला—"यही बात चलकर खुद तहसीलदार साहब से कह दीजिए। नहीं तो वे सोच सकते हैं कि बकाएदार ने हुकुमउदूली कर दी।"

"उधर चलूँगा तो मेरी बस छूट जाएगी। यही आखिरी बस है।"

"बस आएगी आठ बजे। अभी तो सात ही बजे हैं। आइए।"

पाँड़े उसके बगल-बगल चल पड़े।

तहसीलदार साहब अपनी इजलास पर बैठे थे। पेशकार उनसे फाइलों पर दस्तखत करा रहा था। हरिद्वार ने आगे बढ़कर बताया—"हुजूर, यही हैं भगवत पाँड़े।"

हाकिम ने नजरें तनिक ऊपर उठाईं, फिर फाइल पर झुका लीं। कलम चलती रही।

पूछा—"बकाया क्यों नहीं जमा करते?"

"कर देंगे, हुजूर। इधर हाथ तंग है। गन्ने का बकाया मिला नहीं। टमाटर मिट्टी के मोल बिका। गेहूँ के रेट से लागत भी नहीं निकली। आलू से ज्यादा उम्मीद थी। बेटे ने बाजार से खरीदकर इसी उम्मीद में जमा किया था कि ठीक-ठाक रेट मिल जाएगा तो ट्रैक्टर की एकाध किस्त दी जा सकेगी, लेकिन वह सारी की सारी कोल्ड स्टोर के बाहर सड़ गई। माटी के मोल भी नहीं बिकी। क्या करें, कुछ समझ में नहीं आ रहा है!"

"किसी को घर भेजकर रुपये मँगवाइए।"

"हफ्ते-दस दिन की मोहलत दे दें, सरकार। इन्तजाम करना पड़ेगा। इतने रुपये घर में होते तो किस्त ही क्यों रुकती?"

"ले जाओ। बन्द करो।"

पाँड़े घबरा गए। घिघियाकर बोले—"बन्द करने से कुछ हाथ नहीं आएगा सरकार। इज्जतदार आदमी हूँ। बेइज्जत हो जाऊँगा। मोहलत मिलेगी तभी कुछ इन्तजाम हो पाएगा।"

तहसीलदार का सिर दुबारा नहीं उठा।

हरिद्वार ने उनकी बाँह पकड़ते हुए कहा—"बाहर चलिए।"

पाँड़े ने देखा कि बाहर आने के साथ-साथ वे चार-पाँच लोगों से घिर चुके हैं। इनमें से वे केवल जवाहर चपरासी को पहचानते थे।

हवालात पन्द्रह गुणे बारह फीट की बिना खिड़की वाली कोठरी थी, जिसमें लोहे की छड़ों से बना करीब छह फीट ऊँचा और चार फीट चौड़ा फाटक लगा था।

चपरासी ने आगे बढ़कर कुंडे में लगा पुराने मॉडल का भारी ताला खोला। फिर हाथ की टॉर्च जलाते हुए कोठरी के अन्दर घुसा। उसके पीछे पाँड़े और पाँड़े के पीछे अमीन हरिद्वार। पेशाब की चिरायँध का तेज भभका सबके नथुनों में घुसकर बेचैन कर गया। जवाहर ने मुड़कर अन्दर से कुंडे में बेलन लगा दिया।

जवाहर की टॉर्च की रोशनी हवालात के फर्श पर घूमी। एक कोने में बिस्तर के आकार में पुआल का ढेर पड़ा था। उसके ऊपर बेतरतीब बदरंग पुराना कंबल पड़ा था। दूसरे कोने पर मिट्टी का घड़ा और प्लास्टिक का मग। जवाहर ने आगे बढ़कर घड़े को उठाया और कहा—"थोड़ी देर इन्तजार करिए। मैं ताजा पानी और खाने के लिए कुछ लाता हूँ। क्या खाएँगे?"

पाँड़े का दिमाग पूरी तरह सुन्न हो गया था। उन्हें कुछ सुनाई नहीं पड़ा। जहाँ उन्हें लाकर खड़ा किया गया था, उसी जगह बिना हिले-डुले या मुड़े अँधेरे में

मूर्तिवत खड़े रह गए। यह किस मुकाम पर लाकर नियति ने उन्हें खड़ा कर दिया!

चपरासी ने बाहर से फाटक बन्द करके ताला लगा दिया। पुराने अनुभव से उन्हें पता था कि ऐसा होता है। जो भी पकड़कर लाया जाता है और इस कोठरी में बन्द होता है, वह असामान्य हो जाता है। कुछ तो लोहे के फाटक को तब तक पीटते हैं, जब तक हाथ लहूलुहान नहीं हो जाते। कुछ का चीखते-चीखते या गाली देते-देते गला बैठ जाता है। कुछ सारी रात चुपचाप सिसकते हैं। कुछ बड़ी पोस्ट पर बैठे रिश्तेदारों का हवाला देते हैं। धमकी देते हैं कि नौकरी खा जाएँगे और बाद में गिड़गिड़ाने भी लगते हैं। एकाध ऐसे आए हैं, जिन्हें दो घंटे के अन्दर छोड़ना पड़ा, बिना एक धेला जमा किए हुए। एकाध ने सचमुच नौकरी का संकट खड़ा कर दिया।

करीब आधे घंटे बाद हरिद्वार और जवाहर लौटे। टॉर्च की रोशनी अन्दर फेंकी तो पाँड़े अपनी जगह पर ही खड़े दिखे।

अमीन ने पूछा—"बाजार में पूड़ी-सब्जी मिल जाएगी। लाई-चना भी मिलेगा? क्या खाएँगे?"

"खाने को मारिए गोली।" पाँड़े की आवाज कुएँ के अन्दर से आती लग रही थी—"क्या मुझे रात-भर इसी में बन्द रखोगे?"

"बन्द तो रहना पड़ेगा, महराज। बाहर निकालना मेरे अधिकार में नहीं है। बाकी जो सेवा चाहिए, बोलिए। यहाँ अन्दर कोई तकलीफ नहीं होने पाएगी।"

कहने के साथ हरिद्वार अँधेरे में गुम हो गया।

पाँड़े को याद ही न रहा कि फाटक की छड़ें पकड़े वे कितनी देर से अँधेरे में खड़े हैं। पैरों में दर्द उभर आया। दिन-भर चलते ही बीता था। वे वापस मुड़े, पर कहाँ बैठें? इस काल कोठरी में तो महीनों से झाड़ू भी न लगा होगा। फिर यह सिर को भन्ना देने वाली दुर्गन्ध! उन्होंने पैरों से पुआल की स्थिति टटोली और फाटक की ओर मुँह करके बैठ गए। घर के लोग इन्तजार कर रहे होंगे। उनके बिना खाए पँड़ाइन खाना नहीं खातीं। आज भूखी ही रह जाएँगी।

करीब घंटे-भर बाद जवाहर ने फाटक पर टॉर्च की रोशनी डाली। पानी भरे घड़े को जमीन पर रखकर उसने फाटक का ताला खोला। फिर घड़ा उठाकर अन्दर लाते हुए कहा—"लो पंडित, पकड़ो।"

पाँड़े ने घड़ा पकड़ लिया। जवाहर ने कोने की ओर टॉर्च दिखाते हुए कहा—"उधर सँभालकर रख लीजिए।"

पाँड़े ने घड़ा ले जाकर कोने में ठीक से जमाया और उनके मुड़ने के पहले जवाहर ने बाहर निकलकर फिर फाटक बन्द कर लिया। ताला लगाने के बाद

एक जेब से लाई-चने का लिफाफा निकालकर छड़ों के बीच से अन्दर करते हुए कहा—"इसे भी पकड़िए। लाई-चना है।"

"रहने दीजिए। भूख नहीं है।"

"रख लीजिए। क्या पता रात में लग जाए। अब सबेरे भेंट होगी।"

"सबेरे दिशा-मैदान कराने तो आओगे न?"

"इतने सबेरे तो नहीं आ पाएँगे, पंडित। दस किलोमीटर साइकिल चलाकर आते हैं। दस बजने ही वाले हैं। एक दिन थोड़ा थामकर रखिएगा।"

"ऐसा न कहो, भाई। जल्दी आ जाना।"

"मेरे अकेले के आने से क्या होगा! बाहर झाड़ा फिराने ले चलने के लिए कम-से-कम दो-तीन लोग साथ में और होने चाहिए। मन का क्या विश्वास! मन में आ गया, भाग खड़े हुए तो मैं खदेड़कर अकेले पकड़ भी न पाऊँगा और खड़े-खड़े सस्पेंड हो जाऊँगा। पेशाब लगे तो उधर कोने में नाली पर बैठकर कर लीजिएगा।" फिर थोड़ा रुककर कहा—"लीजिए, अपनी टॉर्च दे देता हूँ। काम आएगी। मैं अँधेरे में ही चला जाऊँगा। आपके घर या पड़ोस में किसी के पास मोबाइल हो या पास में पीसीओ हो तो नम्बर बताइए। मैं फोन कर देता हूँ।"

"है तो जरूर, लेकिन मुझे नम्बर नहीं याद है।"

"कोई बात नहीं। मैं सबेरे खुद जाकर खबर कर दूँगा। बस, इतनी मदद कर सकता हूँ। कोई मंत्री, विधायक, नेता, अफसर पहचान के हों तो उनसे जोर लगवाइए, वरना बिना बकाया जमा किए छूटना मुश्किल होगा।"

पाँड़े ने छड़ों के बीच से हाथ बाहर निकालकर टॉर्च पकड़ ली। जवाहर मुड़कर जाने लगा तो पाँड़े उसी दिशा में, बल्कि शून्य में कुछ देर ताकते रहे। कुत्तों के भूँकने की आवाज आई। एक कुत्ता तेजी से भागता हुआ फाटक के सामने से गुजरा और दो-तीन उसके ठीक पीछे खदेड़ते हुए। वे चैतन्य हुए। मुड़कर घड़े पर टॉर्च की रोशनी डाली। संध्या वंदन तो कर ही लें। टॉर्च को जली हुई दशा में ही जमीन पर रखकर उन्होंने मग धोया। फिर हाथ-पैर-मुँह धोया। कुल्ला किया। अँगोछे से चेहरा पोंछा और पुआल के एक कोने में, अनुमान से पूरब दिशा की ओर मुँह करके पालथी मारकर बैठ गए। हाथ बढ़ाकर टॉर्च उठाया और बुझा दिया।

घुप्प अँधेरा।

ओऽम् भूर्भुवः स्वः ...

संध्या वंदन के बाद भी वे अपनी जगह पर बैठे रह गए। याद नहीं रहा कि कितनी देर से बैठे हैं। ठंड महसूस होने लगी। मन किया कि पास में पड़ा कंबल

उठाकर ओढ़ लें, लेकिन इसे कितने हवालातियों ने ओढ़ा होगा। कितनी जातियों ने, कितने रोगियों ने। टी.बी., दमा, मिरगी के मरीजों ने। खुजली, चीलर वालों ने। उसे छूने के विचार से ही उन्हें गिनगिनी छूटने लगी।

प्यास तो तभी महसूस हो रही थी जब हाथ-मुँह धो रहे थे, लेकिन पेशाब करने से बचना चाहते थे। इसलिए नहीं पिया। लेकिन अब मुँह पूरी तरह सूख गया था। उन्होंने फिर टॉर्च जलाई। उठकर मग में पानी उड़ेला। बिना होंठों से मग सटाए, मुँह ऊपर उठाकर गटागट सारा पानी पी गए। कँपकँपी बढ़ गई। उन्होंने कंबल पर रोशनी डाली। फिर जैसे समझौता-सा करते हुए झुककर अँगूठे और तर्जनी की चुटकी बनाते हुए उसे ऊपर उठाया। एक चुहिया पुआल पर कूदी और नाली की ओर भाग गई। फिर उसके पाँच-छह नवजात गुलाबी बच्चे चुक-चुक करते पुआल पर गिर पड़े। कंबल उनके हाथ से छूट गया। चुहिया के बच्चों को उठाकर उन्होंने दीवाल के किनारे रख दिया। टॉर्च की रोशनी हिलकर पल-भर के लिए दीवार पर गई। दीवार पर कुछ लिखा हुआ दिखा। उन्होंने फिर रोशनी डाली। कोयले से बड़े और टेढ़े-मेढ़े अक्षरों में लिखा था—

दीन दयाल विरद संभारी। हरहु नाथ मम संकट भारी॥

ओहो! कोई और किसी दिन इस काल कोठरी में बन्द था। यह उसी का आर्तनाद है। टॉर्च बुझाकर वे खुद भी जपने लगे—"दुख हरो जानकीनाथ शरण मैं तेरी...।" गाते-गाते वे टॉर्च की रोशनी फर्श पर डालकर कुछ खोजने लगे। हाँ, दिख गया। लकड़ी के कोयले का एक टुकड़ा। यही टुकड़ा पहले लिखने वाले के भी काम आया रहा होगा। उन्होंने उसे उठाया और पहले की लिखावट के नीचे लिखा—

दुख हरो जानकीनाथ...

नीचे हस्ताक्षर किया—भगवत पाँड़े, तारीख...

लिखकर पढ़ा, फिर कोयले का टुकड़ा कोठरी के कोने में फेंक टॉर्च बुझाकर अँगोछा कान में लपेटा और फाटक के पास दीवार से पीठ सटाकर बैठ गए। उन्हें सूरे की याद आने लगी। सूरे ने भी इसी बन्दीखाने में सारी रात या शायद कई रातें इसी तरह जगते-बिसूरते हुए काटी होंगी। कई साल हो गए। उनसे चार-पाँच साल बड़े रहे होंगे सूरे। आवाज से उन्हें पहचान लेते तो ऊँची आवाज में गरजते—पाँय लागी पाँड़े महराज। वे चुपचाप चलते-चलते सूरे के नजदीक पहुँचते और सूरे को पता न चलता तो सूरे की पैलगी का इन्तजार किए बिना आशीर्वाद देने लगते—"मौज करो सूरे, मौज करो।"

तब प्रत्युत्तर में सूरे गरजते—"पाँय लागी महराज, पाँय लागी। मौज तो कर ही रहे हैं आपके राज में।"

जिस समय की उन्हें याद है, सूरे के आगे के ऊपर वाले दो और नीचे का एक दाँत टूट गया था। हँसते थे तो झरोखे वाला मुँह बहुत निर्दोष लगता था। आँखों के ढेंढर आसमान की ओर टँग जाते थे। उस शाम खेलावन की माँ ने उन्हें राह में रोककर इस उम्मीद में सूरे के पकड़े जाने की खबर दी थी कि वे निर्दोष सूरे को छुड़ाने का कोई जतन करेंगे, लेकिन...

इस बन्दीखाने से तो चार-छह दिन में छूट ही गए होंगे सूरे, पर फिर कभी गाँव लौटकर नहीं आए। कहीं मर-खप गए होंगे। तब उनकी पकड़ को सारे गाँव ने हँसकर उड़ा दिया था। कितनी बेगानी लगी होगी तब सूरे को यह दुनिया! इस दुनिया ने सूरे की दुनिया कितनी बार उजाड़ी? एक बार उनकी दोनों आँखें फोड़कर उजाड़ी। एक बार उनकी प्रेमिका छब्बी को उनसे छीनकर उजाड़ी। एक बार...

पाँड़े को लगा कि ठंड बढ़ गई है। ठंडी हवा फाटक के अन्दर आकर सीधे मुँह पर लग रही है। घंटों हो गए इस तरह फाटक के पास बैठे हुए। कंबल ओढ़ना पड़ेगा? उन्होंने टॉर्च जलाकर दीवार के सहारे खड़ी की। रोशनी छत से टकराकर कोठरी में फैल गई। वे खड़े हुए। कंबल को दोनों हाथों से पकड़कर कई बार झाड़ा, फिर ओढ़ लिया।

रात का पिछला पहर होगा। आँखें करुआने लगीं। पंडिताइन को भी नींद नहीं आई होगी। वे कोठरी में गोल-गोल टहलने लगे। अचानक सुर्ती की अमल जगी। इसी एक अमल की गिरफ्त में वे कई साल से हैं। नौटंकी कम्पनी खोलने के साल-भर बाद से। उनके नगड़ची थे, नन्दू। सुर्ती बहुत अच्छी मलते थे। मलकर उनके सामने हथेली फैला देते। करीब-करीब साल-भर नन्दू हथेली फैलाते रहे और वे इनकार करते रहे। फिर किस दिन एक चुटकी उठाई और मुँह में डाल ली, याद नहीं। अब रात-दिन का कोई साथी रह गया है तो यही सुर्ती। कल आखिरी बार बस स्टेशन पर खाई थी। दौलत ने मलकर दी थी।

वे पुआल के ढेर के एक कोने पर बैठ गए। कुर्ते की दाहिनी जेब से चुनौटी निकाली और गदोरी पर सुर्ती-चूना रखकर मलने लगे। थोड़ी देर बाद अजान की आवाज कान में पड़ी।

अल्लाऽऽ हो अ-क-ब-र...

दाईं हथेली से बाईं को पीटकर, उन्होंने सुर्ती की गर्द झाड़ी। जोर से छींके और सुर्ती को जीभ पर रखकर बाएँ गाल में दबा लिया। छत की ओर रोशनी फेंकती

टॉर्च को उठाकर बुझा दिया। और आँखें बन्द कर लीं।

ट्रेन की सीटी सुनाई पड़ी। फिर गड़गड़ाहट की आवाज। ट्रेन लोहे के पुल से गुजर रही है। फिर किसी ट्रक का हॉर्न। मुर्गे की बाँग। सीखचों के बीच फाटक के बाहर अँधेरे की चादर कुछ हल्की लग रही थी। लगा, पेट में गैस का दबाव बढ़ रहा है। वे घबड़ाए। रात कुछ खाया नहीं। लाई-चने का पैकेट कुर्ते की जेब में ज्यों का त्यों पड़ा है। फिर दबाव क्यों? शायद लड्डू डालडे में बना था। जैसे भी हो, इसे रोकना होगा। आठ बजे से पहले शायद ही कोई कोठरी का ताला खोलने आए।

पेशाब तो बहुत पहले से रोके थे। अब रोकना सम्भव नहीं। नाली में निपट लेते हैं। टॉर्च जलाई। उठे। कंबल उतारा और नाली पर टॉर्च की रोशनी डाली। वे नाली के दोनों ओर पैर रखकर लघुशंका के लिए बैठे, लेकिन धार खत्म होने के साथ-साथ दीर्घशंका का दबाव बढ़ गया। ऐसा कि रोके न रुके। दुर्निवार! अब क्या करें?

समय बिलकुल न था। वश से बाहर। उठकर फौरन काँछ खोली। पीछे मुड़े और कोने की ओर पीठ करके बैठ गए। आधा मिनट भी न लगा होगा कि धड़ाक से मुक्त हो गए। तेज बदबू फैली। नाक दबानी पड़ी लेकिन जैसे बोझ उतर गया। राहत मिल गई। कुछ देर तक उसी दशा में बैठे रह गए।

नया वर्ष शुरू होने के ठीक पहले गन्ना किसानों के लिए बुरी खबर आई। हाई कोर्ट की डिवीजन बेंच ने बस्ती शुगर मिल के केस में फैसला देते हुए सूबे की सरकार के उस आदेश को रद्द कर दिया जिसमें कहा गया था कि चीनी मिलें वर्ष 06-07 के सीजन के लिए किसानों को 125 रुपये कुंटल की दर से भुगतान करें।

किसानों के चेहरे लटक गए हैं।

"क्यों दिया हाई कोर्ट ने ऐसा फैसला?" पूरा मामला समझने के लिए वे खेलावन के दुआर पर जमा हो रहे हैं।

गन्ना पैदा करने से ज्यादा कठिन है, उसका भुगतान ले पाना। यह रोग दिनोदिन बढ़ता जा रहा है। गन्ना मिलें गन्ना ले लेती हैं लेकिन उसका भुगतान करने में सौ अड़ंगे लगाती हैं। साल-भर पहले गन्ना लिया। पेरकर चीनी बनाई और बेच दी, लेकिन गन्ने की कीमत देने के बजाय हाई कोर्ट पहुँच गए। किसान अपनी खेती-

बारी सँभाले कि मुकदमे के पीछे-पीछे भागे। थककर गाँव के किसानों ने भुगतान की पैरवी का जिम्मा खेलावन के मत्थे डाल दिया।

"तुम पढ़े-लिखे हो। ऐसे जनहित के काम में तुम्हारा मन भी लगता है। ऐसी नौकरी में हो कि भाग-दौड़ के लिए फुरसत निकाल सकते हो। सबसे बड़ी बात कि तुम्हारे पास मोटरसाइकिल है।"

"मोटरसाइकिल तो है काका, लेकिन वह पानी से नहीं चलती है। पेट्रोल पीती है। और पेट्रोल के लिए नोट चाहिए।"

"नोट तो तुम्हें सरकार हर महीने दे ही रही है, बेटा।"

खेलावन की बात गलत नहीं थी। जहाँ पहुँचिए, चाय-पानी पिलाना पड़ता है। नकल लेने, फोटोकॉपी कराने, झंडे-बिल्ले का इन्तजाम करने में खर्च लगता है। एक बार का मामला हो तो आदमी अपनी जेब से खर्च कर दे। रोज-रोज कहाँ से करेगा!

सबने माना कि दौड़-धूप करने के लिए चन्दा करके खर्च जुटाया जाएगा।

जाड़े की शाम है। अँधेरा और कुहरा बढ़ गया है। खेलावन ने नीम के पेड़ के नीचे अलाव जलाकर उसके चारों ओर बैठने के लिए पुआल बिछा दिया। आधे लोग तो नंगे पैर ही हैं। वे ठंड से ठिठुरे पैर सीधे लपट के बीच में ही डाल देना चाहते हैं। जब तक सुन्न पैर को गर्मी का एहसास होगा, तलुवे की एक पर्त चमड़ी जल चुकी होगी। बाद में कल्लाएगी।

खेलावन मुड़े हुए कागज का बंडल लेकर आते हैं और बाबा हरदयाल के हाथ में पकड़ाकर कहते हैं—"यही है वह फैसला।"

"पढ़कर सुनाओ, बच्चा।" बाबा हरदयाल पन्नों में झाँककर कहते हैं—"यह तो अंग्रेजी में है।"

"मुझे ही कौन सी अंग्रेजी आती है! किसी से पढ़वाने के लिए ले जाना चाहें तो ले जाएँ। मैंने जो सुना है वह बताता हूँ। मिल मालिकों ने हाई कोर्ट में गुहार लगाई है कि सरकार ने बिना किसी आधार के वोट के लालच में बहुत ज्यादा रेट तय कर दिया है क्योंकि गन्ना किसान बहुत बड़े वोट बैंक हैं।"

"हमारे वकील ने भी तो कुछ कहा होगा?"

"कुछ क्या, बहुत कुछ कहा, लेकिन कोर्ट को मिल मालिकों की बात में ज्यादा दम दिखा। कोर्ट ने फैसले में लिखा कि सरकार ने अपने दिमाग का इस्तेमाल किए बिना राजनीतिक लाभ के लिए इतना ज्यादा रेट तय किया है।"

"तो कुछ मिलेगा कि नहीं?"

"मिलेगा। केन्द्र सरकार द्वारा तय की गई स्टेट्यूटरी मिनिमम प्राइस मिलेगी।"

"यह क्या चीज है?"

"इसकी हिन्दी तो मुझे भी नहीं आती।"

"यही तो बात है। मैं भी अखबार में खोज-खोज कर गन्ने की खबरें पढ़ता हूँ, लेकिन पूरी बात समझ में नहीं आती। डिवीजन बेंच, डबल बेंच, सपोर्ट प्राइस, मिनिमम प्राइस, काउंटर, रिज्वाइंडर जाने कौन-कौन से शब्द!"

अखबार हिन्दी का और उसमें भरी रहती है अंग्रेजी। दिमाग में इतना घमंजा मचता है कि खोपड़ी भन्ना जाती है। आखिर जो भाषा हम बोलते-समझते हैं, उसमें फैसला क्यों नहीं देतीं अदालतें?

पीछे से कोई ठिठोली करता है—"स्कूल भेजा जाता था तो भागकर अरहर के खेत में लुका जाते थे और अब..."

खेलावन हँसते हुए कहते हैं—"मैं समझाता हूँ। केन्द्र सरकार भी हर साल गन्ने का खरीद मूल्य घोषित करती है। सीजन 06-07 के लिए वह मूल्य है, 80 रुपये 16 पैसे कुंटल। अभी वही रेट मिलेगा। कोर्ट ने यह भी आदेश किया है कि सरकार गन्ना और चीनी व्यवसाय के जानकार लोगों की एक कमेटी बनाएगी। वह सारे मुद्दों की जाँच-परख करके एक रिपोर्ट देगी कि कितना मूल्य देना ठीक होगा। वही रेट फाइनल होगा।"

"कमेटी?" बाबा हरदयाल कहते हैं—"कमेटी का मतलब समझते हैं? कमेटी का मतलब हुआ काम पर मिट्टी। जिस काम पर मिट्टी डालना हो, उस पर कमेटी बना दीजिए।"

पीछे से कोई कहता है—"हमारी समझ में यह नहीं आता कि किसी तीसरे के बीच में पड़ने की जरूरत क्या है? जैसे बाकी सारे सौदों की खरीद-बिक्री आमने-सामने बैठकर होती है, उसी तरह गन्ने की भी हो। मिल के आदमी हमारे खेत पर आएँ। माल देखें। रेट तय हो। नगद भुगतान करें। माल ले जाएँ। यह क्या कि माल ले लिया और भुगतान लटका दिया! हमारे मुँह-पेट नहीं है? हम कैसे जिएँ? बच्चों की फीस कहाँ से दें? बीमार की दवाई कहाँ से कराएँ? बेटी का ब्याह कितने बरस टालें? पैसे के बिना दस काम रुके रहते हैं। हाथ छूँछा हो तो दोपहरी में भी आँख के आगे अँधेरा छाया रहता है।"

"इससे तो अच्छा था कि हम गुड़ बनाकर बेच देते। नगद पैसा मिल जाता। गुड़ का रेट भी आजकल अच्छा जा रहा है।"

खेलावन कहते हैं—"यह सब यहाँ रोने से क्या फायदा? इस फैसले के खिलाफ सुप्रीम कोर्ट से स्थगन लेना होगा। वकील को मोटी फीस देनी होगी। उसके लिए पैसा चाहिए।

"आपको यह भी पता होगा कि सरकार ने सीजन 07-08 के लिए भी समर्थन

मूल्य घोषित कर दिया है। साल-भर में खाद, सिंचाई, जुताई, मजदूरी हर चीज महँगी हुई है, लेकिन सरकार ने इस साल के लिए भी वही 125 रुपये का रेट तय किया जितना पिछले साल का था। एक रुपये की भी बढ़ोतरी नहीं की। इसके बावजूद मिल मालिक इसे नहीं मानेंगे। वे इसके खिलाफ भी हाई कोर्ट जा चुके होंगे, अगर हम सीजन 06-07 के लिए हाई कोर्ट द्वारा दिए गए फैसले के खिलाफ सुप्रीम कोर्ट से स्थगन नहीं लेंगे तो हाई कोर्ट सीजन 07-08 के लिए भी पिछले साल के फैसले को दोहरा देगा। वैसे तो पश्चिम के किसान रुपये-पैसे से पोढ़े हैं। वे हम जैसे छोटे किसानों की मदद की उम्मीद नहीं करते लेकिन हमारा भी तो कुछ फर्ज बनता है।

"आप लोगों ने पैरवी का जिम्मा मेरे ऊपर डालते समय चन्दा इकट्ठा करने की बात मानी थी, लेकिन अभी दिया किसी ने नहीं। चन्दे का नाम सुनते ही आप लोगों को जूड़ी आ जाती है। पश्चिम में एक आवाज पर हजारों रुपये घंटा-भर में झड़ जाते हैं।"

"गुस्सा मत करो, खेलावन। तुम्हीं ने अभी कहा कि पश्चिम के किसान पोढ़े हैं। उनके पास बीसों बीघे खेत हैं। हमारी उनकी क्या बराबरी? इधर के किसान की जेब की तलाशी लो। पाँच रुपये भी निकलना मुश्किल। लाठी-डंडे की चोट खानी हो तो जहाँ कहो, चलकर खा लें। रुपये की चोट सही नहीं जाती। जहाँ जरूरी हो, अपने पास से खर्च करो। कोई सौदा-सुलुफ बिकता है तो आकर दे जाएँगे।"

खेलावन के घर से चाय बनकर आ गई। सब सुड़क-सुड़ककर चाय पीने लगे। "तब तो कहते थे कि मिल खुल रही है। खुशहाली लाएगी। गन्ना बोइए। बोने लगे तो यह हाल है।"

बाबा हरदयाल कहते हैं—"आज की रात शहरों में नया वर्ष मनाने की तैयारी चल रही होगी। लोग रात-भर नाचेंगे, गाएँगे। जश्न मनाएँगे। पटाखे और फुलझड़ियाँ छूटेंगी। बिजली की झालरें सजेंगी। हमारे गाँव के हिस्से की बिजली भी उन्हीं के हिस्से में चली गई और हम यहाँ अँधेरे में बैठे बिसूर रहे हैं।"

सुबह प्रभाकर खरहरे से दुआर बुहार रहे थे। उनकी माँ इकट्ठा हुए कूड़े में आग लगाकर हाथ सेंक रही थीं। कुहरा पड़ रहा था। उस कुहरे को चीरकर जवाहर की साइकिल प्रकट हुई।

पाँड़े के न लौटने से बूढ़ी पहले से सशंकित थीं। प्रभाकर को अजनबी से बात करते देख वे भी लपककर पास पहुँचीं और खबर सुनकर जहाँ खड़ी थीं, वहीं बैठकर विलाप करने लगीं।

चुप-चुप-चुप! प्रभाकर ने दौड़कर उनके मुँह पर हाथ रख दिया—"पूरे गाँव में खबर फैलाने का इरादा है क्या?"

बूढ़ी तुरन्त चुप हो गईं। नि:शब्द सिसकते हुए आँसू और नाक पोंछने लगीं।

दोनों लोग घर के अन्दर आए। प्रभाकर ने पत्नी से कहा—"तुरन्त चार-पाँच रोटियाँ सेंक दो।"

"दाल भी चढ़ा देती हूँ।"

"दाल नहीं। तुरन्त निकलना है। कुर्ते की जेब में रोटियाँ डाल लूँगा। रास्ते में खाता चला जाऊँगा। और देखो, घर में कितना पैसा है?"

प्रभाकर दातून कूचते हुए नहाने चले गए। घर में आठ हजार, चार सौ रुपये निकले। छोटे भी रात घर नहीं लौटे थे। पता नहीं, कहाँ पड़े होंगे! नहीं तो उनके मोबाइल से मालती के मामा को तैयार रहने के लिए कह देते। मोटरसाइकिल भी लेकर गायब हैं। साइकिल से जाने में एक-सवा घंटा लग जाएगा।

बाजार में पी.सी.ओ. खुला दिखा तो रुककर साले साहब को खबर करने लगे। पंडोही ने कहा—"यहाँ आने की क्या जरूरत है? सीधे तहसील पहुँचिए। मैं भी कुछ पैसों का इन्तजाम करके वहीं पहुँचता हूँ।"

प्रभाकर ने साइकिल तहसील जाने वाली सड़क पर मोड़ी। बाएँ हाथ से साइकिल सँभाली, दाहिने हाथ से जेब से रोटी निकालकर उसे गोल चोंगा बनाकर काट-काटकर खाने लगे।

जवाहर ने बताया कि पाँड़े को स्नान-ध्यान करा दिया गया है। कुछ खाने-पीने से मना कर रहे हैं।

दोनों लोग बन्दीखाने के पास गए। पाँड़े की धोती बाहर सूख रही थी। आवाज सुनकर पाँड़े सीखचों के पास आ गए। उन्होंने अँगोछे को लुंगी की तरह लपेट रखा था। मालती के मामा ने आश्वस्त किया कि घबराएँ नहीं। हम छुड़ाने का कुछ उपाय खोजते हैं।

तहसीलदार साहब बारह बजे के बाद बैठे तो दोनों लोग पेश हुए। बताया कि ट्रैक्टर चालू हालत में नहीं है, इसीलिए किस्तें नहीं भर सके। गरीब ब्राह्मण हैं। बीस हजार का इन्तजाम बड़ी मुश्किल से कर पाए हैं। जमा कराकर छोड़ने की मेहरबानी की जाए।

तहसीलदार साहब ने बहुत कड़ाई से स्पष्ट किया—"पूरा बकाया, मय ब्याज, दस प्रतिशत कलेक्शन चार्ज जोड़कर बेबाक करने के बाद ही छूटना हो पाएगा।"

दोनों लोग गेट के पास आकर सोचने-विचारने लगे। मालती के मामा ने कई जगह मोबाइल से बात की। फिर बोले—"मैं एक बार बाजार का चक्कर लगाकर आता हूँ। कोई प्रभावशाली परिचित मिल जाय तो सिफारिश कराने के लिए ले आऊँ। किसी सेठ से कुछ रकम भी उधार मिल जाए तो लाते हैं। बीस हजार जमा करने से तो छोड़ेगा नहीं। तब तक पाँड़े जी चाय वगैरह पीना चाहें तो पूछ लीजिए।"

आकाश में बादल छाये हुए थे। पाँड़े कंबल ओढ़कर पुआल पर लेटे थे। प्रभाकर की आवाज सुनकर सीखचों के पास आ गए। पूछा—"क्या हुआ?"

"हुआ तो अभी कुछ नहीं। आपको कुछ खाने-पीने के लिए ले आएँ?"

"मैंने अमीन से सबेरे ही कह दिया था कि पिछले बीस साल से मेरा नेम है, शालिग्राम को नहलाए और भोग लगाए बिना मैं अन्न-जल ग्रहण नहीं करता। शालिग्राम घर पर हैं।"

"तो क्या प्राण देंगे? पता नहीं कब तक अन्दर रहना पड़े!"

"अन्न-जल ग्रहण न करने वाली युक्ति मैंने यह सोचकर निकाली कि हो सकता है, ब्राह्मण के भूखे रहने की बात से ये लोग कुछ नरम पड़ें। बड़े सबेरे तेज भूख लगी थी तो जेब में शाम का रखा लाई-चना खा लिया था।...एक बात जरूर करनी है। अगर आज की रात यहाँ गुजारनी पड़ती है तो कहीं से एक कंबल का इन्तजाम करना होगा। यहाँ के कंबल से बहुत बदबू आ रही है। रात में ठंड से कलेजा काँठ हो जाता है। पंडोही कहाँ गए?"

"गए हैं किसी सिफारिशी की तलाश करने जो तहसीलदार पर दबाव बना सके।"

"मुझसे खड़े नहीं रहा जा रहा है। मैं लेटता हूँ।"

प्रभाकर बाहर चाय की दुकान पर आ गए। सबेरे वही चार रोटियाँ पेट में गई थीं। अब चार बजने वाले थे। भूख लग गई थी।

पंडोही ब्लॉक प्रमुख को लेकर लौटे। सत्तारूढ़ दल की पार्टी में थे। लहीम-सहीम थे। नेता के पूरे ड्रेस में थे। सफेद खादी का कुर्ता, पायजामा और सदरी। हो सकता है, इनसे काम बन जाए। पंडोही ने प्रभाकर के कान में बताया कि एक

सेठ से दस हजार रुपये भी उधार ले आए हैं।

इन्तजार होने लगा कि मुकदमों की सुनवाई खत्म हो, भीड़ छँटे तो मिलना ठीक रहेगा। छह बजे के बाद एकान्त हुआ तो तीनों लोग अन्दर गए। तहसीलदार से ब्लॉक प्रमुख जी की जान-पहचान थी। उन्होंने बताया कि अभी कुछ पैसा बाजार से उधार लेकर आए हैं, जमा कर लीजिए और इनका उद्धार करिए। मेरे बहुत ही खास हैं।"

"पार्ट पेमेंट का तो कायदा नहीं है।"

"कायदा-कानून सब आपके बाएँ हाथ का खेल है। तहसीलदार की पावर अथाह होती है। इज्जतदार आदमी हैं। शिकंजे में फँस गए हैं।"

फिर ब्लॉक प्रमुख ने दोनों लोगों को बाहर जाने का इशारा किया और खुद अपना मुँह तहसीलदार साहब के कान के पास ले जाकर फुसफुसाए—"मैं सिफारिश में न आता लेकिन बात ऐसी है कि आना पड़ा। बकाएदार के लिए नहीं, बल्कि आपके लिए आना पड़ा। जिसको आपने बन्द किया है वह सुगर का क्रानिक पेशेंट है। पैंतीस-छत्तीस घंटे हो गए, कुछ खाया-पिया नहीं है। उठ-बैठ नहीं पा रहा है। कभी भी कोलेप्स कर सकता है। तब उलटे लेने के देने पड़ जाएँगे। ऊपर वाले पल्ला झाड़ अलग हो जाएँगे। आप फँस जाएँगे।"

जरूर तहसीलदार साहब खुद शुगर के मरीज रहे होंगे। ढीले पड़ गए। ब्लॉक प्रमुख थोड़ी देर तक आगे भी बोलते रहे लेकिन तहसीलदार साहब को वह सब सुनाई ही नहीं पड़ा।

पूछा—"कितना जमा करवा सकते हैं?"

"तीस हजार लाए हैं।"

"जाइए, जमा कराइए।"

दोनों लोग बहुत प्रभावित हुए। बिलकुल उम्मीद नहीं थी कि इतनी जल्दी संकट कट जाएगा। जानना चाहा—"कैसे बात बनी?" ब्लॉक प्रमुख जी ने उन्हें एक तरफ खींचकर बताया—"दंड और दाम दोनों का प्रयोग करना पड़ा। पहले यह कहकर समझाया कि आपको यहीं नौकरी करनी है और मुझे यहीं राजनीति करनी है। इसलिए दोनों को एक-दूसरे की बात सुननी पड़ेगी। फिर, मेरी जेब में हजार का एक नोट पड़ा था। उसे उनको दिखाते हुए सामने पड़ी फाइल के बीच में रख दिया। मानना ही था।...कल याद करके लौटा दीजिएगा।"

कागजी कार्यवाही पूरी हुई। बन्दीखाने का ताला खुला। सब बाहर मिठाई की दुकान पर आए। मिठाई-समोसा खाते, चाय पीते पाँड़े ब्लॉक प्रमुख जी का गुन गाते रहे।

“क्या कहें? कर्ज लेकर फँस गया। जो कभी नहीं हुआ था, वह हो गया।”

बगल की पान की गुमटी वाला दुकानदार देर से पाँड़े की बात सुन रहा था। अचानक बोल पड़ा—“किस्त का पैसा जुटाने के लिए जाँगर पेरना पड़ता है, महराज। मशीन के साथ मशीन बनना पड़ता है। मेहनत करके कभी खाए नहीं। हरवाह-चरवाह कमाकर देते रहे, आप खाते रहे। देने की नीयत कभी रखी नहीं। लेना ही लेना सीखे, चाहे दान, चाहे भीख। आपको तो चाहिए था कि लोन लेने के बजाय सड़क किनारे की किसी सरकारी जमीन पर कब्जा करके मन्दिर की नींव डालते और चन्दे की रसीद छपवा लेते। पहले ही दिन से कमाई शुरू हो जाती।”

“अरे, बड़ा दुर्मुख है तू तो भवानी!” ब्लॉक प्रमुख ने डाँटा—“ऐसे कहीं बोला जाता है?”

“यहाँ बकाया में बन्द होने वाले ज्यादातर जनेऊधारी ही आते हैं, नेताजी।”

“क्यों, और जातियों के लोग नहीं आते?”

“बहुत कम। मेहनतकश जातियों के लोग ज्यादातर वही आते हैं जो शराबी-कबाबी होते हैं या फर्जी लोनिंग में फँसाए गए होते हैं। जिन्हें पता ही नहीं होता कि उन्होंने कोई लोन लिया है।”

“चुप कर, नहीं तो किसी दिन मार खाएगा। पान लगा। एक जोड़ा खिला, एक बाँध दे। तम्बाकू अलग।”

पाँड़े ने महसूस किया कि कटु जरूर बोला पानवाला, पर गलत नहीं बोला। मशीन के साथ मशीन बनना पड़ता है। यही नहीं हो पाया।

बाप-पूत घर के लिए चले तो कुहरा शुरू हो गया था। चैन कवर पैडिल से रगड़ खाकर आवाज कर रहा है—खर्र खर्र खर्र।

अच्छा है। अँधेरे में घंटी का काम कर रहा है।

रात के दो बज रहे थे। तूफानी अपने समर्थकों के साथ आया और हॉल में पड़े तख्त पर ढह गया। कुछ समर्थक तख्त पर और कुछ नीचे बिछी दरी पर बैठ गए। सबके चेहरे पर घोर निराशा थी। किसी के मुँह से आवाज नहीं निकल रही थी।

तूफानी का टिकट कट चुका था।

‘कट चुका’ भी कैसे कहेंगे? घोषित ही नहीं हुआ। सत्ता पार्टी के विधायक

की मृत्यु से खाली हुई इस सुरक्षित सीट से लड़ने के लिए तूफानी खुद को अपनी पार्टी का प्रबल उम्मीदवार मान रहा था। इसी विधानसभा को कार्यक्षेत्र बनाकर वह दो दशकों से पार्टी की जड़ जमाने में रात-दिन एक किए हुए था। सन् 1991 के चुनाव में मरा हुआ समझकर फेंका गया था। उस समय सिर में लगी चोट के कारण आज भी उसे कान में सीटी बजने की आवाज सुनाई पड़ती है।

वह सबेरे से ही पार्टी ऑफिस में अपने साथियों के साथ टिकट घोषित होने के इन्तजार में जमा था। दो-तीन कप चाय के अलावा सारे दिन पेट में अन्न का एक दाना नहीं गया। लेकिन अब उन सबकी भूख मर चुकी है। लगता है कि अब कभी भूख लगेगी ही नहीं।

जब से सीट खाली हुई, उसे इधर-उधर से आश्वस्त किया जा रहा था कि इस सीट से उसे लड़ाने का मन राजरानी बना चुकी हैं। आज तूफानी के समर्थकों ने दोपहर में ही माला-फूल का ऑर्डर दे दिया था। उनकी योजना थी कि टिकट घोषित होते ही पार्टी ऑफिस से माला-फूल से लादकर तूफानी को जीप में क्षेत्र तक ले चलेंगे। लेकिन टिकट घोषित हो गया राष्ट्रीय पार्टी से दो-दो बार विधायक रह चुकी कमला चौधरी को। जिनके राजधानी में दो-दो पेट्रोल पम्प हैं, गैस एजेंसी है और भी जाने क्या-क्या है! जिनके पति रिटायर्ड कमिश्नर हैं। राजधानी से लाकर उन्हें क्षेत्रवासियों के सिर पर बैठा दिया गया।

आज दोपहर में ही पार्टी फंड में एक करोड़ रुपये देने की घोषणा के साथ पार्टी में शामिल हुईं और दस घंटे के अन्दर टिकट पा गईं।

तूफानी के पूरे शरीर में झनझनाहट-चुनचुनाहट मची है। माथे पर पसीना चुहचुहा रहा है इतनी ठंड में भी। सिर दर्द से फटा जा रहा है। थोड़ी-थोड़ी देर में मुँह से 'होऽऽ' जैसा कुछ निकलता है और मुँह औंधे से सीधा या सीधे से औंधा हो जाता है। एक समर्थक सिर और दूसरा पैर दबाने लगा है।

"उठो, चलो।" तूफानी लड़खड़ाते हुए खड़ा होता है।

"ड्राइवर को जगाओ।"

"मंडल को-ऑर्डिनेटर के लिए भी 'राजरानी' के जन्मदिन के गिफ्ट की राशि जमा करने का टारगेट फिक्स कर दिया गया था। दो लाख रुपये। टारगेट फिक्स करने वालों को सोचना चाहिए कि अभी मेरी प्रैक्टिस कितने दिनों की हुई। प्रैक्टिस से दाल-रोटी चल जाए, यही बहुत है। जाति वहाँ भी राह रोककर खड़ी हो जाती है। ऐसे पिछड़े जिले में जिस वकील का कोई पैतृक आधार न हो, दस साल तो लग जाते हैं सब्जी का खर्चा निकालने में। पाँच साल तक तो चाय पीने का पैसा घर से लेकर आना पड़ता है।"

"दलित पार्टी का कैडर कोई लखपति तो होता नहीं। रोज कमाने, रोज खाने वाले लोग। आप उनसे नारे लगवा लीजिए, चाहे झाड़ू लगवा लीजिए। चना-चबेना पर दिन काट लेंगे, लेकिन अगर कहो कि पाँच सौ रुपये चन्दा दे दीजिए तो कहाँ से देंगे? कार्यकर्ता तो खुद उम्मीद करते हैं कि वकील साहब अपने पैसे से चाय पिलाएँ। करना भी चाहिए। ऊपर बैठे लोग अगर गलत समझेंगे तो कैसे चलेगा?" बर्थडे राशि का संग्रह करने वाले ने, जो खुद भी विधायक थे, कहा था—"पाँच साल तक गाँव की परधानी भी तो किए हो! उसकी कमाई किस मौके के लिए गाड़कर रखे हो? खोदो उसे।"

यह सोचकर कि पार्टी हाईकमान की नजरों में बने रहना जरूरी है, उसने इधर-उधर से जुगाड़ करके और मित्रों से उधार लेकर टारगेट की आधी रकम—एक लाख रुपये जमा की थी। साथ में शपथ पत्र—

मैं तूफानी सिंह अम्बेडकर, पुत्र शेर बहादुर उर्फ शेरू, निवासी गाँव बनकट (सियरहवा टोला), अपनी नेता बहन राजरानी के जन्मदिन पर बिना किसी जोर-जबरदस्ती या दबाव के पूरे होशो-हवास में रुपये एक लाख, जिसका आधा पचास हजार होता है, अपनी खुशी से भेंट स्वरूप दे रहा हूँ।

और इसी के साथ उसके आत्मगौरव का बहुत बड़ा हिस्सा बुझ गया था।

उधार लिया गया पैसा चुकाना अभी बाकी है और जिस मौके को हासिल करने की उम्मीद में कर्जदार बना, वह हाथ से छीन लिया गया।

कार्यकर्ता रामसुमेर का सहारा लेकर जीप की अगली सीट पर बैठते हुए तूफानी मरी आवाज में कहता है—"रामसुमेर भइया, मैं अपना तन बेच देता तो भी दो लाख पूरा नहीं कर सकता था। क्या दलित की बेटी को दलित की हालत का पता नहीं है?"

रामसुमेर समझाता है—"भइया, अब वे दलित की नहीं, दौलत की बेटी बन चुकी हैं।"

देसवा होइ गवा सुखारी हम भिखारी रहि गए

पाँड़े आजकल उदास रहते हैं। जबसे हवालात में बन्द हुए, मन बुझ गया है। अब उनका सारा सुख, सारी संतुष्टि सिर्फ चाय में सिमट गई है। सबेरे चाय मिल जाए तो फिर दोपहर तक किसी चीज की इच्छा नहीं होती।

चाय उन्हें एक लोटा चाहिए। पत्ती-दूध कम रहे चाहे ज्यादा, बस मीठी होनी चाहिए। मीठी और गरम। उसे वे कटोरे में उड़ेलकर फूँक-फूँक कर देर तक पीते हैं।

चाय पीकर वे खेतों की ओर निकले। आलू खुद गया है। उसका खेत खाली है। सरसों पक गई हो तो दो-चार दिन में काट लेनी होगी। अगर धूप में तेजी आ गई तो काटते समय आधी खेत में ही झड़ जाएगी। आलू और सरसों से खाली हुए खेतों में तुरन्त मूँग और उड़द बो देना है। पंडोही को खबर भेजनी होगी कि ड्राइवर को ट्रैक्टर लेकर भेज दें। समय से जोत-बो जाए। नीलगायों और बहेंतू जानवरों के चरने से बचा लिया गया तो दो-चार मन पैदा हो जाएगा।

सुनते हैं, कानपुर के सरकारी कृषि फार्म पर 'सम्राट' नाम की मूँग की कोई ऐसी किस्म ईजाद की गई है जो उड़द की तरह एक साथ फलती और पकती है। बार-बार तुड़वाने के लिए मजदूर की जरूरत नहीं पड़ती। हाथ एकदम खाली है, नहीं तो मँगाकर इसी साल बोते।

अपनी रौ में सोचते हुए मेंड़ पर चले जा रहे थे, तभी पीछे से आवाज आई—
"बाबू-बाबू, देखिए क्या छपा है अखबार में!"

दिवाकर की आवाज थी। खुशी से लबरेज। जब तक वे मुड़ते, दिवाकर ने उन्हें बाँहों में भर लिया। पाँड़े का जी जुड़ा गया। लगा कि बेटे की नौकरी बहाल हो गई।

उन्होंने पढ़ा, मोटे-मोटे अक्षरों में छपा था—सीमान्त और लघु किसानों के सभी ऋण माफ। नीचे विस्तार था—एक हेक्टेयर की जोत वाले सीमान्त और दो हेक्टेयर जोत वाले लघु किसानों का 31 मार्च, 2007 तक का सभी ऋण माफ। तीसरे पेज पर—चार करोड़ किसान साठ हजार करोड़ रुपये के कर्ज के जाल से मुक्त।

पाँड़े की आँखों में इतने आँसू उमड़े कि अखबार के सारे अक्षर उसी में डूब गए।

अखबार दिवाकर की ओर बढ़ाकर पाँड़े ने आकाश की ओर मुँह उठाया और हाथ जोड़कर विगलित स्वर में बोले—"हम तो उजड़ ही गए थे, प्रभो! आपने उबार लिया। अब हम भी दुनिया में रह जाएँगे।" फिर अपने दोनों कान पकड़कर बोले—ससुर कहाएँ जो आगे कभी लोन लेने की सोचें।

पाँड़े वहीं से शिवालय गए और शंकर भगवान के आगे हाथ जोड़कर रुद्राष्टक पढ़ने लगे—

नमामीशमीशान निर्वाण रूपं, विभुं व्यापकं ब्रह्म वेदः स्वरूपम्।

उनके नेत्रों से अविरल जलधारा बहती रही।

रात में सोते समय उनके मन में क्षण-भर के लिए विचार आया कि इतनी किश्तें बेकार ही जमा की गईं।

श्रीमान कप्तान साहेब,

जयहिंद,

आपकी चिट्ठी पाकर बहुत अच्छा लगा। आपने मुझे भटका हुआ कहा है और लिखा है कि सरेंडर कर दूँ और छह-सात साल की सजा काटकर सही आदमी की जिन्दगी जीऊँ। क्या कहूँ साहब, सही आदमी बनकर सही काम कर पाता तो जरूर बन जाता, लेकिन ऐसा नहीं हो सकता।

मेरे पास इतना समय भी नहीं है कि छह-सात साल इत्मीनान से बैठकर जेल की रोटी खाऊँ। मुझे बहुत सारे दबाए-सताए लोगों को इंसाफ देना है। पढ़ाया गया था—'इंसाफ की डगर पर बच्चो दिखाओ चलके।' तो मैं इंसाफ की डगर पर चल पड़ा। स्कूल में प्रार्थना कराई जाती थी—'हम दीन दुखी निबलों विकलों के सेवक बन संताप हरें।' तो मैं निबलों विकलों का सन्ताप हरने में जुट गया।

आपने लिखा है कि आप भी मेरी जैसी कठिन राह से निकलकर आए हैं और पढ़-लिख कर अपनी जगह बनाई है। पढ़ना मुझे भी बहुत अच्छा लगता था। अपनी कक्षा का मॉनीटर बनने वाला था, लेकिन

पढ़ने ही नहीं दिया गया। पढ़ाया जाता था कि सदा सच बोलो और सच बोलने पर अड़े रहने के कारण ही स्कूल से निकाल दिया गया।

मैं जब से समझने लायक हुआ, अन्याय और अपमान झेल रहा हूँ। मेरे पिता को पीट-पीटकर मार डाला गया, बिना किसी गलती के। मेरी टाँग तोड़ दी गई, बिना किसी गलती के। मेरी बहन को बेइज्जत किया गया। मुझे गाँव से भगा दिया गया। थाने में पीट-पीट कर ऐसा जुर्म कबुलवाया गया, जिसे मैंने किया ही नहीं। आज तक मैंने न एक हत्या की, न एक डाका डाला, लेकिन मेरी मशहूरी डाकू के रूप में है।

सरहंग कमजोरों पर जुल्म करते हैं और पुलिस सरहंग का ही साथ देती है। कमजोर का साथ देने वाला कोई नहीं। इसलिए यह काम मुझे अपने हाथ में लेना पड़ा। आपका यह कहना सही नहीं है कि मैं बाहुबली बनने की कोशिश कर रहा हूँ। मुझे पता है कि इस समाज में बाहुबली बनने के लिए सवर्ण या कम-से-कम मुसलमान होना जरूरी है और मुसलमान बाहुबली बन भी गया तो बहुत जल्दी या तो अन्दर जाएगा या ऊपर। मैं तो पुलिस का काम कर रहा हूँ। कायदे से मुझे भी सरकार के खजाने से तनखाह मिलनी चाहिए। अखबार में पढ़ा था कि आपने लावारिस लाशों का दाह-संस्कार करने वाले बाबाजी को माला पहनाकर सम्मानित किया है। मैं मुर्दा फूँकने का नहीं, बल्कि मुर्दों में जान फूँकने का काम कर रहा हूँ। क्या इसके लिए मेरा सम्मान नहीं होना चाहिए?

आप कहते हैं कि जंगू कानून अपने हाथ में लेकर शान्ति भंग करता है। आपकी नजर में शान्ति उस दिन भंग होती है, जिस दिन मैं अन्यायी को सजा देता हूँ। मेरी नजर में शान्ति उस दिन भंग होती है, जिस दिन अन्यायी कमजोर पर जुल्म-ज्यादती करता है। बस, यही अन्तर है। जबकि न आप चाहते हैं कि शान्ति भंग हो, न मैं।

मैं समाजविरोधी नहीं, अन्यायविरोधी हूँ। आपकी पुलिस जाति-धर्म और अमीर-गरीब देखकर अपना पक्ष चुनती है। मैं हर अन्यायी को सजा देता हूँ और हर सताए गए को न्याय देता हूँ, चाहे उसकी जाति या धर्म कुछ भी हो। सर जी, मैं ऐसी दुनिया बनाने में लगा हूँ जिसमें न कोई मुझे सताए, न मैं किसी को सताऊँ। न कोई मुझे दबाए, न मैं किसी को दबाऊँ। मेरा नारा है—

दबना नहीं।
दबाना नहीं॥
रोना नहीं।
रुलाना नहीं॥
झुकना नहीं।
झुकाना नहीं॥

सर जी, जिसकी छट्ठी-बरही होती है, उसकी तेरही भी होती है। मेरी तो और जल्दी होगी। मुझे पता है कि मेरी जिन्दगी के दिन गिने-चुने हैं। इसलिए जितने दिन बचे हैं, धरती का बोझ कम करने के काम में लगा रहना चाहता हूँ।

आपका यह कहना बिलकुल सही है कि कानून के हाथ लम्बे होते हैं जो एक दिन मेरी गर्दन दबोच लेंगे। मैं तो चाहता हूँ कि वे इतने लम्बे हो जाएँ कि सताने वालों की गर्दन दबोचने और सताए जाने वालों को राहत देने के लिए खुद उनके दरवाजे तक पहुँचने लगें। अभी वे इतने लम्बे नहीं हैं। इसीलिए सताए जाने वालों के बीच से जंगू जैसे जनसेवक पैदा होते रहते हैं।

आशा है, आप मुझे इंसाफ की डगर पर चलने का ज्यादा से ज्यादा मौका देंगे।

आपकी नजर में भटका हुआ...
जनसेवक,
जंगू

अखबार में कर्ज माफी की खबर पढ़ने के बाद पाँड़े को यह दुनिया खूबसूरत लगने लगी। सूरज-चाँद-सितारे अधिक चमकीले लगते। आसमान अधिक नीला, पेड़-पौधे अधिक हरे, दूध-दही अधिक उजले लगते। अरहर की दाल का स्वाद बढ़ गया। मन करता कोई ऐसा मिले जिससे मजाक कर सकें और ठठाकर हँस सकें।

सबसे ज्यादा अचरज में तो कंजी कुतिया है। माघ में उसने पाँड़े के घर के

सामने पुआल में गुफा बनाकर पिल्ले जने थे। महीने-भर के होते-होते वे टहलते-घूमते, काट-कटौवल खेलते, पाँड़े के दुआर तक पहुँचने लगे। जहाँ-तहाँ गन्दगी करते और पुराने जूते-चप्पल घूरे से लाकर खेलने के बाद दुआर पर ही छोड़ जाते। पाँड़े रोज सबेरे खरहरे से बुहारकर अपना दुआर चमकाते और थोड़ी ही देर में पिल्ले आकर सब भरभंड कर देते। पाँड़े गन्दी-गन्दी गालियाँ देते हुए किलकिलाकर दौड़ते और जो कुछ हाथ लग जाए उसी को फेंककर मारते। कंजी सामने पड़ जाती तो दूर तक दौड़ाते—ससुरी को मेरा ही दुआर मिलता है हर साल बियाने के लिए। लेकिन इधर पाँड़े ने उसके पिल्लों को मारना-पीटना एकदम बन्द कर दिया है। बहुत हुआ तो ताली पीटकर या हो-हो करके भगाते हैं।

सुरक्षित दूरी पर बैठकर तिरछी नजर से पाँड़े को ताकती कंजी समझ नहीं पा रही है कि आखिर इस आदमी को हो क्या गया।

एक शाम प्रभाकर की अम्मा संध्या वंदन के लिए कुशासनी बिछाने आईं तो पाँड़े बोले—"कभी थोड़ी देर पास भी बैठ जाया करो। हमेशा दूर-दूर ही रहती हो।" प्रभाकर की अम्मा को बहुत अच्छा लगा। जमाना गुजर गया पाँड़े के मुँह से अपने लिए ऐसे चाहत के बोल सुने। लेकिन प्रगट में बोलीं—"बहू-बेटियों के घर में जब चाहो तब कैसे आकर बैठ जाएँ। हाथ-पाँव दर्द कर रहा हो, आवाज लगाओ तो काहे नहीं आएँगे?

और संध्या वंदन खत्म होते ही आकर बगल में बैठ गईं। अँधेरे से लड़ते दीये के टिमटिमाते प्रकाश में दोनों लोग देर तक सुख-दुख की बातें करते रहे। फिर पाँड़े हाथ जोड़कर आसमान की ओर देखते हुए बोले—"ऐसे ही भगवान एक दिन दिवाकर की बहाली की खबर भेज देते, और अब कुछ नहीं चाहिए।"

पहलवान शाम को ओसारे में बैठकर पगहा बर रहे थे, तभी खेलावन आए और बाहर खड़े-खड़े ही बताया कि "कल सबेरे मिल गेट पर प्रदर्शन करने चलना है।"

"अरे, अन्दर तो आइए। किस बात के लिए प्रदर्शन? फिर कुछ गड़बड़ हुआ है क्या?"

"अभी पूरे गाँव में खबर करनी है।" कहने के साथ-साथ खेलावन अन्दर आकर नगरे पर बैठ गए—"गड़बड़ तो नहीं कहेंगे। सुप्रीम कोर्ट ने कुछ तो हम

लोगों के आँसू पोंछे ही हैं। 19 दिसम्बर वाले हाई कोर्ट के आदेश पर सुप्रीम कोर्ट ने 18 जनवरी को स्थगन दे दिया था। अभी 15 मई को वर्ष 2007-08 के सीजन के लिए भी 110 रुपये कुंटल की दर से भुगतान करने का आदेश कर दिया है। साथ ही मिल मालिकों को यह भी आदेश दिया है कि वे तीन हफ्ते में इस रेट से भुगतान करना सुनिश्चित करें, लेकिन आप तो जानते ही हैं कि मिल मालिक कितनी मोटी चमड़ी के लोग होते हैं। यह प्रदर्शन मिल मालिकों पर दबाव बनाने के लिए है कि सुप्रीम कोर्ट द्वारा तय रेट पर तुरन्त भुगतान करें।"

"लेकिन सुप्रीम कोर्ट ने पन्द्रह रुपया काट क्यों दिया?"

"यह तो अन्तरिम आदेश है। इतना भी पाने के लिए एड़ी-चोटी का जोर लगाना पड़ा। आप तो जानते ही हैं, मिल मालिक पूरी ताकत झोंक देते हैं।"

"लेकिन मिल मालिक हैं कितने? हम लोग तो लाखों में हैं।"

"वहाँ छप्पर थोड़े उठाना होता है कि संख्याबल काम आ जाएगा! असली ताकत तो यह है—" खेलावन अँगूठे और तर्जनी से रुपये ठनकाने का इशारा करते हुए कहते हैं—"मिल मालिक बड़े-बड़े वकील खड़ा कर देते हैं। कई-कई वकील, जो एक बहस के लिए लाखों-लाख फीस लेते हैं, वे सिद्ध कर देते हैं कि उनका मुवक्किल किसानों से भी ज्यादा बदहाल है। अगर उसे राहत नहीं दी गई तो उसके पास जहर खाने के अलावा दूसरा कोई चारा नहीं रहेगा।"

"और जज लोग इसे सच मान लेते हैं?"

"मानना ही पड़ता है। कहा गया है कि रुपये की माई पहाड़ चढ़ती है।"

"क्या कह रहे हैं? वहाँ भी रुपया चलता है?"

"रुपया तो सारे हिन्दुस्तान में चलता है। वह जगह हिन्दुस्तान से बाहर है क्या? रुपया अकल का दरवाजा खोल देता है। मान लीजिए, उनका वकील तर्क करता है कि मिल मालिक दुर्लभ प्रजाति के जीव हैं। इन्हें विशेष संरक्षण मिलना चाहिए। जैसे शेर-बाघ को मिलता है। जैसे सरकार उनके लिए अभयारण्य बनाती है। उनके आहार के लिए चीतल-हिरन पालती है कि वे जितना चाहें, मारे-खाएँ। मिल मालिक के लिए गन्ना किसान क्या हैं? हिरन-चीतल ही तो हैं। वे करोड़ों में हैं। अगर सौ-पचास मिल मालिकों को बचाने के लिए लाख-दो लाख किसानों की बलि भी देनी पड़े तो कौन-सा पहाड़ टूट जाएगा? इतनी आत्महत्या तो किसान रोज खुद ही करते हैं। कोई फरक पड़ता है। मैं 'योर आनर' को यकीन दिलाना चाहता हूँ कि किसान विलुप्त होने वाली प्रजाति नहीं है। इनकी संख्या दिन दूनी रात चौगुनी की दर से बढ़ती रहेगी। यह इन्हीं के हित में होगा कि इन्हें उतना ही दिया जाय, जितने से यह जिन्दा रह सकें। न मरें, न मोटाँय। सरकारें वोट की लालच

में इनको इनके हाजमे से ज्यादा दे देती हैं। अगर न्यायपालिका ही इस पर अंकुश न लगाएगी तो कौन लगाएगा?

"बगल में खड़ा उनका दूसरा वकील तर्क करता है—योर आनर, चिड़ियाघर के बाघों को खिलाने के लिए तो रोज सैकड़ों बकरे काटे जाते हैं। फर्ज कीजिए, किसी दिन ये कटने से इनकार कर दें तब? तब तो बगावत ही हो जाएगी। लॉ एंड आर्डर कुछ रह जाएगा? आखिर वे कटने के लिए ही तो पैदा हुए हैं। और क्या उनको हल में नाधेंगे?

"तब तक उनका तीसरा वकील बोल पड़ता है—जैसे संरक्षण पाना शेरों-बाघों का अधिकार है, इन द सेम मैनर...

"चौथा वकील बीच में ही लोक लेता है—मी लार्ड, वेदों-पुराणों में कहा गया है कि *जीवो जीवस्य भोजनम्*। मतलब कि...

"अब तक जज साहब की समझ में इतना कुछ आ चुका होता है कि मतलब समझाने की जरूरत नहीं रह जाती। उनकी कलम उठ जाती है और किसानों के हिस्से की रकम कटकर मिल मालिकों के हिस्से में जुड़ जाती है।"

पहलवानिन दो कप चाय दे जाती हैं।

"जज साहब लोगों को तो पब्लिक भगवान का दर्जा देती है।"

"देने की क्या बात? वे हैं ही धरती के भगवान। लेकिन भगवान ने ही तो हिरनों, बकरों को शेरों का भोजन बनाया है। हजारों साल से बकरे और हिरन शेरों-बाघों के लिए शहीद हो रहे हैं, कभी उनकी सुनवाई भगवान के दरबार में हुई कि बस, अब बहुत हो गया? अब हमें भी अपनी पूरी उमर जीने दीजिए!"

खेलावन कप में बची चाय समाप्त करने के लिए अल्पविराम लेते हैं फिर कहते हैं—"देखो भइया, मकड़ी के जाले में कौन फँसता है? मक्खी-मच्छर ही तो। हमारा कानून उतना ही मजबूत है, जितना मकड़ी का जाला। मकड़ी उसे इतना मजबूत बनाती है कि उसके वजन से सौ गुने ज्यादा वजन वाला जीव उसमें फँस जाय तो निकल नहीं सकता। लेकिन आप कहें कि उसमें वह बिल्ली फँसा ले तो कैसे फँसा लेगी?

"अब देखिए, मिल मालिक रूपी बिल्ली कैसे कानून का जाला फाड़ती है। तौलाई सेंटर पर किसान ने अपना गन्ना तौलवाकर मिल को सौंप दिया। अब वह गन्ना मिल का हो गया। लेकिन सेंटर से मिल तक उस गन्ने की ढुलाई का खर्च भी मिल किसान के भुगतान से काट लेती है—सात-आठ रुपये कुंटल की दर से। क्यों भला? कहते हैं, हमें 'ऊपर' तक देना पड़ता है। पहले तो पाँच रुपये कुंटल ही देना पड़ता था। जब से नई सरकार आई, दस रुपये कुंटल देना पड़ता है।

पूछिए, ऊपर माने कहाँ? इसे और साफ करिए तो कहेंगे—और साफ करेंगे तो खुद साफ हो जाएँगे।"

पहलवान कहते हैं—"सच बोलने में किसका डर?"

"आप थाने के सिपाही के खिलाफ भी सच बोलकर चैन से नहीं बैठ सकते, वे तो बहुत लम्बे हाथ वाले लोग हैं! फिर भी लम्बी लड़ाई लड़ने का फायदा मिला है। अदालत ने लम्बी सुनवाई के बाद इससे मुक्ति दे दी है। अब जरूरत है, हकीकत में इस मुक्ति आदेश को लागू कराने की। यह धरना-प्रदर्शन इसे भी लागू कराने के लिए है।"

बनकट गाँव का जत्था भोर में ही निकल पड़ा। भीड़-भाड़ में साइकिल मुसीबत बन जाएगी, इसलिए दुर्गापुर बाजार तक पैदल और वहाँ से टेम्पो या बस जो मिल जाए। बड़े लोग मोटरसाइकिल से पहुँचेंगे।

आज जत्थे की अगुआई पाँड़े बाबा कर रहे हैं। उन्होंने अपने मटमैले अँगोछे को साफे की तरह बाँध लिया है। अगर यही लाल रंग का होता, तब देखते!

पाँड़े बाबा कहते हैं—"अरे भाई, कुछ गाना-बजाना होता चले। शमशान घाट जाने के लिए थोड़े निकले हैं!"

इसीलिए खेलावन ने नन्दू को भी नगड़ची लेकर चलने के लिए कहा था। नगड़ची होती तो उसकी टंकार ही समाँ बाँधने के लिए काफी होती। लेकिन फोड़े जाने के डर से वह नगड़ची लेकर नहीं आया।

सर पर कफन बाँधकर निकली
हम वीरों की टोली।

"नहीं, नहीं। कफन बाँधने की क्या जरूरत है भाई?"

फिर कुछ देर तक चुप्पी।

गिरधारी प्राइमरी स्कूल में अपनी कक्षा के मॉनीटर रहे हैं। आगे पढ़ पाते तो आगे भी रहते। वे शुरू करते हैं—"झंडा ऊँचा रहे हमारा..."

"लेकिन झंडा है कहाँ?"

पाँड़े बाबा खुद कोई हिम्मत-हौसले वाला गीत याद करने की कोशिश कर रहे हैं, लेकिन अब याददाश्त जवाब देने लगी है।

तभी पीछे-पीछे चल रहे नन्दू टेरते हैं—

देसवा होइ गवा सुखारी
हम भिखारी रहि गए।

"इस मौके पर ऐसा गाना?"

"क्या हुआ? सही तो गा रहे हैं," बाबा हरदयाल कहते हैं, "सबकी किस्मत बदल गई। बस हम किसानों की नहीं बदली। जब नवाबों, अंग्रेजों, जमींदारों का राज था तब भी हम भिखारी थे और आज भी भिखारी हैं, सुराज मिलने के इतने सालों बाद भी।"

"लेकिन आज के दिन तो हम मिल मालिकों की दाढ़ी का बाल नोचने निकले हैं..."

"खाक निकले हैं! नन्दू सही कह रहे हैं। हम सब भिखमंगे हैं। भीख माँगने निकले हैं।"

"भिखमंगे नहीं, दर भिखमंगे। भिखमंगों से भी गए-बीते। भिखमंगे तो भीख में दूसरों की चीज हासिल करते हैं। हम तो अपने ही खून-पसीने की कमाई भीख में माँगने निकले हैं।"

सर पर कफन बाँधकर निकली
भिखमंगों की टोली-ई-ई...

सब एक-दूसरे का मुँह देखने लगते हैं। कोरस गीत सुनाई सबको पड़ रहा है, लेकिन पता नहीं चल रहा है कि गा कौन रहा है? अपने भिखारी होने के बोध ने उन्हें निर्वाक् कर दिया है।

पाँड़े का जत्था पहुँचा तो डेढ़-दो सौ किसान आ चुके थे। घंटे-डेढ़ घंटे में हजार-बारह सौ की भीड़ जुट गई। ज्यादातर अधेड़ या बूढ़े। जिनके पास टोपी नहीं थी, उन्हें यूनियन की ओर से हरी टोपी दी गई। जैसे हजारों तोते मैदान में उतर आए हों।

पुलिस पहले से डंडा लिये, टोप लगाए मौजूद थी। मंच बन गया। माइक बँध गया।

...हेलो, हेलो! हमें जवाब चाहिए कि देश की सबसे बड़ी अदालत के आदेश के बावजूद हमारा पेमेंट क्यों लटकाया जा रहा है? क्या मिल मालिक खुद को सारी अदालतों से ऊपर मानते हैं?

मैनेजमेंट चाहता है कि किसानों के पाँच प्रतिनिधि वार्ता के लिए मिल के भीतर आएँ।

यूनियन चाहती है कि खुले मंच पर माइक के आगे आमने-सामने बैठकर वार्ता हो ताकि सब सुन सकें।

अन्त में एक अधिकारी मंच पर आकर बोलना शुरू करता है—"मिल

किसानों से है, किसान मिल से नहीं। माननीय उच्चतम न्यायालय ने जो आदेश किया है, उसका शत-प्रतिशत पालन करने के लिए हम कृतसंकल्प हैं। हमारी मजबूरी यह है कि मिल भयानक घाटे में चल रही है। अन्तरराष्ट्रीय बाजार में चीनी की कीमत बहुत गिर गई है। हमारे संघ ने सरकार से दो हजार करोड़ रुपये का राहत पैकेज माँगा था। हमें खुशी है कि सरकार ने हमें यह राहत पैकेज देने का आश्वासन दे दिया है। इस आश्वासन के भरोसे हम आपको आश्वासन देते हैं कि जिस दिन यह रकम हमारे खाते में आएगी, सेम डे आपके खाते में पहुँच जाएगी।"

शोर उठा—"इस आश्वासन को हम ओढ़ें कि दसाएँ। आश्वासन से कहीं पेट भरता है।"

"पिछले साल सूबे की सरकार ने मिल मालिकों को अल्टीमेटम दिया था कि 31 अगस्त तक सारा भुगतान कर दें। कहाँ करा पाई? इनके आगे तो सरकार भी लाचार है।"

"आश्वासन नहीं, भुगतान चाहिए। आज चाहिए। अभी चाहिए।"

"भाइयो, आपको टस-से-मस नहीं होना है। हम जेठ की इसी चिलचिलाती धूप में शहीद हो जाएँगे, लेकिन..."

"आज खाली हाथ लौट गए तो ये फिर कोई-न-कोई झाम फँसा देंगे।"

"अब क्या झाम फँसाएँगे? कंटेम्प्ट आफ कोर्ट हो जाएगा।"

"इनको कुछ नहीं होगा। जो कुछ होगा, हमीं लोगों को होगा।"

"मिल प्रशासन—मुर्दाबाद!"

"किसान यूनियन—जिन्दाबाद!"

तभी मिल के अन्दर से चार-पाँच ढेले आकर मंच पर गिरे। एक ढेला उस अधिकारी के सिर में लगा। वह सिर पकड़कर बैठ गया।

पुलिस डंडा भाँजते हुए टूट पड़ी।

पुलिस का साथ देने के लिए मिल के कर्मचारी आ गए।

भगदड़ मच गई।

पाँड़े की पीठ पर दाहिने कन्धे के पास कसकर एक डंडा पड़ा। वे गिर पड़े। तभी पीछे से उनके ऊपर दूसरा कोई गिरा और पाँड़े के हिस्से के बाकी डंडे उसकी पीठ पर पड़ने लगे।

बूढ़े-अधेड़ ज्यादा तेज भाग भी तो नहीं सकते थे! पुलिस ने हीक भर मारा। दर्जनों के सिर फट गए।

किसानों की पिटाई में पुलिस की मदद करने वाले मिल कर्मचारी डंडा फेंककर

स्वयंसेवक की भूमिका में उतर गए। चीनी लादने के लिए खड़े खाली ट्रकों में घायलों को लादकर अस्पताल पहुँचाने लगे।

जो चलने-फिरने की हालत में थे, उन्होंने हाय-हाय करते, गिरते-पड़ते, हरी टोपी के नीचे से बहकर आते खून को पोंछते अपने-अपने घर की राह पकड़ी।

"वकीलों की फौज खड़ी करने के लिए इनके पास करोड़ों है, लेकिन हमारी खून-पसीने की कमाई के बदले इनके पास हमेशा लाठी रहती है।"

सबेरे अखबारों में छपा—हिंसक भीड़ को काबू में करने के लिए न्यूनतम बल प्रयोग करना पड़ा।

मिल प्रशासन ने इस घटना को दुर्भाग्यपूर्ण बताया।

दिवाकर ट्रैक्टर वापस ले आए।

"यह क्या किया?" पाँड़े नाराज हुए—"न किसी से पूछना न पछोरना।"

"अब मैं खाली हूँ तो खुद चलाऊँगा।"

"दुनिया क्या कहेगी? यही न कि लोन माफ हो गया तो उठा ले गए।"

"तो क्या उनके हाथ बेच दिया था?"

"अरे ससुर के नाती, तुम कुछ समझते क्यों नहीं? जब तुम सड़ने के लिए खड़ा करके भाग गए थे तो वे ले गए। अपनी गाँठ से पैसा लगाकर मरम्मत कराए। कुछ न कुछ किस्त की रकम भी जमा कर रहे थे। जैसे ही लोन माफ होने का पता चला तुम दौड़े-दौड़े गए, उठा लाए। एक बार घर में चर्चा तो कर लेते। तुम्हारी जोताई-मड़ाई तो वे अपना ड्राइवर भेजकर समय-समय पर करा ही रहे थे।"

दिवाकर की माँ भी समझाने लगीं—"लाना ही था तो तरीके से लाया जाता, इस तरह लट्ठमारी से थोड़े! ओछा काम कर दिये।"

पाँड़े समझाने के स्वर में कहने लगे—"जब चलाना था तब तो चलाए नहीं। तब तो मेहरारू के सिखाने में चलते थे। मैं पकड़ा गया तो वही छुड़ाकर लाए थे। तुम तो झाँकने तक नहीं आए!"

दिवाकर फनफनाते हुए ट्रैक्टर पर बैठे और भड़भड़ाते हुए निकल गए।

लगता है, आजकल गन्ना किसानों के ऊपर लक्ष्मी जी मेहरबान हैं। मई, 2008 में सुप्रीम कोर्ट ने सीजन 2007-08 के लिए 110 रुपये कुंटल की दर से भुगतान करने का अन्तरिम आदेश पारित किया था और 7 जुलाई, 2008 को हाई कोर्ट की लखनऊ पीठ ने मोदी शुगर मिल के केस में 125 रुपये कुंटल की दर से भुगतान करने का आदेश दे दिया। कोर्ट ने कहा कि सीजन 2007-08 के लिए सूबे की सरकार ने 125 रुपये कुंटल की दर से भुगतान करने का जो आदेश दिया था, वह सही है। यह भी आदेश दिया है कि दो महीने के अन्दर सारे बकाए का भुगतान कर दिया जाए।

किसानों के चेहरे खिले हुए हैं।

जहाँ भी चार लोग इकट्ठा होते हैं, अपनी खुशी का इजहार करते हैं। सबके पास कहने के लिए कुछ न कुछ है।

"यह तो बाकायदा दोनों पक्षों को सुनकर दिया गया फैसला है। एकदम फाइनल। अब बचकर कहाँ जाएँगे बेटा लोग!"

"जज साहब लोग न हों तो ये मिल वाले किसानों को पीसकर पी जाएँ।"

"आप क्या समझते हैं कि वे लोग सेटिंग करने की कोशिश न किए होंगे! लेकिन दुनिया से अभी ईमान-धरम एकदम ही नहीं उठ गया है।"

"आखिर मिला इंसाफ। भले देर से मिला।"

"भगवान के घर देर है, अन्धेर नहीं है।"

सबको अपने गन्ना बकाया की रकम जबानी याद है।

"ब्याज की रकम भी जोड़कर रखिए।"

"मुझे तो डर लग रहा है कि मिल वाले फिर कोई झाम न फँसा दें।"

इस आशंका पर बात बढ़ाकर कोई अपनी खुशी पर ग्रहण नहीं लगाना चाहता। झाम-झमेले के बादशाह तो वे लोग हैं ही।

और ग्रहण लग ही गया!

एक दिन खबर फैली कि हाई कोर्ट की इलाहाबाद पीठ ने 18 अगस्त, 2008 को पेराई सीजन 2007-08 के लिए सूबे की सरकार द्वारा निर्धारित 125 रुपये कुंटल की दर से भुगतान करने के आदेश को रद्द कर दिया और आठ महीने पहले बस्ती शुगर मिल के केस में दिए गए फैसले को ही कमोबेश दोहराते हुए कहा कि कमेटी बनाकर उसकी संस्तुति प्राप्त की जाए और उसी के अनुसार सरकार

रेट निर्धारित करे। तब तक केन्द्र सरकार द्वारा इस वर्ष के लिए निर्धारित एमएसपी 81 रुपये कुंटल का रेट दिया जाए।

बाजार में कई गाँव के किसान इकट्ठा हैं। अखबार में खबर छप चुकी है, फिर भी सब एक-दूसरे से तसदीक करना चाहते हैं। क्या पता, कोई इस खबर को झूठी कह दे!

"विश्वास नहीं होता कि ऐसा हुआ होगा। एक ही हाई कोर्ट की दो पीठें एक ही मुद्दे पर, दो विपरीत फैसले कैसे दे सकती हैं? एक पीठ सरकार के उसी आदेश को सही ठहरा रही है, दूसरी उसी आदेश को गलत।"

"विश्वास तो केन कमिश्नर को भी नहीं हो रहा है। अखबार में उनका बयान छपा है कि वे किसके आदेश का पालन करें।"

"क्या होगा भगवान इस देश का? चारों तरफ कितना हँसौवा हो रहा होगा!"

"एक माननीय न्यायमूर्ति ने जिसे दिन कहा, दूसरे ने उसे रात कह दिया। एक ने जिसे सफेद कहा, दूसरे ने उसे स्याह कह दिया।"

"कोर्ट-कचेहरी से ही उम्मीद रहती थी। अब वहाँ से भी विश्वास उठ जाएगा।"

"समझ सभी रहे हैं कि ऐसा क्यों हुआ होगा लेकिन कहे कौन कि राजा आपन गँड़िया ढाँकि ल्या।"

"उनके लेखे हम मिट्टी के बोरे हैं। हमें सुख-दुख नहीं महसूस होता। जो चाहे, ठोकर मारकर चला जाए।"

"मेरा तो कहना है कि किसानों को अब जहर खा लेना चाहिए, क्योंकि उन्हीं की वजह से मिल मालिक हों चाहे जज साहबान, चाहे सरकारें, सभी को झमेला झेलना पड़ता है।"

किसानों के बीच में आकर एक पत्रकार ने बाबा हरदयाल के मुँह से माइक सटाकर पूछा—"जब आपको हाई कोर्ट के 18 अगस्त वाले फैसले की जानकारी हुई तो कैसा लगा?"

"वैसा ही जैसे अभी आपको बिना कसूर दस जूता मारा जाए तो लगेगा।"

इसी के साथ सवाल-जवाब खत्म हो गया।

लेकिन बनकट गाँव में शाम का माहौल अलग है। कुछ लोगों का मानना है कि खेलावन चन्दा वसूलकर खा गए। ऐसा हो ही नहीं सकता कि सही जगह पर पैसा पहुँचता तो अपना असर न दिखाता।

"सिपाही की भर्ती में हचककर दलाली खाई। बेटे की शादी में हचककर दहेज दबाया। इससे तिजोरी नहीं भरी तो चन्दे की रकम डकार गए।"

"तिजोरी तो भरी, लेकिन हीक नहीं भरी।"

खेलावन के मुँह पर भले कोई कुछ न कहे, लेकिन घूम-फिरकर सारी बात उनके कानों तक पहुँचती है। यह बात वह भी कह रहा है जिसने अभी तक एक पैसा चन्दा नहीं दिया! छह महीने में सात लोगों ने कुल अठारह सौ रुपये चन्दा दिया है। वे कल ही सबको वापस कर देंगे। सही कहा गया है—गगरी के मुँह पर ढक्कन लग सकता है, आदमी के मुँह पर नहीं।

पाँड़े को यह जानने में चार महीने लग गए कि उनका मामला माफी योजना के अन्तर्गत नहीं आता। पहले तो बैंक ने बताया कि अभी सरकार की ओर से कोई गाइड लाइन नहीं आई। अखबार की खबर के आधार पर राइट ऑफ थोड़े हो सकता है! फिर गाइड लाइन आई तो साफ हुआ कि 31 मार्च, 2007 तक के पिछले दस वर्षों का कर्ज माफ किया गया है। उनका कर्ज मार्च, 1996 का है; ग्यारह साल पहले का। इसलिए माफी योग्य नहीं है।

पाँड़े को लगा कि अचानक उनका शरीर चैत-बैशाख के गन्ने की तरह सूखने लगा है। सिर भाँय-भाँय करने लगा। शरीर की सारी ताकत लगाकर उन्होंने प्रतिवाद किया—"लेकिन अखबार में तो ऐसी किसी सीमा की बात छपी नहीं थी!"

"जरूर छपी होगी। आपने ठीक से पढ़ा नहीं होगा।"

मैनेजर की बात पर पाँड़े को गुस्सा तो बहुत आया लेकिन पी गए। मैनेजर को गुस्सा दिखाने का कोई मतलब नहीं था। उनकी बेचैनी बढ़ती जा रही थी। वे बैंक में इधर से उधर चक्कर काटते रहे। कभी मैनेजर के केबिन में जाते, कभी किसी स्टाफ से कुछ जानना चाहते। मैनेजर ने गार्ड को बुलाकर कहा—इसको बाहर निकालो। काम नहीं करने दे रहा है। गार्ड उन्हें बाहर करने लगा तो पाँड़े ने ऐसा झटका दिया कि उसकी बन्दूक कन्धे से छिटककर फर्श पर जा गिरी। पाँड़े को बाहर करके गार्ड ने जँगले में ताला डाल दिया।

अगले तीन-चार दिन पाँड़े दूसरे बैंकों में जाकर असलियत का पता लगाने की कोशिश करते रहे। वहाँ से भी यही पता लगा कि उनका बकाया माफ होने की समय सीमा में नहीं आता। यह भी पता चला कि जब वी.पी. सिंह प्रधानमंत्री बने थे तो उन्होंने भी तीन साल का कर्ज माफ किया था। अब जो भी सामने पड़ता, वे

उसी को रोककर कहते—"पीछे भी माफ कर दिया, आगे भी माफ कर दिया। हमें बीच में फँसा दिया। अरे भाई जब आप दस वर्ष का साठ हजार करोड़ माफ कर रहे थे तो बीच का हजार करोड़ और माफ कर देते। सभी का सारा माफ हो जाता।"

वे एक तर्क और देते—जो दो साल तक बकाया जमा नहीं कर पाया उसकी माली हालात ज्यादा खराब मानी जाएगी कि जो बारह-पन्द्रह साल तक नहीं दे पाया। माफी की जरूरत ज्यादा किसको थी? जब सन् 1997 का बकाया आप माफ करने लायक मानते हैं तो 1996 का कैसे छोड़ सकते हैं?

—बिलकुल सही कह रहे हैं आप। लेकिन यह सब सड़क पर कहने से क्या होगा? बैंक को अथाह पावर होती है। वे जाने कब से बड़े-बड़े उद्योगपतियों का करोड़ों-करोड़ बकाया हर साल माफ करते आ रहे हैं। एक झटके में। और एक ही साल नहीं, हर साल, बिना नागा। तो आपका भी करें। जाकर उनकी खोपड़ी पर सवार हो जाइए। खुद न करना चाहें तो ऊपर 'रेफर' कर दें। आप ऊपर से करवाइए।

रेफर करनेवाली बात पाँड़े को जँच गई। देखिए, मिलने-जुलने से ही रास्ता मिलता है। वे अगले दिन ही मैनेजर के पास पहुँच गए।

मैनेजर ने उन्हें समझाने की कोशिश की—अब कुछ नहीं हो सकता।

"रेफर करने में आपकी नानी क्यों मर रही हैं? हम ऊपर से कराएँगे।"

"किसको रेफर करें? ऐसा कोई प्रोसीजर ही नहीं है।"

"हम आपको कानून सिखाएँगे क्या?" हमें नहीं पता कि कैसे आप लोग बिगड़ा काम बनाते और बना काम बिगाड़ते हैं?

मैनेजर साहब ने उन्हें अपने केबिन में बिठाया। मिट्टी के कुल्हड़ में चाय पिलाकर शान्त कराना चाहा। तब भी पाँड़े रेफर करने की जिद पर अड़े रहे तो कहा—ठीक है, जो कुछ रेफर करना चाहते हैं, लिखकर दे दीजिए।

कहने के साथ मैनेजर ने एक कलम और कागज उनकी ओर बढ़ाया।

पाँड़े ने कहा—मैं बाहर बैठकर इत्मीनान से समझ-बूझकर लिखूँगा। बहुत कुछ लिखना है। एक पन्ना और दीजिए।

तीसरे दिन बैंक खुलते ही पाँड़े मैनेजर के केबिन में घुसे। देखते ही मैनेजर ने हाथ जोड़ दिए—आपका मामला उसी दिन रेफर कर दिया, ब्राह्मण देवता। अब हमें बख्स दीजिए। दूसरों का काम भी करने दीजिए।

"रेफर कर दिया है तो उसकी कापी दीजिए। अमीन पीछे पड़ा है। जब तक समाधान नहीं हो जाता, तब तक वसूली तो रोकिए। आर.सी. तो तहसील से वापस मँगाइए!"

हरिद्वार अमीन कहता—"जो होना था, हो गया। अब आपके लिए फिर कैबिनेट

बैठेगी क्या? तहसील के दस बड़े बकाएदारों में आपका नाम तीसरे नम्बर पर है। बेबाकी नहीं किए तो इसी मार्च में खेती-बारी कुर्क कर दूँगा।"

अमीन को जहर बोलने की ट्रेनिंग दी जाती है क्या? बोली से ही बरछी घोंप देते हैं। पुलिस की गाली भी इतना गहरा घाव नहीं कर सकती। लेकिन अमीन की पावर वे जानते हैं। उससे मीठा बोलने में ही कल्याण है।

"कुर्क करके क्या पाएँगे? कोई रास्ता बताइए।"

"रास्ता यही है कि कोई कानूनी राह खोजिए या मंत्री लेबल के किसी बदजुबान नेता को सीधे डीएम साहब से भिड़ा दीजिए।"

"मंत्री तो छोड़िए, कोई संतरी भी मेरी पकड़ में नहीं है, भाई! बिना स्वार्थ के कोई किसी की नहीं सुनता आज के जमाने में। मैं सीधा-सादा खेतिहर, किसके काम का हूँ! आप ही कोई राह निकालें नहीं तो इस भँवर में डूब जाऊँगा।"

हरिद्वार कुछ देर तक पाँड़े की आँखों में ताकता रहा। फिर कहा—"पाँड़े बाबा, स्वार्थ से ऊपर कौन है? मैं भी नहीं हूँ। अमीन की पावर ही कितनी, लेकिन खर्च-बर्च को तैयार हों तो इस मार्च में आपकी कुर्की-नीलामी टाल सकता हूँ।"

"कैसे टालेंगे?"

"यह मत पूछिए। आम खाने से मतलब रखिए, पेड़ गिनने से नहीं।"

"फिर भी, तसल्ली के लिए..."

"आपकी आर.सी. बैंक को वापस कर दूँगा। इस मार्च का संकट टल जाएगा। दुबारा आर.सी. आने में छह महीने लग जाएँगे। तब तक कोई और दाँव खोज लीजिएगा।"

"खर्च कितना पड़ेगा?"

हरिद्वार ने दाएँ-बाएँ देखा। फिर पाँड़े की दाहिनी हथेली अपने सामने करके उस पर उँगली से रकम लिखी।

"यह तो बहुत ज्यादा है, अमीन साहब!"

"आर.सी. की रकम भी तो बहुत ज्यादा है, महराज! कितनी है, पता है?"

पाँड़े ने इनकार में सिर हिलाया।

हरिद्वार ने बैग से आर.सी. निकालकर उनके सामने कर दी—"तीन लाख इकतीस हजार तीन सौ पाँच रुपये। इसमें आर.सी. कटने की तारीख के आगे का ब्याज और दस परसेंट कलेक्सन चार्ज भी जोड़ लीजिए।"

पाँड़े के मुँह से आवाज नहीं निकली।

आर.सी. बैग में डालते हुए अमीन ने कहा—"चलता हूँ। जैसा हो, एक-दो दिन में बता दीजिएगा।"

पाँड़े ने थूक निगलकर गला तर किया। फिर कहा—"कम-से-कम एक हफ्ते की मोहलत दीजिए...आँखों के आगे अन्धकार छा गया है...अँधेरे में कुछ सूझ नहीं रहा है..."

"एक हफ्ते की नहीं, एक महीने की मोहलत लीजिए, लेकिन जितना कहा है, उतना इन्तजाम करके लौटिए।"

वांछित राशि का आधा लेकर एक महीने बाद अमीन के सामने हाजिर हुए पाँड़े। गिनने के बाद अमीन का मुँह बन गया। पाँड़े ने दीन स्वर में स्थिति स्पष्ट की—"नहीं कर पाया। इतनी रकम भी पत्नी की हँसुली गिरवी रखकर जुटाई है।"

सुनकर अमीन चुप रह गया। पाँड़े को लगा कि पिघल गया। पता नहीं, हँसुली गिरवी रखने की बात सुनकर पिघला कि पाँड़े के ब्राह्मण होने के नाते। लेकिन जाते-जाते बोला, "पाँच हजार बकाया रहेगा। जब हो तब याद करके दे जाना।"

अगले एक-डेढ़ महीने अमीन आर.सी. बैग में दबाए रहा, फिर एक दिन तहसील गया। आर.सी. की दूसरी कॉपी निकलवाई। बाकीदार के खाने में दर्ज था—भगवत पाँड़े, पुत्र...

अमीन ने स्याही और कार्बन का मिलान करके दोनों प्रतियों पर 'भगवत' के 'त' को 'ती' बना दिया। फिर आर.सी. के बाएँ मार्जिन पर रिपोर्ट लगा दी—दिए गए पते पर 'भगवती पाँड़े' नाम का कोई आदमी नहीं मिला। प्रेषणकर्ता को आवश्यक कार्यवाही हेतु वापस।

पास लाखों-करोड़ों का जर माल था

सरकारी वकील सोना से जिरह कर रहा है।

"अगर तुम बोल सकती हो तो बोलकर, वरना इशारे से जवाब दो। क्या तुम्हारा नाम सोना है?"

सोना स्वीकार में सिर हिलाती है।

"क्या तुम फौजी की पत्नी हो?

स्वीकार में सिर हिलाती है।

"क्या तुम मरने वाले को पहले से जानती थीं?"

स्वीकार।

"क्या तुम्हारे पति ने उसे तुम्हारे सामने मारा?"

फौजी की ओर देखती है।

"क्या तुमने मरने वाले को बचाने की कोशिश की?"

सिर नीचे झुका लेती है।

"क्या उस लड़के के साथ तुम्हारे गलत सम्बन्ध थे?"

इनकार।

"क्या मृतक तुम्हारे घर में घुसकर जबरन तुम्हारी इज्जत लूटने की कोशिश कर रहा था?"

इनकार।

"दोनों से इनकार? लेकिन तुम्हारे पति ने बयान दिया है कि मृतक बदचलन था। वह बलात्कार के इरादे से तुम्हारे घर में जबरदस्ती घुसा था और तुम्हारी इज्जत लूटने के लिए तुम्हें घसीटकर कोठरी की ओर ले जा रहा था। तुम चिल्लाई थीं। तुम्हारी चीख सुनकर तुम्हारा पति दौड़कर आया था और तुम्हें छुड़ाने के इरादे से मृतक से भिड़ गया। मृतक ने वहाँ पड़ा सब्जी काटने वाला चाकू उठा लिया और जान से मारने के इरादे से तुम्हारे पति के ऊपर झपटा। दोनों गुत्थमगुत्था हो गए।

इसी छीना-झपटी में मृतक के हाथ का चाकू ही मृतक के पेट में घुस गया और उसकी मौत हो गई।"

"नहीं, नहीं।" अचानक चिल्ला पड़ती है सोना—"यह सब झूठ है।"

"ऐं।" उसको बोलता देखकर सब चौंक जाते हैं।

सरकारी वकील तुरन्त पूछता है—"तो सच क्या है?"

"सच यह है कि बुल्लू खराब चाल-चलन वाला आदमी नहीं था। वह मेरे घर में जबरदस्ती नहीं घुसा था। वह कालेज से अपने घर लौट रहा था तो मेरे पति ने उसे दौड़ाकर अपने दोस्त बहादुर की मदद से पकड़ा और घर के अन्दर लाकर आँगन में पटककर चाकू मारा था। रसोई के चाकू से नहीं मारा। चाकू उसके पास पहले से था।"

"लेकिन मारा क्यों?"

सोना सिर घुमाकर फौजी की अंगार हो रही आँखों को देखती है, फिर कहती है—"उस पर शंका का भूत सवार था। वह सोचता था कि मेरा बुल्लू से गलत सम्बन्ध है। उसके दोस्त बहादुर ने उसे बरगला दिया था।"

"क्यों बरगला दिया था?"

"बहादुर चाहता था कि जब मेरा पति नौकरी पर बाहर रहे तो मैं उसके साथ सोऊँ।"

"तुमने अपने पति को यह बात नहीं बताई थी?"

"बताई थी, लेकिन वह बहादुर की बात पर आँख मूँदकर विश्वास करता था।"

"यह बातें तुमने जाँच अधिकारी के सामने क्यों नहीं बताईं। गूँगी क्यों बन गईं?"

"मैं डर गई थी।" वह रोनी आवाज में कहती है। "मेरे आदमी ने मुझे डरा दिया था कि बोलेगी तो जेल भेजवा दूँगा।"

फौजी पैर पटककर चिल्लाता है—"हरामजादी!"

"तो आज क्यों बोली? क्यों बताया?"

सोना सिर झुकाकर बोलती जा रही है—"उस लड़के पर झूठा कलंक लगाना मुझसे बर्दास्त नहीं हुआ...मेरी आँखों के सामने उस बेकसूर की जान चली गई... मरते समय की उसकी पथराई आँखें आज भी मुझे बेचैन कर देती हैं..."

सरकारी वकील तुरन्त कहता है—"हुजूर नोट किया जाय। सोना का बयान मृतक के बड़े भाई द्वारा लिखाई गई एफ.आई.आर. से पूरी तरह मेल खाता है, जिसमें अभियुक्त द्वारा मृतक को खेतों में दौड़ाकर पकड़ने और घर के अन्दर ले जाकर मारने की बात कही गई है। दोनों चरवाहों के होस्टाइल हो जाने के

चलते अभी तक हमारे पास कोई चश्मदीद गवाह नहीं था, लेकिन अब कड़ी से कड़ी जुड़ रही है। सोना के बयान से यह गुत्थी भी सुलझ गई कि जब बरामद किचन के चाकू के फाल की लम्बाई चार इंच है तो पोस्टमार्टम रिपोर्ट में घाव की गहराई छह इंच कैसे पाई गई? मुल्जिम ने हत्या में प्रयुक्त चाकू छिपा दिया और उसकी जगह किचन का चाकू बरामद करा दिया जिससे यह सिद्ध होता है कि यह हत्या ठंडे दिल-दिमाग से की गई है। मृतक को दौड़ाकर पकड़ने की बात, मृतक के भाई को, मृतक के सहपाठी ने बताई थी जो उस दिन मृतक के साथ ही कालेज से लौट रहा था। वह लड़का भी चश्मदीद गवाह है, लेकिन गवाही के लिए हाजिर नहीं हुआ। मैं हुजूर से गुजारिश करता हूँ कि सच्चाई के ऊपर पड़ा पर्दा पूरी तरह से हटाने के लिए उस लड़के को कोर्ट में तलब किया जाय।"

थोड़ी देर सन्नाटा रहता है। फिर सरकारी वकील कहता है—"मेरी दूसरी गुजारिश यह है कि गवाह और मुल्जिम पति-पत्नी हैं, और एक ही घर में रहते हैं। इस बयान के बाद गवाह को मुल्जिम से जान का खतरा पैदा हो गया है। इसलिए जरूरी है कि मुल्जिम की जमानत खारिज करते हुए उसे कस्टडी में लेकर जेल भेजा जाय।"

"हुजूर, मुझे अपना बचाव करने का मौका दिया जाय। मैं गवाह पेश करके साबित कर दूँगा कि यह सारी कहानी झूठ का पुलिंदा है," बचाव पक्ष का वकील कहता है।

कस्टडी में कोर्ट से बाहर निकलते हुए पैर पटक-पटककर चिल्ला रहा है फौजी—"हरामजादी, छिनार! दिखा दिया न तूने अपना तिरिया-चरित्तर। खुद साबित कर दिया कि तू उस लौंडे से फँसी थी। अब मुझे तेरे यार को मारने का कोई पछतावा नहीं है। लौटकर तुझे भी हलाल करूँगा।"

सरकारी वकील तुरन्त कहता है—"हुजूर, मुल्जिम की यह धमकी खास तौर पर नोट की जाय। मुल्जिम ने खुद स्वीकार कर लिया है कि उसी ने बुल्लू को मारा है और उसे इसका कोई पछतावा नहीं है।"

पाँड़े की जमीन कुर्क हो गई।

कुर्की का नोटिस मिला तो परेशान हो गए। सूझ ही नहीं रहा था कि इतनी बड़ी रकम का इन्तजाम कहाँ से करें? रिश्तेदारों में दौड़े, लेकिन रिश्तेदारों में कोई इतना सक्षम नहीं था। कई रिश्तेदार थोड़ी-थोड़ी मदद कर सकते थे, लेकिन सुनते आए हैं कि उधार के लेन-देन में रिश्ते खराब हो जाते हैं। ब्याज की तो कोई उम्मीद भी नहीं करता, पर अक्सर मूलधन भी वापस नहीं मिलता। मदद करिए या रिश्ता बचाइए।

एक रास्ता यह था कि जितनी जमीन लोन अदा करने के लिए जरूरी हो, उतनी बेच दी जाए। तब भी आधी के करीब जमीन बच जाएगी। सवर्ण जातियों में तो खेती की बहुत भूख अब रही नहीं। पहले से ही काम भर की खेती है। उलटे हर बेटी के ब्याह में बीघे-दो बीघे बेचने की नौबत आ जाती है। श्रमजीवी जातियों के पास जमीन कम है। उन्हें खेत की भूख रहती है। वे पेट काटकर खेत खरीदने के लिए पैसा जोड़ती हैं। उन्हीं के बीच से कोई खरीदार तैयार हो जाए तो बात बन सकती है।

पहलवान कई दिनों से इलाके के सम्भावित खरीदारों से सम्पर्क कर रहे हैं, लेकिन हर जगह विश्वास का संकट आड़े आ जाता है।

बिक्री के लिए जरूरी है कि जमीन बंधन-मुक्त हो। इसके लिए जरूरी है कि कर्ज की सम्पूर्ण राशि बैंक में जमा हो जाए। पाँड़े के इस आश्वासन पर कि जमीन बंधन-मुक्त होते ही वे बैनामा कर देंगे, खरीदार बैंक में कर्ज की राशि जमा कर दे और मुक्त होते ही पाँड़े अपने वादे से मुकर जाएँ तो क्या होगा? खरीदार तो फँस जाएगा।

"ऐसा कैसे होगा? पाँड़े ऐसे आदमी हैं क्या?"

"कौन कैसा आदमी है, यह पहले से थोड़े पता होता है! मौका आने पर पता चलता है। तेवारीपुर के घुरहू का किस्सा भूल गए क्या?"

घुरहू ने अपने गाँव के पुजारी को दस हजार रुपये एडवांस देकर एक जमीन का सौदा पक्का किया। रुपये का प्रबन्ध करने के लिए अपनी दो भैंसें और पत्नी के गहने बेच दिए। लेकिन जिस दिन रजिस्ट्री कराने जाना था, पुजारी जी मुकर गए। बोले "मेरे ऊपर दबाव है कि छोटी जाति के आदमी को जमीन न बेचूँ। बिरादरी से बाहर कैसे जाऊँ?"

"आपने एडवांस लिया है। बचन दिया है।"

"बचन ही तो दिया है। एफिडेविट तो नहीं दिया।"

बेचारा घुरहू सनाका खा गया। सुनार को रुपया लौटाकर अपने गहने वापस लेने गया। सुनार ने कहा कि गहने तो उसने गला दिए। निराश लौट रहा था तो अँधेरे में नहर की पुलिया पर दो लोगों ने सीने पर चाकू अड़ाकर रुपये छीन लिये।

"'साईं यहि संसार में भाँति भाँति के लोग...' लेकिन दुनिया तो विश्वास पर ही टिकी है।"

"टिकी कहाँ है? रोज दो पोरसा धँस रही है। विश्वास करनेवाले को विष पीना पड़ता है। जमीन मुक्त होते ही ऊँची कीमत देने वाले पैदा हो जाएँगे। भड़काने वाले, बनता काम बिगाड़ने वाले पैदा हो जाएँगे।"

"ब्राह्मण को पलटने में कितनी देर लगेगी! उन्हें तो भगवान का डर भी नहीं रहता। भगवान भी मौका पड़ने पर उन्हीं के पक्ष में खड़े हो जाएँगे।"

"राहु-केतु को किसने छला था? भगवान ने ही तो।"

"हम उनके दिमाग से पार नहीं पा सकते। उल्लू बन जाएँगे। दुनिया उन्हें होशियार और हमें मूर्ख कहेगी।"

"उन पर थू-थू नहीं करेगी। और करे भी तो थू-थू की उन्हें क्या परवाह?... और पाँड़े का एक बेटा पुलिस में भी तो है! इसको कोई कैसे भूल जाए?"

फौजी को उम्रकैद हो गई। तीन बार मौका लेने के बाद पिछली तारीख पर बचाव पक्ष के वकील ने हाथ खड़े कर दिए—"हुजूर, गवाह पेश करना मुमकिन नहीं।"

फैसला सुनने पहलवान भी आए और सोना भी। कोर्ट रूम में दोनों अलग-अलग खड़े थे। मौन! आपस में कोई संवाद नहीं। फैसला सुनकर पहलवान का जी जुड़ा गया। और सोना आँचल से मुँह ढाँपकर सिसकने लगी।

पुलिस के घेरे में बगल से गुजरता फौजी सोना को भद्दी-भद्दी गालियाँ देने लगा। सोना ने कानों पर हाथ रख लिया। पहलवान का मन हुआ कि पास जाकर सोना को तसल्ली दे। लेकिन क्या कहकर...? उनके पैर नहीं उठे।

थोड़ी देर में सारी कचहरी में हल्ला हो गया—"एक औरत ने अपने मर्द के खिलाफ गवाही देकर उसे फाँसी लगवा दिया।"

"कलजुग का चौथा चरण चल रहा है भाई। देखते जाइए, आगे क्या-क्या होता है!"

पाँड़े की बेचैनी बढ़ गई। कुर्की हो गई है तो देर-सबेर नीलामी होनी ही है। इस बीच वे पचासों लोगों से मिले। तहसील और बाजार में भूखे-प्यासे भटकते रहे, कहीं से कोई उम्मीद की किरण नजर आ जाए!

उन्हें पता लगा कि नीलामी का आदेश तो एस.डी.एम. करेगा, लेकिन बाकी सारी कार्यवाही नीलामी अधिकारी करेगा। अक्सर हलके का नायब ही नीलामी अधिकारी होता है। तो पाँड़े भटकते-भटकते एक शाम नायब के घर पहुँचे।

नायब ने उन्हें आश्वस्त किया—"कुर्की भले हो गई है, लेकिन नीलामी इतनी जल्दी नहीं होगी। ब्राह्मण की जमीन नीलामी में खरीदने के लिए जल्दी कोई तैयार नहीं होगा। एक-दो बार नीलामी टलेगी ही।...और नीलामी की कार्यवाही भी आपके गाँव या बाजार में नहीं करूँगा, तहसील में करूँगा। यहाँ तक बोली बोलने वाले नहीं पहुँचे तो भी कुछ मोहलत मिल जाएगी। और नीलामी की कार्यवाही होने के बाद भी बकाया जमा कर दोगे तो नीलामी रद्द हो सकती है। सरकार को बकाए से मतलब है। जाइए, जमा करने का उपाय सोचिए।"

क्या उपाय सोचें? कोई अकल काम नहीं कर रही। कई दिन तक दिमाग दौड़ाने के बाद उन्हें अपने एक मौसेरे भाई की याद आई। बचपन में बम्बई कमाने गए। बाद में डायनेमो बनाने की फैक्टरी लगा ली। बहुत पैसा कमाया। बड़े आदमी बन गए हैं। बाल-बच्चों को लेकर बम्बई में ही रहते हैं।

इधर पन्द्रह-बीस साल से कोई बात-व्यवहार नहीं है। मौसी जिन्दा होतीं तो पहचानतीं, लेकिन बताने पर तो जान ही जाएँगे। वे अगर मदद कर दें तो मेरा उद्धार हो सकता है। मुफ्त में तो माँग नहीं रहे हैं! जब बिकने की नौबत आ गई है तो वही खरीद लें। घर की प्रॉपर्टी घर में ही रह जाएगी। मौसेरे भाई हैं। आधा खून साझा है। मान तो जाना चाहिए। आधी जमीन लिख देने से ही लोन पट जाएगा। आधी बच जाएगी।

उन्होंने पत्नी से सलाह की। पत्नी को बहुत उम्मीद नहीं लगी। उनका कहना था कि जब अपनी जमीन ही छोड़कर शहर में बस गए हैं तो आपकी क्यों खरीदेंगे? लेकिन कोशिश करने में क्या जाता है!

भेंट के लिए तीन किलो गुड़, तीन किलो ढूढ़ी और एक किलो देसी घी लेकर पाँड़े बम्बई जाने वाली ट्रेन में बैठ गए। छत्तीस घंटे की यात्रा थी। रास्ते के लिए पँड़ाइन ने ठोंकवा* बाँध दिया था।

तीसरे दिन बम्बई पहुँच गए। फिर तीन दिन लग गए उन्हें मौसेरे भाई का घर खोजने में। इतना ही पता था कि दादर स्टेशन पर उतरना पड़ता है। वहाँ से पाँच-छह किलोमीटर पर है। वे तो निराश होकर लौटने की सोच रहे थे, तभी उनके गाँव के पास के एक बरई मिल गए। पान की दुकान चलाते थे। उन्होंने सूत्र से सूत्र जोड़ा तो वे पहुँच सके।

लेकिन मुलाकात से भी कोई फायदा नहीं हुआ। पता नहीं, मौसेरे भाई सचमुच सब कुछ भूल चुके थे या न पहचानने का नाटक कर रहे थे। चार दिन लग गए पाँड़े को उनसे अपनी रिश्तेदारी समझाने में। चार दिन में टुकड़े-टुकड़े में मुश्किल से घंटे-भर बात करने का मौका मिला। दोनों भतीजे भी एक बार पैर छूकर गए तो फिर सामने नहीं आए। मौसेरे भाई की पत्नी भी तो रिश्ते में उनकी भौजाई लगती थीं, लेकिन मिलकर हाल-चाल पूछने की कौन कहे, एक बार सामने भी नहीं पड़ीं। एक बार घर के अन्दर से एक नारी स्वर सुनाई भी पड़ा तो वह था—जब रुपये- पैसे की जरूरत होती है तो लोग रिश्तेदारी जोड़ने आ जाते हैं। जैसे यहाँ कमाकर गाड़ गए हों। समझते हैं कि शहर में रुपये का पेड़ फरता है। जाइए और हिलाकर ढो लाइए। वैसे कोई कटी उँगली पर मूतने को तैयार नहीं होता।

सुनकर पाँड़े के कान के कीड़े झड़ गए। अब रुकने का क्या मतलब? वापसी में सोचते रहे कि वे यहाँ आए ही क्यों? विपत्ति में बुद्धि कुंद हो जाती है।

चालीस घंटे के भूखे-प्यासे दोपहर में घर पहुँचे तो पता चला कि आज ही तहसील में नीलामी लगी है। घर में मातम पसरा था। प्रभाकर तहसील गए थे।

पाँड़े को भूख-प्यास भूल गई। तुरन्त तहसील की राह पकड़ी। लेकिन प्रभाकर बस स्टॉप पर ही मिल गए। उसी समय तहसील वाली बस से उतरे थे। बिलखते हुए बताया कि "सारी जमीन पौने तीन लाख में नीलाम हो गई... आधे घंटे में सारा खेल खतम हो गया...

"अपने रघुनन्दन ने ही तो ली नीलामी। यह न बोलते तो कोई और बोली बोलने वाला नहीं था। वे ही कोरम पूरा करने के लिए अपने बड़े भाई के साले और उनके एक पड़ोसी को लेकर आए थे। न्यूनतम सरकारी मूल्य दो लाख साठ हजार तय हुआ। उनके साले ने दो लाख पैंसठ हजार की बोली लगाई और पड़ोसी

* महुए की पूड़ी

ने दो लाख सत्तर हजार की। फिर रघुनन्दन ने बढ़ाकर दो लाख पचहत्तर हजार किया। वही अन्तिम हो गई।"

फिर तनिक रुककर बोले—"सब पहले से सधा-बधा था, बाबू। रघुनन्दन ने नायब को खरीद लिया था। माटी के मोल नीलाम हो गई।"

पाँड़े का चेहरा कठोर हो गया। उन्होंने अपने अँगोछे से प्रभाकर के बह चले आँसुओं को पोंछा और दोनों लोग चुपचाप आगे-पीछे घर की ओर चले।

पाँड़े राह चलते याद करने लगे। बहुत पुराना दाँव साधा रघुनन्दन ने। उनके पिता कनक तिवारी की एक विधवा भाभी थीं। उनके पेट में अवैध गर्भ ठहर गया। यह पचास साल पहले की बात है। बदनामी से बचने के लिए उन्हें घर में ही मार दिया गया। कहा गया कि उल्टी-दस्त से मर गईं। सबेरे सारे पड़ोसी, पट्टीदार जुटे। शवयात्रा के पहले जब पड़ोसी औरतों ने मुँह में गंगाजल डालने के लिए उनका मुँह खोला तो मुँह में कटी हुई उँगली का टुकड़ा मिला। शोर हो गया कि इनकी हत्या की गई है। साफ था कि जिसकी उँगली का टुकड़ा मुँह में मिला है, उसी ने मुँह-नाक दबाकर मारा होगा। कनक तिवारी सामने नहीं आ रहे थे। लाश तो जला दी गई। पुलिस केस नहीं बना, लेकिन कनक तिवारी सामने आए तो उनकी दाहिनी कनिष्ठा उँगली पर पट्टी बँधी थी। खोलकर देखा गया। कनिष्ठा का अगला एक-तिहाई हिस्सा गायब था। साबित हो गया कि कनक तिवारी ने ही मारा। भाभी का घर से बाहर निकलना-पैठना तो होता नहीं था। घर में पुरुष के रूप में केवल कनक तिवारी थे। यानी यह गर्भ कनक तिवारी का जन्माया था।

पंचायत हुई और कनक तिवारी को दो जीवों की हत्या और व्यभिचार का दोषी माना गया। जुर्माना लगाया गया और बिरादरी बाहर रहने का दंड दिया गया। आज तक गाँव के किसी ब्राह्मण परिवार से उनका खानपान नहीं है। उस पंचायत के सरपंच भगवत पाँड़े के पिता बाउर पाँड़े ही थे। कनक तिवारी के बड़े बेटे का विवाह तो हो गया था, लेकिन रघुनन्दन से पाँच साल बड़ी बहन का विवाह नहीं हो पाया। वे आजीवन कुँवारी रह गईं। खुद रघुनन्दन बिनब्याहे रह गए और तीस साल की उम्र में बंगाल से छह हजार में एक लड़की खरीदकर उससे ब्याह किया।

तब से कनक तिवारी का परिवार भगवत पाँड़े के परिवार से रंजिश पाले हुए था। पाँड़े के खेत नीलामी में खरीदकर आज तिवारी परिवार की छाती जुड़ा गई होगी।

दोनों लोगों का उदास चेहरा देखकर ही प्रभाकर की माँ सब समझ गईं। कोई किसी से नहीं बोला। सारा घर भाँय-भाँय कर रहा था। चूल्हा नहीं जला। अँधेरा होते ही जो जहाँ पड़ा था, वहीं पड़ा रह गया।

पाँड़े को रात-भर लगता रहा कि चारपाई उन्हें लेकर गोल-गोल घूमती हुई आसमान में उड़ी जा रही है।

पहलवान के घर में उदासी है। जब से यह लगा कि खेत में बचा रह गया गन्ना जलाना पड़ेगा, परिवार दुखी हो गया है।

इस साल गन्ना खूब सधा हुआ था। लम्बा-मोटा और घना। दो बीघे का रक़बा था। दस ट्राली तक निकलने की उम्मीद थी। गर्मी में तीन बार गुड़ाई की गई थी। पप्पू भी पूरी बाँह की कमीज और पायजामा पहनकर गुड़ाई में जुटे थे। पूरी बाँह की कमीज इसलिए कि बाँहों को गन्ने की धारदार पत्तियों से चिरने से बचाया जा सके। आग लगाए जाने से पहलवान से कम दुखी पप्पू नहीं हैं।

सच पूछिए तो गन्ने की पेराई का सही समय दीवाली से होली के पन्द्रह दिन पहले तक का है। इस समय मौसम ठंडा रहता है और खूब ओस पड़ती है। गन्ने की सूखी पत्तियों की धार ओस से इतनी नरम हो जाती है कि उन्हें छीलने या अँटियाने में हाथ में चीरा नहीं लगता। गन्ना हरा रहता है। रस से भरा रहता है। तौल में वजन पकड़ता है।

लेकिन कुछ रसूखदार लोगों को छोड़कर मिल नजदीक के किसानों को शुरुआती महीनों के लिए सप्लाई की पर्ची नहीं देती। पहले दूर के गन्ने की सप्लाई लेती है। जानती है कि पास के किसान और कहाँ जाएँगे। झख मारकर उन्हीं को सप्लाई देंगे। शुरुआती महीनों की पर्ची पाने के लिए बहुत तिकड़म लगानी पड़ती है। मुट्ठी गरम करनी पड़ती है। मुट्ठी तो गन्ने का रकबा लिखवाने के लिए भी गरम करनी पड़ती है। गन्ना ग्राम सेवक को मिला लीजिए तो बिना गन्ना बोये ही बीघे-दो बीघे गन्ने का रकबा दर्ज करा सकते हैं। उसी इन्दराज के आधार पर पर्ची जारी हो जाएगी जिसे ब्लैक करके तेज-तर्रार लोगों के लड़के मोबाइल और जूते खरीदते हैं।

पहलवान को जनवरी और फरवरी की सप्लाई के लिए दो-दो और मार्च के लिए तीन पर्चियाँ मिली थीं। उम्मीद थी कि अप्रैल के लिए भी तीन पर्ची मिल जाएँगी तो सारा गन्ना निकल जाएगा। लेकिन मार्च में एक ट्राली की सप्लाई ही कर पाए थे कि मिल बिगड़ गई। बीस दिन तक पेराई बन्द रही। अप्रैल में चली तो

फिर एक ट्राली सप्लाई की। दूसरी खेप काटकर तैयार की ही थी कि मिल ने पेराई सत्र की बन्दी घोषित कर दी। हाथ में पर्ची रहते हुए सप्लाई नहीं हो सकी। यहाँ पश्चिम की तरह के दस-बीस एकड़ की जोत वाले किसान तो हैं नहीं। छोटी-सी जोत में गृहस्थी का सारा मेल मिलाना पड़ता है। दलहन भी, तेलहन भी, आलू भी, गेहूँ भी, चरी भी, बरसीम भी। ऐसे में दस ट्राली गन्ने में चार ट्राली बेकार चली जाए तो कितना खलेगा?

अगर पूस-माघ में ही पता चल जाता कि सारी सप्लाई नहीं हो पाएगी तो कोल्हू में पेरकर गुड़ बना लेते। अब तो वह भी नहीं हो सकता! गन्ने का आधा रस तो खेत में ही सूख गया। जो रस निकलेगा, उसकी भेली नहीं बँध पाएगी। राब की तरह लीट हो जाएगा। लप्सी की तरह पसर जाएगा। गगरी में भरकर रखिए और घोलकर खुद पीजिए या बैलों को पिलाइए।

पहलवानिन गुस्से से कहती हैं—"आगे से गन्ना बोना बन्द। लू और धूप में गोड़ाई, सिंचाई करिए। कटाई, छँटाई, लदाई, ढोवाई के लिए मजदूरों की मिन्नत करिए। खरीद सेंटर पर किराए की ट्राली लिये भूखे-प्यासे दो-दो दिन तक काँटा कराने का इन्तजार करिए। घटतौली सहिए। भुगतान के लिए धरना-प्रदर्शन करिए। लाठी खाइए। यह सब सहने के लिए तैयार रहिए, तब भी खेत में जलाना पड़ रहा है। नहीं पालना ऐसा जी का जंजाल! धान, गेहूँ बो कर ही राजी रहेंगे।"

'धान-गेहूँ में ही कौन-सी बरक्कत हो जाती है? बो तो रहे हैं आजा-बाबा के समय से धान-गेहूँ।' पहलवान, पहलवानिन को जवाब देना चाहते हैं लेकिन चुप रह जाते हैं। पहलवानिन को भी यह बात पता है। वे तो बस मन का गुबार निकाल रही हैं।

पप्पू खेलावन से जानना चाहते हैं—"अभी तो किसानों का सैकड़ों बीघा गन्ना खेत में खड़ा है, काका। तब मिल ने पेराई क्यों बन्द कर दी?"

"गर्मी के चलते, बेटा। मिल वाले कहते हैं कि गर्मी बढ़ने पर ग्लूकोज की जगह सुक्रोज बनने लगता है। गर्मी से चीनी की रिकवरी भी घट जाती है। कहते हैं कि रिकवरी पौने दस प्रतिशत से कम हो जाती है तो मिल को चलाने में घाटा होने लगता है। वे घाटा क्यों सहें?"

"तो गर्मी आने के पहले सारा गन्ना क्यों नहीं पेर लेते? उस समय तो मिल बिगाड़कर बैठ जाते हैं।"

"मिल बिगाड़ना भी जरूरी होता है।" खेलावन भेद-भरी मुस्कान बिखेरते हैं—"मिल के बिगड़ने से भी मिल वालों को 'बनने' का मौका मिलता है। किसानों को अर्दब* में लेना आसान हो जाता है। कमीशन का रेट बढ़ जाता है।"

---

* दबाव

पहलवान जैसे खुद से कहते हैं—"तैयार फसल में आग लगाना जैसे जवान बेटे के सिर पर मौर बाँधने के मौके पर उसे कफन ओढ़ाना...लेकिन करना पड़ रहा है..."

सूखे तिलेठे* का बोझ सिर पर रखकर पहलवान सबेरे सूरज उगने के साथ गन्ना फूँकने निकलते हैं। उनके पीछे उनका कुत्ता झबरू। रबी की फसल कट चुकी है। आसपास के खेत खाली हैं। हवा शान्त है। यही सही समय है गन्ने में आग लगाने का।

मेंड़ पर पहुँचकर वे तिलेठे का बोझ खोलकर खेत में फैलाते हैं और सिर मेंड़ पर टिकाकर बुदबुदाते हैं—"हे ईख महरानी, माफ करना। फूँकने के लिए तो बोया नहीं था। हर कार्तिक एकादशी को पूजकर आपसे बरक्कत का आशीर्वाद माँगते रहे। आप हमारे कपड़े-लत्ते, पोत-नात और शादी-ब्याह का खर्च पूरा करती रहीं। कभी सपने में भी नहीं सोचा था कि इन्हीं हाथों से आपको आग के हवाले करना पड़ेगा! शायद फिर कभी अन्नपूर्णा बनकर आपकी वापसी हो। लेकिन आज तो फूँकना ही पड़ेगा, नहीं फूँकेंगे तो अगली फसल कैसे बोएँगे?"

वे माचिस की तीली जलाकर तिलेठे में छुआ देते हैं। गन्ने की सूखी पत्तियाँ पल-भर में आग पकड़ लेती हैं। चट्-चट् की आवाज के साथ गन्ना फटने-जलने लगता है।

झबरू दूसरे कोने से खेत में घुसकर कुछ सूँघ रहा है। उसे किसी अन्य प्राणी की मौजूदगी का एहसास हो रहा है। धुआँ खेत में फैलता है तो दूसरी ओर से सियारों का एक परिवार निकलकर जंगल की ओर भागता है। माँ-बाप और दो बच्चे। झबरू पहले से ताक में था। दौड़कर पीछे दौड़ते एक बच्चे को गिरा लेता है। बच्चा किकियाता है। सियारिन पल-भर रुककर कें-कें करते बच्चे को देखती है, फिर दूसरे बच्चे के साथ भाग चलती है।

आग पूरे खेत को अपनी चपेट में लेकर हाहाकार कर रही है। धुएँ का रेला आसमान में उठ रहा है। झबरू सियार के घायल बच्चे को तड़पता छोड़कर लौट आया है और खून सना मुँह उठाकर हाथ जोड़े खड़े पहलवान को ताक रहा है।

थके कदमों से घर की ओर लौटते हुए पहलवान सोच रहे हैं कि किसान की जिन्दगी किस काम की? एक कोना ढाँकिए तो दूसरा उघार हो जाता है। पहले कहाँ पता था कि जिन्दगी इतने गाढ़े में कटने वाली है।

उन्हें अपने स्कूल के दिन याद आने लगे। सन् 1962 की लड़ाई हो चुकी थी।

* सरसों के डंठल

सन् 1965 की लड़ाई हो चुकी थी। गाँव-देहात में फौज, सरहद, गोला, बन्दूक, पैटर्न टैंक और चीन-पाकिस्तान की चर्चा आम थी। हर नौजवान की जबान पर 'जय जवान जय किसान' का नारा था। सन् 1971 की लड़ाई शुरू हुई तो वे दर्जा सात में पढ़ रहे थे। उनका मन करता कि अगर उनकी उम्र के लड़कों की भर्ती फौज में होती तो वे भी भर्ती होने के लिए दौड़ पड़ते। जबकि उन्हें पता था कि एकमात्र पुत्र होने के कारण उन्हें गृहस्थी के काम में ही नधना पड़ेगा। तब बुल्लू पैदा नहीं हुए थे। उन दिनों ऐसा ही सोचने का रिवाज था। फौज में जाने का रास्ता बन्द होने के बाद उन्होंने खेती-किसानी में मन लगाया। एक बीघे में जितना 'शंकर धान 6444' पैदा करके दिखा दिया, उससे 130 कुंटल प्रति हेक्टेयर का रेकॉर्ड बना और उन्हें राज्य सरकार की ओर से कृषि रत्न का पुरस्कार दिया गया। लेकिन क्या फायदा? नाम होने से पेट तो भरता नहीं। इतनी पैदावार के लिए किए गए खर्च और मेहनत की तुलना पैदा हुए अनाज की कीमत से करिए तो वही ढाक के तीन पात। अब वे भी मान गए हैं कि चाहे जितना हाथ-पैर फेंकिए, किसानी के पेशे में बरकत नहीं होने वाली।

अगर उन्हें किसी ने सही समय पर आगाह कर दिया होता कि खेती-किसानी से गुजर-बसर नहीं होने वाली तो वे इस खानदानी दलदल में क्यों फँसते? वे भी पिंड छुड़ाकर किसी दिशा में भाग खड़े होते।

हाईस्कूल में पाइथागोरस की एक प्रमेय पढ़ाई जाती थी कि समकोण त्रिभुज के कर्ण पर बने वर्ग का क्षेत्रफल शेष दोनों भुजाओं पर बने वर्ग के क्षेत्रफल के बराबर होता है। इसे सिद्ध करना बहुत मुश्किल होता था। पहलवान को लगता है कि किसान की जिन्दगी की प्रमेय पाइथागोरस की प्रमेय से भी ज्यादा कठिन है। कोई बताने वाला नहीं है कि इसे हल करने वाला पाइथागोरस कब पैदा होगा?

भगवत पाँड़े को चैन नहीं है। नींद और भूख दोनों मर गई हैं। एक रोटी गले के नीचे उतारकर वे चौके से उठ गए। बिस्तर पर लेटे-लेटे अँगोछे से मच्छर उड़ाते और पसीना पोंछते रहे। जेठ की तपन है और हवा बन्द है। वे देर तक करवट बदलते रहे फिर उठकर मड़हे से बाहर आ गए। चाँदनी खिली हुई थी। थोड़ी देर

बाद उन्होंने खुद को अपने नीलाम हुए खेतों के बीच खड़ा पाया। मेंड़ पर मिठौवा महुआ शान्त खड़ा था। इसका फूल सामान्य महुए के फूल से ज्यादा मीठा होता है इसलिए इसका नाम पड़ा मिठौवा। लपसी बनाने के लिए गाँव के लोग इसी को माँगकर ले जाते हैं। पाँड़े की तीन पीढ़ियों ने कभी किसी को इनकार नहीं किया। अब यह भी खेतों के साथ नीलाम हो गया।

पाँड़े पास आकर उसके मोटे तने को सहलाने लगे। तने से महुए की एक डाल चार-पाँच हाथ की ऊँचाई से निकली, धनुष का आकार बनाती आगे जाकर जमीन की ओर इतनी झुक गई है कि बच्चे इस सिरे से चढ़कर उस पर झूला झूलते और सियरपत्ती खेलते हैं। बचपन में पाँड़े, उनके पिता और उनके बाबा भी इस पर झूल चुके हैं। जितनी दूर तक इस डाल का ओछाँह खेत में पड़ता है, उतनी दूर तक कुछ पैदा नहीं होता। पाँड़े के बेटों ने कई बार कहा कि इससे पैदावार का नुकसान होता है। इसे काट दिया जाए, पर पाँड़े राजी नहीं हुए। उनका तर्क था कि यह डाल इस पेड़ की शोभा है। समझिए हाथी की सूँड़ है। इसको काट देने से यह बूँचा हो जाएगा। बप्पा बताते थे कि जब मेरे बाबा जेल में थे तो इसी महुए को याद करके उनकी आँखों से आँसू टपकने लगते थे। जब उन लोगों ने इसे कटने से बचा लिया तो अब तुम लोग क्यों काटना चाहते हो?

पाँड़े उसके तने को सहलाते हुए बुदबुदाए—"अब क्या पता, रघुनन्दन तुम्हें जिन्दा रहने देते हैं या कटवा देते हैं..."

वहाँ से टहलते-टहलते पाँड़े खेत के दूसरे कोने पर आ गए। चाँदनी रात में अपने खेतों का विस्तार देखते रहे।

अपने खरबूजे के खेत में माचे पर बैठे पहलवान बड़ी देर से देख रहे हैं कि कोई है, जिसकी झलक चाँदनी में मिल रही है। जरूर कोई चोर है जो उनके खेत से खरबूजा चुराने की नीयत से आया है और उनकी मौजूदगी का आभास पाकर ठिठक गया है। वे भी आज देखते हैं कि यह कौन है? कब उनके खेत में घुसता है? रँगे हाथ पकड़ने का इससे अच्छा संयोग शायद ही कभी मिले।

पाँड़े वहीं मेंड़ के कोने पर बैठ गए।

इन खेतों को बचाने के लिए उनके पुरखों ने कम संघर्ष नहीं किया। उनके बाबा ने आजीवन कारावास की सजा काटी। उनके पिता ने लम्बी मुकदमेबाजी झेली। उन्हें आठ-नौ साल की उम्र में पिता के साथ बाबा से मिलने जेल जाने की याद

है। जोन्हरी का लावा और गुड़ लेकर गए थे। बाबा का चौड़ा माथा, गंजी खोपड़ी, ताँबे जैसा रंग और लम्बे-लम्बे कानों की याद उन्हें अब तक है। बाबा ने हँसते हुए उन्हें गोद में उठाकर चूमा तो उन्होंने झट अपने जूठे होंठ पोंछ लिये थे।

पाँड़े के पैदा होने के साल-भर पहले उनके बाबा को जमींदार ज्वाला सिंह की हत्या के जुर्म में आजीवन कारावास की सजा हो गई थी। उन्होंने पिताजी से कहा था कि एक बार साथ लेकर आओ। पोते का मुँह देख लूँ।

ज्वाला सिंह अपने इलाके में रियाया पर तरह-तरह के अत्याचार करने के लिए कुख्यात थे। लगान वसूल करके रसीद न देना उनके कारिंदों का खास हथकंडा था। फिर बकाया दिखाकर बेदखली की तलवार लटका देते थे। एक था छाँगुर पासी। उनके जिम्मे जिल्ले का काम सँभालता था। एक बार वह तीन दिन तक काम पर नहीं आया। ज्वाला सिंह आगबबूला हो गए। चौथे दिन हाथी पर चढ़कर खुद उसके घर पहुँच गए। छाँगुर ने आकर हाथ जोड़े—"छह महीने का बेटा बुखार में तड़प रहा है इसीलिए गैरहाजिर रहा हुजूर।"

"कहाँ है बेटा? लाओ, दिखाओ।"

छाँगुर बच्चे को गोद में लेकर आया। कपड़ा हटाकर दिखाया—दुबला-पतला, पीला बच्चा। पसलियाँ चलती हुईं। ज्वाला सिंह ने हाथी पर बैठे-बैठे बच्चे के पेट में बरछी घोंपी और हवा में उठाकर पटक दिया।

कहा—"ले, तेरी मुसीबत दूर कर दिया। अब फौरन काम पर पहुँच।"

इस घटना का बड़ा विरोध हुआ। आसपास के गाँववालों ने ज्वाला सिंह की कोठी घेर ली। उनका महावत लोगों पर हाथी दौड़ा देता। लोग पिछड़ जाते। फिर घेर लेते। दिन-भर घेराबन्दी चली। घुड़साल और भूसाघर फूँक दिया गया। पुलिस आ जाने के चलते कोठी फूँकी जाने से बच गई।

पाँड़े के बाबा भी कोठी का घेराव करने वालों में थे। जिन्होंने कोठी घेरी थी, उनके द्वारा बेबाकी के बाद भी अगले साल बेदखली की नोटिस भेज दी गई! कारिंदों ने एक-एक नाम याद करके सूची बनाई। पाँड़े के बाबा दरियाव पाँड़े के नाम भी नोटिस आई। वे इलाके के सम्मानित और प्रभावशाली आदमी थे। सारे पीड़ित उनके पास आए। तय हुआ कि पहले खुद ज्वाला सिंह से मिलकर सही बात बताई जाए और बेदखली टालने की प्रार्थना की जाए। सुनवाई न हो तो आगे की सोची जाए।

पता चला कि ज्वाला सिंह जिल्ले पर आने वाले हैं। पीड़ित किसान उनसे मिलने पहुँचे। खबर पाकर आसपास के कुछ और किसान भी जुटने लगे।

ज्वाला सिंह ने किसी की एक न सुनी। कहा—"तुम लोगों ने मेरी कोठी घेरी

थी। तुम लोगों को सबक सिखाना जरूरी है। भाग जाओ नहीं तो बाँधकर पिटवाऊँगा और रुस्तम के पैरों तले कुचलवा दूँगा।"

जनता भड़क गई, लेकिन क्या करे! रुस्तम बहुत खूँखार था। वह थोड़ी दूर पर जंजीर में बँधा झूमता हुआ पीपल की पत्तियाँ खा रहा था। महावत थोड़ी दूर पर अधलेटा था।

भीड़ में दो सगे गड़ेरिया भाई थे। कारिंदों ने चार साल में चार बार उनकी झोंपड़ी उजाड़ी थी। वे भेड़ लेकर चराने गए होते। कारिंदे आते और उनकी बूढ़ी माँ से कुछ न पाकर झोंपड़ी उजाड़ देते। दोनों भाई हर बार जंगल में थोड़ा और अन्दर जाकर फिर झोंपड़ी बनाते। वे भी जमींदार से शिकायत करने आए थे। लोगों का गुस्सा देखकर उन्होंने कहा—"हाथी का डर दिखा रहे हैं तो महावत को ही बाँध लो। महावत के बँध जाने के बाद हाथी से क्या डर? वह तो बँधा ही है।"

दोनों ने महावत के हाथ-पैर बाँधकर एक किनारे डाल दिया। भीड़ को दिशा मिल गई। वह कारिंदों और सिपाहियों पर टूट पड़ी। वे भाग खड़े हुए। ज्वाला सिंह दीवार पर टँगी अपनी बन्दूक लेने के लिए अन्दर लपके, लेकिन भीड़ के हाथों खींचकर जमीन पर पटक दिए गए। खुद को घिरा पाकर उन्होंने दरियाव पाँड़े के सामने हाथ जोड़े—"जान बख्स दीजिए, ब्राह्मण देवता! जो कहोगे, वही होगा।"

"ऊपर से जमीन साथ लेकर नहीं आए थे, बाबू ज्वाला सिंह। जिनको ऊपर वाले ने इस धरती पर पैदा किया है, उन सबको जीने-खाने का हक है। हमारे घर एक जून की रोटी जुरना पहाड़ है। हमारे बच्चे कैथा और बेल का गूदा खाकर दिन काटते हैं और आप हमारा खून चूसकर उसी पैसे से रंडी नचाते हैं। इतने पर भी पेट नहीं भरा तो बेबाकी के बावजूद बेदखली कर रहे हैं, इतना अन्याय!"

ज्वाला सिंह गिड़गिड़ाए—"किसी को बेदखल नहीं करूँगा। लिखकर ले लो। जान बख्स दो।"

दरियाव पाँड़े ढीले पड़े—"हाथ जोड़ रहा है। बचन दे रहा है। हमें बेदखली रुकने से ही मतलब है। जान लेकर क्या करेंगे?"

पीछे से कोई बोला—"नहीं, बाबा। यह गेहुँअन है। गेहुँअन को छेड़ने के बाद छोड़ने का मतलब है अपना काल बुलाना।" तभी सिर की ओर खड़े छाँगुर पासी ने फावड़े का एक सधा वार किया और ज्वाला सिंह की आधी गर्दन कटकर एक तरफ को लटक गई। खून का फौवारा छूटा और लोथ छटपटाने लगी।

इजलास पर पाँड़े ने बयान दिया—"हमने मारा। अकेले मारा। ठीक मारा। कोई पछतावा नहीं।"

सात लोगों ने यही बयान दिया—"हमने मारा। अकेले मारा। ठीक मारा।"

मारने का घाव एक और जुर्म का इकबाल करने वाले सात। जज ने दाँतों तले उँगली दबाई—"हॉरिबल!"

छाँगुर पासी को फाँसी। दरियाव पाँड़े और दोनों गड़ेरिया भाइयों को आजीवन कारावास तथा दस अन्य लोगों को मामूली सजा हुई।

लावा की गठरी बाप के हाथों में पकड़ाते हुए बताया बाउर पाँड़े ने—"जमींदारी परथा खतम हो गई, बाबू।"

"सुना तो था बेटा, लेकिन विश्वास नहीं हुआ।"

यह जानकर कि सचमुच जमींदारी प्रथा खत्म हो गई है, दरियाव पाँड़े के चेहरे पर जो खुशी छलकी उसे बयान करने के लिए शब्द नहीं बने हैं। आसमान की ओर देखकर हाथ जोड़ते हुए बोले—"अब किसानों के प्राण बच जाएँगे। आखिर खून चूसने वालों का नाश हो ही गया। किसान के सिर पर लटकती बेदखली की तलवार सदा-सर्वदा के लिए टल गई। सोचा नहीं था कि कभी ऐसा दिन भी आएगा। बेटा, मेरी तरफ से सारे गाँव में रोट बँटवा देना। रिहा हुआ तो उन खेतों को आकर भर आँख देखूँगा जो अब हमेशा-हमेशा के लिए हमारे पास रहेंगे।"

लेकिन नहीं देख सके। पाँच-छह महीने बाद जेल में ही पेचिश से उनकी मौत हो गई।

चाँद सिर के ऊपर आ गया है। रात पारदर्शी हो गई है। पहलवान को घर जाने को देर हो रही है। छोटे बेटे ने खाना खाने के लिए दो बार पुकार लगाई है। कौन है यह आदमी जो मेंड़ के कोने पर बैठा तो बैठा ही रह गया।

वे दबे पाँव चलकर पाँड़े के पीछे पहुँचे और पूछा—"कौन?"

पाँड़े जैसे चौंककर जागे—"पहलवान बच्चा!"

"अरे आप! यहाँ अकेले, इतनी रात में?"

"क्या बताएँ, बच्चा! नींद नहीं आ रही थी तो सोचा, चलो अपने खेतों से ही मिल आएँ। कल रात सपना देखा कि मेरे खेत पतंग की तरह आकाश में उड़ रहे हैं और मैं उन्हें पकड़ने के लिए पीछे-पीछे दौड़ रहा हूँ। तब से मन इन्हीं पर टँगा था। दिन में तो आ नहीं सकते थे, रात के अँधेरे में चले आए।"

"क्या कहें, बाबा! जैसा आपके साथ हुआ, वैसा दुश्मन के साथ भी न हो।"

"मन को चौबीस घंटे यही मथता रहता है बच्चा कि जिन खेतों को पुरखों ने इतनी जद्दोजहद से बचाकर रखा, उन्हें मैंने अपनी नालायकी से गँवा दिया। ऊपर जाने पर वे पूछेंगे कि ऐसा क्यों किया तो मैं क्या जवाब दूँगा?"

"धीरज रखिए, बाबा। विपत्ति में धीरज ही काम आता है। रात बहुत बीत गई

है। चलिए, आपको घर तक छोड़कर आते हैं।"

दोनों लोग मेंड़ पकड़कर आगे-पीछे चलने लगे।

अचानक पीछे मुड़े पाँड़े—"कैसे धीरज रखें, बच्चा...दस प्राणियों के मुँह में शाम को अन्न तो देना पड़ेगा, कहाँ से देंगे? कल को दोनों पोतियों की शादी करनी होगी। कहाँ से करेंगे? बेटा पुलिस की नौकरी से निकाल दिया गया। एक लाख घूस देकर भर्ती करवाए थे। वह पैसा भी डूब गया। अब हम कैसे जिएँगे?"

रात में पाँड़े ने सपना देखा, उनका मदरहवा वाला खेत हाथ जोड़े खड़ा-खड़ा पूछ रहा था—मेरी भी नीलामी हो गई क्या महराज? पाँड़े झझककर जगे। उन्हें लगा कि उनका मदरहवा वाला खेत भी कोई ले गया। वे उठकर दौड़े।

धवल वकील साहब ने सन्देश भेजा है—

> *जंगल में भटकते फिरने की जरूरत अब नहीं है। अब तुम्हारा नाम ही तुम्हारी पूँजी है। इस पूँजी को राजनीति में लगाओ। सरेंडर करने का यही सही मौका है। दलित और पिछड़ी पार्टियाँ तुम्हें हाथों-हाथ लेंगी। सिस्टम के अन्दर रहकर सिस्टम से लड़ना सीखो। फूलन को देखो। संसद तक पहुँची कि नहीं। भदोही शहर के बीच चौराहे पर उसकी मूर्ति लगी है। पुलिस से डरने की जरूरत नहीं। सीधे कोर्ट में सरेंडर करा दूँगा। पाँच-सात साल में लाल बत्ती की गाड़ी पर चलने लगोगे। वक्त-जरूरत पर हम लोगों के काम भी आओगे।*

जंगल में साथियों के साथ बैठा जंगू रात-भर सोच-विचार करता है और भोर में जवाब लिखता है—"मजबूर हूँ वकील साहब। मेरा मिशन अभी अधूरा है। आततायियों से धरती का मुक्त होना अभी बाकी है।"

खाली खेतों में दुपहरिया मनक रही है। लू के बवंडर उठ रहे हैं। आधा आषाढ़ बीत गया है, लेकिन अभी पानी की एक बूँद नहीं पड़ी। आम का झरौता हो गया है। आम के लालची बच्चों और रखवालों से बाग खाली हो गया है। रखवालों के तख्त बाग में लावारिस पड़े हैं। एक तख्त पर पैर पटक-पटककर पाँड़े बाबा चेतावनी दे रहे हैं।

अपनी करनी की सजा पाएँगे अब अट्ठानबे।
एक के बदले में मारे जाएँगे अट्ठानबे॥

पाँड़े के दिमाग में रह-रहकर विचलन आ जाता है। तब वे अपनी नौटंकी की दुनिया में लौट जाते हैं। अदा किए गए पार्ट के संवाद बोलने लगते हैं। यह संवाद 'वीर अभिमन्यु उर्फ जयद्रथ वध' में अर्जुन का है।

जिस दिन अभिमन्यु को चक्रव्यूह में घेरकर मारा गया, उस दिन अर्जुन संसप्तकों से लड़ने के लिए मुख्य युद्धभूमि से दूर चले गए थे। शाम को लौटे तो पता चला कि आज उनका लाल युद्धभूमि में खेत रहा है। सातों महारथियों ने निहत्थे अभिमन्यु को घेरकर मारा है और जयद्रथ ने मृत अभिमन्यु के सिर पर लात से प्रहार किया है। वे क्रोध से काँपते हुए प्रण करते हैं कि जयद्रथ को तो वे कल सूर्यास्त से पहले-पहले यमलोक पहुँचाएँगे, साथ ही अब तक जीवित बचे जिन कौरवों ने निहत्थे अभिमन्यु को अनीति से मारा है, वे अट्ठानबे भी उनके हाथों मारे जाएँगे।

पहलवान ने पाँड़े बाबा के मुख से यह संवाद कई बार सुना है। रौद्र रूप धारण किए हुए अर्जुन के रूप में जब गुस्से से पैर पटकते थे तो तख्तों की चूलें हिल जाती थीं। जब-जब धनुष पर बाण तानते, दर्शक अपने आगे बैठे लोगों की आड़ में अपना सिर छिपा लेते कि कहीं गुस्से से पागल हो रहे अर्जुन का बाण बहककर उनको न आ लगे।

धान की बेरन डालने के लिए बेहनौरा भर रहे पहलवान देर से पाँड़े की दहाड़ सुनकर दुखी हो रहे हैं।

पाँड़े बाबा बाग से निकलकर खेतों की ओर बढ़ते हैं। पहलवान समझ जाते हैं कि नंगे खल्वाट सिर पर पड़ती प्रचंड धूप से आधे घंटे में ही वे भाड़ में लावा की तरह भुन जाएँगे। उनसे रहा नहीं जाता। वे पाँड़े बाबा की ओर लपकते हैं।

पास आने पर पाँड़े की नजर उन पर पड़ती है। वे रुकते हैं और हाथ उठाकर पहलवान को सम्बोधित करते हुए अत्यन्त करुण स्वर में आलाप लेते हैं—

पास लाखों करोड़ों का जर माल था।
एक दिन मेरा राजन जमाना रहा।

आज इस हाल में फिर रहा दर-बदर
पेट भरने का भी ना ठिकाना रहाऽऽ
आज इस हाल में...

पहलवान आगे बढ़कर पाँड़े को अँकवार में भर लेते हैं...

गृहस्थी का सारा दारोमदार अब प्रभाकर के जिम्मे आ गया है। पाँड़े जी इधर-उधर भटकते रहते हैं। दिवाकर या तो चौराहे की ड्यूटी करते हैं या अपनी बर्खास्तगी के मामले में दौड़-धूप करते रहते हैं। दिवाकर की पत्नी अपने बच्चों के साथ मायके में है। दिवाकर की माँ ने सन्देश भिजवाया है कि दुर्दिन अपने घर में रहकर काटना चाहिए। मायके में ज्यादा दिन रहने से मान घटता है। सावन बीतने के बाद दिवाकर को विदाई कराने भेजूँगी। चली आना।

प्रभाकर किसी चमत्कार की उम्मीद में बीच-बीच में तहसील और कचहरी के चक्कर लगा आते हैं। सुबह निकलते हैं तो दिन-भर भटककर पहर रात बीते लौटते हैं।

एक दिन कचहरी परिसर में हाई कोर्ट के एक वकील साहब के मुंशी से भेंट हो गई। प्रभाकर की विपत्ति सुनकर कहा—"मेरे वकील साहब से मिल लो। वे हाई कोर्ट से नीलामी खारिज करा देंगे।"

नए मुवक्किल की तलाश में वकील साहब शनिवार के दिन जिले के दौरे पर आते थे। बगल के होटल में ठहरे थे। प्रभाकर के कागजात देखने के बाद आश्वस्त किया—"गारंटी के साथ नीलामी खारिज करा देंगे।"

"कैसे कराएँगे?"

"चाहें जैसे कराएँ। आपको काम से मतलब।"

"फीस क्या लगेगी?"

"पचास हजार मेरी और पाँच हजार मुंशी की।"

प्रभाकर बड़ी देर तक सोचते रहे, फिर कहा—"मान लीजिए, बीबी का गहना-गुरिया बेंचकर आपकी फीस जुटा भी लें तो यह विश्वास कैसे करें कि आप जो कह रहे हैं, उसे करके दिखा देंगे।"

"देखिए, यह तो बिजनेस सीक्रेट है। नहीं बता सकते। इतना कह सकते हैं कि

वकील के तरकस में हजार तीर रहते हैं। जो कारगर हो उसे चलाया जाता है।"

"वकील साहब, हम पहले ही बरबाद हो चुके हैं। अब और जुआ खेलने की ताब नहीं रह गई है।"

"जुआ नहीं खेलना। सुप्रीम कोर्ट की नई-नई रूलिंग आई है। उसी से सी.पी. सी. की दफा 60 में सेंध लगा दूँगा। श्योर शॉट!"

"ठीक है, घर पर सलाह करेंगे।"

घर बात करने पर एक ही सवाल मुँह बा कर खड़ा हो गया—इतना पैसा आएगा कहाँ से? पाँड़े जी से चर्चा करने का कोई मतलब नहीं है। उनकी तबीयत और खराब हो जाएगी।

तीनों प्राणी कई रात सिर जोड़कर सोच-विचार करते रहे। गहने बेचने के अलावा और कोई सूरत नजर नहीं आई।

प्रभाकर बहू का कहना था कि गहने देने में उन्हें कोई एतराज नहीं है। जितने दिन बदा था, पहनने का शौक पूरा हो गया। खेत वापस मिल गए तो फिर गढ़ा लिये जाएँगे। लेकिन फैसला मनमाफिक न हुआ तब? साल, दो साल में बेटी ब्याहना जरूरी होगा। नए गहने गढ़ाने की औकात तो पहले भी नहीं थी। सोचा था कि अपने ही गहने तुड़वाकर उसके लिए गढ़ा दूँगी।...अब जैसा आप लोग ठीक समझें।

फैसला कोई सामान तो है नहीं कि इस हाथ से पैसा दो, उस हाथ से सामान लो। कहने को तो हर वकील जीतने की गारंटी देता है।

मामला लटका रह गया।

ऐसे में एक दिन वकील साहब का मुंशी घर तक पहुँच गया।

"क्या सोचा आप लोगों ने? अपील की भी एक मियाद होती है।"

"इतनी फीस हमारी औकात से बाहर है।"

"चलिए, दस हजार जीतने के बाद दे दीजिएगा।"

फिर सोच-विचार हुआ। अन्ततः प्रभाकर की माँ ने कहा—"बेटियाँ बाँस की तरह बढ़ती हैं। समय से उन्हें ब्याहना भी जरूरी है। इसलिए बहू से पहले मेरे गहने बेचकर देखो। उससे पूरा हो जाय तो ठीक, नहीं तो दूसरा रास्ता खोजा जाएगा।"

फीस की रकम पूरा करने के लिए दुआर की नीम बेचनी पड़ी। कितनी छतनार नीम थी। दरवाजे की शोभा थी। सैकड़ों चिड़िया शाम को उस पर बसेरा लेती थीं।

पाँड़े कहीं से भटककर लौटे तो नीम पर कुल्हाड़े चल रहे थे। वे बिना कुछ बोले रुककर कुल्हाड़ों का चलना देखते रहे। उन्हें लगा कि रघुनन्दन ने उनकी नीम भी नीलाम करवा ली।

भादों की अँधियारी रात्रि। असंख्य टिमटिमाते जुगनू। मेघाच्छन्न आकाश। दूर से आती मेघ गर्जन की आवाज। रह-रहकर बिजली कौंध जाती है। चुहचुइया अनवरत झंकार रही है। इन सबके ऊपर अँधेरे में भटकते पाँड़े की फटी-फटी आवाज सोते हुए लोगों के कान में पड़ रही है।

मोसे नैना लड़ाइ ले गुजरिया
मोसे नैना लड़ाइ ले...

अपनी कोठरी में सोई अनारा के कान में यह टेर पड़ती है तो वे बेचैन हो जाती हैं। यह गीत 'हीर रांझा' और 'सुल्ताना डाकू' के खेला का युगल गीत था। वही तो हैं पाँड़े की हीर और फूलकुँवरि। इस गीत को जाने कितनी बार उन्होंने पाँड़े के साथ गाया है। इसे गाते हुए पाँड़े के साथ जब-जब वे मंच पर उतरतीं, समाँ बँध जाता था। पाँड़े तब गबरू जवान थे। बड़ी-बड़ी बोलती आँखें, लम्बी जुल्फी, झलक मारती दाँतों की पंक्ति, कटार-सी मुस्कान। राजा बनें चाहे डाकू, हर पार्ट में कमाल कर देते थे। वे खुद भी तो तब सिर्फ अठारह साल की थीं।

युवा होती अनारा पर पाँड़े की नजर पड़ी। एक-दो बरातों में उनका मुजरा सुनने को मिला। कोकिलकंठी—कानों में अमृत घोलने वाली। क्या रूप! क्या यौवन! क्या लोच! आलाप लेतीं तो लगता कलेजे में बरछी धँसी जा रही है। रत्न!

"अनारा को मुझे दे दीजिए, चाची। मुँहमाँगी तनखा दूँगा।" पाँड़े ने अनारा की माँ से कहा।

"हटो, महराज। यही तो उसके कमाने के दिन हैं। सूखी तनखा से क्या होगा?"

लेकिन पाँड़े ने पीछा नहीं छोड़ा। दो साल तक पीछे पड़े रहे। हारकर मानना पड़ा अनारा की अम्मा को। और अनारा का साथ पाकर पाँड़े की नौटंकी कम्पनी का सितारा आसमान पर पहुँच गया।

हीर का रोल करते-करते वे खुद को पाँड़े की हीर मानने लगीं। पाँड़े पर दिलोजान से फिदा हो गईं। पाँड़े मिल जाएँ, चाहे सारी दुनिया छूट जाए। मन करता कि पाँड़े को कलेजे में छिपाकर कहीं भाग जाएँ। मगर क्या करें, डायलॉग तो वही बोलने थे जिसकी इजाजत खेला देता था!

"क्या मिलेगा तुमसे नैना लड़ाकर, नौजवान? क्या है तुम्हारे पास मुझे देने के लिए? मैं तो सिपहिया से नैना लड़ाऊँगी जो मुझे सोने की गढ़ी में रखेगा। चाँदी के बरतन में खिलाएगा। चंदन के पलंग पर सुलाएगा।"

"मैं तुम्हें अपने दिल में रखूँगा, रानी। अपने हाथ से खिलाऊँगा। अपनी गोद में सुलाऊँगा।"

...लेकिन नहीं मानती हीर...उसके प्यार को ठुकरा देती है। उसी का नतीजा है कि आज उसका प्रेमी पागल होकर दर-दर भटक रहा है।

लेटे नहीं रहा जाता अनारा से। वे कोठरी से बाहर आ जाती हैं। घुप्प अँधेरे में कुछ सूझ नहीं रहा है। वे आवाज की दिशा में देखते हुए कुछ देर तक खड़ी रहती हैं, फिर धीरे-धीरे आगे बढ़ती हैं।

इस अन्धकार में कीचड़-काँदो और कुश-काँटों के बीच पगलाए घूम रहे हैं पाँड़े। वे शोक में डूब गई हैं।

पाँड़े के खेत नीलाम होने की खबर उन्हें कई दिनों बाद मिली। उन्होंने अपनी नौकरानी को भेजकर सन्देशा दिया—'फौरन आकर मिलें।'

वे इन्तजार करती रहीं। उस दिन नहीं आए पाँड़े। अगले दिन भी नहीं आए। आए तीसरे दिन अँधेरे में।

पाँड़े का हाथ पकड़कर वे उन्हें पक्के घर के आँगन में ले गईं। एक कोने में बने चूल्हे को लालटेन की रोशनी में दिखाती हुई बोलीं—"इसी के नीचे खोदिए। आपकी जरूरत भर का मिल जाएगा। बेचकर अपना कर्ज पटा दीजिए।"

पाँड़े उनका मुँह देखने लगे।

"आगा-पीछा मत सोचिए। वेश्या का धन लेने में हिचक रहे हैं न? किसी को पता नहीं चलेगा।"

पाँड़े ने अनारा को भुजाओं में भर लिया। दोनों के आँसूँ एकाकार होने लगे।

"तुमने कह दिया तो मुझे मिल गया। देखता हूँ कि क्या हो सकता है?"

अनारा इन्तजार करती रहीं, लेकिन नहीं लौटे पाँड़े...

प्यारी कंगाल किसको समझती है तू।
मेरी दौलत जमा है अमीरों के घर॥

आवाज से लगता है कि पाँड़े इधर ही आ रहे हैं।

वे पाँड़े से इतनी अभिन्न हो गई थीं कि एक बार फूलकुँवरि का पार्ट करने से ही इनकार कर दिया था। खेला में ही सही, वे पाँड़े से बेवफाई करने के लिए तैयार नहीं थीं। बहुत समझाना पड़ा था।

शायद उनकी बेवफाई के कारण ही उनका सुल्ताना आज बन-बन भटक रहा है।

जब कहेगी मैं ढो करके ले आऊँगा
हीरे मोती से भर दूँगा मैं तेरा घर।

अरे, ये तो एकदम दुआर पर ही पहुँच गए! वे पीछे मुड़ती हैं और अपनी कोठरी में जाकर अन्दर से साँकल चढ़ा लेती हैं।

जंगू चाहिए। जिन्दा नहीं, मुर्दा। फरमान ऊपर से आया है।

जब से सूबे में दलित पार्टी की सरकार बनी है, यह खबर पूरे इलाके में गूँज रही है कि जंगू दलित मुख्यमंत्री का अपमान करता है, कि जंगू को दलित पार्टी में ब्राह्मणों को शामिल करना पसन्द नहीं आया। वह कहता है कि दलितों की पार्टी तो मिट गई ब्राह्मण सम्मेलन कराकर। उनकी नेता तो ब्राह्मणों के घर बैठ गईं। किसी को पता नहीं है कि जंगू ने यह बात कब, कहाँ और किससे कही? पर विश्वास सभी कर रहे हैं। विश्वास कर रहे हैं और जोर-शोर से प्रचारित कर रहे हैं।

दुनिया देख चुके लोग मान रहे हैं कि अब जंगू के दिन पूरे हो चुके। वैसे भी एक दलित को डाकू के रूप में कोई कब तक बर्दाश्त कर सकता है? बर्दाश्त ही करना पड़े तो वह मान सिंह, मोहर सिंह, पान सिंह, अनार सिंह जैसा खानदानी तो हो। मुश्किल यह है कि उसका गैंग न औरतबाजी का शौक रखता है, न दारूबाजी करता है, न मोबाइल रखता है।

भादों का महीना है। पहाड़ी पर जंगू गैंग के मौजूद होने की सूचना पक्की है। मुखबिर दोपहर में सादे कपड़ों वाले एक इंस्पेक्टर को पहाड़ी के सबसे ऊँचे पेड़ पर चढ़ाकर डाकू दल की लोकेशन दिखा लाया है।

जंगल फूला हुआ है। कल्याणी उमड़कर बह रही है। ऑपरेशन के लिए सटीक समय है।

अचूक सफलता के लिए Lure Ambush Tactic अपनाई जानी है। तीन पुलिस पार्टियाँ बनाई गई हैं। एक पहाड़ी को उत्तर-पूरब से कवर करेगी। दूसरी पश्चिम-उत्तर से। पहाड़ी के पश्चिम और दक्षिण नदी बह रही है। तीसरी पार्टी नदी के दूसरे किनारे पर घाटी में दक्षिण की तरफ से पोजीशन लेगी। पहली और दूसरी पार्टी की गोलीबारी से घबराकर डाकू दल नदी के रास्ते भागना चाहेगा। तब घाटी में पोजीशन लेकर बैठी पार्टी नदी में ही पूरे गैंग को जलसमाधि दे देगी।

लोहे के पुल के पास अपने ठीहे पर बैठा अबरार होमगार्ड गजराज को दूर से आता देख सामने रखी मछलियों पर जोर-जोर से पानी छिड़कते हुए बड़बड़ाता है—"रिटायरमेंट के बाद इन पुलिसवालों का पेट कैसे भरता होगा? तब तो हर चीज का पैसा देना पड़ता है।"

गजराज होमगार्ड वाली गोल कत्थई टोपी उतारकर पुलिस वाली लाल तिकोन की लम्बी टोपी पहन रहा है। अबरार जानता है कि ऐसा वह अपना रुतबा बढ़ाने के लिए करता है। हो सकता है रिश्तेदारी में खुद को दारोगा बताता हो। शेखीबाज और बड़बोला है। घमंड इतना कि जैसे थाना इंचार्ज यही लगा हो।

"जै हिन्द, सर।" अबरार ने सिर झुकाया।

"दस किलो रोहू। फौरन।"

"दस किलो? हमेशा तो दो किलो जाती थी।"

"आज जमघट होगा। पाँच मुर्गे भी चाहिए।"

"कहाँ गाज गिरने वाली है?"

"जहाँ कहो, गिरवा दूँ।"

"खाक गिरवा दोगे। झूठ-मूठ का ताव दिखाते हो। जंगुआ इतने दिन से आग मूत रहा है। उसका तो कुछ उखाड़ नहीं पाए।"

गजराज के नथुने फूलने लगे, लेकिन कुछ बोला नहीं। तेज नजरों से अबरार को घूरने लगा। अबरार की अनुभवी आँखों ने गजराज की आँखों की भाषा को पढ़ना चाहा।

जाते हुए गजराज आदत के विपरीत अबरार की ओर देखकर मन्द-मन्द मुस्कराया।

इसका मतलब—कुछ बता रहा है या छिपा रहा है? गजराज के जाते ही अबरार ने ठीहे पर बेटे को बैठाया और नदी पार करके पहाड़ी की झाड़ियों में गुम हो गया।

सन्देशवाहक से कहा—"नेताजी से कहना कि रात गरजना-बरसना हो सकता है।"

"बादल तो कहीं दिखते नहीं?"

"बादल को पैदल आना है क्या?"

रात साढ़े तीन बजे का समय रहा होगा। पहले पूर्वोत्तर की पार्टी ने फायर झोंका। फिर उत्तर-पश्चिम की पार्टी ने।

तभी नदी के उस पार दक्षिण की ओर से मोर्चा सँभालकर बैठी पार्टी ने पानी में कई लोगों के कूदने की आवाज सुनी। अँधेरे में कुछ अधिक काले बिन्दुओं की तरह गतिमान परछाइयाँ मध्यधारा में पहुँचीं तो आदेश हुआ—फायर।

नई-नई सप्लाई हुई इंसास राइफलें परछाइयों को निशाने पर लेकर गरज उठीं।

एक भी जवाबी फायर नहीं आया तो सर्च लाइट फेंकी गई! दस-बारह मरे-अधमरे नीलगाय नदी की धारा में ऊभ-चूभ करते बहे जा रहे थे।

नदी में नहाकर गीली धोती बदले बिना ही पाँड़े बाबा तट के बालू पर पालथी मारकर बैठ गए और झूम-झूम कर उच्च स्वर में पाठ करने लगे—*जब गड़ दस तमहरन भरन मन गंगा...*

गोरू चराते बच्चे पास आ गए। पूछा—"क्या गा रहे हैं, बाबा?"

"अष्टाध्यायी है बच्चा। आओ, सीखोगे?"

बच्चे हँसते हुए पीछे हटे—पागल पाँड़े।

मंत्र-पाठ रुक गया। सिर घुमाकर डाँटा—"शट अप। आई नाट मैड, नाट बैड, सिर्फ सैड।"

घाट पर स्नान करने वाले लोग पाँड़े की हालत पर दुखी हुए। इनमें से कई लोग जब बच्चे थे तो पाँड़े के बाजार से लौटने का इन्तजार करते थे कि गट्टा खाने को मिलेगा। जवान पाँड़े खुशदिल और बच्चों के प्रिय थे। पाँड़े को देखकर बच्चे समूह में गाते—

पाँड़े मारेन मछरी, पँड़ाइन बनईं झोर।
पाँड़े लागेन जेवैं, पँड़ाइन का लइगा चोर।

पाँड़े बाबा चिढ़ने और क्रोधित होने का अभिनय करते। खदेड़ते। झुककर ढेला खोजने लगते।

अगर पाँड़े उधर से गुजर रहे हों और बच्चों की नजर उन पर न पड़े तो वे खुद अपनी मौजूदगी की सूचना देते—"खबरदार बच्चो! अगर आज फिर चिढ़ाए तो जान लो, बहुत मार खाओगे।"

और बच्चों को चिढ़ाने की याद आ जाती। पाँड़े 'पकड़ो पकड़ो' कहते हुए उन्हें दौड़ाते—"बहुत मारब। बहुत मारब।"

पास पहुँचने पर पाँड़े हँसते हुए कहते—"अच्छा, चुप हो जाओ तो गट्टा देंगे।"

बच्चे चुप हो जाते और कभी दो-दो गट्टा तुरन्त पा जाते, कभी पाँड़े कहते—"ऐसे नहीं देंगे। पहले मुझे मौसिया कहो। बोलो—मौसिया, गट्टा दे दो।" बच्चे दुविधा में फँस जाते। कहें कि न कहें? मौसिया कहने में कोई फसंत तो नहीं है?

लेकिन छोटे बच्चे पाँड़े के हाथ में दिख रहे सफेद मीठे गट्टों का लोभ संवरण न कर पाते और मौसिया-मौसिया कहते हुए हथेली फैला देते। पाँड़े हँसते हुए उनके गाल थपथपाते और दोनों हथेलियों पर एक-एक गट्टा रख देते। धीरे-धीरे सारे बच्चे पाँड़े की शर्त मान लेते। तब पाँड़े एक और 'एडवाइजरी' जारी करते—"जाकर अपनी अम्मा से बता देना कि तुमने पाँड़े बाबा को अपना मौसिया बना लिया है।" ज्यादातर बच्चे अपनी माताओं को यह सूचना न देते और जो देते उनकी माताएँ देर तक हँसतीं।

कभी-कभी स्कूल आते-जाते बच्चों को पाँड़े राह में रोककर पूछते—"किस दर्जे में पढ़ते हो?"

"चार में।"

"कै तक पहाड़ा याद है?"

"बीस तक।"

"तो बताओ, कै नवाँ मुँह चुम्मी क चुम्मा?"

बच्चे चुप। चुम्मी-चुम्मा तो अभी पढ़ाया नहीं गया!

"नहीं पता? तब क्या पढ़ाते हैं तुम्हारे गुरुजी? जाकर उनसे कहना कि पाँड़े ने उन्हें फेल कर दिया।"

"तो आप ही बता दीजिए।"

“सात नवाँ कितना होता है? तिरसठ न? तिरसठ के छह और तीन एक-दूसरे का मुँह चूमते हैं कि नहीं? तो सात नवाँ मुँह चुम्मी क चुम्मा हुआ।”

नदी किनारे से उठकर पाँड़े मैदान में चर रहे पशुओं के बीच पहुँच गए। एक चरवाहे से उसकी लाठी ली। अँगोछे को सिर में गोल-गोल लपेटा और माथे पर मोरपंखी की जगह आम का पल्लव खोंसकर कृष्ण के भाव में आ गए। पशुओं को हाँककर बड़की बगिया की ओर ले जाने लगे। बोले—“इन्हें चराने वृन्दावन ले जा रहा हूँ।”

ऐसे ही कई दिन पहले ईसा मसीह के भाव में आ गए थे। भूसी चौधरी की कमरी और लाठी ले ली। एक सफेद भेड़ के बच्चे को गोद में उठा लिया और रेवड़ को हाँककर जंगल की ओर ले जाने लगे। बोले—“इन्हें चराने यरुसलम की ओर ले जा रहा हूँ।”

माठा बाबा कहते हैं—“अभी तो बैताली की बकरियों पर नजर पड़ना बाकी है। पड़ गई तो मोहम्मद साहब के भाव में आ जाएँगे। कहेंगे, इन्हें चराने के लिए मक्का-मदीना ले जाऊँगा।”

सबको हँसाने वाले पाँड़े को आज इस हाल में देखकर लोग दुख के सागर में डूब जाते हैं। औरतों की आँखों में आँसू आ जाते हैं।

तूफानी हैरान है। उसे झटके पे झटका लग रहा है। इस बार पार्टी ने अगले साल होने जा रहे विधानसभा चुनाव के उम्मीदवारों की सूची जारी करने की शुरुआत कई महीना पहले से कर दी है। इससे उम्मीदवारों को अपने क्षेत्र के मतदाताओं से सम्पर्क करने के लिए पर्याप्त समय मिल सकेगा।

अब तक जारी तीन सूचियों में एक-तिहाई नाम ब्राह्मणों के हैं। सूची देखने से लगता है कि टिकट के लिए सबसे उपयुक्त उसे माना गया है जो ब्राह्मण हो, बाहुबली हो और पार्टी कोष में मोटी रकम जमा करने की हैसियत भी रखता हो। दूसरी प्राथमिकता पार्टी फंड में मोटी रकम जमा करने वाले सवर्ण या मुस्लिम बाहुबली को है। आरक्षित सीट के लिए भी गाँठ का पूरा होना अनिवार्य शर्त है। इससे लम्बे समय से पार्टी में जीवन खपाने वाले कर्मठ कार्यकर्ता

बिलबिला गए हैं। इसका मतलब मिशन के लिए मार-गारी सहने वाले कार्यकर्ताओं का कोई मोल ही नहीं रहा। थैली और जाति परधान हो गई। थैली का कोई इन्तजाम भी कर ले, लेकिन ब्राह्मण कैसे बने? पार्टी को इसका उपाय भी बताना चाहिए!

तूफानी ने खुद इस बार टिकट का दावा नहीं किया है। टिकट पाने के लिए मोटी रकम चाहिए। उसके पास रकम कहाँ है? अगर संघर्ष और त्याग का कोई मूल्य होता तो उसे बुलाकर टिकट दिया जाता। दिया जाता तो उसका इतना जनाधार था कि जीत भी जाता। अगर उसने अपनी जिन्दगी के कीमती दो दशक पार्टी संगठन में बर्बाद न करके प्रैक्टिस जमाने में लगाए होते तो हो सकता है, आज वह भी पैसे से टिकट खरीदने की हैसियत में होता।

"कहाँ तो पार्टी की स्थापना ब्राह्मणों के फंदे से दलितों-पिछड़ों को मुक्त कराने के उद्‌देश्य से की गई थी और कहाँ अब पार्टी खुद उन्हीं के फंदे में फँस रही है। खुद ब्राह्मण सम्मेलन कराकर अपनी जड़ खोद रही है। भला बताइए, अब ऐसा समय आ गया कि दलितों-पिछड़ों की पार्टी को ब्राह्मण चलाएँगे। अपनों का हाथ नहीं पकड़ रही हैं, दूसरों का पैर पकड़ रही हैं।"

"जिनको ये जमीन में बैठाकर खुश हो रही हैं वही एक दिन इनको जमीन में गाड़ देंगे।"

तूफानी को याद आता है, उसका एक ब्राह्मण सहपाठी पार्टी में शामिल होना चाहता था। वह उसे मान्यवर के पास ले गया। मान्यवर ने उस लड़के से तो कुछ नहीं कहा, लेकिन तूफानी को अलग बुलाकर डाँटा—"क्या करने जा रहे हो? ब्राह्मण नीबू की उस अकेली बूँद के समान है जो कड़ाह-भर दूध को फाड़ देती है। ऐसी गलती कभी न करना।"

और आज क्या हो रहा है?

कैडर में हताशा और असन्तोष की बात ऊपर तक पहुँच गई है। सबको राजधानी बुलाया गया है। पार्टी के नए थिंक टैंक रूठे कैडर को मनाने के लिए बौद्धिक क्लास ले रहे हैं। हॉल के दरवाजे चारों तरफ से बन्द कर दिये गए हैं। सबके मोबाइल फोन हॉल के बाहर रखवा लिये गए हैं। यह अत्यन्त गोपनीय मीटिंग है। यहाँ की कोई बात कभी भी हॉल के बाहर नहीं जानी चाहिए।

...आपकी शिकायत है कि पार्टी ब्राह्मणों को साथ क्यों ले रही है? आप बताइए राजनीति का लक्ष्य क्या है? सत्ता। सत्ता जादू की छड़ी है। सत्ता अलादीन का चिराग है। सब कुछ उसी से हासिल होता है। इसलिए जैसे

भी मिले, उसे हासिल करना है। सत्ता हासिल करने के लिए गुण-अवगुण दोनों की जरूरत पड़ती है। ब्राह्मणों के पास दोनों हैं। उनके पास धन भी है, बुद्धि भी है, ज्ञान भी है, आत्मबल भी है और मनबढ़ई भी है। वे धूर्त भी हैं, छलिया भी हैं, मिठबोले भी हैं और सबसे बड़ी बात कि उनमें विश्वासपात्र बनने का गुण है। वे दुर्मुख नहीं होते, मूर्ख नहीं होते, लंठ नहीं होते। वे हर 'खेला' खेलने के उस्ताद होते हैं। यह सारी खूबियाँ उन्हें एक दिन में नहीं मिल गईं, हजारों साल में मिली हैं। लम्बी साधना से मिली हैं। यह उनके जीन्स में हैं। और आपके समाज के पास क्या है? इनमें से एक भी नहीं। न गुण, न अवगुण। इनको हासिल करने में हमें हजार साल लगेंगे। लेकिन सत्ता हमें आज चाहिए। जो अपने बूते मिलने वाली नहीं। अपने संख्याबल के साथ उनकी बुद्धि और चतुराई मिलाकर ही हम अजेय बन सकते हैं। इसलिए इनका साथ पकड़ना हमारी मजबूरी है। इनके सहयोग से प्राप्त सत्ता का उपयोग हम अपने गरीब भाइयों के कल्याण में करेंगे। इसी को क्रान्ति कहते हैं—दूसरे की शक्ति और बुद्धि को अपने हित में प्रयोग करना। हमारी नेता ने, हमारी पार्टी ने बहुत क्रान्तिकारी कदम उठाया है। हम सबको मिलकर इसे सफल बनाना है। जिसकी जिस क्षेत्र में ड्यूटी लगाई जा रही है, वहाँ के पार्टी उम्मीदवार से तालमेल बिठाकर जैसे भी हो उसे जिताना है। सत्ता प्राप्त होते ही सारे कार्यकर्ताओं को उनकी मेहनत के अनुसार समुचित पद पर समायोजित किया जाएगा। जाइए, कमर कसकर पार्टी उम्मीदवार के साथ लग जाइए।

नए नारे नोट करिए और जन-जन तक पहुँचाइए—

पंडित शंख बजाएगा।
हाथी बढ़ता जाएगा।

और—

हाथी नहीं गणेश है।
ब्रह्मा विष्णु महेश है।

घर लौटकर तूफानी कई दिन तक खुद को और कार्यकर्ताओं को समझाने की कोशिश करता रहा कि पार्टी के इस कदम को क्रान्तिकारी मानकर स्वीकार कर लिया जाए।

"कैसे कर लिया जाय? बीस साल पहले आपने ही तो दर्जनों बार प्रतिज्ञा कराई थी कि ब्रह्मा, विष्णु, महेश में विश्वास नहीं करूँगा।"

तूफानी की बोलती बन्द हो जाती है।

तभी चौथी सूची जारी हुई। इस सूची में पार्टी ने चन्द्रकांत ओझा को उसी क्षेत्र से उम्मीदवार बनाया है जहाँ से वे पाँच साल पहले रामवादी पार्टी से चुनकर मंत्री बने थे। पिछले साल उन्हें भ्रष्टाचार के आरोप में उस पार्टी से निकाल दिया गया था। छह महीने पहले ही वे राजरानी की पार्टी में शामिल हुए थे। तूफानी को अच्छी तरह याद है, सन् 1991 के चुनाव में यही आदमी चौराहे पर चीख-चीख कर भाषण दे रहा था कि हम हिन्दुस्तान को चमारिस्तान नहीं बनने देंगे। इसी ने कोल्ड स्टोरेज से मुक्त करने के पहले तूफानी के पीछे लात मारी थी। इसी के चुनाव क्षेत्र में योगदान देने के लिए कल शाम तूफानी को पार्टी का फरमान मिला है। यह खबर पढ़ते ही तूफानी के कान में फिर सीटी जैसी बजने लगी।

शाम को आसपास के पार्टी कार्यकर्ता तूफानी के आँगन में बैठकर विचार-विमर्श कर रहे हैं। सभी दुखी हैं। निराश हैं।

"मैं तो उस हरामजादे माफिया का चुनाव प्रचार करने किसी कीमत पर नहीं जा सकता। उसका मुँह नहीं देख सकता।"

"हमारा क्या होगा? जब हमारी नेता ही ब्राह्मणों की गोद में बैठ गईं..."

"बहन राजरानी से बहुत उम्मीदें थीं।"

"पहले लड़ाई में उतारा। चार जूता मारने का नारा दिया। अब चौराहे पर निहत्था खड़ा कर दिया।"

"मान्यवर की कमाई मिट्टी में मिल गई।"

"बाबा साहब का सपना टूट गया। समय का चक्र घूमते-घूमते फिर वहीं पहुँच गया, जहाँ से चला था।"

"नहीं, उससे भी हीन दशा में। पहले सत्ता नहीं थी, पर सपना तो था। ब्राह्मणवाद से मुक्ति का सपना। मनुवाद से मुक्ति का सपना। अपमान, अन्याय और अत्याचार से मुक्ति का सपना। अब हम अपने लोगों को फिर वही सपने कैसे दिखा सकेंगे? कौन हमारा यकीन करेगा? कौन हमारे साथ खड़ा होगा? यह मामूली नुकसान नहीं है!"

कहाँ रहती है सरकार

पाँड़े का इलाज शहर के नामी डॉक्टर से हो रहा है। ज्यादातर शान्त रहते हैं। कभी- कभी भागने या बड़बड़ाने लगते हैं। ठीक रहते हैं तो घर-गृहस्थी के छोटे-मोटे काम करते हैं। दुआर-मोहार बुहार लेते हैं। गाय-भैंस को चारा डाल देते हैं। गोबर काढ़कर घूरे में फेंक आते हैं। हड्डियाँ दिखने लगी हैं। आँखें धँस गई-हैं।

डॉक्टर ने कहा है कि दवाई का नागा नहीं होना चहिए। इनको कोई ऐसी बात न कहें कि इनके दिल को चोट लगे।

वैसे तो नींद उचटी रहती है, लेकिन दवा खा लेते हैं तो देर तक सोते हैं। आज दोपहर में खाना खाकर बाहर तखत पर लेटे तो देर तक सोते रहे। उठे तो जानवरों की सरिया साफ की। गोबर घूरे में फेंका, फिर नाँद साफ करने में जुट गए।

सूरज डूबने की तैयारी में था, जब एक मोटरसाइकिल आकर दुआर पर रुकी। धोती, कुर्ता, जाकिट पहने अधेड़ ने उतरकर अवाज लगाई—"कहाँ हो पाँड़े? ओ दगाबाज पाँड़े, बाहर निकलो।"

दगाबाज? पाँड़े ने हौदी की ओट से झाँककर देखा—यह तो उनके समधी हैं। प्रभाकर के ससुर। ऐसा तेवर! क्यों भला?

आजकल तनिक भी गरमागरमी होने पर पाँड़े का दिल जोर-जोर से धड़कने लगता है। वे हौदी की आड़ में दुबक गए।

मालती ने किवाड़ की ओट से झाँककर पहचाना—नाना! माँ को बताकर वह नाना को बिठाने के लिए चारपाई निकालने लगी। मालती की दादी घूँघट काढ़कर बाहर निकलीं। मालती ने चारपाई पर दरी बिछाकर नाना के पैर छुए।

"आइए, बैठिए।" मालती की दादी बोलीं—"पशु-परानी का हाल-चाल ठीक है?"

"हाल-चाल क्या खाक ठीक रहेगा! जिसके भगवत पाँड़े जैसे रिश्तेदार रहेंगे उसका हाल-चाल ठीक रहने पाएगा?"

मालती की दादी अचकचा गईं—"इतना गुस्सा! बात क्या है?"

प्रभाकर बहू मौनी में गुड़ और लोटे में पानी लेकर आईं—"बैठो, बाबू। गुस्साये काहे हैं? पानी पीजिए।"

उन्होंने गुड़ की मौनी पिता की ओर बढ़ाई। पिता ने मौनी पर ऐसा उलटा हाथ चलाया कि मौनी गुड़ सहित हवा में उछल गई।

प्रभाकर बहू बाप का पैर पकड़कर भेंटना चाहती थीं। खेत की नीलामी के बाद वे एक बार भी बेटी का हाल-चाल लेने नहीं आए। वे शिकायत करना चाहती थीं। उनकी आँखें पिता के आने की खबर सुनते ही डबडबा आई थीं। लेकिन पिता का यह रौद्र रूप देखकर सहम गईं। आँख का पानी, आँख में ही सूख गया।

"अब तुम लोगों के घर पानी पीने लायक है? पानी तो पाँड़े ने ऐसा पिला दिया कि...यही तो पूछने आया हूँ कि विश्वास में लेकर मेरा गला क्यों काटा?"

"आपका गला क्यों काटेंगे महराज? पाँड़े का तो खुद गला कट गया। हल खूँटी पर टँग गया।"

"पाँड़े का टँगा तो पाँड़े की करनी से टँगा। इसका मतलब यह थोड़े कि बाँड़े आप जायँ, साथ में पाँच हाथ पगहा भी ले जायँ!"

"बुझौवल काहे बुझा रहे हैं, महराज। पाँड़े का कसूर तो बताइए?"

"कसूर? ई देखो।" मिसिर ने जेब से कागज निकालकर हवा में लहराया—"ट्रैक्टर खरीदने के लिए जमीन कम पड़ रही थी तो मुझसे मदद माँगी थी। इनका काम न रुके, इसलिए मैं भी अपनी एक एकड़ जमीन की खतौनी लगाकर सह खातेदार बन गया था। बदले में पाँड़े ने क्या दिया—कि आज मेरी जमीन भी नीलामी पर चढ़ाने की नौबत आ गई।"

"इसमें हमारा कोई कसूर, कोई दगाबाजी नहीं है बाबू।" प्रभाकर बहू बाप के सामने बढ़ आईं—"बाजार दर से नीलामी होती तो एक-डेढ़ एकड़ की नीलामी से सारा कर्जा पट जाता। आपके पास नोटिस जाने की नौबत ही न आती। यह नौबत इसलिए आई, क्योंकि सरकार ने माटी के मोल जमीन नीलाम कर दी।"

बाप ने बेटी को घूरा और दाएँ-बाएँ मूँड़ी झटकते हुए चिल्लाए—"चोप्प! तू मुझे पढ़ाने चली है। मैं तेरा बाप हूँ कि तू मेरी बाप है? हट जा सामने से। मेरी छाती में आग लगी हुई है। पाँड़े को बुला। सामने आवैं। कहाँ मुँह छिपाकर बैठे हैं? थूकना है उनके मुँह पर।"

"मुँह क्यों छिपाएँगे?" पँड़ाइन बोलीं—"थोड़ी देर पहले तक तो यहीं थे। उनका कुर्ता और अँगोछा तो सामने तखत पर रखा है।"

मिसिर तखत के पास गए। खखारकर कुरते पर थूका और जूता उतारकर उसे पीटने लगे—फटर-फटर! पाँड़े हौदी की आड़ में थोड़ा और दुबक गए। लगा कि

कफ का लोंदा सीधे आकर उनके चेहरे पर चिपक गया है। जूते की हर चोट उन्हें अपने कपार पर बजती लगी। दिल इतनी तेजी से धड़धड़ाने लगा, जैसे छाती से बाहर आ जाएगा। वे पसीने से भीग गए।

"तुम लोग खानदानी कपटी हो। ट्रैक्टर कबाड़ हो गया तो मेरे बेटे के गले मढ़ दिए और लोन माफ होने का पता चला तो रातों-रात उठवा लिये! तुम लोगों का मुँह देखना पाप है।"

बातचीत सुनकर पास-पड़ोस के लोग भी जुटने लगे। थककर हाँफते समधी अपनी रौ में बोले जा रहे थे—"मैंने तो दरियाव पाँड़े का खानदान समझकर बेटी ब्याहा था। इनकी औकात से बढ़कर दान-दहेज दिया था। मुझे क्या पता था कि भिखमंगों के घर बेटी ब्याह रहे हैं! गाँड़ में गुह नहीं था तो क्यों ट्रैक्टर खरीदने को लबलबाए हुए थे? इलाके में बड़मनई कहलाने के लिए? पवस्त में नाक कटा दिए! अपनी इज्जत तो धोए ही, मेरी भी धो दिए। कोई हयादार आदमी होता तो अब तक चुल्लू-भर पानी में डूबकर मर जाता। कह देना—चाहे जैसे करें, बकाया कर्ज अदा कर दें। मेरी जमीन नीलाम नहीं होनी चाहिए।"

तांडव मचाकर मिसिर मुड़े। मोटरसाइकिल स्टार्ट की और चल पड़े। सास-बहू वहीं जमीन पर बैठकर रोने लगीं।

"हे दैव, इतना अपमान!" पाँड़े ने माथा पकड़ लिया—किस कु-घड़ी में ट्रैक्टर खरीदने की सोची। अपने साथ रिश्तेदार को भी फँसा दिया। अब तो चमड़ी बेचने को तैयार हो जाएँ तब भी कोई उन्हें चार पैसे उधार देने वाला नहीं मिलेगा! सचमुच डूब मरने का काम हो गया उनके हाथ से। अपनी ही पत्नी, बहू के सामने आने की हिम्मत नहीं पड़ रही है।

अँधेरा छा गया था। दोनों औरतें अभी भी बैठी रो रही थीं। कबुतरी पँड़ाइन की पीठ सहलाकर उन्हें चुप करा रही थी। पाँड़े सरिया के पिछले दरवाजे को खोलकर गाँव से बाहर की ओर भागे।

लगा, सारा गाँव उनका पीछा कर रहा है—

दगाबाज, धोखेबाज!
पकड़ो। पकड़ो।

कहाँ भागें? कहाँ लुकाएँ?

प्रभाकर लौटे तो बड़ी देर तक पाँड़े को नदी के किनारे और रेल की पटरी के आसपास खोजते रहे। फिर लौटकर सो गए। रात ज्यादा बीत चुकी थी जब कबुतरी बेटे को पेशाब कराने के लिए बाहर निकली।

उसने आवाज से पहचाना। पाँड़े राग से *दुनियाऽऽ...ओ दुनियाऽऽ* गाते हुए अपने खेतों की ओर लपके जा रहे थे। अचानक रुक गए। फिर पीछे मुड़ गए। चन्द कदम चले और फिर वापस मुड़ गए।

वह थोड़ी देर तक वहीं खड़े-खड़े आवाज का पीछा करती रही, फिर बेटे को लेकर अन्दर चली गई। लेकिन नींद नहीं आई। कहाँ चले गए पाँड़े? लौटने की कोई आहट नहीं मिली।

देर तक करवटें बदलने के बाद वह फिर बाहर निकली। बाहर सन्नाटा था। फरियाई हुई रात धीरे-धीरे कुहासे की गोद में जा रही थी। वह पाँड़े के खेतों की ओर बढ़ने लगी। बढ़ती, रुकती, आहट लेती फिर बढ़ती।

घास पर ओस की बूँदें उतर आई थीं। हवा में ठंडक थी। पास से सियारों का—'हुआँ-हुआँ' सुनाई पड़ा तो वह ठिठक गई। फिर मिठौवा महुआ की डाल पर बैठा घुग्घुओं का जोड़ा कचपचाया।

थोड़ी देर सन्नाटा। फिर कबुतरी को लगा कि पाँड़े ने किसी को पुकारा है। उसे डर लगा। लौट पड़ी।

सबेरे पाँड़े की लाश महुए की डाल से झूल रही थी। पाँड़े की कमर में केवल पटरे का जाँघिया था। धड़ पर जनेऊ और दाहिनी कलाई में लाल-पीले धागे का रक्षासूत्र बँधा था। सिर तनिक बाईं तरफ झुका था। होंठों के बाएँ कोने से तार जैसी लार की पतली धार टूट-टूटकर जमीन पर चू रही थी।

कबुतरी बता रही थी—रात में दुनिया-दुनिया गाते हुए इधर आए थे। नहीं जानती थी कि इस तरह हँसते-गाते अपना 'जिउ' देने जा रहे हैं।

लाश का पंचनामा करते समय लगा कि पाँड़े ने जाँघिये के नेफे में कुछ छुपा रखा है। क्या होगा? रुपये? नहीं, एक पुर्जी निकली। लिखा था—

श्री गणेशाय नमः
कुल कर्ज लिया—चार लाख रुपये।
खर्चा लगा—अठारह हजार रुपये।
नीलामी तक कुल जमा 5,91,280 रुपये।
बकाया शेष रहा—4,07,712 रुपये।

आज फिर कार्तिक एकादशी आ गई। कल पाँड़े बाबा की तेरही है। आधी रात तक दिवाकर की माँ कल के भोज के लिए दोनों बहुओं से राशन, तेल, घी और सब्जी की नाप-जोख कराती रहीं और पाँड़े को याद करती रहीं—'जबसे इस घर में आए, कभी उन्होंने दूब की सुटकुनी से भी नहीं मारा और जब से गए, कभी सपने में भी नहीं आए। इतने निर्मोही हो गए!'

तीसरे पहर सोईं और भोर में प्रभाकर बहू की आवाज सुनकर कच्ची नींद से जग गईं।

प्रभाकर बहू पूछ रही थीं—"अम्मा, दलिद्दर खेदने आप जाएँगी कि हम खेद आएँ?"

सास थोड़ी देर तक चुप रहीं। फिर कहा—"अब क्या दलिद्दर खेदना, बहू। दलिद्दर तो पाँव तोड़कर हमेशा के लिए घर में बैठ गया। जाओ, सो जाओ।"

प्रभाकर बहू थोड़ी देर तक अँधेरे में खड़ी रहीं। फिर आँगन में आ गईं। सूप और गन्ने की अगोढ़ी उठाकर 'इस्सर आवैं दलिद्दर जायँ' का जाप करती, सूप को धप्प-धप्प पीटते घर के कोने-अँतरे से दलिद्दर को भगाती बाहर ले गईं...

कई दिनों बाद आज फिर पहलवान के सपने में आए पाँड़े बाबा। पहली बार आए थे फाँसी लगाने के चार-पाँच दिन बाद। पीपल के पेड़ में टँगे विभिन्न घंटों के बीच टँगे थे। कुछ सरकारी अमले जिनके चेहरे शिकारी जानवरों जैसे थे, पाँड़े बाबा के लटकते पैरों को पकड़कर नीचे खींचने के लिए उछल रहे थे। उन्हें दूर खड़ा देखकर ललकारा था—अरे पहलवान, एक ठो लाठी लेकर भगाते क्यों नहीं इन हरामजादों को?

आज का सपना जाड़े की दोपहरी का है। गुनगुनी धूप खिली हुई थी। खाना खाकर आराम करने के लिए वे माचे पर आकर लेटे तो झपकी आ गई। क्या देखते हैं कि पाँड़े बाबा सामने खड़े हँस रहे हैं। उनके साथ अलग-अलग रस्सियों में टँगे बीसियों घंट भी हँस रहे हैं। व्यंग्य की हँसी। किसी के सिर पर मराठी पगड़ी थी, किसी के काठियावाड़ी। कोई पंजाबी बोल रहा था, कोई उड़िया, कोई कन्नड़।

"ये लोग कौन हैं, बाबा? मुझे देखकर इस तरह हँस क्यों रहे हैं?"

"हम हिन्दुस्तान के विभिन्न प्रान्तों के आत्महत्या कर चुके किसान हैं, बच्चा!"

एक घंट बोला—"हँस रहे हैं तुम्हारी इस बचकानी सोच पर कि तुम इस देश में रहकर किसानी जीवन के दुख और दरिद्रता से मुक्ति का सपना देख रहे हो। जीते-जी इस बैडंड* से मुक्ति नहीं मिलने वाली। इसके लिए मरना पड़ेगा।"

"और मरना भी कैसा?" दूसरा घंट बोला—"अकाल मृत्यु। ताकि दुबारा इस मृत्यु लोक में जन्म न लेना पड़े।"

पहलवान कुछ न समझते हुए पाँड़े बाबा का मुँह ताकने लगे तो उन्होंने समझाया—"अपने धर्म की व्यवस्था के अनुसार मरने के तेरह दिन तक, जब तक तेरही नहीं हो जाती, जीव मुक्त रहता है। उसके बाद फिर कहीं-न-कहीं जन्म लेना पड़ता है। मान लीजिए, फिर किसी किसान परिवार में पैदा हो गए। यानी जो कुछ झेलते-झेलते बूढ़े होकर मरे थे, फिर उसी कुर्की-नीलामी-हवालात के नरक कुंड में पहुँच गए तो? मरकर भी चैन नहीं मिला। इस मामले में मुसलमानों के धर्म की व्यवस्था बढ़िया है। जिन्दगी जैसी भी लंगे-तंगे कटे, लेकिन एक बार मर गए तो फिर पैदा होने के झमेले से जान छूटी। जब तक कयामत का दिन नहीं आ जाता निश्चिंत होकर अपनी कब्र में आराम फरमाते रहिए। कयामत कब आएगी, किसी को पता नहीं! अभी तक तो आई नहीं। लेकिन हिन्दू धर्म में अगर ऐसा चैन चाहिए तो अकाल मौत मरना पड़ेगा। रेल से कटकर, पानी में डूबकर, जहर खाकर या फाँसी लगाकर। क्योंकि अकाल मौत मरने पर जीव न स्वर्ग में जाता है, न नर्क में जाता है, न फिर पैदा होता है। प्रेत योनि में भटकता रहता है। हम इसे भटकना क्यों कहें? स्वच्छंद विचरण करता रहता है। सूक्ष्म शरीर में पूरे वायुमंडल में जहाँ मरजी, पल-भर में पहुँच जाइए। दुनिया की नजर से दूर रहकर दुनिया का नजारा लीजिए। प्रेत योनि माने आदर्श योनि। न कोई चिन्ता, न शोक। परम स्वतंत्र, परम सुखी।"

पहलवान अवाक् सुन रहे थे।

पाँड़े मुस्कराकर बोले—"इसीलिए मैं तुम्हें लेने आया हूँ। छोड़ो मृत्यु लोक का सारा बैडंड। चलो, हमारे साथ।"

कहने के साथ पाँड़े बाबा ने अपने दोनों हाथ फैला दिए। पहलवान डर गए। यह क्या बोल रहे हैं बाबा? मुड़कर भागे। लेकिन कितना भी भागते, मुड़कर देखते तो पाते कि बाबा की पकड़ में आने में बस बाल बराबर कसर है। वे हाँफते रहे, भागते रहे। तीनों लोक में भागते फिरे। पसीने से सराबोर हो गए, लेकिन कहीं लुकाने की ठाँव नहीं मिली। तभी उन्हें दबोचने के लिए सामने से दूसरा घंट लपका। उसे गच्चा देने के लिए पहलवान ने झट बाईं तरफ छलाँग लगाई और लद्द से माचे के नीचे गिर पड़े।

---

* झमेला

बहुत देर तक पहलवान समझ ही न पाए कि वे कहाँ हैं? पाँड़े कहाँ गए?

कमर में चोट लग गई थी। वे सँभलकर खड़े हुए। शरमाते हुए चारों तरफ देखा। आसपास कोई नहीं था। वे सँभलकर फिर माचे पर चढ़े और आँख बन्द करके लेट गए।

तो क्या पाँड़े बाबा उन्हें आत्महत्या के लिए उकसा रहे थे? उनके मन में विषाद की एक मद्धिम धुन बजने लगी। पहले भी कई बार यह धुन बजी है, जब वे बहुत निराश या उदास हुए हैं। बहुत पहले किसी नेता की मृत्यु पर उन्होंने रेडियो पर शहनाई की ऐसी ही धुन सुनी थी। इस धुन से उनका मन डूबने लगता है। डर लगता है कि किसी दिन वे इस धुन के प्रभाव में न आ जाएँ। जूझने का हौसला और बुद्धि उनका साथ न छोड़ दे। वे पाँड़े बाबा के रास्ते पर न चल पड़ें।

एक बार उन्होंने अखबार में एक शब्द पढ़ा था—डिप्रेशन। यह शब्द भी कभी-कभी उन्हें डराता है।

जब पाँड़े बाबा की आत्महत्या का मामला टी.वी. और अखबारों में गरमाया तो किसी बड़े नेता का बयान आया था। वह हैरान था कि किसानों की बेहतरी के लिए इतनी योजनाएँ लागू करने के बावजूद वे आत्महत्या क्यों कर रहे हैं? क्या इन्हें कोई दिमागी बीमारी हो गई है? जैसे सियार-कुत्ते पागल होकर भागने लगते हैं, जैसे मुर्गियाँ पटापट मरने लगती हैं। डिप्रेशन की इस लहर के पीछे कोई विदेशी साजिश तो नहीं है, जाँच करानी होगी।

जरूरत है ऐसे नासमझों को यह समझाने की कि दिमागी बीमारी की जाँच किसानों की नहीं, किसानों के लिए योजना बनाने वाले उन योजनाकारों की कराने की जरूरत है, जिनमें से खेलावन सेक्रेटरी की मानें तो बहुतों को यह भी पता नहीं होगा कि चने का पेड़ बड़ा होता है या अरहर का? आलू जमीन के नीचे फलता है कि ऊपर?

एक दिन शाम को खेतों के बीच खेलावन मिले तो एकान्त देखकर पहलवान फुसफुसाकर बोले—"खेलावन भइया, एक बात कहना चाहते हैं?"

"हाँ-हाँ, कहिए।"

"कहना भी चाहते हैं और संकोच भी हो रहा है कि सुनकर आप क्या सोचेंगे?"

"अरे, ऐसी क्या बात है?"

"मुझे कभी-कभी लगता है कि मेरी खेती-बारी भी पाँड़े बाबा की तरह नीलाम हो जाएगी।"

"ऐसा क्यों लगता है?"

"यही तो नहीं पता! लेकिन जब-जब ऐसा लगता है, दिल की धड़कन बढ़ जाती है। मुँह सूख जाता है। कभी-कभी लगता है कि मेरी ही नहीं, सारे किसानों की जमीन नीलाम होने वाली है। सब भिखारी होने वाले हैं। कभी लगता है कि किसी ने मुझसे यह बात सपने में कही है। कभी लगता है कि हकीकत में कही है।"

खेलावन थोड़ी देर तक पहलवान का मुँह ताकते रहे। फिर बोले—"आप से यह बात किसी ने कही कि नहीं, यह तो आप जानें; लेकिन यह सही है कि बर्बादी का खतरा सचमुच सारे गन्ना किसानों के सिर पर मँडरा रहा है। बर्बादी न कहिए, सत्यानाश कहिए।"

खेलावन मेंड़ की ओर बढ़ते हुए बोले—"आइए, बताते हैं कि कैसे?"

दोनों लोग मेंड़ पर अगल-बगल बैठ गए।

"देखिए, जहाँ तक मेरी जानकारी है, सन् 1973-74 से सूबे की सरकार गन्ने की सपोर्ट प्राइस निर्धारित करती आ रही है और मिल मालिक उसे देते आ रहे थे। किसी-न-किसी बहाने देने में देरी करते थे, यह और बात है। लेकिन कई साल पहले मिल मालिकों ने मूल्य निर्धारित करने के सूबे की सरकार के इस अधिकार को ही कोर्ट में चैलेंज कर दिया। कहा कि सूबे की सरकार को गन्ना-मूल्य निर्धारित करने का अधिकार ही नहीं है। हाई कोर्ट ने भी दिसम्बर, 1996 में एक फैसले में कह दिया कि सूबे की सरकार को गन्ना-मूल्य निर्धारित करने का अधिकार नहीं है। आदेश कर दिया कि सूबे की सरकार द्वारा निर्धारित मूल्य नहीं, केन्द्र की सरकार द्वारा निर्धारित मूल्य दिया जाय। केन्द्र सरकार द्वारा निर्धारित मूल्य सूबे की सरकार द्वारा निर्धारित मूल्य से हमेशा कम रहता है, क्योंकि दोनों के निर्धारण के आधार और उद्देश्य अलग हैं।"

खेलावन ने दो बीड़ी सुलगाईं। एक पहलवान को पकड़ाते हुए बोले—"अब असली खतरा समझिए। यह मामला पिछले कई साल से सुप्रीम कोर्ट में लटका है। गन्ना सप्लाई की जो पर्चियाँ उस फैसले के बाद जारी की गईं, उनमें लिखा गया कि यह सौदा सुप्रीम कोर्ट के निर्णय के अधीन है। मई, 2004 में सुप्रीम कोर्ट के एक फैसले से कुछ राहत मिली, लेकिन असली सवाल अब भी लटका है। अगर सुप्रीम कोर्ट ने कह दिया कि सूबे की सरकार को गन्ने का मूल्य निर्धारित करने का अधिकार नहीं है तो किसानों पर वज्र फट पड़ेगा। उन्हें केन्द्र सरकार द्वारा

निर्धारित मूल्य से जितना ज्यादा भुगतान मिला है, उसे मिल मालिकों को वापस करना पड़ेगा और यह वापसी 1996 के फैसले से लेकर फैसला होने की तारीख तक प्राप्त भुगतान पर लागू होगी। सुप्रीम कोर्ट का फैसला कब आएगा, कोई नहीं जानता। चौदह-पन्द्रह साल से तो लटका है। मान लीजिए, और चौदह-पन्द्रह साल लटक गया तो पचीस-तीस साल में प्राप्त भुगतान का अन्तर लाखों में होगा। किसान की जमीन की कीमत से भी ज्यादा। तो कहाँ से वापस करेगा किसान? उसकी जगह-जमीन नीलाम हो ही जाएगी। मिल मालिक अपने पक्ष में फैसला पाने के लिए जान लड़ा देंगे। थैली खोल देंगे। इसी खतरे की चर्चा आजकल हर जगह हवा में है। लगता है, इसी की भनक कहीं से आपको लगी है जिससे आपका चैन छिन गया है।"

अँधेरा उतर आया था। पहलवान के मन में भी और वातावरण में भी। सुट्टा खींचने पर दोनों बीड़ियों के टोटे रह-रहकर दीप्त हो उठते थे।

थोड़ी देर तक चुप्पी रही, फिर खेलावन बोले—"देखिए भइया, कृषि समवर्ती सूची में है, इसलिए कृषि के मामले में कानून बनाने का अधिकार केन्द्र और राज्य दोनों सरकारों को है। इसलिए राज्य सरकार द्वारा गन्ने का मूल्य निर्धारित करना कहीं से गैरकानूनी नहीं है। यह बात हमारे जैसे कम पढ़े-लिखे आदमी के सामने भी एकदम साफ है। लेकिन लगता है, यही तय करने में जज साहब लोगों को बीसों साल लग जाएँगे। कहते हैं, रुपये के बल पर झूठ सच को कठघरे में बन्द करवाता है। इसलिए कुछ भी हो सकता है। बलि का बकरा तो एक झटके में सारे कष्ट से मुक्त हो जाता है। हम किसान ही ऐसे अभागे हैं कि जाने कब तक सूली पर लटके-लटके जीने और मरने के बीच में तड़पते रहेंगे!"

खेलावन उठकर खड़े होते हुए बोले—"चलिए, जो चीज अपने वश में नहीं है, उसकी चिन्ता करके जान साँसत में डालने से क्या होगा? अपने नेता सरदार वी.एम. सिंह जी-जान से पैरवी में लगे हैं। उम्मीद करिए कि सत्य की विजय होगी। डरने से क्या होगा? लड़ना ही अपने हाथ में है। लड़ते रहेंगे।"

पहलवान को कुछ दिनों के लिए चैन मिल जाता है, लेकिन कभी-कभी जब उन्हें अपने पहलवान होने का बोध होता है तो गुस्सा आने लगता है।

"डरता कौन है जी? मरने-मारने की नौबत आएगी तो उनको मारकर मरेंगे जो हमारे मरने के हालात पैदा कर रहे हैं।"

उनका मन करता है कि एक लाठी लेकर निकलें और सबको एक तरफ से पीटना शुरू कर दें। गन्ना लेकर दाम न देने वाले मिल मालिकों को पीटें। घटतौली करने और अवैध कटौती करने वाले सेंटर इंचार्ज को पीटें। मिलावटी खाद बेचने

वाले सेठ को पीटें। जाड़े के दिनों में सिंचाई के लिए दिन के बजाय रात में बिजली देने वालों को पीटें। शहर के निर्जन पार्कों में रात-भर सैकड़ों बल्ब जलाकर बिजली बरबाद करने वालों को पीटें।

पहलवान आजकल लम्बी लाठी लेकर चलने लगे हैं। उनकी आँखें चढ़ी रहती हैं। पूछने पर कहते हैं—"मैं सरकार की तलाश में घूम रहा हूँ। कहाँ रहती है सरकार? मिल जाए तो बताऊँ।"

एक दिन कहीं से नंगे बदन कन्धे पर लाठी रखे लौटे तो गर्दन और सीने पर नम मिट्टी लगी थी। जैसे अखाड़े से कुश्ती लड़कर लौटे हों। पहलवानिन आगे पड़ गईं।

पहलवान ने ललकारा—"तुम मुझे चैलेंज करते हो, सरऊ? आओ, दो-दो हाथ हो जाय।"

जब तक पहलवानिन कुछ समझ पातीं, पहलवान ने उनके दोनों पंजों में अपने पंजे फँसाकर दाहिने-बाएँ हिलाया और लंगी मारकर गिरा दिया। पहलवानिन डर और शर्म से सिकुड़ गईं। उठकर कोठरी के अन्दर भागीं और अन्दर से किवाड़ बन्द कर लिया।

पहलवान हँसने लगे—"भाग गए सरऊ मैदान छोड़कर!"

पहलवानिन को रोना आ गया—यह क्या होता जा रहा है उनके पहलवान को?

थोड़ी देर बाद किवाड़ की झिरी से झाँककर उन्होंने देखा। पहलवान बैलों की नाँद में खली-भूसा डाल रहे थे। पहलवानिन बाहर आईं और पहलवान के हाथ से खली की हाँड़ी लेते हुए बोलीं—"आप धूप से आए हैं, आराम कर लीजिए। सानी मैं चला दूँगी।"

पहलवानिन को चिन्ता व्याप गई। उन्हें पता है कि पाँड़े पहलवान के सपने में आते हैं। इसका मतलब पाँड़े बाबा के भूत ने पहलवान की डील को अपना आस्ताना* बना लिया है। पहलवान तो भूत-प्रेत मानते नहीं। उन्हें ही अपने परानी के लिए कुछ करना पड़ेगा।

वे खेलावन बहू को साथ लेकर बिन्दा ओझा के घर गईं। बिन्दा का घर गाँव

* स्थान

के दक्षिण नहर के किनारे है। जाने कहाँ-कहाँ की औरतें झोंटा खोले उनकी चौरी पर अभुवाती, भूत उतरवाती रहती हैं।

सारी बात सुनकर बिन्दा ने खोजना शुरू किया और लगातार मंत्र-वर्षा करके थोड़ी देर में पकड़ लिया! दो छायाएँ थीं। भाग रही थीं। एक-दूसरे के पीछे छिपने की कोशिश कर रही थीं। बिन्दा ने दोनों को खींचकर पिटारी में बन्द किया फिर बताया—"दो हैं। एक बरम्ह प्रेत है। हाल ही में आया है। दूसरी चुड़ैल है—नट्टिन। इसको बीस साल की उमर में इसके प्रेमी ने मारकर नदी में फेंक दिया था। पहलवान कभी उसी घाट पर नहा रहे थे। उनकी उघारी देह देखकर मोहित हो गई। साथ लग गई। दिन में बरम्ह प्रेत की सवारी रहती है, रात में चुड़ैल की। रात-भर चूसती है।"

"सही बात। तभी तो पहलवान इधर मुरझाए-मुरझाए रहते हैं। बोलना न चालना, मुँह फेरकर सो जाते हैं। उनके पहलवान की देह ही ऐसी है कि जो भी देखेगी, लुभा जाएगी। लेकिन पाँड़े बाबा को क्या कहें? जीते-जी इतनी दोस्ती थी तो मरकर दुश्मन क्यों बन गए?"

"मेरे रहते चिन्ता की क्या बात? कहिए, दोनों को बाँधकर पीपल के पेड़ में उलटा लटका दूँ। कहिए, पानी में डुबाकर मार दूँ। बाँधने का काम तो आसान है। कम खर्चीला भी। लेकिन उसमें डर बना रहता है कि कभी कोई जबरदस्त सोखा पिल पड़ा तो छुड़ा ले जाएगा। पानी में डुबोकर मार दिया जाय तो हमेशा के लिए खतरा टल जाएगा। मैं तो अपनी इसी चौरी पर जला भी सकता हूँ। आप लोग खुद अपनी आँखों के सामने जलता हुआ देखकर तसल्ली कर सकती हैं, लेकिन तब उसकी राख गंगाजी में प्रवाहित करना अपना फर्ज बन जाएगा और खर्च बढ़ जाएगा।"

तय हुआ कि पानी में डुबोकर मार देना ही काफी रहेगा।

"डुबोकर मारने का क्या खर्च आएगा?"

"अब आप लोग ठहरीं गाँव की बहू। पहलवान भी बेटे जैसे हैं। तो अपने लिए क्या खर्च लेना? सामान दे जाइए, बस। एक देसी मुर्गा, एक बोतल दारू, लवंग, कपूर, लोहबान, जायफल, बच्छि, अगरबत्ती, नीबू, हरी मिर्च, दो सुई, ब्रह्मप्रेत के लँगोट के लिए सवा गज लाल सूती कपड़ा और एक जोड़ी खड़ाऊँ। नट्टिन के लिए एक लाल साड़ी, एक डिबिया सिंदूर और छह लाल चूड़ियाँ।"

"हम औरत जात मुर्गा-दारू खरीदने कहाँ जाएँगी, बाबा? पहलवान से यह बात छिपाना भी है। आप खुद ही खरीद लाइएगा। खर्च कितना पड़ेगा? मैं दे देती हूँ।"

बिन्दा ने जोड़कर कहा—"पाँच सौ दे दीजिए। जो बचेगा, वापस कर देंगे।"

रुपये टेंट में लपेटते हुए बिन्दा ने कहा—"शाम को अँधेरा होने के बाद नदी

के पूरबी घाट पर आ जाइएगा। 'ब्रह्म' और 'चुड़ैल' दोनों का 'निकारा' एक साथ करेंगे और एक साथ डुबोकर मार देंगे।"

शाम को घर से निकलने के लिए किसी बहाने की जरूरत भी नहीं पड़ेगी। दिशा-मैदान के लिए शाम को औरतें घर से बाहर जाती ही हैं।

शाम को दोनों महिलाओं को घाट की ऊँचाई पर खड़ा करके बिन्दा कहते हैं—"ध्यान से देखती रहना।"

वे खुद धारा के पास जाते हैं। धारा की ओर मुँह करके उकड़ूँ बैठते हैं। झोले से दो छोटे-छोटे कछुए निकालते हैं। उनकी पीठ पर गोंद लगाकर कपूर का ढेला चिपकाते हैं और तीली रगड़कर जला देते हैं। फिर थोड़ा पीछे हटकर जोर-जोर से फूत्कार छोड़ते हैं।

पीठ पर जलते कपूर की गर्मी और सामने पानी की नमी का आभास पाकर दोनों कछुए धारा की ओर बढ़ते हैं। अँधेरे में दीये की लौ जैसी दो लपटों को आगे बढ़ते देख दोनों औरतें आश्चर्य में डूब जाती हैं।

दो गज की दूरी तय करके दोनों लपटें पानी में समा जाती हैं।

घुप्प अँधेरा।

बाप रे! अपनी आँखों से न देखतीं तो उन्हें कभी विश्वास न होता कि इस तरह प्रेत को डुबोया जा सकता है। "सचमुच गुनी आदमी हैं बिन्दा।"

दोनों एक-दूसरे को बाँहों में भर लेती हैं।

गाँव में आधी रात के करीब तूफानी के मोबाइल की घंटी बजी। गहरी नींद में सो रहे तूफानी ने हाथ बढ़ाकर फोन उठाया।

"हेलो, तूफानी भाई! आपके लिए बुरी खबर है। पार्टी विरोधी गतिविधियों में लिप्त रहने के आरोप में आपको पार्टी से निकाल दिया गया।"

तूफानी थोड़ी देर तक आँख मींजते हुए समझने की कोशिश करता रहा। फिर बोला—"बुरी भी कह सकते हो...अच्छी भी कह सकते हो...अब हमारे जैसों का वहाँ काम ही क्या है?"

और पत्नी की कमर में हाथ डालकर फिर सो गया।

कुछ देर बाद राजधानी के सदर थाने के इंचार्ज की घंटी बजी। आला अफसर का फोन था।

"यस, सर! जै हिन्द, सर!"

"तूफानी सरोज को पार्टी से निकाल दिया गया है। उसका फ्लैट तुरन्त खाली कराकर मीडिया की मौजूदगी में सामान सड़क पर फेंका जाना है।"

"यस, सर! जै हिन्द, सर!"

आधे घंटे बाद—"सर, उसके नाम से कोई आवास आवंटित नहीं है। राजधानी आता है तो विधायक कमला चौधरी को आवंटित खाली फ्लैट में ठहरता है। सामान तो उसमें क्या छोड़ता होगा। हो सकता है, हवाई चप्पल या पायजामा छोड़ जाता हो।"

"नहीं छोड़ा हो तो उसका इन्तजाम करो। सामान ही नहीं रहेगा तो फेंकोगे क्या?"

"सर।"

"दो-एक थाली, गिलास, तवा, कड़ाही, पतीला, बाल्टी, चादर, बिस्तर, खटिया का इन्तजाम कर लो। फोटो में सामान का ढेर दिखना चाहिए।"

"सर।"

"सामान सड़क पर फेंके जाने, पार्टी से निकाले जाने और विधायक कमला चौधरी के फ्लैट पर अवैध ढंग से किए गए कब्जे को मुक्त कराने की खबर मय फोटो अखबार के पहले पेज पर छपनी चाहिए।"

"राइट, सर! जै हिन्द, सर!"

अगले दिन पार्टी से निष्कासन और सामान सड़क पर फेंके जाने की खबर और फोटो के साथ एक छोटी-सी खबर और छपी थी—

> *तूफानी के बैंक अकाउंट में हफ्ते-भर पहले तीन लाख रुपये नगद जमा किए गए हैं। माना जा रहा है कि यह ड्रग से कमाया गया पैसा है। जाँच बैठा दी गई है।*

खबर पढ़कर कुछ लोगों ने कहा—"छुपा रुस्तम निकला साला!"

कुछ लोग दुखी हुए—"तूफानी था तो गाँव का नाम अखबार में छपता रहता था।"

इधर कुछ दिनों से पहलवान शंकर भगवान से नजदीकी महसूस करने लगे हैं। उनका स्वस्थ साँवला शरीर, शान्त तपस्यारत मुद्रा, गले में नाग, जटाओं से निकलती गंगा की धारा पहलवान को अपनी ओर खींचती है। मुखमंडल पर कितनी कान्ति, कितनी शान्ति! तय कर पाना मुश्किल कि नन्दी के मुख पर ज्यादा शान्ति विराजती है कि शंकर भगवान के। देखकर मन को सुकून मिलता है।

शंकर भगवान पहलवान को इसलिए भी अच्छे लगते हैं कि वे उन्हीं की तरह सिधवा स्वभाव के हैं। उन्होंने अन्य देवताओं की तरह न तो भेष बदलकर किसी स्त्री का सतीत्व भंग किया, न किसी से बलात्कार किया, न मोहिनी रूप धरकर किसी को छला। चालाक लोगों ने खुशामद करके जहर पिलाना चाहा तो वह भी पी लिया। उनके चरित्र पर कोई दाग नहीं है। मर्द हैं और मर्द की तरह रहते हैं।

कभी-कभी पहलवान को लगता है कि शंकर भगवान कोई भगवान नहीं, उन्हीं के पुरखा हैं। उनकी खेती-बारी भी कभी नीलाम हुई है। तब से वे अपनी गृहस्थी नन्दी बैल पर लादे बाल-बच्चे लेकर सारी दुनिया में घूम रहे हैं। बेर और कैथा खाकर आखिर कौन गुजारा करेगा? जिसको अन्न नहीं मिलेगा, वही न! जब इस देश के देवी-देवता अपनी जगह-जमीन नहीं बचा पाए, तो पाँड़े कैसे बचा लेते? फर्क बस इतना है कि शंकर भगवान तो भाग खड़े हुए इसलिए बच गए और हमारे पाँड़े फँस गए।

पहलवानिन को लगता है कि बरम्ह बाबा का भूत उतरवाने से फायदा हुआ है। पहलवान कुछ शान्त लगने लगे हैं। आज खाना खाते समय उन्होंने न बोलने का अपना नियम भी तोड़ दिया। एक रोटी माँगकर और खाई।

कुत्ते को कौरा देकर, और जानवरों के मुँह में थोड़ी-थोड़ी रोटी पकड़ाकर उन्होंने हाथ धोये और सींक से दाँत खोदते हुए आराम करने के लिए दालान में गए। पीछे से पहलवानिन भी हुक्का भरकर चिलम में फूँक मारते हुए पहुँचीं।

पहलवान अधलेटे होकर हुक्का पुड़काने लगे तो बोलीं—"आराम कर लीजिए तो जरा बाजार चले जाइए। नमक खत्म है। पैरों में लगाने के लिए थोड़ा महावर लाना है। थोड़ा चून-पान भी लेते आइएगा।"

"इतना सामान? तो तुम भी चली चलो।"

"हम क्या करेंगे चलकर!"

"चलो, आज अपने हाथ से तुम्हें पान खिलाकर लाते हैं।"

पहलवान का प्रस्ताव और उनकी मुस्कराहट देखकर पहलवानिन गद्गद हो गईं। उन्होंने हाथ जोड़े—"हे भगवान, हमारे पहलवान को इसी तरह हँसता-खेलता बनाए रखिए। हमें कुछ और नहीं चाहिए।"

लेकिन प्रत्यक्ष में पूछा—"पान किस खुशी में?"

"मेरी सोच में अपनी सोच मिलाने के लिए हमेशा तैयार रहती हो इसलिए।"

"हुँह!" वे मुस्कराईं—"पान खिलाने चले हैं! वह भी बाजार में। जब पान खिलाने की उमर थी तो कभी अकेले में भी नहीं खिलाए!"

"तब अकल नहीं थी। कदर नहीं जान पाए।" पहलवान पत्नी की ठुड्डी ऊपर उठाते हुए मुस्कराकर बोले—"कूदकर साइकिल के कैरियर पर बैठ लेना, फिर देखना कैसे फर्राटे से ले चलता हूँ!"

"और नहीं सँभाल पाए, गिरा दिए तो?" ...वे मुस्कराईं।

"पच्चीस साल से कोई और सँभाल रहा है क्या, भाई?"

"हटिए, कहते हुए लाज भी नहीं आती।"

आसपास देखा, कोई नहीं था। पहलवानिन इठलाने लगीं।

"लाज क्यों आएगी? लोग तो दूसरियों को बैठाते हैं। मैं तो अपनी को बैठाऊँगा।"

"दूसरियों को बैठाने के लिए सभी लपकते हैं। अपनी के लिए किसी के पास फुरसत नहीं रहती।" पहलवानिन आँख नचाकर तिरछे देखते हुए बोलीं।

पहलवान मुस्कराते हुए बोले—"इतनी मोटी न हो गई होतीं तो आगे बैठाने लायक थीं।"

"चुप रहिए। आज क्या हुआ है आपको?" ...वे उठकर बाहर जाते हुए बोलीं।

"तुम्हारी मरजी! लाओ, फिर पैसा-वैसा तो दो।"

खुशी के मारे विह्वल हो गईं पहलवानिन। खुश रहते हैं तो कैसी मीठी-मीठी बातें करते हैं उनके पहलवान।

उन्होंने लौटकर उनकी जेब में कुछ रुपये और चूना लाने के लिए चुनौटी डाली। मिट्टी का तेल लाने के लिए टिन का डिब्बा साइकिल के हैंडिल से लटका दिया। एक बार फिर सामानों की सूची गिनाई। फिर बोलीं—"मैं जा रही हूँ जरा सुनरी के घर तक। कल उसका गौना है। सबके साथ अभी डीह पूजने जाना है।"

थोड़ी देर बाद पहलवान साइकिल पर बैठकर निकले तो रास्ते में औरतों का झुंड गाते हुए जा रहा था। पप्पू की अम्मा लाल साड़ी पहने गाते हुए आगे-आगे चल रही थीं—

रंग बिगड़ि गा मोर जालिम तोहरी फिकिर से।

पहलवान सोचने लगे कि क्या सचमुच मेरी फिक्र से पप्पू की अम्मा का रंग

बिगड़ गया है? ऐसा नहीं है। उम्र के साथ तो सभी का रंग थोड़ा हल्का पड़ता है, लेकिन बिगड़ गया है, ऐसा नहीं कह सकते। पप्पू की अम्मा की आँखें, उनकी हँसी अभी भी जकड़ती है।

खरीदारी करके बाजार से निकल रहे थे कि आवाज आई—"अरे, पहलवान भइया हैं क्या?"

उन्होंने मुड़कर देखा। पान की गुमटी के सामने मिडिल स्कूल का उनका सहपाठी मुरली खड़ा था। वे हँसते हुए साइकिल मोड़कर मुरली के पास आ गए। साइकिल स्टैंड पर खड़ी की। दोनों मित्र लपककर गले मिले, फिर एक-दूसरे का हाल-चाल पूछने लगे। पहलवान को याद आया कि मुरली कबड्डी बहुत अच्छी खेलता था। वही उनका जोड़ थाम पाता था। मुरली ने शिकायत की—"खाने-पीने में कंजूसी करने लगे क्या भाई? क्या देह थी! गलाकर आधी कर दिए। मूँछें तक छोटी करा लिये। पहले क्या बिच्छू के डंक जैसी घनी ऐंठी मूँछें थीं!"

"अरे भाई, गृहस्थी का झोड़ तो तुम जानते ही हो। सब कुछ जुरता-जुहाता रहे तब भी समय से खा-पी नहीं पाता आदमी।"

"जवानी का खाया-पिया ही बुढ़ापे में काम आता है, भइया! कहते हैं कि घोड़े का, पहलवान का और वेश्या का बुढ़ापा बहुत खराब गुजरता है।"

वेश्या से तुलना करना पहलवान को अच्छा नहीं लगा। उन्होंने बात बदलने के लिए पूछा—"अपनी सुनाओ। कहाँ हो आजकल?"

"मैं तो सूरत की एक कपड़ा मिल में लगा हूँ। सुना, तुम्हारा बेटा इंजीनियर हो गया। तबीयत खुश हो गई। लेकिन मिठाई खाने को नहीं मिली। आज दिखाई पड़े हो। सोचा, आवाज देकर एक बीड़ा पान ही खाया जाय।"

"क्यों नहीं, क्यों नहीं, आओ!"

"कुछ कमाने-धमाने लगा कि अभी पढ़ ही रहा है?"

"नौकरी से लग गया है।"

"रुपये-पैसे से मदद करता है कि खुद ही उड़ा रहा है?"

"देता है, तभी तो गृहस्थी की गाड़ी चल रही है।" पहलवान ने झूठ बोलकर इज्जत बचाई।

"बहुत खुशी हुई सुनकर। यही तो लायक बेटे का धरम है।"

दोनों लोग मुड़कर गुमटी के सामने खड़े हो गए। पहलवान ने गुमटी वाले से एक पान लगाने को कहा।

"एक क्यों?"

"मैंने तो छोड़ दिया। तीन-चार साल हुए।"

"अकेला पान तो दुश्मन को खिलाते हैं।" मुरली हँसने लगा—"दो भाई पहलवान को भी एक जोड़ा।"

फिर हैंडिल में टँगे पहलवान के झोले के ऊपर महुए के पत्ते में लपेटकर रखे पान के बंडल को देखकर बोला—"फिर यह बंडल किसका है?"

"तुम्हारी भौजी के लिए।"

हँसा मुरली—"हाँ, सेवा करते रहिए। बुढ़ापे में वही काम आएँगी।"

"अभी क्या कोई दूसरी काम आ रही है?" हँसे पहलवान भी। फिर देर तक मुरली सहपाठी लड़कियों की चर्चा करके और हथेली उलटी कराकर छड़ी मारने और मुर्गा बनाने वाले मौलवी साहब की बातें सुनाकर हँसता रहा। गिलौरी भरे मुँह को ऊपर उठाकर दोनों हँस रहे थे, फिर भी पहलवान के कुर्ते पर पीक की कुछ बूँदें गिर गईं।

मन उत्साह और खुशी से भर गया।

लेकिन पहलवान के मन में एक संकट भी पल रहा था। खरीदारी करने में जेब के सारे पैसे खत्म हो गए थे। मुरली यदि विदा लेकर पहले चल पड़ता, तब तो वे बाद में पान वाले से कह सकते थे कि पान का पैसा उधार रहेगा। मुरली को लगता है, कोई जल्दी ही नहीं थी। देर होने लगी तो उन्होंने पान वाले से कहा—"पान का पैसा लिख लो, राधे। अगले बाजार के दिन देंगे।"

"अरे, मैं दिए देता हूँ!"

"तुम क्यों दोगे, भाई?" मुरली का हाथ पकड़कर उन्होंने सख्ती से मना कर दिया—"हमारी राधे की लिखा-पढ़ी कोई आज से चल रही है!"

मुरली के जाने के बाद मित्र के सामने जेब खाली होने की बात उजागर होने का मलाल उन्हें थोड़ी देर सालता रहा। फिर उन्होंने इस मलाल को झटक दिया। मुरली उसकी तन्दुरुस्ती पर चिन्ता प्रकट कर रहा था। उन्होंने भी वह कहावत सुनी है कि चिता मुर्दे को जलाती है, जबकि चिन्ता आदमी को जिन्दा ही जला देती है। चिन्ता ही सारी बीमारियों की जड़ है। इसी से मन गिरता है। गठिया-बतास पकड़ता है। जिन्दगी के झमेले तो मरते दम तक साथ नहीं छोड़ने वाले। जवानी कहीं गई थोड़े है! जरूरत है उसे महसूस करने की। मुरली कह रहा था—पहलवान का बुढ़ापा। कैसा बुढ़ापा? एक बार पहलवानिन ने हँसते हुए उन्हें जवाब दिया था—मौका मिले तो मौर बाँधकर विवाह करने निकल पड़ोगे और कहते हो बुढ़ा गए।

बारी-बारी से उन्होंने दोनों हाथों, फिर दोनों पैरों को झटका और थोड़ा झूमकर साइकिल चलाने लगे। गाँव पहुँचने के पहले सड़क के बगल में वह बाग था, जिसमें उनके गाँव का अखाड़ा था। अखाड़े का डेढ़ फीट ऊँचा, लम्बी ढलवा

पूँछ वाला मुंढा दूर से दिखाई पड़ रहा था। इसी से छलाँग लगाकर वे लगातार तीन साल अपने गाँव में लम्बी कूद के चैम्पियन बने थे।

पहलवान की साइकिल का हैंडिल अपने-आप बाग की ओर मुड़ गया। स्कूल से पढ़कर लौट रहे पाँच-छह छोटे-छोटे बच्चे पास में बेर के पेड़ के नीचे बेर बीन रहे थे। पहलवान को आता देख वे विपरीत दिशा की ओर भागे।

"क्या हुआ?"

"जोगी के बप्पा आ रहे हैं। उन पर बरम्ह बाबा की सवारी आती है। पकड़ लिये तो?"

पहलवान ने पास आकर साइकिल स्टैंड पर खड़ी की और मुंढे की मिट्टी को माथे से लगाया। मुंढे के आसपास घास उग आई थी। सूखी पीली पत्तियाँ उदासी का माहौल बना रही थीं। इसी मुंढे से कूदकर वे चौदह हाथ लम्बी छलाँग लगाते थे। अब कूदे तो कितना उछाल ले पाएँगे? वे कुछ देर तक टकटकी लगाकर मुंढे को देखते रहे। पहलवान को लगा कि उन्हें देखकर मुंढा भी उदास हो गया है। मानो पूछ रहा हो—बहुत दिन से दरसन नहीं दिए! एकदम ही भुला दिए।

वे अँगोछे से मुंढे पर पड़ी पत्तियाँ झाड़ने लगे। एक लड़का कन्धे पर फावड़ा रखे बगल से गुजर रहा था। पहलवान ने आवाज देकर उसे बुलाया और उसका फावड़ा लेकर अखाड़ा गोड़ने लगे।

"अरे, मेरे रहते आप क्यों गोड़ेंगे?" लड़के ने हँसते हुए उनके हाथ से फावड़ा ले लिया और खुद गोड़ने लगा।

इधर-उधर से कई लोग जुटने लगे। भीड़ जुटती देख पहलवान का सिर भारी होने लगा।

"क्या है पहलवान? कुश्ती होगी क्या?"

पहलवान ने स्वीकार में सिर हिलाया।

"किसकी, किससे!"

"मेरी, नयबवा से।" कहने के साथ पहलवान ने फुर्ती से धोती-कुर्ता उतारकर साइकिल के हैंडिल पर टाँगा और लँगोट का पट्टा कसने लगे।

"नयबवा कौन?"

"जिसने पाँड़े के खेत नीलाम किए।...देखो, हरामजादा कैसे तुम्हारे पीछे छिप रहा है।"...पहलवान ने ताल ठोंका—"तेरी तो ऐसी की तैसी ससुरे!"

छिपने की कोशिश करते नायब को पहलवान ने झपटकर पकड़ा। खींचकर बीच अखाड़े में लाए और दे झटके पे झटका।

नायब किसी को दिख नहीं रहा था, लेकिन पहलवान जिस तरह पसीने-पसीने

हो रहे थे उससे लगता था कि नायब बार-बार दाँव काटकर खुद को बचा रहा है।

नौजवान हक्के-बक्के थे, लेकिन अनुभवी लोगों ने मौके की नजाकत को समझ लिया और पहलवान का उत्साहवर्धन करने लगे।

"ऐ-है-है! उस्ताद से उस्तादी? यह ले धोबियापाट!"

पहलवान ने किचकिचाकर नायब को आसमान में उठाया, दो बार नचाया और पटक दिया। तुरन्त उसकी छाती पर सवार हुए और मिट्टी में रगड़ने लगे।

लोग खुशी से चिल्लाने लगे। पहलवान को कन्धे पर उठा लिया। त्रिभुवन माली भी तमाशा देखने के लिए रुक गया था। उसके हाथ में माला-फूल की डलिया थी। लोग उसकी माला निकाल-निकालकर पहलवान के गले में डालने लगे।

"अरे, मेरे गले में माला क्यों?"

"आप विजेता हैं। दंगल जीता है।"

"माला तो बलि के बकरे को पहनाते हैं जी!"

पहलवान माला नोचकर फेंकते हुए भागे। कुछ लोगों ने मनुहार करके उन्हें आगे से रोका। वे वापस मुड़े तो उनकी नजर मुंढे पर पड़ी। वे पिछड़ते हुए कई कदम पीछे गए। चार-पाँच बैठक लगाई और ताल ठोंककर मुंढे की ओर दौड़े।

पहलवान को लगा कि उनके साथ उनचासों पवन दौड़ रहे हैं। हवा में छलाँग लगाई तो उन्हें लंका की ओर छलाँग लगाते हनुमानजी याद आ गए। लेकिन उछाल लेते समय मुंढे पर दाहिने के बजाय बायाँ पैर पड़ा और हवा में दोनों पैर आगे-पीछे हो गए। जमीन पर बायाँ पैर पहले पड़ा और मोच खा गया। उठ नहीं सके। लोगों ने सहारा देकर उठाया। चबुरी बाँधकर उन्होंने खुद को कराहने से रोका। चारपाई पर लादकर घर लाए गए।

अँधेरा होते-होते आधा गाँव पहलवान के दरवाजे पर इकट्ठा था।

पी.सी.एस. ने पूछा—"बेमौसम कूदने क्यों लगे, काका?"

"बल आजमाने के लिए, बच्चा।"

"नहीं, काका। भय को भयभीत करने के लिए...डर को डराने के लिए... जैसे जाल पड़ने पर जान बचाने के लिए मछलियाँ उछलती हैं। यह केवल आपकी नहीं, आप जैसे लाखों किसानों की आखिरी छलाँग है। मौत के खिलाफ लगाई गई छलाँग!"

"लेकिन आखिरी क्यों?"

"क्योंकि जिनसे आपको खतरा है, वे दिनोदिन ताकतवर होते जा रहे हैं। अब आप उनसे मुकाबला करने लायक रह ही नहीं गए हैं।"

"क्या बात करता है!" पहलवान ने आँगन की ओर मुँह घुमाया—"सुनती हो, जी! जरा मेरी लाठी तो लाना।"

"अब आपकी लाठी चलाने के नहीं, टेकने के काम आएगी काका। जानते हैं क्यों?—क्योंकि जिनसे पाला पड़ा है उनसे लड़ने के लिए आपकी लाठी बहुत छोटी है। उनसे पार पाना चाहते हैं तो जाति-धर्म का भेद भुलाकर संगठित होना पड़ेगा। जान हथेली पर लेकर जूझने के लिए निकलना पड़ेगा।"

"यही बात कहते-कहते तो मैं जवान से बूढ़ा हो गया।" खेलावन कहते हैं—"लोगों को ताव तो आता है। हामी भी भरते हैं, लेकिन फिर ठंडे पड़ जाते हैं।"

पहलवान उत्तेजित होकर उठ बैठते हैं—"इस बार ठंडा नहीं पड़ने देंगे। इसे जीने-मरने का सवाल बनाएँगे।"

बरदाही बाजार के बाग में चारों तरफ से किसानों का रेला उमड़ा आ रहा है।

पेड़ की डाल में स्पीकर बँधवाते खेलावन भीड़ देखकर खुश हो रहे हैं। यह उनकी दौड़-धूप का नतीजा है।

खेलावन और पहलवान ने गाँव के बाबा हरदयाल, लल्लू सिंह और प्रभाकर के साथ बैठकर तय किया कि पाँड़े की आत्महत्या को किसानों के ऊपर मँडराती विपत्ति से जोड़कर एक बड़ी रैली करनी है और इस विपत्ति से बचने की राह खोजनी है।

फिर इन लोगों को साथ लेकर आसपास के गाँवों का दौरा किया और नीलामी की घटना को विपत्ति का मूल मानकर, उसी की बरसी को 'विपत्ति दिवस' के रूप में मनाना तय किया।

बस, दलित इस जुटान में शामिल नहीं हो रहे हैं। तूफानी ने कहा कि आप लोग हम दलितों को अपना मानते कहाँ हैं? आपने हम लोगों के पास एक धूर जमीन तो छोड़ी नहीं कि चटनी के लिए धनिया ही बो सकें। भूदान आन्दोलन के समय जमीन का जो पट्टा मिला, उस पर आज तक आप लोगों ने कब्जा नहीं करने दिया।

किसी के पास कोई जवाब नहीं था।

"अनाज महँगा बिकेगा तो आपको फायदा होगा, क्योंकि आपको बेचना है। लेकिन हमें तो नुकसान हो जाएगा क्योंकि हमें खरीदकर खाना पड़ता है।"

पहलवान को दोपहर का भोजन तैयार कराने का जिम्मा दिया गया है। पूड़ी-सब्जी और हलवा। बाग के किनारे जमीन में चूल्हा खुदवाकर उन्होंने सबेरे पाँच बजे ही उबलने के लिए आलू चढ़वा दिया है। गाँव की औरतों को कल शाम ही सहेज आए हैं कि आलू निकोलने और पूड़ी बेलने के लिए चौका-बेलन लेकर सबेरे नौ-साढ़े नौ तक पहुँच जाएँ।

अरे, अनारा भी आ गईं!

पूड़ी बेलती औरतों के लिए बिछाये गए जाजिम से थोड़ी दूर पहले रुककर सोच रही थीं कि कहाँ बैठना ठीक रहेगा। तभी माठा बाबा उन्हें पहचानकर पास आते हैं—"स्वागत है आपका, अनारा बाई। बिना आपके आए यह यज्ञ कैसे सम्पूरन हो सकता था!—कबुतरा, ले जाओ; आपको महफिल के बीच में बैठाओ।"

पहलवानिन उठकर आती हैं और अनारा की बाँह पकड़कर औरतों के बीच ले जाती हैं।

एक बूढ़ी आवाज गांधी बाबा के नाम की जगह पाँड़े बाबा का नाम जोड़कर गीत की शुरुआत करती है—

पाँड़े बाबा माँगे सुराज, चलु सखी लावन को।

"सही बात। पहले जो सुराज मिला था, उसमें किसानों का हिस्सा कहाँ था? अब लेना है।"

विद्रोही जी राजधानी से सौ लोगों का जत्था लेकर सबेरे वाली गाड़ी से उतरे हैं। उन्हीं के साथ आए एक बुजुर्ग ने मंच संचालन सँभाला है। सभा की शुरुआत करते हुए उन्होंने सबसे पहले सरदार सतनाम सिंह, साजिद खान और बाबा हरदयाल को मंच पर बुलाया। फिर आसपास के गाँवों और जातियों का प्रतिनिधित्व करने के लिए कुछ अन्य किसानों को। सब हाथ में हाथ डालकर खड़े हुए।

भाइयो, हम पिछले सौ साल से अलग-अलग नाम और पहचान लेकर लड़ते रहे और यह समझ में आया कि हिन्दू-मुसलमान या अगड़े-पिछड़े में बँटकर हम अपने प्राण नहीं बचा सकते। अब हमारी एक ही पहचान रहेगी—किसान।

हम किसान बनकर जीने की राह खोजने निकले हैं। इसके लिए बाकी सारी पहचानों को एक में मिलाना होगा। मंच पर उपस्थित हमारे भाई

हमारी धार्मिक और जातीय एकता के प्रतीक हैं। अब तक सत्ता हमारे धार्मिक नारों का प्रयोग हमें एक-दूसरे के विरुद्ध खड़ा करने में करती थी। आज से हम इन नारों का प्रयोग एक दूसरे के साथ अटूट एकता साबित करने के लिए करेंगे। इन्हें आपको इतनी ऊँची आवाज में दोहराना है कि यह सत्ता के बहरे कानों तक पहुँच जाए।

बोलो—हर हर महादेव
अल्लाहो अकबर
सत सिरी अकाल
बोले सो निहाल

एक बार फिर...

...हर वक्ता कम-से-कम समय में अपनी बात रखे ताकि ज्यादा से ज्यादा लोगों को सुना जा सके।

खानपान का इन्तजाम सँभालने के साथ-साथ पहलवान के कान भाषण पर ही लगे हुए हैं। जितने वक्ता, उतनी तरह के प्रस्ताव।

...अब हम मरेंगे तो फाँसी लगाकर नहीं, बल्कि अपने हक के लिए लड़ते हुए मरेंगे।

खेलावन अनुमान लगाते हैं कि बारह बजते-बजते आसपास के गाँवों से चार-पाँच हजार की भीड़ उमड़ आई है। इतना बड़ा बाग पूरा भर गया है। लगता है कुएँ का पानी एकाध-घंटे में सूख जाएगा।

बाजार के गल्ला व्यापारी संघ ने एक कुंटल आटा, एक कुंटल चावल, एक कट्टा अरहर दाल और हजार रुपये का सहयोग किया है।

कस्बे के ट्रैक्टर डीलर सरदार सतनाम सिंह ने कढ़ी-चावल और चाय का लंगर लगा दिया है। पड़ोसी गाँव के ट्रैक्टर वाले खान एक ट्राली गन्ना लेकर आए हैं। ट्रैक्टर में ही पेराई के लिए कोल्हू जुड़ा है। जितना पीना चाहें, गन्ने का रस पिएँ। कम पड़ने पर गन्ना फिर आ जाएगा।

खान की अम्मी भी ट्रैक्टर पर बैठकर आई हैं। पान खाने से काली पड़ी उनकी बत्तीसी लाल होंठों के बीच कितनी सुन्दर लग रही है।

"आइए, आइए। यहाँ बीच में आइए।"

...चार-पाँच साल पहले मैं डीएपी खाद खरीदने गया तो एक बोरी 605 रुपये में मिली थी। अगले साल उसी बोरी का दाम 911 रुपये हो गया। डेढ़ गुने से ज्यादा और हमारे धान की कीमत 1080 रुपये कुंटल से बढ़कर 1120 रुपये—यानी सिर्फ पौने चार प्रतिशत की वृद्धि। आज डीएपी की कीमत और गेहूँ की एमएसपी का मिलान करके देखिए, डीएपी का दाम खरगोश की तरह छलाँग लगाता जा रहा है और गेहूँ का कछुए की तरह रेंग रहा है। बताइए, कैसे होगा हमारा गुजारा?

...चुनाव पास आने पर सरकार हमारी जेब में चन्द सिक्कों की भीख डाल देती है और हम पूँछ हिलाने लगते हैं। क्या हम भिखारी हैं? हमें भीख नहीं, दान नहीं, दाम चाहिए।

संतोखी सभा में आने के लिए तैयार नहीं थे। उनका कहना था कि "अगर इसी तरह गाँव के लोग इकट्ठा होकर मेरे साथ की गई जालसाजी का विरोध छत्रधारी सिंह के दरवाजे पर चढ़कर किए होते तो मुझे अपनी आधी उमर कोर्ट-कचेहरी में भटकते हुए क्यों गुजारनी पड़ती?"

"वह सब भूल जाइए।" भूसी ने समझाया—"आदमी का धरम है कि सही काम के लिए उठाई गई आवाज में अपनी आवाज मिलाए। चलिए।"

...क्या है किसान के हाथ में? न बीज, न बिजली, न बाजार। उसे सीएम, पीएम पैकेज देकर बहलाने से बाज आइए। उसे पॉलिसी दीजिए। सब्सिडी दीजिए, खाद में, बीज में, दूध में।

विद्रोही जी अब किसान यूनियन के दफ्तर में रहते हैं। यूनियन के अच्छे संगठनकर्ता और योजनाकार माने जाने लगे हैं। यूनियन को मजबूत करने के लिए पूरे प्रान्त का दौरा करते रहते हैं।

वे भाषण देने खड़े हुए।

...पंचो, बड़े भाग का दिन है कि हजारों साल से अलगाव का सराप झेलने के बाद आज हम एक होने के लिए इकट्ठा हुए हैं। सन् 1980 के 7 दिसम्बर को लोकदल पार्टी द्वारा आयोजित धरना-प्रदर्शन के आवाहन में मुझे भी शामिल होने का मौका मिला था। उसमें हमारी माँग थी कि किसान को गेहूँ, गन्ने और आलू का सही दाम दिया जाए। फिर 26 मार्च, 1981 को दिल्ली के बोट क्लब पर रैली हुई। उसमें भी यही

माँग थी कि किसान को उसकी उपज का सही दाम दिया जाए। 1988 में 25 से 30 अक्टूबर तक महेन्द्र सिंह टिकैत के नेतृत्व में बोट क्लब पर जो धरना-प्रदर्शन हुआ, उसमें भी मुख्य माँग थी कि गन्ने का सही मूल्य दिया जाए। 8 मई, 2003 को गन्ने का बकाया और उचित मूल्य की माँग पर संसद भवन के सामने जो ऐतिहासिक प्रदर्शन किया गया, उसे आप भूले नहीं होंगे। सही दाम माँगते-माँगते हम जवान से बूढ़े हो गए। क्या किसी ने हमारी सुनी? सही बात तो यह है कि हमने जिसे भी चुना, उसी ने हमें चूना लगाया। आज भी हमारी माँगें ज्यों की त्यों हैं।

...इस देश में बेइज्जत करने और प्रताड़ित करने वाले कानून सिर्फ बकाएदारों के लिए बनाए गए हैं। खूनी, कत्ली, बलात्कारी लोगों के लिए भी ऐसे अपमानित करने वाले कानून नहीं बने। हम माँग करते हैं कि एक निर्धारित सीमा से नीचे किसी किसान की जमीन नीलाम न करने का कानून बने। उतनी न्यूनतम जमीन उस किसान परिवार के भरण-पोषण के लिए छोड़ दी जाए, जितनी परिवार के जिन्दा रहने के लिए जरूरी है, ताकि फिर किसी किसान को फाँसी के फंदे पर झूलना न पड़े। मैं जमीन की यह न्यूनतम सीमा पाँच बीघे प्रस्तावित करता हूँ। सभा का अनुमोदन हो तो इसे अपने माँगपत्र में दर्ज किया जाए।

प्रस्ताव का तालियों से स्वागत हुआ।

...19 नवम्बर, 2009 को गन्ना किसानों ने दिल्ली कूच करते समय नारा दिया था—दिल्ली हमारी दुश्मन है। सचमुच किसान जिसे भी गद्दी सौंपता है, वह उसका दुश्मन बन जाता है। अब हम ऐसे नेताओं से चुनावी घोषणापत्र रजिस्टर्ड एफिडेविट पर लेंगे, ताकि मुकरने पर उन पर मुकदमा चलाया जा सके और गद्दी से उतारा जा सके।

पहलवान को किसी लड़के ने आकर बताया—"आपको बोलने के लिए बुलाया जा रहा है।"

"इतने विद्वानों के बीच मैं क्या बोलूँगा?" मना तो कर दिया, लेकिन सोचने लगे कि बोलता तो क्या बोलता? बोलता कि जो पराए लूट रहे हैं, उससे बचने का रास्ता तो हम सब मिलकर खोज रहे हैं, लेकिन जो अपने लूट रहे हैं, अपनों को लूट रहे हैं, उनसे बचाने कौन आएगा? इतने दिनों से बेटी के लिए वर खोज रहे हैं, लेकिन हर दरवाजे से भिखमंगे की तरह दुरदुराए जाते हैं। इसलिए कि

मोटा दहेज नहीं दे सकते। मैं कहता कि सभी लड़कों के बाप इसी सभा में हाथ में गंगाजली उठाकर कसम खाएँ कि दहेज लेना हराम है। दहेज लें तो समझो, अपनी बेटी पर काँछ खोलें। बोलता तो बोलने के बाद सबसे पहले खुद कसम खाता।

पी.सी.एस. दक्षिण भारत की यात्रा पर गया है, इसलिए अपना भाषण लिखित रूप में दे गया है। भाषण क्या, चौदह पृष्ठों का पूरा लेख है। तय होता है कि समयाभाव के कारण उसके खास-खास हिस्से दो-तीन मिनट में पढ़ दिए जाएँ—

> *...हम बिलकुल नहीं चाहते कि समर्थन मूल्य बढ़ाने के लिए हमें हर साल धरना-प्रदर्शन करना पड़े। हम ऐसा उपाय बता रहे हैं, जिससे स्वामीनाथन आयोग की सिफारिश भी लागू हो जाए और सरकार को अनाज का मूल्य भी ज्यादा न बढ़ाना पड़े। ...समर्थन मूल्य का लाभ केवल उन्हीं किसानों को मिलता है जो अपना अनाज बेचने की स्थिति में हैं। ऐसे बड़ी जोत वाले किसान देश के कुल किसान परिवारों के दस-पन्द्रह प्रतिशत हैं। शेष किसान केवल अपने उपयोग भर का अनाज ही उगा पाते हैं इसलिए समर्थन मूल्य का घटना-बढ़ना उनको प्रभावित नहीं करता।...यदि सरकार किसानों को रियायती दर पर बीज, उर्वरक, बिजली, डीजल, कीटनाशक आदि उपलब्ध करा दे तो अनाज की उत्पादन लागत भी घट जाएगी और समर्थन मूल्य की प्रचलित दर पर भी किसान के लिए खेती घाटे का सौदा नहीं रह जाएगी। सबसे खास बात यह कि इससे हर किसान को राहत मिलेगी, चाहे वह अनाज बेचने की स्थिति में हो या न हो।*
>
> *...उद्योगों को तो सरकार कच्चे माल, ईंधन, पैकिंग मटेरियल आदि की खरीद पर रियायती दर का लाभ देती ही है, किसानों को देने में क्या आफत है! उद्योगों के लिए 'सेज' का कानून है। सुख की सेज, वंडरलैंड। धरती पर स्वर्ग। इसलिए कि वे सरकार के सगे हैं। जबकि देश का सबसे बड़ा उद्योग खेती है, फिर भी सरकार उसे उद्योग का दर्जा देने को राजी नहीं है। उद्योगपतियों से तो मर्चेंट चैम्बर में जाकर पूछती है कि उन्हें कैसा बजट चाहिए। कभी किसानों से भी पूछ लेती! कब तक सरकार उद्योगपतियों को सगा और किसानों को सौतेला मानती रहेगी?*
>
> *...यह पूरी किसान प्रजाति के लिए अँधेरा समय है। इससे उबरने के*

लिए आगे आइए। जैसे सुराजियों में नाम लिखाने के लिए गांधी बाबा ने आवाहन किया था। जैसे आजाद हिन्द फौज में भर्ती होने के लिए नेताजी सुभाषचन्द्र बोस ने आवाज दी थी, जैसे जमींदारों के खिलाफ लामबन्द होने के लिए इसी धरती से बाबा रामचन्द्र ने पुकारा था, उसी तरह किसानों के साथ बेइंसाफी करने वालों के खिलाफ लामबन्द होने के लिए आज हम आवाज देने आए हैं।

वक्ता ने दोनों हाथ उठाकर पूछा—"बोला, के-के तैयार बा?"

हजारों कंठों से आवाज आई—"सब केहू तैयार बा।"

आवाज के साथ हजारों मुट्ठियाँ हवा में तन गईं।

तैयार किया गया माँगपत्र पढ़ा गया और पन्द्रहवें दिन बुधवार को अपनी माँगों को मनवाने के लिए भारी संख्या में राजधानी प्रस्थान करने का निर्णय लिया गया।

खाने-पीने के लिए किसी का मुँह न जोहना पड़े, इसलिए पिट्ठू में चना-चबेना, सतुआ-पिसान लेकर चलना है।

किसाऽऽन एकता—
जिन्दाबाद!

सूरज भगवान रेलवे लाइन के पार तरेरा देकर डूब रहे हैं। पहलवानिन आँगन में बैठी आँसुओं की बाढ़ में डूब रही हैं।

विद्रोही बहू उन्हें दबे स्वर में समझा रही हैं—"अपना दुख अपनी छाती में दबाकर रखो, बहू। पूरे गाँव में अन्दोर करने से कोई फायदा नहीं।"

आए दिन मोबाइल से घर की हाल-खबर लेने वाले जोगी ने पहली बार चिट्ठी भेजी है। लिखा है—दस लाख रुपये की सख्त जरूरत है, अम्मा। फ्लैट खरीदना है। चाहें तो मेरे हिस्से का खेत बेच दें।

बेटी विद्या से चिट्ठी सुनती पहलवानिन के कान में 'खेत बेच दें' और 'मेरे हिस्से का' दोनों वाक्यांश पिघले शीशे की तरह घुसे और वे फफकने लगीं—"हमारी औकात नहीं थी कि इंजीनियरी की फीस भर पाते। पेट काटकर पढ़ाया। उसी के चलते अभी तक सयानी बेटी का ब्याह नहीं कर सके। सोचा था कि बेटा कमाने-

धमाने लगेगा तो बेटी भी ब्याह उठेगी। और बेटे ने यह बजर गिराया!"

बहू को समझाते-समझाते विद्रोही बहू की सब्र का बाँध भी टूट जाता है। वे जोड़ती हैं—"महुआ खाकर खरमिटाव किया है और आलू खाकर दिन काटा है, तब यह जायदाद खड़ी हुई है और उसी के लिए लिखा है निर्दइया ने कि बेच दो।"

विद्या पास में मूक खड़ी है।

जब तक विद्रोही बहू उससे कहतीं कि घर के किवाड़ अन्दर से बन्द कर ले, रान्ह-पड़ोस की औरतों से आँगन भर गया।

पड़ोसियों को देखकर पहलवानिन कारन करके रोने लगती हैं।

"...किस जनम का बदला लेने तू मेरी कोख में आया रे, दुश्मनवा?...दो साल से ज्यादा नौकरी करते हो गया। कभी हथेली पर दो पैसा भी नहीं रखा कि लो अम्मा, तमाखू खा लेना। और अब सीधे कलेजे पर ही छुरी चला दिया।"

फिर, जैसे जोगी सामने खड़े हों, वे समझाने लगती हैं—"खेत तो लक्ष्मी का रूप होते हैं बेटा। इन्हें बेचने की बात तो तब नहीं सोचा, जब जिन्दगी बहुत गाढ़े में कट रही थी। किसने तुमको यह कुमति दे दी? इधर देखो, मुझसे आँख मिलाओ।"

अचानक उन्हें नई चिन्ता घेर लेती है—"पहलवान बाप-बेटे धरना-प्रदर्शन करने शहर गए हैं। उनके कान में यह बात पड़ गई तो?"

वे पड़ोसनों के आगे हाथ जोड़ती हैं—"पहलवान के लौटने पर उनके कान में चिट्ठी वाली बात मत डाल देना, बहिनी! उनकी दिमागी हालत ठीक नहीं रहती।"

फिर थोड़ा-सा रो लेने के बाद कहती हैं—"मैं खुद जाकर अपने बेटे को समझाऊँगी। मेरा बेटा ऐसा नहीं है। जरूर किसी ने उस पर जादू-टोना कर दिया है।"

गुरु टी स्टाल पर चाय पी रहे माठा बाबा की नजर अखबार की एक खबर पर टिक गई। उन्होंने अखबार का पन्ना लल्लू सिंह की ओर बढ़ाते हुए कहा—"लीजिए, सबेरे-सबेरे खुशखबरी पढ़िए।"

"सुनाइए।"

“सुप्रीम कोर्ट की तीन जजों की बेंच ने सूबे की सरकार द्वारा वर्ष 06-07 व 07-08 के सीजन के लिए निर्धारित गन्ने के समर्थन मूल्य 125 रुपये कुंटल का समर्थन करते हुए आदेश किया है कि इन दोनों वर्षों के लगभग 900 करोड़ रुपये के बकाए का भुगतान चीनी मिलें किसानों को तीन माह के अन्दर करना सुनिश्चित करें।”

“तो इसमें इतना खुश होने की क्या बात है, महराज! जज लोग तो आदेश करते ही रहते हैं। इसी के लिए तनखाह लेते हैं। आप क्या समझते हैं कि मिल मालिकों की खाल इतनी पतली है कि कल से किसानों के लिए खजाना खोल देंगे। 2006 से इन्तजार करते-करते 2012 लग गया कि नहीं? वे तीन महीने के बजाय तीन साल में भुगतान कर दें तो गनीमत मानिए।”

“नहीं लल्लू सिंह, कोर्ट ने यह भी कह दिया है कि तीन महीने में भुगतान नहीं किया तो अठारह फीसदी सालाना की दर से ब्याज भी देना पड़ेगा। और सुनिए, सुप्रीम कोर्ट और हाई कोर्ट द्वारा जारी पहले के सारे स्टे ऑर्डर वैकेट कर दिए गए हैं। अब मिल मालिकों को भागने के लिए गली नहीं मिलेगी। मैंने इतना सख्त आदेश अपनी जिन्दगी में पहले नहीं देखा!”

“इतनी जल्दी न आप मरे जा रहे हैं, न हम। सारी सख्ती-नरमी पता चल जाएगी।”

अनारा की पुकार

उस शाम पाँड़े अँधेरे में भागे जा रहे थे कि सामने से सूरे आते दिखे। पाँड़े को देख दोनों हाथ जोड़कर पैलगी की। पाँड़े ने सूरे को 'मौज करो' का आशीर्वाद देने के लिए दाहिना हाथ उठाया ही था कि सूरे का चेहरा समधी के चेहरे में बदल गया। वे अट्टहास करते दोनों बाँहें फैलाए पाँड़े का रास्ता रोकने के लिए बढ़े।

धोखा, धोखा! पाँड़े पीछे मुड़कर बेतहाशा भागे। भागते-भागते रामगंज के मेले में पहुँच गए। वहाँ पुलिस अफसर यंग हैट लगाए घूम रहा था।

पाँड़े को देखकर बोला—"सुल्टाना, टुम बहोत बहाडुर है। लो, जलेबी खाओ।"

जलेबी का छत्ता मुँह में डाला ही था कि आवाज आई—"मिल गया, मिल गया।" पाँड़े ने मुड़कर देखा—यह तो वही हरिद्वार अमीन है जिसने एक बार उनकी आर.सी. वापस की थी। इसको अभी पाँच हजार देना है। पाँड़े जलेबी का दोना फेंककर भागे। इस गली से उस गली। उस गली से इस गली। सामने नजर पड़ी तो देखा अपने कोठे पर हरा घाघरा पहने अनारा इशारे से उन्हें बुला रही थी। पाँड़े कहना चाहते थे कि तू नीचे आ। चल, भाग चलें। लेकिन मुँह से आवाज ही नहीं निकल रही थी। गली में कीचड़ था। वे धोती उठाकर दौड़ रहे थे। गली खतम होने का नाम नहीं ले रही थी। अचानक उनका पैर फिसला और नहर की नाली में गिर गए। पूरी तरह भीग गए। साँस अभी तक तेज थी। बनियान निकालकर नाली की मेंड़ पर रखी और दम मारने के लिए मेंड़ पर लेट गए। पता नहीं, कब तक लेटे रह गए!

ठंड लगने लगी तो उठे और चल पड़े। थोड़ी देर में पाया कि अपने मिठौवा महुआ के नीचे खड़े हैं। उस डाल के ठीक नीचे जिस पर चढ़कर वे बचपन में सियरपत्ती खेला करते थे। कभी उन्हें लगता कि जग रहे हैं, कभी लगता सपना देख रहे हैं। उनके दिमाग में बार-बार एक ही दृश्य कौंध रहा था। जूते से चबूतरे को फटर-फटर पीटते और खखारकर थूकते समधी की क्रुद्ध छवि। सही

कह रहे थे। कहीं मुख दिखाने लायक नहीं रह गए। ऐसी जिन्दगी से तो मर जाना अच्छा।

महुए के मोटे तने में निकली गाँठों के सहारे चढ़कर वे उस डाल के बीचोबीच आकर बैठ गए। अपनी धोती खोली। धोती का एक सिरा डाल से निकले कनखे में फँसाया और दूसरे सिरे का फंदा बनाकर गले में डाल लिया।

तभी सामने के गन्ने के खेत में सियारों ने हुआँ-हुआँ शुरू की। सियारों के चुप होने के बाद महुए के पेड़ पर बैठा घुग्घू कचपचाया। दूसरे ने उसका जवाब दिया।

क्या बात किए दोनों?

पाँड़े ने आसमान की ओर देखा। पत्तों के बीच दिख रहे आसमान में 'बिप्फैया' सिर के ऊपर पहुँचने वाला है। दो-ढाई घंटे रात बाकी होगी। कार्तिक लग गया है। थोड़ी देर पहले तक आसमान साफ था। तारे चमक रहे थे। अब कुहासा फैलने लगा है। ठंडी ह्वा बहने लगी है। इसी समय पिताजी हल नाधने के लिए नगेसर को आवाज देते थे। पहले माँ आकर पिताजी को जगातीं। तब पिताजी घर से थोड़ा आगे आकर ऊँची आवाज में पुकारते—"ए नगेसऽऽर!"

यह पुकार करीब एक किलोमीटर की यात्रा करके नगेसर के घर तक पहुँचती। दूसरी या तीसरी पुकार पर नगेसर की बूढ़ी माँ पोपले मुँह से उसी ऊँचाई से जवाब देतीं—जात अहाँ! (जा रहे हैं।)

सारा गाँव सुनता और जाग होने लगती।

बाद में नगेसर को जगाने का काम उनके जिम्मे आया और उनको जगाने का काम पत्नी के जिम्मे।

पत्नी की याद आते ही कल शाम जमीन पर बैठकर सास-बहू के रोने का दृश्य आँखों में तैरने लगा। रोना नहीं, कलपना। जब से उनके घर में आईं, कोई सुख नहीं दे सके। दुख ही भूँजती रहीं और अब रोने के लिए अकेला छोड़कर जा रहे हैं। दोनों बहुएँ ताना मारेंगी कि खेती-बारी नीलाम करवाकर गया तुम्हारा आदमी...तुम्हें कहाँ से खिलाएँ?

इस तरह बुढ़िया को मझधार में छोड़कर मरना भी तो दगाबाजी है! फिर दगाबाजी! नहीं, नहीं। इससे तो अच्छा था कि अनारा की मदद ले लेते...

अनारा की याद आते ही उन्हें लगा कोई पुकार रहा है—ए पाँड़ेऽऽ...

वे चारों तरफ देखने लगे।

आवाज फिर आई—ए पाँड़ेऽऽ...

यह तो अनारा की आवाज है!

उन्होंने सामने देखा...ठीक दोपहरी जैसे उजाले में हरा घाघरा पहने दोनों बाँहें फैलाए दौड़ती चली आ रही है अनारा...अनारा नहीं—उनकी हीर, उनकी रानी पिंगला...लाल दुपट्टा और लम्बे केश हवा में लहरा रहे हैं...

"अनाराऽऽ...मेरी पिंगले-ए...ए...!"

उन्होंने लम्बी पुकार लगाई और दोनों बाँहें फैलाकर अपनी पिंगला को आगोश में भरने के लिए लपके। पैर डाल से फिसले और फंदा गले पर कस गया!

रात नफरत की काली खतम जल्द हो

बैताली भीटे पर अपनी झोंपड़ी के बाहर मटमैला फटा कुर्ता पहने गूलर के पेड़ की जड़ पर बैठे एक हस्तलिखित पुस्तिका में आँखें गड़ाए गाने की कोशिश कर रहे हैं—

डाकू एक रहा सुल्ताना
जेका जानै सकल जहाना
दूजा अब जंगू उधिराना
जेसे हारि गए दारोगा थानेदाऽऽऽऽर...

असली दुनिया के दंद-फंद देख लेने के बाद बैताली फिर नौटंकी की दुनिया में लौट जाना चाहते हैं; जहाँ राजा राजा की तरह रहता है, डाकू डाकू की तरह। जहाँ मर्द जबान और लँगोट का कच्चा नहीं होता और हाकिम बिकाऊ नहीं।

विद्रोही जी ने आश्वासन तो दिया था कि जिस जमीन पर झोंपड़ी बनाने के चलते उन पर दफा 122-बी का मुकदमा छत्रधारी ने कायम कराया है, उसी का पट्टा देकर वे मुकदमे का आधार खत्म कर देंगे। उन्होंने पट्टा दिया भी, लेकिन एक गलती हो गई। पट्टे में झोंपड़ी वाला नम्बर दर्ज होने के बजाय बगल वाली जमीन का नम्बर दर्ज हो गया। इसकी जानकारी बहुत बाद में हुई, पैमाइश किए जाने पर। तब तक विद्रोही और दहबंगा का कार्यकाल खत्म हो चुका था।

बैताली की पहली औरत टीबी से मर गई। आधी बकरियाँ उसकी दवाई और मुकदमे की भेंट चढ़ गईं। उनका मुकदमा सोया रहता है, सोया रहता है, अचानक जागकर चल पड़ता है।

इस बार परधानी के चुनाव के समय रघुनन्दन ने उनसे वादा किया था कि परधानी जिता दोगे तो सबसे पहले तुम्हारे पट्टे के नम्बर में संशोधन कराऊँगा। बैताली ने खुलकर रघुनन्दन का साथ दिया। रघुनन्दन जीत गए। एक दिन बैताली

को बुलवाकर कहा—"तुम्हारी संशोधन वाली फाइल तैयार है। अब कुछ खर्च-बर्च का इन्तजाम करो।"

"कैसा खर्च-बर्च, महराज? वोट भी लिया, घूस भी लोगे?"

"अपने लिए थोड़े! ऊपर के साहब-सूबा लोगों के लिए।"

बैताली के शरीर में आग लग गई। गुर्रा उठे—"कान खोलकर सुन लो पंडित, अब मैं किसी को झाँट का एक बाल भी नहीं देने वाला!"

उनका दाँत पीसना देखकर रघुनन्दन पीछे हट गए।

विद्रोही जी जब भी गाँव आते हैं उन्हें तसल्ली देते हैं कि डरने की जरूरत नहीं है। मुकदमा भले वे लोग लटकाकर रखें, लेकिन उन्हें उनके कब्जे की जमीन से बेदखल नहीं कर सकते। तुम्हारी बिरादरी की मुख्यमंत्री ने सन् 1995 में ही कानून पास कर दिया था कि ग्रामसभा की जमीन पर किसी दलित का कब्जा है तो उसे बेदखल नहीं किया जा सकता।

पर बैताली को अब किसी की बात पर विश्वास नहीं होता। वे जिन्दगी-भर जंगल में शिकार करते रहे, लेकिन खूँखार जानवरों से उनका पाला गाँव में ही पड़ा।

एक बार तो उनके मन में आया कि जंगू की पलटन में भर्ती हो जाएँ, लेकिन अपनी उम्र देखकर चुप लगा गए। पाँड़े का नौटंकी का सामान अभी भी उनके घर में व्यर्थ पड़ा है। परदे, पोशाकें बड़े-बड़े बक्सों में पड़े-पड़े सड़ रहे होंगे। सालों से धूप तक नहीं दिखाई गई होगी। अगर मिल जाए तो...

एक दिन हिम्मत करके वे पाँड़े के घर गए। कहा—"मरती हुई कला को जिन्दा करना चाहता हूँ, महराज!"

सुनकर प्रभाकर हँसे—"अभी तक किसी को मरकर जिन्दा होते देखा है?"

बैताली चुप।

"कितने में खरीदना चाहते हो?"

"अभी तो हाथ एकदम खाली है, लेकिन..."

प्रभाकर की माँ थोड़ी दूर खड़ी दोनों की बात सुन रही थीं।

बोलीं—"दे दो, बेटा। घर खाली हो। यहाँ भी तो रखे-रखे सड़ ही रहा है। देखकर विरोग होता है।"

इधर उन्हें जंगू के ऊपर लिखी नौटंकी की एक हस्तलिखित पुस्तिका मिल गई है। उसी को खेलने की तैयारी है—

जंगू कहैं कि गाँव देश से
अत्याचार मिटावा हो,

गारी देइ मजूरी मारै,
टाँग तोरि बैठावा हो।
जंगू कहैं बाघ औ बकरी
एक घाट पानी पियावा हो।
बहिनी बिटिया क इज्जत लूटै
नाक काटि लै आवा हो।

कचहरी जा रहा तूफानी बैताली को भीटे पर बैठा देख रुक जाता है। मोटरसाइकिल का इंजन बन्द करके सुनता है, फिर मोटरसाइकिल पटरी पर खड़ी करके पास जाता है।

जंगू कहैं कि...

"जयभीम काका! क्या गा रहे हैं बा-आवाजे बुलन्द?"

"अरे, तूफानी बच्चा!" पुस्तिका बन्द करते हुए बैताली बताते हैं—"एक खेला मिला है जंगू का। वही याद कर रहे हैं। समय काटने के लिए।"

"काका, अब समय काटने वाला नहीं, समय बदलने वाला खेला खेलने की जरूरत है।"

"क्या मतलब?" बैताली अपनी खिचड़ी दाढ़ी की खूँटियों पर हाथ फेरने लगते हैं।

"अब जंगू की बहादुरी से काम नहीं चलने वाला। दुनिया बहुत खराब हो चुकी है। जंगू के हाथ इतने बड़े नहीं हैं कि दुनिया को खराब करने वाले शैतानों तक पहुँच सकें। खुद हमारे रहनुमा शैतानों से हाथ मिला चुके हैं। अब जरूरत है कि दुनिया को आमूल-चूल बदल दिया जाय।"

बैताली थोड़ी देर तक तूफानी का मुँह ताकते रह जाते हैं फिर कहते हैं—"इससे अच्छी बात क्या हो सकती है, बच्चा! इतनी खराब तो दुनिया कभी नहीं रही। दुनिया बदलने वाला खेला दीजिए तो वही खेला जाय।"

"ढूँढ़कर देता हूँ।" बहुत पहले देखा था। उसका एक चौबोला सुनिए—

रात नफरत की काली खतम जल्द हो।
एक ऐसी सुबह की यहाँ पौ फटे।
जिसमें इन्सां बराबर हों दुनिया के सब,
जाति धर्मों की नामोनिशानी मिटे।

सुनकर बैताली के कानों में नगाड़ा, नगड़ची, हरमुनिया, टुनटुनिया—सारे साज एक साथ बज उठे।

"अब तक कहाँ छिपाकर रखा था इसे?" कहने के साथ बैताली तनकर खड़े होते हैं और दाहिना हाथ उठाकर बुलन्द आवाज में आलाप लेते हैं—राऽऽत न-फ-र-त की...

आभार

आभार उन लोक कवियों और गायकों का जिनके गीतों के अंश उपन्यास में प्रयुक्त हुए हैं।

आभार उन दादियों-नानियों और उनकी दादियों-नानियों का जिनके रचे गीत पीढ़ियों से हस्तान्तरित होते-होते हम तक पहुँचे हैं।

आभार मेरी माँ, रामलौट की माँ, केशर की माँ, जगन्नाथ की माँ, खेलावन की माँ, रमेसर की माँ, चोन्हरा की माँ, नीरज की माँ, उतराहा (मामी), दखिनहा, बड़का, छोटका और मझियाइन का (जिनके वास्तविक नाम ससुराल पहुँचते ही साथ छोड़ जाते हैं) जीवन में प्रवाहित अमृत तत्त्व की पहचान कराने के लिए।

आभार लल्लू यादव (नौटंकी कलाकार), श्याम विहारी वर्मा (नौटंकी रचयिता), रामसूरत पाँड़े (गायक), श्रीपाल यादव (गायक, चौकीदार), माताफेर कहार (गायक और नर्तक), गोरेलाल (डाकू बहुल देवांगना घाटी चित्रकूट के मार्गदर्शक), रामआसरे (डर को डराने वाले), वारिस अली (मुजावर), हरिन्द्र मौर्य (एडवोकेट हाई कोर्ट इलाहाबाद), मोहिन्दर कुमार, (न्यायाधीश), एडवोकेट रणधीरसिंह 'सुमन' (सम्पादक 'लोक संघर्ष' पत्रिका), शैलेन्द्र सागर (आईपीएस, कथाकार), बजरंग बली चौरसिया (आईपीएस), राकेश कुमार पटेल (प्रशासनिक अधिकारी), अशोक चन्द वाजपेयी (ट्रिब्यूनल मेम्बर, कामर्सियल टैक्स), हरीश कुमार (जेल अधिकारी), संतोष कुमार वर्मा (जेल अधिकारी), सुरेन्द्र सिंह (डिप्टी कलेक्टर), त्रिवेदी जी (पूरा नाम कभी पूछ नहीं सका और अब कहाँ हैं, पता नहीं), रविशंकर सिंह (कथाकार-पत्रकार), केशव तिवारी (कवि), डॉ. डी.एम. मिश्र (बैंक अधिकारी तथा कवि),

डॉ. लालचन्द मिश्र (किस्सागोई के सरताज), अरुण सिंह (पत्रकार/सम्पादक), गोपाल शरण सिंह (कृषि अधिकारी), मुकेश शुक्ल (कवि), डॉ. नरेन्द्र प्रताप सिंह (चिकित्सक), प्रभात सिंह (पत्रकार), रामनरेश पाल (देशज पत्रकार), देवेन्द्र (कथाकार), हेमन्त (कथाकार), पंकज श्रीवास्तव (पत्रकार), राजेन्द्र वर्मा (बैंक अधिकारी), मयंक खरे (कवि, कथाकार), शिवकुमारी (नृत्यांगना), चौधरी जोखू पाल, रामसुख सिंह, रामरूप यादव, नीरज मौर्य, हृदयराम यादव तथा अन्य भूले-बिसरे शुभचिन्तकों का जिनका योगदान इस कल्पना को जिन्दगी के करीब लाने में सहायक हुआ।

आभार 'द इंडियन एक्सप्रेस', 'द हिन्दू', 'द टाइम्स ऑफ इंडिया', 'समयांतर' व 'समकालीन जनमत' का उनकी रिपोर्ट, विश्लेषण और आँकड़ों के लिए।

धन्यवाद अविनाश कौशल (आशुलिपिक) को जिनके सहयोग के बिना इस उपन्यास को साकार करना कठिन होता।